KARIN
SLAUGHTER

CORPI
L'ULTIMA VEDOVA

DUE INDAGINI MOZZAFIATO PER SARA LINTON E WILL TRENT

Traduzioni di
ANNA RICCI e **ADRIA TISSONI**

HarperCollins

ISBN 978-88-6905-898-1

Prima edizione HarperCollins
luglio 2020

Questo volume è stato stampato nel luglio 2020
presso Rotolito S.p.A. – Milano

MISTO
Carta da fonti gestite
in maniera responsabile
FSC® C005461

Questo libro è prodotto con carta FSC certificata e da fonti controllate con un sistema di controllo di parte terza indipendente per garantire una gestione forestale responsabile.

CORPI

HarperCollins

Titolo originale dell'edizione in lingua inglese:
A Faint Cold Fear
William Morrow
an Imprint of HarperCollins *Publishers*

Traduzione di Anna Ricci

Prima edizione HarperCollins
luglio 2020

A VS,
per tutto l'amore e l'affetto.

DOMENICA

1

Sara Linton osservava l'entrata del Dairy Queen, guardando sua sorella, agli ultimi mesi di gravidanza, che ne usciva con in mano due coppette di gelato ricoperto di cioccolato. Mentre Tessa attraversava il parcheggio si alzò il vento, che le sollevò il vestito viola sopra le ginocchia. Lei cercò di tenerlo giù senza rovesciare i gelati, e Sara la sentì imprecare avvicinandosi alla macchina.

Trattenendo a stento le risa, Sara si protese verso lo sportello aperto e le chiese: «Hai bisogno di aiuto?».

«No» rispose lei, infilandosi a fatica nell'auto. Si sedette e le porse una coppetta. «E potresti anche smetterla di sghignazzare.»

Sara sussultò vedendola togliersi i sandali e poggiare i piedi nudi sul cruscotto. La sua BMW 330i aveva meno di due settimane, e Tessa aveva già lasciato un pacchetto di noccioline pralinate a squagliarsi sul sedile posteriore e rovesciato della Fanta sul tappetino davanti al posto del passeggero. Se non fosse già stata quasi all'ottavo mese, l'avrebbe strozzata.

«Come mai ci hai messo tanto?» le chiese.

«Dovevo fare pipì.»

«Di nuovo?»

«In effetti no, ma provo un'attrazione irresistibile per i bagni del Dairy Queen» rispose Tessa, seccata. Si sventolò una mano davanti al viso. «Dio, che caldo.»

Sara non fece commenti e abbassò la temperatura del climatizzatore. Come medico, sapeva che Tessa era semplicemente vittima degli ormoni, ma a tratti le veniva voglia di rinchiudere sua sorella in una scatola e non aprirla finché non si fosse sentito il pianto di un bambino.

«C'era un sacco di gente, là dentro» riuscì a dire Tessa tenendo in bocca una generosa quantità di gelato e sciroppo al cioccolato. «Santo cielo, ma non ce l'hanno una casa?»

«Mmh» fece Sara.

«E poi c'è una tale sporcizia. Guarda il parcheggio» continuò Tessa agitando il cucchiaio in aria. «Tutti buttano a terra la spazzatura senza pensare a chi dovrà raccoglierla. Come se immaginassero che tanto passerà la fatina dell'immondizia, o che so io.»

Sara borbottò qualche parola d'assenso, mangiando il gelato mentre sua sorella continuava la sua sequela di lamentele su tutti i clienti del Dairy Queen, dall'uomo che parlava al cellulare alla donna che aveva fatto la fila per dieci minuti e poi, una volta raggiunto il bancone, non aveva ancora deciso quali gusti voleva. Dopo un po' Sara lasciò vagare la mente, guardandosi intorno e riflettendo sulla settimana piena che l'attendeva.

Qualche anno prima aveva accettato il lavoro part-time come medico legale della contea per raggiungere la cifra che le occorreva per rilevare la quota del suo collega, che stava andando in pensione, alla Heartsdale Children's Clinic, solo che gli impegni all'obitorio avevano cominciato a ostacolare quelli alla clinica. In genere il lavoro per la contea non le portava via molto tempo, ma la settimana precedente un'udienza in tribunale l'aveva allontanata dai suoi pazienti per due giorni, costringendola ad allungare l'orario dei giorni successivi per recuperare.

Il lavoro all'obitorio aumentava sempre di più, e ormai si era resa conto che entro un paio d'anni avrebbe dovuto scegliere tra i due. Sarebbe stata una decisione davvero difficile da prendere.

Il posto di coroner era una sfida, qualcosa di cui Sara aveva avuto un bisogno disperato tredici anni prima, quando aveva lasciato Atlanta per tornare nella contea di Grant. In parte era convinta che le si sarebbe atrofizzato il cervello senza i continui rompicapi che la medicina legale presentava. Tuttavia, c'era una sorta di consolazione nel curare i bambini, e Sara, che non poteva averne, sapeva che avrebbe sentito la mancanza del contatto con loro. Non riusciva mai a capire quale fosse per lei il lavoro migliore. In generale, una giornataccia in uno dei due rendeva l'altro quello ideale.

«Ce la fa a salire!» strillò Tessa, abbastanza forte da attirare la sua attenzione. «Ho trentaquattro anni, non cinquanta. Ti pare una domanda che un'infermiera possa fare a una donna incinta?»

Sara la fissò. «Cosa?»

«Non hai sentito nemmeno una parola, eh?»

«Ma sì, certo che ho sentito» le rispose cercando di essere convincente.

Tessa si fece scura in volto. «Stai pensando a Jeffrey, vero?»

Sara fu sorpresa da quella domanda. Per una volta il suo ex marito era l'ultimo dei suoi pensieri. «No.»

«Non mi dire bugie» ribatté Tessa. «Venerdì tutti hanno visto la ragazza delle insegne alla stazione di polizia.»

«Doveva fare la scritta sulla nuova auto della polizia» rispose Sara, sentendosi avvampare.

Tessa le rivolse uno sguardo incredulo. «Non è la scusa che ti ha rifilato l'altra volta?»

Sara non le rispose. Ricordava ancora benissimo il giorno in cui era tornata a casa in anticipo dal lavoro e aveva trovato Jeffrey a letto con la proprietaria del negozio di insegne della città. L'intera famiglia Linton era rimasta sorpresa e al tempo stesso infastidita quando aveva ricominciato a frequentarlo, e anche se in fin dei conti Sara era d'accordo con loro, non riusciva proprio a dare un taglio netto alla relazione con lui. Quando si trattava di Jeffrey, la logica l'abbandonava.

«Devi fare attenzione, con lui. Tienilo un po' sulle spine» l'ammonì Tessa.

«Non sono una sciocca.»

«A volte sì.»

«Be', anche tu» ribatté lei, sentendosi una stupida ancor prima di aver pronunciato quelle parole.

Nell'abitacolo piombò il silenzio, interrotto solo dal ronzio dell'aria condizionata. Alla fine Tessa disse: «Avresti dovuto rispondere: chi lo dice lo è».

Sara avrebbe voluto tanto riderci su, ma era troppo irritata. «Tessie, non sono affari che ti riguardano.»

Sua sorella scoppiò in una gran risata che le rimbombò nelle orecchie. «Tesoro, credo proprio che la questione sia affare di tutti. Sono sicura che quella pettegola di Marla Simms si sia attaccata al telefono ancor prima che la puttanella fosse scesa dal furgone.»

«Non chiamarla così.»

Tessa agitò ancora il cucchiaio in aria. «E come dovrei chiamarla? *Sgualdrina*?»

«No» rispose lei, seria. «Non chiamarla in nessun modo.»

«Be', secondo me qualche parolina ben scelta se la merita.»

«È stato Jeffrey a tradirmi. Lei ha solo approfittato di una buona opportunità.»

«Sai una cosa?» riprese Tessa. «In vita mia ho approfittato di un sacco di buone opportunità, ma non ne ho mai cercate che fossero già sposate.»

Sara chiuse gli occhi, sperando che sua sorella tacesse. Non aveva alcuna voglia di parlare di quella storia.

Tessa continuò: «Marla ha detto a Penny Brock che è ingrassata».

«E come mai tu hai parlato con Penny Brock?»

«Sono andata a sistemarle lo scarico della cucina» disse lei, togliendosi il cucchiaino di bocca con uno schiocco. Tessa aveva smesso di lavorare full-time con il loro padre nell'impresa di servizi idraulici di famiglia quando il pancione aveva cominciato a impedirle di infilarsi in spazi angusti, ma era ancora in grado di liberare uno scarico.

«Da quel che dice Penny, è diventata grande come una casa» ribadì Tessa.

Anche se non avrebbe voluto, Sara non riuscì a evitare di provare un senso di trionfo, seguito da un'ondata di colpa per aver gioito all'idea che a un'altra donna si fossero ingrossati i fianchi. E il sedere. La ragazza delle insegne era già ben in carne tempo addietro.

«Guarda che ti ho vista sorridere» le disse Tessa.

Era vero: le facevano male le guance per lo sforzo di tenere la bocca serrata.

«È orribile.»

«E da quando?»

«Da quando...» Sara non finì la frase. «Da quando mi fa sentire una povera idiota.»

«Be', sei quello che sei ed è tutto quello che sei, come direbbe Braccio di Ferro.» Tessa concentrò ogni sforzo nel grattare la coppetta di plastica con il cucchiaino ripulendola di ogni traccia di gelato. Fece un gran sospiro, come se all'improvviso la sua giornata fosse diventata un vero incubo. «Potrei finire il tuo?»

«No.»

«Ma sono incinta!» protestò lei.

«Non è colpa mia.»

Tessa tornò a grattare la sua coppetta. Tanto per dare ancor più fastidio, cominciò a sfregare la pianta del piede sull'intaglio del cruscotto in legno.

Passò un minuto intero prima che Sara cadesse preda del senso di colpa da sorella maggiore. Cercò di combatterlo mangiando altro gelato, ma le si bloccò in gola.

«Tieni, bambinona.» Porse a Tessa la sua coppetta.

«Grazie» fece lei in tono dolce. «Che ne dici se ne prendiamo un altro po' per dopo?» suggerì. «Però potresti andare tu questa volta? Non voglio che mi prendano per una mangiona, e poi...» Sorrise con aria innocente e batté le palpebre. «Diciamo che potrei aver fatto incavolare il ragazzo al bancone.»

«Non l'avrei mai sospettato.»

Tessa continuò a battere le palpebre. «È che c'è gente davvero permalosa.»

Sara aprì lo sportello, felice di avere una scusa per scendere dalla macchina. Si era allontanata di un metro quando Tessa abbassò il finestrino.

«Lo so» disse Sara. «Doppio cioccolato.»

«Sì, però aspetta.» Tessa tacque un attimo per leccare

del gelato che colava dal lato del suo cellulare, prima di porgerglielo dal finestrino. «È Jeffrey.»

Sara parcheggiò su un terrapieno ghiaioso tra un'autopattuglia e la macchina di Jeffrey, accigliandosi quando sentì dei sassi che schizzavano via dal terreno cozzando contro la fiancata della sua auto. L'unico motivo per cui aveva cambiato la decappottabile a due posti per quel modello più grande era poter avere lo spazio per un seggiolino. Ma tra Tessa e tutto il resto, quella BMW rischiava di finire dal demolitore ancor prima che nascesse il bambino.

«Ci siamo?» chiese Tessa.

«Sì.» Tirò il freno a mano e guardò il letto del fiume asciutto di fronte a loro. In Georgia la siccità durava dalla metà degli anni Novanta, e l'ampio corso d'acqua che un tempo scivolava in mezzo alla foresta come un serpente pigro e lento si era trasformato in poco più di un ruscelletto. Ne rimaneva solo una carcassa ormai secca e spezzettata, e il ponte che lo attraversava, alto una decina di metri, sembrava senza senso, sproporzionato, anche se Sara ricordava bene quando la gente andava lassù a pescare.

«È là il corpo?» domandò Tessa indicando un gruppo di persone in semicerchio.

«Probabile» rispose lei, domandandosi se fossero nel terreno di proprietà del college. La contea di Grant comprendeva tre città: Heartsdale, Madison e Avondale. La prima, nella quale sorgeva il Grant Institute of Technology, era il fiore all'occhiello della contea, e qualsiasi crimine avvenisse nei confini della città era considerato molto più grave. All'interno del campus, poi, sarebbe stato addirittura un incubo.

«Che cosa è successo?» domandò curiosa Tessa, anche se non aveva mai mostrato il minimo interesse per l'attività di Sara prima di allora.

«È proprio quello che devo scoprire» le fece notare Sara, cercando il fonendoscopio nel cruscotto. In quello spazio ristretto, la mano di Sara si posò sulla pancia di Tessa. Sara la lasciò lì un momento.

«Oh, sorellina» fece Tessa con un filo di voce, prendendole la mano. «Ti voglio tanto bene.»

L'improvvisa commozione di Tessa le fece venire da ridere, ma per qualche strano motivo si inumidirono gli occhi anche a lei. «Anch'io ti voglio bene, Tessie.» Le strinse forte la mano, dicendo: «Resta in macchina, non ci vorrà molto».

Jeffrey le andò incontro mentre chiudeva lo sportello. Aveva i capelli scuri pettinati con cura all'indietro, ancora un pochino umidi sulla nuca. Indossava un abito color antracite, dal taglio perfetto, con il distintivo dorato della polizia infilato nel taschino della giacca.

Sara portava dei pantaloni della tuta che avevano visto giorni migliori e una maglietta che aveva rinunciato a essere bianca più o meno all'epoca della presidenza di Reagan. Aveva le scarpe da ginnastica senza calzini, i lacci larghi in modo da poterle mettere e togliere col minimo sforzo possibile.

«Non c'era bisogno di mettersi in ghingheri» la prese in giro lui, ma Sara notò la tensione nella sua voce.

«Che cosa è successo?»

«Non ne sono sicuro, ma c'è qualcosa che non mi torna...» Si interruppe, guardando la macchina. «C'è anche Tess?»

«Eravamo insieme ed è voluta venire...» Sara non finì la frase, perché in effetti non aveva nessuna spiegazione a parte il fatto che lo scopo della sua vita in quel momento era far felice sua sorella, o quanto meno impedirle di piagnucolare.

Jeffrey capì la situazione. «Immagino che non valesse la pena discuterci?»

«Ha promesso di restare in macchina» disse lei, e in quel preciso momento sentì sbattere la portiera alle sue spalle. Si mise le mani sui fianchi e si voltò, ma Tessa le stava già facendo dei cenni per giustificarsi.

«Devo andare» disse, indicando una serie di alberi in lontananza.

«Vuole tornare a casa a piedi?» chiese Jeffrey.

«Ha bisogno di fare pipì» spiegò lei, osservandola mentre affrontava la collina, diretta verso la zona boscosa.

La guardarono insieme che s'inerpicava per la salita ripida, le mani giunte sotto la pancia, come se portasse un cesto. «Te la prenderai, se mi metterò a ridere quando rotolerà giù?»

Sara rise con lui invece di rispondere alla domanda.

«Pensi che abbia bisogno di aiuto, lassù?» le chiese lui.

«Se la caverà» rispose Sara. «Un po' d'esercizio le farà bene.»

«Sicura?» insisté Jeffrey, preoccupato.

«Sta bene» lo rassicurò lei, sapendo che Jeffrey non aveva mai frequentato donne incinte in vita sua. Forse temeva che Tessa potesse entrare in travaglio prima di raggiungere gli alberi in cima alla collina. Magari fosse stato così.

Sara si avviò verso la scena del crimine, ma si fermò quando si accorse che lui non la stava seguendo. Si voltò, sicura di sapere cosa stava per succedere.

«Sei andata via presto, stamattina» le disse.

«Ho pensato che avessi bisogno di dormire.» Tornò

indietro e prese un paio di guanti di lattice dalla tasca della giacca di Jeffrey, chiedendogli: «Che cosa hai notato di strano?».

«Non ero poi così stanco» le disse con lo stesso tono sfacciato che avrebbe usato quella mattina, se l'avesse trovata accanto a sé.

Sara giocherellò con i guanti cercando di farsi venire in mente una risposta. «Dovevo far uscire i cani.»

«Potresti cominciare a portarli da me.»

Sara puntò lo sguardo sull'autopattuglia. «È nuova?» domandò, fingendosi curiosa. La contea di Grant era piuttosto piccola. Sara aveva saputo della nuova macchina della polizia ancor prima che la parcheggiassero di fronte alla centrale.

«È arrivata da un paio di giorni.»

«La scritta è fatta bene» aggiunse lei, mantenendo un tono disinvolto.

«Eh già» rispose lui, un'espressione fastidiosa che aveva cominciato a usare di recente quando non sapeva cos'altro dire.

Sara non aveva alcuna intenzione di lasciar correre. «Ha fatto proprio un bel lavoretto.»

Lo sguardo di Jeffrey non vacillò, come se non avesse niente da nascondere. Sara ne sarebbe stata colpita, se lui non avesse fatto esattamente quella faccia quando le aveva assicurato che non la stava tradendo.

Gli rivolse un sorriso teso e ripeté, tornando al caso: «Che cosa hai notato di strano?».

Jeffrey emise un respiro rapido e infastidito. «Lo vedrai da te» rispose, avviandosi verso il fiume.

Sara camminava al suo passo normale, ma Jeffrey rallentò quel tanto che bastava per farsi raggiungere. Era in collera, ma lei non si era mai lasciata intimidire dal suo malumore.

«È uno studente?» gli chiese.

«Probabile» le rispose ancora in tono secco. «Abbiamo controllato le tasche. Non aveva documenti, ma da questo lato del fiume la proprietà è del college.»

«Fantastico» borbottò Sara, domandandosi quanto tempo ci avrebbe messo Chuck Gaines, il nuovo capo della sicurezza del campus, ad arrivare e mettere in dubbio ogni loro azione. Chuck era un gran seccatore, ma la prima regola che Jeffrey aveva imposto come capo della polizia di Grant era quella di non creare malumori nel college. Chuck lo sapeva meglio di chiunque altro, e ne approfittava tutte le volte che poteva.

Sara notò una bionda molto attraente seduta su un gruppetto di rocce. Accanto a lei c'era Brad Stephens, un giovane agente che molto tempo prima era stato un suo paziente.

«Ellen Schaffer» la informò Jeffrey. «Faceva jogging diretta verso il bosco. Ha visto il corpo mentre attraversava il ponte.»

«Quando lo ha trovato?»

«Circa un'ora fa. Ha dato l'allarme col cellulare.»

«Va a correre col cellulare?» chiese Sara, ma forse non doveva sorprendersi. Ormai la gente non andava nemmeno più al bagno senza portarsi dietro il telefono per non annoiarsi.

Jeffrey disse: «Cercherò di parlare di nuovo con lei dopo che avrai esaminato il corpo. Prima era troppo sconvolta. Forse Brad riuscirà a calmarla un po'».

«Conosceva la vittima?»

«Sembra di no» rispose. «Forse si è trovata solo al posto sbagliato nel momento sbagliato.»

Gran parte dei testimoni avevano la stessa sfortuna: in pochi istanti vedevano qualcosa che sarebbe rimasto impresso nelle loro menti per il resto della vita.

Per fortuna, da quel che Sara riusciva a vedere del corpo al centro del letto del fiume, la ragazza se l'era cavata con poco.

«Vieni» disse Jeffrey, sostenendola mentre si avvicinavano alla riva.

Il terreno era collinare, con una pendenza che scendeva verso il fiume. Per via delle scarse piogge si era scavato un sentiero nel terreno, ma il limo era morbido e poroso.

Sara immaginò che il letto del fiume fosse ampio almeno dodici metri in quel punto, ma più tardi Jeffrey l'avrebbe fatto senz'altro misurare. Sotto i loro piedi la terra era compatta, e lei sentì infilarsi nelle scarpe da ginnastica la polvere e l'argilla sollevate camminando verso il corpo. Una decina di anni prima, in quel punto sarebbero stati immersi nell'acqua fino al collo.

Sara si fermò a metà strada prima di raggiungere la scena e alzò lo sguardo verso il ponte. Era una semplice campata in cemento con un parapetto basso. Esternamente, nella parte inferiore, c'era una sporgenza di circa cinque centimetri, e qualcuno aveva tracciato con la vernice spray nera le parole *morte ai negri* e una grossa svastica.

Sara provò un'immensa amarezza. «Carino» disse in tono sarcastico.

«Trovi anche tu?» rispose Jeffrey, altrettanto disgustato. «Il campus ne è pieno.»

«Quando è cominciato?» chiese Sara. Le scritte sembravano sbiadite, potevano essere lì da un paio di settimane.

«E chi lo sa?» disse lui. «Il college non ha fatto nemmeno una segnalazione.»

«Se l'avessero fatto, sarebbero stati costretti a prendere provvedimenti» gli fece notare lei, guardandosi indietro in cerca di Tessa. «Hai idea di chi sia stato?»

«Studenti» fece Jeffrey, imprimendo alla parola una nota di disprezzo mentre riprendeva ad avanzare. «Sarà un gruppetto di Yankee idioti che pensano sia divertente venire al Sud a spargere un po' di suprematismo bianco.»

«Detesto i razzisti da quattro soldi» borbottò Sara, stampandosi in volto un sorriso quando si avvicinarono a Matt Hogan e Frank Wallace.

«Buon pomeriggio, Sara» la salutò Matt. Aveva in mano una macchina fotografica istantanea e qualche Polaroid nell'altra.

Frank, il vice di Jeffrey, le disse: «Abbiamo appena finito di fare le foto».

«Grazie» rispose Sara, infilandosi i guanti.

La vittima era distesa proprio sotto il ponte, a faccia in giù nel terreno. Aveva le braccia larghe e i pantaloni e i boxer arrotolati intorno alle caviglie. A giudicare dalle dimensioni e dalla mancanza di peluria sulla schiena liscia e sulle natiche, era un ragazzo, probabilmente sui vent'anni. I capelli biondi gli arrivavano fino al colletto ed erano divisi nella parte posteriore della testa. Poteva sembrare addormentato, se non fosse stato per il sangue e i tessuti che gli sbucavano dall'ano.

«Ah» disse, cominciando a capire cosa non convincesse Jeffrey.

Seguendo la procedura, Sara si inginocchiò e appoggiò il fonendoscopio sulla schiena del ragazzo privo di vita. Sentì le costole muoversi per la pressione, ma nessun battito.

Si rimise lo strumento intorno al collo ed esaminò il cadavere, dichiarando ciò che vedeva. «Non c'è segno del genere di trauma che ci si aspetta nei casi di sodomia forzata. Niente lividi, niente lacerazioni.» Gli guardò le mani e i polsi. Il braccio sinistro era torto in una posizione innaturale, e lei notò una brutta cicatrice rosata che gli correva lungo l'avambraccio. A giudicare dall'aspetto, doveva essersi ferito dai quattro ai sei mesi prima. «Non è stato legato.»

Il ragazzo indossava una maglietta verde scuro che Sara sollevò per verificare se ci fossero altri segni evidenti di trauma. Alla base della colonna vertebrale c'era un lungo graffio che lacerava la pelle, ma non abbastanza profondo da sanguinare.

«Che cos'è?» chiese Jeffrey.

Sara non rispose, anche se c'era qualcosa di strano in quel graffio.

Sollevò la gamba destra del ragazzo per spostarla di lato, ma si fermò quando si accorse che il piede era rimasto fermo. Fece scivolare la mano sotto la gamba dei pantaloni per tastare le ossa della caviglia, poi la tibia e il perone: fu come stringere un sacchetto pieno di farina. Controllò l'altra gamba, trovandola in uno stato simile. Le ossa non erano solo rotte: si erano polverizzate.

Si sentirono chiudere degli sportelli e Sara udì Jeffrey mormorare: «Cazzo».

Pochi istanti dopo Chuck Gaines arrivò sull'argine, la camicia dell'uniforme marrone scuro tesa allo stremo sul petto mentre affrontava la discesa. Sara lo conosceva fin dalle elementari, quando lui le dava il tormento prendendola in giro per tutto: l'altezza, i buoni voti, il rosso dei suoi capelli. In quel momento si sentì felice di vederlo tanto quanto lo era da bambina.

Lena Adams era accanto a Chuck con indosso un'uniforme identica, ma che era almeno due taglie troppo grande per la sua figura esile. I pantaloni erano tenuti su da una cintura e, con gli occhiali da sole da aviatore e i capelli infilati sotto un berretto da baseball dalla visiera enorme, sembrava un bambino che si era messo per gioco i vestiti del padre, soprattutto quando perse l'equilibrio e raggiunse il fondo del letto del fiume scivolando sul sedere.

Frank si mosse per aiutarla, ma Jeffrey lo fermò con un'occhiataccia. Lena era stata una detective – una di loro – fino a sette mesi prima, e lui non l'aveva perdonata per essersene andata ed era determinato a far sì che nessun altro dei suoi uomini lo facesse.

«Maledizione!» esclamò Chuck facendo di corsa gli ultimi passi. Nonostante fosse una giornata fresca, aveva un velo di sudore sopra il labbro e il viso rosso per lo sforzo di scendere fin laggiù. Chuck era molto muscoloso, ma aveva comunque un'aria malsana. Sudava sempre, e un leggero strato di grasso dava alla sua pelle un aspetto teso e arrossato. Il suo volto era rotondo, gli occhi un po' troppo grandi. Sara non riusciva a capire se fosse colpa degli steroidi o dello scarso allenamento, ma dava l'idea che potesse venirgli un infarto da un momento all'altro.

Chuck le strizzò l'occhio con aria galante e la salutò: «Ehilà, Rossa», poi tese la mano grassoccia a Jeffrey. «Come procede, capo?»

«Chuck» rispose lui, stringendogli la mano con riluttanza. Lanciò a Lena uno sguardo rapido, poi tornò a concentrarsi sulla scena. «Ci hanno chiamati circa un'ora fa. Sara è appena arrivata.»

«Ciao, Lena» disse Sara.

Lei rispose con un cenno del capo, ma Sara non riuscì a indovinare la sua espressione dietro gli occhiali scuri. Jeffrey non fece nulla per nascondere quanto disapprovasse il loro scambio, e se fossero stati da soli, lei gli avrebbe fatto presente che il suo era un comportamento da sciocco.

Chuck batté le mani, come a voler dare sfoggio della propria autorità.

«Allora, cosa abbiamo, doc?»

«Forse un suicidio» rispose Sara, cercando di ricordare quante volte gli avesse detto di non chiamarla "doc". Forse erano tante quante le volte in cui gli aveva chiesto di non chiamarla "Rossa".

«Ah sì?» fece lui, allungando il collo. «Ma non ti sembra che gli abbiano fatto anche un servizietto?» aggiunse, indicando la parte inferiore del corpo. «A me pare di sì.»

Sara si sedette sui talloni senza rispondere. Diede un altro sguardo a Lena, chiedendosi come stesse. Aveva perso la sorella un anno prima, in quello stesso mese, e durante le indagini aveva vissuto l'inferno. Anche se c'erano un bel po' di cose in lei che non le piacevano, non avrebbe augurato a nessuno di avere a che fare con Chuck Gaines.

Lui parve rendersi conto che nessuno gli prestava attenzione. Batté ancora le mani e ordinò: «Adams, vai a controllare la zona periferica. Vedi se trovi qualche traccia».

Sorprendentemente, lei obbedì e si incamminò lungo il letto del fiume.

Sara guardò verso il ponte, schermandosi gli occhi dal sole. «Frank, potresti andare lassù a controllare se ha lasciato un biglietto o qualcos'altro?»

«Un biglietto?» ripeté Chuck.

Sara si rivolse a Jeffrey. «Immagino sia saltato dal ponte» disse. «È atterrato sui piedi. Si vedono i segni in cui le scarpe hanno colpito il terreno. L'impatto gli ha tirato giù i pantaloni e gli ha spezzato quasi tutte, se non tutte, le ossa di piedi e gambe.» Guardò l'etichetta dei jeans, controllando la taglia. «Sono un modello largo, e la forza da quell'altezza è stata notevole. Immagino che il sangue sia causato dal distaccamento degli intestini. Come vedi, parte del retto si è rivoltata ed è fuoriuscita dall'ano.»

Chuck emise un basso fischio, e Sara lo guardò senza riflettere. Lo vide muovere le labbra mentre leggeva la scritta razzista sul ponte. Poi le fece un gran sorriso e le chiese: «Come sta tua sorella?».

Sara vide Jeffrey serrare la mascella e digrignare i denti. Devon Lockwood, il padre del bambino di Tessa, era nero.

«Sta bene, Chuck» rispose lei, costringendosi a non cedere alla provocazione. «Perché me lo domandi?»

Lui le sorrise di nuovo, assicurandosi che lo vedesse mentre osservava il ponte. «Così.»

Sara continuò a fissarlo, incredula che fosse cambiato così poco dal liceo.

«La cicatrice sul braccio» intervenne Jeffrey. «Sembra recente.»

Sara fece uno sforzo e guardò il braccio della vittima, ma quando rispose aveva la gola serrata dalla collera. «Sì.»

«Sì?» ripeté Jeffrey, e c'era senza dubbio una domanda dietro quella parola.

«Sì» ribadì lei, dandogli a intendere che sapeva difendersi da sola.

Sara fece un lungo respiro per calmarsi, prima di rispondere: «La mia migliore ipotesi al momento è che sia stato un gesto deliberato, un taglio che segue la linea dell'arteria radiale. Deve essere stato portato all'ospedale».

All'improvviso, Chuck mostrò interesse per i progressi di Lena. «Adams!» strillò. «Controlla di là.» Indicò in una direzione che l'allontanava dal ponte, opposta a quella che aveva preso lei.

Sara posò le mani sui fianchi del ragazzo morto e chiese a Jeffrey: «Mi aiuti a voltarlo?».

Mentre aspettava che si mettesse i guanti, diede uno sguardo verso gli alberi, cercando Tessa. Non c'era traccia di lei. Per una volta provò un senso di sollievo, immaginandola nella sua auto.

«Pronto» dichiarò Jeffrey, le mani sulle spalle del cadavere.

Sara contò fino a tre e insieme girarono il corpo con la massima cautela.

«Oh, cazzo» squittì Chuck, alzando il tono di voce di tre ottave. Arretrò in tutta fretta, come se il corpo avesse preso fuoco all'improvviso. Jeffrey si alzò rapido, con un'espressione orripilata in volto. Matt emise un suono molto simile a un conato e si voltò di spalle.

«Bene» fece Sara, non avendo idea di cos'altro dire.

La pelle della parte finale del pene della vittima era stata strappata via quasi del tutto. Un lembo di pelle di una decina di centimetri pendeva dal glande, e una serie di piercing a manubrio bucavano la carne a intervalli irregolari.

Sara si inginocchiò accanto alla zona pelvica, esaminando il danno. Sentì qualcuno inspirare l'aria tra i denti quando tirò la pelle rimettendola nella posizione normale e studiò i margini frastagliati con cui era stata strappata via dall'organo.

Jeffrey fu il primo a parlare. «Che diavolo è quella roba?»

«Body piercing» rispose lei. «Si chiama *frenum ladder.*» Sara indicò le stanghette di metallo. «Sono piuttosto pesanti. L'impatto deve aver tirato via la pelle come un calzino.»

«Cazzo» mormorò Chuck di nuovo, fissando la ferita.

Jeffrey era incredulo. «Se l'è fatto da solo?»

Sara scrollò le spalle. Il piercing ai genitali non era affatto diffuso nella contea di Grant, ma in clinica aveva avuto a che fare con una quantità di infezioni causate dal piercing sufficiente a essere informata dell'esistenza di quella pratica.

«Gesù» bofonchiò Matt tirando un calcio al terriccio e continuando a dare le spalle a tutti loro.

Sara indicò un anellino dorato alla narice del ragazzo. «Qui la pelle è più spessa, quindi non è venuta via. Il sopracciglio...» Controllò il terreno, individuando un altro anello dorato che era rimasto conficcato nell'argilla nel punto in cui era caduto il corpo. «Forse la chiusura si è aperta all'impatto.»

Jeffrey indicò il petto. «E quello?»

C'era un rivoletto di sangue che si fermava a circa cinque centimetri dal capezzolo destro del ragazzo, che era spaccato in due. Sara fece un tentativo e srotolò la vita dei jeans. Incastrato tra la zip e i boxer c'era un terzo anello. «Piercing al capezzolo» spiegò, prendendolo. «Hai un sacchetto per questo?»

Jeffrey tirò fuori un piccolo sacchetto di carta per le prove e glielo tenne aperto, chiedendo con enorme disgusto: «È tutto?».

«Credo di no» rispose lei.

Prese la mandibola del ragazzo tra indice e pollice e gli aprì la bocca. Infilò le dita dentro con attenzione, badando a non tagliarsi. «È probabile che avesse un piercing anche alla lingua» spiegò a Jeffrey, tastando il muscolo. «La punta è recisa in due. Lo saprò quando farò l'autopsia, ma immagino che lo troverò nella gola.»

Spostò il peso sui talloni, togliendosi i guanti e osservando il corpo nell'insieme invece che nelle singole parti. Era un ragazzo di aspetto normale, a parte la scia di sangue che gli colava dal naso e andava ad allargarsi intorno alle labbra. Un pizzetto biondo-rossiccio gli abbracciava il mento in carne, e aveva basette sottili e lunghe che gli incorniciavano la mascella come un nastro colorato.

Chuck fece un passo avanti per vederlo meglio e spalancò la bocca. «Oh, cazzo. Questo è... Merda...» mugugnò, dandosi dei colpi alla testa. «Non mi ricordo il nome. Sua madre lavora al college.»

Jeffrey incurvò le spalle alla notizia. Il caso era appena diventato dieci volte più complesso.

Dal ponte, Frank gridò: «Ho trovato un biglietto».

Sara ne fu sorpresa, anche se era stata proprio lei a mandare Frank a cercarlo. Aveva avuto a che fare con un buon numero di suicidi, durante la sua carriera, e in quello c'era qualcosa che non quadrava.

Jeffrey la scrutava con attenzione, come se potesse leggerle nel pensiero. Le chiese: «Credi si sia buttato?».

Sara non voleva ancora trarre conclusioni. «Così sembrerebbe, giusto?»

Lui aspettò un attimo, poi decise. «Setacceremo la zona.»

Chuck stava per offrirsi volontario, ma lui lo prevenne. «Chuck, puoi restare qui insieme a Matt e fare una foto del volto? Voglio mostrarlo alla donna che ha trovato il corpo.»

«Ah...» Chuck parve cercare una scusa, non perché non volesse restare lì, ma perché non sopportava di accettare ordini dal capo della polizia.

Jeffrey fece un cenno a Matt, che si era deciso a voltarsi di nuovo. «Fai qualche foto.»

Matt rispose con un cenno rigido, e Sara si domandò come avrebbe fatto a scattare delle fotografie senza guardare il corpo. Chuck, dal canto suo, non riusciva a distogliere lo sguardo. Forse non aveva mai visto un cadavere. Sapendo che razza di persona era, Sara non fu sorpresa dalla sua reazione. Dalle emozioni che tradiva il suo viso, sembrava che stesse guardando un film.

«Vieni» le disse Jeffrey, aiutandola ad alzarsi.

«Ho già chiamato Carlos» gli disse Sara, riferendosi al suo assistente all'obitorio. «Dovrebbe arrivare subito. Dall'autopsia ne sapremo di più.»

«Bene» disse Jeffrey. Si rivolse a Matt. «Cerca di farne una in cui si veda bene il viso. Quando Frank torna giù, digli di venire da me alle macchine.»

Matt gli fece il saluto, sempre senza parlare.

Sara si infilò il fonendoscopio in tasca mentre si avviavano lungo il letto del fiume. Lanciò un'occhiata verso l'auto, cercando Tessa. Il sole si rifletteva sul parabrezza, trasformandolo in uno specchio luminoso.

Jeffrey aspettò di essere dove Chuck non potesse sentirli e le chiese: «Che cos'è che non stai dicendo?».

Sara tacque per un attimo, non sapendo come descrivere le proprie sensazioni. «C'è qualcosa che mi turba.»

«Potrebbe essere colpa di Chuck.»

«No» rispose. «Chuck è un cretino. Lo conosco da trent'anni.»

Jeffrey si concesse un sorriso. «E allora cos'è?»

Sara si voltò a guardare il ragazzo a terra, poi di nuovo il ponte. «Il graffio sulla schiena. Come se l'è fatto?»

«Sul parapetto del ponte?» suggerì lui.

«E come? Non è abbastanza alto. È probabile che ci si sia seduto sopra e abbia portato i piedi dall'altra parte.»

«C'è una sporgenza sotto il parapetto» le fece notare Jeffrey. «Potrebbe averci sfregato la schiena mentre cadeva.»

Sara continuava a fissare il ponte, cercando di immaginare come fossero andate davvero le cose. «So che sembra sciocco, ma se fossi stata al suo posto, non avrei voluto andare a sbatterci contro mentre cadevo giù. Mi sarei messa in piedi sul muretto e sarei saltata di sotto, lontano dalla sporgenza. Lontano da tutto.»

«Forse invece si è calato sulla sporgenza e si è graffiato.»

«Controllate se ci sono frammenti di pelle» suggerì lei, anche se dubitava che avrebbero trovato qualcosa.

«Che mi dici del fatto che è atterrato sui piedi?»

«Non è inconsueto come pensi.»

«Credi che l'abbia fatto di proposito?»

«Il salto?»

«Quella roba lì» disse lui, indicandosi il basso ventre.

«Il piercing?» chiese Sara. «Credo lo avesse da un po'. Era ben cicatrizzato.»

Jeffrey trasalì. «E perché una persona dovrebbe farsi una cosa del genere?»

«Dicono che aumenti la stimolazione sessuale.»

Lui era scettico. «Per l'uomo?»

«Anche per la donna» rispose Sara, nonostante l'idea la facesse rabbrividire. Guardò di nuovo verso la macchina, sperando di scorgere Tessa. Sara aveva la visuale libera sul punto in cui avevano parcheggiato. A parte Brad Stephens e la testimone, non si vedeva nessuno.

«Dov'è Tessa?» chiese Jeffrey.

«E chi lo sa?» rispose lei, infastidita. Si pentì di non aver portato sua sorella a casa, invece di permetterle di andare con lei.

«Brad» chiamò Jeffrey mentre si avvicinavano alle auto. «Hai visto Tessa scendere dalla collina?»

«No, signore» rispose lui.

Sara guardò sul sedile posteriore della sua macchina pensando di trovarci la sorella rannicchiata per schiacciare un pisolino. Ma era vuoto.

«Sara?» disse Jeffrey.

«Va tutto bene» rispose lei, pensando che forse Tessa aveva cominciato a scendere la collina e poi aveva scoperto di dover tornare su. Nelle ultime settimane sembrava che il bambino ballasse il tip tap sulla sua vescica.

«Vuoi che vada a cercarla?» le propose lui.

«Si sarà seduta da qualche parte a riposare.»

«Sicura?»

Lei lo liquidò con un gesto della mano, imboccando lo stesso sentiero che aveva preso Tessa salendo la collina. Gli studenti del college andavano a correre nei sentieri del bosco, che portavano da un lato della città all'altro. Dirigendosi a est per un chilometro e mezzo circa, Sara si sarebbe ritrovata alla clinica pediatrica. A ovest c'era la superstrada, mentre a nord sarebbe finita all'altro capo della città, nei pressi della casa dei Linton. Se Tessa aveva deciso di tornare a piedi senza dirlo a nessuno, l'avrebbe strozzata.

La salita era più ripida di quanto le fosse sembrato, e si fermò in cima alla collina per riprendere fiato. C'era immondizia ovunque, lattine di birra sparse come foglie morte. Guardò in giù, verso il parcheggio, dove Jeffrey stava interrogando la donna che aveva trovato il corpo. Brad Stephens la salutò con la mano e lei rispose al saluto, pensando che se lei era rimasta senza fiato dopo la salita, Tessa doveva aver fatto una gran fatica. Forse si era fermata per riprendersi prima di tornare giù. Forse aveva trovato qualche animale selvatico. Forse era entrata in travaglio. A quell'ultimo pensiero, Sara si voltò verso la linea degli alberi, seguendo un sentiero che si snodava nel bosco. Dopo qualche metro si guardò intorno, in cerca di un qualsiasi segno di sua sorella.

«Tess?» la chiamò, cercando di non cedere alla collera. Doveva essersi messa a gironzolare perdendo la cognizione del tempo. Tessa aveva smesso di portare l'orologio da qualche mese perché i polsi le si erano gonfiati troppo per il cinturino metallico.

Sara si addentrò tra gli alberi, alzando la voce e chiamandola ancora: «Tessa?».

Nonostante la giornata assolata, la foresta era immersa nell'oscurità, con i rami degli alti fusti che si intrecciavano tra loro come le dita nei giochi dei bambini, schermando quasi tutta la luce. Tuttavia Sara si portò comunque una mano sopra gli occhi, come se così facendo potesse vederci meglio.

«Tess?» ritentò, poi contò fino a venti.

Nessuna risposta.

Una brezza mosse le foglie sopra di lei e Sara avvertì un formicolio sconcertante dietro la nuca. Si sfregò le braccia nude e fece qualche altro passo seguendo il sentiero. Dopo circa cinque metri trovò una biforcazione. Entrambi i sentieri erano ben visibili, e lei notò varie impronte di scarpe da ginnastica nel terreno. Si inginocchiò, cercando di individuare quella piatta dei sandali di Tess tra tutte le altre a righe e zig-zag, quando sentì un suono dietro di sé.

Saltò su. «Tess?» Ma era solo un procione che si mostrò spaventato tanto quanto lei. Si fissarono per qualche attimo, poi l'animale trotterellò via nel bosco.

Sara si mise in piedi, battendo le mani tra loro per scrollarsi di dosso la polvere. Prese il sentiero di destra, poi tornò alla biforcazione e disegnò una freccia nel terreno con il tacco della scarpa per indicare da che parte era andata.

Non appena tracciò il segno, Sara si sentì una sciocca, ma decise che avrebbe riso di quella precauzione più tardi, mentre riaccompagnava Tessa a casa.

«Tess?» chiamò, spezzando un ramoscello da un ramo basso mentre procedeva tra gli alberi. «Tess?» disse ancora, poi si fermò, in attesa, senza avere nessuna risposta.

Più avanti vide che la stradina faceva una curva secca e poi si divideva di nuovo. Si chiese se fosse meglio andare a chiedere aiuto a Jeffrey, ma decise di lasciar perdere. Una parte di lei si sentiva una stupida per averci anche solo pensato, ma un'altra parte, più profonda, non riusciva a placare il terrore.

Avanzò ancora, chiamando sua sorella per nome. Giunta al bivio si schermò di nuovo gli occhi con la mano, guardando in entrambe le direzioni. I due viottoli si allontanavano gradualmente tra loro, quello a destra aveva una svolta netta circa venti metri più avanti. Il bosco lì era più scuro, e Sara dovette fare uno sforzo per vedere. Cominciò a disegnare una freccia verso il percorso a sinistra, ma poi le balenò qualcosa nella mente, come se gli occhi ci avessero messo un po' a riferire un'immagine al cervello. Scrutò il sentiero a destra e vide una pietra dalla forma strana subito prima della curva netta. Fece qualche passo avanti, poi corse, perché si era accorta che la pietra in realtà era un sandalo di Tessa.

«Tessa!» gridò, raccogliendolo da terra e stringendoselo al petto mentre girava su se stessa alla ricerca frenetica di sua sorella. Sara lasciò cadere la scarpa, colta da un capogiro. La gola le si serrò e il terrore che aveva represso fino a quel momento le piombò addosso, investendola. In una radura, poco più avanti, Tessa era supina, con una mano sulla pancia, l'altra distesa lungo il fianco. Aveva la testa voltata in una posizione innaturale, le labbra appena dischiuse, gli occhi serrati.

«No» ansimò Sara, correndo verso di lei. Non distava più di cinque metri, ma le parvero chilometri. Un miliardo di possibilità le sfrecciarono nella testa mentre correva verso di lei, ma nessuna la preparò a quello che si trovò di fronte.

«Oh Dio» esclamò. Scivolò a terra, sentendo cedere le ginocchia. «Oh no...»

Tessa era stata pugnalata almeno due volte alla pancia e una al petto. C'era sangue dappertutto, che trasformava il viola scuro del suo vestito in un nero bagnato e viscido. Sara guardò il viso di sua sorella. Lo scalpo era stato strappato, una parte le pendeva davanti all'occhio sinistro, e il rosso acceso della carne scoperta formava un contrasto netto con la sua pelle chiara.

«No... Tess... no!» gridò Sara, posandole una mano su una guancia, cercando di farle aprire gli occhi. «Tessie?» disse. «Dio, che cosa è successo?»

Tessa non rispose. Era inerte e non reagì quando lei poggiò lo scalpo strappato al suo posto e poi le aprì a forza le palpebre, cercando di vedere le pupille. Sara tentò di sentire il polso carotideo, ma le mani le tremavano al punto che riuscì solo a spargerle sangue sul collo, in una macabra pittura fatta con le dita. Premette l'orecchio sul petto di Tessa e l'abito zuppo le si incollò al viso mentre cercava un segno di vita.

Restando in ascolto, Sara guardò il pancione, il bambino. Dalle incisioni in basso fluivano sangue e liquido amniotico, come da un rubinetto aperto. Da un grosso strappo nel vestito viola sbucava un pezzo di intestino e lei chiuse gli occhi a quella vista, trattenendo il respiro finché non colse il leggero battito del cuore e avvertì il salire e scendere quasi impercettibile del petto di Tessa che prendeva aria nei polmoni.

«Tess?» la chiamò Sara, mettendosi a sedere e pulendosi il sangue dal viso con un braccio. «Tessie, ti prego, svegliati.»

Qualcuno pestò un rametto alle sue spalle e Sara si voltò a quel rumore improvviso con il cuore in gola. Vide Brad Stephens, a bocca aperta per lo shock. Si fissarono, restando entrambi senza parole per diversi secondi.

«Dottoressa Linton?» chiese lui infine, la voce appena udibile nella grande radura. Aveva la stessa espressione spaventata del procione che aveva incontrato lungo il sentiero.

Sara non riuscì a far altro che fissarlo. Nella sua mente gli gridava di andare a chiamare Jeffrey, di fare qualcosa, ma nella realtà non era in grado di articolare alcun suono.

«Vado a chiamare aiuto» disse lui, voltandosi e correndo via.

Sara lo osservò fin quando non lo vide sparire dietro la curva, e solo allora trovò il coraggio di guardare di nuovo Tessa. Non poteva essere vero. Erano intrappolate insieme in un incubo terrificante, ma presto lei si sarebbe svegliata, scoprendo che era tutto finito. Quella non era Tessa... non era la sua sorellina che aveva voluto seguirla a tutti i costi come faceva quando erano piccole. Era solo andata a fare due passi, alla ricerca di un posto in cui liberare la vescica. Non era lì, distesa a terra, a morire dissanguata mentre lei non poteva fare altro che tenerle la mano e piangere.

«Andrà tutto bene» le disse, allungandosi per prenderle anche l'altra mano. Sentì qualcosa di appiccicoso sulla pelle, e quando guardò nella mano destra di Tessa vide un pezzo di plastica bianco incollato al suo palmo.

«E questo cos'è?» chiese. Tessa strinse il pugno e rantolò.

«Tessa?» disse Sara, dimenticando la plastica. «Tessa, guardami.»

Lei mosse le palpebre ma non le aprì.

«Tess?» ripeté. «Tess, resta con me. Guardami.»

Lentamente, sua sorella aprì gli occhi e con un filo di voce disse: «Sara...». Le palpebre le tremarono e si chiusero di nuovo.

«Tessa, non chiudere gli occhi!» le ordinò, stringendole forte la mano e chiedendo: «Lo senti? Parlami. Senti quando ti stringo la mano?».

Tessa annuì, spalancando gli occhi come se si fosse svegliata di soprassalto da un sonno profondo.

«Respiri bene?» le chiese, accorgendosi del tono terrorizzato della sua voce. Cercò di calmarsi, sapendo che rischiava di peggiorare la situazione. «Fai fatica a respirare?»

Tessa rispose di no solo con le labbra, che le tremarono per lo sforzo.

«Tess? Dov'è che senti più male?»

Lei non rispose. Si portò una mano esitante alla testa, le dita sospese sopra lo scalpo strappato. Con la voce ridotta a poco più di un sussurro, chiese: «Cos'è successo?».

«Non lo so» rispose Sara, che non era più sicura di nulla a parte la necessità di tenerla sveglia.

Le dita di Tessa trovarono lo scalpo e la pelle si mosse sotto di esse finché Sara non le allontanò la mano. «Che cosa...?» chiese Tessa, ma non riuscì a dire altro.

Vicino alla sua testa c'era un grosso sasso con sopra una striscia di sangue e capelli. «Hai battuto la testa quando sei caduta?» chiese Sara, pensando che doveva essere andata così. «È questo che è successo?»

«Io non...»

«Qualcuno ti ha pugnalata, Tess? Riesci a ricordare?»

Sul viso di Tessa apparve una smorfia di terrore e lei abbassò una mano verso il ventre.

«No» disse Sara, prendendole la mano per impedirle di toccare le ferite. Altri rami si spezzarono e un attimo dopo Jeffrey corse verso di loro. Cadde in ginocchio accanto a Tessa, di fronte a Sara, e chiese: «Che è successo?».

Vedendolo, lei scoppiò in lacrime.

«Sara?» la chiamò, ma lei piangeva troppo e non riusciva a rispondere. «Sara» ripeté lui. L'afferrò per le spalle e le ordinò: «Sara, cerca di restare in te. Hai visto chi è stato?».

Lei si guardò intorno, rendendosi conto solo in quel momento che l'aggressore di Tessa poteva essere ancora lì.

«Sara?»

Scosse il capo. «Io non... non ho...»

Jeffrey le tastò le tasche davanti, trovò il fonendoscopio e glielo mise nella mano inerte. Quando disse: «Frank sta chiamando un'ambulanza», la sua voce le parve così lontana che a Sara parve di leggergli le labbra invece di sentire le sue parole.

«Sara?»

Era paralizzata dal terrore e non riusciva a pensare a cosa doveva fare.

Vide restringersi il campo visivo, riusciva a mettere a fuoco solo Tessa, coperta di sangue, spaventata a morte, gli occhi spalancati per lo sgomento. Qualcosa passò tra loro: un terrore assoluto, dolore, una paura accecante. Sara era incapace di muoversi.

Jeffrey la chiamò ancora una volta: «Sara?». Le posò una mano su un braccio. L'udito le tornò di colpo, come se avessero aperto una diga.

Lui le strinse il braccio abbastanza forte da farle male. «Dimmi cosa devo fare.»

In qualche modo, le sue parole la riportarono al presente. Eppure la voce le si strozzò in gola quando gli disse: «Togliti la camicia. Dobbiamo fermare l'emorragia».

Sara lo guardò mentre si toglieva giacca e cravatta, poi si slacciava i bottoni della camicia tirandola. A poco a poco sentì la mente che ricominciava a funzionare. Poteva farcela. Sapeva cosa fare.

«Quanto è grave?» le chiese Jeffrey.

Lei non rispose, perché sapeva che se avesse dato voce a quelle ferite le avrebbe rese più potenti. Invece premette la camicia sulla pancia di Tessa, poi vi posò una mano di Jeffrey, ordinandogli: «Tienila così», in modo che sapesse quanta pressione doveva esercitare.

«Tess?» la chiamò ancora, sforzandosi di essere forte per sua sorella. «Voglio che mi guardi, okay, tesoro? Guardami e avvisami se senti cambiare qualcosa, d'accordo?»

Tessa annuì, e il suo sguardo guizzò da un lato quando arrivò anche Frank.

Frank si inginocchiò accanto a Jeffrey. «L'elisoccorso sarà qui in meno di dieci minuti.» Cominciò a sbottonarsi la camicia, e proprio in quel momento nella radura arrivò anche Lena. Dietro di lei c'era Matt Hogan, le mani serrate a pugno lungo i fianchi.

«Deve essere andato da quella parte» disse loro Jeffrey, indicando il sentiero che si addentrava più a fondo nella foresta. I due corsero via senza una parola.

«Tess» disse Sara, allargando la ferita al petto per controllare quanto fosse profonda. Dalla traiettoria del coltello, sembrava che la lama fosse passata vicinissima al cuore. «So che fa male, ma cerca di resistere, okay? Ce la fai a resistere per me?»

Tess annuì, tesa, continuando a guardarsi intorno.

Con il fonendoscopio, Sara le auscultò il petto, il cuore che batteva veloce come un tamburo, il respiro irregolare. La mano riprese a tremarle quando premette lo strumento sull'addome di Tessa, in cerca del battito del feto. Una coltellata alla pancia era un colpo inferto al bambino, e non si sorprese di non riuscire a sentire il secondo battito.

Il liquido amniotico era scivolato fuori dalla ferita, distruggendo ogni protezione per il piccolo. Se la lama non lo aveva danneggiato direttamente, la perdita di sangue e fluido poteva essere comunque fatale.

Sara si sentiva addosso lo sguardo di Tessa, la domanda a cui lei non trovava il coraggio di rispondere. Se sua sorella fosse andata in shock, o se l'adrenalina avesse avuto un picco, il cuore avrebbe pompato il sangue più in fretta aumentando l'emorragia.

«È debole» disse, sentendo lo stomaco rivoltarsi per l'enormità della sua menzogna.

Si costrinse a guardarla negli occhi, le prese la mano e disse: «Il battito è debole, ma c'è».

Tessa sollevò la mano destra per toccarsi la pancia, ma Jeffrey la fermò. Guardò il suo palmo.

«Cos'è?» chiese. «Tessa, cos'hai in mano?»

Le sollevò la mano in modo che potesse vedere di cosa parlava. Il frammento di plastica si mosse al vento e lei assunse un'espressione confusa.

«L'hai presa a lui?» domandò. «Alla persona che ti ha aggredita?»

«Jeffrey» disse Sara a voce bassa. La camicia di Jeffrey era zuppa di sangue, che gli bagnava la mano fino al polso. Lui capì e fece per togliersi anche la maglietta, ma lei gli disse di no e afferrò la sua giacca, per perdere meno tempo.

Il momentaneo cambio di pressione fece gemere Tessa, che inspirò l'aria tra i denti, sibilando.

«Tess?» la chiamò forte Sara, prendendole di nuovo la mano. «Ci sei?»

Tessa annuì ancora, rigida, le labbra serrate, le narici che si allargavano per lo sforzo di respirare. Strinse la mano di Sara così forte da farle scricchiolare le ossa.

«Non hai problemi a respirare, vero?» le chiese ancora. Tessa non rispose, ma gli occhi erano vigili e guizzavano da lei a Jeffrey.

Sara cercò di non far trapelare il terrore dalla voce e ripeté: «Ce la fai a respirare?». Se Tessa non fosse più riuscita a farlo da sola, non aveva grandi speranze di aiutarla.

Jeffrey parlò con voce tesa e controllata. «Sara?» La sua mano era rigida sulla pancia di Tessa. «Credo di aver sentito una contrazione.»

Sara scosse il capo rapidamente e poggiò una mano accanto alla sua.

Sentì delle contrazioni uterine.

Alzò la voce. «Tessa? Senti più dolore qui sotto? Dolore pelvico?»

Tessa non rispose, ma cominciò a battere i denti, come se avesse freddo.

«Controllo se c'è dilatazione, okay?» l'avvisò, sollevandole il vestito. Tessa aveva le cosce coperte di sangue e liquido, un fluido nero e colloso. Sara cercò di infilare le dita nel canale, ma la normale reazione del corpo a un trauma era la tensione muscolare, ed era proprio quello che stava succedendo a sua sorella. Sara ebbe la sensazione di mettere la mano in una morsa.

«Cerca di rilassarti» disse a Tessa, tastando la cervice. I suoi ultimi turni in ostetricia risalivano ad anni prima, e perfino le letture degli ultimi tempi, fatte in preparazione al parto, erano piuttosto lacunose.

Eppure, le disse: «È tutto a posto. Sta andando bene».

«L'ho sentita di nuovo» disse Jeffrey.

Sara lo mise a tacere con uno sguardo. Non voleva che lo dicesse. Anche lei aveva sentito la contrazione, ma non poteva farci nulla. Posto che esistesse una possibilità che il bambino fosse vivo, un taglio cesareo in quella situazione avrebbe ucciso Tessa. Inoltre, se il coltello aveva reciso l'utero, sarebbe morta dissanguata prima di arrivare in ospedale.

«Va bene» disse Sara, prendendo la mano di Tessa. «Non sei dilatata. Va tutto bene. Okay, Tess? Va tutto bene.»

Tessa continuava a muovere le labbra, ma l'unico suono che emetteva era l'ansimare che accompagnava ogni respiro. Stava iperventilando, rischiando l'ipocapnia.

«Tesoro, rallenta» disse Sara, avvicinando il viso a quello di Tessa. «Cerca di rallentare il respiro, okay?»

Le mostrò come fare, inspirando a fondo ed espirando lentamente, pensando per tutto il tempo che avevano fatto la stessa cosa al corso preparto di Lamaze.

«Perfetto» le disse quando Tessa cominciò a collaborare. «Respiri lunghi e lenti.»

Sara ebbe un attimo di sollievo, ma poi ogni muscolo del viso di Tessa si contrasse di colpo. La testa cominciò a tremarle, e la mano di Sara, poi il braccio, ne assorbirono la vibrazione come un diapason. Un suono gorgogliante risalì alle labbra di Tessa, e poi un rivoletto di liquido trasparente ne colò fuori. Aveva gli occhi ancora velati, lo sguardo fisso e vuoto.

Sara tenne la voce bassa per chiedere a Frank: «Tra quanto arriva l'elisoccorso?».

«Non dovrebbe volerci ancora molto» rispose lui.

«Tessa» disse Sara, rendendo la propria voce salda, minacciosa. Non le si rivolgeva con quel tono da quando Tessa aveva dodici anni e voleva saltare dal tetto della casa. «Tessa, resisti. Resisti ancora un pochino. Ascoltami, devi resistere. Ti ordino di…»

Il corpo di sua sorella ebbe uno spasmo violento, improvviso: serrò la mascella di scatto e rovesciò gli occhi all'indietro, emettendo suoni gutturali. Le convulsioni esplosero con un'intensità spaventosa, percorrendo il suo corpo come una scarica elettrica.

Sara cercò di usare il proprio corpo come barriera per impedire a Tessa di farsi ancora più male. Lei era scossa da spasmi incontrollabili, grugniva, roteava gli occhi. Rilassò la vescica, emanando un odore di urina molto acido. Aveva la mandibola chiusa con tanta forza che i muscoli del collo sporgevano come corde d'acciaio.

Sara sentì il ronzio di un motore in lontananza, poi il rombo inconfondibile delle pale di un elicottero. Quando l'eliambulanza si fermò sopra di loro, prima di scendere verso il letto del fiume, le lacrime le bruciarono gli occhi.

«Presto» mormorò. «Vi prego, fate in fretta.»

2

Jeffrey scorse Sara dietro il finestrino dell'elicottero quando si levò in volo. Teneva la mano di Tessa premuta al petto, il capo chino come se pregasse. Né lui né Sara erano mai stati particolarmente religiosi, eppure si ritrovò a lanciare un appello a chiunque volesse ascoltarlo, implorando che Tessa si salvasse. Continuò a osservare Sara e a pregare in silenzio finché l'elicottero non fece un'ampia curva a destra, inclinandosi sopra la linea degli alberi. Più si allontanava, meno era facile per lui formulare dei pensieri, così quando lo vide prendere la direzione ovest, diretto ad Atlanta, rimase con addosso solo un senso di rabbia impotente.

Abbassò lo sguardo sulla strisciolina di plastica bianca che aveva trovato stretta nel pugno di Tessa. Gliel'aveva staccata dal palmo prima che la caricassero in elicottero, sperando che in qualche modo potesse condurli al suo assalitore. Fissandola, si sentì schiacciare dall'inutilità di quel gesto. Sia lui sia Sara l'avevano toccata. Non c'erano impronte evidenti nel sangue. Non c'era modo di sapere se fosse collegato con l'aggressione.

«Capo?» Frank porse a Jeffrey la giacca e la camicia, entrambe grondanti sangue.

«Dio santo» disse lui, tirando fuori il distintivo e il portafoglio. Erano zuppi, come i suoi vestiti. Trovò un sacchetto per le prove e vi sigillò la striscia di plastica, chiedendo: «Che diavolo è successo?».

Frank allargò le braccia, senza parole.

Quel gesto lo infastidì, ma represse la rispostaccia che gli era balzata in mente, sapendo che quanto era accaduto a Tessa Linton non poteva essere colpa di Frank. Se proprio doveva cercare un colpevole, poteva trovarlo in se stesso. Era stato a meno di cento metri da lei quando era stata aggredita, con le mani in mano; aveva capito che doveva essere successo qualcosa non vedendola in macchina, e avrebbe dovuto insistere per accompagnare Sara a cercarla.

Si infilò il sacchetto nella tasca dei pantaloni. «Dove sono Lena e Matt?» chiese.

Frank prese il cellulare.

«No» lo fermò lui. La cosa peggiore che poteva succedere a Matt mentre si trovava in mezzo al bosco era che gli squillasse il telefono. «Dagli dieci minuti.» Diede uno sguardo all'orologio, senza riuscire a capire quanto tempo fosse già passato. «Se non tornano prima, li andremo a cercare.»

«Bene.»

Jeffrey posò i suoi vestiti a terra e vi mise sopra il portafoglio e il distintivo. Riprese: «Chiama la centrale. Fatti mandare sei unità».

Frank cominciò a fare il numero e si informò: «Vuoi che lasciamo andare la testimone?».

«No» rispose lui. Senza aggiungere altro, si avviò verso le auto parcheggiate.

Cercò di riordinare i pensieri mentre camminava. Sara aveva avuto la sensazione che ci fosse qualcosa di strano nel suicidio, e il fatto che Tessa fosse stata pugnalata nelle immediate vicinanze rendeva quella possibilità ancor più plausibile. Se il ragazzo nel letto del fiume era stato assassinato, era possibile che Tessa Linton avesse sorpreso il suo assassino tra gli alberi.

«Capo» disse Brad, parlando piano come se non volesse infastidirlo. Dietro di lui, Ellen Schaffer stava parlando al cellulare.

Jeffrey lanciò un'occhiataccia a Brad. Nel giro di dieci minuti, al campus avrebbero saputo tutti cos'era successo.

Brad trasalì, rendendosi conto dell'errore commesso. «Mi scusi.»

Ellen Schaffer seguì il loro scambio, disse un rapido «Devo andare» al telefono e chiuse la chiamata.

Era una giovane bionda attraente dagli occhi nocciola e uno degli accenti da Yankee più fastidiosi che a Jeffrey capitasse di sentire da un bel po' di tempo. Indossava un paio di pantaloncini aderenti da corsa e una canottiera in Lycra ancor più minuscola. Portava bassa in vita una cintura con un lettore per la musica e aveva un sole dal disegno complesso tatuato intorno all'ombelico.

«Signorina Schaffer...» cominciò Jeffrey.

La voce della giovane si rivelò ancor più fastidiosa di come la ricordava quando gli domandò: «Se la caverà?».

«Penso di sì» rispose lui, anche se la domanda gli fece annodare le viscere. Tessa era priva di sensi quando l'avevano caricata sulla barella. Non c'era modo di sapere se si sarebbe mai risvegliata. In quel momento avrebbe preferito stare con lei, con Sara, ma all'ospedale non avrebbe potuto fare altro che aspettare. Almeno lì poteva cercare qualche risposta da dare alla famiglia Linton.

«Potrebbe raccontarmi di nuovo cos'è successo?» le chiese.

A quelle parole le tremò il labbro inferiore.

«Ha visto il corpo dal ponte?» provò a suggerirle.

«Stavo correndo. Vado sempre a correre la mattina.»

Lui guardò di nuovo l'orologio. «A quest'ora precisa?»

«Sì.»

«Sempre da sola?»

«In genere sì. A volte.»

Jeffrey dovette fare uno sforzo sovrumano per mantenere un modo di fare educato quando il suo unico desiderio era scuotere quella ragazza e costringerla a dirgli ciò che voleva sapere. «Di solito va a correre da sola?»

«Sì» rispose lei. «Mi scusi.»

«E questo è il percorso che segue sempre?»

«Sì, sempre» gli fece eco. «Passo per il ponte e salgo tra gli alberi. Ci sono dei sentieri...» Non concluse la frase, rendendosi conto che lui doveva già saperlo.

«Allora» riprese Jeffrey, riportandola alla questione, «lei segue questo stesso percorso ogni giorno?»

Ellen annuì, un cenno veloce. «Di solito non mi fermo al ponte, ma c'era qualcosa di strano. Non so perché mi sono fermata.» Serrò le labbra in una linea sottile mentre ci rifletteva. «Di solito si sentono gli uccelli cantare, i suoni della natura. Mi sembrava tutto troppo silenzioso, non so se mi capisce.»

Jeffrey la capiva. Aveva avuto la stessa strana sensazione quando era corso a cercare Sara e Tessa. Gli unici suoni che gli arrivavano erano quelli dei suoi passi che pestavano il terreno e il battito ancor più forte del cuore nelle orecchie.

Ellen riprese: «Così mi sono fermata a fare stretching, poi ho guardato giù dal parapetto... e l'ho visto».

«Non è scesa a controllare come stava?»

Lei parve in imbarazzo. «No, non l'ho fatto... avrei dovuto?»

«No» le disse, poi, per gentilezza, aggiunse: «È meglio se non ha contaminato la scena del crimine».

Lei parve sollevata. «Ho pensato...» Si guardò le mani, piangendo in silenzio. Jeffrey lanciò uno sguardo verso il bosco, angosciato dal fatto che Matt e Lena non fossero ancora tornati, soprattutto dopo il frastuono sollevato dall'elicottero. Mandarli in giro per la foresta forse non era stata un'idea brillante. La ragazza interruppe il flusso dei suoi pensieri. «Ha sofferto?»

«No» le assicurò, anche se non ne aveva idea. Riprese: «Pensiamo che si sia buttato dal ponte».

Lei parve sorpresa. «Credevo che...»

Non le diede il tempo di esaminare a fondo le proprie sensazioni. «Quindi l'ha visto e ha chiamato la polizia. Dopo che cosa ha fatto?»

«Ho aspettato sul ponte fino all'arrivo dell'agente.» Indicò Brad, che le rivolse un sorriso imbarazzato. «Poi sono arrivati gli altri e sono rimasta con loro.»

«Ha visto qualcun altro? Qualcuno tra gli alberi?»

«Solo la ragazza che saliva su per la collina» disse.

«Nessun altro?»

«No. Nessuno» rispose, guardando dietro Jeffrey. Lui si voltò e vide Matt e Lena che sbucavano dagli alberi. Lena zoppicava e avanzava con le mani tese davanti a sé per timore di cadere. Matt si offrì di aiutarla a scendere, ma lei rifiutò.

Jeffrey disse a Ellen Schaffer: «Ne riparleremo domani mattina. Grazie per la disponibilità». Poi si rivolse a Brad. «Assicurati che rientri al dormitorio.»

«Sì, signore» rispose lui, ma il capo stava già correndo su per la collina.

Le suole dei mocassini di Jeffrey scivolarono sul terreno quando corse verso Lena e Matt, con l'unico pensiero di aver messo in pericolo la vita di un'altra donna, mandando Lena nel bosco. Quando li raggiunse, il rimorso gli stringeva il petto come una morsa. Mise una mano sotto il braccio della ex detective e l'aiutò a sedersi.

«Che cosa è successo?» chiese Jeffrey, sentendosi un pappagallo, dato che aveva ripetuto quella stessa domanda un milione di volte, ormai, senza mai ottenere una risposta soddisfacente. «Stai bene?»

«Sì» rispose Lena, staccandosi da lui con tanta foga che fece il resto della discesa ruzzolando. Frank stava per andare ad aiutarla, Lena però si sottrasse, dichiarando: «Sto bene, e che cavolo», anche se sussultava ogni volta che posava il piede a terra.

I tre uomini restarono a guardare mentre lei si slacciava la scarpa e Jeffrey capì che avevano tutti in mente la stessa cosa che aveva pensato anche lui. Quando sollevò lo sguardo, Matt e Frank gli rivolsero un'occhiata accusatoria. Lena aveva rischiato di farsi davvero male nel bosco. Qualsiasi cosa le fosse successa – e qualsiasi cosa sarebbe potuta succedere – sarebbe stata colpa di Jeffrey.

Fu Lena a spezzare l'incantesimo. «Era ancora là in giro.»

«Dove?» chiese Jeffrey, sentendo il cuore accelerare.

«Quel bastardo si nascondeva dietro un albero per osservare la scena.»

Frank mormorò un «Gesù» pieno di collera, ma Jeffrey non aveva idea se ce l'avesse con l'aggressore o con lui.

«L'ho inseguito» riprese lei, senza rendersi conto della tensione o forse decidendo di ignorarla. «Sono inciampata su qualcosa. Un tronco, forse, non lo so. Posso mostrarvi dov'era nascosto.»

Jeffrey cercò di darsi una spiegazione. L'aggressore era rimasto nei paraggi per assicurarsi che Tessa venisse soccorsa oppure osservava quel che succedeva come se fosse un film, tanto per divertirsi?

Con una nota nervosa nella voce, Frank chiese a Matt: «E tu dov'eri, nel frattempo?».

Lui rispose con lo stesso tono secco. «Ci siamo divisi per coprire una zona più vasta. E un paio di minuti dopo ho visto quel tizio che correva.»

«Non avresti dovuto lasciarla da sola» borbottò Frank.

«Stavo solo seguendo la procedura» ribatté Matt, infastidito.

«Ehi, voi due» intervenne Jeffrey, cercando di fermarli. «Non c'è tempo per discutere.» Si rivolse di nuovo a Lena. «Quanto era vicino alla scena?»

«Vicino» rispose lei. «Una cinquantina di metri dal sentiero. Sono tornata indietro, pensando che se era ancora nei paraggi non poteva essere lontano, perché così avrebbe avuto una visuale sull'azione.»

«Sei riuscita a vederlo bene?» chiese Jeffrey.

«No» rispose. «Lui ha notato me prima che lo individuassi. Era accucciato dietro un albero. Forse lo eccitava vedere Sara terrorizzata.»

«Non ti ho chiesto di fare congetture» sbottò Jeffrey, detestando il tono condiscendente con cui aveva pronunciato il nome di Sara. Le due non erano mai andate d'accordo, ma non era affatto il momento adatto per tirar fuori vecchi rancori, soprattutto considerando in che condizioni si trovava Tessa in quel momento.

«Insomma, l'hai visto. E poi?» le chiese.

«Non l'ho visto» ribatté lei, ora furiosa. Jeffrey si rese conto troppo tardi di aver premuto i tasti sbagliati. Diede un'occhiata a Frank e Matt, in cerca d'aiuto, ma i loro sguardi erano tesi quanto quello di Lena.

«Continua» le disse.

Lena fu succinta. «Ho visto qualcosa che si muoveva. Lui si è alzato ed è scappato. Gli sono corsa dietro.»

«Da che parte è andato?»

Lena ci pensò su, cercando il sole con lo sguardo. «A ovest, probabilmente verso la superstrada.»

«Era bianco? Nero?»

«Bianco» disse lei, poi in tono fin troppo casuale aggiunse: «Forse».

«Forse?» ripeté lui, sapendo di stare gettando benzina sul fuoco ma senza riuscire a trattenersi.

«Te l'ho detto» ribadì Lena, sulla difensiva. «Si è voltato ed è corso via. Che cosa dovevo fare, chiedergli di rallentare in modo che potessi accertarmi del colore della pelle?»

Jeffrey tacque per un attimo, cercando di trattenere la furia. «Com'era vestito?»

«Di scuro.»

«Giaccone? Jeans?»

«Jeans, forse un giaccone. Non lo so, c'era poca luce.»

«Lungo o corto?»

«Era un giubbotto… credo.»

«Aveva armi?»

«Non sono riuscita a vedere.»

«Di che colore aveva i capelli?»

«Non lo so.»

«Non lo sai?»

«Forse aveva un cappello.»

«*Forse?*» All'improvviso, il senso di impotenza che gli cresceva dentro da quando aveva visto Tessa distesa a terra esplose dentro di lui. «Gesù Cristo, Lena, per quanto tempo sei stata in polizia?»

Lei lo fissò con lo sguardo pieno di disprezzo che Jeffrey era abituato a vedere nei sospetti che interrogava.

«Insegui un sospettato e non mi sai dire nemmeno se portava un cappello oppure no? Che diavolo ci facevi lassù, raccoglievi margherite?»

Lena continuò a fissarlo, serrando la mascella per trattenersi dal dirgli ciò che aveva in mente.

«Sei stata fortunata se non ha aggredito anche te» continuò lui. «Altrimenti su quell'elicottero sareste in due, invece che una.»

«So badare a me stessa» ribatté lei.

«E credi che il coltellino che porti alla caviglia possa proteggerti?» Lo sguardo sorpreso di Lena lo disgustò, soprattutto perché pensava di averle insegnato meglio di così. Jeffrey aveva visto la fondina da caviglia quando era caduta col sedere a terra lungo l'argine. «Dovrei incriminarti per porto d'armi nascoste» le disse.

Le si limitò a continuare a fissarlo con un odio palpabile.

«E bada a come mi guardi» l'ammonì Jeffrey.

Lena serrava i denti così forte che quando parlò fu difficile distinguere le parole. «Non lavoro più per te, *stronzo.*»

Qualcosa dentro Jeffrey era molto, molto vicino al punto di rottura. All'improvviso gli si aguzzò la vista, e tutto divenne così nitido da far paura.

«Capo» intervenne Frank posandogli una mano su una spalla. Jeffrey si calmò, rendendosi conto che si stava comportando in modo assurdo. Vide i suoi vestiti a terra, zuppi del sangue di Tessa. Gli tornò tutto in mente in quell'istante: le lacrime sul viso di Sara che le disegnavano delle scie sulle guance macchiate di sangue. Il braccio di Tessa, inerte, che pendeva dalla barella mentre la sollevavano.

Jeffrey si voltò per nascondere la propria espressione, raccolse il distintivo e lo pulì con un lembo della maglietta, cercando di guadagnare tempo per calmarsi.

Brad Stephens scelse proprio quel momento per raggiungerli, rigirando il cappello tra le mani. «Che succede, capo?» domandò.

La rabbia serrò la gola di Jeffrey. «Ti avevo detto di accompagnare la Schaffer al dormitorio.»

«Ha incontrato delle amiche» rispose lui, impallidendo. «È voluta andare con loro.» Aveva gli occhi azzurri spalancati per il terrore e balbettò: «Ho p... p... pensato che fosse meglio così. Abitano nello stesso dormitorio. Keyes House. Non credevo...».

«Okay» lo interruppe Jeffrey, sapendo che se avesse sfogato la collera su Brad si sarebbe solo sentito peggio. Disse a Frank: «Manda qualcuno dei nostri sulla superstrada. Digli che cerchiamo un uomo, a piedi. Forse ha un giubbotto, forse no». Non guardò Lena mentre pronunciava l'ultima parte della frase, anche se lei doveva sapere benissimo che una descrizione più accurata avrebbe fatto la differenza.

«Le unità dovrebbero arrivare presto» disse Frank.

Jeffrey annuì. «Voglio che setacciate l'area fino all'ultimo punto in cui Lena ha visto l'aggressore. Cerchiamo un coltello. Qualsiasi cosa di insolito.»

«Aveva qualcosa in mano» disse Lena, come se stesse offrendo un'informazione fondamentale. «Un sacchetto bianco.»

Brad Stephens inspirò di colpo, poi arrossì quando tutti si voltarono a guardarlo.

«Che c'è?» chiese Jeffrey.

Il giovane agente rispose intimorito, quasi scusandosi. «Ho visto Tessa raccogliere delle cose mentre saliva su per la collina» disse.

«Quali cose?»

«Sembrava spazzatura. Aveva in mano un sacchetto di plastica, di quelli che danno al Pig.» Si riferiva al Piggly Wiggly, il supermercato cittadino. Ci andavano a fare la spesa migliaia di persone ogni settimana.

Jeffrey si sforzò di restare in silenzio per qualche secondo. Pensò al pezzo di plastica che aveva trovato nella mano di Tessa. Il frammento poteva appartenere senza dubbio a un sacchetto della spesa.

Chiese a Brad: «Tessa aveva raccolto quel sacchetto sulla collina?». Solo allora si accorse di quanta immondizia fosse sparsa lì intorno. Gli inservienti del campus concentravano le loro energie nel pulire solo il terreno più vicino al college. Forse non pulivano quella zona da un anno intero.

«Sì, signore» disse Brad. «L'ha raccolto e ha cominciato a infilarci della roba mentre saliva.»

«Che roba?» chiese Jeffrey.

Brad ricominciò a balbettare, come gli capitava solo quando si innervosiva. «S… spazzatura, direi. Confezioni vuote, lattine, cose così.»

Jeffrey si sforzò di moderare il tono con lui, soprattutto perché quando lo sentiva balbettare si infuriava ancora di più. «Non hai pensato di andarle dietro e chiederle che cosa faceva?»

«Lei mi aveva detto di restare con la testimone» gli ricordò. Le sue guance paffute arrossirono di nuovo. «E poi, ecco… non volevo disturbarla in quel che faceva. Sa, era una c… cosa p… personale.»

Jeffrey si rivolse a Matt. «Diffondi la segnalazione via radio. Abiti scuri, forse ha in mano un sacchetto bianco.»

«Secondo te ha rubato la spazzatura?» domandò Lena, scettica.

Matt si portò il cellulare all'orecchio e si allontanò di qualche metro per diramare gli ordini di Jeffrey. Frank osservava Lena, ma non c'era modo di capire cosa pensasse.

Jeffrey vide Chuck salire verso di loro senza alcuna fretta. Si allarmò quando a un certo punto lo vide fermarsi e chinarsi a terra, ma si stava solo allacciando una scarpa. Una volta che li ebbe raggiunti, disse: «Sono rimasto con il corpo. Per proteggere la scena».

Lena lo ignorò e chiese a Jeffrey: «Pensi che ci sia un collegamento?».

Dall'espressione di Frank, Jeffrey capì che, con tutto quel che era successo, solo in quel momento si era fermato a rifletterci. Il vecchio poliziotto ci sarebbe arrivato anche da solo, prima o poi, ma Lena era sempre un passo avanti agli agenti più esperti. La sua mente agile era ciò di cui Jeffrey sentiva di più la mancanza, ora che non lavorava più per lui.

«Deve esserci un collegamento di qualche tipo» ripeté lei.

Jeffrey la mise a tacere, e non perché Chuck li stava ascoltando. Lena aveva deciso di lasciare la polizia sette mesi prima. Non faceva più parte della sua squadra.

«Fammi vedere il biglietto d'addio» disse a Frank.

«Era sotto un sasso, in fondo al ponte» lo informò lui. Si infilò una mano nella tasca posteriore e tirò fuori un foglio di un blocco ripiegato. Jeffrey evitò di sgridarlo per non aver messo il biglietto in un sacchetto per le prove. Avevano entrambi le mani abbastanza insanguinate da sporcare la carta.

Jeffrey lo guardò senza riuscire a mettere a fuoco le parole.

Chuck si portò una mano sotto il mento, riflettendo. «Pensate ancora che si sia buttato di sua volontà?»

«Sì» rispose Jeffrey, fissando la guardia del college. Chuck era del tutto inaffidabile, quando c'erano in ballo dei segreti. L'aveva sentito riferire una quantità di pettegolezzi tale da sapere benissimo che non poteva fidarsi di lui.

Frank corroborò la sua versione. «Un assassino l'avrebbe pugnalato, non l'avrebbe certo spinto giù dal ponte. Non cambiano modus operandi da un momento all'altro.»

«In effetti» concordò Chuck, anche se chiunque, dotato di un briciolo di intelligenza, avrebbe fatto altre domande.

Jeffrey riconsegnò il foglio a Frank. «Quando arriva una squadra, prendi in carico l'altro lato del fiume. Voglio una ricerca a tappeto. Rivoltate ogni sasso, se necessario. Ci siamo capiti?»

«Sì» rispose lui. «Cominceremo dal fiume e andremo verso la superstrada.»

«Bene.»

Matt aveva finito di telefonare e Jeffrey gli assegnò un altro incarico. «Chiama Macon e vedi se riesci a farti mandare dei cani.»

Chuck si mise a braccia conserte. «Chiamo un paio dei miei...»

Jeffrey gli puntò un dito contro. «Tieni i tuoi uomini alla larga dalla mia scena del crimine» ordinò.

L'altro non si fece intimidire. «Questa è proprietà del college.»

Il capo della polizia indicò il ragazzo morto nel letto del fiume. «L'unica cosa che compete al college è scoprire chi è la vittima e informare la madre.»

«È Rosen» disse Chuck, sulla difensiva. «Andy Rosen.»

«Rosen?» ripeté Lena.

«Lo conoscevi?» le chiese Jeffrey.

Lei scosse il capo, ma era chiaro che stava nascondendo qualcosa.

«Lena?» la incalzò, per darle la possibilità di chiarire.

«Ho detto di no» ribadì lei, e Jeffrey non riuscì più a capire se stesse mentendo o se si stesse solo divertendo a fargli perdere la pazienza. In ogni caso non aveva tempo per star dietro ai suoi giochetti.

«Sei tu a capo delle ricerche» disse a Frank. «Io devo occuparmi di una cosa.»

Il detective annuì, forse immaginando dove doveva andare il capo.

Jeffrey disse a Chuck: «Fai venire la madre in biblioteca a parlare con me tra un'ora». Indicò Lena con il pollice. «Fossi in te, incaricherei lei di dare la notizia. Ha molta più esperienza di te in questo genere di cose.»

Diede un altro sguardo a Lena, immaginando che apprezzasse le sue parole, ma da come lo fissava, capì che non le sembrava affatto che le avesse fatto un favore.

Jeffrey aveva sempre una camicia di ricambio, ma era impossibile togliersi tutto quel sangue dalle mani, pur sfregandolo via in ogni modo. Con una bottiglia d'acqua si era pulito il petto e la parte superiore del corpo, ma aveva ancora le unghie orlate di rosso. L'anello dell'università era intriso di sangue secco che circondava il numero della sua maglia della squadra di football e quello dell'anno in cui si sarebbe laureato, se avesse proseguito gli studi. Gli venne in mente *Macbeth,* il senso di colpa aumentato dalla presenza del sangue, che rendeva tutto molto peggiore di quel che era.

Tessa non sarebbe mai dovuta andare sulla collina. C'erano tre poliziotti esperti e armati di pistola a meno di trenta metri da lei, eppure era stata pugnalata quasi a morte. Avrebbe dovuto proteggerla. Avrebbe dovuto fare qualcosa.

Si fermò sul vialetto di casa dei Linton e parcheggiò dietro il furgone di Eddie. Si costrinse a scendere dall'auto invaso da un terrore assoluto.

Da quando lui e Sara avevano divorziato, Eddie Linton non aveva mai fatto mistero dell'opinione che aveva di lui, e cioè che lo considerava solo un pezzo di merda spalmato sulla suola della scarpa di sua figlia maggiore. Nonostante tutto, però, si sentiva molto vicino a lui. Eddie era stato un bravo padre, il genere di figura che Jeffrey avrebbe desiderato avere accanto quando era piccolo. Conosceva i Linton da oltre dieci anni, ormai, e quando era sposato con Sara si era sentito parte di una famiglia per la prima volta in vita sua. Per molti versi, considerava Tessa una sorella minore.

Jeffrey fece un respiro profondo mentre percorreva il vialetto. Un refolo di brezza gli diede un brivido e si accorse che stava sudando. Dal retro della casa arrivava della musica e lui decise di fare il giro anziché andare a bussare alla porta principale. Si fermò di colpo quando riconobbe la canzone che trasmettevano alla radio.

Sara non era un'amante del clamore e delle formalità, così si erano sposati in casa dei Linton. Si erano scambiati le promesse in salotto e avevano dato un piccolo ricevimento per parenti e amici nel giardino sul retro. Il loro primo ballo da marito e moglie era stato con quella canzone in sottofondo. Ricordava ancora com'era stato stringerla, sentire la sua mano sulla nuca che lo accarezzava con dolcezza, la vicinanza del suo corpo che era casta eppure al tempo stesso l'esperienza più sensuale della sua vita. Sara era una ballerina terribile, eppure forse era stato il vino, o il momento, a conferirle una coordinazione miracolosa, così avevano ballato finché la madre di lei non era andata a ricordare loro che dovevano correre a prendere l'aereo. Eddie aveva cercato di fermarla: perfino allora, non aveva voluto lasciar andare Sara.

Jeffrey si costrinse ad avanzare ancora. Aveva portato via una figlia a quella famiglia, quel giorno di tanto tempo prima, e adesso stava per dir loro che forse ne avrebbero persa un'altra.

Quando svoltò l'angolo, vide Cathy Linton ridere di qualcosa che aveva detto Eddie. Erano seduti sul portico sul retro, ignari di tutto mentre ascoltavano Shelby Lynne e si godevano una tranquilla domenica pomeriggio, proprio come quasi tutti gli abitanti della contea di Grant. Cathy era su una sedia a sdraio, i piedi poggiati su uno sgabello, mentre Eddie le metteva lo smalto alle unghie.

La madre di Sara era una donna bellissima, con qualche filo grigio tra i lunghi capelli biondi. Doveva avere quasi sessant'anni, eppure era molto giovanile. Cathy aveva un che di sexy e alla mano che Jeffrey aveva sempre trovato attraente. Anche se Sara sosteneva di non somigliare affatto a sua madre – era alta, mentre Cathy era minuta, e formosa, mentre Cathy era snella quasi come un ragazzo – le due avevano molto in comune. Sara aveva la pelle perfetta di sua madre e quel sorriso che ti faceva sentire come se fossi la persona più importante del pianeta, quando lo rivolgeva a te. Aveva anche il suo sarcasmo acuto, e sapeva come metterti al tuo posto con una battutina che poteva sembrare un complimento.

Quando vide Jeffrey, Cathy gli sorrise. «Ci sei mancato, a pranzo.»

Eddie raddrizzò la schiena e tappò lo smalto, mormorando qualcosa che l'ex genero fu felice di non riuscire a cogliere.

Cathy alzò il volume della radio, pensando senza dubbio al matrimonio. Cantò con voce roca: «*I'm confessing that I love you…*», guardandolo con un'espressione scherzosa così simile a quella di Sara che fu costretto distogliere lo sguardo.

Lei abbassò la musica, immaginando che fosse successo qualcosa. Forse pensava che lui e Sara avessero litigato. «Le ragazze dovrebbero tornare da un momento all'altro. Non so perché ci mettano tanto.»

Jeffrey si avvicinò. Sentiva le gambe instabili, il passo incerto, e capì che quanto stava per dire avrebbe cambiato tutto. Cathy e Eddie avrebbero ricordato per sempre quel pomeriggio, quel momento preciso, che avrebbe sconvolto le loro vite. Come poliziotto, aveva dato notizie del genere decine di volte, aveva informato decine di genitori, mogli, mariti e amici che un loro caro era stato ferito, o peggio, non sarebbe tornato a casa. Ma non si era mai trattato di qualcuno che gli era così vicino. Riferire l'accaduto ai Linton sarebbe stato quasi come tornare in quella radura, vedere Sara sconvolta di fronte a sua sorella che si dissanguava, con la consapevolezza di non poter fare niente per aiutare nessuna delle due.

Jeffrey si rese conto che lo stavano fissando perché era rimasto in silenzio troppo a lungo. «Dov'è Devon?» chiese, dato che non ce l'avrebbe fatta a raccontarlo due volte.

Cathy gli puntò addosso uno sguardo interrogativo. «È da sua madre» rispose, con lo stesso tono che Sara aveva usato meno di un'ora prima con Tessa: teso, controllato, pieno di paura. Poi aprì la bocca per chiedere, ma non ne uscì alcun suono.

Jeffrey salì i gradini lentamente, domandandosi come avrebbe fatto a dirglielo. Si fermò sull'ultimo scalino, infilando le mani in tasca. Cathy le seguì con lo sguardo, quelle mani insanguinate, macchiate dalla colpa.

La vide muovere la gola, deglutendo. Cathy si portò una mano alla bocca, gli occhi di colpo pieni di lacrime.

Fu Eddie a parlare per sua moglie, dando voce all'unica domanda che un genitore di due figli avrebbe fatto: «Quale?».

3

Lena sfruttò la distorsione alla caviglia come scusa per attardarsi dietro Chuck, sapendo che non sarebbe riuscita a tenere a freno la collera se lui avesse cercato di mettersi a chiacchierare. Aveva bisogno di stare da sola almeno un paio di minuti per riflettere su quanto era appena successo con Jeffrey. Non riusciva a scrollarsi di dosso il modo in cui l'aveva guardata. Era stato furioso con lei in passato, ma mai come quel giorno.

Quel giorno, nei suoi occhi aveva visto puro odio.

Nell'ultimo anno, la vita di Lena era stata un susseguirsi di situazioni di merda, dalla perdita del lavoro alla caduta lungo l'argine del fiume. Non c'era da meravigliarsi se Jeffrey l'aveva allontanata dalla polizia. Aveva ragione lui: era inaffidabile. Non aveva più potuto contare su di lei perché lei gli aveva dimostrato continuamente di non meritarlo. E stavolta con il suo comportamento forse aveva compromesso ogni possibilità di prendere l'uomo che aveva pugnalato Tessa Linton.

«Cammina, Adams» le disse Chuck da sopra una spalla. Era mezzo metro avanti a lei, che fissò la sua grossa schiena, incanalando verso di lui tutto il disprezzo che provava.

«Forza, Adams, fattela passare» riprese lui.

«Sto bene.»

«Certo» fece Chuck, rallentando. Le rivolse un sorrisetto. «Allora… a quanto pare il capo non stravede per te.»

«Nemmeno per te» gli ricordò.

Lui ridacchiò, come se avesse fatto una battuta anziché fargli notare la realtà. Lena non aveva mai conosciuto nessuno altrettanto bravo a ignorare l'evidenza.

«Non gli piaccio solo perché al liceo sono uscito con la sua ragazza» disse Chuck.

«Con Sara Linton?» chiese Lena, immaginando che ci fossero le stesse possibilità che fosse andato a cena con la regina d'Inghilterra.

Chuck scrollò le spalle. «È stato tanto tempo fa. Siete amiche, voi due?»

«Sì» mentì lei. Sara non era esattamente una buona amica. «Non me ne ha mai parlato.»

«Perché ancora ci soffre» dichiarò lui. «L'ho lasciata per un'altra.»

«Certo» disse Lena. Era tipico di Chuck. Pensava che la gente credesse a ogni parola che gli usciva di bocca, ed era convinto di essere rispettato all'università, anche se tutti sapevano che l'unico motivo per cui aveva avuto quel lavoro era perché suo padre aveva fatto una telefonata a Kevin Blake, il rettore del Grant Tech. Albert Gaines, presidente del Grant Trust and Loan, aveva un'ottima rete di conoscenze in città, soprattutto al college. Quando Chuck era tornato a casa dopo aver passato otto anni nell'esercito, era stato assunto direttamente come capo della sicurezza del campus senza battere ciglio.

Dovere stare agli ordini di un uomo come Chuck era un boccone amaro che Lena era costretta a mandar giù ogni giorno. Non aveva avuto molta scelta, dopo aver riconsegnato il distintivo. A trentaquattro anni, non sapeva far altro se non l'agente di polizia. Era entrata in accademia subito dopo le superiori e non si era mai guardata indietro. Le uniche altre mansioni per cui era qualificata erano girare hamburger o fare le pulizie, e nessuna delle due l'attirava granché.

Subito dopo aver lasciato la polizia, Lena aveva preso in considerazione l'idea di andarsene lontano, magari in Messico, alla ricerca della famiglia di sua nonna, oppure di partire volontaria da qualche parte oltreoceano, ma poi la realtà aveva avuto la meglio su di lei, facendole capire che alla banca non interessava se lei sentiva l'esigenza di cambiare aria: le rate della macchina dovevano arrivare comunque tutti i mesi. Anche contando la misera invalidità che riceveva dal dipartimento di polizia e quel poco denaro che era riuscita a mettere da parte vendendo la casa, non se la passava benissimo.

Il lavoro al college le offriva un alloggio gratuito nel campus e l'assistenza sanitaria al posto di un reddito dignitoso. Certo, la casa era uno schifo e l'assicurazione sanitaria aveva una franchigia così alta che Lena andava nel panico ogni volta che sternutiva, ma almeno era un lavoro stabile che la salvava dalla necessità di trasferirsi a casa di suo zio Hank. Tornare a Reece, dove Hank aveva cresciuto lei e sua sorella gemella, Sibyl, sarebbe stato troppo facile. Così come sarebbe stato troppo facile sedersi nel bar di Hank e bere fino a cancellare i suoi incubi; nascondersi dal resto del mondo, facendo passare altri trent'anni per ritrovarsi ancora sullo stesso sgabello, con solo le cicatrici sulle mani rimaste a ricordarle per quale motivo avesse cominciato a bere.

Lena era stata violentata poco più di un anno prima. Non solo stuprata, ma anche rapita, rinchiusa in casa del suo aguzzino per giorni. I ricordi di quei momenti erano frammentari, perché era stata drogata per quasi tutto il tempo, e la sua mente si era rifugiata in un posto sicuro mentre il suo corpo veniva brutalizzato. I segni sulle mani e sui piedi erano lì a ricordarle per sempre che era stata inchiodata sul pavimento, a braccia e gambe divaricate, per essere a disposizione del suo aggressore in qualsiasi momento. Nei giorni più freddi le mani le facevano ancora male, ma il dolore non era nulla rispetto al terrore che aveva provato vedendo quei lunghi chiodi che le venivano conficcati nella carne a martellate.

Prima di puntare lei, lo stesso animale aveva ucciso Sibyl, la sorella di Lena, e il fatto che anche lui fosse morto non le dava alcun sollievo. Continuava a ripresentarsi nei suoi sogni, dando vita a incubi così vividi che a volte si svegliava sudando freddo, aggrappandosi alle lenzuola, avvertendo la sua presenza nella stanza. E peggio ancora erano i sogni che non erano incubi, quelli in cui lui la toccava con tanta delicatezza da farle formicolare la pelle, e lei si svegliava confusa ed eccitata, il corpo che fremeva in risposta alle immagini erotiche evocate dalla sua mente addormentata. Sapeva che le droghe che le aveva dato durante l'aggressione avevano ingannato il suo corpo, inducendolo a reagire così a lui, ma non riusciva a perdonarsi. A volte si sentiva ancora addosso il suo tocco, morbido come la tela di un ragno, e si ritrovava a tremare così forte che solo una doccia rovente riusciva a restituirle la sensazione che la pelle le appartenesse di nuovo.

Lena non sapeva se fosse stata la disperazione o la stupidità a indurla a rivolgersi al centro di assistenza psicologica del campus, un mese prima. Qualsiasi cosa l'avesse spinta a farlo, le tre sedute e mezza che era riuscita a sostenere erano state un errore enorme. Parlare con una sconosciuta di quel che le era successo – anche se non era arrivata nemmeno vicino alla parte peggiore – era insopportabile. Alcune cose erano troppo intime per poterle confessare. Dopo dieci minuti della quarta seduta, particolarmente dolorosa, Lena si era alzata ed era uscita dal centro per non farvi ritorno mai più. Almeno fino a quel momento. Adesso doveva andare a dire alla stessa dottoressa che suo figlio era morto.

«Adams» disse Chuck da sopra una spalla. «Tu la conosci, questa pollastra?»

Chuck divideva le donne in pollastre o puttane, a seconda se pensava di potersele portare a letto o no. Lena sperava con tutto il cuore che l'avesse già definita puttana, anche se a volte aveva la sensazione che Chuck fosse convinto che si sarebbe gettata ai suoi piedi, prima o poi.

«Non la conosco» disse lei. Poi, per precauzione, aggiunse: «L'ho vista in giro per il campus».

Lui si voltò di nuovo a guardarla, ma era bravo a capire le persone tanto quanto lo era a farsi degli amici.

«Rosen» disse Chuck. «Non ti sembra un nome ebraico?»

Lena si strinse nelle spalle: non ci aveva mai pensato più di tanto. L'integrazione nel Grant Tech era buona, e a parte uno o due cretini che da qualche tempo avevano deciso di imbrattare ovunque con scritte razziste, nel campus c'era un certo equilibrio.

«Spero non sia...» Chuck emise un fischio, ruotando un dito accanto a una tempia. Certo, secondo lui chiunque lavorasse in un centro per la salute mentale doveva essere pazzo.

Lena non gli diede la soddisfazione di una risposta. Stava cercando di immaginare se qualcuno nel centro potesse riconoscerla. Di domenica chiudeva alle due, ma Rosen aveva acconsentito a incontrarla fuori orario, forse perché il caso di Lena era ben noto a tutti. Chiunque fosse in grado di leggere un giornale conosceva i dettagli più turpi del suo rapimento e dello stupro.

Forse la dottoressa Rosen era stata felicissima quando aveva ricevuto la sua telefonata.

«Eccoci» disse Chuck aprendo la porta del centro.

Lena afferrò la porta un attimo prima che le sbattesse in faccia e lo seguì nella sala d'attesa affollata.

Come quasi tutti i college, il Grant Tech aveva a disposizione fondi insufficienti per il dipartimento di salute mentale. Soprattutto in Georgia, dove le borse di studio HOPE (Helping Outstanding Pupils Educationally), finanziate dalla lotteria dello Stato, garantivano la frequenza a un'università pubblica quasi a chiunque sapesse tracciare un cerchio con una matita, erano sempre di più i ragazzi che non riuscivano a gestire lo stress emotivo della distanza da casa o della necessità di lavorare duramente. Essendo un ateneo tecnico, il Grant tendeva ad avere tra i suoi studenti dei geni della matematica, o comunque delle menti brillanti. Erano personalità incapaci di affrontare nel modo giusto un fallimento, e il centro di assistenza psicologica rischiava di esplodere, pieno com'era di nuovi studenti. Se il loro piano assicurativo somigliava a quello di Lena, purtroppo i ragazzi non avevano altra scelta se non cercare aiuto gratuito al college.

Chuck si sistemò i pantaloni avviandosi verso il desk. Lena quasi gli lesse nel pensiero mentre osservava la stanza, notando che i pazienti erano quasi tutti ragazze molto giovani, con indosso magliette corte e jeans a vita bassa. Anche Lena aveva una sua opinione su di loro: credeva che i loro più grandi problemi fossero i rapporti con i ragazzi e la nostalgia del cagnolino di casa. Di sicuro non avevano idea di cosa significasse avere dei problemi reali, che ti tenevano sveglia di notte, ad aspettare zuppa di sudore l'arrivo della mattina per poter tornare a respirare.

«Ehilà?» disse Chuck, battendo il palmo sul campanello sul bancone. Alcune donne sobbalzarono a quel suono e lanciarono un'occhiataccia a Lena, come se si aspettassero che lo tenesse a bada.

«Ehilà?» ripeté lui, sporgendosi oltre il desk e cercando di vedere nel corridoio.

La sua voce risuonava così forte in quella stanzetta che a Lena venne voglia di tapparsi le orecchie. Invece puntò lo sguardo a terra, cercando di nascondere l'imbarazzo che provava.

Alla fine apparve la receptionist, una ragazza alta dai capelli biondo ramato e un'espressione seccata in volto. Guardò Lena e non diede segno di riconoscerla.

«Eccoti qua» commentò Chuck, sorridendole come se fossero vecchi amici.

«Sì?»

«Carla?» disse lui, leggendo il nome sul cartellino e indugiando sul petto con lo sguardo.

Lei incrociò le braccia. «Che c'è?»

Lena intervenne, parlando a voce bassa. «Abbiamo bisogno di vedere la dottoressa Rosen.»

«È in seduta, non può essere disturbata.»

Lena stava per prenderla da parte e spiegarle in privato la situazione, quando Chuck proseguì, senza mezzi termini: «Suo figlio si è ammazzato un'ora fa».

Nella stanza si levò un generale mormorio di sorpresa. Delle riviste caddero a terra e due ragazze uscirono dalla porta una dopo l'altra.

Carla impiegò qualche istante per riprendersi dallo shock, poi disse: «Vado a chiamarla».

Lena la fermò. «Ci penso io a informarla. Basta che mi accompagni al suo studio.»

La ragazza esalò un sospiro di sollievo. «Grazie.»

Chuck si mise alle calcagna di Lena seguendo la receptionist per il corridoio lungo e stretto. Lena fu assalita dalla claustrofobia e quando arrivò all'ufficio di Jill Rosen era in un bagno di sudore.

Con il suo tipico modo di fare, capace solo di peggiorare le situazioni, Chuck si piazzò accanto a Lena, quasi incombendo su di lei. Le arrivò l'odore del suo dopobarba, mescolato con quello della gomma da masticare che le fece schioccare in un orecchio. Lena trattenne il fiato, voltando il capo dall'altra parte per resistere alla nausea.

La ragazza bussò piano alla porta. «Jill?»

Lena si allargò il colletto, in cerca d'aria.

La dottoressa Rosen aprì la porta con aria esasperata. «Sì?» chiese.

Poi vide Lena, e riconoscendola le rivolse un sorriso incuriosito. Aprì la bocca per dirle qualcosa, ma lei la prevenne.

«È la dottoressa Rosen?» le chiese, consapevole del proprio tono gracchiante.

La donna guardò lei e poi Chuck, esitando per un attimo prima di voltarsi verso la paziente presente nel suo studio dicendo: «Torno subito, Lily». Chiuse la porta. «Da questa parte.»

Lena lanciò un'occhiataccia a Chuck perché non la seguisse, ma lui la tallonò comunque.

La dottoressa si fermò davanti a una porta aperta e indicò l'interno della stanza. «Possiamo parlare qui dentro.»

Lena era stata solo nella sala d'attesa della psicologa, così rimase sorpresa quando si ritrovò in un'ampia sala riunioni. Era uno spazio caldo e aperto, con molte piante, proprio come lo era lo studio. Le pareti erano dipinte di un grigio chiaro, rassicurante. C'erano sedie ricoperte di un tessuto color malva sistemate intorno a un lungo tavolo da conferenze in mogano. Una parete era occupata da grossi schedari a quattro cassetti, e con suo sollievo Lena notò che erano chiusi con dei lucchetti per evitare che qualcuno andasse a curiosarci.

La dottoressa si voltò, scostandosi i capelli dagli occhi. Jill Rosen aveva il viso magro e i capelli castani scuri che le arrivavano alle spalle. Era una donna attraente per la sua età, che doveva essere appena oltre la quarantina, e vestiva in modo semplice, con camicette lunghe e ampie e gonne che si addicevano alla sua figura.

Aveva un modo di fare molto pragmatico che aveva spiazzato Lena, soprattutto quando la dottoressa l'aveva definita un'alcolista dopo tre sedute soltanto. Si chiedeva come facesse ad avere ancora dei pazienti, con quell'atteggiamento. D'altra parte, però, il fatto che il figlio di una strizzacervelli si fosse buttato giù da un ponte la diceva lunga sulle sue capacità professionali.

Come c'era da aspettarsi, la Rosen andò dritto al punto. «Qual è il problema?»

Lena inspirò a fondo, domandandosi quanto sarebbe stato difficile, considerando che si conoscevano già. Decise di essere diretta. «Siamo qui per suo figlio.»

«Andy?» domandò lei, accomodandosi su una sedia come un palloncino che si sgonfiava lentamente. Restò seduta così, la schiena dritta, le mani giunte sulle gambe, l'immagine perfetta della compostezza, a parte lo sguardo terrorizzato che aveva negli occhi. Lena non aveva mai letto con tanta chiarezza l'espressione di nessuno. Quella donna era spaventata a morte.

«È...» Si fermò, si schiarì la gola e le si riempirono gli occhi di lacrime. «Si è messo nei guai?»

Lena si ricordò che c'era anche Chuck. Era sulla soglia, le mani infilate in tasca come se stesse assistendo a un talk show. Senza dargli il tempo di protestare, gli chiuse la porta in faccia.

«Mi perdoni» disse Lena poggiando i palmi sul tavolo mentre si sedeva. Le scuse erano per Chuck, ma la donna interpretò altrimenti le sue parole.

«Che succede?» la implorò la dottoressa, e all'improvviso la disperazione le riempì la voce.

«Volevo...»

Senza preavviso, la donna allungò le mani e afferrò quelle di Lena. Lei sussultò, ma la dottoressa non parve accorgersene. Dopo lo stupro, il solo pensiero di toccare qualcuno – o peggio, di essere toccata – dava i sudori freddi a Lena. L'intimità di quel gesto le fece risalire la bile in gola.

«Dov'è?» chiese la dottoressa.

Lena cominciò ad agitare una gamba, rimbalzando con il tallone in modo incontrollato. Quando parlò, le si strozzò la voce, ma non per la commozione. «Ho bisogno di mostrarle una fotografia.»

«No» si rifiutò lei, stringendole le mani come se fosse sospesa su un baratro e Lena fosse l'unica cosa che poteva impedirle di cadere. «No.»

Lena liberò a fatica una mano e tirò fuori la Polaroid dalla tasca. Sollevò la foto, ma Rosen distolse lo sguardo, chiudendo gli occhi come una bambina.

«Dottoressa» cominciò lei. Poi, addolcendo il tono: «Jill, questo è suo figlio?».

Lei guardò Lena, non la fotografia, e nei suoi occhi c'era un odio cocente.

«Mi dica se è lui» insisté Lena, che desiderava solo chiudere la questione.

Alla fine la donna guardò la Polaroid. Allargò le narici e serrò le labbra in una linea sottile, come se cercasse di ricacciare indietro le lacrime. Dall'espressione della donna Lena capì che il ragazzo deceduto era suo figlio, ma Rosen non lo disse subito: continuò a fissare l'immagine, cercando di convincere la sua mente che quanto le mostravano gli occhi era la realtà. Forse senza accorgersene la dottoressa accarezzò col pollice la cicatrice sul dorso della mano di Lena, come se fosse un talismano.

La sensazione che le diede fu come se avessero passato della carta vetrata su una lavagna, e Lena serrò i denti più forte che poté per non gridare.

Alla fine Jill Rosen chiese: «Dove?».

«L'abbiamo trovato nell'area ovest del campus» le spiegò Lena, provando un tale bisogno di tirare via la mano che il braccio cominciò a tremarle.

Senza rendersene conto, la dottoressa chiese ancora: «Che cosa è successo?».

Lena si leccò le labbra, anche se aveva la bocca arida come il deserto. «Si è buttato» disse, cercando di respirare. «Da un ponte.» Si interruppe. Poi riprese: «Pensiamo che…».

«Cosa?» chiese Jill Rosen, la mano sempre aggrappata alla sua.

Lena non ne poteva più, e si ritrovò a implorarla. «La prego, mi scusi…» Un'espressione incerta apparve sul volto della donna, facendola sentire ancora più in trappola. Alzò il tono di voce a ogni parola, finché non si ritrovò a gridare: «Mi lasci andare la mano!».

La dottoressa si tirò indietro di scatto e Lena si alzò, rovesciando la sedia e allontanandosi da lei fino a raggiungere la porta.

Jill Rosen era sconvolta. «Mi dispiace.»

«No.» Lena si appoggiò con la schiena alla porta, passandosi le mani sulle cosce come se le stesse pulendo. «È tutto a posto» disse, con il cuore che le batteva all'impazzata. «Non avrei dovuto gridare.»

«Dovevo capire...»

«La prego» la interruppe Lena, sentendo il calore sulle gambe per la frizione. Si fermò e si afferrò le mani, sfregandole come se avesse freddo.

«Lena» disse Jill Rosen, raddrizzandosi ma senza alzarsi. «Va tutto bene, qui è al sicuro.»

«Lo so» rispose lei, ma con un filo di voce, e con in bocca il sapore amaro della paura. «Sto bene» ribadì, ma continuava a torcersi le mani. Abbassò lo sguardo, premendo il pollice nella cicatrice del palmo e passandocelo sopra come se potesse cancellarla. «Sto bene, sto bene» ripeté.

«Lena...» cominciò la psicologa, ma non finì la frase.

Lena si concentrò sul respiro, calmandosi. Aveva le mani arrossate e appiccicose di sudore, le cicatrici che sporgevano rabbiose. Si costrinse a fermarsi infilandosele sotto le braccia. Si comportava come una psicopatica. Il suo era il tipico modo di agire delle persone disturbate. Di sicuro la dottoressa l'avrebbe segnalata.

«Lena?» provò ancora Jill Rosen.

Lei cercò di scherzarci su. «Mi sono solo innervosita» disse, sistemandosi i capelli dietro un orecchio, e il sudore li appiccicò alla pelle.

Per ragioni che non sapeva spiegarsi, sentiva il bisogno di dire qualcosa di malvagio, che devastasse la dottoressa e la portasse così al suo stesso livello.

Forse la donna capì cosa stava per succedere, perché chiese: «Con chi devo parlare alla polizia?».

Lena la fissò: per un istante aveva dimenticato perché fosse lì.

«Lena?» la chiamò ancora lei. Era tornata in sé, le mani giunte sul grembo, la postura rigida.

«Io...» Lena si interruppe. «Jeffrey Tolliver verrà in biblioteca tra circa mezz'ora.»

Lei la guardò fisso, come se non riuscisse a decidere cosa fare. Per una madre, aspettare mezz'ora per poter conoscere i dettagli di quanto era accaduto a suo figlio doveva sembrare un'eternità.

«Lui non sa di...» riprese Lena, e indicò lo spazio tra loro.

«La terapia?» disse la dottoressa al suo posto, come se Lena fosse una sciocca incapace di pronunciare quella parola.

«Mi spiace» ripeté Lena, e stavolta lo disse con sincerità. Era stata mandata lì per consolare Jill Rosen, non per gridarle contro. Jeffrey aveva detto a Chuck che la sua presenza sarebbe stata un vantaggio, e lei aveva rovinato tutto nel giro di cinque minuti.

Ritentò. «Mi dispiace davvero.»

La psicologa sollevò il mento, ascoltando le sue scuse ma senza accettarle.

Lena rimise a posto la sedia. Il desiderio di fuggire da quella stanza era così potente che le facevano male le gambe.

«Mi dica cos'è successo. Ho bisogno di saperlo» disse Jill Rosen.

Lei posò le mani sullo schienale della sedia, stringendolo forte. «Sembra che sia saltato giù dal ponte vicino al bosco. Una studentessa l'ha trovato e ha chiamato la polizia. Poco dopo è arrivato il medico legale e ha dichiarato il decesso.»

La psicologa inspirò l'aria e la trattenne nel petto per qualche istante. «Passa di lì per andare all'università.»

«Per il ponte?» le chiese, intuendo che doveva abitare nei pressi di Main Street, come molti professori.

«Gli rubavano la bici di continuo» disse lei, e Lena annuì. I furti di biciclette erano una costante al campus, e la squadra di sicurezza non aveva idea di chi fosse il colpevole.

Jill Rosen sospirò di nuovo, come se lasciasse andare il dolore in piccole boccate.

«È stata una cosa… rapida?» chiese.

«Non lo so» disse Lena. «Penso di sì. Quel genere di cose… deve essere successo in fretta.»

«Andy è un maniaco depressivo» spiegò la dottoressa. «È sempre stato un ragazzo sensibile, ma suo padre e io siamo…» Si interruppe, come se non volesse caricare Lena di troppe informazioni. E considerando il modo in cui si era comportata, non poteva biasimarla.

«Ha lasciato un biglietto?» chiese ancora la donna.

Lena lo tirò fuori dalla tasca posteriore e lo posò sul tavolo. La psicologa esitò un attimo prima di prenderlo.

«Quelle non sono di Andy» la informò Lena indicando le impronte insanguinate che Jeffrey e Frank avevano lasciato sulla carta. Considerando anche ciò che era successo a Tessa, Lena era sorpresa che Frank le avesse permesso di portare quel foglio alla madre di Andy.

«È sangue?»

Lei annuì, ma senza dare spiegazioni. Sarebbe stato Jeffrey a decidere quante informazioni fornire alla donna.

Jill Rosen si mise gli occhiali, che teneva attaccati a una catenina intorno al collo. Anche se Lena non glielo aveva chiesto, lesse a voce alta: «Non ce la faccio più. Ti voglio bene, mamma. Andy».

La donna fece un altro respiro profondo, come se potesse trattenere l'aria insieme alle emozioni. Con un gesto cauto si tolse gli occhiali e rimise il biglietto sul tavolo. Lo fissò a lungo e disse: «È uguale a quello che ha scritto l'altra volta».

«Quando è successo?» domandò Lena, entrando nella modalità investigativa.

«Il due gennaio. Si è tagliato il braccio in verticale. L'ho trovato prima che perdesse troppo sangue, ma...» Poggiò la testa su una mano, lo sguardo sul biglietto. Vi posò sopra le dita, come se stesse toccando una parte di suo figlio, l'unica che le avesse lasciato.

«Dovrò riconsegnarlo» le spiegò Lena, anche se ormai Jeffrey e Frank avevano distrutto ogni prova che vi si poteva trovare.

«Ah.» Tolse la mano. «E potrò riaverlo?»

«Sì, al termine dell'indagine.»

«Ah» ripeté lei. Cominciò a giocherellare con la catenina che reggeva gli occhiali. «Posso vederlo?»

«Dovranno eseguire l'autopsia.»

La psicologa ne fu sorpresa. «Perché? Avete trovato qualcosa di sospetto?»

«No» rispose Lena, anche se non ne era ancora sicura. «È la prassi, perché la morte è avvenuta in assenza di testimoni.»

«Il suo corpo... è molto danneggiato?»

«Non troppo» rispose lei, anche se sapeva che era una questione soggettiva. Lena ricordava ancora com'era stato vedere sua sorella all'obitorio un anno prima. Anche se Sara l'aveva lavata, i piccoli lividi e i tagli sul viso di Sibyl le erano sembrati migliaia di ferite.

«Adesso dov'è?»

«All'obitorio. Potranno consegnarlo per le esequie entro un giorno o due» le spiegò, e dall'espressione sconvolta della dottoressa si rese conto che non si era ancora concessa di pensare tanto avanti da immaginare il momento in cui avrebbe dovuto seppellire suo figlio. Si chiese se dovesse scusarsi, ma sapeva che sarebbe stato inutile.

«Voleva essere cremato» disse Jill Rosen. «Non credo di sentirmela. Non ce la farei a permettere che...» Scosse il capo, senza finire la frase. Si portò una mano alla bocca e Lena notò che aveva la fede nuziale.

«Vuole che dia la notizia a suo marito?»

«Brian è fuori città» rispose. «Si sta occupando di una sovvenzione.»

«Anche lui lavora al college?»

«Sì.» Aggrottò la fronte, in lotta con le emozioni. «Andy lavorava con lui, gli dava una mano. Ci sembrava che le cose andassero meglio...» Tentò di reprimere un singhiozzo, ma alla fine crollò.

Lena si aggrappò allo schienale della sedia, osservando la donna. Jill Rosen piangeva in silenzio, le labbra dischiuse, ma senza emettere alcun suono. Si poggiò una mano sul petto, serrando gli occhi e lasciando scorrere le lacrime sul viso. Le sue spalle esili si spinsero in avanti, e il mento tremante si schiacciò contro il petto.

Lena fu sopraffatta dal bisogno di andarsene. Anche prima dello stupro non era mai stata brava a consolare le persone. Trovava angoscioso affrontare i bisogni degli altri, come se dovesse rinunciare a una parte di sé per rassicurare qualcuno. Aveva una gran voglia di andare a casa per riprendere le forze, per lavar via dalla bocca il sapore della paura. Doveva trovare un modo per tornare in sé prima di poter affrontare di nuovo il mondo. Soprattutto prima di rivedere Jeffrey.

Jill Rosen dovette intuire i suoi sentimenti. Si asciugò una lacrima e parlò, in tono deciso. «Devo chiamare mio marito» disse. «Può darmi un momento?»

«Certo» disse Lena, sollevata. «Ci rivediamo in biblioteca.» Posò una mano sulla maniglia, ma poi si fermò, senza guardare la dottoressa. «So di non avere il diritto di chiederle nulla» cominciò, sapendo che Jeffrey l'avrebbe depennata per sempre dalla sua vita se la psicologa gli avesse raccontato cos'era successo.

La donna parve capire benissimo cosa la preoccupava. «No, *non ha* il diritto di chiederlo» disse stizzita.

Lena girò la maniglia, ma lo sguardo della dottoressa le bruciava addosso. Si sentiva in trappola, eppure riuscì a chiedere: «Che c'è?».

Lei le offrì quello che sembrava un compromesso. «Se resta sobria, non gli dirò nulla.»

Lena deglutì, e quasi le sembrò di sentire il sapore del sorso di whisky che aveva in mente di concedersi da almeno un paio di minuti. Senza rispondere, chiuse la porta alle sue spalle.

Lena era seduta a un tavolo vuoto vicino al banco di distribuzione della biblioteca e osservava Chuck che si rendeva ridicolo con Nan Thomas, la bibliotecaria dell'università. A parte il fatto che Nan, con quei capelli castani color topo e gli occhiali spessi, non era affatto una donna attraente, lei sapeva che era anche gay. Era stata la compagna di Sibyl per quattro anni. Le due vivevano insieme quando Sibyl era stata assassinata.

Per non pensare a Chuck, si guardò intorno, osservando gli studenti seduti ai lunghi tavoli allineati al centro della sala.

Gli esami di metà corso erano vicini, e c'era un bel po' di gente per essere una domenica. A parte la caffetteria e il centro di assistenza psicologica, la biblioteca era l'unico edificio aperto quel giorno.

Quella del Grant Tech era una biblioteca notevole. Lena immaginava che dal momento che l'ateneo non aveva una squadra di football, l'università poteva investire più denaro nelle strutture, anche se a suo avviso sarebbe stato comunque meglio avere anche delle attività sportive. Cinque anni prima, due professori del Grant avevano inventato una specie di farmaco, o una pillola magica, che faceva ingrassare i maiali in tempi brevissimi. Gli agricoltori erano impazziti per quella scoperta, e all'ingresso della biblioteca era appesa in un quadro una copia della rivista *Porcine & Poultry* con una foto dei due docenti dall'aria soddisfatta in copertina. Il titolo recitava *Suini di lusso*, e a giudicare dai sorrisi stampati in faccia ai professori, il denaro ricevuto per la scoperta non li aveva affatto turbati. Come avveniva in quasi tutti gli istituti di ricerca, l'ateneo prendeva una fetta dei proventi di qualsiasi opera realizzata dai docenti, e Kevin Blake, il rettore, aveva investito parte del denaro per rinnovare a fondo la biblioteca.

Le grandi finestre dai vetri colorati rivolte a est erano state risistemate in modo che il calore e l'aria fresca dei condizionatori non si disperdesse all'esterno. I pannelli di legno scuro alle pareti e gli scaffali a due piani, che andavano da terra fino al soffitto, erano stati illuminati in modo da essere ancora imponenti ma non oppressivi. L'atmosfera generale era rassicurante, e a Lena piaceva andare lì la sera nella sua routine del dopo lavoro. Si sedeva in una cabina per la lettura e sfogliava qualche libro fino circa alle dieci, quando faceva ritorno a casa sua, beveva un bicchiere o due per calmarsi un po', e cercava di dormire. Dopotutto la routine funzionava per lei. Avere un programma preciso le dava conforto.

«Cazzo» gemette quando vide Richard Carter andare verso di lei.

Senza aspettare il permesso, Richard si accomodò sulla sedia di fronte a Lena.

«Ehilà, ragazza» le disse con un sorrisone.

«Ehi» rispose, imprimendo nel tono di voce il massimo disprezzo possibile.

«Che si dice?»

Lena lo fissò, sperando che se ne andasse. L'ex assistente di Sibyl era un uomo basso e tarchiato che solo di recente aveva abbandonato gli occhiali spessi in favore delle lenti a contatto. Aveva tre anni meno di lei, eppure aveva già un'incipiente calvizie in cima alla testa, che cercava di coprire pettinandosi i capelli all'indietro.

Tra le lenti, che gli facevano battere le palpebre in continuazione, e la stempiatura, il suo aspetto era quello di un gufo confuso.

Dopo la morte di Sibyl, Richard era stato nominato professore associato nel dipartimento di Biologia, dove altrimenti, considerando la sua personalità insopportabile, non avrebbe mai fatto carriera. Al pari di Chuck, anche lui cercava di nascondere la sua assoluta ottusità dietro un'aria di superiorità del tutto infondata. Non riusciva nemmeno a ordinare la colazione senza dover chiarire a tutti i presenti che, a proposito delle uova, ne sapeva più lui del cuoco.

«Hai saputo di quel ragazzo?» Richard emise un fischio basso, come un aereo in discesa, agitando in aria una mano e battendola sul tavolo per enfatizzare. «Si è buttato giù dal ponte.»

«Già» rispose, senza aggiungere altro.

«Gira voce che sia omicidio» disse lui, quasi esaltato. Amava il gossip più delle donne; e c'era da aspettarselo, considerando che era una checca dichiarata. «Entrambi i genitori lavorano nell'ateneo. Sua madre nella clinica di assistenza psicologica. Ti immagini che scandalo?»

Lena si sentì invadere dalla vergogna al pensiero di Jill Rosen. «Immagino siano entrambi devastati. Il loro figlio è morto» rispose.

Richard arricciò le labbra, scrutandola con attenzione. Per essere uno stronzo pieno di sé era un acuto osservatore, e lei sperò di non essersi tradita.

«Li conosci?» le chiese.

«Chi?»

«Brian e Jill» disse lui, lasciando correre lo sguardo oltre Lena. Fece un cenno di saluto da idiota a qualcuno prima di tornare a concentrarsi su di lei.

Lei lo guardò senza rispondere alla domanda.

«Hai perso peso?»

«No» disse Lena, anche se era vero. I pantaloni le stavano più larghi della settimana prima. Negli ultimi tempi non aveva mai appetito. «Era un tuo studente?»

«Andy?» chiese Richard. «Sibyl l'ha avuto per un quadrimestre, subito prima di...»

«Che genere di ragazzo era?»

«Tremendo, se vuoi la mia opinione. I suoi genitori gli concedevano qualsiasi cosa.»

«Era viziato?»

«A morte» confermò lui. «Ha rischiato la bocciatura al corso di Sibyl. Biologia organica. Ti rendi conto? Doveva essere il nuovo Einstein e non riusciva a passare quell'esame.» Emise uno sbuffo disgustato. «Brian ha cercato di fare pressione su di lei, di prometterle favori in cambio di un voto più alto.»

«Sibyl non era il tipo da fare cose del genere.»

«Esatto» fece lui, come se non l'avesse mai messo in dubbio. «Sib è stata rispettosa e educata, come sempre, ma Brian era molto seccato.» Abbassò la voce. «Diciamocelo, Brian è sempre stato invidioso di lei. Ha cercato in tutti i modi di prendere il suo posto come capo del dipartimento.»

Lena si chiese se Richard fosse davvero sincero o se avesse solo voglia di rimestare nel torbido. Aveva l'abitudine di mettersi sempre in mezzo. A un certo punto, durante le indagini per l'omicidio di Sibyl, aveva rischiato di rientrare nell'elenco dei sospetti con le sue sparate, anche se era capace di uccidere qualcuno quanto lei lo era di farsi crescere un paio di ali.

Cercò di metterlo in difficoltà. «Sembra che tu conosca Brian piuttosto bene.»

Lui si strinse nelle spalle, salutando con la mano qualcuno che si trovava dietro Lena e disse: «È un dipartimento piccolo, lavoriamo tutti insieme. Era questo che faceva Sibyl: sai che il suo motto era "Lavoro di squadra"».

Salutò ancora.

Era quasi tentata di voltarsi per vedere se c'era davvero qualcuno là dietro, ma decise che era meglio cercare di ottenere informazioni da Richard.

«Comunque» riprese lui, «alla fine Andy si è ritirato, e ovviamente papino gli ha trovato un lavoro al laboratorio.» Sbuffò, infastidito. «Anche se secondo me starsene seduti sei ore al giorno ad ascoltare musica rap non si può certo considerare un lavoro. E guai a lamentarsene con Brian.»

«Immagino che prenderà molto male la notizia.»

«E come potrebbe essere altrimenti?» chiese Richard. «Saranno tutti e due distrutti.»

«Che cosa fa Brian?»

«Ricerche biomediche. In questo momento sta lavorando a una sovvenzione, e che resti tra noi...» Non finì la frase, ma Lena sapeva benissimo che quel che voleva dire in realtà restava tra lui e tutto l'ateneo. «Be', diciamo soltanto che se non riuscirà a ottenerla se ne dovrà andare.»

«Non è di ruolo?»

«Ah sì, è di ruolo» fece lui con l'aria di chi la sapeva lunga.

Aspettò che aggiungesse altro, Richard però si chiuse in un silenzio che non era da lui. Lena lavorava al campus solo da qualche mese, ma era in grado di immaginare che l'università tendesse a liberarsi dei docenti che deludevano le aspettative.

Richard, che insegnava in un corso di recupero in biologia per il gusto di sbavare dietro le matricole, era l'esempio perfetto di come l'amministrazione potesse punire i docenti senza dover arrivare al licenziamento. L'unica differenza era che uno come Richard non se ne sarebbe mai andato.

«Era intelligente?» chiese lei.

«Andy?» Scrollò le spalle. «Stava qui, no?»

Lena sapeva che quella frase aveva due possibili interpretazioni. Il Grant Tech era una buona università, ma qualsiasi nerd con un po' di cervello avrebbe preferito andare al Georgia Tech, ad Atlanta. Come la Emory University di Decatur, il Georgia Tech era considerato uno degli atenei di punta del Sud. Sibyl aveva frequentato il Georgia Tech grazie a una borsa di studio completa, che le aveva spianato la strada per la carriera interna. Avrebbe potuto insegnare ovunque volesse, ma qualcosa l'aveva attirata a Grant.

Richard si fece pensieroso. «Sai, da che ricordi io ho sempre desiderato andare al Georgia Tech. Doveva essere la mia via di fuga da Perry.» Sorrise, e per un attimo sembrò una persona normale. «Quando ero piccolo, avevo tappezzato la mia camera di poster. Ero un fanatico di quell'università. Ero deciso a dimostrare quanto valevo.»

«E perché non ci sei andato?» chiese, pensando di metterlo in difficoltà.

«Ah, mi avevano preso» disse lui, aspettandosi di vederla colpita. «Solo che era appena morta mia madre e...» Lasciò la frase in sospeso. «Oh be'. Tanto ormai non ci posso fare niente.» Puntò un dito verso Lena. «Ho imparato molto da tua sorella. Era un'ottima docente. È stata un modello per me.»

Lena lasciò cadere nel nulla quel complimento. Non aveva alcuna voglia di parlare di Sibyl con lui.

«Oh Dio.» Richard si alzò di scatto. «C'è Jill.»

La dottoressa Rosen era alla porta e cercava Lena. Sembrava sperduta, e Lena si chiese se fosse meglio andare a parlare con lei, quando Richard le rivolse uno dei suoi saluti da ragazzina.

Jill Rosen rispose con un sorriso appena accennato e andò verso di loro.

Richard l'accolse con un: «Oh, cara», prendendole le mani.

«Brian sta arrivando da Washington» gli disse lei. «Stanno cercando di metterlo sul primo volo.»

Richard si fece serio. «Se c'è qualcosa che posso fare per te o per Brian...»

«Grazie» rispose lei, ma guardava Lena.

Lena disse a Richard: «Ci vediamo dopo».

Lui sgranò gli occhi ma poi per fortuna se ne andò, con un ultimo: «Fammi sapere» rivolto a Jill Rosen.

La dottoressa lo ringraziò con un sorriso teso. «Il capo della polizia è arrivato?» chiese a Lena.

«Non ancora».

Jill Rosen la guardò, forse cercando di capire se Lena avesse rispettato il patto. In effetti era così. Era sobria. I due bicchieri che si era scolata frettolosamente a casa dopo averle detto di suo figlio non sarebbero certo bastati a ubriacarla.

«Aveva delle questioni da sbrigare prima» disse Lena.

«Si riferisce alla ragazza?» domandò la dottoressa, e lei immaginò le avessero raccontato di Tessa Linton almeno venti volte nel tragitto dal centro di assistenza alla biblioteca.

«Non gliene volevo parlare» spiegò Lena.

«Certo» rispose lei, in tono netto.

«No, non per quello» disse Lena. «Non siamo nemmeno sicuri che la cosa sia collegata con Andy. Non volevo che pensasse...»

«Era suo il sangue sul biglietto?»

«Ci è arrivato dopo» spiegò Lena. «Lo avevano con sé i poliziotti, e...»

Gli occhi di Jill Rosen si riempirono di lacrime. Posò le mani sul tavolo come se non ce la facesse a reggersi in piedi da sola.

«Se vuole posso lasciarla da sola» disse Lena, sperando con tutta se stessa che accettasse.

«No» disse lei, soffiandosi il naso. Non provò nemmeno a spiegare perché la volesse accanto.

Restarono lì insieme, in piedi, a fissare senza motivo le persone che affollavano la biblioteca.

Lena si rese conto che si stava massaggiando le cicatrici sulle mani e si costrinse a fermarsi. «Mi spiace moltissimo per suo figlio. So cosa significa perdere una persona cara.»

La dottoressa annuì, continuando a guardare altrove. «Dopo la prima volta» e si indicò il braccio, in modo che Lena capisse che parlava del precedente tentativo di suicidio di Andy, «si stava riprendendo. Eravamo riusciti a bilanciare i farmaci e sembrava che stesse meglio.» Sorrise. «Gli avevamo appena comprato una macchina.»

«Era iscritto all'università qui?» domandò Lena.

«Immagino che Richard gliel'abbia già detto» rispose, ma non c'era irritazione nella sua voce. «L'abbiamo fatto ritirare in quest'ultimo quadrimestre in modo che potesse concentrarsi sulla guarigione. Aiutava suo padre al laboratorio, sbrigava qualche lavoretto in clinica per me.» Sorrise al ricordo. «Il giovedì seguiva un corso d'arte. Era molto bravo.»

Lena si pentì di non avere un blocco con sé per poter appuntare quelle informazioni, ma in realtà non aveva motivo di scriverle. Come le aveva fatto notare Jeffrey, non era più un'agente di polizia. Era solo una guardia da quattro soldi al servizio di Chuck.

«Che cosa vorrà da me il capo Tolliver?» chiese Jill Rosen.

«Probabilmente un elenco di amici di suo figlio, dei posti che frequentava.» Lena tirò a indovinare, non riuscendo a pensare se non da poliziotto. «Andy faceva uso di droghe?»

Rosen parve sorpresa. «Perché me lo chiede?»

«Chi soffre di depressione tende a cercare di aiutarsi anche da solo.»

La donna inclinò il capo di lato, guardandola con aria d'intesa. Poiché lei non rispose, disse: «Sì, si drogava. All'inizio canne, poi è passato a roba più seria, più o meno un anno fa. L'abbiamo mandato in riabilitazione. Ne è uscito un mese dopo». Fece una pausa. «Mi aveva detto che era pulito, ma non si ha mai la certezza assoluta.»

Lena apprezzò il fatto che avesse ammesso di non sapere tutto di suo figlio. Nella sua esperienza, spesso i genitori sostenevano di conoscere i loro figli meglio di chiunque altro, anche dei figli stessi.

«Quando è tornato dalla riabilitazione, nessuno dei suoi amici voleva parlare con lui. Chi si droga non vuole intorno gente che non ne fa uso.» Poi aggiunse, come se ci avesse ripensato: «Ma è sempre stato un tipo solitario. Non si integrava mai con nessuno. Era molto intelligente, e gli altri ragazzi non lo tolleravano. Immagino si possa dire che si sentisse un po' alienato».

«Qualcuno dei suoi amici poteva avercela con lui? Al punto di volergli fare del male?»

Lena scorse un barlume di speranza nello sguardo della donna quando chiese: «Pensa che possano averlo buttato di sotto?».

«No» rispose lei, sapendo che Jeffrey l'avrebbe uccisa per averle messo in testa quell'idea. Al pensiero del suo ex capo sentì il cuore sprofondare.

«Senta» disse alla dottoressa, «dirà a Jeffrey di quel che è successo oggi oppure no?»

Jill Rosen non rispose subito ma si avvicinò a Lena, come se volesse annusarle il fiato. Avrebbe sentito solo odore di dentifricio alla menta, tuttavia ebbe comunque un momento di panico.

«No» decise la donna. «Non gli dirò di oggi.»

«E del resto?»

L'altra non capì subito. «La terapia, intende?» Scosse il capo. «È riservato, Lena. Gliel'ho spiegato fin dall'inizio. Non ho l'abitudine di rivelare chi sono i miei pazienti.»

Lena poté solo annuire, travolta dal sollievo. Jeffrey le aveva dato un ultimatum, sette mesi prima: andare da uno strizzacervelli oppure cercarsi un altro lavoro. Allora la scelta le era sembrata semplice, e aveva gettato distintivo e pistola sulla sua scrivania senza pensarci due volte. Avrebbe preferito piantarsi una pallottola in testa pur di non confessare a Jeffrey che nell'ultimo mese era stata così debole da andare al centro di sostegno. Il suo orgoglio non glielo permetteva.

Proprio in quel momento le grandi porte in legno di quercia si spalancarono e Jeffrey entrò in biblioteca, guardandosi intorno. Chuck gli andò incontro, ma Jeffrey dovette tagliar corto con lui, perché un attimo dopo Lena lo vide uscire dalla sala con la coda tra le gambe.

Lena non aveva mai visto il capo della polizia in uno stato simile. Si era cambiato i vestiti, ma erano stropicciati, e non aveva la cravatta. Più si avvicinava, peggiore era il suo aspetto.

«Dottoressa Rosen» disse lui. «Mi spiace molto per suo figlio.» Non le strinse la mano e non aspettò che rispondesse alle sue parole, il che colpì Lena, perché non era da Jeffrey.

Poi scostò una sedia, offrendola alla dottoressa. «Ho bisogno di farle qualche domanda.»

Lei si sedette. «La ragazza sta bene?»

L'espressione di lui cambiò abbastanza da far provare dispiacere a Lena.

«Non sappiamo ancora nulla» disse. «La famiglia si sta recando ad Atlanta in questo momento.»

Jill piegò il fazzolettino che aveva in mano. «Pensa che l'aggressore possa avere ucciso anche mio figlio?»

«In questo momento stiamo trattando il caso di Andy come suicidio» rispose lui.

Fece una pausa, forse per darle il tempo di assorbire quelle parole. «Ho parlato con suo marito poco fa.»

«Brian?» Era sorpresa.

«Ha chiamato alla centrale dopo aver parlato con lei» le spiegò Jeffrey, e dal modo in cui raddrizzò le spalle Lena capì che il padre era stato molto poco cortese.

La donna dovette accorgersene. «Brian a volte è un po' brusco» disse cercando di scusarsi.

«Dottoressa Rosen, posso dirle solo ciò che ho detto anche a lui. Stiamo seguendo ogni pista possibile, ma con i trascorsi di suo figlio, l'ipotesi del suicidio sembra quella più probabile.»

«Stavo giusto dicendo alla detective Adams...» iniziò a rispondere Jill Rosen.

«Mi scusi signora» la interruppe lui. «Lena Adams non è più in forze alla polizia. Lavora per la sicurezza del campus.»

Il tono della psicologa gli diede a intendere che non intendeva lasciarsi trascinare nelle loro beghe. «Non credo che la gerarchia abbia qualcosa a che vedere con il fatto che mio figlio è morto, signor Tolliver.»

Lui parve dispiaciuto, ma solo un po'. «Mi scusi» ripeté, tirando fuori qualcosa dalla tasca del cappotto. «Abbiamo trovato questa nel bosco» disse, mostrandole una catenina d'argento con un ciondolo a forma di stella di David. «Non c'erano impronte sopra, quindi...»

Jill sussultò e afferrò la catenina. Le si riempirono di nuovo gli occhi di lacrime, e il suo viso parve sprofondare nel collo mentre si portava il ciondolo alle labbra, dicendo: «Andy, oh, Andy...».

Jeffrey lanciò un'occhiata a Lena, e poiché lei non diede segno di voler offrire conforto alla donna, fu lui a poggiarle una mano su una spalla. L'accarezzò come si fa con un cane, e Lena si chiese come fosse possibile che a un uomo fosse consentito essere tanto incapace di consolare qualcuno, quando la stessa mancanza rendeva una donna una persona fredda e insensibile.

La dottoressa si asciugò gli occhi con il dorso della mano. «Scusatemi.»

«È assolutamente comprensibile» le disse Jeffrey, dandole qualche altra leggera pacca sulla spalla.

Jill Rosen tastò la collana, tenendola sempre vicino alla bocca. «Non la portava da un po'. Pensavo l'avesse regalata oppure venduta.»

«Venduta?» chiese Jeffrey.

«Pensa che potesse far uso di droghe» spiegò Lena.

«Il padre ha detto che era pulito» rispose lui.

Lena si strinse nelle spalle.

«Suo figlio aveva una ragazza?» domandò Jeffrey.

«Non ha mai avuto relazioni.» Emise una risata triste. «Né con ragazze né con ragazzi... per noi non sarebbe stato un problema. Volevamo solo che fosse felice.»

«Frequentava qualcuno in particolare?»

«No» disse lei. «Credo che fosse molto solo.»

Lena osservò la psicologa, aspettando che aggiungesse altro, ma la donna stava di nuovo perdendo la padronanza di sé. Chiuse gli occhi, serrandoli, e mosse le labbra in silenzio, anche se non c'era modo di capire cosa dicesse.

Jeffrey le concesse qualche momento, poi provò a riscuoterla. «Dottoressa Rosen?»

«Potrei vederlo?» chiese lei.

«Certo.» Jeffrey si alzò e le tese la mano. «L'accompagno all'obitorio» disse, poi si rivolse a Lena: «Chuck è andato da Kevin Blake».

«Okay» rispose lei.

La dottoressa sembrava persa nei suoi pensieri, ma aggiunse: «Grazie», rivolta a Lena.

«Di nulla.» Si costrinse a toccarle un braccio, in quello che sperò fosse un gesto consolatorio.

Jeffrey osservò quello scambio. «Ne riparliamo dopo» disse a Lena, in un tono che somigliava molto a una minaccia.

Lei si massaggiò il dorso della mano con il pollice mentre li osservava andar via. Dalla galleria rialzata della biblioteca, dove un paio di ragazzi ridacchiavano, arrivavano dei rumori, ma Lena li ignorò. Si mise seduta e ripercorse mentalmente gli ultimi dieci minuti, cercando di capire cosa avrebbe dovuto fare di diverso. Era assorta in quei pensieri da un po' quando si rese conto che per sistemare le cose in realtà avrebbe dovuto ripensare a tutto l'ultimo, maledetto anno.

«Dio» gemette Nan Thomas, accasciandosi sulla sedia di fronte a lei. «Come fai a lavorare con quel cretino?»

«Chuck?» fece Lena, con noncuranza, anche se era felice di potersi distrarre. «È un lavoro come un altro.»

«Preferirei catalogare libri all'inferno» commentò la bibliotecaria mentre si legava i capelli ispidi con un elastico rosso. Aveva una grossa impronta di un pollice sulla lente destra degli occhiali, ma non sembrava rendersene conto. Indossava una maglietta rosa con la pubblicità di un digestivo infilata in una gonna di jeans con l'elastico in vita, e a completare il quadro aveva ai piedi un paio di calzini rosa e delle Converse All Star rosse.

«Che cosa fai questo fine settimana?» chiese Nan.

Lena scrollò le spalle ancora una volta. «Non lo so. Perché?»

«Pensavo di chiedere a Hank di venire a Pasqua. Potrei fare un arrosto di maiale.»

Lena cercò di farsi venire in mente una scusa, ma l'invito l'aveva colta alla sprovvista. Guardava il calendario solo per contare quanti giorni mancavano all'arrivo dello stipendio, non per controllare quale festività si stesse avvicinando. Non si era accorta che era quasi Pasqua.

«Ci penserò» rispose, e con suo sollievo Nan la prese bene.

Si sentì un grido sopra di loro ed entrambe si voltarono a guardare i ragazzi che scherzavano nella galleria. Uno di loro dovette intuire il fastidio di Nan, perché le rivolse un sorriso di scuse e aprì il libro che aveva in mano, fingendo di leggerlo.

«Idioti» commentò Lena.

«No, sono dei bravi ragazzi» rispose Nan, ma li tenne d'occhio per qualche momento per assicurarsi che si fossero calmati.

Nan era l'ultima persona al mondo di cui Lena pensava di poter essere amica, ma negli ultimi mesi era cambiato qualcosa. Non erano amiche nel senso comune della parola – a Lena non interessava andare al cinema con lei o ascoltare aneddoti della sua vita da gay – ma parlavano di Sibyl, e per Lena poter parlare di sua sorella con qualcuno che la conosceva davvero era come riaverla con sé.

«Ieri sera ho provato a chiamarti» disse Nan. «Non capisco perché non prendi una segreteria telefonica.»

«La prenderò» rispose lei, anche se ne aveva già una

in fondo all'armadio. Aveva staccato la spina a quell'aggeggio maledetto la prima settimana in cui si era trasferita al campus. Le uniche persone che la chiamavano erano Nan e Hank, ed entrambi le lasciavano gli stessi messaggi preoccupati, chiedendo come stava. Aveva impostato l'identificazione di chiamata, e non aveva bisogno d'altro per filtrare le telefonate.

«Prima è passato Richard» disse.

«Oh, Lena.» Nan si fece seria. «Spero tu non l'abbia trattato troppo male.»

«Cercava di gettare fango sulla situazione.»

Come sempre, Nan cercò di difenderlo. «Brian lavora nel suo dipartimento. Sono sicura che Richard volesse solo sapere cos'è successo.»

«Tu lo conoscevi? Il ragazzo, intendo.»

Lei scosse il capo. «Vedevamo Jill e Brian ogni anno alla festa di Natale, ma non abbiamo mai stretto amicizia. Forse dovresti parlare con Richard» suggerì. «Lavorano insieme in laboratorio.»

«Richard è uno stronzo.»

«Con Sibyl è sempre stato molto gentile.»

«Lei sapeva badare a se stessa» insisté Lena, ma sapevano entrambe che non era del tutto vero. Sibyl era cieca, e lui era stato il suo sguardo nel campus, semplificandole la vita un bel po'.

Nan cambiò argomento. «Non potremmo parlare dell'assicurazione che...»

«No» la interruppe lei. Sibyl aveva stipulato un'assicurazione sulla vita attraverso il college, il cui premio raddoppiava in caso di morte accidentale. La beneficiaria era Nan, e da quando aveva ricevuto il denaro aveva offerto a Lena la metà della somma.

«Sibyl l'ha lasciata a *te*» disse Lena per quella che le sembrò la milionesima volta. «Voleva che quei soldi li avessi tu.»

«Non aveva nemmeno fatto testamento» ribatté lei. «Non le piaceva pensare alla morte, e meno che mai pianificarla. Sai bene com'era fatta.»

Lena sentì le lacrime riempirle gli occhi.

«L'unico motivo per cui aveva quella polizza era perché il campus gliela aveva offerta gratuitamente insieme all'assicurazione sanitaria. Ha inserito me come beneficiario perché...»

«Perché voleva che li avessi tu» concluse la frase al posto suo, asciugandosi gli occhi col dorso della mano. Aveva pianto così tanto nell'ultimo anno che farlo in pubblico non la metteva più in imbarazzo. «Ascolta, Nan, lo apprezzo molto, ma sono soldi tuoi. Sibyl li ha lasciati a te.»

«Non avrebbe voluto che lavorassi per Chuck. Non l'avrebbe sopportato.»

«Nemmeno io ne sono entusiasta» ammise lei, anche se l'unica persona a cui l'aveva confessato era Jill Rosen. «È solo una fase, prima che decida cosa voglio fare della mia vita.»

«Potresti riprendere gli studi.»

Lena rise. «Sono un po' troppo vecchia.»

«Sibby diceva sempre che avresti preferito sudarti l'anima correndo una maratona in pieno agosto piuttosto che passare dieci minuti in un'aula con l'aria condizionata.»

Lena sorrise, rilassandosi perché le sembrava di sentire la voce di sua sorella che diceva esattamente la stessa cosa. A volte era come se le scattasse un interruttore nel cervello, chiudendo fuori il male per lasciar posto soltanto alle cose positive.

«È incredibile che sia già passato un anno.»

Lena guardò fuori dalla finestra, riflettendo su quanto fosse strano parlare così con lei. Se non fosse stato per Sibyl, lei si sarebbe tenuta alla larga da una persona come Nan Thomas.

«Stamattina stavo pensando a lei» disse. Qualcosa nel terrore che aveva letto sul viso di Sara Linton mentre caricavano sua sorella sull'elicottero l'aveva colpita in profondità, più di qualsiasi altra cosa le fosse capitata negli ultimi tempi. «A Sibyl piaceva tanto questo periodo dell'anno.»

«Le piaceva passeggiare nel bosco» aggiunse Nan. «Il venerdì cercavo sempre di staccare prima per poter andare a fare una passeggiata con lei prima che facesse troppo buio.»

Lena deglutì, temendo che se avesse aperto la bocca le sarebbe sfuggito un singhiozzo.

«Comunque...» riprese Nan, poggiando la mano aperta sul tavolo e alzandosi. «Meglio se vado a catalogare qualche volume, prima che Chuck torni e mi chieda di uscire a cena con lui.»

Anche Lena si alzò. «Perché non gli dici che sei gay e basta?»

«Per farlo eccitare al pensiero?» ribatté lei. «No, grazie.»

Dovette concederle che aveva ragione. Lei stessa aveva vissuto con preoccupazione l'idea che Chuck avesse letto sui giornali i dettagli più squallidi dell'aggressione che aveva subito.

«E poi» continuò l'altra, «uno come lui direbbe che l'unico motivo per cui non mi interessa frequentarlo è perché sono lesbica, e le lesbiche odiano gli uomini.» Si protese in avanti, con aria cospiratoria. «La verità è che non odiamo tutti gli uomini, ma solo lui.»

Lena scosse il capo: se il criterio era quello, tutte le donne al campus dovevano essere lesbiche.

4

Il Grady Hospital era uno dei centri traumatologici d'emergenza più rispettati degli Stati Uniti, ma l'opinione che ne avevano gli abitanti di Atlanta non era affatto lusinghiera. Diretto dalla Fulton-DeKalb Hospital Authority, era uno dei pochi ospedali pubblici rimasti in zona, ospitava uno dei reparti ustionati più grandi della nazione, aveva il programma HIV/AIDS più completo e fungeva da centro regionale per gravidanze e neonati ad alto rischio. Chi andava lì per un mal di pancia o per una brutta otite rischiava di aspettare oltre due ore prima di essere visitato – sempre se era fortunato. Il Grady era un ospedale universitario, e la Emory University, l'alma mater di Sara, lo riforniva di un flusso costante di tirocinanti, di pari passo col Morehouse College.

Il reparto di pronto soccorso era quello più ricercato dagli studenti e si diceva che fosse l'ospedale migliore in cui studiare la medicina d'urgenza. Quindici anni prima Sara aveva lottato con le unghie e con i denti per ottenere un posto nella squadra di pediatria, e aveva imparato più cose in un anno di quante gli altri medici ne imparassero in una vita intera. Quando aveva lasciato Atlanta per tornare a Grant, non avrebbe mai pensato di varcare ancora la soglia del Grady, soprattutto in circostanze del genere.

«Sta arrivando qualcuno» disse l'uomo accanto a Sara, e tutti nella sala d'attesa – almeno trenta persone – sollevarono uno sguardo carico d'aspettativa verso l'infermiera.

«Signora Linton?»

Per un istante Sara pensò che fosse finalmente arrivata sua madre prima di realizzare che l'infermiera si stava rivolgendo a lei. Si alzò, poggiando una rivista sulla sedia perché non gliela occupassero, anche se nelle ultime due ore lei e l'anziano signore che le sedeva accanto avevano fatto a turno per tenersi il posto.

«È uscita dalla sala operatoria?» chiese, senza riuscire a evitare che le tremasse la voce. Il chirurgo aveva previsto almeno quattro ore di intervento, e secondo lei era una stima per eccesso.

«No» rispose la donna, accompagnandola alla postazione delle infermiere. «C'è una telefonata per lei.»

«Sono i miei genitori?» domandò lei, alzando la voce per farsi sentire. Il corridoio era affollato: c'erano medici e infermiere che passavano rapidi, avanzando con decisione per non perdere il controllo del carico dei pazienti in costante aumento.

«Ha detto di essere un poliziotto.» L'infermiera le porse il telefono e aggiunse: «Faccia in fretta. Non possiamo consentire telefonate private su questa linea».

«Grazie.» Sara prese il ricevitore e si appoggiò al bancone, cercando di non intralciare il passaggio.

«Jeffrey?» chiese.

«Ehi» fece lui, con voce tesa quanto quella di Sara. «È finito l'intervento?»

«No» rispose, guardando in direzione della sala operatoria. Più di una volta le era venuta voglia di superare quelle porte e scoprire cosa stava succedendo, ma c'era un sorvegliante che sembrava ben intenzionato a non far passare nessuno.

«Sara?»

«Sì.»

«Il bambino?» chiese Jeffrey.

Quella domanda le serrò la gola. Non poteva parlare di Tessa con lui. Non in quel modo. «Avete scoperto qualcosa?» gli domandò di rimando.

«Ho parlato con Jill Rosen, la madre del suicida. Non è riuscita a dirmi molto. Nel bosco abbiamo trovato una catenina, una specie di collana con una stella di David, che apparteneva al ragazzo.»

Sara non rispose, così lui proseguì: «Andy, il suicida, è passato nel bosco, oppure è stato qualcuno che gli ha preso la catenina».

Sara si costrinse a parlare. «Cosa pensi che sia più probabile?»

«Non lo so» disse lui. «Brad ha visto Tessa che raccoglieva un sacchetto di plastica bianco mentre saliva la collina.»

«Aveva qualcosa in mano» ricordò Sara.

«Secondo te che motivo aveva di raccattare la spazzatura?»

Sara tentò di pensarci. «In che senso?»

«Brad ha detto che sembrava lo stesse facendo, sulla collina. Ha trovato un sacchetto e ha cominciato a metterci dentro l'immondizia.»

«Sì, potrebbe averlo fatto» disse Sara, incerta. «Prima si era lamentata perché la gente sporca dappertutto. Non so...»

«Forse ha trovato qualcosa sulla collina e l'ha messa nel sacchetto? Abbiamo scoperto che la stella di David apparteneva alla vittima, ma era più all'interno nel bosco.»

«Se Tessa ha trovato qualcosa, significa che qualcuno ci stava osservando mentre eravamo accanto al corpo. Come si chiama il ragazzo... Andy?»

«Andy Rosen» confermò lui. «Credi ancora che ci sia qualcosa di sospetto?»

Sara non sapeva come rispondere. Le sembrava di aver esaminato Andy Rosen un secolo prima. Quasi non riusciva nemmeno a ricordare che aspetto avesse.»

«Sara?»

Gli disse la verità. «Non lo so più.»

«Avevi ragione tu, ci aveva già provato» riprese lui. «Sua madre l'ha confermato. Si è tagliato un braccio.»

«Un tentativo precedente e un biglietto» disse Sara, immaginando che, se dall'autopsia non fosse arrivato un risultato eclatante, quei due fattori potevano bastare da soli a definire una morte per suicidio. «Potremmo fare un tossicologico» disse. «Non si sarebbe lanciato dal ponte senza lottare.»

«Aveva un graffio sulla schiena.»

«Ma non sembrava il risultato di un gesto violento.»

«Posso chiedere a Brock di occuparsene» le propose. Dan Brock, delle pompe funebri locali, era stato il coroner della contea prima di Sara. «Non ho ancora detto a nessuno che sospettiamo qualcosa, ma lui manterrebbe il segreto.»

«Può prendere campioni di sangue, ma voglio essere io a fare l'autopsia.»

«Credi di farcela?»

«Se c'è un collegamento» disse lei. «Se chi ha fatto questo a Tess...»

Non riuscì a finire la frase, ma non aveva mai provato un tale bisogno di vendicarsi in vita sua. Alla fine concluse: «Sì, ce la faccio».

Jeffrey non sembrava convinto, tuttavia le disse: «Stiamo controllando a casa di Andy. Hanno trovato una pipetta nella sua stanza e la madre dice che aveva avuto un problema di droga in passato, anche se il padre sostiene che ne era uscito».

«Bene» disse Sara, sentendo la collera esplodere al pensiero che sua sorella si fosse ritrovata in mezzo a qualcosa di sciocco e assurdo quanto una vendita di droga finita male. L'accoltellamento di Tessa era il genere di violenza che chi sosteneva che le droghe fossero innocue tendeva a ignorare.

«Stiamo esaminando la sua stanza, cerchiamo impronte da controllare sui nostri sistemi. Domani andrò a parlare coi genitori. La madre mi ha fatto un paio di nomi, ma sono ragazzi che hanno abbandonato gli studi o si sono già laureati.» Jeffrey fece una pausa, e Sara avvertì la sua frustrazione.

Le porte della sala operatoria si aprirono, ma il paziente in uscita non era Tessa. Sara si schiacciò contro la postazione delle infermiere per non intralciare il passaggio. Sulla barella c'era una donna anziana dai capelli biondo scuro, gli occhi ancora chiusi dopo l'intervento.

«Come hanno preso la notizia i genitori?» domandò Sara, pensando ai suoi.

«Non male, tutto sommato.» Si interruppe per un attimo. «Lei ha avuto un crollo in macchina, andando verso l'obitorio. Mi è sembrato che ci fosse qualcosa tra lei e Lena, anche se non sono riuscito a capire cosa.»

«Del tipo?» chiese Sara, nonostante Lena Adams fosse l'ultima persona al mondo di cui le interessasse in quel momento.

«Non saprei» rispose lui. Lo sentì tamburellare con le dita su qualcosa. «Jill Rosen era a pezzi, in auto. Completamente a pezzi.» Il rumore delle dita si interruppe. «Il marito mi ha chiamato appena l'ha saputo. Mi hanno passato la telefonata dalla centrale.» Fece una pausa. «Sono tutti e due abbastanza sconvolti. Non è facile affrontare una situazione del genere. Le persone tendono a...»

«Jeffrey» lo interruppe Sara. «Ho bisogno di te...» Sentì la gola serrarsi di nuovo, come se quelle parole la soffocassero. «Ho bisogno di averti qui.»

«Lo so» rispose lui, rassegnato. «Non penso di poter venire.»

Sara si asciugò gli occhi col dorso della mano. Uno dei medici di passaggio la guardò per un attimo, poi tornò a concentrarsi sulla cartella clinica che aveva in mano. Sentendosi una sciocca, lei cercò di fronteggiare le emozioni che minacciavano di travolgerla. «Sì, certo. Lo capisco» disse.

«No, Sara...»

«Devo lasciare libero questo telefono, è la linea delle infermiere. Un tizio è stato al telefono in sala d'aspetto per un'ora.» Rise, ma solo per tentare di rilassarsi. «Parla russo, ma ho idea che stia organizzando un traffico di droga.»

«Sara» la interruppe Jeffrey. «È per via di tuo padre. Mi ha chiesto... mi ha *detto* di non venire.»

«Che cosa?» Sara parlò così forte da attirare su di sé diversi sguardi.

«Era sconvolto. Non so. Mi ha detto di non venire all'ospedale, che è una questione di famiglia.»

Lei abbassò la voce. «Non spetta a lui decidere...»

«Sara, ascoltami» riprese lui, molto più calmo di come si sentisse lei. «È tuo padre. Non posso mancargli di rispetto. E poi non è stato solo lui. L'ha detto anche Cathy.»

Anche se si sentiva una stupida, non poté fare a meno di ripetere: «Che cosa?».

«Hanno ragione. Tessa non doveva trovarsi lì. Non avrei dovuto permetterle...»

«Sono stata io a portarla sulla scena» gli ricordò Sara, e il senso di colpa che nelle ultime ore l'aveva attanagliata improvvisamente la investì in tutta la sua forza.

«Sono solo sconvolti. Ed è comprensibile.» Jeffrey tacque, come se cercasse di formulare una frase nel modo giusto. «Hanno bisogno di tempo.»

«Tempo per vedere come finisce?» chiese lei. «Se Tessa si salva allora potrai tornare a cena la domenica, se invece non è così...» Non riuscì a concludere la frase.

«Sono in collera. È una reazione normale in una situazione del genere. Si sentono impotenti, e se la prendono con chiunque abbiano vicino.»

«Ci sono anch'io, vicino.»

«Già, appunto...»

Per un attimo Sara fu troppo sconvolta per parlare. Poi chiese: «Ce l'hanno con me?». Ma sapeva benissimo che ne avevano motivo.

Era responsabile per sua sorella. Lo era sempre stata.

«Vogliono solo del tempo, Sara. Devo concederglielo. Soffrono terribilmente, non posso peggiorare la situazione» disse Jeffrey.

Lei annuì, anche se non poteva vederla.

«Ho voglia di vederti. Voglio stare accanto a te e a Tessa.» Sara sentì la sofferenza nella sua voce e capì quanto fosse dura anche per lui. Eppure non poteva fare a meno di sentirsi tradita dalla sua assenza. Jeffrey era spesso stato lontano nei momenti in cui aveva più bisogno di lui. Ora stava facendo la cosa giusta, per rispetto, ma lei non era affatto dell'umore adatto per apprezzare i nobili gesti.

«Sara?»

«Va bene» disse. «Hai ragione.»

«Vado a dare da mangiare ai cani, okay? Penserò io a casa tua.» Fece un'altra pausa. «Cathy ha detto che passeranno di lì prima di venire per portarti dei vestiti puliti.»

«Non ho bisogno dei vestiti» disse lei, di nuovo in preda all'emotività. «Ho bisogno di te» riuscì solo a sussurrare.

«Lo so, tesoro» le rispose in tono dolce.

Sara sentì di nuovo le lacrime riempirle gli occhi. Non si era ancora concessa di piangere. Non aveva avuto tempo, quando Tessa era sull'elicottero, né al pronto soccorso e in sala d'attesa; nemmeno al bagno, dove Sara si era infilata una divisa che le aveva trovato un'infermiera, perché anche lì era troppo affollato perché potesse avere un momento per cedere al dolore che provava.

L'infermiera scelse proprio quell'istante per interromperla. «Signora Linton?» disse. «Abbiamo bisogno del telefono.»

«Scusatemi» rispose lei. Poi, rivolta a Jeffrey: «Devo lasciare libera la linea».

«Puoi richiamarmi da un altro telefono?»

«Non posso allontanarmi da qui» disse, osservando una coppia di anziani che camminavano nel corridoio. L'uomo era un po' curvo e la donna lo sosteneva per un braccio mentre avanzavano leggendo i cartelli sopra le porte.

Jeffrey disse: «C'è un McDonald's dall'altra parte della strada, giusto? Accanto al parcheggio dell'università?».

«Non lo so» fece lei, perché non andava in quella zona di Atlanta da anni. «C'è?»

«Penso di sì» le disse. «Ci vediamo lì domattina alle sei, okay?»

«No» rispose, continuando a osservare i due anziani che si avvicinavano. «Occupati dei cani.»

«Sicura?»

Sara continuò a guardare la coppia. Poi, con un sussulto, si rese conto che non aveva riconosciuto i suoi stessi genitori.

«Sara?» fece Jeffrey.

«Ti chiamo dopo» disse lei. «Sono arrivati, devo andare.»

Sara si protese oltre il bancone per attaccare il telefono, sentendosi disorientata e spaventata. Si avviò nel corridoio, stringendosi le braccia intorno al corpo, sperando che i suoi genitori riprendessero il loro aspetto di sempre. All'improvviso si era accorta di quanto fossero anziani. Come succede a quasi tutti i figli, nemmeno lei aveva mai immaginato che i suoi genitori potessero raggiungere una certa età, eppure erano lì, invecchiati e così fragili che si sorprese che riuscissero a camminare.

«Mamma?» disse.

Cathy non cercò nemmeno di toccarla, come si sarebbe aspettata, come avrebbe voluto che facesse. Tenne un braccio intorno alla vita di Eddie, come se avesse bisogno di sostenerlo. L'altro rimase lungo un fianco. «Dov'è lei?»

«È ancora in chirurgia» rispose Sara, con addosso un desiderio disperato di avvicinarsi a lei, ma sapendo dall'espressione di sua madre che non doveva farlo. «Mamma...»

«Che cosa è successo?»

Le venne un nodo alla gola, perché Cathy non aveva più nemmeno la voce di sua madre. Aveva un tono impenetrabile, la bocca serrata, a formare una linea rigida e glaciale. Sara li fece spostare da un lato del corridoio per poter parlare con loro. Sembrava tutto così formale, come se si fossero appena conosciuti.

Cominciò: «È voluta venire con me...».

«E tu gliel'hai lasciato fare» intervenne Eddie, e l'accusa dietro le sue parole la ferì nel profondo. «Si può sapere come ti è venuto in mente?»

Sara si morse il labbro per trattenersi. «Non ho pensato...»

«No, infatti» la interruppe lui.

«Eddie» disse Cathy, non per rimproverarlo, ma per fargli capire che non era il momento adatto.

Sara restò in silenzio per un attimo, cercando di non cedere ulteriormente alla collera. «In questo momento è in sala operatoria. Dovrebbe restarci per un altro paio d'ore.» Guardarono insieme le porte, che si aprirono in quel momento, ma ne uscì solo un'infermiera, che forse stava andando in pausa dopo un intervento.

Sara riprese: «L'hanno pugnalata al ventre e al petto. C'era anche una brutta lacerazione alla testa». Si portò una mano sul capo, mostrando il punto in cui Tessa aveva battuto contro una roccia. Poi si bloccò, pensando a quella ferita, di nuovo in preda al panico. Per l'ennesima volta si domandò se non fosse solo un sogno orribile. Come a volerla richiamare al presente, le porte della sala operatoria si aprirono di nuovo e un inserviente passò spingendo una sedia a rotelle vuota.

«E?» la incalzò Cathy.

«Ho cercato di arginare l'emorragia» riprese lei, rivedendo la scena davanti agli occhi. Nella sala d'attesa aveva ripercorso più volte gli eventi, cercando di capire se poteva fare qualcosa in modo diverso, ma finendo solo per rendersi conto di quanto fosse disperata la situazione.

«E?» ripeté concisa sua madre.

Sara si schiarì la gola, cercando di mettere da parte i propri sentimenti.

Parlò come se avesse di fronte solo i genitori di un paziente. «Ha avuto un attacco epilettico circa un minuto prima che arrivasse l'elicottero. Ho fatto tutto quello che ho potuto per aiutarla.» Si interruppe, ripensando alla sensazione del corpo di Tessa scosso dagli spasmi sotto le sue mani. Fissò suo padre, accorgendosi che non l'aveva mai guardata da quando erano arrivati.

«Ha avuto altri due attacchi durante il volo. Il polmone sinistro è collassato. Hanno dovuto metterle un tubo nel petto per aiutarla a respirare.»

Cathy chiese: «E adesso cosa stanno facendo?».

«Fermano l'emorragia. È stato chiesto un consulto neurologico, ma non so cosa abbiano scoperto. L'intento principale era fermare l'emorragia. Faranno un taglio cesareo per rimuovere...» Si interruppe e trattenne il fiato.

«Il bambino» concluse Cathy, e Eddie si accasciò contro di lei.

Sara espirò lentamente.

«C'è altro?» domandò sua madre. «Che cosa non ci stai dicendo?»

Sara distolse lo sguardo, ma aggiunse: «Potrebbero dover fare un'isterectomia se non riescono a frenare l'emorragia».

I suoi genitori rimasero entrambi in silenzio a quella notizia, anche se Sara sapeva benissimo cosa pensavano, perché era come se glielo stessero gridando contro. Tessa era la loro unica speranza di avere dei nipoti.

«Chi è stato?» chiese infine Cathy. «Chi farebbe mai una cosa del genere?»

«Non lo so» sussurrò Sara, sentendo quella domanda riverberare nella sua mente. Che razza di mostro avrebbe pugnalato una donna incinta lasciandola morire dissanguata?

«Jeffrey ha scoperto qualcosa?» domandò Eddie, e Sara si accorse dello sforzo che aveva fatto per pronunciare il suo nome.

«Sta facendo tutto quello che può» rispose. «Tornerò a Grant non appena...» Non riuscì a finire la frase.

«Cosa dobbiamo aspettarci, quando si sveglierà?» chiese Cathy.

Sara fissò suo padre, sperando di riuscire a trovare le parole che lo inducessero a guardarla. Se avesse avuto di fronte chiunque altro, avrebbe detto loro la verità: che non aveva idea di cosa dovessero aspettarsi.

Jeffrey raccontava spesso che non gli piaceva parlare con i parenti o gli amici delle vittime finché non aveva qualcosa di concreto da dir loro. Sara aveva sempre pensato che fosse un atteggiamento un po' da vigliacco, ma in quel momento si rendeva conto della necessità, del bisogno che le persone avevano di un barlume di speranza, di qualcuno che li rassicurasse dicendo che si sarebbe sistemato tutto.

«Sara?» la incalzò Cathy.

«Dovranno monitorare l'attività cerebrale. Probabilmente faranno un elettroencefalogramma per assicurarsi che non ci siano danni.» Andò in cerca di qualcosa di positivo da dire. Alla fine scelse l'unica certezza che aveva. «Sono molte le cose che potrebbero andare storte.»

Cathy non aveva altre domande. Si voltò verso Eddie, chiudendo gli occhi e appoggiando le labbra sulla sua fronte.

Alla fine Eddie parlò, ma sempre senza guardare sua figlia. «Sei sicura del bambino?»

Sara si accorse di far fatica a parlare. Con la gola secca come il letto del fiume nel bosco, riuscì a sussurrare: «Sì, papà».

Davanti al distributore automatico di fronte al bar dell'ospedale, Sara prese a pugni il pulsante della macchinetta finché non sentì un dolore bruciante alle nocche. Non successe nulla, e lei si inginocchiò, controllando il cassetto di distribuzione, pensando di non aver visto lo snack cadere. Ma lo trovò vuoto.

«Maledizione» disse, sferrando un calcio al distributore. Un KitKat cadde giù con un leggero tonfo.

Sara lo scartò e si incamminò nel corridoio per allontanarsi dal rumore che proveniva dal bar. Il servizio di ristorazione era cambiato molto da quando lei aveva lavorato in quell'ospedale. Adesso servivano di tutto, dalla cucina thai a quella italiana, e facevano perfino hamburger grossi e gustosi. Immaginò che facesse guadagnare l'ospedale, ma trovava assurdo che un luogo il cui scopo era guarire le persone servisse cibo così poco salutare.

Anche se era quasi mezzanotte, l'edificio era pieno di gente, e il rumore costante dava l'idea di trovarsi in un alveare. Sara non ricordava tanto rumore quando era tirocinante, ma era sicura che fosse stato identico anche allora. La paura e la mancanza di sonno forse le avevano impedito di notarlo. Prima che i tirocinanti protestassero e cominciassero a chiedere orari più umani, i turni al Grady andavano dalle ventiquattro alle trentasei ore consecutive, tanto che lei sentiva di non aver ancora recuperato del tutto il sonno perduto.

Si appoggiò alla porta di uno sgabuzzino, sapendo che se si fosse seduta di nuovo non sarebbe mai riuscita ad alzarsi. Tessa era uscita dalla sala operatoria da tre ore e l'avevano portata in terapia intensiva, dove i familiari le stavano accanto a turno. Era sotto sedazione profonda e non si era ancora risvegliata dall'intervento, era in osservazione, ma il chirurgo pensava che l'emorragia fosse sotto controllo. Tessa avrebbe potuto ancora avere figli, se si fosse ripresa dall'aggressione nel bosco così bene da desiderarne ancora.

Trovarsi in terapia intensiva con Tessa, sentirsi addosso le accuse di Eddie e Cathy, nonostante non ne avessero fatto parola, era stato troppo. Nemmeno Devon aveva voluto parlare con lei, ma si era rintanato in un angolo con gli occhi sgranati per ciò che era successo alla donna che amava e a suo figlio. Sara si sentiva vicinissima al crollo, ma non c'era nessuno che potesse starle accanto e l'aiutasse a rimettere insieme i pezzi.

Inclinò la testa all'indietro e chiuse gli occhi, cercando di ricordare le ultime parole che le aveva detto sua sorella. In elicottero era in stato post-ictale per via delle crisi e non era stata in grado di parlare. L'ultima frase coerente che era riuscita a formulare era stata in macchina, quando le aveva detto che le voleva bene.

Sara diede un morso al KitKat anche se non aveva fame.

«Buonasera, signora» disse un anziano, toccandosi il cappello mentre le passava accanto.

Lei gli sorrise a forza e lo osservò salire le scale. Aveva più o meno l'età di Eddie, ma i capelli che gli erano rimasti erano tutti bianchi. La sua pelle sembrava quasi trasparente alla luce artificiale dell'ospedale, e anche se i pantaloni blu scuro e la camicia azzurra che indossava sembravano puliti, gli sentì addosso un odore particolare, come di grasso oppure di olio per macchine. Forse era un meccanico o un addetto alla manutenzione, o magari aveva qualcuno, di sopra, che lottava per sopravvivere, proprio come Tessa.

Un gruppo di medici si fermò davanti alle porte della caffetteria, le divise spiegazzate, i camici bianchi macchiati di varie sostanze. Erano giovani, forse studenti o tirocinanti. Avevano gli occhi iniettati di sangue e avevano addosso una stanchezza che Sara riconobbe per averla vissuta allo stesso modo quando lavorava lì.

Stavano senza dubbio aspettando qualcuno e nel frattempo parlavano tra loro, mormorando piano. Sara guardò la barretta che aveva in mano, senza riuscire a mettere a fuoco l'etichetta, mentre li ascoltava raccontarsi pettegolezzi sull'ospedale, descrivere procedure che avrebbero voluto mettere in atto.

Una voce maschile disse il suo nome. «Sara?»

Lei continuò a guardare l'etichetta, dando per scontato che si rivolgesse a un'altra Sara.

«Sara Linton?» ripeté la voce e lei sollevò lo sguardo verso il gruppetto, chiedendosi se uno dei suoi ex pazienti alla clinica pediatrica di Heartsdale lavorasse al Grady. Si sentì anziana, guardando quei visi giovani, ma poi notò un uomo più grande, alto, alle loro spalle.

«Mason?» disse, riconoscendolo. «Mason James?»

«In carne e ossa» rispose lui, facendosi largo tra i ragazzi. Le posò una mano su una spalla. «Ho visto i tuoi, di sopra.»

«Ah» fece lei, non sapendo cos'altro aggiungere.

«Adesso lavoro qui. Traumatologia pediatrica.»

«Giusto.» Annuì, come se le fosse tornato in mente. Aveva frequentato Mason quando lavorava al Grady, ma avevano perso i contatti quando lei era tornata a Grant.

«Cathy mi ha detto che eri scesa a prendere qualcosa da mangiare.»

Gli mostrò il KitKat.

Lui rise. «Vedo che i tuoi gusti non sono cambiati.»

«Avevano finito il filet mignon» rispose, e Mason rise di nuovo.

«Ti trovo benissimo» le disse, un'evidente bugia che l'educazione e le buone maniere l'aiutarono a pronunciare senza difficoltà. Il padre di Mason era stato un cardiologo, proprio come suo nonno. Sara aveva sempre pensato che Mason fosse attratto da lei soprattutto perché Eddie era un idraulico. Essendo cresciuto in un mondo fatto di collegi e country club, non aveva mai avuto molti contatti con i membri della classe operaia se non quando staccava assegni per pagarli.

«Come...» Sara si sforzò di trovare qualcosa da dire. «Come ti sono andate le cose?»

«Benissimo» rispose. «Di sotto ho saputo di Tessa. Al pronto soccorso non si parla d'altro.»

Sara sapeva che perfino in un ospedale grande come il Grady un caso come quello di sua sorella non passava inosservato. Qualsiasi atto di violenza contro un bambino era considerato ancor più terribile.

«Ho dato un'occhiata, spero non ti dispiaccia.»

«No, niente affatto.»

«L'ha operata Beth Tindall» disse lui. «È un ottimo chirurgo.»

«Sì» concordò lei.

Mason le sorrise con gentilezza. «Tua madre è rimasta bella come sempre.»

Sara cercò di ricambiare il sorriso. «Sono sicura che è stata felice di vederti.»

«Be', considerando le circostanze...» concesse. «Si sa chi è stato?»

Lei scosse il capo, sentendo venir meno il sangue freddo. «Non ne hanno idea.»

«Sara» le disse, sfiorandole il dorso della mano con le dita. «Mi dispiace tanto.»

Lei distolse lo sguardo, cercando di non piangere. Nessuno aveva cercato di consolarla da quando Tessa era stata accoltellata. Sentì la pelle formicolare a quel tocco e si sentì una sciocca per aver tratto conforto da un gesto tanto insignificante.

Lui si accorse del cambiamento in lei e le prese il viso tra le mani, obbligandola a guardarlo. «Stai bene?»

«Devo tornare di sopra» rispose.

La prese sottobraccio. «Andiamo» disse e l'accompagnò nel corridoio.

Sara lo ascoltò mentre andavano verso la terapia intensiva senza prestare troppa attenzione alle sue parole, ma apprezzando il tono rassicurante e monotono della sua voce che le parlava dell'ospedale e della sua vita da quando lei era andata via da Atlanta. Mason James era il genere d'uomo che accettava qualsiasi evento senza fare una piega. Quando era appena arrivata dalla contea di Grant, Mason le era sembrato molto adulto e dall'animo cosmopolita, soprattutto perché la sua esperienza in fatto di uomini si limitava alla frequentazione di Steve Mann, un ragazzo convinto che un buon appuntamento dovesse concludersi sul sedile posteriore della Buick di suo padre.

Svoltarono l'angolo e Sara vide i suoi genitori in mezzo al corridoio nel pieno di quella che sembrava una discussione accesa. Eddie fu il primo a notare Sara e Mason, e smise di parlare. Aveva le palpebre appesantite e l'aria più stanca che mai. Cathy sembrava invecchiata più nell'ultima ora che nei precedenti vent'anni. Erano così vulnerabili che Sara sentì di nuovo un groppo alla gola.

«Vado a vedere come sta Tess» disse, scusandosi. Spinse il pulsante della porta di destra ed entrò nella terapia intensiva.

Come in quasi tutti gli ospedali, il reparto di terapia intensiva del Grady era piccolo e isolato. Le luci erano basse nelle stanze come nei corridoi, e l'atmosfera era fresca e rilassante, sia per i pochi visitatori ammessi all'interno, ogni due ore, sia per i pazienti. Tutte le stanze erano dotate di porte a vetro scorrevoli e davano ben poca privacy, ma chi era ricoverato lì stava troppo male per lamentarsene. Sara sentiva i segnali dei monitor cardiaci e il lento soffio dei respiratori mentre si dirigeva verso il fondo. La camera di Tessa era proprio di fronte alla postazione delle infermiere, il che la diceva lunga sulla criticità del suo caso.

Devon era insieme a lei, poco distante dal letto, le mani in tasca. Era appoggiato al muro, anche se accanto a lui c'era una comoda poltroncina.

«Ciao» lo salutò Sara.

Quasi non la guardò nemmeno. Aveva gli occhi arrossati, e la sua pelle scura sembrava pallida alla luce artificiale.

«Ha detto qualcosa?»

Lui non rispose subito. «Ha aperto gli occhi un paio di volte, ma non saprei.»

«Sta cercando di svegliarsi» spiegò lei. «È un buon segno.»

Devon deglutì e il suo pomo d'Adamo si mosse.

«Se vuoi fare una pausa...» cominciò lei, ma Devon non aspettò che finisse la frase e uscì dalla stanza senza guardarsi indietro.

Sara avvicinò la sedia al letto di Tessa e si sedette. Era

stata quasi tutto il giorno seduta ad aspettare notizie, ma si sentiva sfinita.

Sua sorella aveva la testa fasciata dove le avevano ricucito lo scalpo, due drenaggi attaccati al ventre per lasciar uscire i fluidi. Alla sbarra del letto era appeso il sacchetto del catetere, pieno solo in parte. La stanza era buia e l'unica luce arrivava dai vari monitor. Avevano staccato Tessa dal respiratore un'ora prima, ma il monitor cardiaco era ancora collegato e ogni bip metallico accompagnava i battiti del suo cuore.

Sara le accarezzò le dita, pensando che non aveva mai notato quanto fossero piccole le mani di Tessa. Le tornò in mente il suo primo giorno di scuola, quando aveva dovuto prenderla per mano per accompagnarla alla fermata dell'autobus. Prima che uscissero di casa, Cathy aveva fatto a Sara una ramanzina dicendole che doveva prendersi cura di sua sorella minore. Era stato un argomento ricorrente per tutta la loro infanzia. Perfino Eddie le aveva chiesto di badare a lei, anche se secondo Sara il vero motivo per cui suo padre aveva sempre incoraggiato Tessa a seguirla ovunque era perché sapeva degli ampi sedili posteriori della Buick.

Tessa mosse la testa, come se avesse avvertito la presenza di qualcuno.

«Tess?» la chiamò, tenendole la mano e stringendola con delicatezza. «Tess?»

Tessa emise un suono che somigliava a un rantolo. Si portò una mano sulla pancia, un gesto che aveva fatto un milione di volte negli ultimi otto mesi. Aprì gli occhi, lentamente. Si guardò intorno e trovò Sara.

«Ehi» le disse lei, sentendo un sorriso di sollievo rilassarle il viso. «Ehi, tesoro.»

Tessa mosse le labbra. Si posò una mano sulla gola.

«Hai sete?»

Lei annuì, e Sara cercò la tazza piena di pezzetti di ghiaccio che l'infermiera aveva lasciato accanto al letto. Si era sciolto quasi tutto, ma lei riuscì a trovare qualche scheggia per sua sorella.

«Ti hanno messo un tubo nella gola» le spiegò, infilandole del ghiaccio in bocca. «Sentirai fastidio per un po' e farai fatica a parlare.»

Tessa chiuse gli occhi mentre inghiottiva.

«Hai tanto dolore?» chiese Sara. «Vuoi che vada a chiamare l'infermiera?»

Fece per alzarsi, ma Tessa non le lasciò la mano. Non ebbe bisogno di pronunciare a voce alta la domanda che aveva in mente. Sara gliela leggeva negli occhi. «No, Tessie» disse lei, con il viso rigato di lacrime. «L'abbiamo persa. Era una bambina.» Si portò la mano di sua sorella alle labbra. «Mi dispiace tanto. Mi...»

Tessa la interruppe senza parlare. Il suono del monitor cardiaco rimase l'unico udibile nella stanza, la dimostrazione artificiale che Tessa era ancora viva.

«Hai ricordi?» chiese Sara. «Sai che cosa è successo?»

Lei fece un unico movimento laterale con la testa per dire di no.

«Sei andata nel bosco» disse Sara. «Brad ti ha vista prendere un sacchetto e metterci della spazzatura. Te ne ricordi?»

Fece ancora un cenno di diniego.

«Pensiamo ci fosse qualcuno.» Si interruppe. «Sappiamo che c'era qualcuno nascosto. Forse voleva quel sacchetto, forse...»

Non continuò a descrivere il flusso dei suoi pensieri.

Troppe informazioni avrebbero solo confuso sua sorella, e in realtà nemmeno Sara era sicura di come fossero andate le cose.

«Ti hanno pugnalata» disse.

Tessa aspettò che continuasse.

«Ti ho trovata nel bosco. Eri a terra nella radura, e io... ho fatto tutto quello che ho potuto. Ho cercato di aiutarti. Non ci sono riuscita.» Sentì che stava crollando di nuovo. «Dio, Tessie, ci ho provato.»

Poggiò la testa sul letto, vergognandosi delle proprie lacrime. Aveva bisogno di essere forte per sua sorella, di farle capire che insieme avrebbero superato tutto, eppure l'unica cosa a cui riusciva a pensare era il suo senso di colpa. Dopo aver passato tutta la vita a badare a Tessa, l'aveva delusa l'unica volta in cui aveva avuto più bisogno di lei.

«Oh, Tess» singhiozzò, provando un bisogno disperato di avere il suo perdono. «Mi dispiace tanto.»

Sentì la mano di Tess sul dorso della sua. All'inizio fu un tocco incerto, ma stava cercando di tirarla verso di sé.

Sara sollevò lo sguardo, il viso a pochi centimetri dal suo.

Tessa aprì le labbra, faticando ancora a muovere la bocca. Riuscì a formare una parola: «Chi?». Voleva sapere chi le aveva fatto tutto ciò, chi aveva ucciso il suo bambino.

«Non lo so» rispose. «Lo stiamo cercando, tesoro. In questo momento Jeffrey sta facendo tutto quello che può.» Le si strozzò la voce. «Farà in modo che chiunque ti abbia fatto questo non possa mai più far del male a nessuno.»

Tessa le sfiorò una guancia, appena sotto l'occhio. Con la mano che le tremava, le asciugò le lacrime.

«Mi dispiace tanto, Tessie. Mi dispiace tanto. Dimmi cosa posso fare. Dimmelo» la implorò.

Quando parlò, Tessa emise poco più di un sussurro roco. Sara vide le sue labbra muoversi, ma la sentì forte, come se avesse gridato.

«Trovalo.»

LUNEDÌ

5

Jeffrey si chinò per raccogliere il giornale sul portico davanti alla casa di Sara prima di entrare. Le aveva detto che sarebbe arrivato alle sei del mattino, quindi aveva ancora tempo prima che lo chiamasse per aggiornarlo sulle condizioni di Tessa. La sera precedente le aveva sentito una voce terribile al telefono, ma soprattutto non sopportava di sentirla piangere. Lo faceva sentire debole e impotente, due caratteristiche che disprezzava in chiunque, soprattutto in se stesso.

Accese le luci nel corridoio. Dall'altra parte della casa sentì i cani muoversi, i collari che tintinnavano e i loro forti sbadigli, ma non andarono a vedere chi fosse arrivato. Dopo due anni passati a correre sulle piste di Ebro, i due greyhound di Sara non avevano la minima intenzione di sprecare energie a meno che non fosse strettamente necessario.

Jeffrey fischiò, lanciando il giornale sul bancone della cucina e dando uno sguardo alla prima pagina mentre aspettava i cani. La foto in alto mostrava Chuck Gaines in piedi tra suo padre e Kevin Blake. A quanto pareva i tre avevano vinto qualche torneo di golf ad Augusta che sarebbe servito a sostituire i container intorno all'università con delle aule permanenti. Il *Grant Observer* aveva i suoi buoni motivi per piazzare Albert Gaines nei titoli di testa. Quell'uomo possedeva metà degli edifici della città e la sua banca aveva in mano i mutui dell'altra metà.

Jeffrey fischiò ancora, domandandosi perché i due levrieri ci mettessero tanto. Alla fine si presentarono in cucina, le unghie che ticchettavano sulle piastrelle bianche e nere del pavimento. Li fece uscire nel giardino recintato lasciando la porta aperta in modo che potessero rientrare una volta finito di liberarsi.

Prima di dimenticarsene, tirò fuori due pomodori dalla tasca della giacca e li mise nel frigo di Sara accanto a uno strano agglomerato che a un certo punto della sua triste e breve vita forse era stato cibo. Marla Simms, la sua segretaria in ufficio, aveva l'hobby del giardinaggio e spesso gli regalava più di quanto lui fosse in grado di mangiare da solo. Conoscendo Marla e la sua tendenza a ficcanasare dove non le competeva, era probabile che lo facesse apposta, sperando che Jeffrey ne dividesse un po' con Sara.

Tirò fuori dei croccantini per Bubba, il gatto di Sara, anche se lui non si sarebbe mosso finché Jeffrey non se ne fosse andato. Quel gatto beveva solo da una ciotola messa accanto al ripostiglio, e quando Jeffrey abitava lì ci inciampava di continuo, rovesciandola. Bubba lo prendeva come un affronto personale, come molte altre cose. Sia Jeffrey sia Sara avevano un rapporto di amore-odio con l'animale, nel senso che lei lo amava, mentre lui non lo poteva vedere.

I cani rientrarono trotterellando in cucina proprio quando stava per aprire una lattina di cibo. Bob si appoggiò a una gamba di Jeffrey per farsi accarezzare mentre Billy si sdraiò a terra, con un gran sospiro, come se avesse appena scalato l'Everest. Jeffrey non era mai riuscito a capire come fosse possibile che degli animali tanto grandi si adattassero a fare i cani da appartamento, ma quei due sembravano felicissimi di potersene stare in casa tutto il giorno. Se li lasciavano in giardino per troppo tempo venivano colti da un accesso di nostalgia e saltavano il recinto per andare in cerca di Sara.

Bob gli diede un'altra nasata, spingendolo contro il bancone.

«Aspetta un attimo» disse lui, prendendo le ciotole. Vi versò un paio di dosi di cibo secco e le mescolò con l'umido usando un cucchiaio. Sapeva per certo che avrebbero mangiato qualsiasi cosa avesse messo nelle loro scodelle – Billy addirittura considerava la lettiera del gatto come la sua riserva personale di snack – ma Sara preferiva mischiare il cibo, così lo fece anche lui.

«Ecco qui» disse, poggiando le scodelle a terra.

I due si avvicinarono per mangiare voltandogli le spalle snelle. Jeffrey li osservò per un po' prima di decidere di rendersi utile e pulire la cucina. Sara non era la persona più ordinata del mondo nemmeno nei momenti migliori, e i piatti della loro cena di venerdì erano ancora accatastati nel lavandino. Posò la giacca sullo schienale di una sedia e si arrotolò le maniche.

Una grande finestra sopra il lavandino offriva una placida vista sul lago, e Jeffrey osservò distrattamente l'acqua mentre sfregava i piatti. Gli piaceva stare a casa di Sara, quella cucina così accogliente e le poltrone morbide e comode che aveva in salotto. Gli piaceva fare l'amore con lei con le finestre aperte, ascoltare il canto degli uccelli sul lago, sentire il profumo dello shampoo sui suoi capelli, vederla mentre si aggrappava a lui con gli occhi chiusi. Gli piaceva al punto che Sara doveva averlo capito: quando stavano insieme, erano quasi sempre a casa di lui.

Il telefono suonò mentre lavava l'ultimo piatto, e Jeffrey era così assorto nei suoi pensieri che per poco non gli scivolò di mano.

Sollevò la cornetta al terzo squillo.

«Ehi» disse Sara, la voce sommessa e stanca.

Lui prese uno strofinaccio per asciugarsi le mani. «Come sta?»

«Meglio.»

«Ricorda qualcosa?»

«No.» Sara tacque, e lui non riuscì a capire se stesse piangendo o fosse troppo sfinita per parlare. Per un attimo gli si annebbiò la vista e nella sua mente tornò nel bosco, mentre premeva la mano sulla pancia di Tessa, la camicia zuppa del suo sangue.

Billy si lanciò un'occhiata alle spalle, come se avesse capito che c'era qualcosa che non andava, poi tornò a concentrarsi sulla colazione, facendo tintinnare la medaglietta contro la ciotola.

«Come te la passi, tu?» chiese Jeffrey.

Lei emise un suono evasivo. «Ho parlato con Brock e gli ho spiegato cosa deve fare. Dovremmo avere i risultati delle analisi domani. Carlos sa come affrettare i tempi.»

Jeffrey non le permise di cambiare discorso. «Sei riuscita a dormire un po'?»

«Non proprio.»

Nemmeno lui aveva dormito. Verso le tre di mattina, era sceso dal letto ed era andato a correre per una decina di chilometri, pensando di farsi tornare il sonno. Ma si era sbagliato.

«Mamma e papà sono con lei, adesso» gli disse Sara.

«Come stanno?»

«Sono furiosi.»

«Con me?»

Non rispose.

«Con te?»

La sentì soffiarsi il naso. «Non avrei dovuto portarla con me.»

«Sara, non avresti mai potuto immaginarlo.» Non sopportava di non riuscire a farsi venire in mente niente di più rassicurante. «Siamo stati su centinaia di scene del crimine, e non è mai successo niente del genere. Mai.»

«Era pur sempre una scena del crimine.»

«Certo, un posto in cui un crimine c'è già stato. Non potevamo aspettarci...»

«Stasera prenderò la macchina di mia madre» disse lei. «Dopo pranzo trasferiranno Tessa. Voglio essere sicura che sia tutto a posto.» Fece una pausa. «Eseguirò l'autopsia appena arrivo.»

«Lascia che ti venga a prendere io.»

«No» rispose. «È un viaggio troppo lungo, e...»

«Non mi interessa» la interruppe. In passato aveva già fatto l'errore di non essere presente quando Sara aveva bisogno di lui, e non aveva intenzione di ripeterlo. «Ci vediamo alle quattro nell'atrio.»

«Ma sarà quasi l'ora di punta, ci metterai una vita.»

«Tanto verrò dalla direzione opposta» disse lui, anche se ad Atlanta, dove chiunque avesse più di quindici anni possedeva una macchina, non faceva una gran differenza. «Non voglio che torni guidando da sola. Sei troppo stanca.»

Lei restò in silenzio.

«Non te lo sto chiedendo, Sara. Te lo sto comunicando» riprese Jeffrey, in tono deciso. «Ci vediamo per le quattro, va bene?»

Alla fine lei cedette. «Va bene.»

«Quattro in punto nell'atrio principale.»

«Okay.»

La salutò e attaccò senza darle il tempo di cambiare idea. Cominciò a tirarsi giù le maniche, ma poi ci ripensò quando vide l'orologio. Un'ora dopo doveva andare a prendere Dan Brock e accompagnarlo all'obitorio dove l'uomo avrebbe preso i campioni di sangue da Andy Rosen. In seguito aveva appuntamento con i Rosen per parlare del figlio e vedere se durante la notte fosse venuto loro in mente qualcosa di utile.

Non c'era nulla che potesse fare in ufficio finché i tecnici della Scientifica non concludevano l'indagine sul monolocale di Andy, che si trovava sopra il garage dei suoi genitori. Qualsiasi impronta rinvenuta sarebbe stata verificata nei sistemi informatici, ma era sempre una scommessa, perché si trovavano informazioni solo se la persona era già schedata. Frank l'avrebbe chiamato al cellulare appena avesse avuto i risultati, per il momento però Jeffrey non poteva fare niente di concreto. A meno che non venisse fuori qualche rivelazione sconvolgente, sarebbe passato a trovare Ellen Schaffer nella sua stanza al dormitorio per vedere se riconosceva la foto del viso di Andy Rosen. La ragazza aveva visto il corpo solo da dietro, ma considerando la velocità con cui viaggiavano i pettegolezzi nel campus, era probabile che ne sapesse più, su di lui, di qualsiasi agente di polizia.

Decise di rendersi ancora utile. Andò in camera da letto, e avanzando nel corridoio raccolse scarpe e calzini di Sara, poi una gonna e della biancheria. Doveva essersi spogliata mentre camminava per casa. Jeffrey sorrise pensando a quanto la cosa lo irritasse quando vivevano insieme.

Billy e Bob si erano rimessi sul letto quando lui gettò i vestiti di Sara sulla poltrona vicino alla finestra. Si sedette accanto ai cani e li accarezzò, dispensando attenzioni in egual misura. Accanto al letto di Sara c'erano due foto incorniciate, e le osservò. Nella prima c'erano Tessa e Sara, entrambe davanti al lago con delle canne da pesca in mano. La seconda raffigurava Tessa il giorno della laurea. Eddie, Cathy, Sara e sua sorella erano abbracciati e sorridevano felici.

Sara, coi suoi capelli rossi e la pelle chiara, più alta anche di suo padre, aveva sempre avuto l'aria della figlia dei vicini che si intrufolava nelle foto di famiglia, eppure il suo sorriso era identico a quello di Eddie. Tessa aveva i capelli della madre, gli occhi azzurri e la costituzione minuta, ma tutte e tre avevano gli occhi leggermente a mandorla. Sara aveva un qualcosa di più femminile, però, e Jeffrey era sempre stato attratto dalle sue curve, tutte al posto giusto.

Posò la foto e notò un segno sul tavolino, una striscia meno impolverata dove un tempo era posata un'altra cornice. Guardò sul pavimento, poi aprì il cassetto e spostò un paio di riviste prima di trovare la cornice d'argento sepolta sul fondo. Conosceva bene quella foto: avevano chiesto a uno sconosciuto di passaggio di scattarla sulla spiaggia durante la loro luna di miele.

La spolverò con un angolo del lenzuolo prima di rimetterla dov'era.

Le Onoranze Funebri Brock si trovavano in una grande villa vittoriana che era il genere di posto in cui, da bambino, Jeffrey sognava di vivere. A Sylacauga, in Alabama, lui e sua madre – e meno di frequente anche suo padre –

avevano abitato in una casa che era molto difficile definire tale, con due camere da letto e un bagno. Sua madre non era mai stata felice, e da quando lui aveva memoria non avevano mai avuto quadri alle pareti, tappeti sul pavimento o qualsiasi cosa che conferisse un tocco personale all'abitazione. Era come se May Tolliver avesse cercato in ogni modo di non mettere radici. Non che ci fosse molto da fare, anche volendo: le finestre mal isolate tremavano ogni volta che si chiudeva la porta di casa, e il pavimento della cucina era inclinato verso il fondo della stanza al punto che il cibo che cadeva a terra si raccoglieva sotto il battiscopa. Nelle notti d'inverno più fredde, Jeffrey aveva dormito nel sacco a pelo dentro l'armadio del corridoio, perché era il punto più caldo della casa.

Jeffrey era un poliziotto da troppo tempo per pensare che un'infanzia schifosa fosse una buona scusa per il proprio comportamento, ma riusciva a comprendere perché alcuni la usassero per giustificarsi. Jimmy Tolliver era stato un alcolista terrificante, e le aveva date di santa ragione al figlio quando Jeffrey aveva fatto l'errore di capitargli davanti al momento sbagliato. In genere veniva picchiato quando si metteva tra sua madre e i pugni di Jimmy. Ma era una storia che apparteneva al passato, ormai, e lui se l'era gettata alle spalle da molto tempo. Tutti avevano un evento traumatico nella storia della loro vita: faceva parte della condizione umana. Era il modo in cui si reagiva di fronte alle avversità a mostrare il valore di ognuno. Forse era quello il motivo per cui Lena rappresentava un tale problema per Jeffrey. Voleva che fosse una persona diversa e non quella che invece era.

Dan Brock uscì dalla porta con passo svelto, poi si fermò quando sua madre lo chiamò indietro. Gli diede due bicchieri in polistirene e Jeffrey pregò che uno fosse per lui. Penny Brock faceva un caffè da sogno.

Cercò di non sorridere osservando madre e figlio che si salutavano. Brock si chinò per ricevere un bacio su una guancia, e lei colse l'occasione per togliergli qualcosa dalla spalla del vestito nero. Non era un caso se Dan Brock aveva quasi quarant'anni e non si era mai sposato.

Brock si avviò verso la macchina con un sorrisone. Era un uomo alto e dinoccolato, che aveva la grande sventura di essere il ritratto di ciò che era: un becchino di terza generazione. Aveva lunghe dita ossute e un volto terreo che ben si prestava a consolare chi piangeva un defunto. Non gli capitava spesso di parlare con qualcuno che non fosse disperato, così quando ne aveva l'occasione diventava un chiacchierone irrefrenabile. Era una persona molto acuta e a volte dimostrava un senso dell'umorismo allarmante. Quando rideva, tutto il suo viso accompagnava il moto di ilarità, e spalancava la bocca come un Muppet.

Jeffrey si protese in avanti per aprire lo sportello, ma lui ci aveva già pensato da solo, tenendo entrambi i bicchieri in una sola, grande mano.

«Ehi, capo» disse salendo in macchina. Gliene porse uno. «Questo è da parte di mia madre.»

«Dille che la ringrazio» rispose lui, prendendolo. Tolse il coperchio e annusò il profumo, pensando che potesse svegliarlo. Sistemare la casa di Sara non era stato un compito troppo gravoso, ma scoprire che aveva nascosto quella foto di loro due in fondo al cassetto l'aveva messo in subbuglio. Era come se lei non volesse ricordare che erano stati sposati. Non poté fare a meno di ridere di sé: si comportava come una ragazzina innamorata.

«Che succede?» chiese Brock, che era bravissimo ad

accorgersi quando qualcuno rischiava di essere sopraffatto dalle emozioni.

Jeffrey avviò il motore. «Niente.»

L'altro si sistemò allegro, allungando le gambe davanti a sé come due stuzzicadenti piegati. «Grazie per essere venuto a prendermi. Non so quando sarà pronto il carro funebre e la mamma ha il corso di jazzercise il lunedì.»

«Nessun problema» rispose Jeffrey, cercando di non ridere al pensiero di Penny Brock in calzamaglia. L'idea gli evocava l'immagine di un sacco di patate bitorzoluto.

«Notizie di Tessa?» chiese Brock.

«Ho parlato con Sara stamattina» disse Jeffrey. «A quanto pare sta un po' meglio.»

«Be', grazie al cielo» fece l'altro, sollevando una mano. «Ho pregato per lei.» La abbassò, colpendosi la coscia. «E per quella povera creatura. Gesù riserva un posto speciale ai bambini.»

Jeffrey non rispose, ma sperò che Gesù riservasse un posto ancor più speciale a chi li uccideva a pugnalate.

«Come sta la famiglia?» chiese Brock.

«Abbastanza bene» rispose Jeffrey, poi cambiò argomento. «Non lavori per la contea da un po', giusto?»

«Oh no» esitò lui, anche se era stato il coroner della contea per anni. «Devo dire che sono stato felicissimo quando Sara ha preso il mio posto. Non che mi pagassero male, ma Grant cominciava a diventare un po' troppo grande per me. C'era tanta gente che arrivava dalla città e portava con sé nuovi modi di fare. Non volevo sbagliare qualcosa. È una responsabilità enorme. La ammiro molto.»

Jeffrey sapeva che quando diceva "città", Brock si riferiva ad Atlanta. Come gran parte delle piccole cittadine, all'inizio degli anni Novanta Grant aveva subito una migrazione di cittadini dalle metropoli in cerca di uno stile di vita meno frenetico. Si trasferivano da centri più grandi pensando di trovare la felicità in fondo all'autostrada. E forse ci sarebbero riusciti, se solo fossero arrivati senza figli. Uno dei motivi per cui Jeffrey era stato assunto come capo della polizia era la sua esperienza in una task force antigang a Birmingham, in Alabama. Quando aveva firmato il contratto, i potenti di Grant erano pronti a tutto pur di liberarsi del problema delle bande criminali giovanili.

«Sara mi ha detto che si tratta di una cosa semplice. Avete bisogno solo di sangue e urine, giusto?» chiese Brock.

«Giusto» rispose lui.

«Ho sentito che dei suoi pazienti si sta occupando Hare» aggiunse.

«Sì» disse Jeffrey mandando giù un sorso di caffè. Anche il cugino di Sara, Hareton Earnshaw, era un medico, sebbene non un pediatra. La sostituiva alla clinica mentre lei era ad Atlanta.

«Mio padre, che Dio l'abbia in gloria, giocava a carte con Eddie e con loro» continuò Brock. «Ricordo che a volte mi portava con sé e giocavo con Sara e Tessie.» Rise così forte che il suono rimbombò nella macchina. «Erano le uniche due ragazze che mi rivolgevano la parola!» Con un rammarico palpabile nella voce, spiegò: «Le altre pensavano tutte che mi puzzassero le mani».

Jeffrey lo guardò senza capire.

«Perché toccavo i morti. In realtà non lo facevo, da piccolo. Ho cominciato solo più avanti.»

«A-ha» fece Jeffrey, domandandosi come fossero arrivati a quell'argomento.

«Era mio fratello Roger, quello che toccava i morti. Lui era un vero monello.»

Jeffrey si preparò ad ascoltare qualche battuta terrificante.

«Si faceva pagare un quarto di dollaro a testa per portare i ragazzi nella sala di imbalsamazione la sera, dopo che papà era andato a dormire. Li faceva entrare tutti con le luci spente, facendo strada solo con una torcia elettrica, e poi premeva il petto dei defunti, così.» Anche se non voleva, Jeffrey guardò dove indicava Brock. «E il corpo emetteva una specie di basso lamento.» Il becchino aprì la bocca e fece un gemito cupo, monotono. Era spaventoso, e Jeffrey sperò di riuscire a non pensarci, al momento di andare a dormire quella sera.

«Dio santo, è inquietante» esclamò, sentendo un brivido percorrergli il corpo. «Non farlo mai più, Brock. Santo cielo.»

L'altro parve pentito, ma rimediò bevendo il caffè e restando in silenzio per il resto del viaggio verso l'obitorio.

Quando Jeffrey parcheggiò davanti alla casa dei Rosen, la prima cosa che notò fu una Ford Mustang rossa nuova di zecca ferma sul viale d'accesso. Invece di andare verso la porta d'ingresso, si avvicinò all'auto, ammirandone le linee perfette. Quando aveva l'età di Andy Rosen, aveva sognato di guidare una Mustang rossa, e vederne una dal vivo gli fece provare un irragionevole moto d'invidia. Sfiorò il cofano con le dita, seguendo le righe nere da corsa e pensando che Andy aveva molti più motivi per vivere di quanti ne avesse avuti lui alla sua età.

Anche qualcun altro amava quella macchina. Nonostante fosse ancora molto presto, sulla vernice non c'erano tracce di condensa. C'era un secchio rovesciato accanto al paraurti posteriore, con sopra una spugna. Il tubo dell'acqua del giardino era ancora teso verso l'auto. Jeffrey guardò l'orologio: era un'ora inconsueta per lavare una macchina, soprattutto considerato che il proprietario era morto il giorno prima.

Quando si avvicinò al portico, sentì i Rosen che sembravano discutere animatamente. Aveva abbastanza esperienza come poliziotto da sapere che le persone tendevano a dire la verità più facilmente, se erano in collera. Aspettò vicino alla porta, origliando ma tentando di non farsi notare, nel caso qualche amante dello jogging di prima mattina si chiedesse cosa stava combinando.

«E perché diavolo adesso ti interessa, Brian?» chiese Jill Rosen. «Non ti è mai importato niente di lui.»

«È una stronzata, e lo sai benissimo.»

«Non parlarmi in questo modo.»

«Vaffanculo! Ti parlo come cazzo mi pare!»

Seguì un attimo di silenzio. Jill Rosen parlò più piano, e Jeffrey non riuscì a distinguerne le parole. Quando le rispose, il marito lo fece a sua volta a bassa voce.

Jeffrey diede loro un minuto intero per ricominciare a discutere prima di bussare alla porta. Li sentì muoversi all'interno della casa e immaginò che uno dei due stesse piangendo, o forse entrambi.

Fu Jill Rosen ad aprire, e dal Kleenex consumato che stringeva in mano lui capì che aveva passato la mattinata in lacrime. Gli balenò nella mente un'immagine di Cathy Linton sulla veranda di casa sua, il giorno prima, ed ebbe un moto di compassione di cui non si sarebbe mai creduto capace.

«Ah, è lei» disse la donna. «Questo è Brian Keller, mio marito.»

«Ci siamo sentiti al telefono» gli ricordò Jeffrey.

Keller aveva l'aria distrutta. A giudicare dai capelli radi che si andavano ingrigendo e dalla mascella cadente, doveva avere quasi sessant'anni, ma il dolore gli aggiungeva vent'anni. Portava un paio di pantaloni gessati, e anche se dovevano appartenere a un completo, sopra aveva una maglietta ingiallita con lo scollo a V che rivelava qualche pelo grigio sul petto. Aveva una catenina con la stella di David come suo figlio, o forse era la stessa che avevano trovato nel bosco. Era stranamente scalzo, e Jeffrey immaginò che fosse stato lui a lavare la macchina.

«Mi spiace» disse l'uomo. «Ieri, al telefono... ero sconvolto.»

«Le faccio le mie condoglianze, dottor Keller» disse Jeffrey, stringendogli la mano e chiedendosi come potesse domandare senza offenderli se Andy fosse il loro figlio naturale o adottivo. Molte donne mantenevano il cognome da nubile dopo il matrimonio, ma in genere i figli prendevano quello del padre.

Chiese a Keller: «Lei è il padre biologico di Andy?».

Fu la moglie a rispondere. «L'abbiamo lasciato libero di scegliere quale cognome preferisse quando è stato abbastanza grande da decidere da sé.»

Jeffrey annuì, comprensivo, anche se secondo lui il fatto che i ragazzini fossero troppo liberi di scegliere era uno dei motivi per cui ne aveva tanti in centrale, stupiti di essere finiti nei guai proprio per colpa di una pessima decisione che avevano preso.

«Entri» lo invitò la psicologa, facendogli segno di seguirlo nel breve corridoio che conduceva al soggiorno.

Come quasi tutti i docenti, vivevano su Willow Drive, che era nei pressi di Main Street e a breve distanza dal campus. L'università aveva stretto qualche accordo con la banca per garantire ai nuovi professori dei mutui a basso interesse, così avevano finito per prendere le case più belle della città. Jeffrey si chiese se anche gli altri trascurassero la loro abitazione quanto Keller: c'erano macchie di umidità dovute a un'infiltrazione recente sul soffitto e le pareti avevano un gran bisogno di una mano di vernice.

«Scusi per il disordine» disse Jill Rosen, una frase che sembrava aver detto chissà quante volte.

«Non si preoccupi» rispose Jeffrey, anche se non riusciva a spiegarsi come si potesse vivere in un simile disordine. «Dottoressa Rosen…»

«Mi chiami Jill.»

«Jill» ripeté lui. «Potrebbe dirmi… lei conosce Lena Adams?»

«La donna di ieri?» ribatté lei, la voce ora più squillante.

«Mi chiedevo se per caso la conoscesse già.»

«Era venuta nel mio ufficio. È stata lei a dirmi di Andy.»

La guardò negli occhi per un attimo, ma non la conosceva abbastanza bene da capire se ci fosse qualcosa dietro le sue parole, che potevano essere interpretate in molti modi. L'istinto gli diceva che tra Lena e Jill Rosen c'era un legame, ma non riusciva a capire se avesse a che fare col caso.

«Possiamo sederci qui» disse la dottoressa, indicando il soggiorno angusto.

«Grazie» disse lui dandosi un'occhiata intorno.

Era evidente che la donna avesse sistemato con grande cura la casa quando vi si era trasferita, ma erano passati diversi anni. I mobili erano belli, però avevano un'aria un po' troppo logora. La carta da parati era datata, e sulla moquette i segni di passaggio erano evidenti come sentieri tracciati in una foresta. Anche tralasciando l'incuria dell'arredamento, l'ambiente era ingombro di oggetti. C'erano pile di libri e riviste ammassati da tutte le parti. Giornali che Jeffrey riconobbe, perché erano della settimana precedente, erano distesi intorno alle poltrone accanto alla finestra. A differenza di casa Linton, dove c'era più o meno la stessa quantità di oggetti e di sicuro più libri, quel posto aveva un che di soffocante, come se nessuno degli abitanti fosse felice da molto, molto tempo.

«Abbiamo parlato con le pompe funebri del funerale» disse Keller. «Jill e io stiamo cercando di decidere cosa fare. Mio figlio sosteneva di voler essere cremato.» Gli tremò il labbro. «Sarà possibile farlo dopo l'autopsia?»

«Sì, certo» rispose Jeffrey.

Jill riprese: «Vorremmo andare incontro ai suoi desideri, ma...».

«È quel che voleva lui, Jill» le disse il marito.

Jeffrey avvertì la tensione tra loro e non espresse la propria opinione.

La psicologa indicò una grande poltrona. «La prego, si sieda.»

«Grazie» rispose lui sistemandosi la cravatta e accomodandosi sul bordo del cuscino per non affondare nella pesante seduta.

«Vuole bere qualcosa?» gli domandò Jill.

Senza dare a Jeffrey il tempo di rifiutare, Keller rispose per lui: «Dell'acqua, grazie».

L'uomo fissò il pavimento finché sua moglie non fu uscita dalla stanza. Sembrava che stesse aspettando qualcosa, Jeffrey però non riusciva a capire cosa. Quando sentì aprire il rubinetto della cucina, dischiuse le labbra, ma senza emettere alcun suono.

«È bella la macchina qui fuori» disse Jeffrey.

«Sì» concordò lui, giungendo le mani in grembo. Aveva le spalle curve e Jeffrey si accorse che era più imponente di quanto gli fosse sembrato all'inizio.

«L'ha lavata stamattina?»

«Andy la curava molto» rispose, ma non aveva risposto alla domanda.

«Lei lavora nel dipartimento di Biologia?»

«Nella ricerca» puntualizzò Keller.

«Se c'è qualcosa che desidera dirmi...» provò Jeffrey.

Keller riaprì la bocca, ma proprio in quel momento sua moglie tornò nella stanza, porgendo un bicchiere d'acqua ai due uomini.

«Grazie» disse Jeffrey prendendo un sorso, anche se gli parve che il bicchiere avesse uno strano odore. Lo poggiò sul tavolinetto e diede uno sguardo a Keller per vedere se avesse qualcosa da dire prima di iniziare a parlare lui.

«So che avete ben altri pensieri in questo momento. Ho solo bisogno di farvi qualche domanda di routine, poi mi toglierò dai piedi.»

«Prenda pure tutto il tempo di cui ha bisogno» rispose Keller.

Jill Rosen aggiunse: «I suoi uomini sono rimasti a casa di Andy fino a tardi, ieri sera».

«Sì» disse Jeffrey. A differenza di ciò che facevano i poliziotti in televisione, lui preferiva tenersi alla larga dalle scene del crimine finché poteva, aspettando che i tecnici terminassero l'esame. Il letto del fiume in cui Andy si era suicidato era un luogo troppo ampio e pubblico per fornire prove particolari, ma l'appartamento del ragazzo era un altro paio di maniche.

Keller aspettò che sua moglie si sedesse e poi si accomodò accanto a lei sul divano. Cercò di prenderle la mano, ma lei si ritrasse. Dunque la loro lite non si era ancora risolta.

Jill domandò: «Pensate che qualcuno possa averlo spinto giù?».

Jeffrey si chiese se le fosse arrivata qualche voce o se fosse giunta da sola a quella conclusione. «Qualcuno ha mai minacciato di far del male a suo figlio?» le chiese.

I due si guardarono, come se ne avessero già discusso. «Non che ci risulti.»

«E Andy aveva già cercato di uccidersi in passato?»

Annuirono all'unisono.

«Ha visto il biglietto?»

«Sì» mormorò la donna.

«Non è probabile» concluse Jeffrey. Qualsiasi sospetto avesse in quel momento, non era altro che una semplice speculazione, e non voleva dare ai genitori di Andy qualcosa a cui aggrapparsi rischiando poi di doverli deludere.

«Prenderemo in considerazione ogni possibilità, ma non voglio darvi false speranze.» Fece una pausa, pentendosi delle parole scelte. Quale *speranza* poteva avere un genitore sapendo che il figlio era stato assassinato?

Keller si rivolse alla moglie. «Con l'autopsia troveranno qualsiasi elemento sospetto. Sono in grado di scoprire di tutto. È incredibile ciò che la scienza può fare, al giorno d'oggi.» Lo disse con la convinzione di un uomo che lavorava in quel campo e faceva affidamento sul metodo scientifico per dimostrare qualsiasi fatto.

La donna si portò il fazzolettino al naso, senza reagire alle parole del marito. Jeffrey si chiese se la tensione tra loro fosse frutto della discussione appena avvenuta o se il loro matrimonio avesse problemi da un po' di tempo. Doveva fare qualche domanda discreta al campus per scoprirlo.

Keller interruppe il flusso dei suoi pensieri. «Stavamo pensando a qualcosa che potrebbe esserle utile» dichiarò. «Andy aveva degli amici dei tempi in cui...»

«Non li abbiamo mai conosciuti davvero» intervenne la moglie. «Sono quelli con cui si drogava.»

«Sì» concordò Keller. «Per quel che ne sappiamo, adesso non frequentava nessuno.»

Jill Rosen ammise: «O almeno non ci ha presentato nessuno».

«Avrei dovuto essere più presente» aggiunse il padre, la voce densa di rimorso. Jill Rosen non lo contraddisse, e il viso di lui divenne rosso per lo sforzo di non scoppiare in lacrime.

«Lei si trovava a Washington?» gli chiese, ma fu la donna a rispondere.

«In questo momento Brian sta lavorando a una richiesta di fondi molto complicata.»

Keller scosse il capo, come se non fosse niente di importante. «Che senso ha, adesso?» chiese, senza rivolgersi a nessuno in particolare. «Tanto tempo sprecato, per che cosa?»

«Un giorno il tuo lavoro potrebbe aiutare le persone» disse lei, Jeffrey tuttavia avvertì del risentimento nella sua voce. Ma non sarebbe stata la prima volta in cui una moglie si lamentava perché il marito lavorava fino a tardi.

«È di Andy l'auto nel vialetto?» chiese Jeffrey alla madre. Si accorse che Keller distoglieva lo sguardo.

«Gliel'avevamo appena comprata. Era per... non so. Brian voleva ricompensarlo perché si stava comportando bene» disse lei.

Il fatto che la dottoressa non fosse d'accordo con la decisione del marito restò implicito. Quella macchina era un acquisto notevole, e i docenti non erano certo milionari. Jeffrey immaginava che il suo stipendio fosse più alto di quello di Keller, e non era certo una cifra da capogiro.

«La usava per andare al campus?» chiese.

«Era più semplice andare a piedi» rispose Jill. «A volte andavamo tutti insieme.»

«Ieri mattina vi ha detto dove andava?»

«Io ero già al centro di assistenza» rispose la psicologa. «Pensavo che sarebbe rimasto a casa tutto il giorno. Quando è arrivata Lena...»

La familiarità con cui pronunciò il nome di Lena fece venire a Jeffrey una gran voglia di approfondire quel punto, ma non gli venne in mente un modo di inserire la questione nel discorso. Tirò fuori il suo blocco per gli appunti, esaminando i fatti. «Andy lavorava con lei, dottor Keller?»

«Sì» rispose lui. «Non aveva molto da fare, ma preferivo che non trascorresse troppo tempo a casa da solo.»

La moglie aggiunse: «Dava una mano anche in clinica. La nostra receptionist non è molto affidabile, e a volte lui la sostituiva o si occupava dell'archivio».

«Ha mai avuto accesso ai dati dei pazienti?» provò Jeffrey.

«Oh no, mai» ribatté lei, come se il pensiero la allarmasse. «Quelli sono custoditi sottochiave. Andy gestiva i rendiconti delle spese, gli appuntamenti, le telefonate. Cose così.» Le tremò la voce. «Erano dei lavori semplici, solo per tenerlo occupato.»

«Lo stesso vale per il laboratorio» aggiunse Keller. «Non aveva le qualifiche necessarie per lavorare alla ricerca. Quello è compito dei dottorandi.»

Keller raddrizzò la schiena, le mani sulle ginocchia. «Volevo averlo vicino per poterlo tenere d'occhio, tutto qui.»

«Temevate che potesse compiere un gesto del genere?» chiese Jeffrey.

«No» disse la madre. «Ma non saprei. Forse dentro di me sospettavo che potesse pensarci. Negli ultimi tempi si comportava in modo molto strano, come se nascondesse qualcosa.»

«Ha idea di cosa poteva essere?»

«Non saprei proprio» disse lei con sincero rammarico. «I ragazzi di quell'età sono complicati. Anche le ragazze, se è per questo. Sono nel pieno del passaggio tra l'adolescenza e l'età adulta. Considerano i genitori un punto di riferimento o un problema a seconda della giornata.»

«O del bisogno di soldi» aggiunse Keller. I due sorrisero, come se fosse una battuta che facevano sempre.

«Lei ha figli?» chiese l'uomo rivolto a Jeffrey.

«No» si irrigidì lui, infastidito dalla domanda. Quando era più giovane, il desiderio di avere un figlio non l'aveva mai sfiorato. Considerando la situazione di Sara, aveva eliminato quel pensiero dalla sua mente. Poi l'ultimo caso su cui aveva lavorato con Lena gli aveva fatto domandare come sarebbe stato essere padre.

«Ti strappano il cuore dal petto» disse Keller in un sussurro roco, portandosi la testa tra le mani. Jill Rosen parve meditare in silenzio sul da farsi prima di allungare una mano e accarezzargli la schiena. Lui sollevò lo sguardo, sorpreso, come se avesse appena ricevuto un dono.

Jeffrey attese qualche istante prima di chiedere: «Andy vi ha detto di avere dei problemi?». Scossero la testa entrambi. «C'era qualcosa o qualcuno che lo infastidiva?»

Keller scrollò le spalle. «Stava cercando con tutte le forze di costruirsi un'identità.» Agitò una mano verso il retro della casa. «Per questo gli abbiamo dato il permesso di vivere sopra il garage.»

«Aveva una passione per l'arte» disse la madre. Indicò la parete alle spalle di Jeffrey.

«Bello.» Lui diede uno sguardo alla tela, distogliendolo il prima possibile. Il disegno appeso al muro raffigurava una donna nuda, a dimensioni quasi naturali, semidistesa su una roccia. Aveva le gambe spalancate e i genitali erano l'unico elemento colorato del dipinto, ma in realtà sembrava che avesse un piatto di lasagne tra le cosce.

«Era davvero dotato» disse Jill.

Jeffrey annuì, ma pensò che solo una madre illusa o l'editore della rivista porno *Screw* poteva dichiarare che l'autore di quel quadro fosse dotato. Si voltò e il suo sguardo trovò Keller. L'uomo sembrava profondamente a disagio, proprio come lui.

«Andy frequentava molte ragazze?» chiese Jeffrey, perché considerando l'aspetto della donna nel disegno si era fatto l'idea che gli mancassero parecchi dettagli.

«Non che ci risulti» disse Jill Rosen. «Non abbiamo mai visto nessuno salire da lui, anche se la porta del garage dà sul retro della casa.»

Keller diede uno sguardo a sua moglie prima di rispondere. «Jill pensa che avesse ricominciato a drogarsi.»

«Abbiamo trovato dell'attrezzatura in camera sua» disse Jeffrey. Non aspettò la domanda che la madre stava per fargli. «Quadratini di stagnola e una pipetta. Non c'è modo di sapere quando sia stata usata per l'ultima volta.»

La dottoressa abbassò le spalle e il marito l'abbracciò, stringendola al petto. Eppure lei parve restare distante da lui, e ancora una volta Jeffrey ebbe dei dubbi sulla solidità del loro matrimonio.

«Non c'era nient'altro che facesse pensare a un problema di droga» riprese lui.

«Aveva degli sbalzi d'umore» disse Keller. «A volte era molto triste. Scontroso. Era difficile capire se fosse colpa degli stupefacenti o fosse il suo modo di essere.»

Jeffrey si disse che era un momento buono come un altro per parlare dei piercing di Andy. «Ho notato che aveva un piercing al sopracciglio.»

Keller alzò gli occhi al cielo. «Per poco sua madre non è morta d'infarto.»

«E al naso» aggiunse lei, con espressione contrariata. «Credo si fosse fatto qualcosa anche alla lingua, di recente. Non voleva mostrarmela, ma lo vedevo muovere la bocca in continuazione.»

«Nient'altro di strano?» tentò Jeffrey.

I due lo guardarono con gli occhi sgranati, senza capire. Keller parlò per entrambi. «Non credo fosse rimasto nient'altro da bucare!» dichiarò, ma non era una battuta.

Jeffrey passò oltre. «Parlatemi del tentativo di suicidio avvenuto a gennaio.»

«Con il senno di poi, non sono sicuro che volesse farlo davvero» disse Keller. «Sapeva che Jill avrebbe visto il biglietto appena sveglia, la mattina. Ha calcolato i tempi per farsi trovare da lei prima che la situazione fosse disperata.» Fece una pausa. «Abbiamo pensato che volesse solo attirare l'attenzione.»

Jeffrey aspettò che la moglie dicesse qualcosa, ma lei tenne gli occhi chiusi, raggomitolata contro suo marito.

Lui riprese: «A volte si comportava in modo assurdo. Non pensava mai alle conseguenze».

La psicologa non lo contraddisse.

Keller scosse il capo. «Non so, forse non dovrei parlare così.»

«No… è la verità» disse lei.

«Avremmo dovuto rendercene conto» insisté l'uomo. «Doveva esserci qualcosa che non andava.»

La morte era già di per sé un evento terribile da affrontare, ma i suicidi erano particolarmente dolorosi per chi restava. In genere le persone più vicine al defunto si sentivano in colpa per non aver colto i segni premonitori oppure tradite, perché il suicida era stato così egoista da lasciarli ad affrontare il disastro. Jeffrey immaginò che i genitori di Andy Rosen avrebbero trascorso il resto della vita a passare da una reazione all'altra.

Jill si tirò su, asciugandosi il naso. Prese un altro fazzolettino dalla scatola e si tamponò gli occhi. «È incredibile che siate riusciti a trovare qualcosa, in quella casa» disse. «Era così disordinato.» Aveva cercato di farsi forza, ma con quelle ultime parole le ripiombò tutto addosso.

Crollò lentamente, la bocca scossa da spasmi mentre cercava di trattenere i singhiozzi, poi si coprì il viso con le mani.

Il marito la cinse di nuovo con un braccio, attirandola a sé. «Mi dispiace tanto» disse affondando il viso tra i suoi capelli. «Avrei dovuto essere presente» disse. «Avrei dovuto essere presente.»

Rimasero così per diversi minuti, come se Jeffrey non ci fosse più.

Dopo qualche tempo lui si schiarì la gola. «Pensavo di andare a dare un'occhiata all'appartamento, se non vi spiace.»

Solo Keller sollevò lo sguardo. Annuì, poi tornò a consolare sua moglie. Lei gli si accasciò contro. Sembrava una bambola di pezza tra le sue mani.

Jeffrey si voltò per andar via e si trovò a faccia a faccia con il nudo disteso realizzato da Andy. C'era qualcosa di stranamente familiare in quella donna, anche se non riusciva a capire cosa.

Non volendo farsi vedere mentre la fissava, uscì dalla casa. Aveva una gran voglia di prendere da parte Keller e scoprire di cosa non potesse parlare di fronte a sua moglie. E aveva anche bisogno di interrogare di nuovo Ellen Schaffer. Forse allontanarsi dalla scena del crimine l'aveva aiutata a recuperare la memoria.

Si fermò davanti alla Mustang, ammirandone di nuovo la carrozzeria. Lavare la macchina così presto la mattina e subito dopo la morte di Andy Rosen era strano, ma di certo non era un crimine. Forse Keller l'aveva fatto per rendere omaggio a suo figlio. Forse aveva cercato di nascondere delle prove, anche se a Jeffrey non veniva in mente proprio nulla che potesse collegare quell'auto al delitto. A parte l'aggressione a Tessa Linton, non aveva nemmeno la certezza che fosse stato commesso un crimine.

Si chinò e passò una mano sui battistrada. La strada che portava al parcheggio accanto al ponte era asfaltata, mentre il parcheggio era di ghiaia. Anche se fossero riusciti a fare un confronto con le tracce degli pneumatici, chissà quante volte Andy poteva aver portato la macchina laggiù. Dai verbali delle pattuglie Jeffrey sapeva che quello era uno dei posti in cui gli studenti si appartavano più spesso.

Prese il cellulare per chiamare Frank, ma si fermò quando vide Richard Carter arrivare a piedi con una grossa pentola in mano. Non appena notò Jeffrey, si stampò in faccia un sorrisone, poi però parve ripensarci e assunse un'espressione più seria.

«Dottor Carter» lo salutò Jeffrey, sforzandosi di usare un tono gentile. Aveva cose più importanti da fare che cercare di carpire informazioni a Richard, ottenendo il solo effetto di farlo sentire chissà chi.

«Ho preparato uno stufato per Brian e Jill. Sono in casa?» chiese Richard.

Lui diede uno sguardo dietro le sue spalle, ripensando all'atmosfera oppressiva che vi regnava, al dolore assoluto che stavano vivendo quei due poveretti. «Forse non è un buon momento.»

Richard si incupì. «Volevo solo dare una mano.»

«Sono piuttosto sconvolti» rispose Jeffrey, cercando di farsi venire in mente un modo per fare a Richard qualche domanda su Brian Keller senza dargli a intendere ciò che stava facendo. Sapendo come ragionava quell'uomo, decise di affrontare l'argomento da un punto di vista diverso. «Era amico di Andy?» gli chiese, immaginando che potesse avere otto o nove anni più del ragazzo.

«Dio, no» si schermì lui. «Era uno studente. E a parte quello, era anche un ragazzino insopportabile.»

Jeffrey aveva già raccolto diverse informazioni su Andy Rosen, ma la foga che accompagnò le parole di Richard lo sorprese. «Ma è abbastanza vicino a Brian e Jill?»

«Ah, loro sono meravigliosi» fece Richard. «Al campus ci vogliamo tutti bene. Siamo come una grande famiglia.»

«Già» commentò Jeffrey. «Brian sembra un bravo padre di famiglia.»

«Ah, certo» concordò. «Il miglior genitore del mondo, per Andy. Mi sarebbe tanto piaciuto avere un padre come lui.» Aveva un tono vagamente incuriosito, e Jeffrey intuì che aveva capito di essere sotto interrogatorio. Quella consapevolezza gli dava un senso di potere, e Richard sorrise compiaciuto, aspettando che gli venisse chiesto conto di qualche pettegolezzo.

Decise di approfittarne. «Sembra una coppia molto affiatata.»

Richard fece una smorfia. «Trova?»

Lui non rispose, e l'altro parve prenderlo per un buon segno.

«Be'» cominciò, «non mi piace riferire voci...»

Jeffrey si sforzò di non fargli notare che stava sparando stronzate.

«E poi è solo questo, una voce. Non ho mai notato nulla che potesse avvalorare la tesi, ma posso dirle che durante l'ultima festa di Natale del dipartimento Jill si comportava in modo davvero strano con Brian.»

«Siete tutti nello stesso dipartimento?»

«Come ho detto prima...» gli ricordò Richard, «è un campus piccolo.»

Jeffrey lo fissò in silenzio, e lui non ebbe bisogno di ulteriori incoraggiamenti.

«Tempo fa c'era chi diceva che avevano dei problemi.»

Sembrava che avesse bisogno di un intervento da parte di Jeffrey, che lo spronò subito: «Davvero?».

«Certo, è pur sempre un pettegolezzo.» Fece una pausa da attore consumato. «Sul marito.» Un'altra pausa. «E una studentessa.»

«Avevano una relazione?» indovinò Jeffrey, anche se non ci voleva certo un intuito fuori dal comune. Era senz'altro qualcosa di cui Keller avrebbe preferito non parlare di fronte a sua moglie, soprattutto se lei ne era al corrente. Jeffrey sapeva per esperienza che quando Sara faceva anche solo un'allusione alle circostanze che avevano portato alla fine del loro matrimonio, lui aveva la sensazione di essere in bilico sul bordo del Grand Canyon.

«Conosce il nome della ragazza?»

«Non ho idea di chi fosse, ma se vuole dare credito ai pettegolezzi, si è trasferita dopo che Jill l'ha scoperto.»

Lui aveva qualche dubbio, e poi era stanco delle persone che si rifiutavano di dire tutto. «Ricorda che aspetto aveva? Che corso di laurea seguiva?»

«Non sono nemmeno troppo convinto che sia mai esistita. Come ho detto, era solo un pettegolezzo.» Richard si accigliò. «E adesso mi sento in colpa per avere spifferato questa storia.»

«Richard, se c'è qualcosa che non mi sta dicendo...»

«Le ho detto tutto ciò che so. O che ho sentito, almeno. Come ho detto...»

«Era solo un pettegolezzo» chiuse Jeffrey.

«C'è altro?» domandò Richard, mettendo il broncio.

Lui decise di tranquillizzarlo. «È gentile a portar loro del cibo.»

Richard si rilassò un poco. «Quando è morta mia madre, qualche anno fa, le persone che venivano a far visita con un piccolo pensiero erano come un raggio di sole in quello che è stato senza dubbio il periodo più buio della mia vita.»

Jeffrey ripassò mentalmente le parole di Richard, sentendo suonare mille campanelli d'allarme.

«C'è qualcosa che non va?» chiese lui.

«Sole» ripeté Jeffrey. Era appena riuscito a capire cosa ci fosse di tanto familiare nell'osceno disegno di Andy Rosen. La ragazza rappresentata nel quadro aveva un sole intorno all'ombelico.

Quando Jeffrey arrivò al dormitorio di Ellen Schaffer, vi trovò parcheggiate davanti un'autopattuglia e la Taurus di Frank Wallace, anche se non aveva chiesto alcun intervento.

«Cazzo!» esclamò, fermando la macchina accanto a quella di Frank. Capì che doveva essere successo qualcosa di terribile ancor prima di vedere due ragazze uscire dal dormitorio abbracciandosi e singhiozzando.

Jeffrey corse verso l'edificio e salì i gradini d'ingresso a due a due. Keyes House era andata distrutta da un incendio anni prima, ma il college aveva sostituito l'antica villa anteguerra con una copia quasi perfetta, con delle salette eleganti nella parte davanti e un'imponente sala da pranzo con trenta posti a sedere. Frank era in piedi in una delle salette e lo aspettava.

«Capo, abbiamo cercato di chiamarti» disse il detective, facendogli cenno di entrare.

Jeffrey tirò fuori il cellulare dalla tasca. La batteria era ancora carica, ma c'erano punti in città in cui la linea non prendeva. «Che cosa è successo?» chiese.

Frank chiuse le porte scorrevoli per avere un po' di riservatezza prima di rispondere: «Si è fatta saltare la testa».

«Cazzo» imprecò Jeffrey. Sapeva già la risposta, ma lo chiese lo stesso: «Ellen Schaffer?».

Frank annuì.

«Suicidio?»

Frank abbassò la voce. «Dopo ieri, chi lo sa?»

Jeffrey si sedette sul bordo di un divanetto, assalito da un orrore terrificante. Due suicidi in altrettanti giorni non erano un evento così raro, ma l'accoltellamento di Tessa Linton gettava un'ombra su tutto ciò che era accaduto al campus.

«Ho appena parlato con Brian Keller, il padre di Andy Rosen» disse.

«Era il figlio adottivo?»

«No, ha preso il cognome della madre.» Notando la perplessità di Frank, aggiunse: «Ti basti sapere che Keller è il padre biologico».

«D'accordo» fece lui, ma aveva ancora un'espressione sconcertata. Per un istante, Jeffrey desiderò che ci fosse Lena insieme a lui invece di Frank. Non che il detective fosse un cattivo collaboratore, ma Lena era più intuitiva, e insieme formavano una squadra molto affiatata. Frank era l'incarnazione di quello che Jeffrey considerava un piedipiatti, nel senso che era più bravo a consumare le suole delle scarpe seguendo indizi che a far scattare la mente e risolvere i casi.

Si avvicinò alla porta che dava sulla cucina per assicurarsi che nessuno potesse sentirli. «Richard Carter dice...»

Frank sbuffò. Jeffrey non sapeva se fosse per via dell'orientamento sessuale di Richard o per la sua personalità insopportabile. Solo la seconda ipotesi era accettabile per lui, ma sapeva già da un bel po' di tempo che il detective aveva le sue idee, ben radicate.

«Carter è al corrente di pettegolezzi universitari» disse.

«E che ha detto?» incalzò Frank.

«Che Keller aveva una relazione con una studentessa.»

«Okay» disse il detective, anche se il suo tono non si accordava con quella parola.

«Voglio che indaghi su Keller. Scopri qualcosa sul suo passato. Vediamo se questo pettegolezzo è vero.»

«Credi che suo figlio abbia scoperto della relazione e che lui l'abbia messo a tacere per sempre in modo che la moglie non lo scoprisse?»

«No. Stando a Richard, la moglie sapeva tutto.»

«Sempre se ci possiamo fidare di quel che dice uno come lui.»

«Dacci un taglio, Frank» gli ordinò. «Se Keller aveva una relazione, la pista del suicidio potrebbe essere avvalorata. Forse Andy non riusciva a perdonare suo padre, così si è buttato di sotto per punirlo. Stamattina i genitori stavano litigando. Jill Rosen ha detto a Keller che a lui non è mai importato niente del figlio.»

«Magari ha solo detto una cattiveria. Sai come sono fatte le donne.»

Jeffrey non aveva intenzione di contraddirlo. «A me Jill Rosen è sembrata piuttosto lucida.»

«Credi che sia stata lei?»

«E che vantaggio ne avrebbe avuto?»

La risposta di Frank fu la stessa che aveva in mente Jeffrey. «Non lo so.»

Jeffrey fissò il caminetto, desiderando di nuovo di poterne discutere con Lena, o magari anche con Sara. «Se sollevo merda intorno ai genitori e se il ragazzo si è suicidato davvero, finirò in tribunale» disse.

«Vero.»

«Intanto controlla se Keller era davvero a Washington quando è successo» riprese. «Fai qualche domanda, con discrezione, e vedi se riusciamo a dar corpo a queste voci.»

«Un controllo sui voli è semplice» disse Frank, tirando fuori il blocco per gli appunti. «Posso chiedere in giro a proposito della relazione, ma la ragazzina sarebbe più adatta di me per questo incarico.»

«Lena non è più in squadra, Frank.»

«Ma potrebbe essere d'aiuto. È già al campus. Magari conosce qualche studente.»

«Non è un'agente.»

«Sì, ma...»

«Ma niente» ribatté lui, mettendolo a tacere. In biblioteca, il giorno prima, Lena aveva dimostrato di non avere alcuna voglia di dare una mano. Jeffrey le aveva fornito più di un'occasione per parlare con Jill Rosen, e lei se n'era rimasta con la bocca chiusa, senza nemmeno consolare l'altra donna.

«E la Schaffer? Che c'entra lei in questa storia?» domandò Frank.

«C'era un dipinto» gli disse Jeffrey, fornendogli i dettagli del disegno nel salotto dei coniugi Keller-Rosen.

«E la madre l'ha appeso?»

«Era molto orgogliosa di lui» tentò di giustificarla, anche se la sua, di madre, l'avrebbe pestato a sangue e avrebbe dato fuoco a quella tela con una sigaretta. «Hanno detto tutti e due che il ragazzo non frequentava nessuno.»

«Forse non si confidava con loro» tentò Frank.

«Vero» concordò lui. «Ma se Ellen Schaffer andava a letto con Andy, perché ieri non l'ha riconosciuto?»

«Era a culo all'aria» disse Frank. «Fosse stato Carter a non riconoscerlo, allora sì che mi sarei insospettito.»

Jeffrey gli rivolse un'occhiataccia.

«E va bene» fece lui alzando le mani. «Mettiamola così, era sconvolta. E il ragazzo era una quindicina di metri più in basso. Come faceva a riconoscerlo?»

«Giusto» ammise Jeffrey.

«Credi che possa essersi trattato di una specie di patto suicida?»

«L'avrebbero fatto insieme, non a un giorno di distanza» gli fece notare Jeffrey. «Abbiamo trovato qualcosa sul biglietto di Andy?»

«L'hanno toccato tutti, e anche sua madre» disse Frank. «Se fosse stato un patto, l'avrebbero scritto.»

«Forse Andy l'ha lasciata» suggerì Frank. «Lei ha cercato di riprenderselo gettandolo giù dal ponte.»

«Pensi che avesse abbastanza forza per farlo?» chiese Jeffrey, e l'altro scrollò le spalle. «Non mi convince» continuò lui. «E poi le ragazze non fanno di queste cose.»

«Non poteva certo divorziare.»

«Bada a come parli» lo ammonì lui, prendendo quel commento come un affronto personale. Continuò a parlare senza dare a Frank il tempo di mettere entrambi in imbarazzo scusandosi. «Le ragazze molto *giovani* non le fanno» si corresse. «Danno la colpa al ragazzo oppure raccontano agli amici bugie su di lui, si fanno mettere incinte, o prendono un mucchio di pillole…»

«O si fanno saltare la testa?» lo interruppe Frank.

«Sempre se Andy Rosen è stato assassinato. Non sappiamo ancora se si è suicidato o no.»

«Hai niente in proposito?»

«Stamattina Brock ha prelevato del sangue. Avremo i risultati dei test domani. Al momento non abbiamo prove di un assassinio. Tessa è l'unico motivo per cui questa storia ci sembra strana: chi può sapere se c'è un collegamento?»

«Se è una coincidenza, è davvero assurda» commentò Frank.

«Voglio dare a Keller un giorno per sbollire, poi ci parlerò di nuovo per vedere che cosa sa. Voleva dirmi qualcosa, stamattina, ma non davanti a sua moglie. Forse dopo che Sara avrà concluso l'autopsia avrò qualche elemento in più.»

«Torna stasera?»

«Sì, vado a prenderla nel pomeriggio.»

«Come sta?»

«È un momentaccio» disse Jeffrey, poi tagliò corto. «Dov'è Ellen Schaffer?»

«Da questa parte» rispose il detective aprendo le porte scorrevoli. «Vuoi parlare prima con la compagna di stanza?»

Stava per dirgli di no, ma quando vide la ragazza in lacrime seduta accanto alla finestra in fondo al corridoio cambiò idea. Era con due amiche che cercavano di consolarla. Sembravano fotocopie una dell'altra, con i capelli biondi e gli occhi azzurri. Potevano essere scambiate senza problemi per le sorelle di Ellen Schaffer.

«Salve» disse Jeffrey, cercando di usare un tono consolatorio. «Sono Tolli...»

Lei lo interruppe scoppiando in un pianto dirotto. «È terribile! Stamattina stava benissimo!» gridò.

Jeffrey lanciò un'occhiata a Frank. «È stata l'ultima volta in cui l'ha vista?»

La ragazza annuì, facendo ondeggiare la testa.

«A che ora?»

«Erano le otto» disse lei, e Jeffrey si rese conto che a quell'ora lui era con i genitori di Andy.

«Dovevo andare a lezione... Ellen ha detto che voleva restare in camera a dormire. Era così sconvolta per Andy...»

«Conosceva Andy Rosen?» le domandò.

A quel punto la ragazza ricominciò a piangere, scossa da singhiozzi disperati. «No!» piagnucolò. «Per questo era tanto sconvolta. Frequentavano lo stesso corso d'arte e lei non lo conosceva nemmeno!»

Jeffrey si scambiò un'occhiata con Frank. Gli era capitato molto spesso di imbattersi in persone che si sentivano molto più vicine alle vittime di un delitto solo dopo che erano state uccise. Nel caso di Andy, un presunto suicidio, il tasso di drammaticità aumentava le probabilità di reazioni del genere.

«Dunque» riprese Jeffrey, «ha visto Ellen alle otto? L'ha vista anche qualcun altro?»

Fu una delle altre due a rispondere. «Abbiamo lezione molto presto.»

«Anche Ellen?»

Annuirono tutte e tre. Una aggiunse: «È così per tutte, in questo dormitorio».

«Qual era il suo corso di laurea?» chiese lui, cercando di capire se la ragazza potesse avere un qualche collegamento con Keller.

«Biologia cellulare» rispose la terza ragazza. «Doveva consegnare una ricerca domani.»

«Era una studentessa del dottor Keller?» chiese ancora.

Scossero la testa. Una domandò: «Sarebbe il padre di Andy?». Ma lui non le rispose.

Disse a Frank: «Facciamoci dare delle copie dei suoi orari e vediamo che lezioni ha frequentato da quando è arrivata qui». Poi si rivolse alle ragazze. «Ellen usciva con qualcuno in particolare?»

«Uhm» fece la prima, guardando nervosamente le altre. Jeffrey stava per insistere, quando rispose: «Ellen usciva con *un sacco* di ragazzi». Sottolineò quelle parole, come se fossero migliaia.

«Nessuno di loro ce l'aveva con lei?»

«Certo che no» la difese la prima. «Le volevano tutti bene.»

«Avete visto qualcuno di sospetto nei pressi del dormitorio, stamattina?»

Fecero cenno di no.

Jeffrey guardò Frank. «Avete già interrogato chi abita qui?»

«L'edificio era quasi vuoto» rispose lui. «Stiamo radunando le ragazze. Nessuno ha sentito lo sparo.»

Sorpreso, Jeffrey inarcò un sopracciglio, ma non fece commenti davanti alle studentesse.

«Grazie per la vostra disponibilità» disse invece e diede a ciascuna un biglietto da visita nel caso venisse loro in mente qualcosa di utile per le indagini.

Solo quando fu nel corridoio che conduceva alla stanza di Ellen Schaffer, al piano terra, domandò: «Che cosa ha usato?».

«Un Remington 870.»

«Il Wingmaster?» fece lui, chiedendosi cosa ci facesse una ragazza con un'arma del genere. Era un fucile a pompa molto in voga tra le forze di polizia.

«Era nella squadra di tiro al piattello.»

Jeffrey ricordava vagamente che il Grant Tech aveva una squadra di tiro, ma faticava comunque a immaginare quella bionda impertinente conosciuta il giorno prima mentre imbracciava un fucile.

Frank indicò una porta chiusa. «È lì dentro.»

Non sapeva cosa aspettarsi quando entrò nella stanza della ragazza, ma di fronte allo spettacolo che si ritrovò davanti restò a bocca aperta. La giovane era sul divano, le gambe strette intorno alla canna del fucile. La canna era puntata alla testa, o a ciò che ne restava.

Un odore penetrante lo assalì, facendogli venire le lacrime agli occhi. «Che cos'è questa puzza?»

Frank indicò una lampadina accesa sulla scrivania. Un pezzo di scalpo era finito sul vetro smerigliato e un filo di fumo saliva verso il soffitto, cotto dal calore.

Jeffrey si coprì la bocca e il naso con la mano, cercando di schermarsi dall'odore. Si avvicinò alla finestra, che era aperta di una trentina di centimetri. Diede uno sguardo dietro la casa e vide un prato con un gazebo e qualche panca. Più in là c'era la foresta e un sentiero che metà degli studenti usava per inoltrarsi tra gli alberi.

«Dov'è Matt?»

«Sta raccogliendo deposizioni.»

«Fallo venire a prendere impronte fuori da questa finestra.»

Frank prese il telefono e lo chiamò mentre Jeffrey esaminava a fondo l'intelaiatura. Dopo un buon minuto di osservazione, non trovò nulla. Solo quando stava per lasciare stare la luce mise in risalto una macchia di grasso accanto alla chiusura. «Questo l'avevi visto?» chiese.

Frank si avvicinò e piegò le ginocchia per vedere meglio. «Olio?» chiese, poi indicò la scrivania accanto al divano. Sopra c'erano una spazzola metallica per pulire gli otturatori, una pezza e una bottiglietta di olio per la pulizia delle armi. Appallottolato a terra c'era un panno che era stato senza dubbio usato per la pulizia della canna del fucile.

«Ha pulito l'arma prima di spararsi?» chiese Jeffrey, immaginando che fosse l'ultima cosa che avrebbe fatto lui.

Frank scrollò le spalle. «Forse voleva essere sicura che non si inceppasse.»

«Credi?» replicò lui, in piedi di fronte al divano. Ellen Schaffer indossava un paio di jeans stretti e una maglietta corta. Era scalza, con l'alluce del piede infilato nel grilletto. Il sole tatuato intorno all'ombelico era visibile sotto una chiazza di sangue. Aveva le mani sulla bocca del fucile, forse per tenerlo puntato contro la testa.

Usando una penna che aveva in tasca, Jeffrey scostò la mano destra. Nel punto in cui era poggiato al fucile, il palmo era pulito, il che significava che la ragazza aveva avuto la mano premuta sull'arma nel momento in cui si era sparata. O le avevano sparato. Un esame dell'altra mano mostrò la stessa situazione.

Infilato tra i cuscini del divano c'era il bossolo che era uscito dalla finestra di espulsione nel momento in cui era stato premuto il grilletto. Jeffrey lo toccò con la penna, accorgendosi che c'era qualcosa che non andava. Controllò la minuscola scritta incisa sulla canna per essere sicuro, poi disse a Frank: «Ha un fucile calibro dodici e ha usato una cartuccia calibro venti».

Frank lo fissò per un attimo. «E perché lo ha fatto?»

Jeffrey si rialzò, scuotendo il capo. La circonferenza della bocca del fucile era più larga di quella del proiettile. Caricare una pallottola sbagliata era forse una delle cose più pericolose che si potessero fare con un fucile. Le munizioni venivano prodotte con un colore diverso a seconda del calibro proprio per evitare errori del genere.

«Da quanto tempo era nella squadra di tiro al piattello?» chiese Jeffrey.

Frank tirò fuori il suo blocco per gli appunti e trovò la pagina giusta. «Quest'anno. La sua compagna di stanza dice che voleva partecipare ai decathlon.»

«Per caso era daltonica?» Il giallo chiaro del bossolo era difficile da scambiare per il verde del calibro venti.

«Posso verificare» disse lui, annotandoselo.

Jeffrey esaminò la bocca del fucile, trattenendo il fiato mentre cercava di guardarla più da vicino. «Aveva un riduttore di calibro» notò. Il riduttore diminuiva la circonferenza della canna, rendendo più facile l'alloggiamento di munizioni più piccole.

Si rialzò. «Non ha senso.»

«Guarda il muro» disse Frank.

Jeffrey lo fece, aggirando una pozza di sangue in fondo al divano per esaminare la parete alle spalle del corpo. L'esplosione aveva devastato gran parte del teschio, lanciando frammenti della testa contro il muro a grande velocità.

Jeffrey si sforzò di dare un senso al sangue e ai tessuti che macchiavano la parete bianca. I pallini della cartuccia avevano lasciato diversi larghi fori, alcuni dei quali arrivavano fino alla stanza vicina.

«Avete trovato qualcosa nella camera accanto?» chiese, pregando tra sé che non ci fosse nessuno nel momento in cui era stato premuto il grilletto.

«Non è di questo che parlavo» rispose Frank. «Non vedi cosa c'è sul muro?»

«Aspetta» fece lui. Si concentrò più che poté, finché non si rese conto che qualcosa lo stava fissando.

Conficcato nel cartongesso c'era un occhio di Ellen Schaffer.

«Cristo santo» esclamò, voltandosi. Tornò alla finestra, spinto dal bisogno di aprirla e far uscire l'odore. Stare in quella stanza era come essere intrappolato in un bagno chimico l'ultimo giorno della fiera dello Stato.

Guardò di nuovo la ragazza, cercando di ragionare. Avrebbe dovuto andare a parlare con lei prima. Forse così Ellen Schaffer sarebbe stata ancora viva. Si chiese cos'altro gli fosse sfuggito. La stranezza del calibro del fucile era sospetta, ma tutti potevano sbagliare, soprattutto qualcuno che non pensava di dover pulire il disastro lasciato. D'altra parte, però, poteva anche essere una messinscena, e chissà se l'assassino aveva già inquadrato la sua prossima vittima?

«Quando l'hanno trovata?» chiese.

«Una mezz'ora fa» rispose Frank, tirando fuori il fazzoletto e tamponandosi la fronte. «Non hanno toccato niente. Hanno chiuso la porta e ci hanno chiamati.»

«Cristo» ripeté Jeffrey, prendendo anche lui il fazzoletto. Guardò di nuovo la scrivania.

«È arrivato Matt» disse Frank, e lui lo vide camminare nel giardino con le mani in tasca, lo sguardo puntato a terra, come se avesse notato qualcosa di strano. Si fermò in un punto e si inginocchiò per controllare meglio.

«Che cosa c'è?» gli chiese Jeffrey, e proprio in quel momento il cellulare di Frank cominciò a suonare.

Matt parlò forte per farsi sentire. «Sembra una freccia.»

«Che cosa?» gridò Jeffrey, spazientito.

«Una freccia» ribadì Matt. «Come se qualcuno l'avesse disegnata sul terreno.»

«Capo» disse Frank, tenendosi il cellulare sul petto.

«Sei sicuro?» chiese Jeffrey a Matt.

«Venga a vedere» rispose lui. «È proprio una freccia.»

Frank insisté. «Capo.»

«Che vuoi, Frank?» scattò lui.

«Una delle impronte trovate a casa di Rosen ha una corrispondenza nella banca dati.»

«Cioè?»

Frank scosse il capo. Guardò a terra, poi parve ripensarci. «Non lo vuoi sapere.»

6

Lena era supina e fissava il soffitto, cercando di respirare e rilassarsi come aveva detto Eileen, l'istruttrice di yoga. Lei riusciva a mantenere le varie posizioni molto più a lungo di tutti gli altri, ma quando arrivavano alla fase del rilassamento, non ce la faceva proprio. L'idea di *abbandonarsi* era contraria alla sua filosofia di vita, basata sul controllo di sé in ogni momento, soprattutto per quanto riguardava il suo corpo.

Durante la prima seduta di terapia, Jill Rosen le aveva consigliato di seguire il corso di yoga per imparare a rilassarsi e per dormire meglio. Le aveva dato molte indicazioni nel breve tempo che avevano passato insieme, ma quella era stata l'unica che avesse seguito. Una parte dei suoi problemi, dopo l'aggressione, era il fatto di avere la sensazione che il suo corpo non le appartenesse più. Dato che aveva sempre fatto sport, fin da piccola, i suoi muscoli non erano abituati all'inattività e all'autocommiserazione. Vedendo il corpo che si allungava e contraeva, i bicipiti e i polpacci che riacquistavano tono muscolare, Lena recuperava un po' di speranza, come se intravvedesse la possibilità di tornare com'era un tempo. Poi arrivava la fase del rilassamento e lei si sentiva come la prima volta in cui aveva avuto a che fare con l'algebra a scuola. E anche la seconda, nei corsi di recupero estivi.

Chiuse gli occhi, concentrandosi sulla parte bassa della schiena, cercando di allentare la tensione, ma lo sforzo le fece sollevare le spalle verso l'alto. Era tesa come una corda di violino, e non riusciva a capire perché Eileen ritenesse quella parte della lezione la più importante in assoluto.

Tutti i benefici che Lena otteneva dall'allungamento svanivano nel nulla non appena la musica si abbassava e l'istruttrice diceva di stendersi a terra e respirare.

Invece di immaginare un fiume che scorreva o le onde di un oceano, Lena riusciva a farsi venire in mente solo un orologio che ticchettava, e i milioni di cose che doveva fare appena uscita dalla palestra, anche se era il suo giorno libero.

«Respirate» ricordò loro Eileen con quella sua fastidiosa voce monotona e soddisfatta. Era giovane, sui venticinque anni, e aveva un modo di fare così solare che a Lena veniva una gran voglia di prenderla a pugni.

«Allentate i muscoli della schiena» suggerì Eileen, in un sussurro che doveva favorire il rilassamento. Lena spalancò gli occhi di colpo quando lei le premette il palmo sulla pancia. Quel contatto la fece irrigidire ancora di più, ma la ragazza non parve accorgersene. «Ora va meglio» le disse con un sorrisone sul viso delicato.

Lena aspettò che si allontanasse prima di richiudere gli occhi. Aprì la bocca e lasciò uscire l'aria in un flusso costante; stava per avere la sensazione che funzionasse quando Eileen batté le mani.

«Ottimo» disse, e Lena si alzò così in fretta che le girò la testa. Gli altri allievi si sorridevano tra loro e abbracciavano l'allegra istruttrice; lei invece afferrò l'asciugamano e andò nello spogliatoio.

Inserì la combinazione nel suo armadietto, felice di essere lì da sola. Si diede un'occhiata allo specchio, poi si guardò di nuovo. Dopo l'aggressione, aveva smesso di guardarsi allo specchio, ma per qualche strano motivo quel giorno era attratta dal proprio riflesso. Aveva gli occhi cerchiati di scuro, gli zigomi più pronunciati del solito. Stava dimagrendo troppo, soprattutto perché il solo pensiero del cibo, spesso, bastava a darle la nausea.

Si tolse il fermaglio dai capelli, lasciando ricadere le lunghe ciocche castane intorno al viso e al collo. Negli ultimi tempi si sentiva più a suo agio con i capelli sciolti, che la coprivano come una tenda. Sapere che nessuno potesse scrutarla bene in viso la faceva sentire al sicuro.

Entrò qualcuno e lei tornò al suo armadietto, sentendosi una sciocca per essere stata colta mentre si guardava allo specchio. Un ragazzo magro si fermò accanto a lei e tirò fuori lo zaino dallo scomparto di fianco al suo. Le stava così vicino che Lena sentì i peli della nuca rizzarsi. Si voltò e raccolse le scarpe, dicendosi che se le sarebbe messe fuori.

«Ciao» disse lui.

Lena aspettò. Le stava bloccando l'uscita.

«Mamma mia, quegli abbracci» continuò il ragazzo, scuotendo il capo come se fosse un argomento su cui scherzavano sempre.

Lena gli diede uno sguardo, sicura di non aver mai rivolto la parola a quel ragazzo in vita sua. Era abbastanza basso, le dava solo qualche centimetro. Era asciutto, di corporatura esile, eppure lei notò le braccia e le spalle muscolose sotto la maglietta a maniche lunghe che indossava.

Aveva i capelli molto corti, quasi un taglio militare, e indossava dei calzini di un verde lime così acceso da risultare disturbante.

Le tese la mano. «Mi chiamo Ethan Green. Ho iniziato a frequentare il corso un paio di settimane fa.»

Lena si sedette sulla panca per infilarsi le scarpe.

Lui si sedette all'altra estremità. «Tu sei Lena, giusto?»

«L'hai letto sul giornale?» ribatté lei, sciogliendo il nodo dei lacci di una scarpa da ginnastica e riflettendo sul fatto che quel maledetto articolo che avevano scritto su Sibyl aveva reso ancor più difficile la sua vita.

«Nooo» fece lui, trascinando il suono. «Cioè, sì, so di te, ma ho sentito che Eileen ti chiamava Lena, così ho fatto due più due.» Le rivolse un sorriso nervoso. «E ho riconosciuto la foto.»

«Che bravo» commentò Lena, lasciando perdere il nodo. Si alzò e infilò a forza il piede nella scarpa.

Si alzò anche lui, tenendo stretto lo zaino. Al corso c'erano solo tre o quattro ragazzi, che invariabilmente finivano per raccontare, nello spogliatoio dopo la lezione, che avevano deciso di praticare yoga per entrare in contatto con i loro sentimenti ed esplorare il loro io interiore. Era un'ottima tattica, e Lena immaginava che gli studenti maschi che facevano yoga riuscissero a portarsi a letto più ragazze degli altri.

«Devo andare» disse.

«Aspetta un attimo» le rispose, con un sorriso appena accennato. Era attraente, forse era abituato a vedersi cadere ai piedi le ragazze.

«Che c'è?» Lo guardò, in attesa. Una gocciolina di sudore gli rotolò lungo il viso, accanto a una doppia cicatrice che aveva sotto l'orecchio. La ferita doveva essere stata sporca prima di chiudersi, perché era di un colore scuro che la faceva risaltare lungo la linea della mascella.

Le sorrise ancora, nervosamente. «Ti va di prendere un caffè?»

«No» rispose, sperando di chiuderla lì.

La porta si aprì ed entrò un gruppetto di ragazze che cominciarono ad aprire e chiudere gli armadietti.

«Non ti piace il caffè?» le chiese.

«Non mi piacciono i ragazzini» disse lei, afferrando la borsa e uscendo senza dargli il tempo di ribattere.

Lena lasciò la palestra sentendosi scossa, ma anche infuriata per essersi lasciata cogliere alla sprovvista da quel tipo. Nonostante le difficoltà ad affrontare la fase di rilassamento, Lena era sempre molto più calma alla fine di una lezione di yoga rispetto all'inizio, e stavolta aveva già perso ogni beneficio. Si sentiva di nuovo agitata, nervosa. Pensò che fosse meglio passare da casa a lasciare la borsa, cambiarsi e andare a fare una lunga corsa, per sfinirsi al punto da essere costretta a dormire per il resto della giornata.

«Lena?»

Si voltò, aspettandosi di trovarsi di nuovo davanti il ragazzo insistente. Ma era Jeffrey.

«Sì?» domandò, alzando all'istante le difese. Qualcosa nel modo in cui le si era avvicinato, nell'atteggiamento deciso, le spalle larghe, le disse che non era una visita di cortesia.

«Devi venire con me alla centrale.»

Lei rise, ma aveva capito benissimo che non stava scherzando.

«È questione di un minuto.» Jeffrey si mise le mani in tasca. «Devo farti qualche domanda a proposito di ieri.»

«Su Tessa Linton? È morta?» chiese.

«No.» Il suo ex capo si guardò alle spalle e Lena vide Ethan a una cinquantina di metri dietro di lui. Jeffrey si avvicinò, abbassò la voce e disse: «Abbiamo trovato le tue impronte in casa di Andy Rosen».

Lena non riuscì a nascondere la sorpresa. «A casa sua?»

«Perché non mi hai detto che lo conoscevi?»

«Perché non lo conosco» ribatté Lena. Fece per andarsene, ma lui le posò una mano su una spalla. Non la strinse forte, ma lei sapeva che poteva farlo.

«Sai che possiamo esaminare la tua biancheria per cercare il DNA.»

Lena non ricordava nemmeno l'ultima volta in cui si era sentita così sconvolta. «Quale biancheria?» chiese, troppo sorpresa dalle parole di Jeffrey per reagire al contatto fisico.

«Quella che hai lasciato in camera di Andy.»

«Ma di cosa stai parlando?»

Lui allentò la presa, ottenendo però l'effetto inverso su di lei. «Andiamo» le disse.

La risposta che gli diede fu quella che avrebbe dato chiunque fosse dotato anche solo di mezzo cervello, di fronte allo sguardo che aveva Jeffrey in quel momento. «Non credo proprio.»

«Si tratta di pochi minuti.» Le aveva parlato in tono amichevole, ma Lena aveva lavorato con lui per troppo tempo per non sapere quali fossero le sue vere intenzioni.

«Sono in arresto?» chiese.

Lui parve offeso. «Certo che no.»

«Allora lasciami andare» rispose sforzandosi di mostrarsi calma.

«Voglio solo parlare con te.»

«Fatti dare un appuntamento dalla mia segretaria.»

Cercò di tirar via il braccio, ma lui lo strinse di più. Lena sentì il panico montarle dentro. «Smettila» gli intimò, tentando di sottrarsi alla presa.

«Lena...» disse lui, come se stesse avendo una reazione esagerata.

«Lasciami andare!» gridò lei, tirandosi indietro con tanta forza che cadde sul marciapiede. Finì con tutto il peso sul cemento e una fitta di dolore le risalì dal coccige lungo la spina dorsale.

All'improvviso Jeffrey si sbilanciò in avanti. Lena pensò che stesse per caderle addosso, ma all'ultimo ritrovò l'equilibrio facendo due lunghi passi accanto a lei.

«Che diavolo...» Lena spalancò la bocca, sorpresa. Ethan l'aveva spintonato da dietro.

Jeffrey si riprese in fretta, e si avventò su Ethan prima ancora che Lena riuscisse a capire cosa stava succedendo. «Cosa cazzo pensi di fare?»

Lui rispose con un basso ringhio. Il ragazzo impacciato con cui aveva parlato Lena negli spogliatoi aveva lasciato il posto a un pit bull furioso in versione umana. «Vaffanculo.»

Jeffrey gli piazzò il distintivo a pochi centimetri dal naso. «Che cosa hai detto, ragazzino?»

Ethan fissò lui, non il distintivo. Aveva i muscoli del collo tesi, ben visibili, e una vena accanto a un occhio che pulsava abbastanza forte da dargli un tic. «Ho detto vaffanculo, porco maledetto.»

Jeffrey tirò fuori le manette. «Come ti chiami?»

«Testimone» fece lui, in tono serio e piatto. Doveva conoscere la legge abbastanza bene da sapere di essere in vantaggio. «Testimone oculare.»

Jeffrey rise. «E cosa avresti visto?»

«Ho visto te che buttavi a terra questa donna.» Prese Lena per un braccio, dando le spalle a Jeffrey. Le spolverò i pantaloni con la mano, ignorandolo, e le disse: «Andiamo».

Lei era così sorpresa dal suo tono autoritario che lo seguì.

«Lena» intervenne Jeffrey, come se fosse l'unico ancora in grado di ragionare, «non rendere tutto più difficile.»

Ethan si voltò, i pugni serrati, pronto a lottare. Lena pensò che non era soltanto stupido, ma anche pazzo. Il suo ex capo pesava almeno venti chili più di lui, e sapeva come sfruttarli. Per non parlare del fatto che aveva una pistola.

«Vieni» disse lei, tirandolo per un braccio come se lo avesse al guinzaglio. Quando trovò il coraggio di guardarsi indietro, vide Jeffrey dove l'avevano lasciato, ma l'espressione del suo viso diceva che non era affatto finita lì.

Ethan posò sul tavolo due tazze di ceramica, una di caffè per Lena, l'altra di tè per lui.

«Zucchero?» chiese, tirando fuori un paio di bustine dalla tasca dei pantaloni.

Era tornato il ragazzo timido di prima. La trasformazione era così completa che Lena ebbe il dubbio che non fosse stato lui ad affrontare Jeffrey. Era una giornata talmente assurda che non sapeva più se poteva fidarsi dei propri ricordi.

«No» rispose. Avrebbe preferito di gran lunga un whisky. A dispetto delle opinioni di Jill Rosen, Lena aveva delle regole, e una di esse era non bere mai prima delle otto di sera, anche se come ogni regola aveva le sue eccezioni.

Ethan si sedette di fronte a lei senza darle il tempo di chiedergli di andarsene. Era decisa a tornare a casa al più presto, non appena avesse smaltito lo shock di quanto successo con il suo ex capo. Il cuore le martellava ancora nel petto e le mani le tremavano intorno alla tazza. Non aveva mai conosciuto Andy Rosen. Com'era possibile che ci fossero le sue impronte a casa sua? E al di là di quelle... come poteva Jeffrey pensare di essere in possesso della sua biancheria?

«Poliziotti» fece Ethan, con il tono in cui avrebbe potuto dire "pedofili". Sorseggiò il tè, scuotendo il capo.

«Non avresti dovuto metterti in mezzo» gli disse. «E non avresti dovuto far arrabbiare così Jeffrey. Se ne ricorderà, la prossima volta che vi vedrete.»

«Non mi fa paura» replicò, scrollando le spalle.

«Dovrebbe, invece» gli rispose, pensando che parlava come uno di quei teppisti ribelli di città i cui genitori erano troppo occupati a organizzare tornei di golf per insegnare ai figli il rispetto per le autorità. Se fossero stati nella sala interrogatori della stazione di polizia, gli avrebbe tolto quell'espressione insolente dalla faccia a ceffoni.

«Avresti dovuto dare ascolto a Jeffrey» insisté.

Negli occhi del ragazzo passò un'espressione collerica, ma la tenne a bada. «Come hai fatto tu?»

«Hai capito benissimo cosa intendo» disse lei, bevendo un altro sorso di caffè. Era così rovente da ustionarle la lingua, ma lo mandò giù comunque.

«Non mi andava di stare a guardare mentre ti trattava così.»

«Cosa saresti, una specie di fratello maggiore?»

«È tutta colpa dei poliziotti» disse lui, giocherellando con la cordicella della bustina del tè. «Pensano di poter fare quello che vogliono solo perché hanno un distintivo.»

Lena fu infastidita da quel commento e gli rispose senza riflettere su quanto era appena accaduto. «Non è facile fare il poliziotto, soprattutto perché la gente come te ha questo atteggiamento del cazzo.»

«Ehi, calma.» Sollevò le mani, guardandola perplesso. «So che eri una di loro, ma devi ammettere che ti stava strattonando.»

«Invece no» rispose lei, sperando che dal suo tono Ethan cogliesse che *nessuno* poteva strattonarla. «Non finché non sei arrivato tu.» Gli diede il tempo di meditare su quelle parole. «E già che ci siamo, come ti è venuto in mente di mettere le mani addosso a un poliziotto?»

«Nello stesso modo in cui è venuto in mente a lui» ribatté Ethan, di nuovo con quello sguardo furioso. Abbassò gli occhi sulla tazza, recuperando la calma. Quando li sollevò di nuovo, sorrise, come se così facendo potesse sistemare tutto.

«È sempre meglio avere un testimone, quando un poliziotto ti prende di mira così.»

«Hai molta esperienza, eh?» gli chiese. «Quanti anni hai, dodici?»

«Ne ho ventitré» rispose lui, ma non parve prendere la domanda come l'aveva intesa lei. «E conosco i poliziotti perché conosco i poliziotti.»

«Sì, come no.» Poiché lui scrollò le spalle, aggiunse: «Fammi indovinare, sei finito al riformatorio per aver rovesciato delle cassette delle lettere? No, aspetta, il professore di letteratura ti ha trovato dell'erba nello zainetto?».

Lui sorrise di nuovo, ma non era affatto contento. Lena si accorse che aveva un incisivo scheggiato. «Ero finito in una certa direzione, ma adesso sono cambiato. Okay?»

«Hai un brutto carattere» gli disse, ma era più un'osservazione che una critica. A lei dicevano continuamente che era troppo rabbiosa, ma era Madre Teresa, paragonata a Ethan Green.

«Non sono più quel genere di persona.»

Lei si strinse nelle spalle, perché non poteva interessarle di meno che genere di persona fosse. L'unica cosa di cui le importava in quel momento era sapere per quale motivo Jeffrey pensava che lei avesse un collegamento con Andy Rosen. Forse la psicologa gli aveva detto qualcosa? Come faceva a scoprirlo?

«Allora» disse lui, con l'aria di essere felice di aver risolto la questione. «Conoscevi bene Andy?»

Lena sentì le difese rialzarsi. «Perché?»

«Ho sentito quel poliziotto parlare delle tue mutandine.»

«Tanto per cominciare, non ha mai detto "mutandine".»

«E volendo proseguire?»

«Volendo proseguire, non sono cavoli tuoi.»

Lui sorrise di nuovo. Forse pensava che lo rendesse affascinante, o forse soffriva di una strana forma della sindrome di Tourette.

Lena lo fissò senza dire una parola. Ethan era di corporatura esile, eppure era riuscito a compensare quella caratteristica ingrossando ogni muscolo del suo fisico minuto. Non aveva braccia poderose come quelle di Chuck, ma si vedevano i deltoidi muoversi mentre giocherellava con la bustina del tè che galleggiava nella tazza. Aveva il collo forte, ma non grosso. Perfino il suo viso era tonico, con una mascella solida e zigomi che sporgevano come pezzi di granito. C'era qualcosa nel modo in cui perdeva e riconquistava il controllo che l'affascinava, e in un qualsiasi altro momento Lena sarebbe stata tentata di vedere se riusciva a spingerlo oltre quel limite.

«Sei come un porcospino. Te l'ha mai detto nessuno?» le chiese.

Lena non rispose. A dire il vero, Sibyl glielo ripeteva di continuo. Come sempre, il pensiero di sua sorella le fece venire le lacrime agli occhi e lei abbassò lo sguardo, mescolando il caffè nella tazza e osservandolo mentre si sollevava sui bordi.

Rialzò la testa solo quando fu sicura di aver nascosto abbastanza bene i suoi sentimenti. Ethan aveva scelto una delle caffetterie più nuove e in voga, ai margini del campus. Il piccolo locale era affollatissimo perfino a quell'ora. Si guardò alle spalle, immaginando che Jeffrey fosse lì a osservarla. Sentiva ancora l'effetto della sua collera, ma oltre a quella, era stato il modo in cui la guardava a ferirla, come se ormai lei fosse andata troppo oltre. Un conto era non essere più in polizia, ma l'idea che avesse ostacolato le indagini – di un caso nel quale forse era coinvolta, anche se aveva negato di esserlo – l'avrebbe fatta finire all'istante nella sua lista nera. Negli ultimi anni Lena aveva fatto incazzare Jeffrey un bel po' di volte, ma quel giorno aveva la certezza assoluta di aver perso l'unica cosa che si era ammazzata di fatica per conquistare: il suo rispetto.

A quel pensiero, cominciò a sudare freddo. Davvero Jeffrey la riteneva una sospettata? Lo aveva visto tante volte al lavoro, ma non era mai stata dall'altra parte della barricata, interrogata da lui. Sapeva bene quanto fosse facile finire in cella, quando si aveva a che fare con lui, anche solo per un paio di notti, giusto il tempo che gli serviva per risolvere un caso. Lena non poteva permettersi di finire in prigione. Per un poliziotto, anche un ex poliziotto, era troppo pericoloso. Che cosa aveva in mente Jeffrey? Che prove aveva in mano? Non potevano esserci le sue impronte digitali nell'appartamento di Rosen. Non sapeva nemmeno dove abitava.

Ethan interruppe le sue riflessioni. «È per la ragazza che è stata pugnalata, vero?»

Lei lo guardò e gli chiese: «Si può sapere perché siamo qui?».

Parve sorpreso dalla domanda. «Volevo solo parlare un po' con te.»

«Perché? Perché hai letto quell'articolo sul giornale? Ti interesso perché mi hanno stuprata?»

Lui si guardò intorno, innervosito per il tono di voce di Lena, che si era fatto improvvisamente alto. Si chiese se fosse meglio calmarsi, ma tanto tutti sapevano cosa aveva passato. Non poteva pagare una Coca Cola al cinema senza che il tipo dietro la cassa le guardasse le cicatrici sulle mani. Nessuno voleva parlare con *lei* di quella storia, ma erano tutti felicissimi di discuterne alle sue spalle.

«Che cosa vuoi sapere?» gli chiese, cercando di usare un tono disinvolto. «Ti serve per qualche tesina che devi scrivere?»

Lui cercò di scherzarci su. «In realtà è più una questione di sociologia. Io mi occupo di scienza dei materiali. Polimeri, metalli, composti, tribomateriali.»

«Sono stata inchiodata al pavimento.» Gli mostrò le mani, voltandole in modo che potesse vedere che erano state trapassate da una parte all'altra. Se fosse stata scalza, gli avrebbe fatto vedere anche i piedi. «Mi ha drogata e stuprata per due giorni. Che altro vuoi sapere?»

Lui scosse il capo, come se ci fosse stato un gran malinteso. «Volevo solo prendere un caffè con te.»

«Be', ora lo puoi cancellare dall'elenco» ribatté Lena, svuotando la tazza in un sorso. Il liquido caldo le bruciò nel petto mentre la sbatteva sul tavolo, pronta ad alzarsi. «Ci vediamo.»

«No.» Con uno scatto rapidissimo, allungò una mano e le afferrò il polso sinistro, stringendolo con forza. Il dolore fu quasi insopportabile, e delle fitte lancinanti le risalirono lungo il braccio. Lena restò in piedi e mantenne un'espressione neutra anche se sentiva così male che rischiava di dare di stomaco.

«Ti prego» disse lui, senza lasciarla andare. «Resta un altro minuto soltanto.»

«Perché?» gli chiese, sforzandosi di parlare in tono tranquillo. Se l'avesse stretta più forte, era probabile che le avrebbe spezzato le ossa.

«Non voglio che pensi che sia quel tipo di persona.»

«E che tipo saresti?» domandò lei, azzardando uno sguardo alla mano di Ethan.

Lui attese ancora un istante prima di lasciarla andare e Lena non riuscì a trattenere il leggero sospiro di sollievo che le uscì dalle labbra. Fece ciondolare la mano lungo un fianco senza toccarsela per verificare i possibili danni. Il polso le pulsava al passaggio del sangue che tornava a scorrere, ma non voleva dargli la soddisfazione di abbassare lo sguardo.

«Che tipo sei?» ripeté.

Il sorriso di Ethan era ben lungi dall'essere rassicurante. «Uno a cui piace parlare con le belle ragazze.»

Lei gli rise in faccia e si guardò intorno, notando che la caffetteria aveva cominciato a svuotarsi. L'uomo al bancone li aveva tenuti d'occhio, ma quando Lena incrociò il suo sguardo si voltò verso la macchina del caffè come se fosse stato impegnatissimo a pulirla.

«Andiamo» disse Ethan, «siediti.»

Lena lo fissò.

«Mi spiace averti fatto male.»

«Cosa ti fa pensare di avermi fatto male?» ribatté anche se il polso le dava ancora delle fitte. Mosse la mano, cercando di farsi un'idea del danno, ma il dolore la bloccò. Decise che gliel'avrebbe fatta pagare. Nessun ragazzino poteva farle del male e cavarsela a buon mercato.

«Non voglio che tu ce l'abbia con me» riprese lui.

«Non ti conosco nemmeno» gli rispose. «E nel caso non l'avessi notato, ho già qualche problema per conto mio in questo momento, quindi grazie per il caffè, ma...»

«Conoscevo Andy.»

La mente di Lena tornò di scatto a Jeffrey e a quando l'aveva accusata di essere stata a casa del ragazzo. Cercò di interpretare l'espressione di Ethan per capire se stesse mentendo, ma non ci riuscì. Le minacce del suo ex capo le tornarono addosso. «Che cosa sai di Andy?» gli chiese.

«Siediti» fece lui, più un ordine che una domanda.

«Da qui ti sento benissimo.»

«Non intendo parlare con te, se resti in piedi.» Raddrizzò la schiena, in attesa.

Lena si mise accanto alla sedia, valutando la situazione. Ethan era uno studente. Probabilmente era a conoscenza di molti più pettegolezzi di lei. Se riusciva a scoprire qualcosa di utile sul ragazzo morto, forse Jeffrey avrebbe ritirato le sue accuse assurde. Le venne da sorridere all'idea di potergli sbattere in faccia delle prove che avrebbero risolto il caso. Le aveva fatto notare chiaro e tondo che non faceva più parte della sua squadra. Voleva farlo pentire di averla mandata via.

«Perché sorridi?» chiese Ethan.

«Non per te» rispose, girando la sedia. Si sedette poggiando le mani sullo schienale anche se la pressione le diede un dolore bruciante al polso. C'era un che di seducente nell'avere il controllo dell'intensità del proprio dolore. La faceva sentire forte, per una volta.

Fece dondolare la mano, ignorando il male. «Raccontami cosa sai di Andy.»

Lui parve cercare qualcosa da dirle, ma poi ammise: «Non molto».

«Mi stai facendo perdere tempo.» Fece per alzarsi, ma lui allungò una mano per fermarla. Stavolta non la toccò, ma bastò il ricordo della sua stretta per bloccarla dov'era.

«Che vuoi?» gli chiese.

«Conosco una persona che può dirti qualcosa. Un amico stretto.»

«Chi?»

«Ti sballi?»

Lena riconobbe l'eufemismo tipico del gergo dei drogati. «E tu?» chiese. «Prendi ecstasy o che altro?»

«Niente» rispose lui, infastidito. «Tu?»

«Secondo te?» sbottò Lena. «E Andy?»

Ethan la fissò per un attimo, come se stesse cercando di capire qualcosa di lei. «Sì.»

«Come fai a saperlo, se tu non ti fai?»

«Sua madre lavora al centro di sostegno psicologico. Diciamo che girava voce che non fosse in grado di aiutare nemmeno suo figlio.»

Lena sentì il bisogno di difendere Jill Rosen, anche se si era fatta più o meno la stessa opinione. «Non è sempre facile aiutare la gente. Forse Andy non voleva smettere. Forse non era abbastanza forte da chiudere con quella roba.»

«Credi?» fece lui, incuriosito.

«Non lo so» rispose, anche se una parte di lei aveva cominciato a comprendere l'attrattiva esercitata dalle droghe come non le era mai successo prima dello stupro. «A volte la gente ha solo bisogno di evadere, di smettere di pensare.»

«Ma è un risultato temporaneo.»

«Parli come uno che conosce la droga.» Diede uno sguardo alle braccia di Ethan, ancora coperte dalle maniche della maglietta nonostante nel locale facesse caldo. All'improvviso le venne in mente che anche la settimana prima, alla lezione di yoga, lo aveva visto indossare una maglia a maniche lunghe. Forse aveva dei segni sulle braccia. Hank, lo zio di Lena, aveva delle orribili cicatrici per la roba che si era iniettato, ma ne andava quasi orgoglioso, come se avere smesso di farsi di speed facesse di lui una specie di eroe e i segni degli aghi fossero cicatrici di battaglia rimaste dopo una nobile guerra.

Ethan si accorse che lo stava guardando e allungò le maniche verso i polsi. «Diciamo solo che sono stato nei guai, tutto qui.»

«Okay.» Lo scrutò, chiedendosi se fosse davvero in grado di darle delle informazioni utili. Lena aveva una gran voglia di controllare la sua fedina penale – perché non aveva il minimo dubbio che quella di Ethan non fosse affatto immacolata – e di usarla per ricattarlo, ottenendo così le informazioni che le servivano.

«Da quanto tempo frequenti il Grant Tech?»

«Un anno, più o meno. Mi sono trasferito dalla University of Georgia.»

«Perché?»

«Non mi piaceva l'ambiente» fece lui scrollando le spalle, e in quel gesto Lena lesse molto più di quanto lui volesse lasciar intuire. Si era messo sulla difensiva, anche se cercava di non farlo trapelare. Forse l'avevano cacciato.

«Preferivo un college più piccolo. In questo momento l'UGA è una vera giungla. Crimini, violenze... stupri. Non è il genere di posto in cui ho voglia di stare.»

«E il Grant lo è?»

«Preferisco i ritmi più lenti» disse lui, riprendendo a giocherellare con la bustina del tè. «Quel posto mi aveva trasformato in una persona che non volevo essere. Non lo sopportavo più.»

Lena lo capiva, ma non glielo disse. Uno dei motivi per cui aveva lasciato la polizia – oltre al fatto che Jeffrey le aveva dato un ultimatum – era stato il bisogno di diminuire il livello di stress. Ma non si aspettava certo che lavorare con Chuck potesse essere ancor più stressante, per molti motivi. Avrebbe potuto trovare il modo di ingannare Jeffrey e tenersi il lavoro. Non le aveva mai chiesto di portargli le prove del fatto che andava da uno strizzacervelli. Avrebbe potuto mentirgli e far finta di niente, invece di rovinarsi la vita. Ma tanto avrebbe finito per rovinarsela comunque. Meno di un'ora prima, Jeffrey sembrava pronto a portarla via in manette.

Cercò di farsi venire in mente qualcosa che potesse collegarla a Andy Rosen. Doveva esserci stato un errore. Forse aveva toccato un oggetto nell'ufficio di Jill Rosen che poi era finito a casa di Andy. Era l'unica spiegazione. Per quanto riguardava la biancheria, la prova che non le apparteneva sarebbe arrivata velocemente. Ma cosa aveva indotto Jeffrey a pensare che fosse sua? Avrebbe dovuto parlargli, invece di farlo incazzare. Avrebbe dovuto dire a Ethan di farsi i fatti suoi. Era stato lui a far precipitare la situazione con Jeffrey, non lei. Sperava con tutta se stessa che Jeffrey se ne fosse reso conto. Sapeva bene di cosa era capace il suo ex capo quando ce l'aveva con qualcuno. Poteva renderle la vita un inferno, e non solo in città, ma anche al college. Lena rischiava di perdere il lavoro, di non avere più un posto in cui vivere o soldi per comprarsi da mangiare. Poteva diventare una senzatetto.

«Lena?» la chiamò Ethan, vedendola persa nei suoi pensieri.

«Chi sarebbe questo amico di Andy?» gli domandò.

Lui scambiò la disperazione nella sua voce per un tono autoritario. «Parli come un poliziotto.»

«Io *sono* un poliziotto» rispose d'istinto.

Le sorrise senza alcuna allegria, come se Lena gli avesse appena confessato un segreto molto triste.

«Ethan?» lo incalzò, cercando di non mostrare il panico che provava.

«Mi piace come pronunci il mio nome» le disse, come se fosse una battuta. «Sei così incazzata.»

Gli puntò addosso uno sguardo feroce. «Chi frequentava Andy?»

Lui ci pensò su, e Lena si accorse che tenerle nascoste delle informazioni lo divertiva molto, come se gli piacesse averla in pugno. Aveva lo stesso sguardo di quando le stringeva il polso, rischiando di spezzarlo.

«Smettila con queste stronzate» gli intimò. «Ho già abbastanza casini, non ho certo bisogno di un ragazzino idiota che si diverte ad avere dei segreti.» Si interruppe, sapendo che Ethan era la sua unica possibilità di trovare informazioni su Andy Rosen. «Hai qualcosa da dirmi oppure no?»

Lui serrò la bocca in una linea sottile, ma non parlò.

«E va bene» riprese lei, preparandosi ad andarsene di nuovo e sperando che lui abboccasse al bluff.

«Stasera c'è una festa» disse Ethan. «Ci saranno degli amici di Andy. E anche il tizio di cui ti ho parlato. Erano molto vicini.»

«Dove?»

Negli occhi del ragazzo tornò quello sguardo di superiorità. «Pensi di poter entrare e metterti a fare domande come se niente fosse?»

«Che cosa pensi di poter ottenere da me?» chiese Lena, perché era sempre così che andavano le cose. «Cosa vuoi?»

Ethan scrollò le spalle, ma la risposta era evidente nei suoi occhi. Era chiaro che provava attrazione per lei, però preferiva avere il controllo della situazione. Lena conosceva bene quel gioco, ed era molto più brava di un ragazzino di ventitré anni.

Si protese in avanti, oltre lo schienale della sedia. «Dimmi dov'è la festa.»

«Siamo partiti col piede sbagliato» disse lui. «Mi spiace per il polso.»

Lena si guardò il braccio e scoprì che si stava formando un livido scuro dove lui aveva premuto le dita, schiacciandole le ossa.

«Non è niente» disse lei.

«Sembra che tu abbia paura di me.»

Lena era incredula. «E perché dovrei avere paura di te?»

«Perché ti ho fatto male» rispose, indicando di nuovo il polso. «Non volevo, sai. Scusami.»

«Credi che dopo quel che mi è successo l'anno scorso io possa temere un ragazzino che cerca di prendermi per mano?» Emise una risata carica di disprezzo. «Non ho nessuna paura di te, idiota.»

L'espressione di lui ebbe un altro di quei mutamenti dal giorno alla notte, la mandibola serrata come la morsa di un bulldozer.

«Che hai?» insisté Lena, chiedendosi quanto ancora potesse provocarlo. Se avesse provato di nuovo ad afferrarla per il polso, l'avrebbe ammazzato di botte lasciandolo a terra a morire dissanguato.

«Ho forse ferito i tuoi sentimenti? Il piccolo Ethie sta per mettersi a piangere?» lo pungolò.

Le rispose in tono neutro, controllato. «Tu abiti nel dormitorio della facoltà.»

«Sarebbe una minaccia?» rise lei. «Wow, sai dove abito.»

«Sarò lì stasera alle otto.»

«Ah sì?» gli chiese, cercando di capire che cosa volesse dire.

«Passo a prenderti alle otto» ribadì lui alzandosi. «Andiamo al cinema, poi alla festa.»

«Ah» fece lei, sicura che scherzasse. «Non credo proprio.»

«Immagino che tu abbia bisogno di parlare con l'amico di Andy e toglierti dalle calcagna quel poliziotto.»

«Dici?» rispose Lena, anche se sapeva bene che era la verità. «E come mai?»

«I poliziotti sono come i cani: meglio non provocarli. Non puoi sapere se hanno la rabbia.»

«Che bella metafora. Ma so badare a me stessa.»

«In realtà è una similitudine.» Si mise in spalla la borsa da palestra. «E legati i capelli.»

«Non penso proprio» protestò Lena.

«Legali» ripeté lui. «Ci vediamo alle otto.»

7

Sara era seduta nell'atrio del Grady Hospital e osservava il flusso costante di persone che entravano e uscivano dal grande ingresso principale. Quell'ospedale era stato costruito un secolo prima, e da allora la città di Atlanta lo aveva ampliato più volte. Quello che era nato come un piccolo edificio destinato a provvedere alla popolazione indigente della città, con una manciata di camere e nient'altro, era diventato un complesso con oltre mille posti letto nel quale veniva istruito quasi il venticinque per cento dei medici della Georgia.

Da quando Sara aveva lavorato lì erano state aggiunte diverse altre sezioni al corpo principale, ma non era stato fatto un grande sforzo per renderle omogenee con la costruzione preesistente. Il nuovo atrio era immenso, quasi come l'entrata di un centro commerciale cittadino. Era una distesa di marmo e vetri, ma quasi tutti i vecchi corridoi che si dipartivano da lì avevano le pareti di piastrelle verde avocado e i pavimenti gialli risalenti agli anni Quaranta e Cinquanta pieni di crepe, tanto che passare da un ambiente all'altro era come fare un balzo temporale. Sara immaginò che la direzione dell'ospedale avesse terminato i fondi senza riuscire a completare la ristrutturazione.

Nell'atrio non c'erano panchine, forse per scoraggiare i senzatetto dal trattenersi lì dentro, ma lei aveva avuto la fortuna di trovare una sedia di plastica che qualcuno aveva lasciato vicino alla porta. Dal punto in cui era seduta riusciva a vedere le persone che passavano dalle grandi porte a vetri, per cominciare o concludere la giornata. Anche se la vista dava su uno dei parcheggi della Georgia State University, si vedeva l'orizzonte, con nubi scure che passavano sopra la cima dei tetti come gatti su una palizzata. C'erano delle persone sedute sui gradini di fronte a fumare o chiacchierare con gli amici, tanto per passare il tempo prima dell'inizio del loro turno o dell'arrivo dell'autobus che li avrebbe portati a casa.

Sara diede uno sguardo all'orologio e si chiese dove fosse Jeffrey. Le aveva detto che sarebbe arrivato alle quattro, ed era in ritardo di cinque minuti. Immaginò fosse colpa del traffico: l'ora di punta sullo svincolo tra le interstatali cominciava già alle due e mezza e durava fino alle otto, ma lei temeva comunque che potesse non arrivare. Jeffrey era caduto spesso nell'errore di sottovalutare il tempo necessario a fare qualcosa. Sara stringeva il cellulare di sua madre tra le mani, pensando di chiamarlo, quando il telefono squillò.

Rispose chiedendo: «Di quanto è il ritardo?».

«Ritardo?» esclamò Hare. «Mi avevi detto che prendevi la pillola.»

Sara chiuse gli occhi. L'ultima cosa di cui aveva bisogno in quel momento era l'umorismo di suo cugino. Gli voleva un bene dell'anima, ma Hare aveva un'incapacità patologica di prendere qualcosa sul serio.

«Hai parlato con la mamma?» gli chiese.

«Eh sì» rispose lui, senza dare altre spiegazioni.

«Come vanno le cose alla clinica?»

«Quei ragazzini non fanno che piangere» si lamentò lui. «Giuro, non so come fai.»

«Dopo un po' ci si abitua» disse Sara, comprensiva. Aveva ancora i brividi quando ripensava a quella volta in cui un bambino di sei anni l'aveva vista ed era corso via, nel parcheggio del Piggly Wiggly, perché l'aveva riconosciuta come la donna che faceva le punture.

«E poi tutte quelle lagne» continuò lui. «Le lamentele.» Alzò il tono di voce in un falsetto esagerato. «"Rimetti la cartella clinica al suo posto! Smettila di fare i disegni sul ricettario! Infilati la camicia nei pantaloni! Tua madre sa di quel tatuaggio?" Santo cielo, quella Nelly Morgan è un osso duro.»

Sara si accorse di stare sorridendo mentre lo sentiva prendere in giro la segretaria della clinica. Nelly dirigeva quel posto da anni, anche da prima che Sara e Hare fossero pazienti.

«*Comuuunque*» fece lui, prolungando la parola. «Ho sentito dire che torni stasera?»

«Esatto» disse Sara, temendo dove sarebbero andati a parare. Decise di semplificargli la vita. «Senti, so che in teoria saresti in ferie. Posso lavorare domani, se vuoi prenderti la giornata.»

«Oh, Carotina, non dire sciocchezze» si schermì lui. «Preferisco di gran lunga che tu mi debba un favore.»

«Ed è così» disse lei. Stava per ringraziarlo, ma si trattenne; non perché non gli fosse grata, ma perché Hare avrebbe trovato il modo di trasformare le sue parole in una battuta.

«E così stasera lavorerai su Greg Louganis?» le chiese.

Sara dovette fare uno sforzo di astrazione per capire cosa le stava domandando. Greg Louganis era un tuffatore vincitore di ori olimpici.

«Sì» rispose, poi, dato che Hare lavorava al pronto soccorso di Grant, gli domandò: «Tu conoscevi Andy Rosen?».

«Immaginavo che avresti fatto due più due» disse lui. «È arrivato intorno a Capodanno con un braccio a banana split.»

Al pronto soccorso, tendevano ad affibbiare soprannomi a ogni genere di afflizione umana. «E?»

«E niente di che. L'arteria radiale era saltata come un elastico.»

Sara aveva già riflettuto sulla questione. Tagliarsi un braccio in senso longitudinale non era il modo più intelligente per togliersi la vita. Se veniva recisa, l'arteria radiale tendeva a richiudersi su se stessa molto in fretta. C'erano sistemi più semplici per morire dissanguati.

«Credi fosse un tentativo serio?» chiese.

«Un tentativo di attirare l'attenzione, sì» rispose Hare. «Mamma e papà se la sono fatta sotto. Il nostro amico si beava del loro dolce amore, davvero un attore consumato.»

«Hai chiesto un consulto psichiatrico?»

«La madre è una strizzacervelli» spiegò lui. «Ha detto che dovevo farmi gli affaracci miei e che se ne sarebbe occupata lei.»

«È stata maleducata?»

«Assolutamente no!» ribatté. «È stata gentilissima. Ho solo voluto enfatizzare la scena per renderla più drammatica.»

«Ed *era* drammatica?»

«Ah, per i genitori sì. Ma se vuoi la mia opinione, il loro amoruccio era placido come una zucchina.»

«Quindi credi che abbia solo voluto attirare l'attenzione?»

«Credo che abbia voluto farsi regalare una macchina.» Emise uno schiocco con la bocca. «E guarda caso, una settimana dopo portavo a spasso il cane in centro ed eccolo lì, Andy, alla guida di una Mustang fiammante.»

Sara si posò una mano sugli occhi, cercando di far funzionare il cervello. «Sei rimasto sorpreso quando hai saputo che si è suicidato?»

«Molto» disse Hare. «Quel ragazzo era troppo egoista per ammazzarsi.» Si schiarì la gola. «Che resti *entre nous*, capisci. È francese, vuol dire...»

«Lo so cosa vuol dire» lo interruppe Sara, perché non voleva ascoltare una delle sue fantasiose definizioni. «Fammi sapere se ti viene in mente qualcos'altro.»

«Va bene» fece lui, un po' deluso.

«Volevi dirmi altro?»

Hare soffiò l'aria tra le labbra, emettendo un leggero sfrigolio. «A proposito della tua assicurazione per negligenza...» Le diede un tempo sufficiente a farle sperimentare i sintomi di un leggero infarto. Sara sapeva che la stava prendendo in giro, ma come per tutti gli altri medici negli Stati Uniti, il premio dell'assicurazione per i casi di negligenza era più alto del debito nazionale.

Alla fine lo incalzò: «Sì?».

«Copre anche me? Perché se faccio un'altra richiesta d'indennizzo sulla mia ho paura che comincino a pignorarmi le cose.»

Sara diede uno sguardo verso le porte. Con sua sorpresa, vide Mason James avanzare verso di lei tenendo per mano un bambino di due o tre anni. Disse a Hare: «Devo andare».

«Fai sempre così.»

«Hare» disse lei, mentre Mason si avvicinava. Si accorse solo in quel momento che zoppicava in modo vistoso.

«Sììì?» fece lui.

«Senti...» cominciò Sara, sapendo che si sarebbe pentita di ciò che stava per dire. «Grazie per avermi sostituita.»

«Figurati» rispose Hare ridacchiando, e attaccò.

Mason la salutò con un sorriso allegro. «Spero di non averti interrotta.»

«Era solo Hare» rispose lei chiudendo la chiamata. «Mio cugino.» Stava per alzarsi, ma lui le fece segno di restare seduta.

«So che sei stanca» le disse, dondolando la mano del bambino. «Lui è Ned.»

Sara sorrise al bambino, notando quanto somigliava al padre. «Quanti anni hai, Ned?»

Il piccolo sollevò due dita e Mason si chinò per tirarne su un terzo.

«Tre» disse Sara. «Sei alto per avere tre anni.»

«È un dormiglione» disse Mason scompigliandogli i capelli. «Come sta tua sorella?»

«Meglio» rispose, e per un attimo temette di poter scoppiare in lacrime. A parte le poche parole che aveva detto a lei, Tessa non aveva voluto parlare con nessuno. Aveva passato quasi tutto il tempo in cui era rimasta sveglia a fissare la parete. Disse a Mason: «Ha ancora molto dolore, ma il recupero procede bene».

«Meno male.»

Ned si avvicinò a Sara allargando le braccia. I bambini erano spesso attratti da lei, ed era piuttosto comodo, considerando che capitava molto spesso che li tastasse e manipolasse per visitarli. Lei si infilò il cellulare in tasca e lo prese in braccio.

«Sa riconoscere una bella donna, quando la vede» commentò Mason.

Lei sorrise, ignorando il complimento, e sistemò meglio Ned sulle sue gambe. «Come mai zoppichi?»

«Conseguenza del morso di una ragazzina» le spiegò, e rise vedendo la sua reazione. «Medici senza Frontiere.»

«Wow» fece lei, colpita.

«Stavamo vaccinando dei bambini in Angola. E una bimba ha deciso di assaggiarmi una gamba.» Si inginocchiò davanti a lei per allacciare una scarpa al figlio. «Due giorni dopo i medici discutevano se fosse necessario amputarmi sotto il ginocchio per bloccare l'infezione.» Negli occhi aveva uno sguardo pieno di rammarico. «Sai, ho sempre pensato che saresti finita a fare qualcosa del genere.»

«Tagliarti una gamba?» fece lei, anche se aveva capito benissimo cosa intendeva. «Le zone rurali sono poco servite» gli ricordò. «I miei pazienti hanno bisogno di me.»

«Sono fortunati ad averti.»

«Grazie» disse Sara. Quello era il genere di complimenti che accettava sempre volentieri.

«Non riesco a credere che tu sia anche un medico legale.»

«Mio padre ha smesso di prendermi in giro solo dopo tre anni.»

Lui scosse il capo, ridendo. «Me l'immagino.»

Ned cominciò ad agitarsi sulle sue gambe, e Sara lo fece saltellare su un ginocchio. «Amo la scienza e le sfide.»

Mason si guardò intorno. «Qui le sfide non mancano.» Tacque per un attimo. «Sei un ottimo medico, Sara. Potresti fare il chirurgo.»

Lei rise, un po' a disagio. «Da come parli sembra che stia sprecando i miei talenti.»

«Non è assolutamente quello che intendo. Solo trovo che sia un peccato che tu sia tornata laggiù.» Ripensandoci, aggiunse: «A prescindere dai motivi». A quelle parole le prese una mano e la strinse con delicatezza.

Lei ricambiò la stretta e gli chiese: «Come sta tua moglie?».

Mason rise, ma non la lasciò andare. «È felicissima di avere la casa tutta per sé ora che abito all'Holiday Inn.»

«Vi siete separati?»

«Da sei mesi, ormai. Il che rende lavorare con lei un po' complicato.»

Sara era consapevole di avere Ned in braccio. I bambini capivano molto più di quanto pensassero gli adulti. «È una cosa definitiva?»

Lui sorrise ancora, ma Sara capì che era un'espressione forzata. «Temo di sì. E tu invece?» le chiese, in tono malinconico. Mason aveva cercato di vederla ancora dopo che aveva lasciato il Grady, ma non aveva funzionato. Sara aveva voluto tagliare ogni legame con Atlanta perché così sarebbe stato più facile vivere a Grant. Se avesse continuato a frequentare Mason, non ci sarebbe mai riuscita.

Cercò di farsi venire in mente una buona risposta, ma la relazione con Jeffrey era così indefinita che era molto difficile descriverla. Guardò verso le porte, avvertendo la sua presenza ancor prima di vederlo; si alzò in piedi e usò entrambe le mani per portarsi il piccolo su un fianco.

Quando li raggiunse, Jeffrey non sorrideva. Sembrava esausto, proprio come si sentiva lei, e a Sara parve di notare qualche filo grigio in più tra i suoi capelli intorno alle tempie.

«Ciao» disse Mason, tendendogli la mano.

Jeffrey la strinse e lanciò un'occhiata di sottecchi a Sara.

«Jeffrey» disse lei spostando Ned, «ti presento Mason James, eravamo colleghi quando lavoravo qui.» Senza riflettere, aggiunse, rivolta all'altro: «Lui è Jeffrey Tolliver, mio marito».

Mason parve sorpreso quanto Jeffrey, ma nessuno dei due fece osservazioni.

«Molto piacere» disse Jeffrey, senza correggerla, ma gli si dipinse un tale sorriso in volto che Sara fu molto tentata di modificare lei stessa la sua affermazione. Indicò il bambino. «E lui chi è?»

«Ned» rispose Sara mettendolo giù, e si sorprese quando Jeffrey allungò una mano e gli diede un buffetto sotto il mento.

«Ciao, Ned» disse lui, chinandosi per guardarlo.

Sara fu colta alla sprovvista dal suo atteggiamento aperto con il bambino. All'inizio della loro relazione avevano parlato del fatto che Sara non poteva avere figli, e spesso lei si era chiesta se Jeffrey si trattenesse di proposito quando era in presenza di bambini, per non turbarla. In quel momento non si stava trattenendo affatto, anzi, fece una smorfia buffa e il piccolo scoppiò a ridere.

«Be'» fece Mason, prendendo suo figlio per mano, «sarà meglio se lo riporto a casa, prima che si trasformi in una zucca.»

«Mi ha fatto piacere vederti» disse Sara. Seguì un lungo silenzio imbarazzato e lei guardò i due uomini. I suoi gusti erano molto cambiati dai tempi in cui usciva con Mason, che aveva capelli biondi e una corporatura massiccia per via degli allenamenti in palestra. Jeffrey aveva un fisico snello, da corridore, e una bellezza oscura che gli conferiva un'aria sexy e pericolosa.

«Volevo dirti una cosa» fece Mason, frugandosi in tasca. «Ho fatto fare una copia della chiave del mio ufficio. È il numero 1242, nell'ala sud.» Tirò fuori la chiave e la porse a Sara. «Ho pensato che potrebbe far comodo a te e alla tua famiglia per riposare un po'. So che in ospedale è difficile trovare un posto tranquillo.»

«Ah» esclamò Sara, senza prenderla. Al suo fianco, Jeffrey si era irrigidito in modo visibile. «Non voglio pesare su di te.»

«Nessun peso. Dico davvero.» Le poggiò la chiave nella

mano e le sfiorò il palmo con le dita più a lungo del necessario. «Ho il mio studio principale all'Emory. Qui ho solo una scrivania e un divano per sistemare le scartoffie.»

«Grazie» disse Sara, perché non poteva fare nient'altro. Si infilò la chiave in tasca mentre Mason tendeva di nuovo la mano a Jeffrey.

«È stato un piacere conoscerti.»

Lui gli strinse la mano, un po' meno circospetto. Aspettò con pazienza che Sara e Mason si salutassero, seguendo con attenzione ogni loro mossa. Quando l'altro se ne fu andato, commentò dicendo: «Simpatico». Ma era come se avesse detto: «Stronzo».

«Già» concordò Sara, avviandosi verso l'uscita. Sapeva che stava per succedere qualcosa e voleva evitare scenate nell'atrio dell'ospedale.

«Mason.» Pronunciò il suo nome come se avesse un sapore cattivo sulla lingua. «È il tizio con cui uscivi quando lavoravi qui?»

«A-ha» rispose lei, tenendo aperta la porta a una coppia di anziani che entravano in ospedale. «Tanto tempo fa» disse a Jeffrey.

«Eh sì» continuò lui, infilandosi le mani in tasca. «Sembra un tipo gentile.»

«Lo è» concesse. «Hai la macchina nel parcheggio multipiano?»

Jeffrey annuì. «È anche belloccio.»

Lei uscì. «Mm-hm.»

«Ci sei andata a letto?»

Sara era troppo sorpresa per rispondere. Cominciò ad attraversare la strada, diretta al parcheggio, sperando che lui lasciasse perdere.

Jeffrey corse per raggiungerla. «Perché non ricordo di

averlo sentito nominare quando ci siamo scambiati le liste degli ex.»

Lei rise, incredula. «Perché tu non ricordavi nemmeno metà delle tue, *Slick*.»

Le diede un'occhiataccia. «Non è divertente.»

«Oh, santo cielo» gemette lei, incredula che potesse davvero fare sul serio. «Prima che ci sposassimo hai corso la cavallina così tanto che potevi chiedere la pensione come fantino.»

C'erano alcune persone intorno all'ingresso della scala che portava al multipiano, e Jeffrey si fece largo tra di loro senza dire una parola. Spalancò la porta senza nemmeno guardare se Sara l'avesse afferrata prima che le si chiudesse in faccia.

«È sposato» gli disse lei, e la sua voce echeggiò contro il cemento.

«Anch'io lo ero» puntualizzò lui, il che non le parve certo un buon argomento. Jeffrey si fermò al primo pianerottolo e aspettò che lo raggiungesse. «Sara, non so che dirti. Sono venuto fin qui per te e ti trovo mano nella mano con un tizio e con il suo bambino in braccio.»

«Sei geloso?» Sara faticò a chiederlo, perché le veniva da ridere. Non le risultava che Jeffrey fosse mai stato geloso di nessuno, soprattutto perché era troppo egoista anche solo per prendere in considerazione l'idea che una donna che *lui* voleva potesse desiderare un altro uomo.

«Vuoi spiegarmi la situazione?» le chiese.

«A dire il vero no» rispose, sicura che da un momento all'altro le avrebbe detto che stava scherzando.

Jeffrey riprese a salire le scale. «Se il tuo gioco è questo, fai pure.»

Lo seguì. «Non ti devo alcuna spiegazione.»

«Sai una cosa?» fece lui, senza fermarsi. «Vaffanculo.»

La collera arrestò l'avanzata di Sara. «Vacci tu.»

Jeffrey incombeva su di lei e la guardava come se l'avesse tradito, facendolo sentire uno sciocco. Sara si accorse di quanto fosse ferito, il che placò la sua furia, almeno in parte. Riprese a camminare dietro di lui. «Jeff...»

Non le rispose.

«Siamo tutti e due stanchi» disse ancora, fermandosi sul gradino sotto di lui.

Jeffrey si voltò, continuando a salire, e disse: «Io sono a casa tua a pulirti la cucina, mentre tu te ne stai qui a...».

«Non ti ho mai chiesto di pulirmi la cucina.»

Lui si fermò sul pianerottolo seguente e poggiò le mani su una delle ringhiere di fronte alle grandi finestre che davano sulla strada. Sara capì che poteva scegliere di restare fedele ai suoi principi e passare le quattro ore di viaggio in macchina fino a Grant in un assoluto silenzio oppure fare lo sforzo di placare l'ego ferito di Jeffrey, rendendo il viaggio sopportabile.

Stava per rinunciare quando lui inspirò a fondo, sollevando le spalle. Espirò l'aria lentamente e lei si accorse che si stava calmando.

«Come sta Tessie?» le chiese.

«Meglio» rispose appoggiandosi al corrimano delle scale. «Si sta riprendendo.»

«E i tuoi?»

«Non so proprio» disse, ma la verità era che non voleva pensarci. Cathy sembrava stare meglio, ma ogni volta che guardava suo padre lo vedeva così furioso che le sembrava di soffocare per il senso di colpa.

Un rumore di passi annunciò l'arrivo di almeno due persone da sopra. Entrambi aspettarono che le due infermiere scendessero, e nessuna delle due riuscì a nascondere un sorrisetto malizioso.

Quando se ne furono andate, Sara disse: «Siamo tutti stanchi. E spaventati».

Jeffrey puntò lo sguardo sull'ingresso del Grady, che incombeva sul parcheggio come la BatCaverna. «Deve essere dura per loro, stare là.»

Lei scrollò le spalle e salì le scale, raggiungendo il pianerottolo. «Com'è andata con Brock?»

«Direi bene.» Rilassò le spalle ancora di più. «Brock è veramente strambo.»

Sara si avviò sulla rampa successiva. «Dovresti conoscere suo fratello.»

«Sì, mi ha raccontato.» La raggiunse al pianerottolo seguente. «Roger è ancora in città?»

«Si è trasferito a New York. Credo sia una specie di agente, adesso.»

Jeffrey rispose con un brivido esagerato, e lei capì che si stava sforzando di smettere di litigare.

«Brock non è tanto male» disse Sara, spinta dal bisogno di prendere le difese dell'impresario di pompe funebri. Dan era stato preso in giro senza pietà dai compagni, quando erano bambini, e Sara non l'aveva mai tollerato, nemmeno da piccola. Almeno due o tre volte al mese in clinica vedeva bambini che non erano davvero malati, ma piuttosto sfiniti dalle continue prese in giro ricevute a scuola.

«Sono curioso di vedere i risultati del tossicologico» disse Jeffrey. «Il padre di Rosen sembra convinto che fosse pulito. Sua madre non ne è altrettanto sicura.»

Lei inarcò un sopracciglio. Se un ragazzo faceva uso di droga, i genitori erano sempre gli ultimi a saperlo.

«Già» fece lui, comprendendo il suo scetticismo. «Brian Keller non mi convince molto.»

«Keller?» ripeté lei, superando un altro pianerottolo e affrontando la rampa di scale seguente.

«È il padre. Il ragazzo ha preso il cognome della madre.»

Sara si fermò, più che altro per riprendere fiato. «Dove diavolo hai parcheggiato?»

«Ultimo piano. Manca una sola rampa» le disse.

Sara afferrò il corrimano e si issò sulle scale. «Che cos'ha che non va il padre?»

«Non la racconta giusta» rispose. «Stamattina si comportava come se volesse dirmi qualcosa, ma poi la moglie è tornata in soggiorno e lui non ha più parlato.»

«Pensi di interrogarlo di nuovo?»

«Domani. Frank intanto sta scavando un po'.»

«Frank?» fece lei, sorpresa. «Perché non l'hai chiesto a Lena? Lei è in una posizione migliore per...»

«Non è un'agente» la interruppe.

Sara tenne la bocca chiusa durante gli ultimi scalini, rischiando di crollare a terra per il sollievo quando lui aprì la porta all'ultimo piano. Anche se era molto tardi, il parcheggio era stracolmo di automobili di ogni marca e modello. Sopra di loro si stavano radunando nuvole che promettevano tempesta, trasformando il cielo in un nero minaccioso. Le luci di sicurezza si accesero mentre passavano, diretti verso l'autocivetta di Jeffrey.

Un gruppo di ragazzi era intorno a una grossa Mercedes nera, le braccia muscolose incrociate sui petti. Quando Jeffrey passò lì accanto si guardarono tra loro, intuendo che era un poliziotto. Sara sentì il cuore accelerare mentre aspettava che lui aprisse le portiere, assalita da uno strano terrore che potesse succedere qualcosa di terribile.

Una volta in macchina, si sentì al sicuro, avvolta dai morbidi sedili blu. Osservò Jeffrey che faceva il giro dell'auto per salire, gli occhi puntati sul gruppetto di teppisti intorno alla Mercedes. Quel modo di fare aveva un senso preciso, e Sara lo sapeva. Se i ragazzi avessero pensato che lui aveva paura, avrebbero cercato di importunarlo.

«Cintura di sicurezza» le ricordò, chiudendo lo sportello. Lei obbedì, allacciandosela.

Sara restò in silenzio mentre uscivano dal garage. Una volta in strada, si posò la testa su una mano, osservando la città che le passava accanto, riflettendo su quanto tutto fosse cambiato dall'ultima volta in cui era stata lì. Gli edifici erano più alti, e le auto nella corsia accanto a loro le sembravano troppo vicine. Sara non era più abituata alla vita cittadina. Voleva tornare nel suo paesino, dove tutti si conoscevano tra loro – o almeno così pensavano.

«Scusami se sono arrivato tardi» disse Jeffrey.

«Non ti preoccupare.»

«Ellen Schaffer» riprese lui. «La testimone di ieri.»

«Ha detto qualcosa?»

«No» rispose Jeffrey, e fece una pausa prima di continuare: «Si è uccisa stamattina».

«Che cosa?» esclamò Sara. Poi, senza dargli il tempo di rispondere: «Perché non me l'hai detto?».

«Te lo sto dicendo ora.»

«Avresti dovuto chiamarmi.»

«E cosa potevi fare?»

«Potevo tornare a Grant.»

«Lo stai facendo ora.»

Sara tentò di placare l'irritazione. Non le piaceva essere protetta così. «Chi ha dichiarato il decesso?»

«Hare.»

«Hare?» ripeté lei, deviando parte dell'irritazione su suo cugino, reo di non averla informata poco prima al telefono. «Ha scoperto qualcosa? Che cosa ha detto?»

Jeffrey si portò un dito al mento e imitò la voce di Hare, che era di qualche ottava più alta della sua. «"Lasciatemi indovinare. Le manca qualcosa, vero?"»

«E cosa le mancava?»

«La testa.»

Sara emise un rantolo. Detestava le ferite alla testa. «Sei sicuro che sia stato un suicidio?»

«È quel che dobbiamo scoprire. C'era qualcosa di strano nel proiettile usato.»

Le raccontò gli eventi della mattina, dal colloquio con i genitori di Andy Rosen al ritrovamento del corpo di Ellen Schaffer. Lei lo fermò quando le descrisse la freccia che avevano trovato segnata a terra davanti alla finestra della ragazza. «Anch'io ho fatto la stessa cosa» gli disse. «Per segnare il percorso compiuto mentre cercavo Tessa.»

«Lo so» le rispose, ma non aggiunse altro.

«Per questo non volevi dirmelo?» gli chiese. «Non mi piace quando mi nascondi le informazioni. Non sta a te decidere...»

Jeffrey la interruppe all'improvviso, parlando con foga: «Devi stare attenta, Sara. Non voglio che tu vada al campus da sola. Non devi avvicinarti a nessuna scena del crimine. Mi hai sentito?».

Lei non rispose, soprattutto perché era scioccata dalle sue parole.

«E non starai a casa da sola.»

Sara non riuscì a trattenersi: «Aspetta un attimo...».

«Dormirò sul divano, se necessario» proseguì lui. «Il

problema non è se vuoi o non vuoi dormire con me. Il problema è che non voglio dovermi preoccupare per qualcun altro, in questo momento.»

«E credi di doverti preoccupare per me?»

«Tu pensavi di doverti preoccupare per Tessa?»

«Non è la stessa cosa.»

«Quella freccia potrebbe significare qualcosa. Potrebbe essere un avvertimento che punta verso di te.»

«Non è così inconsueto che qualcuno tracci dei segni con la scarpa a terra.»

«E credi sia solo una coincidenza? La testa di Ellen Schaffer è saltata in aria...»

«Ma può sempre essersela fatta saltare da sola.»

«Non mi interrompere» l'ammonì lui, e Sara avrebbe riso se le sue parole non fossero state cariche di un'enorme preoccupazione per la sua sicurezza. «Ti avviso, non ti lascerò da sola.»

«Non siamo nemmeno sicuri che si tratti di un omicidio, Jeffrey. A parte un paio di elementi un po' strani – che però si potrebbero spiegare senza troppa difficoltà – le indagini potrebbero confermare il suicidio.»

«Quindi sei convinta che Andy si sia ucciso, che Tess sia stata accoltellata e che questa ragazza si sia suicidata oggi senza che ci sia alcun collegamento tra loro?»

Sara sapeva bene che non era affatto probabile, ma disse comunque: «È possibile».

«Già, certo. Ci sono molte possibilità, ma tu stasera non resterai da sola. Ci siamo capiti?»

Sara poté solo accettare la situazione, e lo fece con il silenzio.

Lui riprese: «Non so cos'altro fare, Sara. Non ce la faccio a essere così preoccupato per te. Non posso vivere con il timore che tu sia in pericolo. Non riuscirei più a combinare nulla».

«Va bene» disse infine lei, sforzandosi di mostrarsi comprensiva. Si rese conto di non vedere l'ora di tornare a casa sua e dormire nel suo letto, da sola.

«Se non c'è nessun collegamento, una volta risolto il caso potrai darmi del coglione» le disse Jeffrey.

«Non ti stai comportando come un coglione» disse lei, sapendo che la sua preoccupazione era concreta. «Dimmi perché sei arrivato in ritardo. Avete scoperto qualcosa?»

«Mi sono fermato al negozio di tatuaggi prima di partire e ho parlato con il proprietario.»

«Hal?»

Jeffrey le lanciò un'occhiata mentre si immetteva nell'autostrada. «Come mai lo conosci?»

«È stato un mio paziente tanto tempo fa» rispose lei, trattenendo uno sbadiglio. Poi, solo per dimostrargli che non sapeva proprio tutto di lei, aggiunse: «Qualche anno fa Tessa e io volevamo farci un tatuaggio».

«Ah sì?» Jeffrey era scettico. «Tu volevi farti un tatuaggio?»

Lei gli rivolse quello che sperò fosse un sorriso scaltro.

«E perché hai cambiato idea?»

Sara si voltò sul sedile in modo da poterlo guardare. «Non puoi lavare la parte tatuata per un po', e il giorno dopo volevamo andare al mare.»

«Cosa volevi farti tatuare?»

«Ah, non me lo ricordo» gli disse, ma non era vero.

«E in che punto volevi farlo?»

Lei scrollò le spalle.

«Bene» fece lui, ancora incredulo.

«Che cosa ha detto Hal?» domandò Sara.

Jeffrey la guardò negli occhi per qualche istante prima

di rispondere. «Che non fa tatuaggi a chi ha meno di ventidue anni a meno che prima non possa parlare con i genitori.»

«Mi sembra giusto» disse lei, immaginando che Hal avesse adottato quella filosofia per mettere fine alle telefonate furiose dei genitori che mandavano i figli all'università perché si facessero una cultura, non dei disegni permanenti sul corpo. Lottò con un altro sbadiglio. Il dondolio dell'auto rischiava di farla addormentare.

«Potrebbe comunque esserci un collegamento» disse Jeffrey, anche se non sembrava nutrire troppe speranze. «Andy ha il piercing, Ellen Schaffer il tatuaggio. Potrebbero anche esserseli fatti insieme. Ci sono tremila negozi di tatuatori tra qui e Savannah.»

«Che cosa hanno detto i genitori di Andy?»

«Era molto difficile fare domande dirette. Ma non sembravano saperne granché.»

«Non è il genere di cosa per cui un ragazzo chiederebbe il permesso.»

«No, direi di no» concordò lui. «Se Andy Rosen fosse ancora vivo, sarebbe il mio sospettato principale per l'omicidio della Schaffer. Quel ragazzino aveva un'ossessione per lei.» Assunse un'espressione disgustata. «Prego che tu non sia mai costretta a vedere quel dipinto.»

«Sei sicuro che non si conoscessero?»

«Le amiche di lei l'hanno confermato. A sentire tutte le ragazze del dormitorio, Ellen era abituata ad avere ragazzi che perdevano la testa per lei. Le succedeva di continuo, e lei nemmeno se ne rendeva conto. Ho parlato con l'insegnante di arte, e se n'era accorto perfino lui. Andy le sbavava dietro, e lei non sapeva neanche chi fosse.»

«Era una ragazza attraente.» Sara non ricordava granché dei momenti prima dell'aggressione a Tessa, ma Ellen Schaffer era abbastanza bella da averla colpita.

«Potrebbe essere stata una questione di gelosia» aggiunse lui, anche se non pareva troppo convinto. «Forse un altro ragazzo innamorato di Ellen ha deciso di far fuori Andy?» Tacque, riflettendo su quella teoria. «E poi, dato che lei non è corsa tra le sue braccia, ha ucciso anche lei?»

«Possibile» disse Sara, ma non riusciva a trovare un senso a quanto era successo a Tessa.

«Ellen Schaffer potrebbe aver visto qualcosa» riprese lui. «Forse ha notato qualcuno nel bosco, una persona nascosta.»

«Oppure chi ci si era nascosto *ha pensato* che avesse visto qualcosa.»

«Pensi che Tessa ricorderà mai cos'è successo?»

«Con quel genere di ferita alla testa, l'amnesia è molto comune. Dubito che riuscirà a recuperare dei ricordi precisi, e anche se dovesse farlo, non reggerebbe un interrogatorio.» Non aggiunse che sperava che sua sorella non ricordasse mai l'accaduto. La consapevolezza di aver perso sua figlia era già abbastanza terribile, e Sara non osava nemmeno immaginare cosa poteva significare per lei vivere con le immagini di quel che le era successo stampate nella mente.

Cambiò argomento, tornando a Ellen Schaffer. «Ci sono testimoni?»

«Il dormitorio era vuoto.»

«Nessuna ragazza stava poco bene?» chiese lei, perché l'idea di cinquanta studentesse che erano andate tutte a lezione era un evento così raro da meritare l'attenzione dei giornali.

«Le abbiamo controllate a una a una. Erano tutte nelle rispettive aule.»

«Che dormitorio è?»

«Keyes.»

«Quello delle cervellone» commentò lei, e capì perché fossero andate tutte a seguire le lezioni. «Nel campus nessuno ha sentito lo sparo?»

«Qualcuno si è fatto avanti e ha detto di aver sentito un rumore, ma di averlo preso per il ritorno di fiamma di un'automobile.» Tamburellò con le dita sul volante. «Ha usato un fucile a pompa calibro dodici.»

«Santo cielo» esclamò Sara, immaginando il risultato.

Jeffrey cercò con la mano qualcosa sul sedile posteriore e tirò fuori una cartellina dalla sua valigetta. «Tiro ravvicinato» disse, estraendo una foto a colori. «Doveva avere il fucile infilato in bocca. Forse la testa ha attutito il suono, come un silenziatore.»

Sara accese la luce di cortesia per guardare la foto. Era molto peggio di quanto immaginava.

«Gesù» mormorò. L'autopsia sarebbe stata difficile. Diede uno sguardo all'orologio sull'autoradio. Non sarebbero arrivati a Grant prima delle otto, traffico permettendo. Per le autopsie avrebbe avuto bisogno di tre o quattro ore ciascuna. Dentro di sé ringraziò Hare per essersi offerto di sostituirla anche il giorno dopo. Data la situazione, avrebbe avuto bisogno di tutto il giorno per recuperare il sonno.

«Sara?» disse Jeffrey.

«Scusa» rispose lei, prendendo la cartellina. L'aprì, ma non riusciva a mettere a fuoco le parole. Si concentrò sulle immagini, superando la foto della freccia disegnata a terra per trovare quelle della scena del crimine.

«Qualcuno potrebbe essere entrato dalla finestra» continuò Jeffrey. «Forse era già lì, nascosto nell'armadio, non so. Lei va al bagno nel corridoio, torna in camera sua e... *bum*. Lui è lì ad aspettarla.»

«Avete trovato impronte?»

«Poteva avere dei guanti» disse lui, senza rispondere alla domanda in modo diretto.

«In genere le donne non si sparano in faccia» ammise Sara, osservando un primo piano della scrivania di Ellen Schaffer. «È più una cosa da uomini.» Aveva sempre pensato che le statistiche fossero sessiste, ma i numeri le sostenevano.

«C'è qualcosa che non va in questa storia.» Jeffrey indicò la foto. «Non per via della freccia. Eliminiamola per un attimo, eliminiamo Tessa. Il modo in cui si è sparata non ha senso.»

«Perché?»

«Vorrei tanto potertelo spiegare. È come per Rosen. Ho la sensazione che mi sfugga qualcosa.»

Sara pensò a Tessa nel suo letto d'ospedale. Le sembrava ancora di sentire la sua voce che le ordinava di trovare il responsabile di quel che era successo. La foto della stanza di Ellen Schaffer le riportò un ricordo alla mente. Era andata alla Vassar insieme a Tessa per aiutarla a sistemarsi nel campus. La camera di sua sorella era molto simile a quella della ragazza appena morta. C'erano poster della World Wildlife Federation e di Greenpeace attaccati alle pareti insieme a foto di uomini presi dalle riviste. Un calendario appeso sopra una scrivania aveva delle date importanti cerchiate in rosso. L'unica cosa che non coincideva erano gli attrezzi per pulire le armi.

Sara tornò al verbale. Sapeva che leggendo senza occhiali le sarebbe venuto il mal di testa, ma voleva avere la sensazione di stare combinando qualcosa. Quando ebbe passato in rassegna tutte le informazioni che Jeffrey aveva messo insieme sulla morte di Ellen Schaffer, aveva un'emicrania pulsante e la nausea per aver letto in auto.

«Che cosa ne pensi?» le chiese lui.

«Penso...» cominciò Sara, guardando la cartellina chiusa. «Non saprei. Entrambi i suicidi potrebbero essere stati inscenati. Immagino che la ragazza possa essere stata colta di sorpresa. Magari è stata colpita dietro la testa... anche se ormai non abbiamo più una testa da esaminare.» Tirò fuori diverse foto e le sistemò in una sorta di ordine, continuando a parlare. «È distesa sul divano. Potrebbero avercela messa. Oppure ci si era messa lei. Il suo braccio è troppo corto per raggiungere il grilletto, così ha usato il dito del piede. Non è così infrequente, alcuni usano delle stampelle per vestiti.» Tornò a sfogliare la relazione di Jeffrey rileggendo gli appunti sul calibro della pallottola. «Credi sapesse quanto è pericoloso usare proiettili sbagliati?»

«Ho parlato con il suo allenatore. A sentir lui, era molto attenta nell'uso dell'arma.» Fece una pausa. «Ma perché il Grant Tech ha una squadra femminile di tiro?»

«Articolo nove» rispose lei, riferendosi alla legge che costringeva le università a consentire alle donne pari accesso agli sport maschili. Se fosse stata in vigore quando lei frequentava il liceo, la squadra femminile di tennis avrebbe potuto utilizzare i campi della scuola; invece erano state costrette a far rimbalzare le palle contro il muro esterno della palestra – ma solo se i ragazzi non si stavano allenando a pallacanestro.

«Trovo sia ottimo che possano imparare una nuova disciplina sportiva.»

Con sua sorpresa, Jeffrey ammise: «La squadra non è affatto male. Hanno vinto molte competizioni».

«Quindi nel campus chiunque sapesse che lei era in squadra sapeva anche che possedeva un fucile.»

«Forse.»

«Lo teneva in camera sua?»

«Tutte e due lo avevano. Anche la sua compagna di stanza è nella squadra.»

Sara rifletté sull'arma. «Avete già preso le sue impronte digitali?»

«Ci ha pensato Carlos» rispose, poi anticipò la domanda seguente. «Le sue impronte digitali sono sulla canna, sull'otturatore e su quel che rimane della cartuccia.»

«Una cartuccia sola?» chiese lei. Per quel che ne sapeva, un fucile a pompa alloggiava un caricatore da tre proiettili. Azionando il meccanismo di riarmo, la pallottola seguente entrava nel serbatoio, permettendo di sparare di nuovo subito.

«Sì» confermò lui. «Una cartuccia, di calibro sbagliato, e il riduttore per restringere la canna.»

«Il dito del piede ha un'impronta che coincide con quella lasciata sul grilletto?»

«Non ho nemmeno pensato di controllare» ammise Jeffrey.

«Lo faremo prima dell'autopsia» disse Sara. «Credi che qualcuno l'abbia costretta a caricare il fucile? Magari qualcuno che non conosceva bene le armi?»

«La prima pallottola ha buone probabilità di incastrarsi nella canna. Se non ne aveva un'altra nel caricatore, poteva guadagnare un po' di tempo, magari perfino voltare il fucile e usarlo per colpire l'aggressore.»

«E la pallottola non sarebbe esplosa nella canna?»

«Non necessariamente. Con il caricatore pieno, la seconda avrebbe colpito la prima e sarebbero esplose insieme vicino alla camera.»

«Forse è per questo che ha caricato un colpo solo» disse Sara.

«I casi sono due: o era molto intelligente, o era molto stupida.»

Sara continuò a osservare le foto. Aveva esaminato molti casi di suicidio, e quello somigliava a tutti gli altri. Senza la morte di Andy Rosen il giorno prima e senza l'aggressione di Tessa, Sara e Jeffrey non si sarebbero nemmeno fatti tutte quelle domande. Neanche il graffio dietro la schiena di Andy sarebbe bastato per aprire un'indagine.

«Qual è il collegamento?» chiese Sara.

«Non lo so» rispose Jeffrey. «Tessa è l'elemento senza senso. Schaffer e Rosen avevano in comune il corso d'arte, ma non...»

«È ebrea?» lo interruppe Sara. «La ragazza, intendo.»

«Rosen sì» disse lui. «Della Schaffer non sono sicuro.»

Sara sentì l'ansia aumentare mentre ragionava sul possibile collegamento. «Andy Rosen è ebreo. Ellen Schaffer potrebbe esserlo. Tessa frequenta un nero, non solo: sta per avere un figlio da lui.»

«Che vuoi dire?» le chiese, anche se Sara sapeva che la stava seguendo.

«Andy può essere stato spinto oppure è saltato giù da un ponte su cui sono state fatte delle scritte razziste.»

Jeffrey guardò la strada davanti a sé e non parlò per almeno un minuto intero. «Credi che il collegamento sia questo?»

«Non lo so. Sul ponte c'era una svastica.»

«Accanto a *Morte ai negri*» puntualizzò lui. «Non *agli ebrei*. Tamburellò con le dita sul volante. «Se doveva essere contro Andy in quanto ebreo, avrebbero scritto qualcosa di più specifico. Del tipo *Morte agli ebrei*.»

«E la stella di David trovata nel bosco?»

«Forse Andy è passato di lì e gli è caduta prima che si suicidasse. Non abbiamo nulla che la colleghi all'aggressore di Tessa.» Fece una pausa. «Tuttavia, Rosen e Schaffer sono nomi ebrei. Potrebbe essere un collegamento.»

«Ci sono molti studenti ebrei nel campus.»

«È vero.»

«Secondo te quella scritta significa che all'università è attivo qualche gruppo di fanatici sostenitori della supremazia ariana?»

«Chi altro scriverebbe quelle stronzate in giro per il campus?»

Sara cercò di trovare delle falle nella propria teoria. «La scritta sul ponte non era recente.»

«Posso chiedere in giro, ma hai ragione, sembrava avere almeno un paio di settimane.»

«Quindi stiamo dicendo che due settimane fa qualcuno ha disegnato la svastica e gli insulti su quel ponte sapendo che poi, ieri, avrebbe buttato di sotto Andy Rosen, quindi sarei arrivata io insieme a Tessa, che avrebbe avuto bisogno di fare la pipì per finire accoltellata nel bosco?»

«La teoria è tua» le ricordò Jeffrey.

«Non ho mai detto che fosse valida» ammise Sara. Si passò una mano sugli occhi. «Sono così stanca che faccio fatica a vedere qualcosa.»

«Vuoi provare a dormire?»

Ne aveva una gran voglia, ma non riusciva a togliersi dalla mente Tessa e il modo in cui le aveva chiesto di trovare l'uomo che l'aveva aggredita. «Proviamo a mettere da parte la teoria razzista. Diciamo che sono due omicidi organizzati in modo da sembrare suicidi. Credi sia meglio nascondere il fatto che i due ragazzi sono stati assassinati?» chiese.

«Devo essere sincero? Non lo so proprio. Non voglio dare false speranze ai genitori e non voglio sollevare il panico all'università. E se si tratta di omicidi, anche se non ne siamo affatto sicuri, allora forse il colpevole potrebbe diventare arrogante e commettere qualche errore.»

Sara sapeva bene cosa intendeva. Nonostante quanto si credeva, gli assassini non desideravano quasi mai essere scoperti. L'omicidio era un rischio estremo, e più riuscivano a farla franca, più erano spinti a osare.

«Se un killer ha deciso di prendere di mira gli studenti universitari, qual è il suo movente?» chiese Sara.

«L'unica cosa che mi viene in mente è la droga.»

Sara stava per domandare se ci fossero problemi di droga nel campus, poi si rese conto di quanto fosse scontato. «Ellen Schaffer ne faceva uso?»

«Per quel che ne so era una specie di salutista convinta, quindi ne dubito.» Diede uno sguardo nello specchietto laterale prima di superare un autoarticolato. «Forse Rosen si drogava, ma ci sono buone possibilità che fosse pulito anche lui.»

«E per quanto riguarda le voci su quella relazione?»

Jeffrey si fece scuro in volto. «Non so nemmeno se ci si possa fidare di Richard Carter. Si diverte a rimestare nel torbido, e poi è evidente che non sopportava Andy. Mi sembra il tipo capace di mettere in giro un pettegolezzo per il gusto di assistere alle reazioni della gente.»

«Mettiamo il caso che abbia ragione» disse Sara. «Credi sia possibile che il padre di Andy avesse una relazione con Ellen Schaffer?»

«Lei non frequentava nessuna delle sue lezioni. Non mi spiego come avrebbe potuto conoscerlo. E poi aveva una marea di ragazzi della sua età che le si gettavano ai piedi.»

«Potrebbe essere un buon motivo per sentirsi attratta dagli uomini più grandi. Forse le sembrava un tipo più sofisticato.»

«Non Brian Keller. Quel tizio non è esattamente Robert Redford.»

«Hai chiesto in giro?» insisté lei. «Non c'è nessun collegamento?»

«Non ne ho trovati. Parlerò di nuovo con lui domani, però. Magari mi darà qualche altra informazione.»

«Magari confesserà.»

Jeffrey scosse il capo. «Era a Washington. Frank ha verificato proprio oggi pomeriggio.» Dopo qualche istante però concesse: «Potrebbe sempre aver assoldato qualcuno».

«Quale sarebbe il movente?»

«Forse...» Jeffrey non riuscì ad aggiungere altro. «Dio, non ne ho idea. Continuiamo a tornare a un movente. Perché fare una cosa del genere? Che cosa ci ha guadagnato il colpevole?»

«Le persone uccidono per pochi motivi, in realtà» disse Sara. «Denaro, droga o pulsioni emotive, come la gelosia o la collera. Omicidi senza un senso apparente fanno pensare a un serial killer.»

«Gesù» fece lui. «Non dirlo nemmeno per scherzo.»

«Ammetto che non sembra probabile, ma non riesco a trovare un collegamento.» Tacque per un attimo. «D'altra parte, però, Andy potrebbe pur sempre essersi buttato, Ellen Schaffer poteva soffrire di depressione e la vista del corpo potrebbe averle fatto scattare qualcosa nella testa...» Si fermò. «Non voleva essere una battuta.»

Jeffrey le lanciò un'occhiataccia.

«Forse si è suicidata e basta. Forse è successo a tutti e due.»

«E Tess?»

«Già, e lei?» si domandò anche Sara. «Magari la sua aggressione non c'entra niente con gli altri due casi. Sempre se si tratta di suicidi.» Cercò di esaminare la vicenda, ma era come se le sfuggisse qualcosa. «Potrebbe aver visto qualcuno fare qualcosa di illegale nel bosco.»

«L'abbiamo esaminato a palmo a palmo e non abbiamo trovato niente, a parte la collana. E in ogni caso perché quel tizio sarebbe rimasto lì a guardare te e Tessa?»

«Forse non era l'aggressore, ma un'altra persona… un tizio qualunque che faceva jogging nel bosco.»

«E perché allora è scappato quando ha visto Lena?»

Sara espirò lentamente, pensando che la mancanza di sonno non le permetteva di capirci qualcosa. «Continua a tornarmi in mente quel graffio sulla schiena di Andy. Magari con l'esame autoptico scoprirò qualcosa.» Si posò il capo su una mano, rinunciando a ragionare. «Cos'altro ti innervosisce?»

Lui serrò la mandibola, e Sara seppe quale sarebbe stata la risposta ancor prima che parlasse.

«Lena.»

Sara represse un sospiro guardando fuori dal finestrino. Non ricordava nemmeno quando Jeffrey avesse cominciato a preoccuparsi per Lena.

«Che cosa ha fatto?» gli chiese, evitando di aggiungere *stavolta*.

«Non ha fatto niente. O forse sì… non lo so.» Fece una pausa, come per rifletterci meglio. «Credo conoscesse quel ragazzo, Rosen. Abbiamo trovato le sue impronte su un libro della biblioteca che era in casa di lui.»

«Potrebbe averlo preso in prestito prima.»

«No. Abbiamo controllato la scheda.»

«Te l'hanno lasciata consultare?»

«In realtà non siamo passati per i bibliotecari» spiegò Jeffrey, e Sara poté solo immaginare che fili doveva aver tirato per poter avere accesso ai database della biblioteca. A Nan Thomas sarebbe venuta una crisi isterica se l'avesse scoperto, e lei non l'avrebbe certo biasimata.

«Lena potrebbe averlo preso in prestito senza farlo sapere a nessuno» suggerì Sara.

«A te sembra il tipo che leggerebbe *Uccelli di rovo*?»

«Non saprei» ammise Sara, anche se non la immaginava affatto impegnata in un'attività sedentaria come leggere, soprattutto una storia d'amore. «Gliel'hai chiesto? Lei che cosa ha detto?»

«Nulla. Ho provato a farla venire con me, ma non ha voluto.»

«Alla centrale?»

Lui annuì.

«Non ci sarei venuta nemmeno io.»

«Perché?» le chiese, spinto da una sincera curiosità.

«Non essere sciocco» rispose lei, senza nemmeno provare a spiegarglielo. «Credi che Lena abbia qualcosa da nascondere?»

«Non lo so.» Riprese a tamburellare sullo sterzo. «Sembrava sulla difensiva. Quando ho parlato con lei sulla collina, dopo che tu e Tessa siete partite, mi è sembrato che conoscesse il nome di Andy, e quando gliel'ho chiesto ha negato.»

«Ricordi che reazione ha avuto quando abbiamo voltato il corpo?»

«Lei non era presente» le ricordò.

«Giusto.»

«Abbiamo trovato anche qualcos'altro. Un paio di mutandine da donna in camera di Andy» riprese Jeffrey.

«Sono di Lena?» chiese, senza capire perché non glielo avesse detto prima.

«È una mia supposizione.»

«Come sono fatte?»

«Non come quelle che porti tu. Sono piccole.»

Lo fulminò con lo sguardo. «Be', grazie mille.»

«Sai bene cosa intendo. È il tipo più stretto dietro.»

«Un perizoma?» provò a indovinare lei.

«Forse. Di seta, rosso scuro, con del pizzo intorno alle gambe.»

«Sembra plausibile per Lena quanto lo è la lettura di *Uccelli di rovo*.»

Jeffrey scrollò le spalle. «Non si può mai sapere.»

«È possibile che appartenessero a Andy Rosen?»

Jeffrey parve meditarci. «Non possiamo escluderlo, se pensi a quel che si è fatto al...» Non concluse la frase.

«Potrebbe anche averle rubate a Ellen Schaffer.

«C'erano dei peli castani. Lei invece era bionda» disse lui.

Sara rise. «Non ci giurerei.»

Jeffrey restò in silenzio per un momento. «Forse Lena andava a letto con Andy Rosen.»

A lei sembrava improbabile, ma era difficile capire qualcosa, quando c'era di mezzo Lena.

Lui riprese: «Quando ho provato a far venire Lena in centrale, c'era un ragazzino. Un piccoletto che sembrava uno studente. Un cazzone, se vuoi la mia opinione. Forse Lena esce con lui. Sembrava che stessero insieme».

«Quindi andava a letto con Andy Rosen e frequentava questo ragazzo?» Sara scosse il capo. «Considerando quel che le è successo un anno fa, non mi sembra possibile che abbia già cominciato a fare il doppio gioco. Sempre se mai lo farà.» Incrociò le braccia e si appoggiò allo sportello. «Sei sicuro che la biancheria sia sua?»

Jeffrey rimase in silenzio, come se stesse decidendo se dirle o no qualcosa.

«Allora?» chiese lei. «Jeff?»

«C'è del... materiale» disse, e Sara si domandò perché fosse così restio a parlare. Forse il fatto che conoscesse Lena gli rendeva tutto più difficile; non si era mai vergognato a descrivere cose del genere in passato. «Se anche ce n'è abbastanza per fare un esame del DNA, Lena non ci fornirà mai un campione per fare un confronto. Ma se ci desse qualcosa, potremmo scagionarla e chiudere la questione.»

«Se non vuole nemmeno venire in centrale, non penso proprio che vi darà del sangue.»

«Voglio solo dimostrare che è estranea a questa storia, Sara. Se non vuole aiutarsi da sola...»

Tutt'a un tratto a Sara venne in mente l'esame che aveva eseguito su Lena un anno prima dopo lo stupro, ma non volle dargli quell'informazione. Non le sembrava giusto usare il DNA raccolto durante quella visita sapendo che poteva collegare Lena a Andy Rosen: era come una violazione, per lei, e Lena l'avrebbe preso per un tradimento. E a ragione.

«Sara?»

Lei scosse il capo. «Sono solo stanca» disse, cercando di non pensare alla notte in cui aveva utilizzato il kit antistupro. Lena era in condizioni così gravi che aveva dovuto metterle sette punti di sutura. Poiché era stata drogata dallo stupratore, Sara era stata costretta a usare pochissimo sedativo, e fino all'accoltellamento di sua sorella, lo stupro di Lena era stato il momento più orribile di tutta la sua carriera.

«Se venisse fuori che le tracce sono di Lena, cosa dimostreresti? Se anche andava a letto con Andy Rosen, non significa che lei c'entri qualcosa con la sua morte. O con l'aggressione a Tessa.»

«Allora perché mentire?»

«Mentire non la rende colpevole.»

«Nella mia esperienza, le persone mentono solo quando hanno qualcosa da nascondere.»

«Immagino che perderebbe il lavoro, se facesse sesso con uno studente.»

«Lei detesta Chuck. Dubito che le importi di perdere il lavoro.»

«C'è da dire che non è nemmeno una tua grande estimatrice, in questo momento. Potrebbe averti detto una bugia per farti dispetto» gli fece notare.

«Non può essere tanto sciocca da intralciare un'indagine. Non una di questo tipo.»

«Invece sì, Jeffrey. È furiosa con te, e ha colto l'occasione per vendicarsi dopo che l'hai cacciata da...»

«Io non ho...»

Sara sollevò le mani per fermarlo. Avevano litigato sull'argomento così tante volte che le sembrava già di sentire come andava a finire quella frase. Il problema di fondo era che Jeffrey ce l'aveva a morte con Lena e non voleva ammettere che gran parte della sua collera era dovuta alla delusione. E la reazione istintiva di Lena era stata ricambiarlo con altrettanto odio. Sarebbe stata una situazione comica, se Sara non ci si fosse trovata in mezzo.

«A prescindere dai motivi, Lena non cederà di un millimetro. Direi che te l'ha dimostrato ampiamente quando non è voluta venire in centrale.»

«Forse non l'ho avvicinata nel modo giusto» concesse

lui, e a giudicare da come erano andate le cose anche in passato, Sara non faticò a immaginare che avesse fatto lo stronzo. «Il tipo che era con lei... quel ragazzo.»

Sara aspettò, ma lui ci mise un po' a completare la frase. «Ha qualcosa che non va.»

«E cosa?»

«Mi sembra pericoloso. Scommetto dieci dollari che ha la fedina penale sporca.»

Sara non era così sciocca da accettare la scommessa. Qualsiasi poliziotto che sapesse il fatto suo era in grado di riconoscere un ex delinquente. Questo la portò alla domanda seguente. «Credi che Lena sappia che è già stato nei guai?»

«Chissà che diavolo le passa per la testa?»

Sara era perplessa quanto lui.

«Mi ha spinto» disse Jeffrey.

«Quel ragazzo ti ha *spinto*?» fece lei, sicura che fosse una metafora.

«È arrivato da dietro e mi ha dato una spinta.»

«Sul serio?» Non riusciva a credere che qualcuno potesse essere così folle da compiere un gesto simile. «Perché?»

«Credo abbia pensato che avessi gettato a terra Lena.»

«E l'hai fatto?»

La guardò, sentendosi oltraggiato. «L'ho presa per un braccio, lei si è spaventata e l'ha tirato via.» Jeffrey fissò la strada in silenzio per qualche istante. «Ha dato uno strattone così forte che è caduta.»

«Mi sembra una reazione prevedibile.»

Jeffrey lasciò correre quel commento. «Era pronto a sfidarmi. Una merdina alta così, che peserà meno di Tess.» Scosse il capo, ma nel modo in cui parlava di lui c'era un fondo di ammirazione. Non erano molti quelli che osavano sfidarlo.

«Perché non hai fatto un controllo su di lui?» chiese Sara.

«Non so come si chiama. Ma non ti preoccupare, li ho seguiti in una caffetteria. Ha lasciato la tazza sul tavolo e l'ho presa per cercare le impronte.» Sorrise. «È solo questione di tempo: presto saprò tutto quel che c'è da sapere su quel teppistello.»

Sara non aveva dubbi, e provò un moto di dispiacere sincero per il cavaliere di Lena.

Jeffrey tornò silenzioso e lei guardò fuori dal finestrino, contando le croci che segnavano gli incidenti stradali sull'autostrada. Alcuni avevano delle corone di fiori alla base o fotografie di persone che fu felice di non riuscire a vedere bene. Un orsacchiotto rosa appoggiato ai piedi di una piccola croce le fece distogliere lo sguardo, col cuore che le sprofondava nel petto. I guidatori davanti a loro premettero il freno e i fanalini di coda rossi si illuminarono, scintillando lungo tutta la strada. Si avvicinavano a Macon, e il traffico era in aumento. Jeffrey avrebbe imboccato la tangenziale, ma a quell'ora non c'era modo di evitare l'ingorgo.

«Come stanno i tuoi?» le chiese lui.

«Sono in collera. Ce l'hanno con me, con te... non so. Mia madre quasi non mi rivolge la parola.»

«Ti ha spiegato perché?»

«È solo preoccupata» rispose lei, però ogni secondo che passava con i suoi genitori, furiosi con lei, le dava un senso di oppressione sempre maggiore. Eddie continuava a ignorarla, ma non riusciva a capire se lo facesse perché la riteneva responsabile o perché non riusciva a gestire l'idea che entrambe le sue figlie fossero in crisi. Sara cominciava a capire quanto fosse difficile essere forti per tutti gli altri mentre l'unico desiderio che si aveva era raggomitolarsi da qualche parte e cercare conforto in se stessi.

«Tra qualche giorno si riprenderanno» cercò di tranquillizzarla Jeffrey, poggiandole una mano sulla spalla. Le accarezzò il collo con il pollice, e le fece venire voglia di scivolare verso di lui e appoggiargli la testa sul petto, ma qualcosa la fermò. Anche se non voleva, la sua mente continuava a tornare a Lena quando era in ospedale, piena di lividi e ferite, con il sangue scuro che le colava tra le gambe, dove era stata tagliata in profondità. Lena era una donna minuta, ma il suo modo di fare arrogante la faceva sempre sembrare più imponente. Distesa sulla barella, con le mani e i piedi che sanguinavano inzuppando le bende che le avevano legato in tutta fretta i paramedici prima di caricarla in ambulanza, le era sembrata più una bambina che un'adulta. Sara non aveva mai visto nessuno così devastato.

In macchina, Sara sentì le lacrime bruciarle gli occhi. Guardò ancora fuori, perché non voleva che Jeffrey se ne accorgesse. Le stava ancora accarezzando il collo, eppure quel contatto non la calmava più.

«Provo a dormire un po'» disse lei, sottraendosi al suo tocco e appoggiandosi allo sportello.

L'Heartsdale Medical Center non era affatto imponente come suggeriva il nome. Era un edificio di due piani, con l'obitorio nel seminterrato, molto apprezzato dal college, che sorgeva dall'altra parte di Main Street. Come al solito, nel parcheggio c'erano poche auto. Jeffrey si fermò in un posto di fronte al pronto soccorso, superando l'ingresso di servizio che Sara usava di solito. Lei aspettò con pazienza che facesse retromarcia, infilandosi in uno dei posteggi più lontani.

Jeffrey mise il cambio in folle senza spegnere il motore. «Ho bisogno di parlare un momento con Frank» le disse, prendendo il cellulare. «Ti spiace cominciare senza di me?»

«No» rispose, e una parte di lei fu sollevata all'idea di potere stare un po' da sola.

Tuttavia, prima di scendere dalla macchina gli sorrise. La conosceva da più di dieci anni, e lei sapeva benissimo che aveva intuito che qualcosa la turbava. A Jeffrey non piaceva lasciare questioni in sospeso. Forse era ancora in collera con lei per quel che era successo nel parcheggio multipiano.

Sara non aveva dormito davvero durante il viaggio di ritorno a Grant. Era rimasta intrappolata in quel limbo tra il sonno e la veglia, ripercorrendo con la mente gli eventi del giorno precedente. Quando era riuscita ad assopirsi, aveva sognato Lena in ospedale l'anno prima, e per via del terrificante meccanismo che solo i sogni sanno mettere in atto, si era trovata al suo posto, sul lettino per le visite, con i piedi nelle staffe, il corpo esposto, mentre Lena raccoglieva campioni con i tamponi vaginali e le passava il pettine tra i peli pubici per trovare materiale appartenente a un'altra persona. Quando la lampada UV si era accesa per rilevare la presenza di liquido seminale o altri fluidi corporei, la parte inferiore del suo corpo era scattata, come se avesse preso fuoco.

Si massaggiò le braccia mentre attraversava il parcheggio, anche se non faceva affatto freddo. Guardò in alto, il cielo, che era scuro e minaccioso. «Si prepara una tempesta» disse piano, una frase che nonna Earnshaw pronunciava spesso quando erano piccole. Sara sorrise, sentendo la tensione allentarsi al pensiero di sua nonna in piedi sulla porta della cucina, le mani giunte sul petto con aria preoccupata mentre osservava le nuvole che si radunavano e raccomandava alle bambine di portare con sé delle candele prima di andare a letto quella sera.

All'interno del pronto soccorso, Sara salutò con la mano l'infermiera del turno di notte e Matt DeAndrea, il sostituto di Hare che avrebbe dovuto essere in vacanza. Non era così felice di non avere attorno suo cugino dall'estate in cui era entrata nella pubertà.

«Come stanno tua mamma e tutti gli altri?» chiese Matt, salutandola come al solito, poi parve rendersi conto di cosa stava chiedendo e impallidì.

«Bene» rispose lei, con un sorriso forzato. «Se la cavano meglio che possono. Grazie per averlo chiesto.»

Nessuno dei due ebbe granché da aggiungere, così Sara s'incamminò nel corridoio, diretta alle scale che conducevano all'obitorio.

Non aveva mai fatto un paragone tra la camera mortuaria e il Grady, avendo però appena passato molto tempo ad Atlanta, non poté fare a meno di cogliere le analogie. L'ospedale era stato ristrutturato pochi anni prima, ma l'obitorio al piano interrato era ancora molto simile a quando era stato costruito, intorno al 1930. Le pareti erano coperte di piastrelle azzurre e i pavimenti erano a riquadri di linoleum verde e marrone. Sopra di lei, sul soffitto erano evidenti chiazze lasciate da infiltrazioni d'acqua, e le riparazioni recenti erano visibili per la vernice bianchissima in netto contrasto con il vecchio intonaco ingrigito. Il rumore di fondo del compressore sopra la cella frigorifera e il sistema di condizionamento dell'aria creavano un ronzio continuo, di cui Sara non si accorgeva nemmeno più, a meno che non fosse stata via a lungo.

Carlos era appoggiato al tavolo di porcellana inchiodato al pavimento al centro della stanza, le braccia conserte sull'ampio petto. Era un ragazzo gentile, con la tipica carnagione scura degli ispanici e un accento marcato cui Sara si era abituata solo dopo un po' di tempo. Non parlava molto, e quando lo faceva, aveva la tendenza a bofonchiare. Carlos faceva il lavoro sporco, in senso letterale e figurato, ed era molto ben pagato, ma Sara aveva sempre la sensazione di non conoscerlo affatto. Nonostante lavorasse lì da parecchi anni, non le aveva mai detto niente di personale né si era lamentato del lavoro. Se gli capitava di non avere niente da fare, si trovava sempre un'occupazione: spazzava i pavimenti oppure puliva la cella. Per questo lei si sorprese trovandolo immobile accanto al tavolo quando entrò nell'obitorio. Sembrava che la stesse aspettando.

«Carlos?» disse.

«Non lavorerò mai più con il signor Brock» dichiarò lui in un tono che non ammetteva repliche.

Sara rimase sorpresa, non tanto per la lunghezza della frase, quanto per foga con cui l'aveva pronunciata. «C'è un motivo in particolare?» gli chiese, cauta.

Carlos la guardò dritto negli occhi. «È una persona molto strana, e non intendo aggiungere altro.»

Sara provò un senso di sollievo. Si rese conto di aver temuto che volesse licenziarsi. «Va bene, Carlos. Mi spiace che ti abbia turbato.»

«Non sono turbato» rispose lui, ma era evidente tutto il contrario.

«Okay.» Sara annuì, sperando che fosse finita lì. In verità, aveva preso le difese di Dan Brock fin dal primo giorno delle elementari, quando Chuck Gaines l'aveva spinto giù dall'altalena in un accesso di collera che solo un bambino di otto anni – Chuck era ripetente – poteva concedersi.

Brock non era tanto strano, quanto piuttosto insicuro, un elemento che non aiutava a sopravvivere nell'ambiente scolastico, dove vigeva la legge del più forte. Grazie a Cathy e Eddie, Sara non aveva mai sentito il bisogno dell'approvazione dei suoi coetanei, così non le era importato di vivere in quella sorta di limbo che esisteva tra i ragazzi più popolari e quelli che erano costantemente oggetto di bullismo. Era sempre stata considerata la più intelligente della classe, e tra l'altezza, i capelli rossi e il QI elevato finiva per intimidire gli altri. Le sofferenze di Brock, invece, erano continuate fino al liceo, quando i bulli si erano resi conto che potevano infierire su di lui quanto volevano, ma lui avrebbe continuato comunque a essere gentile con loro.

«Dottoressa Linton?» la chiamò Carlos. Nonostante glielo avesse chiesto molte volte, non aveva mai voluto darle del tu.

«Sì?»

«Mi spiace per sua sorella.»

Sara serrò le labbra e lo ringraziò con un cenno del capo. «Cominciamo con la ragazza» gli disse, immaginando fosse meglio affrontare prima il caso più complicato. «Hai fatto le foto e le radiografie?»

Lui assentì senza fare commenti sulle condizioni del corpo. Era sempre stato molto professionale, e lei apprezzava la solennità con cui affrontava il lavoro.

Sara tornò nel suo ufficio, dotato di una finestrella che dava sull'obitorio. Si sedette alla scrivania, e anche se aveva passato le ultime quattro ore seduta fu un sollievo per lei non stare in piedi. Prese il telefono e fece il numero del cellulare di suo padre.

Cathy rispose al primo squillo. «Sara?»

«Siamo arrivati» disse a sua madre, pentendosi di non aver chiamato prima. Era evidente quanto fosse preoccupata.

«Avete scoperto qualcosa?»

«Non ancora» disse Sara, osservando Carlos che spingeva la barella con sopra un corpo avvolto in un sacco nero. «Come sta Tess?»

Cathy non rispose subito. «Ancora non parla.»

Carlos aprì il sacco e cominciò a spostare il corpo sopra il tavolo di porcellana. Chiunque avesse assistito avrebbe pensato che fosse un procedimento disumano, ma l'unico modo in cui era possibile riuscire a mettere un cadavere sopra un tavolo era usando la forza. Carlos partì dai piedi, poggiandoli sul tavolo, e poi spinse il resto del corpo fino a metterlo nella posizione corretta. Intorno alla testa era stato lasciato un sacchetto di plastica per aiutare a conservare le prove.

«Non sono in collera con te» disse Cathy.

Sara espirò, accorgendosi di aver trattenuto il fiato. «Meno male.»

«Non è stata colpa tua.»

Lei non rispose, soprattutto perché non era d'accordo con sua madre.

«Quando eri piccola» riprese Cathy, la voce strozzata, «ho sempre contato su di te, pensando che l'avresti tenuta lontano dai guai. Sei sempre stata quella responsabile.»

Sara prese un fazzolettino dalla scatola che aveva sulla scrivania e si tamponò sotto gli occhi. Carlos stava cercando di togliere la maglietta alla ragazza, ma non riusciva a farla passare sopra la testa. Diede uno sguardo verso Sara, che gli fece il gesto di una forbice con la mano. I tecnici della Scientifica avevano già controllato i vestiti.

«Non è colpa tua, né di Jeffrey. Purtroppo sono cose che capitano, e supereremo anche questa» riprese Cathy.

Solo il giorno prima Sara aveva avuto un bisogno disperato di sentirglielo dire, ma in quel momento non le fu di alcuna consolazione. Per la prima volta in vita sua, non riusciva a credere a sua madre.

«Tesoro?»

Sara si asciugò gli occhi. «Devo andare, mamma.»

«Va bene.» Dopo una breve pausa, Cathy aggiunse: «Ti voglio bene».

«Anch'io ti voglio bene» rispose Sara, e attaccò. Si prese la testa tra le mani, cercando di schiarirsi le idee. Non poteva pensare a Tessa mentre esaminava Ellen Schaffer. Il modo migliore per aiutare sua sorella era trovare qualcosa che portasse alla cattura dell'uomo che l'aveva pugnalata. Un'autopsia era di per sé un atto di violenza, l'intrusione finale in un corpo per conoscerne la storia. La vita e la morte di una persona potevano essere lette, nel bene e nel male, guardando cosa c'era sotto la pelle.

Sara si alzò e tornò nell'obitorio proprio mentre Carlos finiva di tagliare la maglietta lungo le cuciture in modo che potesse essere ricomposta ed esaminata. La stoffa era chiazzata di sangue, ma c'era una zona oblunga che era rimasta pulita nel punto in cui era stato poggiato il fucile. Sara controllò l'alluce della ragazza e notò che anche quello era sporco di sangue. L'altro piede era rimasto fuori dalla portata degli schizzi, ed era pulito.

La giovane donna indossava un reggiseno che sembrava più adatto a una tredicenne. Carlos lo slacciò e si trovò in mano della carta igienica arrotolata.

«E quella cos'è?» chiese Sara, anche se lo vedeva benissimo da sola.

«Ce l'aveva lì» disse Carlos, indicando il reggiseno. Mise la mano nell'altra coppa e ne estrasse un altro rotolo.

«Perché imbottirsi il reggiseno, se stava per suicidarsi?»

domandò lei, anche se Carlos non rispondeva mai alle sue domande.

Si sentirono dei passi sulle scale e si voltarono entrambi.

«Novità?» chiese Jeffrey.

«Abbiamo appena cominciato» rispose Sara. «Hai saputo qualcosa da Frank?»

«Niente» le disse, ma lei si accorse della sua tensione. Non aveva idea del motivo per cui era così reticente. Carlos si era sempre dimostrato degno di fiducia, e spesso lei dimenticava che aveva una vita anche fuori dall'obitorio.

«Togliamo questi» disse Sara e aiutò il suo assistente a sfilare i jeans alla ragazza.

Jeffrey osservò gli slip, che erano di cotone semplice, non come la biancheria trovata a casa di Andy Rosen.

«Avete controllato nei cassetti della sua stanza?» chiese Sara.

«Ce ne sono di tutti i tipi» fece lui. «Seta, cotone, perizomi.»

«Perizomi?»

Lui scrollò le spalle.

Sara proseguì. «Abbiamo trovato un'imbottitura nel reggiseno.»

Jeffrey inarcò un sopracciglio. «Si imbottiva il reggiseno?»

«Se si fosse suicidata, avrebbe saputo che qualcuno l'avrebbe trovata, che un addetto delle pompe funebri oppure un medico legale avrebbe esaminato il corpo. Quindi perché fare una cosa del genere?»

«Forse lo faceva sempre? Era un'abitudine?» suggerì lui, ma il suo scetticismo era evidente.

«Il tatuaggio è vecchio. Risale ad almeno tre anni fa. Sto facendo una congettura, ma di sicuro non è recente.»

Carlos rimosse le mutandine e Sara notò subito un altro tatuaggio. Era una parola, scritta in una lingua che le sembrava arabo.

«Questo non c'era, sul dipinto di Andy.»

«Anche questo non è affatto recente» notò Sara. «Credi che lui non l'abbia ritratto di proposito?»

«Credimi, se l'avesse visto ce l'avrebbe messo.»

«Quindi non avevano una relazione» disse Sara, facendo cenno a Carlos di fotografare il tatuaggio e posandovi accanto un righello per segnare le dimensioni. «Dovremo cercare qualcuno che sappia cosa significa.»

«*Shalom*» disse Carlos.

«Come?» fece lei, sorpresa di sentirlo parlare.

«È ebraico, significa pace.»

Sara doveva averne la certezza assoluta. «Ne sei sicuro?»

«L'ho imparato alla scuola ebraica. Mia madre è ebrea» disse lui.

«Ah» fece lei, chiedendosi come fosse possibile che dopo tanti anni di lavoro insieme non ne fosse mai venuta a conoscenza. Diede uno sguardo a Jeffrey, che stava scrivendo qualcosa sul suo blocco per gli appunti. Era scuro in volto, e lei si domandò che ragionamento stesse facendo.

Si voltò senza riflettere e andò a sbattere con la testa contro la bilancia sospesa ai piedi del tavolo.

«Merda» esclamò, tastandosi la testa per capire se si fosse ferita. Non guardò Jeffrey o Carlos per vedere la loro reazione, ma andò verso l'armadietto di metallo accanto ai lavandini e prese un camice sterile e un paio di guanti.

«Puoi recuperarmi gli occhiali? Sono sulla scrivania, credo» disse a Jeffrey.

Lui andò a prenderli, e intanto lei si infilò prima il camice, poi i guanti. Ne prese un altro paio dalla scatola e se li mise sopra il primo. Carlos avvicinò la lavagna che Sara aveva portato lì dalla scuola e sulla quale aveva già scritto alcune delle informazioni acquisite. C'erano riquadri vuoti in cui segnare peso e dimensioni degli organi più altri dettagli che sarebbero stati registrati dall'assistente durante l'esame. A Sara piaceva poter consultare i dati mentre eseguiva un'autopsia, e poterli visualizzare trovandoseli tutti scritti davanti era più semplice.

Con un piede, Sara azionò il dittafono e cominciò: «Si procede all'esame del corpo non imbalsamato, ben sviluppato e ben nutrito di una femmina caucasica dell'età di diciannove anni che si presume si sia sparata alla testa con un fucile Wingmaster calibro dodici. È stata identificata come Ellen Marjory Schaffer dall'agente giunto sul posto. Sono state scattate foto e radiografie sotto mie indicazioni. Come previsto dal Georgia Death Investigation Act, l'autopsia viene eseguita presso l'obitorio nell'ufficio del medico legale della contea di Grant il giorno...».

Jeffrey dichiarò la data e Sara riprese: «Si comincia alle ore 20:33 con l'aiuto di Carlos Quiñonez, tecnico forense, e Jeffrey Tolliver, capo della polizia della contea di Grant». Fece una pausa e guardò la lavagna in cerca dell'informazione che cercava. «Il peso approssimativo è di cinquantasei chili e mezzo, l'altezza un metro e settantadue. Si rileva una ferita estesa alla testa compatibile con un colpo esploso da un fucile.» Poggiò una mano sull'addome. «Il corpo è stato conservato in cella frigorifera ed è freddo al tocco. Il rigor mortis è presente e diffuso fino agli arti superiori.»

Proseguì, dichiarando i tratti distintivi, e con una forbice tagliò via il sacchetto che copriva la testa della ragazza. Sangue coagulato e materia grigia restarono attaccati alla plastica, e pezzi di scalpo formavano grumi gelatinosi.

«Il resto dello scalpo è nella cella» disse Carlos.

«Lo esaminerò dopo» rispose Sara, tirando via il sacchetto da ciò che restava della testa di Ellen Schaffer. Era rimasto poco più di un moncone insanguinato, con frammenti di capelli biondi e denti incastrati nel tronco cerebrale. Vennero scattate altre foto prima che Sara prendesse il bisturi per cominciare l'esame interno. Con la testa pesante per la mancanza di sonno, eseguì l'incisione a Y e chiuse gli occhi per un attimo per trovare la concentrazione. Ciascun organo fu rimosso e pesato, catalogato e registrato, mentre Sara dettava le proprie considerazioni. Nello stomaco c'era quello che doveva essere stato l'ultimo pasto della ragazza: cereali che dovevano avere più o meno lo stesso aspetto di quando erano ancora nella scatola.

Sara estrasse gli intestini e li porse a Carlos perché li lavasse usando un tubo attaccato a uno dei lavandini. Lui vi fece scorrere l'acqua, e una retina posizionata sotto lo scolo del tavolo serviva a trattenere ciò che ne fuoriusciva. L'odore era terrificante, e Sara si sentiva sempre in colpa ad affidare a lui quel compito, ma solo finché non le arrivava la prima zaffata.

Si tolse i guanti e si spostò verso la parete più lontana della sala, dove si trovavano le lampade per le radiografie. Carlos vi aveva sistemato le lastre scattate prima dell'autopsia, e per il sonno, o forse per semplice stupidità, Sara aveva dimenticato di controllarle prima di fare l'esame. Le studiò tutte per due volte prima di notare una sagoma precisa nei polmoni.

«Jeff» chiamò per farlo avvicinare.

Lui osservò per diversi momenti l'immagine prima di chiedere: «È un dente, quello?».

«Lo scopriremo presto.» Sara si infilò di nuovo i doppi guanti, poi prese il polmone sinistro dalla sacca in cui era conservato. A un esame esterno, il tessuto pleurico era liscio, senza segni di ispessimento. Aveva messo da parte gli organi per esaminarli più tardi, ma decise di cominciare subito usando un bisturi lungo e affilato. «C'è una leggera aspirazione del sangue» riferì a Jeffrey. Trovò il dente nel quadrante in basso a destra del polmone sinistro.

«Possibile che l'esplosione glielo abbia spinto in gola?» chiese Jeffrey.

«L'ha risucchiato» disse lei. «L'ha inalato, ed è finito nel polmone.»

Jeffrey si strofinò gli occhi con le mani. Riassunse il tutto in parole semplici: «Quando il dente si è staccato, respirava ancora».

MARTEDÌ

8

Lena cercò di non sbadigliare mentre usciva dal cinema insieme a Ethan. Poche ore prima aveva preso un Vicodin, e anche se non aveva avuto un grande effetto sul dolore al polso, le aveva fatto venire un sonno terribile.

«A cosa pensi?» le chiese Ethan, la tipica frase che gli uomini usavano per far sì che fosse la donna a parlare.

«Penso che sarà meglio se la festa si rivelerà utile» rispose lei, imprimendo una velata minaccia nella voce.

«Già» disse lui. «Quel poliziotto si è più fatto vivo?»

«No» rispose Lena, anche se sull'identificatore di chiamata aveva trovato cinque telefonate dalla centrale, quando era tornata a casa dalla caffetteria. Era solo questione di tempo prima che Jeffrey venisse a bussare alla sua porta, e Lena doveva trovare qualcosa da dirgli, se non voleva avere guai. Durante il film aveva pensato che Chuck non l'avrebbe licenziata solo perché glielo chiedeva Jeffrey, ma c'erano cose ben peggiori che quello stronzo poteva farle. Chuck adorava perseguitarla, e anche se il suo lavoro era già orribile, lui era in grado di renderlo ancora peggiore.

«Ti è piaciuto il film?» le chiese Ethan.

«Non molto» rispose, cercando di decidere cosa avrebbe fatto se parlare con l'amico di Andy si fosse rivelato un buco nell'acqua. Il giorno dopo avrebbe dovuto trovare il modo di vedere Jill Rosen. Aveva telefonato alla segreteria della psicologa lasciando tre messaggi, ma lei non l'aveva richiamata. Aveva bisogno di sapere cosa aveva detto la dottoressa a Jeffrey. Aveva perfino frugato in fondo all'armadio per recuperare quella maledetta segreteria telefonica nel caso Jill Rosen l'avesse richiamata mentre era fuori.

Lena guardò il cielo e fece un respiro profondo per cercare di schiarirsi le idee. Aveva bisogno di qualcuno con cui parlare, ma non c'era nessuno di cui potesse fidarsi.

«Bella serata» disse Ethan, forse pensando che stesse ammirando le stelle. «C'è la luna piena.»

«Domani pioverà» fece lei, aprendo e chiudendo la mano. Aveva un brutto livido nero intorno al polso, dove lui l'aveva afferrata, ed era quasi sicura di essersi rotta qualcosa. Quando spostava la mano di lato le faceva male, e il gonfiore le aveva reso difficile allacciarsi il polsino della camicia. Aveva tenuto il braccio fasciato finché lui non era andato a prenderla, ma non aveva la minima intenzione di dargli a vedere che sentiva dolore.

Il problema era che lo stipendio le sarebbe arrivato solo il lunedì seguente. Se fosse andata al pronto soccorso a fare una lastra, la quota a suo carico di cinquanta dollari richiesta dalla sua assicurazione le avrebbe prosciugato il conto. Non pensava di avere una frattura, perché riusciva comunque a muovere la mano. Decise che se le avesse fatto ancora male il lunedì successivo, allora si sarebbe fatta vedere. E poi era destra, inoltre aveva sopportato molto di peggio e per molto più tempo. Era una sensazione quasi rassicurante: il dolore le ricordava che era ancora viva.

Come se avesse intuito i suoi pensieri, Ethan le chiese: «Come va il polso?».

«Bene.»
«Mi spiace molto. È che...» Parve cercare le parole giuste. «Non volevo che te ne andassi.»
«Bel modo di dimostrarlo.»
«Scusami se ti ho fatto male.»
«Sì, okay» borbottò lei. Se ne parlava, sentiva le pulsazioni al polso che aumentavano. Prima di uscire si era messa in tasca un altro Vicodin e un Motrin da ottocento milligrammi nel caso il dolore peggiorasse. Mentre Ethan osservava un gruppo di ragazzi nel parcheggio della casa dello studente, lei mandò giù il Motrin, ma le andò di traverso, facendola tossire.
«Tutto a posto?» le chiese Ethan.
«Sì» riuscì a rispondere, dandosi delle pacche sul petto.
«Ti sta venendo il raffreddore?»
«No» disse, tossendo ancora. «Quando comincia la festa?»
«Dovrebbe essere già entrata nel vivo.» Prese un sentiero tra due cespugli. Lena sapeva che era una scorciatoia per raggiungere i dormitori del lato ovest del campus passando per il bosco, ma non voleva percorrerla di notte, nemmeno se c'era la luna piena.
Quando si accorse che non lo seguiva, Ethan disse: «Di qui si fa prima».
Per ovvi motivi, Lena era riluttante a seguire qualcuno in un posto buio e isolato. Anche se Ethan si era mostrato pentito di averle fatto del male, preferiva evitare di essere esposta ai suoi sbalzi d'umore.
«Andiamo» insisté lui, cercando di scherzare. «Non avrai paura di me?»
«Vaffanculo» disse Lena, costringendosi a camminare. Si infilò una mano nella tasca posteriore, sperando che sembrasse un movimento casuale, ma con la punta delle

dita sfiorò il coltellino che vi aveva nascosto, traendo sicurezza dalla sua presenza.

Lui rallentò per farsi raggiungere e le chiese: «Lavori qui da molto?».

«No.»

«Da quanto?»

«Qualche mese.»

«Ti piace il tuo lavoro?»

«È un lavoro.»

Ethan parve capire l'antifona e continuò ad avanzare. Pochi minuti dopo, però, rallentò. Lena vedeva il suo volto, ma non riusciva a distinguerne l'espressione. «Mi spiace se il film non ti è piaciuto» le disse, e il suo rammarico sembrava sincero.

«Non è colpa tua» replicò, anche se era stato lui a scegliere un film in francese coi sottotitoli.

«Credevo fosse il tuo genere.»

Lena si chiese se nella storia dell'umanità qualcuno avesse mai sbagliato in modo altrettanto grossolano. «Se voglio leggere preferisco prendere un libro.»

«Leggi molto?»

«No» disse, nonostante negli ultimi tempi si fosse lasciata prendere da qualche romanzetto romantico nella biblioteca scolastica. Lena nascondeva i libri dietro il portariviste in modo che nessuno potesse prenderli in prestito prima che li avesse finiti. Ma era pronta a farsi tagliare la gola, piuttosto che far scoprire a Nan Thomas che razza di spazzatura leggesse.

«E i film?» continuò lui, imperterrito. «Quali ti piacciono, invece?»

Cercò di non mostrarsi troppo infastidita. «Non lo so, Ethan. Quelli che hanno un senso.»

Alla fine lui capì l'antifona e chiuse la bocca. Lena puntò lo sguardo a terra, cercando di non inciampare. Aveva deciso di mettere gli stivali da cowboy, e non era abituata a camminare con i tacchi, per quanto bassi. Indossava un paio di jeans con una camicetta e si era messa un po' di eyeliner come concessione a un'uscita nel mondo reale. Si era lasciata i capelli sciolti, tanto per far capire a Ethan quanto le interessasse la sua opinione.

Ethan aveva dei jeans larghi, ma anche stavolta indossava una maglietta a maniche lunghe, che gli copriva le braccia. Lena sapeva che non era la stessa che aveva alla caffetteria perché sentiva l'odore del detersivo per il bucato e un accenno di quella che sembrava una colonia al muschio. Il look era completato da un paio di stivali da lavoro con la punta rinforzata, e Lena pensò che se l'avesse perso di vista nel bosco sarebbe riuscita a ritrovarlo seguendo le orme profonde lasciate dalle sue suole nel terreno.

Pochi minuti dopo si ritrovarono nella radura alle spalle del dormitorio maschile.

Il Grant Tech era una costruzione vecchio stile, e c'era solo un dormitorio misto, ma trattandosi di un college, ovviamente gli studenti avevano trovato il modo di aggirare le regole; inoltre tutti sapevano che Mike Burke, il professore che doveva vigilare sull'edificio, era sordo come una campana e non si sarebbe mai accorto delle ragazze che entravano e uscivano a tutte le ore. Lena si disse che quella sera dovevano avergli rubato l'apparecchio acustico per nasconderlo in un armadio. La musica che arrivava dal dormitorio era così forte che il terreno le vibrava sotto i piedi.

«Il dottor Burke è da sua madre, questa settimana» spiegò Ethan con un sorrisone. «Ha lasciato un numero di telefono, nel caso avessimo bisogno di lui.»

«È il tuo dormitorio?»

Lui annuì, avanzando verso l'edificio.

Lena lo fermò, alzando la voce per farsi sentire sopra la musica: «Quando saremo lì dentro, comportati come se fossimo insieme, okay?».

«È la verità, no?»

Lei gli scoccò un'occhiata che sperò rispondesse alla sua domanda.

«Va bene.» Ethan riprese a camminare e lei lo seguì. Il rumore assordante le diede i brividi mentre si avvicinavano al dormitorio. Le luci erano tutte accese, anche quelle delle stanze al piano di sopra che erano riservate al direttore. La musica era un misto dance europeo e acid jazz inframmezzato da un po' di rap, e Lena ebbe la sensazione che le orecchie potessero sanguinarle da un momento all'altro per l'eccesso di decibel.

«Non hanno paura che arrivi la sicurezza?» chiese.

A quelle parole Ethan sorrise, e lei dovette concedergli il punto, anche se controvoglia. Quando arrivava al lavoro la mattina, trovava quasi sempre chi era di turno dalla sera precedente ancora a letto in una stanza buia, con la coperta tirata sotto il mento e un rivoletto di saliva, che dormiva profondamente da tutta la notte. Dagli orari sapeva che quella sera era di turno Fletcher. Era il peggiore di tutti. Da quando lei lavorava al college, Fletcher non aveva segnalato il minimo problema durante i suoi turni. Ovviamente gran parte dei crimini commessi di notte veniva taciuta o ignorata col favore delle tenebre. In un opuscolo informativo, Lena aveva letto che meno del cinque per cento delle donne vittime di stupro nei campus universitari sporgeva denuncia alla polizia. Sollevò lo sguardo verso il dormitorio, chiedendosi se in quel momento qualcuna stesse subendo un'aggressione.

«Ehi, Green!» Un ragazzo un po' più alto e corpulento di lui si avvicinò e gli poggiò il pugno su una spalla. Ethan ricambiò il gesto e si scambiarono una complessa stretta di mano.

«Lena» disse Ethan parlando forte per farsi sentire. «Lui è Paul.»

Lei tentò di tirar fuori il suo sorriso migliore, chiedendosi se quello fosse l'amico di Andy Rosen. Paul la squadrò da capo a piedi, come se volesse valutare le possibilità di portarsela a letto. Lei fece altrettanto, mettendo bene in chiaro che lui non rispondeva ai suoi standard. Era abbastanza insignificante, in quella fase di transizione che i ragazzi attraversano quando non sono più adolescenti ma non sono nemmeno diventati adulti. Indossava una visiera gialla portata all'indietro, con i capelli corti biondi ossigenati dritti in cima alla testa. Appesi a una catenina di metallo verde che portava al collo c'erano un ciuccio per bambini e una serie di altri ciondoli che sembravano di una collezione di Hello Kitty. Si accorse che Lena l'aveva notato e se lo infilò in bocca, schioccando forte le labbra.

«Ehi» fece Ethan, dandogli un pugno a una spalla con atteggiamento territoriale. «Dov'è Scooter?»

«Dentro» rispose Paul. «Starà cercando di convincerli a smettere di sentire questa merda da negri.» Si mise in posa, agitando le mani a ritmo con la canzone.

Lena si irrigidì sentendolo parlare in quel modo, ma cercò di non darlo a vedere, anche non le riuscì abbastanza bene, perché Paul le domandò: «Che hai, te la fai coi fratelli?», con un tono che solo un razzista avrebbe usato.

«Chiudi quella bocca, amico» gli intimò Ethan sferrandogli un pugno molto più forte di quello di prima. Paul rise, ma si infilò in un gruppo di persone che andavano verso il bosco continuando a gridare insulti razzisti finché non fu abbastanza lontano da permettere alla musica di sovrastare il suono delle sue parole.

Ethan aveva i pugni serrati, i muscoli delle spalle contratti sotto la maglietta. «Testa di cazzo» disse.

«Perché non ti calmi un po'?» disse Lena, ma il cuore le martellò nel petto quando lui si voltò a guardarla. La sua collera l'attraversava come un laser, e lei dovette mettersi di nuovo la mano nella tasca posteriore, toccando il coltello come se fosse un talismano.

«Non dargli ascolto, okay? È un idiota» le disse.

«Già» concordò lei, cercando di sminuire la situazione. «Poco ma sicuro.»

Ethan le rivolse un'occhiata mesta, come se per lui fosse molto importante che gli credesse, poi si diresse verso il dormitorio. La porta d'ingresso era aperta, e appena dietro c'erano due studenti. Lena non riusciva a capire se fossero ragazzi o ragazze, ma immaginò che se si fosse trattenuta un paio di secondi in più l'avrebbe capito. Passò loro accanto distogliendo lo sguardo, colpita da un odore particolare nell'aria. Conosceva quello della marijuana abbastanza bene, dopo sette mesi di lavoro all'università, ma questo era molto diverso.

All'ingresso un lungo corridoio centrale con una scala collegava i tre piani, mentre altri due corridoi perpendicolari che andavano in direzioni opposte portavano nelle camere e nei bagni. Il dormitorio aveva la stessa pianta di tutti gli altri nel campus. Quello in cui abitava lei era molto simile, a parte il fatto che ogni stanza del dormitorio riservato ai docenti era una piccola suite con un bagno privato e un salotto con angolo cottura. Lì invece gli studenti erano in due per ciascuna stanza, con bagni in comune alla fine di ogni corridoio.

Via via che Ethan e Lena si avvicinavano alla fine di uno dei corridoi, lei riuscì a distinguere meglio almeno due degli odori che permeavano l'aria: urina e vomito.

«Ho bisogno di fermarmi un attimo qui» disse lui, arrestandosi di fronte a una porta su cui era attaccato un adesivo per segnalare la presenza di rifiuti tossici. «Ti spiace?»

«Aspetto fuori» rispose lei, appoggiandosi al muro. Ethan scrollò le spalle, infilò la chiave nella serratura e aprì la porta. Lena non sapeva perché perdessero tempo a chiuderla a chiave. Quasi tutti gli studenti sapevano che scuotendo le maniglie abbastanza forte le porte si aprivano da sole. Metà dei furti per cui veniva chiamata venivano fatti senza lasciare segni di effrazione.

«Torno subito» le disse prima di entrare e chiudere la porta. Lei osservò la bacheca accanto all'entrata della sua stanza mentre aspettava. Era per metà di sughero e per metà una lavagna cancellabile. Sulla prima parte erano attaccati diversi biglietti che lei non era abbastanza curiosa per aprire e leggere. Sulla lavagna qualcuno aveva scritto *Ethan ci sa fare* e accanto aveva disegnato qualcosa che somigliava a una scimmia deforme che stringeva nella mano con tre sole dita una mazza da baseball oppure un pene eretto. Lena sospirò, chiedendosi cosa diavolo stesse facendo lì. Forse sarebbe stato meglio andare alla centrale, la mattina dopo, e parlare con Jeffrey. Doveva esistere un modo per convincerlo che lei non era coinvolta nel caso. Doveva tornare a casa subito, farsi un drink e cercare di dormire un po', in modo da svegliarsi con le idee chiare e un buon piano d'azione. O forse doveva restare lì e parlare con l'amico di Andy, in modo da avere almeno qualcosa da offrire a Jeffrey per dimostrargli di essere in buona fede.

«Scusami» disse Ethan quando tornò, più o meno identico a com'era prima di entrare nella stanza. Lena era curiosa di sapere cosa avesse fatto, ma non tanto da domandarglielo davvero. Forse era sicuro che sarebbe entrata con lui, in modo da sedurla col suo fascino da ragazzino. Lena sperava di non sembrare stupida quanto la credeva lui.

«Ah» esclamò Ethan cancellando la lavagna con la manica della maglietta. «Ai ragazzi piace scherzare.»

«Certo» fece lei, annoiata.

«Dico davvero» insisté lui. «Non lo faccio più dai tempi del liceo.»

Lena gli credette solo per un attimo, poi gli concesse un sorriso quando si rese conto che stava scherzando. Lui riprese a camminare nel corridoio e le chiese a voce alta: «Ti piace questa canzone?».

«Ovviamente no» gli rispose, ancora incerta se lasciar perdere tutto. Poteva limitarsi a farsi dare il nome del ragazzo e fare in modo che fosse Jeffrey a gestire il tutto.

«Che genere di musica ti piace?» le chiese Ethan.

«Quella che non fa venire il mal di testa» rispose. «Andiamo a parlare con questo amico o no?»

«Da questa parte.» Le indicò le scale.

Un pezzo di intonaco cadde dal soffitto sopra di lei mentre passavano nell'atrio principale, e anche se Lena riusciva a sentire solo la musica, ebbe la certezza che il pavimento sopra le loro teste stesse scricchiolando.

Al piano superiore doveva esserci una grande sala comune in cima alle scale con un uno schermo televisivo e tavoli per studiare, anche se in quel momento non sembrava proprio che qualcuno stesse studiando. Doveva esserci anche una cucina comune, ma pensando alle attrezzature degli altri dormitori che aveva visto, Lena si disse che doveva contenere solo un frigorifero pieno di polvere, un microonde con lo sportello incastrato e qualche distributore automatico. Al secondo piano c'erano meno stanze, e anche se erano più piccole, erano più ambite. Avendo sentito l'odore che arrivava dai bagni usati più spesso al piano terra, non era difficile immaginare il motivo.

«Di qua» gridò Ethan.

Lena lo seguì zigzagando tra i ragazzi seduti sulle scale. Nessuno sembrava avere più di quindici anni, ma tutti bevevano uno strano intruglio rosa con dentro così tanto alcol che Lena ne sentì l'odore passando loro accanto. Riconobbe così un terzo odore in quel posto: quello dei superalcolici.

Il corridoio di sopra era più affollato delle scale, ed Ethan la prese con delicatezza per mano, in modo che non si perdesse. Lena deglutì a quel contatto improvviso, e diede uno sguardo alla propria mano in quella di lui. Ethan aveva dita lunghe e morbide, quasi come quelle di una ragazza. Anche i polsi erano sottili, e lei notò le ossa che sbucavano appena sotto la manica della maglietta. Faceva così caldo che non riuscì a capire come potesse sopportarlo. Qualsiasi cosa nascondesse sotto quelle maniche, non poteva essere così importante da sudare fino alla morte in una sala con dentro almeno un centinaio di persone che saltavano a ritmo con quella che era abbastanza difficile chiamare musica.

All'improvviso il frastuono cessò, accompagnato da un lamento generale, poi da uno scoppio di risa nell'istante in cui si spensero anche le luci. Lena sentì il cuore in gola quando degli sconosciuti le finirono addosso. Una voce maschile sussurrò qualcosa e una ragazza rise forte. Alle sue spalle un altro le si premette addosso, e stavolta il contatto non fu affatto casuale.

Qualcuno disse: «Ehi, rimettete la musica!».

Un altro rispose: «Un attimo», e una torcia elettrica venne accesa in un angolo, dove il dj cercava di correre ai ripari.

Alla fine gli occhi di Lena si abituarono al buio e cominciarono a riconoscere le sagome delle persone intorno a lei. Avanzò di qualche centimetro e il tizio che aveva dietro la seguì come un'ombra. Le fece scivolare le mani sulla vita e le mormorò in un orecchio: «Ehi».

Lena si pietrificò.

«Andiamo da qualche parte» continuò lui, strusciandosi.

Lei cercò di dirgli di smetterla, ma le si strozzò la voce in gola. Si protese verso Ethan, aggrappandosi al suo braccio senza riuscire a trattenersi.

«Che succede?» chiese Ethan. Nonostante il buio, lo vide guardare dietro di lei e trovare la risposta. I suoi muscoli si contrassero e lui diede un pugno a quel tizio in pieno petto, sibilando: «Stronzo».

L'altro arretrò, alzando le mani come se si fosse trattato di una semplice incomprensione.

«Va tutto bene» disse Ethan a Lena. La cinse con le braccia, proteggendola dalla folla. Lei avrebbe voluto respingerlo, ma aveva bisogno di qualche istante per rallentare il cuore prima che le saltasse fuori dal petto.

All'improvviso la musica ripartì e si accesero delle luci UV. La folla emise un grido di giubilo e riprese a danzare, le magliette bianche e i denti che brillavano sotto la luce. Qualcuno cominciò ad agitare dei bastoncini luminosi verdi e gialli, altri avevano delle piccole torce che puntavano negli occhi della gente.

«È un rave» disse Lena. O almeno pensò di averlo detto. La musica era così forte che non riusciva nemmeno a sentire la sua stessa voce. Erano quasi tutti fatti di ecstasy, e le luci amplificavano l'esperienza. Capì perché Paul avesse quel ciuccio: l'avrebbe usato per non sbattere i denti mentre era su di giri.

Sovrastando la musica, Ethan urlò: «Vieni da questa parte», e la fece arretrare. Allungò una mano dietro di lei, fin quando non incontrò il muro. «Stai bene?» le chiese, avvicinando il viso in modo che potesse sentirlo.

«Certo» rispose lei, premendogli il petto con una mano per recuperare un po' di spazio. Il suo corpo era duro come una roccia e lui non si mosse di un centimetro. Le tirò indietro i capelli con le dita. «Dovevi legarli.»

«Non avevo niente per farlo» mentì.

Le sorrise, osservando le proprie dita che le scivolavano tra i capelli. «Se vuoi ti procuro un elastico.»

«No.»

Ethan abbassò la mano, evidentemente deluso. Cambiò argomento. «Vuoi che torni a dirne quattro a quel coglione?»

«No» gli rispose, anche se una parte di lei desiderava che lo facesse, una parte non trascurabile. Le piaceva l'idea di Ethan che ammazzava di botte l'idiota che le si era strusciato addosso.

«Va bene» fece lui.

«Dico sul serio» aggiunse Lena, sapendo che sarebbe stato sbagliato mandarlo a cercare quel tizio. «È un rave. Avrà pensato...»

«Sì, okay» la interruppe. «Resta qui, vado a prendere qualcosa da bere.»

Si allontanò senza darle il tempo di aggiungere altro. Lei osservò la sua schiena finché non scomparve tra la folla, sentendosi una specie di scolaretta patetica. Aveva trentaquattro anni, non quattordici, e non aveva certo bisogno che un teppistello combattesse al posto suo.

«Ehi» disse qualcuno, toccandola. Una ragazza bruna dall'aria sicura di sé le offrì un paio di compresse verdi e Lena le rifiutò con un cenno della mano, ma andò a sbattere contro qualcun altro.

«Scusa» disse lei, scostandosi e finendo addosso a un'altra persona ancora. Sembrava che la sala le si stesse stringendo intorno, e Lena capì che se non fosse uscita subito di lì si sarebbe messa a gridare.

Si fece largo tra la calca e cercò di raggiungere le scale, ma la gente si muoveva intorno a lei come una risacca. Era sempre buio e lei avanzò protendendo le mani in avanti e usandole per togliere di mezzo la gente finché non sentì sotto i palmi un altro muro. Si voltò, immaginando di aver preso la direzione sbagliata, a giudicare dalla luce che vedeva dall'altra parte della sala. Le scale erano sul lato opposto.

«Maledizione» imprecò, tastando il muro per avanzare. Trovò una maniglia e aprì la porta, sbattendo le palpebre quando fu investita da una luce intensa. In pochi istanti riuscì a mettere a fuoco un ragazzo disteso supino su un letto. Fissava Lena con un sorrisetto compiaciuto, mentre una bionda glielo prendeva in bocca. Le fece cenno di unirsi alla festa, ma lei sbatté la porta, si voltò e si trovò davanti Ethan.

«Ehi» fece lui, spostando di lato il bicchiere di succo d'arancia che aveva in mano per non rovesciarlo. La musica si abbassò un poco, e Lena immaginò che fosse per seguire lo sballo dei partecipanti al rave. Quale che fosse il motivo, Lena ebbe quasi voglia di recitare una preghiera di ringraziamento per il sollievo ai timpani.

«Non sapevo cosa volessi» disse Ethan, indicando il bicchiere. «Qui dentro c'è della vodka. L'ho preparato io, per stare tranquillo.» Tirò fuori una bottiglietta d'acqua da una tasca dei jeans larghi. «Se preferisci, ho questa.»

Lena guardò il bicchiere, con un tale desiderio di qualcosa di alcolico che le si arrotolò la lingua in bocca. «Acqua» disse.

Lui annuì, come se avesse appena superato un esame. «Torno subito» disse poggiando il bicchiere su un tavolo lì accanto.

«Non lo bevi?» gli chiese.

«Vado a prendermi un succo di frutta. Aspettami qui, così ti ritrovo.»

Lena svitò il tappo della bottiglietta osservando Ethan che si allontanava. Bevve una gran sorsata, tenendo gli occhi aperti perché nessuno potesse avvicinarla di sorpresa. Metà dei ragazzi che ballavano erano così fatti che gli altri erano costretti a sorreggerli.

Si ritrovò a fissare il tavolo su cui Ethan aveva lasciato il succo d'arancia con la vodka. Senza darsi il tempo di cambiare idea, prese il bicchiere e lo tracannò in due rapidi sorsi. Era quasi liscia, con una spruzzata di succo d'arancia per aggiungere colore. Sentì il petto contrarsi quando il liquore andò giù, una fiamma lenta che le bruciò l'esofago, come se avesse inghiottito un fiammifero acceso.

Lena si asciugò la bocca con la mano e sentì una fitta al polso malandato. Cercò di ricordare a che ora avesse preso il Vicodin. Il film era durato almeno due ore, e per raggiungere a piedi il dormitorio c'era voluta mezz'ora. Quanto tempo doveva passare tra una dose e l'altra?

«Chi se ne frega» disse, tirando fuori la pillola dalla tasca e infilandosela in bocca. Si guardò intorno, in cerca di qualcosa per mandarla giù, e vide un bicchiere con quell'intruglio rosa sul tavolo. Lo osservò, chiedendosi solo per un istante cosa ci fosse dentro, e poi prendendone un bel sorso. Sapeva di vodka, con quel tanto di succo alla ciliegia che bastava a dargli il colore rosa. Non ne era rimasto molto nel bicchiere e lei lo svuotò, sbattendolo sul tavolo quando ebbe finito.

Lena contò tre lunghi respiri prima che l'alcol facesse effetto. Passò qualche altro secondo e lei osservò la stanza, sentendosi rilassata ma non ancora ubriaca. Era solo una festa normale, con un po' di ragazzini innocui. Ce la poteva fare. L'alcol l'aveva aiutata a scacciare l'ansia, proprio ciò di cui aveva bisogno. Presto anche il Vicodin le avrebbe dato sollievo e lei si sarebbe sentita di nuovo normale.

La musica divenne lenta e sensuale, il ritmo diminuì. Qualcuno doveva aver abbassato ancora il volume, portandolo a un livello quasi sopportabile.

Lena bevve un altro sorso d'acqua per pulirsi la bocca. Schioccò le labbra e guardò i ragazzi intorno a lei, poi rise, pensando che doveva essere la più vecchia tra i presenti.

«Cosa c'è di divertente?» Ethan era di nuovo accanto a lei, con in mano una bottiglietta di succo d'arancia ancora chiusa.

Lei scosse il capo, la testa che le girava un po'. Aveva bisogno di muoversi, di smaltire parte dell'effetto dell'alcol. «Andiamo a cercare questo amico.»

Lui le rivolse una strana occhiata e lei arrossì, chiedendosi se si fosse accorto dei bicchieri vuoti sul tavolo.

«Di qua» le disse, cercando di farle strada.

«Ci vedo» fece lei, allontanando la sua mano.

«Va meglio con la musica?» chiese lui.

Lena annuì, e per poco non perse l'equilibrio. Ethan non fece commenti. L'accompagnò in uno dei corridoi laterali che portavano alle stanze del dormitorio. Da ogni camera arrivava una musica diversa, e alcune avevano la porta socchiusa, mostrando ragazzi che sniffavano cocaina o che scopavano come conigli, a seconda del numero dei presenti.

«È sempre così?» chiese.

«Oggi sì, perché il dottor Burke non c'è» spiegò lui, «ma capita molto spesso.»

«Immaginavo» disse lei, dando un'occhiata in un'altra stanza e pentendosene all'istante.

«Di solito io me ne sto in biblioteca» disse Ethan, anche se lei pensava fosse una bugia. Non l'aveva mai visto lì dentro. Certo, la biblioteca era grande, e lui sembrava bravo a confondersi con l'ambiente. Forse però era vero. Forse l'aveva tenuta d'occhio da chissà quando.

Ethan si fermò davanti a una porta che era diversa dalle altre solo perché non vi erano attaccati adesivi o scritte offensive.

«Ehi, Scooter!» gridò, battendo con le nocche sul legno.

Lena abbassò il capo e chiuse gli occhi, cercando di riordinare le idee.

«Scoot?» ripeté Ethan, bussando col pugno. Batté così forte che la porta s'inclinò nella parte superiore, mostrando una strisciolina di luce tra il pannello e l'intelaiatura.

«E dai, Scooter. Apri, coglione. Lo so che ci sei.»

Lena non riuscì a sentire bene cosa succedeva dentro la stanza, ma capì che qualcuno si stava muovendo. Passarono alcuni minuti prima che venissero ad aprire, e una zaffata del peggior odore umano che avesse mai sentito in vita sua li investì in pieno, come se gli avessero rovesciato addosso una secchiata di merda.

«Dio santo» esclamò lei, tappandosi il naso.

«Lui è Scooter» dichiarò Ethan, come se questo spiegasse l'odore.

Lena inspirò dalla bocca, cercando di abituarsi. Forse un soprannome più appropriato sarebbe stato Puzzone. «Ciao» disse, lottando contro i conati.

Scooter era molto diverso dagli altri ragazzi. Mentre i suoi coetanei avevano capelli corti e indossavano jeans larghi e magliette, lui portava i capelli neri molto lunghi e indossava una canottiera azzurra e un paio di pantaloncini hawaiani di un arancione brillante. Intorno al bicipite sinistro aveva un laccio emostatico giallo e la parte superiore del braccio era gonfia per la compressione.

«Ah, amico» esclamò Ethan, tirando il laccio. «E dai.» La gomma scattò via dal braccio di Scooter e volò nella stanza.

«Che cazzo» si lamentò lui. Sbarrava loro l'accesso, ma non aveva affatto un'aria minacciosa. «Questa è una poliziotta del cavolo. Che ci fa una di loro qui? Perché mi hai portato una poliziotta?»

«Spostati» disse Ethan, spingendolo con delicatezza verso l'interno della stanza.

«Mi vuole arrestare?» chiese il ragazzo. «Aspetta un attimo, amico.» Si mise a terra, in cerca del laccio emostatico. «Aspetta, prima fammi fare questo viaggio.»

«Tirati su» fece Ethan, strattonandolo per l'elastico dei pantaloncini. «Forza, non è qui per arrestarti.»

«Non posso andare in galera, amico.»

«Non ti porta in galera» ripeté Ethan, e la sua voce risuonò forte nella piccola stanza.

«Sì, okay» disse Scooter, lasciandosi aiutare. Si portò una mano al collo e Lena notò che aveva una catenina simile a quella di Paul, il ragazzo incontrato prima. Gli mancava il ciuccio, ma aveva quella che sembrava una collezione di chiavi, di quelle piccole che si usano per i lucchetti dei diari delle adolescenti.

«Mettiti seduto» disse Ethan, spingendolo sul letto.

«Sì, va bene, va bene» rispose l'altro, come se non si fosse reso conto di essere già seduto.

Lena fece un passo oltre la soglia, continuando a respirare dalla bocca. Alla finestra era installato un condizionatore, ma Scooter non l'aveva acceso. In genere i drogati preferivano stare al fresco per non sudare eliminando così più in fretta gli effetti della droga, ma a giudicare da quanto puzzava, immaginò che la sua pelle fosse abbastanza unta da chiudere ogni poro.

La camera era simile a tutte le altre: più lunga che larga, con un letto, una scrivania e un armadio su ciascun lato. C'erano due grandi finestre sulla parete di fronte alla porta, i vetri appannati dallo sporco. Sul pavimento erano ammassate pile di libri e fogli di carta, con sopra cartoni di cibo da asporto e lattine di birra. C'era una striscia di scotch azzurro attaccata al centro della stanza, forse per dividere lo spazio. Lena si domandò come facesse il compagno di stanza di Scooter a sopportare il suo odore.

Accanto al letto su cui in quel momento si trovava Scooter c'era un piccolo frigorifero che fungeva anche da comodino. Il suo compagno aveva optato per un più classico pezzo di compensato appoggiato a due pile di mattoni presi dal cantiere nei pressi della caffetteria. Kevin Blake aveva mandato un promemoria proprio due settimane prima a Chuck chiedendo di cercare i mattoni rubati perché la società di costruzioni minacciava di far pagare al campus la spesa per sostituirli.

«È tutto a posto» disse Ethan, facendole cenno di entrare. «È strafatto.»

«Lo vedo» rispose lei, ma non si mosse dalla soglia. Scooter era più grosso di Ethan, in tutti i sensi: era più alto e più forte. Infilò il pollice nella tasca posteriore, sfiorando il coltello.

Ethan si sedette accanto al ragazzo, dicendo: «Non parlerà, se lasci la porta aperta».

Lena valutò i rischi e decise di essere al sicuro. Entrò e chiuse la porta senza mai voltare le spalle agli altri due. «Non dà l'idea di farcela, a parlare» disse. Stava per andare a sedersi sul letto di fronte a quello di Scooter, ma poi si fermò quando le venne in mente cosa aveva visto succedere nelle altre stanze.

«Non posso darti torto» fece Scooter, ridendo a scatti, come una foca.

Lei si guardò intorno, notando che c'era una quantità di attrezzature per drogarsi da rifornire un'intera farmacia. Su un piccolo sgabello, accanto al letto, c'erano due siringhe con vicino un cucchiaio con sopra dei residui e un sacchettino con dentro quelli che sembravano dei grossi grani di sale. Avevano interrotto Scooter mentre si preparava una dose di Ice, la metanfetamina più potente. Quello schifo era così puro che non c'era nemmeno bisogno di filtrarlo.

«Che idiota» fece lei. Nemmeno suo zio Hank, che era stato un tossico di speed della peggior specie, si era mai azzardato a usare l'Ice. Era troppo pericoloso. «Non capisco che ci facciamo qui» disse a Ethan.

«Era il migliore amico di Andy» disse lui.

Sentendo nominare Andy, Scooter scoppiò in lacrime. Piangeva come una ragazzina, senza alcuna vergogna. Lena non riusciva a capire se si sentiva più disgustata o affascinata da quella reazione. E per qualche strano motivo, Ethan sembrava condividere i suoi pensieri.

«E dai, Scoot, piantala» disse spingendoselo via di dosso. «Santo Dio, che cosa sei, un frocio?» Diede uno sguardo a Lena, forse ricordandosi solo allora che sua sorella era gay. Lei guardò l'orologio. Aveva gettato al vento tutta la serata solo per parlare con quel cretino, e non aveva alcuna intenzione di lasciar perdere proprio adesso. Diede un calcio al letto così forte che entrambi i ragazzi sussultarono.

«Scooter, stammi bene a sentire» disse.

Lui annuì.

«Eri amico di Andy?»

Annuì di nuovo.

«Andy era depresso?»

Un altro cenno d'assenso. Lena sospirò, sapendo che non avrebbe dovuto sferrare quel calcio. Adesso lui si sentiva minacciato, e non avrebbe parlato più.

Fece un cenno col capo verso il frigo. «Lì dentro hai qualcosa da bere?»

«Oh, certo» fece lui, saltando in piedi con l'aria di chi ha dimenticato le buone maniere. Barcollò, poi riprese l'equilibrio e aprì il frigorifero. Lena vide diverse bottiglie di birra e quella che sembrava una bottiglia di plastica di una sottomarca di vodka. Tra quella e la droga, non si spiegava come Scooter non fosse ancora stato buttato fuori dal college.

Scooter disse: «Ho un po' di birra e un po'...».

«Vedo» fece lei, spingendolo via. Forse, se beveva ancora un po', avrebbe avuto maggior controllo di sé. «Bicchieri?»

Scooter frugò sotto il letto e tirò fuori due bicchieri di plastica che avevano visto giorni migliori. Lei li mise sopra il frigo e prese il succo d'arancia che le porgeva Ethan. Era una bottiglia piccola, e non ci sarebbe stato molto da bere per tutti e tre.

«Io non lo voglio» dichiarò Ethan studiandola come se fosse un libro di testo.

Lei preparò il drink senza guardarlo, versò metà succo in un bicchiere e poi vi aggiunse della vodka. Tenne la bottiglietta per sé, aggiungendovi il liquore chiaro, poi chiuse l'apertura con il pollice e mischiò il tutto, sentendosi sempre addosso gli occhi di Ethan.

Si sedette sul letto di fronte prima di ricordarsi che non voleva farlo e fissò Scooter mentre sorseggiava il drink.

«Ehi, è buono. Grazie» disse lui.

Lena tenne la bottiglietta sulle gambe, senza bere. Voleva vedere quanto riusciva a resistere. Forse non avrebbe bevuto affatto. Forse l'avrebbe solo tenuta nella mano, in modo che Scooter si sentisse a suo agio e parlasse con lei. Sapeva che la prima regola per far funzionare un interrogatorio era stabilire un contatto. Con i drogati come lui, il sistema più semplice era fargli pensare che anche lei aveva un problema.

«Andy» disse dopo un po', sentendo la bocca secca.

«Sì» fece lui, annuendo lentamente. «Era un bravo ragazzo.»

Lena ripensò a quel che le aveva detto Richard Carter. «Ho sentito dire che a volte si comportava male.»

«Già, be', chiunque te l'abbia detto è un pezzo di merda» ribatté lui.

Aveva ragione, ma lei tenne la cosa per sé. «Parlami di lui. Parlami di Andy.»

Lui si appoggiò al muro e si scostò i capelli lunghi dagli occhi. Aveva una quantità impressionante di brufoli sulle guance. Forse, pensò Lena, se si fosse tagliato i capelli, o se almeno li avesse tenuti puliti, anche quelli sarebbero migliorati, ma in quel momento aveva questioni più urgenti di cui parlare con Scooter.

«Frequentava qualcuno?» gli chiese.

«Chi, Andy?» Scosse il capo. «No, da un bel po'.» Tese il bicchiere davanti a sé, sperando in un'aggiunta. Lena lo guardò male: non aveva alcuna voglia di dividere il suo drink.

«Prima parla, poi ne avrai ancora» gli disse.

«Ho bisogno di una dose, ragazzi» fece lui cercando le siringhe sul frigo.

«Aspetta un attimo» intervenne Ethan, spingendolo via. «Hai detto che le avresti parlato, no? Allora fallo. Hai detto che avresti risposto a tutte le sue domande.»

«Davvero?» chiese lui, incerto. Diede un'occhiata a Lena, che annuì per confermare.

«Sì, amico» continuò Ethan. «L'hai promesso, perché vuoi aiutare Andy.»

«Sì, okay» concordò il ragazzo, annuendo. Aveva i capelli così sudici che non si mossero nemmeno.

Ethan rivolse a Lena un'occhiata truce. «Visto cosa fa al cervello questa merda?»

Lei lo ignorò. «Andy vedeva qualche ragazza?» chiese a Scooter.

Lui ridacchiò. «Sì, ma lei non vedeva lui.»

«Chi?»

«Ellen. Una del corso d'arte.»

«Ellen Schaffer?» puntualizzò Ethan, che sembrò turbato nel sentirla nominare.

«Eh già, amico, quella è una bomba. Dico bene?» continuò Scooter, dando di gomito a Ethan. «Una meraviglia.»

Lena cercò di riportarlo sul discorso iniziale. «Uscivano insieme?»

«Non ci pensava nemmeno, a uscire con uno come lui. Quella è una dea. I semplici mortali come Andy erano degni solo di annusare le sue mutandine.»

«Stronza» commentò Ethan, con evidente disgusto. «Credo non sapesse nemmeno che lui esistesse.»

Scooter ridacchiò di nuovo, dando una seconda gomitata all'altro. «Forse adesso lui è in cielo a rubare mutandine!»

Ethan si fece scuro in volto e lo spinse via.

«Di che state parlando?» chiese Lena, senza capire.

«Che cavolo, sembrava che avesse ingoiato un petardo» esclamò Scooter.

«Chi?» insisté lei.

«Ellen!» rispose Scooter, come se fosse ovvio. «Si è fatta saltare la testa. Si può sapere dove vivi?»

Lena restò sconvolta dalla notizia. Era rimasta chiusa in casa tutto il giorno a fissare l'identificatore delle chiamate. Nan aveva telefonato qualche volta, ma non le aveva risposto. La morte di Ellen Schaffer cambiava radicalmente l'entità delle indagini. Se era una messinscena, come il suicidio di Andy, Jeffrey avrebbe sospettato di lei ancora di più.

Senza riflettere, Lena bevve un piccolo sorso dalla bottiglia. Tenne il liquido in bocca, assaporandolo prima di mandarlo giù, e sentì la vodka bruciare mentre scendeva verso lo stomaco. Espirò lentamente, sentendosi più calma, più attenta.

«Che mi dici della struttura di recupero in cui l'hanno mandato i genitori?» chiese.

Scooter diede un altro sguardo alle siringhe, leccandosi le labbra. «Ha fatto quel che doveva per uscirne. Solo che a lui piaceva fumare. Non è qualcosa che puoi superare. Una volta che ti innamori, torni sempre lì, come un amante.» Sembrò che a Scooter piacesse molto dire la parola amante, perché la ripeté diverse volte, scandendola bene.

Lena cercò di riportarlo sull'argomento ancora una volta. «Quindi è tornato ed era pulito?»

Scooter annuì. «Sì.»

«Quanto ha resistito?»

«Fino a domenica, penso» disse lui, e rise, come se avesse fatto una battuta divertente.

«Quale domenica?»

«Quella in cui è morto» rispose. «Lo sanno tutti che gli sbirri hanno trovato una siringa, da lui.»

«Okay» disse Lena, immaginando che se fosse stato vero, Frank gliel'avrebbe detto. I pettegolezzi si diffondevano per il campus con la stessa velocità delle malattie a trasmissione sessuale.

«Non avevi detto che gli piaceva fumare?» gli chiese.

«Sì, sì. Hanno trovato quello» disse lui.

Lena diede uno sguardo rapido a Ethan. Poi domandò ancora: «Hai visto Andy fare uso di droga prima che morisse?».

Lui scosse il capo. «No, ma so che l'ha fatto.»

«Come fai a esserne sicuro?»

«Perché mi ha chiesto se gliela vendevo.»

Accanto a lui, Ethan si irrigidì visibilmente.

Scooter continuò: «Ne ha comprata un sacco sabato sera e ha detto che se la sarebbe fatta tutta domenica. Voleva fare un viaggio sul tappeto volante. Ehi, non c'è anche una canzone che dice così? Magari parla di questo».

Lena tentò ancora una volta di non fargli cambiare discorso. «Credi che volesse uccidersi?»

Ethan si alzò e andò verso la finestra.

«Boh, forse.» Scooter diede un'altra occhiata alle siringhe. «È venuto da me e ha detto: "Amico, ce l'hai?". E io gli ho risposto: "Cazzo, sì, visto che la prossima settimana Burke non c'è". E allora ha cominciato a chiedermi: "Dammi quello che hai, i soldi ce li ho". Però io gli ho risposto:

"Eh no, questa merda è tutta mia, e poi mi devi ancora pagare quello che ti ho dato prima che ti sbattessero là dentro, brutto frocio", e allora lui...»

Lena lo fermò. «Aveva problemi di soldi?»

«Be', sì, sempre. Sua madre gli faceva pagare l'affitto e altra roba. Non è da stronzi? Era suo figlio, e lei gli faceva pagare i vestiti e le altre cose, come se lui fosse pieno di soldi.» Si sistemò i pantaloncini. «Però quella macchina era da paura.» Si rivolse a Ethan. «Hai visto la macchina che gli ha comprato suo padre?»

Lena provò a farlo concentrare. «Ma sabato sera aveva i soldi? Andy aveva del denaro?»

«Che cavolo, non lo so. Penso di sì, dato che si è fatto.»

«Scusa ma non gli hai venduto tu la roba?»

«Col cavolo. Te l'ho detto, sapevo cosa voleva fare. Non mi va che mi mettano in mezzo. Vendi un po' di roba, poi un ragazzo va in overdose e un attimo dopo ti trovi col culo in prigione per omicidio, e non ci penso proprio a finire in galera. Ho già un lavoro che mi aspetta, quando esco di qui.»

«Dove?» domandò Lena, che non riusciva proprio a immaginare chi potesse voler assumere un rifiuto umano come lui.

Ethan non gli diede il tempo di rispondere. «Quindi tu sapevi che avrebbe cercato di suicidarsi?»

«Forse.» Scrollò le spalle. «L'aveva già fatto l'altra volta. Aveva comprato una marea di roba e poi si era affettato il braccio con un rasoio.» Si tracciò una linea sull'avambraccio per mostrare come. «Non ve lo immaginate neanche. C'era sangue *dappertutto*, da non crederci. Pensate che avrei dovuto dire qualcosa? Non volevo farlo finire nei casini.»

«Eh sì, testa di cazzo» disse Ethan avvicinandosi al letto. Gli diede uno scappellotto sulla nuca. «Sì, avresti dovuto dirgli qualcosa. Invece così l'hai ammazzato, ecco cos'hai fatto.»

Lena intervenne: «Ethan…».

«Andiamocene» fece lui, puntando verso la porta. Era in collera, ma lei non riusciva a capire perché. «Scusa se ti ho fatto perdere tempo» le disse.

Fu Scooter a rispondere. «Non c'è problema.»

«Andiamo» disse Ethan, spalancando la porta con tanta foga che la maniglia sbatté contro la parete e vi lasciò un solco.

Lena lo seguì, ma chiuse la porta, restando nella stanza.

«Lena!» La porta tremò sotto i colpi di Ethan, ma lei l'aveva chiusa a chiave, sperando di tenerlo fuori almeno per qualche minuto.

«Scooter» disse, assicurandosi di avere la sua attenzione. «Chi gli ha venduto la droga?»

Lui la fissò. «Cosa?»

«Chi ha venduto la droga a Andy?» ripeté. «Sabato sera, dove se l'è procurata?»

«Cazzo» esclamò lui, «non lo so.» Si grattò le braccia, evidentemente a disagio senza la presenza di Ethan. «Adesso vattene, okay?»

«No» disse lei. «Non finché non me lo dici.»

«Ho dei diritti.»

«Davvero? Vuoi che chiamiamo la polizia?» Tenne la bottiglia in una mano e con l'altra prese le siringhe pronte. «Forza, chiamiamo gli sbirri, Scooter.»

«E dai, che cavolo.» Fece un patetico tentativo di recuperare le siringhe, ma lei fu più veloce.

«Chi ha venduto la droga a Andy?» domandò.

«Per favore» piagnucolò Scooter. Quando capì che non funzionava, crollò. «Lo devi conoscere per forza. Ci lavori insieme.»

A Lena sfuggirono di mano le siringhe e per poco non le cadde anche la bottiglietta. «Chuck?»

Scooter si buttò a terra, raccogliendo la droga come se fosse denaro trovato per strada.

«È Chuck?» ripeté lei. Era troppo sconvolta per fare altro. Prese un sorso di vodka, poi ci ripensò e la bevve tutta d'un fiato. Si sentiva così disorientata che dovette rimettersi a sedere.

«Lena!» gridò Ethan, tempestando di pugni la porta.

Scooter cominciò a farsi una dose. Lena lo osservò ipnotizzata mentre tirava indietro lo stantuffo per controllare di aver preso la vena e poi procedeva a iniettarsi la droga. Aveva un capo del laccio emostatico tra i denti e lo lasciò andare di colpo appena finì l'iniezione. Trasalì come se l'avessero colpito e crollò all'indietro. Rimase a bocca aperta, percorso da spasmi. I suoi occhi guizzavano qua e là, velocissimi, e intanto batteva i denti. La mano gli tremava al punto che la siringa vuota cadde a terra e rotolò sotto il letto. Lena continuò a fissarlo, incapace di distogliere lo sguardo, e intanto Scooter continuava a tremare sotto l'effetto dell'Ice.

«Oh sì» sussurrò il ragazzo. «Oh, cazzo, sì.»

Lena guardò la seconda siringa sul pavimento, e per un attimo si chiese come poteva essere lasciarsi andare, cedere il controllo del corpo alla droga, anche solo per un po'. O anche morirne.

Scooter balzò in piedi così all'improvviso che lei sbatté la testa contro il muro scattando all'indietro per allontanarsi.

«Cavoli, fa caldo, qui dentro» disse lui, parlando a raffica e camminando avanti e indietro per la stanza. «Fa caldo, no? Troppo caldo, non riesco a respirare, non so se tu ci riesci, ce la fai a respirare? Però, cavolo quanto mi sento bene, che ne dici?» Continuò a blaterare, strattonandosi i vestiti come se dovesse uscirne a tutti i costi.

«Lena!» urlò Ethan.

La maniglia fu scossa con violenza e la porta si spalancò, andando di nuovo a sbattere contro la parete.

«Coglione!» gridò ancora, dando una spinta a Scooter così forte da mandarlo contro il frigorifero. Pieno di energie per lo speed che aveva in corpo, lui si rialzò di nuovo e riprese a parlare senza sosta della temperatura nella stanza.

Ethan vide l'altra siringa a terra e la pestò fino a frantumare la plastica e spargere il liquido in una piccola pozza tutto intorno. Poi, come se sapesse già fin dove sarebbe stato capace di spingersi Scooter per farsi di nuovo, pestò il liquido con la scarpa finché non rimase più nulla di recuperabile.

Afferrò Lena per la mano. «Andiamo.»

Lei si lasciò sfuggire un gemito. L'aveva presa per il polso che le faceva male. Il dolore la fece quasi svenire, ma lui la lasciò andare solo quando furono nel corridoio.

«Idiota!» gli disse, colpendolo a una spalla. «Stavo per ottenere qualcosa.»

«Lena...»

Lei si voltò per andarsene. Ethan cercò di prenderla per un braccio, ma fu più veloce di lui. «Dove vai?» le chiese.

«A casa.» Proseguì nel corridoio, ripensando alle parole di Scooter. Doveva scriversele, finché le aveva ancora ben impresse nella mente. Se Chuck era coinvolto in qualche giro di droga, poteva anche aver buttato Andy Rosen giù dal ponte e chiuso la bocca per sempre a Ellen Schaffer. I pezzi del puzzle cominciavano ad andare al loro posto. Doveva solo tenerli a mente il tempo necessario per prendere appunti.

Ethan la raggiunse. «Lascia che ti accompagni a casa.»

«Non ho bisogno della scorta» rispose lei toccandosi il polso e chiedendosi se alla fine fosse riuscito a romperglielo.

«Hai bevuto molto.»

«E sto per bere molto di più» ribatté lei, facendosi largo tra un gruppo di persone fermo sulla soglia. Si sarebbe scritta tutto, poi avrebbe festeggiato con un bicchiere. Solo poche ore prima aveva paura di perdere il lavoro. Adesso le si era aperta perfino la possibilità di prendere il posto di Chuck.

«Lena...»

«Va' a casa, Ethan» gli ordinò inciampando su un sasso nel giardino davanti al dormitorio. Barcollò ma continuò a camminare.

Lui la tallonava, correndo per starle dietro. «Senti, calmati un attimo.»

«Non ho alcun bisogno di calmarmi» rispose lei, ed era vero. L'adrenalina che le scorreva nelle vene l'aiutava a mantenere alta la concentrazione.

«Dai, Lena» continuò lui, non sapendo più come fermarla.

Lei prese un sentierino laterale che passava in mezzo a due cespugli pieni di spine: tagliando da quella parte sarebbe arrivata ai dormitori dei docenti più in fretta. Ethan continuava a seguirla, ma senza parlare.

«Cosa pensi di fare?» gli chiese.

Lui non rispose.

«Guarda che non puoi entrare in casa mia» disse tirando indietro un ramo basso mentre procedeva verso l'ingresso dell'edificio. «Dico sul serio, Ethan.»

Lui la ignorò e le restò accanto mentre cercava di aprire la porta d'ingresso. Lena aveva perso la coordinazione e non riusciva a trovare il buco della serratura. Forse era il Vicodin che faceva effetto, sommerso com'era nel mare di alcol che le vorticava nello stomaco. Come le era venuto in mente di mescolare alcolici e farmaci in quel modo? Non poteva essere stata tanto sciocca.

Ethan le strappò di mano le chiavi e aprì. Lei cercò di riprenderle, ma ormai era già entrato.

«Qual è la tua stanza?» le chiese.

«Ridammi le chiavi.» Provò ancora a recuperarle, ma lui era troppo veloce.

«Sei ubriaca persa, lo sai?»

«Ridammele» ripeté lei, cercando di tenere la voce bassa. I dormitori facevano così schifo che solo pochi professori ci abitavano, ma non voleva comunque che qualcuno si affacciasse dalla porta per vedere cosa stava succedendo.

Ethan andò a leggere il suo nome sulla cassetta delle lettere nell'atrio. Senza una parola, si avviò nel corridoio, diretto al suo appartamento.

«Basta» gli ordinò. «Ridammi...»

«Che cosa hai preso?» le chiese, provando le chiavi nella porta, in cerca di quella giusta. «Cos'erano le pillole che hai mandato giù?»

«Lasciami in pace!» protestò lei, afferrando le chiavi. Appoggiò la testa alla porta, concentrandosi per aprire la serratura. Quando sentì lo scatto si concesse un sorriso, che svanì subito perché Ethan la spinse dentro.

«Che pillole hai preso?» insisté.

«Che hai fatto, mi hai spiata?» chiese, ma la risposta era ovvia.

«Cos'hai preso?»

Lena si fermò al centro della stanza, cercando di orientarsi. Non c'era molto da vedere. Il suo appartamento era una topaia con due stanze e un bagno privato, più un cucinino che puzzava sempre di bacon fritto, nonostante l'avesse pulito un migliaio di volte. Le venne in mente la segreteria telefonica, ma sul display c'era un grosso zero. Jill Rosen non l'aveva richiamata.

«Cos'hai preso?» ripeté ancora Ethan.

Lei andò all'armadio della cucina. «Motrin. Ho i crampi, okay?» disse, sperando di metterlo a tacere.

«Nient'altro?» domandò lui, avvicinandosi.

«Non sono affari tuoi» disse Lena, tirando fuori una bottiglia di whisky.

Ethan alzò le braccia, esasperato. «E adesso vuoi bere ancora.»

«Che bello, ho una voce narrante» commentò lei, versandosi una dose generosa e tracannandola in un sorso.

«Fantastico» fece lui mentre Lena se ne versava un'altra.

Lei si voltò. «Perché non...» Ma si interruppe. Ethan era vicinissimo, e la disapprovazione che emanava era palpabile, come il fuoco di un incendio. Era immobile, le mani lungo i fianchi.

«Non farlo.»

«Perché non bevi con me, invece?» gli chiese.

«Io non bevo. E non dovresti farlo nemmeno tu.»

«Sei negli Alcolisti Anonimi?»

«No.»

«Sicuro?» fece lei, bevendo un sorso e facendolo seguire da un *aaah* soddisfatto, come se fosse la cosa più buona che avesse mai assaggiato. «Perché parli come un ex ubriacone.»

Lui seguì con lo sguardo il bicchiere che Lena si portava alle labbra. «Non mi piace perdere il controllo.»

Lena si mise il whisky sotto il naso, annusandolo. «Senti che profumo» disse, e glielo avvicinò al viso.

«Toglimelo di torno» le intimò, ma non si mosse.

Lei si leccò le labbra ed emise uno schiocco. Era stato un alcolista, ne era sicura. Non c'era altra spiegazione per il suo modo di fare. «Perché non lo assaggi, Ethan? Andiamo. Gli Alcolisti Anonimi sono per le donnette. Non hai bisogno di andare a delle inutili riunioni per sapere quando devi smettere.»

«Lena...»

«Sei un uomo, giusto? Gli uomini sanno controllarsi. Forza, signor Autocontrollo.» Gli premette il bicchiere sulle labbra e lui le serrò. Anche quando lei inclinò il bicchiere, versandogli il liquido ambrato sulla maglietta, le tenne chiuse. «Be'» commentò lei, osservando l'alcol che gli gocciolava dal mento. «Abbiamo sprecato del buon whisky.»

Lui tirò via uno strofinaccio dal gancio e glielo mise in mano. A denti stretti le ordinò: «Pulisci. E subito».

Lena fu colta alla sprovvista da tanta collera. Non le costava nulla asciugarlo, così obbedì, strofinandogli la maglietta e poi tamponando la parte davanti dei jeans. Erano tesi all'altezza dell'inguine, e lei non riuscì a trattenere una risata.

«È così che ti ecciti? Dando ordini alla gente?»

«Sta' zitta» le intimò, afferrando il panno. Lei glielo lasciò e lo sostituì con la mano, aumentando la pressione e sentendolo indurirsi sotto il suo tocco.

«Cos'è stato, il whisky? Ti piace l'odore? Ti manda su di giri?»

«Smettila» le disse, ma lei sentì che si eccitava sempre di più.

«Sei una merdina» gli disse, e la nota canzonatoria nella sua stessa voce la sorprese.

«Non farlo» intimò lui, ma non cercò di fermarla quando gli slacciò la chiusura lampo.

«Non fare cosa?» gli chiese, prendendoglielo in mano. Era più grosso di quanto si aspettasse, e c'era qualcosa di eccitante nell'idea di potergli dare piacere oppure un dolore lancinante. Lo accarezzò. «Non devo fare questo?»

«Oh, cazzo» sussurrò Ethan, leccandosi le labbra.

Lei mosse la mano su e giù, osservando la sua reazione. Non era stata una santa prima dello stupro, e d'istinto sapeva cosa doveva fare per farlo sussultare.

«Oh...» Ethan aprì la bocca, in cerca d'aria. Cercò di abbracciarla.

«Non mi toccare» gli ordinò, stringendo la presa quel tanto che bastava per fargli capire che diceva sul serio.

Lui si sorresse al bordo del frigorifero. Lena sentì che gli cedevano le ginocchia, ma riuscì a restare in piedi.

Sorrise tra sé. Gli uomini erano così stupidi. Erano tanto forti, eppure erano pronti a gettarsi a terra implorandoti, se pensavano che potessi farli venire.

«È per questo che mi hai seguita fino a casa come un cagnolino?» gli chiese.

Ethan si protese in avanti per baciarla, ma lei voltò la testa. Gli accarezzò la punta dell'erezione con il pollice, strappandogli un altro rantolo.

«È questo che volevi?» domandò ancora, fermando la mano perché la pregasse. «Dimmelo.»

«No» mormorò lui. Provò a cingerle la vita, ma lei lo toccò in un punto che sapeva l'avrebbe fatto volare fino al soffitto.

«Dio...» sibilò tra i denti, facendo cadere il bicchiere a terra nel tentativo di aggrapparsi a qualcosa.

«Vuoi scoparti la vittima di uno stupro?» riprese lei, in tono disinvolto. «Te la vuoi fare per andarlo a raccontare agli amichetti?»

Lui scosse il capo, gli occhi chiusi, concentrato sulla mano di Lena.

«Hai fatto una scommessa? Si tratta di questo?»

Le poggiò la testa su una spalla, cercando di restare in piedi.

Lei gli avvicinò le labbra a un orecchio. «Vuoi che mi fermi?» chiese, rallentando.

«No» sussurrò lui, muovendo il bacino per cercare di farle riprendere velocità.

«Che cosa hai detto? Hai detto che mi devo fermare?»

Ethan scosse il capo di nuovo, ansimando.

«Hai detto "ti prego?"» chiese lei, portandolo al limite. Quando sentì che cominciava a tremare, si fermò. «Era un "ti prego?"»

«Sì» esalò lui, poggiando la mano sulla sua, cercando di farla continuare.

«Ti ho detto che mi puoi toccare?»

Ethan tolse la mano, ma mosse i fianchi e cominciò a respirare abbastanza in fretta da iperventilare.

«Non ti ho sentito dirlo. Di' "ti prego."» lo pungolò.

Lui stava per pronunciare quelle parole, poi però si fermò, rantolando.

«Dillo» gli intimò, imprimendo la pressione necessaria a ricordargli cosa poteva fare con quella mano.

Ethan mosse le labbra, come se cercasse di pronunciare le parole che Lena voleva sentire, ma respirava con troppo affanno oppure era troppo orgoglioso per tirarle fuori.

«Come?» sussurrò, le labbra vicinissime al suo orecchio. «Cosa hai detto?»

Lui emise un suono strozzato, quasi si fosse rotto qualcosa dentro di lui. Quando infine cedette, Lena sorrise.

«Ti prego...» la implorò, e poi lo disse ancora. «Ti prego...»

Lena era di nuovo in quella stanza buia, distesa a pancia in giù. Sentiva dei baci lunghi e sensuali scenderle lungo la schiena, fino al coccige. Si allungò, sentendo le mutandine abbassarsi, adorando la sensazione di quei baci sul suo punto preferito senza rendersi conto che non avrebbe dovuto sentire tutto questo. Le sue mani e i suoi piedi dovevano essere inchiodati al pavimento, e lei doveva essere supina.

Si svegliò del tutto inspirando di colpo e saltando giù dal letto con tale velocità che cadde a terra e sbatté la testa contro il muro così forte da restare intontita per qualche momento.

«Che hai?» le chiese Ethan.

Lena si alzò restando attaccata alla parete, il cuore che le martellava nella testa. Si toccò i jeans. Era slacciato solo il primo bottone. Cos'era successo la sera prima? Perché Ethan era lì?

«Vattene» gli disse in tono piatto nonostante il terrore che correva in ogni angolo del suo corpo.

Lui le sorrise, distendendo le braccia. Era un letto singolo, che bastava a stento per lei da sola, e lui era addossato al muro. Era ancora vestito, ma aveva i jeans sbottonati e la zip aperta a metà.

«Che cosa mi hai fatto?» gli chiese, terrorizzata all'idea che l'avesse toccata, che fosse perfino stato dentro di lei.

«Ehi» fece Ethan, in tono tranquillo, come se stessero parlando del tempo. «Calmati, okay?» Si mise seduto e cercò di abbracciarla.

«Non provare nemmeno a toccarmi» lo ammonì, dandogli uno schiaffo sulle mani.

Lui si alzò. «Lena...»

«Stammi lontano!» gridò, la voce roca.

Ethan abbassò lo sguardo, si allacciò i pantaloni e disse: «E dai, non è che adesso dobbiamo sposarci o...».

Lena lo spinse via, premendogli le mani sul petto. Lui fece un passo indietro, ma non cadde. Invece di capire l'antifona, andò verso di lei, impassibile, senza dire una parola quando lei cominciò a colpirlo alle spalle.

Lena andò a finire contro il muro ma continuò a lottare, anche se era sorpresa dalla sua forza brutale. Aveva pensato di poterlo sopraffare, ma il corpo di Ethan era duro come l'acciaio.

Quando lo vide aprire la bocca, forse per scusarsi, sollevò il palmo e glielo sbatté contro il viso, con un suono che echeggiò per la stanza. Con una velocità sorprendente, lui glielo restituì, con forza.

«Bastardo!» Gli si avventò di nuovo contro, stavolta coi pugni, lui però fu rapido ad afferrarle le mani, dominandola senza alcuna difficoltà e spingendola contro la parete.

«Lena...» disse ancora, bloccandole i polsi. Lei si aspettava almeno una fitta al polso già dolorante, ma l'idea che tra loro fosse successo qualcosa la terrorizzava al punto che non riusciva a sentire più niente, a parte la collera.

Cercò di liberarsi, invano: lui la tratteneva senza fatica. Lena aveva ancora il coltello in tasca, ma non poteva raggiungerlo se lui le teneva le mani. Gli sferrò un calcio a un ginocchio e lui si chinò di riflesso, dandole l'occasione di colpirlo in pieno volto. Alla fine Ethan arretrò, portandosi le mani sul naso, il sangue che gli colava tra le dita. Lena corse nel bagno e sbatté la porta.

«Oddio» mormorò. «Oddio, oddio, oddio.» Con le mani che le tremavano si slacciò i jeans, graffiandosi la pelle delle gambe quando li tirò giù per controllare in che condizioni era. Cercò lividi e tagli, poi esaminò le mutandine, in cerca di macchie, e le annusò addirittura per controllare se Ethan avesse lasciato qualche traccia di sé.

«Lena?» la chiamò lui, bussando alla porta. La sua voce era attutita, e lei sperò di avergli spaccato il naso.

«Vattene!» gli ordinò, calciando la porta e provando il desiderio di calciare lui con altrettanta forza, di vederlo contorcersi dal dolore in una pozza di sangue.

Anche lui colpì la porta, così forte da farla tremare. «Lena, maledizione!»

«Vattene via!» urlò lei, sentendo la gola bruciare. Era stato nella sua bocca? Era il suo sapore, quello che sentiva?

«Lena, andiamo» riprese lui, in tono più pacato. «Per favore, piccola.»

Lena sentì lo stomaco chiudersi e corse verso il water, in preda alla nausea, sputando bile a terra. Si mise in ginocchio, scossa da conati così forti che le viscere le diedero dei crampi violenti, come se qualcuno le stesse stringendo nel pugno. Chiuse gli occhi per non vedere cosa le fosse uscito dalla bocca, respirando piano per non vomitare ancora.

Il suono di una porta che si spalancava le fece alzare lo sguardo, ma quella del bagno era ancora chiusa.

«Contro il muro» disse una voce maschile. Riconobbe Frank all'istante.

«Vaffanculo» ruggì Ethan di rimando, poi però ci fu un rumore che lei conosceva bene: dovevano averlo sbattuto contro la parete. Sperò che Frank gli facesse male. Sperò che lo ammazzasse di botte.

Si asciugò la bocca e sputò nel water. Si sedette sui talloni, premendosi una mano sullo stomaco e ascoltando i suoni nella stanza accanto. La testa le faceva un male cane, il cuore martellava incessante.

«Dov'è Lena?» chiese Jeffrey in tono preoccupato.

«Non è qui, bastardo» rispose Ethan in un tono così convincente che per poco non gli credette perfino lei. «Dov' è il mandato per buttare giù la porta?»

Lena poggiò una mano sul lavandino e lentamente si tirò su.

«Dov'è andata?» chiese ancora Jeffrey, sempre agitato.

«A prendere un caffè.»

Lena si guardò allo specchio. Un rivoletto di sangue le usciva dal naso, ma non le sembrava rotto. Aveva un livido sotto un occhio, e sollevò una mano per toccarlo, ma la fermò quando fu a pochi centimetri dal viso. Un ricordo della sera prima le attraversò la mente come una scarica elettrica. Aveva toccato Ethan, con quella mano. Gliel'aveva infilata nei pantaloni e l'aveva accarezzato guardandolo negli occhi, osservando l'effetto che aveva su di lui e godendo di quello che in quel momento le era sembrato un atto di potere, mentre una volta tornata lucida le pareva solo un gesto stupido e umiliante.

Aprì l'acqua calda e afferrò il sapone. Si insaponò le mani, poi si mise la schiuma in bocca, cercando di ricordare se l'avesse baciato. Si sfregò la lingua con le unghie, il sapone le finì in gola e le diede un altro conato. Si era comportata così perché era ubriaca. Ubriaca persa. Altrimenti perché avrebbe fatto qualcosa di tanto idiota?

Jeffrey bussò piano alla porta. «Lena?»

Non gli rispose, continuando a strofinarsi le mani fino a renderle quasi viola per il calore e la frizione. Il polso indolenzito era diventato il doppio dell'altro, ma il dolore era piacevole, perché era qualcosa che lei poteva controllare. Un'unghia si infilò in un punto di una cicatrice in rilievo e vedere il sangue scorrere fu un sollievo. Tirò il lembo di pelle che si era sollevato, cercando di strapparla via, desiderando di potersi scarnificare.

«Lena?» Jeffrey bussò più forte, in ansia. «Lena? Stai bene?»

«Lasciatela in pace» disse Ethan.

«Lena» ripeté Jeffrey, bussando con foga. Lei non riuscì a capire se fosse in ansia, in collera o entrambe le cose. «Rispondimi.»

Sollevò lo sguardo. Lo specchio le rimandò l'immagine che avrebbe visto anche lui: il vomito, le mani insanguinate nel lavandino, lei che tremava, vinta dal disgusto e dal disprezzo di sé.

«Butta giù la porta» disse Frank.

Jeffrey l'avvisò: «Lena, se non esci tu entro io».

«Solo un momento, per favore» rispose lei, come se stesse parlando con un accompagnatore venuto a portarla a cena fuori.

Si sfilò il coltellino dai jeans, prima di riabbottonarli. L'armadietto delle medicine aveva il fondo che si staccava, e lei vi infilò il coltello prima di chiudere l'acqua nel lavandino. Tirò lo sciacquone facendo dei gargarismi con il collutorio, ne sputò una parte e deglutì il resto, sperando che lo stomaco lo sopportasse. Si pulì sotto il naso con il dorso della mano e si asciugò il sangue sui jeans. Non poteva chiudere il polsino della camicia, ma sapeva che le maniche lunghe avrebbero nascosto il gonfiore.

Quando infine uscì dal bagno trovò Jeffrey pronto ad abbattere la porta. Frank era dietro Ethan, e gli premeva il viso contro il muro così forte che il sangue colava lungo l'intonaco. Lena si fermò sulla soglia. Dietro Jeffrey vedeva il salotto e il cucinino. Avrebbe voluto che si spostassero tutti nell'altra stanza: era già abbastanza difficile per lei dormire la notte senza dover affrontare il ricordo di tutti loro nella sua camera da letto.

Quando la videro, Frank e Jeffrey sembrarono sconvolti, come se fosse un fantasma, non la donna con cui avevano lavorato quasi ogni giorno negli ultimi dieci anni. Senza riflettere, Frank allentò la presa sul ragazzo, borbottando: «Cos'è successo?».

Lei nascose la cicatrice sanguinante sulla mano e disse a Jeffrey: «Sarà meglio per voi se avete un mandato».

«Stai bene?» le chiese lui.

«Dov'è il mandato?»

Le rispose in tono gentile. «Ti ha fatto del male?»

Lei non gli rispose. Stava guardando la trapunta, ancora pulita, notando che era appena sgualcita. Il tessuto era bordeaux scuro, e qualsiasi macchia sarebbe stata ben visibile. Si concesse un sospiro, consolandosi all'idea che la sera prima non era successo nient'altro con Ethan. Come se quel che era successo *davvero* non fosse stato già abbastanza orribile.

Incrociò le braccia sul petto. «Andatevene da casa mia. Questa è un'intrusione.»

«Abbiamo ricevuto una chiamata» disse Jeffrey, e parve recuperare un po' di sicurezza. Si avvicinò al cassettone e guardò le foto che lei teneva infilate nello specchio sopra di esso. «Per schiamazzi.»

Lena sapeva che era una balla: il suo appartamento era all'angolo dell'edificio, e il suo vicino era un professore che quella settimana era via per una conferenza. E poi, se anche qualcuno aveva chiamato, Jeffrey non sarebbe mai arrivato tanto in fretta. Probabilmente lui e Frank erano già lì fuori e avevano sfruttato il chiasso per fare irruzione in casa sua.

«Allora» disse Jeffrey, «qual è il problema?»

«Non so di cosa parli» rispose Lena, fissandolo.

«Il tuo occhio, tanto per dirne una. Ti ha picchiata?»

«Ho sbattuto contro il lavandino quando avete buttato giù la porta.» Gli fece un sorrisetto. «Il rumore mi ha spaventata a morte.»

«Okay» fece il suo ex capo. Indicò Ethan col pollice. «E lui?»

Lena lo guardò, e lui riuscì a incrociare il suo sguardo con la coda dell'occhio. Qualsiasi cosa fosse successa la sera prima, doveva restare tra loro due.

«Lena?» insisté Jeffrey.

«Gliel'avrà fatto Frank entrando» rispose lei, senza guardare l'occhiataccia che il detective le rivolse. Erano stati in squadra insieme prima che Lena fosse licenziata, e lo conosceva abbastanza bene da sapere di aver appena distrutto qualsiasi legame ci fosse tra loro. Aveva infranto il codice etico. E considerando come si sentiva in quel momento, forse era meglio così.

Jeffrey aprì un cassetto, vi diede un'occhiata dentro e poi puntò lo sguardo su Lena. Lei sapeva che aveva visto la fondina da caviglia, ma nessuna legge proibiva di tenerne una nel cassetto dei calzini.

«Che fai?» gli chiese lei quando lo chiuse sbattendolo.

Lui aprì il cassetto seguente, dove c'era la biancheria, infilò una mano e vi frugò dentro. Tirò fuori un perizoma di cotone nero che non indossava da anni e le rivolse la stessa occhiataccia prima di rimetterlo dov'era. Lena capì che stava cercando qualcosa di simile a ciò che avevano trovato in casa di Andy Rosen, e al tempo stesso ebbe la certezza che non avrebbe mai più indossato niente di ciò che si trovava in quel cassetto.

Lena cercò di mantenere un tono neutro chiedendo: «Perché siete qui?».

Lui chiuse anche quel cassetto sbattendolo. «Te l'ho detto ieri. Abbiamo trovato delle prove che ti collegano a un delitto.»

Lena allargò le braccia, provando un senso di calma che stupì anche lei. «Allora arrestami.»

Jeffrey fece marcia indietro, come si era aspettata. «Vogliamo solo farti qualche domanda.»

Lei scosse il capo. Non avevano prove sufficienti per arrestarla, altrimenti in quel momento sarebbe stata seduta sul sedile posteriore di un'autopattuglia.

«Possiamo sempre sbattere dentro lui» fece Jeffrey, indicando Ethan.

«Provaci» lo sfidò il ragazzo.

«Ethan, sta' zitto» sibilò Lena.

«Portatemi dentro» ribadì lui. Frank lo schiacciò di più contro il muro, e lui inspirò di scatto, ma non disse niente.

Jeffrey sembrava divertito dallo spettacolo. Si avvicinò a Ethan e gli accostò le labbra all'orecchio. «Ciao, signor Testimone oculare» disse.

Lui cercò di divincolarsi, ma Jeffrey gli tolse il portafoglio dalla tasca senza difficoltà. Sfogliò qualche foto che c'era davanti e sorrise. «Ethan Nathaniel White» lesse.

Lena cercò di nascondere la propria sorpresa, ma non poté fare a meno di dischiudere le labbra.

«Allora, Ethan» disse Jeffrey, poggiandogli una mano dietro la schiena e premendo. «Hai voglia di passare una notte in galera?» Gli sussurrò all'orecchio qualcos'altro, ma Lena non riuscì a sentirlo. Ethan si irrigidì, come una belva pronta all'assalto.

«Basta, lascialo stare» disse Lena.

Jeffrey lo afferrò per il colletto e lo gettò sul materasso. «Mettiti le scarpe, ragazzo» gli ordinò, tirando fuori gli stivali da lavoro da sotto il letto con un calcio.

«Non hai nessuna accusa contro di lui. Ti ho detto che ho sbattuto contro il lavandino» insisté lei.

«Intanto lo portiamo alla centrale e vediamo cosa esce fuori.» Si rivolse a Frank. «Questo ragazzo ha proprio l'aria colpevole, non trovi?»

Il detective ridacchiò.

«Non puoi arrestare la gente perché ha l'aria colpevole» commentò Lena, sentendosi una sciocca.

«Troveremo qualcosa per trattenerlo» fece Jeffrey, strizzandole l'occhio.

Da quando lo conosceva, non aveva mai forzato la legge fino a quel punto. Capì che era deciso a parlare con lei a tutti i costi, senza preoccuparsi di chi avrebbe dovuto calpestare nel farlo.

«Lasciatelo andare» disse. «Devo essere al lavoro tra mezz'ora. Possiamo parlare qui.»

«No, Lena» intervenne Ethan, alzandosi. Frank lo sbatté di nuovo sul letto, con tanta forza che il materasso si piegò, ma lui balzò di nuovo in piedi con ancora uno stivale in mano. Stava per colpire Frank al viso quando Jeffrey gli sferrò un pugno nelle reni. Ethan emise un lamento e si piegò in avanti; a quel punto Lena si mise tra i due uomini, cercando di interrompere quel massacro.

La manica della camicia era risalita lungo il braccio e Jeffrey le guardò il polso.

Lei lo abbassò, dicendo a entrambi: «Smettetela».

Jeffrey si chinò e raccolse lo stivale di Ethan, esaminandolo. Sembrava interessato alla suola. «Resistenza all'arresto. A te non sembra abbastanza?»

«Okay. Vi do un'ora» disse Lena.

Jeffrey lanciò lo stivale contro il petto di Ethan, con forza. Le disse: «Tu mi darai tutto il tempo di cui ho bisogno, maledizione».

9

Jeffrey era nel corridoio di fronte alla sala interrogatori, in attesa di Frank. Era stato nella stanza di osservazione a guardare Lena da dietro il falso specchio, ma il modo in cui lei l'aveva fissato lo aveva messo a disagio, anche se sapeva che non poteva comunque vederlo.

Aveva portato Frank con sé a casa di Lena quella mattina sperando che la sua presenza la aiutasse a ragionare. La sera prima aveva immaginato come sarebbero andate le cose. Si sarebbero seduti tutti insieme a parlare, magari con davanti una tazza di caffè, e avrebbero cercato di far luce su quel che stava succedendo. Sarebbe stato un piano perfetto, se non si fosse messo in mezzo Ethan White.

«Capo» disse Frank, a voce bassa. Aveva due caffè in mano e Jeffrey ne prese uno, anche se aveva in corpo una quantità di caffeina sufficiente a farsi drizzare tutti i peli delle braccia.

«È arrivata la documentazione?» domandò. Le impronte sulla tazza usata da Ethan non erano state di grande aiuto, ma il suo nome e il numero della patente avevano dato un risultato insperato. Non solo Ethan White aveva la fedina penale sporca, ma era anche in libertà vigilata. Diane Sanders, l'agente responsabile della sua custodia, stava portando personalmente il fascicolo di White in centrale.

«Ho detto a Marla di mandarla qui» disse Frank, bevendo un sorso di caffè. «Sara ha trovato qualcosa sul corpo di Rosen?»

«No» disse Jeffrey. Sara aveva eseguito l'autopsia di Andy Rosen subito dopo quella di Ellen Schaffer. Il corpo non aveva rivelato niente di eclatante, e a parte i sospetti di Jeffrey e Sara, non c'era nulla che facesse pensare a un omicidio.

«Quello della ragazza è senza dubbio un omicidio, ma le due morti non sembrano avere alcun collegamento. Almeno, noi non lo vediamo» disse a Frank.

«E Tessa?»

Jeffrey scrollò le spalle, la mente smaniosa di trovare un legame che avesse senso. Aveva tenuto sveglia Sara quasi tutta la notte cercando di capire cosa unisse tra loro le tre vittime. Alla fine aveva continuato a parlare per dieci minuti, prima di rendersi conto che si era addormentata al tavolo della cucina.

Frank diede uno sguardo attraverso la finestrella sulla porta della sala interrogatori, osservando Lena. «Ha detto niente?»

«Non ho nemmeno provato a parlarci.» Soprattutto non sapeva cosa chiederle. Jeffrey era rimasto sconvolto trovando Ethan in casa sua quando avevano forzato la porta, e poi aveva avuto una paura del diavolo quando lei non era uscita subito dal bagno. Per un istante si era convinto che fosse a terra, morta. Non avrebbe dimenticato tanto in fretta il terrore che aveva provato prima che lei ne uscisse, e lo sgomento quando si era reso conto che non solo si era lasciata picchiare da quel ragazzino, ma aveva anche deciso di coprirlo.

«Non sembra una cosa da lei» disse Frank.

«Sta succedendo qualcosa» concordò Jeffrey.

«Pensi che abbia permesso a quel teppista di picchiarla?»

Jeffrey mandò giù un sorso di caffè, riflettendo sull'unica cosa a cui non voleva pensare. «Hai visto il polso?»

«Sembra conciato male» fece il detective.

«Questa storia non mi piace per niente.»

«È arrivata Diane» disse Frank.

Diane Sanders era una donna di altezza e corporatura media, con i capelli grigi più belli che Jeffrey avesse mai visto. In apparenza era una persona come tante altre, ma racchiudeva in sé una tale sensualità da sbalordirlo ogni volta che la vedeva. Era molto brava nel suo lavoro, e nonostante la quantità di casi che doveva gestire era sempre scrupolosa con i soggetti affidati alla sua sorveglianza.

Quando parlò, andò dritta al punto. «White è qui da voi?»

«No» rispose Jeffrey, anche se avrebbe voluto che fosse il contrario. Lena aveva fatto in modo che lo mandassero via prima che uscisse di casa insieme a lui e a Frank.

Diane parve sollevata. «Questo fine settimana tre dei miei ragazzi sono finiti dentro e sono sommersa dalle scartoffie. Non voglio guai anche da questo. Soprattutto da questo.» Porse loro una cartellina spessa. «Cosa cercate?»

«Non lo so ancora, di preciso» rispose Jeffrey consegnando il suo caffè al detective per poter aprire la cartellina. La prima pagina conteneva una foto a colori di Ethan White all'epoca del suo ultimo arresto. Aveva il viso e la testa rasati, ma somigliava comunque molto alla persona che aveva incontrato negli ultimi giorni. Il suo sguardo era inespressivo e puntava dritto verso la macchina fotografica, come se volesse assicurarsi che chiunque vedesse quella fotografia sapesse che era pericoloso.

Jeffrey voltò pagina e lesse il verbale d'arresto. Scorse i dettagli e provò la sensazione di essere stato colpito al ventre con un mattone.

«Eh già» commentò Diane, notando la sua espressione. «Da allora riga dritto. Punta alla buona condotta, e sarà libero dalla condizionale tra meno di un anno.»

«Sicura?» chiese Jeffrey, notando un sottinteso.

«Per quel che ho potuto verificare» rispose lei. «Gli faccio controlli a sorpresa quasi tutte le settimane.»

«Sembra quasi che tu voglia coglierlo in fallo» commentò Jeffrey. Il fatto che Diane facesse uno sforzo particolare per controllare Ethan senza preavviso la diceva lunga. Stava cercando di fregarlo.

«Voglio solo essere sicura che resti pulito» rispose lei, con aria poco convinta.

«C'entra la droga?» chiese Frank,

«Gli prelevo l'urina tutte le settimane, ma quelli come lui non toccano nemmeno la droga. Non fumano e non bevono.» Fece una pausa. «Per loro tutto è un punto di forza o una debolezza. Il potere, il controllo, l'intimidazione... l'adrenalina che ne ricavano è il tipo di sballo che cercano.»

Jeffrey riprese il caffè e porse la cartellina a Frank, pensando che la descrizione di Diane si adattava benissimo anche a Lena, oltre che a Ethan White.

Era già stato preoccupato per lei in passato, ma adesso temeva che si fosse fatta coinvolgere in qualcosa da cui non sarebbe più riuscita a liberarsi.

Diane riprese: «Ha fatto tutto quel che gli è stato richiesto. Ha completato il corso di controllo della rabbia...».

«All'università?»

«No. Servizi sanitari della contea. Non credo che abbiano bisogno di niente del genere al Grant Tech.»

Jeffrey sospirò. Era valsa la pena tentare.

«Chi c'è là dentro?» domandò Diane, dando uno sguardo dalla finestrella. Jeffrey sapeva che poteva vedere solo la schiena di Lena.

«Grazie per i documenti» disse.

Lei capì l'antifona e distolse lo sguardo. «Figurati. Fammi sapere se lo portate dentro. Lui sostiene di essere cambiato, ma quelli come lui non cambiano mai.»

«Che genere di minaccia rappresenta, secondo te?» chiese Jeffrey.

«Una minaccia per la società?» Scrollò le spalle. «Per le donne?» Serrò le labbra. «Leggi i documenti. È solo la punta dell'iceberg, ma non c'è bisogno che te lo dica.» Indicò la porta. «Se quella lì dentro è la sua ragazza, ditele di scappare a gambe levate da lui.»

Jeffrey poté solo annuire, mentre Frank, che stava leggendo la cartella, bofonchiò un'imprecazione. Diane guardò l'orologio. «Ho un'udienza, devo andare.»

Jeffrey le strinse la mano. «Grazie per i documenti.»

«Se lo portate dentro, informami. Sarebbe un criminale in meno che non mi fa dormire la notte.» Si voltò per andar via, ma poi si fermò. «Vacci coi piedi di piombo, se lo vuoi incastrare. Ha già fatto causa a due capi della polizia.»

«E ha vinto?»

«Hanno patteggiato. Poi hanno dato le dimissioni.» Gli rivolse uno sguardo significativo. «Non ci cascare. Tu mi semplifichi un sacco il lavoro, capo. Non potrei sopportare di perderti.»

«Va bene» fece lui, accettando insieme il complimento e l'avvertimento.

Lei se ne andò, ribadendo da sopra una spalla: «Fammi sapere».

Jeffrey osservò Frank muovere le labbra mentre leggeva la cartella.

«Pessima situazione» commentò poi il detective. «Vuoi che lo vada ad arrestare?»

«Per cosa?» domandò Jeffrey, prendendo i documenti. Li aprì, sfogliando di nuovo le pagine. Se Diane aveva ragione, avrebbero avuto una sola possibilità di portare dentro Ethan White. E nel farlo – perché era assolutamente certo di prenderlo, prima o poi – dovevano avere in mano prove più che concrete contro di lui.

«Vediamo se Lena lo tradisce» propose Frank.

«Pensi sul serio che succederà?» chiese Jeffrey, assalito da un senso di repulsione mentre leggeva la storia criminale di Ethan White. Diane Sanders aveva ragione su una cosa: quel ragazzo era bravo a far cadere le accuse. Era stato arrestato almeno dieci volte in altrettanti anni, ma solo una volta era stato condannato.

«Vuoi che entri con te?» chiese Frank.

«No» rispose lui, dando uno sguardo all'orologio alla parete. «Chiama Brian Keller. Dovevo andare da lui dieci minuti fa. Spiegagli che lo raggiungerò più tardi.»

«Vuoi sempre che faccia domande in giro su di lui?»

«Sì» rispose Jeffrey, anche se quella mattina aveva pensato di chiedere a Lena di occuparsene. Nonostante quel che era successo, voleva ancora seguire la pista di Brian Keller. C'era qualcosa che non lo convinceva in quell'uomo. «Fammi sapere se scopri qualcosa.»

«Certo» disse l'altro, e si accomiatò.

Jeffrey mise la mano sulla maniglia, senza girarla. Inspirò a fondo, cercando di riordinare le idee, poi entrò.

Lena guardava la parete davanti a sé quando lui chiuse la porta. Era seduta sulla sedia riservata ai sospettati, quella inchiodata al pavimento e con un gancio dietro cui legare le manette, di metallo, dura e scomoda. Probabilmente era più infuriata per esserci stata messa che per la scomodità in sé, anche se il motivo per cui l'aveva fatta sedere lì era proprio quello.

Jeffrey fece il giro del tavolo e si sedette di fronte a lei, posando il fascicolo di Ethan White davanti a sé. Alla luce potente della sala interrogatori, le ferite di Lena si notavano come un'auto fiammante in un concessionario. Aveva un livido in espansione intorno a un occhio e del sangue coagulato sull'angolo. Aveva tirato la manica sopra la mano, in modo da coprirla, ma appariva rigida sopra il tavolo, come se le facesse male. Jeffrey si chiese come avesse potuto permettere a qualcuno di conciarla così dopo quel che le era successo. Era una donna forte, che sapeva usare i pugni, e l'idea che non si fosse protetta era quasi assurda.

Ma c'era anche qualcos'altro che stava cominciando a notare, e solo quando le si sedette davanti capì di cosa si trattava. Lena era in preda a un dopo sbronza, il suo corpo emanava il puzzo dell'alcol e del vomito. Era sempre stata abbastanza autodistruttiva, ma non avrebbe mai immaginato che potesse finire così. Era come se non le importasse più nulla di se stessa.

«Perché ci hai messo così tanto?» gli chiese. «Devo andare al lavoro.»

«Vuoi che chiami Chuck?»

Lei socchiuse gli occhi. «Tu che ne dici?»

Lui lasciò passare qualche istante per farle capire che doveva moderare i toni. Sapeva di non doverci andare piano con lei, ma ogni volta che la guardava la sua mente tornava a un'immagine di un anno prima, quando l'aveva trovata inchiodata a terra, devastata nel corpo, distrutta nello spirito. Togliere quei chiodi era stata la cosa più difficile che avesse mai fatto. Il ricordo bastava ancora a farlo sudare freddo, ma al di là di quello c'era qualcos'altro che lui provava. Era in collera, anzi, era incazzato nero. Dopo tutto quel che aveva passato, dopo ciò a cui era sopravvissuta, Lena si andava a mescolare con la feccia come Ethan White?

«Non ho tutta la giornata» continuò lei.

«Allora ti suggerisco di non farmi perdere tempo.» Poiché non rispose nulla, riprese: «Ieri sera direi che hai fatto tardi».

«E allora?»

«Hai un aspetto di merda, Lena. Ti sei messa a bere? È questo che fai?»

«Non so di cosa diavolo parli.»

«Non fare l'idiota. Puzzi da far schifo. Hai del vomito sulla camicia.»

Lena ebbe la bontà di mostrarsi in imbarazzo prima di riprendersi e dipingersi di nuovo in volto quell'espressione collerica.

«Ho visto la tua riserva in cucina» le disse. Su un ripiano dell'armadio, aveva trovato due bottiglie di Jim Beam allineate come soldati, pronte a essere scolate da lei. Nella spazzatura ce n'era una vuota di Maker's Mark, in più c'erano un bicchiere nel bagno che puzzava di alcol e un altro per terra. Jeffrey era cresciuto a contatto con un alcolista. Conosceva i loro riti, e sapeva riconoscere i segnali. «È così che pensi di superarla? Nascondendoti dietro una bottiglia?»

«Superare cosa?» lo sfidò.

«Quello che ti è successo» disse lui, ma poi fece retromarcia, non sentendosela di spingere in quella direzione. Decise di puntare tutto sul suo ego. «Non mi sei mai sembrata una vigliacca, Lena, ma d'altra parte non è nemmeno la prima volta che mi sorprendi.»

«So come gestirla.»

«Come no» fece lui, in un tono pieno di rabbia. Aveva sentito suo padre dire la stessa cosa, e sapeva benissimo che era una scusa allora come lo era quella di Lena. «Come ci si sente a vomitare l'anima ogni mattina prima di andare al lavoro?»

«Non mi succede niente del genere.

«Ah no? Non ancora, quindi.» Ricordava benissimo Jimmy Tolliver chino sul water in preda ai conati appena si svegliava. Poi si alzava e andava in cucina a cercare la prima dose del giorno.

«La mia vita non ti riguarda.»

«Immagino che il mal di testa passi, se correggi un po' il caffè del mattino» riprese lui, aprendo e chiudendo i pugni, conscio di dover dominare la collera per non rischiare di mandare all'aria l'interrogatorio. Tirò fuori il flacone di compresse che aveva trovato nell'armadio delle medicine di Lena e lo buttò sul tavolo. «Oppure è questo che ti dà una mano?»

Lena osservò la confezione e lui si accorse che stava elaborando una risposta. «Quello serve per il dolore.»

«Un po' forte per un mal di testa» disse lui. «Il Vicodin viene dato solo dietro ricetta. Forse dovrei parlare con il medico che te lo prescrive.»

«Non è per *quel* dolore, idiota». Sollevò le mani, mostrandogli le cicatrici. «Credi che questo sia passato appena sono uscita dall'ospedale? Secondo te sono guarita magicamente tornando com'ero prima?»

Jeffrey fissò le cicatrici, da una delle quali usciva un rivoletto di sangue che scivolava lungo il palmo. Cercò di mantenere un'espressione neutrale tirando fuori il fazzoletto. «Tieni, stai sanguinando» le disse.

Lena si guardò le mani e le chiuse a pugno.

Jeffrey lasciò il fazzoletto sul tavolo, in mezzo a loro, infastidito perché non le interessava di stare perdendo sangue. «Che cosa pensa Chuck del fatto che ti presenti al lavoro ubriaca?»

«Non bevo in servizio» disse lei, e Jeffrey notò un barlume di pentimento nei suoi occhi ancor prima che finisse la frase. L'aveva fregata.

Con suo sgomento, lei riprese a tormentarsi la cicatrice, facendo uscire altro sangue.

«Fermati» le disse, posando una mano sulla sua. Le premette sul palmo il fazzoletto, cercando di arrestare l'emorragia. Vide la gola di lei muoversi e per un attimo temette di vederla scoppiare in lacrime. Le parlò ancora, senza nascondere il proprio tono preoccupato. «Lena... perché ti fai del male in questo modo?»

Lei attese un momento e poi sfilò le mani dalla sua, nascondendole sotto il ripiano del tavolo. Fissò la cartellina e chiese: «Che hai trovato?».

«Lena.»

Lei scosse il capo, e dal modo in cui muoveva le spalle Jeffrey capì che si stava ancora massacrando la mano sotto il tavolo. «Togliamoci il pensiero» gli disse.

Jeffrey lasciò la cartellina chiusa e tirò fuori dalla tasca della giacca un foglio piegato. Si accorse che Lena aveva capito di che si trattava mentre lo apriva: aveva visto abbastanza referti di analisi da saperli riconoscere. Spinse il foglio verso di lei, mettendoglielo davanti. «Questo è un esame comparativo di un pelo pubico trovato sulla biancheria in casa di Rosen con un tuo campione.»

Lei scosse la testa senza nemmeno guardare il documento. «Non avete miei campioni.»

«L'ho preso dal tuo bagno.»

«Non oggi. Non hai avuto tempo.»

«Infatti» concesse lui, osservando la sua espressione quando Lena capì. Aveva mandato Frank a scassinare la serratura di casa sua mentre lei era alla caffetteria insieme a Ethan. Jeffrey si vergognava delle proprie azioni al punto che la sera prima non ne aveva fatto parola a Sara, ma era sicuro che non ci sarebbe mai stato bisogno di far sapere a qualcuno cosa avevano fatto. Era sicuro di stare aiutando Lena perché lei non voleva aiutarsi da sola.

Quando gli rispose, Lena parlò con un filo di voce, e lui percepì chiaramente l'amaro senso del tradimento che permeava le sue parole. «Sono prove ottenute in modo illegale.»

«Non volevi parlare con me» disse, sapendo quanto fosse sbagliato cercare di darle la colpa. Provò a spiegarsi. «Credevo di scagionarti, Lena. Stavo cercando di scagionarti.»

Le avvicinò il referto in modo che potesse leggerlo. La vide ricominciare a tirarsi i lembi della cicatrice sulla mano, e il senso di colpa gli afferrò il petto quando una goccia di sangue cadde sul foglio bianco.

Lei diede uno sguardo allo specchio sulla parete, forse chiedendosi chi ci fosse dietro. Jeffrey aveva ordinato a Frank di non far entrare nessuno, mandando via anche lui.

«Allora?» le chiese.

Lei si appoggiò allo schienale, le mani lungo i fianchi, afferrando la sedia. Era un sollievo per Jeffrey vederla in collera, perché sembrava di nuovo lei.

«Non so cosa pensi di avere lì dentro...» disse indicando la cartellina. «Ma non c'è la minima possibilità che un mio campione corrisponda a qualcosa trovato in camera di quel ragazzo.» Raddrizzò la schiena. «E poi un pelo non è una prova ammissibile. Puoi dire solo che all'esame microscopico è simile, e sai una cosa? Non significa niente. Sarà uguale a quelli di metà delle ragazze del campus. Non hai nulla contro di me.»

«E le tue impronte digitali?»

«Dove le avete trovate?»

«Tu che ne dici?»

«Vaffanculo.» Lena si alzò ma non andò via, forse perché sapeva che Jeffrey l'avrebbe fermata.

La lasciò restare in piedi qualche momento in modo che si sentisse una sciocca prima di chiederle: «Ti va di parlare del tuo ragazzo?».

Lo fulminò con lo sguardo. «Non è il mio ragazzo.»

«Non pensavo ti piacessero i razzisti.»

Lei aprì la bocca, e Jeffrey non riuscì a capire se fosse sorpresa o se stesse cercando una risposta che non tradisse Ethan. «Già, ma d'altra parte non mi conosci tanto bene, no?»

«È lui quello che sta riempiendo il campus di quelle scritte di merda?»

Lei rise. «Perché non ne parli con Chuck?»

«Ci ho parlato stamattina. Mi ha detto che ti ha chiesto di trovare il colpevole, ma sembra che tu non abbia molta voglia di darti da fare.»

«Stronzate» rispose lei, e Jeffrey non sapeva se doveva credere a Lena o a Chuck. Solo due giorni prima non avrebbe avuto difficoltà a scegliere; adesso, invece, non ne aveva idea.

«Siediti, Lena.» Aspettò che lo facesse, con tutto comodo. «Sai che Ethan è in libertà vigilata?»

Incrociò le braccia. «E allora?»

Jeffrey poté solo fissarla, sperando che quel silenzio le portasse un po' di senno.

«È tutto?» chiese lei.

«Il tuo ragazzo ha quasi ammazzato di botte una ragazza in Connecticut. A proposito, come va l'occhio?»

Lei si sfiorò l'occhio gonfio.

«Lena?»

Se era rimasta sorpresa da quell'informazione, si riprese in fretta. «Non ho intenzione di sporgere denuncia, se è questo che vuoi sapere. Gli incidenti possono succedere.»

«Forse anche l'accoltellamento di Tessa è stato un incidente» suggerì Jeffrey.

«Forse» disse lei scrollando le spalle.

«O magari a qualcuno non andava giù il fatto che una ragazza bianca portasse in grembo il figlio di un nero.» Lei non reagì. «Magari qualcuno non gradiva la presenza di due ragazzi ebrei all'università.»

«Due?»

«Non raccontarmi balle, Lena. So che sai di Ellen Schaffer.» Toccò con un dito la cartellina. «Parlami del tuo ragazzo.»

Lena raddrizzò la schiena. «Ethan non c'entra niente, e lo sai.»

«Ah sì? Lascia che ti dica cosa so, Lena.» Contò i vari punti sulle dita della mano. «So che sei stata in casa di Andy Rosen, e che hai mentito in proposito. So che Andy Rosen ed Ellen Schaffer sono morti, e so che entrambe le morti sono suicidi simulati.» Fece una pausa, sperando che lei dicesse qualcosa. Poiché tacque, riprese: «So che Tessa Linton è stata pugnalata da un uomo di costituzione magra, con i capelli corti e nessun alibi per domenica...».

«Io ho visto l'aggressore» lo interruppe. «Non era Ethan. Era molto più alto e più grosso.»

«Ah sì? Che strano, la descrizione di Matt è un po' diversa.»

«Sono stronzate, Ethan non c'entra niente.»

«Cerca di ragionare, Lena.»

Lei trovò le stesse incongruenze su cui si era tormentata Sara la sera prima. «Pensi che qualcuno abbia inscenato il suicidio di Rosen e poi sia rimasto lì, nella speranza che Tessa Linton si infilasse nel bosco per fare pipì dandogli la possibilità di pugnalarla? È un'idiozia gigantesca.» Fece una pausa, riordinando le idee.

«E poi chi diavolo conosce Tessa Linton, per non parlare del fatto che va a letto con un nero? Io non ne avevo idea. Pensi che a qualcuno del campus freghi qualcosa di quello che fa un'idraulica?» Lo guardò torva. «È una perdita di tempo. Non hai un bel niente.»

«So che bevi troppo.» La vide irrigidirsi. «Ti capita di avere dei blackout? Magari ti manca qualche ricordo.»

«Ti ho già detto che non conoscevo Andy Rosen» insisté lei.

«Perché quando ho detto il suo nome sei trasalita?»

«Non me lo ricordo.»

«Io sì» disse lui, rimettendosi in tasca il referto.

«Non potrebbe essere stato Chuck?» sparò lei.

Jeffrey si appoggiò all'indietro fissandola apertamente e chiedendosi se bevesse così tanto da essersi fritta il cervello. «Chuck era con te quando abbiamo trovato Andy Rosen, giusto?»

Lei annuì, nervosa, inclinando il viso verso il basso perché lui non potesse scorgere la sua espressione.

Jeffrey le parlava come se avesse otto anni. «E poi era

vicino a Andy quando è stata aggredita Tessa.» Fece una pausa. «Oppure pensi che sappia volare e che sia sfrecciato a pugnalarla per poi tornare a posarsi dov'era?»

Lena gli rifilò un'occhiataccia, e lui immaginò che dovesse essere disperata per arrampicarsi sugli specchi in quel modo. La disperazione era frutto della paura. Quindi nascondeva qualcosa, e Jeffrey si era fatto un'idea piuttosto precisa di cosa fosse.

Lui girò la cartellina e l'aprì sul tavolo davanti a lei, chiedendo: «Ethan ti ha parlato di questo?».

Lena esitò, ma poi la curiosità ebbe il sopravvento. Jeffrey la osservò mentre leggeva il verbale del suo arresto. Sembrava che stesse scorrendo il testo, voltando rapida le pagine via via che esaminava il sordido passato del ragazzo.

Aspettò che raggiungesse l'ultima pagina. «Suo padre è un sostenitore della supremazia dei bianchi.»

Lei indicò col capo le pagine. «Dice che è un predicatore.»

«Be', anche Charles Manson lo era» le fece notare. «E anche David Koresh. E Jim Jones.»

«Non so...»

«Ethan è cresciuto in questo genere di ambiente, Lena. È stato educato all'odio.»

Lena si mise di nuovo a braccia conserte. Jeffrey la osservò con attenzione, chiedendosi se fosse stata all'oscuro di tutto o se White l'avesse già informata, dandole una sua versione dei fatti.

«È stato accusato di aggressione all'età di diciassette anni.»

«Ma le accuse sono cadute.»

«Perché la ragazza aveva troppa paura per testimoniare.»

Lei agitò una mano, indicando la cartellina. «È in libertà vigilata per qualche assegno emesso a vuoto in Connecticut. Sai che roba.»

Jeffrey continuò a fissarla, perché non c'era altro che potesse fare. Tentò di farla ragionare sulle prove. «Quattro anni fa le tracce lasciate dai suoi pneumatici lo hanno collocato sulla scena di uno stupro e omicidio di una ragazza.»

«Lo hanno collocato sulla scena come avete appena fatto con me?» chiese lei, la voce carica di sarcasmo.

«La ragazza è stata violentata prima di essere uccisa» ribadì lui. «Lo sperma raccolto dal retto e dalla vagina ha dimostrato che almeno sei uomini hanno abusato di lei prima di picchiarla a morte.» Fece una pausa. «Sei uomini, Lena. Bastano e avanzano per tenerla ferma mentre ognuno faceva i suoi comodi.»

Lei lo guardò, inespressiva.

«E il furgone di Ethan era lì.»

Lena scrollò le spalle, ma gli parve che stesse cominciando a cedere. «È così che l'hanno fatto confessare, Lena. Le tracce degli pneumatici erano le sue. Sapevano già dove trovarlo, perché era schedato per via di questa storia» disse toccando il fascicolo. «Sai che cosa ha fatto? Lo sai cos'ha fatto il tuo ragazzo? Ha fatto i nomi di tutti i suoi amici per salvarsi il culo, da bravo vigliacco, e ha ammesso di essere stato presente, ma ha giurato su una montagna di Bibbie di non averla toccata.»

Lena restò in silenzio.

«Secondo te è rimasto seduto in quel furgone, Lena? Pensi che sia stato a guardare mentre gli altri facevano a turno? Oppure che abbia partecipato? Le avrà tenuto ferme le mani, in modo che non potesse graffiarli? Avrà aiutato a tenerle le gambe aperte per facilitare l'accesso agli amici, oppure le avrà tappato la bocca per impedirle di gridare?»

Lei continuò a tacere.

«Ma diamogli il beneficio del dubbio. Ti va?» chiese ancora Jeffrey. «Diciamo che è rimasto nel furgone, che è stato lì a guardare mentre la violentavano. Forse si è eccitato, guardandola mentre le facevano del male, sapendo che era indifesa, che lui poteva salvarla e non lo faceva.»

Lei riprese a toccarsi la cicatrice, e Jeffrey tenne lo sguardo incollato nel suo, cercando di non guardarle le mani.

«Sei uomini, Lena. Quanto tempo ci avranno messo sei uomini a stuprarla con il tuo ragazzo seduto nel suo furgone a guardare, sempre se è vero che guardava e basta?» Lena non rispose. «E poi l'hanno picchiata fino ad ammazzarla. Che diavolo, non so nemmeno perché si siano presi la briga di farlo. Quando hanno finito di violentarla, aveva emorragie interne ovunque.»

Lei si morse le labbra, guardandosi le mani. Dal palmo le usciva un flusso di sangue ormai abbastanza corposo, ma non sembrava rendersene conto.

Per un attimo Jeffrey abbassò la guardia, incapace di trattenersi. «Come fai a proteggerlo?» le chiese. «Com'è possibile? Sei stata in polizia per dieci anni e ora difendi un rifiuto umano come quello?» Le sue parole parvero andare a segno, così continuò: «Lena, quel ragazzo è malvagio. Non so cosa ci sia tra voi, ma... Santo Dio! Sei un poliziotto. Sai che le merde come lui sono capaci di aggirare la legge. Per ogni stronzata per cui si fa beccare, ci sono dieci reati molto più gravi per cui non viene incriminato». Provò a insistere ancora. «Suo padre è stato dentro, in una prigione federale, per traffico di armi. E non parliamo di pistole da borsetta, sai. Vendeva fucili di precisione e mitragliatrici.» Fece una pausa, aspettando che lei dicesse qualcosa. Ma rimase in silenzio, così andò avanti. «Ethan ti ha detto di suo fratello?»

«Sì» rispose lei, tanto in fretta che Jeffrey ebbe la certezza che stava mentendo.

«Quindi sai che è in prigione?»

«Sì.»

«Sai che è nel braccio della morte per aver ucciso un nero?» Un'altra pausa. «Non un nero qualsiasi, Lena. Un poliziotto.»

Lena fissò il tavolo, e lui capì che stava agitando un piede, anche se non aveva idea se fosse per l'ansia o per la collera.

«È malvagio, Lena.»

Lei scosse la testa, anche se aveva abbastanza prove davanti a sé. «Ti ho già detto che non è il mio ragazzo.»

«Qualsiasi cosa sia, è uno skinhead. Non importa se si lascia crescere i capelli o cambia nome. Resta un razzista di merda, proprio come suo padre, proprio come suo fratello, l'assassino di poliziotti.»

«E io sono mezza ispanica» ribatté lei. «Non ci hai pensato? Che ci fa lui con una come me, se è razzista?»

«Bella domanda» le disse. «Forse vorrai fartela da sola, la prossima volta che ti guarderai allo specchio.»

Alla fine lei smise di tormentarsi il palmo e premette le mani tra loro sul tavolo davanti a sé.

«Senti» riprese lui. «Lo dirò solo una volta. In qualsiasi guaio tu ti sia cacciata, qualsiasi cosa ci sia tra te e questo ragazzo, devi parlare con me. Non posso aiutarti a uscirne, se ci affondi ancora di più.»

Lei si guardò le mani senza parlare, e a Jeffrey venne una gran voglia di afferrarla e scuoterla, costringerla a dire qualcosa di sensato. Voleva che gli spiegasse come aveva fatto a mischiarsi con una bestia come Ethan White, ma soprattutto voleva che gli dicesse che era stato tutto un enorme malinteso e che le dispiaceva. E non avrebbe bevuto mai più.

Invece gli disse: «Non so di cosa stai parlando».

«Se c'è qualcosa che non mi stai dicendo su questa storia...» disse lui, nella speranza che a quel punto cedesse. Ma ovviamente non lo fece. Tentò un'altra tattica. «Non potrai mai tornare in servizio se frequenti quella persona.»

Lei sollevò lo sguardo, e per la prima volta Jeffrey riuscì a leggere sul suo volto un'espressione netta: era sorpresa.

Lena si schiarì la gola, come se facesse fatica a tirar fuori la voce. «Non sapevo esistesse questa possibilità.»

Jeffrey rifletté sul fatto che era costretta a lavorare per Chuck, e la cosa gli bruciò proprio come quando l'aveva scoperto. «Non dovresti lavorare per quel coglione.»

«Già, sai» fece lei, la voce sempre bassa. «Il coglione per cui lavoravo prima mi ha fatto capire che non mi voleva più.» Guardò l'orologio. «A proposito, sono in ritardo per il lavoro.»

«Non te ne andare così» le disse, sapendo che la stava implorando. «Ti prego, Lena. Voglio solo... Ti prego.»

Lei rise, facendolo sentire un idiota. «Ti ho detto che avrei parlato con te. A meno che tu non abbia delle accuse precise, me ne vado.»

Jeffrey si appoggiò all'indietro, sperando che si spiegasse meglio.

«Capo?» fece lei, imprimendo in quella parola il minimo rispetto possibile.

Lui sfogliò la cartellina leggendo a voce alta l'elenco delle accuse che non erano mai arrivate davanti a un giudice. «Incendio doloso. Aggressione. Furto d'auto. Stupro. Omicidio.»

«Sembra la pubblicità dell'ultimo bestseller» commentò lei alzandosi. «Grazie per la chiacchierata.»

«La ragazza» riprese lui. «Quella che è stata violentata e uccisa mentre lui se ne stava seduto nel furgone a guardare...» disse, e siccome Lena non se ne andò, riprese: «Lo sai chi era?».

«Biancaneve?» ribatté lei, senza perdere un colpo.

«No» le disse, chiudendo la cartellina. «Era la sua ragazza.»

Jeffrey era seduto in macchina davanti all'edificio della casa dello studente e osservava alcune ragazze che attaccavano locandine ai pali della luce in giro per il giardino. Erano tutte giovani e in piena salute, con indosso completi da corsa o da allenamento. Ognuna di loro avrebbe potuto essere Ellen Schaffer. Ognuna di loro poteva essere la prossima vittima. E lui era lì per dire a Brian Keller che suo figlio forse era stato assassinato.

Jeffrey voleva vedere che reazione avrebbe avuto di fronte alla notizia. Voleva anche scoprire cosa Keller non gli aveva voluto dire davanti a sua moglie, e sperava che gli fornisse una pista solida da seguire. In quel momento aveva solo Lena, e non poteva accettare che lei fosse coinvolta in quella storia.

La sera prima Sara aveva rilevato più volte le differenze tra la scena del crimine di Andy e di Ellen. Se qualcuno aveva inscenato il suicidio di Andy, aveva fatto davvero un lavoro eccellente. La ragazza, invece, era un altro paio di maniche.

Se anche l'assassino non sapeva che aveva respirato quel dente, la freccia disegnata nel giardino era uno scherzo piuttosto evidente. A un certo punto Sara aveva suggerito che le differenze tra i due delitti potevano indicare due assassini invece di uno, e Jeffrey aveva scartato quell'idea la sera prima, ma dopo aver trovato Lena ed Ethan insieme, quella mattina, non era più sicuro di nulla.

Lena era stata una persona completamente diversa nella sala degli interrogatori, una che lui non aveva mai conosciuto. Il modo in cui non solo aveva difeso i trascorsi di Ethan, ma perfino negato che le avesse fatto del male, gli faceva venir voglia di mettere in discussione tutto ciò che gli aveva detto a proposito del caso. Era in polizia da un tempo sufficientemente lungo da sapere che chi abusava delle donne sapeva fare presa anche su quelle più forti. Era incredibile come agissero in modo simile tra loro e con quanta facilità alcune donne venissero irretite da quei vermi. C'erano migliaia di donne in prigione perché tenevano le scorte di droga per i loro ragazzi, ed era probabile che altre migliaia avessero commesso reati perché sapevano che finire in galera era l'unica forma di protezione che potevano avere dagli abusi.

A Birmingham, quando Jeffrey era ancora un agente semplice, era stato chiamato a casa di una donna almeno dieci volte. Era la responsabile delle comunicazioni di una società che operava a livello internazionale e aveva due lauree, prese alla Auburn. Almeno mille persone al mondo prendevano ordini da lei, e ogni volta che Jeffrey andava a casa sua, chiamato dai vicini, la trovava sulla soglia, con il viso insanguinato, i vestiti laceri, pronta a dichiarare di essere caduta dalle scale. Suo marito era uno stronzetto scheletrico che si autodefiniva un papà a tempo pieno, mentre in realtà era un ubriacone incapace di tenersi un lavoro e che sfruttava la moglie per mantenersi. Come quasi tutti i colpevoli di abuso, era gentile, affabile e incapace di vedere in che stato riduceva sua moglie. Le cose ora erano cambiate, quindi un poliziotto non aveva più bisogno della testimonianza della moglie per arrestare un uomo per abusi, ma all'epoca la legge proteggeva quel genere di mariti.

Jeffrey ricordava un episodio in particolare. Era davanti a casa sua, in una giornata freddissima, e vedeva il sangue che le colava lungo una gamba, partendo Dio solo sapeva dove, per andare a formare una pozza ai suoi piedi, mentre lei continuava a dichiarare che suo marito era un uomo buono, che non l'aveva mai sfiorata con un dito. In effetti, l'unica volta in cui Jeffrey l'aveva visto toccarla, era stato al suo funerale. Si era avvicinato alla bara aperta, le aveva accarezzato una mano e poi gli aveva rivolto il peggior sorriso da stronzo che avesse mai visto, dicendo: «L'ultimo gradino è stato fatale».

Jeffrey aveva lavorato per due anni con il medico legale cercando di trovare qualche prova contro quel pezzo di merda, ma anche se era abbastanza semplice provare con una certa sicurezza che una persona era caduta dalle scale rompendosi l'osso del collo, dimostrare che era stata accompagnata da una spinta era molto più complicato.

Tutto questo lo riportò a Lena e al modo in cui si era comportata quella mattina. Aveva ragione, quel pelo le dava un collegamento solo circostanziale con Andy Rosen. L'impronta sul libro poteva essere spiegata da un bravo avvocato. Era stato lui stesso a addestrare Lena, e sapeva che conosceva bene come indagava la Scientifica. Avrebbe saputo che doveva stare attenta, e avrebbe saputo come nascondere le proprie tracce. La domanda era: ne aveva voglia? Era così presa da Ethan White da essere pronta a tutto pur di coprirlo?

Jeffrey doveva guardare i fatti, e i fatti puntavano tutti i sospetti su di lei, soprattutto considerando l'atteggiamento ostile che aveva dimostrato durante l'interrogatorio. Non aveva fatto altro che intralciare l'indagine.

Anche se non voleva, Jeffrey si costrinse a prendere in considerazione lo scenario dei due killer ideato da Sara la sera prima: uno aveva assassinato Andy e pugnalato Tessa, l'altro aveva ucciso Ellen Schaffer. Il punto debole cui continuavano a tornare era l'aggressore di Tessa nel bosco. Ma dopo aver visto la fedina penale di Ethan White e aver parlato con Lena, Jeffrey cominciava a pensare a una variazione della teoria.

Ethan poteva aver ucciso Andy Rosen. Lena l'aveva raggiunto dopo sulla scena. Poteva aver chiamato Ethan al cellulare per fargli sapere che Tessa era nel bosco. Non c'era modo di sapere dove fossero quei due al momento della morte di Ellen Schaffer, ma Jeffrey sapeva che Lena avrebbe notato la discrepanza della munizione: ne sapeva più lei di armi di qualsiasi uomo lui avesse mai conosciuto. E c'era ben poco di cui consolarsi all'idea che Lena potesse essere solo una complice, perché la legge della Georgia l'avrebbe considerata colpevole quanto Ethan.

Si sfregò gli occhi con le mani, cominciando a pensare di essere grottesco. Lena era un poliziotto anche se non portava più un distintivo. Essere coinvolta in un omicidio, sebbene in veste di complice, non era qualcosa che avrebbe mai fatto, a prescindere dal fascino di Ethan White. Era una follia, e non c'era motivo di sospettare di lei se non perché si comportava in modo astioso. Come gli aveva fatto notare Sara, Lena si divertiva un mondo a far impazzire gli altri.

Tirò fuori il cellulare dalla tasca e chiamò l'ufficio di Kevin Blake. Il rettore del Grant Tech amava dare l'impressione di essere molto occupato, ma Jeffrey sapeva bene che passava quasi tutto il tempo libero su un campo da golf.

Voleva prendere appuntamento con lui per aggiornarlo sul caso prima che sgattaiolasse via dall'ufficio in anticipo come al solito. La segretaria glielo passò subito.

«Jeffrey» disse Blake. Aveva inserito il vivavoce, il che gli fece capire che non era da solo, se il livello di stress nella sua voce non fosse stato un indicatore sufficiente. «Dove si trova?» chiese.

«Sono nel campus» rispose lui. Keller aveva detto a Frank che l'avrebbe trovato in laboratorio tutto il giorno, se voleva parlare con lui da solo. Prima degli eventi della mattina con Lena, Keller era stata la pista migliore da esplorare; Jeffrey sapeva che sarebbe stato facile essere distolto dal suo intento originario, ma in quel momento non c'era niente che potesse fare ancora con Lena, e non era così sciocco da presentarsi da Ethan White senza nulla con cui inchiodarlo.

«Ho qui da me Albert Gaines e Chuck. Stavamo per chiamarla alla centrale per chiederle se poteva passare» disse Blake.

Jeffrey represse un'imprecazione.

«Ehi, capo» fece Chuck, e lui si immaginò la sua faccia soddisfatta. «Abbiamo ciambelle e caffè che la aspettano.»

Si sentì una sorta di borbottio che doveva venire da Albert Gaines.

Blake riprese: «Jeffrey, può passare in ufficio? Vorremmo parlarle».

«Posso arrivare tra un'ora» disse lui, perché avrebbe preferito morire che correre a un loro schiocco di dita. «Sto seguendo una pista importante.»

«Ah» fece Blake deluso, forse perché doveva rinunciare a un'uscita anticipata. «Sicuro di non poter fare una scappata subito?»

Albert Gaines bofonchiò di nuovo qualcosa. Era un uomo scontroso, che pretendeva risposte dai suoi sottoposti, ma si era sempre schierato dalla parte di Jeffrey.

Di sicuro aveva appena messo a tacere Blake, perché quando questi riprese a parlare, aveva un tono piuttosto animato. «Allora ci vediamo tra un'ora, capo.»

Jeffrey chiuse la chiamata e si poggiò il cellulare contro il mento, osservando il gruppo di ragazze che si spostava alla sezione successiva del giardino. Scese dalla macchina e si avviò verso la casa dello studente, fermandosi per leggere una locandina. In cima c'era una foto sfocata in bianco e nero di Ellen Schaffer e sotto, separata da essa, una ancor meno a fuoco di Andy Rosen. In fondo alla pagina c'era scritto *Fiaccolata*, più l'indicazione del posto e dell'ora, insieme al numero di telefono d'aiuto per i suicidi, istituito dal centro di salute mentale.

«Crede che servirà a qualcosa?»

Jeffrey sobbalzò, udendo la voce di Jill Rosen.

«Dottoressa Rosen...»

«Jill» lo corresse. «Mi scusi se l'ho spaventata.»

«Non si preoccupi» le disse, mentre notava che la donna aveva un aspetto molto peggiore rispetto al giorno prima. Aveva gli occhi così gonfi di pianto da essere ridotti a due fessure, le guance scavate. Indossava un maglione a maniche lunghe con il collo alto chiuso da una zip, e parlando con lui se lo strinse addosso con la mano, come se sentisse freddo.

«Ho un aspetto orribile» si scusò.

«Stavo proprio andando a parlare con suo marito» disse Jeffrey, che ormai pensava di vedere sfumare l'occasione di parlare con Keller da solo.

«Dovrebbe arrivare presto» rispose lei, mostrandogli

un mazzo di chiavi. «Sono le chiavi di riserva» spiegò. «Gli ho dato appuntamento qui. Avevo bisogno di uscire di casa.»

«Mi ha sorpreso sapere che è già tornato al lavoro.»

«Lo aiuta a riprendersi.» Gli rivolse un sorriso spento. «Il lavoro è un buon rifugio quando il mondo ti crolla intorno.»

Jeffrey la capiva benissimo. Lui stesso si era gettato nel lavoro quando Sara aveva chiesto il divorzio, e se non fosse stato costretto a uscire di casa ogni giorno per prendere servizio, sarebbe diventato pazzo.

«Venga» le disse, indicando una panchina. «Come si sente?»

Lei esalò un lungo respiro sedendosi. «Non so nemmeno come rispondere.»

«Credo sia stata una domanda sciocca.»

«No» gli assicurò. «Io stessa me lo chiedo spesso, negli ultimi tempi. "Come mi sento?" Quando saprò rispondere glielo farò sapere.»

Jeffrey le si sedette accanto, lasciando scorrere lo sguardo sul giardino. Alcuni ragazzi erano usciti per pranzo, avevano disteso delle coperte sul prato e tiravano fuori panini da sacchetti di carta marrone.

Anche la dottoressa osservava gli studenti, con il bordo del maglione in bocca. Jeffrey capì che doveva essere un suo tic nervoso, considerando che il tessuto era consumato.

«Credo che lascerò mio marito» disse lei.

Jeffrey si voltò, ma non disse nulla. Aveva capito che era stato uno sforzo per lei pronunciare quelle parole. «Lui si vuole trasferire. Vuole andare via da Grant, rifarsi una vita. Io non ce la faccio a ricominciare. Non posso.» Abbassò lo sguardo.

«Il desiderio di andarsene è comprensibile» disse Jeffrey, cercando di farla continuare a parlare.

La donna indicò il campus con un cenno del capo. «Sono qui da quasi vent'anni. Qui ci siamo inventati la vita che abbiamo ora. Ho costruito qualcosa di importante alla clinica.»

Jeffrey lasciò passare del tempo. Dato che lei non aggiunse altro, chiese: «Le ha spiegato perché vuole trasferirsi?».

Lei scosse la testa, ma non perché non sapesse il motivo. Nella sua voce c'era una tristezza quasi insopportabile, come se avesse deciso di dichiararsi sconfitta. «È la sua risposta a tutto. Fa tanto il grand'uomo, ma al primo accenno di problemi se la dà a gambe levate.»

«Quindi l'ha già fatto in passato.»

«Sì.»

Provò a insistere. «Da cosa scappa?»

«Da tutto» disse lei, senza spiegare oltre. «La mia vita lavorativa si fonda sull'aiutare la gente ad affrontare il passato, e non riesco ad aiutare mio marito a combattere i suoi demoni.» Più piano, aggiunse: «Non riesco nemmeno ad aiutare me stessa».

«Quali demoni ha qui?»

«Gli stessi che ho io, immagino. Mi aspetto di vedere Andy ogni volta che giro un angolo. Sono a casa, sento un rumore fuori e corro a guardare dalla finestra, pensando di vederlo che sale le scale per andare a casa sua. Per Brian deve essere più difficile, visto che lavorava al laboratorio con lui. *So* che per lui è più difficile. Deve anche rispettare una scadenza, c'è in ballo una quantità enorme di denaro. Io lo so... so tutto.» Aveva alzato il tono di voce, e lui avvertì la collera che senza dubbio le montava dentro da un po'.

«È per via di quella relazione?» le chiese.

«Quale relazione?» chiese lei, e la sua sorpresa sembrava sincera.

«Mi sono arrivate delle voci» spiegò Jeffrey, con una gran voglia di prendere a calci nei denti Richard Carter. «Qualcuno mi ha detto che Brian ha avuto una storia con una studentessa.»

«Oddio» esclamò lei, coprendosi le labbra con il colletto. «Quasi vorrei che fosse vero. Non è orribile?» disse. «Significherebbe che è in grado di interessarsi a qualcosa di diverso dalla sua preziosa ricerca.»

«Suo figlio gli interessava» disse Jeffrey, ripensando alla discussione che aveva sentito tra i due coniugi il giorno prima. La dottoressa aveva accusato il marito di non riservare alcuna attenzione a Andy, almeno finché era vivo.»

«Lo dimostrava solo ogni tanto. Con la macchina, i vestiti, la televisione. Lui gli *comprava* degli oggetti. Era così che gli dava affetto.»

C'era qualcos'altro che stava cercando di comunicargli, ma Jeffrey non capiva cosa. «Dove vuole trasferirsi?» chiese.

«E chi lo sa?» fece lei. «È come una tartaruga. Quando succede qualcosa di spiacevole, Brian reagisce nascondendo la testa e aspettando che passi.» Sorrise, accorgendosi di essere lei a nascondersi dentro il colletto. «Supporto visivo.»

Sorrise anche lui.

«Non ce la faccio proprio. Non riesco più a vivere così.» Diede uno sguardo a Jeffrey. «Mi manda la fattura per la seduta o preferisce che la paghi subito?»

Lui sorrise ancora, spronandola a continuare.

«Forse il suo lavoro ha molti punti di contatto con il mio. Ascolta le persone e cerca di capire cosa in realtà stanno cercando di dire.»

«E lei cosa sta cercando di dire?»

Lei ci pensò su. «Che sono stanca. Che voglio una vita... una vita qualsiasi. Sono rimasta con Brian perché pensavo fosse meglio per Andy, ma adesso che lui non c'è più...» Cominciò a piangere, e Jeffrey prese il fazzoletto. Non notò il sangue lasciato dalla mano di Lena finché non glielo porse.

«Mi scusi tanto» le disse.

«Si è tagliato?»

«È stata Lena» le disse, scrutando con attenzione il modo in cui reagiva. «Ho parlato con lei stamattina. Aveva un taglio sotto un occhio. Qualcuno l'ha picchiata.»

Negli occhi della donna passò uno sguardo preoccupato, ma lei non commentò.

«Frequenta un ragazzo» proseguì lui, e la dottoressa parve fare uno sforzo per tenere la bocca chiusa. «Stamattina sono andato a casa sua e l'ho trovato lì con lei.»

Jill non gli disse di continuare, ma era come se lo implorasse con lo sguardo. Il timore per la salute di Lena era evidente.

«Lei aveva una ferita sotto l'occhio e un polso livido, come se qualcuno l'avesse afferrata con forza.» Fece una breve pausa. «Questo ragazzo ha dei precedenti, dottoressa. È una persona molto pericolosa, un violento.»

La donna era seduta sul bordo della panchina, quasi volesse pregarlo di parlare ancora.

«Ethan White» le disse. «Il nome le suona familiare?»

«No. Dovrebbe?»

«Speravo lo conoscesse» rispose lui, perché avrebbe significato un collegamento chiaro tra Andy Rosen ed Ethan White.

«Erano ferite molto gravi?» chiese Jill Rosen.

«Per quel che ho potuto vedere, no. Ma lei non faceva altro che tormentarsi la mano. Sanguinava, eppure continuava a toccare la cicatrice.»

Lei serrò di nuovo le labbra.

«Non so come fare ad allontanarla da lui. Non so come aiutarla.»

Jill Rosen puntò lo sguardo lontano, osservando di nuovo gli studenti. «È lei l'unica che può aiutarsi» disse, imprimendo un significato più profondo a quelle parole.

«Era una sua paziente?» le chiese, sperando con tutto il cuore che fosse così.

«Sa che non posso darle un'informazione del genere.»

«Lo so. Ma parlando per ipotesi, se potesse, in questo modo risolverebbe un mio dubbio.»

Lo guardò. «Che dubbio sarebbe?»

«Quando eravamo al fiume, Chuck ha pronunciato il nome di suo figlio e Lena mi è sembrata sorpresa, come se lo conoscesse» le spiegò, ragionandoci su mentre parlava. «Mi domandavo se sia possibile che per Lena Rosen fosse un nome noto perché conosceva *lei* e non perché conosceva Andy.»

La donna parve riflettere su come rispondergli senza compromettere i suoi principi.

«Dottoressa Rosen...»

Lei si appoggiò all'indietro, tirandosi il maglione sul viso. «Sta arrivando mio marito.»

Jeffrey tentò di nascondere la propria frustrazione. Keller era a una quindicina di metri da loro, e se avesse voluto, la psicologa avrebbe avuto il tempo di rispondergli.

«Dottor Keller» lo salutò.

Lui si mostrò perplesso vedendoli insieme. «È successo qualcosa?» chiese.

Jeffrey si alzò, facendogli segno di sedersi, ma lui lo ignorò e chiese alla moglie: «Hai le mie chiavi?».

Lei gliele consegnò quasi senza guardarlo.

«Devo tornare al lavoro. Jill, meglio se vai a casa» disse Keller.

La dottoressa fece per alzarsi.

«Devo dirvi una cosa a proposito di Andy» intervenne Jeffrey indicandole di restare seduta.

Keller lo guardò come a voler dire che suo figlio era l'ultimo dei suoi pensieri.

«Volevo comunicarlo a entrambi prima che la notizia si diffonda nel campus. Non sono affatto sicuro che la morte di vostro figlio sia stata un suicidio.»

«Che cosa?» esclamò Jill.

«Non posso escludere la possibilità che sia stato ucciso» ribadì lui.

A Keller caddero di mano le chiavi, ma non le raccolse.

Jeffrey riprese: «Non abbiamo trovato niente di definitivo nell'autopsia di Andy, ma quella di Ellen Schaffer...».

«La ragazza di ieri?» chiese Jill.

«Sì, signora» confermò lui. «È stata assassinata, non c'è dubbio. E considerando che hanno cercato di far passare la sua morte per un suicidio, siamo costretti a mettere in dubbio le circostanze del decesso di vostro figlio. In tutta sincerità non posso dire di avere prove concrete per dimostrare che *non* si è tolto la vita, ma abbiamo forti sospetti, e investigherò finché non scoprirò la verità.»

Lei restò immobile, a bocca aperta.

Jeffrey riprese: «Devo informare il rettore, ma prima volevo farlo sapere a voi».

«E il biglietto?» chiese Jill Rosen.

«È uno degli elementi per cui non ho spiegazione»

disse. «E purtroppo in questo momento posso dirvi solo quali sono i miei sospetti. Stiamo battendo qualsiasi pista possibile per scoprire come sono andate le cose, ma devo essere sincero: non è emerso ancora nulla di chiaro. I due casi potrebbero anche non avere alcun collegamento. Alla fine potremmo scoprire che Andy si è suicidato davvero.»

Keller ebbe un'esplosione di collera così improvvisa che Jeffrey arretrò. «Come diavolo è possibile? Mi spiega perché ci ha lasciato pensare che nostro figlio si fosse ammazzato, quando...»

«Brian» tentò Jill Rosen.

«Sta' zitta, Jill» scattò lui, sollevando una mano come se volesse colpirla. «È un'assurdità. È...» Era troppo arrabbiato per parlare, ma apriva e chiudeva la bocca mentre cercava le parole per descrivere il proprio stato d'animo. «Non posso credere...» Si chinò e recuperò le chiavi. «Questa università, tutta la città...» Puntò un dito contro il viso di sua moglie, che si ritrasse come se dovesse difendersi. Keller raddrizzò la schiena, distendendosi in tutta la sua altezza. «Te l'avevo detto, Jill. *Te l'avevo detto* che questo posto è un inferno!» gridò.

Jeffrey intervenne. «Dottor Keller, credo debba calmarsi.»

«E io credo che lei debba farsi gli affari suoi e scoprire chi ha ucciso mio figlio!» ruggì l'altro, il viso contorto dalla rabbia. «Voi piedipiatti da quattro soldi pensate di avere in mano la città, invece è come un paese del Terzo Mondo. Siete tutti corrotti, siete tutti burattini di Albert Gaines.»

Jeffrey ne aveva abbastanza. «Dottor Keller, ne riparleremo in un altro momento, quando avrà avuto modo di assorbire la notizia.»

Stavolta Keller gli puntò il dito in faccia. «Ne riparleremo eccome» dichiarò, poi si voltò e se ne andò via come una furia.

«Mi spiace» si scusò subito Jill Rosen.

«Non deve scusarsi per lui» rispose Jeffrey, cercando di dominare la propria collera. Voleva seguire Keller nel laboratorio, ma avevano entrambi bisogno di qualche minuto per calmarsi. Avvertendo la disperazione della dottoressa, le disse: «Mi spiace non poterle dare altre informazioni».

Lei strinse tra le mani il collo del maglione. «Ha presente la sua domanda ipotetica di prima?»

«Sì?»

«Ha a che vedere con Andy?»

«Sì, signora» fece lui, sforzandosi di seguirla.

Lei fece scorrere lo sguardo sul giardino, sugli studenti seduti sul prato a godersi la bella giornata. «In via ipotetica» disse, «Lena potrebbe avere motivo di conoscere il mio nome.»

«Grazie» rispose lui, travolto da un'ondata di sollievo per aver trovato la spiegazione almeno a una cosa.

«Per quanto riguarda il resto» riprese lei, continuando a guardare i ragazzi. «La persona con cui ha una relazione...»

«Lo conosce?» chiese lui, poi si corresse. «Sempre in via ipotetica.»

«Ah, lo conosco bene. O almeno conosco quelli come lui... li conosco meglio di me stessa.»

«Non credo di capire.»

Lei allargò il collo del maglione, abbassando la chiusura lampo e mostrandogli un grosso livido sulla clavicola. Aveva segni neri lasciati da dita sul lato del collo. Qualcuno aveva cercato di strozzarla.

Jeffrey restò senza parole. «Chi...» provò a dire, ma la risposta era ovvia.

Lei si riallacciò il maglione. «Devo andare.»

«Posso portarla via» le propose. «In un rifugio...»

«Andrò da mia madre» gli disse con un sorriso triste. «Vado sempre da mia madre.»

«Dottoressa Rosen» fece lui. «Jill...»

«Apprezzo la sua preoccupazione, ma devo proprio andare» lo interruppe.

Jeffrey restò a guardarla mentre si allontanava, passando accanto a un gruppo di ragazzi. Jill si fermò un attimo per parlare con uno di loro, comportandosi come se niente fosse, e lui fu incerto se seguirla oppure se andare a cercare Brian Keller per spiegargli cosa si provava a essere riempito di botte.

D'impulso scelse la seconda opzione, avviandosi a passo svelto verso il dipartimento di Biologia. Quando era piccolo si era messo in mezzo a una tale quantità di liti tra i suoi genitori da sapere che la collera aveva il solo effetto di generare altra collera, così fece un respiro profondo per calmarsi prima di aprire la porta del laboratorio.

Lo trovò vuoto: c'era solo Richard Carter dietro una scrivania che si tamburellava il mento con una penna. Quando riconobbe Jeffrey, la sua espressione piena di aspettative divenne delusa. «Ah» esclamò. «È lei.»

«Dov'è Keller?»

«Vorrei saperlo anch'io» scattò Richard, evidentemente seccato. Tornò a chinarsi sulla scrivania e scarabocchiò un biglietto. «Avevamo appuntamento mezz'ora fa.»

«Ho appena parlato con sua moglie di quella cosiddetta relazione.»

A quelle parole lui sollevò la testa di scatto con un sorrisetto in volto. «Ah sì? E cosa ha detto?»

«Che non è vero. Faccia più attenzione alle parole che mette in giro» lo ammonì.

Richard sembrava ferito. «Le ho detto che era solo un pettegolezzo. Ho messo ben in chiaro che...»

«Si è divertito a giocare con la vita delle persone. Per non parlare del tempo che ha fatto perdere a me.»

Richard sospirò e tornò a concentrarsi sui suoi appunti. «Scusi» borbottò, come avrebbe fatto un bambino.

Jeffrey però non aveva alcuna intenzione di fargliela passare liscia. «Per colpa sua ho perso un sacco di tempo dietro a questo pettegolezzo mentre avrei potuto concentrarmi su qualcosa che fosse davvero utile.» Poiché non ebbe risposta, sentì il bisogno di aggiungere: «Richard, sono morte delle persone».

«Lo so benissimo, ma io cosa c'entro?» Non gli diede il tempo di rispondere. «Posso essere sincero con lei? So che quel che è successo è terribile, però qui c'è del lavoro da svolgere. Lavoro importante. C'è un team in California che sta facendo una ricerca analoga alla nostra. Non è che diranno: "Oh, Brian Keller sta passando proprio un periodaccio, fermiamoci finché non si sente meglio". Nossignore. Quelli andranno avanti giorno e notte, *giorno e notte* pur di batterci sul tempo. La scienza non è un gioco tra gentiluomini. In ballo ci sono milioni, forse miliardi.»

Sembrava uno di quei venditori televisivi che cercano di indurre qualche povero idiota a comprare un set di coltelli entro due minuti. «Non sapevo che lei e Brian lavoraste insieme» disse Jeffrey.

«Quando si degna di farsi vedere.» Lanciò la penna sul tavolo, prese la valigetta e andò alla porta.

«Dove va?»

«In aula» rispose Richard, come se parlasse con uno stupido. «Qualcuno dovrà pur presentarsi dove lo aspettano.»

Se ne andò sbuffando in modo teatrale. Invece di seguirlo, Jeffrey andò alla scrivania di Keller e lesse il biglietto: *Caro Brian, immagino tu sia ancora impegnato per via di Andy, ma dobbiamo assolutamente preparare quei documenti. Se vuoi che ci pensi da solo, basta che me lo dica.* Accanto al proprio nome, Richard aveva disegnato una faccina sorridente.

Jeffrey lesse il messaggio due volte, cercando un nesso tra quel tono collaborativo e l'evidente irritazione dell'uomo. Non collimavano, ma d'altra parte Richard non era affatto una persona razionale.

Diede uno sguardo verso la porta prima di decidersi ad agire, poi si mise a frugare nella scrivania di Keller. Era inginocchiato a terra a controllare il contenuto dell'ultimo cassetto dello schedario quando il suo cellulare squillò.

«Tolliver.»

«Capo» disse Frank. Dalla voce, capì subito cosa stava per dirgli. «Abbiamo trovato un altro corpo.»

Jeffrey parcheggiò davanti al dormitorio maschile, pensando che se gli avessero detto che non avrebbe rivisto mai più il campus del Grant Tech sarebbe stato un uomo felice. Non poteva dimenticare l'espressione vuota di Jill Rosen e si chiese quanto doveva esserle sembrato sorpreso quando gli aveva mostrato i lividi. Non gli sarebbe mai passato per la testa che Keller fosse il genere d'uomo che picchiava sua moglie; tuttavia, quel giorno era stato sopraffatto da una quantità eccessiva di rivelazioni per potersi sentire uno sciocco per aver ignorato dei segnali forse evidenti.

Prese il telefono, senza riuscire a decidere se chiamare Sara. Non la voleva sulla scena di un crimine, ma sapeva anche che lei aveva bisogno di vedere il corpo *in situ*. Cercò di farsi venire in mente una buona scusa per tenerla lontana, alla fine lasciò stare e fece il suo numero.

Sara rispose al quinto squillo, mormorando un «Pronto» intontito.

«Ehi» fece lui.

«Che ore sono?»

Glielo disse, notando che aveva una voce migliore della sera prima. «Scusami se ti ho svegliata.»

«Mmh... che cosa c'è?» chiese lei, e Jeffrey la sentì muoversi nel letto. Per un attimo si immaginò come sarebbe stato essere lì accanto a lei e qualcosa si risvegliò dentro di lui. Il suo unico desiderio era potersi infilare a letto insieme a Sara e ricominciare da capo la giornata.

«Mi ha chiamata mia madre una ventina di minuti fa. Tessa sta un po' meglio» disse Sara, quindi sbadigliò. «Ho dei documenti da sistemare all'obitorio, poi oggi pomeriggio tornerò lì.»

«Ti ho chiamata per questo.»

«Che succede?» chiese lei, col terrore nella voce.

«Un'impiccagione. Al college» le spiegò.

«Cristo santo» mormorò Sara. Jeffrey si sentiva come lei. In una città la cui percentuale di omicidi era dieci volte più bassa della media nazionale, i cadaveri cominciavano ad ammassarsi.

«A che ora?» domandò Sara.

«Non lo so ancora. Mi hanno appena chiamato.» Sapeva già cosa gli avrebbe risposto, ma ci provò lo stesso: «Potresti mandare Carlos».

«Devo vedere il corpo.»

«Non mi piace l'idea che tu venga al campus. Se dovesse succedere qualcosa...»

«Non intendo rinunciare a fare il mio lavoro» disse lei, mettendo bene in chiaro che la discussione era chiusa.

Jeffrey sapeva che aveva ragione lei. Sara non aveva solo un incarico da portare avanti, ma anche una vita da continuare a vivere. Pensò a come aveva trovato Lena quella mattina, ai lividi sul collo di Jill Rosen. Doveva lasciare che anche loro vivessero le loro vite, senza intervenire?

«Jeff?»

Cedette. «Dormitorio maschile, edificio B.»

«Okay, arrivo subito.»

Jeffrey chiuse la chiamata e scese dalla macchina. Superò un gruppo di ragazzi fermi davanti all'ingresso ed entrò nell'edificio, accolto da un odore di liquore così potente da essere quasi tangibile. Ai suoi tempi alla Auburn, dove aveva studiato Storia oltre a fare la riserva della squadra di football, gli studenti si davano spesso ai festini, ma non ricordava di aver mai notato che il suo dormitorio avesse l'odore di un negozio di alcolici.

«Ehi, capo» disse Chuck. Era in cima alle scale, le mani infilate nelle tasche davanti dei pantaloni stretti. L'effetto generale era osceno, e lui sperò che si spostasse di lì, dato che stava per salire.

«Chuck» lo salutò puntando lo sguardo sui gradini.

«Meno male che è arrivato. Kev e io l'aspettavamo.»

Jeffrey rimase perplesso nel sentir chiamare così il rettore, come se fossero amici del cuore. Se Albert Gaines non fosse stato il padre di Chuck, Kevin Blake non l'avrebbe degnato nemmeno di uno sguardo, e di sicuro non avrebbe giocato a golf insieme a lui. D'altra parte, Kevin rischiava di non rivedere il green per un bel po' di tempo: era probabile che avrebbe passato qualche settimana a rispondere a telefonate di genitori ansiosi, terrorizzati all'idea che i loro figli frequentassero un'università in cui erano stati uccisi tre studenti.

«Parlerò con lui quando ne avrò il tempo» disse Jeffrey, chiedendosi fino a quando sarebbe riuscito a rimandare.

«Questo è abbastanza strano» disse Chuck, riferendosi al suicidio. «L'hanno trovato con i pantaloni abbassati.»

Jeffrey ignorò quella considerazione. «Chi l'ha trovato?»

«Un compagno che abita nel dormitorio.»

«Ci voglio parlare.»

«Adesso è di sotto. Adams ha provato a farsi raccontare che cosa è successo, ma poi sono dovuto intervenire» disse, facendogli l'occhiolino. «A volte lei ha la mano pesante, e in questo genere di situazioni bisogna saperci andare piano.»

«Ah sì?» fece Jeffrey, guardando nel corridoio. C'erano Frank e Lena davanti a una stanza. A giudicare dal linguaggio del corpo, non si stavano scambiando complimenti.

«È lei che ha trovato la siringa.»

«Trovato?» Aveva chiamato la Scientifica meno di dieci minuti prima: i tecnici non potevano aver già esaminato la stanza.»

«Lena l'ha vista quando è entrata per controllare il colpevole» disse Chuck, sbagliando grossolanamente termine, dato che voleva riferirsi alla vittima. «Credo sia rotolata sotto il letto.»

Jeffrey represse un'imprecazione, perché le prove contenute nella stanza erano state contaminate, soprattutto se potevano dimostrare che Lena era già stata in quella stanza.

Chuck rise. «Capo, non se la prenda» disse dando una pacca sulla schiena a Jeffrey, come se l'avesse appena battuto a una partitella di basket.

Lui lo ignorò, avviandosi verso Frank e Lena. Dato che Chuck sembrava intenzionato a seguirlo, gli disse: «Mi faresti un favore?».

«Certo.»

«Resta in cima alle scale, e assicurati che non salga nessuno, a parte Sara.»

Lui gli fece il saluto militare e si voltò.

«Idiota» bofonchiò Jeffrey avviandosi.

Frank stava dicendo qualcosa a Lena, ma si fermò quando lui li raggiunse.

«Ci scusi un minuto?» chiese Jeffrey a Lena.

«Certo» disse lei, spostandosi di qualche passo. Jeffrey sapeva che poteva ancora sentirli, ma non gli importava.

«Sta arrivando la Scientifica» disse.

«Intanto ho fatto delle foto» rispose Frank mostrandogli una macchina fotografica Polaroid.

«Fa' venire Brad» ordinò lui, sapendo che Sara non si sarebbe accontentata. «Digli di portare la macchina fotografica. Voglio degli scatti nitidi.»

Frank fece la telefonata mentre Jeffrey esaminava la stanza. C'era un ragazzo corpulento dai capelli lunghi accasciato accanto al letto. Sul pavimento, vicino a lui, c'era una fascia elastica del tipo che i drogati usavano per trovare una vena. Il corpo era gonfio, grigio: doveva essere lì da un po'.

«Santo Dio» mormorò notando che il puzzo in quella camera era anche peggiore che in quella di Ellen Schaffer. «Che diavolo è?»

«Non era uno che badava molto alla pulizia» spiegò Frank.

Jeffrey osservò la scena. Le luci erano tutte spente, ma il sole che entrava a quell'ora tarda della mattina bastava a rischiarare l'ambiente. C'era un televisore con videoregistratore di fronte al corpo, poggiato sul materasso del letto. Lo schermo era acceso, ma era blu, indicando che il video era terminato. La luce conferiva al corpo un aspetto strano, come se la pelle fosse ammuffita, ma forse sembrava che fosse così per via del fetore nella stanza.

C'era disordine ovunque, e Jeffrey immaginò che gran parte del lezzo venisse dai contenitori di cibo lasciati a marcire sul pavimento. Fogli e libri erano sparsi dappertutto, e si domandò come fosse possibile camminare lì dentro senza inciampare.

La testa del ragazzo era inclinata verso il basso, contro il petto, i capelli unti che gli coprivano il viso e il collo. Addosso aveva solo un paio di boxer bianchi sudici. Aveva una mano infilata nell'apertura e Jeffrey non fece fatica a capire cosa stava combinando lì dentro.

La vittima aveva sul braccio sinistro un livido ben definito, che Sara avrebbe saputo spiegare. Dalla rigidità del corpo Jeffrey capì che era già presente il rigor mortis, ponendo così l'ora della morte tra due e dodici ore prima, a seconda della temperatura della stanza. Non era mai facile stabilire l'ora del decesso, e lui si disse che Sara avrebbe fatto altrettanta fatica a indicarla con certezza.

«L'aria condizionata è accesa?» chiese, allentandosi la cravatta. L'unità montata alla finestra aveva delle strisce di plastica davanti alle ventole, ma erano immobili.

«No» rispose Frank. «La porta era aperta quando sono arrivato, e ho pensato di lasciarla così per far uscire un po' di puzza.»

Jeffrey annuì, immaginando che quella camera doveva essersi scaldata abbastanza nel corso della notte, se il condizionatore era rimasto spento e la porta chiusa. I vicini dovevano essere talmente abituati all'odore mefitico da non notare nulla di strano.

«Sappiamo come si chiama?» chiese.

«William Dickinson» disse Frank. «Ma per quel che ne so, nessuno lo chiamava così.»

«E come lo chiamavano?»

«Scooter.»

Jeffrey inarcò le sopracciglia, ma non commentò. Non aveva alcuna intenzione di raccontare come lo chiamavano gli amici a Sylacauga. Sara aveva usato il suo soprannome proprio il giorno prima per infastidirlo.

«Il suo compagno di stanza questa settimana è a casa per Pasqua» aggiunse Frank.

«Voglio parlare con lui.»

«Mi faccio dare il numero dal rettore appena finiamo qui.»

Jeffrey si addentrò nella stanza e notò una siringa di plastica rotta sul pavimento. Qualsiasi cosa contenesse, si era seccata, ma notò comunque l'orma netta di una scarpa in quello che prima era stato un fluido. Osservò la traccia e disse a Frank: «Assicurati che Brad faccia un bello scatto di questa». Il detective annuì e lui si inginocchiò accanto al corpo. Stava per chiedere un paio di guanti quando Frank glieli porse.

«Grazie» disse infilandoseli. Gli sudavano le mani, e la gomma gli si incollò alla pelle. La luce era abbastanza scarsa e lui si guardò intorno, cercando una lampada. Ce n'era una sopra il frigorifero accanto al letto, ma il cavo era stato tagliato e i due capi erano stati incisi fino a scoprire il rame. «Che nessuno accenda la luce finché non abbiamo controllato questo» avvisò Frank.

Inclinò la testa di Scooter da una parte, sollevando il mento dal petto. Aveva una cinghia di cuoio legata intorno al collo che Jeffrey non aveva visto dal corridoio. Quel ragazzo aveva i capelli così lunghi e unti che si stupì di essere riuscito a individuarla. Gli tirò indietro i capelli, che si mossero in un'unica massa spessa. La cinghia era stretta a tal punto che la fibbia gli affondava nella pelle.

Jeffrey non voleva allentarla, ma riuscì a vedere un piccolo pezzo di spugna che sbucava dal lato superiore. Seguì il contorno della cinghia e scoprì che era aggancia a un'altra, che era invece di tessuto. La fibbia di quest'ultima era infilata in un grosso anello inchiodato alla parete.

Entrambe le cinghie erano tese, il peso del corpo che gravava sul gancio fissato nel muro. Dall'aspetto, sembrava che quell'anello fosse lì da un po'.

Jeffrey si voltò un poco, osservando il televisore di fronte al corpo. Era un apparecchio da due soldi, di quelli che si comprano nei grandi magazzini a meno di cento dollari. Accanto c'era un vasetto di balsamo di tigre con il bordo incrostato di residui biancastri di Dio solo sapeva cosa. Jeffrey prese la penna e la usò per premere il pulsante *eject* del videoregistratore. Sull'etichetta era rappresentata una scena a sfondo sessuale, e sotto c'era il titolo, *The Bare Wench Project*.

Si alzò e si tolse i guanti. Frank lo seguì nel corridoio, da Lena.

«Hai chiamato qualcuno?» le chiese Jeffrey.

«Che cosa?» fece lei, scura in volto. Doveva aspettarsi di essere interrogata di nuovo, ma quella domanda l'aveva colta alla sprovvista.

«Quando sei arrivata qui, hai chiamato qualcuno col cellulare?» spiegò lui.

«Non ho un cellulare.»

«Ne sei sicura?» le domandò. Pensava che Sara fosse l'unica persona in tutta Grant a non averlo.

«Lo sai quanto mi pagano?» rise lei, incredula. «Faccio fatica a comprarmi da mangiare.»

Jeffrey cambiò argomento. «Ho sentito che hai trovato tu la siringa.»

«Ci hanno chiamati circa mezz'ora fa» disse Lena, e lui capì che era un discorsetto che si era preparata. «Sono entrata nella stanza per controllare se il soggetto fosse vivo. Non aveva pulsazioni e non respirava. Era rigido e freddo al tocco. È stato allora che ho trovato la siringa.»

«È stata davvero di grande aiuto» disse Frank, ma dal tono era evidente che pensava tutto il contrario. «L'ha vista sotto il letto e ha pensato di farci un favore prendendola lei e portandocela con le sue mani.»

Jeffrey la fissò. «Immagino che ci saranno sopra le tue impronte» disse, e non era una domanda.

«Immagino di sì.»

«E magari non ti ricordi nemmeno di preciso cos'altro hai toccato, lì dentro?»

«Eh no.»

Jeffrey guardò nella stanza, poi puntò di nuovo lo sguardo su Lena. «Come mai ci sono le impronte delle scarpe del tuo ragazzo sul pavimento?»

Lei non perse un colpo, anzi, sorrise.

«Non lo sai?» chiese. «È stato lui a trovare il corpo.»

Jeffrey diede uno sguardo a Frank, che annuì. «Mi hanno detto che hai già provato a interrogarlo» disse a Lena.

Lei scrollò le spalle.

«Frank» disse, «portalo qui.»

Il detective si allontanò e Lena andò alla finestra, guardando il prato davanti al dormitorio. Era disseminato di immondizia, e una catasta di lattine di birra formava una sorta di monumento accanto alla rastrelliera per le biciclette.

«Sembra che ci sia stata una festa, qui» disse Jeffrey.

«Già» fece lei.

«Forse questo ragazzo» indicò Scooter, «si è fatto trascinare.»

«Forse.»

«Ho idea che qui al campus abbiate un problema di droga.»

Lena si voltò a guardarlo. «Direi che dovresti parlarne con Chuck.»

«Eh già, lui sì che è sempre sul pezzo» commentò Jeffrey, sarcastico.

«Potresti chiedergli dove è stato questo fine settimana.»

«Al torneo di golf?» ribatté lui, ripensando alla prima pagina del *Grant Observer.* Immaginò che Lena alludesse al padre di Chuck, tanto per ricordargli che Albert Gaines poteva rovinarlo.

«Perché mi ostacoli, Lena? Che cosa nascondi?»

«È arrivato il tuo testimone» disse lei. «Io devo andare a parlare col mio capo.»

«Perché tanta fretta? Cos'è, hai paura che Ethan ti picchi di nuovo?»

Lena serrò le labbra senza rispondere.

«Resterai qui» le ordinò, facendole capire che non aveva scelta.

Ethan White avanzò a passo lento nel corridoio accanto a Frank. Aveva addosso la solita maglietta nera a maniche lunghe e un paio di jeans. Aveva i capelli bagnati e un asciugamano intorno al collo.

«Stavi facendo la doccia?» chiese Jeffrey.

«Sì» rispose lui, asciugandosi un orecchio con il bordo dell'asciugamano. «Cercavo di cancellarmi di dosso le prove che ho strangolato Scooter.»

«Sembrerebbe una confessione.»

Ethan lo guardò con disprezzo, ma usò un tono più formale rispetto all'ultima volta che si erano incontrati. «Ho già parlato con la sua scagnozza, qui» disse, puntando lo sguardo su Lena. Lei ricambiò l'occhiataccia e la tensione si fece palpabile.

«Raccontalo anche a me. Abiti al piano terra?» Ethan annuì. «E perché sei salito?»

«Dovevo chiedere a Scooter degli appunti.»

«Per quale corso?»

«Biologia molecolare.»

«Che ore erano?»

«Non lo so» rispose lui. «Un paio di minuti prima di chiamare lei.»

Lena si affrettò a precisare. «Ero nell'ufficio della sicurezza. Non ha chiamato *me*, solo che sono stata io a rispondere al telefono.»

Ethan strinse tra le mani i lembi dell'asciugamano e lo fece con forza. «Sono andato via appena sono arrivati loro. È tutto quello che so.»

«Che cosa hai toccato nella stanza?»

«Non me ne ricordo. Ero sconvolto, perché avevo appena trovato un mio compagno morto stecchito.»

«Non è la prima volta che vedi un cadavere» gli ricordò Jeffrey.

Ethan inarcò le sopracciglia, come a dire: *e allora?*

«Verrai a rendere una dichiarazione formale alla stazione di polizia.»

«Non esiste» fece lui, scuotendo il capo.

«Vuoi forse intralciare un'indagine?» lo minacciò lui.

«No, signore» rispose Ethan, con aria astuta. Tirò fuori dalla tasca posteriore un foglio di carta e glielo consegnò.

«Ecco la mia dichiarazione. L'ho firmata. Se vuole essere presente mentre lo faccio, posso firmarla di nuovo. Credo proprio che la legge non mi obblighi a farlo alla centrale.»

«Credi di essere tanto furbo» disse Jeffrey senza prendere il foglio. «Credi di potertela cavare sempre e comunque, con i tuoi sotterfugi.» Indicò Lena. «O con i cazzotti.»

Ethan le strizzò l'occhio, come se tra loro ci fosse un segreto speciale. Lei si irrigidì, ma non disse una parola.

«Ti beccherò» riprese Jeffrey. «Forse non ora, ma stai combinando qualcosa, e io ti inchioderò. Ci siamo capiti?»

Ethan lasciò andare il foglio che volò lento a terra. «Se non c'è altro... adesso devo proprio andare a lezione» disse.

10

Sara guidò dal campus all'obitorio con il pilota automatico, ripensando a tutti i dettagli delle autopsie della sera prima. C'era qualcosa che ancora non la convinceva nella morte di Andy Rosen, e a differenza di Jeffrey, per firmare un referto autoptico dichiarando un omicidio lei aveva bisogno di qualcosa di più di una coincidenza. Al massimo poteva dire che si trattava di un decesso sospetto, e anche così era una definizione tirata per i capelli. Il tossicologico era pulito, l'autopsia non aveva rilevato nulla di strano. La possibilità che quello di Andy Rosen fosse stato un suicidio era più che concreta.

William *Scooter* Dickinson era un altro paio di maniche. La cassetta pornografica trovata nel videoregistratore, la spugna tra la pelle e la cinghia per evitare di lasciare segni, il gancio attaccato alla parete che era lì senza ombra di dubbio da molto tempo, erano tutti elementi che puntavano verso l'asfissia autoerotica. Sara ne aveva visto un solo caso in passato, ma il *Journal of Forensic Science* aveva pubblicato diversi articoli in merito qualche anno prima, quando lo strangolamento manuale aveva raggiunto l'apice della popolarità.

«Merda» esclamò Sara quando si accorse di aver superato l'ospedale. Proseguì lungo Main Street in direzione del college, poi fece un'inversione a U dov'era vietato, di fronte alla stazione di polizia. Salutò con la mano Brad Stephens, che stava scendendo in quel momento dall'autopattuglia e che si coprì gli occhi fingendo di non averla vista quando rischiò di distruggere la fiancata di una Cadillac bianca parcheggiata di fronte a Burgess's Cleaners.

Sara passò accanto alla clinica pediatrica, la cui insegna esterna era sbiadita e rovinata perché quando erano ancora sposati Jeffrey aveva deciso di tradirla con l'unica persona che si occupasse di insegne in quella città. Sospirò, guardando il cartello quasi inutilizzabile e chiedendosi se dovesse leggere un significato più profondo in quelle sue condizioni, ormai irreparabili. Forse presagiva ciò che sarebbe successo prima o poi tra lei e Jeffrey. Cathy Linton amava il detto secondo il quale non si può mai tornare indietro.

Inchiodò, rischiando di mancare ancora la svolta per l'ospedale. Lavorando sempre a contatto con i bambini non era abituata a imprecare, ma in quel caso si lasciò andare a un paio di oscenità mentre innestava la retromarcia. E quando colpì il marciapiede con uno pneumatico anteriore, ne sparò un altro paio.

Parcheggiò la macchina sul lato dell'edificio e scese le scale dell'obitorio due gradini alla volta.

Carlos non era ancora tornato dal college con il corpo e Jeffrey stava rintracciando i genitori di William Dickinson per avvisarli, quindi lei era lì da sola. Andò nel suo ufficio, ma si fermò sulla soglia. C'era una grande composizione floreale poggiata su un angolo della sua scrivania. Jeffrey non le mandava dei fiori da anni. Vi girò intorno, sentendosi nascere in viso un sorrisone sciocco. Jeffrey aveva dimenticato che i garofani non le piacevano più di tanto, ma c'erano anche altri fiori bellissimi, di cui lei non ricordava il nome, e l'ufficio era invaso dal loro profumo.

«Jeffrey» mormorò, sentendo le guance che si sforzavano di contenere il sorriso. Doveva averli ordinati quella mattina, prima che si scatenasse di nuovo l'inferno. Prese il biglietto e il sorriso svanì quando lesse il messaggio, firmato da Mason James. Si guardò intorno, chiedendosi dove potesse nasconderli in modo che Jeffrey non li vedesse, ma poi lasciò perdere, perché non era il tipo da sotterfugi e non aveva intenzione di cominciare a nascondere le cose.

Si sedette sulla sua poltroncina, mettendo il biglietto accanto al vaso. Sulla scrivania c'era una notevole quantità di altri oggetti che chiedevano la sua attenzione. Molly, la sua infermiera alla clinica pediatrica, le aveva lasciato una pila di documenti, ed era probabile che non sarebbe nemmeno riuscita a intaccarne la superficie se anche ci avesse lavorato per dodici ore filate. Si mise gli occhiali e firmò una sessantina di moduli prima di rendersi conto che era arrivato Carlos.

Dalla finestrella lo vide tirare fuori gli strumenti per l'autopsia. Era lento e metodico, controllava ciascun oggetto per essere sicuro che non fossero rovinati o danneggiati. Sara lo guardò per qualche altro minuto, poi decise di occuparsi dei messaggi lasciati telefonicamente. Notò che il primo aveva la grafia di Carlos. Brock aveva chiamato per sapere quando poteva venire a prendere il corpo di Andy Rosen. Sara prese il telefono e chiamò l'agenzia di pompe funebri.

Fu la madre di Brock a rispondere, e Sara passò qualche minuto a ragguagliarla sulle condizioni di sua sorella, sapendo che le notizie si sarebbero sparse per la città prima dell'ora di pranzo. Penny Brock non aveva granché da fare in ufficio, e tra un sonnellino e un saluto ai pochi clienti che capitavano, trascorreva quasi tutto il tempo a spettegolare al telefono.

Quando alla fine riuscì a farselo passare, Brock era allegro come al solito. «Ehilà, Sara» disse. «Vuoi qualche informazione sulle tariffe?»

Lei rise, sapendo che cercava di fare una battuta. «Chiamavo per sapere quanto tempo ho. Il funerale è oggi?»

«È stato fissato per domattina alle nove» disse lui. «Volevo prepararlo stasera. Quanto è messo male?»

«Non malissimo. Al solito.»

«Se puoi consegnarmi la salma per le tre avrò tutto il tempo.»

Sara controllò l'orologio. Erano già le undici e mezza, e non sapeva nemmeno perché continuasse a tenere lì Andy Rosen. I tessuti e gli organi erano già stati sottoposti a biopsia, e Brock aveva prelevato vari campioni di sangue e urine che lei poteva analizzare a suo piacimento. Non c'era proprio nient'altro che potesse fare.

«Facciamo così, vieni a prenderlo adesso.»

«Sicura?»

«Sì» rispose lei. Stava arrivando un altro corpo, e probabilmente avevano bisogno di far posto nella cella frigorifera.

«Se ti viene in mente qualcosa posso restituirtelo dopo il funerale» propose lui. «Devo lasciarlo per la cremazione intorno all'ora di pranzo.» Abbassò la voce. «Preferisco restare in zona per essere sicuro che facciano le cose per bene, sai. Dopo la storia di quel furfante nel nord della Georgia, la gente si innervosisce quando c'è di mezzo una cremazione.»

«Va bene» disse lei, ricordando perfettamente il caso di una famiglia che gestiva un crematorio e che aveva ammassato i cadaveri nei portabagagli delle auto e sotto gli alberi della proprietà invece di bruciarli. Il governo federale aveva dovuto spendere quasi dieci milioni di dollari per recuperare e identificare tutti i resti.

Brock disse: «È un vero peccato. È un modo così pulito di gestire la cosa. Non che guadagnare di più con le sepolture mi dia fastidio, ma ci sono persone che arrivano così malmesse che conviene fare tutto più in fretta che si può».

«Hai visto i genitori?» chiese Sara, domandandosi se Keller avesse minacciato sua moglie davanti a Brock.

«Sono venuti ieri sera per organizzare la funzione, e se vuoi saperlo...» Si interruppe. Era sempre stato un tipo molto discreto, ma Sara riusciva ogni volta a farlo parlare. A volte tanta sincerità le faceva venire il dubbio di essere una delle sue famose cotte non corrisposte.

Tentò di spronarlo. «Sì?»

«Be'...» riprese lui, a voce ancora più bassa. Brock sapeva meglio di chiunque altro che sua madre era l'arteria principale del gossip di Grant. «La madre aveva qualche dubbio sulla cremazione dopo l'autopsia. Pensava che non si potesse più fare. Santo cielo, ma da dove prende certe idee la gente?»

Sara aspettò.

«Ho avuto la sensazione che non fosse affatto felice di quella soluzione, ma poi è intervenuto il padre e ha detto che era il desiderio del figlio, quindi avrebbero fatto così.»

«Se le sue volontà erano queste, vanno rispettate» disse Sara. Anche se aveva continuamente a che fare con la morte, non aveva mai pensato di comunicare a qualcuno come voleva essere seppellita. In quel momento, il pensiero le diede un brivido.

«Alcuni arrivano con un elenco di disposizioni» ridacchiò Brock. «Dio, ne avrei da raccontare sulle cose bizzarre con cui la gente vuole farsi seppellire.»

Sara chiuse gli occhi, pregando che non glielo dicesse.

Brock intuì il significato del suo silenzio e proseguì: «Ti dirò la verità: considerato che sono ebrei, che Dio li benedica, pensavo volessero fare in fretta, invece sembrano non avere alcuna premura. Forse non sono molto religiosi».

«No» rispose lei. Come medico legale, le era capitato solo una volta che una sua autopsia fosse contestata da una famiglia di ebrei ortodossi. Pur ammirando la loro devozione alla religione, era convinta che i familiari alla fine si fossero sentiti sollevati nell'apprendere che il padre era morto per un infarto e non si era gettato con l'auto nel lago di proposito.

«Be'...» Brock si schiarì la gola, a disagio, forse immaginando che lei lo disapprovasse. «Arrivo in un baleno.»

Sara attaccò e si mise gli occhiali, scorrendo i messaggi rimanenti. Il rumore di fondo dell'obitorio era interrotto dagli scatti e dai lampi della macchina fotografica con cui Carlos esaminava il corpo. Sara si fermò all'ultimo biglietto, notando che era mancata alla visita di un rappresentante farmaceutico, e si accigliò, perché l'uomo avrebbe lasciato più campioni gratuiti per i suoi pazienti se lei fosse stata presente e glielo avesse chiesto.

Sotto i messaggi c'era un dépliant lucido, lasciato dal rappresentante, che annunciava la recente approvazione di un nuovo farmaco pediatrico contro l'asma. In realtà Sara e i suoi colleghi prescrivevano quell'inalatore da anni, ma le case farmaceutiche sfruttavano l'approvazione da parte del governo per l'uso pediatrico in modo da aumentare il bacino di pazienti e truffare i consumatori, scalzando la concorrenza dei farmaci generici. Sara spesso pensava che se avessero smesso di spendere soldi in brochure raffinate e costose campagne pubblicitarie, forse quelle aziende avrebbero potuto abbassare i prezzi dei farmaci e renderli accessibili alla gente.

Il cestino della spazzatura era dall'altra parte della stanza e lei lanciò il dépliant in quella direzione, mancandolo, proprio mentre Jeffrey entrava nell'ufficio.

«Ehi» fece lui, posando una busta porta documenti sulla scrivania, e sopra di essa un grosso sacchetto di carta.

Lei si alzò per recuperare la brochure, ma lui la prese per un braccio.

«Che cosa...»

Le diede un bacio sulle labbra, un gesto che non faceva quasi mai in pubblico. Fu un bacio casto, quasi un saluto amichevole, oppure, considerando come si era comportato il giorno prima con Mason James, un modo per marcare il territorio.

«Ehi» disse lei, guardandolo incuriosita mentre metteva il dépliant nel luogo che gli si addiceva. Quando si voltò, trovò Jeffrey con in mano un garofano. «A te non piacciono, questi.»

Fu più felice che se ne fosse ricordato che dell'eventualità che fosse stato lui a mandarli. «No» rispose, osservandolo mentre tirava fuori il biglietto dalla busta.

«Prego, leggilo pure» commentò, ma tanto lo stava già facendo.

Lui rimise il messaggio nella busta senza fretta. «Che gentile» disse, poi citò il testo. «"Se hai bisogno di me, sono qui."»

Sara si mise a braccia conserte, aspettando di sentire ciò che doveva dirle.

«Mattinata lunga» cominciò lui, chiudendo la porta. Aveva in volto un'espressione neutra, e lei capì che stava cercando di cambiare argomento quando le chiese: «Tess? Sempre uguale?».

«Meglio, a dire il vero» rispose, inforcando gli occhiali mentre si sedeva. «Di cosa volevi parlare?»

Diede una ditata a un fiore. «Lena ha avuto un incidente, stamattina.»

Sara si raddrizzò. «In auto?»

«No. È stato Ethan White, quel teppista di cui ti parlavo. Quello con cui si vede, e che ha provato a buttarmi a terra.»

«È il suo nome?» chiese lei, perché per qualche strano motivo quel nome le sembrava innocuo.

«Uno dei tanti» rispose Jeffrey. «Sono andato con Frank a parlare con lei stamattina...» Si interruppe e continuò a fissare il fiore. Sara si appoggiò allo schienale ascoltando il racconto della sua mattinata, che si concluse con Jill Rosen che gli mostrava i lividi sul collo.

«È vittima di abusi» disse lei, sottolineando l'ovvio.

«Già.»

«Quando ho eseguito l'autopsia del figlio non ho trovato segni di abusi.»

«È possibile fare del male a qualcuno senza lasciare tracce.»

«In ogni caso si potrebbe sollevare l'ipotesi che Rosen si sia suicidato per fermare gli abusi. Il messaggio che ha lasciato era per sua madre, non per suo padre. Forse non ce la faceva più a sopportarlo.»

«È possibile» concordò Jeffrey. «Se non fosse per l'aggressione a Tessa, su Andy non ci sarebbero dubbi.»

«Com'è possibile che non siano collegati?»

«Maledizione, Sara, non lo so.»

«Non abbiamo alcuna prova che Andy Rosen sia stato assassinato» gli ricordò. «Forse dovremmo tirarlo fuori dall'equazione e andare avanti con le uniche certezze che abbiamo.»

«E sarebbero?»

«Ellen Schaffer è stata assassinata. Forse qualcuno ha pensato di prendere spunto dal gesto di Andy per cercare di far credere che lei l'abbia imitato. Nei campus universitari non è inconsueta una forma di reazione a catena del genere. Al MIT ci sono stati dodici suicidi in un anno, una volta.

«E Tess?» le ricordò. Tessa restava l'elemento privo di senso, la vittima che non c'entrava nulla.

«Potrebbe essere un delitto del tutto scollegato» disse Sara. «A meno che non troviamo un legame, forse dovremmo considerarli due episodi separati.»

«E questo?» Jeffrey indicò il corpo nella sala per gli esami.

«Non saprei proprio. Come l'hanno presa i genitori?»

«Come c'era da aspettarsi» rispose lui, ma non aggiunse altro.

«Sarà meglio cominciare» disse Sara, spostando il sacchetto di carta marrone dalla cartellina per poter leggere il verbale. Jeffrey aveva fatto delle copie dei suoi appunti e c'era anche un inventario degli oggetti trovati sulla scena. Sara lesse i fogli rapidamente, ma con la coda dell'occhio notò che Jeffrey toccava un fiore viola a forma di campana.

Quando finì di leggere, indicò la pila di riviste sull'unica altra sedia disponibile. «Puoi metterle a terra» disse.

«Sono stanco di stare seduto» rispose lui, accosciandosi accanto alla scrivania. Le accarezzò una gamba. «Sei riuscita a dormire abbastanza?»

Lei posò una mano sulla sua, pensando che forse doveva chiedere a Mason di mandarle fiori ogni giorno, se questo era l'effetto ottenuto.

«Sto bene» disse, tornando a concentrarsi sui documenti. «Sono arrivate in fretta» aggiunse, riferendosi alle foto della scena del crimine.

«Brad le ha sviluppate nella camera oscura. A proposito, forse è meglio se la prossima volta che vuoi fare un'inversione a U davanti alla centrale ti guardi un po' meglio intorno.»

Lei gli fece un sorriso innocente, poi indicò il sacchetto. «Quello cos'è?»

«Flaconi di farmaci» spiegò lui, rovesciandone il contenuto sulla scrivania. Dalla polvere nera rimasta sulla superficie, Sara capì che avevano già rilevato le impronte digitali. Erano almeno venti bottigliette.

«Appartenevano tutti alla vittima?» chiese.

«C'è scritto sopra il suo nome.»

«Antidepressivi» disse Sara, allineando i flaconi uno accanto all'altro.

«Si faceva di Ice.»

«Bello *e anche* intelligente» commentò lei, sarcastica, continuando a sistemare le bottigliette e cercando di suddividerle per tipologia. «Valium, che è controindicato con gli antidepressivi.» Osservò le etichette, che erano compilate tutte dallo stesso medico. Il nome non le diceva nulla, mentre i farmaci le facevano scattare ogni genere di allarme nella testa.

Cominciò a leggere a voce alta le prescrizioni. «Prozac, di quasi due anni fa. Paxil, Elavil.» Fece una pausa, verificando le date. «Sembra che le abbia provate tutte e poi abbia deciso di prendere lo Zoloft, che è...» Si fermò ancora. «Wow» esclamò poi.

«Che c'è?»

«Trecentocinquanta milligrammi di Zoloft al giorno. È una dose molto alta.»

«Qual è la dose media?»

Lei scrollò le spalle. «Io non do queste cose ai bambini» disse. «Diciamo che una dose sufficiente per un adulto sarebbe tra i cinquanta e i cento milligrammi al massimo.» Riprese a controllare i flaconi. «Ritalin, ovvio. La sua generazione è cresciuta con questa merda. Altro Valium, litio, amantadina, Paxil, Xanax, ciproeptadina, busiprone, Wellbutrin, Buspar, Elavil. Un altro Zoloft. E un altro.» Raggruppò i contenitori di Zoloft, notando che erano stati confezionati in farmacie diverse e in date diverse.

«Questi a cosa servono?»

«Nello specifico? Depressione, insonnia, ansia. Servono tutti allo stesso scopo ma agiscono in modo diverso.» Spinse la poltroncina con le rotelle verso lo scaffale accanto allo schedario e prese il prontuario farmaceutico. «Dovrò controllarli» disse, tornando alla scrivania. «Alcuni li conosco, altri non ho idea di cosa facciano. Ho in cura un bambino con una patologia rara che prende il busiprone per l'ansia. A volte si possono prendere insieme, ma non tutti, o si rischia di intossicarsi.»

«È possibile che li vendesse?» chiese Jeffrey. «Aveva le siringhe. Abbiamo trovato una riserva di erba e dieci pasticche di acido nel suo armadio.»

«Non esiste un vero e proprio mercato per gli antidepressivi» disse lei. «Al giorno d'oggi è facilissimo farseli prescrivere. Basta trovare il medico giusto – o in questo caso, quello sbagliato.» Indicò un paio di bottigliette che aveva messo da parte. «Il Ritalin e lo Xanax invece si vendono bene.»

«Potrei fare un giro alla scuola elementare e procurarmene una decina per tipo per un centinaio di dollari» puntualizzò Jeffrey. Sollevò una grossa confezione di plastica. «Almeno prendeva le vitamine.»

«Yocon» disse lei leggendo il contenuto. «Meglio cominciare da questo.» Sfogliò il manuale e trovò la voce che cercava. «È il nome commerciale della yohimbina, un'erba. Dovrebbe aiutare nei problemi di libido.»

Jeffrey riprese in mano il flacone. «È un afrodisiaco?»

«Tecnicamente, no» rispose Sara, leggendo ancora. «Dovrebbe aiutare un po' in tutto, dall'eiaculazione precoce al mantenimento dell'erezione.»

«E come mai io non ne ho mai sentito parlare?»

Sara gli rivolse un'occhiata significativa. «Non ne hai mai avuto bisogno.

Lui sorrise e poggiò di nuovo lo Yocon sulla scrivania. «Perché un ragazzo di vent'anni dovrebbe aver bisogno di una cosa del genere?»

«Forse lo Zoloft lo aveva reso anorgasmico.»

«Non poteva venire?» chiese Jeffrey, incuriosito.

«Be', si può dire anche così» concesse lei. «Poteva raggiungere e mantenere l'erezione, ma aveva problemi a eiaculare.»

«Santo Dio, per forza voleva strozzarsi da solo.»

Sara ignorò il commento e ricontrollò il farmaco nella guida tanto per essere sicura. «Effetti collaterali: anorgasmia, ansia, aumento dell'appetito, diminuzione dell'appetito, insonnia...»

«Spiegherebbe lo Xanax.»

Sara sollevò lo sguardo. «Nessun medico sano di mente prescriverebbe mai queste medicine tutte insieme.»

Jeffrey mise a confronto alcune etichette. «Si è servito di quattro diverse farmacie.»

«Non penso che un farmacista riempirebbe tutti questi flaconi. È troppo rischioso.»

«Avremo bisogno di prove concrete per ottenere un mandato per verificare i registri delle farmacie» disse lui. «Conosci il nome del medico?»

«No» rispose Sara, aprendo l'ultimo cassetto della scrivania. Tirò fuori l'elenco telefonico di Grant e dintorni. Una rapida ricerca dimostrò che quell'uomo non era in elenco. «Non potrebbe lavorare per l'ospedale pubblico o per la scuola?»

«No» disse Jeffrey. «Ma potrebbe essere di Savannah. Una delle farmacie è di lì.»

«Non ho l'elenco di Savannah.»

«Sai, esiste una cosa rivoluzionaria» fece lui, prendendola in giro. «Si chiama Internet.»

«E va bene» ribatté Sara, cercando di sottrarsi alle lodi delle meraviglie della tecnologia. Ne capiva l'utilità per una persona come Jeffrey, ma per quel che la riguardava, al lavoro vedeva troppi ragazzini pallidi e obesi per apprezzare i benefici del fissare uno schermo tutto il giorno.

«Potrebbe non essere un dottore?» tentò lui.

«A meno che il farmacista non ti conosca già, devi fornire un numero identificativo della DEA quando invii una ricetta. Si trova su un database.»

«Quindi qualcuno potrebbe aver rubato il numero a un medico in pensione?»

«Non prescrive narcotici oppure OxiContin. Non credo che questa roba faccia scattare campanelli d'allarme tra i controllori del governo.» Sara si fece seria. «Eppure non riesco a capire che senso abbia. Non sono stimolanti. Non è roba con cui ti puoi sballare. Lo Xanax può dare assuefazione, ma lui aveva in camera metanfetamine e marijuana, che fanno questo lavoro mille volte meglio.»

Carlos avrebbe contato e classificato le pillole più tardi, ma d'istinto Sara aprì un flacone di Zoloft. Senza tirarle fuori, paragonò le compresse gialle con le foto nel prontuario. «Sono uguali.»

Jeffrey ne aprì un altro mentre Sara prendeva il terzo barattolo. «Le mie no» disse lui.

Sara sbirciò all'interno della confezione. «Vero» concordò e aprì il primo cassetto. Trovò delle pinzette e le usò per estrarre una capsula chiara. Dentro era stata versata della polverina bianca. «Potremmo mandarle a far esaminare e scoprire che cosa sono.»

Jeffrey controllava i flaconi uno dopo l'altro. «Col nostro budget possiamo permetterci una procedura d'urgenza?»

«Non credo che abbiamo scelta» rispose lei, infilando la capsula in un piccolo sacchetto per le prove. Aiutò Jeffrey a verificare il contenuto degli altri flaconi, ma avevano tutti una sorta di marchio che identificava il produttore o il nome del farmaco.

«Forse usava le capsule vuote per altre droghe» disse Jeffrey.

«Prima verifichiamo quelle che non abbiamo riconosciuto» suggerì Sara, sapendo quanto sarebbe costata un'indagine a tutto tondo. Se fossero stati ad Atlanta avrebbe senz'altro avuto le risorse necessarie, ma i fondi a disposizione a Grant erano così pochi che a volte Sara si vedeva costretta a prendere in prestito i guanti in latex dalla clinica. «Di dov'è Dickinson?»

«Di qui» disse Jeffrey.

Sara provò a rifare una delle prime domande, immaginando che lui fosse più propenso a rispondere. «Come hanno preso la notizia i suoi genitori?»

«Meglio di quanto pensassi. Da quel che ho capito era un ragazzo terribile.»

«Come Andy Rosen» fece notare Sara. Gli aveva riferito il parere che Hare si era fatto della famiglia durante il viaggio di ritorno da Atlanta.

«Se l'unico collegamento che abbiamo è che si tratta di due ventenni viziati, significa che metà degli studenti è in pericolo.»

«Rosen era un maniaco-depressivo» gli ricordò Sara.

«I genitori di Dickinson dicono che lui non lo era. Non aveva mai fatto cenno ad alcuna terapia. Per quel che ne sapevano loro, il loro figlio era sano come un pesce.»

«Credi che gliel'avrebbe detto?»

«Non sembravano molto coinvolti nella sua vita, ma il padre ha messo bene in chiaro che era lui a pagare tutti i conti. Una cosa del genere non gli sarebbe sfuggita.»

«Poteva farsi seguire gratuitamente da qualcuno all'ambulatorio medico del campus.»

«Potrebbe essere complicato accedere ai documenti della clinica.»

«E se chiedessi di nuovo a Jill Rosen?» tentò Sara.

«Credo sia inutile» rispose Jeffrey, scuro in volto. «Abbiamo interrogato tutto il dormitorio e nessuno sapeva un bel niente di quel ragazzo.»

«A giudicare dall'odore che c'era nella sua stanza, sembrerebbe che ci passasse quasi tutto il tempo.»

«Se Dickinson spacciava, nessuno ammetterà di conoscerlo. Quando è girata voce che facevamo domande, gli sciacquoni del dormitorio hanno cominciato a lavorare a pieno regime.»

Sara rifletté sugli elementi in loro possesso. «E così sia lui sia Rosen erano dei tipi solitari, isolati. Entrambi erano tossicodipendenti.»

«Il tossicologico di Andy era pulito.»

«Non è detto» gli fece presente lei. «Il laboratorio cerca solo le sostanze che indico io. Esistono migliaia di altre droghe che poteva aver usato e io non ho fatto cercare.»

«Credo che qualcuno abbia manomesso le prove in camera di Dickinson.»

Lei aspettò che continuasse.

«C'era una bottiglia di vodka nel frigo, mezza piena, ma senza impronte. Alcune lattine di birra e altri oggetti avevano le impronte della vittima e di un paio di persone che non abbiamo riconosciuto, forse i commessi del negozio o chiunque gliele abbia vendute.» Fece una pausa. «Proveremo a esaminare la siringa per scoprire cosa conteneva. Quella sul pavimento è messa malissimo. Ho fatto grattare il pavimento, ma non so se riusciranno a trarne un campione decente.» Tacque di nuovo, come se ci fosse dell'altro e lui non volesse parlarne. «È stata Lena a trovare la siringa.»

«Com'è successo?»

«L'ha vista sotto il letto.»

«L'ha toccata?»

«Ovunque.»

«Ha un alibi?»

«Sono stato con Lena per tutta la mattina» disse Jeffrey. «Ed è stata con White per tutta la notte. Si forniscono un alibi a vicenda.»

«Non sembri convinto.»

«In questo momento non mi fido di nessuno dei due, soprattutto se pensi ai trascorsi criminali di White. Non ci si sveglia una mattina scoprendo di non essere più razzisti. L'unica cosa che lega tutta questa storia, Tess inclusa, ha a che vedere con la razza.»

Sara aveva capito dove andava a parare. «Ne abbiamo già parlato. Com'è possibile che qualcuno sapesse che avrei portato Tessa sulla scena del crimine? È troppo improbabile.»

«Lena continua a sbucare in continuazione in questa storia per essere del tutto estranea.»

Sara sapeva cosa intendeva dire. Avevano lo stesso problema con il presunto suicidio di Andy Rosen. Spesso si scopriva che gli eventi non erano semplici coincidenze.

«Quel White» riprese Jeffrey, «è uno schifoso bastardo, Sara. Spero che tu non debba mai conoscerlo.» Parlava in tono carico di disprezzo. «Che diavolo ci fa lei con uno così?»

Sara si appoggiò allo schienale e aspettò che la guardasse. «Se riflettiamo su ciò che ha passato, non c'è da stupirsi che sia finita a frequentare una persona come Ethan White. È un uomo pericoloso. So che continui a definirlo un ragazzino, ma da quel che mi dici non si comporta affatto come tale. Lena potrebbe essere attratta dal senso del pericolo. Cerca ciò che già conosce.»

Lui scosse il capo, come se non riuscisse ad accettarlo.

A volte Sara si chiedeva se Jeffrey conoscesse davvero Lena. Aveva la tendenza a vedere le persone come *desiderava* che fossero piuttosto che com'erano davvero. Era sempre stato un problema durante il loro matrimonio, e Sara non era affatto felice di ripensarci in quel momento.

«A parte Ellen Schaffer, potremmo essere di fronte a una serie di coincidenze, complicate dal fatto che tu e Lena sembrate impegnatissimi a gareggiare a chi fa incazzare di più l'altro.» Gli posò un dito sulla bocca per impedire la sua replica. «So già cosa stai per dire, ma non puoi negare che tra te e lei ci sia dell'ostilità. Anzi, direi quasi che forse protegge White solo per darti fastidio.»

«È possibile» concordò lui con sorpresa di Sara.

«Credi davvero che si sia messa a bere?» gli chiese. «Tanto da poter dire che ha un problema?»

Lui scrollò le spalle, e Sara ricordò quanto Jeffrey detestasse gli alcolisti. Suo padre era stato un ubriacone violento, e anche se lui sosteneva di aver superato i traumi di un'infanzia vissuta nella violenza, lei sapeva bene che un alcolizzato era in grado di scatenare la furia del suo ex marito molto più di un assassino.

«Essere in preda al dopo sbronza non significa che abbia un problema, ma solo che ha bevuto troppo la sera prima.» Aspettò che le sue parole facessero effetto prima di continuare. «E questa?» chiese, sfogliando le foto. Gli mostrò l'immagine della siringa sbriciolata a terra.

«Sono quasi sicuro che non sia stata lei» ammise. «Confrontando l'impronta con quella della scarpa di White, si nota che è quasi uguale.»

«No» disse Sara. «Non riesci a vedere la questione più importante. Dickinson aveva due siringhe piene della metanfetamina più pura che si possa trovare. Se voleva suicidarsi – o se qualcuno voleva far sì che sembrasse un suicidio – perché non ha usato la seconda siringa? Era così forte che la nuova dose l'avrebbe ucciso quasi all'istante.»

«Strozzarsi così è un modo di andarsene piuttosto imbarazzante» sottolineò lui. «Forse è stato qualcuno che lo odiava.»

«Quel gancio era nel muro da tempo» disse ancora Sara, mostrandogli la foto. «Le cinghie sono consumate in un modo che dà la certezza che fossero state usate allo stesso scopo in passato. La spugna era lì per impedire al cuoio di lasciare segni sul collo. Aveva preparato tutto, anche il porno nel televisore.» Sfogliò le foto mentre parlava. «Forse ha pensato che stando seduto non correva rischi. Quasi tutti i casi di morte in condizioni simili sono dovuti alle aste dell'armadio che si spostano o alle sedie che scivolano via da sotto i piedi.» Indicò i farmaci. «Se era anorgasmico, avrebbe cercato un modo migliore per costruirsi la sua trappola mortale.»

Jeffrey non riusciva a lasciar perdere Lena. «Perché Lena ha contaminato la scena, se non aveva niente da nascondere? Non ha mai fatto nulla del genere.»

Sara non aveva risposta a quella domanda. «Se l'assassino è White, che movente aveva per la morte di Scooter?»

Jeffrey scosse il capo. «Non me ne viene in mente nessuno.»

«Droga?»

«White si sottopone a controlli ogni settimana per via della libertà vigilata ed è sempre pulito, ma Lena aveva del Vicodin in casa.»

«Le hai chiesto perché ce l'ha?»

«Ha detto che è per il dolore conseguente a quel che le è successo un anno fa.»

Nella mente di Sara balenò un'immagine di Lena durante l'esame in seguito allo stupro.

Jeffrey disse: «Ha una ricetta valida».

Sara si rese conto di aver perso il filo della conversazione per un attimo. «Ellen Schaffer non faceva uso di droga?»

«No.»

«Dickinson non mi sembra un cognome che si possa collegare a qualche etnia precisa.»

«Battista, nato e cresciuto nel Sud.»

«Non frequentava nessuno?»

«Con quella puzza?» le ricordò Jeffrey.

«Buona osservazione.» Sara si alzò, chiedendosi dove fosse finito Brock. «Possiamo cominciare? Ho detto a mia madre che sarei tornata il prima possibile.»

«Come sta Tessa?»

«Fisicamente? Si riprenderà.» Le vennero le lacrime agli occhi. «Sul resto non mi chiedere niente, okay?»

«Sì, okay» rispose.

Sara aprì la porta ed entrò nell'obitorio. «Carlos» disse, «sta arrivando Brock. Non appena sarà qui puoi andare in pausa.»

Jeffrey si incuriosì, ma non fece la domanda più ovvia. «Ottima intuizione su quel tatuaggio. Aveva ragione» gli disse invece.

Carlos sorrise, cosa che non capitava mai quando era Sara a fargli un complimento.

Lei si legò il camice intorno alla vita e si avvicinò alla lampada a muro per controllare le radiografie scattate da Carlos a William Dickinson. Dopo un esame attento di ciascuna immagine, tornò accanto al corpo.

La bilancia appesa in fondo al tavolo dondolava all'aria, e anche se il suo assistente non se ne dimenticava mai, Sara controllò che il peso fosse stato azzerato. Brock aveva detto che sarebbe arrivato subito, ma doveva ancora farsi vedere, e lei non voleva iniziare l'autopsia formale fin quando non se ne fosse andato.

«Comincio con un esame superficiale mentre aspettiamo Brock» dichiarò. Si infilò un paio di guanti e tirò indietro il lenzuolo, scoprendo William Dickinson sotto le forti luci sopra di loro. Intorno al collo era disegnata una traccia perfetta della cinghia, in nero. La mano sinistra era ancora stretta intorno al pene. «Era mancino?» chiese a Jeffrey.

«Ha importanza?»

«Sei serio?» fece lei, sorpresa. Non ci aveva mai riflettuto più di tanto, ma aveva sempre dato per scontato che gli uomini usassero la mano dominante.

Jeffrey distolse lo sguardo mentre lei staccava la mano

di William Dickinson dal pene. Le dita rimasero curve, ma il rigor stava diminuendo nella parte superiore del corpo, dov'era cominciato. Le punte delle dita erano violacee, e sul membro era ben visibile il segno lasciato dalla mano.

«Ahi» sussurrò Carlos, e fu la prima volta in assoluto in cui commentò una scoperta di Sara. Stava osservando delle spesse linee scure in rilievo che segnavano entrambi i testicoli.

«Sono ferite lasciate da una lama?» chiese Jeffrey.

«Mi sembrano più bruciature elettriche» disse lei, riconoscendone il colore. «Sono recenti, di pochi giorni fa, direi. Questo spiegherebbe il cavo elettrico accanto al letto.» Prese un tampone e lo premette contro una delle bruciature, catturando una goccia di materiale che sembrava una crema. L'annusò e disse: «Ha l'odore della vaselina».

Carlos le porse un sacchetto in cui mettere il tampone.

«Si usa sulle bruciature?» chiese Jeffrey.

«No, ma considerando la sua dotazione di farmaci non mi sembra il tipo di persona che segue le istruzioni.» Esaminò le scottature. «Potrebbe aver usato la vaselina come lubrificante.»

Carlos e Jeffrey si scambiarono un'occhiata poco convinta.

«È probabile che usasse il balsamo di tigre. Ne aveva un vasetto accanto al televisore» disse Jeffrey.

Sara ricordò di averlo visto in foto, ma non ci aveva fatto caso. «Non serve per l'affaticamento muscolare?»

Nessuno dei due le rispose, così tornò a concentrarsi sulle bruciature. «Forse usava la stimolazione elettrica per aiutarsi a raggiungere l'orgasmo.»

«Non è la prima cosa che mi verrebbe in mente per risolvere il problema» commentò Jeffrey.

«Si faceva di metanfetamina pura. Dubito che fosse in grado di ragionare in modo lucido.» Chiese a Carlos: «Puoi aiutarmi a voltarlo?».

Il giovane si infilò un paio di guanti e insieme girarono Dickinson a pancia in giù. Aveva un'ipostasi diffusa sulle natiche e un lungo segno orizzontale nel punto in cui aveva poggiato la schiena contro il letto.

Sara esaminò William Dickinson dalla testa ai piedi, senza nemmeno sapere cosa stesse cercando. Alla fine trovò qualcosa da commentare. «Ha del tessuto cicatriziale intorno all'ano» disse a Jeffrey, che intanto era voltato verso i lavandini.

«Era gay?» chiese lui.

«Non necessariamente» rispose Sara, togliendosi i guanti. Andò a prenderne un altro paio, dicendo: «Non c'è modo di sapere quando o come si sia ferito. Alcuni uomini eterosessuali apprezzano questo genere di cose».

Jeffrey raddrizzò le spalle, come a dire: *Non questo eterosessuale.* «Se era gay, potremmo ipotizzare un crimine legato all'odio» disse.

«Hai altre prove per dimostrare che era gay?»

«Nessuno dice nulla di lui.»

«Che mi dici del video che stava vedendo?»

«Etero» concesse Jeffrey.

«Forse potresti tornare sulla scena e cercare qualcosa che abbia usato su se stesso. Considerando ciò che faceva, non mi stupirei se trovassimo un plug anale o...»

Jeffrey la fermò. «Potrebbe somigliare a un grosso ciuccio rosso?»

Sara annuì e lui si fece scuro in volto, forse perché si ricordò che l'aveva toccato.

Si rimise all'opera. Scattò foto di ciò che aveva trovato e

poi chiese a Carlos di aiutarla a voltare di nuovo il corpo. Il rigor mortis stava diminuendo, ma bastava ancora a rendere difficile maneggiarlo.

Ripeté l'esame sulla parte davanti della salma, controllandolo con la massima cura. La mandibola si era allentata abbastanza da riuscire ad aprirgli la bocca, ma non trovò nulla che ostruisse le vie aeree. I solchi intorno al collo e le chiazze che aveva sulla pelle intorno agli occhi iniettati di sangue erano coerenti con la morte per strangolamento.

Disse a Jeffrey: «La pressione sull'arteria carotidea, che porta il sangue ossigenato al cervello, deve aver causato un'ipossia cerebrale transitoria. Ci vogliono dai dieci ai quindici secondi prima che subentri la perdita di coscienza per l'occlusione».

«In termini comprensibili?»

«Lo scopo è bloccare l'afflusso di sangue alla testa per aumentare il piacere della masturbazione. Potrebbe aver sbagliato a calcolare i tempi, oppure si è lasciato trascinare o è svenuto per la mancanza di ossigeno, o magari era troppo fatto di metanfetamina...» Si interruppe, sapendo che Jeffrey stava riflettendo su ciascuna di quelle ipotesi. Riprese: «Controllerò la cartilagine ioidea e tiroidea quando sezionerò il collo, ma dubito che siano collassate. La pressione era quasi tutta sulla carotide. Se vuoi la mia opinione, considerando il gancio e l'imbottitura sotto la cinghia si direbbe che sapeva bene cosa stava facendo».

«Così si direbbe» ripeté lui, anche se Sara non era altrettanto scettica.

«Direi che possiamo anche cominciare» propose lei, immaginando che l'esame interno avrebbe dato qualche prova più concreta.

«Non vuoi aspettare Brock?»

«Probabilmente sarà stato trattenuto» rispose. «Iniziamo, e quando arriverà faremo una pausa.»

Sara azionò il dittafono e avviò l'autopsia di William Dickinson, dichiarando una dopo l'altra le sue annotazioni ed esaminando ciascun organo e ogni centimetro di pelle con la lente di ingrandimento fino ad avere la certezza di non poter fare nient'altro. A parte un eccesso di grasso nel fegato e un indebolimento cerebrale compatibile con l'uso prolungato di droghe, nel corpo del ragazzo non trovò nulla che fosse degno di nota, al di là di come era morto. Concluse l'esame con la stessa considerazione fatta a Jeffrey poco prima. «La morte è dovuta all'occlusione dell'arteria carotidea con conseguente ipossia cerebrale.» Spense l'apparecchio e si tolse i guanti.

«Niente» riassunse Jeffrey.

«Niente» concordò lei, infilandosi un paio di guanti nuovi. Stava ricucendo il petto con punti standard quando l'ascensore di servizio, accanto alle scale, emise un segnale.

Carlos sparì prima ancora che le porte si aprissero.

«Ehilà, bella signora» fece Brock, spingendo una barella metallica nell'obitorio. «Scusa il ritardo. Sono arrivati dei parenti di un defunto e mi sono dovuto occupare di loro. Avrei chiesto a mia madre di avvisare, ma sai com'è fatta.» Sorrise a Jeffrey, poi di nuovo a Sara, senza riuscire a dire che non poteva fidarsi nemmeno della sua stessa madre. «Comunque, ho immaginato che un po' di tempo in più vi facesse comodo.»

«Non preoccuparti» disse Sara, avviandosi verso la cella frigorifera.

«Questo qui non lo prendo» disse Brock indicando Dickinson. «Se l'è aggiudicato Parker, a Madison.» Una ruota della barella s'incastrò in una mattonella spezzata, facendolo inciampare.

«Serve una mano?» chiese Jeffrey.

Lui ridacchiò, riprendendosi. «Capo, ho patente e libretto in regola» disse, come se l'avesse fermato in auto lungo la strada.

Sara portò fuori il carrello con Andy Rosen e lo aiutò a spostare il corpo.

«Ti serve il sacco?» chiese Brock.

«Riportamelo senza fretta domani» rispose lei. Poi però le venne in mente che così avrebbe incontrato Carlos. «Anzi, scusami, ti spiacerebbe usare il tuo?»

«Sono come i boyscout» le disse, prendendo sotto la barella un sacco per salme verde scuro con stampato di lato il logo dorato della Brock e Figli.

Sara aprì la chiusura lampo mentre lui distendeva il sacco sulla sua barella.

«Bella incisione» sottolineò Brock. «Mi basta incollarla e metterci sopra del cotone, verrà perfetto.»

«Bene» rispose lei, non sapendo cos'altro dire.

«Gli ho dato un'occhiata ieri mentre ero qui, per farmi un'idea di cosa mi aspettava per l'imbalsamazione.» Fece un sospiro rassegnato. «Forse sulla testa posso mettere un po' di mastice. Sono sicuro che da lì colerà qualcosa.»

Sara si fermò. «Da dove?»

Le indicò la fronte. «Quel buco. Credevo l'avessi visto, Sara. Mi spiace.»

«No» fece lei, afferrando la lente d'ingrandimento. Spinse indietro i capelli di Andy Rosen e trovò un minuscolo foro nello scalpo. Il corpo era lì da un po', e la pelle si era ritirata, allargandolo. Riusciva a vederlo bene anche senza la lente.

«Non posso credere di non averlo notato» disse.

«Hai esaminato la testa, ti ho vista farlo» aggiunse Jeffrey.

«Ieri sera ero stanchissima» rispose lei, ma sapeva bene che era una scusa che non reggeva. «Cristo santo.»

Brock fu molto sorpreso da quell'esclamazione. Sara si sarebbe anche scusata, ma era troppo in collera. Il piccolo foro sulla fronte di Andy Rosen era senza ombra di dubbio il segno di un ago. Qualcuno gli aveva fatto un'iniezione nello scalpo, sperando che la piccolissima ferita si confondesse con i follicoli dei capelli. Senza l'indicazione di Brock, non lo avrebbe mai notato.

Disse a Jeffrey: «Ho bisogno di Carlos. Dobbiamo prendere altri campioni di sangue e tessuti».

«È rimasto ancora del sangue?» chiese lui.

Brock cominciò: «Non...».

«Certo che ne è rimasto» lo interruppe lei. Poi, quasi parlando tra sé, aggiunse: «Voglio incidere l'area intorno alla fronte. Chissà cos'altro non ho visto?». Si tolse gli occhiali, così in collera da far fatica a mettere a fuoco. «Ma come ho fatto a non notarlo?» ripeté.

«Non l'ho visto nemmeno io» disse Jeffrey.

Sara si morse il labbro inferiore con foga per non esplodere. «Mi serve almeno per un'altra ora» disse a Brock.

«Uhm, okay» fece lui, impaziente di andarsene. «Chiamami quando hai finito.»

Sara era seduta al bancone della cucina e fissava il microonde, chiedendosi se stare così vicina all'apparecchio le avrebbe fatto venire il cancro. Era così stanca che non le importava, e così furiosa con se stessa per non aver notato la puntura d'ago nello scalpo di Andy Rosen che sarebbe stata quasi felice di essere punita così. Tre ore dell'esame fisico più complesso che avesse mai eseguito in vita sua non avevano messo in luce nient'altro sul corpo del ragazzo. A quel punto aveva voluto ripetere lo stesso controllo dettagliato su William Dickinson, costringendo Carlos e Jeffrey a seguire ogni sua mossa per effettuare un triplo controllo su ciò che faceva.

Aveva passato poi un'altra ora con gli occhi poggiati sul microscopio, studiando il frammento dello scalpo di Ellen Schaffer recuperato sulla scena. A quel punto Jeffrey era riuscito a convincerla che se anche quel brandello non era troppo rovinato per poterne trarre qualche prova, lei era eccessivamente stanca per trovarla. Doveva andare a casa e dormire un po'. Le aveva promesso che, se avesse dormito, poi lui l'avrebbe riaccompagnata all'obitorio dove avrebbe potuto ricontrollare di nuovo tutto. In quel momento le era sembrata una buona idea, ma il senso di colpa e il bisogno di trovare una risposta le avevano impedito anche solo di pensare di chiudere gli occhi. Le era sfuggito un dettaglio fondamentale per il caso, e se non fosse stato per Brock, Andy sarebbe stato cremato, distruggendo ogni speranza di individuare l'unico elemento in grado di dimostrare che era stato assassinato.

Il timer del forno mandò un segnale e lei tirò fuori la cena a base di pasta e pollo, sapendo ancor prima di rimuovere la pellicola che non sarebbe riuscita a mangiare. Anche i cani sollevarono i nasi sentendo l'odore e per un attimo lei contemplò l'idea di portare il tutto fuori, nel secchio della spazzatura, ma poi fu la pigrizia a vincere e decise di buttarlo nel tritarifiuti del lavandino.

Il frigorifero non aveva molto da offrire, a parte un mandarino che si era raggrinzito e incollato al vetro del ripiano e due pomodori freschi, ma di origine sconosciuta. Sara fissò l'interno semivuoto senza sapere cosa fare, finché il suo stomaco non brontolò. Alla fine decise di farsi un panino con i pomodori sedendosi all'isola della cucina per poter guardare il lago. Fuori si sentivano i rombi dei tuoni. La tempesta li aveva seguiti da Atlanta.

Sara notò le file di piatti e bicchieri messi ad asciugare accanto al lavandino, lavati da Jeffrey, e anche se si sentiva una sciocca le vennero le lacrime agli occhi. Nessun mazzo di fiori o complimento avrebbe mai avuto lo stesso valore di un uomo che veniva a sistemarti la casa.

«Oh, accidenti a me» rise di se stessa e si asciugò gli occhi, pensando che la mancanza di sonno e lo stress la stavano davvero rammollendo.

Stava per andare a fare una lunga doccia per lavar via la fatica della giornata quando qualcuno bussò alla porta. Si alzò in piedi con un gemito, immaginando che fosse qualche vicino premuroso venuto a chiedere notizie fresche di Tessa. Per un attimo le balenò l'idea di far finta di non essere a casa, ma la vaga possibilità che il vicino avesse portato uno stufato o almeno un dolce la spinse ad aprire.

«Devon!» esclamò sorpresa vedendo il fidanzato di sua sorella sul portico di casa.

«Ehi» fece lui, infilandosi le mani in tasca. C'era una sacca posata a terra ai suoi piedi. «Perché hai una guardia?»

Sara salutò con la mano Brad, che era parcheggiato di fronte a casa sua da quando era tornata. «Storia lunga» rispose, perché non aveva voglia di spiegargli quali fossero i timori di Jeffrey.

Devon posò un piede sulla sacca. «Sara, io...»

«Che succede?» gli chiese, e il cuore le balzò in petto all'idea che potesse essere successo qualcosa a Tessa. «Lei...»

«No» le assicurò, allargando le braccia come se pensasse di afferrarla al volo se fosse svenuta. «No, perdonami, dovevo dirlo subito. Sta bene. Sono passato solo per...»

Sara si posò una mano sul petto. «Dio, mi hai fatto prendere un colpo.» Gli fece cenno di entrare. «Ti va qualcosa da mangiare? Ho solo...» Ma si fermò, perché lui non l'aveva seguita.

«Sara» ripeté lui, poi abbassò lo sguardo sulla borsa. «Ti ho portato le cose di Tessa. Ha detto che le rivuole.»

Sara si appoggiò allo stipite della porta, sentendo un formicolio dietro la nuca. Aveva capito perché Devon era venuto da lei, che cosa significava quella sacca. Stava lasciando Tessa.

«Non puoi farle questo, Devon. Non ora» disse.

«Mi ha detto lei di andarmene.»

Sara non aveva dubbi che fosse andata così, ma era anche certa che sua sorella intendesse tutto il contrario.

«È l'unica cosa che mi abbia detto negli ultimi due giorni.» Delle lacrime gli scivolarono lungo le guance. «"Vattene." Tutto qui. "Vattene."»

«Devon...»

«Non posso restare lì, Sara. Non posso vederla in quello stato.»

«Aspetta almeno un paio di settimane» disse lei, sapendo che lo stava implorando. Qualsiasi cosa gli avesse detto Tessa, se Devon se ne fosse andato proprio in quel momento, l'avrebbe devastata.

«Devo andare» ribadì lui, raccogliendo la sacca e buttandola nell'ingresso.

«Aspetta» fece lei, cercando di indurlo a ragionare. «Te l'ha detto solo perché vuole essere sicura che resterai.»

«Non ce la faccio più.» Guardò dietro di lei, puntando

uno sguardo vacuo nel corridoio. «In questo momento dovrei avere in braccio mio figlio. Dovrei scattare foto e offrire sigari.»

«Siamo tutti sfiniti» disse lei, sentendo venir meno la forza di lottare. «Devi far passare del tempo, Devon.»

«Sai, voi siete così uniti. Fate a gara per starle accanto, ed è fantastico, solo che...» Si interruppe, scuotendo il capo. «Non sono uno di voi. Siete come una fortezza tutto intorno a lei, una fortezza dalle mura impenetrabili per proteggerla e renderla più forte.» Si fermò di nuovo e la guardò dritto negli occhi. «Io non ne faccio parte. Non sarò mai uno di voi.»

«Invece lo sei» insisté lei.

«Lo pensi davvero?»

«Certo» rispose Sara. «Devon, sei venuto a tutte le cene della domenica da due anni a questa parte. Tessa ti adora, i miei genitori ti trattano come un figlio.»

«Ti ha detto dell'aborto?» chiese Devon.

Sara non sapeva cosa rispondere. Tessa aveva preso in considerazione l'idea di abortire quando aveva scoperto di essere incinta, ma poi aveva deciso di tenere il bambino e formare una famiglia insieme a Devon.

«Già» fece lui, leggendoglielo in faccia. «Lo immaginavo.»

«Era confusa.»

«E tu stavi tornando da Atlanta proprio in quel momento, e lei aveva già lasciato quel tizio» disse lui.

Sara non aveva idea di cosa stesse parlando.

«Dio punisce le persone. Le punisce quando loro gli mancano di rispetto.»

«Devon, non fare così» disse lei, ma quasi le girava la testa. Tessa non le aveva mai parlato di un aborto. Cercò di prendergli la mano. «Entra. Non ti rendi conto di quel che dici.»

«Avrebbe dovuto lasciare il college» continuò lui, restando dov'era. «Che diamine, Sara. Non c'è bisogno di una laurea, per fare l'idraulico. Poteva tornare qui e crescere suo figlio da sola. I tuoi non l'avrebbero certo abbandonata.»

«Devon… ti prego.»

«Non giustificarla. Tutti noi subiamo le conseguenze delle nostre azioni.» La guardò, afflitto. «E a volte ricadono anche sugli altri.»

Devon si voltò quando l'auto di Jeffrey si fermò nel vialetto e Sara notò che lui aveva parcheggiato il furgone lungo la strada, come se volesse andar via in fretta.

«Ci vediamo» le disse, salutandola con la mano come se nulla fosse.

«Devon» lo chiamò, seguendolo. Arrivò fino al giardino, ma poi lui si mise a correre e lei si fermò. Non aveva intenzione di inseguirlo: avrebbe mancato di rispetto a Tessa.

Jeffrey la raggiunse e osservò Devon che se ne andava. «Che succede?»

«Non lo so» rispose lei, anche se era una bugia. Perché Tessa non le aveva mai parlato dell'aborto? Si era sentita in colpa per tutti quegli anni oppure Sara era stata troppo presa dalla sua vita per rendersi conto di ciò che stava passando sua sorella?

Jeffrey la riaccompagnò verso la casa. «Hai già cenato?»

Annuì, appoggiandosi a lui e desiderando di poter cancellare gli ultimi tre giorni. Era stremata e aveva il cuore a pezzi per Tessa all'idea che l'aborto fosse stato l'ennesimo momento difficile in cui non era riuscita a starle accanto.

«Sono così…» Cercò la parola giusta ma non le venne in mente nulla che potesse descrivere come si sentiva. Era come se ogni briciola d'energia fosse stata prosciugata.

Lui l'aiutò a salire i gradini della veranda. «Hai bisogno di dormire.»

«No. Ho bisogno di andare all'obitorio.»

«Non stasera» le disse, spostando con un piede la sacca per passare.

«Devo...»

«Devi riposare. Non riesci nemmeno a parlare.»

Sara sapeva che aveva ragione lui, così cedette. «Prima ho bisogno di lavarmi» disse, ripensando a tutto ciò che aveva fatto al lavoro. «Mi sento così...»

«D'accordo» le concesse, dandole un bacio sulla testa.

Jeffrey la portò in bagno e lei restò immobile mentre spogliava lei e poi se stesso. Lo osservò in silenzio aprire l'acqua, controllare la temperatura e poi farla entrare sotto il getto della doccia.

Quando la toccò, lei provò una reazione familiare, ma il sesso fu l'ultima cosa che le passò per la testa mentre lui teneva la spugna sotto l'acqua calda. Restò immobile nella doccia, lasciando che lui si occupasse di tutto, felice di poter delegare. Una parte di lei aveva la sensazione di stare svegliandosi da un incubo, e c'era qualcosa di così consolante nel suo tocco che si mise a piangere.

Jeffrey se ne accorse subito. «Stai bene?»

Sara era così sopraffatta da un senso di necessità da non riuscire a rispondergli. Si appoggiò all'indietro, contro di lui, sperando di fargli capire cosa voleva. Lui esitò, così lei gli prese la mano e con un movimento lento se la fece scorrere sul corpo, fino al seno, e sentì i muscoli contrarsi quando le sue dita le diedero le sensazioni che cercava. Jeffrey portò l'altra mano più in basso, e Sara gemette per il piacere di quel contatto profondo. Si sentì invadere dalla voglia di lui, ma Jeffrey mantenne un ritmo lento e sensuale, senza fretta, toccando sapientemente ogni parte di lei. Quando infine la schiacciò contro le mattonelle fredde della doccia, Sara si sentiva di nuovo viva, come se avesse trascorso giorni interi nel deserto e alla fine fosse riuscita a trovare un'oasi.

11

«Ci sei?» chiese Chuck per la centesima volta.

«Sì, ci sono» sbottò Lena, ruotando il coltellino nella mano destra mentre teneva con la sinistra la grata del condizionatore. Un lampo di luce entrò dalla finestra e Lena incurvò le spalle quando risuonò il tuono che lo seguì. Il laboratorio si illuminò come se qualcuno avesse scattato una foto con il flash.

«Posso procurarmi un cacciavite» disse Chuck, ma proprio in quel momento la grata cedette.

Lena prese da una tasca la torcia elettrica e la puntò dentro il condizionatore.

Qualche cretino aveva scelto proprio quel giorno per lasciare le gabbiette del laboratorio aperte. Erano scappati quattro topi, ciascuno dei quali costava all'università più di quanto lei guadagnasse in un anno, e chiunque potesse aiutare era stato assoldato per la ricerca. Era successo intorno a mezzogiorno, ormai erano le sei passate e nessuno di quegli stronzetti era stato rintracciato.

Lena si era cambiata dopo essere andata via dalla centrale, ma correndo dietro ai topi aveva ricominciato a sudare. Si sentiva la camicia incollata alla schiena ed era ancora stravolta da quel che era successo la sera prima.

Aveva un mal di testa terribile e la bocca più impastata che mai. Un bicchierino avrebbe sistemato quasi tutto o almeno diminuito il malessere, ma quella mattina, nella sala degli interrogatori, Lena aveva fatto un giuramento a se stessa. Non avrebbe mai più toccato una sola goccia di alcol.

Era ben consapevole degli errori commessi, quasi tutti legati al whisky, mentre gli altri potevano essere fatti risalire a Ethan, e a tale proposito aveva preso un'altra decisione: tenerlo fuori dalla sua vita. Era riuscita a resistere per due ore intere. Poi Chuck le aveva chiesto di rispondere al telefono nell'ufficio delle guardie di sicurezza. All'altro capo del telefono c'era proprio Ethan, in preda al panico, la voce acuta come quella di una ragazza, e le aveva detto di aver trovato Scooter. Quell'idiota aveva perfino ripulito la stanza, come se non ci fossero spiegazioni plausibili per la presenza delle sue impronte nella stanza. Come se Lena non sapesse come pararsi il culo.

Di fronte al dormitorio di Scooter, Lena aveva mandato al diavolo Ethan, eppure lui continuava a ronzarle intorno. Si era perfino offerto volontario nella ricerca dei topi da laboratorio, e nelle ultime sei ore aveva fatto di tutto per attirare la sua attenzione. Per quel che la riguardava, quella mattina gli aveva già detto tutto ciò che aveva intenzione di dire a Ethan Green, o White, o come accidenti si chiamava. Aveva chiuso con lui. Se mai Jeffrey l'avesse fatta rientrare in polizia, la sua priorità sarebbe stata assicurarsi che quello stronzetto finisse nella prigione più vicina. Ci avrebbe pensato lei a buttare la chiave.

«Infila la testa dentro, così puoi vedere meglio» disse Chuck incombendo su di lei al pari di una madre ansiosa. Come per tutti gli altri incarichi merdosi che le affidava, aveva un sacco di consigli da darle sull'esecuzione e nessuna voglia di aiutarla.

Lena si mise il coltello intasca ed eseguì, infilando la testa nel contenitore metallico pieno di polvere. Solo troppo tardi si rese conto che così teneva il sedere sollevato in aria, ed ebbe la spiacevole sensazione che Chuck si stesse godendo lo spettacolo. Stava per ritrarsi quando una voce molto alterata gridò: «Si può sapere quando la finirete, maledizione? Ho del lavoro importante da fare».

Lena sbatté la testa contro la ventola mentre si tirava indietro. Brian Keller era a cinque centimetri da Chuck, il viso rosso di collera.

«Stiamo facendo tutto il possibile, dottor Keller» disse lui.

Keller ebbe un attimo di esitazione quando Lena si alzò in piedi. Succedeva a molti docenti che avevano lavorato con Sibyl, e lei ci era abituata, ormai.

Lo salutò con la mano, cercando di essere gentile. Keller aveva la sventura di lavorare nel laboratorio attiguo, e il rumore costante e le continue interruzioni lo avevano mandato in bestia già all'una, quando aveva annullato tutte le restanti lezioni del giorno accompagnando la sua decisione con una serie di appellativi irripetibili all'indirizzo di Chuck. Era il genere di persona che Lena poteva imparare ad apprezzare, a differenza di Richard Carter, che scelse proprio quel momento per fare capolino nell'aula.

«Come procede?» chiese.

«Vietato l'ingresso alle ragazze» fece Chuck, e Richard batté le palpebre, lanciandogli un'occhiata civettuola. Chuck stava per aggiungere altro, ma Richard era concentrato su Brian Keller.

«Ehi, Brian» disse, con un sorrisone ebete. «Se vuoi andare via posso fare lezione io ai tuoi studenti. Oggi ho finito. Non è un problema, sul serio.»

«Le mie lezioni sono terminate due ore fa, cretino» ringhiò lui.

Richard si sgonfiò come un palloncino. «Volevo solo...» cominciò, in tono un po' irritato.

Keller girò i tacchi, dandogli la schiena e puntando un dito contro Chuck. «Devo parlare con lei, e *subito*. Non posso subire queste interruzioni mentre lavoro.»

Lui annuì rapido e prima di seguirlo scaricò la tensione su Lena. «Non pensare nemmeno di andartene se prima non hai cercato a fondo in quel condotto, Adams.»

Lei masticò un insulto mentre i due uscivano dalla stanza. Si aspettava che Richard concordasse con lei, invece si accorse che aveva l'aria affranta. «Che c'è?» gli chiese, ma lui aveva già cominciato a parlare.

«Sono un suo collega, nel dipartimento» sibilò, la mascella serrata al punto che Lena si sorprese che ne uscissero le parole. Indicò la porta. «Non ha il diritto di parlarmi in quel modo di fronte ad altre persone. Merito, anzi, *mi sono guadagnato* almeno un po' di considerazione da parte di quell'uomo.»

«Okay» fece lei, chiedendosi perché fosse scattato così. Per quel che ne sapeva, Brian Keller si rivolgeva a tutti nello stesso modo.

«Ha lezione anche nel pomeriggio. Gli stavo proponendo di sostituirlo nel pomeriggio» continuò Richard.

«Ah» disse Lena. «Credo le abbia annullate.»

Richard fissò il vano della porta come un pit bull in attesa di un intruso. Lena non lo aveva mai visto in quello stato. Aveva gli occhi di fuori, il viso completamente rosso a parte le labbra, sottilissime e bianche, premute tra loro in una linea netta. Non sapeva se allontanarsi o scoppiare a ridere.

«Senti, che si fotta» gli disse, e si chiese se fosse davvero quello il problema. Forse c'erano di mezzo i gusti sessuali di Richard, di certo avrebbero spiegato la reazione del momento.

Lui si puntò le mani sui fianchi. «Non sono certo costretto ad accettare un trattamento simile. Non da lui. Siamo pari nel dipartimento e non tollererò questo genere di...»

Lena provò di nuovo a frenarlo. «Andiamo, suo figlio è appena morto.»

Richard agitò una mano, infastidito. «Chiedo solo di essere trattato come un adulto. Come un essere umano.»

Lena non aveva tempo da perdere, ma sapeva anche che Richard non l'avrebbe fatta finita se non gli avesse dimostrato un minimo di comprensione. «Hai ragione. È uno stronzo.»

Alla fine lui la guardò e parve colpito da ciò che vide. Quando le parlò, le fece una domanda che la sorprese, anche se forse non avrebbe dovuto. «Chi ti ha picchiata?»

«Cosa?» fece lei, ma sapeva benissimo che si riferiva al taglio sotto l'occhio. «Ah no. Colpa mia. Ho sbattuto contro la porta. Sono stata proprio sbadata.» Si sentiva sopraffatta dal bisogno di aggiungere altre giustificazioni, ma si costrinse a smettere. Essendo stata in polizia, sapeva bene che i bugiardi facevano fatica a chiudere il becco. Eppure non poté evitare di aggiungere: «Non è niente».

Lui le strizzò l'occhio con aria d'intesa per farle capire che non ci era cascato. Con un modo di fare completamente diverso da pochi istanti prima, le disse: «Sai, Lena, ti ho sempre sentito vicina. Sibyl mi parlava tanto di te. Vedeva del buono in te».

Lena si schiarì la gola, ma non disse niente.

«Il suo unico desiderio era aiutarti, renderti felice. Non esisteva niente di più importante al mondo.»

Lena si sentì invadere da un profondo imbarazzo. «Già» disse, sperando che la smettesse.

«Cosa ti è successo all'occhio?» tentò ancora lui, ma in tono gentile. «Sembra che qualcuno ti abbia picchiata.»

«Non mi ha picchiata nessuno» ribatté lei, e si accorse di aver alzato il tono di voce, altro errore diffuso tra i bugiardi. Dentro di sé, si maledisse. Un tempo era più brava di così.

«Se mai dovessi aver bisogno di aiuto...» Non concluse la frase, forse perché si rese conto di quanto suonasse sciocca un'offerta simile a una persona come lei. Cambiò tattica. «Se ti va di parlare. Che tu ci creda o no, so come ti senti.»

«Già» ripeté lei, ma era più probabile che il papa andasse a cucinare due uova all'inferno prima che lei si confidasse con Richard Carter.

Si mise a sedere su un tavolo del laboratorio, facendo dondolare i piedi. Dallo sguardo preoccupato che le rivolse, Lena temette che stesse per rinnovare la sua offerta, invece le chiese: «Avete scoperto chi ha aperto le gabbiette?».

«No. Perché?»

«Ho sentito dire che un paio di studenti del secondo anno erano in ritardo per la presentazione di alcuni progetti e hanno pensato bene di creare un... diversivo.»

Lena emise una risata disgustata. «Non mi sorprenderebbe.»

«Ehi, stasera ho appuntamento a cena con Nan» disse lui. «Perché non vieni con noi? Ci divertiremo.»

«Devo lavorare» rispose lei. Poi, per sottolineare le sue parole, aprì il coltellino.

«Oh, Signore santissimo.» Richard scese dal tavolo per guardarlo meglio. «Che devi fare con quello?»

Stava per rispondergli che era un ottimo strumento per togliersi di torno la gente fastidiosa che non si faceva gli affari propri, ma in quel momento squillò il cellulare di Richard, che si frugò nelle tasche del camice da laboratorio per recuperarlo. Guardò lo schermo e un sorrisone gli apparve in volto.

Disse a Lena: «Ci sentiamo dopo. Ne riparleremo». Si toccò sotto l'occhio per farle capire a cosa si riferiva.

Lena aveva una gran voglia di dirgli di non farci affidamento, ma decise di restare sul neutro. «Ci vediamo.» Fu comunque una perdita di tempo. Richard corse fuori dall'aula prima che lei finisse la frase.

Tornò al condizionatore e con il coltello rimise a posto le viti. Chuck aveva ragione, avrebbe fatto molto più in fretta con un cacciavite, ma non voleva chiederlo. Era sola nell'aula e quello era il primo momento dall'inizio della giornata in cui non avesse gente intorno. L'unica cosa su cui aveva bisogno di concentrarsi era trovare un modo per tornare nelle grazie di Jeffrey.

Aveva cercato di servirgli Chuck su un piatto d'argento, ma lui non aveva capito. Chuck era stato a un torneo di golf durante il weekend, ma poteva comunque essere coinvolto in qualche traffico di droga nel campus. Scooter le aveva fatto capire che qualcuno nella sicurezza era implicato. Chuck non era un idiota, e se qualcuno nella sicurezza spacciava, era impossibile che non lo sapesse. Conoscendolo, però, Lena era anche sicura che non fosse coinvolto in modo diretto: era molto più nel suo stile starsene con le mani in mano e chiedere una percentuale sui guadagni.

Ci fu un altro tuono e Lena ne fu così sorpresa che il coltello le sfuggì, tagliandole di lato l'indice sinistro. Lei sibilò un'imprecazione e si sfilò la camicia dai pantaloni per avvolgere il tessuto in eccesso intorno al taglio. Tutti i mesi Chuck le prometteva di ordinarle un'uniforme extra-small, ma non lo faceva mai. I vestiti larghi erano l'ennesimo trucchetto con cui si divertiva a farla sentire fuori posto.

«Lena.»

Non alzò lo sguardo. Anche se lo conosceva da meno di una settimana, riconobbe la voce di Ethan. Si strinse la camicia intorno al dito, cercando di arrestare l'emorragia. Era un taglio profondo e il sangue inzuppò in fretta il tessuto. Almeno si era fatta male alla stessa mano che era già ferita. Forse, se fosse andata all'ospedale, le avrebbero fatto un prezzo unico.

Come se non lo avesse sentito, Ethan ripeté: «Lena».

«Ti ho detto che non ti voglio parlare.»

«Sono in pensiero per te.»

«Non mi conosci abbastanza bene da preoccuparti.» Rifiutò la mano che le porse e si alzò da sola. «Ricordi? Non siamo costretti a sposarci.»

Ethan sembrava pentito. «Non avrei dovuto dirlo.»

Lena distese il braccio lungo il fianco e sentì il sangue che correva verso il taglio. «Non me ne frega niente di quello che dici.»

«Non devi vergognarti per ieri sera.»

«Sei tu quello che grugnisce come un maiale quando viene.» Gli afferrò un braccio e gli tirò su la manica della maglia all'improvviso.

Lui si tirò indietro di scatto, riabbassandola, ma lei era riuscita a vedere un tatuaggio che rappresentava del filo spinato intorno al polso e qualcosa che somigliava a un soldato che imbracciava un fucile.

«Che cos'è quello?»

«È solo un tatuaggio.»
«Di un soldato» specificò lei. «So di te, Ethan. So che giri frequenti.»
Lui restò immobile, come un cervo di fronte ai fari di un'auto. «Non sono più quella persona.»
«Ah sì?» Si indicò l'occhio. «Quale persona ha fatto questo?»
«È stata solo una reazione istintiva. Non mi piace essere colpito.»
«Perché, c'è qualcuno a cui piace?»
«Non si tratta di questo, Lena. Sto cercando di rigare dritto.»
«E come va con la libertà vigilata?»
Quelle parole lo spiazzarono. «Hai parlato con Diane?»
Non gli rispose, ma un sorrisetto le incurvò le labbra. Conosceva bene Diane Sanders. Scoprire il resto della storia di Ethan sarebbe stato un gioco da ragazzi.
«Che cosa ci facevi in camera di Scooter stamattina?»
«Volevo vedere se stava bene.»
«Certo, sei un così bravo amichetto.»
«Aveva un mucchio di metanfetamine» disse lui. «E non sa quando si deve fermare.»
«Non ha il controllo come te.»
Lui non abboccò. «Mi devi credere, Lena. Io non c'entro niente.»
«Be', sarà meglio se ti trovi un alibi convincente, perché Andy Rosen ed Ellen Schaffer erano ebrei, Tessa Linton stava con un nero...»
«Non lo sapevo...»
«Non ha alcuna importanza. Hai un bersaglio disegnato addosso perché hai fatto lo stronzo con Jeffrey. Ti avevo detto che dovevi starne fuori.»

«Io ne sono fuori. È per questo che mi sono trasferito qui, per starne alla larga.»

«Ti sei trasferito qui perché gli amici che hai mandato in galera di sicuro vorranno vendicarsi.»

«Sono in pari con loro» fece lui, in tono aspro. «Ti ho detto che ne sono uscito, Lena. Credi che non abbia pagato nessun prezzo?»

«E il prezzo era la tua ragazza?» disse lei. «E adesso ronzi intorno a me, che sono una schifosa ispanica. È così che considerate quelli come me, giusto? Pensate che siamo tutti clandestini.» Fece una pausa a effetto. «Oppure vuoi parlare di mia sorella lesbica? O della sua amante, la bibliotecaria succhiacespugli?» Rise di fronte alla sua reazione. «Chissà cosa ne penserebbero dalle tue parti, Ethan *White*.»

«Green» la corresse. «Zeek White è il mio patrigno. Il mio vero padre ci ha abbandonati.» Parlava con voce salda, sicura. «Sono Ethan Green, Lena. Ethan Green.»

«Sei d'intralcio. Togliti» disse lei.

«Lena» la chiamò, e nella sua voce c'era una tale disperazione che lei lo guardò negli occhi. Da quando era stata aggredita aveva preso l'abitudine di evitare le persone. Si rese conto che non aveva mai guardato Ethan negli occhi, nemmeno mentre lo toccava, la sera prima. Erano di un azzurro sorprendente, e immaginò che se si fosse avvicinata abbastanza, forse dentro ci avrebbe visto l'oceano.

«Non sono più quella persona. Mi devi credere» le disse.

Lo fissò, chiedendosi perché gli importasse tanto.

«Lena, tra noi sta succedendo qualcosa.»

«Direi proprio di no» si oppose lei, ma non riuscì a metterci tutta la convinzione che voleva.

Le sistemò una ciocca di capelli dietro un orecchio, poi con un dito seguì con delicatezza la linea del taglio sotto l'occhio. «Non volevo farti del male» disse.

Lei si schiarì la gola. «Be', invece l'hai fatto.»

«Ti giuro… giuro che non succederà più.»

Avrebbe tanto voluto rispondergli che non ne avrebbe avuto l'occasione, ma non riusciva a distogliere lo sguardo da lui, non riusciva a spezzare l'incantesimo.

Ethan sorrise, forse perché colse l'impatto che avevano le sue parole. «Sai, non ti ho nemmeno baciata» disse, sfiorandole le labbra con le dita. Una parte di lei che credeva fosse morta reagì a quel tocco, e Lena sentì le lacrime riempirle gli occhi. Doveva fermarlo, prima che la situazione le sfuggisse di mano. Doveva fare qualcosa per buttarlo fuori dalla sua vita.

«Ti prego» le disse, accennando un sorriso. «Ricominciamo da capo.»

Lei disse l'unica cosa che potesse frenarlo. «Voglio tornare a essere un poliziotto.»

Ethan allontanò la mano di scatto, come se gli avesse sputato addosso.

«È questo che sono» disse Lena.

«Non è vero. Io so chi sei, Lena, e non sei uno sbirro.»

In quel momento tornò Chuck, giocherellando con le chiavi appese alla cintura e facendole tintinnare. Fu così sollevata nel vederlo che gli sorrise.

«Che c'è?» fece lui, insospettito.

«Ne parliamo dopo» disse Ethan.

«A-ha» disse lei, cercando di liquidarlo.

Lui però non diede cenno di volersene andare. «Ne parliamo dopo.»

«E va bene» cedette Lena, pronta a dire qualsiasi cosa

pur di farlo andare via di lì. «Ci sentiamo. Te lo prometto. Adesso vai.»

Alla fine uscì e Lena abbassò lo sguardo, cercando di riprendere il controllo di sé. Vide il sangue sul pavimento. Il taglio sul suo dito gocciolava come un rubinetto che perdeva.

Chuck incrociò le braccia grasse sul petto. «Che combinavate?»

«Non sono affari tuoi» rispose, spargendo il sangue con la scarpa.

«Sei pagata a orario, Adams. Non farmi perdere tempo.»

«Sto facendo gli straordinari?» gli chiese, ma era una sciocchezza. Il college teneva il conto delle ore di lavoro in eccesso e le restituiva come permessi, ma guarda caso Chuck dimenticava sempre di segnare quelle di Lena.

Gli mostrò il dito. «Devo tornare in ufficio e medicarlo.»

«Fammi vedere» le disse, come se potesse fingere l'infortunio.

«È tagliato quasi fino all'osso» gli disse, liberandolo dalla camicia. Delle fitte di dolore le facevano sentire caldo e freddo alla mano allo stesso tempo. «Forse servono dei punti.»

«Non direi» fece lui, come se avesse a che fare con una bambina cresciuta. «Vai in ufficio, arrivo tra poco.»

Lena uscì dal laboratorio senza dargli il tempo di cambiare idea o di rendersi conto che il grosso armadietto inchiodato alla parete con su scritto *pronto soccorso* poteva contenere almeno un cerotto.

La pioggia che minacciava di cadere da tutta la settimana cominciò a scendere quando Lena fu a metà del cortile. Il vento era così forte che l'acqua arrivava in orizzontale, sferzandole il viso come minuscole schegge di vetro. Tenne gli occhi socchiusi, la mano a pochi centimetri davanti a sé, cercando di distinguere la strada per raggiungere l'ufficio.

Dopo cinque minuti buoni passati a cercare la chiave e tentare di aprire la serratura, alla fine la porta si spalancò, spinta all'indietro. Lena afferrò la maniglia e la chiuse spingendo forte sui piedi. Premette più volte l'interruttore, ma la luce era andata via. Masticando un'imprecazione, tirò fuori la torcia e andò in cerca della cassetta del pronto soccorso. Quando la trovò, quella maledetta non voleva saperne di aprirsi, e lei dovette usare il lato lungo del coltellino da caviglia per fare leva sul coperchio di plastica. Aveva la mano così scivolosa che il coltello le volò via di mano e il contenuto della cassetta si riversò a terra.

Cercò con la torcia quel che le serviva, lasciando il resto sul pavimento. Poteva mettere a posto Chuck, se gli dava fastidio. Che diamine, era sicura che gli passasse per le mani abbastanza denaro da pagare qualcuno che facesse le pulizie.

Lena sibilò un *merda* tra i denti quando si versò il disinfettante sul taglio aperto. Una pozza di sangue misto all'alcol si formò sulla scrivania. Provò ad asciugarla con la manica, ma peggiorò solo la situazione.

«Che cavolo» borbottò.

Nel suo armadietto c'era un poncho, ma lei non l'aveva mai usato. Il colletto aveva i bottoni solo da un lato, un difetto di fabbricazione che Chuck non aveva considerato un problema quando lei glielo aveva fatto notare. Ovviamente quello del suo capo era perfetto, e Lena decise che l'avrebbe preso in prestito per tornare a casa.

L'armadietto di Chuck si aprì con un paio di strattoni al chiavistello. L'impermeabile era ancora nella confezione di plastica sul ripiano in alto, ma lei pensò bene di approfittare della situazione e controllare cos'altro c'era lì dentro.

Oltre a una rivista di immersioni, che sembrava presentare soprattutto modelle procaci con indosso mute da sub a mezza gamba, e una scatola di barrette energetiche, non trovò nulla di interessante.

Afferrò il poncho e stava per chiudere l'armadietto quando la porta si spalancò e Chuck entrò nell'ufficio.

«Che cazzo fai?» le chiese, attraversando la stanza a una velocità insospettabile, e chiuse l'armadietto con tanta forza che lo sportello si riaprì.

«Volevo prendere in prestito il tuo impermeabile.»

«Hai il tuo» le disse, strappandoglielo di mano e lanciandolo sulla scrivania.

«Ti ho detto che il mio non va.»

«Secondo me, se c'è qualcosa che non va, qui, sei tu, Adams.»

Lena si rese conto che le stava un po' troppo vicino. Fece un passo indietro, e proprio in quel momento tornò la corrente. Il neon lampeggiò, gettando una luce grigia su di loro. Perfino in quello scarso chiarore vide che Chuck era pronto allo scontro.

Si spostò verso il suo armadietto. «Userò il mio.»

Lui si appoggiò alla scrivania. «Fletcher si è dato malato. Devi fare tu il turno di notte.»

«Neanche per sogno. Dovevo staccare due ore fa» protestò.

«È così che va questo lavoro, Adams. È dura» disse lui.

Lena aprì l'armadietto e ne fissò il contenuto, senza riconoscere nulla. «Che fai?» gridò Chuck, cercando di chiudere lo sportello con forza.

Lei tirò indietro la mano di colpo per non farsela schiacciare. Aveva aperto quello di Fletcher per errore. Sul ripiano in alto aveva visto due bustine di plastica, e non faticò a capire cosa contenessero. Erano così sicuri di non essere beccati che lasciavano la loro merda in giro, senza precauzioni.

«Adams?» ripeté Chuck. «Ti ho fatto una domanda.»

«Niente» disse lei, pensando che c'era un motivo preciso per cui Fletcher non registrava mai nessun incidente durante i suoi turni di notte. Era troppo impegnato a vendere droga ai ragazzi.

«Okay» fece lui, forse convinto che si fosse arresa. «Ci vediamo domattina. Chiamami, se hai bisogno di qualcosa.»

«No» disse Lena, prendendo il poncho di Chuck. «Ti ho detto che non lo faccio. Ti toccherà lavorare, per una volta.»

«E questo che diavolo significa?»

Lena tirò fuori l'impermeabile con uno strattone e se lo avvolse attorno. La misura extra-large le stava larghissima, ma non le importava. La tempesta infuriava ancora, e con la fortuna che si ritrovava, sarebbe cessata non appena avesse messo piede in casa. Doveva trovare un modo per chiudere la porta del suo appartamento: Jeffrey aveva manomesso la serratura, facendo irruzione quella mattina. Dio solo sapeva se il negozio di ferramenta era ancora aperto.

«Dove pensi di andare, Adams?» chiese Chuck.

«Stasera non lavoro. Devo andare a casa.»

«Hai appuntamento con la bottiglia, eh?» fece lui, con un sorriso malevolo sulle labbra.

Lei si accorse che le sbarrava la strada. «Togliti di mezzo.»

«Se vuoi posso restare qui con te» le disse Chuck, e negli occhi aveva una luce che la allarmò. «Ho qualcosa da bere nel cassetto della scrivania. Potremmo approfittarne per conoscerci un po' meglio.»

«Stai *scherzando.*»

«Sai» riprese lui, imperterrito, «saresti carina se ti truccassi un po' e ti curassi i capelli.»

Cercò di toccarla, ma lei scostò la testa. «Levati dalle palle» gli ordinò.

«Forse non hai davvero bisogno di questo lavoro come dici» le disse, sempre con quell'espressione feroce.

Lena si morse il labbro inferiore, colpita da quella minaccia.

«Ho letto cosa ti ha fatto quel tizio» proseguì lui. «L'ho letto sul giornale.»

Il cuore le batteva all'impazzata. «Lo sanno tutti.»

«Sì, ma io l'ho letto più di una volta.»

«Ti sarai affaticato le labbra.»

«Vediamo se le tue si stancano» le disse, e con un movimento fulmineo le afferrò la nuca con una mano e se la tirò verso l'inguine.

Lena serrò la mano a pugno e lo colpì tra le gambe con tutte le forze. Lui emise un rantolo e cadde a terra.

La porta di casa di Lena si aprì prima ancora che la raggiungesse.

«Dove sei stata?»

Lei batteva i denti. Era così zuppa che i vestiti le sfregavano addosso mentre camminava. Non le importava di sapere cosa ci facesse Ethan a casa sua. Andò dritta in cucina e si versò da bere.

«Che cosa è successo?» chiese Ethan. «Lena, cos'è successo?»

Le tremavano troppo le mani per versarsi il liquore, così lui le tolse il bicchierino dalle dita e glielo riempì fino all'orlo. Glielo inclinò davanti alla bocca, proprio come aveva fatto lei la sera prima. Lena lo buttò giù in un sorso.

«Stai bene?» le chiese con dolcezza.

Lena scosse il capo, cercando di versarsi un'altra dose anche se le si era serrato lo stomaco. Chuck l'aveva toccata. Le aveva messo le mani addosso.

«Lena?» disse Ethan, prendendo il bicchiere. Le versò ancora da bere, una quantità meno generosa stavolta, e glielo restituì.

Lena tracannò anche quello, con la gola che le bruciava. Si aggrappò al bordo del lavandino, cercando di tenere a bada le emozioni che le risalivano dentro.

«Piccola… parlami» provò ancora lui.

Le accarezzò i capelli, scostandoglieli dal viso, e Lena provò lo stesso senso di repulsione che aveva avuto per Chuck poco prima.

«No» disse, scacciandolo. Lo sforzo di parlare la fece tossire: le si era chiusa la gola, come se la stessero strangolando.

«Andiamo» disse Ethan, accarezzandole la schiena con il palmo della mano.

«Quante volte ti devo dire» cominciò lei, la voce che usciva a fatica, «che non mi devi toccare?» Concludendo la frase, si allontanò da lui di scatto.

«Si può sapere cosa ti prende?» chiese Ethan.

«Perché sei qui?» ribatté Lena, sentendosi violata per l'ennesima volta. «Che cosa ti fa pensare di avere il diritto di stare qui?»

«Volevo parlarti.»

«Di cosa? Della ragazza che hai massacrato di botte?»

Lui restò completamente immobile, ma lei si accorse che ogni muscolo del suo corpo era teso. Voleva che si sentisse come Chuck aveva fatto sentire lei, come se fosse in trappola, come se non potesse scappare da nessuna parte.

«Ho già spiegato quello che…»

«Sei rimasto seduto nel furgone, eh?» fece lei, camminandogli intorno.

Ethan era come una statua al centro della stanza. «Da lì avevi una buona visuale? Li vedevi bene mentre se la scopavano e poi la picchiavano fino ad ammazzarla?»

«Non farlo» l'ammonì lui, la voce fredda come acciaio.

«Altrimenti?» chiese lei, riuscendo perfino a ridergli in faccia. «Mi riserverai lo stesso trattamento?»

«Io non ho fatto niente.» I suoi muscoli erano ancora tesi, la mascella serrata come se stesse facendo uno sforzo estremo per mantenere il controllo di sé e restare calmo.

«Non hai stuprato quella ragazza? Sei rimasto seduto in macchina, innocente, mentre i tuoi amichetti se la spassavano?»

Gli diede una spinta, ma fu come cercare di spostare una montagna: non lo smosse di un millimetro.

«Ti ecciti a guardare?» chiese ancora. «Eh, Ethan? Ti sei eccitato vedendola soffrire, quando si è resa conto che non aveva scelta?»

«No.»

«E com'è stato stare a guardare sapendo che stava per morire? Ti è piaciuto, Ethan?» Gli diede un'altra spinta. «Sei sceso dal furgone e ti sei unito alla festa? Le hai tenuto le braccia ferme mentre la violentavano? L'hai fatto anche tu? Se stato tu quello che l'ha aperta in due? Il sangue ti ha fatto eccitare?»

Lui l'avvisò di nuovo. «Lena, ti consiglio di non continuare.»

«Vediamo cosa c'è qui sotto» disse lei, tirandogli la maglietta, ma lui se la sfilò da solo. Lena restò a bocca aperta quando vide gli enormi tatuaggi che gli coprivano il torace.

«È questo che volevi vedere, stronza?»

Lei gli diede uno schiaffo, e poiché lui non reagì, gliene diede un altro, e un altro ancora. Continuò a schiaffeggiarlo finché Ethan non la spinse contro il muro e caddero a terra insieme.

Lottarono, lui però era più forte; riuscì a mettersi sopra di lei, abbassandole i pantaloni e graffiandole la pancia con le unghie. Lena gridò, ma lui le coprì la bocca con la sua, infilandole la lingua così a fondo nella gola da darle un conato. Lei cercò di dargli un calcio all'inguine, senza riuscirci: Ethan era troppo veloce e le allargò le gambe con le ginocchia. Con una mano le teneva entrambe le mani bloccate sopra la testa, inchiodandole i polsi al pavimento, intrappolandola.

«È questo che vuoi?» le gridò, e la saliva gli colò dalla bocca.

Ethan si slacciò i pantaloni con la mano libera. Lena aveva la nausea e il capogiro, vedeva solo rosso. Ansimò, irrigidendosi quando entrò dentro di lei e serrando i muscoli intorno a lui.

Ethan si fermò a metà spinta, trattenendosi dentro di lei, le labbra dischiuse per la sorpresa. Lena sentiva il suo respiro sul viso e il dolore ai polsi per la pressione del suo peso. Nulla di ciò che stava succedendo aveva senso per lei. Sentiva tutto, eppure non sentiva nulla.

Lo guardò negli occhi – si perse in quegli occhi – e vide l'oceano. Mosse il bacino lentamente, per fargli sentire quanto fosse bagnata, quanto il suo corpo lo desiderasse. Ethan cominciò a tremare per lo sforzo di restare fermo. «Lena...»

«Shh...» fece lei.

«Lena...»

Il suo pomo d'Adamo si mosse e lei vi poggiò le labbra, baciandolo, succhiandolo. Si spostò sulle labbra, e lo baciò, esplorandolo.

Lui cercò di lasciarle andare i polsi, ma Lena gli afferrò le mani perché continuasse a tenerla ferma.

La implorò, come se potesse servire a qualcosa. «Ti prego… non così» disse.

Lei chiuse gli occhi e inarcò la schiena, accogliendolo più a fondo.

MERCOLEDÌ

12

Kevin Blake camminava nervosamente per l'ufficio guardando l'orologio ogni due minuti. «È orribile. Orribile» disse.

Jeffrey si mosse sulla sedia, cercando di far finta di dargli retta. Solo mezz'ora prima aveva detto a Blake che Andy Rosen ed Ellen Schaffer erano stati assassinati, e da quel momento in poi il rettore non aveva mai smesso di parlare, senza fare neppure una domanda sugli studenti o sullo stato delle indagini. Il suo unico interesse erano le ripercussioni sull'università, e di conseguenza su di lui.

Blake alzò le braccia al cielo con un gesto profondamente teatrale. «Jeffrey, non c'è bisogno che glielo dica: uno scandalo del genere può distruggere il campus.»

Lui si disse che non sarebbe certo stata la fine per il Grant Tech, ma c'erano buone probabilità che lo fosse per l'incarico di Kevin Blake. Anche se il rettore era bravissimo a stringere mani e chiedere soldi, era comunque un po' troppo all'antica per gestire un ateneo come quello. I weekend dedicati al golf e le campagne annuali di raccolta fondi funzionavano piuttosto bene, ma Blake non era abbastanza attivo nel cercare nuovi finanziatori per la ricerca. Jeffrey era pronto a scommettere una cifra considerevole su un allontanamento di Blake entro un anno, e sul fatto che sarebbe stato sostituito da una donna matura ma molto energica che avrebbe portato a forza l'università nel ventunesimo secolo.

«Dov'è quell'idiota?» chiese Blake, riferendosi a Chuck Gaines, che era in ritardo di dieci minuti buoni all'appuntamento fissato per le sette. «Ho cose importanti da fare.»

Jeffrey non espresse a voce quel che pensava, e cioè che avrebbe preferito passare quella mezz'ora in più a letto con Sara piuttosto che nell'ufficio del rettore ad aspettare l'inizio di una riunione che si preannunciava tanto noiosa quanto inutile. Aveva moltissime cose da fare quel giorno, prima fra tutte tornare a parlare con Brian Keller.

«Vado a cercarlo?» propose.

«No» disse Blake, prendendo una palla da golf di vetro dalla scrivania. La lanciò in aria e l'afferrò al volo. Jeffrey fece un verso stupito, come se fosse colpito dal gesto, ma non aveva mai compreso il golf e soprattutto non aveva la pazienza per impararlo.

«Questo weekend ho partecipato a un torneo» disse Blake.

«Sì, l'ho letto sul giornale.»

Doveva essere la risposta giusta, perché l'altro si illuminò. «Ho finito con due sotto il par. Ho stracciato Albert.»

«Fantastico» commentò Jeffrey, anche se forse battere il presidente della banca in qualsiasi sport non era una mossa troppo astuta. Ma Blake aveva il coltello dalla parte del manico con Albert Gaines: poteva sempre licenziare Chuck e costringerlo a cercargli un altro lavoro.

«Sono sicuro che la notizia che mi ha dato farà piacere a Jill Rosen.»

«Perché?» chiese Jeffrey, notando del disprezzo nel modo in cui aveva pronunciato il nome della donna.

«Non ha visto i titoli del giornale? *Psicologa del campus non riesce ad aiutare suo figlio.* È di pessimo gusto, certo, però...»

«Però cosa?»

«Ah, nulla.» Prese una mazza dalla sacca che aveva in un angolo della stanza. «L'altro giorno Brian Keller ha accennato all'idea di dimettersi.»

«Davvero?» chiese Jeffrey.

Blake emise un sospiro esasperato, ruotando la mazza nella mano. «Ha munto l'università per vent'anni e adesso che finalmente ha concluso qualcosa che potrebbe portarci un po' di soldi decide di andarsene.»

«La ricerca non appartiene all'ateneo?»

Blake sbuffò di fronte alla sua ingenuità. «Può sempre mentire in proposito, e se anche non potesse gli basterebbe trovare un buon avvocato. Sono sicuro che qualsiasi casa farmaceutica al mondo sarebbe lieta di fornirgliene uno.»

«Che cosa ha scoperto?»

«Un antidepressivo.»

Jeffrey ripensò ai farmaci in possesso di William Dickinson. «Ce ne sono già a bizzeffe sul mercato.»

«Questo non dovrei dirglielo» fece l'altro, abbassando la voce anche se erano da soli. «Brian non si è lasciato sfuggire quasi niente.» Rise di nuovo. «Forse lo ha fatto per guadagnarci di più, quel bastardo avido.»

Jeffrey aspettò che rispondesse alla sua domanda.

«Si tratta di un cocktail di farmaci a base di erbe. È quella la chiave per aprire il mercato: far pensare alla gente che faccia bene. Brian sostiene che è privo di effetti collaterali, ma sono stronzate. Perfino l'aspirina ne ha.»

«Suo figlio non lo prendeva?»

Brian parve agitato. «Non avete trovato cerotti su Andy, vero? Simili a quelli per il rilascio della nicotina? È così che si somministra, attraverso la pelle.»

«No» ammise Jeffrey.

«Meno male.» Si passò il dorso della mano sulla fronte per sottolineare il sollievo. «Non sono ancora pronti per la sperimentazione sull'uomo, ma Brian è stato un paio di giorni a Washington per mostrare i dati ai pezzi grossi. Erano pronti a staccargli un assegno all'istante.» Parlò ancora più piano. «Se devo essere sincero, ho preso il Prozac un paio d'anni fa, e non saprei dire se abbia fatto il minimo effetto.»

«Ma davvero» disse Jeffrey, una risposta che dava sempre quando non voleva commentare.

Blake si curvò sulla mazza, come se fosse sul campo da golf e non nel bel mezzo del suo ufficio. «Però non ha accennato al fatto che Jill vada via con lui. Mi chiedo se tra loro ci siano problemi.»

«Che genere di problemi dovrebbero esserci?»

Blake fece compiere un ampio arco alla mazza, poi guardò fuori dalla finestra, come se seguisse la traiettoria di una palla.

«Kevin?»

«Oh, lei prende un sacco di permessi.» Tornò a guardare Jeffrey, appoggiandosi alla mazza. «Non credo sia passato un solo anno da quando è venuta a lavorare qui in cui non abbia sfruttato fino all'ultimo giorno di malattia. E di ferie. Più di una volta abbiamo dovuto decurtarle la busta paga perché aveva fatto troppe assenze.»

Jeffrey non faticava a immaginare perché Jill Rosen avesse avuto bisogno di restare a casa spesso, ma non condivise con lui quell'informazione.

Blake guardò ancora fuori, seguendo un altro tiro immaginario.

«Sarà ipocondriaca, oppure è allergica al lavoro.»

Jeffrey si strinse nelle spalle, aspettando che proseguisse.

«Si è laureata dieci, quindici anni fa» riprese lui. «Si è svegliata tardi, insomma. Ormai se ne vedono tante come lei. I figli crescono, la mamma si annoia, così decide di seguire dei corsi all'università locale e un attimo dopo te la ritrovi a lavorare qui.» Gli strizzò l'occhio. «Non che non apprezziamo i soldi in più. La ripresa degli studi è stata il cardine dei nostri corsi serali per anni.»

«Non sapevo che qui offriste questo genere di corsi.»

«Ha preso il master in terapia familiare alla Mercer» disse Blake. «Ha un dottorato in letteratura inglese.»

«Perché non ha mai insegnato?»

«Abbiamo fin troppi insegnanti di letteratura. Se scuoti un albero, ne cascano almeno sei e ti chiedono un lavoro. Sono i docenti di scienze e matematica, quelli di cui abbiamo bisogno. I professori di inglese vanno via un tanto al chilo.»

«Come è stata assunta alla clinica?»

«Onestamente... avevamo bisogno di più donne nel personale, e quando si è liberato un posto per un terapista lei ha sostenuto l'esame di abilitazione. È stata una buona soluzione.» Si accigliò. «O meglio, lo è quando si ricorda di venire al lavoro.»

«E Keller?»

«L'abbiamo accolto a braccia aperte» disse lui, allargando le braccia per sottolineare il concetto. «Lo sa, veniva dal settore privato.»

«No, non lo sapevo.» In genere i docenti lasciavano l'università per andare a lavorare in aziende private, dove li attendevano più soldi e più riconoscimenti. Non aveva mai sentito di un professore che percorreva la strada inversa, e lo disse a Kevin Blake.

«Nei primi anni Ottanta abbiamo perso mezza facoltà. Sono tutti corsi nelle grandi aziende.» Blake fece un tiro e gemette come se avesse sbagliato a calibrare il colpo. Si chinò ancora sulla mazza e guardò il capo della polizia. «Certo, molti sono tornati strisciando qualche anno dopo, quando hanno perso il lavoro.»

«In quale società lavorava?»

«Sa che non me lo ricordo?» rispose il rettore, riprendendo in mano la mazza. «So che poco tempo dopo che se n'è andato è stata comprata dalla Agri-Brite.»

«Agri-Brite, quella specializzata in prodotti agricoli?»

«Esatto» fece lui, simulando un altro tiro. «Brian avrebbe potuto fare una fortuna. Ah...» Tornò alla scrivania e prese la sua penna Waterman d'oro. «Ora che ci penso, li devo chiamare per chiedere se sono interessati a visitare il campus.» Premette un pulsante del telefono. «Candy?» disse, chiamando la segretaria. «Puoi trovarmi il numero della Agri-Brite?» Sorrise a Jeffrey. «Mi scusi. Cosa stava dicendo?»

Lui si alzò: ormai aveva già perso fin troppo tempo. «Vado a cercare Chuck.»

«Buona idea» rispose lui, e Jeffrey uscì senza perdere tempo, in modo che il rettore non potesse cambiare idea.

Candy Wayne stava scrivendo qualcosa al computer fuori dall'ufficio di Blake, ma si fermò quando Jeffrey le passò accanto. «Va già via? È stata la riunione più breve che il rettore abbia avuto da quando lavora qui.»

«Ha cambiato profumo?» le chiese sorridendole. «Mi sembra di essere in un giardino di rose.»

Lei rise e si mandò i capelli dietro una spalla, e sarebbe stato un gesto attraente se a farlo non fosse stata una donna che aveva abbondantemente superato i settanta: Jeffrey temette che potesse slogarsi una clavicola.

«Il solito furbacchione» commentò, ma ogni ruga del suo viso partecipò al gran sorriso che gli rivolse. Era probabile che Blake non sopportasse l'idea di non poter assumere una ventenne discinta cui dettare le sue lettere, ma Candy lavorava lì da un tempo ormai immemore, ed era probabile che il consiglio universitario si liberasse del rettore prima di mandar via Candy. Jeffrey aveva una situazione analoga con Marla Simms alla centrale di polizia, anche se in realtà lui era ben felice di potersi avvalere della sua collaborazione.

«Cosa posso fare per lei, caro?»

Jeffrey si appoggiò al suo tavolo, facendo attenzione a non ribaltare la trentina di foto incorniciate dei nipoti della donna. «Cosa le fa pensare che voglia qualcosa?»

«Perché è sempre così, quando fa il gentile» rispose, poi mise il broncio. «Solo che non è mai qualcosa di corretto.»

Lui tentò di sorridere ancora, sapendo che la sua opposizione era solo di facciata. «Potrei avere il numero della Agri-Brite?»

La donna guardò il computer con aria professionale. «Quale divisione?»

«Con chi devo parlare per avere notizie di qualcuno che ha lavorato per una loro società una ventina di anni fa?»

«Quale società?»

«Non ho questa informazione» ammise. «Ci lavorava Brian Keller.»

«E perché non l'ha detto subito?» fece lei con un sorriso malizioso. «Aspetti un attimo.» Si alzò dalla sedia con un'energia sorprendente, mostrando una gonna attillata di velluto e una maglietta in lycra. Attraversò la stanza su un paio di tacchi così alti da far barcollare qualsiasi altra donna e si scostò dal viso i capelli biondo platino quando aprì un cassetto dello schedario. Non era affatto in sovrappeso, ma un lembo di pelle sotto il braccio oscillò accompagnando il movimento delle dita che scorrevano su una serie di cartelline.

«Ecco qui» disse, tirandone fuori una.

«Non ha i dati sul computer?» le chiese, avvicinandosi per vedere di cosa si trattava.

«Non quelli che vuole lei» rispose, porgendogli un foglio.

Jeffrey lesse la richiesta di impiego di Keller, con delle note scritte nella grafia ordinata di Candy sul margine. Il nome della società acquisita dalla Agri-Brite era Jericho Pharmaceuticals e Candy aveva parlato con Monica Patrick, allora capo del personale, per controllare che Keller fosse effettivamente impiegato presso di loro e non lasciasse l'azienda perché caduto in disgrazia.

«Lavorava in una farmaceutica?»

«Assistente del vicedirettore delle ricerche. Venendo qui ha accettato uno stipendio più basso di quello che gli davano lì.»

«Avrebbe potuto guadagnare di più, se fosse rimasto.»

«E chi lo sa? Queste grandi fusioni aziendali degli anni Ottanta hanno tagliato le gambe a tutti.» Scrollò le spalle. «Qualcuno potrebbe dire che ha fatto bene ad andarsene proprio in quel momento. Nulla ricompensa la mediocrità come il mondo dell'istruzione.»

«Lei lo definirebbe un mediocre?»

«Di sicuro non ha rivoluzionato il mondo.»

Jeffrey lesse a voce alta le note scritte a macchina da Keller. «È mio desiderio tornare alle origini della ricerca scientifica. Sono stanco delle maldicenze del mondo industriale.»

«Quindi è venuto all'università.» Rise forte, a lungo. «Ah, l'ingenuità della giovinezza.»

«Come faccio a mettermi in contatto con questa Monica Patrick?»

Candy si portò un dito alle labbra, riflettendo. «Non credo che lavori ancora lì. Quando ci ho parlato mi sembrava già antica come le montagne.» Lo sguardo che rivolse a Jeffrey gli fece capire che era meglio non fare commenti. «Con due o tre telefonate dovrei riuscire a trovarle il numero attuale.»

«Oh, ma non voglio che sia lei a disturbarsi» disse lui, sperando invece che lo facesse.

«Figuriamoci. Lei non sa come si parla con questi arrogantelli delle grandi aziende. Sarebbe disarmato, come uno che ha una gamba sola e deve partecipare a una gara di calci nel sedere.»

«Credo abbia ragione» concesse Jeffrey. «Lo apprezzo moltissimo, ma...»

Candy si guardò dietro una spalla per controllare che la porta dell'ufficio di Blake fosse ancora chiusa. «Che resti tra noi, ma quell'uomo non mi è mai piaciuto.»

«Perché?»

«Ha qualcosa che non mi convince» disse lei. «Non riesco a capire cosa, ma so che la prima impressione in genere è quella giusta, e alla prima impressione Brian Keller mi è sembrato una persona viscida, di cui non ci si può fidare.»

«E sua moglie?» domandò lui, chiedendosi perché non avesse parlato prima con Candy.

«Be'» cominciò lei, portandosi un dito dalla manicure impeccabile alle labbra. «Non so. È rimasta con lui per tutti questi anni... forse quell'uomo ha delle qualità che a me sfuggono.»

«Forse. Però credo che mi fiderò del suo istinto. Sappiamo entrambi che qui dentro è lei quella intelligente.»

«E lei è un diavolo tentatore» rispose Candy, ma Jeffrey capì che le sue parole le avevano fatto piacere. «Se avessi una quarantina d'anni in meno...»

«Non mi degnerebbe nemmeno di uno sguardo» le disse, dandole un bacio su una guancia. «Mi faccia sapere se trova quel numero.»

Lei emise un suono gutturale, simile alle fusa di un gatto. «Certo, capo. Certo.»

Jeffrey se ne andò prima che la donna potesse dire qualcosa di imbarazzante per entrambi e prese le scale invece di aspettare l'ascensore. Tra l'edificio dell'amministrazione e l'ufficio delle guardie di sicurezza non c'era una gran distanza, ma lui la percorse senza fretta. Non andava a correre da quasi una settimana e si sentiva fiacco, i muscoli indolenziti e tesi. La tempesta della sera prima aveva fatto qualche danno, spargendo detriti in giro per il prato, e gli addetti alla manutenzione erano all'opera, raccoglievano la spazzatura e lavavano il marciapiede con una quantità di varechina sufficiente a fargli bruciare il naso. Pulire la zona intorno agli edifici principali era una mossa intelligente, perché a lamentarsi dello sporco sarebbe stato quasi di sicuro chi lavorava lì, e non gli studenti.

Jeffrey tirò fuori il blocco degli appunti e li rilesse, cercando di decidere come passare la giornata. L'unica cosa che poteva fare, ormai, era parlare con altri genitori e interrogare ancora gli studenti. Voleva sentire Monica Patrick, se era ancora viva, prima di tornare da Brian Keller. Nessuno abbandonava un posto di lavoro ben retribuito per accettare un incarico da docente con meno soldi. Forse Keller aveva falsificato dei dati oppure aveva fatto il furbo. Doveva chiedere a Jill Rosen perché suo marito avesse lasciato quel lavoro. La donna aveva parlato di rifarsi una vita. Forse l'aveva già fatto in passato e sapeva bene quanto fosse difficile. Anche se non aveva nuove informazioni da dargli, Jeffrey voleva parlare di nuovo con lei per capire se c'era un modo per aiutarla ad andarsene.

Si infilò il blocco in tasca e aprì la porta dell'ufficio delle guardie. I cardini cigolarono forte, ma quasi non li sentì.

«Maledizione» mormorò, e si guardò alle spalle per controllare se ci fosse qualcuno.

Chuck Gaines era disteso a terra, i piedi rivolti verso la porta. Aveva il collo tagliato di netto, come una seconda bocca, e ciò che restava dell'esofago penzolava fuori come una lingua. C'era sangue ovunque: sulle pareti, a terra, sulla scrivania. Guardò in alto, ma non c'erano schizzi sul soffitto. Chuck era chinato quando l'avevano sgozzato, o forse era seduto alla scrivania. La sedia era a terra, rovesciata.

Si inginocchiò per vedere sotto la scrivania senza toccare la scena. Sotto la sedia vide scintillare un lungo coltello da caccia.

«Maledizione» ripeté, stavolta con foga maggiore. Conosceva quel coltello. Era di Lena.

Frank era fuori di sé, e Jeffrey non poteva biasimarlo.

«Non può essere stata lei» disse il detective.

Jeffrey tamburellava con le dita sul volante. Erano seduti di fronte al dormitorio in cui alloggiava Lena, cercando di decidere come agire.

«Hai visto il coltello, Frank.»

«Non significa niente» fece lui.

«Chuck aveva la gola tagliata.»

Frank soffiò l'aria tra i denti. «Lena non è un'assassina.»

«Potrebbe essere il collegamento con Tessa Linton.»

«E come? Era insieme a noi quando c'è stata l'aggressione. Ha inseguito quel bastardo nel bosco.»

«E l'ha perso.»

«A Matt non è sembrato che abbia rallentato.»

«L'ha fatto quando si è storta una caviglia.»

Frank scosse il capo. «Quel White... lui ce lo vedo.»

«Potrebbe averlo riconosciuto nel bosco ed essere inciampata apposta per lasciarlo scappare.»

Frank continuava a scuotere la testa. «Non posso e non voglio crederci.»

Jeffrey aveva una gran voglia di dirgli che nemmeno lui era entusiasta all'idea, invece disse: «Hai visto il coltello che portava alla caviglia. Mi stai dicendo che non è uguale a quello trovato sotto la scrivania?».

«Potrebbe essere un altro.»

Gli ricordò della prova fornita dalla Scientifica che li aveva portati lì. «Sul coltello ci sono le sue impronte, Frank. E nel sangue. O era lì quando è stato colpito e ha toccato il coltello, oppure lo teneva in mano quando è successo. Non esiste altra spiegazione.»

Frank puntò gli occhi sull'edificio, lo sguardo fisso. Jeffrey era sicuro che stesse cercando un modo per scagionare Lena. Lui stesso aveva avuto una reazione identica meno di un'ora prima, quando il computer aveva fornito un riscontro positivo su tre impronte digitali. E lui aveva perfino chiesto al tecnico di eseguire il confronto sui singoli punti.

Sollevò lo sguardo quando un docente uscì dal dormitorio. «È rimasta dentro tutta la mattina?»

Frank assentì.

«Dammi una buona spiegazione per le sue impronte insanguinate su quel coltello e ce ne andiamo subito.»

L'altro serrò le labbra, furibondo. Era seduto lì davanti da almeno un'ora, e forse l'aveva passata a cercare di farsi venire in mente un modo di salvare Lena.

«Non è giusto» disse, ma senza aggiungere altro aprì lo sportello e scese dalla macchina.

Il dormitorio dei docenti era quasi deserto, dato che le lezioni erano già cominciate. Come accadeva in quasi tutti gli atenei, la vita rallentava andando verso la fine della settimana, e con l'avvicinarsi delle vacanze di Pasqua molti ragazzi erano già partiti per tornare a casa. Jeffrey e Frank non incrociarono nessuno nel corridoio quando si avvicinarono all'appartamento di Lena. Si fermarono davanti alla porta e Jeffrey notò che la maniglia era rimasta storta dopo la loro irruzione della mattina precedente. Se il giorno prima fosse riuscito a trovare qualcosa, se avesse sospettato che era colpevole, forse Chuck Gaines sarebbe stato ancora vivo.

Frank si mise di lato, la mano sulla pistola, ma senza estrarla. Jeffrey bussò due volte, chiamandola. «Lena?»

Passarono alcuni istanti e lui si sforzò di sentire se ci fosse qualcuno all'interno.

Provò ancora. «Lena?» Poi aprì la porta.

«Cazzo» esclamò Frank, puntando la pistola. Lui fece altrettanto, seguendo l'istinto prima di rendersi conto che Lena si stava solo infilando i pantaloni, non aveva un'arma.

Le fece la domanda che di sicuro aveva in mente anche Frank. «Che diavolo ti è successo?»

Lei si schiarì la gola, intorno alla quale aveva dei lividi scuri. Quando parlò, la voce le uscì roca. «Sono caduta.»

Indossava solo i pantaloni e il reggiseno, la cui stoffa bianca si stagliava sulla pelle olivastra. Si coprì con le mani, vergognandosi. Aveva segni scuri lasciati da dita sulle braccia, come se qualcuno l'avesse afferrata troppo forte, e un segno su una spalla che sembrava un morso.

«Capo» disse Frank. Aveva ammanettato Ethan White e lo teneva per un braccio. Il ragazzo era vestito, gli mancavano solo calzini e scarpe. Aveva il viso pieno di lividi, il labbro inferiore spaccato al centro.

Jeffrey raccolse una camicia da terra per darla a Lena in modo che potesse coprirsi, ma si fermò quando si rese conto di avere in mano una prova. La parte inferiore era sporca di sangue.

«Gesù» mormorò, sperando che Lena lo guardasse. «Che cosa hai fatto?»

13

Sara parcheggiò davanti all'Heartsdale Medical Center, accanto all'auto di Jeffrey che si trovava già nel posteggio. Non le aveva dato nessuna informazione, a parte il fatto che doveva correre all'ospedale per rilevare delle prove fisiche da due sospetti. Al telefono non aveva voluto dirle i nomi, ma Sara conosceva abbastanza bene il suo modo di ragionare da capire che si riferiva a Ethan White e Lena.

Come al solito, il pronto soccorso era deserto. Si guardò intorno, cercando l'infermiera di turno, ma doveva essere in pausa. In fondo al corridoio vide Jeffrey che parlava con un uomo più anziano, di altezza media e corporatura massiccia. Alle loro spalle, Brad Stephen era in piedi di fronte alla porta chiusa di una sala visite, con una mano sul calcio della pistola.

Avvicinandosi, Sara sentì l'uomo parlare a Jeffrey, il tono di voce acuto e infastidito. «Mia moglie ne ha già passate abbastanza.»

«So bene cosa le è successo» rispose Jeffrey. «Sono felice di sapere che si preoccupa del suo benessere.»

«È ovvio che mi preoccupo» scattò lui. «Che cosa sta insinuando?»

Jeffrey si accorse di Sara e le fece cenno di avvicinarsi. «Le presento Sara Linton» disse all'uomo. «Sarà lei a eseguire l'esame fisico.»

«Dottor Brian Keller» fece l'altro, senza quasi degnarla di uno sguardo. Stringeva in mano una borsa da donna, che lei immaginò appartenesse a sua moglie.

«Il dottor Keller è il marito di Jill Rosen» spiegò Jeffrey. «Lena mi ha chiesto di chiamarla.»

Sara cercò di non mostrare la propria sorpresa.

«Ci scusi, allora» disse rivolto a Keller, e accompagnò Sara più avanti nel corridoio, in una saletta.

«Che succede?» chiese lei. «Ho promesso a mia madre che oggi pomeriggio sarei andata ad Atlanta.»

Lui chiuse la porta prima di parlare. «Hanno sgozzato Chuck.»

«Chuck Gaines?» esclamò lei, come se potesse esserci un altro Chuck.

«Ci sono le impronte di Lena sull'arma del delitto.»

Per un attimo Sara ebbe un capogiro. Faticava a seguirlo.

«Ricordi il kit antistupro?» le chiese poi.

All'inizio lei non capì di cosa parlasse.

«Quando abbiamo parlato del DNA sulla biancheria. Ricordi l'esame eseguito su Lena dopo lo stupro?»

Lei cercò una buona risposta, ma sapeva di non avere scelta se non dire: «Sì».

Il viso di Jeffrey era il ritratto della collera. «E allora perché non me l'hai menzionato, Sara?»

«Perché non era giusto. Non sarebbe stato corretto usarlo contro di lei.»

«Vallo a dire ad Albert Gaines. Vallo a dire alla madre di Chuck.»

Sara tenne la bocca chiusa, perché non riusciva ad accettare che Lena avesse davvero qualcosa a che fare con i delitti.

«Voglio che esamini per primo White» disse lui, il tono ancora netto. «Sangue, saliva, capelli. Passa in rassegna ogni centimetro. Come se fosse un'autopsia.»

«Cosa cerchiamo?»

«Qualsiasi cosa lo colleghi con la scena del crimine. Abbiamo già le impronte delle scarpe di Lena nel sangue.» Scosse il capo. «C'era sangue dappertutto.» Aprì la porta e guardò nel corridoio. Non uscì, e Sara capì che doveva dirle ancora qualcosa.

«Che c'è?» gli chiese.

La furia nella sua voce diminuì. «È messa molto male.»

«Quanto male?»

Jeffrey guardò di nuovo fuori, poi puntò ancora lo sguardo su Sara. «Non so se abbia lottato o cosa. Forse Chuck l'ha aggredita e lei si è difesa. Forse White ha dato di matto.»

«È questo che ti ha detto?»

«Lei non ha detto una parola. Nessuno dei due vuole parlare.» Fece una pausa. «Be', White sostiene che sono stati insieme a casa di lei tutta la notte, ma all'università ci hanno riferito che White è andato via dai laboratori dopo di lei.» Indicò il corridoio. «Brian Keller è stato una delle ultime persone a vederla.»

«Lena ha chiesto di parlare con la moglie?»

«Già» disse lui. «Ho messo Frank ad ascoltarle nella stanza accanto, nel caso lei confessi qualcosa.»

«Jeffrey...»

«Non farmi la predica sulla riservatezza tra medici e pazienti, Sara. Qui sono già morte troppe persone.»

Sara sapeva che insistere su quel punto sarebbe stata solo una perdita di tempo. «Lena sta bene?»

«Diciamo che può aspettare» rispose, ma era evidente che non aveva più alcuna voglia di sentirsi fare domande.

«Hai un mandato per questo esame?»

«Cosa sei, un avvocato adesso?» Non le diede il tempo di rispondere. «L'ha firmato il giudice Bennett stamattina.» Poiché lei rimase in silenzio, aggiunse: «Che c'è? Vuoi vederlo? Sul serio pensi che ti stia mentendo?».

«Non ho chiesto…»

«No, tieni.» Tirò fuori il mandato dalla tasca e lo sbatté sul tavolo. «Visto come funziona, Sara? Io ti dico la verità. Io cerco di aiutarti a fare il tuo lavoro al meglio, in modo che non ci vadano di mezzo altre persone.»

Lei osservò il documento e vide la firma netta di Billie Bennett sulla linea in fondo. «Togliamoci il pensiero» disse.

Jeffrey si fece indietro per lasciarla uscire, e Sara si sentì invadere da un senso di terrore che non provava da molto tempo.

Brian Keller era ancora nel corridoio, la borsa di Jill in mano. Quando gli passò accanto la guardò con occhi vacui, e sembrava così indifeso che lei dovette fare uno sforzo per tenere a mente che picchiava la moglie.

Brad si toccò il cappello per salutarla e aprì la porta. «Signora.»

Ethan White era in piedi al centro della sala visite. Indossava un camice da ospedale verde chiaro, le braccia muscolose incrociate sul petto. Era stato colpito al naso di recente e aveva una scia di sangue rappreso che gli scendeva verso la bocca. Un rossore diffuso sotto un occhio si stava trasformando in un livido. Aveva dei tatuaggi complessi che raffiguravano scene di battaglia sulle parti delle braccia che lei riusciva a vedere. Sui polpacci nudi c'erano motivi geometrici e delle fiamme che risalivano lungo i fianchi.

Sembrava un ragazzo come tanti altri, con i capelli tagliati corti e un fisico che rivelava una gran quantità di tempo libero passata in palestra. I muscoli gli sporgevano dalle spalle, tirando il tessuto del camice. Era di corporatura minuta, una quindicina di centimetri più basso di Sara, eppure c'era qualcosa in lui che riempiva lo spazio tutto intorno. White sembrava in collera, come se da un momento all'altro potesse scattare e aggredirla. Sara fu sollevata all'idea di non essere sola con lui.

«Ethan White» disse Jeffrey, «lei è la dottoressa Linton. Preleverà dei campioni su mandato del tribunale.»

White serrava la mascella così forte che quando parlò, le parole gli uscirono in un sibilo. «Voglio vedere il mandato.»

Sara si infilò un paio di guanti mentre il ragazzo leggeva il documento. Sul bancone c'erano dei vetrini e un kit per il test del DNA insieme a un pettine di plastica e provette per raccogliere il sangue. Jeffrey doveva aver chiesto all'infermiera di preparare tutto, ma Sara era curiosa di sapere perché non le avesse chiesto anche di trattenersi per aiutare. Forse c'era qualcosa che non voleva che vedesse nessun altro.

Si mise gli occhiali, pensando di chiedere a Jeffrey di chiamare l'infermiera.

Non fece in tempo a dire nulla, perché lui intimò a White: «Togliti il camice».

«Non è...» Sara non riuscì a finire la frase. Ethan gettò a terra il camice. Aveva una grossa svastica tatuata sulla pancia. Sul petto, in alto a destra, c'era il ritratto sbiadito di Hitler. Una fila di soldati delle SS gli rivolgeva il saluto militare dall'altra parte.

Sara non riuscì a fare a meno di fissarlo.

«Ti piace?» ringhiò White.

Jeffrey gli piazzò una mano in faccia e lo schiacciò contro una parete.

Sara arretrò fino a trovarsi contro il bancone. Vide il naso di Ethan muoversi, e il sangue che ricominciava a colargli verso la bocca.

Jeffrey parlò con voce bassa, furiosa, in un tono che lei sperò di non sentire mai più. «Questa è mia moglie, lurido pezzo di merda. Ci siamo capiti?»

La testa di White era incastrata tra la mano che lo stringeva e il muro. Annuì una volta, ma negli occhi non aveva alcun timore. Era come una belva in trappola che sapeva che un giorno sarebbe riuscita a evadere.

«Meglio per te» fece Jeffrey, staccandosi da lui.

White guardò Sara. «Lei è una testimone, giusto, dottoressa? Abuso di potere.»

«Lei non ha visto proprio un bel niente» disse Jeffrey, e Sara lo maledisse per aver parlato al posto suo.

«Ah no?» chiese White.

Jeffrey fece un passo verso di lui, dicendo: «Non darmi un buon motivo per farti del male».

«Sissignore» fece lui in tono scontroso, e si asciugò il sangue dal naso con il dorso della mano, lo sguardo fisso su Sara. Stava cercando di intimidirla, e lei sperò che non si rendesse conto che ci stava riuscendo.

Sara aprì il kit per la raccolta del DNA orale. Si avvicinò a White con il tampone in mano e disse: «Apri la bocca, per favore».

Lui eseguì, spalancandola in modo che lei potesse raccogliere eventuali residui di tessuto. Sara prese diversi campioni, ma quando cominciò a preparare i vetrini le tremavano le mani. Fece un respiro profondo, cercando di concentrarsi sul compito da svolgere. Ethan era un paziente come gli altri, e lei era un medico che stava facendo il suo lavoro, niente di più e niente di meno.

Etichettò i reperti sentendosi per tutto il tempo lo sguardo del ragazzo addosso. L'odio che emanava riempiva l'ambiente come un gas nocivo.

«Mi serve la tua data di nascita» gli disse.

Lui tacque per un attimo, come se volesse darle a intendere che se rispondeva, lo faceva perché l'aveva deciso lui. «Ventun novembre del 1980.»

Sara riportò l'informazione sull'etichetta insieme al nome del paziente, il proprio, il luogo, la data e l'ora. Ciascun elemento di prova sarebbe stato catalogato così e poi riposto in un sacchetto di carta oppure inserito in un vetrino.»

Con una pinzetta sollevò un dischetto di garza sterile e glielo mise davanti alla bocca. «Devi inumidirlo con la saliva.»

«Non sono un organo secretore.»

Sara tenne le pinzette dov'erano finché lui non si decise a tirar fuori la lingua in modo che lei potesse mettergli la garza in bocca. Dopo un tempo sufficiente, la rimosse e la catalogò tra le prove.

Continuando a seguire la procedura, gli chiese: «Vuoi dell'acqua?».

«No.»

Sara riprese l'indagine preliminare, con gli occhi di Ethan che seguivano ogni sua mossa. Anche mentre era al bancone e gli dava le spalle, se li sentiva puntati addosso, come quelli di una tigre che si prepara all'assalto.

Nel momento in cui si rese conto di non poter più evitare di toccarlo, le si serrò la gola. Sentì la sua pelle calda sotto i guanti, i muscoli tesi e attivi. Non prelevava sangue da un paziente in vita da qualche anno, e mancò la vena più volte.

«Scusami» disse dopo il secondo tentativo.

«Non è niente» fece lui, in un tono gentile che mal si accordava con l'odio che aveva negli occhi.

Con una macchina fotografica da trentacinque millimetri, Sara ritrasse quelle che sembravano delle ferite da difesa sull'avambraccio sinistro. Aveva quattro graffi superficiali sul collo e sulla testa, e dietro l'orecchio sinistro aveva un taglio breve e curvo, forse lasciato da un'unghia. L'area intorno ai genitali era livida, il glande arrossato e irritato. Lungo la natica sinistra aveva un graffio corto, e uno più lungo nella parte bassa della schiena. Sara chiese a Jeffrey di tenere un righello accanto alle lesioni mentre ne scattava degli ingrandimenti.

«Stenditi sul lettino» disse.

Ethan obbedì, osservandola con attenzione.

Sara andò al bancone, dandogli la schiena. Aprì un foglio di carta bianca e si voltò ancora, dicendo: «Sollevati, in modo che possa metterlo sotto di te».

Lui fece di nuovo quanto diceva, senza mai smettere di guardarla in faccia.

Quando gli pettinò il pube, si staccarono diversi peli non suoi. Le radici erano ancora attaccate, segno che erano stati strappati via. Con un paio di forbici affilate tagliò via dall'interno coscia una massa di peli aggrovigliati, li fece cadere in una busta e li etichettò con le informazioni del caso.

Con un tampone bagnato prelevò dei campioni di fluidi essiccati sul pene e sullo scroto, stringendo i denti così forte da sentire dolore. Gli grattò sotto le unghie delle mani e dei piedi, fotografò un'unghia spezzata sull'indice della mano destra. Al termine dell'esame, il bancone era pieno di prove, e ogni reperto era ad asciugare nell'essiccatoio ad aria fredda oppure all'interno di sacchetti per le prove, che Sara aveva sigillato ed etichettato con mano ormai salda.

«Finito» disse, togliendosi i guanti e gettandoli sul bancone. Lasciò la stanza più velocemente che poté evitando di mettersi a correre. Brad e Keller erano ancora nel corridoio, ma passò loro accanto senza dire una parola.

Sara tornò nella saletta in fondo, con un senso di terrore e collera che permeava ogni millimetro del suo corpo. Si chinò sul lavandino, aprì il rubinetto al massimo in modo da potersi sciacquare il viso con l'acqua fredda. Sentiva la bile risalirle in gola e bevve dell'acqua, cercando di non vomitare. Avvertiva ancora addosso lo sguardo di Ethan che le bruciava la carne come un ferro rovente. Le sembrava di sentire l'odore del sapone usato da lui, e quando chiudeva gli occhi vedeva ancora la leggera erezione che aveva avuto mentre raccoglieva campioni dal suo pene e gli passava il pettine tra i peli pubici.

Il rubinetto era ancora aperto, e Sara lo chiuse. Si stava asciugando le mani con della carta assorbente quando all'improvviso si rese conto di essere nella sala in cui aveva eseguito la visita di Lena dopo lo stupro. C'era il lettino su cui era stata distesa, il bancone su cui lei aveva posato le prove, tante quante ne aveva raccolte su Ethan White.

Sara si strinse le braccia intorno alla vita, guardandosi intorno, cercando di non lasciarsi inghiottire dai ricordi.

Alcuni minuti dopo Jeffrey bussò alla porta ed entrò. Si era tolto la giacca, e lei vide la sua pistola nella fondina. «Avresti dovuto avvisarmi» gli disse, la voce strozzata. «Avresti dovuto dirmelo.»

«Lo so.»

«È così che ti vendichi?» riprese lei, sapendo che stava per mettersi a piangere oppure a gridare.

«Non era una vendetta» le rispose, ma Sara non sapeva se poteva credergli.

Si portò una mano sulla bocca, tentando di reprimere un singhiozzo. «Gesù santo, Jeff.»

«Lo so.»

«No, non lo sai» rispose, e la sua voce risuonò nella stanza. «Dio mio, hai visto quei tatuaggi?» Non gli diede modo di parlare. «Ha una svastica...» Non riuscì a continuare. «Perché non mi hai avvertita?»

Jeffrey restò in silenzio. «Volevo che lo vedessi» disse dopo un po'. «Volevo che sapessi con cosa abbiamo a che fare.»

«E non potevi *dirmelo*?» insisté lei, aprendo di nuovo il rubinetto. Raccolse dell'acqua nella mano per lavar via il sapore acre dalla bocca. «Perché ci hai messo tanto?» chiese poi, ripensando al modo in cui aveva schiacciato la testa di Ethan contro il muro. «L'hai picchiato di nuovo?»

«Non l'ho picchiato affatto.»

«Non sei stato tu a colpirlo all'occhio?» chiese lei. «Gli sanguinava il naso, Jeffrey. Era sangue fresco.»

«Ti ho detto che non l'ho picchiato.»

Gli prese le mani, cercando tagli o graffi sulle nocche. Erano pulite, ma trovò una domanda da fargli: «Dov'è il tuo anello universitario?».

«Me lo sono tolto.»

«Non te lo togli mai.»

«Domenica» rispose. «L'ho tolto domenica prima di andare a parlare coi tuoi.»

«Perché?»

«Era sporco di sangue, Sara. Okay? Il sangue di Tess» disse lui, rabbioso.

Sara lo lasciò andare. Fece la domanda a cui si era rifiutata di pensare mentre era nella sala visite insieme a White. «Credi sia stato lui a pugnalare Tessa?»

«Non ha un alibi per domenica. Non solido, almeno.»

«Dov'era?»

«Dice di essere stato in biblioteca, ma nessuno si ricorda di lui. Poteva essere nel bosco, potrebbe aver ucciso Andy e poi aver aspettato per vedere come evolveva la situazione.»

Sara annuì per farlo continuare.

«Non stava aspettando Tessa, Sara. Lei è capitata per caso, e lui ha approfittato della situazione.»

Sara afferrò di nuovo il bancone, chiuse gli occhi e cercò di collegare l'uomo nella sala accanto con l'aggressione a sua sorella. Si era già trovata in presenza di un assassino prima, e ciò che l'aveva colpita di più era quanto sembrasse normale, una persona come tante altre. Con i vestiti addosso, Ethan le aveva dato la stessa sensazione. Poteva essere uno studente qualsiasi. Poteva essere uno dei suoi pazienti. Da qualche parte, nella città da cui veniva, forse c'era un pediatra, proprio come lei, che l'aveva visto diventare un uomo.

Quando riuscì a parlare di nuovo, chiese: «Che ruolo ha Lena in tutto questo?».

«Lo frequenta. È la sua ragazza» disse Jeffrey.

«Non posso credere...»

«Quando la vedrai... Sara, quando la vedrai, voglio che tu tenga a mente che ha una relazione con White. Lo sta proteggendo.»

Indicò il muro, riferendosi alla sala visite accanto. «Quello che hai visto lì dentro, quell'animale... lei lo protegge.»

«Lo protegge da cosa?» chiese Sara. «Ci sono le sue impronte sul coltello. Era lei a lavorare con Chuck.»

«Lo capirai quando la vedrai.»

«Cos'è, un'altra sorpresa?» gli chiese, perché era sicura che non avrebbe sopportato un nuovo colpo, soprattutto se c'entrava Lena. «Ha una svastica anche lei?»

«Sinceramente non so cosa pensare di lei. È messa davvero male.»

«Che vuoi dire?»

«Non lo so» ripeté. «Qualcuno l'ha massacrata di botte.»

«Chi?»

«Frank pensa che Chuck le abbia fatto qualcosa.»

«Che cosa?» chiese Sara, terrorizzata dalla risposta che poteva arrivarle.

«L'ha aggredita. O forse l'ha solo fatta incazzare. Lei l'ha raccontato a White, e lui è andato fuori di testa.»

«E *tu* cosa pensi che sia successo?»

«Se devo essere sincero... non ne ho la più pallida idea. E lei non vuole dirmi niente.»

«L'hai interrogata come hai fatto con White? Schiacciandole una mano in faccia?» lo assalì.

Il dolore che gli lesse negli occhi bastò a farla pentire di avergli parlato così, ma Sara sapeva che era inutile. Voleva ancora che rispondesse alla sua domanda.

Lui le chiese: «Che razza di persona pensi che sia?».

«Penso...» cominciò lei, senza sapere cosa dire. «Penso

che entrambi abbiamo un lavoro da svolgere. E che non possiamo parlarne proprio adesso.»

«Io invece ne voglio parlare» disse lui. «Ho bisogno di averti al mio fianco in questa storia, Sara. Non posso combattere contro di te e tutti gli altri allo stesso tempo.»

«Non è il momento. Dov'è Lena?»

Jeffrey tornò nel corridoio, per farle capire che doveva trovarla da sola.

Sara si asciugò le mani sui pantaloni e passò accanto a Brad, diretta alla stanza accanto. Mise la mano sulla maniglia nell'attimo in cui Frank uscì dalla sala visite.

«Ehi» la salutò, guardando dietro di lei. «Voleva dell'acqua.»

Sara entrò. La prima cosa che vide non fu Lena, ma il kit antistupro che era stato messo sul bancone. Si bloccò, senza riuscire a muoversi finché Jeffrey non le posò una mano sulla schiena e la spinse dolcemente. Voleva prendersela con lui, tempestargli il petto di pugni e maledirlo perché la stava costringendo a farlo di nuovo, ma non aveva più la minima energia in corpo. Si sentiva svuotata di tutto, a parte un senso di infinita tristezza.

«Sara Linton, lei è Jill Rosen» disse Jeffrey.

Una donna minuta vestita di nero era in piedi, con la schiena poggiata alla parete. Disse qualcosa, ma Sara riuscì a sentire solo il rumore del metallo che tintinnava contro il metallo. Lena era seduta sul lettino, i piedi penzoloni da un lato. Indossava un camice verde da ospedale allacciato dietro il collo. Agitava la mano avanti e indietro, mossa da una sorta di tic, e la manetta che aveva al polso andava a cozzare contro la sbarra metallica ai piedi del letto.

Sara si morse il labbro inferiore così forte che sentì il sapore del sangue. «Toglile subito quelle manette» disse.

Jeffrey esitò, ma alla fine obbedì.

Quando l'ebbe liberata, Sara aggiunse: «Esci», in un tono che non ammetteva repliche.

Lui ebbe un altro momento di incertezza. Lei lo guardò dritto negli occhi e ribadì, in tono deciso: «Vai fuori».

Jeffrey se ne andò chiudendo la porta alle sue spalle. Sara si portò le mani sui fianchi a poca distanza da Lena. Anche se non aveva più il polso legato, continuava a muovere la mano, come in una specie di spasmo.

Sara aveva pensato che mandando via Jeffrey la stanza le sarebbe sembrata meno opprimente, ma le pareva ancora che i muri le si chiudessero intorno. C'era un terrore palpabile lì dentro, e lei fu assalita da un improvviso senso di gelo.

«Chi ti ha ridotta così?» chiese.

Lena si schiarì la gola, lo sguardo puntato a terra. Quando provò a parlare, le uscì poco più di un sussurro. «Sono caduta.»

Sara si portò una mano sul petto. «Lena. Sei stata stuprata.»

«Sono caduta» ripeté lei, la mano che ancora tremava.

Jill Rosen attraversò la stanza e andò al lavandino dove bagnò un tovagliolo di carta. Tornò da Lena e lo usò per tamponarle il viso e il collo.

«È stato Ethan?» chiese Sara.

Lena scosse il capo mentre la dottoressa cercava di toglierle di dosso un po' di sangue. «Ethan non ha fatto niente.»

Jill Rosen posò la salvietta sulla nuca di Lena. Forse stava cancellando delle prove, ma a Sara non importava.

«Lena» riprese, «devi stare tranquilla. Non ti farà mai più del male.»

Lena chiuse gli occhi, ma si lasciò pulire sotto il mento. «Non mi ha fatto del male.»

«Non è colpa tua. Non sei costretta a proteggerlo.»

Lena tenne gli occhi serrati.

«È stato Chuck?»

Jill Rosen sollevò lo sguardo, sorpresa.

«È stato Chuck?» ripeté Sara.

«Non ho visto Chuck» rispose Lena.

Sara si sedette sul bordo del lettino, spinta dal bisogno di capire. «Lena, ti prego.»

Lei si voltò dall'altra parte. Il camice si mosse, e lei vide un morso profondo appena sopra il seno destro.

«Chuck le ha fatto del male?» domandò infine Jill Rosen.

«Non avrei dovuto chiamarla» le rispose Lena.

Con le lacrime agli occhi, la dottoressa le sistemò i capelli dietro un orecchio. Forse in lei rivedeva se stessa vent'anni prima.

«La prego, se ne vada» le disse Lena.

Jill guardò Sara, come se non si fidasse affatto di lei. «Ha il diritto di avere qualcuno presente» disse. Lavorando al campus, doveva aver già ricevuto chiamate simili in passato: conosceva le regole, anche se non le aveva mai applicate su se stessa.

«La prego, vada via» ribadì Lena, gli occhi ancora chiusi, come se così potesse cancellarla.

La psicologa aprì la bocca per dire qualcosa, ma poi rinunciò. Uscì in fretta, come un prigioniero in fuga. Lena continuò a tenere gli occhi chiusi, ma mosse la gola e tossì.

«Sembra che tu abbia un trauma alla trachea» disse Sara. «Se la laringe è danneggiata...» Si interruppe, perché non sapeva nemmeno se la stesse ascoltando. Aveva gli occhi così serrati che sembrava volesse escludere il mondo intero.

«Lena» disse Sara, tornando con la mente a quando era nel bosco con Tessa. «Fai fatica a respirare?»

Lei scosse il capo in un movimento quasi impercettibile.

«Ti spiace se controllo?» chiese, ma non aspettò una risposta. Con tutta la delicatezza che le riuscì, tastò la pelle intorno alla laringe, cercando sacche d'aria. «È solo contusa. Non ci sono fratture, ma sentirai dolore per un po'.»

Lena tossì di nuovo, e Sara le diede un bicchiere d'acqua.

«Bevi piano» le raccomandò, inclinando il bicchiere verso il basso.

Lena ebbe un altro colpo di tosse e si guardò intorno come se non ricordasse com'era arrivata lì.

«Sei all'ospedale. Chuck ti ha fatto del male ed Ethan l'ha scoperto? È questo che è successo, Lena?»

Lei deglutì, trasalendo per il dolore. «Sono caduta.»

«Lena» mormorò Sara, provando una disperazione così profonda da far fatica a parlare. «Dio mio, ti prego, dimmi cosa ti è successo.»

Lei tenne la testa bassa e borbottò qualcosa.

«Come?»

Si schiarì la gola e alla fine aprì del tutto gli occhi. Aveva i capillari rotti, le sclere piene di puntini rossi. «Voglio fare una doccia» disse.

Sara diede uno sguardo al kit antistupro sul bancone. Non se la sentiva di farlo di nuovo. Era impossibile sopportarlo. Vedere Lena lì seduta, in attesa che lei la esaminasse, le spezzava il cuore.

Lena dovette avvertire la sua incertezza. «Ti prego, fallo e basta» sussurrò. «Mi sento sporca. Ho bisogno di fare una doccia.»

Sara scivolò giù dal lettino e andò verso il bancone. Mentre controllava se nella macchina fotografica fosse inserita la pellicola, si sentiva intontita. Seguendo la procedura, le chiese: «Hai avuto rapporti sessuali consensuali con qualcuno nelle ultime ventiquattro ore?».

Annuì. «Sì.»

Sara chiuse gli occhi. «Rapporti consensuali?» ripeté.

«Sì.»

Cercò di mantenere saldo il tono di voce. «Hai fatto irrigazioni o ti sei fatta la doccia dopo l'aggressione?»

«Non sono stata aggredita.»

Sara si avvicinò e le si mise davanti. «Posso darti una pillola... come abbiamo fatto l'altra volta.»

La mano di Lena tremava ancora, sfregando contro il lenzuolo sul letto.

«Per la contraccezione d'emergenza.»

Lena mosse le labbra senza parlare.

«La chiamano anche pillola del giorno dopo. Ricordi come funziona?»

Lei annuì, ma Sara glielo spiegò comunque.

«Ne dovrai prendere una adesso e un'altra tra dodici ore. Ti darò anche qualcosa per la nausea. L'altra volta ne hai avuta molta?»

Forse annuì, ma Sara non riuscì a capirlo con certezza.

«Potresti avere crampi, capogiri, spotting.»

«Okay» la interruppe lei.

«Okay?»

«Sì, okay. Dammi le pillole.»

Sara era seduta alla sua scrivania all'obitorio, la testa tra le mani, il telefono bloccato tra l'orecchio e la spalla mentre ascoltava il cellulare di suo padre che squillava.

«Sara?» rispose Cathy, la voce carica di preoccupazione. «Dove sei?»

«Non ti è arrivato il messaggio?»

«Non sappiamo come aprirli» disse sua madre, come se fosse una cosa ovvia. «Cominciavamo a essere in pensiero.»

«Mi spiace, mamma» rispose, guardando l'orologio nella sala accanto. I suoi genitori aspettavano una telefonata almeno un'ora prima. «Chuck Gaines è stato ucciso.»

«Il bambino che ha mangiato il tuo progetto scolastico sulla pasta in terza elementare?»

«Esatto» disse lei. Sua madre associava tutte le persone che Sara conosceva dall'infanzia con qualche gesto sciocco che avevano commesso da piccole.

«Be', è terribile» commentò Cathy, senza fare alcun collegamento tra la morte di Chuck e l'aggressione di Tessa.

«Devo eseguire l'autopsia, e poi sono successe delle altre cose.» Non voleva raccontarle di Lena Adams e di quello che era accaduto all'ospedale. Non sarebbe riuscita a spiegare ciò che provava. Si sentiva sconvolta, devastata, e il suo unico desiderio in quel momento era di potere stare con la sua famiglia.

«Puoi venire domattina?» chiese Cathy, con una strana nota nella voce.

«Arrivo stasera, appena riesco» rispose lei, perché non aveva mai avuto tanta voglia come in quel momento di lasciare la città. «Tess sta bene?»

«È qui» disse Cathy. «Sta parlando con Devon.»

«Be'... è una notizia buona o cattiva?» disse Sara.

«La prima, credo» rispose lei, criptica.

«E papà?»

Lei ebbe un momento di incertezza prima di rispondere. «Sta bene» disse, ma fu molto poco convincente.

Sara cercò di trattenere le lacrime. Le sembrava di stare affondando, e l'idea che i rapporti con suo padre si fossero incrinati la trascinava ancora più giù.

«Tesoro?» la chiamò Cathy.

Sara si accorse di Jeffrey perché vide la sua ombra sulla scrivania. Sollevò lo sguardo, ma lo evitò. Si soffermò invece su Frank e Carlos, dietro il vetro, che parlavano accanto al corpo.

«È arrivato Jeff, mamma. Devo mettermi al lavoro.»

Cathy aveva ancora un tono preoccupato, ma rispose: «Va bene».

«Arrivo il prima possibile» aggiunse Sara, poi attaccò.

«È successo qualcosa a Tess?» chiese Jeffrey.

«Ho solo bisogno di vederla. Ho bisogno di stare con la mia famiglia.»

Jeffrey intuì che lui non era incluso. «Vogliamo parlarne adesso?»

«L'hai ammanettata» disse Sara, ferita e risentita. «Non posso credere che tu l'abbia ammanettata.»

«È una sospettata, Sara.» Si guardò dietro una spalla. Frank studiava il proprio blocco degli appunti, ma Sara sapeva che sentiva ogni loro parola. Tuttavia, alzò ancora la voce per esserne del tutto sicura.

«È stata stuprata, Jeffrey. Non so da chi, ma è stata stuprata, e tu non avresti dovuto metterle le manette.»

«È coinvolta in un'indagine per omicidio.»

«Non poteva andare da nessuna parte.»

«Non era questo il punto.»

«E *qual era* il punto?» chiese lei, sforzandosi di non mettersi a gridare. «Torturarla? Farla crollare?»

«È il mio lavoro, Sara. Faccio in modo che le persone confessino.»

«Sono sicura che sono pronte a dire un sacco di cose, purché tu smetta di picchiarle.»

«Sara, stammi bene a sentire, un tipo come Ethan White capisce una lingua soltanto.»

«Ah, quindi ero distratta quando ti ha confessato quel che volevi sapere?»

Jeffrey la fissò, cercando di non urlarle contro. Alla fine le chiese: «Non potremmo semplicemente tornare quelli di stamattina?».

«Stamattina non avevi ammanettato a un letto d'ospedale la vittima di uno stupro.»

«Però io non ti ho nascosto l'esistenza di prove.»

«Non ti ho nascosto alcuna prova, idiota. Ho solo protetto una paziente. Saresti contento se qualcuno usasse i campioni raccolti dal mio stupro per incastrarmi?»

«Incastrarti?» ripeté. «Le sue impronte digitali sono sull'arma del delitto. Ha l'aria di essere stata pestata a sangue. Il suo ragazzo ha una fedina penale lunga un chilometro. Che altro dovrei pensare?» Fece un evidente sforzo per non perdere del tutto le staffe. «Non posso modificare il mio lavoro in base alle tue preferenze.»

«No, e nemmeno in base al comune senso del pudore.»

«Io non sapevo…»

«Non fare lo stupido» sibilò lei, sbattendo la porta. Non voleva più che Frank li sentisse. «Hai visto com'è ridotta, cosa le ha fatto. Le foto ti saranno arrivate, a quest'ora. Hai visto le lacerazioni sulle gambe? Il morso sul seno?»

«Sì. Ho visto le foto. Ho visto tutto.» Scosse il capo, come se avesse preferito non vederle.

«Credi davvero che Lena abbia ucciso Chuck?»

«Non c'è nulla che colleghi White alla scena del crimine. Dammi qualcosa che lo inchiodi. Dammi qualcosa che non siano le impronte insanguinate di Lena sul coltello.»

C'era una questione che a Sara proprio non andava giù. «Non avresti dovuto ammanettarla.»

«Dovevo forse ignorare il fatto che potrebbe aver ucciso una persona solo perché mi dispiace per lei?»

«Ti dispiace?»

«È ovvio» disse lui. «Credi che sia felice di vederla così? Gesù.»

«Potrebbe essere stata legittima difesa.»

«Sarà il suo avvocato a dirlo» fece Jeffrey, e anche se parlava in tono aspro, Sara sapeva che aveva ragione. «Non posso lasciarmi influenzare dai sentimenti sul lavoro, e vale anche per te.»

«Eh già, non sono professionale come te.»

«Non è quel che ho detto.»

«L'ottanta per cento delle donne vittime di stupro subisce un'ulteriore aggressione nel corso della vita. Lo sapevi?»

Il suo silenzio rispose alla domanda.

«Invece di accusarla di omicidio, dovresti cercare l'autore di uno stupro.»

Jeffrey sollevò le mani, scrollando le spalle. «Perché, non hai saputo?» le chiese, con aria così innocente da farle venir voglia di schiaffeggiarlo. «Non è stata violentata. È caduta.»

Sara spalancò la porta: non ce la faceva più a parlare con lui. Entrando nella sala dell'obitorio, si sentì addosso lo sguardo di Jeffrey, ma non le importava. Qualsiasi cosa avesse rivelato l'autopsia, non sarebbe riuscita a perdonarlo per aver ammanettato al letto Lena. Per come si sentiva in quel momento, nemmeno l'idea di non rivolgergli mai più la parola la turbava più di tanto.

Andò a controllare le radiografie, ma non riusciva a vedere ciò che aveva davanti agli occhi. Si concentrò sul respiro, cercando di fare mente locale sul lavoro che l'aspettava. Chiuse gli occhi, scacciando dalla sua mente Tessa e Lena e cancellando Ethan White dalla memoria. Quando le parve di essersi ripresa, li aprì e tornò al tavolo per l'esame.

Chuck Gaines era un omone dalle spalle larghe e una chiazza di peli sul petto. Sara non notò ferite da difesa sulle braccia, dunque doveva essere stato colto di sorpresa. Aveva il collo reciso di netto, la ferita aperta di un rosso deciso, le arterie e i tendini che penzolavano fuori come viticci di un rampicante. Si intravedeva la colonna cervicale, un pezzo della quale era dislocato dalla posizione normale.

«L'ho già esaminato con la lampada UV» dichiarò Sara. Era una lampada in grado di rilevare fluidi corporei e mostrare se c'era stata attività sessuale recente. «È pulito.»

«Potrebbe aver usato un preservativo» tentò Jeffrey.

«Ne avete trovato uno sulla scena?»

«Lena avrebbe saputo che doveva portarlo via.»

Sara tirò giù di scatto la luce sopra di loro, mostrando tutta la sua irritazione. Concentrò il fascio di luce in modo da poter esaminare meglio l'area intorno alla ferita. «Qui c'è un segno di esitazione» disse indicando il taglio che si interrompeva. Chiunque avesse assalito Chuck aveva dovuto fare almeno un tentativo prima di riuscire a incidere la pelle.

«Quindi» suppose Jeffrey, «non era una persona forte.»

«Ci vuole moltissima forza per tagliare cartilagine e osso» ribatté lei, sperando che la smettesse di dare opinioni ma decisa a non confutarlo di fronte a Frank. In effetti forse si era portato dietro il detective proprio a quello scopo. «Avete l'arma?» chiese.

Jeffrey sollevò il sacchetto di plastica che conteneva un

coltello da caccia con la lama da quindici centimetri. «In camera da letto di Lena c'era la custodia. Il coltello ci entra alla perfezione.»

«Non avete cercato nient'altro?»

«Abbiamo rivoltato la sua stanza e quella di White. Non c'erano altre armi» si difese lui. «Di nessun tipo» aggiunse.

Sara osservò il coltello. La lama era seghettata da un lato e affilata dall'altro. Sull'impugnatura c'era la polvere nera per rilevare le impronte e lei notò il contorno leggero della traccia insanguinata che era stata rimossa con il nastro adesivo. A parte quello, sull'arma non c'era molto sangue. O l'assassino l'aveva pulita oppure Jeffrey aveva il coltello sbagliato. Sara aveva una sua idea su quale fosse l'ipotesi giusta, ma voleva averne la certezza prima di pronunciarsi.

Si infilò due paia di guanti. L'unico altro segno sul corpo era una pugnalata al petto, in alto a sinistra. La ferita era abbastanza grande per la lama che le aveva mostrato Jeffrey, ma i margini non mostravano segni di dentellatura. L'aggressore di Chuck doveva avergli tagliato la gola e poi aveva inferto il colpo al petto. La seconda ferita era stata inflitta con un'angolazione, il che significava che l'autore dell'aggressione era sopra il corpo quando l'aveva colpito.

«Non è lo stesso punto in cui hanno pugnalato Tess?» chiese Jeffrey.

Sara ignorò la domanda. «Puoi aiutarmi a metterlo su un fianco?»

Lui andò a prendere un paio di guanti dal dispenser fissato alla parete.

«Volete che vi aiuti anch'io?» propose Frank.

«No, grazie» rispose Sara.

Lui si diede una pacca sul petto, visibilmente sollevato. Sara si accorse che aveva la pelle sopra le nocche lacerata e livida. Si rese conto che lei l'aveva notata, e si infilò la mano in tasca con un sorriso di scuse.

«Pronta?» chiese Jeffrey.

Lei annuì e aspettò che lui si mettesse in posizione.

Poiché la testa di Chuck era quasi stata staccata dal collo, spostarlo fu complicato, e a peggiorare il problema c'era anche il rigor mortis ancora in corso. Le gambe scivolarono oltre il bordo del tavolo e Sara dovette agire in fretta per impedire al corpo di rotolare a terra.

«Scusa» disse Jeffrey.

«Non ti preoccupare» rispose, sentendo parte della collera cominciare a scemare. Indicò il carrello. «Mi passi quel bisturi?»

Lui sapeva che non era quella la prassi comune. «Che cosa stai cercando?» chiese.

Sara calcolò la traiettoria della lama, poi eseguì una piccola incisione nella schiena di Chuck, poco sotto la spalla sinistra.

«Quel coltello è stata l'unica arma che avete trovato?» domandò per averne la certezza e indicando un altro strumento sul vassoio.

«Sì» rispose lui porgendole delle pinze d'acciaio.»

Sara le infilò nel taglio e cercò con le punte finché non trovò quel che stava cercando.

«Cosa fai?» chiese Jeffrey.

Per tutta risposta, lei estrasse un pezzo di metallo.

«E quello cos'è?» domandò Frank.

Jeffrey sembrava sconvolto. «La punta del coltello.»

«Si è spezzata contro la scapola» precisò Sara.

Frank non riusciva a capire. «Ma il coltello di Lena non è rotto.» Prese il sacchetto di plastica. «La punta non è nemmeno incurvata.»

Jeffrey era bianco in volto, e la sua espressione scioccata fece pentire Sara di tutto ciò che gli aveva detto prima.

«Che diavolo sta succedendo?» esclamò Frank.

«Non era il suo coltello» spiegò Jeffrey, la voce incrinata dall'emozione. «Non è stata Lena.»

14

Lena si svegliò di soprassalto e si sollevò facendo leva sulle mani. Le costole le facevano male a ogni respiro e il polso le pulsava anche se finalmente era stato ingessato. Si mise a sedere e osservò la piccola cella, cercando di ricordare come ci fosse finita.

«È tutto a posto» disse Jeffrey.

Era seduto su una branda accanto alla sua, i gomiti sulle ginocchia, le mani giunte di fronte a sé. Lena era in custodia, non nella cella generale alle spalle della centrale. Era una stanzetta buia, e l'unica luce che filtrava veniva dalla cabina d'osservazione nel corridoio. La porta era aperta, ma lei non aveva idea di come dovesse interpretarlo.

«È ora di prendere la seconda dose» le disse. C'era un vassoio di metallo per il cibo sul letto accanto a lui, con sopra un bicchiere di plastica e due compresse. Lo prese e glielo porse, come un cameriere. «Quella più piccola è contro la nausea.»

Lena si mise le pillole in bocca e le mandò giù con un sorso d'acqua fredda. Tentò di rimettere il bicchiere all'interno della cavità apposita del vassoio, però non riusciva a coordinare i movimenti e Jeffrey dovette aiutarla. Dell'acqua gli finì sui pantaloni, ma non diede segno di notarlo.

Lei si schiarì la gola diverse volte prima di riuscire a chiedere: «Che ore sono?».

«Mezzanotte meno un quarto» rispose lui.

Quindici ore, pensò Lena. Era in custodia da quasi quindici ore.

«Ti serve qualcosa?» le domandò. La luce gli passò sul viso quando si chinò a posare il vassoio a terra, e lei si accorse che digrignava i denti. «Stai bene?»

Lena provò a scrollare le spalle, ma era senza forze. Le parti del corpo che non erano intorpidite erano rigide e indolenzite. Perfino le palpebre le facevano male quando le batteva.

«Come va il taglio sulla mano?»

Lena abbassò lo sguardo sull'indice che sbucava dal gesso. Si chiese quanto tempo fosse passato da quando si era tagliata il dito cercando di rimettere a posto la grata del condizionatore. Le sembrava che fosse trascorsa un'eternità. Non era nemmeno più la stessa persona.

«È così che il tuo sangue è finito sul coltello?» chiese Jeffrey, protendendosi in avanti e tornando alla luce. «Quando ti sei tagliata la mano?»

Lei si schiarì ancora la gola, ma sentì male. Aveva la voce rauca, poco più di un sussurro. «Posso avere dell'altra acqua?»

«Vuoi qualcosa di più forte?» le domandò. Lei lo scrutò, cercando di capire cosa volesse ottenere. Jeffrey stava giocando al poliziotto buono, e lei aveva un tale bisogno che qualcuno la trattasse con gentilezza che rischiava di caderci. La necessità di raccontare a qualcuno cos'era successo rischiava di schiacciarla, ma non riusciva nemmeno a formulare nella mente le parole cui avrebbe dovuto dar voce.

Lui le porse il bicchiere. «Cominciamo con l'acqua, okay?»

Lena bevve l'acqua, che per fortuna era fredda. Doveva venire dal frigorifero dell'atrio e non dal rubinetto.

Gli restituì il bicchiere, poi si mise seduta con la schiena contro la parete. Le faceva male, ma la parete era solida e rassicurante. Si guardò il gesso, che partiva alla base delle dita e finiva a metà dell'avambraccio. Muovendo le dita sentì una vibrazione correrle lungo il braccio.

«Credo che stia finendo l'effetto dell'antidolorifico» disse Jeffrey. «Ne vuoi un altro? Posso chiedere a Sara di prescrivertelo.»

Lena scosse la tesa, anche se il suo unico desiderio era cancellare ogni pensiero dalla mente.

«Chuck è B negativo» proseguì lui. «Tu sei di gruppo A.»

Lena annuì. Per i test del DNA occorreva una settimana, ma il gruppo sanguigno si poteva verificare direttamente all'ospedale.

«Sangue di gruppo A era sul coltello e sulla scrivania, e sul lembo della tua camicia» continuò lui.

Lena aspettò che proseguisse.

«Non abbiamo trovato B negativo da nessuna parte. Tranne che nell'ufficio» aggiunse.

Lei aveva trattenuto il respiro e continuò a tenere dentro l'aria, chiedendosi quanto a lungo sarebbe riuscita a resistere.

«Lena...» riprese. Aveva la voce rotta, il che la sorprese, e un attimo prima che abbassasse lo sguardo, lei riuscì a scorgere quanto fosse sconvolto. «Non avrei mai dovuto ammanettarti.»

Lei si chiese di cose stesse parlando. Non ricordava granché, dopo quel che era successo con Ethan la sera prima.

«Mi sarei comportato in modo completamente diverso, se solo...» La guardò, gli occhi che scintillavano alla scarsa luce. «Non sapevo niente.»

Lena represse un colpo di tosse, desiderando bere ancora.

Lui riprese: «Lena, raccontami cos'è successo. Dimmi chi ti ha fatto questo, in modo che possa punirlo».

Lei lo fissò e basta. Era stata lei a ridursi così. Che altro poteva fare per punirla?

«Non avrei mai dovuto metterti le manette» ripeté. «Mi dispiace tanto.»

Lena espirò lentamente, sentendo una fitta a una costola. «Dov'è Ethan?» chiese.

Jeffrey si irrigidì. «È ancora dentro.»

«Con quale accusa?»

«Violazione della libertà vigilata» le disse, senza dare altre spiegazioni.

«È morto davvero?» chiese ancora lei, ripensando al suo ultimo incontro con Chuck.

«Sì. È morto.» Abbassò di nuovo lo sguardo. «È stato lui a farti del male? È stato Chuck?»

Lei si schiarì ancora la gola, e lo sforzo le diede un'altra fitta al collo. «Posso andare a casa?»

Jeffrey parve rifletterci su, ma da quel che le aveva detto Lena sapeva già che non aveva alcun motivo per trattenerla.

«Voglio solo andare a casa» ribadì, ma la casa a cui pensava non era la topaia in cui viveva al campus. Pensava alla casa che un tempo era sua e alla vita che vi aveva vissuto. Pensava alla Lena che non aggrediva le persone e non le costringeva a fare cose che non volevano fare. La Lena buona. La Lena che esisteva prima della morte di Sibyl.

«È arrivata Nan Thomas. Le ho chiesto di venire a prenderti.»

«Non la voglio vedere.»

«Mi spiace, Lena. È qui fuori che ti aspetta, e io non posso permetterti di andare a casa da sola.»

Nan rimase in silenzio mentre l'accompagnava a casa sua. Non c'era modo di sapere quanto fosse informata dei fatti, anche se in quel momento a Lena non importava. Aveva smesso di preoccuparsi di qualsiasi cosa, dopo la tempesta della notte prima.

Lena guardò fuori dal finestrino, pensando che non viaggiava in macchina da un bel po'. In genere a quell'ora era già a letto, a volte a dormire, a volte a guardare dalla finestra aspettando l'arrivo del giorno, ma mai fuori. Mai dove non si sentisse al sicuro.

Nan si fermò sul vialetto di casa e spense il motore. Infilò la chiave dell'auto sopra il parasole, facendole un sorrisetto goffo. Quella donna si fidava troppo della gente. Sibyl era stata come lei, finché un maniaco non l'aveva ammazzata.

La casa che Nan e Sibyl avevano comprato insieme qualche anno prima era un piccolo bungalow, come ce n'erano ovunque a Heartsdale. Da un lato c'erano due camere da letto, con un bagno che si apriva sul corridoio e una cucina, sala da pranzo e salotto dall'altra parte. La seconda camera era stata trasformata in uno studio per Sibyl, ma Lena non voleva sapere cosa ci facesse ora Nan.

Si fermò sulla veranda, sostenendosi a una parete esterna per non cadere mentre Nan cercava la chiave per aprire. Ormai la stanchezza era diventata una compagna assidua: un altro cambiamento nella sua vita.

Tre brevi segnali acustici provenienti dalla centralina del sistema d'allarme le accolsero quando Nan aprì la porta. Considerando quanto quella donna badava alla propria sicurezza, Lena si sorprese di vedere che aveva addirittura un antifurto in casa.

Nan dovette intuire le sue perplessità. «Lo so» disse, inserendo la data di nascita di Sibyl nel pannello. «Ho pensato che mi avrebbe fatta sentire più tranquilla dopo la vicenda di Sibyl... e la tua...»

«Faresti meglio a prenderti un cane» suggerì Lena, poi si sentì in colpa quando vide la sua espressione preoccupata. «Il rumore dell'allarme può spaventare le altre persone.»

«All'inizio lo facevo scattare in continuazione. La signora Moushey, che abita dall'altra parte della strada, ha rischiato l'infarto.»

«Sono sicura che funziona» disse Lena.

«È quello che spero.»

Lena poggiò la mano sullo schienale del divano: non aveva le energie per sostenere una conversazione così inutile.

Nan parve capirlo. «Hai fame?» le chiese, accendendo le luci e andando in cucina.

Lena scosse il capo, ma l'altra non poteva vederla.

«Lena?»

«No» rispose. Fece scorrere le dita lungo il divano dirigendosi verso il bagno. I farmaci le davano i crampi e sentiva un bruciore, come se avesse un'infiammazione alla vescica.

Il bagno era stretto, con le piastrelle del pavimento bianche e nere.

La parte superiore delle pareti era ricoperta di legno laccato, con sotto delle mattonelle bianche. Nella cornice dello specchio montato sull'armadietto delle medicine era infilata una foto di Sibyl. Lena si guardò allo specchio e poi guardò sua sorella, confrontando le due immagini. Le sembrava di essere invecchiata di dieci anni, anche se quella foto era stata scattata circa un mese prima che Sibyl fosse assassinata. Lei aveva l'occhio sinistro gonfio, con il taglio sotto di un rosso acceso e dolente al tocco. Aveva il labbro inferiore spaccato al centro, dei graffi e quello che sembrava un enorme livido intorno al collo. Non c'era da meravigliarsi se faceva fatica a parlare. Doveva avere la gola ridotta in poltiglia.

«Lena?» la chiamò Nan bussando alla porta.

Le aprì, per non farla preoccupare.

«Ti va un tè?»

Stava per rispondere di no, ma poi decise che forse avrebbe alleviato il dolore alla gola. Annuì.

«Menta dolce o Miscela sogni d'oro?»

Le venne da ridere, perché le sembrava assurdo che, dopo quel che era successo, Nan venisse a chiederle se voleva Menta dolce o Miscela sogni d'oro.

Nan sorrise. «Deciderò io. Ti vuoi cambiare?»

Lena indossava ancora l'uniforme da carcerata che le avevano dato in prigione, perché i suoi vestiti erano stati posti sotto sequestro come prove.

«Ho ancora qualcosa che apparteneva a Sibyl, se vuoi...» Entrambe però si accorsero di essere a disagio all'idea di Lena con addosso i vestiti di sua sorella.

«Ho un pigiama che dovrebbe andarti» riprese Nan. Andò in camera sua e Lena la seguì. Accanto al letto c'erano altre foto di Sibyl e il suo orsetto Winnie Pooh di quando era piccola.

Nan si fermò in mezzo alla stanza e la fissò.

«Che c'è?» chiese Lena, la bocca rigida per non far riaprire lo squarcio sul labbro.

L'altra si avvicinò all'armadio e si mise in punta di piedi per frugare sul ripiano più alto, da cui prese una scatolina di legno.

«Questa era di mio padre» disse, aprendola. All'interno, su un cuscinetto di velluto, c'era una piccola Glock, con accanto un caricatore pieno.

«Che cosa ci fai, con questa?» chiese Lena, colta dal desiderio di tirar fuori l'arma dalla scatola solo per sentirne il peso. Non teneva in mano una pistola da quando aveva lasciato la polizia.

«Me l'ha data mio padre dopo la morte di Sibyl» disse Nan, e Lena si rese conto di non aver mai nemmeno saputo che il padre di Nan fosse ancora vivo.

«Fa il poliziotto. Come tuo padre» aggiunse lei.

Lena toccò il metallo freddo, apprezzandone la sensazione sotto le dita.

«Io non la so usare» riprese Nan. «Non sopporto le pistole.»

«Anche Sibyl le odiava» disse Lena, nonostante fosse sicura che Nan sapesse che a Calvin Adams, il loro padre, avevano sparato a un posto di blocco.

Nan chiuse la scatola e gliela porse. «Tienila tu, se ti fa sentire più al sicuro.»

Lena la prese e se la strinse al petto.

Nan andò al cassettone e tirò fuori un pigiama azzurro pastello. «So che non è il tuo stile, ma è pulito.»

«Grazie» disse lei, grata per lo sforzo.

Nan uscì dalla stanza e chiuse la porta. Lena aveva voglia di girare la chiave, ma rischiava che Nan se ne accorgesse e ci rimanesse male. Si mise seduta sul letto e aprì di nuovo la scatola tenendola sulle gambe. Fece scorrere un dito sulla canna della pistola, proprio come aveva accarezzato il pene di Ethan. Prese l'arma in mano e infilò con mani incerte il caricatore. Il gesso alla sinistra le impediva i movimenti, e quando cercò di tirare indietro il carrello per caricare un proiettile nella camera, per poco non le cadde la pistola di mano.

«Maledizione» esclamò premendo più volte il grilletto per il gusto di sentirne lo scatto. Seguendo l'abitudine, estrasse il caricatore prima di rimettere l'arma nella scatola, poi, con qualche difficoltà, si infilò il pigiama azzurro. Aveva le gambe così indolenzite che non aveva la minima voglia di muoverle, ma sapeva che era l'unico modo per combattere la rigidità e il dolore.

Quando andò in cucina, trovò Nan che versava il tè. Lei sorrise nel vederla, trattenendosi dal ridere, e Lena si guardò il cagnolino blu dei fumetti disegnato sul taschino del pigiama.

«Scusami» fece Nan ridacchiando. «È solo che non ti avrei mai immaginata con qualcosa del genere addosso.»

Lena ricambiò con un sorriso poco convinto, sentendo la ferita al labbro che si riapriva. Posò la scatola di legno sul tavolo. L'arma non le serviva a nulla, se non riusciva a mettere un colpo in canna, ma tenerla vicina le dava un senso di sicurezza.

Nan notò la pistola, ma la ignorò. Invece disse: «Be', sta meglio a te che a me».

Lena avvertì una leggera trepidazione e decise di mettere le cose in chiaro. «Non sono gay, Nan.»

L'altra represse un sorriso. «Oh, Lena, se anche lo fossi non credo che mi capiterà mai anche solo di *pensare* che qualcuno possa prendere il posto di tua sorella.»

Lena si aggrappò alla sedia: non voleva parlare di Sibyl. Evocarla avrebbe significato legarla a quel che era successo, e lei provava un senso di vergogna bruciante al pensiero che sua sorella potesse venire a sapere in qualche modo cosa le era capitato. Per la prima volta in vita sua, provò sollievo all'idea che fosse morta.

«È tardi» disse guardando l'orologio alla parete. «Scusami se ti ho trascinata in questa storia.»

«Oh, non ti preoccupare» disse Nan. «Non è male stare alzata dopo la mezzanotte, per una volta. Vado a letto alle nove e mezza come le vecchiette, da quando Sibyl...»

«Ti prego» la interruppe. «Non ce la faccio a parlare di lei. Non ora.»

«Siediti un attimo» disse Nan. Le cinse le spalle con un braccio e cercò di accompagnarla alla sedia, ma lei non si mosse.

«Lena?»

Lena si morse il labbro, allargando lo squarcio ancora di più. Lo leccò con la punta della lingua, ripensando a come aveva leccato il collo di Ethan.

All'improvviso scoppiò a piangere, e Nan la strinse anche con l'altro braccio. Restarono così, in piedi in cucina, con Nan che l'abbracciava, cercando di consolarla, finché Lena non ebbe più lacrime da versare.

GIOVEDÌ

15

Ron Fletcher aveva tutto l'aspetto di un diacono in chiesa, con i capelli castani pettinati con un'ordinata riga laterale e tenuti fermi dal gel. Indossava un abito elegante, come se fosse andato lì per un colloquio di lavoro, anche se al telefono Jeffrey gli aveva fatto presente che veniva convocato solo per approfondire alcune informazioni su Chuck Gaines. Dall'odore che mandava, era un fumatore, ma considerando quel che avevano trovato nel suo armadietto nell'ufficio delle guardie di sicurezza, la dipendenza da nicotina era l'ultimo dei suoi problemi.

«Buongiorno, signor Fletcher» lo salutò Jeffrey, sedendosi di fronte a lui.

L'uomo gli rivolse un sorriso rapido e nervoso, poi scrutò Frank, che se ne stava in piedi accanto alla porta come se fosse di guardia.

«Sono il capo della polizia, Tolliver» riprese Jeffrey. «Lui è il detective Wallace.»

Fletcher annuì, appiattendosi i capelli. Era un cannaiolo, un quarantenne che aveva ancora l'età mentale di un adolescente. «Salve. Come va?»

«Bene, direi» rispose Jeffrey. «Grazie per essere venuto qui da noi così presto.»

«Faccio i turni di notte» spiegò lui, parlando con una fatica e una lentezza dovute a una vita passata a fumare marijuana. «In genere questa è l'ora in cui vado a letto.»

Jeffrey sorrise. «Be', apprezziamo che sia passato.» Si appoggiò allo schienale, lasciando le mani sul tavolo.

Fletcher si voltò a guardare di nuovo Frank. Quando voleva, il detective sapeva incutere un certo timore, e aveva assunto una postura tale da mettere in chiaro che era una di quelle occasioni.

La guardia tornò a osservare Jeffrey, di nuovo con quel sorriso nervoso. E ancora una volta, lui ricambiò.

«Io, be'...» cominciò lui, appoggiando i gomiti sul tavolo e protendendosi in avanti. «Credo che abbiate trovato l'erba.»

«Già.»

«Non è mia» tentò, ma dal modo in cui lo disse Jeffrey capì che sapeva benissimo di essere poco credibile. Ron Fletcher aveva circa quarantacinque anni, e a giudicare dal suo dossier lavorativo, non era mai riuscito a tenersi un impiego per più di due anni.

«È sua» lo corresse. «Ci abbiamo trovato sopra le sue impronte.»

«Accidenti» gemette lui, battendo il palmo sul tavolo.

Jeffrey vide Frank sorridere. Avevano trovato delle impronte sulle bustine, certo, ma quelle dell'uomo non erano registrate, quindi non avevano potuto fare un confronto.

«Che altro vende?»

Lui scrollò le spalle.

«Perquisiremo casa sua, Ron.»

«Oh no!» Poggiò la testa sul tavolo. «Che disastro.» Sollevò lo sguardo, implorando. «Non mi sono mai messo nei guai con la legge, mi creda.»

«Ho già controllato la sua fedina» rispose Jeffrey.

Fletcher contrasse le labbra. Non aveva mai avuto problemi, a parte una multa per divieto di sosta, ma poteva anche esserci qualcosa che non era stato registrato perché non aveva mai avuto condanne. Fletcher apparteneva alla generazione che considerava la polizia molto più potente di quanto lo fosse davvero.

«A chi vende la droga, nel campus?»

«A qualche ragazzino, amico» disse lui. «Piccole quantità, tanto per farci un minimo di guadagno, niente di che.»

«Chuck lo sapeva?»

«Chuck? No, no. Certo che no. Non è uno troppo attento, sa, ma se scoprisse quello che faccio…»

«Lo sa che è morto?»

Fletcher impallidì, spalancando la bocca.

Lasciò passare qualche istante, tanto per farlo innervosire ancora un po'.

«Ha pestato i piedi a qualcuno, nel campus?»

«Pestato i piedi?» ripeté lui. Jeffrey stava per spiegargli cosa significasse quando rispose: «No, amico. Non so chi altro spacci, là dentro, ma a me non ha mai detto niente nessuno. Non avevo un giro così grande da interferire con gli affari di qualcun altro. Davvero».

«Nessuno l'ha mai minacciata perché non gradiva ciò che faceva?»

«Mai» insisté lui. «Stavo attento, sa. Vendevo solo a un numero ristretto di ragazzi. Non volevo fare tanti soldi, solo il necessario per pagarmi l'erba per me.»

«Solo erba?»

«A volte anche altre cose» disse Fletcher. Non era del tutto stupido; sapeva che l'erba era considerata molto più innocua rispetto ad altri stupefacenti più forti.

«Chi erano i ragazzi a cui vendeva la droga?»

«Non tanti, tre o quattro.»

«William Dickinson? Scooter?» chiese Jeffrey.

«No, non Scooter. Lui è morto. Non gli ho dato io quella merda. È per questo che sono qui?» Cominciava ad agitarsi, e Jeffrey gli fece capire che doveva calmarsi.

«Sappiamo che Scooter spacciava. Non deve preoccuparsi di lui.»

«Oh... wow» fece lui, portandosi una mano al petto. «Per un attimo mi ha spaventato.»

Jeffrey tentò un balzo nel vuoto. «Sappiamo che vendeva droga a Andy Rosen.»

Fletcher mosse la bocca, ma non disse nulla. Guardò Frank e poi Jeffrey, infine di nuovo Frank. «Non esiste» disse infine. «Voglio un avvocato.»

«Un avvocato cambierà il tono di questa conversazione, Ron. Se lei ne porta uno, dovrò chiamarne uno anche io.»

«Non esiste. Non esiste.»

«Se formulo una denuncia, è fatta. Lei verrà schedato. E finirà dritto in galera, senza sconti.»

«È tutto falso. È una trappola.»

«Nessuna trappola» negò Jeffrey, anche se in realtà, dato che Fletcher aveva chiesto un avvocato, stava violando i suoi diritti.

«Non vogliamo incastrarla, Ron. Vogliamo solo sapere cos'ha venduto a Andy Rosen.»

«Non se ne parla, amico» si intestardì Fletcher. «So come funziona. Se ha fumato prima di buttarsi dal ponte, direte che è colpa mia... cioè, di chiunque gli abbia venduto la roba.»

Jeffrey si protese sul tavolo. «Andy non si è buttato, Ron. Qualcuno l'ha spinto giù.»

«Mi prende in giro?» fece lui, guardando di nuovo i due poliziotti. «Dio, è assurdo. Proprio assurdo. Era un bravo ragazzo. Aveva qualche problema, certo, ma... cazzo. Era un bravo ragazzo.»

«Che genere di problemi aveva?»

«Non riusciva a smettere di farsi» disse lui, sollevando le mani. «Succede ad alcuni, vorrebbero darci un taglio ma non ci riescono.»

«E lui lo voleva davvero?»

«Pensavo di sì» disse Fletcher. «Insomma, capisce... ero convinto che volesse.»

«Però?»

Lui fece una smorfia. «Ah, non lo so.»

«Però cosa, Ron? Poi ha provato a comprare qualcosa da lei?»

«Non aveva mai i soldi» disse. «Era uno di quelli là» aggiunse, incurvando le spalle e sfregando le mani, «quelli che ti dicono: "Dammi la roba, ti pago martedì, lo giuro".»

«E lei gliel'ha data?»

«Col cavolo, amico. Andy aveva già provato a fregarmi. Cercava sempre di fregare tutti.»

«Si era fatto dei nemici per questo?»

Fletcher scosse la testa. «Bastava minacciarlo un po' e cedeva subito. Mi spiaceva anche per lui. Faceva tanto il duro, ma se lo affrontavi ti diceva: "Okay, ecco i soldi, non farmi del male".» Si interruppe, rendendosi conto di cosa aveva appena detto. «Ma non gli avrei fatto del male. Non è da me. Io sono uno tranquillo, uno che...» Cercò le parole giuste. «No, non è proprio così. Io credo che bisogna espandere la propria mente. Aprirsi all'altro.»

«Certo» commentò Jeffrey, ma pensò che se la mente di Fletcher si fosse espansa un altro po', forse si sarebbe dissolta.

«Mi dispiaceva per lui. Però aveva avuto una bella notizia. Voleva festeggiare.»

«Che cosa voleva festeggiare?» chiese Jeffrey, scoccando un'occhiata a Frank.

«Non me l'ha detto, e io non gliel'ho chiesto. Andy era fatto così: gli piaceva fare il misterioso. Anche se doveva soltanto andare al cesso, ne faceva una questione nazionale, come se fosse una specie di James Bond.» Ridacchiò. «Ah, ah, solo che lui non si faceva nessuna.»

«E Chuck?» chiese Jeffrey. «In che modo era coinvolto?»

Fletcher si strinse nelle spalle. «Non voglio parlar male dei...»

«Ron?»

Lui rantolò, passandosi una mano sullo stomaco. «Be', diciamo che forse prendeva una fetta dei ricavi.»

Jeffrey si tirò indietro, cercando di capire come Chuck potesse essere collegato ai recenti omicidi. I trafficanti di droga uccidevano solo le persone che ostacolavano il loro traffico, e in genere lo facevano in modo eclatante, perché fungesse da monito per gli eventuali rivali. Uccidere simulando dei suicidi non aveva senso.

Il silenzio prolungato aveva fatto innervosire Fletcher. «Mi serve un avvocato?» chiese.

«No, se collabora.» Jeffrey tirò fuori un blocco e una penna e glieli avvicinò, dicendo: «So che questo è il suo primo reato. Cercheremo di evitarle la prigione, ma deve dirci cosa c'è nel suo appartamento. Se andiamo lì e troviamo qualcosa che non ci ha menzionato, allora dovrò dire al giudice di darle la condanna massima».

«Okay, amico» disse lui. «Okay. Metanfetamine. Ne ho un pochino, sotto il materasso.»

Jeffrey indicò la penna e il blocco.

L'uomo cominciò a scrivere, compilando una descrizione dettagliata di casa sua.

«C'è dell'erba nel frigorifero, nel posto del burro. Come si chiama il posto in cui si mette il burro?»

«Scomparto del burro?» suggerì Jeffrey.

«Giusto, giusto» annuì Fletcher, tornando a scrivere.

Lui si alzò, pensando che aveva di meglio da fare. Lasciò la porta aperta in modo da poterlo tenere d'occhio dal corridoio.

«Che succede?» chiese Frank.

Jeffrey abbassò la voce. «Voglio tornare a parlare con Jill Rosen per vedere se ha qualcosa in più da dirmi.»

«Lena come sta?»

Jeffrey sentì l'umore crollare al pensiero della sua ex detective. «Stamattina ho sentito Nan Thomas. Non so. Forse passerò da lei per vedere se vuole sporgere denuncia.»

«Non lo farà» disse Frank, e Jeffrey sapeva che aveva ragione.

«Potresti parlare tu con lei» gli disse, e il detective reagì come se gli avesse chiesto di frustare la sua stessa madre. Dopo lo stupro di Lena, Frank non aveva più saputo come comportarsi con la sua ex compagna di squadra. A volte Jeffrey comprendeva la sua reazione, ma non si capacitava di come si potesse abbandonare il proprio compagno. A Birmingham c'erano poliziotti che lui non vedeva da anni, ma che potevano chiamarlo a qualsiasi ora sapendo che si sarebbe messo in macchina all'istante per correre in Alabama.

«Non ti ordinerò di andare a trovarla, ma credo che se ci parlassi...»

Frank si tossì in una mano.

Jeffrey ritentò. «Si fida di te, Frank. Forse potresti ricondurla sulla retta via.»

«Ho idea che ormai abbia scelto che via vuole percorrere.»

Aveva negli occhi uno sguardo pieno di collera, e lui ripensò a quanto fosse stato difficile, il giorno prima, costringerlo a togliere le mani di dosso a Ethan White. Se gli avesse dato carta bianca, era probabile che l'avrebbe ammazzato.

«A te darà ascolto» disse. «Potresti essere l'ultima possibilità di comunicare con lei.»

Frank ignorò le sue parole con una tale disinvoltura che gli venne il dubbio di non aver parlato affatto. Con un cenno della mano il detective indicò Fletcher, che era già all'opera sulla seconda pagina della confessione. «Vuoi che perquisisca casa sua?»

«Sì» disse lui, sapendo che esisteva una possibilità concreta che Fletcher fosse un bugiardo molto convincente. «Fai partire la denuncia per l'erba che aveva nell'armadietto. Vediamo se poi ci sarà da aggiungere anche qualche altra accusa.»

«E White? Lo lasciamo andare?»

Jeffrey aveva chiamato lo sceriffo di Macon perché tenesse in cella White, dato che non si fidava a lasciarlo con i suoi uomini in centrale. «Lo tratterrò per tutto il tempo che posso, ma se Lena non sporge denuncia, non c'è molto che possa fare.»

«E l'esame del DNA?»

«Lo sai che ci vuole almeno una settimana» gli ricordò. «E se anche coincide, se lei continua a dire che è stato consensuale ci serve a poco.»

Frank annuì. «Stasera vai ad Atlanta?»

«Sì, penso di sì» rispose, anche se l'ultima cosa che gli aveva detto Sara la sera prima era che doveva lasciarla in pace per un po'. Prima o poi sarebbe stata seria, e sperava con tutto se stesso che quel momento non fosse ancora arrivato.

Jeffrey andò a piedi a casa dei coniugi Rosen-Keller, sfruttando la passeggiata per schiarirsi le idee. Dal ferimento di Tessa all'aggressione di Lena, non aveva fatto altro che accumulare sensi di colpa. La sera prima, in cella, aveva provato il desiderio di abbracciare Lena e aiutarla a superare quel momento. Dentro di sé sapeva che era l'ultima cosa di cui lei aveva bisogno, e che tutto ciò che poteva fare era scoprire chi ci fosse dietro quella scia di sangue. Nell'ufficio delle guardie di sicurezza non era stato trovato alcun segno di effrazione; nessuno aveva un risentimento particolare nei confronti di Chuck e, a parte l'opinione diffusa che fosse un idiota, nessuno aveva motivo di assassinarlo. Anche volendo seguire la pista dello spaccio di droga di Fletcher, non era con Chuck che se la sarebbero dovuta prendere, ma con Fletcher stesso.

La Mustang rossa era ancora parcheggiata nel vialetto, dove l'aveva vista l'ultima volta. Jeffrey andò sul portico dell'ingresso principale e bussò alla porta, poi aspettò con le mani in tasca. Passò qualche minuto e lui sbirciò da una finestra, chiedendosi se Jill Rosen avesse già lasciato il marito.

Bussò un altro paio di volte prima di andar via. Era a metà del vialetto quando cambiò idea. Girò sul retro della casa, diretto all'appartamento di Andy. Fletcher gli aveva detto che il sabato sera precedente il ragazzo aveva voglia di festeggiare. Forse poteva riuscire a capire quale fosse il motivo di tanta euforia.

Jeffrey bussò alla porta, per non interrompere Jill Rosen in caso stesse sistemando le cose del figlio, poi provò a girare la maniglia.

«C'è nessuno?» chiamò, entrando nel piccolo appartamento. Come la casa principale, chiunque l'avesse arredata non era più intervenuto dopo la prima ristrutturazione. Il pavimento era coperto da un folto tappeto arancione e le pareti erano rivestite di pannelli di legno di pino scuro che in alcuni punti si stavano staccando. A destra della porta d'ingresso si apriva un bagno, e subito dopo un salotto. Ai muri erano attaccati qua e là dei poster logori di band rap, e due piramidi di lattine di birra alte più o meno mezzo metro erano sistemate ai lati del televisore a schermo panoramico. Su un cavalletto accanto alla finestra c'era un abbozzo di un ritratto di un'altra donna nuda, per fortuna non a colori. Jeffrey frugò nel cestino in plastica di materiali da disegno poggiato a terra, trovando alcune confezioni di solvente e un paio di bombolette di vernice spray. In fondo al cesto c'erano due tubetti di colla da modellismo e uno straccio dall'aria logora. Annusò lo straccio e rischiò di perdere i sensi per l'odore chimico che emanava.

«Gesù» esclamò. Sotto il lavandino trovò delle altre bombolette, e nel piccolo bagno c'erano quattro confezioni spray di detersivi. Andy Rosen doveva essere un maniaco dell'igiene, oppure sniffava colla e bombolette per sballarsi, ma Sara non avrebbe trovato quelle sostanze nel tossicologico a meno che non avesse indicato al laboratorio di cercarle.

Jeffrey controllò la stanza in cerca di altri segni di

consumo di droghe. Sparsi sul pavimento c'erano le attrezzature tipiche di un giocatore di videogame e alcuni CD lasciati fuori dalle custodie. L'impianto home theatre comprendeva un lettore DVD, un videoregistratore, un lettore CD, un impianto stereo complesso e un sistema di casse audio surround. Se Andy non spacciava, i suoi genitori dovevano aver chiesto un secondo mutuo per consentirgli di avere tutti quei dispositivi.

La camera da letto era divisa da una serie di paraventi in legno. Dietro di essi c'era il letto sfatto, e nell'aria aleggiava un odore di sudore misto a quello di crema per le mani al burro di cacao. Sulla lampada accanto al letto era stata avvolta una sciarpa rossa, forse per creare l'atmosfera.

Gli uomini della Scientifica avevano già esaminato i cassetti e l'armadio, ma Jeffrey sentì il bisogno di controllarli di nuovo. Nell'armadio erano appese tre o quattro camicie, mentre i ripiani laterali erano stracolmi di magliette. Su quello più in alto c'erano tre paia di jeans scoloriti e lui li tirò giù, controllando tutte le tasche prima di rimetterli al loro posto.

Sul fondo dell'armadio c'erano diverse scatole di scarpe che contenevano quasi tutte delle scarpe da ginnastica nuove di zecca. In una c'era un fascio di fotografie e vecchie pagelle di Andy. Lesse queste ultime, che mettevano in luce delle potenzialità che ai suoi tempi lui si era sognato, poi esaminò le foto. Jill Rosen e Brian Keller erano rimasti quasi identici nel tempo, mentre erano gli scenari a cambiare, dalle montagne russe agli scivoli acquatici, dallo Smithsonian al Gran Canyon. Andy compariva in poche immagini, e Jeffrey pensò che fosse stato lui a scattare le foto di famiglia.

C'era anche una serie di stampe in bianco e nero, isolate dalle altre, in fondo alla scatola. Le prese. L'elastico che le teneva insieme era così vecchio che gli si sbriciolò in mano. La prima foto ritraeva una giovane donna seduta su una sedia a dondolo con un bambino in braccio. Aveva i capelli tagliati corti e pieni di lacca, come li portava anche sua madre quando lui andava alle superiori.

In altre foto la donna giocava con il bambino, e via via che lui cresceva, i capelli di lei diventavano più lunghi. Erano in tutto dieci fotografie, e la serie si interrompeva quando il piccolo aveva circa tre anni. Jeffrey osservò l'ultima, con la donna seduta da sola sulla sedia a dondolo. Guardava dritto verso l'obiettivo, e la forma del suo viso, insieme alle lunghe ciglia, gli parve familiare. Jeffrey voltò quella foto e lesse la data, cercando di trovarvi un senso. Tornò a osservare la donna, chiedendosi perché diavolo fosse tanto sicuro di averla già vista.

Prese il cellulare e compose il numero di Kevin Blake. Candy rispose al terzo squillo.

«Ehilà, mio caro» disse, mostrandosi felice di sentirlo. «Stavo proprio per chiamarla.»

«Per caso ha rintracciato Monica Patrick?»

«Esatto» fece lei, anche se non ne sembrava affatto felice. «È morta tre anni fa.»

Era proprio quel che Jeffrey temeva. «Grazie per averci provato.»

«Di nulla. Anche se non so come potesse aiutarla. Immagino che lei cercasse qualche scandalo, giusto?»

«Qualcosa del genere» concesse lui, fissando la foto come se così facendo potesse costringerla a parlargli.

«Quando ho verificato la sua posizione, ho controllato tutto» disse lei. «Brian non è quel che si definirebbe un genio, ma è uno che sgobba dalla mattina alla sera. Fa quello che nessun altro ha voglia di fare. È capace di fare nottata per essere sicuro che sia tutto a posto. Adesso li chiamiamo maniaci della perfezione, ma all'epoca quelli come lui si definivano persone con un'etica del lavoro pronunciata.»

Jeffrey si infilò le fotografie in tasca e rimise la scatola da scarpe al suo posto. «A sentire la moglie ho avuto la sensazione che non sia cambiato.»

«Be', se non lo sa lei» commentò Candy. «Anche se è un po' tardi per cominciare a lamentarsene.»

Jeffrey chiuse l'anta dell'armadio e si guardò intorno. «Che cosa intende?»

«È così che si sono conosciuti. Jill era la sua segretaria alla Jericho.»

«Scherza?»

«E perché dovrei scherzare? Non c'è niente di male nel fare la segretaria.»

«No, non mi riferivo a questo. È solo che nessuno dei due me l'ha mai detto.»

«Non vedo perché avrebbero dovuto» rispose Candy, e in effetti non aveva tutti i torti. «Non si è mai chiesto perché hanno mantenuto cognomi diversi?»

«A dire il vero, no» disse lui e sentì lo sportello di un'auto sbattere nel vialetto di casa. Si spostò nel soggiorno e guardò fuori dalla finestra. Brian Keller era chino sul sedile di una Impala marrone, da cui tirò fuori un paio di grosse scatole bianche che tenne in equilibrio su una coscia mentre chiudeva lo sportello.

«Capo?»

«Ci sono» rispose Jeffrey, cercando di non perdere il filo della conversazione. «Cosa stava dicendo?»

«Dicevo che a quest'ora ormai avrà divorziato da lei.»

«Divorziato da chi?» chiese, osservando Keller che cercava di portare le scatole nel garage.

«La ragazza con cui era sposato quando ha cominciato a frequentare Jill Rosen» gli disse. «Certo, ormai non sarà più una ragazza. Anzi, avrà almeno cinquant'anni. Chissà che fine ha fatto il figlio?»

«Figlio?» ripeté, sentendo i passi di Keller sulle scale. «Quale figlio?»

«Quello avuto dal primo matrimonio» disse lei. «Ma mi sta a sentire?»

«Ha un figlio avuto dal primo matrimonio?» continuò a ripetere lui, prendendo la foto dalla tasca.

«È quel che sto cercando di dirle. Ha preso e li ha lasciati. Non li ha nemmeno mai nominati a Bert. Ricorderà Bert Winger, era il rettore prima di Kevin. C'è da dire che a Bert non sarebbe interessato nulla della situazione familiare di Brian, dato che lui stesso aveva avuto due figli da un altro matrimonio... ed erano le creature più dolci che abbia mai...»

«Devo andare» la interruppe Jeffrey, chiudendo la chiamata. Finalmente era riuscito a capire perché la donna in quella foto gli sembrasse tanto familiare.

Esisteva un vecchio detto, che in quel momento gli parve più calzante che mai: dice più un'immagine di mille parole.

Keller entrò in casa e quando lo vide sussultò, rischiando di far cadere le scatole. «Cosa ci fa lei qui?»

«Stavo solo dando un'occhiata.»

«Questo lo vedo da me.»

«Dov'è sua moglie?» chiese Jeffrey.

Keller impallidì. Si chinò in avanti e posò le scatole a terra con un forte tonfo. «È andata da sua madre.»

«Non lei» rispose Jeffrey, mostrandogli la foto. «L'altra.»

«L'altra...»

«La sua prima moglie» chiarì lui, tirando fuori un'altra fotografia. «La madre di suo figlio maggiore.»

16

Lena si trascinò in cucina, sentendo ogni giuntura stridere come se fosse arrugginita. Nan era seduta al tavolo e leggeva il giornale mangiando una scodella di cereali.

«Dormito bene?» chiese Nan.

Lei annuì, cercando con lo sguardo la macchina del caffè. La teiera sul fornello mandava vapore, e sul bancone c'era una tazza con dentro una bustina di tè.

«Hai del caffè?» domandò, la voce appena udibile.

«Quello istantaneo, ma è decaffeinato» disse Nan. «Se vuoi faccio una scappata a comprarne prima di andare al lavoro.»

«Va bene così» rispose Lena, ma si chiese entro quanto tempo le sarebbe venuto il mal di testa per la mancanza di caffeina.

«Stamattina la tua voce va meglio» riprese Nan, cercando di sorriderle. «Riesci a sussurrare senza gracchiare.»

Lena si abbandonò su una sedia, sopraffatta dalla stanchezza. Nan aveva dormito sul divano, lasciandole il letto, ma lei non era riuscita a rilassarsi. Il letto si trovava sotto una serie di finestre che davano sul giardino posteriore, tutte al livello del terreno, nessuna delle quali aveva le tapparelle o almeno delle tende, e lei non era riuscita a chiudere occhio, temendo che qualcuno potesse strisciare nella stanza e aggredirla. Si era alzata diverse volte per controllare se fossero chiuse e se fuori ci fosse qualcuno, ma il giardino era troppo buio per vedere qualcosa oltre una breve distanza, così aveva finito per rimettersi a letto dando le spalle alla porta e con la pistola in grembo.

Si schiarì la gola. «Avrei bisogno di un prestito.»

«Ma certo» disse Nan. «Posso darti…»

«Ho detto prestito» insisté lei. «Te li restituirò.»

«Okay» rispose Nan, alzandosi per sciacquare la scodella nel lavandino. «Vuoi prendere delle ferie? Se vuoi trattenerti qui non ci sono problemi.»

«Devo procurare un avvocato a Ethan.»

Nan posò la ciotola. «Credi sia sensato?»

«Non posso lasciarlo in prigione» disse lei, sapendo che le gang di neri lo avrebbero massacrato non appena avessero visto i suoi tatuaggi.

Nan si rimise a sedere. «Non so se posso prestarti dei soldi per questo.»

«Me li procurerò altrove» disse Lena, anche se non aveva idea di dove poteva trovarli.

Nan la fissò, la bocca dischiusa. Alla fine annuì. «E va bene. Quando torno dal lavoro andremo in banca insieme.»

«Grazie.»

Nan però non aveva finito. «Non ho chiamato Hank.»

«Non voglio che lo chiami. Non voglio che mi veda in questo stato.»

«Ti ha già vista così.»

Lena le scoccò uno sguardo d'avvertimento, facendole capire che non aveva alcuna voglia di discuterne.

«E va bene» ripeté l'altra, e Lena si domandò se stesse parlando tra sé. «Allora, adesso devo andare a lavorare.

C'è una chiave di riserva accanto alla porta d'ingresso, se vuoi uscire.»

«Non andrò da nessuna parte.»

«Forse è meglio così» commentò lei, dando un rapido sguardo al collo di Lena. Lei non si era ancora guardata allo specchio, quella mattina, ma immaginava di avere un aspetto orribile. Il taglio sulla guancia era caldo, come se si fosse infettato.

«Torno all'ora di pranzo, verso l'una. La prossima settimana faremo l'inventario, e devo sistemare delle cose» disse Nan.

«Va bene.»

«Sicura di non voler venire in università con me? Potresti stare dentro l'ufficio, non ti vedrebbe nessuno.»

Lena scosse il capo. Non voleva rimettere piede nel campus mai più.

Nan prese la borsa dei libri e un mazzo di chiavi. «Ah, quasi dimenticavo.»

Lena aspettò che proseguisse.

«Potrebbe passare Richard Carter.»

Lena mormorò un'imprecazione che Nan di sicuro non aveva mai sentito pronunciare da una donna.

«Oh, santo cielo» esclamò.

«Sa che sono qui?»

«No, non sapevo nemmeno io che ci saresti stata. Gli ho dato le chiavi quando siamo andati a cena.»

«Gli hai dato le chiavi di casa tua?» chiese Lena, incredula.

«Ha lavorato con Sibyl per anni» si difese lei. «Si fidava di lui in tutto e per tutto.»

«Che cosa vuole?»

«Deve controllare degli appunti di tua sorella.»

«Sa leggere il Braille?»

Nan giocherellò con le chiavi. «In biblioteca c'è un traduttore con cui li può leggere. Ci metterà una vita, però.»

«Che cosa cerca?»

«Dio solo lo sa» fece Nan, alzando gli occhi al cielo. «Sai quanto sa essere misterioso.»

Lena era d'accordo, ma trovava strano quel comportamento anche per Richard. Decise che avrebbe scoperto cosa stava combinando prima che potesse mettere le mani sugli appunti di Sibyl.

«Meglio che vada» riprese Nan, poi indicò il gesso al polso di Lena. «Dovresti tenerlo in alto.»

Lei sollevò il braccio.

«Hai il mio numero al campus» aggiunse, e indicò il tastierino dell'allarme. «Se vuoi, puoi metterlo in funzione. Ti basta premere il tasto *stay*.»

«Okay» disse Lena, ma non aveva alcuna intenzione di inserire l'antifurto. Avrebbe sortito maggiore successo battendo un cucchiaio contro una padella.

«Nel caso, hai venti secondi di tempo per chiudere la porta» spiegò Nan. Poi, siccome Lena non rispose, premette lei il pulsante per inserirlo. «Il codice è la tua data di nascita.»

Il tastierino cominciò a emettere dei segnali d'avviso, contando i secondi che Nan aveva a disposizione per uscire dalla porta.

«Fantastico» commentò Lena.

«Chiamami, se hai bisogno di me» le disse Nan. «Ciao!»

Lena chiuse la porta e inserì il chiavistello. Con una mano avvicinò una sedia e la infilò sotto la maniglia in modo che Richard non potesse entrare senza che lo sentisse. Spostò di lato la tenda e guardò fuori dalla finestrella rotonda della porta, osservando Nan che si allontanava sul vialetto.

Si sentiva una sciocca per essere crollata di fronte a quella donna la sera prima, ma una parte di lei era felice di averla avuta accanto. Dopo tanti anni, alla fine era riuscita a capire cosa Sibyl avesse trovato in quell'anonima bibliotecaria. In fondo Nan Thomas non era tanto male.

Prese il telefono cordless dal tavolinetto in soggiorno mentre tornava in cucina. Trovò le Pagine Gialle nel cassetto accanto al lavandino e si sedette al tavolo. Le pubblicità degli avvocati occupavano cinque pagine, tutte coloratissime e accattivanti. I titoli invitavano chi avesse avuto incidenti stradali o chi puntasse a una pensione di invalidità a chiamare subito per chiedere il loro aiuto.

L'annuncio di Buddy Conford era il più grande di tutti. C'era una foto di quel viscido bastardo con un fumetto che gli usciva dalla bocca e accanto le parole: *Chiama me prima di parlare con la polizia!*, scritte in grosse lettere rosse.

Rispose al telefono al primo squillo. «Buddy Conford.»

Lena si morse il labbro, riaprendo il taglio. Buddy era una carogna della peggior specie, convinta che i poliziotti fossero tutti corrotti, e in più di un'occasione l'aveva accusata di aver agito in modo illegale. Aveva riaperto vari suoi casi per via di cavilli tecnici.

«Pronto?» ripeté Buddy. «Facciamo così, conto fino a tre. Uno… due…»

«Buddy» si costrinse a dire.

«In carne e ossa.» E poiché Lena non aggiunse altro, la incalzò: «Vogliamo parlare?».

«Sono Lena.»

«Come, prego?» fece lui. «Mia cara, la sento malissimo.»

Lei si schiarì la gola e provò ad alzare la voce. «Sono Lena Adams.»

L'avvocato emise un fischio leggero. «Ah, però» esclamò.

«Avevo sentito dire che eri nei guai, ma pensavo fosse solo una voce.»

Lena tenne premuto il labbro abbastanza da sentire dolore.

«Come ci si sente dall'altra parte della legge?»

«Vaffanculo.»

«Parleremo della mia parcella più tardi» disse lui ridacchiando. Si stava divertendo molto più di quanto lei si aspettasse. «Di cosa sei accusata?»

«Di nulla» rispose, anche se immaginava che se Jeffrey si fosse svegliato di malumore la situazione sarebbe potuta cambiare in qualsiasi momento. «È per un'altra persona.»

«Chi?»

«Ethan Green» disse, poi si corresse. «White, volevo dire. Ethan White.»

«Dove si trova?»

«Non ne sono sicura.» Chiuse l'elenco del telefono, stanca di avere davanti agli occhi quelle pubblicità pacchiane. «È accusato di violazione della libertà vigilata, la condanna era per assegni a vuoto.»

«Da quanto è dentro?»

«Non lo so di preciso» disse lei.

«A meno che non abbiano un'accusa fondata, avrebbero già dovuto rilasciarlo.»

«Jeffrey non ha intenzione di rilasciarlo» rispose Lena, perché ne era assolutamente sicura. Il suo ex capo conosceva Ethan White solo attraverso la sua fedina penale. Non aveva mai visto il suo lato positivo, il suo desiderio di cambiare.

«C'è qualcosa che non mi stai dicendo» disse Buddy. «Com'è finito sul radar di Tolliver?»

Lena sfiorò con le dita le pagine dell'elenco. Si chiese quanto poteva rivelare a Buddy Conford. Si chiese se fosse il caso di dirgli qualcosa. Ma lui era abbastanza scaltro da capire cosa le passava per la testa. «Se mi racconti balle, l'unico effetto sarà farmi fare più fatica.»

«Non ha ucciso lui Chuck Gaines» disse. «Non è assolutamente coinvolto. È innocente.»

Buddy fece un gran sospiro. «Mia cara, lascia che ti dica una cosa. *Tutti* i miei clienti sono innocenti. Anche quello che è finito nel braccio della morte.» Emise un suono disgustato. «*Soprattutto* quello che è finito nel braccio della morte.»

«Questo lo è davvero, Buddy.»

«Già» disse lui. «Forse dovremmo parlarne di persona. Puoi passare in ufficio da me?»

Lena chiuse gli occhi e provò a immaginarsi fuori. Non ce l'avrebbe mai fatta.

«Ho detto qualcosa che non va?» chiese Buddy.

«No» rispose lei. «Potresti passare tu?»

«Dove?»

«Sono a casa di Nan Thomas.» Gli diede l'indirizzo e lui lo ripeté per sicurezza.

«Mi ci vogliono un paio d'ore. Ti trovo lì?»

«Sì.»

«Allora a dopo.»

Lena attaccò e fece subito il numero della centrale di polizia. Sapeva che Jeffrey era deciso a tenere Ethan dietro le sbarre, ma anche che Ethan conosceva benissimo i meccanismi della legge.

«Polizia di Grant» rispose Frank.

Lena dovette fare uno sforzo per non riagganciare. Si schiarì la gola e cercò di parlare con una voce normale.

«Frank? Sono Lena.»

Lui restò in silenzio.

«Cerco Ethan.»

«Ah sì?» ringhiò lui. «Be', qui non c'è.»

«Sai dove...?»

Lui sbatté la cornetta con tanta forza che il suono le rimbombò nell'orecchio.

«Cazzo» mormorò, poi ebbe un accesso di tosse così violento che temette di sputare un polmone. Andò al lavandino e bevve un bicchiere d'acqua. Ci vollero diversi minuti prima che riuscisse a superare la crisi. Cominciò ad aprire cassetti in cerca di qualcosa da prendere per ammorbidirsi la gola, ma non trovò nulla. Nell'armadio sopra il fornello trovò un flacone di Advil e se ne mise in bocca tre compresse, ma ne uscirono altre e lei cercò di afferrarle prima che cadessero a terra, sbattendo il polso rotto contro il frigorifero. Il dolore le fece vedere le stelle, ma prese dei respiri profondi per tollerarlo.

Tornata al tavolo, Lena cercò di immaginare dove potesse essere andato Ethan se l'avevano rilasciato. Non conosceva il suo numero di telefono al dormitorio e non le passava nemmeno per la testa l'idea di chiamare la segreteria del campus per provare a farselo dare. Considerando che anche lei aveva appena trascorso una notte in prigione, dubitava che qualcuno avesse voglia di aiutarla.

Due sere prima aveva inserito la segreteria telefonica nell'eventualità che Jill Rosen la richiamasse. Prese il telefono e fece il proprio numero, sperando di aver collegato il risponditore nel modo giusto. Al terzo squillo, fu salutata dalla sua stessa voce, che le parve strana e troppo squillante. Inserì il codice per ascoltare i messaggi. Il primo era di suo zio Hank, che diceva di voler solo sapere come stava ed era contento che avesse finalmente deciso di prendere una segreteria telefonica. Il successivo era di Nan, preoccupatissima, che le chiedeva di richiamarla il prima possibile. L'ultimo era di Ethan.

«Lena. Non ti muovere. Ti sto cercando» diceva.

Premette il tasto per rimandare indietro il messaggio e riascoltarlo. La segreteria non indicava il giorno o l'ora del messaggio perché lei non aveva voluto spendere dieci dollari in più per avere quella funzione, così fu costretta a riavvolgere tutti e tre i messaggi, non solo l'ultimo, e riascoltare di nuovo sia Hank sia Nan.

«Non ti muovere. Ti sto cercando.»

Premette di nuovo il tre, sopportando l'ascolto dei primi due messaggi prima si sentire la voce di Ethan. Si schiacciò il telefono contro l'orecchio, cercando di decifrare il suo tono. Sembrava in collera, ma non era una novità.

Lo stava ascoltando per la quarta volta quando bussarono alla porta.

«Richard» mormorò. Si guardò e si rese conto di avere ancora addosso il pigiama azzurro. «Cazzo.»

Il cordless emise due bip in rapida successione e sullo schermo apparve l'avviso che segnalava la batteria quasi scarica. Lena premette il tasto numero cinque, sperando così di salvare il messaggio di Ethan. Andò in soggiorno, posando il telefono nella base. Davanti alla porta c'era una sagoma scura, i cui contorni si vedevano attraverso le tende. «Un attimo» disse a voce alta, sentendo dolore alla gola per lo sforzo.

In camera di Nan cercò qualcosa da mettersi. L'unico capo di abbigliamento disponibile era una vestaglia di spugna rosa, che era quasi ridicola quanto il pigiama. Lena si avvicinò all'armadio e prese una giacca, se la infilò e andò alla porta.

«Aspetta» disse togliendo la sedia. Aprì i chiavistelli e la porta, ma non trovò più nessuno.

«Ehi?» chiamò, uscendo sul portico. Era deserto, così come il vialetto di casa.

Sentì il segnale del pannello di controllo dell'allarme e le venne in mente che Nan l'aveva inserito prima di uscire. La sirena sarebbe partita dopo venti secondi, e lei tornò dentro di corsa e digitò il codice appena in tempo.

Stava andando in cucina quando il suono di un vetro che veniva spaccato la fermò. La tenda della porta della cucina si mosse, ma non era il vento. Una mano si infilò all'interno, cercando il chiavistello. Lena restò paralizzata per qualche istante, poi il panico prese il sopravvento e lei si lanciò nel corridoio.

Sentì dei passi sul pavimento della cucina e si accucciò nella camera degli ospiti, nascondendosi tra la porta aperta e la parete, osservando il corridoio dalla fessura lungo lo stipite. L'intruso avanzò deciso, le scarpe pesanti che battevano sul parquet. Si fermò nel corridoio e guardò a sinistra, poi a destra. Lena non ne vedeva il viso, ma era sicura che indossasse una maglia e dei jeans neri.

Lei serrò gli occhi e trattenne il fiato mentre l'uomo andava verso la stanza degli ospiti. Lena si schiacciò contro la parete più forte che poté, cercando di rendersi invisibile dietro la porta. Quando osò riaprire gli occhi, lui le dava le spalle. Lena non poté fare altro che fissarlo. Aveva pensato che fosse Ethan, ma aveva le spalle troppo larghe, i capelli troppo lunghi.

L'armadio era pieno di scatole. L'intruso cominciò a tirarle fuori una dopo l'altra, leggendo le etichette prima di poggiarle in ordine sul pavimento. Dopo un tempo che sembrò infinito, trovò ciò che cercava. Si mise in ginocchio davanti alla scatola e Lena riuscì a vederlo di profilo. Riconobbe Richard Carter all'istante.

Lena pensò alla Glock in camera di Nan. Richard le voltava le spalle, e se si muoveva con attenzione, forse sarebbe riuscita a uscire di lì e andare a chiudersi nell'altra stanza. Trattenne il fiato e si spostò da dietro la porta. Stava arretrando lentamente quando Richard avvertì la sua presenza e voltò la testa di scatto, alzandosi. Un moto di pura collera gli passò negli occhi, sostituito un attimo dopo dal sollievo. «Lena» disse.

«Che ci fai qui?» domandò lei, cercando di mostrarsi decisa. La gola le doleva a ogni parola, e lei fu certa che il terrore fosse palpabile nella sua voce.

Richard si accigliò, evidentemente confuso dalla sua rabbia. «Che ti è successo?»

Lena si portò una mano al viso. «Sono caduta.»

«Di nuovo?» Le rivolse un sorriso triste. «Anch'io un tempo cadevo così. Come ti ho detto, so cosa si prova. Avevo il tuo stesso problema.»

«Non so di cosa parli.»

«Sibyl non te l'ha mai raccontato?» le chiese, poi sorrise ancora. «No, certo, lei non riferiva i segreti. Lei era diversa dagli altri.»

«Quali segreti?» domandò Lena, portando una mano dietro di sé e cercando lo stipite.

«Segreti di famiglia.»

Fece un passo verso di lei, e Lena arretrò.

«Certe donne sono strane» disse ancora. «Si liberano di un marito violento e corrono subito da un altro che le tratta allo stesso modo. È come se fosse proprio quello che vogliono. Non è amore se non le ammazzano di botte.»

«Di che stai parlando?»

«Non di te, certo.» Aspettò un tempo abbastanza lungo da farle capire che era la verità. «Parlo di mia madre» aggiunse. «O meglio, dei miei patrigni. Ne ho avuti diversi.»

Lena si allontanò di un piccolo passo, sfiorando lo stipite con la spalla. Piegò il braccio sinistro per evitare che il gesso andasse a sbattere contro la maniglia in vetro piombato. «Ti picchiavano?»

«Tutti» disse Richard. «Cominciavano con lei, ma poi venivano sempre da me. Sapevano che in me c'è qualcosa che non va.»

«Non c'è niente che non vada, in te.»

«Invece sì» rispose lui. «Le persone se ne accorgono. Sanno quando hai bisogno di loro, e si divertono a punirti per questo.»

«Richard...»

«Sai qual è la cosa più assurda? Che mia madre li proteggeva sempre. Metteva bene in chiaro che loro erano molto più importanti di me.» Rise con tristezza. «E con loro faceva lo stesso. Nessuno dei miei patrigni è mai stato migliore del primo che se n'è andato.»

«Chi?» chiese Lena. «Chi se n'è andato?»

Richard si avvicinò, arrivando a pochi centimetri da lei. «Brian Keller.» Rise, vedendola sorpresa. «Ma non dobbiamo dirlo a nessuno.»

«Perché?»

«Far sapere a tutti di quel frocio del figlio nato dal suo primo matrimonio? Ha detto che se l'avessi detto a qualcuno non mi avrebbe parlato mai più. Mi avrebbe cancellato dalla sua vita.»

«Mi dispiace.» Lena fece un altro passo indietro. Ormai era già nel corridoio e dovette fare uno sforzo per non mettersi a correre. Lo sguardo di Richard le diceva senza ombra di dubbio che l'avrebbe inseguita. «Sto aspettando l'avvocato, arriverà da un momento all'altro. Devo andare a vestirmi.»

«Non ti muovere, Lena.»

«Richard…»

«Dico sul serio» ribadì lui, a meno di venti centimetri da lei. Aveva le spalle dritte, e lei capì che Richard era in grado di farle male sul serio, se avesse voluto. «Non ti muovere nemmeno di un centimetro.»

Lei restò immobile, il braccio sinistro stretto al petto, cercando di farsi venire in mente qualcosa da fare. Richard era almeno il doppio di lei. Non si era mai accorta di quanto fosse grosso, forse perché non l'aveva mai visto come una minaccia.

«Ma l'avvocato sta per arrivare» ribadì.

Richard allungò una mano oltre la sua spalla e accese la luce. La scrutò da capo a piedi, osservando i tagli e i lividi. «Guardati» disse. «Tu sai cosa significa quando qualcuno ti dà il tormento.» Le sorrise, malizioso. «Come Chuck.»

«Che cosa sai di Chuck?»

«Solo che è morto, e che il mondo sarà un posto migliore senza di lui.»

Lena cercò di deglutire, ma aveva la gola troppo secca. «Non capisco cosa vuoi da me.»

«Collaborazione. Possiamo aiutarci a vicenda. Possiamo aiutarci molto, tra noi.»

«E come?»

«Tu sai cosa significa essere la seconda scelta» le disse. «Sibyl non ne parlava mai, ma so che era la preferita di tuo zio.»

Lena non rispose, però in cuor suo sapeva che era la verità.

«Andy è sempre stato il preferito di Brian. È stato lui il motivo per cui mio padre è andato via. È per colpa sua che mi ha abbandonato con mia madre, e con Kyle, con Buddy, con Jack e con Troy e con tutti gli altri pezzi di merda che trovavano divertente ubriacarsi e pestare a sangue quel finocchio del figlio di Esther Carter.»

«L'hai ucciso? Hai ucciso tu Andy?» chiese Lena.

«Andy lo ricattava. Sapeva che l'idea non era di Brian, e meno che mai il lavoro di ricerca.»

«Quale idea?»

«L'idea di Sibyl. Stava per inviare la sua ricerca al comitato, ma poi è stata uccisa.»

Lena lanciò uno sguardo alle scatole. «Quelli sono i suoi appunti?»

«La sua ricerca» precisò lui. «L'unica prova rimasta per dimostrare che era sua.» Sul suo viso apparve un'espressione triste. «Era così intelligente, Lena. Vorrei tanto che potessi capire quanto fosse dotata.»

Lena non riuscì più a trattenere la collera. «Le hai rubato l'idea.»

«Ho lavorato al suo fianco passo dopo passo» si difese Richard. «E quando lei è morta, ero l'unico che ne fosse al corrente. Ero l'unico che potesse fare in modo che il suo lavoro proseguisse.»

«Come hai potuto farle questo?» chiese Lena, perché sapeva quanto Richard volesse bene a sua sorella. «Come hai potuto prenderti il merito del suo lavoro?»

«Ero stanco, Lena. Tu più di chiunque altro dovresti comprendere quanto fossi stanco di essere la seconda scelta. Ero stanco di vedere Brian che gettava tutto al vento per Andy mentre io ero lì, pronto a fare qualsiasi cosa per lui, a qualsiasi costo.» Si batté il pugno nella mano. «Sono stato io il figlio modello. Gli ho tradotto gli appunti di Sibyl. Glieli ho portati perché potessimo lavorarci insieme e creare qualcosa che...» Si fermò, le labbra tese in una linea sottile nello sforzo di trattenere le emozioni. «A Andy non fregava niente di lui. Gli interessava solo sapere quale macchina poteva farsi comprare, o quale lettore CD, quale videogioco. Ecco cos'era Brian per lui, un bancomat.» Cercò di spiegarle. «Ci minacciava, tutti e due. Sì, l'ho ucciso. L'ho ucciso per il bene di mio padre.»

«Come?» fu l'unica cosa che le riuscì di chiedere.

«Sapeva che Brian non avrebbe potuto fare tutto questo» disse lui, indicando le scatole. «Lui non è quel che si dice un visionario.»

«Questo potevano capirlo tutti, però» rispose Lena, andando al nucleo della questione. «Che prove poteva fornire Andy?»

Richard parve colpito che lei ci fosse arrivata. «La prima regola della ricerca scientifica: scrivi tutto.»

«Aveva degli appunti?»

«Diari» rispose Richard. «Appuntava ogni riunione, ogni telefonata, ogni idea idiota che non avrebbe mai visto la luce.»

«Andy aveva trovato i diari?»

«Non solo quelli, ma anche tutti gli appunti, i dati preliminari e le trascrizioni della ricerca precedente di Sibyl.» Fece una pausa, pieno di collera. «Brian scriveva tutto, proprio tutto, in quei maledetti diari, e li ha lasciati in giro, così Andy li ha trovati e la sua prima reazione non è certo stata pensare di restituirli. No, lui si è subito chiesto come farci dei soldi.»

«È con questo pretesto che l'hai attirato sul ponte?»

«Sei intelligente» le disse. «Sì. Gli ho detto che gli avrei dato i soldi. Sapevo che non si sarebbe mai fermato, che avrebbe continuato a chiederne sempre di più, e poi avrebbe potuto raccontare la faccenda a qualcuno.» Sbuffò con aria esasperata. «L'unica cosa che gli interessava era come fare a procurarsi la dose successiva. Non ci si poteva fidare di lui. Per lui esisteva solo prendere, prendere, prendere, e tutto quello a cui avevo lavorato, tutti i sacrifici che avevo fatto per *aiutare* mio padre, per dargli qualcosa di cui potesse andare orgoglioso – di cui *potessimo* andare orgogliosi – rischiavano di finire al vento per colpa di quell'ingrato pezzo di merda.»

Il disprezzo che trapelava dalla voce lasciò Lena senza parole. Poteva solo immaginare cosa doveva aver provato Andy a essere intrappolato su quel ponte con Richard.

«Avrei potuto farlo soffrire.» Richard moderò il tono, cercando di mostrarsi ragionevole. «Avrei potuto punirlo per quel che mi stava facendo, per il modo in cui danneggiava il rapporto che tentavo di costruire con mio padre... ma ho scelto di essere umano.»

«Deve essere stato terrorizzato.»

«Aveva sniffato così tanta colla che quasi non ci vedeva» disse lui, disgustato. «L'ho solo tenuto in equilibrio con una mano premuta qui.» Mise un palmo davanti al petto di Lena, a qualche centimetro di distanza. «Poi l'ho appoggiato con delicatezza contro il parapetto e gli ho fatto un'iniezione di succinilcolina. Sai che cos'è?»

Lei scosse il capo, pregando che allontanasse quella mano.

«La usiamo al laboratorio per abbattere gli animali. Ti paralizza, paralizza tutto. Mi è caduto tra le braccia come una bambola di pezza e ha smesso di respirare.» Inspirò di colpo, sgranando gli occhi per illustrare la reazione di Andy. «Avrei potuto farlo soffrire. Avrei potuto renderla una morte orribile, invece non l'ho fatto.»

«Lo scopriranno, Richard.»

Alla fine abbassò la mano. «È una sostanza impossibile da trovare.»

«Ma lo capiranno comunque.»

«Chi?»

«La polizia. Sanno già che è stato un omicidio» gli disse.

«L'ho sentito dire» rispose lui, ma non sembrava affatto preoccupato.

«Risaliranno a te.»

«E come? Non hanno alcun motivo di sospettarmi. Brian non ammetterà mai che sono suo figlio, e se anche Jill non tenesse la testa sotto la sabbia ha troppa paura per dire qualcosa.»

«Paura di cosa?»

«Di Brian» fece lui, come se fosse ovvio. «Ha paura dei suoi pugni.»

«Picchia la moglie?» chiese Lena. Non riusciva ad accettare che quella fosse la verità. Jill Rosen era una donna forte. Non era certo il genere di persona che si lasciava maltrattare.

«Certo che la picchia» ribadì lui.

«Jill Rosen?» ripeté Lena, ancora incredula. «Picchia Jill?»

«La picchia da anni. E lei è rimasta con lui perché nessuno l'ha mai aiutata come io potrei fare con te.»

«Non ho bisogno di aiuto.»

«Invece sì. Credi che ti lascerà mai libera?»

«Chi?»

«Lo sai benissimo.»

Lena lo fermò. «Non so di cosa parli.»

«So quanto è difficile sottrarsi. So che da sola non ce la puoi fare» le disse, portandosi una mano sul petto.

Lei scosse il capo.

«Lascia che mi occupi io di lui.»

«No» esclamò Lena, arretrando di un passo.

«Posso fare in modo che sembri un incidente» le disse, avvicinandosi ancora.

«Certo, infatti finora hai fatto un gran bel lavoro.»

«Potresti darmi un consiglio tu» rispose lui, e sollevò una mano per non essere interrotto. «Solo un consiglio. Possiamo uscire da questa situazione aiutandoci a vicenda.»

«E come puoi aiutarmi?»

«Liberandoti di lui» disse Richard, e forse lesse qualcosa nei suoi occhi, perché le sorrise con tristezza. «Lo sai, non è vero? Lo sai che è l'unico modo per eliminarlo per sempre dalla tua vita.»

Lena lo guardò fisso. «Perché hai ucciso Ellen Schaffer?»

«Lena.»

«Dimmi perché» insisté. «Ho bisogno di saperlo.»

Lui lasciò passare un momento prima di rispondere. «Mi ha visto mentre ero nel bosco. Mi ha guardato proprio mentre stava chiamando la polizia. Sapevo che gliel'avrebbe detto, era solo questione di tempo.»

«E Scooter?»

«Perché tutte queste domande? Vuoi che ti faccia una confessione particolareggiata così poi potrai arrestarmi?»

«Sappiamo entrambi che non ti posso arrestare.»

«Ah no?»

«Guardami» disse lei, allargando le braccia e facendogli notare lo stato in cui era ridotta. «Sai meglio di chiunque altro in cosa sono andata a cacciarmi. Credi che mi darebbero ascolto?» Si portò una mano sul collo livido. «Oltretutto nemmeno mi sentirebbero.»

Lui le rivolse un mezzo sorriso, scuotendo il capo come a volerle far capire che non era tipo da farsi raggirare.

«Richard, ho bisogno di sapere che posso fidarmi di te.»

Lui la squadrò, cercando di decidere se continuare a parlare.

Alla fine disse: «Scooter non è roba mia».

«Sicuro?»

«Certo che sono sicuro» disse lui alzando gli occhi al cielo e riprendendo per un attimo il suo tipico atteggiamento da ragazzina. «Ho sentito dire che si è soffocato per un gioco erotico. Ma chi diavolo fa più quelle cose?»

Lena non si lasciò abbindolare da quel modo di fare confidenziale, il cui solo intento era farle abbassare la guardia.

«E Tessa Linton?»

«Aveva in mano quel sacchetto» rispose lui, agitato al solo pensiero. «Andava in giro per la collina raccogliendo cose. Io non riuscivo a trovare la collana. Volevo quella collana, era un simbolo.»

«La stella di David?» chiese lei, ricordando come l'aveva stretta tra le mani Jill in biblioteca. Le sembrava passato un secolo da quel giorno.

«Ne avevano una uguale, loro due. Jill le aveva comprate l'anno scorso, una per Brian e una per Andy, padre e figlio.» Sospirò. «Brian la portava sempre. Credi che avrebbe mai fatto niente del genere per me?»

«E così hai pugnalato Tessa Linton perché pensavi che avesse la collana?»

«Credo che mi avesse riconosciuto. L'ho vista mettere insieme i pezzi. Ha intuito perché mi trovavo lì, sapeva che avevo ucciso Andy.» Fece una pausa, come se volesse riordinare i pensieri. «Ha cominciato a strillare, gridava. Ho dovuto chiuderle la bocca.» Si passò le mani sul viso:

stava perdendo il controllo. «Dio, è stata dura. Non sai quanto è stato difficile farlo.» Abbassò lo sguardo a terra, e Lena si rese conto che era in preda ai rimorsi. «Non posso credere di averlo dovuto fare. È stato terribile. Poi sono rimasto lì per vedere cosa succedeva, e...» Non riuscì a concludere la frase e restò in silenzio, come se sperasse che Lena gli dicesse che non era colpa sua, che non aveva avuto scelta.

«Come vuoi che lo faccia?» le chiese poi.

Lena non rispose.

«Come vuoi che lo elimini?» domandò ancora. «Posso farlo soffrire, Lena. Posso fargli del male, proprio come lui ne ha fatto a te.»

Lei continuò a tacere. Si guardò le mani, pensando a Ethan in quella caffetteria e a quanto si era infuriata quando le aveva fatto del male. Aveva desiderato vendicarsi, farlo soffrire per il dolore che le aveva causato.

Richard le sfiorò il gesso con le dita. «Da bambino ne ho avuti un bel po', di questi.»

Lei si passò una mano sul braccio. La cicatrice sul palmo era ancora arrossata, con del sangue rappreso intorno ai margini. Cominciò a tirarli mentre Richard le esponeva il suo piano.

«Tu non dovrai fare nulla» le disse. «Penserò a tutto io. Ho già aiutato donne in una situazione simile alla tua, Lena. Basta che tu mi dica di sì, e posso farlo sparire.»

Lena sentì la cicatrice cedere sotto le unghie, staccandosi come l'adesivo su un frutto. «Come?» mormorò, tormentando il lembo di pelle. «Come lo faresti?»

Anche Richard le guardava le mani. «Ti aiuterà?» le chiese. «Ti servirà per smettere di farti del male?»

Lei si afferrò il gesso con la mano destra e l'abbassò,

tenendolo all'altezza della vita. Scosse il capo e disse: «Ho solo bisogno di cancellarlo per sempre. Ho bisogno di andarmene via».

«Oh, Lena.» Le mise le dita sotto il mento, cercando di farle alzare lo sguardo. Poiché lei non si mosse, si chinò, poggiandole le mani sulle spalle, il viso vicino al suo. «L'affronteremo insieme» le disse. «Te lo prometto. Insieme ce la faremo.»

Usando entrambe le mani, Lena gli sbatté il gesso contro la gola con tutte le forze, spezzandolo sotto la sua mandibola, facendogli affondare i denti nella lingua e proiettandogli la testa all'indietro come in un colpo di frusta. Richard barcollò, agitando le braccia mentre cadeva di peso contro lo stipite. Lei corse via, entrò in camera di Nan e sbatté la porta alle sue spalle, chiudendo il vecchio chiavistello a paletto prima che Richard riuscisse a girare la maniglia dall'altra parte.

La pistola di Nan era sotto il letto. Lena si mise in ginocchio e tirò fuori la scatola. Il gesso si era spaccato alla sommità e lei riuscì a infilare il caricatore nell'arma usando entrambe le mani e poi a togliere la sicura prima che Richard buttasse giù la porta. Entrò con tale rapidità che le cadde addosso, facendole scivolare via di mano la pistola. Lena cercò di recuperarla, ma lui si dimostrò più veloce, così lei si alzò in piedi, le mani in alto, trovandosi con l'arma puntata al petto.

«Mettiti sul letto» le disse, spruzzando sangue e saliva dalla bocca. Biascicava le parole perché si era morso la lingua, e respirava a fatica, come se non riuscisse a far entrare abbastanza aria nei polmoni. Le tenne la pistola puntata contro e si portò la mano libera alla gola, emettendo un colpo di tosse. «Avrei potuto aiutarti, stupida puttana.»

Lena non si mosse.

Nonostante la ferita, la voce di Richard tuonò potente nella stanza. «Mettiti su quel cazzo di letto!»

Non vedendola muoversi, sollevò una mano per colpirla.

A quel punto Lena obbedì e si distese supina, con la testa sul cuscino. «Non sei costretto a farlo.»

Richard salì a sua volta sul letto, mettendosi a cavalcioni sulle sue gambe, tenendola bloccata. Il sangue gli colava dalla bocca e lui se l'asciugò con una manica.

«Dammi la mano.»

«Non farlo.»

«Non posso farti perdere i sensi» le disse, e lei capì che l'unico problema per Richard era che ammazzarla da cosciente per lui sarebbe stato più difficile. «Metti la mano sulla pistola.»

«Tu non vuoi farlo davvero.»

«Metti la mano sulla pistola, ho detto!»

Dato che lei si rifiutava di eseguire il suo ordine, Richard le afferrò la mano e la mise a forza sulla pistola. Lena provò ad allontanare la Glock, ma lui era in una posizione di vantaggio, sopra di lei. Le premette la canna contro la testa.

«No» disse Lena.

Richard ebbe un rapidissimo istante di esitazione, poi premette il grilletto.

Si levò una nube di schegge di vetro e Lena si portò le mani sulla testa, cercando di proteggersi mentre la finestra sopra di lei esplodeva.

Richard cadde a terra. Per qualche motivo che lei non capì subito, la finestra era andata in mille pezzi e lui era finito sul pavimento. Sopra di lei c'era solo il vuoto, davanti ai suoi occhi nient'altro che il ventilatore a soffitto. Si mise a sedere, cercando Richard. Aveva un foro profondo nel petto e intorno a lui si allargava una pozza di sangue.

Lena si voltò a guardare dietro di sé. Fuori dalla finestra rotta c'era Frank, la pistola ancora puntata verso Richard. Ma non era necessaria. Richard era morto.

17

Sara era seduta alla scrivania di Mason, il telefono in equilibrio tra la spalla e l'orecchio, ad ascoltare Jeffrey che le raccontava cos'era successo a casa di Nan Thomas.

«Lena ha chiamato la centrale, e Frank le ha attaccato il telefono in faccia. Poi si è sentito in colpa ed è andato a cercarla» spiegò Jeffrey. «E quando ha sentito Richard urlare, è corso sul retro della casa.»

«Lena sta bene?»

«Sì» rispose, ma dal suo tono di voce Sara capì che non era vero. «Se Richard avesse saputo caricare una pistola, sarebbe morta.»

Sara si appoggiò allo schienale, cercando di riordinare tutte le informazioni che le aveva dato. «Brian Keller ha detto niente?»

«No, niente.» Jeffrey sembrava disgustato. «L'ho portato in centrale per interrogarlo, ma un'ora dopo è arrivata sua moglie con un avvocato.»

«Sua moglie?» domandò Sara, chiedendosi come si potesse essere tanto autodistruttivi.

«Esatto» rispose lui, e Sara capì che la pensava come lei. «Non posso trattenerlo senza un'accusa precisa.»

«Ha rubato le ricerche di Sibyl.»

«Domattina ho appuntamento con il procuratore distrettuale e il legale dell'università per capire di cosa possiamo accusarlo con precisione. Credo che opteremo per il furto di proprietà intellettuale, forse frode. Sarà complicato, ma in qualche modo lo sbatteremo in prigione. Pagherà per quello che ha fatto.» Sospirò. «Sono abituato a ladri e poliziotti. Questi crimini da colletti bianchi sono davvero oltre la mia comprensione.»

«Non puoi dimostrare che sia stato complice degli omicidi?»

«È proprio questo il punto. Non sono sicuro che lo sia. Stando a quanto mi ha riferito Lena, Richard ha confessato tutti i delitti: Andy, Ellen Schaffer, Chuck.»

«Richard non l'ha spiegato con precisione. Sappiamo solo che stava cercando di ingraziarsi Lena. Credo che gli piacesse, forse pensava di poterla aiutare.»

Sara sapeva che Richard Carter non sarebbe stato il primo uomo che avrebbe cercato di salvare Lena Adams fallendo miseramente. «E William Dickinson?» chiese.

«Morte accidentale, a meno che non ti venga in mente un modo di attribuirla a Richard.»

«No» disse lei. «Non ha mai parlato di un coinvolgimento di Keller?»

«Mai.»

«E allora perché ha inventato quella storia sulla relazione con la studentessa?»

Jeffrey sospirò di nuovo, in preda a un'evidente esasperazione. «Per il gusto di sollevare un po' di fango, direi. O magari ha pensato che così Brian si sarebbe rivolto a lui in cerca di aiuto. Chi lo sa?»

«La succinilcolina doveva essere tenuta sottochiave al

laboratorio» disse Sara. «E deve esistere un registro delle persone che la utilizzano. Potresti controllare gli accessi.»

«Darò senz'altro un'occhiata» rispose lui. «Ma se ci sono i nomi di tutti e due, sarà difficile dimostrare qualcosa.» Fece una pausa. «Sara, sono convinto che se Keller avesse deciso di uccidere uno dei suoi figli, sarebbe stato Richard, e di sicuro non l'avrebbe fatto certo con una puntura.»

«È un modo orribile di morire» gli disse, immaginando gli ultimi minuti della vita di Andy Rosen. «All'inizio gli si sono paralizzati gli arti inferiori, poi il cuore e i polmoni. Il cervello non viene colpito da quella sostanza, quindi è stato consapevole di quanto gli stava succedendo fino alla fine.»

«Quanto tempo credi ci sia voluto?»

«Dipende dal dosaggio, ma direi venti, trenta secondi.»

«Dio santo.»

«Già» concordò lei. «Ed è quasi impossibile da individuare post mortem. Il corpo la assorbe troppo in fretta. Pensa che hanno scoperto un sistema per verificarne la presenza solo cinque anni fa.»

«Ha tutta l'aria di un procedimento costoso.»

«Se riesci a dimostrare che Keller ha usato la succinilcolina, troverò il budget necessario a eseguire il test. Lo pagherò di tasca mia, se necessario.»

«Farò tutto quello che posso» disse Jeffrey, ma non sembrava troppo speranzoso.

«So che vuoi dare la notizia ai tuoi, ma posso chiederti di aspettare che ci sia anche io per avvisare Tessa?»

«Certo» disse Sara, che tuttavia esitò un attimo di troppo.

Dopo una breve pausa, Jeffrey aggiunse: «Anzi, forse è meglio di no, e poi qui ho un bel po' di lavoro da sbrigare. Ci vediamo».

«Jeffrey...»

«No» la interruppe. «Tu resta pure lì. È lì che hai bisogno di stare, in questo momento, con la tua famiglia.»

«Non è...»

«E dai, Sara» le disse, e lei avvertì il dolore nella sua voce. «Cosa ci sta succedendo?»

«Non lo so. Ho solo...» Sara cercò le parole giuste, ma non le venne in mente nulla. «Ti ho detto che ho bisogno di tempo.»

«Il tempo non cambierà niente. Se non riusciamo a superare questo, a superare ciò che ho fatto cinque anni fa...»

«Parli come se mi comportassi in modo irragionevole.»

«Non è così» le disse. «E non voglio farti pressioni, solo che...» Emise un gemito. «Ti amo, Sara. Sono stanco di vederti sgattaiolare via tutte le mattine. Sono stanco di questi giochetti per cui sei di continuo dentro e fuori dalla mia vita. Io voglio stare con te. Voglio sposarti.»

«Sposarmi?» rise lei, come se le avesse appena proposto di andare a fare una passeggiata sulla luna.

«In fondo non è poi così sconvolgente.»

«Non sono sconvolta. Sono solo...» Ancora una volta restò senza parole. «Jeff, siamo già stati sposati e non si può dire che sia andata benissimo.»

«Già. C'ero anch'io, ricordi?»

«Perché non possiamo lasciare tutto com'è?»

«Perché voglio qualcosa di più. Voglio avere delle giornate di merda al lavoro, tornare a casa e trovare te che mi domandi cosa c'è per cena. Voglio rovesciare la ciotola dell'acqua di Bubba nel cuore della notte. Voglio svegliarmi la mattina al suono delle tue imprecazioni perché ho lasciato il sospensorio appeso alla maniglia della porta.»

Sara non poté fare a meno di sorridere. «Lo fai sembrare così romantico.»

«Ti amo.»

«Lo so» rispose lei, e nonostante anche lei lo amasse non riuscì a dirglielo a sua volta. «Quando puoi venire?»

«Non è necessario.»

«Voglio che sia tu a dirglielo» insisté. Poiché Jeffrey non rispose, aggiunse: «Vorranno fare delle domande a cui io non potrò rispondere».

«Sai tutto quello che so io.»

«Non credo di riuscire a dirglielo» continuò lei. «Non credo di averne la forza, in questo momento.»

Lui non le rispose immediatamente. «A quest'ora mi ci vorranno quattro ore e mezza.»

«Okay.» Sara gli diede il numero della stanza di Tessa. Stava per attaccare, quando aggiunse: «Ehi, Jeff?».

«Sì?»

«Niente. Ci vediamo quando arrivi.»

Lui le diede qualche istante per aggiungere altro, ma poiché non lo fece, rispose: «D'accordo. Ci vediamo dopo».

Sara attaccò con addosso la sensazione di aver appena attraversato un lago pieno di alligatori camminando in equilibrio su una corda. Nell'ultima settimana erano successe così tante cose che non riusciva nemmeno a pensare a ciò che Jeffrey le aveva detto. Una parte di lei aveva voglia di richiamarlo per domandargli scusa e dirgli che anche lei lo amava, ma un'altra parte di lei voleva chiedergli di restare a casa.

Fuori dalla porta sentiva i trilli dei cercapersone dei medici e gli annunci comunicati dagli altoparlanti. Dietro il vetro passavano delle sagome, immagini rapide come luci stroboscopiche che correvano ad aiutare i pazienti. Le sembrava che fosse passata una vita intera da quando era stata una tirocinante. Tutto le appariva più complicato, e anche se era sicura che la vita fosse altrettanto difficile quando era più giovane, se pensava a quei giorni non poteva evitare di provare un senso di nostalgia. Imparare a fare il chirurgo, trattare casi clinici che richiedevano una disciplina assoluta, era qualcosa che dava dipendenza, come l'eroina. Quando pensava al suo lavoro al Grady, ancora si emozionava. C'era stato un periodo della sua vita in cui quell'ospedale era stato più importante dell'aria che respirava. Perfino la sua famiglia era finita in secondo piano.

Prendere la decisione di tornare a Grant le era sembrato tanto facile, all'epoca. Sara aveva avuto bisogno di riconnettersi con la sua famiglia, con le sue radici, di sentirsi al sicuro, di tornare a essere una figlia e una sorella. Era stato facile entrare nel ruolo di pediatra della città, e sapeva che poter ricambiare in qualche modo il luogo che le aveva dato tanto quando vi era cresciuta l'aveva aiutata a ritrovare la pace. Eppure, da quando aveva lasciato Atlanta non era passata una sola settimana senza che lei si chiedesse come sarebbe stata la sua vita se vi fosse rimasta. E fino a quel momento non si era mai resa conto di quanto ne sentisse la mancanza.

Sara si guardò intorno nell'ufficio di Mason, domandandosi come sarebbe stato tornare a lavorare insieme a lui. Quando era un tirocinante, era stato di una meticolosità incredibile, cosa che l'aveva reso un eccellente chirurgo. A differenza di Sara, era un tratto che lo caratterizzava anche nella vita personale: era il genere d'uomo che non sopportava di lasciare un solo piatto sporco nel lavandino o un carico di vestiti a spiegazzarsi nell'asciugatrice. La prima volta che Mason era stato a casa di Sara, aveva rischiato un colpo apoplettico di fronte alla cesta di biancheria che era sul tavolo della cucina da due settimane. E quando si era svegliata, la mattina dopo, aveva scoperto che Mason l'aveva piegata tutta prima di cominciare il turno di lavoro, alle cinque del mattino.

Qualcuno bussò alla porta, strappandola ai suoi sogni a occhi aperti.

«Avanti» disse lei, alzandosi.

Mason James aprì la porta con in una mano un cartone della pizza e nell'altra due lattine di Coca Cola. «Ho pensato che potessi avere fame» disse.

«Sempre» rispose lei prendendo le lattine.

Lui distese vari tovaglioli di carta sul tavolinetto, e tenendo sollevata la pizza le disse: «Ne ho lasciata una ai tuoi».

«Sei stato gentilissimo» rispose lei poggiando le lattine per aiutarlo a sistemare i tovaglioli. Mason le diede il cartone in modo da poterne mettere altri sotto le lattine. «Adoravi questa pizzeria, quando eri tirocinante.»

«'Shroomies» lesse lei sopra il cartone. «Sul serio?»

«Ci mangiavi sempre.» Si sfregò le mani. «*Et voilà*.»

Sara si accorse che aveva sistemato i tovaglioli in modo da formare un quadrato perfetto. Gli restituì il cartone. «Mettilo tu nel modo giusto.»

Lui rise. «Alcune cose non cambiano mai.»

«Già» concordò lei.

«Tua sorella è in netta ripresa» le disse, posando la pizza con grande precisione. «Si muove già molto meglio di ieri.»

Sara si sedette sul divano. «Credo che mia madre l'abbia spronata molto.»

«Direi proprio di sì.» Aprì un tovagliolo e lo mise sulle gambe di Sara. «Ti sono arrivati i fiori?»

«Sì» rispose. «Grazie, sono bellissimi.»

Lui aprì le lattine. «Erano solo per farti sapere che ti stavo pensando.»

Sara giocherellò con il tovagliolo senza sapere cosa dire.

«Sara» riprese lui, distendendo un braccio sul divano, dietro le spalle di lei. «Non ho mai smesso di amarti.»

Lei si sentì avvampare per l'imbarazzo, ma non ebbe il tempo di rispondere, perché Mason si avvicinò ancora e la baciò. Sorprendendo anche se stessa, Sara ricambiò il bacio, e un attimo dopo lui si mosse ancora, facendola distendere con delicatezza sul divano fino a trovarsi sopra di lei. L'accarezzò infilando le mani sotto la camicetta e la strinse a sé. Sara lo abbracciò, ma invece di lasciarsi andare all'euforia del momento, riuscì a pensare soltanto che la persona che stringeva tra le braccia non era Jeffrey.

«Aspetta» gli disse, fermandogli la mano sul bottone dei pantaloni.

Lui si tirò su a sedere con tanta velocità che sbatté la testa contro il muro dietro il divano. «Scusami.»

«No» disse lei, riabbottonandosi la camicetta e sentendosi come un'adolescente beccata con il fidanzatino nelle ultime file di un cinema. «Scusami tu.»

«Non dire così» fece lui, appoggiando la caviglia sul ginocchio opposto.

«No, io...»

Mason cominciò ad agitare il piede. «Non avrei dovuto farlo.»

«Non è colpa tua. Io ho ricambiato il bacio» disse lei.

«Ah, su questo non c'è dubbio» sospirò lui. «Dio, quanto ti vorrei.»

Sara deglutì: le sembrava di avere troppa saliva in bocca.

Mason si voltò a guardarla. «Sei meravigliosa, Sara. Ho paura che te ne sia dimenticata.»

«Mason...»

«Sei straordinaria, ecco.»

Sara si sentì avvampare e lui le sistemò i capelli dietro un orecchio.

«Mason» ripeté lei, poggiando una mano sulla sua.

Lui si avvicinò per baciarla ancora, e lei si voltò per evitarlo.

Mason si tirò indietro di nuovo, con la stessa rapidità.

«Scusami. È che...» disse lei.

«Non è necessario che mi spieghi.»

«Invece sì, Mason. Devo dirti...»

«Dico davvero, non ce n'è bisogno.»

«Piantala di dirmi di non farlo» gli ordinò, poi si affrettò a spiegarsi. «Sono stata solo con Jeffrey. Da quando sono andata via da Atlanta, intendo.» Si spostò più lontano da lui, temendo che se fosse rimasta troppo vicino l'avrebbe baciata di nuovo. E peggio ancora, temeva di ricambiare ancora il bacio. «Da allora c'è stato solo lui.»

«Ha tutta l'aria di un'abitudine.»

«Forse lo è» disse lei prendendogli la mano. «Forse... non lo so. Ma non è questo il modo di interromperla.»

Mason abbassò lo sguardo sulle loro mani.

«Mi ha tradita» disse ancora lei.

«Allora è un idiota.»

«Sì» concordò. «A volte lo è, ma quel che sto cercando di dirti è che so come ci si sente, e non ho intenzione di causare la stessa sensazione a qualcun altro.»

«Rendere pan per focaccia è lecito.»

«Non è un gioco» gli ricordò Sara. «E tu sei ancora sposato, con o senza Holiday Inn.»

«Hai ragione» annuì.

Sara non si aspettava che cedesse con tanta facilità, ma

era abituata alla testardaggine di Jeffrey, non alla composta tranquillità di Mason. Alla fine si ricordò perché era stato tanto facile lasciarlo, così come abbandonare tutto ciò che aveva ad Atlanta. Tra loro non c'era una vera e propria scintilla. Lui non aveva mai lottato, in vita sua. Non era nemmeno così sicura che la desiderasse davvero e che non fosse solo la prima cosa che gli era passata per la mente.

«Vado a vedere come sta Tess.»

«E se ti chiamassi, qualche volta?»

Se avesse formulato quella frase diversamente, forse lei avrebbe risposto di sì. Invece gli disse: «Meglio di no».

«Va bene» rispose lui, con uno dei suoi sorrisi distesi.

Sara si alzò per andar via e Mason rimase in silenzio finché lei non fu sulla porta.

«Sara?» Aspettò che si voltasse a guardarlo. Era appoggiato allo schienale, il braccio di nuovo disteso accanto a sé, le gambe incrociate in una posa rilassata. «Salutami tanto i tuoi.»

«Certo» rispose lei, e chiuse la porta.

Sara era alla finestra della stanza di sua sorella e osservava il traffico che procedeva a rilento sulla tangenziale in direzione del centro. Il respiro regolare di Tessa era la musica più dolce che avesse mai sentito. Ogni volta che la guardava, doveva fare uno sforzo per non infilarsi nel letto con lei, solo per abbracciarla e sapere che era salva.

Cathy entrò con due tazze di tè in mano. Sara tornò con la mente a quel giorno al Dairy Queen, quasi una settimana prima, quando Tessa era stata insopportabile. Provò una tale nostalgia per quel momento che le parve di sentirne il sapore.

«Papà sta bene?» chiese. Suo padre era rimasto sconvolto quando gli aveva detto di Richard Carter, e se n'era andato ancor prima di sentire la fine del racconto di quanto era accaduto.

«È là, in fondo al corridoio» disse sua madre, evitando di rispondere alla domanda.

Sara bevve un sorso di tè e il sapore le fece aggrottare la fronte.

«È forte» concordò Cathy. «Jeffrey arriverà presto?»

«Dovrebbe.»

Cathy le accarezzò i capelli. «Ricordo ancora quando eravate bambine e vi guardavo dormire.»

In genere Sara adorava sentire sua madre che parlava della loro infanzia, ma in quel momento la percezione del prima e del dopo era così netta che ascoltarla era doloroso.

«Come sta Jeffrey?»

Sara bevve ancora un po' di quel tè amaro. «Bene.»

«Per lui è stata dura» disse Cathy, prendendo della crema per le mani dalla borsa. «È sempre stato come un fratello maggiore per Tessa.»

Sara non si era ancora concessa di rifletterci, ma era la verità. Nel bosco lei era stata terrorizzata, ma Jeffrey doveva aver provato lo stesso orrore.

«Comincio a capire perché non riesci ad avercela con lui» continuò Cathy, massaggiando la crema sulla mano di Tessa. «Ricordi quella volta in cui è andato a prenderla fino in Florida in macchina?»

Sara rise, sorpresa di aver dimenticato quell'episodio. Anni prima, durante le vacanze di primavera, la macchina di Tessa era stata distrutta da un furgone di birra rubato, e Jeffrey aveva guidato fino a Panama City nel cuore della notte per parlare con la polizia del posto e riportarla a casa.

«Non voleva che fosse papà ad andare a prenderla» aggiunse Cathy. «A nessun costo.»

«Perché lui le avrebbe ripetuto "te l'avevo detto" per tutto il viaggio» le ricordò Sara. Eddie sosteneva che solo un idiota avrebbe portato una MG decappottabile in Florida, dove c'erano ventimila studenti universitari perennemente ubriachi.

«Be'» disse Cathy, spalmando della crema sul braccio di Tessa, «aveva ragione lui.»

Sara sorrise ma evitò di commentare.

«Spero che arrivi presto» riprese la donna, parlando più tra sé che con Sara. «Tessa ha bisogno di sapere da lui che è tutto finito.»

Sara era consapevole che sua madre non poteva immaginare cosa fosse successo tra lei e Mason James, ma si sentiva comunque esposta.

«Che hai?» domandò Cathy, il cui intuito riusciva sempre a farle capire quando qualcosa non andava.

La confessione le uscì dalle labbra all'istante, spinta dal bisogno di scaricarsi del senso di colpa. «Ho baciato Mason.»

Cathy non parve turbata. «Solo baciato?»

«Mamma» esclamò lei, cercando di nascondere l'imbarazzo mostrandosi offesa.

«Che c'è?» Cathy si premette altra crema sul palmo e massaggiò le mani tra loro per scaldarle. «Com'è stato?»

«All'inizio bello, ma poi...» Si portò le mani sulle guance, sentendosi avvampare.

«Poi?»

«Poi non lo è stato più» ammise Sara. «Continuavo a pensare a Jeffrey.»

«Questo dovrebbe suggerirti qualcosa.»

«Che cosa?» domandò Sara, perché il suo più grande desiderio era che sua madre le dicesse cosa doveva fare.

«Sara» sospirò Cathy. «La tua intelligenza è sempre stata la tua rovina.»

«Fantastico» commentò lei. «Farò in modo di informare i miei pazienti.»

«Non fare la sprezzante con me» la rimproverò Cathy a voce bassa, il tipico tono di quando era infastidita. «Negli ultimi tempi sei sempre nervosa, e sono davvero stanca di vederti mentre ti struggi al pensiero della vita che potevi avere se fossi rimasta qui ad Atlanta.»

«Non ci penso così tanto» disse Sara, ma non era mai stata brava a mentire, soprattutto a sua madre.

«In questo momento la tua vita è piena, hai tante persone che ti vogliono bene e tengono a te. C'è altro che desideri e che non riesci ad avere?»

Solo poche ore prima Sara sarebbe stata in grado di stilarne un elenco, ma in quel momento riuscì solo a scuotere la testa.

«Forse ti farebbe bene tenere a mente che, alla fine dei conti, per quanto brillante sia il cervello che hai lì dentro, in realtà è del tuo cuore che devi prenderti cura.» Le scoccò un'occhiata significativa. «E tu sai di cosa ha bisogno il tuo cuore, giusto?»

Sara annuì, anche se in realtà non ne era poi così sicura.

«Giusto?» ripeté Cathy.

«Sì, mamma» rispose Sara, e in qualche modo ne ebbe la certezza.

«Bene» disse lei, versandosi altra crema nella mano. «Adesso va' a parlare con tuo padre.»

Sara diede un bacio a Tessa, poi a sua madre, e uscì dalla stanza. Vide suo padre in fondo al corridoio, davanti alla finestra, che guardava il traffico proprio come aveva fatto lei poco prima. Aveva ancora le spalle curve, ma la maglietta scolorita e i jeans logori non lasciavano spazio a dubbi: era Eddie. Sara era così simile a suo padre che a volte la cosa la spaventava.

«Ehi, papà» disse.

Lui non la guardò, ma Sara avvertì il suo dolore, netto come l'aria fresca che le arrivava dalla finestra. Eddie Linton era un uomo la cui esistenza coincideva con quella della sua famiglia. Sua moglie e le sue figlie erano tutto il suo mondo, e Sara era stata così concentrata sulla propria sofferenza da non rendersi conto di cosa doveva aver passato suo padre. Aveva lavorato sodo per dare alle sue figlie felicità e sicurezza. Se si era mostrato scontroso con lei in quegli ultimi giorni non era perché la incolpasse di qualcosa: in realtà sentiva che la colpa era solo sua.

Eddie indicò fuori dalla finestra. «Vedi quel tizio che sta cambiando una gomma?»

Sara vide un furgoncino verde acido delle squadre di soccorso che la città di Atlanta metteva a disposizione dei cittadini per regolare il flusso di traffico. Erano attrezzate per cambiare pneumatici e per fornire cinque litri di benzina gratis a chi si trovasse fermo sulla corsia d'emergenza. In una città in cui un tragitto medio poteva richiedere anche due ore di percorrenza e si poteva tenere una pistola nel cruscotto, erano soldi delle tasse ben spesi.

«Quello del furgone?» chiese lei.

«Non chiedono un soldo per quel servizio. Niente di niente.»

«Non è male, vero?»

«Già.» Eddie emise un lungo sospiro. «Tessie dorme ancora?»

«Sì.»

«Jeffrey è in arrivo?»

«Se non vuoi che...»

«No» la interruppe Eddie, in tono perentorio. «Lui deve esserci.»

Sara sentì un peso sollevarsi dal petto. «La mamma e io stavamo ricordando quella volta in cui è andato a prendere Tess in Florida» disse.

«Le avevo detto di non portare laggiù quella maledetta auto.»

Sara puntò lo sguardo verso il traffico, cercando di nascondere un sorriso.

Eddie si schiarì la gola con un po' troppa convinzione, come se non avesse già tutta l'attenzione di sua figlia. «Un tizio entra in un bar con un coccodrillo al guinzaglio.»

«Okaaay...» fece lei, biascicando la parola.

«Si avvicina al bancone e chiede: "Servite avvocati, qui?".» Fece una pausa. «Il barista risponde: "Certo".» Un'altra pausa a effetto. «E lui: "Allora, un caffè per me e un avvocato per il coccodrillo!".»

Sara ripeté a voce alta la battuta alcune volte, finché non la capì. Poi cominciò a ridere così forte che le vennero le lacrime agli occhi.

Eddie si limitò a sorridere, illuminandosi come se il suono delle risate di sua figlia fosse per lui una gioia assoluta.

«Dio, papà» esclamò lei, asciugandosi gli occhi ma senza smettere di ridacchiare. «Che brutta barzelletta!»

«Eh sì» ammise lui, cingendole le spalle con un braccio e avvicinandola a sé. «Era tremenda, davvero.»

VENERDÌ

18

Lena era seduta sul pavimento al centro della sua camera nel dormitorio, circondata da scatole con dentro tutto ciò che possedeva. Gran parte dei suoi averi sarebbe rimasta a casa di Hank, finché lei non avesse trovato un lavoro. Avrebbe dormito nella stanza per gli ospiti di Nan fin quando non avesse messo da parte abbastanza da tornare a vivere per conto suo. Le avevano offerto il posto che era stato di Chuck, ma considerate le circostanze, non aveva alcuna voglia di tornare nell'ufficio delle guardie del campus. Quel bastardo di Kevin Blake non aveva voluto nemmeno darle un risarcimento. La sua unica consolazione era che il consiglio universitario aveva annunciato che quella mattina sarebbero cominciate le consultazioni per nominare un sostituto del rettore.

La porta cigolò ed Ethan entrò. La serratura non era ancora stata riparata da quando Jeffrey l'aveva forzata.

Quando la vide, sorrise. «Ti sei legata i capelli.»

Lena resisté alla tentazione di scioglierli. «Credevo stessi per lasciare la città.»

Lui scrollò le spalle. «Ho sempre avuto difficoltà ad abbandonare i posti in cui non mi volevano.»

Lei rispose con un sorriso poco convinto.

«E poi» riprese, «è un po' complicato chiedere un trasferimento proprio ora, considerando che l'università è sotto inchiesta per violazione di condotta etica.»

«Sono sicura che risolveranno tutto» disse Lena. Aveva lavorato al college per qualche mese soltanto, ma sapeva bene come funzionavano gli scandali. Ci sarebbero state multe e sui giornali ne avrebbero scritto per qualche mese, ma passato un anno i giornalisti si sarebbero dimenticati di quella storia, le multe sarebbero rimaste insolute e qualche altro professore bastardo avrebbe pugnalato alla schiena qualcuno – in senso letterale o figurato – pur di assicurarsi fama e fortuna.

«Allora» disse Ethan. «Immagino che avrai appianato le divergenze con quello sbirro.»

Lei si strinse nelle spalle, perché non aveva idea di come stessero le cose tra lei e Jeffrey. Dopo averla interrogata su Richard Carter, le aveva detto di presentarsi alla stazione di polizia il lunedì mattina presto. Non c'era modo di sapere cosa volesse dirle.

«Hanno risolto la storia di quelle mutandine?» domandò Ethan.

«È saltato alla conclusione sbagliata. Succede. Rosen era un tipo strano, di sicuro le aveva rubate a una ragazza.» Non faceva fatica a immaginarlo mentre annusava qualcosa di diverso dalla colla, durante uno dei suoi venerdì sera solitari.

Per quanto riguardava il libro, doveva essere uno di quelli che lei leggeva durante le sue serate, quando si ritagliava dei momenti di pace in biblioteca prima che arrivasse l'ora di tornare nella sua topaia e cercare di dormire.

Ethan si appoggiò allo stipite della porta aperta. «Volevo farti sapere che non me ne vado» le disse. «Sai, nel caso dovessi vedermi in giro.»

«E ti vedrò?»

Lui fece un gesto vago. «Non lo so, Lena. Sto cercando davvero di cambiare, qui.»

Lena si guardò le mani, sentendosi un mostro. «Già.»

«Vorrei che ci fosse qualcosa tra noi» continuò lui. «Ma non così.»

«Infatti.»

«Potresti trasferirti da qualche parte e ricominciare da capo.» Fece una pausa, poi aggiunse: «Forse, quando troverò un campus in cui mi accettino, potremmo andare via insieme».

«Non posso lasciare questo posto» rispose, sapendo bene che non l'avrebbe mai capita. Ethan aveva abbandonato la sua famiglia e il suo stile di vita precedente senza voltarsi indietro. Lei non se la sentiva di fare lo stesso a Sibyl.

«Se dovessi cambiare idea…» le disse.

«Nan arriverà presto» fece lei. «Adesso è meglio che tu te ne vada.»

«D'accordo» annuì lui. «Ci vediamo, okay?»

Lena non rispose.

Ethan ripeté la domanda che gli aveva fatto lei poco prima. «Ti vedrò?»

Le sue parole rimasero sospese nell'aria come nebbia. Lena lo guardò, osservando i suoi jeans larghi e la maglietta nera, il dente scheggiato e quei suoi occhi azzurri così profondi.

«Sì. Ciao.»

Ethan accostò la porta, anche se la serratura non si chiuse. Lena si alzò e trascinò una sedia con sé, infilandola sotto la maniglia per tenerla accostata. Non sarebbe mai riuscita a fare quel gesto senza ripensare a Richard Carter.

Andò in bagno. Il riflesso che vedeva nello specchio era migliorato, almeno un po'. I lividi intorno al collo cominciavano a schiarirsi, e il taglio sotto l'occhio si stava rimarginando.

«Lena?» la chiamò Nan. Sentì la porta che sbatteva contro la sedia quando Nan provò ad aprirla.

«Arrivo» rispose, aprendo l'armadietto delle medicine. Staccò il fondo e tirò fuori il suo coltellino. Sul manico c'erano ancora macchie di sangue, ma la pioggia l'aveva lavato via quasi tutto. Quando aprì la lama, si accorse che la punta si era rotta. Con un leggero rammarico si rese conto che non avrebbe potuto tenerlo.

La sedia sbatté di nuovo contro la maniglia, e Nan la chiamò ancora, la voce piena di preoccupazione. «Lena?»

«Eccomi» disse lei. Chiuse la lama di scatto, si infilò il coltello nella tasca posteriore e andò ad aprire.

Ringraziamenti

La prima cosa che leggo sempre in un libro sono i ringraziamenti, e detesto quando trovo una lunga lista di persone che non conosco che vengono ringraziate per qualcosa che in fondo non mi interessa. Ora che ho scritto tre libri, però, comincio a capire perché questi elenchi siano necessari. So che non bisogna dare le perle ai porci, ma le persone che sto per nominare sono andate ben oltre il loro ruolo promuovendo la serie Grant County ovunque, e sarò loro eternamente grata per il lavoro svolto.

Alla Morrow/Harper: George Bick, Jane Friedman, Lisa Gallagher, Kim Gombar, Kristen Green, Brian Grogan, Cathy Hemming, Libby Jordan, Rebecca Keiper, Michael Morris, Michael Morrison, Juliette Shapland, Virginia Stanley, Debbie Stier, Eric Svenson, Charlie Trachtenbarg, Rome Quezada e Colleen Winters.

Alla Random House UK: Ron Beard, Faye Brewster, Richard Cable, Alex Hippisley-Cox, Vanessa Kerr, Mark McCallum, Susan Sandon e Tiffany Stansfield.

Ci sono tantissime altre persone da ringraziare, e mi scuso con tutti quelli che non sono riuscita a nominare.

La mia agente, Victoria Sanders, mi spinge a raggiungere vette sempre più alte. Le mie editor Meaghan Dowling e

Kate Elton sono il mio *Dynamic Duo*. Mi sento davvero fortunata a lavorare così bene insieme a loro.

I medici David Harper, Patrice Iacovoni e Damien van Carrapiett mi hanno aiutata a rendere plausibili le parti strettamente cliniche, per quanto si possa essere veritieri quando si scrivono romanzi. Il cantore Isaac Goodfriend ha scritto per me la parola *shalom* in venti lingue diverse. Beth e Jeff di CincinnatiMedia.com sono due tra i migliori e più autorevoli sviluppatori e gestori di siti Internet che si possano trovare. Jamey Locastro ha risposto ad alcune domande esplicite a proposito di questioni che non vi devono interessare. Rob Heuer mi ha parlato delle Glock e mi ha accompagnata a sparare. Su Remington.com si trova un tutorial sulle sicure dei fucili a pompa che mi ha tenuto compagnia per ore. A questo proposito, voglio ringraziare in modo particolare gli amici che sento online e grazie ai quali finisco sempre per distrarmi dal lavoro. Vi prego, vi scongiuro: smettetela.

I miei colleghi autori VM, FM, LL, JH, EC ed EM meritano un enorme ringraziamento per aver ascoltato le mie lamentele (perché le *ascoltavate*, vero?). Mio padre mi ha sempre sostenuta, e non solo con i suoi prestiti senza interessi. Judy Jordan è la migliore madre e amica che potrei desiderare. Billie Bennett, la mia insegnante di letteratura del primo anno di liceo, merita tutte le lodi che vorrà accettare, e non saranno mai abbastanza.

Su un piano più personale, ringrazio il Boss, Diane, Cubby, Pat, Cathy e Deb per aver reso New York un posto non troppo orribile da visitare le ultime volte che ci sono stata. Non potete capire.

Infine, grazie a D.A., che non potrò mai dimenticare finché vivo.

L'ULTIMA **VEDOVA**

HarperCollins

Titolo originale dell'edizione in lingua inglese:
The Last Widow
HarperCollins Publishers

Traduzione di Adria Tissoni

Brani musicali tratti da:
I'm on Fire (written by Bruce Springsteen)
Sara Smile, Hall & Oats (written by Daryl Hall, John Oates)
Whatta Man, Salt-n-Pepa ft. En Vogue (written by Hurby "Luv Bug" Azor, Cheryl James with samples from the original song written by David Crawford and performed by Linda Lyndell)
Love and Affection (written by Joan Armatrading)
Sure shot, Beastie Boys (written by Adam Keefe Horovitz, Adam Nathaniel Yauch, Jeremy Steig, Mario Caldato, Michael Louis Diamond, Wendell T. Fife)
Two Doors Down (written by Dolly Parton)
Smalltown Boy, Bronski Beat (written by Steve Bronski, Jimmy Somerville, Larry Steinbachek)
Because the Night, Patti Smith Group (written by Bruce Springsteen, Patti Smith)
What I Am, Edie Brickell & New Bohemians (written by Edie Brickell, Kenny Withrow, John Houser, John Bush, John Aly)
Give It Away, Red Hot Chili Peppers (written by Michael Balzary (Flea), John Frusciante, Anthony Kiedis, Chad Smith)

Prima edizione HarperCollins
Ottobre 2019
Questa edizione
Luglio 2020

Siamo condannati in ogni caso a ripetere il passato.
È quel che significa essere vivi.

Kurt Vonnegut

PARTE PRIMA

DOMENICA 7 LUGLIO 2019

Prologo

Michelle Spivey attraversò di corsa la parte posteriore del negozio scrutando frenetica in ogni corsia in cerca della figlia, la mente in preda a una spirale di pensieri angoscianti: *come ho fatto a perderla di vista sono una madre orribile la mia bambina è stata rapita da un pedofilo o da un trafficante d'esseri umani devo avvertire la security del negozio o chiamare la polizia o…*

Ashley.

Si bloccò di colpo, tanto che la sua scarpa stridette sul pavimento. Fece un brusco respiro cercando di costringere il suo cuore a riprendere un ritmo normale. Sua figlia non stava per essere venduta come schiava. Era al reparto profumeria e stava provando i tester.

Il sollievo iniziò a svanire insieme al panico.

Sua figlia undicenne.

Al reparto profumeria.

Dopo che le avevano detto che, al di là di quello che facevano le sue amiche, mai e poi mai si sarebbe truccata prima dei dodici anni, e anche allora si sarebbe trattato solo di un po' di fard e di lucidalabbra, fine del discorso.

Michelle si premette la mano sul petto. Percorse lentamente la corsia dandosi il tempo di tornare a essere una persona razionale ed equilibrata.

Ashley le dava le spalle mentre studiava le tonalità dei rossetti. Ruotava gli astucci con fare esperto perché, ovvio, quand'era con le sue amiche provava tutti i loro cosmetici, e si esercitavano a truccarsi a vicenda perché questo facevano le ragazzine.

Almeno alcune. Michelle non si era mai sentita invogliata a farsi bella. Ricordava ancora il tono stridulo della madre quando si era rifiutata di depilarsi le gambe: *Non potrai mai portare i collant!*

Grazie a Dio!, aveva risposto.

Era accaduto tanti anni prima. Sua mamma non c'era più da molto tempo. Michelle era ormai una donna adulta con una figlia e, come tutte le donne, aveva giurato di non commettere gli stessi errori della madre.

Aveva ipercorretto?

Il suo atteggiamento generale da maschiaccio si stava ritorcendo contro sua figlia? Ashley era veramente abbastanza grande da potersi truccare ma il suo disinteresse per gli eyeliner, i bronzer e qualsiasi altra cosa sua figlia guardasse per ore su YouTube le stava impedendo di compiere un passaggio della crescita?

Michelle si era documentata sulle fasi fondamentali della giovinezza. Gli undici anni erano un'età importante, un cosiddetto anno di riferimento, il periodo in cui i bambini acquisivano all'incirca il cinquanta percento del potere. Dovevi cominciare a negoziare più che impartire ordini, il che in teoria era più che sensato ma nella pratica allucinante.

«Oh!» Ashley vide sua madre e rimise frenetica il rossetto nell'espositore. «Stavo...»

«Non c'è problema.» Michelle le accarezzò i capelli lunghi scostandoglieli. Nella doccia c'erano così tanti flaconi di shampoo e balsamo, saponi e creme idratanti, quando per lei l'unica routine di bellezza era mettersi lo schermo solare a prova di sudore.

«Scusa.» Ashley si tolse la traccia di lucidalabbra dalla bocca.

«Ti sta bene» azzardò Michelle.

«Sul serio?» Ashley le sorrise in un modo che le toccò il cuore. «Hai visto?» Si riferiva all'espositore dei lucidalabbra. «Ne hanno uno colorato, quindi dovrebbe durare di più. Ma questo sa di ciliegia e Hailey dice che ai...»

Michelle completò la frase tra sé: *ai ragazzi piace di più.*

Non le erano sfuggiti i vari Hemsworth sulle pareti della sua camera.

«Quale preferisci?» chiese.

«Be'...» Ashley scrollò le spalle, ma non c'era molto su cui un'undicenne non avesse un'opinione. «Penso che quello colorato duri di più, giusto?»

«Mi pare logico.»

Ashley stava ancora soppesando i due prodotti. «Quello alla ciliegia sa tipo di sostanze chimiche. Io mi mordo sempre il labbro... Voglio dire, se lo mettessi probabilmente me lo toglierei a forza di mordermi il labbro perché mi darebbe fastidio.»

Michelle annuì soffocando la polemica che stava imperversando in lei: *sei bella, sei sveglia, sei così spiritosa e dotata, dovresti fare solo le cose che ti rendono felice perché questo attira i ragazzi in gamba, quelli che trovano interessanti le ragazze serene e sicure di sé.*

«Prendi quello che ti piace, ti darò un anticipo sulla paghetta» disse invece.

«Mamma!» Strillò tanto forte che la gente le guardò. Il balletto che seguì fu più in stile Tigro che Shakira. «Dici sul serio? Voialtre avete detto...»

Voialtre. Michelle gemette tra sé. Come spiegare quell'improvviso dietrofront quando avevano concordato che Ashley non si sarebbe truccata fino a dodici anni?

È soltanto un lucidalabbra!

Compirà dodici anni tra cinque mesi!

So che avevamo deciso non prima del suo effettivo compleanno, ma tu hai lasciato che avesse l'iPhone!

Ecco la soluzione. Rigirarla e puntare tutto sull'iPhone, perché per puro caso era stata lei a perdere quella battaglia.

«Penserò io al capo. Però solo il lucidalabbra. Nient'altro. Prendi quello che ti fa contenta» disse a sua figlia.

E il lucidalabbra la fece contenta. Tanto che Michelle si sentì sorridere alla donna in coda alla cassa, la quale aveva sicuramente capito che quel tubetto glitterato di gloss rosa confetto non era per la trentanovenne con i pantaloncini da corsa e i capelli sudati raccolti sotto il cappellino da baseball.

«È...» Ashley era così euforica che non riusciva quasi a parlare. «È fantastico, mamma! Ti voglio un sacco di bene e sarò responsabile, molto.»

Dal sorriso di Michelle, intenta a mettere la spesa nelle borse di tela, trasparivano già i primi segni di rigor mortis.

L'iPhone. Doveva puntare tutto sull'iPhone perché si erano accordate anche su quello, poi però gli amici di Ashley si erano presentati al campo estivo con il telefono e, mentre Michelle era a una conferenza, il *no, assolutamente no* si era trasformato in *non potevo lasciare che fosse l'unica a non averlo.*

Ashley prese felice le borse e si diresse all'uscita. Aveva già l'iPhone in mano. Fece scorrere il pollice sullo schermo per avvisare le amiche del lucidalabbra prevedendo con molta probabilità che nel giro di una settimana avrebbe sfoggiato un ombretto azzurro e si sarebbe fatta quella riga curva sugli occhi che conferiva alle ragazze uno sguardo da gatte.

Michelle iniziò a fare pensieri catastrofici.

Condividendo i trucchi per gli occhi si sarebbe potuta prendere una congiuntivite, un orzaiolo o una blefarite. Scambiandosi lucidalabbra e matite per labbra, il virus dell'herpes simplex o dell'epatite C, per non parlare del fatto che si sarebbe potuta graffiare la cornea con lo scovolino del mascara. Alcuni rossetti non contenevano metalli pesanti e piombo? Stafilococchi, streptococchi, E. coli. Cosa diavolo le era saltato in mente? Rischiava di avvelenare sua figlia. C'erano centinaia di migliaia di studi attendibili sui contaminanti di superficie rispetto a quelli, relativamente meno numerosi, che ipotizzavano una correlazione indiretta tra tumori cerebrali e cellulari.

Più avanti Ashley rise. Le sue amiche le stavano rispondendo. Fece dondolare energicamente le borse della spesa attraversando il parcheggio. Aveva undici anni, non dodici, e dodici anni erano terribilmente pochi, no? Perché il trucco era un segnale. Comunicava un interesse a suscitare interesse, il che era una cosa spaventosamente non femminista da dire ma quello era il mondo reale, e sua figlia ancora una bambina che non sapeva come respingere le attenzioni indesiderate.

Michelle scosse in silenzio la testa. Era una china così scivolosa. Dal lucidalabbra all'MRSA a Phyllis Schlafly. Doveva bloccare il turbinio di pensieri per essere in grado, una volta a casa, di spiegare perché avesse comprato un prodotto per make-up ad Ashley quando avevano giurato solennemente di non farlo.

Proprio come con l'iPhone.

Infilò la mano in borsa per cercare le chiavi. Fuori era buio. Le luci in alto non erano sufficienti o forse aveva bisogno degli occhiali perché stava diventando vecchia. Lo era già abbastanza da avere una figlia che voleva mandare segnali ai ragazzi. Tra qualche anno sarebbe potuta diventare nonna. All'idea si sentì attanagliare lo stomaco dall'ansia. Perché non aveva comprato il vino?

Alzò lo sguardo per assicurarsi che Ashley non fosse finita contro un'auto o non fosse caduta da una rupe mentre mandava messaggi.

Michelle sentì la bocca spalancarsi.

Un furgone si fermò accanto a sua figlia.

La porta laterale si aprì.

Un uomo saltò giù.

Michelle strinse le chiavi. Partì di corsa coprendo la distanza tra lei e la bambina.

Si mise a urlare, ma era troppo tardi.

Ashley era fuggita proprio come le avevano insegnato.

Il che andava bene perché l'uomo non voleva Ashley. Voleva lei.

UN MESE DOPO

DOMENICA 4 AGOSTO 2019

1

Domenica 4 agosto, 13.37

Sara Linton si appoggiò alla sedia borbottando un sommesso: «Sì, mamma». Si chiese se sarebbe mai venuto il giorno in cui agli occhi di sua madre sarebbe stata troppo grande per essere rimproverata come una bambina.

«Non usare quel tono condiscendente con me.» La rabbia di Cathy ristagnò sopra il tavolo della cucina mentre puliva i fagiolini su un giornale. «Non sei come tua sorella, tu non svolazzi di qua e di là. Alle superiori c'era Steve, poi Mason per ragioni che ancora non capisco, poi Jeffrey.» Guardò al di sopra degli occhiali. «Se hai scelto di stare con Will, allora sta' con lui.»

Sara attese che zia Bella aggiungesse gli uomini mancanti, invece si limitò a giocherellare con il suo filo di perle sorseggiando il tè ghiacciato.

Cathy continuò. «Tuo padre e io siamo sposati da quasi quarant'anni.»

«Non ho mai detto...» provò a ribattere Sara.

Bella fece un verso simile in parte a un colpo di tosse, in parte a uno starnuto di gatto.

Sara non colse l'avvertimento. «Mamma, la pratica di divorzio di Will si è appena conclusa. Sto ancora cercando di orientarmi nel nuovo lavoro. Siamo contenti della nostra vita. Dovresti essere felice per noi.»

Cathy spezzò un fagiolino come se fosse il collo di qualcuno. «È già abbastanza brutto che lo vedessi quand'era ancora sposato.»

Sara fece un profondo respiro e lo trattenne.

Guardò l'orologio.

Le 13.37.

Le sembrava che fosse mezzanotte e non aveva nemmeno ancora pranzato.

Espirò lentamente concentrandosi sui meravigliosi aromi che pervadevano la cucina. Per questo aveva rinunciato al suo pomeriggio domenicale: per il pollo fritto che si stava raffreddando sul banco. Per la crostata di ciliegie che si stava cuocendo. Per il burro che si scioglieva nella padella del pane di mais sui fornelli. Per i paninetti al forno, i piselli di campo, i fagioli dall'occhio nero, il soufflé di patate dolci, la torta al cioccolato, la torta di noci pecan e il gelato tanto compatto da spezzare il cucchiaino.

Sei ore al giorno in palestra la settimana seguente non avrebbero compensato il danno che stava per fare al suo corpo, eppure il suo unico timore era scordarsi di portare a casa gli avanzi.

Cathy spezzò un altro fagiolino distogliendola dalle sue fantasticherie.

Il ghiaccio tintinnò nel bicchiere di Bella.

Sara ascoltò il tagliaerba nel giardino posteriore. Per motivi che non riusciva a comprendere, Will si era offerto di fare il giardiniere per sua zia nel fine settimana. La pelle le vibrò come un diapason al pensiero che udisse per caso qualsiasi parte di quella conversazione.

«Sara.» Cathy sbuffò prima di riprendere da dove si era interrotta. «In pratica adesso vivi con lui. Ci sono le sue cose nel tuo armadio. La sua roba da barba, tutti i suoi articoli da toilette in bagno.»

«Oh, tesoro.» Bella le picchiettò la mano. «Mai dividere il bagno con un uomo.»

Cathy scosse la testa. «Questa storia finirà per uccidere tuo padre.»

Eddie non sarebbe morto ma non ne sarebbe stato contento, così come non lo era mai stato di nessun uomo che desiderava frequentare le sue figlie.

Per questo Sara stava tenendo per sé la sua relazione.

O almeno era parte della ragione.

Cercò di prendere in pugno la situazione. «Sai, mamma, hai appena ammesso di aver ficcato il naso in casa mia. Ho diritto alla mia privacy.»

Bella fece un verso di disapprovazione. «Oh, piccola, è così dolce che tu la veda così.»

Sara riprovò. «Io e Will sappiamo quello che facciamo. Non siamo due adolescenti esaltati che si passano i bigliettini in corridoio. Ci piace trascorrere il tempo insieme. È l'unica cosa che conta.»

Cathy grugnì ma Sara non fu tanto stupida da scambiare il silenzio che seguì per accettazione.

«Be', sono io l'esperta qui. Sono stata sposata cinque volte e…» intervenne Bella.

«Sei» precisò Cathy.

«Sorella, sai che quello è stato annullato. Dico solo: lascia che la ragazza capisca da sé ciò che vuole.»

«Non le sto dicendo cosa fare. Le sto dando un consiglio. Se non fa sul serio con Will, allora è il caso che vada avanti e si trovi un uomo a cui legarsi seriamente. È troppo razionale per avere storie occasionali.»

«"È meglio essere senza logica che senza sentimenti."»

«Non considererei Charlotte Brontë un'esperta per quanto riguarda la serenità sentimentale di mia figlia.»

Sara si sfregò le tempie cercando di prevenire il mal di testa. Le brontolò lo stomaco ma il pranzo non sarebbe stato servito fino alle due, dettaglio privo di importanza perché, se avesse continuato quel discorso, una di loro o forse tutte e tre sarebbero finite ammazzate in cucina.

«Tesoro, hai visto questa storia?» fece Bella.

Sara alzò lo sguardo.

«Non pensi che quella donna abbia ucciso sua moglie perché aveva un'altra? Voglio dire, una delle due ha una relazione, quindi la moglie uccide la compagna.» Ammiccò. «Questo temevano i conservatori. I matrimoni gay hanno tolto ogni importanza ai pronomi.»

Sara ebbe difficoltà a capire finché si rese conto che Bella stava indicando un articolo di giornale. Quattro settimane prima Michelle Spivey era stata rapita nel parcheggio di un centro commerciale. Era una scienziata dei CDC, i centri per il controllo e la prevenzione delle malattie, quindi le indagini erano in mano all'FBI. La foto sul giornale era quella della sua patente di guida. Mostrava una donna attraente sotto i quaranta con una luce particolare negli occhi che persino la macchina fotografica scadente della Motorizzazione era riuscita a cogliere.

«Hai seguito la vicenda?» chiese Bella.

Sara scosse la testa. Gli occhi le si riempirono di lacrime indesiderate. Suo marito era stato ucciso cinque anni prima. L'unica cosa a suo parere peggiore di perdere una persona cara era non sapere se fosse morta o no.

«Io dico che è stato un omicidio su commissione. Di solito salta fuori che è così. La moglie l'ha scambiata con un modello più nuovo e si è sbarazzata di quello vecchio.»

Sara avrebbe dovuto lasciar perdere perché Cathy si stava irritando. Ma proprio perché si stava irritando disse a Bella: «Non lo so. Sua figlia era presente quand'è successo. Ha visto caricare a forza sua madre su un furgone. Probabilmente è ingenuo da parte mia, ma non penso che l'altra madre avrebbe fatto una cosa del genere a quella bambina».

«Fred Tokars ha sparato alla moglie davanti ai figli.»

«Lui lo aveva fatto per l'assicurazione sulla vita, no? Inoltre non aveva un'attività losca e non c'era di mezzo un legame con la mafia?»

«Ed è un uomo. Le donne in genere non uccidono con le proprie mani?»

«Per amor del cielo.» Cathy alla fine esplose. «Possiamo per favore non parlare di omicidi nel giorno del Signore? E tu in particolare, Sorella, dovresti evitare ogni commento sui coniugi fedifraghi.»

Bella fece tintinnare il ghiaccio nel bicchiere vuoto. «Non ci starebbe bene un mojito con questo caldo?»

Cathy batté le mani dopo aver finito di pulire i fagiolini. «Non sei d'aiuto» aggiunse.

«Oh, Sorella, non bisognerebbe mai cercare aiuto da Bella.»

Sara attese che Cathy le voltasse le spalle per asciugarsi gli occhi. A Bella non erano sfuggite le sue lacrime improvvise, quindi appena fosse uscita dalla cucina, avrebbero iniziato a discutere del fatto che stava per mettersi a piangere perché… già, perché? Sara non sapeva come spiegare la sua propensione al pianto. Negli ultimi tempi qualsiasi cosa, da una pubblicità triste a una canzone d'amore alla radio, poteva provocarglielo.

Prese il quotidiano e finse di leggere la notizia. Non c'erano aggiornamenti sulla scomparsa di Michelle. Un mese era troppo. Anche sua moglie aveva smesso di pregare che tornasse a casa sana e salva e stava supplicando chiunque l'avesse sequestrata che le dicesse almeno dove trovare il corpo.

Tirò su con il naso. Aveva iniziato a colarle. Invece di prendere un tovagliolino di carta dalla pila usò il dorso della mano.

Non conosceva Michelle Spivey ma l'anno prima aveva incontrato brevemente sua moglie, Theresa Lee, a una festa di ex allievi della Emory Medical School. Lee era un ortopedico e insegnava alla Emory. Michelle era epidemiologa al CDC. Secondo l'articolo si erano sposate nel 2015, dunque con molta probabilità avevano fatto il grande passo appena ne erano state legalmente in grado. Stavano insieme da quindici anni. Sara suppose che dopo due decenni avessero ben chiare le due cause più comuni di divorzio: a che temperatura impostare il termostato e quanto grave fosse ignorare che c'era la lavastoviglie da scaricare.

Ma in fondo non era lei l'esperta di matrimoni in quella stanza.

«Sara?» Cathy era appoggiata al banco con le braccia conserte. «Sarò schietta.»

Bella sogghignò. «Dai, provaci.»

«È giusto che tu vada avanti» affermò Cathy. «Che ti costruisca una nuova vita con Will. Se sei veramente felice, allora sii felice e basta. Altrimenti che diavolo aspetti?»

Sara piegò con cura il giornale. Il suo sguardo tornò sull'orologio.

Le 13.43.

«A me Jeffrey piaceva proprio, pace all'anima sua» disse Bella. «Aveva quell'aria spavalda. Ma Will è così dolce. E ti ama, tesoro.» Le picchiettò la mano. «Ti ama davvero.»

Sara si morsicò il labbro. Il suo pomeriggio domenicale non si sarebbe trasformato in una seduta terapeutica improvvisata. Non aveva bisogno di analizzare i suoi sentimenti. Era alle prese con il problema inverso di qualsiasi commedia romantica: si era già innamorata di Will, solo che non sapeva come amarlo.

Riusciva a sopportare l'inettitudine sociale di Will, ma la sua incapacità di comunicare li aveva quasi portati alla rottura. Non un paio di volte, in più occasioni. All'inizio Sara si era convinta che cercasse di mostrare il suo lato migliore. Era normale. Aveva lasciato passare sei mesi prima di indossare il suo vero pigiama a letto.

Era tuttavia passato un anno e lui teneva ancora le cose per sé. Cose stupide, senza importanza, come non avvisarla che avrebbe dovuto lavorare fino a tardi, che la partita di basket andava per le lunghe, che gli si era rotta la bici a metà giro, che si era offerto di aiutare un amico a traslocare nel fine settimana. Aveva sempre un'aria sconvolta quando lei si infuriava perché non la informava di queste cose. Non voleva controllarlo. Voleva sapere cosa ordinare per cena.

Per quanto fastidiose fossero queste interazioni, c'erano altre cose più rilevanti. Will non mentiva, trovava piuttosto modi astuti per non dirle la verità, che si trattasse di una situazione lavorativa pericolosa, di un particolare terribile della sua infanzia o peggio, di qualche atrocità commessa di recente da quella stronza, narcisista e perfida della sua ex moglie.

Sara capiva la genesi del suo comportamento. Aveva trascorso l'infanzia in strutture di affidamento dove, se non veniva trascurato, veniva abusato. La sua ex aveva usato i suoi sentimenti come arma contro di lui. Will non aveva mai avuto una relazione veramente sana. C'erano diversi brutti scheletri nel suo passato.

Forse in quel modo credeva di proteggere Sara. Forse credeva di proteggere se stesso. Il punto era che lei non aveva assolutamente idea di quale fosse delle due perché non era disposto ad ammettere l'esistenza del problema.

«Sara, tesoro» esclamò Bella. «Volevo dirtelo: l'altro giorno stavo pensando a quando vivevi qui, a quando studiavi. Te lo ricordi, cara?»

Sara sorrise al ricordo degli anni del college ma gli angoli della sua bocca si contrassero quando colse l'occhiata che si scambiarono sua zia e sua madre.

Stava per cadere la mannaia.

L'avevano attirata là con la promessa del pollo fritto.

«Piccola, sarò onesta. Questa vecchia casa è troppo per la tua dolce zia Bella. Che ne pensi di tornare a vivere qui?»

Sara scoppiò a ridere, poi però si accorse che diceva sul serio.

«Potresti rimetterla a posto, farla tua.»

Sara sentì la bocca muoversi ma non aveva parole.

«Tesoro.» Bella continuò a tenerle la mano. «Avevo sempre avuto intenzione di lasciartela nel testamento, ma il mio commercialista dice che avrei un vantaggio fiscale se la trasferissi a te ora mediante un fondo fiduciario. Ho già dato una caparra per un appartamento in centro. Tu e Will potreste entrarci per Natale. Nell'atrio ci starebbe un albero di sei metri e c'è parecchio spazio per...»

Sara perse momentaneamente l'udito.

Aveva sempre amato la sontuosa e grande villa georgiana, costruita poco prima della Grande depressione. Sei camere da letto, cinque bagni, la ex rimessa per le carrozze con due stanze, un capanno rinnovato, più di un ettaro di terreno in una delle zone più benestanti dello stato. Il centro era a dieci minuti di macchina. Il campus della Emory University a dieci minuti a piedi. La sistemazione del quartiere era stata uno degli ultimi incarichi ricevuti da Frederick Law Olmstead prima che morisse, e i parchi e gli alberi si integravano a meraviglia con la Fernbank Forest.

Era un'offerta allettante finché non iniziarono a scorrerle in testa i numeri.

Bella non aveva sostituito niente dagli anni Ottanta. Il riscaldamento e il condizionamento centralizzati. Le tubature. L'impianto elettrico. Le riparazioni dell'intonaco. Finestre nuove. Tetto nuovo. Grondaie. Le discussioni con la Società storica per i più piccoli dettagli architettonici. Per non parlare del tempo che avrebbero perso perché Will avrebbe voluto fare tutti i lavori di persona; le poche sere libere di Sara e i lunghi weekend d'ozio sarebbero trascorsi all'insegna delle liti per i colori delle vernici e i soldi.

I soldi.

Quelli erano il vero ostacolo. Sara ne aveva molti di più di Will. Nel suo matrimonio si era verificato lo stesso. Non si sarebbe mai scordata l'espressione di Jeffrey la prima volta che aveva visto il saldo del suo conto. Sara aveva sentito i suoi testicoli ritrarsi con un risucchio. C'era voluto un bel po' per estrarglieli di nuovo.

«Ovviamente posso aiutarti con le tasse ma...» stava dicendo Bella.

«Grazie.» Sara cercò di intervenire. «Sei molto generosa ma...»

«Potrebbe essere un regalo di nozze.» Cathy sorrise dolcemente sedendosi al tavolo. «Non sarebbe bello?»

Sara scosse la testa, ma non a sua madre. Cosa le prendeva? Perché temeva la reazione di Will? Non sapeva quanti soldi avesse. Pagava tutto in contanti. Che fosse perché non credeva nelle carte di credito o perché non aveva credito, be', quello era un altro discorso che non avrebbero affrontato.

«Cos'è stato?» Bella aveva la testa piegata di lato. «Avete sentito qualcosa? Sembravano petardi o qualcosa del genere?»

Cathy la ignorò. «Tu e Will potete farne la vostra casa. E tua sorella può prendere l'appartamento sopra il garage.»

Sara vide la mannaia sferrare il colpo finale. Sua madre non stava solo cercando di controllare la sua vita: per maggior sicurezza voleva aggiungere anche Tessa.

«Non credo che Tess voglia vivere sopra un altro garage» osservò.

«Ma adesso non sta in una capanna di fango?» fece Bella.

«Zitta, Sorellina. Hai parlato con Tessa dell'idea che torni a casa?» chiese Cathy a Sara.

«Non proprio» mentì lei. Il matrimonio di sua sorella minore stava andando in pezzi. La sentiva via Skype almeno due volte al giorno anche se viveva in Sudafrica. «Mamma, devi lasciar perdere. Non siamo negli anni Cinquanta. Sono in grado di mantenermi. Avrò una pensione. Non devo essere ufficialmente legata a un uomo. So badare a me stessa.»

L'espressione di Cathy abbassò la temperatura nella stanza. «Se pensi che il matrimonio sia questo, allora non ho altro da dire.» Si tirò su dal tavolo e tornò ai fornelli. «Di' a Will di lavarsi, è quasi pronto.»

Sara chiuse gli occhi per non alzarli al cielo.

Uscì dalla cucina.

I suoi passi echeggiarono nell'ampio soggiorno mentre rasentava l'antico tappeto orientale. Si fermò davanti alla prima portafinestra. Premette la fronte contro il vetro. Will stava mettendo felice il tosaerba nel capanno. Il giardino era spettacolare. Aveva persino potato i bossi trasformandoli in rettangoli perfetti. Le bordure denotavano una precisione chirurgica.

Che cosa avrebbe detto di una casa da due milioni e mezzo da risistemare?

Sara non era neppure sicura di volere una responsabilità così grande. Aveva passato i primi anni di matrimonio a rinnovare la sua minuscola villetta in stile craftsman con Jeffrey. Ricordava perfettamente lo sfinimento di quando aveva staccato la carta da parati e dipinto le colonnine delle scale, unito all'atroce consapevolezza che avrebbe potuto compilare un assegno e lasciare che lo facesse qualcun altro. Suo marito tuttavia era un uomo molto, molto caparbio.

Suo marito.

Era il campo minato in cui sua madre si era addentrata prima, in cucina: Sara amava Will come aveva amato Jeffrey, e in tal caso perché non lo sposava, e se non lo sposava, perché perdeva tempo?

Tutte buone domande, ma Sara era presa nella stessa spirale di promesse che si faceva Rossella O'Hara: ci avrebbe pensato domani.

Aprì la porta con una spallata e si ritrovò davanti a un muro di caldo. L'aria sembrava sudare tanta era l'umidità. Ciò nonostante si tolse l'elastico dai capelli. Quell'ulteriore strato sulla nuca ebbe l'effetto di un guanto bollente da forno. Se non fosse stato per l'odore d'erba fresca, le sarebbe parso di camminare in un bagno turco. Arrancò su per la collina. Le sue sneaker scivolarono sui sassi. Gli insetti le ronzavano attorno alla faccia. Li scacciò con la mano andando verso quello che Bella chiamava il capanno e che in realtà era un granaio trasformato con un pavimento di ardesia grigia e spazio sufficiente per due cavalli e una carrozza.

La porta era aperta. Will era al centro del locale. Teneva i palmi premuti sul banco da lavoro mentre guardava fuori. Era così immobile che Sara si chiese se disturbarlo. Da un paio di mesi qualcosa lo turbava. Lo sentiva insinuarsi in quasi ogni aspetto della loro vita. Gli aveva fatto domande. Gli aveva lasciato spazio per riflettere. Aveva cercato di toglierglielo dalla mente con il sesso. Lui aveva continuato a ripetere che stava bene, poi però lo sorprendeva a fare quello che stava facendo ora: guardare afflitto da una finestra.

Sara si schiarì la voce.

Will si girò. Si era cambiato la maglietta ma il caldo gliela aveva già appiccicata al petto. Aveva pezzetti d'erba attaccati alle gambe muscolose. Era lungo e magro, e il sorriso che le rivolse la indusse a scordarsi per un attimo di tutti i problemi che aveva con lui.

«È ora di pranzo?» chiese.

Lei guardò l'orologio. «Sono le tredici e quarantasei. Abbiamo esattamente quattordici minuti di calma prima della tempesta.»

Il suo sorriso si allargò. «Hai visto il capanno? Voglio dire, visto veramente?»

Sara lo considerava semplicemente un capanno, invece Will ne era entusiasta.

Indicò una zona con un divisorio nell'angolo. «C'è un orinatoio laggiù. Un orinatoio vero, funzionante. Non è forte?»

«Fantastico» borbottò lei con un tono ben poco euforico.

«Guarda come sono robuste queste travi.» Will era alto un metro e novantadue, abbastanza da afferrarne una e fare alcune trazioni. «E guarda là. Quel televisore è vecchio ma funziona ancora. E laggiù, dove penso stessero i cavalli, ci sono un frigorifero a doppia porta e un microonde.»

Dove penso stessero i cavalli. Lei sentì le labbra piegarsi in un sorriso. Era un tipo così cittadino che non sapeva che si chiamassero stalle.

«Il sofà ha un vago odore di muffa ma è proprio comodo.» Si buttò sul divano di cuoio spaccato tirandola giù con lui. «È magnifico qui, vero?»

Sara tossì per la polvere che aveva sollevato. Cercò di non collegare la pila dei vecchi *Playboy* di suo zio al divano scricchiolante.

«Possiamo trasferirci qui? Scherzo solo in parte» chiese Will.

Sara si morse il labbro. Non voleva che scherzasse. Voleva che le dicesse che cosa desiderava.

«Guarda, una chitarra.» La prese e regolò la tensione delle corde. Qualche strimpellata, e stava già emettendo suoni riconoscibili che poco dopo trasformò in una canzone.

Sara sentì un fremito improvviso, come sempre quando scopriva qualcosa di nuovo di lui.

Will canticchiò le prime parole di *I'm on Fire* di Bruce Springsteen.

Smise di suonare. «Fa un po' ridere, vero? *Hey little girl is your daddy home?*»

«Che mi dici di *Girl, You'll Be a Woman Soon*? O di *Don't Stand So Close to Me*? O dell'inizio di *Sara Smile*?»

«Accidenti.» Pizzicò le corde della chitarra. «Anche Hall and Oates?»

«Di *Panic! At the Disco* esiste una versione migliore.» Sara guardò le sue lunghe dita muoversi sulle corde. Amava le sue mani. «Quando hai imparato a suonare?»

«Alle superiori. Da autodidatta.» La guardò imbarazzato. «Pensa a qualsiasi stupidaggine che un sedicenne farebbe per colpire una coetanea, be', io so come farla.»

Rise perché non era difficile da credere. «Avevi un taglio fade?»

«Ovvio.» Continuò a strimpellare. «Parlavo come Pee-Wee Herman. Sapevo fare il kickflip con lo skateboard. Conoscevo tutte le parole di *Thriller*. Avresti dovuto vedermi con i jeans scoloriti e il giubbotto Nember's Only.»

«Nember?»

«Un marchio economico. Non ho detto che ero milionario.» Sollevò lo sguardo dalla chitarra, contento che si stesse divertendo. Poi però indicò con un cenno la sua testa e chiese: «Cosa succede lì?».

A Sara venne di nuovo da piangere. L'amore la sopraffaceva. Will era così in sintonia con i suoi sentimenti. E desiderava disperatamente che lui accettasse che per lei fosse altrettanto.

Will posò la chitarra. Le toccò il viso sfregandole la fronte con il pollice per scacciare la preoccupazione. «Ora va meglio.»

Sara gli diede un bacio, un bacio vero. Quella parte era sempre facile. Gli passò le dita tra i capelli sudati. Lui le baciò il collo, poi scese più in basso. Sara si inarcò contro di lui. Chiuse gli occhi e lasciò che la sua bocca e le sue mani spazzassero tutti i dubbi.

Smisero solo perché il divano sussultò d'un tratto con violenza.

«Che diavolo è stato?» esclamò Sara.

Will non fece l'ovvia battuta sulla sua capacità di far tremare la terra. Guardò sotto il divano. Si alzò. Controllò le travi in alto e batté le nocche sul legno pietrificato. «Ricordi quel terremoto in Alabama qualche anno fa? È stato simile ma più forte.»

Sara si sistemò i vestiti. «Il country club fa i fuochi d'artificio. Forse stanno facendo le prove di un nuovo spettacolo?»

«In pieno giorno?» Will era scettico. Trovò il telefono sul banco da lavoro. «Non ci sono allerte.» Controllò i messaggi, poi fece una chiamata. Poi un'altra ancora. Compose un terzo numero. Sara attese in ansia ma lui finì per scuotere la testa. Sollevò il cellulare perché sentisse il messaggio registrato che diceva che tutte le linee erano occupate.

Sara notò l'ora nell'angolo dello schermo.

Le 13.51.

Disse a Will: «La Emory ha una sirena d'emergenza. Scatta quando c'è un disastro nat...».

Boom!

La terra tremò ancora con violenza. Sara dovette reggersi al divano prima di poter seguire Will in giardino.

Lui stava guardando il cielo. Un pennacchio di fumo scuro salì arricciandosi dietro la linea degli alberi. Sara conosceva molto bene il campus della Emory University.

Quindicimila studenti.

Seimila tra docenti e membri del personale.

Due esplosioni che avevano fatto tremare la terra.

«Andiamo.» Will si affrettò verso l'auto. Era un agente speciale del Georgia Bureau of Investigation. Sara era un medico. Non c'era bisogno di discutere di ciò dovevano fare.

«Sara!» gridò Cathy dalla porta posteriore. «Hai sentito?»

«Viene dalla Emory.» Sara corse in casa in cerca delle chiavi. Sentiva la sua mente precipitare nel terrore. Il campus urbano si estendeva su due ettari e mezzo. L'Emory University Hospital. L'Egleston Children's Hospital. I Centri per il controllo delle malattie. L'Istituto nazionale di sanità pubblica. Lo Yerkes National Primate Research Center. Il Winship Cancer Institute. I laboratori governativi. Agenti patogeni. Virus. Era un attacco terroristico? Qualcuno aveva aperto il fuoco? Uno sparatore solitario?

«Potrebbe essere la banca?» domandò Cathy. «C'erano quei rapinatori che avevano cercato di far saltare in aria il carcere.»

Martin Novak. Sara sapeva che in centro si stava svolgendo un incontro importante, ma il prigioniero era nascosto in una casa sicura, ben lontano dalla città.

«Qualsiasi cosa sia, non è ancora arrivata ai telegiornali» commentò Bella. Aveva acceso il televisore in cucina. «Ho il vecchio fucile di Buddy qui, da qualche parte.»

Sara trovò le chiavi in borsa. «State dentro.» Afferrò la mano della madre e gliela strinse forte. «Chiama papà e Tessa, informali che state bene.»

Si raccolse i capelli avviandosi verso la porta. Si bloccò prima di raggiungerla.

Si erano bloccati tutti dov'erano.

Il gemito fondo, lamentoso della sirena d'emergenza pervase l'aria.

2

Domenica 4 agosto, 13.33

Will Trent tolse la mano dal tagliaerba per asciugarsi il sudore sugli occhi. Non era una procedura semplice. Prima doveva scrollarselo dalla mano, poi sfregarsi le dita sull'interno della maglietta per togliersi il terriccio. Solo allora poteva passarsi il pugno sulle sopracciglia. Sfruttò quella tregua momentanea dalla semicecità per controllare l'ora.

Le 13.33.

Quale idiota tagliava più di un ettaro di terreno collinoso a metà pomeriggio d'agosto? Quello che aveva passato la mattina a letto con la sua fidanzata, suppose. Per quanto dolce fosse stato, sarebbe voluto tornare indietro nel tempo per spiegare a se stesso quanto maledettamente infelice sarebbe stato di lì a poco.

Svoltò l'angolo mettendo il tosaerba di traverso per superare un avvallamento nel terreno irregolare. Gli si incastrò un piede in una tana di citello. Nugoli di moscerini gli ronzarono attorno al viso. Il sole lo colpì sulla nuca come una cinghiata. L'unica ragione per cui non gli si erano staccate le palle era che uno spesso strato di terra, erba tagliata e sudore gliele teneva incollate al corpo.

Guardò la casa facendo un altro passaggio. Non riusciva a smettere di pensare a quanto fosse imponente. I timpani in pratica grondavano soldi. Sul progetto architettonico esisteva addirittura un libro che Bella gli aveva prestato. Il vetro colorato della tromba delle scale era stato creato da Louis Comfort Tiffany. Le modanature in gesso erano state realizzate da artigiani chiamati dall'Italia. Pavimenti di quercia intarsiata, soffitti a cassettoni, una fontana interna, una libreria rivestita di mogano piena di volumi antichi. Boiserie di cedro in ogni stanzino, oro vero sui lampadari vistosi, un gabinetto per la servitù nel seminterrato che risaliva a Jim Crow. C'era persino un'enorme cassaforte dietro un pannello nella dispensa, concepita per conservare l'argenteria di famiglia.

Ogni volta che risaliva il vialetto d'accesso, Will si sentiva come Jethro Bodine.

Grugnì spingendo con le spalle per farsi strada in un ciuffo di unghia di gatto più grande di un gatto stesso.

Quando aveva conosciuto Sara, aveva capito piuttosto in fretta che era benestante. Non che si comportasse o parlasse in modo diverso, ma Will era un detective. Un osservatore esperto. Osservazione numero uno: il suo appartamento era l'attico di un piccolo condominio di lusso. Osservazione numero due: guidava una BMW. Osservazione numero tre: era un medico, quindi non servivano in realtà le sue capacità di detective per capire che aveva parecchi soldi in banca.

Ed era qui che le cose si complicavano: Sara gli aveva detto che suo padre era idraulico. Il che era vero. Quello che aveva tralasciato di aggiungere era che Eddie Linton era anche un investitore immobiliare, che aveva introdotto Sara all'attività di famiglia e che lei aveva guadagnato bene affittando e vendendo case, restituendo così i prestiti ottenuti per studiare medicina. In più, aveva venduto il suo ambulatorio pediatrico nella contea di Grant prima di trasferirsi ad Atlanta e aveva i soldi della polizza assicurativa del marito defunto e la sua pensione. Essendo la vedova di un agente di polizia era esentata dal pagamento delle tasse statali, perciò finanziariamente parlando Sara era zio Phil nei confronti del suo molto meno affascinante Principe di Bel Air.

Cosa che in fondo gli andava bene.

Will aveva diciotto anni quando per la prima volta gli avevano messo dei soldi in tasca, ed era stato perché si comperasse il biglietto dell'autobus per il ricovero per senzatetto, perché non aveva più l'età per essere seguito dal sistema di affidamento. Era riuscito a ottenere una borsa di studio statale per il college e aveva finito per lavorare per quello stesso stato che lo aveva cresciuto. Era di solito il più povero dei colleghi e quello che aveva maggiori probabilità di vedersi sparare in faccia svolgendo il suo lavoro.

Quindi la vera domanda era: a Sara andava bene?

Tossì per eliminare un po' di terriccio partito come un Trident dalla ruota posteriore del tagliaerba e arrivato dritto sulla sua faccia. Sputò per terra. Al pensiero del pranzo gli brontolò lo stomaco.

La villa di Bella lo turbava. Per via di quello che rappresentava, di quello che indicava in relazione alla disparità tra lui e Sara: il posto dove Will aveva vissuto mentre frequentava il college era stato dichiarato inagibile a causa dell'asbesto, non inserito nel registro nazionale delle dimore storiche.

La zia di Sara nuotava nell'oro, e a tutt'altro livello. Dall'odore del suo tè ghiacciato Will intuiva che le piaceva bere di giorno. Da quel che sapeva si era arricchita sposando uomini sempre più facoltosi, il che non era stato affar suo finché la sua incredibile generosità non aveva cambiato le cose.

La settimana precedente gli aveva regalato un decespugliatore che valeva almeno duecento dollari. La settimana prima ancora lo aveva visto ammirare le collezioni di dischi di uno dei suoi mariti e, mentre stava uscendo, gliene aveva data una scatola.

L'originale di *A Night at the Opera* dei Queen, *Parallel Lines* dei Blondie. Il maxi singolo da dodici pollici di *Imagine* di John Lennon con la mela verde integra sull'etichetta.

Will avrebbe potuto tagliare quel maledetto prato per i prossimi duecento anni senza riuscire neanche lontanamente a ripagarla.

Si fermò ad asciugarsi la fronte con il braccio finendo per aggiungere sudore a sudore. Fece un profondo respiro e inalò un moscerino.

Le 13.37.

Non avrebbe neppure dovuto essere là.

In quel preciso momento era in corso un grande incontro di pezzi grossi in centro. Nell'ultimo mese si erano susseguite diverse riunioni simili, e prima ancora ne avevano tenute due al mese. Il GBI si stava coordinando con il Marshals Service, l'ATF e l'FBI per trasferire un rapinatore di banche giudicato colpevole. Martin Novak si trovava in una casa sicura segreta mentre attendeva la sentenza del Russell Federal Building. La ragione per cui non aspettava in carcere era che i suoi complici avevano cercato di creare con l'esplosivo, in un lato dell'edificio, un buco delle sue dimensioni. Il tentativo era fallito ma nessuno intendeva correre rischi.

Novak non era il tipico detenuto. Era un autentico genio criminale a capo di una banda ben addestrata. Uccidevano indiscriminatamente civili, addetti alla sicurezza, poliziotti. Non importava chi ci fosse dall'altra parte delle armi quando premevano il grilletto. Agivano nelle banche che prendevano di mira con la precisione di un orologio. Tutto faceva supporre che non avrebbero lasciato morire il loro capo nelle viscere di una prigione federale.

Da poliziotto, Will disprezzava i criminali di quel genere – non c'era niente di peggio, o di più raro, di un delinquente davvero in gamba – ma da essere umano desiderava partecipare all'azione. Aveva accettato ormai da molto tempo che l'aspetto del suo lavoro che lo attirava di più era la caccia. Non avrebbe mai potuto sparare a un animale ma l'idea di stare disteso, in attesa, con il fucile puntato al baricentro di un criminale e il dito che gli prudeva dalla voglia di eliminare quegli esseri ignobili dal mondo, lo eccitava in modo incredibile.

Non lo avrebbe mai rivelato a Sara. Sapeva da fonte certa che anche suo marito era stato così, che la passione per la caccia era stata con molta probabilità ciò che aveva ucciso Jeffrey Tolliver. La reazione del «combatti o fuggi» di Will era analogamente bloccata sul «combatti». Non voleva che Sara vivesse nel terrore ogni volta che usciva di casa.

Guardò di nuovo la casa tagliando la striscia d'erba seguente.

Vecchie zie ubriacone a parte, aveva la sensazione che le cose stessero andando bene con lei. Avevano instaurato una routine. Avevano imparato ad accettare i reciproci difetti o almeno a sorvolare sui peggiori. Per dirne due: l'assoluto disinteresse a rifare il letto ogni mattina come qualsiasi persona responsabile e l'ostinata riluttanza a conservare un barattolo di maionese anche quando sul fondo ce n'era abbastanza da preparare mezzo sandwich.

Dal canto suo Will stava cercando di essere più aperto con lei in relazione ai sentimenti. Era più facile di quanto avesse creduto. Aveva appena annotato sul calendario di raccontarle ogni lunedì qualcosa che lo preoccupava.

Una delle sue più grandi paure era svanita prima di una di quelle confessioni del lunedì. Si era sentito davvero molto teso quando Sara aveva iniziato a lavorare con lui al Georgia Bureau of Investigation. La situazione si era appianata soprattutto perché era stata lei ad appianarla. Erano rimasti ciascuno nel proprio settore. Sara era un dottore e un medico legale, faceva lo stesso lavoro che aveva svolto nella contea di Grant. Suo marito era stato capo della polizia, perciò sapeva come comportarsi con i poliziotti. Come Will, Jeffrey Tolliver non era destinato a ottenere promozioni. Ma in fondo che promozione poteva ottenere un uomo quand'era già in cima alla piramide?

Will scacciò quella considerazione dalla mente perché, per quanto cupi fossero i suoi pensieri, lasciarli sconfinare in quell'ambito sarebbe stato molto insidioso.

Sembrava almeno che la madre di Sara stesse cambiando idea. La sera precedente Cathy aveva passato mezz'ora a raccontargli dei primi anni del suo matrimonio. Will doveva presumere che fosse un progresso. La prima volta che l'aveva incontrata, Cathy aveva in sostanza sputato veleno. Forse il suo sforzo di Sisifo per domare il prato della sorella ubriacona l'aveva convinta che non fosse poi tanto male. O forse aveva visto quanto amasse sua figlia. Quello doveva pur contare qualcosa.

Incespicò quando il tagliaerba si incastrò in un'altra tana di citello. Alzò lo sguardo scoprendo con sgomento di avere quasi finito. Controllò l'ora.

Le 13.44.

Se si fosse sbrigato, avrebbe avuto qualche minuto per lavarsi con la canna nel capanno, riposarsi e aspettare il campanello del pranzo.

Affrontò l'ultima lunga striscia d'erba e tornò di corsa al capanno. Lasciò il tosaerba a raffreddarsi sul pavimento di pietra. Avrebbe preso a calci quella vecchia macchina, ma aveva le gambe molli come gelatina.

Si tolse la maglietta. Andò al lavandino e cacciò la testa sotto il flusso gelido dell'acqua. Si lavò tutte le zone importanti con una saponetta che pareva di carta vetrata. La maglietta pulita gli scivolò sulla pelle bagnata quando la indossò. Andò al banco da lavoro, vi si appoggiò con le mani divaricando le gambe e lasciò che tutto si asciugasse all'aria.

Il cellulare indicava che c'era una notifica. Faith gli aveva inviato un messaggio dalla riunione a cui non era stato invitato a partecipare. Gli aveva mandato un clown con una pistola ad acqua puntata alla testa. Poi un coltello, un martello, un altro clown e per qualche ragione una patata dolce.

Se stava cercando di consolarlo, una patata dolce non lo avrebbe aiutato a tirarsi su.

Guardò dalla finestra. Non era incline all'autocontemplazione, ma non c'era niente da fare se non pensare mentre fissava il prato magistralmente tagliato.

Perché non era a quella riunione di pezzi grossi?

Non poteva invidiarla per quell'opportunità. O per il nepotismo. Amanda, il loro capo, aveva iniziato la carriera in coppia con la madre di Faith. Erano grandi amiche. Non che Faith approfittasse dei suoi contatti. Aveva lavorato sodo passando dalle auto di pattuglia alla divisione omicidi del Dipartimento di polizia di Atlanta allo status di agente speciale del Georgia Bureau of Investigation. Era una poliziotta in gamba. Si meritava qualsiasi promozione volessero conferirle.

La vera umiliazione sarebbe stata ciò che lo attendeva. A parte il fatto di dover dire a Sara che Faith era salita di grado mentre lui tirava avanti, avrebbe dovuto addestrare un nuovo collega.

O più probabilmente il nuovo collega avrebbe dovuto addestrare lui. Non era bravo con le persone, almeno non con i poliziotti. Era molto abile a parlare con i criminali. Aveva trascorso gran parte della sua gioventù ad aggirare la legge. Sapeva come ragionavano i delinquenti: potevi chiuderli in una stanza e avrebbero escogitato sedici modi diversi per uscirne, nessuno dei quali implicava chiedere a qualcuno di aprire la porta.

Il punto era che Will chiudeva i casi. Otteneva buoni risultati. Era un tiratore scelto. Non era un egocentrico, non voleva una medaglia perché faceva il suo lavoro.

Voleva sapere perché non lo avessero invitato all'incontro.

Controllò di nuovo il telefono.

Niente, c'era solo la patata dolce.

Guardò dalla finestra. Percepì d'essere osservato.

Sara si schiarì la voce.

A quel punto sentì il malumore andarsene. Non poté soffocare il sorriso idiota che gli compariva sul volto ogni volta che la vedeva. Aveva i capelli castano-ramati sciolti. Gli piaceva quando li portava così. «È ora di pranzo?» chiese.

Sara guardò l'orologio. «Sono le tredici e quarantasei. Abbiamo esattamente quattordici minuti di calma prima della tempesta.»

Studiò il suo volto, che era splendido, ma accanto al sopracciglio c'era una macchia di qualcosa che ricordava in modo sospetto un insetto spiaccicato.

Lei gli rivolse un'occhiata curiosa.

«Hai visto il capanno?» Will le fece fare il giro completo, ma solo come stratagemma per portarla sul divano. Era sfinito dal taglio dell'erba, stava morendo di fame e temeva che a Sara andasse bene un poliziotto povero a patto che avesse qualche ambizione.

«È magnifico qui, vero?» osservò.

Sara tossì per la polvere che si era sollevata dal divano. Ciò nonostante intrecciò la gamba con la sua e lui le posò un braccio sulle spalle. Gli accarezzò le punte bagnate dei capelli. Will avvertiva sempre un'improvvisa calma quando Sara era con lui, come se l'unica cosa che contasse fosse il legame che li univa. «Possiamo trasferirci qui? Scherzo solo in parte» chiese.

Da curioso, lo sguardo di Sara divenne circospetto.

Will smise di respirare. La battuta non era riuscita. O forse non era una battuta perché stavano girando da un po' attorno al discorso della convivenza. In pratica viveva con Sara ma lei a rigor di termini non gli aveva chiesto di trasferirsi a casa sua, e lui non capiva se fosse un segnale, e in tal caso era un segnale di stop o di via libera? O era un segnale che gli stava facendo da parecchio ma lui non capiva? Cercò disperatamente di cambiare argomento. «Guarda, una chitarra.»

Giocherellò con le corde. Il suo io adolescente aveva avuto la pazienza di imparare una canzone fino in fondo. Iniziò lento canticchiando la melodia per ricordare gli accordi. Subito dopo si bloccò chiedendosi perché avesse pensato che *I'm on Fire* fosse la canzone giusta che avrebbe convinto una ragazza a permettergli di toccarle il seno. «Fa un po' ridere, vero? *Hey little girl is your daddy home?*»

«Che mi dici allora di *Girl, You'll Be a Woman Soon*? O di *Don't Stand So Close to Me*? O dell'inizio di *Sara Smile*?

Pizzicò le corde della chitarra sentendo Daryl Hall cantare nella sua mente...

Baby hair with a woman's eyes...

«Accidenti» mormorò Will. Perché tutte le sue canzoni soft rock preferite dell'adolescenza erano atroci? «Pure Hall and Oates?»

«Dei *Panic! At the Disco* esiste una versione migliore.»

Gli fece piacere che lo sapesse. All'inizio si era allarmato vedendo il numero di cd di Dolly Parton che aveva in macchina, poi aveva notato che la lista iTunes comprendeva un po' di tutto, da Adam Ant ai Kraftwerk ai Led Zeppelin, e aveva capito che sarebbero andati d'accordo.

Sara gli stava sorridendo. Stava osservando le sue dita che si muovevano sulle corde. «Quando hai imparato a suonare?»

«Alle superiori. Da autodidatta.» Le scostò i capelli per vederla in volto. «Pensa a qualsiasi stupidaggine che un sedicenne farebbe per colpire una sua coetanea, be', io so farla.»

Quello almeno le strappò una risata. «Avevi un taglio fade?»

«Ovvio.» Elencò tutte le sue patetiche prodezze che avevano funzionato esattamente con zero ragazze. «Avresti dovuto vedermi con i jeans scoloriti e il giubbotto Nember's Only.»

«Nember?»

«Un marchio economico. Non ho mai detto d'essere milionario.» Non poteva più ignorare l'insetto morto. Indicò con un cenno la chiazza accanto al sopracciglio di Sara. «Cosa succede lassù?»

Lei scosse la testa.

Will rimise la chitarra sul sostegno. Le toccò il viso sfregandole la fronte con il pollice per toglierle l'insetto. «Ora va meglio.»

Per qualche motivo lei gli diede un bacio, un bacio vero. Le mani di Will scivolarono sulla sua vita. Sara si avvicinò di più, lo baciò più appassionatamente. Gli premette le dita sulle spalle e lo spinse giù. Will era in ginocchio, stava pensando che non si sarebbe mai stancato del suo sapore, quando il terreno prese a tremare.

Sara si raddrizzò. «Che diavolo è stato?»

Will si asciugò la bocca. Non poté scherzare sulla sua capacità di far tremare la terra per lei perché la terra si era mossa davvero. Guardò sotto il divano per vedere se stesse andando in pezzi. Si alzò e picchiettò le travi, cosa probabilmente stupida perché l'intero capanno sarebbe potuto crollare loro addosso.

«Ricordi quel terremoto in Alabama qualche anno fa?» le chiese. Era impegnato in un appostamento nel nord della Georgia. «È stato simile ma più forte.»

Sara si stava abbottonando gli shorts. «C'è stato un rumore. Il country club fa i fuochi d'artificio. Forse staranno facendo le prove di un nuovo spettacolo.»

«In pieno giorno?» Will trovò il telefono sul banco da lavoro. Lo schermo gli diede l'ora.

Le 13.49.

«Non ci sono allerte» disse. Anche lei lavorava al GBI. Sapeva che lo stato aveva un sistema di notifica che contattava tutti i telefoni in caso di attacchi terroristici.

Will rifletté sul luogo in cui erano, sul tipo di eventi catastrofici che potevano essere avvertiti a quelle coordinate. Si ricordò di aver partecipato a un seminario tenuto da un agente dell'FBI che si era trovato a Ground Zero. Anche dopo dieci anni non aveva avuto parole per descrivere l'energia cinetica formidabile che si era dispersa nel terreno al crollo di un grattacielo.

Simile a quella di un terremoto fuori scala.

L'aeroporto di Atlanta era a undici chilometri dal centro. Più di duecentocinquantamila passeggeri arrivavano e partivano da lì ogni giorno.

Will tornò al telefono. Cercò di controllare messaggi e mail, ma il cerchio continuò a ruotare sullo schermo. Chiamò Faith ma non riuscì a comunicare. Provò con Amanda ed ebbe lo stesso risultato. Compose il numero della sede centrale del GBI.

Non funzionava niente.

Sollevò il telefono perché Sara potesse sentire i tre toni e la voce dell'operatore che li informava che tutte le linee erano occupate. Gettò il cellulare sul banco. Avrebbe tranquillamente potuto essere un mattone.

Sara era molto angosciata. «Emory ha una sirena d'emergenza. Scatta quando c'è un disastro nat...»

Boom.

Will per poco non perse l'equilibrio. Si precipitò in giardino e guardò il cielo. Un pennacchio di fumo scuro salì arricciandosi dietro la linea degli alberi.

Non erano fuochi d'artificio.

Erano due esplosioni.

«Andiamo.» Will prese a correre in direzione del vialetto d'accesso.

«Sara!» Chiamò Cathy dalla porta posteriore. «Hai sentito?»

Will vide Sara entrare veloce in casa. Probabilmente stava cercando le chiavi. Avrebbe voluto che restasse lì ma sapeva che non lo avrebbe fatto.

Attraversò il giardino anteriore in pendenza. Avrebbero istituito posti di blocco. Non sarebbe riuscito a parcheggiare da nessuna parte e con molta probabilità avrebbe fatto prima a raggiungere il posto correndo. Pensò alla pistola chiusa nel vano del cruscotto della BMW di Sara, ma se la polizia locale avesse avuto bisogno di lui, sarebbe stato per controllare la folla.

Mise piede in strada nel momento stesso in cui il gemito di una sirena dell'emergenza pervase l'aria. La casa di Bella sorgeva su un tratto rettilineo di Lullwater Road. C'era una curva cinquanta metri più in là che seguiva il confine del campo da golf. Will tenne le braccia attaccate al corpo e con potenti falcate accorciò la distanza che lo separava dalla curva.

Era quasi arrivato quando udì un altro rumore. Non un'esplosione, ma lo strano *pop* di due automobili che si scontravano. Subito dopo ce ne fu un altro. Strinse i denti aspettando nel silenzio che seguì. Un clacson prese a gemere insieme alla sirena d'emergenza.

Solo quando ebbe superato la curva vide che cos'era successo: due macchine avevano schiacciato un pick-up in mezzo.

Davanti c'era una Porsche Boxter S rossa. Un modello non recente, motore flat-six aspirato, un terzo radiatore dietro l'apertura nel frontale anteriore inferiore. Il bagagliaio si era spalancato. Il guidatore era accasciato sul volante, premeva il clacson con la faccia.

Dietro c'era un Ford F-150. Le portiere si erano accartocciate nell'impatto. Un uomo stava cercando di uscire dal finestrino aperto. L'altro era appoggiato al cofano con il sangue che gli colava sul viso.

Chiudeva la fila una Chevy Malibu argento quattro porte. Il guidatore davanti, due passeggeri dietro, nessuno dei quali si muoveva.

Il poliziotto in Will stabilì subito di chi fosse la colpa. La Porsche si era fermata troppo bruscamente. Il furgone e la Malibu la seguivano a distanza troppo ravvicinata, probabilmente in velocità. Se il guidatore della Porsche avesse provocato quello del furgone premendo più volte il freno era un mistero che avrebbe dovuto risolvere l'agente incaricato di indagare sull'incidente.

Will guardò al di là di loro, in direzione della rotonda a North Decatur Road. Era intasata di veicoli fermi. Un minivan. Un furgone. Mercedes. BMW. Audi. Erano tutti abbandonati con le portiere spalancate. Guidatori e passeggeri erano in strada a guardare il fumo che saliva nel cielo azzurro.

La corsa a perdifiato di Will si trasformò in corsetta, e alla fine anche lui si fermò.

Gli uccelli cinguettavano sugli alberi. Una brezza quasi impercettibile faceva frusciare le foglie. Il fumo arrivava dal campus della Emory. Studenti, personale, due ospedali, il quartier generale dell'FBI, il CDC.

«Will.»

Sussultò. Sara gli si era accostata. Il suo BMW x5 era ibrido. A basse velocità il motore era alimentato da una batteria.

«Posso fare il triage, ma mi serve il tuo aiuto.»

Lui dovette schiarirsi la voce per tornare al presente. «Il guidatore della Porsche sembra messo male.»

Sara scese dall'auto. «Esce benzina da sotto il motore.»

Quindi corse alla Porsche. Il guidatore era ancora accasciato sul volante. I finestrini erano chiusi e anche la cappotta.

Provò la portiera ma invano. Pestò il pugno sul finestrino. «Signore?» Il clacson continuava a strombettare. Dovette alzare la voce. «Signore, dobbiamo farla uscire.»

L'odore di benzina bruciava gli occhi di Will. C'erano più modi in cui l'elettricità che arrivava al clacson avrebbe potuto produrre scintille e incendiare il carburante sotto la macchina.

«Sta' indietro» le disse Will.

In tasca aveva un coltello a molla che aveva usato per tagliare l'edera dagli alberi di Bella. Afferrò il manico con entrambe le mani e infilò la lama da dieci centimetri, in parte seghettata, nella cappotta morbida. Cercò di tagliare il materiale, ma la tela e l'isolamento erano troppo spessi. Si rimise in tasca il coltello e usò le dita per creare un'apertura abbastanza larga da poter infilare la mano e aprire i ganci per toglierla.

Girò la chiave nel cruscotto.

Il clacson tacque.

Will aprì la portiera. Sara attese qualche secondo prima di scuotere la testa. «Ha il collo rotto. Non indossava la cintura di sicurezza. Ma c'è qualcosa di strano.»

«Strano in che senso?»

«Non andavano abbastanza veloci per questo tipo di lesione. A meno che non avesse una malattia preesistente. Ma anche in questo caso...» Scosse di nuovo la testa. «Non ha senso.»

Will guardò i segni della frenata sulla strada. Erano corti, indicavano che la Porsche procedeva lenta. Si sfregò il pollice sulla maglietta. La chiave era appiccicosa di sangue. E anche la maniglia interna della portiera, malgrado altrove non ce ne fosse molto.

Sparse sul sedile anteriore c'erano alcune carte.

«Signora?» Il guidatore dell'F-150 era in piedi dietro la Porsche. Era il prototipo del montanaro, capelli lunghi radi e barba alla ZZ Top, proprio il genere d'uomo che scendeva ogni giorno a valle per comprare solette e cartongesso. Si teneva i lembi del cuoio capelluto pinzati con le dita. «È un'infermiera?»

«Sono una dottoressa.» Sara gli scostò con delicatezza la mano per esaminare il taglio. «Si sente stordito o ha nausea, signor...»

«Merle. No, signora.»

Will guardò l'asfalto. C'era una traccia di sangue che andava dal furgone alla Porsche. Quindi Merle era andato a controllare il guidatore ed era tornato al furgone. Non c'era niente di sospetto nelle sue azioni. Però di solito Sara aveva un buon intuito. Se pensava che qualcosa non andasse, allora era così.

Dunque che cosa gli stava sfuggendo?

«Cos'è successo?» chiese al passeggero del furgone.

«È esplosa una condotta del gas. Ce la siamo data a gambe.» Era un campagnolo del sud che sembrava uscito dai Lynyrd Skynyrd. Will sentiva l'odore di fumo di sigaretta a tre metri di distanza. L'uomo indicò la Malibu. «Dovreste occuparvi di loro. Quello dietro non ha un bell'aspetto.»

Sara si stava già incamminando verso la berlina. Will la seguì, anche se non aveva bisogno di lui. I sospetti gli avevano fatto scattare un allarme interno. Guardò la strada in entrambe le direzioni. Alcuni vicini erano usciti di casa, ma nessuno si stava avvicinando alla scena. Il fumo delle esplosioni aveva conferito all'aria un odore di carbone.

«Al mio amico serve aiuto.» Il guidatore della Chevy Malibu inciampò scendendo dalla macchina. Indossava la divisa blu degli addetti alla sicurezza dell'università. Aprì la portiera posteriore. Uno dei passeggeri era riverso sul sedile posteriore. Indossava la stessa uniforme blu.

«È una dottoressa» lo informò Merle.

«È esplosa una tubatura del gas in un cantiere» spiegò il guidatore della Chevy a Will.

«Due volte?» fece lui. «Abbiamo sentito due esplosioni.»

«Non lo so, amico. Forse è scoppiato qualcos'altro. L'intero cantiere si è disintegrato.»

«Ci sono vittime?»

Scosse la testa. «Le ditte non lavorano nel fine settimana, ma stanno evacuando l'intero campus. Non si sa mai. Si è scatenato l'inferno quando sono scattati gli allarmi.»

Will non gli chiese perché non stesse dando una mano a evacuare il campus. Scrutò l'orizzonte. L'unica colonna di fumo aveva assunto un colore strano, blu navy.

«Signore?» Sara era inginocchiata davanti alla portiera aperta nel tentativo di parlare all'uomo sul sedile posteriore. «Signore, si sente bene?»

«Si chiama Dwight» disse il guidatore della Chevy. «Io sono Clinton.»

«Io sono Vince» aggiunse quello del furgone.

Will sollevò il mento in risposta. Riuscì infine a sentire le auto di pattuglia arrivare veloci da Oakdale Road, parallela a Lullwater. Un elicottero bianco dell'elisoccorso sfrecciò sopra le loro teste. In lontananza, le autopompe stavano sopraggiungendo a sirene spiegate. Nessuno usava la via di Bella. Doveva esserci stato un altro incidente all'altra estremità di Lullwater, all'altezza di Ponce de Leon Avenue. Non c'era modo di dire quante persone avessero schiacciato il freno al momento delle esplosioni.

Allora perché quell'incidente sembrava diverso?

«Dwight?» Sara mise a sedere l'uomo. I finestrini erano molto scuri. Al di sopra della portiera Will vide la testa di Dwight ciondolare di lato. Il bianco degli occhi spiccava, simile a osso, sotto le palpebre gonfie. Perdeva sangue dal naso. Nemmeno lui si era messo la cintura di sicurezza. Probabilmente aveva sbattuto contro il sedile di fronte perdendo i sensi.

«Dobbiamo tirarlo fuori di lì.» Il tono di Clinton era cambiato. Adesso sembrava spaventato. «Dobbiamo portarlo all'ospedale. L'Emory è chiuso. Il pronto soccorso. È tutto chiuso, amico. Che cazzo facciamo?»

Will gli mise una mano sulla spalla per calmarlo. «Puoi dirmi esattamente cos'è successo?»

«Te l'ho detto!» Sollevò le braccia sottraendosi alla presa. «Vedi quel fumo, fratello? C'è stato un casino, questo è successo. E adesso quest'incidente, e nessuno di noi può andarsene. Pensi che manderanno un'ambulanza per il mio amico? Che mi arresteranno per essere finito contro quello stupido furgone?»

«Clinton, non è colpa di nessuno» disse un'altra voce. Il secondo passeggero del sedile posteriore. Sui trentacinque, rasato di fresco. T-shirt e jeans. Teneva le mani giunte sul tetto.

Will percepiva la pericolosità di quell'uomo, si irradiava come calore dal sole.

Che cosa gli stava sfuggendo?

«Sono Hank» affermò quello.

Will gli fece un cauto cenno ma non disse il suo nome. Era strano che quegli uomini si identificassero. Era strano che il collo del guidatore della Porsche fosse spezzato. Ed era particolarmente strano che Hank fosse così calmo davanti a un incidente mortale in cui il suo amico aveva perso conoscenza.

Non sei così calmo a meno che non senti di avere tutto sotto controllo.

«Abbiamo sentito un'altra esplosione, poi l'uomo dell'auto rossa si è fermato.» Schioccò le dita. «Il furgone ha investito l'auto rossa. Noi abbiamo tamponato il furgone e...»

«Will?» Anche il tono di Sara era cambiato. Gli stava allungando le chiavi della BMW. Will notò un leggero tremore nella sua mano. Aveva lavorato per anni in pronto soccorso. Non si agitava mai.

Che cosa gli stava sfuggendo?

«Ho bisogno che tu vada a prendermi la valigetta nel vano del cruscotto.»

«Posso andarci io» si offrì Merle.

Will prese le chiavi. Sfiorò le dita di Sara con le sue. Sentì un'ondata di panico quando il suo cervello elaborò quella richiesta molto precisa.

Sara teneva la valigetta medica nel bagagliaio perché il vano del cruscotto era troppo piccolo. E anche perché lì Will chiudeva la sua pistola quando non la portava addosso.

Non gli stava chiedendo di prenderle la valigetta.

Gli stava chiedendo di prendere la pistola.

D'un tratto Will ebbe troppa saliva in bocca. I suoi pensieri erano come freccette, arrivavano tutti attorno al centro del bersaglio. Mentre stava raggiungendo la curva aveva sentito lo schianto della prima macchina. In quell'istante non era esplosa nessuna bomba. Poi c'era stato un altro schianto quando la Malibu aveva tamponato il furgone. Il clacson della Porsche aveva iniziato a suonare almeno cinque secondi dopo.

Cinque secondi erano molti.

In cinque secondi potevi scendere incespicando dal furgone, aprire la portiera di una Porsche e spezzare il collo di un uomo. Il che avrebbe spiegato la scia di sangue dal furgone all'auto.

Due addetti alla sicurezza della Emory che erano fuggiti invece di fare il loro lavoro. Un uomo che si era vestito per mimetizzarsi, due che sembravano un paio di tuttofare come quelli che vedevi dappertutto ad Atlanta. Avrebbero potuto essere degli sconosciuti, invece non lo erano.

Quello era sfuggito a Will: quegli uomini facevano parte di una squadra.

E anche di una molto in gamba, a giudicare dai loro movimenti furtivi. Senza che se ne rendesse conto, avevano posto lui e Sara al centro di un triangolo tattico.

Clinton era alle loro spalle.

Hank davanti.

Al vertice tra Will e la sua pistola: Vince e Merle.

Dwight era privo di sensi, ma Hank stava zoppicando attorno al bagagliaio dell'auto per mettersi vicino a Sara.

Will si sfregò la mascella valutando eventuali punti deboli.

Non ce n'erano.

Erano tutti armati. L'arma di Hank non era visibile ma un tipo del genere ne portava sempre una addosso. La sporgenza alla caviglia di Vince era un revolver nascosto. Clinton aveva una Glock al fianco, parte della sua uniforme da addetto alla sicurezza. Il revolver di Merle era infilato dietro, nella cintura. Will vide la sagoma dell'impugnatura quando incrociò le braccia sul petto largo. Stava come un poliziotto, con i piedi ben divaricati e la parte bassa della schiena curva, perché il peso di un cinturone di servizio di tredici chili poteva spezzartela.

Avevano tutti la stessa postura.

«Dacci una mano, Golia.» La finta impotenza di Clinton era svanita. Gli indicò con un gesto di aiutarlo a portare Dwight fuori dall'auto. «Forza.»

«Aspettate» provò a dire Sara. «Potrebbe avere una lesione al collo o...»

«Signora, mi scusi.» Merle non la spostò; restò là finché non lo fece lei. Lui e Clinton sollevarono Dwight e lo estrassero dalla macchina. Quell'uomo era un peso morto. I piedi gli ricaddero flaccidi sull'asfalto per poi appiattirsi come quelli di un papero.

Will lasciò vagare lo sguardo in direzione di Sara. Non lo stava guardando. Stava osservando i dintorni, cercando di capire se scappare o no. Hank era al suo fianco. Troppo vicino. I giardini anteriori erano in genere simili a campi da football. Se fosse partita di corsa, lui avrebbe avuto la traiettoria libera per spararle alla schiena.

Will avrebbe quindi dovuto sparargli prima che succedesse.

«Vado a prendere la valigetta» le disse.

Non tentò di incrociare il suo sguardo. Fissò invece Hank facendogli capire che se le avesse toccato un solo capello, gli avrebbe maciullato la faccia a forza di pugni.

Tra lui e la BMW c'erano quasi dieci metri. Sara la aveva parcheggiata di traverso, in mezzo alla strada, per far rallentare eventuali veicoli in arrivo. Will camminò abbastanza svelto da mantenere le distanze da Merle e Clinton, che trascinavano Dwight in mezzo a loro.

Sentì il calore uscirgli dal corpo. Il suo cuore rallentò battendo forte e costante. Alcune persone si calmavano quando sentivano di avere il controllo della situazione. Will lo aveva perso così tante volte nella sua vita da riuscire a trovare la calma nel caos. Tese le orecchie per captare i rumori. Udì strascicamenti e grugniti, sirene e clacson. Da Sara niente. Almeno, non parole. Si sentiva il suo sguardo addosso, simile a un raggio traente che cercava di riportarlo da lei.

Come cazzo aveva potuto permettere che accadesse?

Si guardò la mano. C'era una chiave meccanica nascosta all'interno di quella elettronica. La estrasse. Prese spunto da Faith, che teneva sempre la chiave più lunga del portachiavi tra le dita piegate, a mo' di coltello. Pensò di usarla per squarciare la gola a Hank. Quell'uomo non sarebbe stato così calmo con la laringe penzoloni sotto il mento.

Figlio di puttana.

Non avevano solo intenzione di prendere la BMW. Sarebbe stata una soluzione semplice: tutto quello che avrebbero dovuto fare era impugnare le pistole, saltare in macchina e scappare. Non servivano discorsi. Invece avevano continuato a parlare. Avevano fornito i loro nomi secondo il principio base di qualsiasi interrogatorio: stabilire un rapporto col soggetto. Avevano raccontato la balla dell'esplosione della condotta del gas. Avevano un uomo ferito e uno svenuto. Non potevano andare in ospedale ma avevano bisogno urgente di assistenza medica.

Avevano intenzione di prendere Sara.

Una furia molto particolare si impossessò di ogni muscolo del suo corpo. Aveva i nervi elettrizzati, la vista cristallina. I suoi pensieri correvano sul filo di un rasoio.

Il coltello a molla in tasca.

La chiave tra le dita.

La pistola nel vano del cruscotto.

Will non poteva mettere la mano in tasca, premere il bottone e aprire il coltello in tempo: sarebbe solo riuscito a lasciarlo cadere per terra quando gli avessero sparato.

La chiave andava bene per un combattimento corpo a corpo, e contro due uomini Will non aveva nessuna possibilità.

Doveva prendere la pistola.

Quattro poliziotti o ex poliziotti armati. Forse cinque, se Dwight si fosse svegliato. Non aveva controllato, ma quel tizio doveva avere una Glock appesa alla cintura, parte dell'uniforme da addetto alla sicurezza. Parte del travestimento.

Ma pur sempre una pistola vera.

Avrebbe potuto fingere di aiutarli a caricarlo in macchina e afferrare la Glock. Anche a distanza ravvicinata avrebbe dovuto essere svelto. Prima Clinton, vista l'arma che portava al fianco, poi Merle perché avrebbe impiegato di più a recuperare il revolver infilato dietro, nella cintura.

Gli istruttori al poligono ripetevano sempre spara per fermare, ma la situazione di pericolo in cui si trovava Sara cambiava le regole. Will avrebbe sparato per uccidere tutti quei pezzi di merda.

Raggiunse infine la BMW. Aprì la portiera, si chinò sul sedile del passeggero. Infilò la chiave nello scompartimento del cruscotto. Alzò lo sguardo per localizzare Sara.

Restò impietrito.

La sensazione era letterale: come se del ghiaccio secco gli stesse penetrando nelle vene. I muscoli ebbero uno spasmo. I tendini si spezzarono. Avvertì un tremore strano, innaturale nelle ossa. Tutte le strategie che stava studiando andarono in fumo per un motivo: la paura.

Sara non era più in piedi. Era in ginocchio, ora però rivolta verso di lui. Aveva le dita intrecciate dietro la testa, la posizione in cui un poliziotto metteva un sospettato per poterlo perquisire e ammanettare.

Hank era in piedi alle sue spalle. Accanto a lui c'era un'altra donna. Separata da lui, non con lui. Aveva i capelli corti quasi bianchi. Le guance scavate. Si teneva i pantaloni cachi aperti con le mani. Le cuciture interne erano sporche di sangue, creavano una v capovolta raccapricciante tra le sue gambe. Guardò Will, lo supplicò con gli occhi di mettere fine a tutto ciò.

Michelle Spivey.

La scienziata era stata rapita un mese prima. Lavorava al CDC.

Non era stata un'esplosione dovuta a una perdita di gas.

Era stato un attacco.

«Bene» gridò Hank a Will. «Ho bisogno che tolga lentamente la testa dall'auto e alzi le mani.» Aveva preso una pistola dalla tasca: una PKO-45. La canna era a stento più lunga del suo dito, che teneva sul ponticello proprio come avrebbe fatto un poliziotto. Il caricatore esteso sporgeva da sotto il suo pugno. Piccola ma potente. La chiamavano cannone da tasca perché avrebbe potuto spappolare il cervello di una donna.

Il cervello di Sara.

Perché era lì che era puntata.

Will ebbe la sensazione d'essere stato colpito d'un tratto da una malattia. Fece come indicato, sollevò a poco a poco le mani. Adesso sì che guardò Sara. Le tremava il labbro inferiore. Aveva gli occhi pieni di lacrime. La sua paura era così tangibile, come un pugno che gli spremesse tutto il sangue dal cuore.

Merle gli cacciò il revolver nel fianco. «Non ce l'abbiamo con te, Golia. Abbiamo solo bisogno di prendere in prestito la dottoressa. Alla fine la riavrai.»

Lo sguardo di Will si posò sul sangue che colava tra le gambe di Michelle. Aprì la bocca ma non riuscì a buttare giù aria. Il sudore gli colava sui lati del viso. Guardò la Smith and Wesson che gli stava spaccando le costole. Se gli avessero sparato al ventre, avrebbe potuto afferrare lo stesso una pistola? Avrebbe potuto coprire Sara perché scappasse?

Da quattro uomini armati? In uno spazio aperto?

Aveva la gola, il petto e i polmoni pieni di schegge di vetro.

Avrebbero preso Sara.

Avrebbero ucciso lui.

Non c'era niente che potesse fare tranne stare a guardare o far sì che accadesse più in fretta.

Clinton caricò Dwight sul sedile posteriore della BMW. Era ancora privo di sensi, riverso sul fianco. La sua fondina era vuota. Vince era troppo lontano perché Will gli prendesse l'arma. Si era già infilato dietro il volante dell'auto di Sara. La chiave elettronica era inserita, perciò riuscì ad accenderla premendo il pulsante. La batteria si accese, ma non il motore.

Vince scoppiò a ridere. «Rubare un'ibrida. Che sputtanata per i liberali.»

Will impose alle sue mani di non tremare e buttò fuori la paura insieme alla rabbia. Non poteva succedere. Non avrebbe lasciato che facessero del male a Sara. Si sarebbe mangiato tutti i proiettili di tutte le pistole se fosse servito a fermarli.

«Attento, fratello.» Il palmo di Clinton era posato sul calcio della Glock.

«Sono un poliziotto» fece Will. «Voi anche. Non deve per forza finire male.»

«Ci serve un dottore» gridò Hank dall'altra sponda dell'abisso che separava lui e Sara. «Senza offesa, fratello. Posto sbagliato, momento giusto. Andiamo, signora. Sali in macchina.»

Cercò di tirarla su ma lei si divincolò. «No.» La sua voce era bassa, ma avrebbe anche potuto urlare quella parola. «Non verrò con voi.»

«Signora, non è stata una condotta del gas a esplodere al campus.» Hank guardò Will. «Abbiamo appena fatto saltare in aria decine, forse centinaia di persone. Pensi che mi freghi qualcosa di avere il tuo sangue sulle mani?»

Will vide l'angoscia sul volto di Sara. Stava pensando agli ospedali, ai pazienti, ai bambini, al personale che aveva perso la vita.

A Will non importava di nessuno. Gli importava solo di lei. Quegli uomini erano assassini a sangue freddo. Se la avessero presa, sarebbe morta nel giro di poche ore. Se si fosse rifiutata di andare, sarebbe morta là dov'era, in ginocchio.

«No» ripeté Sara. Aveva già fatto lo stesso calcolo. Le lacrime le scendevano sulla faccia. Non sembrava più spaventata. Era rassegnata davanti a quanto stava per succedere. «Non verrò con voi. Non vi aiuterò. Dovrete spararmi.»

A Will bruciavano gli occhi, ma non avrebbe mai distolto lo sguardo da lei.

Annuì.

Sapeva che diceva sul serio.

E sapeva perché lo stava dicendo.

«E se uccidessi lei?» Hank premette la pistola alla testa di Michelle Spivey.

La donna non sussultò. Non gridò. Disse: «Fallo. Forza, vigliacco pezzo di merda».

Clinton rise, anche se Michelle sembrava rassegnata al suo destino come Sara.

«Ti credi ancora una brava persona.» Michelle si era girata verso Hank. Le sue mani si erano strette a pugno mentre si teneva i pantaloni. «Cosa dirà tuo padre quando saprà chi sei veramente?»

La calma di Hank cominciò a vacillare. Le parole di Michelle avevano centrato il bersaglio. Aveva trascorso un mese con quegli uomini. Ne conosceva ovviamente i punti deboli.

«Ti ho sentito parlare di lui, dire che è il tuo eroe, che vuoi tanto renderlo orgoglioso» affermò lei. «È malato. Morirà.»

Hank contrasse la mascella.

«Esalerà l'ultimo respiro sapendo che razza di mostro ha contribuito a mettere a questo mondo.»

Clinton rise di nuovo. «Dannazione, ragazza, dal modo in cui parli mi viene da chiedermi quanto stretta sia la passera di tua figlia.»

C'è sempre un momento prima che una brutta situazione precipiti.

Una frazione di secondo.

Un battito di ciglia.

Will si era trovato spesso in brutte circostanze e sapeva quando succedeva. L'aria cambiava. Te ne accorgevi quando la respiravi, come se i polmoni ricevessero più ossigeno, o una parte mai usata del tuo cervello si risvegliasse di colpo ed elaborasse, preparasse per te quant'era destinato ad accadere.

Nella fattispecie: il dito di Hank si spostò dal ponticello al grilletto.

La pistola però non era puntata contro Michelle Spivey quando lo premette, e nemmeno contro Sara. Il braccio di Hank aveva tracciato un arco verso l'uomo che aveva scherzato sull'idea di stuprare una bambina di undici anni.

Poi...

Niente.

Solo un *clic-clic-clic* metallico.

Quello era il problema con i cannoni da tasca: i pelucchi nelle tasche.

La pistola si era inceppata.

«Tu, figlio di...» gridò Clinton.

Tutto rallentò.

Clinton estrasse la Glock dalla fondina.

Will provò un dolce sollievo quando la Smith and Wesson gli fu tolta dalle costole perché Merle intendeva fermarlo.

Will afferrò il revolver. Fu quasi facile perché non era quello di cui Merle era preoccupato.

Le Smith and Wesson non si inceppavano. La sei colpi era una delle armi più affidabili sul mercato. Quanto alla precisione, be', tutto dipendeva dal tiratore e dalla distanza. Will era un buon tiratore. Un bambino di tre anni avrebbe potuto uccidere un uomo a distanza ravvicinata.

Il che fu esattamente ciò che fece Will.

Merle crollò a terra aprendo uno spazio, così Will ebbe la traiettoria libera per sparare a Vince. Si stava chinando verso la fondina alla caviglia quando lo colpì. Lo ferì, e quel bastardo cadde dall'auto.

Un morto. Un ferito. Rimanevano Dwight, Hank, Clinton...

Con la coda dell'occhio Will scorse una macchia indistinta.

Clinton lo placcò e lui perse il revolver sbattendo la testa sul marciapiede. Clinton non puntò alla sua faccia. Non uccidi un uomo spaccandogli il cranio. Lo uccidi spaccandogli gli organi.

Will contrasse i muscoli mentre i pugni si abbattevano come un battipalo sul suo ventre. Il dolore gli tolse il fiato e rischiò di paralizzarlo, ma non era il primo pestaggio che subiva. Non usò le mani per parare i colpi. Ne infilò una in tasca e le sue dita trovarono il coltello pieghevole. Premette il pulsante. La lama si aprì.

Will colpì alla cieca aprendogli uno squarcio sulla fronte.

«Gesù!» Clinton indietreggiò all'improvviso mentre il sangue gli riempiva gli occhi, poi mise le mani in posizione di combattimento.

Al diavolo il combattimento. Non esistevano cose come una lotta alla pari.

Will gli conficcò la lama di dieci centimetri nell'inguine.

Lui ansimò ed ebbe uno spasmo. Si accasciò sull'asfalto tossendo, sputando, rantolando.

Will batté le palpebre cercando di scacciare le stelle. Il sangue gli colò in gola.

Udì sbattere alcune portiere. Il rumore echeggiò come un timpano.

Sara lo aveva chiamato?

Rotolò sul fianco. Cercò di alzarsi, ma il vomito gli salì in bocca. Aveva il ventre in fiamme e riuscì solo a mettersi in ginocchio per ricadere subito dopo lungo disteso. Respirava in preda a un dolore che gli attanagliava tutto il corpo. Tentò di rimettersi in ginocchio.

Fu allora che vide un paio di scarpe da lavoro davanti a lui. Le punte d'acciaio erano sporche di sangue. Ne vide una spostarsi all'indietro. Attese che si muovesse in avanti e strinse la gamba.

Buttati giù e rotola.

Piombarono entrambi a terra con un tonfo sordo.

Ma non era Clinton.

Era Hank.

Will riuscì a immobilizzarlo. Lo colpì al volto con una scarica di pugni. Gli avrebbe cacciato quei fottuti occhi in fondo al cranio. Lo avrebbe ucciso perché aveva puntato la pistola alla testa di Sara. Li avrebbe uccisi tutti, cazzo.

«Will!» gridò qualcuno.

Era la voce di Sara, e al tempo stesso non era la sua voce.

«Basta!»

Alzò lo sguardo.

Non era Sara.

Era sua madre. Cathy Linton stava tenendo un fucile a due canne con entrambe le mani. Will sentì il calore uscire dalla bocca della canna. Uno dei grilletti era già stato tirato e aveva fatto scattare il cane. L'altro restava armato e pronto allo scatto.

Cathy guardò verso la strada.

La BMW stridette superando la curva. Will crollò a terra. La sua mente fluttuava e il vomito gli bruciava ancora la gola. Cercò di contare le teste in macchina.

Quattro? Cinque? Guardò dietro di sé aspettandosi di trovare il corpo di Sara. «Dove...»

«È andata.» Dalla bocca di Cathy uscì un singhiozzo. «Will, l'hanno presa.»

3

Domenica 4 agosto, 13.33

Faith Mitchell controllò l'ora mentre fingeva di studiare lo schema del Russell Federal Building sul monitor gigante nella parte anteriore dell'aula. Il noioso imbecille del Marshals Service stava riesaminando il piano di trasporto dalla prigione che il collega precedente, altrettanto noioso e imbecille, aveva discusso un'ora prima.

Si guardò attorno. Non era l'unica ad avere difficoltà a concentrarsi. Le trenta persone riunite, appartenenti a vari rami delle forze dell'ordine, stavano tutte cedendo nei loro banchi. La città, con il suo grande buon senso, spegneva l'aria condizionata in tutti gli edifici governativi nei fine settimana. Nel mese di agosto. Con le finestre bloccate perché nessuno potesse buttarsi giù per il piacere di sentire un po' d'aria in faccia mentre precipitava.

Faith guardò il fascicolo della riunione. Una goccia di sudore le cadde dalla punta del naso sbavandone alcune parole. Lo aveva già letto tutto, due volte. L'idiota dei Marshal era il quinto oratore nelle ultime tre ore. Faith voleva prestare attenzione, davvero, ma se avesse sentito qualcun altro definire Martin Elias Novak un *prigioniero di alto valore*, si sarebbe messa a urlare.

Il suo sguardo si posò sull'orologio a muro sopra il monitor.

Le 13.34.

Avrebbe giurato che la lancetta dei secondi si muovesse all'indietro.

«Allora l'auto della scorta andrà qui.» L'uomo indicò il rettangolo in fondo alla linea tratteggiata, opportunamente denominato *auto della scorta*. «Desidero ricordarvi ancora che Martin Novak è un prigioniero di altissimo valore.»

Faith si sforzò di non sbuffare. Persino la compostezza di Amanda cominciava a vacillare. Era ancora dritta come un fuso sulla sedia, apparentemente attenta, ma Faith sapeva che riusciva a dormire anche con gli occhi aperti. Sua madre era uguale. Erano entrate insieme nel dipartimento di polizia di Atlanta. Ed erano entrambe molto adattabili, due dinosauri che si erano evoluti imparando a usare vari strumenti e a inoltrare meme che da due mesi non erano più tali.

Aprì il laptop. Nel browser c'erano otto schede aperte, le davano tutte consigli per rendere la sua vita più efficiente. Le chiuse. Era una madre single con una figlia di due anni a casa e un figlio ventenne al college. L'efficienza non era un obiettivo raggiungibile. Il sonno neppure. Come del resto fare un pasto senza essere interrotta, usare il bagno chiudendo la porta, leggere un libro senza dover mostrare le immagini a tutti i peluche della stanza, respirare profondamente, camminare in linea retta.

Pensare.

Faith voleva disperatamente riappropriarsi del suo cervello, quello pre-gravidanza, che le insegnava a essere un'adulta perfettamente funzionale. Era andata così con suo figlio? Faith aveva solo quindici anni quando aveva dato alla luce Jeremy. Allora non aveva fatto molto caso a quello che succedeva alla sua mente. Più che altro aveva pianto la perdita del padre di Jeremy, mandato dai genitori a vivere con alcuni parenti al nord in modo che un bambino non gli rovinasse il brillante futuro.

Con sua figlia Emma era consapevole dei cambiamenti non poi tanto sottili delle sue facoltà mentali. Riusciva a fare più cose contemporaneamente ma a stento ne portava a termine una. I sentimenti di ansia e di ipervigilanza legati al fatto d'essere una poliziotta erano amplificati all'ennesima potenza. Non dormiva mai veramente, perché le sue orecchie erano sempre in allerta. Le bastava sentirla piangere per ritrovarsi con le mani e il labbro tremanti. A volte la lampada notturna le illuminava le ciglia morbide, delicate, e lei si sentiva così piena d'amore che finiva per singhiozzare da sola in corridoio.

Sara le aveva spiegato le ragioni scientifiche di quegli sbalzi d'umore. Durante la gravidanza, l'allattamento al seno e l'infanzia del figlio, il cervello di una donna viene inondato dagli ormoni che alterano la sostanza grigia delle aree preposte alla socialità, aumentandone l'empatia e legandola intimamente al bambino.

Il che era una cosa maledettamente buona, perché se un altro essere umano ti trattasse come fa un bambino gettandoti il cibo in faccia, facendo domande su ogni tua mossa, srotolando tutta la carta d'alluminio, urlando alla vista delle posate, costringendoti a pulirgli il sedere, facendo pipì a letto, in macchina e mentre stai pulendo la sua pipì, chiedendoti di ripetere tutto almeno sedici volte per poi strillare perché parli troppo, probabilmente lo uccideresti.

«Analizziamo il quadrilatero tattico che abbiamo creato sulle strade dirette a ovest» affermò l'oratore.

Faith batté molto lentamente le palpebre. Le serviva qualcosa oltre al lavoro e a Emma. Sua madre lo chiamava eufemisticamente equilibrio lavoro-vita, ma in effetti era solo il modo educato di Evelyn di dirle che aveva bisogno di fare sesso.

Idea a cui Faith non si opponeva.

Il problema era trovare un uomo. Non intendeva frequentare un poliziotto perché ti bastava uscire con uno, e tutti avrebbero creduto di poterti scopare. Tinder era escluso. Gli uomini apparentemente non sposati se ne sarebbero dovuti stare incatenati a una panca davanti a un'aula di tribunale. Aveva provato con Match.com ma nessuno degli sfigati da cui era stata anche solo vagamente attratta aveva superato i controlli sulla fedina penale. Il che era indicativo del tipo d'uomo che l'affascinava più di quanto suggerissero i siti stessi di incontri online.

Di quel passo sarebbe rimasta a bocca asciutta.

«Allora.» L'oratore batté fin troppo forte le mani. «Rivediamo il curriculum di Martin Elias Novak. Sessantuno anni, vedovo con una figlia, Gwendolyn. La moglie è morta di parto. Novak ha servito nell'esercito in qualità di esperto di esplosivi. In realtà non così esperto: nel '96 ha perso due dita della mano sinistra. È stato congedato e ha svolto lavori occasionali nel campo della sicurezza. Nel 2002 era in Iraq con una forza privata di mercenari. Nel 2004 lo abbiamo ripreso mentre con altri veterani si univa alle milizie che pattugliavano i confini dell'Arizona.»

Unì le punte delle dita e chinò lentamente la testa. «Quella in Arizona è stata l'ultima volta che l'abbiamo visto. Era il 2004. Novak è scomparso dai radar. Nessun movimento sulle carte di credito. Ha chiuso i conti. Ha disdetto le utenze. Ha lasciato la casa in affitto. La pensione e gli assegni di invalidità sono tornati indietro come non consegnabili. È rimasto un fantasma fino al 2016, anno in cui è ricomparso sui radar con un nuovo lavoro: rapinatore di banche.»

Faith notò che aveva omesso un grosso pezzo del puzzle, proprio come ogni altro oratore in tutte le riunioni precedenti. E si trattava di un dettaglio macroscopico.

Novak era un fanatico antigovernativo. Non solo un uomo che non voleva pagare le tasse o sentirsi dire cosa fare. Cavolo, nessun americano di polso lo voleva. Il periodo trascorso con la cosiddetta milizia di confine aveva portato il suo dissenso su tutt'altro piano. Per sei mesi Novak era rimasto in compagnia di uomini che ritenevano di conoscere la Costituzione meglio di chiunque altro. Peggio ancora, erano disposti a prendere le armi e ad agire di conseguenza.

Ciò significava che, grazie a tutte quelle rapine in banca, qualcuno da qualche parte aveva mezzo milione di dollari per aiutare la causa.

E in quella stanza sembrava che a nessuno importasse.

«Bene.» L'oratore batté di nuovo le mani. Qualcuno in prima fila sussultò al rumore. «Chiamiamo ora l'agente speciale Aiden Van Zandt dell'FBI che ci spiegherà perché Novak è un prigioniero di valore così alto.»

Faith sentì di nuovo i suoi occhi alzarsi al cielo.

«Grazie, Marshal.» Van Zandt ricordava più Humperdinck che Westley. Faith non si fidava degli uomini che portavano gli occhiali, ma almeno non batté le mani né fece lunghi preamboli. L'agente si voltò verso il monitor dichiarando: «Passiamo al video. Novak è il primo a entrare. Vedrete le due dita mancanti della mano sinistra».

Il video iniziò. Faith si protese sulla sedia. Finalmente qualcosa di nuovo. Aveva letto tutti i rapporti ma non aveva visto i filmati.

Lo schermo mostrava l'interno di una banca a colori.

Venerdì 24 marzo 2017, 16.03

Quattro sportellisti alle rispettive postazioni. Almeno una decina di clienti in fila. Doveva esserci stato un flusso continuo tutto il giorno. La gente incassava gli assegni prima del fine settimana. Non c'erano vetri né sbarre di sicurezza agli sportelli. Una filiale di periferia. Era la Wells Fargo fuori Macon, dove la squadra di Novak aveva combattuto la sua ultima battaglia.

Sullo schermo accadde tutto in fretta. A Faith quasi sfuggì l'ingresso di Novak, nonostante indossasse un'uniforme tattica nera con un passamontagna sulla faccia. Teneva l'AR-15 lungo il fianco destro. Sulla spalla sinistra aveva uno zaino. Gli mancavano il mignolo e l'anulare della mano sinistra.

L'addetto alla sicurezza entrò nell'inquadratura a destra di Novak. Pete Guthrie, padre divorziato di due figli. Stava avvicinando la mano alla fondina ma l'AR si sollevò, e un attimo dopo Pete Guthrie era morto.

Qualcuno nell'aula gemette come se stessero guardando un film, non la fine di un uomo.

Il resto della squadra di Novak si precipitò nella banca mettendosi rapidamente in posizione. Sei uomini, tutti con la stessa uniforme nera addosso. Tutti con gli AR-15, che in Georgia erano comuni come le pesche. Non c'era l'audio, ma Faith vide le bocche spalancarsi quando i clienti urlarono. Spararono a un'altra persona, una nonna settantaduenne chiamata Edatha Quintrell che, in base alle dichiarazioni dei testimoni, non era stata abbastanza veloce a stendersi a terra.

«Militari» commentò inutilmente qualcuno.

Inutilmente perché era chiaro che quegli uomini fossero un'unità tattica. Meno di dieci secondi dopo essere entrati stavano già aprendo i cassetti delle casse, scartando le mazzette civetta e cacciando i soldi nelle borse di tela bianca.

Van Zandt disse: «Abbiamo passato al setaccio i filmati dei quattro mesi precedenti per vedere se qualcuno avesse fatto sopralluoghi nella banca, ma non è saltato fuori niente». Indicò Novak. «Guardate il cronometro che ha in mano. Il distretto di polizia più vicino è a dodici minuti. La pattuglia più vicina a otto. Sa al secondo quanto tempo hanno. Avevano pianificato tutto.»

Non avevano pianificato però che un cliente fosse un poliziotto fuori servizio. Rasheed Dougall, agente ventinovenne, era passato in banca tornando dalla palestra. Indossava un paio di pantaloncini rossi da basket e una maglietta nera. Gli occhi di Faith lo individuarono subito nell'angolo in basso a destra, appiattito per terra. Le mani non sopra la testa ma lungo il fianco, accanto alla borsa da ginnastica. Capì cosa sarebbe successo. Rasheed tolse una micropistola Springfield dalla borsa e sparò al ventre al rapinatore più vicino.

Due colpi, com'era stato addestrato.

Rotolò e ne colpì un secondo alla testa. Stava puntando l'arma contro il terzo quando un proiettile di Novak gli fece saltare la metà inferiore del volto.

Novak non sembrò scomporsi davanti all'improvviso massacro. Controllò con freddezza il cronometro. Mosse la bocca. In base alle dichiarazioni stava dicendo ai suoi: «Andiamo, ragazzi, ripulite tutto».

Quattro uomini avanzarono: due squadre, ciascuna prese un complice morto e lo trascinò verso la porta.

Lui raccolse le borse di tela bianca piene di denaro. Sollevò un tubo bomba sopra la testa accertandosi che lo vedessero tutti. Non serviva a far saltare il caveau. L'avrebbe fatto esplodere appena l'auto fosse stata fuori portata. Prima di andarsene tuttavia avrebbe incatenato le porte in modo che nessuno uscisse.

Nell'ottica delle azioni criminali violente era un ottimo piano. Le piccole città non avevano abbastanza personale d'emergenza da gestire più di un disastro alla volta. Un'esplosione alla banca, con le vittime che venivano scagliate fuori dalle finestre e dalle porte, sarebbe stata la catastrofe più grave che gli abitanti del luogo avessero mai visto.

Novak piazzò la bomba sul muro. Faith sapeva che era tenuta là da un adesivo venduto in qualsiasi negozio di bricolage. Un tubo galvanizzato. Chiodi. Puntine. Il filo. Tutti i componenti erano irrintracciabili o così comuni da esserlo comunque.

Novak si voltò verso la porta. Iniziò a estrarre la catena e il lucchetto dallo zaino. Poi inaspettatamente cadde a terra a faccia in giù.

Una chiazza di sangue si allargò attorno al suo corpo a mo' di angelo di neve.

Qualcuno dei presenti esultò.

Una donna entrò di corsa nell'inquadratura. Dona Roberts. La sua Colt 1911 era puntata alla testa di Novak. Il suo piede fermo sull'osso sacro di lui per assicurarsi che restasse giù. Era una pilota in pensione degli aerei cargo della Marina, che guarda caso si trovava nella banca per aprire un conto per sua figlia.

E accidenti, addosso aveva un prendisole senza spalline e un paio di sandali.

L'immagine si bloccò.

Van Zandt disse: «Novak si è preso due proiettili nella schiena. Ha perso un rene e la milza, ma i dollari di voi contribuenti lo hanno risistemato alla meglio. Il telefono per far esplodere la bomba era nello zaino. Secondo i nostri il primo criminale, colpito allo stomaco, sarebbe potuto sopravvivere con un intervento medico rapido. Quello con il foro nella testa è morto ovviamente sulla scena. Nessun corpo è stato ritrovato nel raggio di una trentina di chilometri. Nessun ospedale ha segnalato vittime di ferite da arma da fuoco corrispondenti alla descrizione. Non abbiamo idea di chi siano quei due complici. Novak non è crollato durante l'interrogatorio».

Non era crollato perché non era il tipico rapinatore di banche. In genere quegli idioti finivano arrestati prima ancora che potessero contare i soldi. L'FBI era stata in pratica inventata per impedire alla gente di rapinare le banche. Aveva una percentuale di casi risolti maggiore del settantacinque percento. Era un reato stupido con un alto rischio di insuccesso e una condanna assicurata a venticinque anni, e questo per il solo fatto di esserti avvicinato a uno sportellista e avergli passato un biglietto in cui dicevi di voler rapinare la banca. Brandire un'arma, minacciare e sparare alle persone significava trascorrere il resto della vita in prigione, ammesso che non ti aspettasse un ago nel braccio.

«Quindi...» Era di nuovo l'uomo dei Marshal. Batté le mani. Quel tipo era decisamente un amante del battimano. «Esaminiamo quello che è successo nel video.»

Faith controllò l'Apple Watch per vedere se ci fossero messaggi pregando che un'emergenza famigliare la salvasse da quell'incubo senza fine.

Non ebbe fortuna. Vedendo l'ora gemette.

Le 13.37.

Recuperò i messaggi. Will non aveva idea di quanto fosse stato fortunato a evitare quella stupida riunione. Gli mandò un clown con una pistola ad acqua puntata alla testa. Poi un coltello. Un martello. Stava per aggiungere un avocado perché a entrambi non piaceva, invece il dito le scivolò sul minuscolo schermo e senza volere gli inviò una patata dolce.

«Guardiamo il prossimo grafico.» L'oratore passò a un'altra immagine, un diagramma di flusso che dettagliava tutte le agenzie coinvolte nel trasporto. La polizia di Atlanta. La polizia della contea di Fulton. L'ufficio dello sceriffo della contea di Fulton. Lo US Marshals Service. L'FBI. L'ATF. La chissenefrega, perché Faith aveva davanti a sé la prospettiva di due ore di piegatura bucato, sei se la sua adorata figlia avesse insistito per aiutarla.

Controllò se Will avesse risposto. No. Forse stava lavorando sulla sua macchina o facendo flessioni, o qualsiasi altra cosa facesse nei giorni in cui riusciva a fuggire dalle riunioni senza fine.

Forse era ancora a letto con Sara.

Faith guardò dalla finestra. Fece un lungo sospiro.

Will era un'occasione persa, adesso lo capiva. Non era stata particolarmente attratta da lui quando si erano conosciuti. Sara invece gli aveva fatto da Pigmalione. Lo aveva trascinato da un vero parrucchiere, non dal tipo strambo dell'obitorio che barattava un taglio di capelli per un sandwich. Lo aveva convinto a farsi fare gli abiti su misura, perciò da uomo immagine del reparto sconti di un negozio per taglie grandi ed extralunghe era diventato come i modelli di Hugo Boss. E stava più dritto, dimostrava maggior sicurezza. Era meno goffo.

Poi c'era il suo lato dolce.

Disegnava una stella sul calendario nei giorni in cui Sara andava dalla parrucchiera per ricordarsi di farle i complimenti. Trovava sempre il modo di pronunciare il suo nome. La ascoltava, la rispettava, la riteneva più sveglia di lui, il che era vero perché era un medico, ma quale l'uomo lo avrebbe ammesso? Deliziava sempre Faith con le antiche perle di saggezza che Sara gli rivelava:

Sapevi che anche gli uomini possono usare la crema per la pelle secca?

Sapevi che dovresti mangiare la lattuga e il pomodoro con un hamburger?

Sapevi che il succo d'arancia congelato contiene un sacco di zucchero?

Faith era diabetica. Ovviamente sapeva dello zucchero. La domanda era: come faceva Will a non saperlo? E non era comunemente noto che mangiando la lattuga e il pomodoro potevi ordinarti le patatine fritte? Sapeva che Will era cresciuto in modo selvaggio, ma Faith aveva vissuto con due ragazzi adolescenti, prima suo fratello maggiore e poi suo figlio. Non era riuscita ad avere una confezione di crema idratante integra in bagno finché non era arrivata a trent'anni.

Come diavolo faceva Will a non sapere della crema per la pelle secca?

«Grazie, Marshal.» Aveva preso la parola il maggiore Maggie Grant.

Faith si raddrizzò sulla sedia cercando di fare la brava studentessa. Maggie era il suo animale guida, una donna che aveva risalito la piramide del dipartimento di polizia di Atlanta passando da vigile per l'attraversamento stradale a comandante delle Operazioni speciali senza trasformarsi in una stronza trituratesticoli.

«Ricapitolerò brevemente la Bibbia della SWAT sul trasporto nell'ottica dell'APD. Seguiremo tutti la dottrina dello sparatore attivo. Niente negoziazioni. Si risponde al fuoco e basta. Dal punto di vista tattico manterremo sempre un quadrato libero attorno al *prigioniero... di alto valore.*»

Solo Faith e Amanda risero. C'erano esattamente tre donne nella stanza. Gli altri erano uomini che forse non lasciavano parlare ininterrottamente una donna dalle elementari.

«Signora?» Si alzò una mano. Alla faccia della mancanza di interruzioni. «Per quanto riguarda l'uscita del prigioniero in caso di emergenza...»

Faith guardò l'orologio.

Le 13.44.

Aprì Note sul laptop e cercò di risistemare la lista della spesa che aveva dettato a Siri quel mattino: *uova, pane, succo, burro di arachidi, pannolini, no, Emma, no, cazzo, Emma non farlo, oh Cristo per favore smettila, caramelle.*

La tecnologia aveva documentato i suoi cattivi metodi educativi.

Era sempre stato così? Quando Jeremy andava in prima elementare, Faith aveva ventidue anni e lavorava su un'auto di pattuglia. Le sue capacità genitoriali erano a metà tra *La tela di Carlotta* e *Il signore delle mosche.* Jeremy la prendeva ancora in giro per il biglietto che gli aveva lasciato una volta sul cestino del pranzo: *Il pane è vecchio. Capita, quando non chiudi il sacchetto.*

Aveva giurato di essere una madre migliore per Emma, ma che cosa significava esattamente? Non abbandonare una montagna di biancheria non piegata sul divano? Non lasciare che la sporcizia della moquette si accumulasse nell'aspirapolvere, che aveva quindi un odore di gomma bruciata ogni volta che lo accendeva? Non rendersi conto fino alle tre e dodici di quel mattino che se il contenitore dei giocattoli puzzava di roll-up di frutta marcia era perché Emma li aveva nascosti tutti là sul fondo?

I bambini piccoli erano proprio dei fottuti bastardi.

«Sono la vicedirettrice del GBI Amanda Wagner.»

Faith si scosse. Si era estraniata per il caldo e la noia. Ringraziò tra sé Gesù perché Amanda era l'ultima oratrice.

Amanda si appoggiò al tavolo nella parte anteriore dell'aula e attese che tutti le rivolgessero l'attenzione. «Abbiamo avuto sei mesi per prepararci per il trasferimento. Qualsiasi falla nella messa in sicurezza del detenuto può essere dovuta solo a un errore umano. Voi qui in questa stanza siete gli esseri umani che potrebbero commettere quell'errore. Lei, abbassi la mano.»

L'uomo davanti lo fece.

Amanda guardò l'orologio. «Sono le due e cinque. Abbiamo quest'aula fino alle tre. Prendetevi una pausa di dieci minuti, poi tornate e rivedete il fascicolo. Nessun documento dovrà uscire da questa stanza. Nessun file sui laptop. Se avete domande, sottoponetele in forma scritta al vostro diretto supervisore.» Amanda le sorrise: era l'unica agente nell'aula che aveva la responsabilità di supervisionare. «Grazie, signori.»

La porta si aprì. Faith vide il corridoio. Soppesò le conseguenze di fingere di andare in bagno e di sgattaiolare fuori dalla porta posteriore.

«Faith.» Amanda stava venendo verso di lei. La stava bloccando. «Aspetta un minuto.»

Faith chiuse il laptop. «Parleremo del perché nessuno abbia accennato al fatto che il nostro *prigioniero di alto valore* pensa di rovesciare lo Stato profondo come Katniss di *Hunger Games*?»

Amanda si corrucciò. «Pensavo che Katniss fosse l'eroina...»

«Ho un problema con le donne che comandano.»

Amanda scosse la testa. «Senti, Will ha bisogno di un massaggio al suo ego.»

Per un attimo Faith non seppe che cosa rispondere. La richiesta era sorprendente sotto due punti di vista: primo, Will si irritava davanti a qualsiasi contatto, e secondo, Amanda viveva per calpestare l'ego della gente.

«È rimasto male perché non è stato scelto per questa task force.»

«Scelto?» Faith aveva perso cinque o sei domeniche per quella noia. «Pensavo che fosse una punizione per...» Non era tanto stupida da fare la lista. «Per me.»

Amanda continuò a scuotere la testa. «Faith, un giorno gli uomini in questa stanza saranno a capo di tutto. Serve che si abituino al fatto che partecipi ai discorsi. Sai, i contatti.»

«I contatti?» Faith cercò di non intenderlo in senso esplicativo. Il suo motto era sempre stato: *perché puntare in alto quando potevi startene tranquilla?*

«Questi sono gli anni di maggior guadagno per te. Hai pensato che quando Emma andrà al college, potrai chiedere l'assistenza sanitaria per anziani?»

Per Faith fu una pugnalata al petto.

«Non puoi restare in campo per sempre.»

«E Will sì?» Non capiva. Amanda era come una madre per Will, se si parlava di madri temibili. «Da dove salta fuori questa storia? Will è il tuo preferito. Perché gli stai tarpando le ali?»

Invece di rispondere Amanda sfogliò il fascicolo, pagine e pagine di testo con interlinea singola.

Faith non aveva bisogno di una spiegazione. «È dislessico. Non analfabeta. Con i numeri se la cava meglio di me. Sa leggere il fascicolo di una riunione. Impiega solo un po' di più.»

«Come sai che è dislessico?»

«Perché...» Faith non sapeva come. «Perché lavoro con lui. Faccio attenzione. Sono una detective.»

«Ma lui non te lo ha mai detto. E non lo dirà mai a nessuno. Perciò non posso proporgli accordi. Perciò non salirà mai nella scala gerarchica.»

«Cristo» borbottò Faith. Stava stroncando il futuro di Will, così.

«Mandy.» Maggie Grant entrò nella stanza. Aveva una bottiglia d'acqua fredda per ciascuna. «Perché diamine siete ancora qui? Fa più fresco in corridoio.»

Faith svitò furiosa il tappo. Non poteva credere a quell'assurdità. Non spettava ad Amanda decidere che cosa fosse o non fosse capace di fare Will.

«Come sta tua madre?» le chiese Maggie.

«Bene.» Faith raccolse le sue cose. Doveva andarsene prima di dire qualche sciocchezza.

«Emma?»

«È molto tranquilla. Non dà problemi.» Si alzò dalla sedia. La camicia sudata le si staccò dalla pelle come una buccia di limone. «Devo...»

«Porta loro i miei più cari saluti.» Maggie si girò verso Amanda. «Il tuo ragazzo come va?»

Si riferiva a Will. Tutti gli amici di Amanda lo chiamavano così. Quel termine ricordava a Faith la prima apparizione di Michonne in *The Walking Dead*.

«Se la cava» rispose Amanda.

«Lo credo bene.» Rivolgendosi a Faith aggiunse: «Avresti dovuto acchiapparlo prima che entrasse in scena Sara».

Amanda scoppiò in una fragorosa risata. «Non è abbastanza dolce per lui.»

«Che cazzo significa?» Faith sollevò le mani per evitare di fare una brutta fine. «Scusatemi. Mi sono alzata alle tre per trascinare il contenitore dei giocattoli in giardino. Il cielo era sveglio, e anch'io.»

Lo squillo di un cellulare le impedì di storpiare altre battute di *Frozen*.

«È il mio» disse Maggie. Si avvicinò alla finestra e rispose.

Poi iniziò a suonare quello di Amanda.

Altri squilli echeggiarono in corridoio. Sembrava che suonassero tutti i telefoni dell'edificio.

Faith guardò l'orologio. Aveva silenziato le notifiche prima della riunione ma adesso le riattivò. Alle 14.08 era arrivata un'allerta dal sistema di notifiche di primo soccorso:

Esplosioni alla Emory University. Numerose vittime. Tre sospettati bianchi maschi fuggiti con una Chev Malibu argento targa XPR 932. Un ostaggio catturato. Considerati armati e pericolosi. Procedere con cautela.

Per un istante Faith non ebbe la capacità di comprendere l'informazione. Si sentì pervadere da un fremito nervoso: era la stessa sensazione che provava quando vedeva un'allerta per una sparatoria in una scuola o un attacco terroristico. Subito dopo pensò al fatto che alla squadra di Novak piacessero le esplosioni. Ma un'università non rientrava nel loro modus operandi, e la casa sicura di Novak era fuori città.

«Mandate tutti gli agenti disponibili» abbaiò Amanda al telefono. «Mi servono particolari. Descrizioni. Una stima delle vittime. Che la SOU si coordini con l'ATF per mettere in sicurezza il campus. Informatemi appena il governatore chiamerà la Guardia nazionale.»

«Amanda.» La voce di Maggie era rigorosamente controllata. Era la sua città, la sua responsabilità.

«Il mio elicottero viene a prenderci sul tetto.»

«Andiamo.» Amanda indicò a Faith di seguirla.

Lei afferrò la borsa mentre il fremito nervoso si trasformava in un blocco di calcestruzzo nel suo stomaco e la sua mente iniziava a elaborare quello che era successo. Un'esplosione all'università. Un ostaggio catturato. Numerose vittime. Armati e pericolosi.

Quando raggiunsero le scale, stavano tutti correndo. Maggie le condusse su, ma gli altri agenti della riunione stavano scendendo a precipizio, perché quello facevano i poliziotti quando succedeva qualcosa di brutto: correvano verso quel qualcosa.

«Sto autorizzando...» urlò Maggie al telefono balzando verso il pianerottolo seguente, «... 9-7-2-2-4-alfa-delta. 10-39, chiunque sia disponibile. Voglio tutti gli elicotteri in volo. Di' al comandante che sono a cinque minuti.»

«Uno degli attentatori è stato ferito.» Amanda stava finalmente ricevendo informazioni. Si voltò a guardare Faith mentre saliva. «L'ostaggio è Michelle Spivey.»

Maggie borbottò un'imprecazione afferrando la ringhiera per tirarsi su. Ascoltò per un istante, quindi riferì: «Ho due feriti, niente su Spivey». Respirava affannosamente ma non si fermò. «Un criminale è stato colpito alla gamba. Un altro alla spalla. Il guidatore indossava una divisa degli addetti alla sicurezza della Emory.»

Faith sentì il sudore sul corpo diventarle gelido mentre ascoltava le parole che echeggiavano nella tromba delle scale.

«Un'infermiera ha riconosciuto Spivey.» Amanda smise di parlare al telefono. Gridò per farsi sentire al di sopra dei loro passi sui gradini di calcestruzzo. «Ci sono informazioni contrastanti ma...»

Maggie si fermò su un altro pianerottolo. Sollevò la mano per chiedere silenzio. «Okay, abbiamo un testimone oculare del dipartimento di polizia di Dekalb secondo il quale sono esplose due bombe nel garage di fronte all'ospedale. La seconda detonazione era programmata per colpire i primi soccorritori. Abbiamo almeno quindici persone intrappolate all'interno. Dieci vittime a terra.»

Faith sentì la bile salirle in bocca. Guardò per terra. C'erano mozziconi di sigarette là dove qualcuno stava fumando. Pensò all'alta uniforme appesa in armadio, al numero di funerali a cui sarebbe andata nelle settimane seguenti, al numero di volte in cui sarebbe dovuta stare stoicamente sull'attenti mentre le famiglie crollavano a pezzi.

«C'è dell'altro.» Maggie riprese a salire. I suoi passi non erano più altrettanto svelti. «Due addetti alla sicurezza sono stati trovati uccisi nel seminterrato. Due agenti del dipartimento di Dekalb sono stati ammazzati quando gli attentatori sono fuggiti. Un'altra è sotto i ferri. La vicesceriffo della contea di Fulton. Non è messa bene.»

Faith ricominciò a muoversi più lentamente sentendo un pugno al ventre a ogni aggiornamento. Si concesse di pensare ai suoi figli, a sua madre che aveva fatto quel lavoro. Sapeva che cosa significasse attendere notizie, non avere idea se il tuo genitore fosse vivo, morto o ferito. L'unica cosa che potevi fare era stare seduto davanti al televisore e cercare di convincerti che non era quella la volta in cui non sarebbe tornato a casa.

Amanda si bloccò per un attimo e le posò la mano sulla spalla. «Sanno tutti che sei con me.»

Faith impose alle sue gambe di muoversi, di continuare a salire i gradini perché non riusciva a fare altro. Nessuna di loro ci riusciva.

Sua madre stava badando a Emma. Jeremy era a un torneo di videogiochi con i suoi amici. Sapevano che lei era in centro alla riunione perché si era lamentata a gran voce con chiunque fosse disposto ad ascoltarla.

Due addetti alla sicurezza assassinati.

Due poliziotti.

Una vicesceriffo che probabilmente non si sarebbe risvegliata dopo l'intervento.

Tutti quei pazienti in ospedale. Adulti, bambini, perché alla Emory non c'era soltanto un ospedale: un isolato più in giù lungo la strada c'era l'ospedale infantile Egleston. Quante volte aveva portato Emma al pronto soccorso nel cuore della notte. Le infermiere erano così gentili, i medici così pazienti. C'erano parcheggi tutt'intorno all'edificio. Un'esplosione avrebbe potuto tranquillamente farne precipitare uno sull'ospedale.

E poi? Quanti palazzi erano stati distrutti dai crolli dell'11 settembre? Alla fine Maggie spinse la porta in cima alle scale. La luce del sole colpì le retine di Faith, ma i suoi occhi erano già pieni di lacrime di rabbia.

La seconda detonazione era programmata per colpire i primi soccorritori.

Udì il battito lontano dei rotori dell'elicottero. L'UH-1 Huey nero era quasi vecchio quanto Faith. La SWAT lo usava per calarsi con la corda e per i salvataggi durante gli incendi. Gli uomini erano già vestiti di nero. Equipaggiamento tattico completo. AR-15. Altri addetti di primo soccorso. Sarebbero dovuti andare di stanza in stanza, di struttura in struttura per assicurarsi che non ci fossero altre bombe pronte a esplodere.

Il battito aumentò mentre il velivolo si avvicinava.

I pensieri di Faith si susseguivano a un ritmo silenzioso, intercalato a quello dei rotori:

Due guardie-due famiglie.

Due poliziotti-due famiglie.

Una vicesceriffo-una famiglia.

«Mandy.» Maggie dovette urlare per farsi sentire al di sopra dei motori. C'era qualcosa nella sua voce che scatenò un'improvvisa tensione nell'aria.

«Mandy, si tratta di Will. Hanno ferito il tuo ragazzo.»

4

Domenica 4 agosto, 13.54

Sara prese mentalmente nota dell'ora stimata della morte dell'uomo della Porsche mentre controllava il cuoio capelluto del guidatore dell'F-150.

«È esplosa una condotta del gas. Ce la siamo data a gambe.» Il passeggero del furgone indicò la Chevy Malibu. «Dovreste occuparvi di loro. Quello dietro non ha un bell'aspetto.»

Sara fu lieta di sentire che Will teneva il passo mentre correva verso l'auto. C'era qualcosa che non quadrava in quell'incidente. Il tamponamento non sembrava essere stato tanto forte da spezzare il collo di quell'uomo. Era un mistero che avrebbe dovuto risolvere a suo tempo il medico legale di Atlanta. Non si poteva dire quanto avrebbero impiegato a sgomberare il luogo dell'esplosione. Era stata una fortuna che il cantiere fosse deserto.

Eppure...

Il collo rotto. Nessun altro segno di trauma. Niente lacerazioni. Niente contusioni.

Strano.

«Al mio amico serve aiuto» disse a Will il guidatore della Malibu.

«È una dottoressa» affermò Merle.

«Signore?» Sara si inginocchiò per esaminare l'uomo privo di sensi sul sedile posteriore. Il passeggero accanto a lui osservava ogni sua mossa. Vie aeree libere. Respirazione normale. «Signore, si sente bene?»

Sara udiva fare nomi alle sue spalle.

Dwight, Clinton, Vince, Merle.

«Dwight?» provò a dire. La parte posteriore della Malibu era buia, i finestrini oscurati quasi neri. Trascinò l'uomo alla luce del sole. Le pupille erano reattive. Le vertebre allineate. Il polso forte e costante. Aveva la pelle appiccicosa ma in fondo era agosto. La avevano tutti.

«Sono Hank» fece il passeggero accanto a lui. «Lei è un medico?»

Sara annuì ma fu l'unica risposta che riuscì a dargli. Quell'idiota aveva perso i sensi perché non si era curato di mettersi la cintura di sicurezza. Sul luogo dell'esplosione c'erano sicuramente feriti gravi con ustioni, traumi cerebrali, da schiacciamento, da frammenti.

Hank aprì la portiera e scese.

Sara alzò lo sguardo.

Poi lo fissò.

Il sangue gli aveva inzuppato la parte posteriore dei pantaloni.

Lui si girò posando le braccia sul tetto della macchina. La camicia gli si sollevò. Aveva una pistola infilata davanti, nella cintura. Sara lo udì dire: «Clinton, non è colpa di nessuno».

Si guardò le mani. Erano appiccicose, ma non di sudore. Di sangue. Passò il palmo sulla schiena di Dwight. Un foro familiare dai bordi corrugati nella spalla sinistra indicava lo stesso tipo di ferita che aveva visto sulla gamba di Hank.

Una ferita d'arma da fuoco.

Il collo spezzato del guidatore della Porsche. I segni della breve frenata sulla strada. La scia di sangue che portava al furgone. I nomi: Will si sarebbe accorto che erano falsi? Dwight Yoakam. Hank Williams. Merle Haggard. Vince Gill. Clint Black. Erano tutti cantanti di musica country.

Fece un profondo respiro e controllò il panico.

Perquisì la Malibu con cura in cerca di un'arma.

La fondina di Dwight era vuota. Sul fondo non c'era niente. Guardò tra i sedili anteriori e per poco non ansimò.

Incuneata nel vano piedi c'era una donna. Minuta con i capelli corti biondo platino. Le braccia strette con forza attorno alle gambe. Non si era mossa né aveva fatto rumore per tutto il tempo, ma adesso sollevò la testa e mostrò il suo volto.

Il cuore di Sara sussultò.

Michelle Spivey.

Gli occhi della donna scomparsa erano rossi di pianto, le sue guance scavate. Le labbra screpolate e sanguinanti. Parlò senza emettere suono, in preda alla disperazione:

Aiuto.

Sara sentì la sua bocca spalancarsi. Fece un respiro esitante. Udì un'altra parola riecheggiarle in testa, la stessa che veniva in mente a ogni donna quand'era circondata da uomini aggressivi, disturbati:

Stupro.

«Will.» Le tremavano le mani mentre armeggiava in tasca in cerca delle chiavi. «Ho bisogno che tu vada a prendermi la valigetta nel vano del cruscotto.»

Ti prego. Lo supplicò tra sé. *Prendi la pistola e metti fine a tutto questo.*

Will afferrò la chiave. Sentì le sue dita sfiorarla. Non la guardò. Perché non voleva guardarla?

«Dacci una mano, Golia. Forza» esclamò Clinton.

«Aspettate.» Sara cercò di rallentarli. «Potrebbe avere una lesione al collo o…»

«Signora, mi scusi.» Merle aveva la barba lunga e i capelli a spazzola. Doveva essere un poliziotto o un militare. Lo erano tutti. Avevano la stessa postura, lo stesso modo di muoversi, obbedivano agli ordini nello stesso modo.

Non che avesse importanza. Avevano già il coltello dalla parte del manico.

Will aveva chiaramente fatto lo stesso ragionamento. Adesso stava guardando Sara. Lei sentiva il suo sguardo addosso. Non poteva voltarsi perché sapeva che sarebbe crollata.

«Vado a prendere la valigetta» disse.

Hank girò attorno all'auto zoppicando. Si mise accanto a Sara, non troppo vicino ma comunque abbastanza. Sara ne avvertiva la pericolosità, era come una sostanza chimica che le bruciava la pelle.

Will strinse la chiave in pugno incamminandosi verso la BMW. Era arrabbiato, il che era un bene. A differenza di quanto accadeva a gran parte degli uomini, la furia gli schiariva la mente. Aveva i muscoli contratti. Sara concentrò tutta la sua forza, tutta la sua speranza su quelle spalle larghe.

«Vale.» Hank stava parlando a Vince. Non usavano più i nomi in codice. La recita era finita. Lei o Will si erano traditi, oppure Hank aveva capito che le sirene della polizia che udivano in lontananza sarebbero ben presto arrivate nella via di Bella.

Hank sollevò il mento indicando a Vale di seguire il resto della squadra nell'auto.

«Esci» disse quindi a voce bassa a Michelle. Aveva una pistola in mano. Era piccola, ma era pur sempre una pistola.

Michelle trasalì mentre strisciava sopra il tunnel centrale. Si teneva i pantaloni con la mano. La patta era aperta. Il sangue le colava sul polso, le scendeva lungo le gambe.

Il cuore di Sara si bloccò.

I piedi nudi di Michelle toccarono l'asfalto. Un capogiro la indusse a tenersi all'auto. Aveva delle piaghe tra le dita dei piedi. Segni di aghi. L'avevano drogata. L'avevano tagliata. Sanguinava in mezzo alle gambe.

Stupro.

«Non urlare» disse Hank.

Prima che Sara potesse reagire, un dolore accecante le salì dal polso al braccio fino alla spalla. Fu costretta a inginocchiarsi. L'asfalto le si conficcò nelle ginocchia. Hank le torse di nuovo il braccio. Aveva le dita intrecciate dietro la testa quando Will raggiunse la BMW.

Si chinò all'interno dell'auto.

Alzò lo sguardo.

Contrasse la mascella a tal punto che Sara scorse la sagoma delle ossa.

Lo vide osservare Hank che le puntava la pistola alla testa, Michelle che si teneva i pantaloni insanguinati, i tre uomini armati che lo circondavano. Non avrebbe potuto salvarla anche se si fosse sacrificato.

Dal suo volto trasparì allora qualcosa che Sara non gli aveva mai visto.

Paura.

«Hai lasciato...» La voce di Michelle era rauca. Si stava rivolgendo a Hank. «Hai lasciato che mi violentasse.»

Le sue parole furono come una martellata al cuore per Sara.

«Non puoi...» Michelle deglutì. «Non puoi fingere che non stia accadendo. Te lo dico ora. Sai cosa ha...»

«Bene» gridò Hank a Will. «Ho bisogno che tolga lentamente la testa dall'auto e alzi le mani.»

Sara riuscì solo a stare a guardare mentre Will obbediva. Il suo sguardo continuava a guizzare di qua e di là. Il suo cervello lavorava frenetico cercando di trovare una via d'uscita.

Non c'era.

Lo avrebbero ucciso. Avrebbero costretto lei a curarli e poi l'avrebbero fatta a pezzi.

«Hai lasciato che lo facesse» bisbigliò Michelle. «Hai lasciato che mi facesse del male. Hai lasciato che...»

«Ci serve un dottore» urlò Hank a Will. «Senza offesa, fratello. Posto sbagliato, momento giusto. Andiamo, signora. Sali in macchina.»

Sara si aspettava che arrivasse quel momento, ma fino all'ultimo non capì quale sarebbe stata la sua risposta.

«No.»

Non si mosse. Le sue ginocchia erano parte dell'asfalto.

Era insensibile come una roccia.

Era stata stuprata al college. In una maniera crudele, brutale, selvaggia. L'avevano privata della capacità di avere figli. Le avevano rubato per sempre il senso di sé, il senso di sicurezza. L'esperienza l'aveva cambiata in modi che, quasi vent'anni dopo, stava ancora scoprendo. Aveva giurato che non avrebbe permesso che le succedesse di nuovo.

La stretta di Hank sul suo braccio aumentò.

«No.» Sara si divincolò. La paura era svanita. Sarebbe morta pur di non lasciare che la prendessero. Non era mai stata così sicura di qualcosa in vita sua. «Non verrò con voi.»

«Signora, non è stata una condotta del gas a esplodere al campus.» Hank guardò Will. «Abbiamo appena fatto saltare in aria decine, forse centinaia di persone. Pensi che mi freghi qualcosa di avere il tuo sangue sulle mie mani?»

Le sue parole la fecero quasi piegare in due. Tutte quelle persone malate e ferite. Studenti, bambini, il personale che aveva dedicato la vita ad aiutare gli altri.

«No» ripeté Sara. Stava piangendo apertamente. Alla fine l'avrebbe uccisa. L'unica cosa che era in grado di controllare era ciò che sarebbe successo da quel momento ad allora.

«Sali in macchina.»

«Non verrò con voi. Non vi aiuterò. Dovrete spararmi.» Fissò Will comunicandogli la sua rassegnazione. Aveva bisogno che capisse perché si rifiutava di andare.

La gola di Will si mosse. Aveva le lacrime agli occhi.

Alla fine lentamente annuì.

«E se uccidessi lei?» Hank puntò la pistola contro Michelle Spivey.

«Fallo.» La voce di Michelle era forte, non balbettava più. «Forza, pezzo di merda di un rammollito.» Il suo pugno stringeva la vita dei pantaloni. Sara scorse un bendaggio insanguinato, alcuni punti saltati lungo la linea del bikini.

L'avevano operata?

«Ti credi ancora una brava persona» disse Michelle a Hank. «Cosa dirà tuo padre quando saprà chi sei veramente? Ti ho sentito parlare di lui, dire che è il tuo eroe, che vuoi tanto renderlo orgoglioso. È malato. Morirà. Esalerà l'ultimo respiro sapendo che razza di mostro ha contribuito a mettere a questo mondo.»

Clinton rise. «Dannazione, ragazza, dal modo in cui parli mi viene da chiedermi quanto sia stretta la passera di tua figlia.»

Ci fu un movimento improvviso sopra la testa di Sara. Hank allungò il braccio puntando la pistola contro Clinton.

Clic-clic-clic.

L'arma si era inceppata.

«Tu, figlio di...» Clinton estrasse la Glock dalla fondina.

Hank trascinò Michelle a terra mentre la pistola sparava. Sara chiuse gli occhi. Restò esattamente dov'era, in ginocchio, le dita intrecciate dietro la testa, in attesa del proiettile.

Non arrivò.

Sentì altri due spari in rapida successione.

Aprì gli occhi. Merle giaceva morto sul terreno. Vince/Vale era stato ferito. Era caduto dalla portiera aperta. La macchia di sangue si stava allargando attorno alla ferita al fianco.

Era stato Will a sparare. Si stava girando per eliminare Clinton quando lui lo placcò.

Sara scattò in piedi per scappare.

Fu spinta giù.

Hank le mise un braccio attorno al collo stringendole la gola. La vista prese a ondeggiarle. Gli conficcò le unghie nella pelle. «Lasciami!» urlò mordendo, graffiando, scalciando.

Vide una macchia scura con la coda dell'occhio. La canna lunga, inconfondibile di una Glock 22. Detta fermauomo perché le sue munizioni calibro quaranta potevano bloccare un uomo all'istante.

Hank la teneva puntata a terra. Aveva il dito sul ponticello, pronto a sparare se necessario.

Non ne ebbe bisogno. Clinton stava tempestando di pugni il ventre di Will. Fegato. Milza. Pancreas. Reni. Usava le sue mani come un battipalo per spappolarglieli.

«Fermalo» lo supplicò Sara. «Lo ucciderà.»

La mano di Will guizzò verso la faccia di Clinton. Il coltello pieghevole. La lama di dieci centimetri era affilata come un rasoio. Il sangue disegnò una linea nell'aria.

Clinton arretrò brusco.

Will lo pugnalò all'inguine.

Sara si alzò, ma Hank le impedì di fuggire. Le stringeva il braccio attorno al collo. Continuava a tenere la Glock puntata in basso, ma il suo dito era sempre rigido accanto al grilletto. I muscoli del suo avambraccio erano simili a corde.

«Will.» Il nome le si bloccò in gola.

Lui sputò sangue. Rotolò sul fianco. Si stava stringendo il ventre, stava tentando di alzarsi e cercando il revolver.

«Vieni con noi altrimenti gli sparo nel petto» affermò Hank.

Un singhiozzo le salì doloroso in gola. Allungò la mano come se potesse aiutarlo.

Will contrasse le gambe quasi volesse rimettersi in piedi. Il vomito gli uscì dalla bocca. Perdeva sangue dalla nuca. Si mise in ginocchio ma poco dopo cadde lungo disteso.

«Dottoressa?» Hank sollevò infine la pistola puntandola contro Will.

Sara si incamminò verso la BMW. Non riusciva quasi a reggersi sulle gambe, le ginocchia continuavano a cederle. Will si stava contorcendo per terra. Guardò verso la strada. Sua madre era in piedi sul marciapiede. Aveva un fucile da caccia in mano, un vecchio modello a due canne che aveva preso polvere sopra il caminetto di Bella per almeno cinquant'anni.

Sara scosse la testa supplicandola di non intromettersi.

Hank trascinò Michelle verso la macchina. La gettò a Vale perché ci pensasse lui. Poi si diresse da Will con la Glock lungo il fianco.

«Avevi promesso.» Anche mentre lo diceva, Sara capì quanto fosse stata stupida a fidarsi di uno stragista.

«Guida tu.» Vale la spinse sul sedile del guidatore. Riusciva a vedere attraverso la portiera aperta del passeggero. Will era carponi. Dalla bocca gli colavano sangue e vomito. Aveva gli occhi chiusi, la faccia grondante di sudore.

«Cazzo» borbottò Clinton salendo sul sedile dietro di lei. «Cazzo, andiamocene.»

Sara guardò impotente mentre Hank spostava una gamba all'indietro. Voleva sferrare un calcio alla testa Will.

«Will!» gridò.

Lui lo afferrò per la gamba atterrandolo. Non ci fu lotta. Gli si mise a cavalcioni. Cominciò a picchiarlo sulla faccia: rapido, metodico, furioso.

«Lascialo qui!» urlò Clinton.

Vale tastò alla cieca in cerca del revolver che aveva infilato nella cintura dei pantaloni. Era in preda al panico per la ferita al fianco. Il sangue gli aveva impregnato la camicia.

«Ho detto di lasciarlo qui, cazzo!» Clinton gli puntò la Glock alla testa. «Subito!»

«Gesù, Carter!» Vale si tirò su sul sedile del passeggero pur ribattendo: «Non possiamo lasciare Hurley».

Clinton. Hank. Vince.

Carter. Hurley. Vale.

«Parti!» La Glock sbatté sulla tempia di Sara. «Vai!»

Sara mise la marcia. Girò l'auto. Vide Will nello specchietto retrovisore. Morto al suo fianco c'era Merle. Stava ancora a cavalcioni di Hank o Hurley o comunque si chiamasse quell'uomo.

Ammazza anche lui, pensò Sara. *Fallo fuori a forza di pugni.*

Il fucile sparò. Cathy aveva mirato alle gomme ma aveva colpito il pannello posteriore.

«'Fanculo!» gridò Vale. «Ma che cazzo, Carter!»

«Sta' zitto!» Carter tirò un pugno al sedile di Sara. «Va' a destra! A destra!»

Sara sterzò a destra. Il cuore le martellava tanto forte che sentì la testa girarle. Aveva lo stomaco chiuso e avvertì che la vescica stava per cederle. Vale era seduto al suo fianco. Carter era dietro, la spalla premuta contro quella di Michelle. Dwight era sempre svenuto da qualche parte dietro, ma non si poteva dire quanto sarebbe rimasto così. Si era messa in trappola da sola con quei mostri. La sua unica consolazione era che Will era ancora vivo.

«Cazzo!» Vale si sfregò la faccia. L'adrenalina stava svanendo. Il suo corpo stava risentendo dello shock della ferita. Respirava in modo affannoso, in preda al panico. «Mi ha preso al petto, fratello! Non riesco… non riesco a respirare!»

«Sta' zitto, fighetta del cazzo!»

Un'auto della polizia di Atlanta stava venendo dritta verso di loro con le luci accese e le sirene. Sara pregò che si fermasse. La BMW tremò quando sfrecciò loro accanto.

«Va' a sinistra!» La voce di Carter era acuta come la sirena. «Qui! A sinistra!»

Imboccò Oakdale. Seguì con lo sguardo l'auto della polizia finché poté. Le luci dei freni brillarono, rosse, quando svoltò a sinistra in Lullwater.

Verso Will.

«Sento uscire l'aria!» Vale sembrava terrorizzato. Metteva bombe in un ospedale ma piagnucolava per un buco nel fianco. «Aiutami! Cosa faccio?»

Sara non disse nulla. Stava pensando a Will. Costole ammaccate. Sterno rotto. Forse un'emorragia interna, in caso di rottura della milza. Si era sacrificata solo per lasciarlo morire in strada? E adesso quell'uomo, quel bambino frignone, voleva che lo aiutasse?

«Sei un dottore!» gemette. «Aiutami!»

Mai in vita sua aveva provato così poca empatia per un altro essere umano. Parlò a denti stretti. «Chiudi la ferita.»

Vale si sollevò la camicia. La mano gli tremò quando la avvicinò per coprire il buco.

«Mettici il dito dentro» affermò Sara, il che era un'idiozia perché la sua cavità toracica si stava riempiendo di sangue. Ogni volta che respirava, immetteva più aria nello spazio pleurico che comprimeva il polmone ferito accelerandone il collasso. Alla fine la pressione si sarebbe accumulata nel polmone opposto, nel cuore e nelle vene facendo collassare anch'essi.

La sua unica preoccupazione era che avrebbe impiegato troppo a morire.

«Gesù!» strillò Vale. Quell'imbecille si era davvero cacciato il dito nel foro. Il dolore gli aveva tolto il fiato. Aveva gli occhi così sgranati che se ne vedeva il bianco. Per fortuna soffriva troppo per potersi lamentare.

Non era comunque di Vale che doveva preoccuparsi. Carter era arrabbiato, concentrato e pronto a tutto pur di togliersi da quella situazione. Sara era consapevole che avrebbe potuto allungarsi e afferrarla per il collo in qualsiasi momento.

Guardò l'ora.

Le 14.04.

Per Will la golden hour stava per finire. Le emorragie interne potevano essere arrestate chirurgicamente, ma con che velocità lo avrebbero portato da un chirurgo? Avrebbero dovuto trasportarlo in elicottero fino a un centro traumatologico. Chi lo avrebbe fatto? Tutti i poliziotti della zona stavano rispondendo all'emergenza.

Due bombe al campus. Non poteva pensarci. Non ci avrebbe pensato. L'unica cosa importante era Will.

«Superali!» urlò Carter. «Passa nell'altra corsia!»

Sara si lanciò nel traffico proveniente dalla direzione contraria. Gli pneumatici stridettero. Due auto si scontrarono. Vale urlò di nuovo. Sara diede gas. Si stavano avvicinando a Ponce de Leon.

«Passa con il rosso!»

Sara si mise la cintura di sicurezza e superò il semaforo. I clacson strombazzarono. Le ruote si sollevarono in aria mentre cercava di tenere dritto il volante.

Il che... *Perché?*

Va' a sbattere contro un albero, contro un palo del telefono o una casa. Sara aveva l'airbag nel volante. La cintura di sicurezza. Non aveva un foro nel polmone, un coltello che le spuntava dalla gamba o una ferita d'arma da fuoco nella spalla.

Michelle.

La donna era seduta nel sedile posteriore centrale. Sarebbe volata fuori dal parabrezza. Avrebbe potuto rompersi il collo. I frammenti di vetro e di metallo avrebbero potuto lacerarle un'arteria. L'auto avrebbe potuto travolgerla prima che riuscisse ad allontanarsi.

Fallo. Michelle aveva sfidato Hank fissando il buco nero di una pistola. *Forza, vigliacco pezzo di merda.*

Davanti, la strada faceva una curva a gomito.

Sarebbe andata dritta. Sarebbe andata a sbattere contro la casa di mattoni oltre il semaforo rosso.

Will stava bene. Aveva capito perché Sara avesse detto loro di spararle. Sapeva che niente di tutto ciò era colpa sua.

Le sue spalle si rilassarono. La sua mente era lucida. La calma che provò le indicò che era la cosa giusta da fare.

La curva stava arrivando. Trenta metri, venti. Sara premette l'acceleratore. Si aggrappò con forza al volante. Cercò di nuovo di incrociare lo sguardo di Michelle nel retrovisore.

La donna aveva gli occhi spalancati. Piangeva terrorizzata.

All'ultimo minuto sterzò a destra, poi a sinistra affrontando la curva su due ruote. L'auto toccò di nuovo terra rimbalzando. Saltò due stop. Tolse il piede dall'acceleratore e cercò di nuovo di guardare Michelle, ma la donna aveva avvicinato le gambe a sé e sprofondato la testa tra le ginocchia.

«C-cazzo.» Vale sibilava dal naso mentre si sforzava di immettere aria nei polmoni che stavano collassando. Aveva capito l'intenzione di Sara, ma non era stato in grado di bloccarla.

«Rallenta» borbottò ignaro Carter. «Gesù, mi stanno andando a fuoco le palle.» Tirò un pugno nello schienale del sedile di Sara. «Sei tu il dottore. Dimmi cosa fare.»

Sara non riusciva a parlare. Aveva la gola piena di cotone. Dov'era finita la determinazione di prima? Perché aveva a cuore quello che sarebbe successo a Michelle? Doveva cominciare a pensare a se stessa: come uscire da quella storia studiando una fuga o controllando la sua morte.

«Dai!» Carter pestò di nuovo sul sedile. «Dimmi cosa fare.»

Sara toccò il retrovisore. Le mani le tremavano tanto che riuscì a stento a trovare l'inclinazione giusta. Il riflesso mostrò la ferita di Carter. Il manico del coltello spuntava dalla coscia interna destra. Will aveva conficcato la lama dall'alto. Era tenuta ferma dal muscolo.

Arteria femorale. Vena femorale. Nervo genitofemorale.

Tentò di schiarirsi la voce. La sua lingua era pesante in bocca. Sentiva il sapore della bile. «Il coltello preme contro un nervo. Toglilo.»

Carter sapeva di non doverlo fare. La lama aveva forse scalfito anche un'arteria. «E se lo usassi per aprirti la faccia? Gira a destra, poi al semaforo a sinistra.»

Sara svoltò a destra allo stop. Il semaforo era verde quando piegò a sinistra in Moreland Avenue. Little Five Points. C'erano solo poche auto per la strada. I parcheggi davanti ai negozi e ai ristoranti erano semivuoti. Alla gente era stato probabilmente detto di restare al riparo dove si trovava. O era a casa a guardare il telegiornale. O la polizia aveva istituito un perimetro stretto attorno all'ospedale. Tanto stretto che la BMW era riuscita ad allontanarsi prima che attuassero il piano.

«Togli quel rumore del cazzo» esclamò Carter.

Il segnale della cintura di sicurezza. Sara non aveva notato il suono di quella del passeggero, slacciata, ma ora sentiva solo quello.

Vale non cercò di rimediare. Aveva gli occhi chiusi, le labbra tese. Teneva ancora il dito nel foro. Ogni gobba, ogni movimento dovevano essere una tortura.

Sara scrutò la strada in cerca di buche.

«Spegnilo!» urlò Carter. «Aiutalo, maledizione!»

Michelle si allungò nello spazio tra i sedili. Si muoveva lentamente, faticosamente. Il sangue sulle sue mani si era seccato formando una patina bordeaux. Iniziò a tirare la cintura sopra il ventre di Vale. La sua mano restò sospesa a pochi centimetri dalla fibbia.

La pistola era infilata nella vita dei jeans.

Sara si irrigidì. Pregò che Michelle la afferrasse e si mettesse a sparare.

La fibbia scattò. Il suono smise. Michelle si appoggiò al sedile.

Sara fece scorrere lo sguardo sulle ginocchia di Vale.

Il cuore le andò in mille pezzi. Michelle aveva bloccato il revolver contro il suo stomaco.

Perché?

«Fratello.» Carter sembrava nervoso, esitante. «Uso il mio telefono?»

Vale non rispose. Stava battendo i denti.

«Fratello!» Carter tirò un calcio al sedile.

«No!» gridò. Si afferrò alla maniglia della portiera. L'aria gli usciva sibilando tra i denti. «Gli ordini» disse. «Non possiamo...» Fu interrotto da uno spasmo.

«Merda.» Carter si pulì il sangue dagli occhi. «Continua dritta. Fino all'interstatale» disse a Sara.

Li stava portando alla 285. Avrebbero costeggiato il perimetro della città. Non sembrava una direzione arbitraria. Se quegli uomini erano davvero poliziotti o militari, avevano di certo un piano B, un'altra auto per la fuga, un luogo per un appuntamento, una casa sicura in cui nascondersi finché l'attenzione non fosse scemata.

Sara si sforzò di concentrarsi per trovare un modo per fermarsi prima di raggiungere l'autostrada. L'auto della polizia che aveva visto svoltare a sinistra in Lullwater era la sua unica speranza. Se Will non ne fosse stato in grado, sarebbe stata Cathy a riferire i particolari all'agente. Lui avrebbe chiamato il comando. Il comando avrebbe diramato un'allerta su ogni telefono e computer in un'area di tre stati.

Tre sospetti terroristi nazionali. Pesantemente armati. Due ostaggi.

La BMW era completamente accessoriata. Radio satellitare. Navigatore GPS. C'era un pulsante SOS sopra il retrovisore. Sara non lo aveva mai premuto. Sapeva che faceva parte del sistema telemetrico per l'assistenza stradale. Quello che non sapeva era se avrebbe inviato un segnale silenzioso oppure se dagli altoparlanti si sarebbe sentita una voce umana che le avrebbe chiesto come potesse aiutarla.

«Dash?» Carter stava cercando di svegliare l'uomo sul sedile posteriore.

Non Dwight.

Dash.

«Fratello, forza.» Si allungò sopra Michelle e gli picchiettò la guancia tentando di scuoterlo. «Dai, fratello. Svegliati.»

Dash mosse le labbra. Prese a bofonchiare. Sara regolò di nuovo lo specchietto. Vedeva i suoi occhi muoversi sotto le palpebre.

Scrutò ancora davanti a sé, non tuttavia in cerca di buche. Più si allontanavano dalla Emory, più macchine c'erano per le strade. Avrebbe potuto lampeggiare con gli abbaglianti? Sbandare in modo imprevedibile? Qualcuna di queste cose avrebbe messo in pericolo chiunque avesse tentato di aiutarla?

«Perché non si sveglia?» Carter gli stava girando la testa da una parte all'altra. «Vale, prendi quel kit di pronto soccorso nel vano del cruscotto.»

Vale non si mosse, ma Sara vide che la chiave era ancora nella serratura.

La pistola.

«Dash!» urlò Carter schiaffeggiandolo. «Maledizione.»

«Gli serve un ospedale.» Sara tolse lo sguardo dalla chiave. «Le uniche cose che ho nella valigetta sono cerotti e disinfettante.»

«Cazzo!» Tirò un pugno allo schienale del sedile. «Dash, forza, fratello.»

Sara si schiarì ancora una volta la voce. Si premette il palmo sul petto. I suoi battiti erano veloci come il ticchettio di un cronometro.

Pensa-pensa-pensa-pensa.

Disse a Carter: «È svenuto da quasi quindici minuti. Probabilmente è in coma». Un'altra bugia. Il cervello di quell'uomo stava chiaramente cercando di riavviarsi. «Dovremmo lasciarlo vicino a una caserma dei vigili del fuoco, così potranno aiutarlo.»

«Merda. È di Dash che stiamo parlando. Non lo lasceremo da nessuna parte.» Carter si allungò verso Michelle.

«No!» strillò la donna. Si tolse affannosamente di mezzo scavalcando lo schienale ed entrando nel vano di carico. Tenne le spalle premute contro il vetro, le braccia allargate. Fissava Sara con uno sguardo di panico negli occhi.

Lei la guardò nel retrovisore. Lanciò un'occhiata alla sua destra.

La valigetta era nel contenitore portaoggetti.

Bisturi. Aghi. Sedativi.

Michelle interruppe il contatto. Si raggomitolò, le gambe al petto, la testa sulle ginocchia.

«Che cos'ha?» Carter schioccò le dita davanti alla faccia di Dash.

L'uomo aveva socchiuso appena le palpebre ma non rispondeva.

«Dash? Forza, fratello. Svegliati.»

Sara guardò l'orologio.

Le 14.08.

Cathy si sarebbe occupata di Will. Si sarebbe accertata che lo portassero in ospedale. Avrebbe sentito i medici. Sarebbe stata là quando si fosse svegliato dopo l'intervento. Lo avrebbe sostenuto come aveva fatto con Jeffrey.

No?

«Dottoressa?»

Sara guardò nello specchietto. Michelle le stava parlando.

«Lo aiuti» disse. «Dash non... È un delinquente ma non come...»

«Chiudi quella cazzo di bocca» la ammonì Carter. L'unica cosa che lo tratteneva dallo scavalcare il sedile era il coltello nella gamba.

Guarda a destra. Sara la supplicò mentalmente. *Apri la borsa nera.*

Michelle fissò il riflesso di Sara. Scosse la testa. Sapeva della borsa. Non avrebbe fatto niente.

Sara si sentì male. Era completamente sola.

«Ehi.» Carter schiaffeggiò di nuovo Dash, con tanta forza che il rumore pervase l'auto. «Dimmi cosa fare, puttana.»

Sara dovette buttar giù il dolore. «Va stimolato.»

Carter lo schiaffeggiò ancora. «Lo sto stimolando.»

«Mettigli il dito nel foro di proiettile nella spalla.»

«Sì, questo sta funzionando alla grande.»

Sara studiò Vale con freddezza. I suoi rantoli si erano fatti sporadici. Le labbra avevano un colore blu. Le narici erano collassate e si dilatavano quando cercava disperatamente di immettere aria nei polmoni sempre più vuoti.

«Ehi» fece Carter. «Penso che si stia svegliando.»

Le palpebre di Dash presero a tremolare. Dal profondo della gola gli uscì un brontolio. Sollevò le mani, la destra più in alto rispetto alla sinistra, le dita allargate come una marionetta.

«Cosa fa?» Carter era allarmato. Sara restò in silenzio. Cercò un altro contatto con Michelle, ma la donna si era nuovamente rannicchiata.

«Che cos'ha che non va?» tuonò Carter.

Gli occhi di Dash si erano aperti. Il brontolio nella sua gola si trasformò in un mormorio. Batté le palpebre una, due volte. Osservò lentamente i passeggeri attorno a lui. Michelle. Carter. Vale. Guardò confuso Sara.

«Chi è?» biascicava. «Lei. Chi...»

«Abbiamo preso un medico» balbettò Carter. Era chiaramente spaventato, il che significava che Dash era importante. «Abbiamo perso Hurley e Morgan.»

«Cosa...» si sforzò di dire Dash. «Cos...»

«Abbiamo preso un medico.» Carter non rispose alla domanda implicita. «Ho un coltello del cazzo nell'inguine. Vale non ha l'aria di stare molto bene.»

Dash batté di nuovo le palpebre. Era ancora disorientato, ma si stava riprendendo.

Sara mentì. «Ha le pupille fisse. Probabilmente sta sanguinando all'interno del cranio. Un aneurisma o...»

«Merda.» Carter si asciugò il sudore sulla faccia. Guardò il ciglio della strada.

Dash si schiarì la voce. «Cos'è successo?» Guardò Sara. «Lei chi è?»

«Ti ho detto...» Carter rinunciò. «Cos'ha?» chiese a Sara.

«Un'amnesia post-traumatica.» Cercò di escogitare un modo per spaventarlo e indurlo a lasciare Dash a bordo strada. «È un segno di una lesione cerebrale profonda. Dobbiamo portarlo in ospedale.»

«Cazzo-cazzo-cazzo.»

Dash si avvicinò la mano al volto. Si toccò la guancia e strizzò gli occhi. Era probabilmente disorientato, in preda alla nausea, però stava tornando in sé. Sara lo capiva dai movimenti controllati, dal modo in cui gli occhi si concentravano su punti fissi.

«Dannazione.» Carter stava guardando dal parabrezza. «Non sognarti nemmeno di fermarli.»

C'era un'auto di pattuglia in arrivo nella direzione opposta. Sara trattenne il fiato in attesa che il poliziotto riconoscesse la BMW grazie a un'allerta generale.

Dash si allungò goffamente tra i sedili e le posò una mano sul braccio. «Stia calma, signorina.»

Aveva un tono pacato, ma la sua autorità era palese. Vale era il frignone. Carter la testa calda. Dash l'uomo a cui tutti obbedivano.

Sara guardò l'auto scomparire nel retrovisore. Niente luci dei freni. Non stava rallentando. Davanti e dietro quella macchina aveva un lettore di targhe. Il sistema aveva di certo rilevato la sua.

Il che significava che la BMW non era nel sistema.

«Carter.» Dash trasalì quando si appoggiò di nuovo allo schienale. Adesso che era sveglio sembrava più vecchio. Gli occhi erano circondati da rughe sottili. «Quel proiettile è ancora nella mia spalla?»

«Sì» fece Carter. «Non esce più tanto sangue.»

«Be', potrebbe essere un bene o un male.» Pronunciò ogni parola con cura. Non era del tutto in sé ma tentava di far credere che lo fosse. «Non è così, dottoressa?»

Sara non rispose. La spalla era perlopiù osso e cartilagine. Il proiettile era incandescente quand'era penetrato e aveva cauterizzato i tessuti.

Male per Sara. Bene per Dash.

Gemette quando accavallò le gambe. «Carter, usa il laccio della mia scarpa per legarti il coltello alla gamba. Non vorrai che faccia altri danni. Nodo serpente.»

Carter iniziò a slacciare la scarpa.

«Dottoressa, abbiamo bisogno di cure mediche. Tutti quanti» affermò Dash.

«Sono una pediatra» rispose Sara, il che tecnicamente era vero. Era anche un medico legale e un investigatore della scena del crimine. «Non sono un chirurgo. Quelle sono lesioni gravi.»

«Senza dubbio.» Dash stava di nuovo perdendo il controllo della parola. Gli lacrimavano gli occhi. Il sole era uno stimolo eccessivo. Aveva chiaramente una commozione cerebrale. Sara non sapeva quanto grave fosse. Ogni cervello reagiva ai traumi a modo suo.

Lui si schiarì la voce. Si sfregò gli occhi. «Carter, hai pensato che siamo su un mezzo rubato, rintracciabile con un sistema GPS?»

Carter era concentrato ad annodare il cordino. «Non c'erano molte alternative. Dovevamo andarcene. Giusto, Vale?»

Vale bofonchiò una non risposta. Aveva ancora l'indice infilato in profondità nel foro sul fianco. Con l'altra mano si teneva alla maniglia. Sara studiò il revolver bloccato dalla cintura di sicurezza. Le mani di Carter erano occupate a fare il nodo. I riflessi di Dash compromessi. Avrebbe potuto...

«Signorina» disse Dash posandole una mano sulla spalla. «Segua quel furgone, per piacere.»

Un furgone bianco stava entrando nel parcheggio di un locale di spogliarello di Moreland. L'insegna fuori mostrava una donna poco vestita accanto alle parole Club Shady Lady. I posti erano occupati da veicoli commerciali. Il furgone bianco frenò e girò a destra dietro l'edificio. Sul lato aveva il logo Lay's Potato Chip.

«Ah, che fortuna. Continui a seguirlo» affermò Dash.

Sara guidò lentamente nel vicolo stretto. Fece un'altra curva. L'edificio restava sulla destra, a sinistra c'era un boschetto fitto. Non aveva modo di allungarsi, aprire il vano del cruscotto e recuperare la pistola di Will senza che le sparassero. Avrebbe potuto aprire la portiera e gettarsi fuori. Carter non poteva correre con il coltello nella gamba. Vale era troppo terrorizzato per muoversi. Dash non era nelle condizioni di inseguirla.

Michelle l'avrebbe aiutata? O avrebbe aspettato che succedesse qualcosa di brutto?

Il furgone bianco era parcheggiato accanto all'ingresso di servizio. Il fattorino scese. Non lanciò loro più di un'occhiata mentre apriva le porte e cominciava a scaricare scatole.

«Si fermi qui» ordinò Dash.

Sara mise il cambio in posizione di parcheggio. La musica del locale era così forte che la sentiva nel petto.

Guardò di nuovo il vano del cruscotto.

«Vale» osservò Dash. «Mi chiedo se potresti passarmi qualsiasi cosa ci sia in quel vano che sembra interessi tanto la nostra amica.»

Sara guardò gli alberi dal finestrino. Udì la serratura scattare. L'ansito di shock di Vale quando vide la pistola di servizio di Will.

Dash la prese dicendogli: «Grazie, signore».

Sara chiuse gli occhi. Pensò ai dispositivi di sicurezza della BMW. Le portiere si chiudevano automaticamente quando il tachimetro toccava i venticinque chilometri all'ora. Bisognava tirare due volte la maniglia per aprire la portiera. Sarebbe riuscita a farlo abbastanza in fretta da fuggire?

Dash sembrò rendersi conto di qualcosa. «Dove sono Hurley e Monroe?»

«Morti» rispose Carter. «Abbiamo dovuto lasciarli. Un tizio del cazzo è spuntato dal nulla. È stato come prendere a pugni un sacco di pietre.»

Sara guardò nel retrovisore. Aveva la testa china. Stava ancora facendo il nodo.

«Cos'ha il nostro amico davanti?» le chiese Dash.

«Non ho gli strumenti diagnostici adatti» rispose, facendo intendere che fossero necessari. «L'ipotesi più probabile è che il suo polmone stia collassando.»

«Mi scusi ancora, ma non può inserire qualcosa di cavo per rimettere l'aria nei polmoni?»

Sara non capiva se la stesse mettendo alla prova. Una pellicola per alimenti avrebbe forse contribuito a chiudere la ferita, e aveva un'agocannula nella valigetta che avrebbe potuto ridurre la pressione.

Decise di rispondere alla domanda con una domanda: «Metterebbe un tubo in una gomma sgonfia per rigonfiarla?».

Vale fece un respiro superficiale. Stava cercando di seguire l'andamento della situazione. Teneva sempre inutilmente il dito nel buco nel fianco. Avrebbe voluto dirgli di infilarlo più in profondità. Se non fosse morto per lo shock, sarebbe morto per un'infezione.

«Dovremmo conoscerci» osservò Dash. «Come dovrei chiamarla?»

«Sara.» Guardò l'autista del furgone bianco. Stava svolgendo il suo lavoro, impilando scatole su un carrello, controllando l'ordine sul tablet.

«Cognome?»

Lei esitò. Dash non glielo chiedeva per essere socievole. Avrebbe potuto fare un controllo online. Sara compariva nel sito del GBI in qualità di agente speciale assegnato all'ufficio del medico legale. C'era una gran differenza tra rapire una pediatra e rapire un'agente governativa.

«Earnshaw» disse dando il cognome da nubile della madre.

Lui annuì. Sara capì che aveva capito che stava mentendo. «Ha figli?»

«Due.»

«Bene, dottoressa Sara Earnshaw. So che non vorrebbe essere qui, ma si presti a farci da autista ancora per un po' e la riporteremo a suo marito e ai suoi figli.»

Sara si morse il labbro. Assentì. Capì che anche lui stava mentendo.

Dash aprì la portiera. Il rimbombo dei bassi del locale le spaccò i timpani.

Lui sollevò la mano per ripararsi dalla luce del sole. «Michelle, ho bisogno che venga con me» gridò dietro di sé.

Lei scavalcò come un automa il sedile posteriore. Si ritrasse brusca da Carter ed evitò lo sguardo interrogativo di Sara. Quando saltò giù, aveva i pantaloni ancora aperti. La ghiaia doveva farle male sotto i piedi nudi, ma non ebbe alcuna reazione.

Cosa le avevano fatto per renderla così totalmente remissiva?

«Andiamo.» Dash le indicò di incamminarsi verso il furgone. Infilò la mano nell'apertura tra i bottoni della camicia a mo' di reggibraccio. Il proiettile aveva mancato l'omero. C'era un danno muscolare che gli rendeva dolorosi i movimenti, ma riusciva ugualmente a farli.

«Cosa sta facendo?» bofonchiò Carter. Sara lo sapeva, anche se pregò tra sé che non accadesse.

Il fattorino uscì dall'edificio. Il carrello era vuoto. Dava loro le spalle quando chiuse la porta di servizio. Dash infilò la mano nella fondina ed estrasse la pistola di Will. Il fattorino si girò e quello fu l'ultimo movimento che il suo corpo fece volontariamente.

Dash gli sparò due volte in faccia.

Sara guardò la porta chiusa sul retro. Nessuno uscì. Non avevano sentito gli spari al di sopra della musica. O li avevano sentiti, ma quello non era il genere di quartiere in cui i colpi d'arma da fuoco erano insoliti.

«Se gli dici cos'è successo, farò in modo che tu te ne penta» minacciò Carter.

Sara guardò nel retrovisore. «Ti riferisci al fatto di aver abbandonato Hurley? O al fatto che tuo *fratello* Hurley ha cercato di ucciderti?»

Carter guardò più in là. Osservò in silenzio Dash e Michelle caricare il corpo del fattorino sul furgone.

«Credo che mi ci vorranno meno di dieci minuti per fotterti e chiuderti la bocca.»

Sara sentì la gola chiudersi. Si guardò le dita, strette saldamente attorno al volante. Aveva trasferito il sangue dalla spalla di Dash alla pelle che lo rivestiva. Lì, mescolato, doveva esserci anche quello di Merle. Sara gli aveva toccato la ferita alla testa sul luogo dell'incidente. La gamba di Carter aveva probabilmente sanguinato sul sedile posteriore della macchina. Vale aveva lasciato il suo DNA davanti.

«Goditi quella sensazione di bruciore che hai alle palle» replicò incrociando il suo sguardo nello specchietto retrovisore. «Quando quel coltello verrà estratto, sarà l'ultima volta che sentirai il tuo scroto.»

Vale rantolò. «St… Sta' zitta.» Le puntò contro il revolver. Aveva la mano ferma. «Va'… davanti. Davanti… all'auto.»

Sara afferrò la maniglia della portiera. Vide l'ora sul suo orologio.

Le 14.17.

Non tirò la maniglia.

Il suo Apple Watch.

La portiera posteriore si aprì. Carter sgusciò fuori, attento a non urtare il coltello. La richiuse. Restò accanto alla macchina, in attesa.

La mente di Sara passò frenetica in rassegna le alternative mentre tirava due volte la maniglia. L'orologio aveva sia il cellulare sia il GPS. Avrebbe potuto fare una telefonata, ma sarebbe stata in vivavoce. Mandare un messaggio era troppo scomodo. C'era l'app Walkie-Talkie, ma avrebbe dovuto toccare l'icona, scorrere l'elenco fino alla persona giusta e tenere premuto il pulsante giallo abbastanza a lungo da inviare un messaggio.

Uscì e si mosse lentamente per guadagnare un po' di tempo.

«Gira attorno e va' ad aiutare Vale». Carter le mostrò la Glock quasi se ne fosse scordata. «Non combinare casini, altrimenti ti pianto un proiettile in testa.»

Lei cercò di temporeggiare. «Dovreste lasciarlo qui. Morirà comunque.»

«Non lasciamo indietro i nostri uomini.»

«Hurley lo sa?»

Le tirò un pugno nello stomaco. Il dolore fu simile a un'esplosione all'interno del suo corpo. Si piegò in due e cadde in ginocchio. La testa prese a girarle, non riusciva a respirare.

«Alzati, puttana.»

Sara premette la fronte per terra. La saliva le usciva di bocca. Si era portata automaticamente le mani allo stomaco. Ebbe uno spasmo e batté le palpebre aprendo gli occhi. Lo schermo dell'orologio era illuminato.

Toccò il pulsante Walkie-Talkie. Faith era il primo nome della lista. Premette il cerchio giallo e disse: «Carter, pensi… pensi veramente che la polizia non individuerà un furgone bianco delle patatine sulla 285?».

«Non è un problema tuo.»

La ghiaia scricchiolò sotto le gomme. Il furgone si era fermato.

Sara sollevò la testa. Il mondo si inclinò di lato. Riuscì a stento a rimettersi in piedi. Il male al ventre la costrinse a camminare piegata. Cercò di non pensare a Will che stava vivendo lo stesso supplizio, ma peggiore ancora. Dovette reggersi all'auto mentre raggiungeva l'altro lato.

Vale aveva già aperto la portiera. Aveva le labbra blu, le palpebre semichiuse. Lo scompenso stava subentrando più in fretta rispetto a quanto avesse sperato.

«Dammela» disse Carter, prendendogli la pistola.

Sara non ebbe altra scelta che aiutare il ferito a scendere. Vale le mise un braccio sulle spalle. L'altro era ancora stretto al petto, il dito infilato nella ferita.

«Sbrigati.» Carter agitò la pistola per spronarla a muoversi.

Vale cercò di tirarsi su spingendo con le gambe. Era muscoloso, molto più pesante di quanto sembrasse. Sara fece un passo indietro quando lui si aspettava che lo facesse in avanti. Cercò istintivamente di impedirgli di cadere, ma non fu abbastanza svelta.

Vale atterrò di schiena. Quel poco fiato che gli restava gli uscì dal corpo. Boccheggiò, lo sguardo sconvolto.

Sara si inginocchiò di nuovo. Non le fregava un accidente di lui, ma non voleva prendersi un altro pugno. Finse di visitarlo: gli controllò le pupille, gli premette l'orecchio sul cuore. Aveva la camicia sollevata. Il sangue gli usciva costante dalla ferita. Rosso vivo, non venoso, arterioso. Il proiettile era entrato nel cavo ascellare dov'erano raggruppati tutti i nervi e le arterie.

Dash era sceso dal furgone. Aiutò Vale a mettersi seduto. «Vorrei una mano per il mio amico, se non le spiace» disse.

C'era qualcosa di stranamente autorevole in quel tono calmo, educato. Non era in preda al panico come Vale, o accecato dalla rabbia come Carter. A Sara sembrava il tipo di persona capace di usare i suoi stati d'animo a mo' di spada. Non avrebbe voluto trovarsi all'altra estremità.

Usando la spalla rimise in piedi Vale insieme a Dash. Lo condussero al furgone. Riuscì a salire dietro da solo.

Poi sentì la mano di Dash sulla spalla.

«Togliamolo, per favore, signora.»

Aveva notato l'orologio.

Sara abbassò il viso mentre si slacciava il cinturino. Invece di darglielo, lo lanciò nel bosco.

«Grazie» disse, come se fosse proprio quello che voleva. Fece un segno a Michelle. Non ebbe bisogno di darle istruzioni. La donna li aiutò in silenzio a togliere il fattorino dal furgone e a caricarlo sulla BMW.

Perché era così remissiva?

«Ti fotterò per bene» bisbigliò Carter a Sara. Entrò nel furgone di sedere trascinando la gamba rigida sul fondo.

La portiera del guidatore si chiuse. Michelle si mise la cintura di sicurezza, accese il motore e posò le mani sul volante. Guardò davanti a sé in attesa che le dicessero cosa fare.

Perché?

«Mi serve ancora qualche secondo.» Dash era riuscito ad aprire lo sportello del serbatoio della BMW. Prese un razzo di segnalazione dalla tasca. Sfregò l'estremità, simile a quella di un fiammifero gigante. Ne scaturirono scintille come quelle di una stella filante.

«Forse è il caso che si sbrighi» disse a Sara.

Lei salì dietro nel furgone. L'ultima cosa che vide prima di chiudere la porta scorrevole fu Dash che infilava il razzo nel serbatoio.

Balzò sul sedile anteriore. «Parti.»

Michelle diede gas. Il furgone sobbalzò. Fecero una curva secca girando attorno all'edificio.

La benzina bruciava, ma solo i fumi potevano causare un'esplosione. Dash aveva calcolato bene i tempi. Erano a cinquanta metri quando l'onda d'urto li raggiunse.

Se la polizia avesse trovato la BMW, tutte le tracce forensi sarebbero state distrutte dal fuoco.

Il sangue sul volante. Il sangue sui sedili. Il corpo del fattorino.

Tutto andato.

«Merda» brontolò Carter. «Merda-merda-merda.» Il coltello si era spostato nonostante tutti i suoi sforzi. Si stava tenendo l'inguine con le mani. Guardò disperato Sara.

Lei distolse lo sguardo.

«Tutto a posto, fratelli?» chiese Dash.

«Sì» bofonchiò Vale.

«Sì, accidenti» fece Carter, anche se aveva la voce rauca.

Sara ascoltò il sibilo costante delle gomme sulla strada. Infilò la mano in tasca. Usò il pollice per pulirsi metodicamente le unghie.

Aveva graffiato la schiena di Vale quand'era caduto lasciandogli i segni sulla pelle.

Sul luogo dell'incidente aveva toccato la ferita alla testa di Merle e si era pulita le mani sugli shorts. Aveva passato il palmo sulla spalla ferita di Dash. Aveva trasferito il sangue di Hurley dal sedile posteriore della Malibu. Avrebbe messo la mano nella chiazza di sangue che usciva dalla gamba di Carter quando l'avessero trascinata fuori dal furgone.

Sara conosceva le statistiche. La stavano portando in un secondo luogo. Le sue probabilità di sopravvivenza erano diminuite più o meno del dodici percento.

Non sarebbe finita come Michelle Spivey: viva ma non viva.

Costasse quel che costasse, avrebbe obbligato quegli uomini a ucciderla. Da quel momento, il suo sarebbe stato portarsi dietro un pezzo di ognuno.

Voleva che la sua famiglia trovasse pace. Voleva che Will avesse la sua vendetta.

Il suo stesso sudore impregnava gli shorts. Le cellule cutanee di Vale erano in tasca. Il sangue di Merle vi si sarebbe trasferito dalla sua mano. Anche il sangue di Dash, e alla fine quello di Carter.

Il DNA avrebbe legato definitivamente tutti e quattro gli uomini a lei quando avessero trovato il suo corpo.

5

Domenica 4 agosto, 14.01

«Dove la stanno portando?» Will afferrò Hank per la camicia e lo scosse violentemente. «Dimmi dove, maledizione!»

Hank lo guardò, il volto ridotto a una poltiglia insanguinata. Aveva i denti rotti, il naso piegato, la mandibola storta.

Will raccolse il revolver dal marciapiede. Armò il cane e prese la mira.

«Non spararg1i!» urlò Cathy.

Will sussultò. La voce di Sara ma non la sua voce.

«È andata!» Cathy strinse il fucile con entrambe le mani tremando per il dolore. «Hai lasciato che prendessero mia figlia!»

Iniziarono a lacrimargli gli occhi. Dovette chiuderli nella luce del sole.

«Sei stato tu a fare questo!» Cathy lo fissò trafiggendolo con lo sguardo. «Mio genero non avrebbe mai lasciato che succedesse.»

Le sue parole furono più dure di qualsiasi pugno. Will disarmò il cane. Si pulì la bocca con il dorso della mano e costrinse la parte del suo cervello che sapeva che Cathy aveva ragione a spegnersi.

Una sirena urlò. Un'auto della polizia di Atlanta frenò stridendo dieci metri più in là.

Will gettò il revolver sul marciapiede. Sollevò le mani. Disse a Cathy: «Metti giù il...».

«Lo metta giù!» gridò il poliziotto appoggiando la pistola sulla portiera aperta. «Subito!»

Cathy lo posò lentamente ai suoi piedi.

Sollevò le mani.

«Sono del GBI.» Will si concentrò per mantenere un tono calmo. «Questo è uno degli attentatori. Aveva una squadra. Hanno rapito una...»

«Dov'è il suo documento?»

«Non ho il portafoglio. Il mio numero di distintivo è 398. Una donna è stata...» Will dovette fermarsi. Il vomito gli salì violento in gola. Lo sputò. «Una donna è stata rapita. Una BMW argento. Numero di targa...» Non se lo ricordava. Gli sembrava che il suo cervello fosse un palloncino pronto a volare via. «Una BMW x5 ibrida. Ci sono altri quattro uomini. Tre.»

Cazzo.

Dovette chiudere gli occhi per impedire al mondo di girare. Tre uomini? Quattro? Il corpo di Merle era tra lui e l'agente. Hank aveva perso i sensi per i pugni.

«Tre uomini. Lo comunichi. Una BMW x5. Una... due donne rapite.»

«Le radio sono intasate.» Il poliziotto esitò. Voleva credergli. «I telefoni non funzionano. Non posso...»

Will non aveva tempo per quelle stronzate.

Tirò su Hank e lo gettò sul cofano dell'auto. Gli afferrò i polsi e glieli bloccò con una mano. Con un calcio gli allargò le gambe. Gli tastò le tasche. Telefono Android. Banconote piegate, un po' di spiccioli. La patente e la tessera sanitaria.

Confrontò la foto della patente con la sua faccia. Vide le minuscole lettere del nome saltellare come pulci sullo sfondo bianco. Porse entrambe al poliziotto. «Non ho gli occhiali.»

«Hurley» lesse lui. «Robert Jacob Hurley.»

«Hurley.» Will vide il foro di proiettile nella parte posteriore della sua gamba. Avrebbe voluto ficcarci dentro una matita. «Morirà dissanguato. Dobbiamo portarlo in ospedale.»

Lo afferrò per il colletto. Incespicò, la strada si inclinò come una casa dei divertimenti.

«Lei è...» fece il poliziotto.

«Andiamo.» Will caricò Hurley dietro e richiuse la portiera tanto forte che l'auto dondolò.

Posò le mani sul tetto. Chiuse gli occhi tentando di recuperare l'equilibrio. All'improvviso si accorse del dolore che sentiva in corpo. Aveva la pelle delle nocche lacerata. Rivoli di sangue gli scorrevano sul collo. Non c'erano parole per descrivere quello che stava accadendo nel suo ventre. Gli sembrava di avere gli organi legati da mille elastici. Le costole si erano trasformate in lame di rasoio.

Girò attorno alla macchina. La portiera anteriore era dalla parte sbagliata di un cannocchiale. Batté le palpebre. Armeggiò in cerca della maniglia.

Appena fu all'interno, l'auto partì con un sobbalzo.

Non guardò Cathy mentre si allontanavano.

Lei lo chiamò.

Will.

La voce di Sara ma non la sua voce.

«Ricevo qualcosa» annunciò il poliziotto. Aveva il telefono all'orecchio. «Suona.»

«Una donna è stata...» Will sentì lo stomaco contrarsi. Si chinò e vomitò sul fondo. Gli schizzi finirono dappertutto. Dovette pulirsi la faccia. «Mi scusi.»

L'agente abbassò i finestrini anteriori.

Cominciarono a chiuderglisi gli occhi. Sentiva che il suo corpo stava per cedere. Disse all'agente: «Una BMW argento. Michelle Spivey era con loro».

«M...» Il poliziotto era rimasto a bocca aperta.

«Erano una squadra. Poliziotti. Militari.»

«Merda. Ha smesso di suonare.» Chiuse la telefonata e ricompose il numero. Si spostò in una corsia libera. Stavano costeggiando l'Emory Village. C'erano persone sul marciapiede che correvano verso l'ospedale. Druid Hills era pieno di dottori, di personale medico di supporto e del CDC. Stavano tutti facendo quello che avevano fatto Will e Sara: cercavano di raggiungere il luogo del disastro il prima possibile.

La sua vista si ribellò quando provò a guardare l'ora. Ci volle tutta la sua concentrazione per mettere a fuoco i numeri.

Le 14.06.

«Grazie al cazzo» brontolò il poliziotto. «Qui è il 3-2-9-9-4.»

Will sentì un'incudine sollevarsi dal petto. Era riuscito a chiamare.

«Ho bisogno del comandante. Ho in custodia uno dei sospetti attentatori. Ho particolari su...»

«Una BMW X5 argento» Will si udì biascicare. «Tre sospettati. Hanno rapito due...» Non riuscì a riferire l'informazione. La sua testa non voleva stare dritta. «Amanda Wagner. Deve... dirle che hanno preso Sara. Le dica...» Dovette chiudere di nuovo gli occhi per il sole. «Le dica che ho combinato un casino.»

Le palpebre di Will si aprirono. Gli sembravano fatte di cotone bagnato. Aveva la sensazione che tante puntine da disegno gli fossero penetrate nelle pupille. Le lacrime gli sgorgavano mentre cercava di non perdere conoscenza. Non c'era stato un momento di disorientamento o di amnesia. Ricordava esattamente cos'era successo e sapeva esattamente dove fosse.

Gettò le gambe giù dal lettino ospedaliero e per poco non cadde per terra.

«Fermo.» Nate, l'agente di pattuglia, era ancora con lui. «È svenuto. È al pronto soccorso.»

Will si sforzò di sentirlo al di sopra dei forti rumori. «Hanno trovato Sara?»

«Non ancora.»

«L'auto?» incalzò. «Non riescono a trovarla?»

«È in corso una caccia all'uomo a tutto campo. La troveranno.»

Will non voleva solo che la trovassero. Voleva, aveva bisogno, che la trovassero viva.

«Forse dovrebbe stendersi, amico» osservò il poliziotto.

Will si sfregò gli occhi per schiarirsi la vista. Le luci a fluorescenza erano come aghi. Si rese conto di essere seduto su uno delle decine di lettini piazzati ai lati di un corridoio. I pazienti sanguinavano, gemevano, piangevano. Avevano il volto coperto della polvere grigia dei detriti. L'atmosfera era stranamente calma. Nessuno gridava. Medici e infermieri andavano svelti su e giù con i tablet sottobraccio. Il personale ospedaliero era addestrato per questo. Il vero panico era fuori nelle strade.

«Quante persone sono morte?» chiese Will.

«Non c'è un conteggio ufficiale. Forse solo venti, forse cinquanta.»

Il suo cervello non riuscì a comprendere il numero. Aveva sentito esplodere le bombe. Era accorso per aiutare i sopravvissuti. Era mentalmente preparato a fare qualsiasi cosa servisse per salvare il maggior numero di persone possibile.

Ora la sua unica preoccupazione era Sara.

«Stanno ispezionando ogni edificio. Cercando altre...»

Will scese dal lettino. Si aspettò che gli tornassero la nausea e i capogiri. Nessuno dei due si ripresentò, ma la testa gli pulsava a ogni battito del cuore.

Chiuse gli occhi sforzandosi di respirare. «E la BMW?»

«È nel sistema ma...»

«Che ore sono?»

«Le due e trentotto.»

Il che significava che Sara era scomparsa da più di mezz'ora. Will lasciò ciondolare la testa sul petto. Lo stomaco continuava a bruciargli. Le mani gli sanguinavano per aver preso a pugni Hurley mentre Sara gli veniva portata via davanti agli occhi.

Mio genero non avrebbe mai lasciato che succedesse.

Suo genero.

Il marito di Sara.

Il capo della polizia della loro città.

Non avrebbe lasciato che succedesse.

«Ehi» fece Nate. «Vuole un po' d'acqua o qualcos'altro?»

Will si sfregò la mascella con le dita. Sentiva ancora l'odore di Sara sulle sue mani.

«Will!» Faith stava arrivando di corsa in corridoio. Amanda la seguiva. Stava parlando a un telefono satellitare.

Will aveva la gola così infiammata che riuscì a stento a pronunciare la domanda. «L'avete trovata?»

«L'intero stato la sta cercando.» Faith gli premette la mano sulla fronte proprio come faceva quando temeva che Emma avesse la febbre. «Stai bene? Cos'è successo?»

«Ho lasciato che la prendessero.»

Faith gli rimise la mano sulla fronte.

«Ci siamo fermati per dare una mano.» Will riferì i dettagli dell'incidente. «Hanno imboccato The By Way. È stata l'ultima volta che l'ho vista. Io non...» Si interruppe per tossire. Fu come prendersi un altro pugno nel ventre. «Non so perché sia andata con loro.»

«Perché te ne stai là accasciato come un senzatetto?» domandò Amanda.

Prima che potesse rispondere, gli sollevò la maglietta. Le chiazze rosse e viola creavano una mappa dei vasi rotti sotto la pelle.

«Gesù Cristo» sussurrò Faith.

«Può andare, agente. Faccia rapporto alla sua squadra. Faith, va' a cercare un dottore. Digli che potrebbe sanguinare internamente» affermò Amanda.

«Io non...» tentò di dire Will.

«Sta' zitto, Wilbur.» Amanda lo fece stendere sul lettino. «Non ho intenzione di ordinarti di tornare a casa solo perché tu poco dopo te ne vada in giro come una mina vagante. Ti terrò con me. Saprai tutto quello che saprò io. Ma devi fare esattamente come dico.»

Lui annuì, ma solo per farla parlare.

«Prima devi prendere questa. È aspirina. Ti servirà per il mal di testa.»

Fissò la compressa rotonda sul suo palmo. Odiava i farmaci.

Amanda la spezzò in due. «È l'ultima volta che faccio un compromesso. O segui le mie regole oppure no.»

Will si cacciò la pillola in bocca e la butto giù così.

Dopodiché attese.

Amanda disse: «Michelle Spivey è stata ricoverata al pronto soccorso stamattina. Aveva l'appendice perforata. È stata operata immediatamente. Robert Jacob Hurley l'ha identificata come sua moglie, Veronica Hurley. Ha presentato la sua tessera sanitaria all'accettazione. È divorziato da lei ma Michelle è ancora a suo carico per quanto riguarda le cure mediche».

«L'assistenza sanitaria statale» osservò Will. «Quindi Hurley è un poliziotto.»

«Ha servito nella polizia stradale della Georgia fino a diciotto mesi fa. Ha sparato a un uomo disarmato durante un controllo.»

«Hurley» disse Will. Il riferimento alla stradale gli rese quel nome familiare. Aveva seguito la storia come ogni poliziotto seguiva quel genere di storie sperando disperatamente che la sparatoria fosse stata legittima, perché l'alternativa era un omicidio di primo grado.

«È stato scagionato» osservò.

«Esatto. Però non è riuscito a far pace con se stesso. Sei mesi dopo ha lasciato la polizia. Pillole e alcol. La moglie lo ha abbandonato.»

«Chi era con lui? Chi ha piazzato le bombe?»

«Ignoti. L'FBI sta usando il riconoscimento facciale con i filmati delle telecamere a circuito chiuso. Uno ha lasciato le impronte digitali, ma non sono nell'NGI.»

Il sistema Next Generation Identification dell'FBI. Se il soggetto fosse stato un membro delle forze dell'ordine o un militare, o se gli fosse stata controllata la fedina penale per un impiego o un'autorizzazione, i suoi dati sarebbero stati immagazzinati nel database insieme a quelli dei criminali.

«Perché avevano Spivey?» domandò Will. «Hanno messo di proposito le bombe all'ospedale. Hanno preso Sara per caso.»

Risentì le parole di Hurley: *posto sbagliato, momento giusto.*

«Dove stanno andando? Che cosa vogliono? Perché hanno fatto saltare...» chiese ad Amanda.

«Dottore?» Amanda stava agitando la mano per chiamare un uomo con la divisa. «Venga a vedere.»

«Un infermiere è quanto di meglio avrete.» L'uomo gli sollevò la maglietta e iniziò a premergli le dita nella pancia. «Qualche punto le fa male più del dovuto?»

Alla prima pressione Will strinse forte la mascella. Scosse la testa.

L'infermiere gli mise lo stetoscopio di qua e di là ascoltando, spostandolo, ascoltando ancora. Quando finì, parlò con Amanda invece che con lui. «Per la RMI c'è da aspettare. Possiamo fare una TAC per verificare se ci sono emorragie interne.»

«Quanto ci vuole?» chiese Will.

«Cinque minuti se riesce fare le scale da solo.»

«Può camminare.» Amanda lo aiutò a scendere dal lettino. Abbassò la testa all'altezza della sua mascella. Lui si appoggiò a lei più di quanto avrebbe dovuto. I muscoli dell'addome gli bruciavano come cordite, ciò nonostante chiese: «Perché hanno fatto saltare l'ospedale?».

«Per fuggire» rispose lei. «Avevano bisogno di Michelle. «Per cosa, non ne abbiamo idea. Dobbiamo agire in base al presupposto che le bombe siano state un diversivo. Avrebbero potuto fare molti più danni, causare molti più morti e feriti in tante altre sedi. Non possiamo concentrarci sul *cosa*. Dobbiamo arrivare a capire bene il *perché*.»

Will strizzò gli occhi. Non riusciva ad analizzare niente di quello che gli stava dicendo. Gli sembrava di avere il cervello pieno di perline di vetro. «Sara. Non sono riuscito, non ho...»

«La troveremo.»

Faith venne loro incontro sulle scale. Si piazzò davanti e camminando all'indietro aggiornò Amanda. «Hanno trovato un telefono a conchiglia rotto in una via laterale. L'ATF crede che sia stato usato per far esplodere le bombe. Lo stiamo portando al laboratorio per rilevare le impronte. A prima vista dicono che siano identiche a quelle dello sconosciuto che abbiamo trovato.»

Will trasalì quando gli scivolò un piede su un gradino. Le sue costole si erano trasformate in coltelli. «Il GPS. La BMW di Sara ha...» disse.

«Abbiamo messo tutto in moto» rispose Amanda. «Trasmettiamo le informazioni il più rapidamente possibile.»

«Da questa parte.» L'infermiere stava aspettando ai piedi delle scale. Tenne aperta la porta.

Will non si mosse.

C'era qualcos'altro che non gli stavano dicendo. Percepiva la tensione tra Amanda e Faith. Una di loro era un'abile bugiarda. L'altra anche, tranne quando si trattava di lui.

«È morta?» chiese a Faith.

«No» replicò Amanda. «Assolutamente no. Se sapessimo qualcosa, te lo diremmo.»

Tenne gli occhi puntati su Faith.

«Te l'assicuro, te lo diremmo se sapessimo dov'è» aggiunse lei.

Lui decise di crederle, ma solo perché doveva.

«A destra» fece l'infermiere.

Amanda lo condusse in un corridoio e quindi in una stanza. In mezzo a un anello metallico gigante c'era un tavolo. Si portò la mano alla nuca. Le sue dita toccarono il bordo affilato di un punto che gli teneva insieme il cuoio capelluto.

Quello quand'era successo?

«Sono qui fuori» affermò Amanda.

La porta si chiuse.

Una tecnica lo aiutò a stendersi sul tavolo, poi scomparve in un piccolo vano e gli disse cosa fare: doveva restare immobile, trattenere il fiato e quindi espirare. Il tavolo si mosse avanti indietro attraverso l'anello, e Will dovette strizzare gli occhi perché l'anello si trasformò in un quarto di dollaro che ruotava su se stesso.

Non pensò a Sara. Pensò a sua moglie.

Ex moglie.

Angie lo aveva mollato. Continuamente, ripetutamente. Anche lei era cresciuta in strutture di affido. Lì l'aveva conosciuta. Aveva otto anni. L'aveva amata nel modo in cui ami qualcosa quand'è l'unica a cui puoi aggrapparti.

Angie non riusciva mai stare in un posto a lungo. Will non l'aveva mai biasimata per questo. Viveva con lo stomaco contratto in attesa che tornasse, non perché gli mancasse, ma perché quand'era lontana da lui faceva cose brutte. Faceva del male alle persone inutilmente, con cattiveria. Will aveva sempre provato un senso distorto di responsabilità ogni volta che si svegliava e scopriva che le sue cose erano sparite da casa, come se

Angie fosse un cane rabbioso che non riusciva a tenere incatenato in giardino.

Con Sara era diverso.

Perderla, lasciare che qualcuno la prendesse, era come morire. Come se Sara avesse infuso la vita in una parte di lui: senza di lei quella parte sarebbe appassita fino a dissolversi.

Will non sapeva più stare solo.

«Bene.» L'esame era finalmente terminato. La tecnica lo aiutò a rialzarsi dal tavolo. Will si sfregò gli occhi. Vedeva di nuovo doppio.

«Ha bisogno di sedersi?» gli chiese.

«No.»

«Ha nausea o giramenti di testa?»

«Sto bene. Grazie.» Will uscì in modo che il paziente successivo potesse essere portato all'interno. Era un'infermiera ancora con la divisa addosso. Aveva il volto sporco di sangue. Era coperta di polvere di calcestruzzo, borbottava chiedendo che qualcuno chiamasse suo marito.

Will trovò Amanda nella stanza dall'altra parte del corridoio. Le luci erano spente, una manna. Il dolore atroce agli occhi si tramutò in un bruciore sommesso.

L'infermiere di prima sollevò il mento. «I crunch l'hanno ripagata, amico.»

«Questo è il suo addome inferiore.» Il radiologo stava indicando una serie di macchie che Will suppose fossero i suoi organi. «Non vedo emorragie. La maggior parte delle contusioni sono a livello superficiale. L'infermiere ha ragione a proposito dei crunch. I suoi addominali hanno creato una specie di guaina attorno agli organi. Qui però ha una microlacerazione del periostio.» Indicò una costola che sembrava ancora tutta d'un pezzo. «È una membrana sottile come un tessuto che circonda l'osso. Dovrà metterci del ghiaccio. Prenda un Advil o qualcosa di più forte se ne ha bisogno. La inseriremo in un programma polmonare perché mantenga i polmoni sani. Può fare un'attività moderata ma niente di faticoso.» Lo guardò. «Le è andata bene, ma deve stare tranquillo.»

Faith sollevò il telefono. «Amanda, è appena arrivato il video.»

Will non chiese quale video. Stavano chiaramente facendo cose senza di lui.

«Andiamo da un'altra parte.» Amanda li condusse verso le scale opposte a quelle da cui erano scesi.

Indicò i gradini. «Siediti.»

Lui si sedette perché ne aveva bisogno.

Amanda prese dalla borsa un pezzo di gomma avvolto in un involucro. Will udì uno schiocco, poi glielo agitò sotto il naso.

Si impennò come un cavallo. Il cuore gli sbatté contro la colonna vertebrale e il suo cervello si aprì. Tutto divenne più nitido. Riusciva a vedere le fughe tra i blocchi di calcestruzzo.

Amanda gli mostrò il pacchetto che aveva scambiato per gomma. «Fiale contenenti ammonio.»

«Cazzo.» Will cadde in preda al panico. «Mi ha drogato?»

«Smetti di fare il bambino. Sono sali. Ti ho svegliato perché ho bisogno che presti attenzione.»

Gli stava colando il naso. Lei gli diede un fazzolettino e si sedette al suo fianco. Faith rimase dall'altra parte della ringhiera. Allungò il telefono perché potessero guardare il video.

Will vide un parcheggio. Il filmato era in bianco e nero, ma chiaro. Una donna stava camminando con sua figlia verso una Subaru.

Capelli scuri, corporatura sottile. Will la riconobbe dai telegiornali di un mese prima, non in base alla persona che aveva visto quel giorno.

Michelle Spivey.

La figlia camminava davanti a lei. Guardava il telefono e faceva dondolare i sacchetti della spesa. Michelle stava cercando le chiavi in borsa quando un furgone scuro senza insegne si era accostato alla bambina. La faccia del guidatore non era visibile dal parabrezza. La porta laterale si era aperta. Un uomo era saltato giù. La bambina era scappata.

L'uomo aveva preso Michelle.

Faith bloccò il video e zoomò sulla faccia dell'uomo.

«È lui» confermò Will. «Il guidatore della Chevy Malibu.

Clinton. Così lo chiamavano, ma sono sicuro che non è il suo nome.»

Faith borbottò tra sé.

«Chi è?»

«Non è nel sistema.» Amanda fece segno a Faith di chiudere il video. «Stiamo lavorando al caso. È un altro pezzo del puzzle.»

Lui scosse la testa. Aveva sbagliato a dargli i sali, non era più mezzo stordito. «Mi state mentendo.»

Squillò il telefono satellitare. Amanda sollevò un dito per chiedere silenzio e rispose. «Sì?»

Will trattenne il fiato in attesa.

Lei scosse la testa.

Niente.

Uscì in corridoio lasciando che la porta si chiudesse alle sue spalle.

Will non guardò Faith quando disse: «Sapete il suo nome, vero?».

Lei inspirò profondamente. «Adam Humphrey Carter. Dentro e fuori di prigione per furto aggravato, furto con scasso, violenze domestiche, minacce terroristiche.»

«E stupro» suppose Will.

Faith inspirò ancora. «E stupro.»

La parola restò in equilibrio sull'orlo del precipizio tra loro.

La porta si aprì.

«Faith.» Amanda la chiamò bisbigliandole qualcosa all'orecchio.

Lei si diresse su per le scale. La mano che gli posò sulla spalla mentre lo superava non lo rassicurò affatto.

«Gli ascensori sono troppo lenti» disse Amanda. «Riesci a fare sei rampe?»

Will si afferrò alla ringhiera e si tirò su. «Hai detto che mi avreste raccontato tutto.»

«Ho detto che avresti saputo tutto quello che so. Vuoi venire con me quando parlerò con Hurley o no?» Non attese, cominciò a salire le scale e svoltò l'angolo senza vedere se la seguisse.

Will arrancò dietro di lei. Il suo cervello continuava a sfornare immagini: Sara in piedi sulla porta del capanno. Sara che correva davanti a lui verso la Chevy. La sua espressione terrorizzata quando gli aveva passato le chiavi. Aveva capito che qualcosa non andava prima di lui. Ne aveva già avuto il sentore mentre stavano esaminando la Porsche. Avrebbe dovuto trascinarla alla BMW e riportarla a casa.

Guardò l'orologio.

Le 15.06.

Sara era scomparsa da più di un'ora. Forse in quel momento stava attraversando il confine con l'Alabama. O forse era legata in un bosco mentre Adam Humphrey Carter la squartava.

Gli si contrasse lo stomaco. Sarebbe stato di nuovo male.

Hai lasciato che prendessero mia figlia.

«Aspetta.» Amanda si era fermata sul pianerottolo del quarto piano. «Prenditi un minuto.»

«Non mi serve un minuto.»

«Allora forse dovresti provare a salirle con i tacchi.» Si tolse una scarpa e si massaggiò il piede. «Devo riprendere fiato.»

Will guardò le scale in basso. Cercò di scacciare tutti i pensieri cupi. Guardò di nuovo l'orologio. «Sono le 15.07. Sara è scomparsa da...»

«Grazie, Capitan Ovvio. So leggere l'ora.» Si rimise la scarpa. Invece di continuare a salire, aprì la borsa e cominciò a frugarvi dentro.

«Quell'uomo, Carter. È uno stupratore» osservò Will.

«Tra le altre cose.»

«Ha Sara.»

«Lo so.»

«Forse le sta facendo del male.»

«Forse sta scappando per salvarsi la pelle.»

«Non sei del tutto onesta con me.»

«Wilbur, non sono mai del tutto niente.»

Will non aveva la forza di continuare a mordersi la coda. Si appoggiò al muro. Strinse la ringhiera. Si guardò le sneaker. Erano sporche di verde perché aveva tagliato l'erba. Sui polpacci aveva schizzi rossi di terra e sangue. Sentiva ancora il pavimento freddo di pietra del capanno sulle ginocchia. Chiuse gli occhi.

Cercò di recuperare il ricordo di quel momento felice prima che tutto precipitasse, ma l'unica cosa che percepì fu il senso di colpa che gli stava scavando una voragine nel petto.

«Guidava lei l'auto» disse.

Amanda alzò lo sguardo dalla borsa.

«Quando se ne sono andati, guidava lei. Non hanno dovuto stordirla o...» Scosse la testa. «Gli aveva detto di ucciderla. Non sarebbe mai andata con loro invece lo ha fatto. Li ha portati via.»

Abbassò lo sguardo. Amanda gli aveva posato la mano sulla sua. La sua pelle era fredda. Le sue dita minuscole. Si scordava sempre di quanto piccola fosse.

«Non ho...» Era un idiota a farle qualsiasi tipo di confessione, ma aveva un disperato bisogno d'essere assolto. «Non ho tanta paura da quand'ero ragazzo.»

Amanda gli sfregò il polso con il pollice.

«Continuo a pensare a tutte le cose che avrei potuto fare ma forse...» Cercò di bloccarsi ma non ci riuscì. «Forse ho fatto la cosa sbagliata perché avevo paura.»

Amanda gli strinse la mano. «Questo è il problema quando ami qualcuno, Will. Ti rende debole.»

Lui era senza parole.

Lei gli picchiettò il braccio indicandogli che il momento di condivisione era finito. «Tirati su. Abbiamo un lavoro da fare.»

Riprese a salire di slancio le scale.

Will la seguì più lentamente. Cercò di comprendere quello che Amanda aveva detto. Non sapeva se fosse un biasimo o una spiegazione.

Non era del tutto una cosa, ma nemmeno l'altra.

Al pianerottolo successivo fece un profondo respiro. La fitta alle costole aveva lasciato il posto a un dolore sordo. Will si rese conto di qualche lieve miglioramento mentre si muoveva: la testa per esempio aveva smesso di pulsargli, e la lava che sembrava scorrergli nella pancia aveva iniziato a raffreddarsi. Si disse che era un bene che la vista non gli ballasse. Il cervello che prima gli pareva un pallone aveva ripreso le dimensioni del cranio.

Sfruttò quel sollievo per pianificare le sue mosse al di là dell'interrogatorio di Hurley. Era sicuro che non avrebbe aperto bocca. Will aveva bisogno di andare a casa a prendere la macchina. Avrebbe potuto trovare Nate per chiedergli un passaggio. Nel ripostiglio aveva uno scanner della polizia. Lo avrebbe portato con sé e avrebbe cercato nei posti in cui nessun altro stava cercando. Era cresciuto nel cuore del centro cittadino. Conosceva le strade malfamate, le case in rovina dove si nascondevano i criminali.

La porta si aprì al sesto piano. Will seguì Amanda nell'ennesimo lungo corridoio. C'erano due poliziotti a ogni estremità. Uno di fronte all'ascensore. Altri due sorvegliavano una porta di vetro scorrevole.

Amanda mostrò loro il distintivo.

La porta scorrevole si aprì.

Will guardò la soglia. Le rotaie metalliche erano incassate nelle piastrelle. Fece il respiro più profondo che poté. Non riusciva a imporsi di dimenticare che Sara era stata rapita da uno stupratore incallito, ma poteva apparire abbastanza calmo da fare qualsiasi cosa Amanda avesse bisogno per ottenere informazioni da Hurley.

Entrò nella stanza d'ospedale.

Hurley era ammanettato al letto. C'erano un lavandino e un gabinetto a vista, con una tenda sottile per la privacy. Il sole filtrava dalle veneziane aperte. Le luci a fluorescenza erano spente. Il monitor luminoso indicava il battito cardiaco costante dell'uomo.

Dormiva. O almeno fingeva di farlo. Le suture sulla faccia lo avevano trasformato in un Frankenstein. Il naso rotto era stato raddrizzato, ma la mandibola gli pendeva di lato.

Il battito del suo cuore era regolare, come un pendolo che andasse avanti e indietro.

Amanda spezzò un'altra fiala di ammonio e gliela cacciò sotto il naso.

Hurley si risvegliò di scatto, gli occhi spalancati, le narici dilatate.

Il monitor cardiaco suonò come un allarme antincendio.

Will guardò la porta aspettandosi che entrasse di corsa un infermiere.

Non venne nessuno.

I poliziotti non si erano nemmeno girati.

Amanda aveva estratto il distintivo. «Amanda Wagner, vicedirettrice del GBI. Ha già conosciuto l'agente Trent.»

Hurley guardò il distintivo e quindi di nuovo Amanda.

«Non le leggerò i suoi diritti perché non è un interrogatorio ufficiale. Le hanno somministrato morfina, perciò niente di quello che dirà potrà essere usato in tribunale.» Aspettò, ma lui non rispose. «I medici l'hanno stabilizzata. Ha la mandibola lussata. Verrà operato appena i pazienti più critici saranno stati assistiti. Per il momento abbiamo alcune domande sulle due donne rapite.»

Hurley batté le palpebre. Attese. Si era riproposto di ignorare Will, il che a lui andava bene perché, se lo avesse guardato storto, non sapeva se sarebbe riuscito a mantenere il controllo.

«Ha sete?» Amanda scostò la tenda che nascondeva il lavandino e il gabinetto. Scartò un bicchiere di plastica e aprì il rubinetto.

Will si appoggiò al muro e si cacciò le mani in tasca.

«Era un poliziotto.» Riempì il bicchiere d'acqua. «Conosce le accuse. Ha assassinato o partecipato all'assassinio di decine di civili. Ha sostenuto e favoreggiato il rapimento di due donne. Faceva parte di un complotto per usare un'arma di distruzione di massa, per non parlare della frode al sistema sanitario.» Si girò e si avvicinò al letto con il bicchiere. «Sono accuse federali, Hurley. Anche se per miracolo la giuria non si accordasse sulla condanna a morte, non vedrà mai più la libertà.»

Lui allungò la mano verso il bicchiere. Le manette tintinnarono contro le barre.

Amanda restò ferma quel tanto da fargli capire che era lei al comando. Gli avvicinò il bicchiere alla bocca e gli premette le dita sotto la mandibola per aiutarlo a chiudere le labbra.

Hurley emise un rumore percepibile a ogni sorso tracannando tutto il bicchiere.

«Ancora?» chiese.

Lui non rispose. Risprofondò sul cuscino e chiuse gli occhi.

«Ho bisogno che quelle donne tornino incolumi a casa, Hurley.» Amanda trovò un fazzolettino in borsa. Pulì con cura il bicchiere prima di gettarlo tra i rifiuti. «Questa è l'unica volta durante l'intera procedura in cui avrà un potere negoziale.»

Will fissò il bicchiere.

Cosa gli aveva dato?

«Il governo federale impiega in media quindici anni a somministrare la pena di morte.» Amanda prese una sedia e si sedette vicino al letto. Accavallò le gambe e si tolse qualche pelucco dalla gonna. Guardò l'ora. «È un po' ironico, ma sapeva che Timothy McVeigh è stato preso per una violazione del codice stradale?»

L'attentatore di Oklahoma City. McVeigh aveva fatto esplodere un camion bomba davanti al Murrah Federal Building uccidendo quasi duecento persone e ferendone quasi mille.

«McVeigh è stato condannato a morte. Ha passato quattro anni all'ADMAX di Florence prima di chiedere alla corte di anticipare la data dell'esecuzione» disse Amanda.

Hurley si leccò le labbra. Qualcosa era cambiato. Le sue parole, forse quello che gli aveva dato da bere, stavano minando la sua calma.

«Ted Kaczynski, Terry Nichols, Dzhokhar Tsarnaev, Zacarias Moussaoui, Eric Rudolph.» Amanda tacque dopo aver elencato i terroristi nazionali che stavano scontando più ergastoli in quello che veniva chiamato il braccio degli attentatori. «Robert Hurley potrebbe aggiungersi a questi nomi. Sai com'è all'interno di un ADX?»

Lo stava chiedendo a Will, non a Hurley.

Lui lo sapeva, ma disse comunque: «Com'è?».

«I detenuti sono confinati nelle loro celle per ventitré ore al giorno. Se vengono autorizzati a uscire, è solo per un'ora ed è a discrezione delle guardie. Pensi che le guardie siano gentili con le persone che fanno saltare in aria la gente?»

«No» affermò Will.

«No» convenne lei. «Ma la tua cella ha tutto quello che ti serve per sopravvivere. Il gabinetto è il tuo lavandino e la tua fontanella dell'acqua. C'è un televisore in bianco e nero se vuoi guardare programmi educativi o religiosi. Ti portano da mangiare. La finestra è di trenta centimetri per trenta. Pensi di riuscire a vedere un bel po' di cielo attraverso quei trenta centimetri, Will?»

«No» ripeté.

«Ti fai la doccia in isolamento. Mangi in isolamento. Se sei fortunato e ti concedono un'ora d'aria in cortile, non ti ritrovi veramente in un cortile. Hanno una fossa, simile a una piscina vuota. Fai dieci passi e arrivi in fondo, trenta se giri in cerchio. È profonda quattro metri e mezzo. Vedi il cielo ma non puoi scrivere a casa per dirlo. Hanno smesso di dare le matite ai carcerati perché continuavano a usarle per squarciarsi la gola.»

Hurley aveva gli occhi aperti. Fissava il soffitto.

Amanda guardò di nuovo l'orologio.

Will controllò l'ora per conto suo.

Le 15.18.

«Hurley» fece Amanda. «Non mi interessa delle altre accuse. Mi interessa riportare quelle due donne a casa, al sicuro. Ecco cosa ti offro.»

Attese.

Anche Hurley attese.

Will sentì lo stomaco contrarsi.

«Morirai in prigione. Non posso farci niente. Ma posso tenere la tua identità nascosta alla stampa. Posso darti un nuovo nome, una nuova fedina penale. I marshal si occupano di parecchi carcerati inseriti nel programma di protezione testimoni. Sarai messo con i detenuti comuni, in regime di massima sicurezza, ma non sarai chiuso in gabbia come un animale mentre a poco a poco perdi il senno.» Tacque. «Tutto quello che devi fare ora è dirmi dove trovare quelle donne.»

Lui tirò su con il naso. Girò la testa per guardare dalla finestra. Il cielo azzurro. Il sole sulla faccia. Il suo cuore aveva ripreso a battere a un ritmo lento, pigro. Era calmo perché si sentiva padrone di sé, come sul luogo dell'incidente. Almeno finché Michelle Spivey non aveva aperto la bocca iniziando a parlare di suo padre.

È il tuo eroe, volevi tanto renderlo orgoglioso.

«Tuo padre è malato, giusto? Così ha detto Michelle, che sarebbe morto» disse Will.

Hank ruotò la testa. Aveva uno sguardo furibondo.

Quello era il modo di creare una breccia. A Hurley non importava delle persone che aveva ucciso. Qualsiasi causa lo avesse spinto a commettere un'azione terroristica, non sarebbe stata minata nel giro di pochi minuti. Ogni uomo aveva un punto debole, e per molti che si trovavano dalla parte sbagliata della legge quel punto riguardava il loro padre.

«Il tuo vecchio era un poliziotto?» chiese Will. «Per questo ti sei arruolato?»

Hurley lo guardò in cagnesco. Il monitor prese a rilevare battiti rapidi mentre il suo cuore accelerava. «Scommetto che era fiero quando ti sei arruolato. Hai prestato giuramento come lui. Suo figlio.» Will pronunciò quelle due parole staccandole, come aveva sentito fare a molti ex agenti quando parlavano dei loro figli. Non come individui, ma come un'estensione di loro stessi. «Scommetto che non sarà così orgoglioso quando sentirà che hai aiutato uno stupratore a rapire un'altra donna.»

Il silenzio tra i bip si accorciò.

«Ricordo cos'ho provato quando mio padre morì. Ero con lui in ospedale quando ha esalato l'ultimo respiro» fece Will.

Amanda non disse nulla. Sapeva che la prima volta che Will aveva visto la faccia di suo padre era stato quando ne aveva identificato il corpo.

«Prima non gli avevo mai tenuto la mano. Forse quand'ero piccolo e avevo bisogno di attraversare la strada. Ma da uomo mai. Era così... vulnerabile, sai? E anch'io mi sentivo vulnerabile. Così ti senti quando ami qualcuno. Ti senti debole. Vuoi togliergli il dolore e faresti di tutto per tenerlo al sicuro.»

Una lacrima spuntò nell'occhio di Hurley.

«Verso la fine le mani e i piedi di papà erano freddi. Gli ho messo i calzini. Gli ho sfregato la pelle. Niente riusciva a scaldarlo. Questo fa il corpo. Devia tutto il calore al cervello e agli organi. Sentono che gli tieni la mano ma non riescono a fare lo stesso con te.»

Amanda aveva lasciato libera la sedia. Will si sedette. L'avvicinò di più a Hurley. Frenò la repulsione quando gli prese la mano.

Lo fece per Sara.

Così l'avrebbero trovata.

«Non puoi cancellare quello che hai fatto, ma puoi cercare di rimediare.» Will sentì le dita di Hurley stringere le sue. «Salva quelle due donne. Non lasciare che venga fatto loro del male. Da' a tuo padre qualcosa che lo renda di nuovo fiero di te.»

Lui deglutì.

«Dicci come trovarle» proseguì cercando di non supplicare. «Non è troppo tardi per proteggerle da quello che sai che sta per accadere. Lascia che l'ultimo pensiero di tuo padre sia che suo figlio era una brava persona che ha fatto delle cose brutte. Non una cattiva persona che non sapeva fare del bene.»

Hurley aveva di nuovo chiuso gli occhi. Le lacrime impregnavano il cuscino.

«Va tutto bene.» Will guardò le loro mani. Hurley gliele stava stringendo tanto forte che la pelle lacerata delle nocche riprese a sanguinargli. «Dicci solo come salvarle. Sii l'uomo che tuo padre sa che puoi essere.»

Hurley fece a fatica un profondo respiro. Le lacrime gli sgorgavano senza sosta. Non guardò Will ma Amanda. Mosse la bocca. La sua mandibola fece un clic.

«Gan» Il suo volto si corrugò per lo sforzo. Non riusciva a usare le labbra per formare la parola. «Gan.»

«Gilmer? Gwinnett? Gordon?» Amanda rinunciò a nominare le contee e cercò la borsa. «Ho qualcosa su cui può scrivere.»

«Nan» Hurley scrollò, frustrato, la mano di Will. «Fan» ritentò.

Will si protese sforzandosi di sentire.

«Fan» Afferrò le barre del letto scuotendolo violentemente. «'Fanculo.»

6

Domenica 4 agosto, 14.13

L'osso sacro di Faith sbatteva contro il sedile di plastica dell'elicottero. Di secondo in secondo provava un senso di impotenza sempre più schiacciante. Will era là sotto da qualche parte, e probabilmente si sentiva altrettanto impotente mentre lei era intrappolata in una lavatrice troppo carica. Il sole cuoceva il rivestimento di metallo dello Huey. Alla sua sinistra c'erano sei uomini molto grossi con le uniformi della SWAT e gli AR-15. Avevano le gambe divaricate, le braccia come tronchi e un'espressione dura. Erano arrabbiati, pronti a combattere.

Per il momento tuttavia erano bloccati nel circuito di attesa. Le ambulanze avevano la priorità di atterraggio sull'elisuperficie dell'ospedale. All'interno dello Huey si sentiva ormai il puzzo di un'agonia prolungata. Sarebbero saltati fuori da quello spazio angusto appena avessero toccato terra. Il silenzio del pilota nelle enormi cuffie era estenuante. Ciò nonostante Faith teneva le orecchie dritte al di sopra delle scariche statiche. Solo Maggie e Amanda se le erano tolte scegliendo di mantenere privata la loro conversazione mentre si urlavano a vicenda all'orecchio. Amanda sembrava furiosa, il che era comprensibile a meno che non la conoscessi bene. Lei non sembrava mai furiosa. Di solito era la calma in mezzo alla tempesta.

C'era parecchio per cui essere infuriati.

Will era al pronto soccorso. Di Sara non si sapeva nulla. Non avevano idea di chi l'avesse presa, del motivo per cui avessero fatto esplodere le bombe né di ciò che avrebbero fatto dopo.

Quindici morti confermati. Trentotto feriti. Poliziotti uccisi. Addetti alla sicurezza uccisi. Una vicesceriffo morta sul tavolo operatorio.

«Hanno messo in sicurezza il cinquanta percento degli edifici del campus.» Maggie era tornata in cuffia. La sua voce echeggiò come se parlasse in una lattina. «La prima bomba era al quinto livello del garage Lowergate East. Ha tirato giù il tetto. La seconda era più grande, il pezzo forte, al livello sotterraneo uno, fissata a una colonna portante. Piazzata strategicamente per far crollare l'intero edificio.»

«Non era un'escalation» gridò Amanda. «Era un'opportunità.»

Maggie indicò le cuffie. La linea non era sicura.

«Siamo autorizzati ad atterrare» annunciò il pilota.

L'elicottero si inclinò bruscamente prima di dirigersi veloce verso il campus. A Faith venne male, non per l'improvvisa perdita di quota ma per la vista del cratere formatosi nel garage.

L'aria era invasa dal fumo. Faith contò sei autopompe impegnate a combattere incendi distinti. Disseminati ovunque c'erano vetri rotti e blocchi di calcestruzzo. Le macchine erano state scagliate fuori dal parcheggio, giacevano sparse per la strada, lanciate come proiettili negli edifici adiacenti. Sulla passerella di Clifton Road c'era un furgone, le quattro ruote in alto come uno scarafaggio morente. Vide scarpe, carte, pezzi di metallo piegati come graffette. Le ricordò quando suo figlio era piccolo e le rubava gli oggetti dalla scrivania per giocare.

«Il guidatore della Porsche.» Maggie aveva ricevuto un altro aggiornamento al telefono. «È un medico dell'ospedale infantile. Ritengono che il collo sia stato spezzato dopo l'incidente. Non volevano lasciare testimoni. Posto sbagliato, momento sbagliato.»

Faith rifletté sulla casualità dell'incidente. Quel pover'uomo probabilmente stava pensando di infilarsi a letto quando il furgone lo aveva tamponato.

«Stanno evacuando gli studenti con i bus.» Amanda indicò la fila di ragazzi con gli zaini e le valigie. C'erano le tende bianche per il triage. Gli uomini in uniforme delle forze dell'ordine brulicavano in mezzo al calcestruzzo distrutto. Vigili del fuoco e civili rimuovevano le macerie passandosi i secchi.

«La conferenza stampa è tra quindici minuti. Vuoi esserci anche tu?» chiese Maggie ad Amanda.

«No, ma butterò giù qualcosa.» Prese il notes e si mise a scrivere.

Faith cercò di orientarsi mentre l'elicottero si avvicinava all'elisuperficie. Erano proprio sopra quello che era chiamato Clifton Corridor. Il garage sventrato era sul lato opposto della strada rispetto all'ospedale. Dietro le tre cliniche e il Winship Cancer Institute. A un isolato dall'Egleston Children's Hospital. Ancora più in là rispetto ai dormitori degli studenti e alle biblioteche sull'altro lato di Clifton.

Fra tutti i posti in cui i terroristi avrebbero potuto far esplodere le bombe, il parcheggio era quello che aveva avuto le conseguenze meno tragiche. Avevano ucciso alcune persone ma avrebbero potuto ucciderne molte di più.

Non era un'escalation.

L'elicottero atterrò con un sobbalzo spaventoso.

«Via-via-via!» urlò il capo della SWAT.

Si mossero rapidi in modo che lo Huey potesse far posto all'eliambulanza successiva. Faith saltò giù con l'aiuto di un inserviente dell'ospedale. Corsero nell'edificio. La porta di accesso al tetto era già aperta. Un paziente era legato a un lettino, in attesa che arrivasse l'elicottero successivo. La squadra della SWAT scomparve giù per le scale, i fucili stretti in mano.

A Faith lacrimavano tanto gli occhi che non riusciva quasi a vedere. Tossì. L'aria era così densa che avresti potuto mangiarla. Non voleva sapere cosa stesse respirando. Socchiuse gli occhi fissando la giacca blu navy del completo di Amanda e seguendola giù per le scale.

Al piano inferiore l'aria era pulita. Continuarono a scendere. Faith si pulì gli occhi con il lembo della camicia. Maggie era già al telefono satellitare. Andò come prima: riferì svelta le informazioni facendo i gradini di corsa. «L'uomo a cui Will ha sparato sul luogo dell'incidente. Hanno controllato le sue impronte digitali. Non è nel sistema.» Ascoltò ancora prima di proseguire. «Niente di utile dal telefono Android di Robert Hurley. Ha chiamato solo un numero, un telefono usa e getta. Stiamo cercando di rintracciarlo.»

Si scostarono tutti per far passare due inservienti che andavano di corsa.

«I miei possono ottenere un mandato più in fretta. Lasciate che ci occupiamo noi delle carte» affermò Amanda.

«Bene.» Maggie si precipitò giù per la rampa successiva. «Contatterò Murphy. Non posso promettere niente.»

«Nemmeno io.» Amanda sembrava nuovamente furiosa. Si sentiva il rumore del suo respiro. I suoi tacchi alti risuonavano sui gradini.

Faith controllò l'ora.

Le 14.17.

Ormai la notizia delle esplosioni doveva essere giunta ai telegiornali. Evelyn avrebbe immaginato che Faith si stava occupando dell'emergenza con Amanda. Poi avrebbe chiamato Jeremy e gli avrebbe detto di aver parlato con lei, che era tutto a posto. Poi ancora avrebbe infranto la regola dell'iPad con Emma fingendo che fosse un premio e non una distrazione. Aveva fatto la poliziotta per trent'anni. Sapeva come mentire alla sua famiglia.

Faith superò il pianerottolo. Fece gli ultimi gradini a due a due. Avevano raggiunto il secondo piano. Un sergente della polizia di Atlanta stava tenendo aperta la porta. «Il dottore non poteva aspettare. Ha detto di cercarlo quando foste arrivate» disse a Maggie.

«Lo trovi.» Maggie agitò la mano. «Parliamo camminando.»

Il sergente scattò per raggiungerle. «Hanno lasciato il proiettile nella gamba di Hurley. È più sicuro così. Dovranno immobilizzargli la mandibola, ma ci sono molti pazienti critici prima di lui. Il sesto piano è sicuro. Lo teniamo sott'occhio. Nessuno va a pisciare. Mi scusi, signora.»

«Pisciamo tutti, sergente» osservò Maggie. «Hurley è sveglio?»

«A momenti, signora. Ha rifiutato gli antidolorifici quando lo hanno trasferito qui dal pronto soccorso.»

«Non vuole tradirsi e rivelare qualcosa.» Amanda si voltò verso l'agente. «Veda che la mandibola resti una priorità secondaria. Ho bisogno di parlargli. Tenetelo da solo nella stanza. Assicuratevi che possa vedere dalla finestra.» Aggiunse: «Non dategli acqua».

Il sergente guardò Maggie. Lei gli diede l'okay con un cenno, poi si girò verso Amanda.

«Prendi questo.» Amanda strappò una pagina del notes. «Di' alla stampa che è la dichiarazione ufficiale del GBI. Ho bisogno che tu lo legga *esattamente* com'è scritto.»

«Intesi.» Maggie scambiò il foglio con il satellitare. «Trova uno dei miei se hai bisogno. Buona fortuna.»

Amanda imboccò il corridoio chiamando Faith. «Dobbiamo fare una rampa di scale. Voglio parlare con l'infermiera.»

Lydia Ortiz. Faith sapeva di lei grazie al debriefing che si era svolto sull'elicottero. Ortiz aveva riconosciuto Michelle Spivey nell'area ricoveri chirurgici. Aveva chiamato la sicurezza, ma prima che riuscissero ad arrivare si era scatenato l'inferno.

«Da questa parte.» Amanda superò l'ascensore. C'era una scala più vicina, ma gli investigatori della scena del crimine la stavano esaminando in cerca di indizi.

Robert Jacob Hurley aveva trascinato Michelle Spivey fuori dall'area ricoveri del terzo piano. Aveva incontrato i suoi due complici davanti al pianerottolo del secondo. Due poliziotti stavano salendo mentre loro scendevano al pianterreno. Stavano rispondendo all'avviso di emergenza di Lydia Ortiz. Li avevano uccisi entrambi con un colpo alla testa. Un altro agente, una viceceriffo, li stava aspettando all'esterno. Le avevano sparato al petto fuggendo verso la Chevy Malibu argento. Lei era crollata a terra rispondendo al fuoco: aveva colpito Hurley alla gamba e il complice alla spalla prima che lui si girasse e le sparasse in faccia.

Faith aprì la porta e disse ad Amanda: «Hanno fatto esplodere le bombe nel garage mentre si stavano allontanando».

«Esatto.»

«Come Novak» commentò. «Fa sempre esplodere le bombe come diversivo, non come mezzo per un fine.»

«Brava ragazza. È tutto il giorno che batti su questo tasto.»

Amanda scattò su per le scale. Finirono nella sala ricoveri del terzo piano. C'erano file di lettini nascosti da tende ospedaliere. La postazione degli infermieri, un distributore di ghiaccio, un bagno ben contrassegnato. Lo spazio era deserto tranne per un poliziotto e i tecnici della scena del crimine. Il letto nella seconda stanza era cordonato da nastro giallo. C'era una scia di sangue sul pavimento che andava verso la seconda scala.

Amanda mostrò il distintivo all'agente sulla porta mentre Faith annotava i loro nomi sul registro della scena del crimine.

«Il dottor Lawrence sta salendo. Ha fatto due turni in Iraq. È un tipo che non si perde in cazzate» affermò l'agente.

«Siete della polizia?» Dalla postazione degli infermieri era spuntata una donna. Piangeva, era chiaramente sconvolta. «Non sono riuscita a impedirglielo. Ho tentato...»

«Lei è Lydia Ortiz?» chiese Amanda.

L'infermiera si portò le mani al viso. Riuscì solo ad annuire. Probabilmente aveva amici nel garage. Aveva assistito a un omicidio di massa e incontrato una donna che era stata rapita davanti alla figlia undicenne.

«Si prenda tutto il tempo che le serve» le disse Faith. Trovò il notes in borsa. Sfogliò una serie di pagine vuote e ruotò la penna per aprirla.

«Quali sono i sintomi dell'appendicite?» domandò Amanda.

«Oh.» Ortiz non si aspettava quella domanda. «Nausea, vomito, picchi di febbre, stipsi.»

«Fa male?» chiese ancora. Stava cercando di calmarla parlando di un argomento che le era familiare.

«Sì, il dolore è molto forte. Qui.» Si mise una mano sulla parte inferiore destra dell'addome. «Respirare, muoversi, tossire: è come una pugnalata ogni volta.»

«Quanto ci vuole prima che si rompa?»

Scosse la testa e infine disse: «Dalle ventiquattro alle settantadue ore dall'insorgenza dei sintomi. E non si rompe come un palloncino. È più una lacerazione. I batteri entrano in circolo e questo porta alla sepsi».

Faith avrebbe potuto cercare tutto ciò su WebMD, ma lo annotò ugualmente sul notes.

«Ora» fece Amanda. «Mi descriva passo per passo la prima volta che ha visto Michelle. L'hanno ricoverata. Era su un lettino?»

«Sì.» Ortiz prese un fazzolettino dalla tasca. Si soffiò il naso. «Era nella due. Un portantino ha accompagnato qui il marito – ci ha detto di chiamarlo Hurley – dalla sala di attesa. Mi sono presentata. Gli ho spiegato le consuete procedure post-intervento.»

«Ha fatto domande?»

«No. Non ascoltava quasi. Continuava a chiedere delle prescrizioni.»

«Delle prescrizioni?»

«Delle ricette. Antibiotici, farmaci generici: puoi averli gratuitamente nei Walmart. Ho avuto l'impressione che le volesse per poter andar via.»

«Qual era la prognosi?»

«Non dovrei dirvelo visti i suoi diritti, ma al diavolo. Doveva essere ricoverata. Il marito si è rifiutato. Ha firmato per essere dimessa contro il parere del medico. Il dottore la stava riempiendo di antibiotici. Ha bisogno di controlli di follow-up. La sepsi non è uno scherzo.»

«Sarebbe morta senza l'intervento?»

«Sì. Potrebbe morire ugualmente. Hurley non sembrava interessato a curarla.»

Faith fissò il notes. Ortiz non sapeva dell'incidente d'auto, che Hurley aveva una squadra e che la squadra aveva rapito un medico. Si appuntò una domanda per dopo: *Hurley aveva bisogno di Michelle viva. Per cosa?*

«Quando ha riconosciuto in lei Michelle Spivey?» chiese Amanda.

«Non l'ho fatto. Non all'inizio. È stato il marito a darmi lo spunto. Aveva qualcosa. Mi dava una sensazione strana. A volte ci capitano uomini violenti che non lasciano mai la moglie sola. Hanno paura che chieda aiuto.»

«Presentava segni di violenza?»

«Appariva denutrita. Le ho dato alcune coperte calde, poi mi sono resa conto che non aveva i calzini. Glieli ho messi. È stato allora che ho visto i segni delle iniezioni lungo le vene.»

Faith alzò lo sguardo dal notes.

«È stato allora che è successo. Le stavo infilando i calzini. L'ho guardata in faccia e, considerandola da una prospettiva diversa, è scattato qualcosa. Aveva i capelli corti e tinti di biondo, ma l'ho riconosciuta. Ed è stato in quel momento che mi ha guardato dritto negli occhi. Ha pronunciato la parola "aiuto" con il solo movimento delle labbra.»

Faith voleva assicurarsi di aver capito bene. «Le ha chiesto aiuto?»

«Non in modo udibile. Ma puoi leggere le parole sulle labbra di qualcuno, giusto?» Ortiz si avvicinò al letto. «Ero qui. Lei era seduta.»

«Il marito l'ha vista pronunciare la parola?»

«No. Voglio dire, non ne sono sicura. Sono tornata alla postazione degli infermieri. Ho detto che andavo a prendere un po' di vaselina. Aveva le labbra molto screpolate. Ho trasmesso il codice di emergenza a Daniel, il portantino. È stato davvero in gamba, è semplicemente sgusciato fuori dalla porta, ma il marito ha capito qualcosa. Quando mi sono girata, la stava costringendo a mettersi i pantaloni. Non riusciva a chiudersi la cerniera lampo. I punti di sutura si sono rotti. Sanguinava. Si è messa a piangere. Lui non le ha permesso di infilarsi la camicia. Le ha dato la sua giacca. L'ha spinta verso le scale. È stata l'ultima volta che li ho visti. Ho sentito degli spari di sotto. È scattato l'allarme, ci hanno detto di ripararci dove eravamo. Qualche minuto dopo sono esplose le bombe.» Scosse la testa. «Dicono che Hurley avesse con sé un gruppo di uomini, che hanno sparato a molte persone.»

Amanda non fornì spontaneamente particolari. Girò attorno al lettino. Guardò per terra. «Questa è la sua camicia?»

Ortiz assentì.

Amanda si chinò e la spostò con una matita. Di cotone, con le maniche corte e i bottoni, bianca a righe verticali rosse. «Tessuta a mano.»

Faith si inginocchiò accanto a lei. Sembrava anche cucita a mano. La stoffa avrebbe anche potuto appartenere a un sacco per la farina.

«Grazie, signora Ortiz.» Amanda si alzò. «Raggiungimi in corridoio» disse a Faith.

Lei fotografò la camicia con il telefono. Zoomò sulle cuciture. I bottoni erano tutti dello stesso colore, ma disassortiti. Michelle Spivey aveva lavorato al CDC. Era una maratoneta, madre di una ragazzina quasi adolescente. Non le sembrò il tipo di donna che si faceva i vestiti da sé.

«Mi dispiace» esclamò Ortiz. «Avrei dovuto... Non lo so. Avrei dovuto fermarlo.»

«L'avrebbe uccisa.» Faith trovò un biglietto da visita. «Mi chiami se le viene in mente qualsiasi altra cosa, okay?»

Sulle scale Amanda stava concludendo un'altra telefonata al satellitare. «La madre di Sara sostiene che la figlia abbia seguito i rapitori per proteggere Will» le disse.

Faith lo considerava certamente possibile, però metterlo in un rapporto di polizia avrebbe potuto implicare parecchie ricadute negative per la carriera di un membro delle forze dell'ordine, soprattutto se ne fosse venuta a conoscenza la stampa.

«Le ho chiesto di prendersi un po' di tempo per sbollire prima di firmare la dichiarazione. Non so se mi abbia ascoltato. Mi è sembrata una stronza delirante.»

Faith sentì un altro peso sullo stomaco. Anche lei sarebbe stata una stronza delirante se qualcuno le avesse rapito un figlio.

«Chi porta abiti tessuti a mano?» chiese ad Amanda.

«Non una donna che guadagna centotrentamila dollari l'anno.»

Faith non fece commenti sullo stipendio astronomico e cercò di esporre quello che sapeva. «Quindi Hurley rapisce Michelle

Spivey. La costringe a indossare abiti tessuti a mano. L'accompagna in ospedale perché la operino di appendicite invece di scaricarla sul bordo di una strada. E chiama i suoi compagni perché portino un paio di bombe per fuggire.» Non riusciva a trovare un nesso tra tutto ciò. «Perché?»

Amanda guardò oltre la ringhiera. «Dottor Lawrence?»

«Colpevole.» Era apparso un uomo basso e tarchiato, con addosso un paio di pantaloni a righe del pigiama e un paio di scarpe eleganti. La casacca della divisa era schizzata di sangue. L'eyeliner nero sbavato gli delineava gli occhi. Sembrava che si fosse buttato giù dal letto dopo una notte di bagordi e che si fosse precipitato in ospedale appena aveva sentito la sirena.

Non si scusò per il suo aspetto. «Posso aspettare a immobilizzargli la mandibola per tutto il tempo che volete. Si merita di soffrire.»

«E il mio uomo di sotto?»

«Gli ho messo un punto metallico sul cuoio capelluto. È disorientato, ha una commozione cerebrale. Lo hanno pestato brutalmente nella parte bassa del ventre. Probabilmente ha un paio di costole rotte. Dobbiamo fargli una TAC per escludere emorragie.»

«Cosa può dargli per rimetterlo subito in piedi?» domandò Amanda.

Lawrence rifletté un attimo. «Finirò davanti alla commissione medica, ma una compressa di Percocet 10 dovrebbe servire allo scopo. Gli dica di prenderne mezza se vuole tenerlo sveglio.»

«E se mi servisse più che sveglio?»

Lawrence si grattò la barba ispida. «Un inalatore per ammonio potrebbe...»

«I popper?» Faith sentì la parola esploderle dalle labbra. «Non dirà sul serio.»

«Non è un popper. È un irritante nasale. Lo indurrà a fare un respiro molto profondo e immetterà molto ossigeno in corpo.» Rivolgendosi ad Amanda aggiunse: «Di sotto ne abbiamo. Gliene dia una dose quando gli serve la grinta giusta».

Faith scosse la testa. Non si fidava di cose del genere.

Lawrence se ne stava già andando. «Trovate Conrad dabbasso se volete i medicinali.»

«Non li prenderà» disse Faith ad Amanda. Will si curava il mal di testa con la root beer e gli stiramenti muscolari facendo altro esercizio fisico.

«Ho il sentore che Robert Hurley non abbia rapito Michelle Spivey. Credo che l'abbia presa un certo Adam Humphrey Carter. Ha passato sei anni dietro le sbarre al nord per aggressione sessuale. E penso che in questo momento sia con Sara» affermò Amanda.

Faith si portò la mano alla bocca. La Georgia distingueva il reato di stupro da quello di aggressione sessuale. Quest'ultimo implicava che l'aggressore esercitasse un'autorità, di controllo o di custodia, sulla vittima, un insegnante, un operatore per l'infanzia o...

«Carter era un agente di polizia della contea di Newnan» confermò Amanda. «Fermò una donna di ventidue anni, la trascinò nel bosco, la violentò e la picchiò, poi la lasciò lì credendola morta.»

«Dove...» Faith stentò a fare la domanda. «Non hai tirato fuori il nome di Carter da un cilindro. Perché pensi che sia coinvolto?»

«Ci sono cose che in questo momento non posso dirti. È un sentore, ma è un sentore bene informato.» Amanda le lasciò un istante. «Ho chiesto a un amico di mandarti il video del rapimento di Spivey al tuo indirizzo mail privato.»

«Aspetta, c'è un video?» Faith aveva seguito la vicenda nell'ultimo mese. Pensava che fosse l'ennesimo spaventoso rapimento casuale. «La stampa ha detto che non c'erano sospettati.»

Amanda non le spiegò il sotterfugio. «Questi sono i pezzi su cui in questo momento dobbiamo concentrarci per cercare di metterli insieme: è Carter l'uomo nel video del rapimento di Spivey? Se Carter è il rapitore, Will può identificarlo come uno degli uomini che hanno preso Sara?»

L'idea che Carter avesse Sara fece venire la nausea a Faith. «E poi?»

«Poi non potranno sostenere che Michelle sia vittima di una tratta. Hai sentito dei segni sulle vene. Potrebbero sostenere che Carter abbia finito con lei e l'abbia venduta a Hurley. Una transazione, non un'alleanza.»

Più parlava, meno chiare diventavano le cose. «Chi sono queste persone? E perché il motivo ha importanza?» Faith sentì l'orologio picchiettarle il polso. Il feedback tattile stava segnalando che aveva un'allerta. Abbassò lo sguardo dicendo: «Credo che il servizio di rete mobile sia…»

Sara Linton ha cercato di contattarti ma non eri raggiungibile.

«Merda.» Faith passò in rassegna le opzioni Walkie-Talkie. «Sara…»

Parla con Sara.

Apri Walkie-Talkie.

«Merda.»

«Faith» esclamò Amanda. «Per l'amor del cielo, Sara cosa?»

«Ha cercato di comunicare con me con Walkie-Talkie alle 14.17. Cioè ventuno minuti fa.» Sara poteva essere diretta in Tennessee, nelle Caroline, in Alabama, in Florida. «Merda.»

«Cos'ha detto?»

«Non funziona così.» Faith le spiegò che l'app funzionava tramite la piattaforma FaceTime, poi si ricordò con chi stesse parlando. «È come un vero walkie-talkie. Non registra né immagazzina il messaggio. Devi ascoltarlo quando arriva.»

Le labbra di Amanda formarono una linea tesa. Espirò brusca, poi disse: «Hanno trovato la BMW dieci minuti fa».

Faith restò a bocca aperta.

«C'è stata un'esplosione. Hanno incendiato il serbatoio. C'è un corpo sul sedile posteriore. Non sanno dire se sia di un uomo o di una donna. L'auto deve raffreddarsi prima che possano entrare.»

Faith allungò una mano dietro di sé in cerca del muro. Aveva bisogno di qualcosa di solido a cui tenersi. Sara non era solo la fidanzata di Will. Era sua amica. Forse addirittura la sua migliore amica.

«Non puoi riferire niente di tutto ciò a Will.» Amanda si incamminò giù per le scale. «Non può aiutarci se la crede morta.»

Faith arrancò dietro di lei. Era stordita. Will aveva diritto di sapere cosa stava succedendo. Faith era la sua partner. Era suo dovere essere onesta con lui, o almeno il più onesta possibile.

Amanda aprì un'altra porta. Erano nel pronto soccorso. Fermò il primo operatore che trovò. «Ho bisogno di Conrad.»

Will era steso scomposto su un lettino in fondo al corridoio. Faith si precipitò da lui chiamandolo. «Will.»

Lui batté le palpebre a lungo, lentamente. «L'avete trovata?»

«No. L'intero stato la sta cercando.» Faith si disse che era inutile riferirgli della BMW carbonizzata finché non avessero saputo chi c'era all'interno. Gli sollevò con delicatezza la testa per vederlo in faccia. «Stai bene?»

Il mento gli ricadde sul petto. «Ho lasciato che la prendessero.»

Cercò di costringerlo a guardarla ma lui si scrollò la sua mano di dosso.

«È successo… in fretta» disse. «Il capanno, la strada. Ma prima… l'esplosione. E poi le macchine. L'hanno presa.»

Amanda non aveva pazienza per i suoi discorsi sconclusionati. «Perché te ne stai là accasciato come un senzatetto?» Tentò di costringerlo a stendersi e gli sollevò la maglietta.

«Gesù Cristo» disse Faith. La sua pelle sembrava un collage di macchie di Rorschach.

Amanda le rivolse un'occhiata severa invitandola a ricomporsi. «Faith, va' a cercare un dottore. Digli che potrebbe sanguinare internamente.»

Lei si avviò in corridoio asciugandosi gli occhi con il dorso della mano. La sporcizia le grattò la pelle. Vedere Will così la uccideva. Si girò e osservò Amanda dargli una pillola. Lui scosse la testa. Lei la spezzò in due e Will se la cacciò in bocca.

«Avete ancora bisogno di me?» Un infermiere se ne stava davanti a lei con le mani sullo stetoscopio. Sulla targhetta si leggeva CONRAD. «Il suo capo è una stronza» disse.

«Glielo dica mentre aiuta il mio collega.» Faith spinse la porta del bagno. Entrò nel primo gabinetto, si sedette e si prese la testa tra le mani. Non pianse. Rimase seduta là finché non provo più il desiderio di raggomitolarsi in posizione fetale.

Adam Humphrey Carter.

Perché Amanda conosceva il nome di quell'uomo? Le stavano mandando il video del rapimento al suo indirizzo mail personale per evitare i canali ufficiali. Amanda lo aveva definito un sentore, ma stava di certo lavorando a una teoria. Era questo che gridava all'orecchio di Maggie mentre aspettavano che l'elicottero atterrasse? Avrebbe spiegato perché era così furiosa.

Non un'escalation. Un'opportunità.

Faith guardò l'orologio per controllare le notifiche.

Le 14.42.

Niente.

Tirò lo sciacquone. Si lavò la faccia. Guardò il suo riflesso pallido nello specchio.

Doveva smettere di guardare la foresta e osservare i singoli alberi. Amanda diceva che dovevano collegare definitivamente Carter e Hurley come membri di una squadra. Se Will li avesse collocati entrambi sul luogo dell'incidente, il nesso sarebbe stato dimostrato. Per il momento era l'unica cosa di cui Faith doveva preoccuparsi. Stabilito quel legame, sarebbe passata all'albero successivo. Era l'unico modo per farcela in mezzo alla foresta.

Spinse la porta. In fondo al corridoio Amanda stava faticando per aiutare Will a scendere le scale. Pesava quasi quarantacinque chili più di lei e la superava di oltre una testa. Sarebbe stata una scena comica se l'intera vicenda non fosse stata così tragica.

Faith li raggiunse e prese a scendere le scale all'indietro stando davanti a lui, in caso fosse caduto. Will biascicò quando chiese di Hurley e del GPS dell'auto di Sara.

«Abbiamo messo tutto in moto» lo tranquillizzò Amanda. «Trasmettiamo le informazioni il più rapidamente possibile.»

«Di qui.» Conrad era sulla porta.

Amanda cercò di condurlo nel passaggio, ma la docilità di Will si era esaurita.

Guardò Faith. «È morta?»

Lei aprì la bocca, ma Amanda parlò per prima.

«No» replicò Amanda. «Assolutamente no. Se sapessimo qualcosa, te lo diremmo.»

Faith si costrinse a guardarlo negli occhi e disse l'unica verità che riuscì a trovare: «Te l'assicuro, te lo diremmo se sapessimo dov'è».

Will annuì, e lei lasciò che andassero avanti per non far trapelare nient'altro.

Guardò l'orologio e prese il cellulare. Erano sotto terra. Non c'erano barre su nessuno dei due. Sarebbe dovuta salire al piano superiore o avrebbe dovuto ricorrere al Wi-Fi.

«Faith.» Amanda era sola in corridoio, stava frugando in borsa. Le diede il portapillole. «Non riesco a trovare gli occhiali da lettura. Cerca le pillole blu ovali. Me ne servono due.»

«Sei...» Faith stava per chiederle se fosse malata, poi però vide le minuscole parole sulla compressa blu.

XANAX 1.0

«Mettile qui.» Amanda svitò il tappo di un flaconcino di plastica. Faith le lasciò cadere dentro. Per richiuderlo Amanda lo ruotò come se fosse un macinapepe. Notò l'espressione di Faith e disse: «Puoi rilassare il buco del culo. Non sono per Will. Devo far sciogliere la lingua a Hurley, e prima che mi faccia la predica, chiama tua madre e chiedile delle sue famose pillole Blablabla».

Faith si morsicò la lingua. Detestava quando le raccontava cose terribili su sua madre.

Amanda si mise il contenitore nella tasca della giacca. «I diritti umani sono i diritti delle donne. Così pareggiamo i conti.»

«Signora?» Nel corridoio era apparso un uomo. «Sono il dottor Schooner, il radiologo. Si è addormentato sul tavolo, perciò pensavamo di lasciargli un po' di tempo prima che scenda il prossimo paziente.»

Le invitò a seguirlo in una stanza buia piena di schermi luminosi. Conrad era seduto con le braccia conserte. Alle pareti c'erano diversi cartelli: cosa fare se qualcuno avesse avuto una reazione allergica, i numeri del centro antiveleno, la password del Wi-Fi.

Faith iniziò a inserire le informazioni sulla rete nel telefono, mentre il dottor Schooner spiegava l'esito dell'esame di Will.

«Il suo cervello non presenta anomalie.» Indicò il monitor nel centro. «Niente edemi. Niente emorragie. Niente fratture craniche anche se l'osso è contuso. Deve riposare da qualche parte con gli occhi chiusi, le luci spente, senza stimoli. Tra una settimana dovrebbe sentirsi meglio, ma per la guarigione completa ci vorranno circa tre mesi.»

«Ci assicureremo che riposi» disse Amanda.

Faith uscì in corridoio perché la sua colpevolezza fosse negabile. Cercò di pensare a quello che Sara avrebbe voluto che facesse. Si sarebbe preoccupata per Will. Avrebbe voluto che Faith lo neutralizzasse e lo trascinasse a casa perché dormisse al buio e recuperasse.

Però alla fine si sarebbe svegliato. E non l'avrebbe mai perdonata.

Guardò le mail. Il video non era arrivato.

Aprì il browser. Entrò nel sito sicuro del GBI e recuperò la fedina penale di Adam Humphrey Carter. Per l'ennesima volta lo stomaco le si contrasse. Non era solo uno stupratore, ma anche un ladro d'auto, uno scassinatore, un picchiatore. Come nel caso di Robert Hurley, una donna aveva ottenuto un ordine restrittivo contro di lui. La sua fedina era disseminata di accuse di violenza domestica, perché gli uomini di quel genere ne avevano sempre. L'odio per le donne era un parametro indicativo di un futuro comportamento criminale quanto gli atti di tortura sugli animali e l'enuresi.

La violenza non era mai al servizio delle donne.

Arrivò in fondo al file. Aveva due ingiunzioni per mancata comparizione, una per un furto di oggetti di grande valore e un'altra per aver aggredito un uomo durante una rissa in un bar. Entrambe risalivano a due anni prima, il che non aveva senso. Quelle ingiunzioni venivano emesse dai giudici quando i criminali non si presentavano al processo. Carter era uscito su cauzione pur con due accuse molto gravi. Il suo garante doveva aver messo una taglia sulla sua testa superiore ai centomila dollari.

Quindi perché non lo avevano trovato?

Sullo schermo arrivò una notifica.

Anon4AnonA@gmail.com le aveva mandato un file video.

Tornò nella stanza e disse ad Amanda: «È appena arrivato il video».

«Andiamo da un'altra parte.»

Will e Faith la seguirono fino all'estremità opposta del passaggio.

Un'altra porta.

Un'altra scala.

Amanda fece sedere Will sui gradini. Prima che Faith capisse cosa stava succedendo, spezzò una fiala di ammonio e gliela cacciò sotto il naso.

«Cazzo.» Will si impennò come un cavallo agitando le braccia. «Mi ha drogato?»

«Smetti di fare il bambino. Sono sali.»

Faith osservò il cerchio del download ruotare finché il video si aprì. Si sporse al di sopra della ringhiera in modo che anche loro vedessero lo schermo.

Assistere al rapimento di Michelle Spivey non fu sconvolgente come avrebbe dovuto. Tra il suo lavoro e *Dateline*, Faith aveva visto un'infinità di immagini in bianco e nero di donne rapite sotto l'occhio vigile di una telecamera di sicurezza. Quello che le fece male al cuore fu Ashley Spivey-Lee, la figlia piccola di Michelle che stava mandando messaggi con il suo telefono quando un furgone si era fermato a un paio di metri da lei.

La bambina era scappata.

Michelle aveva frugato in borsa, la bocca aperta in un urlo.

Faith bloccò il video quando un uomo era saltato giù dal furgone. Zoomò sulla faccia del rapitore. Aveva riconosciuto quel pezzo di merda dalla foto segnaletica. Pregò disperatamente che Will non lo facesse.

«È lui. Clinton. Così lo chiamavano, ma sono sicuro che non è il suo nome» affermò invece.

«Merda» borbottò Faith.

«Non è nel sistema.» Amanda le segnalò di stare al gioco.

«Mi state mentendo» replicò Will. Non stava facendo una supposizione. Faith riusciva a nascondere la verità solo quando sentiva che c'era una buona ragione per farlo. Il telefono di Amanda squillò.

Tenne il ricevitore all'orecchio e attese.

Attesero tutti: Will, notizie di Sara. Faith, di sapere se il corpo carbonizzato nel retro dell'auto fosse stato identificato.

Amanda scosse la testa e scomparve nel passaggio. Nel clic della porta che si chiuse c'era un senso di conclusione.

Nel silenzio Faith udì i battiti del suo cuore nelle orecchie.

«Sapete il suo nome, vero?» fece Will.

Glielo disse e gli elencò la sua fedina penale, almeno una parte.

Will non era stupido. Capiva che stava omettendo qualcosa.

«E stupro» aggiunse.

Faith dovette deglutire prima di poter parlare. «E stupro.»

La porta si aprì. Amanda la chiamò. Accostò la bocca al suo orecchio. «I resti carbonizzati sono di un uomo, di un fattorino. Il suo furgone è stato abbandonato all'uscita Bullard Road della I-16.»

Florida. Alabama. South Carolina.

«Di sopra ti indottrineranno. Fagli sputare sangue. Non prendere per buono niente di quello che ti diranno. C'è sempre un secondo fine» le bisbigliò Amanda.

Faith non fece domande che sapeva non avrebbero avuto risposta davanti a Will. Gli strinse la spalla avviandosi su per le scale, superò un altro pianerottolo e raggiunse il primo piano di un altro edificio.

Il Winship Cancer Institute. Ne riconobbe l'ingresso. L'aria le sibilò sopra la testa. Le finestre del lato est erano rotte. L'aria condizionata veniva risucchiata fuori. Udì apparecchi pesanti suonare, motori diesel andare su di giri. Ebbe l'impressione di respirare sabbia. Gli occhi presero immediatamente a lacrimarle. Il naso le colava tanto che dovette cercare un fazzolettino in borsa.

«Mitchell.»

L'agente dell'FBI dell'incontro su Martin Novak agitò un braccio in fondo al corridoio. L'aula puzzolente di sudore sembrava appartenere a un'altra vita. Erano tutti e due malconci. L'agente governativo compassato non c'era più. Il ponte dei suoi occhiali era tenuto insieme da un pezzo di nastro adesivo chirurgico. La sua faccia era sporca di grigio a causa della polvere, la camicia bianca schizzata di sangue e strappata sulla manica. Dal braccio gliene usciva un po'.

«Siamo quaggiù.» Superò l'ascensore e girò a sinistra oltre le scale. Le luci del soffitto erano spente. Faith non era mai stata in quella parte dell'edificio. «Devo dire che sono sorpreso che Amanda abbia mandato lei.»

«Mi può ripetere il suo nome?»

«Aiden Van Zandt. Mi chiami Van. È più semplice.» Usò la manica per pulirsi la faccia. «Senta, può risparmiarsi la predica. Negli ultimi tre anni il nostro informatore segreto è stato affidabile.»

Faith non chiese chi fosse. Mai interrompere chi aveva voglia di parlare.

«Siamo stati in grado di colpire o di sbattere dietro le sbarre alcuni bersagli di alto valore grazie alle informazioni che ci ha fornito.»

Lei mantenne un'espressione neutra.

«So cosa pensa il suo capo a proposito dell'intera operazione, ma se lo ricordi: è stata lei a usarci.» Lanciò un'occhiata a Faith. «E noi eravamo pronti. Avevamo predisposto tutto.» Si pulì di nuovo la faccia. Non faceva che spalmarsi la sporcizia di qua e di là.

Faith aveva i fazzolettini in borsa, ma al diavolo quell'uomo.

«Possiamo ancora infiltrare un altro agente. Non sanno che aspetto abbia, solo che è un uomo che ha avuto qualche problema» disse Van.

Faith sentì una lampadina tremolare sopra la sua testa; non si era accesa completamente ma poco ci mancava. Per questo Will non aveva partecipato alle riunioni su Novak? Amanda lo stava tenendo fuori dal gioco perché voleva che lavorasse sotto copertura in un'operazione congiunta con l'FBI.

Cercò di formulare una domanda da cui potesse districarsi. «Quando sarebbe dovuto intervenire Will?»

«Stavamo discutendo delle date, ma era questione di giorni. Di recente abbiamo rilevato un notevole traffico online sul gruppo. Quello che intendono fare è un proclama di qualche tipo, e mi creda, quegli uomini non fanno proclami di poco conto.»

Gruppo?

Le si seccò la bocca. Il rapimento di Michelle e l'attacco erano qualcosa che andava al di là dei cinque uomini coinvolti nell'incidente. Dietro c'era un'organizzazione, una cellula che preparava un atto di distruzione ancor più grande.

Citò Amanda. «Le bombe non erano un'escalation.»

«No, erano per risolvere il problema dell'emergenza medica di Spivey e per avere la certezza di poter tagliare la corda in modo da sopravvivere e combattere un altro giorno.» Poco dopo aggiunse: «Una tattica classica di diversivo per quella gente. Il reato non riguarda mai l'esplosione».

Faith tastò il terreno. «E Novak?»

«Attenta» la avvertì. «Di qui.»

Le tenne la porta. La sala conferenze aveva un tavolo grande con una ventina di sedie attorno. Una bionda molto elegante si alzò da una sedia laterale e le si avvicinò con la mano tesa. Aveva più o meno l'età di Amanda ma era più alta e più magra, bella in modo sconcertante se non lo eri.

«Kate Murphy, vicedirettrice esecutiva dell'intelligence.» Aveva una stretta di mano ferma. «Aiden l'ha ragguagliata?»

Quella donna era tre gradini più in basso rispetto al direttore dell'FBI. Lavorava probabilmente a Washington sovrintendendo a tutti i servizi di intelligence di ogni ufficio del paese.

Faith sentì la vescica cederle. Voleva pensare che Amanda le avesse affidato quel compito come segno di fiducia, ma mandare una tirapiedi a incontrare un direttore di alto livello era in sostanza un vaffanculo detto in piena faccia.

«Agente Mitchell?» fece Murphy.

Lei fece appello a tutta la sua determinazione. Non lavorava per l'FBI. Lavorava per Amanda, e Amanda le aveva detto di fargli sputare sangue. «Il mio capo è stanco delle vostre balle. Vuole informazioni.»

Murphy si scambiò un'occhiata con Van.

Non prendere per buono niente di quello che ti diranno. C'è sempre un secondo fine.

«Allora?» incalzò Faith.

Murphy esitò, poi infilò la mano nella valigetta. Prese una cartellina e l'aprì sbattendola sul tavolo.

Adam Humprey Carter.

Per questo Carter aveva due ingiunzioni sulla testa ma nessuno lo aveva catturato. L'FBI lo aveva trasformato in un informatore segreto.

«Il vostro informatore segreto ha rapito due donne. Una è un'agente del GBI» disse Faith.

«E l'altra è una specialista di malattie infettive del CDC.» Murphy aprì un secondo dossier. A un fascio di documenti dall'aspetto ufficiale era allegata una fotografia a colori.

Michelle Spivey si trovava in quello che sembrava un paese del terzo mondo. L'acqua le scorreva attorno agli stivali. In lontananza c'era una tenda verde dell'esercito. Indossava un'uniforme da combattimento. Sul colletto spiccavano le barrette del grado di capitano. Faith si scordava sempre che i CDC erano collegati alle forze armate attraverso i Marine. Se all'inizio avevano avuto il compito di mettere in quarantena le navi per tenere le malattie lontane dai porti, si erano in seguito trasformati in un'unità di risposta a livello mondiale nel campo della sanità pubblica.

«Questa è la dottoressa Spivey a Portorico dopo l'uragano Maria» spiegò Murphy.

Quindi non un paese del terzo mondo, solo un territorio statunitense abbandonato.

«Che cosa faceva là?» chiese Faith.

«Monitorava e organizzava la difesa in vista delle epidemie di colera e delle pandemie associate che si verificano con questo tipo di disastri naturali.» Murphy scostò due sedie e si sedette. «Spivey è un'agente dell'intelligence epidemica. In qualità di operatore per le risposte rapide, è collegata al centro operazioni di emergenza.»

Faith sprofondò sulla sedia. Prese il notes. Gli agenti dell'intelligence epidemica erano investigatori che venivano schierati sul campo nelle zone calde. Potevano occuparsi di qualsiasi cosa: collegare una coltivazione di lattuga a un'epidemia di salmonella o cercare di arginare la diffusione di Ebola.

«La stampa presenta Spivey come una scienziata che passa tutto il giorno incollata al microscopio.»

«*È* una scienziata. Ma è anche un medico abilitato con un master in sanità pubblica e un PhD in patologie e vaccinologia.»

«Vaccini?» chiese Faith.

«Di recente si è concentrata sulla ricomparsa della pertosse, o tosse asinina, negli Stati Uniti. Ma ha lavorato ad altri progetti segretati. Ha un nullaosta di sicurezza 0-6. Top secret.»

Faith guardò il notes vuoto. «In che modo entra in gioco Carter?»

Murphy fece un cenno a Van.

«Gli agenti del luogo hanno supposto che Spivey sia stata vittima di un rapimento e di uno stupro. L'immagine di Carter è piuttosto chiara nei filmati delle telecamere di sicurezza. Hanno tenuto nascosto il video ai media e lo hanno inserito nel RISC» spiegò.

Il Repository for Individuals of Special Concern.

«Quando lo abbiamo assoldato, ho inserito i suoi dati biometrici nel database nel caso fosse spuntato da qualche altra parte.»

«Vuol dire nel caso avesse rapito e violentato un'altra donna come ha fatto quand'era in polizia?»

Van ignorò il sarcasmo. «Carter ci stava passando informazioni affidabili sull'EPI.»

Faith annuì malgrado non avesse idea di che cosa fosse l'EPI, oltre all'abbreviazione di epinefrina. I trafficanti tendevano a non dare nomi alle loro organizzazioni. Facevano parte delle mafie: russa, Yakuza, Sinaloa. Hurley e Carter erano bianchi, quindi questo escludeva le bande di strada come i Latin King e i Black Disciples. Restavano gli Hell's Angels, gli Hammerskins o in qualsiasi altro modo si chiamassero i gruppi neonazisti del mese, con i quali Carter doveva essere entrato in contatto durante uno dei suoi tanti periodi in carcere.

«Avete reclutato Carter in prigione?» domandò.

Murphy esitò di nuovo. Faith non capì se fosse una manipolazione o un'autentica reticenza.

«Ci è arrivato attraverso un'indagine non correlata, a sé stante» rispose.

Faith dubitava che non fosse correlata. Quella donna trasudava balle.

«Quello che possiamo dirle» affermò Van, «è che all'inizio era chiaro che Carter non è un vero credente. Si è unito all'EPI per il gusto d'essere una testa di cazzo violenta, attaccare briga nei bar, spaccare teste ai raduni politici. Alcuni mesi fa ho dovuto tirare il guinzaglio. Sembrava che si stesse trasformando in un buon soldato. Si era tagliato i capelli e rasato la barba. Aveva smesso di bere, un segnale lampante come un'insegna al neon. Dopo, c'è stato silenzio stampa. È stato allora che sui nostri canali è cominciato il traffico, dal quale abbiamo capito che c'era qualcosa di grosso in ballo. Quando l'ho rivisto, è stato nel video in cui sequestrava Spivey».

«L'EPI gli ha dato istruzioni di rapirla» osservò Faith.

«Non necessariamente» replicò Murphy. «Il Bureau non è convinto che l'EPI sia coinvolto nel rapimento. Carter è un individuo poco raccomandabile con un'intera vita di reati al suo attivo.»

La lampadina sopra la testa di Faith brillò come un'eruzione solare.

Kate Murphy era la persona a cui si riferiva Amanda quando aveva parlato di togliere dall'equazione il traffico sessuale. Se l'FBI stava conducendo un'operazione congiunta con il GBI, spettava al primo stabilire le regole. E se Amanda non seguiva le regole, non sarebbe più stata un'operazione congiunta.

Quindi toccava a Faith convincerli che si stavano sbagliando. Michelle non era stata rapita a scopo sessuale. Era stata rapita per qualcosa di molto più sinistro.

«Il mio collega ha già identificato Adam Humphrey Carter come l'uomo che ha rapito Michelle Spivey. Ha riconosciuto la sua faccia perché Carter era uno degli uomini che ha sequestrato Sara Linton» disse a Murphy.

Lei sollevò un sopracciglio, ma quella fu l'unica reazione visibile.

«Carter faceva parte della squadra che ha portato Michelle Spivey in ospedale. Sarebbe morta senza l'intervento chirurgico. Hanno rischiato tutto per tenerla in vita. Non ti esponi in quel modo se sfrutti una donna a scopo sessuale. Si ammala, la fai a pezzi e la cacci in una valigia, o la scarichi in un campo e te ne vai. Puoi prenderne un'altra dalla strada, sempre ammesso che ti eccitino le madri lesbiche quarantenni» osservò Faith.

Senza pensarci si protese come avrebbe fatto durante un interrogatorio invadendo lo spazio personale di Murphy per farle sapere chi comandava.

Seguì il suo istinto. «O Michelle Spivey ha una passera d'oro, oppure è fondamentale per qualsiasi cosa l'EPI voglia fare. Questo riguarda il traffico online. Stanno pianificando un attacco su vasta scala e hanno bisogno di Michelle, un medico del CDC, per organizzarlo.»

Murphy si appoggiò allo schienale. Guardò Faith come se la vedesse per la prima volta. «Tutto quello che ha detto sono congetture. Mi mostri i pezzi concreti che collegano tutto. Mi dia le prove da presentare a un giudice in modo che possa ottenere dei mandati.»

Faith avrebbe voluto tanto alzare gli occhi al cielo. «Siete l'FBI. Buttate giù qualche porta. Carter vi dà tutte le cause probabili che vi servono.»

A quel punto intervenne Val. «Non ci sono porte da buttare giù. L'EPI è nomade. Vivono in tende in mezzo al nulla. Troviamo un campo e sono già fuggiti in quello successivo. Hanno gente all'interno. Al nostro interno, al vostro interno, in ogni interno che riesce a immaginare. E senza offesa, il suo capo non è stato di grande aiuto.»

«La Georgia e New York sono gli unici due stati del paese in cui la costituzione non sottopone esplicitamente tutti i gruppi militari all'autorità civile. Ma in tutta onestà gli altri fanno finta di non vedere per quanto concerne le milizie private e i gruppi paramilitari» affermò Murphy.

Gruppi paramilitari.

Faith sentì un sudore freddo su tutto il corpo.

Era il tasto su cui aveva battuto tutto il giorno.

Martin Elias Novak, il loro *prigioniero di alto valore*, aveva trascorso un periodo con una cosiddetta milizia civile di confine in Arizona. Erano uomini che ritenevano che il governo federale non facesse abbastanza per difendere il confine meridionale, perciò partivano armati di fucili per provvedere di persona. Da quello che le risultava, la maggior parte cercavano solo un pretesto per accamparsi all'aperto, allontanarsi dalla moglie e fingersi più importanti di quello che erano nella loro vita reale di contabili o venditori di auto usate. Le fazioni più pericolose abbracciavano le teorie del Posse Comitatus, secondo cui il governo andava rovesciato con la violenza e restituito agli uomini cristiani bianchi.

A quanto pareva non avevano accesso alle fotografie dei membri del Congresso statunitense, del presidente, del gabinetto, e di gran parte dei giudici dei tribunali statali e federali.

«In questo momento ci sono circa trecento gruppi paramilitari attivi negli Stati Uniti. Non è un problema regionale. Ogni stato ha la sua quota. A patto che se ne stiano tranquilli, non c'è ragione di stuzzicare il can che dorme. Non vogliamo un'altra Waco o Ruby Ridge» dichiarò Murphy.

Non sbagliava a preoccuparsi. Entrambi gli assedi non solo erano stati un disastro per l'FBI in tema di relazioni pubbliche, ma avevano anche ispirato numerosi atti di violenza, dalle bombe al Murrah Federal Building a quelle della maratona di Boston fino forse al massacro della scuola di Columbine.

Ma in fondo l'FBI aveva fatto cattivo uso delle soffiate sul tiratore di Parkland, su quello del Pulse Night Club, su Larry Nassar, sull'attacco terroristico in Texas e su un'infinità di allerte riguardanti il coinvolgimento della Russia in vari misfatti. Per non parlare del fatto che uno dei loro informatori aveva appena aiutato i suoi compari a far esplodere due bombe in uno dei principali ospedali della città.

Van sembrò leggerle nella mente. «Queste indagini su più fronti richiedono soldi e pazienza. Speriamo che quest'ultima dimostrazione faccia arrivare più risorse da Washington. Novak ha rapinato tutte quelle banche per una ragione. Stanno seduti su una montagna di soldi. Il traffico online indica che sta succedendo qualcosa di grosso.»

«Novak non è necessariamente collegato a tutto ciò.» Murphy continuava a ridimensionare le affermazioni di Van. Non arrivavi tanto in alto nell'FBI se non eri un animale politico. «In questo momento l'EPI non può essere collegato in modo definitivo con nessuno, tranne che con Carter. Sì, il traffico c'è, ma è generico. Potrebbe non essere nulla. Al Bureau non saltiamo alle conclusioni. Costruiamo casi fondati in base a prove utilizzabili. Il suo collega doveva andare sotto copertura e raccogliere quelle prove, ma ora che sanno che aspetto ha è impossibile.»

Faith sentì una domanda che la tormentava in un angolo della mente. «Perché è un agente del GBI ad andare sotto copertura se è un'indagine dell'FBI?»

Murphy sollevò un sopracciglio. Era sorpresa o colpita.

«Non riusciamo a ottenere le risorse. Il clima attuale al Bureau fa sì che i maschi cristiani bianchi non possano essere terroristi» spiegò Van.

«Aiden.» Murphy aveva un tono di monito.

Lui sollevò le mani scrollando le spalle. «Mia nonna e la mia bisnonna sono sopravvissute in un campo di sterminio nazista. Tendo a prendere queste cose un po' più seriamente.»

Murphy si alzò. «Seguimi in corridoio per favore.»

Faith non attese che la porta si chiudesse alle loro spalle né cercò di origliare la strigliata. Iniziò a sfogliare i dossier.

L'Esercito patriottico invisibile.

Varie fotografie in bianco e nero mostravano gruppi di giovani maschi bianchi in abbigliamento tattico. Alcuni marciavano, altri si esercitavano in un corso di addestramento tra arrampicate sui muri e filo spinato con lame. Avevano tutti un'arma di qualche tipo. La maggior parte ne aveva due o tre. Alla cintura portavano fondine e foderi di coltello, e un AR-15 in spalla.

Trovò la foto di Michelle Spivey a Portorico. Quella donna aveva dedicato la sua vita a salvare le persone, a vaccinare i bambini, a fermare le pandemie nei luoghi più inospitali del mondo.

C'era un'altra foto allegata ai documenti. Un selfie che mostrava Michelle con sua moglie e la figlia. La bambina undicenne era euforica. Dietro di loro c'era un albero di Natale. I regali appena aperti erano sparsi sul divano. La Michelle della foto aveva all'incirca altri sei mesi davanti a sé prima che la vita così come la conosceva finisse.

Il che sollevava una domanda: che cosa voleva un'organizzazione paramilitare ben finanziata e ben addestrata da una donna specializzata nella diffusione delle malattie infettive?

7

Domenica 4 agosto, 14.26

Sara chiuse gli occhi nel buio. Avvertiva le vibrazioni della strada in tutto il corpo. Adesso erano nel retro di un furgoncino, di quelli che noleggiavi per traslocare. Michelle e Sara erano ammanettate alle sbarre, una per lato. Erano entrambe imbavagliate perché non comunicassero tra loro e non chiamassero aiuto. Come se le loro voci si potessero sentire al di sopra del motore diesel e del rombo delle strade infinite che percorrevano.

Questo significava nell'immediato che il messaggio sul furgone bianco mandato via Walkie-Talkie a Faith era stato inutile. Due uomini erano venuti loro incontro in una stazione di servizio chiusa nei paraggi della 285. Erano muscolosi e giovani, avevano un volto squadrato come quello dei manifesti di reclutamento dell'esercito. Uno se n'era andato con il furgone bianco. L'altro lo aveva seguito in un'auto anonima.

Sara non aveva bisogno di sentirsi dire che avrebbero abbandonato il furgone il più lontano possibile dalla loro vera destinazione. Né che fosse un segno molto brutto che nessuno si fosse preoccupato di nascondere la propria faccia.

Sapeva troppo, e quello che non sapeva, lo deduceva in fretta.

Dash non alzava mai la voce, ma le sue parole avevano l'effetto di un ordine impartito da un generale sul campo di battaglia. Mentre la conducevano al furgoncino, lo aveva sentito riferire sommessamente le istruzioni con un telefono usa e getta. Aveva colto alcuni nomi – Wilkins, Peterson, O'Leary – prima che spezzasse in due l'apparecchio e lo gettasse nel bosco. Ogni uomo che Sara aveva visto fino ad allora aveva il portamento di un soldato. Spalle indietro, sguardo rivolto in avanti, mani chiuse a pugno. Erano organizzati in una struttura gerarchica. Avevano commesso un atto terroristico contro un ospedale.

Milizie. Freemen. Weathermen. Guerriglieri. Ecoterroristi. Antifascisti.

I gruppi avevano nomi diversi ma erano tutti accomunati dallo stesso fine: usare la violenza per piegare il resto dell'America alla loro volontà.

Aveva importanza?

Il mondo di Sara si era ridotto alle quattro pareti in cui era rinchiusa. Non aveva idea di quante ore fossero passate dalla sosta alla stazione di servizio, ma era prigioniera da abbastanza tempo perché i pensieri le girassero assillanti nella testa.

Era preoccupata per Will. Era preoccupata che Cathy non si prendesse cura di lui. Era preoccupata per il dolore ai polsi causato dalle manette. Il caldo soffocante la privava di liquidi. Il buio le faceva perdere la nozione del tempo e della direzione. Era preoccupata per Will.

Solo di tanto in tanto la catena si spezzava e si preoccupava per sé. Sapeva che cosa sarebbe successo.

Michelle Spivey era stata violentata e drogata per essere indotta alla sottomissione. Anche se Carter era ostacolato dalla ferita, ci sarebbero stati altri come lui, i suoi commilitoni.

L'organizzazione era composta di molti uomini.

Nella calura desolante del furgoncino, con le braccia legate sopra la testa, cercò di rassegnarsi all'inevitabile.

Era già sopravvissuta una volta.

No?

Al college era stata fortunata quando l'avevano stuprata.

Le sembrava strano vederla così, ma non stava considerando l'abuso fisico. Quell'atto era stato il momento più devastante della sua vita fino alla morte del marito.

La fortuna era venuta dopo.

Era una donna bianca, giovane e colta. Proveniva da una solida famiglia borghese. Fino a quel momento aveva avuto solo un partner sessuale, il suo ragazzo delle superiori. Tendeva a portare più i pantaloni della tuta che la minigonna. Si truccava di rado. Non beveva mai veramente. Una volta alle superiori aveva provato l'erba solo per dimostrare a sua sorella che poteva farlo. Aveva passato gran parte della vita con la testa sui libri o le chiappe sulla sedia di un banco.

In altre parole l'avvocato della difesa non aveva avuto molto materiale da sfruttare nelle sue ricerche per ritorcere la colpa su di lei.

L'aggressione era avvenuta in un bagno del Grady Hospital. Sara era stata ammanettata, costretta a un rapporto vaginale e pugnalata al fianco con un coltello seghettato da caccia. Aveva urlato *no* una volta prima che le chiudesse la bocca con il nastro adesivo. Non potevano di certo far valere il discorso del consenso. Non ricordava molti particolari né prima né dopo, quella era la natura del trauma, ma riusciva ancora a rievocare chiaramente la faccia dell'uomo che l'aveva violentata.

Gli occhi di un azzurro cristallino.

I capelli lunghi e radi.

La barba ispida che puzzava di sigarette e di cibo fritto.

La pelle chiara appiccicaticcia quando si spingeva contro di lei.

Era stata fortunata perché il suo aggressore era stato giudicato colpevole di stupro. Perché non gli era stato offerto di patteggiare un'accusa meno grave. Perché lei aveva avuto l'opportunità di farsi sentire in tribunale. Perché il giudice non era stato clemente nell'emettere la sentenza. Altre donne erano state vittime di quell'uomo; non si trattava solo di una, ma di parecchie.

Il che aveva pesato molto più del dovuto.

Dopo il processo era stata molto fortunata perché i suoi genitori l'avevano costretta a tornare a casa. Aveva già mollato la borsa di studio per chirurgia neonatale conquistata con tanta fatica. Era rimasta indietro con i conti da pagare. Aveva smesso di uscire, di mangiare, di respirare, di dormire e di vedere il mondo come prima.

Perché niente era più come prima.

Quando era partita per il college, aveva giurato che non sarebbe mai più vissuta nella contea di Grant, ma si era ritrovata riconoscente per la familiarità. Conosceva quasi tutti in città. Sua madre e sua sorella erano state presenti e l'avevano sorretta quand'era stata scossa da singhiozzi incontrollabili. Suo padre aveva dormito per terra in camera sua finché non si era sentita abbastanza sicura da restare sola.

Ma non si era più sentita sicura come prima.

Alla fine si era ripresa. Era riuscita a raccogliere i pezzi e a rimetterli insieme. Aveva ripreso a frequentare gli uomini. Si era sposata. Aveva mentito a suo marito in ordine alla ragione per cui non poteva avere figli. Anche dopo che gli aveva raccontato la verità, non ne avevano mai parlato davvero. Era un agente di polizia, eppure non riusciva a pronunciare quella parola. Nelle rare occasioni in cui saltava fuori il discorso dicevano *quello che è successo a Grady*.

Le ruote del furgoncino presero un solco nella strada.

Sara si sentì scagliare in aria e ricadere violentemente. Un dolore acuto le attraversò l'osso sacro. Il polso le sobbalzò nelle manette. Le spalle le fecero male.

Attese con i denti stretti finché la strada tornò regolare.

Fece un profondo respiro. I suoi polmoni faticavano a respirare quell'aria umida, stagnante. Strizzò gli occhi e cercò di ricondurre i pensieri al tema precedente: Will aveva bisogno di assistenza medica. Cathy non si sarebbe presa cura di lui. Le facevano male i polsi per le manette. Era disidratata per il caldo. Non aveva idea di quanto tempo fosse passato o di dove fosse.

Will.

Cathy lo avrebbe sostenuto. Lo avrebbe obbligato a restare in ospedale. Gli avrebbe messo panni freschi sulla testa perché sapeva che Sara lo amava.

No?

Sara aveva litigato con sua madre per Will una sola volta. Non le aveva mai detto che era profondamente, irrimediabilmente innamorata di lui. Ecco quello che Sara avrebbe dovuto dire in cucina: sentiva ancora le farfalle nello stomaco quando entrava in casa. Gli lasciava cuori disegnati con il rossetto sullo specchio del bagno perché li trovasse. Si era fidata intrinsecamente di lui dal momento stesso in cui lo aveva conosciuto, al punto che gli aveva detto cos'era successo a Grady prima ancora che avessero una relazione.

Lui aveva alle spalle un'infanzia segnata dagli abusi. Non aveva cercato di confortarla, di farla sentire meglio o di ammorbidire i termini con cui si riferiva all'accaduto perché non riusciva a convivere con la verità. Will capiva a un livello profondo perché un rumore qualsiasi potesse ancora gettarla in preda al panico. Perché non andasse mai a correre dopo il crepuscolo, anche con i cani. Perché senza dare spiegazioni girasse venti volte in un parcheggio per trovare il posto più vicino all'ingresso. Perché a volte non tirava lo sciacquone di notte perché temeva che il rumore nascondesse quello di un intruso.

Questo era quello che Sara avrebbe detto a sua madre se mai se la fosse cavata.

Will capiva perché si ritenesse comunque fortunata.

Il furgoncino prese a rallentare. Sara attese sforzandosi di sentire il rumore di altre auto, di altre persone, di qualsiasi cosa indicasse dove si trovavano. Le marce grattavano. Il motore rombava. Sara sbatté contro la parete mentre il furgoncino faceva retromarcia. I freni stridettero, poi si fermò di nuovo.

Fuori c'erano voci di uomini. Udì un mormorio basso e suppose che fosse Dash. Poi ci furono delle grida, dei piedi che sollevavano ghiaia. Immaginò che una strada sterrata significasse che si trovavano in una zona sperduta. Da un po' non si fermavano a un semaforo o a uno stop. L'aria si era fatta più fresca. Forse erano a un'altitudine maggiore. Sara non sentiva altre macchine attorno da parecchio.

La serranda si alzò. Chiuse gli occhi per la luce.

Il sole. Era ancora giorno.

Guardò Michelle. Era seduta di fronte a lei. Aveva le mani immobilizzate sopra la testa. Il bavaglio le era scivolato giù, ma per tutto quel tempo non aveva detto una parola.

«Dottoressa Earnshaw.» Dash aveva un reggibraccio vero e proprio. L'estremità bianca di una benda spuntava dal colletto della camicia pulita. Qualcuno gli aveva già estratto il proiettile dalla spalla. Vicino a lui c'era un uomo con un fucile.

«O dovrei chiamarla *dottoressa locale*?» Aspettò che Sara gli desse chiarimenti. Non gli avrebbe dato quella soddisfazione. «Così la chiamano alla radio. Una *dottoressa locale* è stata presa in ostaggio mentre correva all'ospedale per prestare aiuto.»

Sara cercò di deglutire, ma aveva la bocca troppo secca. Non sapeva che emozioni Dash si aspettasse di cogliere: sollievo perché la stavano cercando? Gratitudine perché le aveva riferito l'informazione? Sapeva già che la stavano cercando. Si sarebbe cavata gli occhi prima di mostrargli qualsiasi segno di riconoscenza.

«Forse non dicono il mio nome perché non vogliono che minacciate la mia famiglia come ha fatto Carter con la figlia undicenne di Michelle» replicò.

Scosse la testa. «Sono sicuro che scherzasse.»

«Le sue parole esatte sono state...» Sara dovette vincere il raschio alla gola per poter continuare. «"Dal modo in cui parli mi viene da chiedermi quanto stretta sia la passera di tua figlia."»

Dash guardò di lato. «È un linguaggio sconvolgente sulla bocca di una donna.»

«Provi a sentirlo con una pistola carica puntata alla testa.»

Dash fece un cenno a qualcuno nel parcheggio. «Portiamola fuori, nell'aria condizionata. Penso che il caldo le abbia dato alla testa.»

Un uomo grosso e peloso salì nel furgoncino. Alla cintura aveva un coltello da caccia di venti centimetri in un fodero da un lato e una pistola nella fondina dall'altro. Pescò un mazzo di chiavi dalla tasca e liberò Sara dalla sbarra.

Lei si massaggiò i polsi dolenti. La sua mente valutò le alternative. Avrebbe potuto tirargli un pugno nell'inguine, cercare di prendergli il coltello o la pistola.

E poi?

«Dottoressa Earnshaw?» fece Dash. Il suo tono suggeriva che avesse una scelta, gli uomini armati attorno a lei le chiarirono che non era così.

Si alzò con le gambe tremanti e si protesse gli occhi dal sole con la mano. La girl scout che era in lei suppose che fosse metà pomeriggio, tra le tre e le quattro. Il suo orologio aveva indicato le 14.27 quand'erano dietro il locale di spogliarello. Una o due ore di viaggio. Avrebbero potuto essere dappertutto.

Dash allungò una mano per aiutarla.

Lei la rifiutò. Scendendo dal furgoncino studiò l'ambiente circostante. Erano parcheggiati davanti a un motel a un piano con un lungo portico che correva davanti alle stanze. Aveva un aspetto rustico, ricordava un capanno da pesca. Sara non sapeva dire se fosse chiuso o semplicemente vuoto. Non c'erano altre auto nel posteggio. L'area era indubbiamente rurale, montagnosa. C'erano alberi dappertutto. Non sentiva il traffico della strada. Di fronte vide un bar scalcagnato. L'insegna aveva un coniglio dei cartoni animati con una caraffa di birra in mano.

Peter Cottontail's.

«Da questa parte per favore.» Dash le indicò una stanza del motel.

La porta era già aperta. L'aria fresca respingeva il caldo. Michelle Spivey era dietro di lei quando entrò. Tavolo e sedie di plastica. Un televisore a muro. Una cassettiera per i vestiti. Un minifrigorifero. Un comodino tra due letti queen size. Vale era steso su quello vicino alla parete, Carter seduto sull'altro accanto alla finestra. I granelli di polvere fluttuavano nella luce del sole. L'odore di disinfettante era penetrante.

Vale girò la testa. Guardò disperato Sara. Il suo petto sussultò. Gli era venuta una tosse secca, spasmodica.

Alle sue spalle il furgoncino emise un rombo. Sollevò la ghiaia partendo.

Sara lo guardò allontanarsi. Anonimo, bianco, come tutti gli altri furgoncini sulle strade e sulle autostrade. «Dottoressa?» Dash attese che entrasse prima di chiudere la porta.

Aveva tenuto con sé tre uomini. Due erano armati, dello stesso stampo degli altri. Uno era vestito in modo più casual con una camicia con le maniche lunghe arrotolate, fuori dai pantaloni. Gli shorts cargo gli cadevano sui fianchi magri. Aveva i capelli più lunghi degli altri e si stava facendo crescere la barba. Aveva uno zaino grande su una spalla. Davanti, sopra la bandiera americana, c'era l'emblema della Croce Rossa.

Un kit medico da campo dell'esercito.

Sara cercò con lo sguardo Michelle. Era andata nell'angolo in fondo e si era seduta per terra. Si era abbracciata le ginocchia avvicinandole a sé. Teneva di nuovo la testa china.

Era così che Carter l'aveva addestrata a fare o era soltanto istinto di autoconservazione?

«Dottoressa Earnshaw.» Dash le porse una bottiglia d'acqua. Fece un cenno ai due uomini perché si piazzassero fuori. Il terzo, quello vestito casual, posò lo zaino sul tavolo di plastica. «Il mio amico Beau sarebbe felice di darle una mano.»

Sara non riusciva a recuperare la voce. La noia del viaggio in furgone aveva sopito il terrore, ma adesso le stava tornando. Era in uno squallido motel, bloccata con quegli uomini che puzzavano di testosterone. Michelle aveva fatto bene a rintanarsi nell'angolo.

Beau aprì la cerniera lampo del kit da campo. Ne sfiorò il contenuto togliendo ciò che gli serviva per preparare una flebo.

Nello scomparto posteriore c'era una sacca di soluzione salina. Aveva abbastanza strumenti da poter effettuare un piccolo intervento chirurgico.

Sara osservò le sue mani muoversi. Rapide. Efficienti. Nonostante l'abbigliamento casual sapeva chiaramente cosa fare. Fatto più importante ancora, avrebbe saputo cosa avrebbe fatto Sara. Aveva perso l'occasione di uccidere Vale e Carter o di lasciarli morire per negligenza.

«Maledizione, amico» esclamò Carter. «Attaccami a quella. Ho lo scroto in fiamme.»

Beau ignorò la richiesta. Aveva già inserito il catetere nel braccio di Vale. Lo fissò con un pezzo di nastro. Aprì la flebo. Lo aveva già fatto un'infinità di volte prima. Sara suppose che fosse stato lui a estrarre il proiettile dalla spalla di Dash.

«Fratello.» Carter ci provò. «Dai.»

«Prima i più critici» rispose lui.

«Io sono critico, cazzo. Ho un coltello a un centimetro dalle palle.»

Beau lanciò un'occhiata alla sua ferita. «Te lo sei legato troppo stretto, fratello. Non metti a posto una vagina allargando di più il buco.»

Dash sogghignò ma poi disse: «Teniamo a freno il linguaggio da caserma in presenza delle signore».

Trovò il telecomando e accese il televisore.

Sara fissò inebetita le immagini. Un elicottero della stampa stava sorvolando il luogo delle esplosioni. Lacrime calde le bruciarono gli occhi. Il campus e la zona ospedaliera erano a stento riconoscibili. Aveva passato sette anni della sua vita a fare pratica lì, aiutando le persone, imparando a essere un buon medico.

«Bello.» Dash alzò il volume. Una donna era in piedi davanti a un leggio con addosso una divisa della polizia di Atlanta. Una didascalia annunciava che la conferenza stampa era preregistrata.

«... tutte le agenzie stanno cercando la donna rapita...»

«È lei» commentò Dash. «La dottoressa locale.»

Sara lo escluse ascoltando la poliziotta. «Posso confermare che erano due ordigni predisposti per esplodere all'incirca...»

Dash tolse il volume.

Lo sguardo di Sara lesse le notizie in fondo. *Diciotto morti confermati. Quarantuno feriti. Due agenti di polizia della contea di Dekalb, una vicesceriffo e due addetti alla sicurezza tra gli uccisi.*

«Ma che bel tipo» esclamò Dash.

La polizia aveva divulgato i filmati delle telecamere di sicurezza dell'ospedale. Le immagini lo ritraevano da diverse inquadrature ma persino Sara, che aveva trascorso le ultime ore con lui, non lo riconobbe sullo schermo. Era stato attento a tenere il berretto abbassato e la testa china. Carter non era stato altrettanto cauto, ma gli era andata bene. Il primo piano della sua faccia era pixelato. Una terza serie di immagini mostrava Hurley che trascinava Michelle giù per le scale.

«Pace all'anima tua, fratello» borbottò Dash.

Sara restò immobile. Dash credeva ancora che Hurley fosse morto. Carter e Vale avevano confermato ulteriormente la menzogna sui fatti successivi all'incidente. Non nascondevi informazioni al tuo capo a meno che non sapessi che si sarebbe arrabbiato se avesse saputo la verità. Non si sentivano in colpa per aver abbandonato un *fratello.* Temevano che Dash li punisse per aver lasciato indietro un testimone.

Il che sollevava una domanda: come poteva sfruttare quell'informazione contro di loro?

«Dottoressa Earnshaw?» Beau aveva uno stetoscopio pronto per lei.

Sara distolse lo sguardo dal televisore. Il titolo in fondo allo schermo aveva catturato la sua attenzione.

Due vigili del fuoco e tre agenti di polizia dell'ATL feriti. Due agenti di polizia della contea di Dekalb, una vicesceriffo della contea di Fulton e due addetti alla sicurezza tra gli uccisi.

La descrizione era molto specifica. Il grado di Will era agente speciale. Sara doveva prenderlo come un buon segno che non fosse nell'elenco dei feriti?

«Non ho un Pleur-Evac» affermò Beau.

Sara bevve dalla bottiglia cercando di tornare al presente. All'università le avevano inculcato che prestare giuramento significava assistere chiunque avesse bisogno di aiuto. Mettevi le convinzioni politiche e personali da parte. Risistemavi il corpo, non il paziente.

Si sforzò di richiamare quella studentessa giovane, zelante, che aveva creduto vivamente che fosse possibile.

Porse la bottiglia a Dash. «Me ne servono tre. Nastro adesivo. Tubi. Devo creare una chiusura stagna, quindi andrebbe meglio il sughero. Le altre due bottiglie regoleranno la pressione e raccoglieranno il sangue del torace. Se avete un trapano, la punta deve avere una circonferenza lievemente più piccola di quella dei tubi.»

Dash aprì la porta e riferì la richiesta a uno degli uomini.

Sara incrociò lo sguardo di Michelle. Quella donna lavorava al CDC. Aveva come minimo una laurea in veterinaria se non in medicina.

«Fermo» disse Beau a Vale mentre gli tagliava la camicia con un paio di forbici. Il suo petto si sollevava e si abbassava visibilmente. Era in preda al panico quando Sara si avvicinò al letto, scosso dai colpi di tosse.

Lei si infilò un paio di guanti in nitrile e si mise lo stetoscopio al collo. Trovò un paio di occhiali di protezione e una mascherina chirurgica.

«Se ci sono, due milligrammi di Versed, poi un milligrammo ogni cinque minuti a seconda delle necessità» disse a Beau.

«Non deprime la respirazione?»

«Potrebbe, ma non posso rischiare che si muova.»

«Terrò l'adrenalina alla mano.» Beau tornò al kit medico. Oltre al Versed aveva confezioni di siringhe precaricate. Sara riconobbe quelle caratteristiche da dieci all'interno di un quadrato bordeaux. Cinque dosi individuali di dieci milligrammi di morfina.

Avrebbe potuto usarle per mettere fuori combattimento gli uomini nella stanza.

Avrebbe potuto usarle tutte su di sé.

«Versed in circolo.» Beau iniettò il farmaco nel dispositivo per infusione endovenosa.

Sara scacciò dalla testa l'idea della morfina. Si inginocchiò per terra accanto a Vale.

Accanto al *corpo.*

Si vedeva ancora una volta l'intervento di Beau. La ferita d'arma da fuoco era stata medicata con un Halo Chest Seal, un bendaggio occlusivo che in sostanza era la versione adesiva di una pellicola per alimenti. Andava bene, però il Russell Chest Seal che aveva visto nel kit sarebbe stato preferibile.

Beau sapeva certe cose ma non tutto.

Sara palpò le costole del paziente sentendo i frammenti acuminati delle fratture scomposte. Partendo dal capezzolo il proiettile era entrato tra la settima e l'ottava. La pelle era tesa. La cavità pleurica si era riempita d'aria. Usò lo stetoscopio. A destra i rumori respiratori erano assenti. Rilevò iper-risonanza del torace e distensione della vena giugulare.

Vale tossì trasalendo per il dolore.

Sara guardò Beau. Stava monitorando la pressione sanguigna. La siringa dell'adrenalina era pronta per ogni evenienza. Sara auscultò di nuovo il torace dell'uomo muovendo lo stetoscopio di qua e di là. Controllò i rumori intestinali. Nulla di tutto ciò era necessario. Voleva avere il tempo di studiare l'orlo della camicia di Beau. Il bordo sotto l'ultimo bottone presentava uno strappo a forma di mezzaluna.

Non semplicemente uno strappo. Un segno di usura, quel genere di cose che usava per identificare gli sconosciuti all'obitorio. I carpentieri tendevano ad avere piccole intaccature nei denti anteriori perché tenevano i chiodi in bocca. I magazzinieri presentavano polpacci ben sviluppati, indipendentemente dalle dimensioni del giro vita. I fattorini della UPS avevano i calli sull'anulare perché lì venivano addestrati a tenere l'anello portachiavi quando scendevano dal furgone.

E i baristi usavano spesso i lembi delle camice per aprire le bottiglie.

Quello non era un motel o un capanno per la pesca qualsiasi. Si erano fermati lì per Beau. Molto probabilmente lavorava nel locale di fronte. Terminò la parte finta dell'esame. «Pneumotorace iperteso» disse.

Lui annuì, ma Sara capì che sapeva che non era l'unico problema. I sintomi del polmone collassato erano il segno più visibile di una lesione, ma nel petto di quell'uomo c'era un proiettile. A giudicare dalle costole rotte era rimbalzato di qua e di là prima di fermarsi. Il cuore era sempre la preoccupazione principale nel caso di una ferita al torace, ma a dire il vero ogni area di quest'ultimo era fonte di preoccupazione. Nervi, arterie, vene, polmoni.

Non era un chirurgo cardiotoracico. Avrebbe potuto farlo stare meglio, ma per riparare il danno nel suo corpo sarebbero stati necessari una persona molto più esperta e strumenti di precisione.

Beau ne era di certo consapevole. Ciò nonostante le porse un catetere endovenoso prendendolo dal set per trasfusione.

Sara trovò il punto centrale della clavicola. Beau lo tamponò. Lei lo inserì perpendicolarmente alla pelle, proprio sotto l'osso.

Il sibilo dell'aria che usciva dall'ago cavo ricordò quello di un palloncino che si sgonfiava.

Il petto di Vale si sollevò in seguito a un profondo respiro. Ansimò, aprì gli occhi e batté le palpebre.

Tutti gli uomini nella stanza sembrarono respirare più agevolmente insieme a lui.

«Okay, adesso sistema me» disse Carter.

Sara guardò Beau attendendo un segnale. Dovette ricordarsi che non era la sua infermiera. Quell'uomo era un delinquente e usava di proposito le sue capacità per curare altri delinquenti.

Fu schietta con Dash. «Posso far stare meglio Vale, ma le sue necessità chirurgiche vanno oltre le mie capacità.»

Lui si sfregò la mascella. Sara dovette distogliere lo sguardo. Will faceva lo stesso quand'era agitato.

«È stata sincera. Se non lo porti in ospedale, il drenaggio toracico ritarderà solo l'inevitabile» fece Beau.

«Morirà?» chiese Dash.

«Gesù Cristo!» Il tono di Carter era in parte supplicante e in parte aggressivo. «Perché perdete tempo con lui quando è il mio scroto che sta morendo?»

Dash continuò a sfregarsi la mascella riflettendo. «Va bene. Toglietegli il coltello dalla gamba.»

Beau tornò al kit medico.

Sara lottò contro la repulsione. Trattare Vale era una cosa. Quell'uomo era terrorizzato, continuava a perdere i sensi. Ma ogni volta che Carter apriva bocca, per minacciare di violentare la figlia di Michelle o per dirle che l'avrebbe fottuta e chiuso la bocca, le ricordava quanto desiderasse che morisse.

Beau aveva già cominciato a tagliargli i jeans. Salì e mise a nudo la metà inferiore del suo corpo.

Carter sogghignò. Non parlò, ma lei sapeva cosa stava pensando.

Lo ignorò.

Will lo aveva reso simile a Ken.

«Qual è il piano?» fece Beau.

«Dovrai addormentarlo se vuoi che lo faccia» rispose.

«Posso attenuare un po' il dolore.» Beau riempì una nuova siringa di Versed. Non si era curato di fargli una flebo di soluzione salina. Gli cacciò l'ago nel braccio con tanta forza che il tubicino di plastica emise un pop quando lacerò la pelle.

Quindi nemmeno Beau era un fan di Carter.

Allineò gli strumenti sul minifrigo accanto al letto. Clamp, bisturi, garza, pinze.

«Di' a questa str...» Il farmaco fece effetto lentamente. Il mento gli ricadde sul petto, la bocca si spalancò. Aveva gli occhi ridotti a due fessure mentre cercava di seguire quello che stavano facendo.

Sara si cambiò i guanti. Si mise mentalmente all'opera per distinguere l'essere umano ripugnante dal paziente con un coltello nella gamba. Studiò il punto di inserzione della lama. Recuperò la tecnica mnemonica per ricordare l'anatomia del triangolo femorale. Partendo lateralmente: nervo, arteria, vena, spazio vuoto – il canale femorale – e vasi linfatici.

Beau tagliò il laccio per scarpe e tenne fermo il coltello con la punta del dito.

Vedevano entrambi il manico pulsare.

La lama si era spostata, o forse per tutto quel tempo Carter era stato fortunato perché c'era chiaramente una perforazione nell'arteria femorale. La pulsazione era quella del cuore che pompava sangue ossigenato. L'effetto era simile a quello di una manichetta ad alta pressione. L'unica cosa che gli impediva di morire dissanguato era il lato della lama che tappava il buco.

«Non sono un chirurgo vascolare» disse a Beau.

«D'accordo.»

«Posso incidere mentre tieni fermo il coltello. Cercherò di clampare il vaso. Non abbiamo niente per aspirare. Lavorerò alla cieca.»

«D'accordo.» Le porse il bisturi.

Lo stavano facendo.

Sara si sentì stranamente scossa all'idea di tagliare quell'uomo. La chirurgia non era il momento per l'introspezione, era il momento della pura arroganza. Se non fosse riuscita ad agire abbastanza in fretta e se ci fosse stato troppo sangue per isolare l'emorragia, Carter sarebbe morto in meno di un minuto. Vale lo era già, o quasi. Con entrambi gli uomini andati non avrebbero più avuto bisogno di lei o peggio, avrebbero trovato un altro uso.

«Dottoressa?» fece Beau.

Lei trattenne il fiato, poi lentamente lo buttò fuori. «Dobbiamo essere veloci. Ho bisogno che tu inserisca un po' di garza nella ferita mentre procedo. Puoi tenere aperta la pinza?»

Lui annuì, ma replicò: «Ci serve un terzo paio di mani».

Sara percepiva lo sguardo di Michelle sulla schiena. Probabilmente non operava da anni, se mai lo aveva fatto, ma era in grado di reggere in modo saldo un coltello.

Dash si indicò il braccio al collo. «Io non ho un paio di mani.»

«Azz...» La parola uscì confusa dalla bocca di Carter. «Lei non mi toccherà...»

Si riferiva a Michelle.

«A quanto pare non hai scelta» concluse Dash.

Sara non sapeva se stesse parlando con Carter o con Michelle, ma in fondo non aveva importanza.

Un po' alla volta Michelle si alzò. Teneva sempre la testa china. Il suo sguardo rimase fisso per terra.

Fu solo all'ultimo secondo che Sara la vide stringere le mani a pugno.

Quello che accadde dopo era chiaramente pianificato: forse Michelle ci stava pensando dal momento dell'incidente o da quand'era entrata in quella sudicia stanza di motel, o forse i suoi gesti erano qualcosa che aveva provato mentalmente nelle ultime quattro settimane. Il *quando* non contava. Il *cosa* fu spettacolare.

Michelle attese di essere vicina al letto, si diede una spinta con le punte dei piedi e saltò. Si sedette a cavalcioni di Carter, gli strappò il coltello dalla gamba e cominciò a pugnalarlo.

Slap-slap-slap.

La lama fece lo stesso rumore all'infinito mentre perforava la pelle.

Non ci furono movimenti sprecati. L'aggressione rispondeva a una profonda conoscenza dell'anatomia umana.

La giugulare. La trachea. Le arterie ascellari. Il cuore. I polmoni. Michelle emise un urlo primordiale e sferrò il colpo finale al fegato dell'uomo.

Poi crollò.

Beau le aveva iniettato il resto del Versed.

Gli strascichi delle grida selvagge di Michelle echeggiarono nella stanza. Nessuno riuscì a muoversi. I respiri irregolari di Vale contrassegnavano gli zampilli di sangue che uscivano dalla carotide di Carter.

Sara si tolse gli occhiali protettivi sporchi. Aveva la faccia e i capelli schizzati di sangue.

A un certo punto la porta si spalancò. Le due sentinelle rimasero immobili, le armi in pugno.

Dash allungò il braccio. «Stiamo calmi, ragazzi. Lei ci serve viva.»

Gli uomini rimasero dov'erano. Sembravano non sapere cosa fare.

Sara si asciugò la faccia. Si pulì il sangue dalla fronte. Ogni oggetto nella stanza recava le tracce dei fendenti, dai letti al TV al soffitto.

Persino in punto di morte Carter diede problemi. Durò ancora per una ventina di secondi o anche più. Dalla gola gli uscivano gorgoglii, bolle rosse gli scoppiavano sulle labbra cianotiche. Guardò assente il coltello che gli spuntava dal ventre. L'urina gli aveva impregnato i pantaloni. Mani e dita si contrassero. Un rivolo di sangue gli colò dalla bocca aperta. Lo zampillo che uscì dalla carotide diminuì come un irrigatore di giardino per un calo della pressione. Fece l'ultimo respiro in preda al terrore.

Negli attimi precedenti la sua morte aveva saputo che cosa sarebbe accaduto.

Sara si portò la mano al petto. Il suo cuore era come un uccellino in trappola.

Esultò per la sua sofferenza.

«Bene.» Dash andò in bagno. Uscì pulendosi la faccia con una salvietta. Ne aveva un'altra per Sara. Lei la afferrò a mezz'aria. Guardò Michelle. Era crollata sulle gambe di Carter.

Sara si era aspettata che Dash perdesse quella sua calma straordinaria, invece si limitò a dire: «Mi chiedo perché lo abbia fatto».

Sara affondò il viso nell'asciugamano pulito e scosse la testa.

«Signori. Ripuliamo la stanza.»

Li udì sollevare Michelle dal letto.

«Mettetela nella stanza accanto. Assicuratevi che sia ammanettata. Non vogliamo altri massacri improvvisi» affermò Dash.

Massacri?

Sara si asciugò il viso. Le braccia di Michelle le ricaddero di lato quando la portarono fuori. Aveva gli occhi chiusi. C'era qualcosa di simile alla pace nella sua espressione.

«Dottoressa Earnshaw?» chiese Dash. «Mi può illuminare?»

Sara lo studiò in volto per capire se giocasse d'astuzia. Davvero non sapeva che Carter aveva stuprato Michelle?

«Lui...» disse.

Sentì la mano di Vale sulla spalla. Quello scoppio di violenza aveva squarciato la nebbia del miorilassante. Aveva gli occhi aperti, pieni di paura.

Dash attese un altro istante, poi incalzò: «Dottoressa Earnshaw?».

Lei si scrollò la mano di Vale dalla spalla. «L'aveva violentata. Più volte. Aveva minacciato di violentare anche me.»

Dash contrasse la mascella. La sua espressione iniziò a mutare. Sara vide la lenta trasformazione da un'aria amichevole a una infuriata.

Guardò Vale, non lei, e chiese: «È vero?».

Lui scosse frenetico la testa.

«Soldato, è vero?»

Vale continuò a scuotere la testa.

Dash gli diede la schiena e si sfregò la mandibola.

Poi si girò e gli sparò due volte al petto.

Sara sussultò. Era tanto vicina che sentì il calore dei proiettili quando le sfrecciarono davanti al viso.

Dash rimise la pistola nella fondina. «Spero, dottoressa, che non penserà che siamo quel genere di animali che usano lo stupro come arma di guerra» affermò.

Lei non disse nulla. Avevano fatto saltare l'ospedale e rapito due donne. Fingere di ritenersi superiori alla meschinità dello stupro era ridicolo.

Beau afferrò il coltello pieghevole di Will per il manico e lo estrasse dalla pancia di Carter. Pulì la lama con una garza di cotone. Lo piegò e se lo infilò in tasca. Poi rimise a posto gli strumenti nel kit. Ammucchiò quelli usati sul tavolo. Prese una scheda per fare un inventario.

O per assicurarsi che Sara non avesse preso niente.

Dash tastò le tasche di Vale. Trovò un po' di denaro ma nient'altro. Fece la stessa cosa con Carter. Stavolta trovò un cellulare. Non un modello a conchiglia, ma un iPhone. Lo schermo era rotto.

«Peccato.» Andò alla porta e chiese alla sentinella: «Hai un cellulare?».

«No, signore. Nessuno di noi ce l'ha. I suoi ordini erano di lasciare qualsiasi cosa che fosse identificabile al Campo.»

Al Campo?

«Grazie.» Dash chiuse la porta e si sedette sul letto vicino a Carter. Cercò con una mano sola di mettere il dito dell'uomo sul tasto home del telefono.

«Non funziona quando sono morti. Serve un segnale di capacitanza dal dito per attivarlo. La persona deve avere un battito perché succeda» osservò Beau.

«Davvero?» Dash sollevò il cellulare. Lo fissò come se potesse scoprire un modo per accedere ai contenuti. «E non vogliamo di certo ricorrere a qualcuno dei tuoi arnesi, giusto?»

«No, signore, non vogliamo.» Dal tono si capì che Beau stava prendendo una posizione.

Quindi forse non era allineato con il gruppo come gli altri. Era un'ex recluta? Un sicario? Un medico pagato in base all'intervento da effettuare?

Dash gettò il telefono di Carter sul comodino. Si sfregò di nuovo la mandibola e si voltò verso Sara.

«Dottoressa, posso avere la sua attenzione?» Indicò la parte anteriore e quella posteriore della stanza. «Ho fatto bloccare le uscite. Posso ammanettarla al letto oppure può credermi.»

Lei deglutì tanto energicamente che dalla gola le uscì un verso. «Le credo.»

Dash se ne andò, ma la tensione non svanì con lui.

Beau era arrabbiato. Chiuse brusco le cerniere lampo del kit da campo. Raccolse i rifiuti: la garza insanguinata, le forbici, persino le bottiglie d'acqua. Usò un tampone imbevuto d'alcol per pulire con cura lo zaino. Sara si morse il labbro per non sorridere. Il sangue di Carter si era infiltrato nelle cuciture, nei denti delle cerniere. Sarebbe finito coinvolto in un duplice omicidio per l'attaccamento sentimentale a quello zaino.

Sara guardò la televisione. Lesse il titolo in fondo allo schermo.

... due agenti di polizia della contea di Dekalb, una vicesceriffo e due addetti alla sicurezza tra le vittime... Dichiarazione ufficiale: Il GBI invierà agenti ATL in servizio attivo per assistere le forze dell'ordine locali e statali...

Il cuore le sussultò nel petto. Seguì il testo prima che scomparisse.

... invierà agenti ATL in servizio attivo per assistere le forze dell'ordine locali e statali...

Fissò il televisore durante l'interruzione pubblicitaria cercando di restare con i piedi per terra. Doveva aver scritto Amanda quella dichiarazione ufficiale. Stava forse leggendo troppo in quel linguaggio ampolloso? Aveva un bisogno così disperato di notizie che stava facendo dei voli assurdi con la mente?

Will era in servizio attivo. ATL. Agenti per assistere le forze dell'ordine locali e statali.

Gli occhi le si riempirono di lacrime. Voleva tanto credere che Amanda avesse scritto quella dichiarazione specificamente per lei, perché allora quello che implicava la riempiva di sollievo.

Will era considerato in servizio attivo.

ATL era l'abbreviazione comune di Atlanta ma anche un'espressione slang della polizia: *Attempt to Locate*, tentativo di localizzare.

Will stava bene. La stava cercando. Le forze dell'ordine locali e statali la stavano cercando.

«Dash è sospettoso» affermò Beau.

Sara si asciugò le lacrime.

«Al telegiornale non hanno fatto parola di Michelle. Continuano a ripetere che è scomparsa una dottoressa locale» aggiunse.

Lei cercò di ricomporsi. Sapeva che il protocollo del GBI era non rivelare nomi. «Dici scomparsa come se fossi uscita di casa e mi fossi persa. Sono stata sequestrata. Michelle è stata sequestrata. Siamo state rapite tutte e due. Veniamo trattenute contro la nostra volontà e costrette a fare cose che non vogliamo.»

La sua mascella si irrigidì. «La cosa lo sta insospettendo, dico soltanto questo.»

«I tuoi amici hanno fatto esplodere due bombe in un campus universitario. Diciotto persone sono morte, quasi cinquanta sono rimaste ferite. Tre poliziotti sono stati assassinati insieme a due addetti alla sicurezza. Quel kit da campo e il tuo addestramento mi dicono che sei un ex militare, però aiuti un gruppo di stragisti. Dico soltanto questo.»

Beau cacciò furioso i rifiuti in un sacchetto di plastica. Lo sguardo di Sara seguì il titolo. Voleva rivedere quell'informazione, la conferma che Will stava bene. Era sopravvissuto. La stava cercando.

L'ora era nell'angolo a destra.

Le 16.52.

Poco più di due ore e mezzo da quando aveva inviato a Faith quell'inutile messaggio.

Tre da quando aveva premuto le labbra su quelle di Will nel capanno.

«Non fare sciocchezze qua dentro, okay? Dash è buono finché non lo è più, e non ti piacerà vederlo succedere.»

Lei continuò a guardare il televisore. Il titolo si stava ripetendo.

Dichiarazione ufficiale: Il GBI invierà agenti ATL in servizio attivo per assistere le forze dell'ordine locali e statali…

Alla fine, Beau se ne andò sbattendo la porta.

Sara si alzò. Andò alla finestra nella parte anteriore della stanza. Le tende erano tirate. Vedeva l'ombra enorme della sentinella all'esterno.

Ascoltò trattenendo il fiato per poter distinguere qualsiasi rumore. Colse la voce da basso di Dash che parlava con Beau. Erano vicini ma non troppo.

Si mise in ginocchio restando china.

Prese l'iPhone di Carter dal comodino.

Beau aveva ragione nel sostenere che l'identificazione mediante impronta digitale richiedesse un segnale di capacitanza. Il corpo umano era in sostanza un capacitore. Protoni caricati positivamente e neuroni caricati negativamente creavano la conduttività, come una specie di batteria. Per questo prendevi la scossa quando sfregavi i piedi infilati nei calzini di lana sulla moquette e toccavi un'altra persona. La corrente elettrica nel corpo era anche quella che attivava il lettore di impronte degli iPhone più vecchi.

Quando morivi la carica si dissipava, ma non così rapidamente come pensava Beau. Ci volevano circa due ore prima che la pelle si seccasse. Quella era la vera ragione per cui il dito di Carter non era riuscito a sbloccare il telefono: era disidratato.

Diversamente da Vale, non gli era stata somministrata una sacca di soluzione salina per endovena. Il caldo e il trauma lo avevano fatto sudare per ore. La disidratazione aveva appiattito le creste delle impronte digitali. Il lettore rilevava il segnale di capacitanza ma non riconosceva l'impronta.

Sara sollevò la mano destra di Carter.

L'improvvisa ripugnanza le scatenò un brivido in tutto il corpo.

Si infilò il dito in bocca.

Le vennero i conati ma tenne le labbra ben strette cercando di produrre abbastanza saliva da reidratare la pelle.

Epatite B. Epatite C. HIV.

Non c'era modo di sapere che malattie avesse quell'uomo.

Tenne il dito in bocca succhiandolo per spostare la saliva di qua e di là. I suoi occhi guizzavano dalla porta all'orologio sul televisore e di nuovo alla porta. Lo fece per un buon minuto.

Le tremavano le mani quando premette il dito di Carter sul tasto home.

Lo schermo era spaccato. Lui avrebbe potuto programmare l'impronta del pollice o di un altro dito. La porta si sarebbe potuta aprire, Dash avrebbe visto cosa stava facendo e le avrebbe sparato due volte nel petto come aveva fatto con Vale.

Non accadde niente di tutto ciò.

Lo schermo si sbloccò.

Sara non ebbe il tempo di festeggiare. Premette l'icona del telefono. Niente da fare. L'incrinatura sullo schermo partiva dal basso. Il vetro non riconosceva il tocco. Premette l'icona seguente e apparve la tastiera. Il vetro rotto rendeva inutilizzabile gran parte delle lettere. Inserì a fatica il numero di telefono di Will.

Non gli mandava mai messaggi di testo. Gli mandava file audio o emoji per risparmiargli il fastidio di leggere.

Premette l'icona del microfono. Aprì la bocca per parlare ma le uscì solo un singhiozzo.

Will…

Inviò ugualmente il file. Il cuore le batté come un metronomo finché la barretta blu dello stato indicò che era stato inviato.

Premette di nuovo il microfono. Aprì la bocca, ma per dire cosa? Il nome del bar dall'altra parte della strada. Beau. Dash. Carter. Vale. Il furgoncino. Il fatto che erano un gruppo, che erano organizzati. Che amava Will, che le mancava da morire, che sapeva che la stava cercando.

Fece per parlare ma la maniglia ruotò.

Dash aprì la porta. Le dava le spalle.

Stava parlando con Beau. «Bene, figliolo, sono sicuro che riusciremo a far sì che succeda.»

Sara spense il telefono. Quando Dash si girò, lo aveva rimesso sul comodino. Si alzò e si sistemò gli shorts. Era stata così ansiosa di trasferirvi il DNA di Carter, ma adesso erano impregnati del suo sangue. «Ha detto che mi avreste restituito alla mia famiglia dopo che vi avessi aiutato.»

«In effetti è proprio quello che le ho detto.» Guardò la televisione. Stavano mostrando un video aereo del garage sventrato. «Cosa fa suo marito?»

Sara capì che la verità sarebbe forse andata a suo vantaggio. «Sono vedova. Mio marito era un poliziotto. È morto svolgendo il suo dovere.»

«Mi dispiace molto per la sua perdita. Le strade di questi tempi sono luoghi pericolosi.» Dash la fissò, ancora molto sospettoso. «Mi dica, Miss Pediatra, ha familiarità con il morbillo?»

Sara si sentì scuotere la testa, ma solo per prendere tempo mentre cercava di vedere al di là della sua domanda. «Sì» rispose.

«Bene. Guarda caso abbiamo un piccolo problema con il morbillo al nostro Campo. Un'epidemia, la definirebbe lei. Se fosse disponibile, alcuni bambini molto malati potrebbero approfittare del suo aiuto.»

Morbillo?

Per quello avevano preso Michelle Spivey? Credevano di aver bisogno di un'esperta di malattie infettive per controllare un'epidemia di morbillo?

«Dottoressa Earnshaw?» la sollecitò Dash.

«La mette come se avessi scelta» replicò.

«Tutti abbiamo scelta, dottoressa. A volte ci sono alternative buone e a volte ce ne sono di cattive. Ma non esiste una cosa come *non* avere scelta.»

«Devo andare in bagno.»

«Una vescica vuota la aiuterà a decidere?»

Sara non rispose né osò andarsene senza permesso.

Dash se la prese con calma prima di rispondere. Prese il telefono di Carter. Lo gettò per terra. Lo schiacciò con il tallone. Si chinò. Tastò i pezzi trovando la SIM e la batteria. La prima conteneva tutte le informazioni immagazzinate del telefono. La seconda faceva sì che il segnale continuasse a trasmettere la posizione dell'apparecchio.

Sara strinse le labbra. Aveva visto che il messaggio era arrivato. La piccola barra blu era comparsa in fondo sullo schermo. I metadati comprendevano ora e luogo.

O no?

Dash si infilò i componenti in tasca. «Sa che domani mattina questa stanza sarà interamente pulita. I corpi saranno portati via. Nessuno saprà nemmeno che sono stati qui» le disse.

Sara capì che non stava bluffando. Beau era stato troppo accurato. Aveva persino contato gli strati di garza per l'inventario.

«Be', dottoressa Pediatra, mi serve una risposta.» Si sistemò il braccio al collo. «Posso contare su di lei perché ci aiuti a guarire i nostri piccoli?»

«Se vengo con voi, non rivedrò mai più la mia famiglia» ribatté.

«Tutto è negoziabile.»

«Quello che Carter ha fatto a Michelle...»

«A lei non succederà.»

Prendere per buona la parola di quel mostro era soltanto follia.

Ciò nonostante Sara disse: «Va bene».

Lui le indicò il bagno. Permesso accordato.

Lei strinse le mani a pugno superandolo. Chiuse la porta. Aprì il rubinetto e si lavò Carter dalla bocca. Si asciugò la faccia con un altro asciugamano.

Questo si disse: il messaggio era arrivato. Il segnale sarebbe stato rintracciato. Avrebbero localizzato il motel, trovato i corpi di Carter e Vale. Beau sarebbe stato interrogato.

«Dottoressa, esco un attimo» affermò Dash.

Sara sentì la porta aprirsi nell'altra stanza. Non ci fu il *clic* indicativo che si fosse chiusa. Dash aspettava di vedere cosa avrebbe fatto. Sara si guardò attorno. Dalla finestra stretta sopra la doccia si vedeva l'estremità di un fucile puntato verso il cielo.

Si abbassò gli shorts. Si sedette sul water. Dovette imporre ai propri muscoli di rilassarsi. Aveva la vescica tanto piena che le faceva male. Il rumore echeggiò contro i muri di piastrelle.

Alla fine udì il *clic* della porta che si chiudeva.

Will le aveva detto molto tempo prima che il sospettato più tranquillo era sempre il più colpevole. Apparivano rilassati perché pensavano di avere ogni cosa sotto controllo, di aver battuto tutti in astuzia, che non li avrebbero mai presi. Dash era il perfetto esempio di quella calma arrogante. Il modo in cui le parlava trattandola con rispetto, facendo passare gli ordini per richieste, cercando di apparire disponibile e razionale, erano tutti strumenti che usava per controllarla.

Forse aveva cercato invano di fare lo stesso con Michelle. Perciò l'aveva consegnata a Carter. Il che significava che Dash sapeva cosa avesse fatto Carter a quella donna. Vale, era chiaro, aveva partecipato, ma era altrettanto chiaro che sarebbe morto comunque. Spararagli al petto per aver commesso uno stupro faceva apparire Dash come un comandante onorevole.

Sara avrebbe rispettato quella parvenza d'onore a patto che l'avesse protetta.

Dash non aveva idea che Will la stesse cercando.

Non sapeva che Sara era fortunata.

8

Domenica 4 agosto, 16.26

Will era seduto scomposto sul sedile anteriore della Lexus mentre Amanda lo accompagnava a casa di Sara. Gli era tornato il mal di testa, ma non con la ferocia di prima. Il sole non gli dava più tanto fastidio agli occhi, però era tardo pomeriggio e non dava fastidio agli occhi di nessuno.

Si disse che Sara era ancora viva, al sicuro. Aveva pugnalato Carter all'inguine. Aveva sparato a un altro al petto. Il terzo era rimasto privo di sensi per tutto il tempo. Nessuno di loro si sarebbe rimesso presto. Senza Hurley avrebbero forse deciso di separarsi.

Oppure di riunirsi e di rafforzarsi.

Amanda si fermò a un semaforo. Mise la freccia. «Hai domande?»

Will fissò la luce rossa intensa. Considerò tutto quello che gli aveva detto fino a quel momento. C'era soltanto una domanda. «L'istinto le dice che Carter ha preso Michelle per ordine del suo gruppo, l'Esercito patriottico invisibile. Abbiamo le prove che hanno assassinato alcuni agenti. Hanno fatto saltare un parcheggio. Hanno rapito un'agente del GBI. Anche se togliamo dall'equazione il possibile coinvolgimento di Martin Novak, restano sempre terroristi. Perché l'FBI non gli dà spietatamente la caccia?»

Amanda fece un profondo sospiro. Aveva le mani strette sul volante. Invece di rispondere disse: «Ruby Ridge. Un marshal è stato assassinato. La moglie e il figlio di Randy Weaver sono stati uccisi. Lo stallo è durato undici giorni. Weaver fu assolto. La famiglia ricevette tre milioni di dollari dopo il processo per omicidio colposo. L'FBI è stata pubblicamente fatta a pezzi».

Il semaforo divenne verde. Amanda svoltò.

«Dodici mesi dopo c'è stato l'assedio di Waco.» Svoltò ancora per raggiungere l'appartamento di Sara. «Quattro agenti assassinati, sei feriti, ottantasei davidiani uccisi, molti dei quali erano donne e bambini. L'intera nazione guardò il complesso bruciare. Nessuno condannò il molestatore di bambini a capo della setta. L'FBI è stata massacrata. Janet Reno non si è mai ripresa del tutto.»

«Amanda...»

«Il caso Bundy. L'occupazione del Malheur National Wildlife Refuge. Milizie armate hanno cercato di occupare la terra federale e quando il fumo si è diradato, sono state in gran parte assolte da giurie composte dai loro pari. Due piromani antigovernativi hanno ricevuto il perdono presidenziale.» Amanda rallentò per entrare a casa di Sara. «La maggior parte degli agenti dell'FBI sono patrioti che lavorano sodo e credono nel nostro paese. Però ce ne sono alcuni accecati dalla politica e altri dall'ideologia. Hanno il terrore di prendere decisioni a causa delle ricadute politiche o peggio, sono d'accordo con i gruppi che dovrebbero spedire in galera.»

«Mi mandi sotto copertura. Non abbiamo bisogno dell'FBI. Qui si tratta di accuse statali su territorio statale. Troverò le prove per...»

«Will.»

«Ha detto lei stessa che l'EPI sta progettando qualcosa di grosso. Tutti i segnali puntano in quella direzione. Quell'agente, Van, lo ha detto a Faith alla riunione. Il traffico...»

«Non ci sono reporter. Bene.» Amanda cercò un posto dove parcheggiare. «Ho chiesto alla famiglia di Sara di tenere la bocca chiusa. La madre non mi è parsa una persona discreta, ma forse il padre di Sara l'ha convinta che sappiamo quello che facciamo.»

Will non credeva che la madre di Sara fosse convincibile. «Amanda...»

«Se questa storia andrà per le lunghe, dovrai imprimere loro nella mente l'importanza di non lasciare che il nome di Sara diventi di pubblico dominio. Va già abbastanza male che l'EPI abbia Michelle. Se si rendono conto di avere un medico legale, un agente speciale del GBI...»

«Voglio andare sotto copertura. Correrò il rischio.»

Amanda aveva parcheggiato davanti all'ingresso. Si girò verso di lui. «Non ci andrai. Non mi ripeterò. Il discorso è chiuso.»

Avevano visto la sua faccia. Carter e l'uomo che si era identificato come Vale erano ancora là fuori. Appena lo avessero riconosciuto, lo avrebbero ucciso.

Guardò l'orologio.

Le 16.28.

«Fino a quando terrà nascosto che abbiamo catturato Hurley? Potrebbe lasciar credere che stia parlando, usarlo come esca per stanarli» disse.

«Questa è una scelta del dipartimento di polizia di Atlanta.»

Maggie Grant stava dirigendo l'indagine sull'attentato. Era anche una delle più vecchie amiche di Amanda. Non era possibile che non si coordinassero.

«Pensa davvero che Hurley farà la spia?» domandò.

«Penso che abbia bisogno di qualche ora ancora per valutare le sue scarse alternative. Abbiamo solo un'occasione per portarlo dalla nostra. E non potrà succedere se la sua faccia è sulla prima pagina del *New York Times*. Si trasformerà in un martire per la causa. Quella gente prospera sulla notorietà.» Poco dopo aggiunse: «So per certo che la foto segnaletica di Carter finirà per circolare. Non l'immagine sfocata della telecamera di sicurezza dell'ospedale. La sua foto segnaletica vera. Può essere recuperata dal database dei criminali. I reporter faranno il resto».

Will si sfregò la mascella. Si sentiva le dita rigide. Erano ferite e ammaccate dopo la scarica di pugni che aveva tirato a Hurley.

«Faremo tutto il possibile. E ti garantisco, Sara sta facendo tutto quello che può per tornare da te» disse Amanda.

Will non sapeva se ci fosse qualcosa che Sara *poteva* fare. Non avevano idea di dove fosse e nemmeno in quale direzione stesse andando. Il suo Apple Watch era stato ritrovato nel bosco vicino alla BMW carbonizzata. Il messaggio via Walkie-Talkie a Faith era sparito pochi secondi dopo essere stato registrato.

Perché Sara non aveva cercato di contattarlo? Si era ricordata che il suo telefono era nel capanno? O anche lei ce l'aveva con lui?

Mio genero non avrebbe mai lasciato che succedesse.

La voce di Cathy era molto simile a quella di Sara. Quando risentiva le sue parole in testa, gli sembrava che l'accusa gli arrivasse da entrambe.

«Vai a cambiarti, Wilbur.» Amanda gli diede un colpetto affettuoso sulla gamba. «Fatti una doccia. Occupati dei cani. Io vado a prendere qualcosa da mangiare da Mary Mac's. Non dovrei impiegare più di venti minuti. Poi andremo a Panthersville.»

Il quartier generale del GBI. Il corpo dell'uomo che si faceva chiamare Merle era all'obitorio. In quel momento l'auto di Sara veniva esaminata dagli investigatori specializzati in incendi dolosi. Il furgone bianco delle patatine dalla squadra forense. La squadra artificieri stava preparando un briefing sugli ordigni. Quella di salvataggio ostaggi era in standby. Hurley aveva un babysitter ventiquattro ore su ventiquattro nel caso avesse deciso di parlare. Alcuni agenti stavano elaborando un profilo di Adam Humphrey Carter: complici noti del passato, compagni di cella, legami famigliari, possibili contatti con i gruppi e le bande della malavita.

Avrebbero sottoposto tutti i loro risultati ad Amanda. Si sarebbe trattato di informazioni affidabili ma probabilmente non utilizzabili in tribunale.

Will bramava l'azione.

Aprì la portiera. Le gambe gli fecero male quando si alzò. Indossava ancora i pantaloncini sporchi d'erba e la maglietta sudata di prima. Entrò trascinando i piedi. Sarebbe potuto andare a casa sua, il minuscolo appartamento di due stanze che senza Sara gli sembrava stranamente più piccolo. Gran parte dei suoi vestiti erano tuttavia a casa di lei. Il suo kit da barba. Lo spazzolino. I cani.

La sua vita.

Superò le scale e premette il pulsante dell'ascensore. Il dolore al ventre si era trasformato in un sordo ronzio. Il mal di testa peggiorava alla luce artificiale. Si appoggiò al muro e attese che la porta si aprisse. Era completamente svuotato. Il cuore gli doleva nel petto. Non si sarebbe dovuto fermare per qualcosa di tanto banale come farsi una doccia e portare fuori i cani, ma quali altre alternative aveva?

Guardò l'orologio.

Le 16.31.

La porta dell'ascensore si aprì. Salì. Premette il pulsante del piano di Sara. Si appoggiò alla parete e chiuse gli occhi.

Quel mattino Sara lo aveva baciato in ascensore, baciato veramente. Sentiva ancora le sue mani sulle spalle. Gli aveva accarezzato la nuca bisbigliandogli all'orecchio: *sei così sexy con i capelli un po' più lunghi*. Per questo aveva finito per fare l'asino e pagare sessanta dollari per un taglio quando quel tipo simpatico dell'obitorio glieli tagliava al costo di un sandwich.

L'ascensore trillò. Will aprì gli occhi. Guardò l'orologio.

Le 16.32.

Trascinò i piedi sulla moquette del corridoio. Le sue chiavi erano nella borsa di lei. Ne teneva una copia di riserva sull'architrave. Si stava allungando per prenderla quando la porta si aprì.

Eddie Linton lo guardò. Il padre di Sara. Aveva gli occhi rossi, il volto terreo. «L'avete trovata?»

Scosse la testa abbassando la mano. Si sentiva come un ladro colto sul fatto. «Mi dispiace, signore.»

Eddie rientrò lasciando la porta aperta.

I cani di Sara gli corsero incontro. I levrieri sembravano preoccupati. La routine era stata alterata. Là doveva esserci Sara. Betty, la chihuahua che Will aveva adottato per caso, gli saltellò attorno finché non la prese in braccio. Gli mise allora la testa contro il petto. Agitò la coda e la lingua in direzioni opposte.

Will cercò di tranquillizzare gli animali mentre osservava la madre di Sara muoversi per la casa. L'appartamento era moderno, con un vano open space che combinava soggiorno, sala da pranzo e cucina. Cathy stava aprendo e chiudendo gli armadietti della cucina. Trovò un bicchiere. Si versò un po' di tè da una caraffa. Si sedette all'isola. Davanti a lei c'erano diverse ciotole di cibo non toccato.

Lo guardò e distolse lo sguardo.

«Tutti i canali ripetono la stessa cosa ogni trenta minuti. Nessuno sa niente» affermò Eddie. Aveva gli occhi fissi sul televisore del soggiorno con l'audio abbassato. Il titolo scorreva in basso. «Il nostro cavaliere vuol solo saltare in groppa al suo cavallo dei fumetti e creare guai.»

Will fissò la TV, la testa piegata di lato. Il reporter era Jake Tapper in persona.

«Abbiamo trovato il tuo telefono quando abbiamo chiuso il capanno.» Gli indicò il cellulare che si stava caricando dall'altra parte dell'isola. «E… ehm, Tess sta tornando. Sarà qui martedì mattina. È un volo di quindici ore ma arriverà all'aeroporto e…» si interruppe. «Non abbiamo detto a nessuno tranne a lei che Sara è stata ra… portata via. Stiamo facendo esattamente quello che ha chiesto la polizia, evitando di dire il suo nome in modo che non possano mettersi al computer e capire chi sia. Non vogliamo compromettere l'indagine. Vogliamo soltanto che torni a casa.» Si sfregò lo stomaco. «Pensi che chiederanno un riscatto?»

Cathy si irrigidì.

Eddie cambiò discorso. «Hai fame?» gli chiese.

Will aveva la mascella così contratta che riuscì solo a scuotere la testa. Betty gli leccò il collo. La posò per terra. Le sue unghie ticchettarono sul legno quando andò a raggiungere i levrieri nella cuccia.

«Vieni a mangiare.» Eddie indicò lo sgabello libero accanto a Cathy.

Lei balzò su come se il suo avesse preso fuoco. Andò in cucina. Ricominciò ad aprire e chiudere gli armadietti. Will non capì se stesse cercando qualcosa o se lo facesse per il puro gusto di sbattere le ante.

Si buttò sullo sgabello da bar, quello su cui Sara si sedeva sempre. Inclinò il telefono per vedere lo sfondo: Sara con i cani, un levriero per parte, e Betty sulle ginocchia. Sorrideva per lui.

Le 16.38.

Cathy sbatté un'anta così forte che i bicchieri tintinnarono.

Will si schiarì la voce. «Sta...»

Cathy lo stroncò con un'occhiata furiosa. Si chinò e frugò negli armadietti in basso. Posò un contenitore vuoto per alimenti sul banco. Poi un altro.

Stava cercando i coperchi. Sapeva che non avrebbe trovato quelli giusti. Sara diceva che i coperchi erano gli unicorni del mondo delle cose da cucina.

«Dovrei...» Will si alzò dallo sgabello. Un dolore lancinante alle costole lo fece quasi piegare in due. «Sono venuto a farmi una doccia. E a cambiarmi. Per andare al lavoro. Ho degli abiti qui. Tutta la mia...»

«Roba» terminò Cathy. «La tua roba è qui. Il tuo cane è qui. Lui vive qui, Eddie. Lo sapevi?»

Quelle parole le erano uscite di bocca sotto forma di accusa.

Eddie si sedette vicino a lui. Giunse le mani sul banco. «No, non lo sapevo.»

Will si morse il lato della lingua. Perché Sara non aveva detto a suo padre che stavano insieme?

«Non puoi...» Cathy accostò un pugno alla bocca. La rabbia di prima non aveva fatto che aumentare. «Sara è la mia figlia maggiore. La mia primogenita. Non hai idea, neanche la più pallida, di quello che ha passato.»

Will non disse nulla, ma sapeva che cos'avesse passato. In pratica viveva con lei. Divideva il suo letto. La amava più di qualsiasi altra donna che avesse mai conosciuto. Passava ogni momento libero che aveva con lei.

Cosa di cui lei evidentemente non li aveva informati.

«Non è una combattente!» Cathy stava parlando con Eddie, gli stava urlando. «Pensi che lo sia ma non lo è! È la mia bambina. Non avremmo mai dovuto permetterle di lasciare casa. Non ne è mai saltato fuori nulla di buono. Nulla!»

«Cath.» Eddie scosse la testa, amareggiato dalle sue recriminazioni. «Non ora.»

«È troppo tardi!» strillò. «È stata di nuovo inghiottita da questo posto orribile. Da questa città orribile. Con questo…»

Will attese di sentire che cosa fosse lui, che cosa fosse il *questo* nella vita di Sara.

Non il marito. Non il genero di Cathy. Non qualcuno di cui Sara avesse parlato a suo padre.

«Io… ehm…» Will si schiarì la voce. Doveva uscire da quella stanza.

Riuscì a scendere dallo sgabello senza che il dolore lo fermasse. I cani si precipitarono fuori dalla cuccia. Credevano che sarebbero usciti. Will li superò incamminandosi verso il corridoio. Aveva cinque metri prima di svoltare l'angolo, ma gli sembrò di avere i piedi bloccati nel calcestruzzo.

Non c'era una parte di quell'appartamento che non gli ricordasse Sara. Il divano dove si stendeva su di lui come un gatto quando guardavano la TV. Il tavolo della sala da pranzo dove aveva conosciuto i suoi amici dell'ospedale. Prima Will non era mai stato a un dinner party. Era nervoso perché sapeva di essere maldestro con le persone, ma era andata bene perché Sara aveva fatto in modo che fosse così. Questo faceva per lui. Faceva in modo che tutto andasse bene.

Si girò.

Guardò i genitori di Sara. Cathy aveva le braccia incrociate al petto. Stava fissando arrabbiata per terra. Solo Eddie lo guardò negli occhi. Aspettava che Will dicesse qualcosa, che giustificasse la sua esistenza in quello spazio che apparteneva alla loro amata figlia maggiore.

Will non voleva dire niente, ma le parole presero a uscirgli dalla bocca.

«Ascolta Dolly Parton quand'è triste.»

Cathy tenne lo sguardo per terra.

Le sopracciglia di Eddie si inarcarono in preda alla confusione.

«Non la ascolta con me.» Poi aggiunse: «Almeno non come…».

Quando tuo genero la tradiva, o quando si è fatto ammazzare perché il suo ego era più importante della sua vita.

«Siamo andati in bicicletta sul Silver Comet Trail. Ve lo ha detto?»

Eddie esitò poi rispose: « Ci ha mostrato quella roba... il tracciato satellitare».

«GPS» borbottò Cathy. Si asciugò gli occhi con il pugno, ma si ostinava ancora a non guardare Will.

«Mi ha fatto cambiare taglio di capelli. E vestiti. Ne ho dovuti buttare parecchi.» Scosse la testa perché suonava male. «Voglio dire, non che mi abbia costretto, ma ha quel modo di dire: "Scommetto che una giacca più corta ti starebbe meglio", e prima che me ne accorga, mi ritrovo al centro commerciale a spendere soldi.»

Eddie sorrise riluttante, come se conoscesse la tattica.

«A tennis mi fa il culo» confessò. «Sul serio. Non mi permette di vincere. Ma a basket sono meglio io. E non prendo il raffreddore, il che è un bene perché si arrabbia quando stai male. Non con i pazienti, con le persone che conosce. Si preoccupa. Dice che non è vero ma è così.»

Eddie non stava più sorridendo, aveva l'aria di voler sapere ancora.

Will continuò. «Stiamo riguardando *Buffy* insieme. Ci piacciono gli stessi film. E la pizza. E mi fa mangiare le verdure. Però ho smesso di mangiare il gelato prima di andare a letto perché lo zucchero mi teneva sveglio, cosa che non sapevo. E...»

Aveva troppa saliva in bocca. Dovette tacere per deglutire.

«E anch'io vado bene per lei. Questo è quello che vi sto dicendo e che forse non sapete. Forse non ve ne siete resi conto. Vado proprio bene per vostra figlia.»

Eddie era ancora in attesa. «La faccio ridere. Non sempre, ma ride alle mie battute. Lei pulisce la casa ma ai bagni penso io. Lei fa il bucato e io lo piego. Mi occupo io di stirare. Dice che non è capace, ma io so che non le piace.»

Will rise perché lo aveva capito solo in quel momento. «Sorride quando mi bacia. E...»

Non poteva entrare nei dettagli con i suoi genitori. Raccontare che a volte gli disegnava dei cuoricini sul calendario, che una volta aveva dedicato una piacevole quantità di tempo a fargli un succhiotto sul ventre.

«Pranziamo assieme in ufficio ogni martedì. È molto brava nel suo lavoro. Parliamo di tante cose. Dei casi. E so… so che è stata violentata.»

Cathy socchiuse sorpresa le labbra.

Adesso lo stava guardando.

Will deglutì di nuovo. «Me lo ha detto un po' di tempo fa, prima che ci mettessimo insieme, che è stata stuprata. E in seguito mi ha raccontato i particolari: che l'ha pugnalata, che ha testimoniato al processo. Cos'ha provato tornando a casa, tutto quello a cui ha dovuto rinunciare. So che l'avete aiutata a superarlo. Tutti voi. So che vi è grata, che è stata fortunata.»

Giunse le mani come se li supplicasse di capire.

«Mi ha raccontato della violenza perché si fida di me. Sono cresciuto con ragazzini che sono stati… abusati. O peggio.»

Cristo, stava parlando solo di stupri.

«So che è diverso perché Sara era al college, ma in realtà non lo è poi tanto. Non importa l'età in cui succede. Giusto? Gli abusi restano sempre con te. Sono nel DNA della tua ombra. Ti giri, e non c'è mai una volta in cui *non* siano là. Tutto quello che puoi fare è imparare a conviverci.»

Si avvicinò a Cathy. Doveva sapere che lo stava ascoltando.

«Sara mi ha confessato che sarebbe morta pur di evitare che le succedesse di nuovo. Per questo, quando oggi eravamo in mezzo alla strada, quand'era in ginocchio con una pistola puntata alla testa, ha detto a quell'uomo di spararle. Aveva due scelte ed era pronta a morire per non andare con loro, piuttosto di rischiare un'altra violenza. E io le ho creduto. L'uomo con la pistola le ha creduto.»

Dovette sedersi. Si allungò sul banco. Aveva ancora le mani giunte perché supplicava di avere una risposta.

«Allora perché è andata?» le domandò. «Questo non capisco. Perché lo ha fatto?»

Le guance di Cathy si rigarono di lacrime. Chiuse gli occhi e scosse la testa.

«Per favore, me lo dica» la implorò Will. «Mi ha guardato dritto in faccia quando gli ha detto di spararle. Voleva che sapessi perché aveva fatto quella scelta.» Attese, quindi aggiunse: «Sara non voleva che vivessi con il senso di colpa, invece adesso mi state dicendo che dovrei farlo». Will si sarebbe messo in ginocchio, se questo fosse servito a indurla a rispondere. «Per favore, mi spieghi perché mi incolpa. Mi spieghi cos'ho fatto di male.»

A Cathy tremarono le labbra. Si voltò. Staccò un pezzo di carta da cucina, si asciugò le lacrime e si soffiò il naso.

Will pensò che non volesse rispondergli, invece disse: «Non ti incolpo».

Hai lasciato che prendessero mia figlia.

«Non è colpa tua.»

Mio genero non avrebbe mai lasciato che succedesse.

Cathy si girò. Piegò il pezzo di carta e si tamponò gli occhi. «L'hanno afferrata. Quei due uomini. L'hanno sollevata e trasportata in macchina. Ha cercato di reagire. Non ci è riuscita.»

Will scosse incredulo la testa. «Erano tutti e due feriti. Sara è forte. So che pensa che non sia una combattente, ma si sarebbe potuta difendere.»

«Ha tentato. L'hanno sopraffatta.»

«Però guidava lei.»

«Non ha avuto scelta.» Cathy si asciugò di nuovo gli occhi. «Ha perso il coraggio. Conosco mia figlia da molto più tempo di te, Will Trent. È facile dire al momento che sei disposto a morire, ma quel momento era passato. L'ho visto accadere. Hanno portato Sara all'auto. L'hanno ammanettata al volante. Le hanno puntato una pistola alla testa costringendola a guidare. Puoi metterlo in dubbio quanto vuoi, ma così è andata. E così dirò nella mia dichiarazione giurata.»

«Ma...» azzardò a dire lui.

L'occhiata dura di Cathy lo sfidò a contraddirla.

«È stata una giornata lunga, figliolo» affermò Eddie. Girò l'angolo e strinse la moglie tra le braccia. «Va' a farti una doccia» gli disse.

Will fu contento di allontanarsi. Tante volte si era trovato esattamente dov'era Eddie e aveva abbracciato Sara.

Betty lo seguì nel lungo corridoio. Will era troppo pesto per chinarsi a raccoglierla di nuovo. Lei corse avanti e saltò sul letto. Will indugiò sulla porta. Le lenzuola erano ancora aggrovigliate. Sentiva l'odore di Sara dappertutto. Non si metteva il profumo, ma c'era un non so che di magico nel sapone che usava. Non aveva lo stesso odore su niente, solo sul suo corpo.

In bagno Will non seppe cosa fare degli abiti sporchi. C'era qualcosa di rassicurante nel metterli nel cesto della biancheria sopra quelli di Sara, una promessa che lei sarebbe stata là a lavarli e lui a piegarli.

Li lasciò per terra ed entrò nella doccia.

L'acqua calda fu il primo sollievo che il suo corpo provò dopo ore. Lasciò che il getto gli penetrasse nei muscoli, ma cercò di tenerlo lontano dal punto metallico che aveva nel cuoio capelluto. Aveva ancora frammenti d'erba tra i capelli e la schiuma dello shampoo divenne grigia per il sudore. Guardò lo scarico. Ramoscelli e legnetti del giardino di Bella vorticavano sopra i fori cercando di scendere.

Pensò ai due uomini che avevano preso Sara e l'avevano trascinata all'auto. Uno aveva un coltello nella gamba. L'altro un buco nel fianco.

Uscito dalla doccia, tolse la condensa dallo specchio. Si pettinò con cura. Si lavò i denti. Si sfregò l'ombra di barba ispida sul volto. Di solito si radeva il mattino, e di nuovo quando tornava a casa dal lavoro. A Sara piaceva che avesse il volto liscio.

Lasciò il rasoio sul banco ed entrò nella cabina armadio. Indossò l'abito grigio e la camicia azzurra che Sara aveva scelto per lui a Natale, poi prese la sua Sig Sauer P365 dalla cassaforte per pistole. Era un regalo di Natale di Sara. La sua Glock d'ordinanza sarebbe stata ritrovata dagli investigatori che stavano esaminando la BMW di Sara o da un agente che l'avrebbe tolta a un delinquente.

O forse l'avrebbe recuperata lui, avrebbe trovato chiunque stesse tenendo prigioniera Sara e gli avrebbe sparato alla testa.

Si fece coraggio prima di ripercorrere il corridoio. I genitori di Sara si erano trasferiti sul divano, lo stesso su cui lui e Sara guardavano la TV.

«Daremo un'occhiata al tuo cane» affermò Eddie.

«Grazie.» Will recuperò il telefono dal banco.

Le 16.56.

Amanda lo stava aspettando di sotto. Pensò di prendere alcuni vestiti. Non poteva dormire là quella sera. Questo però avrebbe significato tornare in camera, ripercorrere ancora una volta il corridoio e dover salutare di nuovo i suoi genitori. Ed essere tentato di chiedere a Cathy perché stesse mentendo.

«Vi informerò se saprò qualcosa» disse.

Non aspettò una risposta. Chiuse piano la porta dietro di sé. In corridoio premette il pulsante dell'ascensore.

Il telefono vibrò. C'era un messaggio.

Imprecò immaginando che fosse Amanda, ma il numero non era tra quelli conosciuti. Aprì il messaggio. Un file audio gli era stato inviato alle 16.54. La durata della registrazione era di 0,01, meno di un secondo.

Smise di respirare.

Sara era l'unica persona che gli mandava file audio.

Deglutì tanto energicamente che gli fece male la gola. La mano gli tremò. Dovette toccare la freccia due volte per riprodurlo. Il suono era debole, come se qualcuno si schiarisse la voce.

Alzò il volume al massimo.

Premette l'altoparlante all'orecchio.

Wi...

Sara.

La Lexus era un forno bollente quando Amanda uscì dall'autostrada statale a carreggiate separate. Il messaggio vocale di Sara era servito da faro. Tutto quello che sapevano ad Atlanta era che il ripetitore per telefonia mobile che lo aveva trasmesso era situato nel nord della Georgia. Mentre la compagnia telefonica lavorava per triangolare il segnale, Amanda si era diretta verso il raccordo in centro. Due minuti dopo avevano ricevuto istruzioni di andare a nordest, perciò aveva imboccato subito la I-85. C'era stato un lungo, insopportabile periodo di silenzio, poi all'improvviso l'ultima posizione nota del cellulare era stata circoscritta a un raggio inferiore a sei metri. Amanda era sulla Lanier Parkway quando il dipartimento dello sceriffo della contea di Rabun aveva fatto irruzione nel King Fisher Camping Lodge.

Due maschi deceduti. Niente testimoni. Niente sospettati.

«Eccolo» fece Amanda, sterzando bruscamente per entrare nel parcheggio del motel.

Le gomme sollevarono la ghiaia. Aveva accorciato di mezz'ora un viaggio di quasi due. A Will ogni minuto era sembrato un anno di vita. Niente Sara. Niente Michelle. Niente targhe da rintracciare. Niente testimoni. Niente sospettati. Nessuno con cui parlare che potesse riferire loro anche solo un maledetto dettaglio. Amanda parcheggiò la Lexus tra l'ufficio del motel e il bus della Scientifica del GBI.

Will afferrò la maniglia della portiera.

Amanda gli mise una mano sul braccio. «Attento a quello che dici.»

Indicò in direzione degli agenti che si aggiravano sull'ampio portico anteriore del motel. I vicesceriffo della contea di Rabun. La polizia stradale della Georgia. Il dipartimento di polizia della città di Clayton.

«Non si fida di loro?» chiese.

«Questa è una piccola città. Non mi fido delle persone con cui parlano in chiesa o davanti al pollo fritto al diner.» Lasciò andare il suo braccio. «Ecco Zevon.»

Zevon Lowell, l'agente del GBI dell'ufficio regionale antidroga degli Appalachi, si avvicinò con due bicchieri di caffè in mano.

Amanda ne prese uno scendendo. «Ragguagliami.»

«Niente di nuovo, capo. Charlie sta esaminando la stanza il più rapidamente possibile. C'è una squadra in arrivo da Atlanta.»

Will fissò la camera al centro dell'edificio. La porta era aperta. Un telo di plastica manteneva l'aria condizionata all'interno. Le luci intense dei fari da lavoro filtravano dalle fessure delle tendine della finestra illuminando il portico. Charlie Reed doveva essere carponi, intento ad analizzare con cura la moquette in cerca di tracce. Era il miglior investigatore della Scientifica dello stato.

Lavorava a stretto contatto con Sara. Avrebbe fatto ogni cosa in suo potere per contribuire a trovarla.

«Il motel è vuoto da più di un anno.» Zevon prese il notes dalla tasca e lo aprì. «Il proprietario era un certo Hugo Hunt Hopkins, avvocato immobiliarista di Atlanta. È morto senza fare testamento. La struttura è bloccata dalla procedura di successione mentre le due figlie litigano.»

«Sono del luogo?»

«Una vive in Michigan, l'altra è in California. C'è un custode che va e viene, controlla che non ci siano perdite dal tetto, che i tubi non gelino.» Si spostò in modo che gli occhi di Amanda non fossero al sole. «Guardi al di sopra della mia spalla.»

Di fronte al motel Will vide un edificio di metallo che era stato rivestito di legno in modo che assomigliasse a un capanno da caccia. Il parcheggio era deserto. L'insegna mostrava un coniglio con in mano una caraffa di birra.

«Peter Cottontail's» disse Amanda. «Non è una contea proibizionista. Perché è chiuso?»

«È un circolo sociale. Ha i suoi orari. È in mano a una società di copertura. È così da otto anni. L'uomo che riteniamo lo gestisca è Beau Ragnersen. È anche il custode del motel. I soldi, li fa giù a Macon.»

«Ah.» Amanda increspò le labbra. Qualcosa le aveva fatto scattare un campanello d'allarme, ma non si soffermò a spiegare. «Va' a dirigere le prove del coro per me.» *Prove del coro* significava in gergo un gruppo di agenti occupati a spettegolare. «Andiamo» disse a Will.

Will la seguì verso la stanza del motel. Una parte dello spiazzo era cordonata da nastro. La ghiaia mostrava i segni di un furgoncino che aveva parcheggiato in retromarcia. Le ruote si erano fermate a meno di due metri dal portico. Le gomme avevano perso aderenza sulla ghiaia, ma Charlie ne aveva già rilevato le impronte migliori.

Will fissò il punto in cui il mezzo aveva posteggiato. La ghiaia sembrava smossa là dove forse c'erano stati due piedi, ma magari era solo una pia illusione. Voleva credere che Sara fosse saltata giù con le proprie forze, che non fosse stata messa fuori combattimento, legata, drogata per essere indotta all'oblio.

«Ecco qui.» Amanda trovò due paia di soprascarpe nel borsone di Charlie davanti alla porta. Scostò il telo di plastica. Si prese un attimo per ricomporsi prima di entrare.

Will chinò istintivamente la testa quando la seguì. Il soffitto era basso. La stanza dava una sensazione di claustrofobia. Moquette marrone a pelo lungo. Pareti beige. Guardandosi attorno capì perché Amanda avesse avuto bisogno di prepararsi. Will era stato su un'infinità di scene del crimine. Aveva visto di peggio, ma non si era mai *sentito* peggio.

Schizzi scuri, violenti di sangue imbrattavano la stanza: sui due letti, sul minifrigorifero, sul comodino, sul televisore, sulla cassettiera, sul soffitto, sull'orribile moquette. La fonte sembrava essere l'uomo morto seduto sul letto accanto alla finestra. Aveva la testa china, ma non in un atteggiamento sereno. Il tronco era squarciato come se dal petto gli fosse uscito un animale.

Will buttò giù l'acido in bocca. Era nudo dalla vita in giù. Aveva il pene nero di sangue.

«Questo è il telefono che Sara ha usato per mandare il messaggio a Will.»

Lui distolse lo sguardo dal morto sul letto.

Charlie Reed indossava una tuta bianca di Tyvek. Teneva una busta per le prove contenente i resti di un cellulare fatto a pezzi. «Il numero IMEI corrisponde a quello che la compagnia di telefonia mobile ha sul file. Abbiamo chiesto un mandato per avere il nome dell'utente» disse ad Amanda.

«Bene» commentò lei. «Non perdere tempo a dirmi che non sei un esperto di medicina. Come sono morti quegli uomini?»

Charlie indicò il letto vicino al muro. «Quello ha ricevuto un trattamento medico prima di morire. La ferita da proiettile al fianco è stata medicata con un cerotto sterile. Gli hanno inserito un catetere endovenoso nel braccio destro. Hanno usato un ago per ridurre la pressione di quello che era probabilmente uno pneumotorace.»

«Sara» suppose Amanda.

«Presumo» convenne Charlie. «A dire il vero prego che sia così.»

A Will non importava delle preghiere. «Quello è l'uomo che si faceva chiamare Vince. Era il passeggero dell'F-150. Gli ho sparato nella BMW di Sara.»

Amanda non rispose.

«Qualcuno gli ha sparato di nuovo, due volte, in questa stanza. Uno dei proiettili è penetrato nel materasso. L'altro era ancora nel suo petto. Effettueremo gli esami balistici e vedremo se salta fuori qualcosa sull'arma» affermò Charlie.

«E il secondo?» chiese Amanda.

«Senza essere un medico...» Charlie incrociò lo sguardo di lei. «Credo che possiamo ipotizzare che sia stato pugnalato a morte. Guardi l'impronta della mano sulla testiera.»

Ora che la stava indicando, Will distinse la sagoma insanguinata di quattro dita sottili e di un pollice stretti attorno al bordo di legno.

«La mia ipotesi è che l'aggressore fosse una donna o un uomo molto piccolo» osservò Charlie.

Will si guardò la mano come se il fatto di aver tenuto quella di Sara per tanto tempo lo rendesse un esperto delle impronte che avrebbero lasciato le sue dita insanguinate. Avrebbe potuto uccidere un uomo così? Sedersi a cavalcioni, pugnalarlo al collo e al petto tante volte da ridurgli in poltiglia la pelle?

Lo sperava proprio, cazzo.

Amanda schioccò le dita per richiamare la sua attenzione. Stava aspettando.

Lui girò attorno al letto. Si accucciò per terra. Alzò lo sguardo. Il nome di quell'uomo gli riempiva la bocca di un sapore nauseante. «Adam Humphrey Carter.»

«Questo corrisponde con la ferita nella parte superiore della coscia. L'arteria femorale era intaccata. Gli hanno tagliato i pantaloni. Immagino che avessero iniziato una procedura per rimuovere il coltello. Poi...»

«Il *poi* non ha importanza.» Will impresse quelle parole nella testa di Amanda. «Sul luogo dell'incidente c'erano cinque uomini. Quello chiamato Merle è già all'obitorio. Vince è morto. Carter è morto. Il quarto, Dwight, è rimasto privo di sensi per tutto il tempo. Hurley è l'unico in grado di identificarmi ed è ammanettato a un letto d'ospedale, sorvegliato da guardie armate.»

Amanda strinse le labbra. «C'è altro, Charlie?»

Preso tra due fuochi, lui sembrò a disagio. «Penso che qualcuno sia stato portato nella stanza adiacente. Sul copriletto ci sono tracce di sangue da trasferimento, non di un sanguinamento attivo. Inoltre, forse non ve ne siete accorti entrando, ma io ho sentito una zaffata di alcol etilico quando ho aperto la porta. Qualcuno ha cercato di rimuovere qualsiasi traccia delle sue impronte sulla scena. Il tavolo è stato pulito, quindi lui o lei deve essere rimasto in questa zona, vicino alla finestra. Dovrò usare il luminol nell'intero motel per assicurarmi che non ci sfugga niente. Ma se troveremo un'impronta insanguinata, collocherà quella persona qui nel momento in cui sono avvenuti gli omicidi.»

«E la tipizzazione ematica? Siamo sicuri che nessun altro stesse sanguinando?» domandò Amanda.

«Non posso dirlo con assoluta certezza, ma sembra probabile che la maggior parte del sangue provenga da Carter. Le impronte digitali latenti ci daranno un quadro immediato. Quelle di Sara sono in archivio. Anche quelle di Michelle Spivey. Mi serve il laptop sull'altro bus per confrontarle. Metà della mia attrezzatura è in riparazione. L'unica ragione per cui ho iniziato senza la squadra è Sara. Volevo vedere se mi sarebbe saltato agli occhi qualcosa.»

«E non è saltato fuori niente?»

Scosse la testa, ma poi aggiunse: «Ci sono alcune impronte di scarpe insanguinate sul pavimento del bagno. Sembra un quaranta da uomo o un quaranta e mezzo da donna, che sarebbe il numero di Sara». Li invitò a seguirlo e si fermò all'esterno del bagno angusto. «Non hanno tirato lo sciacquone ma il sedile è abbassato. È strano. Quegli uomini non mi sembrano i tipi che si siedono per pisciare.»

Strano.

Will infilò la testa al di là dello stipite e si guardò attorno. La prima cosa che sentì fu un odore di urina, e la prima che vide furono alcune impronte insanguinate che andavano su e giù in quasi ogni parte del pavimento in laminato. Il controsoffitto era più basso di trenta centimetri rispetto al soffitto della camera, forse nascondeva un'infiltrazione dal tetto. C'era un lavandino di plastica con sotto un armadietto. Il sangue al suo interno era di qualcuno che si era lavato le mani. Il gabinetto era incastrato accanto alla doccia/vasca. La maniglia per tenersi era fissata al muro mediante un pezzo di compensato.

Sentiva la presenza di Sara là dentro, così come l'aveva sentita fuori, nel parcheggio.

«Hai controllato sopra il soffitto?» chiese Amanda.

«Ho trovato solo ragnatele ed escrementi di topo. Non c'è accesso alla stanza accanto. È una scelta di arredo, immagino» rispose Charlie.

«Will, finisci qui e poi raggiungimi fuori. Dobbiamo riorganizzarci.»

Lui non la seguì immediatamente. Non riusciva a scrollarsi di dosso la sensazione che gli sfuggisse qualcosa. Diede un'ultima occhiata nel minuscolo bagno. Riabbassò la testa sotto la porta, e poi…

Forse era stata la maniglia per tenersi, o forse perché aveva appena pronunciato la parola stupro cento volte con i genitori di Sara. Fatto sta che guardò il soffitto.

Sara era stata aggredita in un bagno pubblico. Lo stupratore era strisciato lungo il controsoffitto dalla toilette adiacente degli uomini ed era saltato giù nel suo gabinetto. Prima che Sara riuscisse ad ansimare *no,* l'aveva ammanettata alle maniglie ai due lati.

«Dov'è la tua lampada di Wood?» chiese a Charlie.

«Sull'altro bus. Perché?»

«Sara ti ha mostrato quel trucco?»

Charlie sorrise. Si diresse verso il borsone davanti alla porta. Tornò con due evidenziatori colorati e un rotolo di nastro trasparente, quindi prese il cellulare.

«Devi disporlo a strati» disse Will, anche se Charlie sapeva cosa fare. Lo sapeva grazie a Sara. Quella ragazza aveva una vena nerd ben radicata. L'unica cosa che amava di più rispetto ad aiutare le persone era intrattenerle con la magia della scienza.

Charlie attaccò un pezzo di nastro sul flash del cellulare. Con l'evidenziatore vi disegnò un cerchio azzurro. Fissò l'inchiostro con un altro pezzo di nastro. Poi disegnò un cerchio viola sopra quello blu e fissò anche quello con il nastro.

Will spense le luci e chiuse la porta. Le tende erano già tirate. La stanza era buia.

Charlie attivò l'app torcia sul telefono. Gli schizzi di sangue iniziarono a brillare perché quello era lo scopo di una luce di Wood: l'onda ultravioletta rendeva i fluidi corporei fluorescenti.

Fluidi come l'urina.

«Puntala sul soffitto del bagno» disse Will.

Charlie restò oltre la porta e orientò la luce verso l'alto.

Will batté le palpebre davanti alle lettere giallo-verdognole fluorescenti che Sara aveva scritto sul controsoffitto. Quattro piastrelle in orizzontale, tre in verticale, avevano tutte una sola parola o lettera.

Charlie lesse: «Beau. Bar. Dash. Crede. Hurley. Morto. Spivey. Io. OK. X. Ora».

Will udì le parole, ma in quel momento non gli importò. L'unica cosa che vedeva era il rozzo cuoricino che Sara aveva disegnato per lui nell'angolo.

PARTE SECONDA

LUNEDÌ 5 AGOSTO 2019

9

Lunedì 5 agosto, 5.45

Sara fu svegliata dal suo stesso sudore che le gocciolava negli occhi. Li socchiuse guardando l'orologio, ma trovò solo il suo polso nudo. Si voltò per vedere se Will era a letto ma non c'era Will, e nemmeno il letto. Si era addormentata con la schiena appoggiata nell'angolo.

Il Campo.

Almeno presumeva d'essere là. La sera precedente un furgone nero era venuto a prenderli al motel. Era stata caricata dietro, bendata e imbavagliata, ammanettata a Michelle. Lei era rimasta priva di sensi per gran parte del viaggio. Anche quando si era infine svegliata dal suo stato di stupore farmacologico, non aveva detto una parola. L'unico rumore che le era uscito dalla bocca era stato un grido pieno di dolore quando la porta del furgone si era aperta e si era resa conto di dove fossero.

Ma dov'era esattamente quel posto?

Sara si era rannicchiata nell'angolo. Aveva le gambe rigide. Il sudore le colava sul corpo. Aveva gli abiti così sporchi che le grattavano la pelle. Aveva visto la casetta rustica di una stanza solo alla luce della lampada. Larga dodici passi, profonda altrettanto. Il soffitto spiovente tanto alto che non poteva raggiungerlo. Niente finestre. Un tetto di lamiera. Pareti e pavimento grezzi. Circondata dagli alberi.

Il secchio vicino alla porta serviva da gabinetto. Un altro secchio nell'angolo opposto conteneva l'acqua e un mestolo. C'era un paglericcio su una struttura rozza di legno. La base era costituita da una lunga corda annodata più volte a formare una rete. Sara aveva scelto di dormire nell'angolo più vicino al lato di apertura della porta. Voleva avere più tempo possibile per prepararsi se fosse entrato uno sconosciuto.

Provò la maniglia. Il lucchetto sbatté contro il telaio. Andò su e giù nella stanza. Le pareti erano di legno non dipinto. Non c'era isolamento tra i montanti. Niente elettricità, ma la luce del sole entrava dalle fessure tra le assi. Sbirciò tra di esse. Foglie verdi, tronchi d'albero scuri. Un gorgoglio d'acqua. Un torrente, forse un fiume, che avrebbe potuto seguire a valle se ne avesse avuto l'occasione.

Raggiunse l'altro lato della stanza. C'era la stessa vista su un bosco fitto. Premette le mani contro l'asse. I chiodi si stavano arrugginendo. Se avesse spinto con forza sufficiente, sarebbe forse riuscita a smuovere le tavole in fondo e a sgusciare fuori.

Una chiave si infilò nel lucchetto.

Sara indietreggiò con i pugni pronti.

Dash le sorrise. Aveva sempre il braccio al collo ma si era cambiato, indossava jeans e una camicia button down. «Buongiorno, dottoressa Earnshaw. Ho pensato che forse avrebbe gradito fare colazione con noi dopo aver visto i suoi pazienti.»

L'idea del cibo le rivoltò lo stomaco, ma avrebbe dovuto conservare le forze nel caso si fosse presentata un'opportunità di scappare.

«Potrei ammanettarla di nuovo, ma credo che abbia già capito quanto siamo lontani dalla civiltà» aggiunse.

Sara non ci era arrivata, ma annuì.

«Brava ragazza.» Si scostò perché potesse precederlo.

Sara cercò di non irritarsi per il *brava ragazza,* come se fosse una bambina o una puledra. Una delle sentinelle del motel era davanti alla porta. AR-15, uniforme tattica nera.

Sara mise piede su un tronco che serviva da gradino e tentò di orientarsi. La foresta era fitta, ma c'era un sentiero ripulito dietro la casetta. Socchiuse gli occhi al sole che spuntava all'orizzonte. Erano le cinque e mezzo o le sei del mattino. Erano ai piedi degli Appalachi, anche se in quel modo non restringeva il cerchio. Ipotizzando che il motel fosse nella zona occidentale della Georgia, potevano essere in Tennessee o in Alabama. Oppure poteva sbagliarsi del tutto ed erano sulle montagne della Georgia settentrionale vicino alle due Caroline.

Sara si incamminò sul sentiero. Superò un albero caduto. Percepì Dash allungarsi per darle una mano e si allontanò da lui, dalla sua finta cavalleria.

«Penso che resterà piacevolmente sorpresa da quello che troverà.»

Sara si morse il labbro. A meno che in fondo al sentiero non avesse trovato una macchina che l'avesse riportata a casa, non c'era niente di piacevole in quel posto. «Sono un ostaggio. Sono qui contro la mia volontà.»

«Aveva una scelta.» Il suo tono aveva una nota di scherno fin troppo familiare. Stava cercando di stabilire un rapporto più disinvolto tra loro, come se la pistola che portava al fianco e la sentinella armata non gli dessero ogni potere.

Sara scostò un ramo davanti al suo viso. Aveva la pelle coperta di sporcizia, sangue e sudore. Si era lavata furtivamente con l'acqua tiepida del secchio, ma non aveva avuto altra scelta che rimettersi gli abiti sporchi. Gli shorts erano rigidi per il sangue secco. La maglietta puzzava del suo stesso odore. Reggiseno e mutandine erano diventati di cartavetrata. Su di lei ora non mancavano le tracce forensi. Si chiese se ci fosse qualcosa che potesse fare: tagliarsi su un rovo, lasciare una scia di sangue, contrassegnare il suo passaggio in qualche modo perché Charlie Reed o Will sapessero che era stata là.

Will.

Al motel Sara aveva disegnato prima di tutto il cuore sul soffitto. Aveva corso un rischio lasciando quel messaggio, ma la cosa più importante che voleva trasmettere era che sapeva che lui la stava cercando.

Will in servizio attivo. ATL.

«Papà!» strillò una bambina tutta eccitata. «Papà!»

Sara la vide attraversare di corsa una radura. Dall'andatura goffa suppose che avesse circa cinque, forse sei anni. Le sue abilità fino-motorie non si erano ancora sviluppate tanto da permetterle di correre veloce. Cadde ma si tirò subito su ridacchiando. Indossava un abito bianco semplice che spazzava il terreno. Il colletto alto era abbottonato. Le maniche le arrivavano poco al di sotto dei gomiti. I capelli biondi erano sciolti, lunghi fino alla vita. Sara non sentì tanto di aver fatto un passo indietro nel tempo, quanto d'essere arrivata sul set di un adattamento della *Casa nella prateria*.

Si guardò attorno nella radura, grande più o meno come un campo da basket. Seminascoste tra gli alberi c'erano altre otto casette di una stanza sola. Erano più grandi della sua cella notturna, dotate di finestre, di porte olandesi e di camini di pietra. Avevano un'aria permanente e insieme provvisoria. C'erano donne sedute occupate a sbucciare le pannocchie e a sgranare i fagioli. Alcune stavano spazzando gli spiazzi di terra battuta davanti alle abitazioni, altre stavano cucinando in grandi pentole o facendo bollire il bucato su un fuoco. Avevano tutte i capelli lunghi raccolti in alto sulla testa. Niente riflessi né tinte. Niente trucco. Indossavano abiti bianchi semplici con le maniche lunghe e i colletti alti, non avevano gioielli tranne le fedi d'oro.

Non c'erano facce che non fossero bianche.

«Amore!» Dash prese la bambina con il braccio sano. La tenne contro il fianco camminando davanti a Sara. «Dov'è il mio bacio?»

La piccola gli diede un bacetto sulla guancia.

«Papà!» gridò un'altra bimba. E un'altra ancora. In tutto altre cinque bambine corsero da lui e gli gettarono le braccia attorno alla vita. Andavano da quella di cinque anni che Dash teneva in braccio a un'adolescente che non aveva più di quindici anni. Indossavano gli stessi abiti bianchi lunghi. Le più piccole tenevano i capelli sciolti, la quindicenne invece li portava raccolti in uno chignon come le donne. Guardò sospettosa Sara mentre abbracciava Dash.

Sei figlie in totale, e tutte lo chiamavano padre. Due erano chiaramente gemelle, ma le altre appartenevano a donne diverse o a una madre single che era stata incinta, o che aveva allattato, per sedici dei suoi ultimi vent'anni di vita.

«Signore?» Un uomo giovane dall'aspetto curato lo chiamò dall'altra parte della radura. Il contrasto era sconvolgente. Come la sentinella era vestito tutto di nero con un fucile in spalla, ma a differenza di quest'ultima aveva a malapena vent'anni. Avrebbe potuto essere un boy scout o uno di quegli studenti che sparano nelle scuole. «La squadra è tornata dalla missione, fratello» annunciò a Dash.

Missione?

«D'accordo, mie signorine.» Dash si districò dalle bambine. Si misero tutte diligentemente in fila per dargli un bacio sulla guancia. La più grande fu l'unica che non parve contenta. Lanciò un'occhiata diffidente a Sara. Difficile dire se fosse protettiva nei confronti del padre o solo imbarazzata come lo sono sempre le adolescenti.

«Dottoressa Earnshaw, la prego di scusarmi. Mia moglie si occuperà momentaneamente di lei» la informò Dash.

Sara lo seguì con lo sguardo mentre risaliva una collina ripida. Alla luce del giorno pensò che fosse più vecchio di quanto avesse inizialmente supposto, forse sui quarantacinque. Aveva una di quelle facce infantili che rendevano difficile stabilirne l'età. A dire il vero tutto di quell'uomo era difficile da stabilire. La sua costante amabilità lo rendeva inscrutabile. Fra tutti i sentimenti umani la rabbia era il più immediato e il più diretto. Sara non avrebbe voluto essere oggetto dei veri sentimenti di Dash se mai fosse esploso.

«Ho fame!» proclamò una bambina. Ridacchiarono allontanandosi come una cucciolata di gattini: cadevano l'una sull'altra, inciampavano, si spingevano e si davano manate, tranne la più grande che le rivolse ancora un'occhiata circospetta quando si avviò verso la zona delle cucine.

Sara cercò di incrociare il suo sguardo, ma la ragazza non ne volle proprio sapere. Osservò invece le bambine. Giravano in cerchio per farsi venire i capogiri. Le ricordarono sua nipote, che le ricordò sua sorella, il che la indusse a riflettere sull'effetto domino che si era innescato da quando aveva visto per l'ultima volta sua madre in strada con il fucile di Bella. Tessa sarebbe rientrata dal Sudafrica. Eddie sarebbe arrivato subito dalla contea di Grant. Bella sarebbe stata troppo tesa per ospitarli a casa sua. Sarebbero finiti tutti nel suo appartamento, il che avrebbe implicato che Will sarebbe stato sfrattato.

Sara ebbe di nuovo voglia di piangere.

I suoi lo avrebbero travolto. Avrebbe temuto di dire la cosa sbagliata, e questo lo avrebbe spinto a dire ancora più cose sbagliate, poi Cathy lo avrebbe aggredito verbalmente e Eddie avrebbe cercato di appianare la situazione con qualche brutta battuta, ma Will non capiva le battute perché la dislessia era un disturbo dell'elaborazione del linguaggio, quindi invece di sorridere o addirittura di ridere per spezzare la tensione, avrebbe piegato la testa di lato assumendo la sua solita aria perplessa. A quel punto suo padre si sarebbe chiesto cos'avesse che non andava. L'unica speranza di Sara era che il volo di Tessa non richiedesse più di ventiquattr'ore perché sua sorella era l'unica persona al mondo che poteva salvare Will dai suoi genitori.

Ricacciò indietro le lacrime. Cercò di riempirsi la testa di informazioni pratiche. Will sarebbe venuto a prenderla. Ne era certa. Avrebbe solo dovuto sapere con che cosa aveva a che fare per poter preparare un piano.

Scrutò il bosco. Prima non li aveva notati ma c'erano almeno sei uomini armati seduti in appostamenti fissi sugli alberi. Cosa stavano sorvegliando? Lei no di certo. Stavano cercando di tenere qualcuno fuori o dentro? Nella radura contò otto donne adulte e tredici bambini di età compresa tra i tre e i quindici anni. C'erano otto casette e una baracca lunga e bassa a ore dodici. Dash era scomparso oltre la collina. Immaginò che ci fossero altre casette, altri uomini, donne e bambini e forse ancora più guardie.

Perché?

La sua attenzione fu distolta dal grido di gioia di una bimba. Stavano giocando a nascondino. La figlia più piccola di Dash si coprì gli occhi e iniziò a contare. Le altre si sparpagliarono nella foresta e sui sentieri. Dalla radura partivano cinque sentieri tortuosi. La volta degli alberi era fitta, nascondeva le casette. Un elicottero o un aereo avrebbero potuto sorvolare il Campo senza notarlo. Sara si chiese se gli edifici facessero parte di un insediamento precedente di coloni. L'area sembrava non essere stata toccata. Molti alberi avevano un tronco grosso, dunque erano vecchi.

In base al tempo trascorso sul furgone stimò di essere ancora in Georgia. Eddie Linton aveva trascinato la sua famiglia a fare molti campeggi in montagna, ma quello non l'aiutava a circoscrivere il luogo. Semmai aumentava il suo senso di isolamento. La Chattahoochee National Forest era composta di più di trecentomila ettari e si estendeva su diciotto contee. Tremiladuecento chilometri di strade e sentieri. Dieci aree protette. Dal Monte Springer nella Blue Ridge partiva il sentiero degli Appalachi che con i suoi tremilacinquecento chilometri terminava all'estremità del paese, nel Maine.

Coyote e volpi si aggiravano nella zona. Sotto le rocce e lungo i corsi d'acqua si nascondevano serpenti velenosi. Nei mesi estivi gli orsi neri salivano più in alto sui monti in cerca di frutti e bacche.

Sara guardò due bambini prendere le mele da un albero.

«Sono Gwen.» La donna che le si avvicinò aveva superato da poco i trent'anni ma ne dimostrava di più, tanto era segnata. Aveva il volto tirato, la pelle incolore. Persino gli occhi erano spenti per lo sfinimento. «Ho saputo che è un medico.»

«Sara.» Le diede la mano.

Gwen sembrò confusa, quasi non sapesse più come ci si presentava. Allungò esitante la mano. Sudava anche lei e aveva i palmi callosi per il lavoro.

«Avete un'epidemia di morbillo?» domandò Sara.

«Sì.» Si pulì le mani sul grembiule iniziando a camminare. La stava conducendo verso la baracca lunga a una certa distanza. Avvicinandosi Sara notò che c'erano alcuni pannelli solari sul tetto. Una doccia esterna e un lavandino.

«È scoppiata sei settimane fa. Abbiamo cercato di mettere le persone in quarantena ma ha continuato a peggiorare» spiegò Gwen.

Sara non si stupì. Il morbillo era una delle malattie più contagiose che si conoscessero, trasmessa dagli starnuti, dai colpi di tosse, dal respiro. Correvi il rischio di contrarlo anche solo restando in una stanza per più di due ore dopo che una persona infetta se n'era andata. Per questo era assolutamente essenziale vaccinare il maggior numero di bambini sani possibile.

«Quanti ne sono stati infettati?» chiese.

Gli occhi di Gwen si riempirono di lacrime. «Due adulti. Diciannove bambini. Undici sono ancora in quarantena. Abbiamo perso... abbiamo perso due dei nostri piccoli angeli.»

Sara cercò di frenare la rabbia. Due bambini morti per una malattia che negli Stati Uniti era stata eradicata con successo da quasi due decenni. «È sicura che sia morbillo e non rosolia?»

«Sì, signora. Sono un'infermiera. Conosco la differenza tra rubeola e rubella.»

Sara strinse le labbra per non esplodere.

A Gwen non sfuggì la sua reazione. «Siamo una comunità chiusa» affermò.

«Uno di quegli adulti infetti ha portato qui il morbillo da qualche luogo.» Sara si disse di smettere ma non ci riuscì. «Suo marito e i suoi uomini erano ad Atlanta ieri. Hanno assassinato decine di persone tra cui vari agenti di polizia, e fatto esplodere due bombe.» Sara studiò la faccia della donna. Gwen non mostrò sorpresa e nemmeno vergogna, perciò si concentrò sulle implicazioni mediche. «In città ci sono migliaia di visitatori internazionali ogni giorno. Uno qualsiasi dei vostri avrebbe potuto portare qui pertosse, parotite, rotavirus, malattie da pneumococco, Hib.»

Gwen abbassò il mento sul petto e si pulì di nuovo le mani sul grembiule.

«Dov'è Michelle?» chiese Sara.

«So che l'appendice si è perforata prima che potessero rimuoverla. Le ho dato quattrocento milligrammi di moxifloxacina per via orale e le ho risuturato l'incisione.»

Sara fece un lungo sospiro. Alla fine la medicazione chirurgica insanguinata sulla parte inferiore dell'addome di Michelle trovava una spiegazione. «Ne avrà bisogno come minimo per cinque giorni. Deve bere. Le dia liquidi chiari e la faccia riposare a letto.»

«D'accordo.»

«Perché l'hanno portata qui? Cosa doveva fare?»

Gwen tenne la testa bassa. Allungò il braccio indicando la baracca. «Da questa parte.»

Sara camminò davanti a lei. Non aveva finito di punzecchiare quella donna per ottenere informazioni. «Conosce i protocolli di quarantena. Può prestare cure di supporto. Ha ovviamente accesso agli antibiotici. Perché hanno rapito Michelle?»

Gwen si fissò i piedi come se dovesse concentrarsi sui gradini. Stava china, si faceva piccola per la paura proprio come Michelle. Si toccò di nuovo il grembiule. Continuò a torcere le mani nella stoffa.

In lontananza Sara sentiva i bambini ridere, non quelli nella radura, ma a nordest, nella direzione che Dash aveva preso pochi attimi prima. Immaginò che la seconda parte del Campo fosse dove tenevano le persone non contagiate. Una miriade di domande le si affollò in testa: *Quante persone c'erano sulla montagna? Perché avevano portato Michelle ad Atlanta quando c'erano decine di ospedali più vicini? Perché avevano fatto esplodere quelle bombe? Perché era così importante tenere Michelle in vita? Cosa volevano veramente da lei?*

«Qui.» Gwen si era fermata al lavandino esterno della baracca.

Sara si lavò le mani con un sapone contenente lisciva. L'acqua era calda. Si pulì le braccia, il collo e la faccia.

«Possiamo darle abiti puliti» fece Gwen.

«No, grazie.» Sara non si sarebbe vestita come una bambina vittoriana. «Quanti adulti sono vaccinati qui?»

Gwen capì il senso della domanda. «Abbiamo dodici uomini non vaccinati, due donne.»

«E gli altri?»

«Stanno al Campo principale.»

Sara aveva visto giusto a proposito della zona non contagiata del complesso. Pensò a Dash che aveva permesso alle sue figlie di baciarlo sulla faccia prima di risalire il sentiero. Se una di loro era infetta, avrebbe potuto trasportare il virus dall'altra parte.

«Mia figlia, Adriel, è ancora in quarantena» affermò Gwen.

«Ha sette figli?» Sara era incredula. Quella donna aveva a stento trent'anni. Non c'era da meravigliarsi che fosse così esaurita.

«Dio è buono» si limitò a rispondere.

Sara prese un asciugamano dal mucchio sopra il lavandino per asciugarsi le mani. Era di lino, non di spugna. Non c'erano etichette. L'orlo sembrava cucito a mano. Il Campo era una specie di setta religiosa? Organizzazioni di quel genere di solito non mettevano bombe. Bevevano veleno o facevano picchetti ai funerali.

«La vostra religione vi proibisce di vaccinarvi?» domandò.

Gwen scosse la testa. «Lei ha due figli?»

Sara dovette controllarsi prima di rispondere. «Sì, due bambine.»

Le labbra di Gwen si contrassero quando abbozzò un pallido sorriso. «Dash mi ha detto che suo marito è morto nello svolgimento del suo dovere. Sembra che ultimamente il mondo sia pieno di vedove.»

Sara non avrebbe instaurato un legame con quella donna. «Anche Vale e Carter avevano mogli che vivevano quassù?»

Il suo sorriso si trasformò in una linea dritta per la rabbia. «Non erano dei nostri. Erano mercenari.»

«I mercenari combattono in guerra.»

«Noi *siamo* in guerra.» Le porse una mascherina chirurgica. «Dobbiamo usare qualsiasi risorsa abbiamo a disposizione. Ciro era un pagano ma ha ripristinato l'ordine nel mondo.»

Sara aveva passato una vita ad ascoltare le storie della Bibbia raccontate da sua madre. «Re Ciro ha anche incoraggiato la tolleranza e la compassione. Può dire lo stesso di suo marito?»

«Suoneremo la tromba dalla montagna» replicò Gwen. «"Io formo la luce, creo le tenebre, do il benessere, creo l'avversità." Così dice il Signore.»

Sara si legò la mascherina dietro la testa in modo che la donna non potesse leggere la sua espressione. Non era tanto contro la religione, quanto contro le persone che cercavano di usarla come arma. Una delle cose che l'aveva attratta della medicina era l'immutabilità dei fatti. Il numero atomico dell'elio sarebbe sempre stato due. Il punto triplo dell'acqua era inconfutabilmente la base della definizione della scala Kelvin. Non avevi bisogno della fede per credere in queste cose. Ti bastava la matematica.

Salì le scale. La porta emise un risucchio quando la aprì. L'odore di disinfettante le bruciò gli occhi. La baracca era lunga e stretta, raffreddata da due condizionatori portatili che ronzavano piano negli angoli. Un armadietto piuttosto grande per i medicinali conteneva alcol etilico, tamponi, siringhe ipodermiche e sacchetti richiudibili pieni di pillole colorate assortite. I liquidi per la somministrazione endovenosa erano conservati in frigoriferi portatili traboccanti. Tre donne stavano assistendo i pazienti, li massaggiavano con panni freddi. Il loro atteggiamento sembrò cambiare quando Gwen si avvicinò con passo pesante all'armadietto. Le loro mani accelerarono. Passarono in fretta al paziente successivo e si scambiarono occhiate furtive. Sara si ricordò di prestare attenzione a quei lievi cambiamenti. Quelle donne avevano paura di Gwen, il che significava che Gwen aveva dato loro buoni motivi per averne.

Si guardò attorno mentre Gwen posava alcuni strumenti su un carrello. Contò venti brande. Solo undici erano occupate. Le lenzuola bianche coprivano i piccoli corpi, i volti pallidi si confondevano con le federe. Sara si sintonizzò completamente con la loro sofferenza. Tossivano, starnutivano, tremavano, piangevano. I peggiori erano quelli che non si muovevano affatto. Era circondata da tristezza.

«Abbiamo questi.» Gwen indicò il carrello su cui si trovavano i guanti, uno stetoscopio, un otoscopio per controllare il condotto uditivo e il timpano, e un oftalmoscopio per esaminare la retina e l'occhio.

Una bambina nell'angolo fu scossa da un attacco improvviso di tosse. Una donna corse da lei e le tenne un secchio sotto la bocca. Un'altra bambina prese a singhiozzare sommessamente, il che agitò tutti gli altri. Erano così infelici, malati, disperatamente bisognosi di aiuto.

Sara si asciugò le lacrime con il dorso della mano. «Mi dica da dove cominciare» chiese a Gwen.

«Da Benjamin.» La condusse da un ragazzino sotto una finestra. Il vetro era stato coperto da un telo bianco per tenere lontano il caldo.

C'era una sedia vicino a lui. Sara gli tenne la mano sedendosi. Il bambino tremava anche se aveva la pelle calda. Il viso mostrava la caratteristica eruzione che alla fine gli avrebbe ricoperto tutto il corpo. Le lesioni stavano iniziando a unirsi. A ogni colpo di tosse le guance gli diventavano di un rosso intenso.

«Sono la dottoressa Earnshaw» disse al piccolo. «Cercherò di aiutarti, okay?»

Aprì appena le palpebre. La tosse gli echeggiò nel petto. Normalmente Sara avrebbe spiegato tutto ciò che faceva e perché, ma il ragazzino era troppo malato per riuscire a seguirla. L'unica cosa che poté fare fu esaminarlo in fretta e lasciarlo tranquillo in modo che tornasse al suo sonno disturbato.

Trovò una cartella vicino al letto. Otto anni, pressione sanguigna 85/60, temperatura 38. I prodromi erano iniziati con febbre, malessere, anoressia, tosse, coriza e congiuntivite. La tosse era nel pieno, al punto che non riusciva a smettere. Il naso gli colava tanto che il muco gli aveva screpolato il labbro inferiore. Sembrava che gli avessero versato candeggina negli occhi. In base alla cartella la temperatura non era scesa sotto i trentotto dalle tre di quel mattino.

Il morbillo era un virus, non un'infezione batterica che potesse essere trattata con gli antibiotici. Le uniche cose che potevano dargli erano il Tylenol e liquidi per endovena, oltre a fargli spugnature tiepide per alleviare il malessere. Avrebbero dovuto pregare che non diventasse cieco o sordo, che non sviluppasse un'encefalite o che tra sette o dieci anni mostrasse i segni di una PESS, una malattia degenerativa che portava al coma e alla morte.

«Benjamin è il caso più recente. Le macchie sono comparse due giorni fa» affermò Gwen.

Il che era in accordo con l'eruzione. Probabilmente l'esposizione risaliva a quattordici giorni prima, il che significava che la quarantena avrebbe potuto arrestare l'epidemia. Una magra consolazione per i genitori che avevano già perso i loro figli o che se li sarebbero visti restituire con danni irreparabili.

«La tosse è peggiorata nella notte» aggiunse Gwen.

Sara si morse la lingua per non aggredirla di nuovo. Stentava a credere che una donna che aveva fatto la scuola infermieri rischiasse la vita dei propri figli per prestar fede a una pseudoscienza più volte smentita e alla parola di un'ex modella di *Playboy*. Se qualcuno voleva un'autentica documentazione sulla necessità fondamentale dei vaccini, avrebbe dovuto guardare alla vita di Helen Keller.

Si infilò un paio di guanti. «Benjamin, ora ti visiterò. Farò il più rapidamente possibile. Puoi aprire la bocca?»

Lui faticò a tenerla aperta mentre tossiva.

Sara usò la luce dell'otoscopio per vedere all'interno. Sul palato molle e sull'orofaringe c'erano le macchie di Köplik. La luce ne rifletté i centri perlacei. «Dobbiamo abbassare la febbre» disse a Gwen.

«Posso chiedere che portino del ghiaccio.»

«Prendetene il più possibile» replicò Sara. «L'encefalite acuta ha un tasso di mortalità del quindici percento. Nel venticinque percento dei casi si verificano danni neurologici permanenti.»

Non sapeva se arrabbiarsi o piangere.

«Gwen?» chiamò una delle donne. Era vicino a un'altra branda, a un'altra bambina quasi in agonia.

Sara portò con sé la sedia per sedersi accanto al letto della piccola. Tre, forse quattro anni, i capelli biondi disposti a ventaglio su un cuscino sottile. La pelle chiara come la luna. Il lenzuolo era impregnato di sudore. Aveva il respiro affannoso, contrassegnato da colpi di tosse non produttiva. L'eruzione aveva assunto una tonalità rame, perciò era già malata da una settimana. Sara si mise un paio di guanti e le aprì le palpebre. Gwen le passò l'oftalmoscopio. Sara sentì il terrore attanagliarle il petto. La congiuntiva era rossa e gonfia, il bordo della cornea era stato infettato. Auscultò i polmoni. Presentavano entrambi un crepitio dolorosamente familiare.

Se non l'avesse uccisa la polmonite doppia, sarebbe probabilmente rimasta cieca per il resto della vita.

«È la mia Adriel» fece Gwen.

Sara faticò a dominare un senso schiacciante di impotenza. «Servono test di laboratorio per capire se la polmonite sia batterica o virale.»

«Abbiamo lo Zithromax.»

Sara si tolse un guanto. Premette la mano sulla testa di Adriel. Era bollente. L'antibiotico le avrebbe devastato il tratto intestinale, ma dovevano correre il rischio. «Glielo dia.»

Gwen fece per parlare, poi si bloccò. Cambiò di nuovo idea. «Se mi dà una lista, cercherò di procurarmi qualsiasi cosa pensa che possa servire.»

Quello che sarebbe servito era un'ambulanza che portasse quei bambini nella civiltà.

Gwen trovò un notes e una matita accanto a un letto. «Possiamo comprare all'ingrosso in farmacia. Mi dica quello di cui ha bisogno. Penseremo noi al dosaggio.»

Sara guardò la matita appuntita appoggiata sulla prima riga del foglio. Cercò di raccogliere le idee. «Dieci confezioni di Tobrex unguento, dieci di Tobrex gocce. Dieci di Vigamox. Non sappiamo se le infezioni oculari e il male alle orecchie si diffonderanno.» Guardò la matita di Gwen muoversi su e giù sul foglio, la quantità, un trattino, il nome del farmaco. «Cinque di digossina, cinque di Seroquel, venti tubetti o più di crema a base di idrocortisone per le eruzioni. Dieci di eritromicina, cinque di Lamisil crema per le infezioni fungine... Mi segue?»

Lei annuì. «Dieci di eritromicina, cinque di Lamisil.»

Sara continuò a dettare finché la pagina fu piena. Non sarebbero andati nella farmacia locale per quei prodotti, il che significava che avevano bisogno di qualcuno all'esterno che li portasse. «Presumo che non voglia la mia autorizzazione o il mio numero DEA?»

«No.» Gwen controllò l'elenco picchiettando ogni parola con la matita. «No... Non lo so. Sono tante cose.»

«Ci sono tanti bambini malati» replicò Sara. «Chiunque andrà in farmacia, dovrà dire che sono elencati in ordine di importanza. Qualcosa è meglio di niente.»

Gwen strappò il foglio dal notes. Passò la lista a una donna che lasciò in silenzio la baracca.

Sara mise lo stetoscopio nelle orecchie e si voltò verso la bambina nella branda accanto che si chiamava Martha. L'eruzione agli angoli della bocca era infiltrata dalla candida. La bambina accanto, Jenny, aveva la polmonite. Sara passò al paziente successivo e a quello dopo ancora. Le loro età andavano dai quattro ai dodici anni. Tutti tranne Benjamin erano femmine. Sei avevano la polmonite. La congiuntivite di Adriel aveva contagiato un'altra bambina. Due presentavano infezioni alle orecchie che avrebbero potuto essere sottoposte a coltura e diagnosticate in qualsiasi ambulatorio pediatrico. Sara poté solo consigliare l'applicazione di bendaggi caldi nella vaga speranza che riuscissero a conservare l'udito.

Non c'era modo di dire quanto tempo fosse passato quando finì con l'ultima, una bambina di quattro anni dai capelli scuri e dagli occhi azzurri chiamata Sally, che tossiva tanto forte da essersi procurata un'emorragia in un occhio. Sara fece un secondo giro controllando i più gravi. Poté solo tenere loro la mano, accarezzare i loro i capelli, dare l'impressione che essendo un medico avrebbe ridato loro magicamente la salute. Presto avrebbero giocato, disegnato con le matite, corso per i campi, girato su se stessi come trottole fino a essere tanto storditi da cadere per terra. Il peso delle sue bugie era un macigno che le toglieva il fiato.

Si sfilò i guanti mentre scendeva i gradini della baracca. Il caldo attorno a lei era soffocante. Si lavò le mani. L'acqua era così calda che sentì la pelle bruciare. Sara era diventata insensibile al dolore e aveva un tremore che non riusciva a togliersi di dosso. Uno, forse altri due di quei bambini sarebbero morti. In quel momento avrebbero dovuto essere in ospedale. Avevano bisogno di infermieri e di medici, di risultati di laboratorio e di macchinari, di una vita moderna che li riportasse tra i vivi.

Gwen scese i gradini torcendo di nuovo le mani nel grembiule. «Dash ha mandato l'elenco a un fornitore. Dovremmo averli questo pomeriggio verso...»

Sara si allontanò. Non sapeva dove stesse andando, solo che non poteva andare lontano. Gli uomini armati strinsero il perimetro mentre attraversava la radura. Due saltarono giù dai loro appostamenti. Altri due spuntarono dagli alberi. Avevano coltelli alle cinture, pistole nelle fondine, fucili nelle mani carnose. Erano tutti giovani, senza eccezione, alcuni poco più che adolescenti. E tutti bianchi.

Sara li ignorò. Finse che non fossero niente nella sua vita perché in quell'istante non contavano. Ascoltò il gorgoglio dell'acqua, capì che il torrente era vicino. Seguì uno dei sentieri tortuosi. Il gorgoglio si trasformò in scroscio. Il torrente era in realtà un fiume. Sara cadde in ginocchio sul bordo dell'acqua. Le rocce avevano creato una cascata. Mise le mani nell'acqua gelida. Cacciò la testa sotto. Aveva bisogno di qualcosa che la risvegliasse da quell'incubo.

Niente sarebbe stato abbastanza potente. Rimase seduta sui talloni con le mani in grembo e i capelli che le ricadevano sulle spalle in ciocche folte, fradice. Si sentiva inutile. Non c'era niente che potesse fare per quei bambini. Michelle si era sentita così? Era là da un mese. Ne aveva visti morire due, aveva assistito alla diffusione dell'infezione nel campo. Aveva saputo cosa sarebbe successo e non era stata in grado di fermarlo.

Nemmeno Sara poteva farlo.

Si portò le mani alla faccia. Le lacrime le sgorgarono dagli occhi. Non riusciva a smettere di piangere. Il suo corpo era scosso dalla disperazione. Si piegò in due, incapace di smettere. Cedette a tutte le emozioni: non solo al timore per quei bambini, ma anche per la sua perdita. Anni prima era giunta ad accettare l'impossibilità di avere un figlio, ma si ritrovò a odiare Gwen e tutte le donne di quel campo che avevano lasciato i propri figli, i propri doni, in condizioni di vulnerabilità.

Un ramoscello si spezzò dietro di lei.

Saltò su sollevando i pugni.

«Grazie per il suo aiuto, dottoressa. So che è difficile» affermò Dash.

Avrebbe voluto sputargli in faccia. «Chi siete? Cosa fate quassù?»

«Siamo famiglie che hanno deciso di vivere della terra.»

«Quei bambini sono malati. Alcuni di loro...»

«Per questo è qui, dottoressa. Il Signore è stato tanto buono da mandarci una pediatra.»

«Avrebbe dovuto mandarvi tende a ossigeno, antibiotici da somministrare per endovena, respiratori...»

«Procureremo tutto quello che ha messo in lista» fece Dash. «Gwen mi ha detto che ha fiducia nelle sue capacità.»

«Io no!» Sara si rese conto che stava urlando. Non le importava. «Se crede nei miracoli, allora preghi per averne uno. Sua figlia è gravemente malata. Tutti quei bambini sono in serio pericolo. Capisco che qualcuno sia contrario ai vaccini per motivi religiosi, ma voi no. Voi non avete chiaramente nulla contro la medicina moderna. Avete portato Michelle in ospedale. Potreste aiutare i vostri figli, invece li lasciate soffrire per... per cosa?»

Dash giunse le mani, ma non in preghiera. Le stava dando il tempo di ricomporsi. Come se fosse possibile riprendersi dalla tragedia in cui era stata catapultata.

«A quanto pare ha delle domande da farmi» disse infine.

Sara non pensava di ricevere risposte sincere, a ogni modo chiese: «Qual è lo scopo di questo posto?».

«Ah...» disse, come se parlasse una lingua diversa che solo lui fosse in grado di decifrare. «Vuol sapere come siamo arrivati qui, sì?»

Lei scrollò le spalle, perché in ogni caso avrebbe detto quello che avrebbe detto.

«Stiamo in montagna da più di dieci anni. Il nostro modo di vita è semplice. Badiamo a noi stessi. Le unità famigliari restano integre. Rispettiamo la terra. Non prendiamo più di quello che ci serve e restituiamo quando possiamo. Il nostro sangue è in questo suolo.»

Dash tacque come se si aspettasse che Sara recitasse il noto slogan nazionalista bianco del sangue e del suolo.

Quando non lo assecondò, proseguì. «Siamo stati condotti qui dal padre di Gwen, un onesto paladino della Costituzione e della sovranità americana.»

Sara rimase in attesa.

«Il nostro leader ci è stato portato via, ma continueremo la missione senza di lui. Questa è la bellezza del sistema. Non abbiamo bisogno di un leader, quanto piuttosto di paladini del mondo a cui stiamo cercando di tornare. Un mondo fatto di legge e di ordine, in cui le persone conoscono il proprio posto e si riconoscono all'interno del sistema. Ogni ingranaggio ha bisogno di una ruota dentata per girare correttamente. In questa crociata ci guidano le nostre convinzioni, non un capo specifico. Quando un uomo cade, un altro si fa avanti per sostituirlo.»

«E il leader guarda caso è sempre un uomo?»

Sorrise. «È l'ordine naturale delle cose. L'uomo conduce. La donna segue.»

Sara ignorò quelle fesserie riduttive. «Fate parte di un gruppo religioso o…»

«Tra noi ci sono alcuni veri credenti. Con gran disappunto di mia moglie, io non posso annoverarmi tra questi. In genere siamo pragmatisti. Questa è la nostra religione. Siamo tutti americani. Questo ci unisce.»

«Anche Michelle è americana.»

«Michelle è una lesbica che ha messo al mondo una figlia bastarda di razza mista.»

Sara restò momentaneamente sbigottita. Non era tanto quello che aveva detto della figlia di Michelle: era il modo in cui la maschera era caduta. Aveva un'aria furiosa, crudele. Quello era il vero Dash, quello che faceva esplodere le bombe e assassinava indiscriminatamente.

Altrettanto in fretta la maschera tornò al suo posto.

Dash si risistemò il reggibraccio. Sorrise e aggiunse: «Dottoressa Earnshaw, lei è chiaramente una brava persona. Rispetto il fatto che abbia scelto di venire qui per aiutarci con i bambini». Ammiccò come per dirle che tra loro si capivano. «E come ho detto ieri, appena i nostri piccoli avranno avuto le loro cure, sarà libera di andare.»

Sara si attenne alle parole ignobili che aveva detto sulla figlia di Michelle. Quello era veramente Dash, non la caricatura di sé, fin troppo affettata, che mostrava al mondo. «Lei è un terrorista. L'ho vista sparare a un uomo a sangue freddo. Dovrei crederle sulla parola?»

Lui mantenne la sua compostezza. «Vale è stato giustiziato per crimini di guerra. Siamo soldati, non animali. Operiamo nel rispetto della Convenzione di Ginevra.»

Guerra.

Quella parola continuava a riemergere, prima nei discorsi di Gwen e ora in quelli di Dash. «Contro chi combattete?»

«Non combattiamo *contro*, dottoressa Earnshaw. Combattiamo *per*.» Aveva un sorriso compiaciuto ma gli uomini come lui si compiacevano sempre all'idea che il resto del mondo fosse in torto e che solo loro conoscessero la verità. «So che ha saltato la colazione perché era con i nostri pazienti. In questo momento stanno servendo il pranzo. Spero che si unirà noi.»

Il pensiero di sedersi con lui, condividendo un pasto normale, era più rivoltante dell'idea di mettere un po' di cibo nello stomaco, ma doveva mantenersi forte. Non poteva abbandonarsi alla disperazione. Non sarebbe finita sottomessa come Michelle.

«Da questa parte, prego.» Le indicò il sentiero, in attesa.

Sara si incamminò in mezzo al bosco, verso la radura. Le mani le tremavano ancora. Aveva lo stomaco pieno di bile. I suoi vestiti erano ripugnanti. Tutto di lei le sembrava ripugnante. Si passò le dita tra i capelli bagnati. Il vapore saliva dal suo cuoio capelluto. Il sole era alto sopra il crinale. Fu temporaneamente accecata da un lampo di luce. Il sole aveva colpito una lastra di vetro. Incespicò in un sasso.

Recuperò l'equilibrio prima che Dash l'aiutasse.

Continuò a camminare, la testa dritta, gli occhi rivolti di lato.

C'era una serra proprio al di là degli alberi.

Le era sfuggita quella costruzione di vetro quand'era andata al torrente. Aveva il tetto spiovente. I lucernari facevano passare il caldo. L'edificio era stretto, più o meno delle dimensioni di una casa mobile. Il tetto e le pareti erano di vetro, ma all'interno era stata collocata una tenda. Il materiale era riflettente, color stagnola.

Alcuni cavi elettrici correvano all'esterno fino a un capanno di legno. Vide un generatore mobile silenziato, altri pannelli solari. Le sue orecchie colsero un vago ronzio di qualche macchinario dietro il vetro, all'interno della tenda. Metallo che grattava contro metallo. Oggetti che venivano spostati. Ogni tanto un mormorio.

Sara udì i rumori di persone solerti al lavoro a lungo, anche dopo che ebbe perso di vista la costruzione.

Il Campo.

Donne e bambini malati. Ragazzi che giocavano a fare i soldati. Un complesso nascosto tra gli alberi. Una serra di vetro con una tenda termica riflettente che avrebbe impedito a un elicottero o a un aereo con una termocamera di sbirciavi dentro.

Quando Sara aveva chiesto a Gwen di suo marito, aveva citato Isaia: *Io formo la luce, creo le tenebre, do il benessere, creo l'avversità.*

Quindici persone erano state uccise alla Emory. Uno della loro squadra era stato ammazzato durante la fuga. Dash aveva assassinato un fattorino e uno dei suoi mercenari davanti agli occhi di Sara.

Quali altre avversità aveva in mente di creare?

10

Lunedì 5 agosto, 6.10

Will si sedette davanti alla scrivania di Amanda nel quartier generale del GBI a Panthersville Road. L'orologio a muro indicava le sei e dieci del mattino. La guardò leggere i verbali del giorno prima. Le autopsie dell'uomo a cui Will aveva sparato sul luogo dell'incidente e dei due ritrovati morti al motel. I risultati delle analisi forensi effettuate sul furgone delle patatine, sulla BMW di Sara e nella stanza del motel.

Beau. Bar. Dash. Crede. Hurley. Morto. Spivey. Io. OK. X. Ora.

Will giunse le mani. Aveva le nocche gonfie e ammaccate. Il mal di testa gli martellava negli occhi. I suoi pensieri si erano trasformati in velcro, si attaccavano dove non dovevano nel suo cervello. Il dolore al ventre si era diffuso ai reni. Stava seduto sul bordo della sedia perché gli faceva troppo male appoggiarsi allo schienale.

«Sara ha scritto che *per ora* stava bene. Il messaggio vocale è stato inviato alle sedici e cinquantaquattro di ieri. In sostanza tredici ore fa, sedici da quando è stata portata via» disse.

Amanda lo guardò al di sopra degli occhiali da lettura.

«Qualsiasi cosa stia leggendo su quei fogli, non cambia il fatto che tre uomini dell'incidente sono morti e il quarto è sotto custodia. Nessuno sa che aspetto abbia o addirittura che fossi là. Mi mandi sotto copertura. L'EPI ha quattro uomini in meno. Hanno bisogno di qualcuno capace per qualsiasi cosa stiano progettando. Devo essere in mezzo a loro, così potremmo capire come fermarli» aggiunse.

Amanda restò in silenzio ancora per un attimo dandogli l'impressione che stesse considerando la richiesta. «L'informatore segreto dell'FBI era il tuo accesso all'EPI. Purtroppo attualmente è in una cella mortuaria refrigerata.»

Adam Humphrey Carter non poteva essere l'unica via d'accesso. «La conosco, Amanda. Non mi manderebbe sotto copertura con un informatore segreto di qualcun altro. Ha un altro uomo all'interno che potrebbe garantire per me.»

Lei non dissentì. «Ti stai scordando che sul luogo dell'incidente c'erano cinque uomini? Non puoi essere certo che Dwight non ti abbia visto.»

«È rimasto privo di sensi per tutto il tempo.»

«E Michelle?»

A quella domanda non poté rispondere. Non sapeva cosa sarebbe successo se Michelle Spivey lo avesse riconosciuto. Un attimo prima si ribellava, un attimo dopo era terrorizzata.

«Wilbur...»

«Il messaggio di Sara?» chiese. «La prima parola che ha scritto sul soffitto è stata *Beau*. La seconda *bar*. Forse ha sentito Beau parlare con Dwight. Oppure sono andati al bar. So che lei...»

«Questo è quello che so.» Amanda gli gettò un rapporto graffettato. «I reperti trovati da Charlie al motel.»

Will fissò i fogli. La testa gli faceva troppo male per decifrare le parole. Non avrebbe usato un righello per comprendere ogni singola parola come un alunno di prima elementare, soprattutto non davanti ad Amanda.

Optò per un aggressivo: «E allora?».

Lei gli strappò il rapporto di mano. «Michelle Spivey ha pugnalato a morte Carter. Le sue impronte digitali erano sulla testiera. Le prove suggeriscono che gli sia saltata addosso, si sia messa a cavalcioni, si sia tenuta con la destra alla sua spalla e lo abbia pugnalato diciassette volte al collo, al petto e al ventre.»

Will cercò di vedere quella frenesia omicida in un'ottica positiva. «Sta reagendo. Potrebbe essere un'alleata.»

«È pericolosa e imprevedibile. Non posso rischiare che abbia un attacco di follia con te nei paraggi. Nel peggiore dei casi potrebbe accoltellarti a morte. Nel migliore, rivelare ai suoi aguzzini perché ti conosce.»

Lui scrollò le spalle perché aveva già deciso che la prossima volta che si fosse trattato della vita sua o di Sara, avrebbe preso la decisione per entrambi.

Amanda sfogliò le pagine di un altro rapporto. «L'uomo che hai ucciso sul luogo dell'incidente. Si faceva chiamare Merle. È stato identificato come Sebastian James Monroe. Ex Genio dell'esercito. Congedato con disonore per violenze domestiche. Da allora è rimasto pulito, ma ovviamente stava architettando qualcosa.»

Will non le chiese come avesse avuto l'informazione. Di solito il Pentagono non forniva particolari senza un mandato e quintali di carte. «Violenze domestiche. Incluso lo stupro?»

«No.»

Non capì se avesse mentito. «E Vince? Quello a cui ho sparato al petto.»

«Oliver Reginald Vale. Anche lui ex soldato, ma non siamo riusciti a trovare contatti con Monroe. Congedato cinque anni fa. Fedina penale pulita. E dato che questi uomini hanno scelto pseudonimi country-western corrispondenti alle prime lettere del loro nome, possiamo presumere che Dwight sia il Dash del messaggio lasciato da Sara sul soffitto del bagno. Ovviamente un soprannome.»

«Dash» ripeté Will. Il nome gli scatenò una furia intensa. Non riusciva a ricordare un accidente di quell'uomo, a parte l'altezza media, il peso e la carnagione. Tutta la sua attenzione era stata rivolta agli uomini che non avevano perso conoscenza. Aveva pensato che Hurley fosse il capo.

«Il messaggio di Sara diceva che Dash crede Hurley morto.»

«E noi intendiamo lasciare le cose come stanno.»

Amanda non coglieva il punto, probabilmente di proposito. Sara aveva detto loro che quello che Dash pensava di Hurley era il dato importante. Il che significava che si sarebbero dovuti concentrare sull'obiettivo di identificare Dash. Se non sapevano chi fosse, non potevano sapere come trovarlo, e se non potevano trovare Dash, probabilmente non avrebbero mai trovato Sara.

Quindi questo dovevano fare: rintracciare i numeri di previdenza sociale di Hurley, Carter, Vale e Monroe. Esaminare la loro situazione finanziaria scoprendo indirizzi, numeri di cellulare, carte di credito, intestazioni di veicoli. Parlare con i loro vicini per capirne gli spostamenti. Indagare sui numeri di telefono che avevano chiamato, sui negozi o sui ristoranti che avevano frequentato. Cercare eventuali contatti. Mettere insieme metodicamente i complici noti finché il vero nome di Dash, o un elemento identificativo, non avesse indicato loro chi fosse.

Oppure Will poteva fottersi quel suo stupido cervello e fare ad Amanda l'ovvia domanda: «Le impronte digitali di Dash sono nel database militare?».

«Non sono presenti in nessun database consultabile. Abbiamo il sangue della ferita alla spalla sul sedile posteriore della Chevy Malibu, ma ci vorranno altre ventiquattro ore per avere una risposta. E sai bene quanto me che se le impronte di Dash non compaiono nei database, è molto improbabile che il profilo del DNA ci conduca alla porta di casa sua. Nel migliore dei casi ci darà una conferma a posteriori.»

Will si sfregò la mascella. Sentiva l'ombra della barba ispida. Quel mattino non si era rasato. Indossava lo stesso abito grigio del giorno prima. Era rimasto seduto sul divano per tutta la notte ad ascoltare il messaggio di Sara, cercando di captare qualcosa nella sua voce che gli dicesse che stava bene. Ma tornava sempre a questo:

Alle 16.54 Sara gli aveva mandato un messaggio.

Cos'era successo alle 16.55?

«Dash è il capo dell'EPI» affermò.

«Esatto» confermò Amanda. «Carter, nella veste di informatore, ha detto all'FBI che Dash è il pezzo grosso del gruppo. Non ha creato l'EPI, questa esiste da dieci anni o più, ma con la sua leadership è riuscito a darle un obiettivo e un'organizzazione. L'FBI si è degnata di passarmi quest'informazione soltanto stamattina.

La descrizione che hanno di Dash vale quanto la tua, vale a dire nulla. E il video delle telecamere di sicurezza della Emory è risultato altrettanto inutile. Dash sapeva con precisione dove fossero le telecamere. Aveva un berretto e ha tenuto la testa china. Quell'uomo è incredibilmente abile a non farsi identificare. Potremmo dire che sia lui l'elemento *invisibile* dell'Esercito patriottico invisibile.»

Will giunse le mani e le appoggiò sul tavolo. «Amanda, la supplico. Mi mandi sotto copertura. Troverò Dash. Glielo servirò su un piatto d'argento.»

Lei prese un altro rapporto e lesse: «L'arma di confronto è una Glock 19 Gen5, gancio del caricatore e leva blocco carrello invertiti per mancini. L'algoritmo NIST con il metodo CMC ha indicato un tasso di probabilità del...»

«È la mia pistola» affermò Will.

«La tua pistola è stata usata per uccidere Vale nella stanza del motel.»

Lui cercò di scrollare di nuovo le spalle, ma la fitta alle costole lo bloccò.

«Hai sparato due volte con la tua pistola sul luogo dell'incidente. Hai ucciso un sospettato. Ne hai ucciso un secondo mentre fuggiva. Hai massacrato di botte un terzo. Tecnicamente dovresti essere sospeso con mantenimento dello stipendio in attesa di un'indagine interna.»

«Mi sospenda» replicò. Aveva un piano. Sebastian James Monroe. Oliver Reginald Vale. Adam Humphrey Carter. Robert Jacob Hurley. Avrebbe girato attorno alle loro vite come un coyote preparandosi ad attaccare.

«Resta seduto, Wilbur.» Amanda guardò al di là di lui, in corridoio. «Che cos'hai?»

Faith le scaricò un mucchio di buste chiuse per le prove sulla scrivania. Guardò Will, poi ebbe una reazione a scoppio ritardato.

«Faith?» Amanda stava aspettando.

Lei posò una mano sulla spalla di Will e rispose: «Questo è tutto ciò che Ragnersen aveva nelle tasche. Stanno perquisendo il suo furgone. Zevon ha già trovato un fucile a canne mozze sotto il sedile».

Will si sfregò la mascella. Il nome Ragnersen non gli diceva niente, ma Zevon Lowell era l'agente del GBI che era andato loro incontro al motel la sera prima. «Cosa succede?»

«Un'indagine. Cosa credi stia succedendo?» Amanda spostò le buste sul tavolo. Un portafoglio da uomo di pelle. Un iPhone, le chiavi di un'auto. Un coltello pieghevole.

«Aspetta.» Will rigirò il coltello nella busta per poterlo vedere meglio. «Questo è mio. Ho pugnalato Carter con questo. L'ultima volta che l'ho visto gli spuntava dall'inguine.»

«Immagino sia la lama da dieci centimetri che ha pugnalato ripetutamente Carter al petto e al tronco.»

Will non riusciva a smettere di fissarlo. Costrinse i suoi pensieri a focalizzarsi su quella prova. Will aveva pugnalato Carter con quel coltello. Michelle lo aveva usato per accoltellarlo a morte. Qualcuno lo aveva estratto dal corpo di Carter, il che significava che quel qualcuno che aveva il coltello era stato al motel la sera precedente.

Un portafoglio da uomo di pelle. Un portachiavi con il logo di un GMC Denali. Un iPhone con una cover di gomma nera.

Will dovette deglutire prima di parlare. «Dove lo avete trovato?»

Amanda indicò a Faith di chiudere la porta. Si appoggiò allo schienale e si tolse gli occhiali. Incrociò le braccia al petto.

«Il coltello è stato trovato addosso a Beau Ragnersen» rispose.

Beau. Bar.

«È un ex medico dell'esercito assegnato alle forze speciali. Ai Berretti verdi. Il suo file è troppo riservato perché potessi consultarlo. Abbiamo mandato tutte le carte al Pentagono, ma ci vorrà almeno un mese prima di sapere qualcosa. Tutto quello che il mio contatto ha potuto dirmi è che Ragnersen ha preso parte a interventi pesanti in Iraq e Afghanistan. Ha ricevuto un Cuore viola e si è preso una scheggia di proiettile nella schiena.»

Will rammentò il discorso criptico di Zevon e Amanda la sera prima. L'agente speciale lavorava con la squadra antidroga. Non aveva raccolto tutte quelle informazioni sul passato di Beau Ragnersen nelle due ore che Amanda aveva impiegato a raggiungere la contea di Rabun.

Lo citò. «"I soldi, li fa giù a Macon."»

Faith si sedette vicino a lui e gli rivolse un'occhiata preoccupata. «Ragnersen gestisce lo spaccio di eroina black tar.»

«Gesù.» Will non riuscì a nascondere lo shock. L'eroina black tar veniva di solito tagliata con lucido da scarpe nero o a volte persino con terriccio. La caratteristica argilla rossa della Georgia le conferiva un colore brunastro. Non la usavi a meno che non fossi disperato o avessi pulsioni di morte.

«Quando portavo la divisa, ho visto molti reduci dal Vietnam fumarla. Se te la inietti, ti calcifica le vene. Distillarla in gocce nasali può farti morire soffocato nel tuo stesso sangue. Le supposte causano emorragie interne. Non c'è un modo semplice per uscirne che non ti faccia passare dall'obitorio» commentò Amanda.

Will si sfregò la mascella. Per quello odiava la droga. Da ragazzo aveva visto troppi adulti fare troppe cose terribili, indicibili per una dose.

«I messicani controllano l'eroina che arriva nelle periferie. La black tar è usata in genere dalle minoranze. A Macon questo significa dagli afroamericani. Il prezzo di vendita è pari a quello del crack a metà anni Ottanta. Ragnersen non è un pezzo grosso nel giro. Si è creato un mercato di nicchia» affermò Amanda.

Faith aveva estratto il notes. «I principali ricavi di Beau provengono dalle pillole, ma non quelle che pensi. Antibiotici, insulina, statine: farmaci legali di cui la gente ha bisogno ma che non può permettersi. A Macon c'è un mercato nero enorme. Molte persone senza assicurazione con malattie croniche. La polizia lo ha beccato due volte con varie medicine nel vano del cruscotto. Sacchetti chiudibili per alimenti non contrassegnati. Credevano che fossero oppiacei. Nel maggio 2017 i risultati del laboratorio stabiliscono che è metformina e la fedina di Beau torna pulita. La seconda volta, nel febbraio 2018, si trattava di una cosa chiamata gabapentin. Viene usato per il trattamento di diversi disturbi ma soprattutto per il dolore nevropatico. Il giudice lo ha spedito via, pena scontata.»

«Il dipartimento di polizia di Macon sospetta che Ragnersen si renda anche disponibile come medico – grazie al suo addestramento militare, presumo. Lavora soprattutto per le bande locali. Se ti sparano e non vuoi che in ospedale la polizia faccia domande, è lui il tuo uomo» intervenne Amanda.

«Mi è venuta un'idea folle a questo proposito» disse Faith.

Amanda attese.

«La banca Wells Fargo dove Martin Novak è stato catturato è poco fuori Macon. Uno degli uomini di Novak è stato colpito da un proiettile al ventre. Ieri alla riunione ci hanno detto che non sarebbe mai sopravvissuto senza l'intervento di un medico.» Aspettò che Amanda continuasse ma quando non lo fece, le chiese direttamente: «Pensi che sia stato Beau Ragnersen a estrargli la pallottola?».

Amanda le passò un verbale autoptico. «Sebastian James Monroe, altrimenti noto come Merle, l'uomo ucciso da Will sul luogo dell'incidente, presentava una lunga cicatrice addominale dovuta a una precedente ferita d'arma da fuoco, forse risalente a un paio di anni prima. Il verbale dice che è stato rimesso in sesto da qualcuno con conoscenze mediche, un veterinario o un infermiere di sala.»

«O un ex medico delle forze speciali.» Faith schioccò le dita. «Bingo. Questo colloca Monroe alla Wells Fargo, il che a sua volta lo lega a Novak. È la prova che Novak è collegato con l'EPI. Bisogna informare l'FBI. Possono scatenare l'inferno su questa cosa.»

«Tutto quello che hai detto sono congetture o pie illusioni» commentò Amanda. «L'FBI è già stata informata della tua teoria. Restano poco convinti.»

Faith gettò il rapporto nel mucchio. «Naturalmente.»

«Voglio essere molto chiara con entrambi» proseguì Amanda. «Il nostro obiettivo è trovare Sara e Michelle Spivey. Punto. I pezzi più grandi del puzzle relativi al complotto esulano dal nostro ambito. I marshal hanno Martin Novak sotto custodia. Non è compito del GBI legare l'EPI alle bombe. Stiamo lavorando a un caso di rapimento e sequestro.»

«Quindi battiamo tutto *tranne* il ferro?» osservò Faith.

«Ascoltami.» Amanda picchiettò la scrivania per chiedere attenzione. «Perché devo continuare a ricordarvi di Waco e Ruby Ridge? L'FBI ha a che fare con queste organizzazioni bianche paramilitari nazionaliste da più tempo di noi.»

«Sì, e ha lasciato che diventassero troppo bianche perché si disgreghino.»

«Faith.» Amanda stava cercando di tenere a freno la collera. «Dobbiamo imparare dai libri di storia. Vuoi che il GBI trasformi Dash e l'EPI in un gruppo di martiri capaci di ispirare la prossima generazione di terroristi nazionali, o vuoi che lavoriamo lentamente, metodicamente al caso e arriviamo a una condanna sicura?»

A Will non fregava un accidente di costruire un caso fondato. Avrebbe trovato Dash perché così avrebbe trovato Sara. «Dov'è Beau? È qui?»

Faith attese che Amanda la autorizzasse con un cenno. «Si sta dando una calmata di sotto.» Rivolgendosi ad Amanda disse: «Tra gli aspetti positivi c'è il fatto che lo abbiamo arrestato per aver aggredito un agente. Beau non era contento d'essere trascinato giù dal letto nel cuore della notte. Ha picchiato Zevon con tanta violenza da spaccargli il naso.

Il cuore della notte.

Quelle parole svegliarono il cervello di Will. Beau non era stato arrestato per capriccio. Amanda lo aveva fatto portare lì mentre lui era seduto sul divano in attesa che suonasse la sveglia per poter fare il suo lavoro e trovare Sara.

«Wilbur, hai qualcosa da dire?»

Aveva molto da dire, ma disse semplicemente: «Voglio parlargli».

«Non ne dubito.»

In una delle buste per le prove il cellulare di Beau s'illuminò per una notifica. Faith si girò per leggerla. «È una mail, un account gmail con lettere e numeri a caso. L'oggetto è ASAP, ma è tutto quello che riesco a vedere con lo schermo bloccato.»

Amanda si alzò. Tolse la giacca dallo schienale della sedia e se la infilò. «Faith, prendi il suo telefono.»

Will aprì la porta. Tenne la mano sulla maniglia lottando contro un giramento di testa. Amanda lo precedette con il BlackBerry in mano e i pollici che si muovevano sulla tastiera. La vista di Will ondeggiò quando la seguì in corridoio, che si srotolò come la lingua di una giraffa. Le luci a fluorescenza erano stroboscopiche. Oppure gli stava venendo un ictus.

«Stai da schifo» sibilò Faith. «Va' a casa o chiedi ad Amanda l'altra metà di quella pillola.»

Will digrignò i denti, ma questo non fece che peggiorargli il mal di testa. Le luci erano il problema. Qualcuno le aveva alzate troppo.

«Non riesci quasi a camminare dritto.» Faith non poteva più parlare a voce bassa. «Se vuoi aiutare Sara, devi sembrare un essere umano. Prendi quella cazzo di pillola.»

Will tenne le dita sul muro mentre avanzava.

Faith era preoccupata per lui. Urlava sempre quand'era in ansia. In un modo o nell'altro Will avrebbe forse dovuto accettarlo.

«Sto bene.»

«Altroché, idiota.» Faith aprì la busta delle prove con i denti. L'iPhone x di Beau le cadde in mano. Era uno di quei modelli grandi senza il tasto home. Will suppose che il mercato dell'eroina black tar e delle pillole rendesse bene.

Amanda aprì la porta delle scale. «Faith, ho bisogno che tu vada a un'altra riunione per me questo pomeriggio.»

Lei borbottò tra sé seguendola sulle scale. Stava studiando il cellulare di Beau. Lo schermo era ancora bloccato. La cover era di gomma nera con l'impugnatura corrugata. Scostò gli angoli per vedere se sotto ci fosse nascosto qualcosa.

Niente.

La porta in basso si aprì. Ai piedi delle scale c'erano due agenti. Aspettarono che Amanda scendesse prima di salire. Ognuno sollevò il mento davanti a Will, una sorta di riconoscimento per quello che stava passando, pensò. Non aveva mai provato un senso cameratismo nei confronti di nessuno in quell'edificio, a parte Faith e Charlie. Poi Sara aveva iniziato a lavorare là e dopo quindici anni Will aveva capito d'un tratto di appartenere a quel posto.

Amanda era già a metà corridoio. Dovette allungare il passo per raggiungerla. Lei aprì la porta della stanza d'osservazione ma non entrò. Indicò a Faith di proseguire in corridoio.

«L'FBI ha messo Hurley sotto custodia. Lo trasferiranno fuori dallo stato. Non potremo più metterci le mani sopra. L'attentato è un'indagine federale. Perciò finché l'FBI continuerà a insistere che non c'è un collegamento con l'EPI, abbiamo Dash tutto per noi» spiegò a Will.

«Dobbiamo controllare i numeri di previdenza sociale e...»

«Ci abbiamo già pensato, Will. Ci stiamo lavorando da ieri sera.» Socchiuse gli occhi. «Ti va di partecipare?»

Lui entrò nella stanza di osservazione. Le luci erano spente. Il mal di testa diminuì subito leggermente. Si mise davanti al falso specchio con le mani in tasca e fissò l'uomo che suppose fosse Beau Ragnersen. L'ex soldato era accasciato sul tavolo con le mani giunte ammanettate. Una catena era fissata a un anello metallico sul ripiano. Di fronte a lui c'erano due sedie di plastica. Aveva la testa china. Il sudore gli colava dalla faccia. Era già stato arrestato due volte, ma dal dipartimento di polizia di Macon. Un uomo che aveva monopolizzato il mercato dei malati disperati conosceva la differenza tra avere problemi con i locali e finire davanti all'autorità dello stato.

Faith aprì la porta. «Ehi, coglione» esclamò.

Beau alzò lo sguardo. Faith gli mostrò il suo iPhone. Il software di riconoscimento facciale scannerizzò il suo volto e sbloccò lo schermo.

«'Fanculo!» I polsi di Beau strattonarono la catena. Il tavolo era imbullonato al pavimento. L'unica cosa che poté fare fu lanciare la sedia contro il muro con un calcio.

Dall'altra parte dello specchio Will udì un colpo sordo. Le pareti nella stanza degli interrogatori erano rivestite di pannelli fonoassorbenti spessi in modo che i microfoni potessero cogliere ogni rumore del naso, ogni colpo di tosse, ogni confessione borbottata.

Faith aveva un sorrisetto compiaciuto quando entrò nella stanza d'osservazione. «La mail ASAP arrivata sul telefono di

Beau dice: "Vediamoci oggi alle 16.00 al solito posto", poi c'è una lunga lista di farmaci con le quantità. "10 – Tobrex, 10 – Vigamox, 5 – digossina, 5 – Seroquel, 10 – ambramicina, 20 – idrocortisone pomata, 10 – Urapidil 10 – tiamfenicolo, 10 – ossitetraciclina, 20 – idrocortisone pomata, 10 – eritromicina, 5 – Lamisil, 5 – fenitoina, 10 – Dilantin, 10 – Zovirax, 10…"»

«Aspetta un attimo.» Amanda stava guardando al di sopra della spalla di Faith. «Ambramicina, idrocortisone, Urapidil, tiamfenicolo, ossitetraciclina. Cosa formano le prime lettere di ogni parola?»

«Oh cazzo, non mi dire!» Faith stava in pratica urlando.

«Vai più in giù nella lista. Lidocaina. Ibuprofene. Neosporin. Taxolo. Ofloxacina. NebuPent.»

«Brava ragazza!» Amanda agitò trionfante il pugno in aria.

Faith sollevò la mano per dare il cinque a Will, ma lui rispose con poca convinzione. Non aveva idea del motivo per cui esultassero davanti a una lista di farmaci.

«Will!» Faith gli mostrò il telefono. «C'è un messaggio segreto nell'elenco. Lascia perdere le altre parole. Guarda queste due parti. Le prime lettere di ogni medicinale. Formano un codice: A-I-U-T-O e L-I-N-T-O-N.»

Lui scosse la testa. Sentiva quello che diceva ma non capiva.

«Ha dettato Sara quest'elenco. Ci ha mandato un altro messaggio. "Aiuto Linton"» spiegò Amanda.

Aiuto Linton.

Le parole gli echeggiarono in modo strano nelle orecchie. Si tenne con la mano al muro. Smise di respirare, smise di pensare, smise di elaborare qualsiasi pensiero tranne il fatto che Sara gli aveva inviato un altro segnale.

Aiuto.

«Ecco.» Faith zoomò sull'elenco come se potesse migliorarlo. Indicò le lettere. «A-I-U…»

Will annuì perché smettesse. Vedeva i numeri ma le parole si ingarbugliavano. Quello era il dato importante: alle 6.49 di quel mattino Sara era viva e stava abbastanza bene da mandare un messaggio in codice.

«Sappiamo che Sara ha incontrato Beau» disse Amanda a Faith. «Deve aver capito che sarebbe stato lui a provvedere alla lista della spesa.»

«Cerotti. Gatorade.» Faith continuò a leggere. «Pasta lenitiva Boudreaux. È per le irritazioni da pannolino ma puoi usarla per la pelle screpolata, le ustioni, i graffi. Sembrano più che altro le cose che ti servono per i bambini. Amoxicillina. Cefuroxima, acetaminofene liquido. Ho tonnellate di questa roba nel mio armadietto dei medicinali.»

«Aspirina» lesse Amanda. «Non la daresti a un bambino per via della sindrome di Reye.»

«Ci serve che un dottore dia un'occhiata a questo elenco e ci dica se c'è qualcosa che ci sfugge» suggerì Faith.

«Vai» fece Amanda, ma lei era già fuori dalla porta.

«L'oggetto era ASAP» osservò Will. «Beau deve incontrarli di persona per dare loro i farmaci. Voglio esserci. Possiamo inventarci una storia di copertura.»

«Non sarà Dash a incontrarlo. L'uomo al comando non fa commissioni. Manderà un galoppino.»

«Un galoppino può...» Will mise di nuovo la mano sul muro per reggersi. «Un galoppino può portarmi da loro... Posso trovare il modo di infiltrarmi. Tutto quello che mi serve è un uomo che...»

«Continua pure a blaterare mentre mando questa mail.» Amanda era concentrata sul BlackBerry. I suoi pollici si mossero fulminei mentre scriveva.

Will distolse lo sguardo. Lo schermo luminoso gli aveva lanciato minuscole spade negli occhi. Il suo cervello era tornato a essere un pallone. Lo sentiva sbattere contro il cranio. Respirò quanta più aria poté, poi buttò fuori tutta quella che le costole gli permisero. Scacciò lo stesso terrore che lo aveva tormentato per tutta la notte.

Sara aveva inviato un messaggio in codice alle 6.49 di quel mattino.

Cos'era successo alle 6.50?

«Hai bisogno di sederti?» gli chiese Amanda.

Will scosse la testa. Il movimento peggiorò il giramento di testa. Gli stavano sfuggendo cose, non trovava i nessi giusti. Riascoltò mentalmente la conversazione eccitata di Amanda con Faith finché la mente gli si schiarì abbastanza da fare una domanda.

«Ha detto a Faith: "Sappiamo che Sara ha incontrato Beau". Che prove ha di questo? L'unica cosa che Sara ha scritto sul soffitto è: *Beau* e *bar*. Non significa che lo abbia incontrato. Avrebbe potuto sentire il suo nome. Oppure Dash o uno dei suoi avrebbero potuto...»

Amanda alzò un dito per invitarlo al silenzio. Finì la mail. Mise il cellulare in tasca e lo guardò. «Ieri sera al motel Charlie ha trovato un'impronta parziale sul bordo interno del tavolo di plastica vicino alla porta. Ed è risultata corrispondere a quella di Beau Ragnersen.»

Will ricordò un altro particolare che Zevon le aveva riferito. «Beau è il custode del motel. Le sue impronte saranno probabilmente dappertutto.»

«L'impronta di Ragnersen era impressa nel sangue di Carter. Charlie dice che, in base alla sua composizione, il sangue era fresco quando Ragnersen lo ha toccato. Questo lo colloca sulla scena al momento dell'accoltellamento. Così abbiamo ottenuto il mandato di perquisizione per casa sua. L'impronta è la chiara prova che era nella camera quand'è avvenuto un omicidio. Alle tre di stamattina abbiamo notificato un mandato senza preavviso.»

Alle tre di quel mattino Will era seduto sul divano a riascoltare il messaggio di Sara come un adolescente disperato. Sentì la mascella contrarsi per la rabbia, non tuttavia nei confronti di Amanda. Se la sarebbe potuta prendere con un serpente perché strisciava. Non sarebbe mai dovuto andare a casa innanzitutto.

«Perché ieri sera non me lo ha detto?»

«Perché avevi bisogno, e ne hai ancora, di riposare. Solo, senza rumore, al buio. Hai una commozione cerebrale grave. Hai ucciso un uomo e sparato a un altro. Hai perso la donna che sei tanto stupido da voler sposare non appena hai ottenuto il divorzio, e io posso restare qui e cambiarti il pannolino, oppure possiamo andare tutti e due in quella stanza e costringere Beau Ragnersen a inserirti sotto copertura perché tu possa convincere il galoppino di Dash ad accettarti nell'EPI.»

Will la guardò in cagnesco. Poi si rese conto di quello che gli aveva appena detto.

Guardò attraverso lo specchio. Le mani di Beau erano ancora giunte sul tavolo. Aveva la barba lunga, ma i capelli erano tagliati alla militare. Era asciutto e muscoloso, un tipo da arti marziali miste. Vendeva eroina black tar a tossici disperati e si faceva pagare per ricucire i criminali. In quel momento era l'unica chance che aveva di recuperare Sara.

«Ha l'altra metà di quell'aspirina?» chiese.

Lei infilò la mano nella tasca della giacca. Il suo portapillole era d'argento con una rosa rosa smaltata sul coperchio. «Ne ho altre in borsa. Dovrai chiedermele se ne avrai bisogno. L'aspirina può rovinarti lo stomaco.»

Lui la buttò giù senz'acqua. Non lasciò che Amanda uscisse per prima. Non le tenne la porta. Andò in corridoio e si diresse verso la stanza interrogatori. Le luci intense gli ferirono le pupille. Gli occhi presero a lacrimargli. Aprì la porta.

Stavolta Beau non alzò lo sguardo. Si fissò le mani. Era atletico, pronto a scattare, come il coltello a molla che gli aveva rubato. Batteva il piede per terra. Era un tossico che aveva bisogno di una dose, o si era reso conto che la vita così come la conosceva era finita. In effetti erano vere entrambe le cose. Non porti maniche lunghe in agosto a meno che tu non voglia nascondere le cicatrici sulle braccia.

Will contrasse i muscoli dello stomaco per raccogliere la sedia che Beau aveva lanciato. La posò piano davanti al tavolo. Si afferrò allo schienale con le mani e attese.

«Buongiorno, capitano Ragnersen.» Amanda entrò con calma nella stanza e prese la seconda sedia. «Sono Amanda Wagner, vicedirettrice del GBI. Questo è l'agente speciale Will Trent.»

Beau alzò infine lo sguardo squadrandolo. Will estese le dita sulla sedia attirando l'attenzione sui tagli e sulle ammaccature.

Voleva che quell'uomo sapesse che poteva anche massacrare di botte qualcuno.

«Capitano Ragnersen, le sono già stati letti i suoi diritti. Voglio ricordarle che qualsiasi cosa dirà in questa stanza verrà registrata. Deve inoltre sapere che mentire a un agente del Georgia Bureau of Investigation è un reato punibile con il carcere fino a cinque anni. Mi ha compreso?» disse Amanda.

Gli occhi di Beau erano ancora puntati su Will. Non gli piaceva che qualcuno incombesse su di lui. Sollevò il mento facendole un cenno sprezzante.

«Per la cronaca, il prigioniero ha confermato con un cenno di aver capito» affermò Amanda. «Capitano Ragnersen, lei è attualmente in arresto per aver aggredito l'agente speciale Zevon Lowell, ma dall'ultima volta che le abbiamo parlato si sono aggiunte altre accuse alla lista.»

Beau distolse lo sguardo da Will. Studiò Amanda da capo a piedi, la bocca piegata in una smorfia in mezzo alla barba. Non gli piaceva che ci fosse una donna al comando. E proprio questo secondo Will era il bello di avere una donna al comando.

Amanda proseguì. «In seguito alla perquisizione effettuata sul suo veicolo abbiamo aggiunto al suo mandato d'arresto il fatto che abbia modificato illegalmente la canna di un'arma concepita per sparare dalla spalla, che è una violazione del Codice della Georgia Titolo 16. Inoltre la canna è stata ridotta a 44,98 risultando inferiore di 0,6 millimetri a quanto consentito dalla Legge nazionale sulle armi del 1934. È un reato di classe quattro che prevede una condanna dai due ai vent'anni. Se verrà dimostrato che possedeva quel fucile mentre era coinvolto in altri reati quali rapimento, omicidio, stupro, rapina, o ne era complice, il possesso dell'arma illegale diventa un reato di classe due che prevede una condanna dai vent'anni all'ergastolo. E questo prima che iniziamo a considerare la sua attività collaterale a Macon tra eroina black tar e prodotti farmaceutici.»

La bocca di Beau continuò a muoversi, ma non ne uscì suono.

Amanda si appoggiò allo schienale con le braccia conserte. Aveva a che fare con i delinquenti da prima che quell'uomo nascesse. Ragnersen pensava che il silenzio lo aiutasse a mantenere il controllo, quando in realtà seguiva lo stesso copione di ogni stupido criminale prima di lui.

«Sono contenta che per il momento scelga di restare in silenzio, capitano Ragnersen. Ho bisogno che mi ascolti molto attentamente perché, quando avrò finito, dovrà prendere una decisione importante. Penso in effetti che mi supplicherà di accettare qualsiasi aiuto potrà offrirmi» dichiarò lei.

Aveva fatto più o meno lo stesso discorso a Hurley in ospedale, ma Ragnersen non era Robert Hurley.

«E se chiedessi un avvocato?» disse.

«È senza dubbio un suo diritto.»

«Accidenti se lo è.» La catena tintinnò contro il bordo del tavolo mentre si appoggiava alla sedia. Tirò su con il naso come fanno i criminali quando non si prendono la briga di mandarti a quel paese.

Però non chiese un avvocato.

«Faccia sedere il suo gorilla» le disse.

Will attese un cenno di Amanda. L'aspirina non aveva ancora fatto effetto. Dovette contrarre ogni muscolo del corpo per abbassarsi sulla sedia senza trasalire.

«Quante ripetizioni fai alla panca, fratello?» gli chiese Beau.

Will mantenne un'espressione neutra, come se non gli avesse fatto una domanda idiota.

«Ci racconti di Dash» incalzò Amanda.

La spalla di lui si sollevò in una scrollata arrogante. «A volte facciamo affari insieme.»

«Quali affari? Prodotti farmaceutici? Chirurgia d'emergenza? Eroina black tar?»

«La black tar è per i negri. Non vendo quella roba ai bianchi.»

«Tutti abbiamo degli standard.»

«Accidenti se li ho.» Beau si allungò in avanti. «Io aiuto la gente, signora. Il governo ci ha mollato. Ha lasciato i malati morire per la strada. Ha abbandonato i nostri soldati. Chiuso le nostre fabbriche. Ci ha rubato il cibo di bocca. Qualcuno deve farsi avanti.»

Amanda ignorò il discorso così come aveva ignorato il razzismo. «Il GMC Yukon Denali del 2019 che guida parte da settantunomila dollari per il modello base. Farsi avanti rende bene ai buoni samaritani.»

«Cazzo.» Beau alzò di nuovo le spalle con sprezzo. «Cosa vuoi, stronza? Mi avresti già sbattuto in prigione se avessi finito con me. Qual è l'accordo?»

«Lo saprà quando sarà il momento» gli assicurò Amanda. «Prima stabiliamo se lei valga o no questa conversazione. Capitano Ragnersen, per favore mi descriva gli eventi che sono avvenuti con Dash ieri tra le ore quattro e le ore cinque di pomeriggio al King Fisher Camping Lodge.»

Lui ammutolì. Stava cercando di studiare una risposta che lo facesse uscire il più rapidamente possibile da quella stanza. Quell'uomo non era stupido, ma il fatto d'essere in trappola gli aveva ridotto al massimo la concentrazione, altrimenti si sarebbe preoccupato di più per la domanda, che implicava che sia lui sia Dash erano al motel nello stesso momento in cui Sara aveva mandato il messaggio a Will.

«Okay» replicò. «La verità, d'accordo? Sono arrivato dopo che era successo il casino. Quei due erano morti. C'era sangue dappertutto. Una bionda, non so il suo nome. Era nella stanza accanto. C'era un'altra signora con i capelli rossi seduta per terra.»

Will si morse l'interno della guancia così forte che si lacerò la pelle.

«Mi elenchi tutti i presenti» disse Amanda.

«Dash, due o tre dei suoi uomini. Non conosco i nomi. Due erano sulla porta, uno sul retro a guardia di quelle donne, va bene? Solo che una di loro è impazzita con quel coltello. L'altro tizio sul letto, gli avevano già sparato al petto. Era morto quando sono arrivato là. Dash voleva che ripulissi tutto ma io ho detto, no, maledizione, fallo da solo. Sono rimasto in quella stanza meno di sessanta secondi prima di rimettere le chiappe sul furgone. Ho attraversato la strada, mi sono fatto una birra cercando di scordarmi quello che avevo visto.»

«Ha pulito il tavolo nella camera del motel» precisò Amanda.

Lui esitò. «Non sono stato io. Dev'essere stata una delle donne.»

Amanda inarcò un sopracciglio ma sembrò contenta di lasciarlo recitare.

«Senta, le sto dicendo la verità.» Beau si grattò nervosamente i polsi sotto le manette. «Dash ha detto che se ne sarebbero andati. Io sono andato al bar. È proprio di fronte. Non avevo intenzione di aspettare, va bene? Non erano affari miei. L'ultima cosa che so è che è buio e sento delle sirene. Guardo dalla finestra, e l'intero posto pullula di poliziotti. Sono saltato sul furgone e sono tornato a casa. Non ho niente a che fare con tutto questo.» Scrollò di nuovo una spalla con l'aria di chi li stava mandando al diavolo. «È tutto quello che so.»

Will flesse le dita sotto il tavolo. Anche con il cervello in fiamme, aveva notato alcune lacune enormi, per esempio: come aveva fatto innanzitutto Dash a entrare nella stanza del motel? La serratura sulla porta non era spaccata. Beau sosteneva d'essersi fermato meno di un minuto. Come sapeva che a Vale avevano sparato al petto se non lo aveva esaminato? Come sapeva che Michelle era in un'altra stanza? Come sapeva che Dash aveva piazzato un'altra guardia sul retro della proprietà?

Ma fatto ancor più importante: come faceva quel pezzo di merda ad avere il suo coltello in tasca?

«Mi parli degli ostaggi. Quanti erano?»

«Due donne, gliel'ho già detto.» Alzò ancora la spalla. L'unica cosa che impedì a Will di trafiggergliela con un chiodo era il fatto che stesse ammettendo, mentre veniva registrato, di sapere che sia Sara sia Michelle Spivey erano tenute in ostaggio.

«Come si comportavano?» domandò Amanda.

«Normalmente» rispose. «Voglio dire, la rossa... lei stava cercando di dare una mano. Dash mi ha detto che era un medico.» Sembrò intravedere un'opportunità. «Per questo non avevano bisogno di me. Avevano già un dottore.»

Allora perché eri là, coglione?

«Dash le ha detto il nome della dottoressa?» chiese Amanda.

Finse di pensare. «Earnest? Early?»

Earnshaw.

«E l'altro ostaggio?» incalzò Amanda.

«Una finta bionda, tette piccole, più vecchia. Era muta, totalmente muta intendo. Non ha mai detto una parola ma...» Chiuse di scatto la bocca e spinse la lingua contro la guancia. Si era reso conto di un altro errore. «La stavano portando fuori dalla camera quando sono entrato. Ho visto che la portavano in quella accanto. Così ho capito che stava nell'altra stanza.»

«Devono aver rotto la serratura.»

«Le porte erano aperte. Tutte quante.»

«Mi sembra molto irresponsabile da parte di un custode lasciare tutte le porte aperte.» Amanda fece una pausa. «Ho parlato con le figlie del signor Hopkins in Michigan e in California. Mi hanno detto che è pagato per sorvegliare la proprietà per conto loro. Per questo era al motel, per controllare la proprietà?»

Beau ebbe l'acume di capire che era già piuttosto in fondo nella fossa e che doveva smettere di scavare.

«Lasci che le riassuma la sua dichiarazione.» Amanda guardò l'orologio mentre parlava. «Lei era al motel ma non per un motivo particolare. Nessuna delle porte era chiusa a chiave, quindi Dash e i suoi non hanno dovuto forzarle. Nei sessanta secondi o poco più in cui è stato nella camera ha visto due uomini morti sui letti, uno pugnalato, l'altro colpito da proiettili al petto. Due donne erano tenute in ostaggio, una delle quali le è stato detto essere un medico, l'altra l'ha vista mentre la portavano nella stanza adiacente. C'erano due membri dell'EPI a guardia della porta anteriore e un altro che ha visto per magia sul retro. Per qualche motivo ha afferrato il bordo del tavolo, di sotto, lasciando la sua impronta sporca di sangue fresco. Poi ha fatto dietrofront ed è uscito, è salito sul furgone, ha attraversato la strada, chiuso le tende e si è versato una birra.» Alzò lo sguardo dall'orologio. «Questa descrizione ha richiesto di per sé trentotto secondi. È sicuro di averne passati soltanto sessanta nella stanza?»

Beau si leccò le labbra e si concentrò sull'impronta sotto il tavolo. «Non ricordo cos'ho toccato. Ero terrorizzato. Le ho detto che erano già morti. Dovevo andarmene. Non so cos'ho toccato. Potrebbero esserci altre impronte.»

«È comprensibile» ammise Amanda. «La mia squadra della Scientifica identificherà il sangue di Adam Humphrey Carter nelle cerniere lampo del kit medico da campo che abbiamo trovato nascosto dietro la libreria della sua camera?»

La lingua di Beau si bloccò a metà leccata.

«Manca uno dei cerotti sterili, ma guarda caso Vale ne aveva uno sul petto. A proposito, gli hanno sparato tre volte. Una, prima che arrivasse al motel, le altre due, che gli sono state fatali, mentre era steso sul letto.» Amanda si protese di nuovo. «È molto difficile togliere il sangue dal metallo, capitano Ragnersen. Non lo si direbbe, ma è così. Dai denti di una cerniera lampo, per esempio. Dal manico di un coltello pieghevole, per farne un altro. C'è una molla all'interno, ci sono ingranaggi, un pulsante per aprirlo, fessure in cui le goccioline microscopiche possono seccarsi.»

Il sudore di Beau aveva un odore chimico. Will lo sentiva da un metro di distanza.

«Capitano Ragnersen, si ricorda che all'inizio della nostra conversazione le ho detto che mentire al GBI è reato? E che le si prospetterebbe una condanna all'ergastolo se fosse stato complice di crimini quali il rapimento e l'omicidio mentre era in possesso di un fucile a canne mozze?» fece Amanda.

«Era nel furgone.»

«Che era parcheggiato in un'area protetta della Chattahoochee Forest in cui è illegale tenere un'arma carica senza custodia su un veicolo.»

La disperazione lo rese ostile. «Sei una maledetta stronza, lo sai?»

«So che ha incontrato Adam Humphrey Carter quando portava ancora la divisa della polizia stradale della Georgia.»

La mandibola di Beau per poco non toccò il tavolo.

Will si guardò le mani in modo che la sua sorpresa fosse meno evidente. Lo shock non era per l'informazione che Amanda aveva omesso di riferirgli, ma per l'ultimo tassello che andava a posto. La sera precedente al motel l'agente speciale Zevon Lowell sapeva un sacco di cose su Beau Ragnersen: che era il custode del motel, che gestiva il circolo sociale dall'altra parte della strada, che le due proprietà erano collegate in qualche modo. Non raccoglievi tutti quei dati in due ore, così come Amanda non aveva scoperto il contatto tra Beau Ragnersen e Adam Humphrey Carter quel mattino. Scavare tra le carte richiedeva un sacco di tempo. Dovevi fare telefonate, parlare con le persone che lavoravano ai casi, capire con precisione come si collegassero i vari dettagli.

Il che significava che Beau era sul radar di Amanda da un po'.

Il che significava anche che Will aveva ragione. Mai e poi mai si sarebbe fidata dell'informatore segreto dell'FBI per mandarlo sotto copertura nell'EPI. Aveva il suo uomo. Un uomo che in quel momento stava buttando fuori ogni millilitro d'acqua che aveva in corpo a forza di sudare.

«Capitano Ragnersen, in base alla sua leggendaria fedina, Carter l'ha arrestata nel 2012 per una confezione di Oxycontin che le ha trovato nel vano del cruscotto durante un controllo stradale. Purtroppo il caso si è smontato quando le prove sono svanite. Carter non l'ha verbalizzata in modo corretto, il che sembra un errore molto difficile da compiere per un agente esperto. Per quanto si possa dire che falsificare le prove sia un buon inizio per un'amicizia» osservò Amanda.

Will alzò lo sguardo. Voleva vedere la faccia di Beau quando si sarebbe reso conto di avere un bazooka puntato al petto.

«Carter è in sostanza manovalanza assoldata. Negli anni lo ha usato per recuperare i debiti e svaligiare i magazzini delle farmacie. Carter l'ha anche segnalata ad alcuni amici che avrebbero potuto aver bisogno delle sue competenze. Uno degli uomini a cui l'ha presentata è Dash. Da allora aiuta lui e l'EPI.»

La mascella di Beau si era chiusa come una trappola per orsi.

Will percepiva la sua disperazione: *che cos'altro aveva capito quella donna?*

«Quanto bene conosce Dash?» fece Amanda.

Beau prese a scuotere la testa. «Non lo conosco. L'avrò incontrato di persona forse tre volte prima di ieri. Questo, tipo, in cinque anni. Dash è un buon cliente. Mi manda un elenco per mail, uno dei suoi arriva con un sacco di contanti. Non chiede roba strana, solo antibiotici, statine, cose normali. A volte ricucio qualcuno al motel. Ragazzi giovani che fanno cose stupide: un coltello che sfugge di mano o qualche imbecille che si spara a un piede. Tutto qui.»

«Sempre al motel?»

«Sì, oppure ci incontriamo vicino a Flowery Branch nei pressi della 985.»

«Dash la incontra lì?»

«Gliel'ho detto, manda uno dei suoi con i soldi. Un altro fa da rinforzo, ma non l'ho mai visto scendere dal furgone. Non incontro lo stesso uomo ogni volta. Non posso darvi i nomi. Non ci presentiamo, cazzo. Io me ne sto seduto. Arriva il tizio con il denaro. Ci scambiamo la roba, pillole per soldi, poi lui se ne va e io aspetto qualche secondo prima di partire proprio come nei film.»

«Ieri Dash l'ha chiamata direttamente» commentò Amanda, il che doveva essere un'ipotesi fondata.

«Era in difficoltà» confermò Beau. «Non lo sentivo da mesi. Mi ascolti: Dash era il contatto di Carter, va bene? Dovevo sempre coinvolgere Carter perché era uno stronzo, subdolo e ladro. Non sono mai stato suo amico in nessun modo. Sono contento che sia morto. Era un figlio di puttana malato. Tutti sanno per cos'era stato mandato, cos'ha fatto a quella donna. Io ho una sorella, una madre. Non potrei mai fare del male a una donna.»

«Non sto sottintendendo che lo farebbe, capitano Ragnersen. Di fatto, so esattamente che tipo d'uomo è lei perché l'ho seguita.»

Beau restò troppo allibito per formulare una risposta.

«Ho un localizzatore sul suo furgone. Ne ho un altro sulla sua Harley. Ne ho messo uno persino sulla sua barca da pesca. Ho sentito sua madre piangere per la sua dipendenza dalla droga alle riunioni della Nar-Anon nel seminterrato della chiesa. Ho comprato delle gomme al 7-Eleven dove lavora sua sorella e ho parlato con la sua ex moglie all'asilo nido vicino alla Route Eight. So chi è, cos'è, dov'è, sempre.»

Beau aveva un'aria impaurita ma ci provò lo stesso. «Non sa un cazzo di me.»

«So che il dolore per il frammento di proiettile che si è preso a Kandahar l'ha condotta sulla strada dell'eroina. Quelle cicatrici che nasconde sotto le maniche lunghe sono della black tar. So cosa c'è nel suo kit e che usa un laccio marrone di uno scarpone tattico. So dove va a iniettarsela, con chi si fa, a chi la vende, per quali bande fa le visite e le operazioni chirurgiche, chi le passa le pillole, chi le deve dei soldi, a chi li deve lei e so che in questo preciso momento, capitano, ho il mio piede tanto all'interno del suo culo che può sentire il sapore del mio smalto in fondo alla gola.»

Beau dilatò le narici. Era in preda al panico, stava cercando di trovare una via di scampo. Non c'era. Ogni colpo era andato a segno. Sua madre. Sua sorella. La sua ex. La sua attività. La sua tossicodipendenza. Era abbastanza disperato da supplicare. «Cosa vuole da me?»

Amanda sorrise. Si appoggiò allo schienale. Si tolse un pelucco dalla manica della giacca. «Grazie, capitano Ragnersen. Pensavo che non lo avrebbe mai chiesto.»

11

Lunedì 5 agosto, 16.30

Sara andava su e giù nella sua casetta-cella. Tre metri e mezzo per tre metri e mezzo. Mentre adattava il passo, si accorse che la stanza non era esattamente quadrata. Si mise in ginocchio e la misurò con le mani. A metà perse il conto e dovette ricominciare. Poi si prese la testa tra le mani e cercò di non urlare perché stava impazzendo di noia in quella tetra prigione.

Erano passate almeno quattro ore da quando Dash l'aveva riaccompagnata lì. Il sole che filtrava dalle fessure tra le assi creava una sorta di meridiana per terra. Sara strizzò gli occhi per impedire alla mente di vagare. Rievocò il ricordo della serra. Quell'edificio non era spuntato dal nulla. La foresta lo aveva già circondato. Ecco cosa sorvegliavano le sentinelle sugli appostamenti e gli uomini armati nascosti tra gli alberi…

Perché?

Cercò di riflettere sulla logistica comportata dalla costruzione di una struttura del genere in un luogo isolato. Doveva esserci una strada d'accesso nei dintorni, un modo per trasportare i componenti con autocarri pesanti. La struttura di ferro doveva essere stata portata a pezzi che erano stati montati sul posto. Per trasportare le lastre di vetro, grandi e spesse, doveva essere stata necessaria un'attrezzatura speciale. Come del resto per sollevarle e fissarle al telaio. Il generatore era grande quanto una casetta per bambini, abbastanza pesante da richiedere un rimorchio. Non lo usavano per caricare lampade o attrezzi manuali. Doveva avere una potenza di circa 15 kW, sufficiente ad alimentare una piccola abitazione.

Qualcuno ne aveva studiato davvero con gran cura la funzionalità. Il vetro e la tenda termica insieme erano esagerati, nella misura in cui Sara riusciva a comprenderne la funzione. Le termocamere montate su gran parte degli elicotteri della polizia captavano la radiazione infrarossa, o traccia termica, su una lunghezza d'onda di 7-14 micron. Ciò significava che la lunghezza d'onda dell'energia non sarebbe passata attraverso il vetro. Dall'alto la serra sarebbe stata invisibile. La tenda termica offriva più o meno lo stesso vantaggio impedendo la rilevazione delle onde. Il che la indusse a credere che non fosse concepita per nascondere dall'alto ciò che succedeva al suo interno, ma per evitare gli sguardi curiosi da terra.

Doveva entrare in quella tenda.

Come diavolo avrebbe fatto, se non poteva nemmeno uscire dalla casetta?

Guardò il soffitto scrollandosi di dosso lo scoraggiamento. Le dita le si impigliarono nei capelli sporchi. L'umidità glieli aveva arricciati di più, tanto che ricordavano una parrucca da clown. Aveva la pelle irritata a causa del sapone con la lisciva che aveva usato per lavarsi. Voleva una lozione per il corpo, una di quelle buone che comprava al centro commerciale, il suo balsamo per labbra La Mer che costava più di un pieno al distributore e quell'abito nero aderente che Will adorava perché capiva che avrebbe fatto sesso. Un pettine. Uno shampoo. Un buon sapone. Biancheria nuova. Un reggiseno pulito. Un hamburger. Patatine fritte. Libri.

Dio, quanto voleva i suoi libri.

Si chinò premendo la fronte sul pavimento grezzo. Aveva sempre desiderato di avere più tempo, ma non quel genere di tempo. Quel nulla noioso, senza fine del tempo sprecato.

Era riuscita a dormire, ma solo in modo agitato. La sua mente continuava a saltare da un pensiero all'altro. Le venivano in testa libri, canzoni, stupidi elenchi. Aveva cercato di nominare tutte le case di Harry Potter, recitato alcuni passi di *Goodnight Moon* che ricordava dai tempi dell'infanzia, elencato tutti gli elementi della tavola periodica dall'idrogeno al laurenzio per poi ricominciare daccapo, cercato di trasformare i secondi in minuti tracciando un segno sul muro ma continuava a perdersi e infine rinunciò: che senso aveva? L'avrebbero lasciata chiusa in quella tomba finché non avessero avuto di nuovo bisogno di lei.

Per cosa? Si chiese Sara nella luce grigia. Le donne nella baracca stavano facendo tutto il possibile per assistere i bambini. Non avrebbero avuto bisogno di lei finché non fossero arrivati i medicinali.

Sempre che fossero arrivati.

Poteva sperare che fosse Beau la persona incaricata di provvedere alla lista della spesa? Ormai doveva essere sotto custodia. Nel bagno del motel il suo nome era stato la prima parola che aveva scritto sul soffitto. Era sciocca a pensare che la lista che aveva dettato a Gwen arrivasse in qualche modo in mano a Will? E lo era ancora di più a pensare che sarebbe stato in grado di decifrare il codice?

Faith avrebbe individuato le lettere. Amanda. Charlie. Will aveva attorno persone capaci di aiutarlo.

«Aiuto.» Sara tenne la voce bassa in modo da sussurrare soltanto.

Sapeva della sentinella davanti alla sua cella. In genere se ne stava seduto con il fucile sulle ginocchia. La fessura di cinque centimetri sotto la porta le consentiva di vedere un pezzo della sua spalla sinistra. A volte si alzava, si stirava, andava da un lato della casetta all'altro. Di tanto in tanto controllava il perimetro. Lo udiva strascicare i piedi, tirare su con il naso, tossire e dare spesso sfogo ai suoi disturbi intestinali, per fortuna sottovento.

Si obbligò ad alzarsi dal pavimento sporco. Le girò la testa. Si premette il palmo sullo stomaco che le brontolava. Non aveva mangiato molto a pranzo. Le verdure e la cacciagione avevano un'aria deliziosa, ma il problema non era il cibo.

Vedere Dash recitare il ruolo del bravo papà con le figlie adoranti le dava la nausea. Era chiaramente una messinscena. Sara aveva visto il vero Dash giù al fiume, quando gli era caduta la maschera ufficiale da gentleman. Aveva parlato della figlia di Michelle come se la sua discendenza fosse meno che umana, meno che americana.

Jeffrey era stato assassinato da una banda di skinhead neonazisti. Sentire Dash ripetere a pappagallo quell'ideologia razzista l'aveva indotta a guardare le sue figlie in un'ottica diversa. I capelli biondi, gli occhi azzurri luminosi e i vestiti bianchi che le facevano assomigliare alle statuine sulle torte nuziali ora le ricordavano più *La fabbrica delle mogli* che *La casa nella prateria*.

Batté le palpebre al buio.

Chi aveva scritto quel libro, *La fabbrica delle mogli*? Nel film c'era quell'attrice che aveva interpretato la figlia della signora Robinson nel *Laureato*. E non era anche in *Butch Cassidy*?

I nomi erano svaniti dalla sua memoria. Il suo cervello si stava fondendo. Aveva bisogno di mangiare. Aveva bisogno di trovare un modo per entrare in quella serra. Aveva bisogno di scappare da quel buco soffocante.

Si girò e tornò da dov'era venuta. Una sneaker si impigliò nel lenzuolo che le pendeva dietro. Borbottò un'imprecazione. La stoffa si era rotta. L'orlo si era sporcato strisciando per terra.

Era stata costretta a togliersi gli abiti sporchi. Aveva improvvisato usando il lenzuolo del letto. C'era un modo per creare una toga che non ti faceva sembrare un'idiota, ma era un trucco che le sfuggiva. Dopo vari, interminabili e frustranti minuti aveva finito per avvolgersi il lenzuolo attorno al corpo e farsi un nodo gigante a orecchie di coniglio sulla spalla destra. Sembrava Giovanna d'Arco, solo più vecchia, più sudata e annoiata a morte.

«Merda.» Aveva raggiunto il muro. Di nuovo. Premette le mani sulle tavole. Fuori la sentinella tirò su con il naso. Non stava chiaramente bene. Aveva una brutta tosse.

Si augurò che morisse di polmonite.

Si girò e camminò in diagonale, poi a zig-zag, il che fu una ventata di novità. Poi si mise a fare ginnastica. Affondi, squat, piegamenti profondi. Pensò alla palestra del suo condominio. Il tapis roulant. L'ellittica. Non le mancavano il cellulare, il computer o la televisione. Le mancava l'aria condizionata. Il fatto di avere cose da fare. Le mancava Will.

Francamente non le mancava soltanto.

Aveva un disperato bisogno di lui come durante il primo anno della loro relazione. Non che in quei primi mesi la si potesse considerare tale. Angie, sua moglie, era ancora in circolazione. Sara era ancora in lutto per Jeffrey. Si erano conosciuti al pronto soccorso del Grady Hospital. Will l'aveva guardata nel modo in cui un uomo guarda una donna. Non si era resa conto fino a quel momento quanto avesse desiderato quell'occhiata. Era stata attratta dal suo desiderio, ma a dire il vero Sara si era innamorata di lui per la sua mano.

E per essere assolutamente precisi, della sua mano sinistra.

Erano in piedi in uno dei lunghi corridoi sotterranei del Grady. Stava sopportando uno dei lunghi, esasperanti silenzi di Will. Stava per andarsene quando lui le aveva preso la mano.

La mano sinistra di Will. La sua destra.

Aveva intrecciato le dita con le sue. Sara aveva sentito ogni nervo del suo corpo risvegliarsi all'istante. Will le aveva sfregato il palmo con il pollice accarezzandone le linee e le infossature, per poi premerle con delicatezza le vene del polso. Sara aveva chiuso gli occhi cercando di non fare le fusa come un gatto, cercando di non pensare a niente tranne a come sarebbe stato sentire la bocca di lui sulla sua. Aveva una cicatrice frastagliata sopra le labbra, una linea rosa pallida che seguiva il solco fino al naso.

Sara aveva passato ore a chiedersi che sensazione le avrebbe dato quella cicatrice se lo avesse baciato. *Quando* lo avesse baciato, perché alla fine aveva capito che avrebbe dovuto fare lei il primo passo. Will non avrebbe colto un segnale nemmeno se gli fosse arrivato dritto alle palle.

Lo aveva sedotto nel suo appartamento. Lui non aveva quasi avuto il tempo di superare la soglia. Gli aveva sbottonato il polsino della camicia e leccato la cicatrice sul braccio. A quel punto aveva trattenuto il fiato e lei aveva dovuto ricordargli di respirare. La bocca di Will era perfetta sulla sua. Il suo corpo, le sue mani, la sua lingua. Sara lo aveva desiderato tanto disperatamente, aveva sognato tante volte quel momento che aveva cominciato a venire appena era entrato in lei.

Smise di andare su e giù nella casetta. Guardò il soffitto. Il sole picchiava sul tetto. Il sudore le colava sulla pelle. Si stava torturando. Proseguì.

La prima volta non erano nemmeno riusciti a raggiungere il letto. La seconda era stata più lenta ma in qualche modo più eccitante. Nonostante tutti i segnali persi, era incredibilmente bravo a letto. Sapeva esattamente cosa fare e quando. Sesso selvaggio, sensuale, sporco, strano, rabbioso, dolce, riconciliatorio, tradizionale, orale, masturbazione reciproca.

«Merda» mormorò Sara al buio, non a causa di Will, ma perché dal nulla aveva sentito le parole di una canzone in testa:

My man gives good lovin' that's why I call him Killer, He's not a wham-bam-thank-you-ma'am, he's a thriller…

Gemette.

Qual era il titolo della canzone? Scosse la testa. Il sudore le schizzò sulla spalla nuda. Due donne rapper. Gli anni Novanta. Una di loro aveva un lato della testa rasato.

He's got the right potion… Baby, rub it down and make it smooth like lotion…

Sara si coprì le orecchie cercando di bloccare la melodia. Tessa gliel'aveva cantata al telefono. Sara le stava raccontando di Will, poi d'un tratto sua sorella aveva preso a rappare e…

From seven to seven he's got me open like Seven-Eleven…

Si mise a ridere. Non riuscì a fermarsi e si piegò in due. Le vennero le lacrime agli occhi. C'era qualcosa di comico in una donna con una toga bianca, tenuta in ostaggio nel campo di una milizia, che cercava di ricordare le parole di una canzone rap su un uomo che sapeva scopare.

«Oh, Cristo.» Sara si raddrizzò e si asciugò gli occhi. Cercò di pensare a un'altra canzone per togliersi la prima dalla testa. Quella sulla cameriera che lavorava nel… era il bar di un motel? Di un albergo?

Scosse di nuovo la testa. Quanto avrebbe voluto resettarsi. Will si irritava tanto quando ricordava solo alcuni pezzi delle canzoni. Lo svegliava di notte chiedendogli di completare le parole, dire il nome della band, dell'album, dell'anno. Adesso era sommersa di pezzi.

With a lover I could really move, really move. 'Cause you can't, you won't, you don't stop. They're laughin' and drinkin' and having a party. Run away turn away run away turn away run away. Take my hand as the sun descends. Choke me in the shallow water before I get too deep. Give it away give it away give it away now.

«Salt-N-Pepa!» Urlò il nome del gruppo così forte che echeggiò sul controsoffitto. *Whatta Man* era la canzone che Tessa aveva rappato al telefono.

Sara giunse le mani e guardò il soffitto. «Grazie» disse, anche se era sicura che non fosse quello che sua madre intendeva quando le aveva detto che doveva pregare di più.

Due voci giunsero dall'altra parte della porta. Sara riconobbe quella tenorile, caratteristica, di Dash, ma non riuscì a distinguere le parole. La sentinella gli stava probabilmente dicendo che Sara aveva cominciato a urlare chiedendo dei condimenti.

Ain't nobody perfect. Nessuno è perfetto, come dicevano le Salt-N-Pepa.

Il lucchetto scattò. Dash aprì la porta. Sara sollevò la mano per ripararsi dalla luce intensa. Il sole era proprio sopra la cima della montagna. Aveva calcolato male l'ora, il che significava che c'erano volute meno di tre ore di isolamento per farla uscire di senno.

Dash inarcò le sopracciglia vedendo il vestito fatto con il lenzuolo, ma tenne la sua opinione per sé. «Dottoressa Earnshaw, mi chiedevo se volesse unirsi a noi per le preghiere pomeridiane.» Le strizzò l'occhio. «La partecipazione è opzionale.»

Sara avrebbe gridato a squarciagola l'Ave Maria se le fosse servito per uscire da quell'angusta stanza. Mise piede sul tronco. La sentinella le lanciò un'occhiata strana. Aveva le palpebre semichiuse. L'aria sibilava passandogli nelle narici ostruite. Stava decisamente covando qualcosa. Sara non gli chiese se fosse vaccinato. Voleva che si preoccupasse.

«Dottoressa.» Dash indicò un secondo sentiero che prima non aveva visto. «Studiamo vicino al fiume.»

Sara si incamminò. La sua scelta di parole era stranamente formale, come se avesse imparato a parlare ascoltando le registrazioni delle *chiacchierate davanti al caminetto* di Franklin Roosevelt. In altre circostanze si sarebbe chiesta se l'inglese fosse la sua madrelingua.

Sara sentì tirare l'orlo del vestito. Era riuscita a impigliarsi in un cespuglio di sarsaparilla.

«Mi permetta.» Dash si chinò per aiutarla.

Sara strappò la stoffa dalla pianta spinosa. Girò con noncuranza la testa a sinistra cercando di individuare la serra. Il sole aveva un'altra angolazione. Non ci sarebbero stati riflessi rivelatori.

«Come si chiama? L'uomo davanti alla mia porta?» chiese a Dash.

«Lance.»

«Lance?» Sara rise. *Lance* era il nome di un uomo che creava animali con i palloncini al parco, non di un miliziano armato di AR-15.

«Immagino che non sia la sua unica domanda.»

Voleva che parlasse, perciò lo fece. «Hanno trovato altri corpi?»

Lui non rispose.

«Alla Emory.» Sara si voltò a guardarlo. «L'ultima volta che ho visto il telegiornale c'erano diciotto morti e cinquanta feriti.»

«Pochi minuti fa i morti erano saliti a ventuno. Le farò sapere degli sventurati sopravvissuti.» Non sembrava turbato dai numeri né dal fatto di averle dimostrato che era in contatto con il mondo esterno.

Al Campo dovevano esserci un telefono o un tablet con accesso a Internet.

«Le porgo le mie scuse, signorina. Me ne ero quasi scordato. Le ho portato una cosa.»

Sara si voltò di nuovo. Stava estraendo una mela dal reggibraccio. Non la prese. Stava morendo di fame ma era sospettosa.

«Non sono il serpente, per quanto vestita così potrebbe tranquillamente sostenere d'essere Eva.» Ne assaggiò un piccolo morso vicino al picciolo per dimostrare che non era avvelenata. «Secondo le mie stime non fa un pasto da venti ore.»

Era passato ancora più tempo. Sara prese la mela. Invece di proseguire lungo il sentiero, restò ferma e l'addentò staccandone il pezzo più grande possibile. Sentì un gusto incredibile in bocca. Non era uno di quei frutti irradiati del supermercato. Si era scordata quale fosse il sapore di una vera mela.

«Possiamo procurarle un po' di formaggio se vuole. Presumo che non mangi il nostro cibo perché è vegetariana.»

Sara non aveva idea del perché avesse fatto quella congettura, a ogni modo rispose: «Il formaggio andrebbe bene. Fagioli, lenticchie, piselli. Tutto quello che riuscite a trovare».

«Dirò a Gwen di riferirlo in cucina. I medicinali che ha richiesto dovrebbero arrivare presto.» Dash la stava osservando con attenzione. «Ho mandato uno dei miei uomini a prenderli. Dovrebbe tornare tra qualche ora.»

Lei assentì chiedendosi se significasse che erano a qualche ora da Atlanta o a qualche ora dal motel. «Dicevo sul serio prima. Quei bambini hanno bisogno di un ospedale» affermò.

«Non sarà un suo problema ancora per molto.» Indicò il sentiero davanti a loro. «La prego.»

Sara finì la mela camminando. Considerò le sue parole. Si stava riferendo alla falsa promessa di lasciarla andare o al conto alla rovescia per quello che aveva in progetto di fare? Scrutò frenetica il bosco in cerca della serra. Quello che aveva in progetto di fare era collegato in qualche modo a quanto nascondevano sotto la tenda. C'era un altro sentiero parallelo a quello su cui si trovava. Se fosse riuscita a sgusciare fuori dalla casetta, sarebbe potuta andare alla serra. A un certo punto Lance si sarebbe probabilmente addormentato. Sara cercò alcuni riferimenti da poter seguire al buio. Era così assorta a studiare una strategia che non notò ciò che si trovava a sei metri da lei.

Michelle Spivey stava risalendo il sentiero. Anziché continuare dritta ne imboccò uno a sinistra di Sara.

Più o meno in direzione della serra.

Sara rallentò e la seguì con lo sguardo. Sapeva di certo della sua presenza, eppure non aveva alzato lo sguardo dal terreno. Zoppicava. Era pallida, quasi come un fantasma. Indossava lo stesso vestito tessuto a mano che portavano le altre. Teneva la mano premuta sul basso ventre. Aveva chiaramente forti dolori. Dietro di lei c'era una sentinella, un giovane con un fucile. Stava sfiorando la sommità di un sambuco con la mano. Non prestava quasi attenzione a Michelle. Non ne aveva bisogno. Anche a distanza Sara vedeva che quella donna stava molto male.

«Michelle dovrebbe riposare. È in sepsi. I batteri che ha nel sangue la uccideranno» disse a Dash.

«Riposerà quando avrà finito.»

Sara non chiese che cosa avrebbe dovuto finire. Quello che sapeva era che la specialista di malattie infettive non era stata sequestrata e trascinata sui monti per arrestare un'epidemia di morbillo. Michelle era là per fare qualsiasi cosa stessero facendo nella serra. Il suo contributo era così prezioso che Dash si era preso il rischio di portarla in ospedale per salvarle la vita.

Il che significava che Michelle era prossima a terminare qualsiasi lavoro avesse cominciato. Altrimenti l'avrebbero tenuta a letto e le avrebbero dato il tempo di riprendersi.

Non sarà un suo problema ancora per molto.

«Papà?» La quindicenne dallo sguardo diffidente era in piedi con le mani sui fianchi. «La mamma dice di sbrigarti.»

Dash sogghignò. «Ormai è abbastanza grande da potermi tormentare.»

Sara lanciò il torsolo nella foresta. Cercò di sistemarsi il nodo del vestito. La copertura degli alberi si diradò. Il sole era cocente. Il problema dei capelli castano-ramati era che si associavano a una pelle destinata ad autoimmolarsi. Sentiva già le spalle nude bruciarle. Aggiunse la protezione solare alla lista di cose che le mancavano.

La temperatura calò lievemente quando raggiunsero la sponda del fiume. Tutte le figlie di Dash, tranne Adriel, erano sedute in cerchio. Gwen era su uno sgabello di legno al centro. Stava leggendo a voce alta passi della Bibbia che teneva sulle ginocchia.

«"Da lì, Eliseo andò a Betel. Mentre egli camminava per strada, uscirono dalla città alcuni ragazzetti che si burlarono di lui dicendo..."»

Gwen alzò gli occhi, rivolgendo a Sara uno sguardo torvo.

Lei ricambiò. Non sapeva perché avesse scelto quel momento particolare per raccontare alle figlie la storia di alcuni ragazzini malvagi sbranati dagli orsi. Avevano già perso due amici. La loro sorella era gravemente malata nella baracca.

«Credo che non siano state fatte tutte le debite presentazioni. Ragazze, questa è la dottoressa Earnshaw. Dottoressa Earnshaw, le presento...» Dash le indicò procedendo in cerchio: «Esther, Charity, Edna, Grace, Hannah e Joy».

Joy era la più grande, e il suo sguardo circospetto contrastava nettamente con il suo nome.

«Ciao.» Sara dovette raccogliere la parte posteriore del lenzuolo per sedersi per terra. Sorrise ricordandosi che non poteva punire quelle ragazzine perché avevano due genitori orribili. «Sono molto contenta di conoscervi.»

Grace, che aveva all'incirca nove o dieci anni, disse: «La mamma ci ha detto che eri sposata».

«È vero.» Sara guardò Gwen, ma lei tenne la testa china studiando la Bibbia.

«È stata una grande cerimonia?» chiese un'altra.

Sara aveva sposato Jeffrey nel giardino posteriore della casa dei suoi. Sua madre era rimasta chiusa nel suo gelido silenzio, furiosa perché non erano in chiesa. «Siamo andati in tribunale in centro. Ci ha sposato un giudice.»

Persino Joy sembrò delusa. Sara non sapeva se fosse perché avevano insegnato loro che il matrimonio era l'unica cosa che dava valore alla donna o perché erano bambine e le nozze erano un evento romantico, da sogno.

«Ti racconto un'altra cosa.» Sara si spostò cercando di togliersi un mucchio di stoffa da sotto le natiche. «Nella facoltà di medicina c'è la Cerimonia del camice bianco. È la prima volta che indossi un camice da laboratorio. Fai il giuramento di aiutare sempre le persone.» Sara decise di non soffermarsi su quell'aspetto. «È un'occasione molto importante. C'era tutta la mia famiglia. Dopo abbiamo organizzato una festa a casa di mia zia. Mia madre ha fatto un brindisi, poi mio padre, poi mia zia. Alla fine ero brilla. È stata la prima volta che ho bevuto vero champagne.»

«C'era tuo marito?» chiese Grace.

Sara sorrise. «Non l'avevo ancora conosciuto. Ma anche vostra madre lo ha fatto. Giusto, Gwen? Le infermiere hanno la loro cerimonia quando iniziano a lavorare?»

Gwen fece un respiro profondo. Chiuse la Bibbia e si alzò. «Ho da fare.»

Dash non parve turbato. Prese il posto di Gwen sullo sgabello. Allungò il braccio e Joy gli si sedette sulle ginocchia. Gli appoggiò la testa sulla spalla e lui le posò una mano sul fianco.

Sara guardò l'acqua scorrere sui sassi del fiume. Vedere una quindicenne seduta sulle ginocchia di un uomo adulto, anche se quell'uomo era suo padre, la metteva a disagio.

«Gwen non ama parlare della sua vita precedente» le spiegò Dash.

«Dovrebbe andarne fiera. Diplomarsi alla scuola infermieri è un grande traguardo.»

Dash si picchiettò la gamba e Grace si sistemò sul suo ginocchio. Gli infilò le dita nel reggibraccio. Lui le accarezzò i capelli.

Sara dovette distogliere lo sguardo. Forse ci stava dando troppo peso, ma c'era qualcosa di inquietante nel modo in cui Dash toccava le figlie.

«Penso che le mie figlie le direbbero che anche lavorare in casa e prendersi cura della propria famiglia sia un grande traguardo.»

«Mia madre concorderebbe. È stata molto contenta di aver scelto quella vita per sé. Proprio come io sono contenta di aver scelto qualcosa di diverso.»

Joy la stava fissando. La diffidenza si era trasformata in curiosità. Non sembrava imbarazzata dal fatto di stare seduta sulle ginocchia del padre. Dato l'isolamento della comunità e il modo infantile in cui si vestivano, il suo livello di maturità era probabilmente inferiore a quello di una quindicenne normale.

Eppure qualcosa di quella situazione turbava Sara.

«Dottoressa Earnshaw, viviamo una vita semplice qui, con ruoli tradizionali. Questo è il modo in cui i primi americani non solo vivevano, ma sono riusciti a prosperare. Sono tutti più felici quando sanno che cosa ci si aspetta da loro. Gli uomini fanno il lavoro degli uomini, le donne il lavoro delle donne. Non permettiamo al mondo moderno di interferire con i nostri valori.»

«Quei pannelli solari sulla baracca sono arrivati sulla *Niña*, sulla *Pinta* o sulla *Santa María*?»

Dash scoppiò a ridere, sorpreso. Probabilmente non era abituato a essere sfidato, soprattutto da una donna.

«Ragazze, sono i nomi delle navi che hanno portato i pellegrini nel Nuovo mondo» spiegò alle figlie.

Sara si morse la punta della lingua. Dash sapeva di certo che quelle navi facevano parte della spedizione di Cristoforo Colombo partita dalla Spagna. I pellegrini erano arrivati più di cent'anni dopo. Erano fatti basilari che quasi ogni bambino americano conosceva una volta finite le elementari. Imparavano canzoni al riguardo, erano costretti a metterli in scena nelle recite per il Ringraziamento.

«Alcuni credono che il patto della Mayflower sia stato un accordo con Dio per diffondere il cristianesimo nel Nuovo mondo.»

Sara non vedeva l'ora di capire dove volesse arrivare.

«Anzi, il patto era un contratto sociale che legava i coloni a una serie standard di leggi e regolamenti.» Dash continuò ad accarezzare assente i capelli di Grace. «Questo è quello che abbiamo creato qui, Dottoressa Earnshaw. Alcuni di noi sono puritani, altri coloni, altri ancora avventurieri e artigiani, ma ci lega il fatto di credere nelle stesse leggi e negli stessi regolamenti. Questa è la caratteristica distintiva di una società civile.»

Almeno aveva capito bene Wikipedia. «I pellegrini erano sulla terra del re, proprio come la terra su cui ci troviamo noi oggi appartiene al governo federale.»

Lui sorrise. «Sta cercando di indurmi a confermare la nostra localizzazione, dottoressa Earnshaw?»

Sara si sarebbe presa a calci per essere stata così maldestra. «Le leggi e i regolamenti degli Stati Uniti prevalgono su qualsiasi cosa avvenga all'interno del vostro Campo. È il privilegio e il prezzo che pagate per esserne cittadini. Come soleva dire mio nonno: non interferire con il governo degli Stati Uniti. Hanno vinto due guerre e stampano il proprio denaro.»

Dash rise. «Suo nonno sembra proprio il genere d'uomo che apprezzo. Dovrebbe tuttavia capire che noi ci atteniamo alle parole originali della Costituzione. Non interpretiamo o emendiamo. Seguiamo le leggi esattamente come sono state stese dai Padri.»

«Allora presumo sappia che fra i tre reati elencati nella Costituzione il primo è il tradimento. I Padri invocarono la pena di morte per chiunque faccia guerra agli Stati Uniti.»

«Thomas Jefferson ci ha detto che "una piccola ribellione ogni tanto è un bene ed è necessaria nel mondo politico quanto le tempeste in quello fisico"» replicò Dash. «La grande maggioranza del paese è d'accordo con quello che facciamo. Siamo tutti patrioti, dottoressa Earnshaw. Così ci chiamiamo. L'Esercito patriottico invisibile.»

Esercito.

Si sistemò le pieghe del vestito. Stava sudando. Gli insetti le ronzavano attorno alla faccia. La pelle le bruciava sotto il sole. Però era sempre meglio che stare confinata nella casetta.

«Ha mai notato che George Clooney non se ne va in giro a dire agli altri quant'è bello?»

Dash sollevò le sopracciglia, in attesa.

«La cosa mi incuriosisce: se è davvero un patriota, lo deve specificare nel suo nome?»

Lui ridacchiò scuotendo la testa. «Mi chiedo, dottoressa Earnshaw, come la descriverei in un libro se fossi uno scrittore.»

Sara aveva letto libri scritti da uomini come lui. Citerebbe il colore dei suoi capelli, la dimensione del suo seno e la forma del suo sedere. «Sta scrivendo un libro? Un manifesto?»

«Dovrei.» La sua allegria era svanita. «Quello che facciamo quassù, quello che ho creato, deve essere riprodotto se la nostra gente deve sopravvivere. Il mondo avrà bisogno di un modello quando i pilastri saranno caduti.»

«Quali pilastri?»

«Dash!» L'urlo terrorizzato di Lance interruppe quel momento.

Sara si alzò d'impulso. Quel ragazzo sembrava sull'orlo di un attacco isterico. Correva verso di loro, il fucile tra le mani, la bocca spalancata. «Tommy è caduto! È veramente messo male. La sua gamba è tutta...» Si fermò a qualche metro, chinandosi per riprendere fiato. «È successo durante l'esercitazione. La sua gamba...» Scosse la testa incapace di descrivere l'immagine a parole. «Gwen dice di portare subito la dottoressa.»

Dash lo studiò. Non si era mosso, e nemmeno le sue figlie. Joy attese finché le picchiettò la gamba come se fosse un cane e a quel punto si spostò.

«Spero che non le dispiacerà unirsi a me» disse a Sara.

Per la prima volta da quando aveva conosciuto quel sadico, Sara desiderò davvero di andare con lui. Voleva vedere il luogo in cui Tommy si stava esercitando.

Dash mantenne il solito passo mentre attraversavano il bosco. Lance corse avanti, quasi frenetico. Incespicò su un tronco caduto e il fucile gli cadde di mano. Cercò di alzarsi ma inciampò di nuovo.

«Calma, fratello.» Dash raccolse l'arma. La pulì dal terriccio e gliela restituì. «Respira profondamente.»

Lui invece respirava superficialmente. Quando espirava, il suo alito aveva un odore acre.

«Bravo ragazzo.» Dash gli diede un colpetto sulla spalla e continuò lungo il sentiero.

Era in gamba, Sara doveva concederglielo. Lei usava la stessa tecnica al pronto soccorso. I traumi tendevano a esaltare le emozioni. Quando qualcuno perdeva il controllo, essere calmo ti conferiva subito autorità.

«Da questa parte per favore.» Dash si stava allontanando dalla serra, risaliva la collina verso quello che Sara aveva ipotizzato fosse il complesso principale.

Udiva una sirena gemere in lontananza. Poi si rese conto che non era una sirena. Qualcuno stava urlando con quella voce acuta, agghiacciante che avevi solo quando provavi un dolore atroce, micidiale.

Si precipitò verso il suono. Il sentiero si apriva in un'altra radura, grande il doppio della prima. C'erano più casette, più donne che cucinavano sui fuochi, ma non si fermò a contare il numero di persone né a osservare l'ambiente. Si sollevò il vestito e corse il più velocemente possibile verso l'uomo sofferente.

Sulla sommità della collina c'era una struttura aperta, imponente ma incompleta. Esisteva solo il telaio. Montanti di legno per i muri, compensato per terra, scale aperte, ringhiere di sicurezza. Due piani. Il primo non era altro che un balcone che contornava quello sottostante. Non c'erano tetto né cartongesso né rivestimenti. Un telo a due strati serviva da soffitto. Il materiale di quello sottostante era del familiare color argento: un isolante. Quello sopra era verde scuro, per mimetizzare meglio l'edificio nella foresta.

Alcuni uomini stavano in cerchio ai piedi delle scale. Indossavano l'uniforme tattica nera con un giubbotto imbottito. Sara alzò lo sguardo entrando nell'edificio perché quello era: l'imitazione di un edificio vero. Un telo solo non era bastato a ricoprirlo. Ce ne erano otto, grandi, uniti insieme. Misurava una quarantina di metri, circa la metà di un campo da football. Le pareti e il pavimento erano schizzati di vernice di vari colori, probabilmente sparata con i marcatori da paintball. C'erano bersagli di carta che rappresentavano addetti alla sicurezza. Le impronte infangate mostravano i punti in cui gli uomini erano corsi dentro e fuori dalla costruzione.

Sara riuscì a pensare a una sola ragione per riprodurre un edificio, ovvero esercitarsi per assumerne il controllo, forse uccidendo o sequestrando le persone al suo interno.

Le esercitazioni.

Gli uomini ruppero il cerchio per lasciarla passare. Gwen si stava torcendo le mani nel grembiule. Sembrò stupita. Erano tutti stupiti, come se non avessero mai pensato al fatto che uno di loro potesse ferirsi giocando a fare il soldato.

Il ferito era chiaramente caduto dal primo piano. Era di schiena ma non piatto. Era riuscito ad atterrare sull'unico mobile in vista, un tavolo metallico con una sedia con le ruote. Il suo corpo giaceva curvo su di essi. Aveva spaccato il bracciolo di plastica della sedia con la testa. L'osso sacro era sul bordo del tavolo, le gambe penzoloni. Un frammento bianco d'osso gli usciva dalla coscia come la pinna dorsale di uno squalo. Il piede sinistro era torto all'altezza della caviglia, la punta dello stivale orientata verso la scrivania.

Sara gli prese la mano. Aveva la pelle gelida. Le dita erano estese, inerti. «Ciao» disse, perché nessuno lo aveva considerato né aveva cercato di confortarlo. Lui la fissò. Aveva circa diciott'anni, i capelli di un biondo chiaro. Il sangue gli usciva dagli occhi come lacrime. Aveva smesso di urlare. Le sue labbra erano viola. Il suo respiro veloce, affannoso. Le ricordò Vale.

«Sono Sara.» Gli mise la mano sul volto. Chiaramente non sentiva niente al di sotto del collo. «Tommy, riesci a guardarmi?»

Lui roteò gli occhi all'indietro. Le palpebre gli tremolarono.

Sara non ebbe bisogno di esaminarlo per capire che aveva la schiena spezzata. Le costole schiacciate gli erano penetrate nel petto. Il bacino doveva essere rotto. La frattura aperta alla gamba era la lesione più impressionante, ma in fondo il minore dei suoi problemi. Anche con un intervento chirurgico immediato gli avrebbero probabilmente amputato il piede, e questo a patto che potessero stabilizzarlo per trasportarlo.

Era escluso che Dash lo facesse portare via in elicottero.

«Ho mandato a prendere una stecca così potrà immobilizzargli la gamba» fece Gwen.

Sara sentì la mascella contrarsi. Accarezzò i capelli di Tommy. «E poi?»

«Lo porteremo in ospedale naturalmente. Non lasciamo nessun uomo indietro. Siamo soldati, non animali» affermò Dash.

Sara aveva la nausea a forza di sentirlo declamare frasi vuote. Tommy gli credeva. Ne fu visibilmente sollevato. Lo stava guardando con la devozione di un figlio.

«Bene, fratelli.» Dash si girò verso gli uomini cercando di calmarli. «Quello che è successo a uno dei nostri migliori soldati è terribile, ma non cambia i nostri piani. Continueremo le esercitazioni più tardi. Siamo troppo vicini per compromettere la preparazione. Ma in questo momento, fratelli, penso che vi siate guadagnati un po' di tempo per voi. Gerald, prendi il furgone. Diamo a questi ragazzi un po' di carne rossa» disse Dash.

«Sissignore.» Gerald era il più vecchio del gruppo, aveva superato i quaranta e aveva un portamento da militare. Gli altri erano più o meno della stessa età del ragazzo infortunato sul tavolo. Avevano il collo sottile, gli arti esili come stecchi. Sara avrebbe detto che erano dei ragazzini che giocavano a travestirsi, ma quello non era un gioco. Avevano costruito quella struttura per esercitarsi a compiere un'infiltrazione, un assedio, un attacco terroristico. Guardò il balcone del primo piano. Non c'erano elementi caratteristici. Poteva simulare l'atrio di un hotel o di un palazzo di uffici, un cinema, qualsiasi cosa. Tutto ciò che Sara sapeva con certezza era che, qualsiasi cosa avessero in progetto, sarebbe accaduta presto.

Siamo troppo vicini per compromettere la preparazione.

«Andiamo, soldati.» Gerald condusse i giovani fuori dalla struttura. I loro stivali si mossero pesanti sul pavimento di compensato. Scomparvero lungo il fianco della collina.

Solo Gwen, Dash e Sara rimasero con Tommy. Lei gli premette le dita sul lato del collo cercando il polso. Era come toccare le ali di una farfalla.

«Bene.» Dash si sistemò il reggibraccio. Non lo aveva ancora degnato di attenzione. Quel fatto in sé le bastò per capire che razza di leader fosse quell'uomo. «Mi chiedo cosa ci facesse questo tavolo qui.»

Gwen lo stava fissando. Non si scambiarono neanche una parola, ma comunicarono in qualche modo. Dash annuì prima di allontanarsi.

Sara fremette mentre scompariva lungo la collina. Invece di restare accanto a un ragazzo atterrito e morente, che non desiderava altro che compiacerlo, Dash stava tornando dalle sue figlie per avere un'iniezione di autostima.

A Sara non era concesso il lusso della vigliaccheria. Continuò a tenere la mano sul viso di Tommy. «Tommy, riesci ad aprire gli occhi?» chiese.

Lentamente le sue palpebre si sollevarono. Concentrò lo sguardo su di lei. Aveva la sclera dell'occhio sinistro piena di sangue rosso scuro. Mosse la bocca ma non riuscì a emettere più di un mormorio. Terrore, quello era l'unico sentimento che provava. Non sentiva gli arti. Gli impulsi dolorifici viaggiavano inefficaci lungo il tronco encefalico. Era abbastanza in sé da capire che non sarebbe sceso con le sue gambe da quella montagna. Sapeva bene quanto Sara che Dash si era lavato le mani di uno dei suoi *migliori soldati*.

«Prr...» La sua disperazione era straziante. «Per favore...»

Sara sentì gli occhi bruciarle, ma non avrebbe permesso che quel ragazzo la vedesse piangere. Esternamente restò calma. Gli tenne la mano sulla guancia. Dall'orecchio gli uscì una goccia di sangue.

«Dobbiamo...» disse a Gwen.

Non riuscì a pronunciare le parole.

Tommy sarebbe morto. Era solo questione di come e quando. Il tronco encefalico si sarebbe gonfiato tanto da bloccargli la respirazione. Prima ancora i polmoni sarebbero collassatati. Avrebbe impiegato tre minuti a perdere conoscenza, altri cinque a morire soffocato. Oppure i suoi organi si sarebbero arrestati uno dopo l'altro dando lentamente inizio a un declino cosciente, estenuante. Tommy era giovane e forte. Il suo corpo non avrebbe rinunciato facilmente a vivere. In mancanza di aiuti esterni l'unico modo in cui avrebbe potuto alleviare il suo terrore era affrettare l'inevitabile.

Diciotto anni.

«Avete cloruro di potassio o morfina...» domandò a Gwen.

Lei la spinse con tanta forza che cadde all'indietro.

All'inizio si sentì troppo stordita per rialzarsi. Poi scattò in piedi per bloccare quello che sapeva sarebbe successo.

Gwen aveva premuto la mano sulla bocca di Tommy. Gli aveva stretto il naso con l'altra impedendogli di respirare.

«Non lo faccia!» Sara afferrò le mani della donna cercando di staccarle le dita, ma aveva una presa troppo salda. «La prego!» gridò senza sapere perché. Era inutile. Tutto, l'intera situazione, era inutile.

«Non possiamo…» La voce di Gwen si inceppò per lo sforzo, non per il turbamento. Le braccia le tremarono quando caricò tutto il peso sulle mani. «Non possiamo sprecare le nostre scorte.»

Sara restò basita da quel gelido calcolo. Per questo Dash aveva allontanato gli uomini. Questo non poteva sopportare di vedere.

Un omicidio.

Tommy aveva gli occhi spalancati. L'adrenalina lo aveva risvegliato completamente. Le sue corde vocali vibrarono emettendo un suono stridulo, simile a un risucchio. Fissò Gwen senza battere ciglio, in preda al panico. La gola gli si chiuse bramando aria. Le braccia e le gambe inutili sussultarono mentre i nervi cercavano frenetici di trasmettere i segnali. Distolse lo sguardo da Gwen e cercò Sara.

«Sono qui.» Si inginocchiò accanto a lui. Gli mise la mano sulla guancia. Le sue lacrime le bagnarono le dita. Sara si rifiutò di guardare altrove. Contò tra sé i secondi, i minuti, che passavano lenti tra la sua vita e la sua morte.

12

Lunedì 5 agosto, 14.30

Faith scorse le mail mentre aspettava in una sala conferenze deserta nella sede tentacolare del CDC. Quel posto era come Fort Knox. Aveva dovuto lasciare l'arma all'ingresso. Le avevano fatto aprire il bagagliaio e il cofano dell'auto. Un uomo con uno specchio fissato a un bastone l'aveva ispezionata di sotto in cerca di bombe. Poi un pastore belga molto disciplinato aveva ignorato i Cheerios sotto i sedili annusando di qua e di là in cerca di tracce di esplosivo.

Considerate tutte le sostanze orribili che si diffondevano nei loro laboratori, era logico che l'accesso alla struttura fosse rigorosamente controllato. L'unica domanda che a quel punto si faceva era perché quella misteriosa riunione si dovesse svolgere al CDC. Amanda l'aveva preparata nel solito modo, o meglio non l'aveva preparata, mandandole un messaggio in cui le diceva di recarsi là alle due e trenta esatte senza fornirle ulteriori particolari. Faith non aveva nemmeno il nome di un contatto. Procedendo per eliminazione, o semplicemente perché era ovvio, suppose che l'avrebbero ragguagliata in modo confidenziale su Michelle Spivey. Lo stesso gruppo che aveva sequestrato Michelle aveva preso Sara. Quindi forse, così sperava, con l'aiuto di Dio, avrebbe potuto usare le informazioni che le avrebbero dato per seguire una pista che l'avrebbe condotta dritta al bastardo che le teneva ancora in ostaggio: Dash.

Dash.

Lo odiava anche solo per quello stupido soprannome. Era il diminutivo di cosa, a ogni modo? Oppure si chiamava così, come il Dash Button, perché era fulmineo? Era un corridore molto veloce? Lavorava come fattorino? O andava sempre di fretta?

Non ne aveva assolutamente idea.

Aveva sprecato tutta la sera cercando di individuare il leader dell'EPI. E a proposito dell'Esercito patriottico invisibile: 3.347.000 risultati generati dalla ricerca online. Tanti auguri! Era come cercare un ago in un pagliaio senza sapere, esattamente, che aspetto avesse l'ago. Will si era rivelato inutile. E anche l'FBI. Per identificarlo Faith aveva bisogno di una fascia d'età, di una cicatrice o di un tatuaggio particolari. Di un veicolo, di un luogo di ritrovo noto. Anche un possibile accento regionale sarebbe stato qualcosa.

Di solito l'unica cosa che i criminali facevano con certezza era passare il tempo con altri criminali. Sarebbe bastato trovare qualcuno che conoscesse qualcuno che fosse nei guai e volesse fare un patto. Quello che si diceva in televisione sul fatto che nessuno facesse la spia era una balla. Tutti parlavano, se farlo significava salvarsi il culo evitando la prigione. Faith aveva concentrato le sue ricerche su Carter, Vale, Monroe e Hurley cercando un addebito su carta di credito, un prelievo bancomat, un numero di telefono, una multa per divieto di sosta o una posizione GPS legata a un Dashiell, Dasher, Dashy o a qualsiasi cavolo di soggetto avesse un nome o un cognome che iniziava per D.

Niente.

Si alzò e guardò dalla finestra.

L'unica cosa che sapeva in quel momento era che Michelle Spivey aveva lavorato in quell'edificio, o in uno di quegli edifici. Ce n'erano parecchi nel complesso, dotato di un giardino roccioso, passerelle e di un asilo nido per i figli dei dipendenti, in netto contrasto con quel gigantesco parallelepipedo bianco in cui lavoravano loro del GBI – ma in fondo il CDC era stato un buco fino agli attentati con l'antrace del 2001. Il Congresso allora si era reso conto d'un tratto che forse sarebbe stata una buona idea finanziare l'organizzazione che aveva risposto alla minaccia. Servì che due persone a cui erano stati spediti i batteri letali fossero senatori degli Stati Uniti. Un reato non era mai tanto vergognoso come quando colpiva qualche umile politico.

Il telefono vibrò annunciando una nuova mail. Aveva inviato l'elenco di medicinali di Sara a due pediatri e a un medico generico. Nessuno aveva notato qualcosa di anomalo. Nessuno era riuscito a capire che cosa dovessero trattare quei farmaci. Il nuovo messaggio era della pediatra di Emma, che le sottoponeva un'ipotesi dell'ultimo minuto: forse tubercolosi miliare?

Faith aveva sentito parlare della tubercolosi, ma non di quel tipo specifico. Incollò le parole nel browser. *Miliare* si riferiva ai reperti simili ai semi di miglio che apparivano nelle radiografie polmonari. I sintomi erano piuttosto raccapriccianti, soprattutto parlando di bambini.

Tosse, febbre, diarrea, ingrossamento della milza, del fegato e dei linfonodi... disfunzione di più organi, insufficienza renale, pneumotorace... Un milione e trecentomila morti nel mondo...

Aprì l'app medica e trovò l'elenco delle vaccinazioni di Emma.

Varicella; MPR – morbillo/parotite/rosolia; DTPA – difterite/tetano/pertosse; BCG – tubercolosi.

Tirò un sospiro di sollievo. Tornò a Google. Il giorno prima Kate Murphy aveva detto che negli ultimi tempi Michelle Spivey aveva condotto studi nel campo della pertosse o tosse asinina.

Naso che cola, febbre, tosse che induce il vomito e può causare fratture delle costole... rumori acuti quando il paziente si sforza di immettere aria... può durare per dieci settimane o più... polmonite, attacchi similepilettici, danni cerebrali... 58.700 decessi nel 2015...

Faith chiuse il browser. Riusciva a guardare il corpo di uno spacciatore sventrato, ma il pensiero di un bambino che soffriva era troppo.

Sprofondò sulla sedia e fece un sospiro lungo, greve. Faith sapeva cosa fosse lo sfinimento, ma quella che provava era una stanchezza di tutt'altro genere. Non riusciva a credere che soltanto un giorno prima avesse fatto la sauna alla riunione per il trasferimento di Martin Novak. Il *prigioniero d'alto valore* era un dossier astratto, pieno di dati, di grafici con auto e strade. Poi erano esplose le bombe e l'unica persona che pareva convinta che ci fosse un nesso tra lui, Dash e l'EPI era lì al CDC ad attendere, sempre grondante di sudore, che uno sconosciuto venisse a cercarla.

Guardò l'ora.

Le 14.44.

Si chiese se si fossero dimenticati di lei. C'erano decine di cose che avrebbe potuto fare in quel momento, soprattutto dedicarsi alla ricerca di Sara. Era abbastanza vicina alla Emory da poter tornare da Lydia Ortiz, l'infermiera del reparto ricoveri chirurgici, per vedere se ricordasse qualcos'altro su Michelle Spivey o Robert Hurley. Ortiz aveva passato del tempo con entrambi mentre Michelle si risvegliava dall'anestesia. Doveva esserci un particolare, un commento casuale, che avrebbe potuto utilizzare come indizio.

In mancanza di ciò avrebbe potuto dare una mano a Will. Beau Ragnersen lo stava accompagnando all'incontro con il galoppino di Dash alle sedici. Aveva una brutta sensazione nei confronti di quella faccenda, e non solo perché l'Alberta-Banks Park di Flowery Branch si trovava su una strada chiamata ancora Jim Crow Road. Temeva che la squadra di sorveglianza non coprisse tutti i punti d'accesso e che la commozione cerebrale di Will peggiorasse. Ma quello che temeva di più era Beau Ragnersen. Faith non si fidava degli informatori segreti. Erano criminali. Avevano sempre i propri fini. Beau era inoltre gravemente tossicodipendente. L'eroina black tar non era uno scherzo. Il suo ruolo nel piano non era secondario. Avrebbe dovuto presentare Will in modo convincente come un ex commilitone che stava attraversando un brutto momento.

Brutto momento non era un termine esagerato. Quel mattino Faith non lo aveva quasi riconosciuto. Senza Sara aveva cominciato a regredire al suo stato animale. La barba incolta, unita alle cicatrici sul volto, lo faceva assomigliare a un delinquente. Se lo avesse visto per la strada, il suo primo istinto sarebbe stato accertarsi di avere la pistola in vista.

In quell'istante avrebbe dovuto essere al parco per dargli sostegno.

La porta si aprì. Faith si stupì, poi però si rese conto che non avrebbe dovuto farlo perché ovviamente davanti a lei c'era Aiden Van Zandt.

Tenne aperta la porta con il piede guardando in corridoio. I suoi occhiali non erano più fissati con un pezzo di nastro bianco. Indossava nuovamente giacca e cravatta. Però non era Westley. Portava le credenziali dell'FBI al collo.

«Mi scusi il ritardo. Murphy non ce l'ha fatta, ma le manda i suoi migliori saluti» disse.

Faith scoppiò in una risata sincera.

«Lei le piace, sul serio. Le ricorda sua madre.» Van si sporse in corridoio. Teneva la mano sollevata come se volesse chiamare un taxi. «Può dirle che siamo pronti?» Si girò verso Faith. «Prenda la sua roba.»

Faith afferrò la borsa e lo seguì in un lungo corridoio, perché la sua vita ormai era fatta di scale o di corridoi. «Come fa Murphy a conoscere mia madre?»

«Come fanno le persone a conoscerne altre?» Cambiò discorso. «Notizie sulla vostra agente scomparsa?»

Anche lei era capace di farlo. «L'FBI nega ancora che ci sia un legame tra Martin Novak, le bombe alla Emory e l'EPI?»

«È difficile rispondere. Riprovi di nuovo.»

A Faith non piacque quel gioco. «D'accordo, signor palla-di-cristallo. Ho cercato EPI su Google. Su Internet non compare da nessuna parte. So che non significa che non esiste, c'è il dark web e via discorrendo, ma perché su Internet non c'è?»

«Riprovi di nuovo anche per questo.»

Avrebbe voluto tirargli un pugno. «Ho bisogno che faccia un controllo incrociato dei file di Michelle per vedere se abbia mai avuto a che fare con un certo Beau Ragnersen.»

Lui si bloccò, la mano su una porta chiusa. «Cosa le fa credere che possa?»

«Perché è l'agente di collegamento dell'FBI con il CDC.» Quando non la corresse, suppose di aver indovinato. «Ragnersen, con -*en* alla fine.»

«È danese» affermò. «Il suffisso -*sen* significa...»

Faith si allungò oltre Van Zandt e aprì la porta. Si sentì pervadere da un'energia nervosa. Le sembrava quel genere di posto che i civili non erano autorizzati a vedere. Quell'ampio spazio le ricordava una sala controllo della NASA. C'erano file di postazioni vuote con monitor e targhe: Sudamerica, America Latina, Europa, Eurasia. Gli orologi digitali indicavano l'ora ALFA, ZULU e OSCAR. La parete in fondo era tappezzata di schermi giganti. Una carta del mondo mostrava diversi punti lampeggianti rossi, verdi e gialli in vari luoghi. Nell'angolo accanto a vari tab spiccava la scritta CIELO ROSSO.

Faith immaginò che il punto rosso fosse su Atlanta a causa dell'attentato del giorno prima, tuttavia chiese: «Perché c'è un punto giallo lampeggiante sulla costa della Georgia?».

«L'uragano Charlaine» rispose Van. A fine luglio si era abbattuto su Tybee Island e aveva imperversato sul porto di Savannah. I danni erano stati tanto gravi che il governatore aveva convocato una riunione speciale per finanziare le operazioni di pulizia.

«È giallo perché il disastro è ancora in corso. Cielo rosso fa parte di Consapevolezza situazionale. I diversi rami hanno diversi livelli di accesso. Questa sala è il centro del Sistema di gestione delle crisi. Se si rileva un grosso uragano, se c'è un'emergenza sanitaria, o un attacco terroristico, ogni postazione è presidiata. Ieri per esempio la stanza era gremita fino all'orlo. Parliamo di un po' più di cento persone. Scienziati, specialisti, medici, personale militare di collegamento, personale di sorveglianza. C'è un link diretto con la Casa Bianca, il Pentagono, il NORAD, Alice Station, Menwith Hill, Misawa, Buckley. Tutte le SIGINT di ECHELON entrano nel portale. La Squadra crisi globali invia dati direttamente a questi monitor in modo che con una valutazione in tempo reale si possano mandare personale e risorse dove ce n'è bisogno.»

Faith annuì con aria grave facendo finta che tutta quella tecnologia alla Jason Bourne non la eccitasse da matti. Moriva dalla voglia di prendere il telefono e scattare qualche foto.

«È una figata, vero?» osservò Van.

Scrollò le spalle. «A meno di non essere sulla costa ed essere ancora costretti a bollire l'acqua.»

Van le aprì un'altra porta. Addossata al muro c'era una fila di armadietti. In fondo al corridoio c'era una porta chiusa con sopra una luce rossa. «È mai entrata in un CISC?»

Un centro informazioni sensibili compartimentalizzate.

«Sì» mentii lei. Aveva visto una di quelle stanze ultrasicure nella serie *The Americans*: doveva pur contare qualcosa.

Van prese il cellulare dalla tasca e lo mise in un armadietto.

Faith aprì la sua borsa messenger. Aveva più di un cellulare. Laptop e iPad andavano depositati perché in un CISC non erano ammessi dispositivi elettronici in grado di registrare informazioni.

«Mi scordo sempre l'orologio» disse Van togliendosi il suo Garmin.

Faith si slacciò l'Apple Watch. Era agitata perché capiva di trovarsi in una delle strutture più sicure del paese, e ora Van la stava portando in un luogo che lo era ancora di più.

Michelle Spivey aveva un nullaosta per il livello top secret. Faith doveva presumere che in qualche modo Amanda fosse riuscita a garantirle l'accesso a qualsiasi ricerca la scienziata stesse svolgendo prima che la sequestrassero.

L'EPI non aveva rapito Michelle in un parcheggio perché studiava la pertosse.

«Pronta?» Van premette un pulsante verde sulla parete.

Ci fu un forte ronzio, poi la porta si aprì. Entrarono. Il *thunk* che produsse chiudendosi fu simile a quello della porta di un caveau. Un altro ronzio ruppe il silenzio. Una luce rossa sopra la porta iniziò a roteare come quella delle auto della polizia.

Faith fece un profondo respiro. Tutto sembrava stranamente ovattato. La stanza era spoglia. C'erano solo sei sedie attorno a un tavolo da riunioni e un orologio a muro.

A capotavola sedeva una giovane donna. Indossava l'uniforme cachi della marina senza la targhetta con il nome, con alcune barrette colorate che Faith non identificò. Aveva un paio di occhiali spessi, i capelli scuri corti. Era il tipo peggiore di giovane, quello che la faceva sentire vecchia. Era maledettamente felice d'essere là, tutta zelante con gli occhi spalancati come Jack-Jack degli *Incredibili*. Di fronte aveva una pila di dossier. Sorrise a Van. Aveva i denti sporchi di rossetto.

Van si sfregò i denti per avvertirla, un gesto incredibilmente discreto da parte sua.

«Questa è Miranda. Miranda, questa è l'agente di cui ti ho parlato» disse.

Faith immaginò che con ciò le presentazioni fossero concluse. Si sedette al tavolo.

Lui prese posto accanto a lei.

«Okay, allora quale fattore o quali fattori hanno aumentato storicamente le schiere dei suprematisti bianchi?» esordì Miranda.

Faith si sentì subito persa. Cercò di trovare un legame con Michelle. Era stata sposata con un medico asiatico-americano. Avevano scelto di avere una figlia che fosse l'emblema del loro retaggio. «È stata presa di mira a causa della sua famiglia?»

Miranda rivolse a Van un'occhiata confusa. «Scusate, chi è stata presa di mira?»

Lui scosse la testa. «Un argomento diverso per un giorno diverso. Continua pure.»

«Okay.» Miranda impiegò un attimo ad adattarsi. «Allora, si ritiene comunemente che un maggior numero di persone si unisca ai gruppi suprematisti bianchi in risposta a un afflusso improvviso di immigrazione o al regresso economico, giusto? Le riparazioni di guerra nude e crude del trattato di Versailles. La Sfera di co-prosperità della Grande Asia orientale. L'Operazione... Scusatemi... Wetback.»

«Aspetti.» Anche Faith aveva bisogno di un momento. Aveva molta difficoltà a seguire il cambio di rotta. Quella riunione non riguardava Michelle Spivey. Riguardava l'Esercito patriottico invisibile.

Un gruppo suprematista bianco.

«Facciamo un passo indietro.» Faith doveva ragionare a voce alta per capire. «Sta dicendo che l'appartenenza a questi gruppi razzisti aumenta perché l'economia finisce giù per il cesso, il lavoro scarseggia, la gente si guarda attorno in cerca di qualcuno da incolpare e...»

«Non così in fretta.» Miranda aprì un dossier. Le mise davanti una fotografia in bianco e nero. Un uomo in abito scuro era chino sul tavolo con una pipa da Sherlock Holmes in bocca. Aveva i capelli vaporosi alla Clark Kent. Era chiaramente una foto degli anni Cinquanta.

«George Lincoln Rockwell, fondatore del Partito nazista americano» spiegò Miranda. Avvicinò un'altra foto di un altro uomo bianco. «Richard Girnt Butler, fondatore delle Nazioni ariane.» Continuò a produrre fotografie. «Thomas Metzger, leader della Resistenza bianca ariana. Frazier Glenn Miller, leader del Partito patriottico bianco. Eric Rudolph, legato all'esercito di Dio e al Movimento di identità cristiana.»

Faith si sentiva ancora persa, ma almeno aveva compreso abbastanza da dire: «Rudolph è l'attentatore del Centennial Olympic Park».

«Esatto. Ha preso di mira anche alcune cliniche abortiste e un night di lesbiche.» Miranda aggiunse una foto di Timothy McVeigh. «L'attentatore di Oklahoma City.» Passò alla foto successiva. «Terry Nichols, il complice di McVeigh. Cos'hanno in comune tutti questi uomini?»

Faith era troppo disorientata per adottare il metodo socratico, perciò si concentrò su un uomo soltanto. «So di Eric Rudolph perché gran parte degli attentati che ha compiuto sono avvenuti in Georgia. Ha confessato di aver messo quattro bombe. Si è dichiarato colpevole dell'omicidio di un agente di polizia. Faceva il carpentiere. Era contro il governo, contro i gay, contro le donne e contro l'aborto. Nega qualsiasi associazione con il Movimento di identità cristiana malgrado da adolescente abbia vissuto con sua madre in uno dei loro complessi. Quando è stato inserito nell'elenco dei dieci principali ricercati dell'FBI, suo fratello si è filmato mentre si tagliava una mano con una sega circolare per mandare un messaggio al Bureau.»

«Sul serio?» Miranda restò sconcertata dall'ultima informazione. «Che fine ha fatto la mano?»

«È scattata la casella vocale. L'FBI non ha ricevuto il messaggio» rispose Van.

Faith si rese conto di una cosa. «Rudolf era nell'esercito, giusto? È passato da Fort Benning. È stato congedato perché fumava erba. E...» Indicò McVeigh. «Lui era nell'esercito. Ha ricevuto una Stella di bronzo durante la guerra del Golfo. Lo hanno espulso dalle forze speciali.» Picchiettò la foto di Terry Nichols. «L'esercito lo ha congedato per difficoltà familiari. Non l'ha mandata giù.»

«Sì-sì-sì.» Miranda spostò eccitata le fotografie di qua e di là. «Rockwell è stato un comandante della marina durante la Seconda guerra mondiale e la guerra di Corea. Butler era nel corpo aereo dell'esercito. Miller è stato in Vietnam.» Aveva altre foto: uomini con cappucci bianchi, uomini con la fascetta con la svastica al braccio, uomini con le mani sollevate nel saluto nazista. «Mitragliere sugli elicotteri in Vietnam. Tenente colonnello dell'esercito in pensione. Sergente maggiore dell'aviazione. Riserve della Guardia costiera.»

«Aspetti un minuto.» Faith doveva bloccarla. «Mio fratello è nell'aviazione da vent'anni. Sarà anche un idiota ma non è un fottuto nazista.»

«Non ne dubito» fece Miranda. «Senta, non sto facendo a pezzi i militari. La mia famiglia è in prima linea fin dalla Guerra ispanoamericana. Faccio parte della Marina ma sono anche una statistica, e posso assicurarle che matematicamente questi uomini sono le eccezioni. Deve considerare i numeri. In ogni gruppo vasto ci sono per forza alcune mele marce. Insegnanti, dottori, scienziati, agenti di polizia, accalappiacani. Ci sono sempre le pecore nere. Quindi estrapoli la cosa con riferimento ai militari. Tra quelli in servizio attivo e le riserve ci sono quasi due milioni di individui. Se anche considera lo 0,5 percento, significa...»

«Diecimila persone.» Faith strinse il bordo del tavolo. Se ne sarebbe voluta andare. «Dovrà unire tutti quei punti con linee sicure. Non mi piacciono per niente le implicazioni di tutto ciò.»

«Non sono piaciute nemmeno al Congresso» intervenne Van. «Una squadra al Dipartimento della sicurezza interna ha prodotto un documento sul movimento suprematista bianco all'interno dei militari e non solo hanno perso i fondi, ma sono stati anche costretti a ritrattare i dati.»

Faith aveva bisogno di alzarsi, ma non uscì. Doveva immettere ossigeno nei polmoni. Quella stanza sembrava una prigione. Si appoggiò al muro. Incrociò le braccia al petto e attese.

«Torniamo all'inizio. Le ho chiesto che cosa provochi nel corso della storia l'aumento delle schiere dei suprematisti bianchi. Ha detto l'immigrazione e l'economia, ma in realtà è la guerra. La guerra è il filo che accomuna tutti questi uomini. Sono partiti per combattere, sono tornati a casa e niente era più lo stesso. A loro giudizio il governo li aveva abbandonati. Le loro donne erano andate avanti con la loro vita o erano diventate più indipendenti. I loro figli erano degli estranei. Non sapevano come dare un senso al mondo che continuava senza di loro e avevano bisogno di trovare qualcuno da incolpare» affermò Miranda.

«Io stesso incolpo gli ebrei» osservò Van.

In quel momento Faith non era in vena del suo bizzarro senso dell'umorismo. «Due uomini di Hurley, Sebastian James Monroe e Oliver Reginald Vale, sono stati congedati dall'esercito.»

«Robert Jacob Hurley era addetto alle munizioni» precisò Van.

«Cos'ha a che fare questo con l'Esercito patriottico invisibile?»

«Ah.» Miranda sfogliò i dossier. «Quindi, questi uomini sono quelli che chiamiamo neonazisti. Non sono skinhead. Non si rasano la testa, non si tatuano e si calano nella parte. Il loro scopo è confondersi tra la gente. Dockers e polo. Sono persone garbate, a modo.»

Faith si ricordò dei manifestanti con le torce di bambù a Charlottesville. I giovani erano sembrati tutti così normali finché non avevano iniziato a gridare slogan che parlavano di sangue e di suolo e a urlare *gli ebrei non ci rimpiazzeranno.*

«I disordini di Charlottesville...» disse.

«Per questo stanno attenti online» commentò Van. «Dopo Charlottesville Internet si è rivoltata contro di loro. La gente li ha identificati in base ai video. "Ehi, quello è il mio fattorino. Cosa fa, prende a calci in faccia una donna nera?" Sono stati licenziati, buttati fuori dalle famiglie, hanno perso i nullaosta di sicurezza, sono stati congedati con disonore. Quindi hanno imparato a stare attenti. Quando le telecamere si accendono, si coprono il viso o si mettono una maschera.»

Miranda proseguì. «Charlottesville è stato uno spartiacque. I gruppi provenivano da trentacinque stati diversi. Non è stato un raduno spontaneo. Avevano organizzato manifestazioni in tutto il paese, soprattutto in California, ma di solito si presentava una ventina di persone, un pugno di antifascisti smaniosi di spaccare qualche testa e alcuni aspiranti hippy desiderosi di lanciare fiori. I media li avevano sostanzialmente ignorati. Dopo Charlottesville il loro mondo è cambiato. Sono stati legittimati dall'alto. Sono tornati a casa galvanizzati, organizzati, pronti ad agire. Le adesioni sono salite alle stelle.»

Mostrò a Faith un'altra foto. Era una segnaletica a colori di un giovane. «Brandon Russell, Guardia nazionale della Florida. Membro anche lui della divisione Atomwaffen. Atomwaffen in tedesco significa *armi atomiche*. Avevano una cospicua rappresentanza a Charlottesville. Nel maggio 2017, un mese prima del raduno, hanno scoperto un laboratorio per preparare bombe nel suo garage, svastiche in tutto il suo appartamento e una fotografia di Timothy McVeigh in camera da letto.»

«Nel garage hanno trovato HMDT. È un composto organico altamente esplosivo. È anche lo stesso materiale usato nelle due bombe fatte esplodere ieri nel parcheggio multipiano della Emory» spiegò Van.

La mente di Faith recuperò l'immagine del cratere fumante che aveva visto dall'elicottero il pomeriggio precedente. Quel mattino stavano ancora passando al setaccio i detriti. Nell'ultima ora avevano trovato un altro corpo.

Fece un cenno a Miranda perché continuasse.

«Per quanto riguarda i gruppi principali abbiamo Atomwaffen, RAM che sta per Rise Above Movement, Hammerskin, Totenkampf. E l'elenco va avanti. A volte si tratta di dieci persone, altre di cinquanta. Quello a cui assistiamo è l'incarnazione della resistenza senza leader. Un attacco del calibro di quelli dell'11 settembre o del 7 luglio richiede coordinazione, disciplina e denaro. Nessuno di questi gruppi ha risorse del genere. Quello che succede è che un tizio si dice: "Ehi, sono stufo di parlarne. Voglio fare qualcosa". Dylann Roof, Robert Gregory Bowers, Nicolas Giampa, Brandon Russell: erano tutti fortemente coinvolti nel nazionalismo bianco, ma non c'era nessun piano generale. Hanno agito di propria iniziativa.»

«Come i kamikaze» commentò Faith.

«Non è neanche un sistema così sofisticato. Può letteralmente trattarsi di un ventenne con un sacco di armi a disposizione che un mattino decide di prenderle tutte e andare in una sinagoga.»

«Sono persone che hanno un culto dell'eroe molto forte. Non venerano solo McVeigh. Gli sparatori solitari vengono trasformati in dei. Provi a controllare la prossima volta che si verifica un attentato simile. Nel giro di pochi minuti ci sono fanpage, fan fiction, informazioni di contatto. Se il bastardo sopravvive, postano il suo numero di matricola per potergli mandare regali e l'indirizzo del carcere perché gli ammiratori possano scrivergli» affermò Van.

Faith non perse tempo a chiedersi cosa diavolo avesse la gente che non andava. «La motivazione di uno sparatore è la fama?»

«Per certi versi sì» rispose Miranda. «Sono molto frustrati. Si sentono emarginati, impotenti, non capiti. Di recente abbiamo intercettato un be po' di traffico sulla Grande sostituzione.»

«Sono sicuro che abbia già sentito tutte queste cose. Le donne bianche non fanno figli con la stessa frequenza delle minoranze. Il femminismo sta rovinando il mondo occidentale. Gli uomini bianchi vengono trasformati in cornuti» affermò Van.

«Il che ci riporta ai militari. Gli uomini di questi gruppi cercano disperatamente la disciplina, l'affermazione virile in una struttura militare. Abbiamo notato uno sforzo congiunto di reclutare veterani, uomini in servizio attivo e riservisti. Li vogliono soprattutto per le loro capacità di combattere e perché il loro servizio militare le comprova. D'altro canto per un soldato che si sia ormai lasciato alle spalle i combattimenti la prospettiva di rivivere quei momenti è molto allettante. In tutto il paese ci sono campi dell'odio in cui ex soldati addestrano i ragazzini con esercitazioni e attività fisica. Insegnano loro a mettere in sicurezza un edificio, a tirare ai bersagli, a maneggiare le armi. Uno dei campi più grandi è a Devil's Hole nella Valle della Morte» continuò Miranda.

Faith si ricordò delle fotografie nei dossier sull'EPI di Kate Murphy. Mostravano giovani in mimetica che correvano. «Devil's Hole è il posto dove si sarebbe nascosto Charles Manson dopo lo scoppio della guerra razziale scatenata dall'Helter Skelter.»

«Esatto.» Miranda parve colpita. «Mentre era in prigione, Manson intrattenne una corrispondenza con un certo James Mason. Un grande suprematista bianco. Scrisse inoltre un libro intitolato *Siege* in cui sosteneva fermamente la resistenza senza leader. Lo potremmo definire la bibbia del movimento suprematista bianco moderno.»

«E questa bibbia cosa dice di fare?» chiese Faith.

«Le stesse cose che fanno i talebani e Al Qaeda. Producono video molto sofisticati per il reclutamento. Creano forum online in cui l'odio non solo è accettato, è incoraggiato. Si focalizzano sui giovani arrabbiati e dicono loro che fanno parte di una causa più grande, che devono combattere per riconquistare il potere bianco e che appena lo faranno, si ritroveranno le donne ai loro piedi.»

«Come Hurley, Vale e Monroe, molti di questi uomini hanno servito in Iraq e in Afghanistan. Hanno osservato con attenzione cosa combinava l'altra parte. Hanno visto il danno che può fare un ordigno esplosivo improvvisato, hanno capito che un infiltrato in una forza di polizia o in un battaglione può uccidere decine di persone. Hanno imparato dai ribelli e portato il tutto in America» aggiunse Van.

«I ribelli.» Faith indicò con un cenno i dossier chiusi. Doveva ancora comprendere in che modo Dash rientrasse nella vicenda. «Mi dica dell'EPI.»

Miranda fece un respiro. «Okay, sono in gamba, il che ci rende nervosi. Non parlano di sé online. C'è un po' di traffico quando gli altri gruppi fanno commenti: dicono soprattutto che l'EPI sta progettando qualcosa di grosso, che porteranno una seconda rivoluzione americana. Così parlano quei tizi, quindi è difficile distinguere la millanteria da quella che potrebbe essere la verità.» Tacque per fare un altro respiro. «Riteniamo che i membri dell'EPI siano survivalisti. La ragione per cui le ho fatto questo lungo preambolo sul modo in cui operano quei gruppi è perché così *crediamo* che operi l'EPI. Una piccola cellula fautrice della resistenza senza leader, che forse addestra presunti soldati per infiltrarli nelle forze dell'ordine o tra i militari e scatenare una guerra santa.»

A Faith si era seccata la bocca. «Se comunicano così poco, come li avete scoperti?»

«Sono stato io» rispose Van. «Monitorarli è un po' il mio campo. Ce ne sono centinaia e ci sono altrettanti lupi solitari nelle loro case mobili che vomitano stronzate sulla necessità di uccidere i neri e di stuprare le nazifemministe. Ho iniziato a captare sporadici accenni all'EPI qualche anno fa. Il modo in cui ne parlavano era diverso. Ho emesso un bollettino chiedendo informazioni. Ho ricevuto un memo dalla prigione statale di Valdosta in cui dicevano di avere un carcerato le cui telefonate registrate contenevano notevoli riferimenti all'EPI.»

«Adam Humphrey Carter.» Faith sentì infine che parte delle sue domande avrebbero avuto risposta. «Lo avete fatto rilasciare presto quand'è stato accusato di stupro perché potesse farvi da informatore.»

Van assentì. «Deve capire che questi gruppi seguono un modello. Di solito si autodistruggono. Ci sono continuamente lotte di potere. Uno non è abbastanza razzista, un altro viene sorpreso a guardare un porno gay. I litigi interni portano allo scioglimento, alle divisioni. Sono in sostanza teste di cazzo e perdenti. C'è una ragione se l'unica cosa che li tiene insieme è il colore della pelle.» Si allungò sul tavolo. «L'EPI sembrava molto organizzata, molto mirata. Il modo in cui Carter parlava di Dash era lo stesso usato da quella gente nei confronti di McVeigh. E su di lui non avevamo niente. Niente foto. Niente file. Niente di niente.»

Faith era finita nello stesso vicolo cieco la sera prima, e Van ci aveva dedicato molto più tempo.

«Potrebbe pensare che sia un bene che Dash e l'EPI non siano nel sistema ma in realtà è un pericolo, un pericolo serio. Nella nostra esperienza più queste persone parlano, più sparano cazzate. Sono quelli silenziosi che fanno i maggiori danni» disse Miranda.

«È solo attraverso Carter che abbiamo scoperto quel poco che sappiamo sull'EPI. Non l'ha fondato Dash, ma è stato lui a dar loro una rotta. Ha imposto il silenzio radio. Non dicono i loro nomi e non parlano dell'affiliazione nelle chat. Sono avvolti da un'aura di mistero a cui gli altri gruppi di potere bianco sono sensibili. È passato un giorno dall'attentato e online stanno già dicendo che sia opera dell'EPI. Metà Totenkampf è già partito per Atlanta per sfruttare il caos. Abbiamo bloccato un nazionalista bianco polacco al confine con il Canada. Un gruppo dell'Arizona ha tentato di noleggiare un aereo privato per poter trasportare le proprie armi» precisò Van.

«L'Arizona.» Poche ore prima soltanto Faith aveva letto di una milizia civile di confine in quello stato. «Chi ha creato l'EPI? È stato Martin Novak?»

Van scrollò le spalle. «Non ha importanza chi abbia piazzato la miccia. Dash è il fiammifero che l'accenderà.»

«Ha ragione.» Miranda aveva assunto un atteggiamento estremamente serio. «Se mi chiede cosa mi tiene sveglia la notte, è il fatto di sapere che Dash è là fuori ad architettare qualcosa, e noi non abbiamo nessuna idea di cosa sia.»

Faith fece l'ovvia domanda. «Se siete così preoccupati per lui, perché non c'è una task force o...»

«L'FBI non può finanziare i presentimenti» affermò Van. «Ci sono molti più delinquenti in giro a cui possono dare la caccia. Ho dovuto mettermi in ginocchio e supplicare i miei capi per poter trasformare Carter in un informatore. Come ho detto, ci ha fornito parecchie informazioni di alto valore sugli altri gruppi. Siamo stati in grado di risolvere molti casi. Ma per quanto riguarda l'EPI è sempre stato molto abbottonato. Quello che ho saputo da lui è che stanno pianificando qualcosa di grosso e che c'è un uomo al vertice che conduce le danze.»

«Perché hanno preso Michelle Spivey?» chiese Faith.

«L'ha presa Carter. Non sappiamo se glielo abbia ordinato Dash» rispose.

Faith non sarebbe ripiombata in quel mare di balle. Indicò con un cenno la pila di dossier davanti a Miranda. Fino a quel momento ne aveva aperto solo uno. «Che cos'altro ha Pandora nel suo vaso?»

Van annuì.

Miranda aprì un raccoglitore. «È l'unica fotografia che abbiamo di Dash.»

Faith attraversò la stanza. Le era venuta la nausea. Non sapeva perché il pensiero di guardare Dash la innervosisse. Si aspettava una foto segnaletica, invece vide un'istantanea patinata di un ragazzo in età da college in pantaloncini e maglietta su una spiaggia.

«È stata scattata sulla costa occidentale del Messico nell'estate del 1999» spiegò Miranda.

Faith non se la bevve. «Il Messico non mi sembra il luogo di vacanza adatto per un futuro suprematista bianco.»

«Odia il peccatore, ama il peccato» osservò Van.

Faith studiò la faccia del ragazzo: spigolosa ed ebete, con una barbetta e un paio di baffi a chiazze. Avrebbe potuto essere uno dei noiosi compagni della confraternita di suo figlio.

O uno dei giovani dall'aria innocua di Charlottesville.

Miranda le mostrò un'altra immagine. Aveva quell'aspetto approssimativo tipico degli identikit. «A questa è giunta l'FBI quando abbiamo chiesto di usare il software di invecchiamento per capire come potrebbe essere Dash oggi.»

Faith non ne fu colpita. «Quanti anni ha adesso?»

Miranda scrollò le spalle. «Quarantacinque? Ma abbiamo fatto parecchio con molto poco. I nostri analisti della marina ritengono, in base ai punti di riferimento in lontananza, che la spiaggia su cui si trova Dash sia su Isla Mujeres. Ci sono dati tecnici riguardanti l'erosione e l'angolazione del sole che non starò a riferire per non annoiarla, ma sono maledettamente bravi nel loro lavoro.»

Faith tornò alla foto della spiaggia. «Non è un'immagine di sorveglianza. Sembra presa da un album di vacanze.»

Van le scostò la sedia e aspettò che si sedesse.

«Nel giugno 1999 un certo Norge Garcia si trovava al Mujeres La Familia Resort con la moglie e i figli. Notò una prevalenza di americani maschi bianchi, giovani e single sulla spiaggia. Come suggerisce il nome, è un resort per famiglie. Davvero a misura di bambini. In genere gli studenti delle confraternite frequentano i posti per adulti perché là ci sono le ragazze. Quindi Garcia comincia a chiedere in giro: dove alloggiano quei ragazzi? Che cosa combinano? Perché sono lì?» Van si fermò e poi chiese: «Mi sta seguendo?».

«Non proprio» ammise Faith. «Perché questo Garcia stava curiosando in giro? E come sa tante cose di lui?»

Van le fece un cenno di apprezzamento. «So di lui perché sono andato in Messico a parlargli. E stava curiosando nel resort perché nel 1999 Garcia era un ispettore dei Federales. La versione messicana dell'FBI con l'aggiunta dell'esercito.»

Faith li conosceva grazie alla sua forte dipendenza dalle serie di Netflix sui narcos. «In che modo c'entra Dash?»

Invece di rispondere Van fece un cenno a Miranda.

Lei le allungò un'altra istantanea scattata sulla spiaggia. L'obiettivo era puntato su un gruppo di bambini intenti a costruire un castello di sabbia. Una decina di metri più in là la sagoma sfocata di un uomo era segnata con un evidenziatore rosso. Capelli scuri. Occhiali da sole. Corporatura tarchiata. Stava chiamando qualcuno dietro la macchina fotografica. Aveva tutte e due le braccia sollevate. Sembrava più che altro un segnalatore. Il suo viso era nascosto da un cappellino da baseball ma era più che evidente che gli mancassero due dita della mano sinistra.

Faith si appoggiò alla sedia.

A Martin Elias Novak mancavano due dita della mano sinistra. Le aveva perse quando serviva nell'esercito degli Stati Uniti in qualità di esperto di esplosivi. Nel 1999 aveva quarantuno anni.

Guardò Van scrutandolo in volto in cerca di una conferma.

Lui alzò le spalle. «Chi può dirlo?»

Faith lo invitò a continuare.

«Questo misterioso uomo bianco più vecchio con le dita mancanti, be', l'ispettore Garcia ha una brutta sensazione. Cosa sta facendo? È sempre attorniato da un gruppo di ragazzi. Non è un ospite del resort ma sta sulla spiaggia di fronte tutti i giorni. Noleggia una sdraio e guarda i bambini giocare nell'acqua. È single. Niente moglie. Niente figli. Un sesto senso dice a Garcia che qualcosa non quadra. Fa domande e i locali che lavorano al resort gli dicono: "Oh, non ci faccia caso. È soltanto Pedo".»

«Pedro?» precisò Faith.

«No, *Pedo* come *pedófilo.*»

A Faith venne male. Vedeva la spiaggia. I bambini che ridevano. L'uomo viscido di mezza età che li osservava saltare tra le onde davanti a un resort per famiglie.

Si sentì scuotere la testa. Nel briefing su Martin Novak non c'era stato il minimo accenno alla pedofilia. Quell'uomo aveva una figlia che aveva cresciuto da solo. Aveva servito nell'esercito. Sì, era un rapinatore di banche e un assassino, ma ciò lo rendeva un criminale. Quella nuova informazione, se vera, lo rendeva un mostro.

«Lo chiamavano Pedo per il modo in cui guardava i bambini. A volte dava loro una caramella, non sto scherzando. Altre volte si offriva di controllarli mentre i genitori andavano a fare due passi.»

Faith per poco non ansimò. «E lo lasciavano fare?»

«Era la fine degli anni Novanta. Nessuno immaginava che gli uomini a modo, tipicamente americani, potessero essere pedofili. I preti erano ancora santi. Cavolo, pensavamo ancora che Columbine fosse un caso isolato.»

Miranda aveva un'altra istantanea. «Questa è l'unica altra immagine che abbiamo di Pedo.»

Il presunto Martin Novak dava le spalle all'obiettivo, ma Faith riconobbe la stessa maglietta e la stessa corporatura della foto precedente. La mano sinistra con tre dita era lungo il fianco. Stava parlando con un ragazzo la cui faccia era spigolosa ed ebete, con una barbetta e un paio di baffi a chiazze.

Dash.

«Pedo affittava una villa a circa trecento metri dal resort. Pagava in contanti, aveva firmato il contratto con il nome di *Willie Nelson*» disse Van.

Le lasciò un secondo perché assimilasse l'informazione. Sul luogo dell'incidente Carter e gli altri avevano dato a Will nomi falsi ispirati ai cantanti country.

Nessuno era più country di Willie Nelson.

Van proseguì. «All'ispettore Garcia dissero che il signor Nelson organizzava ritiri per chi *la pensava come lui*. Ogni settimana sei ragazzi yankee di una confraternita arrivavano con le loro valigie. Al termine della settimana riattraversavano il confine e altri sei prendevano il loro posto. Andava avanti così per tutta l'estate.»

Faith aveva domande ma si rispose in fretta da sé. Prima degli attacchi terroristici dell'11 settembre agli americani bastava mostrare la patente per attraversare il confine a Tijuana. Nessuno registrava nulla. Non c'erano software di riconoscimento facciale, lettori di targhe, passaporti elettronici.

«Questa è la villa che affittava Pedo.» Miranda mostrò un'altra immagine. Era una casa fatiscente di due piani con un ampio portico. Appese alle ringhiere come teli da mare c'erano diverse bandiere rosse con la svastica.

«Garcia ovviamente non poteva andare sotto copertura, ma chiamò rinforzi. Iniziarono a pedinare i ragazzi dalla villa. Videro che in genere restavano sulla spiaggia con Pedo. Uno stava seduto al bar di fronte ai bagni. Un giorno una bambina di nove anni andò alla toilette. Il ragazzo al bar fece un segnale agli amici sulla spiaggia. Loro ricambiarono. Poi si alzò ed entrò nei bagni.»

Faith si mise una mano sulla gola. «Le ha fatto del male?»

«I Federales lo bloccarono prima che potesse esserci qualsiasi contatto fisico. Le aveva messo la mano sulla bocca, ma nient'altro.» Van aggiunse: «Lo hanno trascinato alla stazione. Lo hanno messo in una stanza interrogatori e lui ha cominciato a parlare».

«Aspetti...» Faith doveva sapere. «Era Dash?»

«Bingo» rispose Van. «Garcia lo lasciò cuocere in una stanza. Quando andarono da lui, era pronto a parlare. Disse di chiamarsi Charley Pride.»

Un altro cantante country. E anche un afroamericano, quindi doveva trattarsi di qualche freddura razzista comprensibile solo al loro gruppo.

«Dash si profuse in grandi scuse per essere entrato nel bagno sbagliato. Disse di aver bevuto troppa tequila, di non parlare spagnolo, che era stato un errore commesso in buona fede, che le aveva messo la mano sulla bocca perché stava per urlare e lui si era lasciato prendere dal panico. Era un ragazzo molto educato: sì, signore e no, signore e mi dispiace, signore. Disse a Garcia d'essere uno studente all'ultimo anno della UC-San Diego. Aveva iniziato tardi perché era nell'esercito. Era venuto in Messico con un amico che voleva partecipare al ritiro. Dichiarò di non sapere che l'amico fosse un nazista.»

«Garcia gli credette?» domandò Faith.

«Nient'affatto, ma anche i Federales hanno bisogno di prove, soprattutto quando fermano un americano. L'assassinio di Kiki Camarena getta una lunga ombra. Perciò dovette lasciarlo libero e chiudere l'indagine, ma...»

Sollevò la mano per dirle di aspettare.

«Due settimane dopo Garcia è seccato dall'intera situazione. Va da solo al resort. Si veste da turista. Si siede al bar e osserva. Questo è quello che succede. Stessa disposizione di prima: Pedo sulla spiaggia con i ragazzi della confraternita. Uno di loro al bar. Una bambina va alla toilette, ha otto anni. Il ragazzo al bar si scambia un segnale con loro, ma stavolta un'altra bambina, forse di undici o dodici anni, entra nel bagno. Ne esce con la prima. La porta a un capanno dove tengono le tavole da surf e la lascia all'interno. I ragazzi della confraternita arrivano un minuto dopo. Uno entra. Gli altri restano fuori e aspettano il loro turno.»

Faith strinse le labbra per non supplicarlo di smettere.

«Garcia era solo. I ragazzi all'esterno sono scappati appena lo hanno visto. Ha afferrato quello all'interno prima che potesse fare qualsiasi cosa.» Van si bloccò. «Voglio dire, al di là del danno psicologico che quella povera bambina si sarebbe portata dietro per il resto della vita.»

«Che nome ha dato quel ragazzo? Tim McGraw?» chiese Faith.

«Garth Brooks» rispose. «Il che è stato piuttosto stupido. A quel tempo era il cantante più famoso del pianeta. Garcia passò circa cinque secondi a controbattere prima che confessasse che il suo *vero* nome era Gerald Smith, che aveva ventuno anni ed era residente a San Diego. Tenta con la stessa storia di Dash: mi scusi, signore, ero ubriaco, signore, non sapevo che là dentro ci fosse una bambina, pensavo che fosse il bagno degli uomini, per questo avevo l'uccello fuori, signore.» Van scosse la testa. «Garcia chiama i suoi capi. Mette Gerald sotto custodia. Poco dopo il ragazzo svanisce.»

«Lo hanno ucciso gli altri detenuti?»

«Purtroppo no. Garcia crede che gli abbiano consentito di tornare di nascosto negli Stati Uniti. Pedo contemporaneamente scompare. I ragazzi della confraternita si dileguano. Garcia è stato vago sui dettagli, ma ho la sensazione che i suoi superiori abbiano considerato Gerald e Pedo un problema americano e ritenuto che l'America potesse gestirlo meglio.»

«Non c'è in conclusione una sovrapposizione significativa tra il movimento suprematista bianco e la pedofilia o le molestie ai bambini. Almeno non una maggiore di quella esistente con la popolazione in generale» osservò Miranda.

«Che sollievo.» Faith sarebbe voluta tornare a casa a farsi una doccia bollente per levarsi di dosso il fetore di quegli uomini. Sperò con tutto il cuore che in quel momento Dash non avesse attorno dei bambini.

Le venne in mente una cosa.

«Come avete fatto a collegare il Dash dell'EPI al Dash in Messico del 1999?»

«Ho fatto bere Carter. Teneva sempre la bocca cucita su Dash, ma c'era qualcosa di diverso. È stato più o meno nello stesso periodo in cui aveva iniziato a tirare al guinzaglio. Eravamo a metà della seconda bottiglia di Johnnie Walker Red e con un tono molto sommesso, riverente, ha preso a raccontarmi di quando Dash aveva prestato servizio in guerra: Dash era un Navy SEAL, aveva condotto operazioni segrete finché non aveva saputo troppo e il governo aveva inviato un assassino per farlo fuori e...» Van fece un gesto brusco con la mano. «A ogni modo, gli ho cavato di bocca che Dash aveva un tatuaggio molto vecchio sul polpaccio. È una scritta in corsivo in inchiostro giallo con i bordi blu: *la libertà non è gratuita*.»

«È un tatuaggio militare» osservò Faith.

«È soprattutto dell'esercito. I SEAL optano per sommozzatori, scheletri di rana, tridenti dei Seal, ancore, *il più duro dei duri*. Nel 1999 i regolamenti proibivano a un marinaio di avere tatuaggi sulla gamba. E nessun membro della marina esibiva il colore della vigliaccheria» intervenne Miranda.

Van riprese la parola. «Ho passato il tatuaggio nel database biometrico dell'FBI e *nada*. Poi l'ho passato in quello dell'INTERPOL. Di solito quando trovi una corrispondenza clicchi su un link e leggi il mandato d'arresto o a volte il file del caso. Tutto quello che ho ottenuto è stato un nome con un numero di telefono. Norge Garcia, Inspector Jefe della Policía Federal.» Scrollò le spalle. «Perciò sono saltato su un aereo e sono andato laggiù a parlargli.»

«Ricordava un sacco di particolari» commentò Faith.

«Aveva ancora i dossier, le fotografie, gli appunti, le dichiarazioni. Gli era rimasto impresso. Per questo aveva inserito il tatuaggio nel database dell'INTERPOL. Nel 1999 non avevano i computer. Appena ha capito cosa fosse un computer, ha detto a uno dei suoi di inserire l'informazione. Garcia aveva la sensazione che con Dash gli fosse sfuggito qualcosa. Il suo sesto senso. Vent'anni dopo ha ancora una brutta sensazione.»

Faith si appoggiò alla sedia. Aveva la testa così piena che non riusciva quasi a tenere tutto a mente.

«Novak ha una figlia. Quand'era con Pedo sulla spiaggia, doveva avere dieci o undici anni» gli disse. Attese ma lui non commentò. «La bambina che ha portato l'altra nel capanno delle tavole da surf aveva più o meno quell'età. Novak induceva sua figlia ad attirare le altre bambine con l'inganno per lui e per i suoi amici, giusto? Questo intende.»

Miranda aveva ancora una foto. «Questa è la fotografia più recente che abbiamo di Gwendolyn Novak. Scattata quando aveva diciannove anni.»

Faith guardò la fotocopia di un documento di identità del Georgia Baptist Hospital. Gwen Novak era bruttina, con i capelli castano chiaro e due occhi tristi. Faith volle leggere qualcosa in quella tristezza. Gwen aveva fatto da magnaccia al padre. Era vissuta in una casa piena di pedofili. Impossibile che non fosse stata vittima di abusi. Poi però era diventata uno strumento per abusare di altre bambine.

«Gwen era un'inserviente che sognava di entrare nella scuola infermieri, ma in quella fase non aveva neanche un diploma. Aveva già due figli, un bambino di dieci mesi e una bambina di cinque anni» spiegò Miranda.

«A diciannove anni?» Faith si vergognò del suo tono critico. Aveva quindici anni quand'era nato Jeremy. E non era stata cresciuta da un pedofilo razzista. «E il padre dei suoi figli?»

Miranda scosse la testa. «In entrambi i certificati di nascita lo spazio è rimasto vuoto. La bambina fu iscritta infine a una scuola elementare nel Westside, ma dopo pochi mesi la ritirarono. Il dipartimento dei servizi alla famiglia e all'infanzia la teneva d'occhio. Uno dei vicini sospettava che subisse violenze. Poi Gwen seguì le orme del padre e sparì dai radar. Niente carte di credito, niente conti bancari, nemmeno le pagelle della bimba. Oggi Joy, la figlia, avrebbe quindici anni.»

«Joy.» Faith volle aggrapparsi a quel nome, credere che Gwen l'avesse protetta dal padre stupratore e dai suoi amici. «E il bambino?»

«Abbiamo il certificato di morte. La causa indicata è la SIDS.» Porse il modulo a Faith. «Quel povero piccolo è soffocato nel sonno.»

Faith non prese il documento. Le sembrava di malaugurio anche solo guardarlo. Voleva provare pietà per Gwen per quello che aveva passato da bambina, ma ormai era una donna adulta. Non era più una vittima. Se aveva lasciato sua figlia in mano a un pedofilo, anche lei lo era. Anzi peggio, perché sapeva che cosa significasse essere una bambina inerme e vivere costantemente sotto la minaccia dello stupro.

«Grazie, Miranda. So che hai un'altra riunione» disse Van.

«Grazie. Voglio dire, tutto questo è terribile ma la ringrazio» affermò Faith.

«Spero di essere stata utile.»

«Lo è stata.» Faith andò a prendere la sua borsa, ma Van la bloccò. «Può aspettare un minuto?»

Lei si risedette. Guardò l'orologio.

Le 15.52.

Beau Ragnersen e Will erano probabilmente al parco. Il galoppino di Dash doveva incontrarli alle quattro. Faith avrebbe voluto premere il tasto pausa e riferirgli quanto aveva appreso. Il passato militare era importante. Il fatto che Dash fosse un pedofilo. Poteva sfruttare entrambe le cose per studiare il sistema per infiltrarsi nel gruppo.

Oppure poteva uscire definitivamente di testa e massacrare di botte il galoppino finché non avesse acconsentito a portarlo da Sara.

La porta ronzò quando Miranda uscì. Van attese che il clic e la luce rossa indicassero che la stanza era di nuovo sicura.

«D'accordo, Mitchell. Faccia del suo meglio» affermò.

Lei era già più che pronta. «Avete chiesto all'intelligence della Marina di analizzare le foto della spiaggia di Garcia per verificare il posto e la data. E mi vuol dire che non riesce a trovare degli esperti che esaminino i monconi delle dita di Pedo per confrontarlo con Martin Novak?»

«Tutti i nostri esperti di monconi sono impegnati con la mafia.»

Faith lo fissò. «Siamo a duecentocinquanta metri da un cimitero in cui una volta sorgeva un parcheggio multipiano.»

Non si sarebbe fatto rimproverare. «Carter e Vale sono morti. Hurley è sotto custodia.»

«Grazie al mio collega» gli ricordò lei. «Capisco la resistenza senza leader e la faccenda dei lupi solitari, okay? Ma le rapine in banca di Martin Novak hanno fruttato mezzo milione di dollari. Miranda ha detto che l'11 settembre ha richiesto coordinazione, disciplina e denaro. Da quel che vedo l'EPI ha tutto questo, il che significa che non sono lupi solitari, sono un'organizzazione terroristica nazionale bella e buona. E qui lo dico: è maledettamente negligente che il suo capo sia così impegnato a coprirsi il culo da non lasciare che l'FBI faccia il suo lavoro.»

«Oh, ehi, ha visto questo?» Sollevò il documento appeso al cordino. «Io a dire il vero lavoro per l'FBI. Tutto questo, oggi, tutta questa attività dietro le quinte... È l'FBI che sta aiutando le forze dell'ordine locali. Perché io lavoro per l'FBI. Gestivo un informatore dell'FBI che mi passava informazioni su Dash. Sono andato in Messico per indagare su di lui. In questo momento le sto parlando perché io, un agente dell'FBI, voglio trovarlo.»

Faith probabilmente gli doveva delle scuse.

Anche lei però non si sarebbe fatta rimproverare.

«So che ha una bambina di due anni. Quegli uomini sono molto simili ai bambini di due anni. Vogliono attenzioni e sono disposti a distruggere per averla» disse Van.

Era un tiro mancino. «Come sa di mia figlia?»

Lui ignorò la domanda. «McVeigh ha ispirato frotte di emuli. *Il manifesto di Unabomber* ha quattro stelle e mezzo su Amazon. Se diciamo alla stampa che l'Esercito patriottico invisibile ha messo le bombe alla Emory, ci ritroveremo a occuparci di decine di emuli, e Dash si nasconderà ancor più di quanto non faccia ora.»

Faith stava già scuotendo la testa. «Dash era poco più che ventenne, era stato messo sotto pressione da un federale, aveva la prospettiva di finire in un carcere messicano. Non esiste che non abbia raccontato qualche balla mentre collaborava. Forse era davvero uno studente alla UC-SD. Il nome che ha dato a Garcia: Charley Pride. In base al modello potremmo presumere che il suo vero cognome inizi per *P*.»

«Strabiliante. Avrà la sua pila di materassi. E io troverò una principessa.» Si tolse gli occhiali e li gettò sul tavolo. «Senta, Mitchell, è passato un giorno. Capisco che sia in ansia per il vostro agente. Rivogliamo tutti Sara Linton. Rivogliamo Michelle Spivey. Lavoriamo al caso da un mese e ci ritroviamo davanti solo a un'infinità di muri. Ma non pensi nemmeno per un minuto che l'FBI non prenda seriamente l'EPI. Non tengo riunioni nei CISC perché ho un debole per le donne categoriche e autoritarie.»

Faith inarcò le sopracciglia perché quel commento era arrivato dal nulla.

«Scusi, lo intendevo come complimento» precisò.

«Resta comunque strano.»

Van si prese un po' di tempo pulendosi gli occhiali con la cravatta. «Prove. Di questo abbiamo bisogno. Tutto quello che abbiamo sono congetture e sentori. *Pensiamo* che sia Novak l'uomo della foto sulla spiaggia. *Pensiamo* che sia Dash a parlargli. *Pensiamo* che Dash abbia preso le redini dell'EPI quando Martin è stato catturato. *Pensiamo* che Dash fosse il quarto uomo alla Emory ieri. *Pensiamo* che l'EPI abbia rapito Michelle. *Pensiamo* che stiano progettando qualcosa di più grosso.» Guardò Faith. «Dato che stiamo buttando lì teorie non verificate, le dirò una delle mie: il mio istinto mi dice che Gwen Novak è sposata con Dash.»

«Merda.»

«Merda è giusto, perché non c'è un certificato di matrimonio, non ci sono legami finanziari, non ci sono sovrapposizioni, ma ho fatto un paio di calcoli e so quanto quei gruppi tengano in considerazione la stirpe. Se vuoi prendere il posto del re sposi la figlia del re.»

«Pensa che Gwen abbia avuto altri figli?» La nausea le stava facendo venire il mal di testa. «Quello è il compito di Gwen, giusto? Raggirare le bambine per suo padre e i suoi amici. Forse con Dash ha trovato un modo più semplice: provvede direttamente a fornirgliene una scorta.»

Van si sfregò gli occhiali con la cravatta così forte che le lenti si flessero.

«Martin Novak è sotto custodia. Torni da lui e...» suggerì Faith.

«Novak non parla da più di un anno ed è improbabile che lo faccia ora.» Si rimise gli occhiali. «Novak *vuole* che qualsiasi cosa stia per accadere accada. Ha gioito quando ha sentito dell'esplosione ieri. Vuole che la gente muoia. Vuole distruggere la società e abbattere il governo. Sa che il suo arresto ha lasciato un vuoto nella leadership. Se c'è un grande piano, non ne è parte. Ed è contento. È contento di vedere cosa succederà.»

Faith sapeva che aveva ragione. Essendo parte della squadra incaricata di trasferirlo, aveva passato ore a studiarlo. Quell'uomo viveva per seminare il caos. «Allora che si fa? Qual è il piano?»

«Sfrutterò i miei informatori. Carter non era l'unico suprematista bianco con cui faccio affari.»

«Carter è stato un gran successo per lei.»

Van rispose alla frecciata con un sorriso. «Scovare quei tizi è la parte difficile. Una volta individuati, è in sostanza questione di RASICSR.»

Faith cercò di nascondere la sua eccitazione visto che aveva imparato un nuovo acronimo. «Sta cercando di colpirmi con il gergo del mestiere?»

«Ovviamente» replicò. «Come fai a trasformare un delinquente in un informatore segreto? Reciprocità. Autorità. Scarsità. Impegno. Coerenza. Simpatia. Riprova sociale. RASICSR. Fortunatamente sono un maestro in tema di empatia, solidarietà ed elargizioni di denaro.»

«Non sanno che lei è ebreo?» Faith non poté trattenersi.

«Sì, ma è divertente: gli passi un po' di soldi, li tieni fuori di prigione, ascolti i loro problemi senza giudicarli e ti dicono: "Hitler? Non lo conoscevo quasi".»

Faith si sforzò di ridere ma solo per dargli un po' di tregua, visti gli ultimi momenti imbarazzanti.

«Ho informatori in tutti i gruppi principali, ma quello che ci serve veramente è qualcuno all'interno dell'EPI. A questo sto lavorando. Un uomo che conosca qualcuno che conosca qualcuno. Adesso l'EPI ha quattro uomini in meno. Non persone qualsiasi, soldati. Non conosciamo le condizioni mediche di Dash dopo l'incidente. Qualsiasi cosa stia architettando richiede una certa competenza. Secondo Carter il gruppo di Dash è composto da uomini anziani e ragazzi. Soldati come Carter, Hurley, Monroe e Vale erano i veri leader. Dash dovrà reclutare uomini qualificati, subito.»

Faith guardò l'orologio.

Le 15.58.

Beau e Will stavano aspettando il galoppino di Dash.

«Perché sono qui?» gli chiese.

«È una domanda esistenziale?» Capì che non le avrebbe strappato un'altra risata. «Il mio capo vuole che sappiate esattamente con che genere di persone avete a che fare. L'EPI ha Sara Linton. Sappiamo che fa parte della vostra famiglia e la vostra famiglia è la nostra.» Arrivò al punto. «Ho un dossier che l'aspetta di sotto con tutto quello che abbiamo sul sequestro di Michelle Spivey. Ho dovuto omettere le parti top secret, ma per quanto riguarda la possibilità di localizzarla, non c'è molto. Forse un altro paio d'occhi può cogliere qualcosa che venti dei nostri analisti non sono riusciti a notare.»

«Okay. Posso mandarle i rapporti della scientifica sul motel, i verbali autoptici. Tutto quello che abbiamo è vostro» rispose Faith.

«Tutto?» fece Van.

Faith non riuscì a decifrare il suo tono. Pensava che gli stesse mentendo, oppure stava facendo un altro maldestro tentativo di flirtare con lei.

Gli rilanciò la palla di cristallo. «Le mie fonti dicono di no.»

13

Lunedì 5 agosto, 15.58

Will gemette scendendo dal furgone di Beau Ragnersen. L'effetto dell'aspirina era definitivamente passato. I suoi muscoli si stavano bloccando. Si guardò attorno notando alcune auto, qualcuno a spasso con il cane; per il resto, l'Alberta-Banks Park era in una fase di calma pomeridiana. Will gli indicò con un cenno di fare strada. Beau tenne la testa dritta e le mani in tasca. Lui fece lo stesso seguendolo su una striscia d'erba tagliata con cura.

Nessuno dei due aveva addosso un localizzatore. Amanda non lo aveva proposto, e Will a ogni modo non avrebbe accettato. Il suo più grande timore era non riuscire a bluffare sul suo passato. Dalle credenziali risultava essere un ex soldato con un conto in sospeso. Will aveva già usato quell'identità imparando nel modo più duro che non era un esperto di gergo militare. Da allora non si era dedicato a studiare la parte. Ora poteva solo fare il tipo taciturno, minaccioso. Essere taciturno gli veniva naturale. L'aspetto minaccioso lo aveva da quando avevano preso Sara.

Aveva ancora la barba lunga, le mani massacrate. Portava un cappellino da baseball e gli occhiali da sole. Il suo abito grigio stropicciato era nell'armadietto dell'ufficio. Si era messo un paio di jeans e una maglietta nera con le maniche lunghe che usava normalmente in palestra. La stoffa era tesa attorno ai bicipiti. Le scarpe da corsa erano schizzate di vernice color ruggine, simile a sangue secco.

Vernice.

Due mesi prima aveva ristrutturato il bagno, con sorpresa di Sara. Finché lei non glielo aveva detto, lui non si era reso conto che le pareti color cioccolato lo facevano sembrare ancora più piccolo. Aveva preso un mobile nuovo in modo che lei avesse un posto dove mettere le sue cose. Aveva dipinto le pareti di rosso per renderlo più luminoso, poi ci aveva dato sopra tre mani di grigio chiaro perché Sara era circondata da scene del crimine piene di sangue quasi tutti i giorni. Probabilmente non aveva voglia di farsi la doccia in un luogo analogo.

Beau tolse le mani dalle tasche e fece un gran sospiro lasciando il sentiero lastricato. Era imbronciato, il che era irritante. Si capiva che non avrebbe voluto essere là. Amanda gli aveva detto senza mezzi termini che avrebbe finito i suoi giorni in prigione se non avesse aiutato Will a entrare nell'EPI.

In che modo sarebbe successo, era ancora un mistero.

Beau sospirò di nuovo mentre puntava verso il diamante del campo di baseball. Will passò il borsone pieno di medicinali nell'altra mano. Strinse il pugno. Si disse che sarebbe stata una cattiva idea sferrargli un pugno sulla nuca se avesse sospirato di nuovo.

Tutto quello era per Sara. Il pensiero bastò a indurlo ad aprire la mano. Doveva convincere il tirapiedi di Dash a presentarglielo. Beau aveva accennato a un tizio con un furgone che serviva da supporto nelle consegne dei farmaci. Suppose che l'autista occupasse un posto più in alto nella catena. Quella era la persona che doveva incontrare. Dash era a corto di quattro uomini. Stava progettando qualcosa di grosso. A quanto pareva gli piaceva lavorare con ex membri delle forze dell'ordine e militari, quindi probabilmente stava reclutando attivamente. Il primo ostacolo era convincere il tirapiedi a chiamare l'autista. Il secondo, accertarsi che l'autista non gli sparasse alla testa.

Si guardò attorno. Nessun segno di furgoni.

Beau svoltò e sospirò ancora.

Il sudore colò negli occhi di Will. Era contento di avere gli occhiali scuri. Il sole gli picchiava sulla testa. Avrebbe voluto che Faith fosse là. La sua riunione era probabilmente importante, ma sapeva che, se fosse successo qualche casino, gli avrebbe dato come sempre una mano.

Notò la prima agente del GBI sotto copertura seduta su una panchina vicino al parco giochi. Aveva un passeggino di fronte. Teneva la testa china, il naso sul telefono. Un altro agente stava correndo su un sentiero lastricato tra i campi da tennis e uno dei diamanti del baseball. Una station wagon verde era nel parcheggio a una certa distanza, con a bordo un paio di agenti, un uomo e una donna, che recitavano la parte di due persone sposate, ma non tra loro. C'erano una seconda macchina posteggiata davanti a una taverna lungo la strada e un'altra vicina all'impianto di trattamento delle acque, ma secondo lui niente di tutto ciò avrebbe funzionato perché l'istinto gli diceva che Beau lo avrebbe fregato.

Ma il suo istinto aveva ragione?

La brutta sensazione non derivava dai patetici sospiri o dal modo in cui trascinava i piedi nell'erba come Charlie Brown, ma dal fatto che quell'uomo era un tossico, e l'unica cosa a cui i tossici tenevano era lo sballo. Amanda gli aveva permesso di tenersi in tasca una manciata di pillole e lui aveva iniziato a cacciarsele in bocca come gomme prima che uscissero dall'edificio. Il soldato delle operazioni speciali sapeva fare i conti quanto Will. Alla fine le pillole si sarebbero esaurite e, quando fosse accaduto, Beau si sarebbe forse trovato dalla parte sbagliata di una cella.

Will cercò di pensare come lui. C'erano tre modi in cui sarebbe potuto uscire da quella situazione. Scappatoia numero uno: segnalare al tirapiedi di Dash che Will era un poliziotto. Il tirapiedi gli avrebbe sparato. Fine della storia. Scappatoia numero due: mettersi a correre. Beau non sarebbe andato lontano, ma non lo sapeva. La terza alternativa era la più inquietante. Beau era un soldato ben addestrato. Non c'era bisogno che il cervello gli funzionasse alla perfezione perché i muscoli gli ricordassero come si uccideva un uomo. Will aveva il coltello pieghevole in tasca, ma non era ancora molto abile a usarlo. La sua Sig

Sauer era in una fondina all'interno della vita dei pantaloni, sulla schiena. Era molto veloce a estrarla, ma non se avesse avuto il collo spezzato.

«Da questa parte.» Beau si incamminò lungo il recinto a forma di spicchio del campo da baseball. Guardò l'orologio, perciò Will guardò il suo.

Le 15.58.

Avrebbero dovuto incontrare il tirapiedi alle quattro. Ormai non poteva più tirarsi indietro. Qualsiasi cosa avesse in mente Beau, non sarebbe stata improvvisata. Aveva chiaramente preso una decisione. Sembrava pensieroso, quasi meditabondo, mentre sfiorava il recinto metallico con la mano.

L'istinto lanciò a Will un altro segnale d'allarme.

Di fronte al pericolo alcuni si eccitavano, si battevano il petto, urlavano assetati di sangue, tanto accecati dall'adrenalina da lanciarsi verso i proiettili. Poi c'era un altro tipo d'uomo, quello che sapeva che l'unico modo per sopravvivere all'inferno che si sarebbe scatenato era entrare in trance.

Beau era quel tipo d'uomo. La trasformazione era evidente. Non erano le pillole; l'addestramento aveva preso il sopravvento. La respirazione era rallentata. Aveva smesso di agitarsi e di sospirare. Trasudava una calma zen come un monaco buddista.

Will riconobbe i segni perché anche lui li stava sperimentando.

«Questo è il posto.» Beau risalì le gradinate fino alla terza fila e si sedette. Guardò l'orologio. «Puoi anche posare le chiappe, fratello. Non è sempre puntuale.»

«Dov'è il furgone?»

«Che cazzo ne so.» Beau allungò le gambe. «Quelli non sono stupidi. Non è che arriva e ti mostra la sua faccia. A questo serve il tirapiedi.»

Will gettò il borsone sul sedile tra loro. Si sedette. Guardò il diamante. Il recinto era bello, ricoperto di vinile nero. A Will, sempre vissuto in città, quel parco non era familiare. Non c'erano aghi, tossici o senzatetto. Solo donne griffate Gucci che portavano a spasso i loro cani perfettamente curati.

Will aveva già studiato la mappa aerea dell'area verde di nove ettari. L'intera squadra sotto copertura aveva passato ore a elaborare strategie, suggerire vie e scenari alternativi, discutere dei posti migliori per piazzare le auto e gli agenti donna. Dodici campi da tennis illuminati. Tre campi da baseball. Uno con la pavimentazione in gomma. Un centro per il tennis. Un ampio padiglione per picnic.

Cercò di orientarsi. Non era mai stato bravo con la destra e la sinistra, ma sapeva che erano seduti accanto all'home plate sul diamante più lontano dalla strada principale. I campi da tennis in terra erano le sue spalle, il che significava che il campo da football delle elementari era dall'altra parte del bosco.

La scuola era esclusa per ovvie ragioni. L'ultima campana era suonata un'ora prima, ma erano in corso le attività del doposcuola con almeno cento bambini e vari insegnanti e amministratori all'interno. Tecnicamente il tirapiedi di Dash si sarebbe potuto avvicinare da quella direzione. Beau aveva detto che l'uomo avrebbe parcheggiato nel posteggio vicino, ma Beau era un tossico bugiardo.

Se le cose si fossero messe male, Will non avrebbe potuto inseguire il tirapiedi nel cortile della scuola armato di pistola. Gli agenti sotto copertura non potevano rischiare di piazzare un'auto nel parcheggio senza mettere in allarme gli addetti alla sicurezza della scuola, e gli addetti alla sicurezza della scuola non sarebbero stati contenti di sapere che il GBI stava conducendo un'operazione segreta nella loro sede. E si sarebbero particolarmente incazzati se avessero scoperto che avveniva in un parco pubblico.

Will voleva disperatamente trovare Sara, ma né lei né lui si sarebbero perdonati se avesse ferito accidentalmente un bambino.

«Amico, hai l'aria di star male» osservò Beau.

Will scrollò le spalle come se non avesse le articolazioni piene di calcestruzzo.

«Fratello, dillo. Posso metterti a posto con un Percocet senza problemi.» Infilò la mano in tasca. Gli offrì una compressa bianca, rotonda.

Will valutò di accettarla. Non l'avrebbe presa, ma era una buona idea cercare di portarlo dalla sua parte. Era difficile uccidere un uomo se lo conoscevi. Rifiutare l'offerta poteva essere visto come l'ennesima prova che Will era un poliziotto, e i poliziotti erano quelli che lo tenevano per le palle.

«Peggio per te.» Beau si cacciò la pillola in bocca. La deglutì e sorrise.

Will fissò il campo. Sentiva i *thonk* di un'accanita partita a tennis nei campi alle sue spalle. Girò la testa quando udì lo scatto di un accendino.

Dalle labbra di Beau pendeva una sigaretta.

«Spegnila» gli disse.

Lui socchiuse gli occhi dietro il fumo. «Rilassati, fratello.»

Will lo colpì sull'orecchio.

Lui allargò le braccia per restare dritto. La sigaretta gli cadde di bocca. Imprecò toccandosi l'orecchio in cerca di sangue. «Gesù, fratello. Devi darti una calmata.»

«Non sono tuo fratello» replicò Will. Un'altra fantastica dimostrazione che non erano dalla stessa parte. «Non fare altre maledette cose che mi spingano a credere che tu stia cercando di mandare un segnale all'uomo di Dash.»

«Datti una calmata, va bene? Non era un segnale.» Beau usò la punta dello scarpone per spegnere la sigaretta. Si appoggiò alle gradinate. Il lungo sospiro che fece sarebbe tranquillamente potuto uscire da una sirena antinebbia.

Will si guardò la mano. L'orecchio di Beau gli aveva riaperto la pelle. Ruotò il polso lasciando scorrere il sangue sul palmo come faceva da ragazzo quando giocava con i bruchi.

Una delle prime volte in cui era stato a casa di Sara aveva le mani sanguinanti. Aveva perso le staffe con un essere umano decisamente orribile, il che era comprensibile, ma non era di certo quello il poliziotto che voleva essere. Sara lo aveva condotto al divano e aveva portato un catino d'acqua tiepida. Gli aveva pulito le ferite, medicato i tagli, detto che fare cose brutte era un'abitudine a cui potevi cedere o da cui potevi tentare di liberarti.

Will si pulì la mano sui jeans. Non gli importava più che tipo di poliziotto sarebbe stato. Era l'uomo che avrebbe riportato Sara a casa, dalla sua famiglia.

«È lui» esclamò Beau.

Il tirapiedi di Dash era nel parcheggio, esattamente dove Beau aveva detto. Stava uscendo da una berlina blu quattro porte. Del furgone ancora nessuna traccia. Attraversò il posteggio con andatura dondolante. Girò attorno al recinto in fondo al campo. Capelli corti scuri, polo bianca, pantaloncini cargo cachi e sneaker bianche. Aveva da poco superato la ventina, probabilmente alle superiori aveva giocato a baseball, a giudicare dal suo vivo interesse per il campo. Portava un cappellino girato all'indietro e un paio di occhiali da sole fascianti. Sulla spalla aveva uno zaino di tela blu. Sembrava uno studente di una confraternita in cerca di una festa.

«Lo riconosci dall'altra volta?» chiese Will.

«No, amico. Sono tutti uguali.» Beau si alzò e scese verso il recinto. Si cacciò le mani in tasca e attese.

Will lasciò il borsone sulle gradinate e lo raggiunse. Guardò l'home plate graffiato. Lasciò passare qualche secondo e guardò il ragazzo.

Lui fece l'indifferente. Stava prendendo tempo. Beau aveva già spiegato a Will cosa succedeva di solito: il tirapiedi si spostava alle sue spalle e scambiava il contenuto del borsone con quello dello zaino. Poi proseguiva girando attorno al campo e risaliva in macchina.

Proprio una tecnica alla James Bond.

Stavolta Beau avrebbe dovuto fermarlo per fargli un discorso. Avrebbe presentato Will come un vecchio commilitone. Avrebbe detto che dovevano parlare con Dash. Il tirapiedi avrebbe invece chiamato l'uomo del furgone. Will a quel punto avrebbe dovuto fare una magia ancora imprecisata ed estorcergli un invito a incontrare il capo.

Solo che il tirapiedi non sembrava interessato a fare la sua parte.

Si era fermato a venti metri da loro.

Will poteva quasi sentire gli ingranaggi girare nella testa del ragazzo. Gli era stato detto che ci sarebbe stato un uomo solo vicino alle gradinate. Ce ne erano due. Doveva fare lo stesso lo scambio?

Poi si voltò a guardare l'auto. Il parcheggio. Il bosco. I campi da tennis. Guardò il cielo in cerca di… *droni*? Alla fine riportò l'attenzione su Beau e Will. Mise la mano in tasca. Picchiettò lo schermo del telefono e lo accostò all'orecchio.

«Cosa fa?» chiese Will a Beau.

«Ordina una pizza.» Aveva le mani fuori dalle tasche, gli pendevano lungo i fianchi. Era pronto a combattere? A fuggire? A fare un segnale?

Will cercò di nuovo il furgone. Non vide niente, solo gli agenti pronti a entrare in azione. A meno che non avessero il teletrasporto, nessuno lo avrebbe raggiunto in tempo per fare alcunché, se non chiamare il coroner.

Tentò di apparire noncurante quando allungò una mano dietro di sé. Strinse la Sig Sauer P365 tra le dita. La pistola era una subcompatta per porto occulto, ma conteneva dieci colpi nel caricatore e uno nella camera. I poliziotti si allenavano in genere con l'arma d'ordinanza. Will aveva passato ore al poligono con la Sig. Era preciso con l'una e con l'altra. L'impugnatura era corta, ma quando la prendevi era come un guanto. Era in grado di estrarre l'arma e di sparare in meno di un secondo.

Il tirapiedi terminò la chiamata. Will suppose che stesse ancora decidendo. Andare o restare? Seguire gli ordini o subire le conseguenze? Era tutto pelle e ossa, quel ragazzo, con braccia e gambe lunghe abituate a sollevare manubri e a maneggiare mazze, non a fare a pugni con due uomini adulti o a scappare per salvarsi la vita.

Riprese la sua lunga camminata verso le gradinate. Si sforzava di comportarsi in modo normale, ma la sua mano era finita in tasca. Si sarebbe anche potuto appendere un cartello sulle palle con su scritto PISTOLA.

«Come butta?» Sollevò il mento in direzione di Will perché immaginò che fosse lui al comando.

«Di' a Dash che dobbiamo parlargli» affermò Beau.

Il tirapiedi non voleva chiaramente trattare con un altro tirapiedi. «Tutto bene, fratello?» chiese a Will.

«Non è il tuo contatto, stronzo.» Beau lo colpì al petto. «Di' a Dash che voglio più soldi.»

«Per cosa?»

«Per farmi tua madre.»

Will anticipò di due secondi quello che accadde.

Il tirapiedi iniziò a estrarre la pistola dagli shorts. Beau aveva già sollevato le mani perché anche lui era bravo a prevedere. Era pronto a impossessarsi dell'arma e a puntargliela contro.

Solo che gli shorts del tirapiedi erano troppo larghi. Cosa veniva in mente a quei ragazzi, mettersi una pistola in tasca? Avrebbe dovuto tenerla nella fondina, infilarla nello zaino o forse semplicemente prestare attenzione a quanto aveva attorno, perché non ebbe idea di quello che stava per arrivargli addosso finché Will non gli massacrò il ginocchio con un calcio.

Fece lo stesso rumore di una mazza da baseball che colpiva la palla.

Il ragazzo piombò a terra.

«Cazzo!» strillò. Si rotolava sul fianco tenendosi il ginocchio. Era più preoccupato per il sangue che per la cartilagine danneggiata. Comprensibile, perché non ne avrebbe capito l'importanza finché non glielo avesse detto un chirurgo ortopedico tra vent'anni.

«Bella mossa, fratello.» Beau stava annuendo in segno di approvazione. Aveva la pistola in mano, una Glock 19, ma non quella di Will. Non la stava puntando contro di lui, perciò Will lasciò che la tenesse.

«Chiama il tuo capo» ordinò Will al tirapiedi.

«Io non...» Il dolore gli tolse il fiato. «'Fanculo, amico, è giusto che la mia rotula si muova così?»

«Come se ti fosse esplosa?» Beau stava ridendo. «No, fratello, è qualcosa di serio.»

«Cazzo!»

Will frugò nelle tasche del ragazzo e trovò il telefono. Richiamò l'ultimo numero composto. C'era un'iniziale accanto a esso: la lettera G.

Premette il tasto di chiamata.

Non ci fu nessun *pronto*, soltanto: «Kevin, che cazzo succede? Ho detto di concludere. Ci servono quelle pillole. È un'operazione da fanteria».

Will dovette deglutire prima di poter parlare. La voce all'altro capo apparteneva a Dash? Sembrava irritato, come quando tuo figlio ti ammacca l'auto.

«Non sono Kevin. Beau mi ha detto che sei a corto di qualche uomo. Ho servito con lui in Medioriente. Combat SAR» disse.

Combat Search and Rescue.

«Ti interessa o no?»

L'altro tacque riflettendo, poi sbuffò a lungo. Non era un sospiro, ma un segno di frustrazione crescente. Un sospiro da *questa è l'ultima cosa di cui avevo bisogno oggi.*

«Passami Beau» rispose.

Will gli lanciò un'occhiata dura di avvertimento prima di dargli il telefono.

Lui si infilò la Glock nella cintura. Stava ancora sorridendo. Will non capiva se fosse l'effetto delle pillole o se si stesse godendo quell'improvviso scoppio di violenza. «Sono io» disse al telefono. «Sì, sono un coglione. Sì, lo capisco.» Guardò Will, le sopracciglia sollevate come se venisse sgridato dal maestro. «Sì, lo so, ma...» Scosse la testa. «Senti, Gerald, non...» Si fermò di nuovo. «Figlio di puttana, vuoi star zitto un attimo così posso parlare?»

Gerald.

Will socchiuse le labbra. Fece anche lui il suo sospiro di frustrazione, poi si disse che se Kevin era un tirapiedi e Gerald il suo capo, l'uomo sopra Gerald poteva essere Dash. Beau rise al telefono e disse a Gerald: «Dash ha detto che si sarebbe preso cura di me se gli avessi trovato un paio di uomini validi». Fece un sorrisetto a Will sottintendendo che non era un'informazione che aveva dato ad Amanda. «Si chiama Jack Wolfe. Divisione aviotrasportata, ha le palle quadrate. La mia parola dovrebbe bastare a garantire per lui e se non è così, puoi succhiarmi il mio grosso cazzo.»

Stava sempre sorridendo quando gli restituì il telefono.

Will avrebbe voluto usarlo per picchiarlo. Invece disse a Gerald: «Sono io».

«Wolfe.» Gerald fece una pausa, poi chiese: «Da quanto te ne sei andato, figliolo?».

Non sembrava tanto vecchio da chiamarlo *figliolo.* «Da abbastanza tempo da sapere che erano tutte stronzate.»

Beau rise.

Gerald era ammutolito di nuovo. Stava riflettendo. Di nuovo.

Will rifletté a sua volta. Beau non si comportava nel modo giusto. Era troppo su di giri, saltellava sulle punte dei piedi. Non c'era niente che potesse fare a quel riguardo. Beau avrebbe fatto quello che aveva intenzione di fare. Kevin era un'altra questione. Se Gerald avesse detto che non c'era niente da fare, lui aveva sempre il tirapiedi. Gli avrebbe cacciato la Sig in bocca e avrebbe messo il dito sul grilletto se fosse stato necessario.

«Ti richiamo» concluse Gerald.

Will udì la linea interrompersi. Calcolò il tempo.

Le 16.03.

Se avesse impiegato più di due minuti, significava che avrebbe risalito la catena di comando. Se ne avesse impiegati meno di due, avrebbe chiamato Dash direttamente.

In tal caso Gerald sarebbe stato il braccio destro di Dash.

Will si mise il telefono in tasca. Si chinò e afferrò lo zaino di Kevin.

«Che cazzo fai?» protestò lui.

Fece cenno a Beau di seguirlo verso le gradinate. Le mani gli sudavano. Quanto avrebbe voluto fissare il telefono finché non avesse squillato per scoprire se fosse un passo più vicino a trovare Sara o a riempire Kevin di pugni.

«Amico» fece lui, «dai, dammelo.»

«Sta' zitto.» Aprì lo zaino. Finse di esaminare le mazzette di denaro mentre borbottava a Beau: «Dash ti ha detto di portargli un paio di uomini, eh?».

Il suo sorrisetto aumentò.

«Credo che un uomo come Dash non si fidi di molte persone,

però si fida di te. Il che significa che hai mentito a proposito della vostra conoscenza.»

Lui si infilò le mani in tasca. Non cercava la rissa. Voleva solo rompergli le scatole. «Devo tenermi qualche asso nella manica, giusto, fratello?» osservò.

«Inizia a pensare dove nascondere le cose quando le guardie ti diranno di afferrarti le caviglie e di tossire.»

Beau rise.

«Ti sembra che stia scherzando?» Will contò i soldi. C'erano almeno trenta biglietti da mille nello zaino. «Prova a tirare fuori di nuovo stronzate del genere...»

La minaccia di Will fu interrotta dallo squillo del telefono.

Le 16.04.

Aveva la sensazione di vomitare, ma lo lasciò suonare altre due volte prima di rispondere.

«Bene, Wolfe, puoi ringraziare il tuo amico per aver garantito per te. La parola del capitano Ragnersen ha una grande influenza sul capo» fece Gerald.

Will aprì la bocca e buttò giù un po' d'aria. «Quanto grande?»

«Posso darti diecimila dollari per un lavoretto che devo fare stasera. Una piccola prova per vedere se sei la persona giusta.»

Will si costrinse a contare fino a cinque. «Quanto piccola?»

«Non è molto rischiosa. Entri ed esci. Lo abbiamo già fatto prima. C'è un uomo all'interno.»

«C'è sempre un rischio» commentò Will. Nel silenzio contò di nuovo fino a cinque. Diecimila dollari erano il compenso per un omicidio. Oppure quei tizi non avevano idea di quale fosse il valore sul mercato di un criminale prezzolato. «Quindicimila» rilanciò.

«Affare fatto» rispose Gerald, il che significava che Will avrebbe dovuto chiederne venti. «Passa il telefono a Kevin.»

Will si sforzò di nascondere l'esultanza quando gli diede il cellulare. Era dentro. Al limite, ma era dentro.

«Sissignore» disse Kevin a Gerald. Il tono piagnucoloso era scomparso. «Sì, so dov'è. Posso incontrarlo là tra quindici o venti... Okay, ma...»

La telefonata fu chiusa.

Kevin si infilò il telefono in tasca. «Aiutami, spilungone» disse a Will.

Will lo afferrò per un braccio e lo sollevò come una bambola di pezza.

«Accidenti se fa male.» Zoppicò fino alle gradinate. Il sangue gli si era raccolto nella scarpa. Sulla sommità della rotula si vedeva qualcosa di bianco. Ricadde sul sedile e aprì il borsone. Era stato impossibile nascondere un localizzatore GPS nei medicinali. Beau era stato molto preciso riguardo a come preparare tutto. Le pillole erano state trasferite in sacchetti richiudibili etichettati. Pomate e creme erano state tolte dalle confezioni, raggruppate e fermate da elastici, ancora sigillate.

Kevin scambiò le mazzette di soldi all'interno dello zaino con il contenuto del borsone. «Mi servono i vostri telefoni e i vostri documenti» disse.

«Fottiti» rispose Beau.

Kevin alzò le spalle. «Hai garantito per lui. Gerald ha detto che tu e Wolfe andrete insieme, oppure non ci va nessuno.»

«Ci andremo entrambi.» Will gettò il portafoglio sulle gradinate. «Non ho un telefono. Non ho intenzione di permettere al governo di rintracciarmi.»

«Non c'è problema» fece Kevin. «Ti capisco, fratello.»

Il portafoglio di Will si era aperto sul sedile. La patente e la carta di credito recavano il suo nome falso, Jack Phineas Wolfe. A meno che l'EPI non avesse accesso ai server del Pentagono, il servizio militare di Wolfe, l'ordine restrittivo e i due arresti per guida in stato di ebbrezza avrebbero superato qualsiasi controllo.

«Forza, fratello. Facciamolo» disse Will a Beau.

«È un gran casino.» Beau scosse la testa ma aggiunse il suo portafoglio e il telefono agli altri. Will studiò la sua faccia. Non gli quadrava niente. Aveva ceduto con troppa facilità. Pur in pieno sballo, era riuscito ad armarsi con la Glock. Will non sapeva cosa Gerald avesse detto a Beau. Ma in fondo non sapeva nemmeno che cosa Gerald avesse detto a Kevin.

L'istinto prese a urlargli come un matto.

«Ti seguiamo nel furgone» disse a Kevin.

«Non verrete con me. Il responsabile delle missioni è Gerald. Uno di voi due ha mandati in sospeso in North Carolina?»

North Carolina?

«Chi ci porterà da Gerald?» chiese Will.

«Un attimo di pazienza.» Kevin trasferì i portafogli e il telefono di Beau nello zaino. «Ci manderà il luogo.»

Will frenò l'impulso di guardare in qualsiasi direzione che non fosse quella del parcheggio. Beau aveva detto che Dash mandava un galoppino nuovo a ogni incontro, ma non aveva descritto l'uomo del furgone. Ovviamente conosceva Gerald. Aveva mentito sul suo rapporto con Dash. Will doveva presumere che sia Beau sia Gerald conoscessero ogni uscita del parco. E nessuno dei due si sarebbe curato dei bambini nella scuola accanto.

«I miei soldi?» chiese Beau al ragazzo.

«Dammi le chiavi del fuoristrada. Li metterò sotto il sedile.»

Beau cedette di nuovo. Gli gettò le chiavi. Teneva le mani lungo i fianchi. Era di nuovo in fase zen, pronto a scattare.

Il telefono di Kevin trillò. Will vide un punto su una carta. Gerald gli aveva mandato il luogo.

«Di là.» Kevin indicò esattamente la direzione che Will aveva supposto, verso il bosco. «Quando arrivate al centro del campo, prendete di nuovo a destra nel bosco. Superate la casa di riposo. Un furgone nero vi aspetterà in fondo al vialetto.»

«Quale campo?» domandò Beau.

Non aveva studiato la mappa aerea. Non aveva lavorato per ore con una squadra di agenti altamente addestrati sotto copertura in cerca delle posizioni migliori per sorvegliare tutte le vie di accesso e di uscita dal parco.

Tutte tranne una.

«Il campo da football» rispose Kevin. «È sul retro della scuola elementare.»

Era seduto dietro nel furgoncino stipato, grondante di sudore al punto che gli sembrava di stare in una pentola d'acqua bollente. I finestrini erano oscurati. Un divisorio separava l'abitacolo dal retro. La luce di cortesia era accesa, ma la lampadina era così debole che vedeva solo le sagome degli altri passeggeri. Da una misera bocchetta sul soffitto usciva il getto freddo dell'aria condizionata, ma fuori c'erano trentotto gradi e loro erano in una scatola di alluminio, quindi nessuna quantità d'aria avrebbe evitato che andassero arrosto.

Avevano finito i Gatorade nel frigo nel giro di due ore.

Will guardò l'orologio.

Le 19.42.

Più di tre ore di trasferimento. A quell'ora avrebbero potuto essere all'interno della North Carolina. Oppure Kevin poteva essere un bugiardo più convincente di quanto avesse immaginato e si trovavano in Alabama o in Tennessee.

Beau grugnì nel sonno. Aveva la spalla premuta contro la sua, la testa ciondoloni. Stava russando. Sull'altro lato del furgone c'erano quattro giovani ammassati. Il loro sudore odorava di procione, se i procioni usassero l'Axe Body Spray.

Non c'erano state presentazioni quando Gerald aveva detto loro di salire. Will trovava i ragazzi così simili che li battezzò Uno, Due, Tre e Quattro. Avevano tutti un'arma da fianco. Non avevano più di diciotto anni, erano tutti vestiti di nero e le loro espressioni continuavano a oscillare dalla noia al terrore. Dovevano essere sfiniti a forza di tenere le ginocchia contro il mento. Avevano chiaramente paura di sfiorare per caso con i piedi o con le gambe la persona sbagliata nel modo sbagliato.

Beau era la persona sbagliata. E anche Will. In due occupavano lo stesso spazio di tutti gli altri messi insieme.

Sembravano, per così dire, galvanizzati. Le rapide occhiate che continuavano a lanciare di qua e di là, i cenni che si scambiavano. Will riusciva a descriverlo solo come una specie di riverente timore. Quei ragazzi stavano guardando due autentici eroi di guerra. Stavano per compiere una missione insieme a due soldati veri. Avevano una pistola alla cintura. Erano vestiti per l'occasione. E smaniosi di iniziare.

Il che preoccupò Will. Suppose che i fanboy ne sapessero più di lui sull'esercito. Ogni corpo aveva il suo gergo. Sarebbe bastata un'espressione sbagliata perché si ritrovasse in ginocchio con una pistola alla testa.

Gerald non era convinto dell'utilità di Jack Wolfe, ma Will doveva pensare che, con quattro uomini in meno, Dash fosse alla disperata ricerca di combattenti qualificati. Ciò nonostante lo aveva studiato come se fosse un quarto di bue. Aveva notato la Sig Sauer sulla schiena. Aveva preso da parte Beau e gli aveva fatto in fretta una serie di domande. Se Beau intendeva tradirlo, stava aspettando il momento giusto. Gerald era parso soddisfatto delle risposte ricevute. Aveva annuito e il giovane che Will chiamava Quattro lo aveva esaminato con un rilevatore. Cercava eventuali segnali di un localizzatore GPS. Beau non era stato controllato, il che significava che Will aveva ancora parecchio da dimostrare.

E che Beau era un fottuto bugiardo, perché quella gente lo considerava parte della squadra.

Il tempo trascorso sul furgoncino gli aveva dato ampia opportunità di valutare tutti i modi in cui Beau poteva fregarlo. Però lui era solo un aspetto del problema. Conquistarsi la fiducia di Gerald era l'unica via per trovare Sara, per quanto ci fossero troppe incognite sulla loro destinazione per poter elaborare una strategia efficace.

North Carolina.

Intendevano rapinare una banca? Ormai era troppo tardi. Assaltare un minimarket o un'agenzia di cambio valute? Perché uscire dallo Stato quando c'erano migliaia di negozi più vicini? Stavano andando in montagna dove Gerald avrebbe spalancato le porte e avrebbe sparato a tutti con il suo AR-15?

Era sempre possibile, soprattutto quando avessero concluso la missione.

Will immaginò che Amanda lo stesse cercando. Probabilmente stava sbraitando con la squadra. E anche Faith. Non seguiva molto le regole. Will l'aveva vista sfruttare il seggiolino per bambini sull'auto in più di un'occasione. Si sarebbe piazzata da qualche parte nel parcheggio della scuola, per prudenza.

Ma non lo aveva fatto, perciò il finto runner, la presunta madre con il passeggino, la coppia nel posteggio, le macchine, nessuno aveva visto Will scomparire nel bosco. E anche se lo avessero fatto, non potevano prevedere dove sarebbe sbucato. La casa di riposo dall'altra parte del campo da football non era stata menzionata nel briefing.

Faith lo avrebbe capito in un lampo.

Will appoggiò la testa contro la parete del furgoncino. Le vibrazioni della strada gli penetravano nel cranio e nell'osso sacro. Gli era tornato il mal di testa. Chiuse gli occhi. Inspirò l'aria densa, viziata. Pensò all'idea di riavere Sara, a che cosa dirle, a come sarebbe stata la loro vita dopo tutto ciò.

Quello era il problema: per Sara la famiglia era la cosa più importante.

Cathy lo odiava. Inutile indorare la pillola. Eddie si sforzava di più, ma Will non sapeva quanto ancora sarebbe durato. La verità era che non si era mai aspettato di essere accolto nella sua famiglia. La sua unica speranza era diventare forse, alla fine, una specie di pezzo isolato di un puzzle che nessuno riusciva a collocare ma nemmeno a buttar via.

L'ultima volta che Will l'aveva vista, Cathy Linton non era neppure riuscita a pronunciare il suo nome.

Il furgoncino prese un solco nella strada. Beau si svegliò tirando su con il naso. Si grattò le palle e usò la manica per asciugarsi la bava che gli era colata dalla bocca. Aprì il frigo e lo richiuse sbattendolo. «Chi di voi coglioncelli ha bevuto l'ultimo Gatorade?»

«Ce n'è ancora uno vicino alla porta» disse Tre. «È un po' caldo.»

Beau capì l'inganno. Gli tirò un calcio negli stinchi. «Credi che non abbia mai dovuto bere piscio, ragazzo?»

Nessuno rise. Stavano riflettendo su quanto disperato dovesse essere un uomo per bere la propria urina.

Quattro fece la domanda che Will temeva. «Com'era laggiù?»

Beau indicò con un cenno Will. «È lui quello che ha visto la vera azione.»

Will restò immobile per non tirargli un pugno sul collo.

«Dai, amico. Com'era?» incalzò Tre.

Will guardò la luce di cortesia. Si schiarì la voce. Quei ragazzi erano armati. Li aspettava qualcosa di pericoloso. La loro paura principale era commettere un errore, perché i loro compagni li avrebbero derisi. La morte non era un concetto che potessero concepire nella loro testolina. Non erano stati feriti abbastanza dalla vita da capire che era preziosa.

«Non ho visto i miei compagni morire per intrattenere un gruppo di stronzetti con qualche storia.»

Beau sogghignò. «Giusto.»

La loro delusione fu palpabile. Quattro gemette. Tre pestò la testa contro la parete di metallo. Due prese a rosicchiarsi le unghie. Uno si mosse allungando una gamba per lenire un crampo senza entrare in contatto fisico con nessuno.

Il retro del furgoncino era stretto, ma avevano lasciato qualche centimetro di spazio tra loro. A quell'età non toccavi un altro maschio se non per picchiarlo. Parlavi di scoparti ragazze che non conoscevano neppure il tuo nome. Ti vantavi di saper fare il kickflip con lo skateboard o di essere volato con la bici come se non te la fossi quasi fatta sotto quand'era successo. Stavi ancora cercando di capire che cosa fare della furia, del desiderio sessuale e della rabbia che ti esplodevano dentro senza motivo.

Will era stato esattamente come loro a quell'età: alla disperata ricerca di qualcuno che gli mostrasse come essere uomo. Vedeva un tipo affascinante per la strada e cercava di imitarne l'andatura. Ne vedeva un altro flirtare con una donna e provava a usare le stesse frasi con una ragazza ignara. O come minimo raccontava agli amici di aver provato a usarle e che avevano funzionato. E che lei era stata fantastica.

«Fa schifo» affermò Will. «Uccidere qualcuno. Fa schifo, e ti odi.»

Beau non disse battute idiote. Stava ascoltando. Stavano tutti ascoltando.

Will considerò le sue parole. In quel momento doveva essere Jack Wolfe, ex soldato disilluso dalla vita. Sulla carta le esperienze di quell'uomo non erano le sue, però qualche aspetto in comune lo avevano. Will non provava rimorso per aver sparato a Sebastian James Monroe, ma non era il primo uomo che aveva ucciso.

«Non c'è gloria nel togliere la vita a un altro essere umano» spiegò ai ragazzi.

L'atmosfera era tesa. L'unico rumore era il sibilo delle gomme sull'asfalto.

«Ti dicono che sei forte, che sei un eroe, ma non è vero.» Si pulì la bocca con la manica della camicia. «Anche se l'altro se lo meritava, anche se tutto si è ridotto al fatto di ucciderlo prima che lui uccidesse te, ti senti di merda.»

Accanto a lui Beau prese a flettere le dita.

«Te lo chiedono continuamente ma non puoi dire la verità, perché non è questo che fanno gli eroi.»

«Puoi dirlo forte» borbottò Beau.

Will si allungò in avanti perché voleva che quegli stupidi ragazzini lo ascoltassero. «Non è figo quando accade. Il sangue schizza. Ti finisce negli occhi. Vedi ossa e cartilagini. Pensi d'essere pronto perché hai giocato a *Call of Duty* un'infinità di volte, ma di persona non è lo stesso. Il sangue puzza di rame. Ti va nei denti. Lo senti in gola. L'odore ti entra nei polmoni.»

«Cavolo» sussurrò Tre.

Beau si stava guardando le mani. Scosse la testa.

«L'uomo a cui hai sparato aveva una famiglia proprio come te. Aveva una vita. Tu hai una vita. Forse aveva dei figli. Forse una fidanzata, una ragazza o una madre malata, o moriva dalla voglia di tornare a casa come succedeva a te ogni secondo di ogni giorno.» Will li guardò a turno, da Uno a Quattro. Avevano gli occhi spalancati. Pendevano dalle sue labbra. «Per questo fa schifo. Perché...»

Scosse la testa. Aveva detto perché. Pregò Dio che non lo scoprissero mai di persona.

Beau tirò di nuovo su con il naso. Se lo pulì.

Due fu il primo a spezzare il silenzio. «Perché cosa, amico?»

Will fissò il finestrino oscurato. Sentiva il respiro stridulo di Beau.

«Perché cosa?» insistette Due.

«Perché quando uccidi qualcuno, uccidi una parte di te» rispose Beau.

Le gomme sibilavano nel silenzio. Non ci furono altre domande. Will seguiva il passare del tempo sull'orologio. Altri dieci minuti. Quindici. Sentì il furgoncino curvare dolcemente. Stavano lasciando l'autostrada, dirigendosi verso un'uscita.

Guardò l'ora.

Le 19.49.

Il furgoncino rallentò per affrontare un'altra curva. Più secca, forse su una strada laterale. Il movimento spinse la spalla di Will contro quella di Beau. Di fronte a loro i ragazzi cercarono di mantenere le distanze.

Per qualche minuto continuarono a una velocità di cinquanta chilometri. Will si mise in ascolto per captare il rumore di altri veicoli. Udiva il brusio occasionale del traffico. Erano ancora vicini all'autostrada. O forse era un'interstatale. O forse era in quel furgoncino da tanto che aveva perso il senso dell'udito.

Gli sembrò che il terreno si inclinasse. Stavano risalendo una rampa. Udì il rombo di un motore diesel che girava in folle. Vicino, probabilmente parcheggiato accanto. Ci fu un ronzio. Un motore, catene che colpivano il metallo. Il *clic-clic-clic-clic* di un freno che evitava a un meccanismo di andare all'indietro.

Will lo riconobbe. Aveva lavorato in una ditta di spedizioni per pagarsi il college. Conosceva il rumore di una zona di ricevimento merci quando veniva aperta una serranda per una consegna.

Il furgoncino dondolò quando Gerald scese davanti. Stava parlando con qualcuno. Will non riusciva a distinguere le parole. Immaginò che stesse avvenendo uno scambio di denaro.

Non è molto rischiosa. Entri ed esci. Lo abbiamo già fatto prima. C'è un uomo all'interno.

Le porte infine si aprirono. Will si era aspettato una luce accecante, ma l'unica cosa che notò fu altro buio. Gerald era entrato in retromarcia direttamente nel magazzino. Lo spesso bordo nero della porta gli impediva di vedere all'esterno. Un uomo che sembrava appena uscito dalla palestra si stava incamminando verso l'uscita. Gli dava le spalle. Aveva una busta in mano tanto piena di soldi che non si chiudeva. Cappellino da baseball rosso, pantaloncini larghi, maglietta nera della Nike, vita grossa.

«Andiamo.» Gerald tenne la voce bassa mentre li esortava a sbrigarsi.

Tutti, da Uno a Quattro, si affrettarono a scendere e in coppia presero direzioni diverse. Tennero le mani sulle armi come se da un secondo all'altro quel luogo potesse trasformarsi nell'O.K. Corrall.

Lo sguardo di Will guizzò di qua e di là mentre usciva dal furgoncino. La maggior parte delle luci era spenta, ma qualche faretto consentiva di orientarsi. Il magazzino era grande quanto un campo da football. File di scaffali metallici contenevano pile di scatole di cartone sigillate. Erano tutte delle stesse dimensioni, ottanta per ottanta, con sopra stampati alcuni numeri, corrispondenti a quelli sulle mensole sottostanti. Ogni scatola aveva una busta di plastica con all'interno un documento di trasporto.

Will doveva procurarsene uno. Su quei moduli erano indicati il contenuto, gli indirizzi del mittente e del destinatario, i nomi e i contatti della ditta.

«Beau.» Gerald gli indicò il retro del magazzino.

Lui aveva già là Glock in mano. Camminava molto chino, l'arma puntata in basso, in cerca degli addetti alla sicurezza o di chiunque potesse creare problemi.

«Wolfe.» La mano di Gerald si era posata sulla spalla di Will. Parlò piano. «Da quella parte.»

Will vide i bagni, la stanza del personale, l'ufficio spedizioni, una porta che conduceva probabilmente al reparto amministrazione. Estrasse la Sig, la puntò per terra e avanzò verso il bagno.

Prima di entrare si guardò alle spalle. Una seconda porta di carico era aperta; al di là c'era un furgone. Era pieno fino al tetto di scatole di cartone identiche a quelle sistemate sugli scaffali. Due e Tre le stavano scaricando. Qualsiasi cosa contenessero era abbastanza pesante da richiedere due uomini per spostarle. Gerald si avvicinò alle mensole. Aveva un pezzo di carta in mano.

Stava cercando il numero corrispondente. Indicò una fila al centro. Uno e Quattro si misero al lavoro.

Perché introdursi in un magazzino per sostituire una serie di scatole?

Gerard incrociò il suo sguardo.

Will entrò nel bagno delle donne. Controllò i gabinetti. Aveva bisogno di qualcosa, di una targhetta con un nome, di un quotidiano per poter identificare quel luogo. C'erano alcuni armadietti, ma erano tutti aperti e vuoti. Ispezionò il bagno degli uomini con altrettanta sfortuna. Tornò nel magazzino. Altre scatole vennero scaricate dal furgone. Altre scatole vennero tolte dagli scaffali.

La porta dell'ufficio spedizioni era chiusa a chiave. Will guardò dal vetro. C'erano carte dappertutto. Era troppo buio per distinguere un logo o un indirizzo.

Alle sue spalle i ragazzi procedevano svelti. Le scatole erano già state tolte dal furgone. Metà delle altre vi era stata caricata. Lavoravano meccanicamente. Lo avevano già fatto prima. Avevano paura ma non erano terrorizzati. La loro energia nervosa era dovuta più che altro all'eccitazione d'essere dei criminali.

Will entrò nella stanza del personale. Distributori automatici, un angolo cottura, un lavandino, due frigoriferi, tavoli e sedie per una trentina di persone.

C'era una persona seduta al tavolo vicino al distributore della Coca-Cola.

L'addetto alla sicurezza.

A prima vista sembrava morto, ma Will si accorse che in realtà dormiva. La testa gli era ricaduta all'indietro sullo schienale. Aveva la bocca spalancata. Il cappellino gli copriva gli occhi e il naso. Le mani erano posate sul grosso ventre. La divisa era di cotone nero. Niente logo né targhetta con il nome. Scarpe nere da lavoro. Calzini bianchi da ginnastica.

Will fece per uscire lentamente, poi notò il badge appeso al suo collo.

Era capovolto. Il retro era bianco. Sull'altro lato c'erano il nome, la ditta, l'indirizzo.

Will era indeciso.

Udì un portellone chiudersi. Avevano finito di caricare il furgone. Probabilmente lo stavano cercando.

Rimise la Sig nella fondina. Aprì il coltello.

Fece un passo verso la guardia addormentata.

Russava fragorosamente, doveva essere sprofondato nel sonno almeno da mezz'ora.

Fece un altro passo. Schioccò la lingua per verificare quanto rumore potesse fare prima che si svegliasse. La serranda non lo aveva smosso. Avvicinandosi di più sentì un odore pungente di liquore. Schioccò di nuovo la lingua. L'uomo non si mosse.

Fece ancora un altro passo. Allungò il coltello per tagliare il cordino del badge.

«Ssst!»

Il suono era arrivato da dietro.

Sulla porta c'era Gerald. Scosse frenetico la testa indicandogli di lasciar perdere. Nei suoi occhi c'era qualcosa di simile alla paura.

Aveva creduto che Will volesse pugnalarlo.

«Wolfe.» Gesticolò per esortarlo ad andarsene.

Will guardò il badge. Era maledettamente vicino.

Ma Gerald gli aveva detto di no. La sua missione non era scoprire l'indirizzo di un magazzino. Era là per farsi strada nell'EPI.

Tenne il coltello in mano mentre usciva camminando all'indietro. Fissò il badge con la stessa bramosia che provava per Sara. Scrutò il locale in cerca di qualche elemento identificativo. I soliti cartelli sulle pareti con le istruzioni in caso di soffocamento e di ustioni chimiche. Una postazione per lavarsi gli occhi. Un kit di pronto soccorso. Non c'era niente che distinguesse quella sala del personale da qualsiasi altra nel paese.

Will si affrettò a seguire Gerald al furgoncino. Individuò le scatole sugli scaffali. Avevano tutte lo stesso numero: 4935-876.

«Wolfe.» La mano di Gerald si posò sulla sua spalla. Tenne la voce bassa. «La prossima volta chiedi a me prima di fare una cosa del genere.»

Will annuì. Salì sul furgone. Uno-Quattro erano già dentro. Beau aveva preso il suo posto dietro il sedile del guidatore. Era taciturno, si guardava le mani. Stavano tutti in silenzio. Si erano aspettati, forse anche augurati, che accadesse il peggio, e non sapevano come affrontare la delusione.

Il viaggio di ritorno alla casa di riposo trascorse in silenzio. Quattro ore in base all'orologio di Will. Uno-Quattro si addormentarono. Beau restò teso al suo fianco. Stava pensando, forse studiando il modo di uscire da quella situazione una volta che il furgone si fosse fermato. Scappa. Combatti. Uccidi.

Anche Will stava pensando, ma non a quello.

4935-876.

I numeri sui lati delle scatole.

Continuava a ripeterseli mentalmente come un mantra. Le gomme continuavano a girare. I ragazzi a dormire. L'osso sacro prese a dolergli per il fondo metallico. L'orologio indicava la mezzanotte quando infine si fermarono.

I ragazzi non si svegliarono. Beau grugnì spostandosi a poco a poco sul fondo. Il frammento di proiettile nella schiena lo stava probabilmente uccidendo. Aveva smesso di infilare la mano in tasca all'incirca un'ora prima. O le pillole erano finite, oppure voleva essere lucido per quello che sarebbe successo.

Gerald aprì le porte. Erano all'imbocco del vialetto della casa di riposo. Aveva i loro portafogli, il telefono e le chiavi di Beau.

«Grazie molte per il servizio. I soldi sono sotto il sedile del fuoristrada. Bello fare affari con voi, ragazzi.»

Beau prese le sue cose e se le mise in tasca.

Gerald raggiunse il muso del furgoncino. La portiera del guidatore era aperta. Il motore girava in folle.

Stava per andarsene. Non poteva farlo.

«Tutto qui?» fece Will.

Gerald si voltò lentamente. Lo studiò. Non riuscì a prendere una decisione. Quando passarono troppi secondi, disse: «Vuoi di più, maggiore Wolfe?».

Maggiore.

Avevano frugato nel suo portafoglio, fatto un controllo su Jack Phineas Wolfe congedato con disonore, ex divisione aviotrasportata.

Beau si schiarì la voce. «Dai, lascia che vada.»

Will non capì con chi stesse parlando.

«Cosa sono tutte queste storie, Ragnersen? Vuoi ritirare il tuo appoggio?» osservò Gerald.

Will trattenne il fiato aspettandosi che Beau lo tradisse.

Lui si prese un po' di tempo prima di rispondere, ma alla fine scosse la testa. Una volta, non in modo enfatico. Era l'equivalente di una scrollata di spalle.

Will pensò alla Sig Sauer che portava dietro, nella cintura. Sudava tanto che la fondina di cuoio gli si era incollata alla camicia.

«Forza, Ragnersen.» Gerald non era soddisfatto. «Pensi che abbia quello che serve o no?»

Will guardò per terra. Calcolò la distanza tra sé e Gerald, pensò a Uno-Quattro che dormivano nel furgoncino, ai vecchi della casa di riposo, alle auto che potevano passare per la strada.

«Sì, cazzo.» Beau lasciò affiorare un sorriso sulle labbra. «In Medioriente Wolfe mi ha dato una mano più spesso di quanto tu ti gratti le palle.»

Will si sforzò di non lasciar trasparire la rabbia e il sollievo dal suo volto. Afferrò Beau per le spalle come avrebbe fatto un amico, ma gli conficcò le dita in corpo con forza sufficiente da fargli capire che avrebbe pagato per quella stronzata.

Gerald incrociò le braccia. «Quanto male te la passi?» domandò a Will.

Lui alzò le spalle.

«Sei disposto a rinunciare a tutto? A lasciare la città? A non voltarti indietro?»

Il cuore prese a martellargli tanto che lo sentiva pulsare nelle dita. Eccola, la sua unica occasione di trovare Dash. La sua unica occasione di salvare Sara.

«Qual è la contropartita?» chiese.

«Duecentocinquantamila.»

«Cavolo» sibilò Beau.

«Cosa devo fare?»

«Lo saprai quando sarà il momento» replicò Gerald. «Ti presenterai, pronto a lasciarti la vecchia vita alle spalle. Non fare i bagagli. Non dire a nessuno cosa farai. Il compenso è folle per una ragione. Farai questo lavoro con noi e quando sarà finito, dovrai scomparire. Non potrai riprendere la tua vita. Se cercherai di farlo, dovremo occuparci di te, della tua famiglia, della tua donna, di chiunque potrebbe dire una parola sbagliata. Intesi?»

Will finse di pensarci. La cifra non era folle, era incredibilmente folle. Centinaia di delinquenti avrebbero strangolato la propria madre per un quarto di quei soldi. Era il genere di cifra che offrivi quando sapevi che non avresti dovuto pagarla.

«Quando?» chiese.

Beau tirò un calcio per terra.

«Domani» rispose Gerald. «Alle quindici zero zero esatte. Uscita 129 della I-85. C'è una stazione Citgo. Ti darò un passaggio per andare a incontrare il capo. Ti valuterà, si assicurerà che tu vada bene.»

Dash.

«Se approverà, sarai dentro» aggiunse.

«E in caso contrario?» fece Beau.

Lui scrollò le spalle e disse a Will: «Alcune guerre valgono il sacrificio. Il capo ti ragguaglierà. Credimi, non impiegherai molto a convincerti. Forse vorrai venire con noi quando ce la fileremo. La missione di cui fai parte, la guerra che stiamo combattendo, ha un senso».

Will strinse la mascella. Gli era scattata una sirena in testa, non un avvertimento ma...

Sara-Sara-Sara-Sara.

«Qual è la missione?» intervenne Beau.

Gerald parve sorpreso. «Ne vuoi una fetta?»

«Cazzo no, amico. Neanche per il doppio.»

«Pensaci, soldato. Non ci sono pressioni. Se vuoi entrarci, devi entrarci completamente. Presentati domani, uscita 129. Ore quindici zero zero. Scoprirai quello che dovrai fare quando sarà il momento. Ti sta bene?» disse Gerald.

Will contò tra sé. Fino a cinque, fino a dieci. Assentì.

Gerald assentì a sua volta.

Quello fu tutto.

Will si incamminò lungo il vialetto della casa di riposo. Udì la portiera del furgoncino chiudersi alle sue spalle. Costeggiò l'edificio guardando la telecamera in modo che la sua faccia fosse ben visibile. Aveva la testa piena di numeri:

4935-876; uscita 129 della I-85 alle 1500.

Dietro di lui udiva i passi di Beau, strascicava i piedi alla Charlie Brown.

«Sei un figlio di puttana» esclamò Will.

«Cavolo, sì che lo sono.» Beau non sembrava preoccupato per la furia di Will o di dove stessero andando.

«Dovresti scappare» affermò Will. «Sai che ti stanno aspettando al furgone.»

«Anche tu, Robocop.» Beau si affrettò a raggiungerlo. «Non fare lo stupido. Sai che ti hanno sventolato davanti quei soldi perché finiranno per pagarti con un proiettile nella nuca. Non rischiare la vita per sventare quell'organizzazione di infidi.»

«Cos'hanno in mente?»

«Pensi che mi tengano informato?»

Will continuò a camminare. Beau lo credeva dedito al suo lavoro. Non aveva idea che lo stava facendo per Sara.

«Fratello, ehi, aspetta.» Seguì Will nel bosco. «Ascoltami, okay? Dash è un fottuto killer a sangue freddo. Non sto scherzando. Ho combattuto con gente così. Tu non significhi un cazzo per lui. Sei un danno collaterale. Cominceranno a sparare e ti userà come scudo.»

Will sentì una puntura sulla fronte. Si diede una pacca per scacciare una zanzara.

«Quello di cui parlavi sul furgone? Lo capisco, fratello. Ogni giorno quando mi alzo vivo le stesse maledette cose. Hai tendenze omicide o suicide» aggiunse Beau.

«Non sono io quello che si fa di black tar.» Will arrancò attraverso il campo da football. L'erba era bagnata. Gli irrigatori avevano impregnato il terreno. Non aveva bisogno di prediche da un tossico che aveva la prospettiva di farsi vent'anni. «Vuoi aiutare qualcuno? Aiuta te stesso, fratello» gli disse.

«Sto solo cercando...» Beau non ebbe la possibilità di spiegare che cosa stesse cercando di fare.

Una miriade di luci brillò attorno a loro come uno sciame di lucciole. Gli agenti accorsero, le armi in pugno, i giubbotti di Kevlar ben allacciati. Will non li riconobbe come colleghi perché non erano del GBI. Urlavano tutti le parole che erano stati addestrati a urlare a Quantico.

«FBI! FBI! A terra! A terra!»

Will aveva alzato le mani ma lo tolsero di mezzo.

Beau fu sbattuto sull'erba. Non riuscì neanche a buttare fuori il fiato. Gli bloccarono le mani dietro la schiena. La Glock 19 fu scaricata, il suo telefono e il portafogli gettati per terra.

Un agente con gli occhiali si inginocchiò al suo fianco. «Capitano Ragnersen, l'arresto per possesso di un'arma da fuoco illegale all'interno di un'area protetta.»

«'Fanculo» sputò Beau. Cercò con lo sguardo Will. «Avevamo un patto.»

Will si allontanò. Le sue scarpe da tennis si inzupparono d'acqua nell'erba. Continuò a ripetersi il mantra:

4935-876; uscita 129 della I-85 alle 1500.

La luna si spostò dietro una nube. Will si concentrò sull'obiettivo di farsi strada nel bosco buio. Sentiva lo sfinimento in ogni articolazione del corpo. Si concesse di riflettere su quanto aveva appena accettato di fare. Quegli uomini erano terroristi. Dash era uno psicopatico, non era una novità. Aveva messo due bombe in un ospedale. Aveva pianificato il rapimento di una scienziata del CDC. I suoi uomini avevano portato via Sara sotto i suoi occhi. Dash aveva sparato a un uomo con la sua Glock. Aveva mandato il suo braccio destro a scambiare una serie di scatole in un magazzino pieno di... cosa?

Secondo l'ipotesi più logica, di esplosivi. Quelle scatole potevano finire dappertutto: scuole, uffici, alberghi. Non era riuscito a sottrarre un documento di trasporto. Non era riuscito a tagliare il cordino del badge della guardia. Quel magazzino poteva essere dappertutto. Se non si fosse infiltrato in quel gruppo, non avrebbe potuto fermare qualsiasi cosa orribile avessero in progetto di compiere. Ma fermarli non era in realtà quello che gli interessava di più.

Quanto male te la passi?

Senza Sara malissimo.

Sfiorò il recinto di rete metallica con la mano rasentando il diamante del campo di baseball. Superò i campi da tennis. Vide il furgone di Beau ancora nel parcheggio. Ferma accanto c'era una Acura argento con il motore acceso. Aveva gli anabbaglianti. Il motore buttava fuori il caldo attraverso i vani ruote.

4935-876; uscita 129 della I-85 alle 1500.

Will aprì la portiera. Si infilò sul sedile trasalendo per il male. Chiuse gli occhi. L'aria condizionata era al massimo. Il sudore sulla faccia iniziò a diventargli gelido.

«Allora?» chiese Amanda.

Annuì. «Sono dentro.»

MARTEDÌ 6 AGOSTO 2019

14

Martedì 6 agosto, 7.00

Faith era seduta al tavolo della cucina e stava urlando: «Oh mamma, non riesco a credere quanto siano buoni questi mirtilli!».

Non fu ricompensata dal rumore dei passi di Emma nel corridoio di sopra.

Erano passati dieci minuti da quando sua figlia era scoppiata in un pianto dirotto di fronte all'ingiustizia dei bastoncini di formaggio. Prima che Faith potesse dissuaderla, si era precipitata su per le scale e chiusa a chiave in camera. Sull'architrave teneva una graffetta per aprila proprio per quell'evenienza. Poco dopo tuttavia l'aveva sentita cantare ai suoi peluche e aveva pensato che forse era un vantaggio per entrambe.

Si alzò e iniziò a caricare la lavastoviglie. Controllò l'ora perché presto sua madre sarebbe venuta a prendere Emma. Se in quel momento la sua adorata bimba era in camera sua intenta a spogliarsi, Evelyn avrebbe messo piede sulla scena di un omicidio/suicidio. Come minimo, Emma sarebbe stata scalza. Faith non aveva l'ora necessaria per indurla a infilare il piede destro nella scarpa destra e il piede sinistro nella scarpa sinistra.

Fece un profondo respiro per calmarsi e cercò di recuperare i ricordi dell'angioletto che l'aveva accolta a casa la sera precedente. Emma assorbiva sempre le sue emozioni come una spugna. La notizia della scomparsa di Will aveva scosso Faith. Dash era un mostro. L'EPI era pieno di mostri. Stavano progettando cose mostruose. E se Will non fosse riuscito a ingannarli? Aveva avuto due ore per prepararsi per la sua identità sotto copertura. Se avesse combinato un pasticcio? Se Beau fosse passato dalla loro parte per il proprio interesse? E se il suo partner, il suo amico, fosse stata già morto, sepolto in una buca poco profonda?

Emma aveva colto la sua pensierosità. Era stata dolce e accomodante, aveva detto talmente tante cose carine che Faith per poco non aveva preso il suo album dei ricordi dalla custodia. Persino l'ora del bagno, che finiva sempre con una o entrambe in lacrime, era passata relativamente tranquilla. Le aveva chiesto di leggerle soltanto due storie. L'unico peluche a cui aveva dovuto cantare *You're Welcome* era stato Mr. Turtelle. Faith era stata il miglior Maui di sempre.

Poi aveva acceso la lampada notturna e spento le altre luci. Aveva lasciato la porta socchiusa, gli indispensabili quindici centimetri. A quel punto Emma era scomparsa e al suo posto era spuntato un demonio.

Faith chiuse la lavastoviglie. Tese le orecchie per captare rumore di danni, pianti o una voce satanica che diceva: *gran giorno per un esorcismo.*

Nessun suono le fece scattare un campanello d'allarme, il che poteva essere di per sé un campanello d'allarme. Quello tuttavia era l'unico momento che Faith aveva per rimettere in ordine la casa. Si cacciò i mirtilli in bocca mettendo la ciotola nella lavapiatti. Pulì il banco e il tavolo appiccicosi. Si inginocchiò e pulì il pavimento ugualmente appiccicoso. Annusò il secchio dei rifiuti e decise che poteva aspettare. Si lavò le mani.

C'era un'altra cosa che Faith doveva fare prima di andare di sopra.

Andò alla scrivania e raccolse i documenti dell'indagine su Michelle Spivey. Emma non aveva bisogno di un altro libro da colorare. C'erano più di duecento fogli, fotografie, dichiarazioni di testimoni e controlli sulle persone. Se la chiave per trovare Sara era contenuta in quel dossier, erano spacciati. Gli interventi di Van ne avevano trasformato le pagine nel gioco delle parole matte, piene com'erano di spesse righe nere che coprivano i termini importanti.

Spivey è stata vista a______ con ______ alle______.

Là dentro c'era parecchio, ma Van glielo nascondeva.

E anche Amanda.

La sera prima si era rifiutata di spiegarle perché avesse permesso all'FBI di mettere Beau Ragnersen sotto custodia. Faith aveva sbattuto giù il telefono con tanta forza che si era fatta male alla mano. La sua furia era a doppio taglio. Era stata lei l'idiota che aveva passato il nome di Beau Ragnersen a Aiden Van Zandt. Gli aveva chiesto di controllare se il nome comparisse nei file di Michelle. Ovviamente Van aveva scoperto qualcosa. E ovviamente non intendeva dirle cosa. La sua reazione inferocita le aveva dato spunto per un'altra classica osservazione nell'album della bambina:

Avevi due anni la prima volta che hai sentito la mamma urlare «stronzo!» in un cuscino.

«Oh... no...» Faith notò che c'era il cappuccio di un evidenziatore sul tavolo.

Solo il cappuccio. Niente evidenziatore in vista.

Salì le scale. La porta di Emma era aperta. Era seduta per terra, circondata da matite colorate. Stava cercando di metterle nella scatola. Il fondo era aperto perciò continuavano a caderle in grembo e lei le raccoglieva di nuovo. Dalla sua espressione felice Faith intuì che credeva di aver scoperto una fonte infinita di matite colorate.

«Dove sono le tue scarpe?» le chiese.

Emma sorrise osservando la cascata di matite. «Nelle tasche?»

«Non sono nelle tasche.» Faith guardò nell'armadio, sotto il letto, nella cassettiera, sui comodini e sul fasciatoio. Niente scarpe, ma alla fine aveva recuperato la marea di guanti a manopola che Emma aveva perso l'inverno scorso. «Mettiti le scarpe prima che arrivi Nana.»

«Nana è qui!» Evelyn stava salendo.

Faith si sentì come un giocatore di basket sfinito dopo una partita dura.

«Fuori il caldo è già torrido.» Sua madre era vestita elegante con un paio di pantaloni di lino e una camicia senza maniche abbinata. Baciò Faith sulla guancia dicendo a Emma: «Mettiti le scarpe, tesoro».

«Conosci una certa Kate Murphy?» le domandò Faith.

Evelyn non dovette pensarci su. Conosceva tutti. «Era collega di Maggie quando incidevano ancora le denunce sulle tavolette di pietra. Credo che abbia preso parte alla causa della Commissione pari opportunità che costrinse l'FBI a usare le donne sul campo. È una brava ragazza. Dov'è il tuo zaino?»

Faith ebbe una reazione a scoppio ritardato. Emma aveva le scarpe. Ai piedi giusti.

Che razza di misterioso sortilegio le aveva fatto?

«Mandy la conosce meglio di me. Sbrigati, orsacchiotta» fece Evelyn.

Faith guardò Emma ruotare mentre cercava di mettersi lo zaino. «E il suo agente, Aiden Van Zandt?»

Arricciò il naso. «Non mi fido degli uomini che portano gli occhiali. Perché mai non riescono a vedere?»

Faith fece un lungo sospiro.

La madre lo fraintese per esasperazione. «Oh, cara, non è il tuo tipo. Inoltre suo padre era un lurido puttaniere.»

«Hai il numero del padre?»

«Ha. Ha.» Evelyn prese in braccio Emma e se la appoggiò sul fianco. Diedero tutte e due un bacio a Faith sulla guancia, scesero le scale e se ne andarono.

Faith si soffermò sull'immagine del volto della figlia. Capelli scuri, quasi neri. Occhi castani chiari. Pelle bruna splendida. Non aveva ereditato nessun gene dei Mitchell, con la loro carnagione più chiara della Coccoina.

Il padre di Emma era un messicano americano di terza generazione. Victor non era mai stato molto interessato alle sue origini, a meno che non gli servissero per sostenere qualche tesi. Lo spagnolo delle superiori di Faith era dieci volte migliore del suo. Lui riusciva a stento a ordinare un buon margarita e si scordava di mormorare *palabras sucias echando un polvo.* Avrebbe dovuto capire che non avrebbe funzionato la prima volta che lo aveva visto girare per la stanza con la maglietta infilata nei boxer.

Faith fece il letto di Emma rimboccando bene le lenzuola. Mr. Turtelle era tornato al suo posto. I calzini erano appaiati. Aveva miracolosamente individuato l'evidenziatore senza cappuccio. Si sentì pervadere dalla tristezza mentre riordinava la sua camera. La casa era sempre diversa quando Emma non c'era. Più pulita, sicuramente più tranquilla, ma anche più solitaria. Raddrizzò una pila di vestiti. Raccolse le matite colorate e le portò di sotto.

Si fermò nell'atrio. Dal vetro in alto della porta vide la testa di Will. Se ne stava là immobile. Non aveva bussato. Passava di rado, a meno che lei non avesse bisogno di una riparazione urgente. Vide la sua testa girarsi verso il vialetto.

«Aspetta!» Faith si destreggiò con la manciata di matite per poter aprire la porta.

Will indossava gli stessi abiti del giorno prima: jeans relaxed fit, maglietta nera con le maniche lunghe. La guardò. Anzi, guardò attraverso di lei. Aveva gli occhi rossi e un aspetto da schifo. Mai nella sua vita aveva avuto tanta voglia di abbracciare qualcuno quanto Will in quel momento. Ma non erano tipi da abbracci. Se era seduto, gli stringeva una spalla. A volte gli dava un pugno sul braccio come faceva con suo fratello. In quell'istante ebbe paura che anche un colpetto lo facesse cadere.

Lui non parlò, perciò gli disse: «Entra».

Will la seguì fino in cucina. Faith non aveva idea del motivo per cui fosse là. Era ovvio che non avesse dormito. Aveva gli occhi cerchiati di scuro. Le basette si erano trasformate in una barba vera e propria. Avrebbe dovuto essere al quartier generale a quell'ora. La squadra aveva lavorato tutta la notte recuperando mappe e informazioni topografiche della zona attorno alla stazione Citgo vicino all'uscita 129.

Will avrebbe dovuto incontrare Gerald tra otto ore.

Cosa faceva lì?

«Siediti.» Faith gettò le matite colorate di Emma sul tavolo della cucina. «Vuoi fare colazione?»

«No, grazie.» Fece una smorfia mentre si sistemava con cautela sulla sedia. Non le risultava che avesse mai saltato la colazione. Will prese a raddrizzare le matite, a disporle per colore.

«Quel ragazzo del campo di baseball, Kevin Jones. È andato dal parco a un centro commerciale. Quando i nostri si sono messi in moto, aveva già consegnato le pillole. Lo hanno seguito fino a un ambulatorio dove si è fatto ricucire il ginocchio e poi alla casa dei suoi. Lo sorvegliamo ventiquattr'ore su ventiquattro, sette giorni su sette, ma non possiamo metterlo sotto custodia finché non sarà tutto finito» affermò.

Will annuì come se già lo sapesse. «Hanno perso il furgoncino nero quando ha lasciato la casa di riposo.»

Faith ricambiò con un cenno analogo. Amanda l'aveva ragguagliata mentre succedeva. Il furgoncino aveva lasciato in fretta la zona residenziale in cui si trovava la casa di riposo. Il guidatore era passato col rosso. Si era diretto verso un'area rurale dove un elicottero avrebbe spiccato come un faro. Le quattro auto si erano potute avvicinare solo fino a un certo punto su quelle strade dritte e strette di campagna. Erano rimaste indietro, poi ancora più indietro, poi d'un tratto il furgoncino era scomparso.

«Lo hanno trovato bruciato in un campo un'ora fa. Niente targhe, niente numero di telaio. Troppo rovente per gli investigatori specializzati in incendi. Io non ricordo niente. Non ho guardato la targa quando ci sono salito. Non ho preso un documento di trasporto o...»

Ruppe una matita tra le dita. Ne osservò i bordi frastagliati. Il colore era un bianco arancio chiamato *carne* che Faith odiava per principio.

«Quanto hai impiegato a capire quello che era successo?» le chiese.

Si riferiva alla sua sparizione dal parco. Due secondi su Google Earth le erano bastati per arrivarci con certezza. «Io sarei stata alla scuola.»

Will stava seduto con la mano premuta sulle costole come se dovesse tenere le ossa al loro posto.

Faith conosceva un solo modo per aiutarlo. Gli strinse la spalla quando andò alla scrivania. Trovò il dossier di Michelle Spivey. Lo buttò sul tavolo e si sedette. «Le analisi del sangue pre-intervento di Michelle all'ospedale hanno rilevato una sostanza sconosciuta. Non un narcotico, probabilmente qualcosa di tossico. Credono che sia stata questa a causare la rottura dell'appendice.»

Will sfogliò le fotografie del rapimento. Il parcheggio. L'auto di lei. La borsa che aveva lasciato cadere quando Carter l'aveva trascinata nel furgone. Indicò i rapporti. «Perché è tutto cancellato?»

«I nostri amici dell'FBI.» Faith gli mostrò una delle pagine più rimaneggiate. «Due cose mi sono balzate agli occhi. Qui dicono MH JACK SERV.» Picchiettò la riga. «Presumo stia per Maynard H. Jackson Service Road.»

«L'aeroporto.»

«Esatto.» Faith passò alla pagina seguente. «Se guardi qui, c'è scritto *Hurley* su questa riga, poi dicono *piegata in due* e *in preda al dolore e al vomito.* Ho cercato e sono tutti sintomi di una...»

«Appendicite.»

«Esatto.» Si appoggiò alla sedia. «Michelle e Hurley dovevano essere all'aeroporto quando lei ha iniziato a stare male. Continuavo a chiedermi perché l'avessero portata alla Emory. Probabilmente aveva dolori atroci. Dovevano portarla in un ospedale, ma non potevano rischiare di sceglierne uno vicino all'aeroporto.»

«Mi stai dicendo che qualsiasi cosa l'EPI stia pianificando accadrà all'aeroporto.» Will si grattò la barba. «Non avrebbero avuto bisogno di Michelle per fare una perlustrazione se stavano studiando un possibile attacco. Online ci sono mappe e video delle sale e dei terminal. Puoi guardarti un video del Plane Train. La faccia di Michelle è apparsa dappertutto. Hanno corso un rischio enorme a portarla allo scoperto. Doveva esserci qualcosa di specialistico che solo lei poteva fare.»

«Più di un duecentocinquantamila persone partono e arrivano lì ogni giorno. Cioè più di cento milioni l'anno» osservò Faith.

«Voli cargo» fece Will. «UPS, DHL, FedEx. Spostano scatole giorno e notte. Le scatole del magazzino avevano sopra stampato un numero: 4935-876.»

«Amanda ha già messo sei agenzie a lavorarci. Quel numero non salta fuori da nessuna parte. La dimensione delle scatole, ottanta per ottanta, è standard. In base al fatto che ci volevano due uomini per sollevarne una, presumiamo che siano rinforzate, ma questo non restringe la ricerca come pensi.»

Lui continuò a grattarsi la barba. Il rumore era simile a quello di un chiodo sfregato su una lavagna.

Will non stava pensando con lucidità, altrimenti avrebbe sottolineato che l'aeroporto era anche un punto importante d'ingresso negli Stati Uniti. Il CDC aveva strutture al suo interno per esaminare i viaggiatori internazionali con sintomi di malattie come la SARS o l'Ebola. Ma l'attività era mirata a impedire che qualcosa di brutto entrasse nel paese.

E se invece Dash aveva in mente di spedire qualcosa di terribile?

«C'è dell'altro.» La borsa di Faith era appesa alla sedia. Trovò il notes. Nel CISC non le avevano permesso di scrivere niente, ma prima di lasciare il CDC si era infilata in bagno e aveva annotato tutto quello che ricordava.

Cominciò a leggere senza fare alcuna premessa tenendo a Will lo stesso corso base intensivo sul nazismo che le avevano fatto il giorno prima. Citò i gruppi più attivi, la dottrina della resistenza senza leader. Will annuiva ogni tanto, come se ciò che gli stava riferendo fosse logico. Smise quando arrivò alla parte su Dash e Martin Novak in Messico.

«Dash è un pedofilo?» Will pronunciò quelle parole senza il disgusto che lei si aspettava. Guardò dalla finestra. Gli occhi gli luccicarono nella luce del mattino. Era sull'orlo delle lacrime come mai lei lo aveva visto.

Faith fu sopraffatta da una rabbia impotente. Doveva fermare tutto ciò, rimettere a posto le cose.

«Pensavo...» La voce di Will aveva un tremore insolito. «Ero preoccupato. Dallo stupro. Dalla possibilità che succedesse.»

Lei si portò la mano alla bocca in un gesto di… sorpresa? Shock? Sollievo?

La sua mente non aveva fatto quel balzo. Adam Humphrey Carter era morto. Vale e Monroe erano morti. Hurley sotto custodia. Per quanto terribile fosse sapere che Sara era tenuta in ostaggio da un pedofilo, c'erano minori probabilità che Dash la violentasse vista la sua malattia mentale.

Will si pulì il naso con il dorso della mano. Alzò lo sguardo ma non la guardò. Aveva un'aria così pesta. Se le avessero detto che era caduto da una rupe, ci avrebbe creduto.

Faith andò al lavandino e aprì l'acqua. Non aveva niente da pulire. Prese un piatto dal lavastoviglie.

«Gerald Smith» disse Will.

Lei assentì incoraggiandolo a riportare la conversazione sul caso.

«Il ventunenne uscito da una cella di detenzione in Messico vent'anni fa potrebbe essere lo stesso Gerald che ho incontrato ieri sera. L'età più o meno corrisponde. Hai avuto una descrizione?»

«No.» Faith si asciugò il naso con il braccio mentre sfregava il piatto. «Sarebbe logico che si conoscano. Quella gente sta insieme.»

«Mi serve un favore» disse Will.

Faith chiuse il rubinetto. Gli diede le spalle mentre asciugava il piatto. «Certo.»

«Penso che… Voglio dire, so…» Si fermò, fece un respiro. «La madre di Sara mi odia proprio.»

Faith rimise il piatto nella lavastoviglie, poi la richiuse. Pulì ancora una volta il banco.

«So che lei vorrebbe che… mi prendessi cura di loro. Non credi?»

Faith scosse la testa perché non lo credeva.

«È una cosa di famiglia, presumo, che fai con le famiglie. No?»

Dovette guardarlo, se non altro perché la sua espressione l'avrebbe forse aiutata a capire.

«Per tenerli al corrente, per esempio. Non che ci sia molto da sapere. O che possa riferire. Possiamo dire... Sarebbe più semplice. Ma i progressi, giusto? O forse solo per... Stavo pensando che sarebbe meglio se fossimo noi due. Però forse...»

«Sì.» Per poco Faith non riprese a piangere, stavolta di sollievo. «Verrò con te a parlare con i genitori di Sara.»

Faith era accanto Will, lo sguardo fisso sui numeri sopra la porta dell'ascensore. Era stata a casa di Sara più volte di quelle che ricordasse. C'erano solo cinque persone al mondo a cui avrebbe lasciato sua figlia. Dopo Evelyn nell'elenco non venivano il padre di Emma o la sua *abuela*, e nemmeno suo fratello maggiore. Faith non si sarebbe persa l'occasione di lasciare la piccola a una pediatra specializzata.

Gli occhi le si riempirono di lacrime. Si era buttata sul caso perché era il modo migliore per dare una mano a ritrovare Sara. Quell'impulso le aveva impedito di pensare troppo a quello che stava accadendo veramente. Al fatto che Sara potesse essere stata ferita, violentata, picchiata, ferita, uccisa.

Che cosa avrebbe detto a Emma?

Le porte dell'ascensore si aprirono. Faith si asciugò le lacrime. Si concedeva di piangere solo a casa, nascosta in cucina. L'unico modo di uscirne era finirla il prima possibile. Si incamminò in corridoio. Bussò alla porta. Nell'appartamento si sentivano delle voci: due donne, stesso registro. A Faith venne male. Una sembrava proprio Sara.

«Will?» Una donna stupita aveva aperto la porta. Indossava un paio di pantaloni da ginnastica e una T-shirt bianca. Niente scarpe. Niente reggiseno. Niente inibizioni. Abbracciò Will e gli premette la faccia sul collo. «Mi dispiace tanto che ci si veda in queste circostanze.»

Faith non capì se Will la conoscesse o no. Era evidente che lui non sapesse come comportarsi. Alla fine decise di sfiorarle le scapole con le dita. «Non abbiamo notizie» disse.

«È un bene, giusto? Niente è meglio di qualcosa. Tu sei Faith?» La donna le tese la mano. «Sono Tessa, la sorella di Sara.»

Faith si sentì stupida per non esserci arrivata da sola. Tessa aveva probabilmente preso un aereo appena aveva saputo. Il viaggio dal Sudafrica doveva essere stato estenuante, eppure non mostrava segni di stanchezza. Se Sara era attraente, sua sorella era uno schianto. Perfetta, pelle di porcellana, capelli lucidi biondo-rossi. Aveva gli stessi anni di Faith, ma li portava decisamente meglio. Nessun seno aveva il diritto di essere così sodo dopo il parto.

«Prego, entrate.» Parlava con un vago, dolce accento del sud. «Mi scuso se non mi sono presentata adeguatamente. Sapete, il jetlag e... Will, chiudi la porta. Mamma, guarda chi c'è.»

Cathy Linton stava lavando i piatti nel lavandino. Fece un lieve cenno a Faith.

«Sara mi ha detto tutto di te. Caspita, sei davvero alto. Ma questa...» Gli accarezzò una guancia. «... a Sara non piacerà.»

Will arrossì sotto la barba. Ripeté la frase di prima. «Non abbiamo notizie.»

«Volevamo aggiornarvi su quello che stiamo facendo» spiegò Faith.

«Abbiamo dovuto spegnere la TV perché non facevano che dire sciocchezze. Dovremmo aspettare papà. Giusto, mamma?»

Con riluttanza Cathy disse di sì.

«Ha portato fuori i cani» spiegò Tessa. «La cagnolina è così adorabile. Mamma, non ti piace Betty?»

Lei non rispose. Era come una puzzola che non riusciva a smettere di spruzzare il suo liquido contro Will.

Lui si schiarì la voce. «Devo prendere alcuni vestiti.»

Tessa lo guardò scomparire in corridoio. Gli diede qualche secondo perché raggiungesse la camera, poi si voltò verso sua madre. «Che diavolo ti prende?»

«Vuoi un caffè?» chiese Cathy a Faith.

«Io...» Faith si sentì presa in mezzo. «No, graz...»

Cathy le stava già riempiendo la tazza. Ne prese un'altra dall'armadietto. «Immagino che lui lo prenda con la panna.»

«Lui beve...» Faith e Tessa parlarono contemporaneamente.

«Will beve una cioccolata calda il mattino» rispose Tessa.

Cathy lanciò uno sguardo di disapprovazione. «Non ha sei anni. Non può bere la cioccolata a colazione.»

«Di solito andando al lavoro si mangia un piccolo panino, poi prende un burrito alla macchinetta in ufficio.»

«E questo migliorerebbe le cose?»

Faith sarebbe voluta scomparire.

«Dimmi.» Cathy puntò il dito in direzione di Tessa. «Com'è che sai così tanto sul regime alimentare di quell'uomo?»

«Davvero vuoi fare così?»

Faith finse di interessarsi all'ampio salotto di Sara.

«In questo momento dobbiamo restare uniti come famiglia, e quell'uomo *non* è la nostra famiglia.»

«Santo Dio, mamma, il tuo io è proprio cieco. Non riesci neppure a pronunciare il nome di Will.»

«Non ricordavo che la tua laurea quinquennale in scienze umanistiche ti abilitasse a fare anche la psichiatra.»

Faith crollò sul divano. Aprì una rivista di pediatria sul tavolino.

«Il modo in cui ti stai comportando ora è esattamente il motivo per cui Sara non ti parla di lui» affermò Tessa.

«Questo non è…»

«Non ho finito» proseguì Tessa. «Nell'ultimo anno e mezzo hai fatto del tuo meglio per allontanare Will da Sara perché…»

«Perché era ancora sposato» insistette Cathy. «Se un uomo tradisce sua moglie…»

«Will è un uomo buono» replicò Tessa. «Incredibilmente buono.»

«Se fosse vero, se la amasse veramente, le chiederebbe di sposarlo. Vivere insieme non è impegnarsi. È dormire a casa di qualcuno con cui fare sesso.»

«Oh, cazzo.»

«Appunto.»

Faith studiò un articolo sull'arrossamento delle dita da Mycoplasma pneumoniae.

«Mamma, non puoi proteggere Sara dall'eventualità che le cose si ripetano» osservò Tessa. «Stai respingendo Will perché hai il folle timore che la lasci, che le spezzi il cuore, che la tradisca o che un giorno si avvicini alla cassetta della posta e...»

«Basta.»

Tessa tacque per un istante. «Sara ha scelto Will. Questo fa di lui la nostra famiglia. Ci hai insegnato tu questa regola. Devi iniziare a seguirla.»

Faith pregò che il silenzio che seguì significasse la fine di quell'incubo.

«D'accordo.» Il tono di Cathy non denotava una resa. «Sei tu l'esperta, signorina So-tutto-io. Cosa vuoi che faccia? Cosa renderebbe felice Sara? Dare una festa per lui? Adottarlo?»

Il sospiro di Tessa indicò che aveva rinunciato. «Preparagli solo una maledetta cioccolata calda.»

Faith sentì una pentola posarsi sul fornello. Il gas sibilò. Gli armadietti furono aperti e chiusi. La porta del frigo sbattuta con tanta forza che le bottiglie all'interno tintinnarono.

Azzardò un'occhiata alle due donne. Cathy stava versando il latte nella pentola. Tessa fissava la porta d'ingresso con le braccia incrociate. L'unica cosa che avrebbe potuto rendere la situazione ancor più imbarazzante era l'eventualità che ricominciassero a discutere.

Perché Will ci impiegava tanto?

Faith cercò il telefono in borsa. Gli mandò un messaggio: DOVE CAVOLO SEI???

Il messaggio arrivò, ma Will non rispose. Faith era sicura che avesse sentito la discussione. Le due donne non avevano tenuto la voce bassa. Probabilmente stava scappando dalla finestra. Se c'era una cosa che odiava di più del parlare dei suoi sentimenti era sentirlo fare da altri.

L'anta di un armadietto sbatté. Il latte fu rimesso in frigorifero.

Faith posò i gomiti sulle ginocchia. Aprì le mail. C'erano le solite cose: richieste di documenti, un quesito dell'ufficio del procuratore statale. Amanda non le aveva mandato la lista di cose da fare, il che era una specie di miracolo. Stava sovrintendendo all'organizzazione dell'appuntamento di Will alla stazione Citgo. Studiavano mappe, recuperavano documenti fiscali, controllavano confini di proprietà. Quello che era successo al parco il giorno prima non si sarebbe ripetuto. Amanda avrebbe guidato una delle auto che lo avrebbero seguito. Faith aveva intenzione di essere là con lei.

La porta d'ingresso si aprì. Betty abbaiò due volte e prese a girare in cerchio nel centro della stanza. I due levrieri di Sara trotterellarono in cucina e bevvero dalle ciotole.

Faith non aveva mai conosciuto il padre di Sara, ma Eddie Linton non era affatto come se lo aspettava. La prima cosa che notò furono le sopracciglia, che si sollevavano in ogni direzione. I suoi shorts erano ricavati da un paio di jeans. Le tasche bianche pendevano al di sotto dei bordi sfrangiati. Aveva le gambe pelose. La maglietta era più gialla che bianca, con alcuni buchi nel colletto. Le scarpe da tennis erano quasi distrutte.

«Papà, questa è Faith, l'amica di Sara» esclamò Tessa.

Faith si alzò per stringergli la mano. «Mi dispiace conoscerla in queste circostanze.»

Lui annuì. «Ho sentito parlare molto di te. Tua figlia si chiama Emma?»

«Sara è la sua babysitter preferita.» Prima che glielo chiedesse aggiunse: «Non ci sono notizie, ma volevamo aggiornarvi su quello che stiamo facendo».

«State?»

Betty abbaiò di nuovo. Will era in corridoio, la sua espressione affranta era la conferma che aveva sentito ogni parola della discussione. Indossava una maglietta e un paio di jeans neri. I suoi stivali tattici erano allacciati stretti. La sua borsa da ginnastica era sulla spalla. Sembrava un autentico ladro, di quelli che sono disposti a ucciderti per i gioielli della nonna.

«Okay.» Faith non vedeva l'ora di concludere la visita. «Che ne dite se ci sediamo?»

C'erano due divani. I Linton scelsero quello di fronte a lei. Tessa si raggomitolò nell'angolo. Cathy posò una tazza fumante di cioccolata calda sul tavolino prima di appollaiarsi all'altra estremità. Eddie restò in piedi al centro, in attesa, perché non si sarebbe seduto se non l'avesse fatto Faith.

Lei fece un profondo respiro, pronta a cominciare.

«Aspettate.» Eddie chiamò Will con un gesto. «Vieni a sederti, figliolo.»

Le suole dei suoi stivali cigolarono sul pavimento di legno. Si sedette vicino a Faith. Lei lo vide trasalire mentre si appoggiava allo schienale. Betty si affrettò a saltargli sulle ginocchia. Si allungò sulla sua gamba posandogli la testa sul ginocchio.

Cathy spinse la tazza nella sua direzione. Will sembrò confuso.

«È cioccolata calda» spiegò Tessa. «Scommetto che non hai mai assaggiato quella vera. Sara ha studiato chimica organica come materia complementare, ma non sa bollire il latte.»

Eddie le posò una mano sul piede per indurla a tacere. «Prego, parli pure» disse a Faith.

Lei fece un altro profondo respiro e si buttò. «Grazie, signor Linton. Voglio iniziare dicendo che siete stati tutti molto in gamba a non parlare con i media. Il fatto che manteniate il silenzio è vitale per la nostra indagine.»

Dalle loro espressioni stoiche capì che avrebbe potuto saltare quella parte.

Fece un terzo profondo respiro. Non poteva entrare nei dettagli illustrando il codice che Sara aveva lasciato nell'elenco di medicinali, però si spinse a dire: «Abbiamo avuto la conferma che ieri mattina Sara era ancora viva».

Eddie si premette la mano sul cuore. La moglie e la figlia gli si avvicinarono di più. Gli presero le mani.

«Che genere di conferma?» domandò Tessa.

«Tutto quello che posso riferirvi è che riteniamo che Sara stia facendo il possibile per tornare da voi.»

Eddie annuì, quasi se lo aspettasse. «È una ragazza sveglia. Sa badare a se stessa.»

Cathy strinse le labbra. Guardò il tavolino.

Tessa era un passo avanti rispetto ai suoi. «Hai detto che ne avete avuto la conferma ieri mattina. Da allora niente?»

«No, ma non ci aspettavamo di sentire altro.» Faith aggiunse: «Crediamo di conoscere il nome del gruppo che l'ha presa».

«Gruppo?» fece Tessa. Aveva lo stesso sguardo di Sara quando metteva insieme un caso. «Hanno chiesto un riscatto? Hanno fornito prove che sia viva? Se vogliono soldi, li troveremo perché non...»

«Tessie» affermò Eddie. «Lasciala rispondere alle domande.»

«Non sono quel genere di gruppo. Non la trattengono per un riscatto» rispose Faith.

«Allora cosa vogliono?» incalzò Tessa. «Quello che dici non ha senso. Un gruppo l'ha presa, ma perché? È collegato con l'attentato? E l'altra dottoressa scomparsa? Lavorava al CDC. Il campus della Emory è proprio in fondo alla strada.»

«Prendo atto delle tue domande ma non posso rispondere.» Faith cercò di assumere il controllo della situazione. Tessa era sveglia come sua sorella. «Nessuna informazione che vi sto dando è di dominio pubblico. È molto importante che le cose restino così. Non è il caso che le domande che mi stai facendo vengano riprese dai telegiornali.»

«Si scaveranno la fossa con tutte le loro inutili congetture» osservò Eddie.

«Ti prego» intervenne Cathy a voce bassa. «Non parliamo di fosse.»

Tessa guardò dalla finestra. Gli occhi le si riempirono di lacrime.

Faith ci riprovò. «Tutto quello che sono autorizzata a dirvi è che stiamo studiando un piano per rintracciarla.»

«Un piano.» Tessa trattenne quelle parole in bocca. Adesso stava guardando Will. Il modo in cui era vestito, la barba. Sara non sembrava nascondere molto alla sorella. Doveva averle detto che Will lavorava spesso sotto copertura, che rischiava la vita per salvare altre persone. Che tornava a casa pieno di lividi e di tagli, ma che il mattino dopo usciva e ricominciava dapprincipio.

«È pericoloso, il piano?» chiese Tessa.

«Tutto quello che facciamo...» rispose Faith.

«No» la interruppe lei. «Lo sto chiedendo a Will. È pericoloso?»

«No. Non lo è» disse lui.

Tessa non si lasciò ingannare. «Non credo che Sara vorrebbe che qualcuno rischiasse… qualcosa. Capisci che intendo? A suo parere non ne varrebbe la pena.»

Will ignorò l'osservazione. Grattò le orecchie di Betty chiamandosi fuori dalla situazione.

«Quando sapremo se il piano avrà funzionato?» domandò Eddie.

«Questo non posso dirvelo.» Faith aveva già parlato troppo. «Non voglio fuorviarvi. Non c'è nulla di garantito. Voglio solo che comprendiate che stiamo facendo tutto il possibile. Sara significa molto per noi. Come collega, come amica.» Terminò l'elenco lì. «La rivogliamo tutti tra noi.»

«Sì» affermò Tessa. «Ma non vogliamo che nessun altro si faccia del male.»

Faith annuì, ma non in segno di assenso. Il coinvolgimento di Sara rendeva la faccenda molto personale, ma quello era il lavoro che aveva accettato di fare. Faith era molto consapevole dei rischi che correva ogni volta che si metteva il badge.

«Okay. Grazie.» Cathy tenne la mano del marito e le disse: «Se non ti spiace, vorrei pregare con la mia famiglia».

«Certo.» Faith si alzò e si mise la borsa in spalla.

Will non riuscì a muoversi altrettanto in fretta. Strinse Betty al petto, scivolò verso il bordo del divano e scoppiò in una risata imbarazzata davanti alla propria lentezza.

«Will?» Cathy gli stava tendendo la mano. «Resta.»

15

Martedì 6 agosto, 12.40

Sara tenne la toga sollevata facendo affondi nella casetta mentre *Baby Got Back* le martellava in testa all'infinito. Il sedere era l'unica cosa che non aveva mai avuto, ma presumeva che Will lo apprezzasse, perciò, nel vano tentativo di trasformare l'acqua in vino, aveva aggiunto dieci minuti di esercizi per i glutei alla routine di ginnastica.

La sua ex moglie aveva un sedere bello tondo, e anche i fianchi. E tutto il resto. Angie era curvy alla J.Lo. Quel curvy in stile *Ain't Your Mama*, anche se non aveva mai fatto ginnastica nella sua vita. Aveva geni fortunati, che andavano a nozze con le patatine fritte e il vino da quattro soldi. Il collagene sarebbe stato la causa del suo tracollo, nel senso letterale. Quel tipo di pelle era fantastico finché non iniziava a cedere. Obiettivamente Sara poteva dire di avere un seno più bello, ma era come sostenere che due Baci Perugina stessero meglio su un'asse da stiro.

«Merda.» Sara rinunciò al programma di automiglioramento.

I tendini della gamba le bruciavano come fuoco. Non aveva alcun senso del tempo. Il brontolio allo stomaco non voleva dire che fosse ora di pranzo. La sua colazione vegetariana era consistita in un panino duro e un pezzo di formaggio ancora più duro. La dissenteria non sarebbe stata un problema nell'immediato futuro. Fuori sentiva la temperatura salire. Dentro, la casetta sembrava stringersi come il buco del culo del sole. Sara stava grondando.

Peggio di tutto, i bambini nella baracca avevano bisogno di lei.

Antibiotici e pomate erano arrivati la sera prima. Le medicine erano in sacchetti richiudibili anziché in flaconi sigillati, ma Gwen le aveva garantito che erano autentici.

Sara non ne era convinta. Quel mattino si era aspettata che alcuni bambini, se non tutti, si fossero stabilizzati, o che almeno fossero a un punto di svolta. Le sue visite le avevano rivelato il contrario. Benjamin stava sempre peggio. La paziente più grande, una bambina di dodici anni, presentava nuovi sintomi. Quelli di altri quattro erano quasi nelle stesse condizioni. Solo le due di dieci anni e l'unica undicenne si erano stabilizzate.

C'era Gwen dietro a tutto ciò?

Ieri alla Struttura aveva dimostrato di non voler sprecare medicinali se riteneva che un paziente non avesse possibilità di recupero. Sara era rimasta là, impotente, mentre assassinava un giovane a mani nude. Il ricordo delle spalle della donna che tremavano mentre premeva con tutto il suo peso sul naso e sulla bocca di Tommy le si era impresso nel cervello. Le sue mani ricordavano quant'erano fredde le dita del ragazzo quando la vita gli era stata infine brutalmente sottratta.

Adriel, la figlia più piccola di Gwen, era una delle pazienti più gravi. L'infezione alla retina sinistra si era diffusa a quella destra. Il rumore della polmonite doppia era diventato simile a un fruscio di foglie secche. Sara non poteva pensare che Gwen lasciasse soffocare sua figlia, poco più che una neonata.

Però aveva fatto sette figli con Dash. Sapeva cosa succedeva all'interno del Campo, a quanto pareva dirigeva le donne addette alla cucina, controllava i bambini e aveva di certo reso nota la sua disapprovazione nei confronti di Sara.

Il che significava che avrebbe dovuto essere più attenta in sua presenza. Dash era una persona orribile, ma gli uomini tendevano a esserlo in modi prevedibili. Una donna furiosa era capace di infliggere danni psicologici immensi, quelli che ti restano a lungo dopo che le ferite si sono rimarginate.

Ci fu un forte *clic* al di là della porta.

Non era la chiave che girava nel lucchetto. Si era riattivato il generatore della serra. Sara ascoltò il rumore attutito dei gas di scarico prodotti dal motore. Lo aveva sentito per tutta la notte. La quantità di calore emanata da quell'aggeggio non era facile da nascondere a un elicottero. Sara doveva pensare che qualsiasi cosa accadesse all'interno della serra stesse per essere concluso.

Doveva entrare là dentro.

I suoi pensieri tornarono a un tema familiare mentre considerava tutte le cose brutte che potevano verificarvisi. Tra quei monti c'erano sicuramente coltivazioni di marijuana. Il fiume forniva acqua sufficiente per le colture idroponiche, ma il generatore avrebbe dovuto funzionare non-stop per le lampade, i ventilatori e i regolatori di umidità. Inoltre la serra era piccola. Visti i rischi implicati, a quei livelli la resa non era sufficiente.

La spiegazione più ovvia di tanta segretezza era che fosse una sorta di fabbrica di bombe. La struttura da cui Tommy era caduto rappresentava un edificio. Di che genere, non si sapeva. Di due piani almeno. Un balcone con una scala che saliva al centro dividendosi a destra e a sinistra. Sara sapeva che gli uomini facevano *esercitazioni* all'interno, che si stavano addestrando per una *missione* e che si ritenevano in *guerra*. Quindi forse stavano pianificando un'operazione in cui si sarebbero introdotti in un palazzo e vi avrebbero piazzato diverse bombe per poi sgattaiolare fuori in attesa di distruggerlo.

Il che poteva forse spiegare la Struttura ma non la serra e la tenda termica, perché per fabbricare esplosivi non ti serviva una costruzione in vetro isolata e protetta. Ti bastavano anche dieci metri quadrati. In quel momento c'era forse più di un pugno di persone al mondo che stava assemblando giubbotti esplosivi e IED all'interno di garage e appartamenti.

Michelle era l'anomalia. Era la specialista di malattie infettive. Dash non l'aveva rapita a caso. Al CDC studiavano i peggiori microrganismi noti all'uomo. E probabilmente alcuni di essi erano noti solo ad alcuni uomini.

O a Michelle Spivey.

Parecchi agenti biologici nocivi potevano essere sintetizzati da un chimico dilettante, ma usarli era tutt'altra questione. La conservazione, il trasporto, la consegna, erano tutti problemi logistici che rendevano il terrorismo biologico difficile se non impossibile da perseguire per i gruppi non governativi. Era molto più economico costruire una bomba o procurarsi una scorta di munizioni.

Dash aveva già dimostrato di saper costruire e far esplodere le bombe. Aveva ucciso molte persone all'ospedale. Sara aveva visto la sua reazione compiaciuta quando al telegiornale avevano dato il numero.

Compiaciuto ma non euforico.

Quindi dopo un lungo giro era tornata alla stessa domanda del giorno prima: che cosa stava architettando?

Sara considerò le caratteristiche che aveva notato di Dash. Prima di tutto era un leader molto organizzato. Il Campo non era spuntato da un giorno all'altro. Quel posto dava l'impressione di una comunità ben studiata. Due zone separate. La serra. La Struttura. Il cibo prontamente disponibile. Il modo di vestire di uomini e donne. L'obbedienza mite dei seguaci. La sensazione che le regole venissero rispettate.

Regole fatte da Dash.

Era capace di elaborare strategie e di pianificare a lungo termine, il che per la maggior parte dei criminali era più difficile di quanto un non criminale pensasse. Dash aveva inoltre superato uno dei maggiori deterrenti al comportamento criminale maschile: la soglia dei trent'anni. Sara supponeva che fosse sui quarantacinque. Non sembrava colto, ma possedeva un tipo di intelligenza utile a uno scopo molto specifico. Non riuscivi a persuadere un gruppo di persone a rinunciare alla vita moderna se non avevi un'intelligenza emotiva notevole. Il tutto denotava un'arroganza non da poco. Gli altri non credono in te a meno che tu non li convinca che credi in te stesso.

Sara cercò di inserire Gwen nell'equazione. Era restia ad attribuire i tratti di Lady Macbeth a un'altra donna, ma lei aveva avuto fin dall'inizio qualcosa di sinistro. La sua complicità nella diffusione del morbillo. Il modo in cui usava i versi della Bibbia per spaventare le figlie. Lo spietato disprezzo per la vita. Sara non era nemmeno sicura che avesse il diploma di infermiera. Era disposta a fare il lavoro sporco per Dash. Era bastato un cenno del marito e, appena lui aveva girato le spalle, aveva soffocato Tommy a morte.

Sara vedeva facilmente una persona come lei persuadere il marito con le lusinghe, spingerlo verso azioni terroristiche ancora più grandi. Qualsiasi cosa lui avesse in mente, non nutriva dubbi sul fatto che Gwen ne avesse approvato ogni dettaglio. Forse ne aveva persino aggiunto qualcuno, sadico, di sua invenzione.

Ma di cosa si trattava?

Sara riprese a camminare su e giù nella casetta, stavolta per allenare non i glutei, ma il cervello.

Dopo l'11 settembre bombe ed esplosioni non erano diventate all'ordine del giorno nella vita americana, ma nemmeno totalmente inaspettate. Lo shock era diminuito a ogni attacco. Uccisioni di massa, sparatorie nelle scuole: tutte quelle azioni lasciavano ancora gli americani inorriditi ma la settimana, il mese dopo riprendevano la loro vita fino all'attentato seguente.

Supponeva che Dash fosse consapevole dell'impatto sempre minore di quegli improvvisi atti di violenza. Ogni volta che cercava di entrare nella sua testa, finiva per concludere che quello che Dash voleva veramente più di qualsiasi altra cosa era far conoscere il suo nome.

Il che la riportava a Michelle.

Il che la riportava a un attacco biologico.

Se volevi un agente che spaventasse a morte la popolazione, l'antrace, con il suo tasso di mortalità del novanta percento, era molto efficace. L'attacco del 2001 aveva paralizzato il servizio postale e parti del governo. Le spore potevano essere aerosolizzate, ma la trasmissione da persona a persona non era possibile. Inoltre, visti gli attentati precedenti, trovare un ceppo batterico originale era quasi impossibile.

Il botulino era un'altra alternativa, ma avresti dovuto depredare gli studi di tutti i chirurghi plastici d'America, e anche allora ne avresti avuto a sufficienza solo per uccidere un numero ristretto di persone. E avresti dovuto iniettarlo in ciascuna, quindi…

Sara camminava in cerchio.

Passò in rassegna quello che aveva imparato alla facoltà di medicina sui modi in cui la natura può uccidere. Rickettsiaceae, Bunyaviridae, virus Marburg, Chlamydophila psittaci, tutti incredibilmente pericolosi e tutti quasi impossibili da usare come armi. Vaccini, antibiotici e procedure di quarantena impedivano a gran parte di questi virus e batteri di infettare moltitudini di persone.

Dash puntava a moltitudini di persone.

C'erano i cosiddetti agenti selettivi come la ricina, l'enterotossina stafilococcica B, la tossina botulinica, la saxitossina e una miriade di micotossine. Ma il possesso, il trasferimento e l'uso di questi organismi erano rigorosamente controllati dal Select Agent Program. Non che fosse necessario un ente regolatore. Gran parte delle tossine erano presenti nelle comuni cucine. Non ti serviva una serra segreta per nascondere le tue tracce. E non ti serviva in realtà una tossina sofisticata per avere un grosso impatto.

Nel 1984 un gruppo deviato dei seguaci di Rajneesh aveva sintetizzato facilmente abbastanza *Salmonella enterica* Typhimurium da far ammalare settecentocinquanta persone nell'Oregon. A Chicago nel 1982 un avvelenatore ancora non identificato aveva aggiunto cianuro di potassio in una serie di capsule di Tylenol; da allora la modalità di confezionamento dei farmaci era cambiata per sempre.

Sara considerò la Struttura in cui era morto Tommy. Alta almeno due piani. Un pianterreno aperto, un balcone al primo piano. La scala al centro.

L'antrace poteva essere inserito in un impianto di condizionamento?

Se fosse stato possibile, qualcuno ci avrebbe già provato.

La legionellosi si verificava naturalmente nell'acqua fresca.

L'esposizione era casuale, non da persona a persona, e il batterio presentava un tasso di mortalità *solo* del dieci percento.

«Merda» ripeté Sara.

Era tornata all'inizio.

Doveva smettere di andare su e giù prima che le venissero i crampi. Non poteva fare un altro affondo. Aveva esaurito le parole delle canzoni, a parte una che non riusciva a ricordare, a proposito di una cameriera che lavorava in un bar. Solo Will avrebbe saputo dirle il titolo. Lei l'avrebbe canticchiata, lui le avrebbe detto che non sapeva canticchiare e alla fine avrebbe capito lo stesso quale fosse.

Sara si premette le dita sugli occhi.

Non poteva permettersi un'altra crisi di pianto. Aveva superato la fase della nostalgia per Will e ripreso a preoccuparsi per lui. Aveva visto il cuore che gli aveva lasciato al motel? Aveva capito il codice contenuto nell'elenco di medicinali?

Tessa ormai doveva essere ad Atlanta. Sara voleva che sua sorella lo abbracciasse. Nessuno lo aveva mai abbracciato davvero. Sara voleva che Tessa gli dicesse che sarebbe andato tutto bene. Voleva... Aveva bisogno che sua madre lo accogliesse in famiglia per proteggerlo, perché a ogni ora che passava, si ritrovava più vicina ad accettare il fatto che non ce l'avrebbe fatta a tornare da nessuno di loro.

«Signore.» Lance era al di là della porta. Lo udì rimettersi in piedi. Non le risultava che avesse fatto una pausa negli ultimi due giorni.

Come sempre, qualsiasi cosa Dash gli disse fu bisbigliata a voce troppo bassa perché lei potesse capire. I suoi mormorii sommessi le fecero sentire ancora di più la mancanza del tono profondo e virile di Will.

«Intesi, signore» rispose Lance.

Sara drizzò le orecchie udendo la chiave nel lucchetto. Come i suoi cani quando tornava a casa dal lavoro, anche lei non vedeva l'ora di fare due passi.

Alla fine il lucchetto scattò e la porta si aprì. Dash era in piedi sul tronco che serviva da gradino. Aveva il reggibraccio storto. La mano era troppo in basso. «Dottoressa Earnshaw, sto per pranzare con la mia famiglia. Le mie figlie hanno richiesto specificamente la sua presenza.»

Sara avrebbe voluto baciarle una a una.

Si tirò su la toga e uscì nella luce del sole. Nella calura il sudore sulla sua pelle evaporò. Aveva smesso di desiderare vestiti freschi. In quel momento il suo desiderio sarebbe stato poter immergere qualsiasi parte del corpo in acqua pulita.

Dash si aggiustò il reggibraccio. La cinghia gli aveva irritato un punto sul collo. «Ho saputo che i bambini non rispondono alle sue cure» disse.

«Non rispondono ai medicinali» precisò Sara. «È sicuro che siano legali? Il mercato nero non è sempre...»

«Apprezzo il suo interessamento, dottoressa Earnshaw. La nostra fonte non ci venderebbe merce contraffatta.»

La nostra fonte.

Si chiese se fosse Beau. Se Beau era sotto custodia. Se Will sapesse che Sara stava facendo del suo meglio per comunicare con lui.

«Ehi, piano» esclamò Dash.

Lance era inciampato. Sara gli lanciò una bella occhiata mentre si raddrizzava. La sua guardia sembrava non reggersi in piedi. Carnagione pallida, palpebre pesanti, respiro corto. Lo aveva sentito correre al gabinetto di fortuna quasi tutta la notte.

Sara proseguì verso la radura. Lance avrebbe proprio dovuto vedere un dottore. La dissenteria uccideva circa centomila persone l'anno.

«Gwen mi ha detto che Adriel ha passato una notte agitata» affermò Dash.

«Temo che i bambini stiano sviluppando una malattia secondaria. Una sorta di virus o di infezione batterica.» Si chinò quando Dash si allungò al di là di lei, ma stava solo scostando un ramo. «Vorrei ricontrollarli.»

«Farò in modo che abbia tutto il tempo che le serve per stare nella baracca.»

«Grazie.» Sara udì la sua voce spezzarsi per la gratitudine. Aveva a cuore i bambini, ma il pensiero d'essere liberata dalla sua casetta-cella era esaltante. «Benjamin in particolare non sta bene.»

Sara aveva avuto la prova che a Gwen non importava chi soffrisse, a patto che servisse allo scopo di Dash.

«Se Dio esiste e sa della sofferenza dei nostri adorati agnellini, allora non è un dio che vorrei conoscere» affermò Dash.

La madre di Sara avrebbe trovato esilarante il fatto che in quella discussione stesse dall'altra parte. «Dio ci ha dato gli strumenti per aiutarli, ma a loro vengono negati.»

Lui scoppiò a ridere. «Il suo spirito combattivo è una delle ragioni per cui apprezzo la sua compagnia, dottoressa Earnshaw.»

Sara guardò per terra perché non la vedesse alzare gli occhi al cielo. Sapeva che alla fine le avrebbe dato della combattiva.

Erano arrivati alla radura. Sentì il sole bruciarle la spalla nuda. Le donne erano davanti alle pentole sui fuochi perché erano sempre occupate a cucinare o a bollire lenzuola, abiti e un'infinità di pannolini di stoffa. Gwen era in piedi con le mani sui fianchi e abbaiava ordini alle sue serve spaventate. Appena la vide, le si chiuse lo stomaco. Se quella donna era davvero un'infermiera, aveva saputo con esattezza che cosa stava facendo quando aveva impedito a Tommy di concludere in pace la sua breve vita.

«Dottoressa Earnshaw. Ricorderà le mie graziose signorine.»

Le bambine erano già sedute a uno dei lunghi tavoli comuni da picnic. Sara ripassò i nomi: Esther, Charity, Edna, Grace, Hannah e Joy Sguardo Sospettoso.

Grace, la chiacchierona, si spostò eccitata sulla panca perché Sara le si sedesse accanto. In pratica trillò quando il suo desiderio fu esaudito. Lei le accarezzò i capelli sottili e vide due piccole cicatrici sulla pelle della fronte. Vecchi segni della varicella.

«Grazie, sorelle» esclamò Dash.

Le donne addette alle pentole si erano avvicinate con il pasto. Bistecca per lui, ciotole di stufato per le bambine e un piatto di formaggio, cracker e frutta per Sara. Lo stomaco le brontolò, ma il pensiero di mangiare altro formaggio le diede l'impressione che la lingua le si impastasse in bocca.

«Dottoressa Earnshaw, dove hai conosciuto tuo marito?»

«All'ospedale dove lavoravo.» Sara sentì le labbra schiudersi per la sorpresa. Aveva risposto alla domanda senza riflettere, e lo aveva fatto in modo sbagliato. Aveva conosciuto Jeffrey a una partita di football alle superiori.

All'ospedale aveva conosciuto Will.

«Che vestito avevi?» chiese ancora.

«Ehm.» Le venne di nuovo voglia di piangere. Masticò un cracker per darsi il tempo di recuperare. «Negli ospedali i dottori hanno le divise. Pantaloni verdi e una casacca in tinta.»

«E un camice bianco» aggiunse Esther. Ricordava la descrizione della cerimonia che Sara aveva fatto il giorno prima.

«Sì» confermò lei. «E un camice bianco. E uno stetoscopio. E scarpe di gomma perché stanno in piedi tutto il giorno e hanno male ai piedi.»

Grace riportò la conversazione sul suo argomento preferito. «Avevi un abito da sposa quando ti sei sposata nel tibunale?»

«Tribunale» la corresse Joy usando il tono da *quanto sei stupida* che Sara aveva adottato spesso con sua sorella minore. «È dove sta il giudice. Lui può sposare le persone.»

«Nonno Martin andrà in tribunale» affermò Edna. Aveva un'aria seria. «Il giudice farà in modo che non torni mai più.»

Dash si schiarì la voce e scosse la testa nella sua direzione.

Sara prese mentalmente nota di analizzare fino alla nausea quel nuovo presunto fatto quando la avessero di nuovo rinchiusa. Martin Novak era *Nonno Martin*. Il rapinatore di banche sarebbe stato condannato nel giro di qualche settimana. Dai mugugni di Faith sapeva che aveva trascorso un periodo con un gruppo antigovernativo lungo il confine meridionale. Se Martin Novak era il padre di Gwen, allora il suo matrimonio con Dash gli aveva conferito una credibilità enorme. Significava inoltre che Gwen era cresciuta con l'ideologia razzista dell'EPI nel sangue.

Grace tirò su con il naso per far sapere a tutti che si sentiva offesa. Sporse il labbro inferiore. «Chiedevo solo del vestito.»

Sara le accarezzò i capelli. Pensò all'abito nero preferito da Will. Al suo sguardo compiaciuto ogni volta che si prendeva la briga di farsi bella, depilarsi, agghindarsi e mettersi i tacchi per lui.

In realtà era felice ogni volta che Sara faceva qualcosa appositamente per lui.

«Avevo un vestito normale con tanti graziosi fiorellini ricamati qui.» Si indicò la scollatura. «A lui piace... piaceva che portassi capelli sciolti, perciò li ho lasciati sulle spalle anche se faceva molto caldo. E avevo un paio di scarpe con i tacchi alti che mi stringevano le dita dei piedi.»

«Quanto alti?» La domanda era uscita d'impulso dalle labbra di Joy. La ragazza arrossì. «Voglio dire, perché lei è alta. Agli uomini questo non piace. Così ho sentito.»

«Agli uomini giusti sì» le rispose, lezione che aveva imparato sulla sua pelle negli anni dell'adolescenza, mentre aspettava che i ragazzi raggiungessero la sua altezza. «E l'uomo giusto non si fa intimorire da una donna che si accetta così com'è.»

«Amen.» Dash sfilò la mano dal reggibraccio per tagliare la bistecca. Il coltello era lungo con una lama seghettata.

Sara si chiese se contassero le posate quando sparecchiavano.

«Al mio matrimonio voglio l'abito bianco, i fiori e i cavalli» esclamò Grace.

Joy alzò gli occhi al cielo.

«E il gelato.» Grace ridacchiò.

«Avrete il gelato stasera» fece Dash.

Ci fu un coro d'esultanza.

«Festeggeremo il completamento del nostro progetto più grande» spiegò a Sara.

Dal suo sorriso malizioso fu chiaro che sapeva di aver attirato la sua attenzione.

«Domani è un giorno importante per noi.»

Sara non gli diede la soddisfazione di fargli l'ovvia domanda.

«Piccole mie, ascoltate papà.» Dash infilzò una patata con la forchetta. «Stasera dovrete dedicarci tutti i vostri pensieri. Godetevi la festa e il gelato, ma tenete a mente che stiamo per imbarcarci in una missione seria. Tutto quello per cui abbiamo lavorato negli ultimi tre anni giungerà a una conclusione domani.»

Tre anni?

«Papà e i suoi uomini andranno là fuori, nel mondo malvagio. Ricorderemo loro quello che i Padri della Costituzione avevano in mente quando si sono seduti a scrivere quello splendido documento.»

«Una nazione al cospetto di Dio» affermò Grace.

«Esatto» convenne Dash, anche se era una citazione del Giuramento di fedeltà, non della Costituzione. «Il paese ha bisogno di essere scosso perché possa tornare in sé. È ora di mandare il messaggio. Siamo finiti tanto fuori strada che l'uomo bianco non sa più quale sia il suo posto.»

Si cacciò una forchettata di patate in bocca. Non aveva finito il suo discorso, ma non gli faceva piacere condurre quel gioco senza Sara.

Lei si schiarì la voce. «Che genere di messaggio?»

Bevve con calma un po' d'acqua. «Il Messaggio chiarirà che l'uomo bianco non verrà conquistato. Non da un'altra razza. Non da un certo tipo di donna. Non da qualcuno o da qualcosa.»

Sara attese che mostrasse la sua vera faccia. Ne coglieva già i primi tratti negli zigomi, diventati più affilati, e nella pelle, sbiancata dalla foga.

«Quella gente, quei bastardi, stanno cercando di portarci all'estinzione. La loro musica e la loro morale dissoluta contaminano la nostra cultura. Approfittano delle nostre donne. Vendono loro fumo quando definiscono l'identità, quando spiegano quale sia il loro posto nella società.»

«Come Michelle» commentò Edna.

«Sì!» Dash pestò il pugno sul tavolo. La maschera gli era caduta completamente. «Michelle è l'esempio vivente di quel tipo di donna che con le sue scelte egoistiche ed edonistiche sta distruggendo l'ordine naturale. Bisogna farne un esempio. Una volta in questo paese si bruciavano le streghe.»

Un altro errore. A Salem nessuna strega era stata condannata al rogo. Le impiccavano o le schiacciavano.

«Spetta all'uomo decidere che cosa sia meglio per la sua famiglia.» Pestò di nuovo il pugno sul tavolo. «Guardi cos'abbiamo qui. Gli uomini bianchi con in mano il potere bianco hanno protetto la società bianca per migliaia di anni.»

Sara si morse il labbro per non fomentare la polemica.

Dash sembrò cogliere la sua reticenza. Si pulì la bocca con il tovagliolo di stoffa calandosi di nuovo nel suo personaggio e sorridendole. «Non sono razzista. Sono a favore della *mia* razza. Non sono sessista. Sono a favore del *mio* genere.» Scrollò le spalle come se la sua logica reggesse. «L'uomo bianco è stato messo in disparte. La nostra benevolenza, la nostra generosità ci sta portando sull'orlo dell'estinzione. Abbiamo ceduto troppi diritti alle donne, ai negri e agli uomini scuri di pelle. Abbiamo sventolato la speranza dell'opportunità e loro si sono presi troppo a loro esclusivo vantaggio.»

Le bambine lo guardavano come se stesse tenendo il Discorso della montagna. A Sara sembrò più che altro psicologia demagogica neonazista. Dash si era imbattuto in uno dei tanti punti deboli dell'*ipotesi del contatto.* Il livello di pregiudizio diminuiva in genere quando persone ragionevoli avevano contatti interpersonali. Era difficile conservare uno stereotipo riguardante un'intera razza quando ti trovavi faccia a faccia con un individuo che smentiva i tuoi pregiudizi. Uno dei principali problemi dell'ipotesi sorgeva tuttavia quando negavi al gruppo opposto uno status pari al tuo.

«Dottoressa Earnshaw.» Dash posò la forchetta e appoggiò i gomiti sul tavolo. «Lei è una donna di scienza. Saprà dai libri di storia che ogni grande passo nella storia, dalla Rivoluzione industriale all'era digitale a quella di Internet a qualsiasi cosa avverrà in futuro, è stato reso possibile dall'uomo bianco.»

A Sara venne in mente una miriade di fatti per contraddirlo, ma non aveva senso discutere con chi non accettava le verità fondamentali: era un altro aspetto critico dell'ipotesi del contatto.

«Persino la nostra padronanza della tecnologia è un'arma dopo taglio. I lavori svolti dagli uomini stanno diventando obsoleti.» Puntò un dito verso di lei. «L'impiego numero uno per un uomo che non abbia un diploma è fare l'autista. Cosa accadrà quando auto e camion a guida autonoma invaderanno le strade? Tecnologia, innovazione, istruzione. Gli uomini bianchi vengono privati della dignità di una paga. Quando le donne tengono i cordoni della borsa, gli uomini si demoralizzano. Vanno in cerca di alcol e pillole. Lasciano le famiglie, abbandonano i figli. Non possiamo permettere che accada.»

Sara suppose che rispettare e stimare la propria moglie non fosse un'alternativa.

Dash non aveva finito. «I politici americani hanno passato gli ultimi duecento anni cercando di soddisfare e accontentare gli uomini neri e quelli scuri di pelle. Repubblicani, democratici, libertari, indipendenti: lo fanno tutti. Diamo scuole ai bastardi e loro vogliono scuole per bianchi. Permettiamo loro di viaggiare sui bus e loro vogliono sedersi davanti. Li paghiamo per intrattenerci e loro, maledizione, vogliono imporci a forza le loro opinioni.»

«Papà» bisbigliò Grace, come se imprecare fosse il peggiore dei suoi crimini.

«Soddisfare, soddisfare, soddisfare.» Dash aveva ripreso a pestare il pugno sul tavolo. «Non ci sono acqua e aria pulita né cibo sufficiente per tutti. Non tutti possono vivere in una bella casa con un grande televisore. Aver lasciato erroneamente credere ai bastardi che hanno diritto ad avere quello che ha l'uomo bianco è l'esatta ragione per cui ci troviamo in una parabola discendente. Non possiamo permettere che prendano il nostro potere.»

Un'altra scappatoia dall'ipotesi del contatto: la paura della competizione.

«Per questo i Padri della Costituzione hanno previsto il diritto di portare armi e di dire al governo che si sbaglia. L'uomo bianco è l'unico a poter avere questo diritto. Le nostre vite sono le uniche che contano.»

Sara si morse il labbro. I Padri non avevano scritto il Secondo emendamento. Avevano concepito la procedura in base alla quale la Costituzione poteva essere modificata.

«Il nostro governo si è a suo stesso rischio allontanato dall'obiettivo di sostenere la famiglia bianca. È il principio dell'economia di base. Se ti prendi cura di noi, tutto il resto andrà a posto. Ci sono briciole sufficienti per il resto di loro. Lei è un medico. Conosce i dati scientifici. La superiorità genetica ha prestabilito che l'uomo bianco guidasse le tribù del mondo. Non possiamo permetterci di essere relegati a cittadini di secondo o addirittura di terz'ordine.»

A quel punto Sara non poté lasciar perdere. La storia della medicina pullulava di assurde sciocchezze del genere. Lo studio degli umori, i salassi, la frenologia, l'isteria femminile. Nulla di tutto ciò era innocuo. La cosiddetta *scienza* dell'eugenetica americana aveva ispirato le atrocità della Germania nazista. La grave dislessia di Will era un handicap che lo avrebbe candidato alla sterilizzazione coatta o a essere direttamente eliminato.

«Farebbe davvero schifo essere trattati come una minoranza, vero?» osservò.

«Sta facendo dell'ironia, ma ha colto con precisione il punto. Con l'aborto, il controllo delle nascite e la carriera, le donne bianche stanno preferendo i loro desideri egoistici alla riproduzione della razza. La mescolanza delle razze, i bastardi nati da unioni miste, li chiami come vuole. Ogni problema di questo paese può essere ricondotto all'imminente tragedia della Grande sostituzione.»

Gli occhi gli lampeggiarono quando pronunciò quelle parole. Sara capiva che una persona arrabbiata come Dash, isolata e alienata quanto lui, potesse pensare che la filosofia dell'odio fosse la soluzione dei suoi problemi.

Non è colpa tua, fratello. Sono tutti gli altri.

«Mie signorine.» Dash si accertò che le figlie prestassero attenzione. «Ascoltatemi bene perché questa è la lezione più importante che papà vi darà. Le razze si collocano in una piramide. L'uomo bianco è sempre in cima, come sua sottoposta trovate quindi la donna bianca che deve servire solo un padrone. Sotto avete le varie razze. Non tutte le persone sulla terra sono uguali.»

«Non è una verità di per se stessa evidente?» Sara si appigliò all'incipit della Dichiarazione di indipendenza. «Credevo che tutti gli uomini fossero stati creati uguali.»

Lui agitò un dito nella sua direzione. «Non si metta a discutere della Costituzione con me, Dottoressa Earnshaw.»

Sara soffocò un sospiro afflitto. Agli occhi degli stupidi Dash era il ritratto dell'uomo in gamba. La sua filosofia non contava. Il suo razzismo, il sessismo e la xenofobia non contavano. Contavano la serra, la Struttura, il Messaggio che aveva intenzione di mandare.

Tutto quello per cui abbiamo lavorato negli ultimi tre anni giungerà a una conclusione domani.

«Che cosa ha intenzione di fare al riguardo?» gli chiese.

«Il Messaggio, questo abbiamo intenzione di fare al riguardo. Ci saranno grandi sacrifici e piango sempre la perdita di vite, ma dobbiamo accettarla se vogliamo attuare un cambiamento autentico e significativo. I complici, i bastardi, crescono come le erbacce e dobbiamo estirparli periodicamente.» Scosse la testa. «È molto triste, ma è l'ordine naturale delle cose. A volte devi potare un cespuglio di rose per ottenere un fiore splendido.»

Sara percepì la minaccia dietro quel linguaggio fiorito. «Quante vite andranno perdute?»

«Una moltitudine. Moriranno tanti che dubito gli storici saranno in grado di fare una conta finale.» Dash recuperò coltello e forchetta. Tagliò la bistecca. «Sa cosa le dico, dottoressa Earnshaw. Io sono un uomo di parola. Ho detto che sarebbe stata liberata e parlavo sul serio. Ci serve un testimone del Messaggio. Credo che una signora seria, con il dono della parola, sarà un sostegno convincente alla nostra causa.»

Sara cercò di non fissarsi sulla caratteristica distintiva di un testimone, cioè il fatto che sopravvivesse.

Le stava dando false speranze?

«Papà, quando sapremo se il Messaggio avrà funzionato?»

«Lo saprete quando lo saprete.» Quelle parole erano giunte da Gwen. Era in piedi dietro Edna, le dita conficcate nelle sue spalle. Il suo atteggiamento severo aveva suscitato un'espressione d'ansia sui volti delle bambine. «Voglio che questi piatti siano puliti altrimenti nessuna avrà il gelato stasera.»

Le bambine presero obbedienti i cucchiai e iniziarono a mangiare.

Gwen si torse le mani nel grembiule sedendosi. Mangiava lo stesso cibo delle figlie, ma su un piatto invece che in una ciotola. Sara notò un'eruzione sulle sue mani. Era riuscita a irritarsi la pelle con il grembiule.

Detestava l'idea di parlarle, eppure le chiese: «Benjamin sta meglio?».

Le labbra della donna si trasformarono in una linea dritta. Non cercava più di nascondere l'ostilità che provava nei suoi confronti. «Sarà il Signore a decidere il suo destino.»

«Forse dovrei rivedere il dosaggio dei farmaci. Potrei riesaminare tutti i bambini. Mi farebbe piacere darvi una mano a lavarli, cambiare le lenzuola, qualsiasi cosa pur di farli star meglio. Sono sicura che siate stanche.»

«Io non sono stanca.» Gwen prese il cucchiaio. «Tornerà alla sua casetta, quello è il suo posto.»

«Ho detto alla dottoressa Earnshaw che può passare tutto il tempo che desidera nella baracca» replicò Dash.

Gwen strinse il cucchiaio in pugno. Incrociò il suo sguardo.

Era gelosa?

«Gwendolyn, ricordiamoci che la dottoressa Earnshaw è un'ospite qui. Dovremmo approfittare di tutto l'aiuto che ci offre.»

Il suo tono bastò a confinarla in un silenzio rabbioso. Si cacciò il cibo in bocca tanto in fretta che la salsa le colò sul mento. Le bambine reagirono al suo stato d'animo. Alcune sembravano sul punto di scoppiare in lacrime. A Grace tremolò il labbro.

Sara cedette al desiderio di punirla per l'infelicità che aveva causato. «Bambine, ora sapete come ho conosciuto mio marito. Sapete come vostra madre ha conosciuto vostro padre? Suppongo che sia una storia molto romantica.»

Gwen si bloccò con il cucchiaio tra il piatto e la bocca.

Sara si sentì arrossire per il rammarico. La domanda voleva sì essere stronza, ma i calcoli la resero crudele. Joy aveva quindici anni. Gwen aveva da poco superato i trenta. Dash aveva compiuto i quaranta qualche anno prima.

«Be'...» Dash si aggiustò il reggibraccio anche se, a giudicare dal modo in cui si era mosso, non ne aveva più bisogno. «È una buffa domanda, no, mie signorine?»

Le bambine rimasero in silenzio, in attesa. Non avevano evidentemente mai sentito la risposta.

«Eravamo innamorati alle superiori. Che ve ne pare?» disse.

Grace fece un sospiro lungo, enfatico. Per una bambina l'idea era romantica, ma non stava considerando la differenza d'età. L'unico modo in cui Dash avrebbe potuto essere alle superiori contemporaneamente a Gwen era se avesse fatto parte del personale. Non c'era niente di romantico nell'avere rapporti sessuali con una minorenne.

«Ci ha presentato Nonno Martin. Non è vero, mia cara?» aggiunse Dash.

Martin Novak.

Il rapinatore di banche aveva una sessantina d'anni. Dash doveva essere come un figlio per lui. Poi il figlio di Novak aveva sposato sua figlia, ancora minorenne.

«Eravamo su una spiaggia» raccontò Dash alle bambine, contraddicendo la storia delle superiori. «Vostra madre stava camminando vicino all'acqua. Le onde le lambivano i piedi. Aveva il sole alle spalle e ho pensato che sembrasse circondata da un'aureola.» Ammiccò a Sara. «Da allora è sempre stato così.»

Sara ebbe l'impressione di buttare giù una manciata di schegge. «Vorrei andare alla baracca, se possibile» disse.

Il cucchiaio di Gwen cadde sul piatto con un sonoro tintinnio.

«Certamente, dottoressa Earnshaw.» Dash guardò Gwen mentre parlava. «Joy, accompagna la dottoressa Earnshaw, per piacere. Io e tua madre dobbiamo parlare dell'organizzazione della festa di stasera.»

«Sì, papà.» Joy fece strada verso la baracca, la testa bassa, gli occhi fissi sui piedi. Sara restò a qualche passo di distanza. Provava disgusto per come si era comportata. Gwen se lo meritava, ma le sue figlie erano innocenti. Di solito non era il tipo di persona che feriva il prossimo. Ma in fondo non era il tipo di medico che augurava ai suoi pazienti di morire.

Il che non era affatto una scusa per quant'era appena successo. Pensò a un modo per scusarsi con Joy. Tra tutte, era la più consapevole delle implicazioni.

Prima che potesse dire una parola, lei borbottò: «È preoccupata».

Sara suppose che si riferisse a Gwen. «Per Adriel?»

Joy scosse la testa, ma non diede ulteriori spiegazioni.

«Sai» affermò Sara, «Benjamin è l'unico bambino piccolo che ho visto da questa parte del Campo. Dall'altra parte ce ne sono altri?»

«Alcuni, sì.» Teneva ancora la voce bassa anche se nei paraggi non c'era nessuno. «Papà li manda via quando compiono dodici anni.»

Sara annuì con il cuore che le batteva forte, perché riusciva a pensare soltanto a una ragione per cui un uomo adulto mandasse via tutti i maschi prima che raggiungessero la pubertà.

Non voleva competizione.

«Sai dove vanno?» chiese.

«In Arizona, a addestrarsi per la guerra.»

In Arizona. Tutti i pezzi che collocavano Martin Novak nel quadro stavano andando al loro posto. Sara pregò che Will e Faith stessero trovando gli stessi indizi. Il rapinatore era sotto custodia, aveva la prospettiva di passare il resto della vita in carcere. Se bisognava fare un patto, quello era il momento.

Joy si fermò al lavandino esterno alla baracca. Le aprì l'acqua. «Moriranno?»

Sara comprese che si stava riferendo agli undici bambini all'interno. «Non ho ancora capito che cos'abbiano, ma ci sto lavorando.»

Joy fece per parlare, ma la sua faccia si piegò in una smorfia di dolore. Si premette le mani al ventre e si appoggiò con la schiena alla doccia. «Mi fa male la pancia.»

«Hai il ciclo?»

Diventò rossa come un peperone.

«Tesoro, non c'è niente di cui vergognarsi. È naturale. Terribile, ma naturale.» Le sfregò il braccio cercando di suscitare una reazione. «Posso darti un po' di Advil per il male.»

«Non è…» La frase fu interrotta da un'ondata di vomito che le uscì dalla bocca.

Sara si scostò, non abbastanza in fretta da salvarsi le scarpe. Guardò verso il tavolo da picnic in cerca di Gwen, ma era impegnata a dare una lavata di capo a una cuoca. Le bambine più piccole erano sedute a tavola e tenevano la testa china cercando di scomparire.

«Entriamo.» Sara aiutò Joy a salire le scale. A parte i bambini malati, la baracca era vuota. Si chiese dove fossero finite le tre donne. Immaginò che si fossero prese una pausa per pranzare, il che poteva andare a suo vantaggio. Joy era abbastanza grande da accorgersi di quello che succedeva all'interno del Campo.

«Mettiti qui.» Sara la aiutò a stendersi su una branda vuota. «Sai dirmi cosa ti fa male?» chiese.

In risposta si strinse il ventre.

Sara le misurò la pressione, che era bassa, e la temperatura, che era normale. Le auscultò il petto e l'addome. Controllò le pupille. La ragazza non riusciva quasi a tenere gli occhi aperti. La sua gola emise un clic quando tentò di deglutire.

«Hai già avuto il morbillo?» domandò Sara.

Lei annuì.

«Torno subito.» Sara trovò una caraffa d'acqua e riempì un bicchiere. Si guardò attorno. La maggior parte dei bambini dormiva. Quelli svegli la osservavano attentamente.

Joy cercò di mettersi a sedere, ma lo stordimento la fece crollare subito sulla branda. Sara l'aiutò a bere. Continuava a stringere la mascella in preda al dolore e a tenersi lo stomaco. C'erano numerosi test che Sara avrebbe potuto richiedere in qualsiasi ospedale e che l'avrebbero probabilmente aiutata a capire che cosa avesse, ma nessuno in quel momento era a sua disposizione.

«Joy.» Si sedette sulla branda vicino a lei. «Ho bisogno che mi parli.»

«Io non...» Iniziò a versare lacrime sincere. Era spaventata. «Mi dispiace di averle vomitato addosso.»

«Sono solo contenta che non fossero spinaci. Sono la cosa peggiore.»

Joy non sorrise.

«Da quanto stai male?»

«Da...» Chiuse gli occhi mentre un'altra ondata di dolore le attanagliava il ventre. «Da ieri sera.»

«Sei sicura che non sia il ciclo?»

Scosse la testa.

«Sei sessualmente attiva?»

A quel punto si trasformò nell'immagine della mortificazione. «Io non... Voglio dire, non lo farei. No, signora. I ragazzi non hanno il permesso di avvicinarsi a noi, e papà...» Scosse energica la testa.

Sara si era sentita mentire sulle esperienze sessuali tante volte, quasi quante quelle in cui le avevano vomitato addosso. «Ora premerò qui, okay? Dimmi se c'è qualcosa che ti fa male.»

Joy osservò le sue mani spostarsi di qua e di là. Arrossì violentemente quando scesero al di sotto della linea del bikini. Non c'era uno speculum per fare un esame pelvico, e per quanto Sara disprezzasse Gwen, non ne avrebbe effettuato uno senza l'autorizzazione della madre.

Almeno non per un'altra mezz'ora.

Una gravidanza ectopica era sempre il suo primo pensiero con una ragazza dell'età di Joy. Avendo sperimentato lei stessa quella disastrosa complicazione, conosceva le conseguenze se non si agiva in fretta. Seguivano appendicite, cisti ovariche, ostruzione intestinale, calcoli renali, torsione della tuba di Falloppio, tumori. Tutto ciò richiedeva strumenti diagnostici che Sara non aveva, e interventi chirurgici che non era in grado di effettuare. «Devo parlare con tua madre.»

«No!» Joy si mise a sedere terrorizzata. Si aggrappò a Sara in preda ai capogiri per il calo di pressione. «La prego, mi lasci stare qui per un attimo. Per favore.»

Temeva sua madre, il che indusse Sara a temere per tutte le figlie di Gwen.

«Va tutto bene.» La aiutò con delicatezza a stendersi. «Tua madre ti ha fatto del male, Joy?»

Gli occhi le si riempirono di lacrime. «Si arrabbia, tutto qui. Noi non... A volte non facciamo quello che dovremmo e questo le rende le cose più difficili. Ha molte responsabilità.» Sara le accarezzò i capelli. «Tuo padre ha mai...»

«Sono... Starò bene?» Joy continuava a stringersi la pancia. «La prego, me lo dica. Perché mi fa tanto male?»

In qualità di pediatra, Sara era in allerta. In qualsiasi altra circostanza sarebbe già stata al telefono con gli assistenti sociali per assicurarsi che Joy non tornasse dai genitori prima che fosse compiuta un'attenta indagine.

Purtroppo non si trovava in una situazione normale e non poteva controllare niente, tranne il modo in cui rispondere a quella ragazzina spaventata.

«Probabilmente hai mangiato qualcosa che non ti ha fatto bene» le disse.

Era improbabile visto che sembravano mangiare tutte la stessa cosa a ogni pasto, e solo lei mostrava dei sintomi.

«È...» Joy era ancora terrorizzata. «Ne è sicura?»

«Penso che tu abbia bisogno di un po' di riposo, poi ti sentirai meglio. Okay?»

Lei si rilassò sulla branda con gli occhi chiusi.

Sara si sentì schiacciata dal senso di colpa. Normalmente sarebbe stata onesta con una paziente della sua età. Le avrebbe detto che non sapeva che cosa stesse succedendo, ma che avrebbe scoperto la causa del problema e fatto di tutto per aiutarla. Ma quella non era una situazione normale e non c'era modo di scoprire che cosa avesse. Potevano solo aspettare che il malessere passasse o che comparissero altri sintomi.

Poteva però almeno rendersi utile agli altri bambini. «Sono laggiù, okay?» le disse.

«Michelle...» Joy avrebbe quasi voluto rimangiarsi la parola.

Sara si sedette sulla branda. Cercò di non avere un tono disperato. «L'hai vista?»

«Io...» Le si chiusero gli occhi. Girò la testa dall'altra parte. «Mi dispiace.»

Sara aveva oltrepassato molti limiti da quando era stata rapita, ma in quel caso era diverso. La ragazza era spaventata. Sapeva qualcosa di importante e sapeva che dicendoglielo sarebbe finita in guai seri.

«Va tutto bene, tesoro. Cerca di dormire.»

«Lei è...» Si fermò per deglutire. «Qui... qui dietro.»

Sara cercò di soppesare la risposta. «Nella casa di vetro?»

Joy scosse la testa. «Nel bosco. La mamma l'ha lasciata nel bosco.»

All'inizio Sara non comprese quello che le stava dicendo. Il suo corpo reagì prima che potesse farlo la sua mente. Un tremito le partì dal cuore diffondendosi agli arti. Le parole *lasciata nel bosco* lo seguirono come un eco.

Incatenata a un palo? Lasciata arrostire in un contenitore metallico? Nessuno di quegli scenari le sembrava inconcepibile per una donna disposta a soffocare un giovane a morte.

«Cerca di dormire.» Le premette le labbra sulla testa. «Vado a prendere un po' d'aria.»

Joy emise un sospiro greve.

Sara attraversò la baracca. C'erano due porte: una davanti, l'altra sul retro. Aprì quella posteriore. Niente scale, solo un salto di poco più di un metro. Balzò a terra. Le sue sneaker sporche scomparvero nell'erba alta della prateria. Sollevò la toga e si incamminò nel bosco.

Gli uccellini cinguettavano. Si guardò attorno. Non c'erano guardie negli appostamenti. Non c'erano giovani con fucili, coltelli, pistole. Il brusio costante del generatore le indicò che la serra si trovava a destra. Lei andò a sinistra.

Il suo naso colse l'odore inconfondibile della carne decomposta.

Il corpo di Michelle Spivey si trovava una trentina di metri dietro la baracca. Era stesa sul fianco sinistro, impigliata in un gruppo di rovi. Aveva la colonna vertebrale incurvata. Il ginocchio sinistro piegato. La gamba destra sporgeva sotto di lei. Sembrava che qualcuno l'avesse gettata nella vegetazione. Buttata via come un rifiuto. Aveva il braccio destro sopra la testa, artigliava l'aria con la mano. Era immobile, i muscoli stavano a poco a poco esaurendo l'ossigeno mentre il rigor mortis paralizzava l'organismo. Prima a livello delle palpebre, poi della mascella e del collo. Viste la sua età e la sua massa muscolare, oltre alla temperatura molto elevata, era morta probabilmente dalle due alle quattro ore prima.

Sara si voltò a guardare verso la baracca.

La porta era chiusa. Non stava venendo nessuno. Nessuno si era accorto che era scomparsa.

Scappare era un'alternativa, ma in quel momento non l'avrebbe fatto. Michelle Spivey era già una donna distrutta quando l'incidente aveva portato Sara nel suo mondo. Aveva detto poco più di qualche frase. Aveva pugnalato un uomo a morte. Era stata la complice accondiscendente di Dash. Ma era stata anche una madre, una moglie, un medico, un essere umano. Era tempo per una sorta di meditazione, per una parola gentile con cui rendere omaggio alla sua vita.

Sara tuttavia non avrebbe fatto nemmeno quello.

Si mise in ginocchio. Afferrò il colletto dell'abito di Michelle e lo strappò sulla schiena. Le sue costole sporgevano come ossi di balena. Il sottile strato di pelle che copriva le vertebre era coperto di pomfi. L'avevano torturata con un coltello, picchiata ripetutamente all'altezza dei reni. I lividi gialli indicavano che era passata almeno una settimana dal pestaggio. Le ferite avevano formato la crosta, le ustioni invece erano più recenti.

Sara sapeva che aspetto avesse una bruciatura di sigaretta.

Strappò il resto del vestito. La biancheria di Michelle era macchiata. Aveva iniziato a perdere fluidi. Il calore intenso scioglieva il grasso all'interno della pelle e ungeva il terreno sotto di lei.

L'intero lato sinistro del suo corpo era di un viola-rossastro scuro, tanto che sembrava fosse stata in parte immersa in una vasca d'inchiostro. Quando il cuore smetteva di battere, il sangue si depositava sempre nel punto più basso. *Livor mortis* era l'espressione latina usata per descrivere il colore della pelle quando le cellule ematiche pesanti affondavano nel siero. Il processo accelerava con il caldo. La macchia che andava dall'anca e dalla gamba di Michelle fino al braccio su cui aveva posato la testa indicava che era morta esattamente lì nel bosco, dove si era stesa.

Buttata come un rifiuto.

Era gonfia per i batteri che le pullulavano in corpo. Il caldo non aveva fatto il danno peggiore. Gwen aveva mentito sostenendo di averle dato antibiotici. O forse gli antibiotici non avevano funzionato. Comunque fosse, la responsabile era Gwen. Sara sapeva esattamente chi l'aveva lasciata morire là fuori.

La sua morte doveva essere stata straziante. A tratti in stato di incoscienza, disorientata, forse in preda alle allucinazioni, bollente di febbre. La sepsi le aveva gonfiato l'addome a tal punto che la pelle si era spaccata. Accanto alle fessure Sara distinse le vaghe smagliature là dove, dodici anni prima, la sua pancia si era ingrossata per far posto alla bambina che portava in grembo.

Ashley.

Ricordava il suo nome dall'articolo di giornale.

Le chiuse gli occhi e le girò la faccia verso il sole. Il caldo le aprì i pori. Sara cercò di provare qualcosa, qualsiasi cosa, ma si ritrovò paralizzata di fronte a quella spietata brutalità. Non aveva modo di stimare con esattezza quanto tempo avesse impiegato Michelle a morire lì. Quel posto sembrava essere stato scelto per aumentare al massimo la sua sofferenza. Lontana dal Campo, abbandonata tra le spine di un rovo. Picchiata e malmenata, il corpo letteralmente squarciato dal dolore.

Alle sue spalle la porta della baracca si aprì di colpo.

Abbassò la testa. Era nascosta dalla vegetazione, ma non sapeva per quanto ancora lo sarebbe rimasta. Agì in fretta esaminando Michelle il più accuratamente che poté, cercando eventuali discromie da sostanze chimiche o indizi di quello che la scienziata stava facendo nella serra. Le annusò i capelli. Esaminò le unghie. Il rigor le aveva chiuso le mascelle, ma Sara le controllò lo stesso le gengive, il naso e le orecchie.

«Dottoressa Earnshaw?» Dash si era portato le mani agli occhi. La luce del sole restringeva il suo campo visivo. «È là dietro?»

Sara cacciò le mani nelle tasche dell'abito di Michelle, infilò le dita sotto il suo reggiseno, nell'elastico delle mutandine. Stava per rinunciare quando notò la posizione della mano sinistra. Le dita erano flesse, ma il pollice era esteso come quello di un autostoppista.

Le mani strette a pugno in un morto erano estremamente rare. Si verificavano in seguito a una reazione chimica del corpo scatenata dal puro terrore. Michelle, al contrario, aveva avuto molto tempo per pensare alla sua morte. Aveva messo la mano sotto il ginocchio piegato di sua spontanea volontà, costringendo così le dita a restare chiuse.

Sul palmo c'era scritto qualcosa.

«Dottoressa Earnshaw?» Dash stava ruotando lentamente la testa, scrutando il bosco pezzo per pezzo.

Sara si chinò a guardare meglio. Il vomito le salì in gola. L'odore di tessuti in decomposizione era pestilenziale. Trattenne il fiato. Da vicino pensò che forse Michelle aveva scritto due parole, oppure una molto lunga, con un pennarello nero. Si vedeva solo il bordo inferiore delle lettere. Le dita coprivano il resto.

«Dottoressa Earnshaw, dov'è?» La voce di Dash era calma, ma non si fidava che restasse tale.

Tirò le dita di Michelle cercando di aprirle. Stava sudando troppo. Le dita erano troppo gonfie. Non riusciva a fare presa. L'unica alternativa era spezzare il rigor mortis all'altezza del polso. I muscoli si erano induriti come plastica. Sara afferrò il pugno e l'avambraccio di Michelle e li torse in direzioni opposte.

Fu ricompensata da un forte *crack*.

«Lance?» Dash aveva udito il rumore. «Ehi, fratello. Ti spiace venire qui con me?»

Sara artigliò le dita di Michelle. Le unghie si piegarono all'indietro ma non si mossero. Cercò di premere verso l'alto con i pollici.

Dash saltò giù dalla baracca. Un secondo paio di piedi colpì il terreno. Trenta metri. Erba alta. Alberi fitti. Stava parlando con Lance. Sara era troppo terrorizzata per capire cosa diceva. Il cuore le martellava nel petto. La vista le tremava. Doveva aprire la mano di Michelle. Doveva leggere le parole. Si guardò attorno in cerca di un bastoncino o di qualcosa da poter usare per aprirle. Non c'era niente. Avrebbe dovuto usare la bocca.

Addentò le dita cercando di non lacerarne la pelle.

«Dottoressa Earnshaw?» chiamò Dash. Lance tossì. Si stavano avvicinando.

Sara prese l'indice tra i denti.

Tirò all'indietro.

Crack.

Il medio.

Crack.

L'anulare.

Crack.

«Dottoressa Earnshaw?»

Dash era parecchi metri più indietro. Sembrava avere una voce nasale. Si era tappato le narici per proteggersi dal fetore. Lance era alle sue spalle. Ebbe un conato e vomitò contro un albero.

Il naso schiacciato trasformò il suo sospiro nel rumore di un clacson. Chiamò ancora il suo nome. «Dottoressa Earnshaw?»

«È morta.» Sara si era già piegata sul corpo di Michelle. Si sforzò di urlare fingendo dolore. «L'avete lasciata morire. Era tutta sola.»

«Mi dispiace che sia sconvolta. Era una donna piena di vizio, ma alla fine si è redenta» commentò.

Sara cercò di chiuderle la mano. Le dita non avevano più la loro forma.

«Non tiriamola per le lunghe, okay? L'odore è terribile e… Ho detto che sarebbe potuta restare nella baracca. Riportiamola là ora. Dentro fa fresco e potrà…»

Sara si alzò in piedi.

«Dottoressa…» esclamò Dash, ma lei stava già correndo nell'erba alta verso la baracca. Si tirò su superando la porta. All'interno c'era Gwen. Sembrava in ansia, ma in fondo era sempre così. Sara andò dritta all'armadietto dei medicinali. Trovò l'alcol etilico. Si cacciò un lenzuolo piegato sotto il braccio e si diresse alla porta anteriore.

«Dottoressa Earnshaw.» Dash si era tolto il reggibraccio per poter salire. «Se potesse…»

Sara sbatté la porta dietro di sé. Superò il vomito di Joy e andò dritta alla doccia esterna. Il chiavistello non voleva collaborare. Imprecò finché le sue dita tremanti non riuscirono a chiuderlo. Gettò il lenzuolo pulito al di là della parete. Strappò il tappo dell'alcol e se lo versò in bocca.

La porta della baracca si aprì. In cima ai gradini c'era Dash.

«Oh, mi scusi.» Si voltò dall'altra parte coprendosi gli occhi. «Speravo...»

Il resto della frase andò perso mentre Sara si passava l'alcol tra i denti cercando di uccidere qualsiasi batterio avesse preso a contatto con la carne semidecomposta di Michelle. Si spruzzò il liquido fresco sulla faccia, sul collo e sulle mani.

«Dottoressa Earnshaw?» ripeté lui per la centesima volta. «Se potessimo discutere...»

«Mi lasci in pace.» Sara armeggiò con la toga imprecando per il nodo, per la stoffa appallottolata, per la fatica di districarsi da quella maledetta stupida cosa.

Dash ritentò. «Devo proprio...»

«Ho detto *mi lasci in pace, cazzo!*»

Sara aprì l'acqua. Afferrò il sapone.

Lui si precipitò giù per i gradini. Alla faccia dell'orgoglio maschile bianco: una donna era pronta a staccargli quella sua testa del cavolo.

Gwen aprì la porta. Le lanciò un'occhiata, poi corse dietro al marito.

Sara regolò l'acqua alla massima temperatura che riusciva a sopportare. Cercò di fare un po' di schiuma con il sapone di liscivia. La sua superficie abrasiva ebbe l'effetto di una miriade di granelli di sabbia.

Si aspettò che comparisse Lance, invece scelse di restare dentro con i bambini. Con l'aria condizionata. Lo aveva scorto mentre si precipitava verso la baracca. L'aveva fissata con le palpebre semichiuse. Era pallido. Aveva probabilmente preso l'infezione gastrica di Joy. A meno che non ci fosse qualcos'altro in giro per il Campo.

Qualcosa a cui Michelle stava lavorando nella serra.

Sputò per terra nella doccia. L'alcol etilico le bruciava ancora le gengive. Aprì la bocca e lasciò che l'acqua la colpisse in fondo alla gola. Le sembrò di avere la pelle in fiamme. Stava letteralmente sudando sotto il getto della doccia.

Michelle Spivey era sopravvissuta a orrori indicibili. Era stata violentata e picchiata, costretta a lavorare all'interno della serra, lasciata marcire nella calura. Conosceva molto bene la sepsi, la causa di morte più comune tra le persone ricoverate. Sara immaginò che avesse monitorato il suo qSOFA fino in fondo. Il quick Sequential Organ Failure Assessment era un sistema a punteggio per valutare pressione sanguigna, respirazione e attività mentale. Più alto era il punteggio, più alto il rischio di mortalità. Se non aveva probabilmente avuto accesso a un manicotto per misurarsi la pressione, era stata di certo in grado di controllare la sua respirazione e i sintomi neurologici. Aveva capito non solo che sarebbe arrivata la fine, ma anche in che modo.

Uno dei suoi ultimi atti era stato trovare un pennarello nero e scrivere un messaggio sul palmo della mano.

Due parole.

Più significati possibili.

Una bara? Un apparecchio per pagare telefonicamente i pedaggi? Uno spettacolo televisivo o un film? Una forma di teatro sperimentale? Un avvertimento della FDA? La valigetta contenente i codici nucleari?

Sara si girò lasciando che il getto violento dell'acqua la colpisse sul cuoio capelluto.

In informatica il termine poteva essere usato per descrivere le caratteristiche di trasferimento di un sistema il cui funzionamento interno era sconosciuto. O un tipo di software. O di ingegnere del software.

Si passò le dita tra i capelli cercando di districare i nodi.

In aviazione si riferiva al registratore usato per documentare i dati dell'itinerario di volo e le voci dei piloti. Era dipinto di un arancione brillante, ma il nome comune era composto dalle stesse due parole che Michelle si era scritta sulla mano.

BLACK BOX.

Si sfregò la faccia. Che cosa intendeva? Perché aveva scelto proprio quelle parole? Sara aveva perso l'occasione di fuggire, aveva rischiato la vita e la sua incolumità... per cosa? Era assillata dalla stessa domanda di prima. Salvo che ora era in atto un conto alla rovescia mentre lei cercava la risposta. Glielo aveva detto lo stesso Dash.

Il Messaggio sarebbe stato recapitato il giorno seguente.

16

Martedì 6 agosto, 14.50

Will appoggiò la testa alla portiera dell'auto mentre l'Interstatale 85 scorreva veloce. Il viaggio in taxi di un'ora verso l'uscita 129 lo aveva sfinito. A ogni chilometro si accasciava sempre più sul sedile. Le sue ginocchia premevano contro il divisorio tra i sedili anteriori e quelli posteriori. Il cranio gli vibrava contro il vetro del finestrino. Prima di Sara non era mai salito su un taxi. Una sera lei aveva voluto andare via prima da una festa. Chi li accompagnava non era disposto a seguirli. Aveva chiamato un taxi. Lui era salito a bordo e per poco non gli era venuto un colpo quando aveva visto che il tassametro segnava già cinque dollari.

Per questo non aveva mai preso un taxi prima di Sara.

Si raddrizzò. Si grattò la mascella. La barba gli punse le dita come una spugnetta abrasiva. Quell'insolita ruvidezza gli ricordò che doveva scindersi: l'uomo che amava Sara non poteva salvarla. Jack Phineas Wolfe, l'ex soldato disilluso, incazzato con il mondo, era l'uomo che Will avrebbe dovuto essere per portare a termine quel compito.

Si guardò le mani. Si premette il pollice sulla nocca finché ne uscì un rivolo di sangue.

Gerald sarebbe stato il primo ostacolo per Wolfe. Se non fosse riuscito a convincerlo che era totalmente dedito alla causa, gli avrebbe puntato una pistola in faccia e avrebbe premuto il grilletto.

Non pensava tuttavia che sarebbe andata così. Durante la missione al magazzino si era guadagnato qualche punto ai suoi occhi. Il fatto che Wolfe fosse stato disposto a pugnalare un addetto alla sicurezza per quindicimila dollari bastava come dimostrazione.

Dash sarebbe stato la vera sfida. Così prossimo a eseguire qualsiasi piano avesse architettato, il leader dell'EPI doveva essere estremamente paranoico, soprattutto nei confronti di una nuova recluta. Era un pedofilo razzista e uno stragista. Aveva inoltre ispirato uomini molto diversi come Robert Hurley e Adam Humphrey Carter. Immaginò che fosse il tipico manipolatore, sempre in cerca di debolezze da sfruttare.

Analizzò quelle di Wolfe.

La pedofilia sembrava la via d'accesso più ovvia, ma il linguaggio dei pedofili era complesso e arcano come il gergo dell'esercito. Le persone che violentavano i bambini erano in costante evoluzione. Si coordinavano sul dark web. Erano molto caute in pubblico. Non era facile come dire che una bambina fosse matura per la sua età.

Scartò più che contento l'approccio.

Pensò alle informazioni sull'EPI raccolte da Faith. Veneravano i militari. Wolfe era un combattente addestrato senza altre battaglie in cui lanciarsi. Forse si sentiva schiacciato dal sistema. Aveva un gran bisogno di soldi. Non riusciva a trovare lavoro, non sapeva tenersi una donna. Era arrabbiato perché la sua vita era andata a rotoli. Smaniava di combattere. Forse era un giocatore d'azzardo che aveva perso i risparmi di una vita. A quel punto avrebbe incolpato chiunque tranne se stesso.

Scosse in silenzio la testa.

La motivazione dei soldi era troppo banale. Dash non si sarebbe mai fidato di un mercenario. Avrebbe voluto un guerriero per la causa.

Beau Ragnersen era un uomo in cerca di una causa. Per questo aveva ceduto con Amanda, con lui, con Kevin, con chiunque lo spingesse in una direzione. Non si era rilassato finché Gerald non li aveva chiusi nel furgoncino. La sua spalla premuta contro quella di Will, quattro ragazzi ansiosi armati di fronte. Tutti gli altri erano tesi, invece lui si era addormentato profondamente. La sua agitazione, i suoi sospiri, il suo strascicare i piedi alla Charlie Brown erano scomparsi. Will aveva interpretato quello strano comportamento come un segno che lo avrebbe tradito. La verità era che Beau Ragnersen si sentiva se stesso solo quando era parte di un'unità. Come molti ex soldati, era alla disperata ricerca di qualcosa che riempisse il vuoto che la guerra gli aveva lasciato dentro.

Quello era il tipo di disperazione che Jack Wolfe avrebbe sfruttato per infiltrarsi nell'EPI. Dash avrebbe voluto colmare il vuoto nel petto di Wolfe. Avrebbe usato il razzismo, la religione o qualsiasi altra cosa ci volesse per portarlo dalla sua parte. Con uomini del genere il punto non era mai *quello* in cui credevi, ma in *chi* credevi.

Will si guardò di nuovo le mani. Si sfregò l'anulare senza anelli con il pollice. I pezzi di Jack Wolfe che con tanta cura aveva messo insieme cominciarono a staccarsi.

Avrebbe fatto tutto il necessario per recuperare Sara. Se questo significava sparare ad altre persone, ucciderle, lo avrebbe fatto. Non combatteva solo per sé. L'intera famiglia di Sara stava aspettando che la riportasse a casa. Contavano su di lui. Stavano chiedendo a Dio di aiutarlo, pregando che Sara fosse illesa.

Will non aveva mai pregato prima. Da ragazzo la chiesa locale mandava un bus all'orfanotrofio ogni domenica mattina. La maggior parte dei bambini approfittava dell'occasione per uscire. Will era sempre rimasto. La possibilità di restare solo, anche per qualche ora, era più importante che bere il Kool-Aid rosso nei piccoli bicchieri e mangiare i wafer sottili.

Si sforzò di ricordare la preghiera di Cathy. Aveva parlato come se scrivesse una lettera:

Buon Padre celeste, chiediamo la tua benedizione in questo momento di bisogno.

Will aveva capito di dover chinare la testa, ma aveva guardato Tessa per ulteriori indicazioni. Lei aveva gli occhi chiusi, perciò li aveva chiusi anche lui. Lei era rimasta in silenzio, e lui pure. Il rito della preghiera era stato confortante. La cadenza dolce della voce di Cathy. La vicinanza di altre persone che avevano a cuore la stessa cosa.

Di questo Will si era preoccupato mentre teneva la piccola mano di Cathy: di non riuscire a trovare Sara. Che fosse colpa sua se la famiglia non l'avesse più rivista. Che Gerald lo uccidesse al Citgo. Che Dash gli sparasse prima che riuscisse a vedere Sara. Che Michelle Spivey lo aggredisse in preda a un attacco di follia come aveva fatto con Carter. Che Dash non uccidesse subito Will perché voleva che Sara lo vedesse morire.

Poi c'era lo scenario peggiore.

Will avrebbe superato qualsiasi ostacolo, ce l'avrebbe fatta con Gerald, avrebbe convinto Dash ad accoglierlo nel gruppo. Alla fine avrebbe trovato Sara ma non sarebbe stato in grado di aiutarla perché era troppo spaventato. Will si sentiva torturato dalla paura che lo aveva attanagliato sulla scena dell'incidente. Si stava allungando nella BMW di lei, inserendo la chiave nel vano del cruscotto quando aveva visto Hurley puntarle la pistola alla testa. Invece di reagire, di girare la chiave, afferrare la pistola e ucciderli tutti, si era bloccato.

Perché aveva avuto paura.

Strinse i denti. Maggiore Jack Wolfe. Divisione aviotrasportata. Due missioni in Iraq. Due arresti per guida in stato di ebbrezza. Un ordine restrittivo riguardante l'ultimo luogo di impiego. Più di trentaseimila dollari di debito per spese con la carta di credito.

Il taxi imboccò l'uscita. Will riconobbe il logo della stazione di servizio e dei fast food. L'uscita 129 lo avrebbe portato a Braselton. Trentadue chilometri quadrati distribuiti su quattro contee, tutte all'interno dell'area statistica metropolitana di Atlanta. Meno di diecimila abitanti, l'ottantatré percento dei quali bianchi, il quattro percento sotto la soglia della povertà. Una stazione di polizia. Quattro agenti. Un ospedale. Un'azienda vinicola esclusiva. Il terreno era verde e collinoso, ricoperto in genere di fitti boschi come attorno a qualsiasi altra cittadina della Georgia entro la catena degli Appalachi. La Chattahoochee National Forest contornava lo stato come un ombrello capovolto.

L'insegna della Citgo era a due semafori di distanza. Will ascoltò il motore del taxi girare in folle mentre erano fermi. Solo in quel momento, cioè troppo tardi, lasciò che la sua mente considerasse lo scenario peggiore in assoluto.

Sul luogo dell'incidente Dash si sarebbe potuto fingere svenuto. Forse lo aveva visto in faccia. In tal caso avrebbe capito che cosa stava per succedere e studiato un modo per annientare la minaccia.

I pensieri di Will precipitarono in una spirale ancora più cupa: *Sara poteva essere già morta.*

Il tassista entrò nella stazione di servizio. C'erano quattro automobili alle dodici pompe. Will riconobbe uno degli uomini: un agente del GBI della regione meridionale dello stato. La mini rossa di Faith era parcheggiata davanti al cassonetto. Aveva una coperta sulla spalla. Fingeva di allattare un bambino. Amanda sarebbe stata all'interno del negozio con un bastone, curva come un'anziana per essere sostanzialmente invisibile. C'erano macchine senza insegne a ogni estremità della strada che passava davanti alla stazione di servizio. Due agenti erano nascosti nei boschi dietro l'edificio.

Ad Amanda però non era bastato.

Will aveva un localizzatore GPS nella fondina di cuoio sulla schiena. Il sottile chip di plastica era cucito all'interno della fodera. Era spento in caso lo avessero controllato ancora. Will aveva passato mezz'ora ad allenarsi tastando alla cieca dietro di sé e premendo il pulsante d'accensione in modo che quel movimento restasse impresso nella sua memoria muscolare.

Non avrebbe toccato quel maledetto aggeggio a meno che non avesse avuto Sara davanti. Non c'era garanzia che Dash l'avesse tenuta con sé. Per quanto ne sapeva, poteva essere nascosta a trecento chilometri da lì. Se avesse chiamato i rinforzi troppo presto, forse l'avrebbe persa per sempre.

«Qui va bene?» chiese il tassista.

Will gli diede i centoventi dollari, una sofferenza atroce anche se non erano soldi suoi. Quando scese, aveva le gambe rigide. Si stirò la schiena sollevando le braccia. Si sistemò la fondina. Si guardò attorno cercando di individuare Gerald. Guardò l'orologio.

Le 15.02.

Un'altra macchina entrò nella stazione di servizio per fare il pieno. Qualcun altro entrò nel negozio. Will si incamminò verso la colonnina dell'aria. Si cacciò le mani in tasca. Tirò un calcio al cordolo. Indossava la divisa preferita dei ragazzi del magazzino. Pantaloni e maglietta a maniche lunghe neri. Anfibi neri. L'idea gli era sembrata buona finché non si ritrovò all'aperto. Date la sua altezza, la massa muscolare e la carnagione, sembrava più un tizio pronto a sparare sulla folla che un ninja.

«Wolfe?»

Will riconobbe Tre dal giorno prima. Il ragazzo si era messo un paio di shorts e una maglietta del concerto di Usher. Aveva una Kia Soul rosso fuoco. Non l'auto ideale per confondersi tra le altre, ma in tema con il cantante. Se un poliziotto lo avesse fermato, sarebbe sembrato un qualsiasi teppistello viziato di città.

«Entra nel negozio. Aspetta vicino alla porta posteriore» gli disse.

Si allontanò prima che Will potesse rispondere.

L'agente del GBI alla pompa di benzina salì in macchina e seguì la Kia rossa verso l'interstatale.

Will si incamminò verso il negozio. Percepiva lo sguardo di Faith che seguiva i suoi movimenti. L'edificio era un tipico supermercato, largo ma non profondo, con il soffitto basso e la facciata di vetro. Appena aprì la porta, sentì l'odore degli hot dog che stavano cuocendo sui rulli. Amanda era accanto alle macchinette del caffè. Aveva il caschetto tutto scompigliato e gli occhiali da lettura in basso sul naso. Si appoggiava pesantemente al bastone fingendo di non sapere quale tasto premere.

Il ragazzo dietro il banco sollevò lo sguardo dal telefono quando Will entrò. Due indossava la polo azzurra con il triangolo rosso e arancione della Citgo sul petto. Piegò la testa indicando il retro del negozio.

Will trovò l'uscita posteriore accanto al frigo delle bibite. Provò la maniglia. Era chiusa a chiave. Uno dei tanti lavori che aveva fatto al college era stato in un supermercato. Immaginò che ci fossero un corridoio lungo, un ufficio piccolo e un magazzino angusto. La porta di emergenza era dotata d'allarme, ma con una calamita e un pezzetto di gomma riuscivi a ingannare il sistema.

Si appoggiò al frigorifero. Dalle porte di vetro arrivava aria fresca. Guardò l'orologio.

Le 15.05.

«Giovanotto?» Amanda chiamò Due al distributore. Iniziò a fargli una tirata sui computer che rovinavano il mondo. Non aveva idea che fosse dell'EPI. Cercava solo di giustificare la sua presenza prolungata nel negozio. Will sapeva che Amanda aveva una Smith and Wesson cinque colpi carica in un sacco Crown Royal in borsa. Era in grado di impugnare l'arma quasi alla stessa velocità a cui gli agenti estraevano la Glock dalla fondina al fianco.

Udì bussare due volte alla porta.

Ricambiò. Attese. La serratura scattò.

Aprì la porta. Un corridoio lungo. Un ufficio piccolo. Un magazzino angusto. Una calamita sul sensore dell'allarme della porta d'emergenza, tenuta però da nastro adesivo e non da una gomma. Probabilmente era più furbo. La gomma non era mai così appiccicosa come pensavi.

Uno lo stava aspettando all'esterno. Era il più giovane e il più basso dei quattro, probabilmente il più pericoloso perché aveva qualcosa da dimostrare. Non si scambiarono neanche una parola. Teneva in mano il rilevatore, quello per controllare eventuali trasmissioni dei localizzatori. Will sollevò le braccia. Lasciò che si divertisse.

Ed era chiaro che si divertiva. La tensione pazzesca di quella missione stava probabilmente facendo esplodere quei ragazzi. Se Will adulto non avesse saputo che razza di sporchi razzisti e di criminali erano, Will adolescente ne sarebbe stato invidioso.

Uno finì con il rilevatore. Lo lasciò accanto alla porta posteriore. Gli indicò di seguirlo nei boschi. Will si mise le mani in tasca, un segnale per comunicare ai due agenti nascosti tra gli alberi che fino a quel momento tutto andava bene. Faith aveva studiato le possibili zone di fuga nel raggio di tre chilometri. Con la Citgo alle sue spalle, Will sapeva che il bosco portava a una zona residenziale a forma di L. Altre due auto erano piazzate sulle strade. Sembrava il luogo più ovvio per l'appuntamento con Gerald.

Quando raggiunsero Chardonnay Trace, il sudore gli colava dalla faccia. Tenne le mani in tasca seguendo Uno attraverso la strada. Le case erano grandi con ampi giardini. Il rombo del traffico dell'interstatale si era attenuato. Uno accelerò il passo seguendo il confine di un giardino posteriore recintato verso un altro bosco dietro il quartiere.

Sempre all'interno della zona di fuga.

Will si orientò in base al suono dei clacson sulla via principale. Le mappe aeree indicavano che l'area era stata notevolmente disboscata per far posto ai centri commerciali e agli outlet. Se avessero continuato dritti, si sarebbero trovati in mezzo ai campi coltivati.

Che cosa ci fosse al di là, Will non lo sapeva.

Uno si fermò vicino a un albero e prese il telefono. Stava controllando longitudine e latitudine su una carta. Un punto indicava che erano vicini alle coordinate giuste. Fece cenno a Will di seguirlo. Lui guardò tra gli alberi. La volta era fitta. Una squadra in elicottero non sarebbe stata in grado di vedere all'interno della foresta. Se il pilota si fosse abbassato abbastanza da poter usare la termocamera, Uno sarebbe scappato, Will avrebbe dovuto inseguirlo e Sara sarebbe stata persa per sempre.

Uno mise il telefono in tasca. Per terra c'era una moto da enduro: una Tao Tao DB20 110 raffreddata ad aria, monocilindrica a quattro tempi, autorizzata a circolare per le strade ma senza targa. Il sedile di plastica sembrava una pinna sopra la ruota posteriore.

Uno aveva fatto un pessimo lavoro quando l'aveva coperta di rami e foglie. Iniziò a ripulirla. Will non lo aiutò. Pensò di togliere le mani dalle tasche. I due agenti dietro il negozio li avevano seguiti a distanza. Erano a piedi, ma a suo parere non era quello il problema principale.

Due caschi. Una moto.

Will sapeva guidarla. Quello che lo turbava era il pensiero delle braccia di Uno strette attorno alla sua vita mentre attraversavano il bosco. Qualsiasi cosa avesse di rotto all'interno della gabbia toracica non ne avrebbe tratto giovamento. In tasca aveva quattro aspirine di emergenza che Amanda gli aveva messo in una busta di plastica. Sapeva per esperienza che il farmaco avrebbe impiegato almeno mezz'ora a fare effetto.

Uno era di una trentina di centimetri più basso e pesava almeno ventidue chili di meno, ma il suo corpo era fatto soprattutto di grasso giovanile. Se Will avesse viaggiato dietro, la pinna di plastica si sarebbe rotta o la ruota anteriore non avrebbe toccato terra.

Un numero alla Patrick Swayze e Demi Moore al tornio non sarebbe stato l'ideale per nessuno dei due. Will era consapevole dei vari centimetri di distanza che Uno-Quattro avevano mantenuto sul furgoncino. Si erano fatti un'idea precisa di come si comportassero i gay e nessuno di loro aveva intenzione di superare quella linea, almeno non davanti ai suoi amici.

Il problema di Uno fu la soluzione di Will.

Prese un casco e chiese al ragazzo: «Viaggerai con il culo contro le mie palle su questa cosa, principessina?».

Uno restò a bocca aperta. «No, amico. Cazzo, no. Mi terrò alla sella.» Aggiunse un altro *cazzo* per dimostrare che diceva sul serio.

Will si allacciò il casco stringendolo sotto il mento. Non c'era garanzia che non prendesse qualche solco o che non sbandasse su qualche gobba. Se fosse successo, Uno si sarebbe aggrappato d'impulso a lui e lui sarebbe probabilmente andato a sbattere contro un albero.

Uno faticò a sollevare la moto di quarantacinque chili. Will non lo aiutò, e non solo perché Jack Wolfe era uno stronzo: se doveva spaccarsi una costola, non lo avrebbe fatto per aiutare quell'imbecille di nazista in erba a salvare la faccia.

Alla fine Uno riuscì a rimettere in piedi la moto. Will ci salì. Attese che si sistemasse dietro di lui. La marmitta era direttamente sotto il sedile, perciò era interessante vedere che cosa sarebbe accaduto prima: se Uno sarebbe caduto per terra o se gli si sarebbe sciolta la carne sulle dita.

Ma ancora una volta era un suo problema.

Will mise il cambio in folle. Azionò il motorino d'avviamento, contento di non avere che fare con la pedivella. Mandò su di giri il motore lasciando che gemesse come un matto. Se gli agenti nel bosco lo avevano perso, avrebbero capito dov'era. Era contento di non dover essere lui a riferire ad Amanda che avevano di nuovo perso Will.

Uno indicò il bosco. Will diede gas e lasciò andare lentamente la frizione. La gomma posteriore slittò. Uno gli posò le mani sulle spalle, opzione che fino a quel momento nessuno dei due aveva contemplato.

Will si inoltrò nel bosco facendo curve da ottovolante in mezzo agli alberi. Diede leggermente più gas e azionò la frizione. La moto prese velocità mentre cambiava marce. Si chiese se appartenesse a Uno. Alla fine sarebbero giunti al termine del viaggio. Faith l'avrebbe localizzata anche se avesse dovuto percorrere a piedi ogni centimetro della foresta. Amanda avrebbe aperto in due quel ragazzo come una noce.

E Will avrebbe trovato Sara.

La moto si sollevò da terra quando arrivarono in cima alla collina. Il bosco scomparve. Stavano viaggiando attraverso campi coltivati che poco dopo lasciarono il posto ad altri boschi, poi Uno fece segno di nuovo e si ritrovarono a seguire una striscia disboscata per i tralicci dell'alta tensione. Will smise di preoccuparsi dei dolori che sentiva in corpo. Mollò la frizione supponendo che il modo migliore per resistere fosse arrivare il prima possibile. Uno gli conficcò le dita nelle spalle. Il sedere del ragazzo continuava a rimbalzare sulla sella. Will era così assorto a correre che non si accorse che Uno gli stava battendo furiosamente sulla spalla per invitarlo a rallentare.

La strada si materializzò in fretta. La moto sobbalzò, trattenuta dal freno posteriore. La faccia di Uno sbatté contro il casco di Will. Si fermò sbandando, usò il tallone per abbassare il cavalletto e tolse le dita dolenti dal manubrio.

Uno scese incespicando. Il labbro gli sanguinava. Era pallido. Sembrava che non riuscisse a decidere se vomitare o farsela addosso.

Will si tolse il casco. Contò tre case. I terreni erano di almeno due ettari l'uno. Will guardò l'orologio.

Le 15.58.

Faith era probabilmente in preda al panico. Amanda su tutte le furie, soprattutto se si era accorta che non aveva acceso il localizzatore.

«Eccolo.» Uno si pulì la bocca. Il sangue gli sporcò il mento.

Will guardò la strada. Quattro era l'unico ragazzo che non aveva visto quel giorno, ma non fu lui a fermarsi in un furgoncino bianco.

Gerald abbassò il finestrino. «Sali dietro, Wolfe» disse.

Will aprì le porte posteriori. Non c'erano sedili, solo rastrelliere con arnesi da pittore. Almeno l'aria condizionata era accesa. Salì. Uno chiuse le porte. Stavolta il ragazzone avrebbe viaggiato davanti.

Come nell'altro furgoncino i finestrini erano oscurati. C'era un frigorifero con acqua e ghiaccio. Will bevve due bottiglie in rapida successione. Si sfregò il ghiaccio sulla nuca. Infilò la mano in tasca e trovò il sacchetto con l'aspirina. La plastica era bagnata di sudore. Le compresse erano diventate molli per il caldo. Considerò per un istante che effetto avesse tutta quell'umidità sulla batteria del localizzatore. Ruppe un pezzo di compressa con i denti e lo buttò giù con l'acqua fredda.

Chiuse gli occhi e appoggiò la testa sulla parete. Valutò che cosa sarebbe potuto succedere quando quelle porte si fossero riaperte. Gerald gli avrebbe sparato. Gerald lo avrebbe portato da Dash. Dash gli avrebbe sparato. Dash lo avrebbe accolto nell'EPI. Sara era tenuta prigioniera da qualche altra parte. Sara era tenuta prigioniera ovunque lo stessero portando.

Buon Padre celeste, chiediamo la tua benedizione in questo momento di bisogno.

Will sentì la temperatura calare a un livello sopportabile. La sensazione di essere in un'area rurale non cambiò. Gerald stava usando strade secondarie, alcune asfaltate, altre sterrate. La gravità indicava che stavano salendo. O forse Will non ne aveva idea e Gerald stava girando in cerchio.

Era passata quasi un'ora quando infine il furgoncino si fermò. Innestò la retromarcia. Sterzò e un attimo dopo il motore si spense. Will aveva sentito il terriccio colpire i pannelli laterali. Avevano lasciato qualsiasi parvenza di strada liscia diversi chilometri prima.

Le 17.03.

Uno aprì le porte. Will sentì il sole penetrargli nel cervello. Strizzò con forza gli occhi. Si spostò sul fondo del furgoncino fino a trovare il bordo del paraurti con i piedi. Riuscì solo a guardare per terra mentre aspettava che gli occhi si adattassero. Il furgoncino non era l'unico veicolo arrivato in quella zona. Segni profondi di pneumatici indicavano che un furgone aveva fatto di recente retromarcia nell'erba.

Un furgone aveva fatto retromarcia al motel dove Sara gli aveva lasciato il messaggio.

«Figo, vero?» esclamò Uno.

Will si sfregò la mascella. Si guardò attorno.

Al suo fianco Uno fece lo stesso. Sembrava in parte un parassita, in parte la sua ombra.

Will si incamminò e lo fece anche lui. Era costretto a fare due passi al posto di uno per tenere testa alla sua falcata.

Avrebbe dovuto smettere di curarsi di lui. Si trovavano in una zona di raccolta. Cinque furgoni neri erano parcheggiati in fila. Una ventina di AR-15 disposti in una rastrelliera. Tre uomini stavano inserendo le munizioni nei caricatori: proiettili da cinquantacinque grani, blindati con un nucleo di piombo e un'incamiciatura di acciaio con rivestimento polimerico. Non si espandevano all'impatto come quelli a punta cava, perciò potevi colpire il bersaglio e accidentalmente anche un altro lungo la traiettoria.

Per ragioni sconosciute le cartucce erano disposti in fila su asciugamani di spugna. Gli uomini che le maneggiavano indossavano guanti neri di nitrile. I caricatori pieni venivano passati ad altri uomini con i guanti che li inserivano in contenitori di plastica grandi quasi quanto quelli per documenti. Fino a quel momento ne erano stati riempiti otto, con all'incirca mille pallottole ciascuno. Due uomini con un portablocco sorvegliavano la procedura. Altri due portavano frigoriferi pieni di bottiglie di Gatorade su per la collina. Un altro gruppo era in pausa a un tavolo da picnic. Indossavano tutti divise nere tattiche, e tutti portavano i guanti. Will contò sedici uomini in totale, in genere sui venticinque anni, tra cui un paio di uomini più vecchi, brizzolati, che davano ordini.

L'aria sembrava diversa. Nessuno scherzava. Lavoravano seriamente. Will ebbe l'impressione che fossero pronti a lasciare quel posto da un momento all'altro.

Ma dov'era esattamente quel posto?

Erano senza dubbio in montagna. C'erano alberi dappertutto. Gli uccellini cantavano. Nelle vicinanze c'era un torrente o un fiume. Quello che attirò la sua attenzione fu un magazzino di metallo proprio dietro i furgoni. La porta era aperta. All'interno c'erano scatole di cartone chiuse. Tutte della stessa dimensione, ottanta per ottanta. Tutte con un documento di trasporto inserito in una busta di plastica trasparente. Tutte con lo stesso numero stampato sul lato.

4935-876

«Wolfe.» Gerald aveva finito di parlare con un uomo con il portablocco. Gesticolò per chiamarlo. «Ti mettiamo subito al lavoro, soldato. Ti va bene?»

Lui grugnì sollevando il mento.

«Dobie, anche tu» fece Gerald.

«Figo!» Il ragazzo che Will aveva denominato Uno corse davanti a loro.

Dobie.

Gerald tenne un passo più lento risalendo la collina. Will aveva le mani chiuse a pugno. Erano tutti armati. La sua Sig Sauer aveva dieci colpi nel caricatore e uno nella camera, ma sarebbe morto prima ancora di poter toccare la fondina. Era in preda allo stesso tremore che aveva provato sul luogo dell'incidente. E se Sara fosse stata in cima alla collina? Se l'avesse trovata legata? Se l'avesse trovata morta? Se non l'avesse trovata affatto?

Si portò la mano alla guancia. La barba si era trasformata in un talismano. Tutto ciò che doveva fare era sfregarsela e diventava Jack Wolfe. «Che mi dici del ragazzo?»

«Dobie?» Gerald lo osservò salire sulla collina. Scivolò sull'erba. Saltò su e scomparve oltre la cima. «È come tutti loro. Giovane, idiota e pieno di merda.»

Will si sentì digrignare i denti. Non riusciva a conciliare quell'imbecille con quanto sapeva dei gruppi come l'EPI. Dobie era un razzista violento che voleva sterminare tutti gli ebrei o era solo un giovane allo sbando che aveva incontrato le persone sbagliate nel momento sbagliato?

A quel punto era una distinzione che non faceva differenza.

«Ti lasceremo guardare un paio di volte prima di inserirti» gli disse Gerald.

Will non chiese in che cosa perché lo vide con i suoi occhi dall'alto della collina.

Era una struttura di legno di due piani, composta solo dal telaio. Dal colore grigio Will stimò che fosse stata lasciata agli elementi per almeno sei mesi. Il pavimento era di compensato. C'erano aperture a indicare le porte, ma non finestre. Il balcone di sopra aveva una ringhiera di protezione. Le scale erano aperte, troppo spartane per essere pratiche. A metà si dividevano a T raggiungendo i due lati del balcone. C'erano sagome di cartone con addosso un bersaglio. Una serie di teli uniti insieme serviva da soffitto. Due strati, uno mimetico, l'altro isolante per evitare d'essere rilevati dalle termocamere. Avevano fatto un gran lavoro per costruire e nascondere quel finto edificio. Will suppose che fosse lievemente più grande di due campi regolamentari da basket.

Contò otto uomini di guardia, tutti attrezzati per compiere un'incursione. Si vedevano solo gli occhi dietro gli occhiali di plastica trasparente. Altri cinque erano all'interno della costruzione. Due al pianterreno, tre stavano correndo su per le scale verso il balcone con gli AR-15 in spalla. Tenevano le gambe piegate. Sul pianerottolo si girarono perfettamente sincroni e salirono la rampa successiva verso la terrazza. Fecero qualche passo ancora, poi l'uomo al comando sollevò il pugno per fermarli. Procedette accovacciato. Con tre passi raggiunse il muro. Finse di aprire una porta e tutti presero a sparare.

Will vide Dobie sussultare al *tap-tap-tap*.

«È una figata pazzesca, fratello» esclamò.

Non aveva paura. Era eccitato.

Will capì che non era la prima volta che il finto edificio subiva un'irruzione. Il legno era schizzato di vernice arancione, rossa e blu. Usavano Simunition, un tipo di munizioni non letali. Will le aveva impiegate durante le esercitazioni. Il GBI richiedeva che tutti gli agenti effettuassero simulazioni attive di tiro all'interno di edifici scolastici, case abbandonate, magazzini. Assoldavano attori per impersonare i delinquenti e i civili. Di solito c'era una musica assordante. Le luci tremolavano costantemente o talvolta erano spente.

Non potevi farle con i proiettili veri. Avevi troppa adrenalina nelle vene. Non potevi nemmeno farle con armi finte. La sensazione doveva essere la stessa, perciò usavano il kit di conversione blu per sostituire i portaotturatori dei fucili, i carrelli e i blocchi della camera delle nove millimetri. I caricatori erano di plastica trasparente. I finti proiettili contenevano vernice colorata nella punta in modo che potessi capire se colpivi un bersaglio o uccidevi un collega. Anche se non erano letali, facevano un male cane. Agli agenti venivano sempre fatti indossare un passamontagna nero che copriva tutto tranne gli occhi, l'elmetto, gli occhiali di plastica, un giubbotto imbottito, guanti e mutande imbottite. Non c'era modo migliore per condurre un addestramento force on force in un ambiente reale.

Il che era proprio quello che stavano facendo gli uomini nel finto edificio.

L'atrio di un hotel? Un palazzo di uffici? Una sinagoga? Una moschea? Stavano entrando al pianterreno, non dallo scantinato o dalla zona di carico. Ci sarebbero stati gli addetti alla sicurezza, ma tredici uomini contro due poliziotti congedati che avevano trovato il modo di integrare la pensione non era uno scontro alla pari. Senza considerare il numero di civili all'interno.

Stavano progettando un massacro.

«Sei pronto a vestirti?» gli chiese Gerald.

Will era pronto ad accendere il localizzatore nella fondina. Quegli uomini stavano pianificando un'infiltrazione su vasta scala. Andavano fermati.

Ma Sara?

Will trovò la divisa e l'attrezzatura tattiche ammucchiate per terra. Le armi erano state gettate sull'erba. Glock 19, le tipiche pistole d'ordinanza delle forze dell'ordine, ma la sua non c'era. Non c'era niente che tornasse. I caricatori erano pieni a metà. Alcuni AR-15 erano sporchi di terra. I pezzi dei kit di conversione sparpagliati di qua e là. Qualcuno era abbastanza esperto per ordinare l'attrezzatura, ma non si era preso la briga di istruirli a usarla nel modo corretto.

Dobie si stava già mettendo l'elmetto.

«Prima il passamontagna» affermò Will.

Il ragazzo arrossì. Si tolse l'elmetto. Osservò Will mentre si preparava così come lui aveva osservato Tessa durante la preghiera di Cathy.

Dobie era così euforico che non riusciva a star fermo. Per questo si era unito all'EPI? Correre in giro a giocare al soldato era un grande sballo. Ma lo scopo di un'esercitazione era prepararti per la realtà. Will aveva la certezza che Dobie non fosse pronto per la realtà. Guardando gli uomini nel finto edificio, non sapeva se avrebbero potuto far meglio. Ma non ci voleva abilità e nemmeno fortuna per uccidere molta gente. Bastavano il fattore sorpresa e la volontà di premere il grilletto.

Will si strinse la cintura. Controllò le armi. Si accertò che caricatori e camere avessero cartucce a salve perché non si fidava di quelle persone. Tecnicamente avrebbe dovuto estrarre la Sig Sauer dalla fondina e svuotare la camera. Durante le simulazioni non era permesso utilizzare munizioni vere.

Ma per Will nulla di tutto ciò era una simulazione.

«Wolfe, sei nella squadra C.» Gerald indicò le scale. «A sinistra.»

Si era chiesto perché tre uomini fossero andati nella stessa direzione lasciando la retroguardia scoperta in caso di attacco. Un altro errore. Non facevi esercitare una squadra alla volta. O tutto o niente.

«Bello, vero, amico?» Dobie stava ancora saltellando come se si fosse fatto di metanfetamine. L'unica cosa che Will vedeva della sua faccia erano gli occhi sporgenti dietro gli occhiali. Il suo giubbotto era stato colpito almeno sei volte da Simunition. La conchiglia protettiva sul pube sembrava una macchia di Rorschach multicolore. Avrebbe dovuto preoccuparsi. Non era una partita di paintball. Un giorno avrebbero preso possesso di quell'edificio nella vita vera. Probabilmente a breve, se il contatto di Faith all'FBI aveva visto giusto circa il recente traffico online.

Will si mise il passamontagna sul naso. Si sistemò gli occhiali e disse a Dobie: «C'è differenza tra sparare a un pezzo di cartone e uccidere un essere umano».

«Sì-sì-sì.» Il respiro di Dobie muoveva il passamontagna all'altezza della bocca. «Ho capito, fratello.»

Will avrebbe voluto cacciare un po' di buonsenso nella zucca di quello stronzetto. Gli mostrò invece come tenere il fucile. «Metti il dito qui, sul ponticello. Non toccare mai, mai, il grilletto a meno che tu non sia pronto a uccidere qualcuno.»

«Hai ragione, fratello.» Un altro uomo in divisa li aveva raggiunti portando i membri della squadra a sedici. Iniziò a dare ordini. «Alfa, prendete la breccia. Mettete in sicurezza il primo piano. Bravo e Charlie, voi siete la seconda ondata. Su per le scale. Bravo, a destra. Charlie prenderà la sinistra.» A beneficio di Will spiegò: «Tu sei in Charlie. Noi andremo sul retro. Aspetteremo il segnale. Dobie aprirà la porta. Forza».

Non corsero su per le scale. Rimasero tutti all'esterno del finto edificio. Will guardò per terra. L'erba era stata calpestata da decine di uomini rimasti lì in attesa di entrare. Il telaio era aperto per un tratto corrispondente a una porta a due battenti.

Avrebbero dovuto usare porte vere. In un edificio vero non vedevi attraverso i vetri. I bersagli di cartone nel centro della stanza erano coperti di vernice. Probabilmente nel corso di un'esercitazione non li spostavano. Dovevi conoscere alcuni fatti di base prima di fare irruzione in uno spazio pubblico. Dov'erano i mobili? Quali erano gli ostacoli? Quante persone si trovavano più o meno all'interno? In quale direzione sarebbero scappate quando avessi iniziato a sparare? Dov'erano le uscite? Chi era il tuo bersaglio? Come avresti protetto te stesso e la tua squadra?

«Bene, fratelli.» Gerald aveva un cronometro in mano. «Via» gridò.

Otto uomini corsero dentro. Fucili puntati, gambe piegate. I due bersagli furono colpiti con due proiettili sparati in rapida successione. Gli uomini si divisero in squadre di due coprendo tutti e quattro i muri. Si mossero silenziosi, furtivi, usando segnali manuali, picchiettandosi a vicenda sulle gambe per andare o fermarsi. Aprirono finte porte. Premettero il grilletto. La vernice colpì gli alberi all'esterno dell'edificio. Ricaricarono le armi.

«Via!» ripeté Gerald.

I tre davanti a Will avanzarono. Dobie li seguì. Lui tenne il fucile puntato in basso. L'adrenalina gli scorreva in corpo come lava. La sua visione si restrinse. Il cuore prese a martellargli forte. Si impose di inspirare e di espirare.

Per questo ti addestrarvi. Per questo indossavi l'attrezzatura, ti nascondevi dietro i muri e aprivi porte vere, perché il tuo corpo era insensibile e non conosceva la differenza.

La squadra Bravo salì pesantemente le scale e superò la T. La squadra Charlie le fu subito dietro. Will vide due lettere tracciate per terra con la vernice spray.

LG.

Seguì Dobie verso il lato opposto. Corsero lungo il balcone. Si fermarono davanti a una finta porta. Sul compensato c'era un'altra lettera dipinta con la vernice.

G.

Dobie guardò Bravo. Ricevette il segnale. Finse di aprire la porta.

Will tenne il fucile basso. Dobie scaricò l'arma nell'apertura. Continuò a premere il grilletto fino a svuotare il caricatore.

«Bene, è tutto. Ventotto secondi.»

L'intera cosa sembrava essere durata dieci minuti. Will sentiva il cuore premergli in gola. Il caldo gli stava dando fastidio. Si tolse l'elmetto, si sollevò il passamontagna e gli occhiali.

«Mi dica, fratello.» Will sentì una mano sulla spalla. «Perché non ha sparato?»

Lo guardò. Anche lui si era tolto l'attrezzatura.

Età e peso medi. Capelli e occhi castani.

Aveva il pollice infilato nella fibbia della cintura, ma il braccio piegato a un'angolazione strana. Non teneva la mano a riposo. Stava cercando di togliere il peso dalla spalla perché due giorni prima gli avevano sparato.

E poi i suoi avevano rapito Sara.

Dash strinse la presa sulla spalla di Will. «Maggiore Wolfe?»

Doveva dire qualcosa. Non poteva rispondere a cenni e grugniti. Si sfregò la barba evocando Jack Wolfe. «Non toccare il grilletto a meno che tu non sia pronto a uccidere.» Scrollò le spalle. «Non c'era niente da uccidere.»

«Ah» esclamò Dash. «Segue i suoi stessi consigli.»

«L'addestramento» riuscì a replicare. Usò ogni briciola di energia per studiare la faccia di Dash in cerca di indizi per capire se lo avesse riconosciuto. «Se spari, spari per uccidere.»

«Perché non viene con me? Abbiamo in programma un piccolo festeggiamento. Scommetto che un uomo grande e grosso come lei apprezza una bistecca al sangue» osservò Dash.

Lo stomaco di Will si chiuse a pugno. Avrebbe dovuto accendere il localizzatore. Dash era proprio là. L'intero piano sarebbe andato a pezzi senza di lui.

Ma Sara?

«Andiamo.»

Dash scese le scale. Gli uomini si scostarono per lasciarlo passare. «Addestra ancora la Squadra uno. Voglio che scendano sotto i dieci secondi prima dell'irruzione» disse a Gerald.

«Sì, signore.» Gerald gli fece un rigoroso saluto militare. Gli uomini della zona di raccolta stavano indossando passamontagna ed elmetti. Altri sedici con Glock e fucili pronti.

«Non avevo mai fatto parte della seconda squadra» commentò Will.

Dash rise. «È una buona notizia per lei, fratello. La prima ondata ha sempre il maggior numero di vittime. I generali la chiamano carne da cannone.»

Lo disse proprio davanti ai suoi. Non sembravano curarsi del disprezzo noncurante che dimostrava per le loro vite. Anzi, parvero elettrizzati.

«Faremo un'altra prova dopo il festeggiamento.»

«Il festeggiamento?»

«Entriamo in azione domani. Abbiamo un Messaggio da consegnare. Non si può aspettare un altro giorno.»

A Will sembrò di avere l'intestino pieno di puntine da disegno.

«Non si preoccupi, Wolfe. Mi basta un'occhiata per capire che sa quello che fa.» Dash gettò la sua roba sul mucchio. Non si preoccupò di cambiare la pistola Simunition. Il fusto di plastica blu spiccava come un faro nella fondina.

Will riconobbe l'impugnatura della sua Glock 19. Dash l'aveva presa nell'auto di Sara. L'aveva usata per uccidere due persone e probabilmente per minacciare lei. Al di là di quello che sarebbe successo, si sarebbe ripreso la sua pistola e gliel'avrebbe cacciata in gola.

«Ci siamo addestrati per più di mille ore per questa missione» spiegò Dash.

Will annuì come se il numero non fosse un'idiozia. La Squadra sei dei SEAL aveva alle spalle solo qualche giorno di addestramento quando aveva fatto irruzione nel complesso di Bin Laden.

«Abbiamo creato qualcosa qui» continuò. «La nostra comunità è giovane, ma siamo motivati. Ci saranno sacrifici, vittime, ma il Messaggio è più importante di qualsiasi singolo uomo. Capirà quando conoscerà il resto del gruppo. Voglio che si sieda con la mia famiglia, che ci conosca, che comprenda quello per cui ci battiamo.»

Will dubitava che Dash si sarebbe sacrificato. I megalomani millantavano un sacco di cose, ma di solito ne uscivano senza un graffio. Il maggior numero di vittime si sarebbe registrato tra *i fratelli*, convinti, per il solo fatto di indossare un'uniforme tattica nera, d'essere pronti ad andare in guerra.

«Ci sono molti giovani» osservò Will.

«Sì. Per questo abbiamo bisogno di soldati duri, esperti, per addestrarli. Forse lei potrebbe essere uno di quei soldati, maggiore Wolfe.»

Lui rispose con una scrollata di spalle evasiva. Si stavano dirigendo nel bosco. Notò due uomini più anziani con il fucile. C'era una piattaforma su un albero. Un uomo dai capelli grigi era appoggiato al parapetto. Aveva un AR-15 sulla spalla.

La Sig Sauer avrebbe potuto eliminarne uno prima che gli sparassero. Se avessero usato gli stessi proiettili incamiciati della zona di raccolta, la pallottola gli avrebbe bucato il petto come acqua finendo dritta nella testa di Dobie.

«Da questa parte, maggiore.» Dash lo condusse verso un sentiero ripulito. Dobie li tallonava come un cucciolo. Le squadre B e C erano qualche passo indietro.

«Penso che le piacerà qui.» Dash gli camminava a fianco anche se il sentiero era stretto. «Gerald mi dice che è amico di Beau.»

«Sì, ma io non...» Imitò il gesto di inserirsi un ago nel braccio. «Quello non fa per me.»

«E cosa *fa* per lei, fratello?»

Will alzò le spalle. Non poteva rendergliela così facile.

«Un quarto di milione di dollari sono un bel po' di soldi» affermò Dash.

Will sentiva che stava studiando la sua faccia. «Sì.»

«Cosa ne farà, maggiore Wolfe?»

La domanda non era così semplice come l'aveva fatta apparire. Will si prese un po' di tempo per riflettere sulla risposta. Non era il momento per Jack Wolfe di lanciarsi in qualche tirata razzista o in qualche filippica contro il governo che lo aveva deluso. «Credo che me ne andrò in un posto come questo. Solo io e nessun altro.»

«Non porterebbe con sé una donna?»

Scosse la testa. Lanciò un'occhiata a Dobie che stava ascoltando con attenzione. «Non amo le cose complicate.»

Dash annuì, ma Will non capì se avesse dato la risposta giusta. Non aveva importanza. Non c'era modo di rimangiarsela. Avevano raggiunto la radura. C'erano diverse casette nascoste nel verde. Alcune donne stavano cucinando sui fuochi, riempiendo ciotole e piatti. Otto in tutto. Tre uomini più anziani erano sulle piattaforme tra gli alberi, altri tre a terra. Dodici donne giovani erano ai tavoli da picnic e stavano disponendo piatti e posate. Vari bambini correvano di qua e di là, giravano in cerchio, urlavano e ridevano. Erano troppi perché riuscisse a contarli.

«Le piacciono i bambini?» chiese Dash.

Will sentì il fiato bloccarsi nel petto. Se là c'erano dei bambini, allora forse Sara era vicina. Ma erano così tanti. Non avrebbe potuto sparare se si trovavano lì. Alcuni camminavano a malapena.

«Maggiore Wolfe?»

Will si rese conto che stava fissando le bambine e subito dopo che un uomo come Dash non lo avrebbe trovato inquietante. «Sono graziose. Quelle bionde.»

Dash sogghignò. «Le mie bambine adorano papà.»

Will deglutì disgustato. «Quante sono sue?»

Dash lo guardò negli occhi e disse: «Ognuna di loro mi appartiene».

Era inteso come avvertimento. Will si impose di non stringere le mani a pugno. Si girò lentamente guardando Dobie. Il ragazzo si era messo un filo d'erba in bocca. Scacciò una mosca.

«Ha qualcuno che lo addestri?» chiese a Dash.

Lui sorrise, come se alla fine avesse capito il maggiore Wolfe. «Può averlo, se vuole.»

Will annuì. «Certo.»

Dobie cercò di catturare la mosca.

«Dobie, fratello, tieni d'occhio il maggiore Wolfe per me» esclamò Dash. Gli diede una pacca sulla spalla. «Ci vediamo dopo la festa, amico mio. Allora cominceremo il vero lavoro.»

Will annuì. Si mise le mani nelle tasche, in profondità, mentre Dash si allontanava verso le bambine che gli corsero incontro gridando *Papà! Papà! Papà!*

Will sputò la bile che gli era salita in bocca. Dash non aveva veramente intenzione di addestrare quei soldati giocattolo. Non aveva un piano che non fosse quello di uccidere una moltitudine di persone. Se Will avesse dovuto tirare a indovinare, avrebbe detto che l'unico *fratello* che si era addestrato a uscire vivo dal quell'edificio era il pedofilo razzista che li avrebbe condotti al suo interno. Era una missione suicida pura e semplice.

Pensò al localizzatore GPS. Stava esaurendo il tempo per trovare Sara. Si sarebbe concesso altri quindici minuti. Di più, e non sarebbe stato l'uomo da cui Sara avrebbe voluto tornare.

«Hai visto quei proiettili, amico?» Dobie gli stava addosso, vicino al gomito. «Li hanno spruzzati con la salamoia di maiale nel caso colpiscano qualche musulmano.»

Will non riusciva a concepire niente di più stupido. Il sale corrodeva il metallo. Le armi erano fatte di metallo. Volevano proprio che le loro armi si inceppassero.

«Dash ha detto qualcosa, fratello? Ha detto cosa faremo? Nessuno lo sa. Parla sempre del Messaggio e ci stiamo addestrando ma...»

«Sta' zitto.» Will lasciò vagare lo sguardo sulla radura. Fino a quel momento aveva contato quaranta uomini, quarantuno compreso Dobie. Le otto donne che cucinavano erano più vecchie, ma le dodici ai tavoli avevano tutte poco più di vent'anni. Anche con quegli strani abiti da sposa addosso vedeva che erano attraenti. Ciò spiegava cosa tenesse lì Dobie e i suoi Tre Amigos.

«Dai, fratello» lo supplicò il ragazzo. «Adesso siamo una squadra. Dimmi cos'ha detto Dash.»

Will notò un edificio lungo e basso dall'altra parte della radura. C'erano un lavandino e una doccia esterni accanto ai gradini. Le finestre erano coperte di carta bianca.

Will vide la porta aprirsi. «Andiamo a prenderci un Gatorade.»

«Dash mi ha detto di tenerti d'occhio» fece Dobie.

Una donna uscì. Alta, slanciata. Abito bianco. Sciarpa bianca sulla testa.

Dobie riprese a parlare, ma Will gli mise una mano sulla faccia e lo spinse all'indietro gettandolo a terra.

La donna si sedette sui gradini. Si stava mettendo le scarpe.

Will trattenne il fiato.

«Cazzo, amico. Perché lo hai fatto?» gemette Dobie.

La donna guardò il cielo. Aveva la pelle chiara già bruciata dal sole.

Will non ricordava più come si espirava. I suoi polmoni iniziarono a collassare.

«Amico, che cazzo ti prende?»

La donna si pulì il volto con l'orlo del vestito. Si tolse la sciarpa. I lunghi capelli castano-ramati le ricaddero sulle spalle.

Sara.

17

Martedì 6 agosto, 17.32

Sara piegò la sciarpa di fortuna formando un quadrato perfetto. Si era messa un tovagliolo sulla testa nella speranza di evitare che le si arricciassero i capelli mentre si asciugavano. Avrebbe voluto premere la faccia nella stoffa e piangere, per Michelle, per Tommy, per tutte le altre cose orribili a cui aveva assistito, però non aveva la forza di evocare sentimenti diversi dalla disperazione.

Nessun bambino stava migliorando. Joy non riusciva a restare sveglia. Altri tre adulti erano arrivati alla baracca lamentando nausea, affaticamento e problemi respiratori. Benjamin era in stato di semi-incoscienza. La dissenteria di Lance era passata, ma biascicava e vedeva doppio. Quella varietà di sintomi poteva indicare qualsiasi cosa, da una malattia da zecca alla sindrome di Guillain-Barré, dal glaucoma alla psicosi di massa.

Niente di quello che Sara aveva tentato aveva funzionato. I farmaci dovevano essere fasulli. Antibiotici e medicinali per la profilassi erano stati mal etichettati, erano placebo o veleni.

Veleni.

Gwen era una specie di angelo nero?

Nel corso della sua carriera medica Sara aveva sentito parlare spesso di chi accelerava la morte di un paziente terminale. Voler porre fine alle sofferenze di una persona era un desiderio naturale. Sara non aveva mai visto nessuno assecondare quell'impulso, per quanto tragica fosse la situazione. I bambini nella baracca erano malati, ma c'erano trattamenti e medicine che avrebbero potuto aiutarli a riprendersi. Due giorni prima aveva presunto che Adriel sarebbe stata protetta da sua madre. Ora sapeva che Gwen non disdegnava di ricorrere all'omicidio se questo fosse servito a lei o a Dash. Quella donna divideva il letto con uno stragista. Allevava i figli con la paura e l'intimidazione. Dio solo sapeva di cos'altro era capace.

Sara si guardò attorno nella radura. Le donne correvano di qua e di là, occupate con i preparativi, stando tutte ben lontane da Gwen per non scatenarne la collera. La festa di quella sera era una preparazione per la consegna del *Messaggio*. Se Dash fosse riuscito nel suo intento, il giorno dopo sarebbe cambiato tutto. Sara avrebbe dovuto fare da *testimone*. Rabbrividì al pensiero di cosa avrebbe comportato. Dash aveva previsto più morti di quanti sarebbero riusciti a contarne. Lei era a pochi metri dalla serra, ma anche entrandoci non avrebbe fermato quanto stava per accadere.

Non si era mai sentita tanto sola tra quei monti dimenticati da Dio.

Si costrinse ad alzarsi. Scese i gradini e attraversò la radura erbosa. Perse il conto delle facce nuove, delle giovani che stavano apparecchiando, dei bambini che si erano uniti alle figlie di Dash. Gli uomini armati erano ancora di guardia. Il ronzio del generatore era cessato ore prima. Continuava a sentire dei forti *pop* dall'altra parte della collina. Immaginò che tutti quegli spari significassero che Dash aveva aumentato le esercitazioni.

Il suo cervello aveva rinunciato a ricordare le parole delle canzoni sostituendole con un mantra:

Black box, serra, Messaggio, domani.

Stava riconsiderando la teoria dell'agente biologico. Si era concentrata troppo sull'aspetto del lavoro di Michelle riguardante le malattie infettive. La divisione di chimica clinica dei CDC serviva da laboratorio di riferimento mondiale per determinate patologie infettive. Il loro Programma di biomonitoraggio nazionale misurava i livelli di esposizione a tossine quali l'antrace, il botulino, la pertosse e le aflatossine. Per tradurre quei dati in trattamenti pratici, Michelle doveva avere una profonda conoscenza della chimica.

Sara l'aveva studiata come materia secondaria al corso propedeutico per entrare a medicina. Sapeva che la termite era costituita da alluminio e ossido di ferro. Gli acidi naftenico e palmitico si combinavano creando il Napalm. La fosforite scaldata in presenza di carbonio e silice creava un solido bianco fosforoso simile a cera, così volatile che doveva essere conservato sott'acqua per evitare che andasse incontro ad autocombustione.

Ognuna di quelle sostanze poteva essere sintetizzata in un laboratorio commerciale. O in una serra con un laboratorio commerciale al suo interno. Con la debita attenzione potevi inserire un proiettile incendiario in qualsiasi cosa, da una bomba a mano a un missile a una black box. L'esplosione risultante sarebbe stata catastrofica, soprattutto in una zona densamente popolata. Il fosforo poteva bruciare la pelle e gli organi. Versando acqua sulla termite si provocava un'esplosione di vapore che avrebbe scagliato frammenti caldi dappertutto. Il Napalm poteva causare tutta una serie di problemi, dalle ustioni subdermiche alla morte per asfissia.

Se Dash aveva in progetto di far esplodere la black box in un edificio come la Struttura, centinaia, se non migliaia di persone sarebbero probabilmente rimaste uccise.

«Come sta?» Gwen aveva le mani rosse nel grembiule. Era in piedi accanto a un tavolo con varie gelatiere a mano. Le azionava lei. «Adriel? Sta meglio?»

Sara scrollò le spalle e scosse la testa comunicandole esattamente i suoi sentimenti. «Perché me lo chiede? Non farete niente per aiutarla.»

Gwen azionò una gelatiera. Vari blocchi di salgemma colpirono il tavolo. Nell'aria si sentiva un profumo di vaniglia fresca. L'unica cosa a cui Sara poté pensare era che il cianuro aveva un odore simile quando veniva metabolizzato dal corpo.

«Buonasera, signore.» Dash sorrideva avanzando a fatica. Aveva due bambine appese alle gambe. Esther e Grace ridevano euforiche.

«Tutto bene, dottoressa Earnshaw?» chiese a Sara.

Lei annuì. Non gli aveva più parlato da quando lo aveva mandato a quel paese. Immaginò che, come gran parte degli psicopatici, non riuscisse a reggere uno scontro.

«Mi dica, come stanno i suoi pazienti?»

«Non sono contenta dei loro progressi. È sicuro che le medicine siano...» provò a dire Sara.

Grace strillò. La madre aveva riempito due bicchierini di carta di gelato.

«Dividilo con le tue sorelle» fece Gwen.

Le bambine si allontanarono di corsa gridando di gioia.

«Non sono un medico, dottoressa Earnshaw, ma ho ragione nel dire che i bambini piccoli si ammalano spesso senza ragione?» osservò Dash.

Sara si irritò per ogni parola di quella domanda. «Come medico posso assicurarle che i sintomi non sono una sequela di un'infezione da morbillo.»

«Hm.» Fece finta di riflettere mentre lei godeva per il fatto che non avesse idea di cosa significasse *sequela*.

«Dovresti probabilmente dire qualcosa prima che iniziamo» affermò Gwen.

Dash le sorrise e disse a Sara: «Se non le spiace, dottoressa Earnshaw, mi farebbe piacere che venisse con me».

Non la condusse all'area da picnic. Indicò invece in direzione della sua casetta-prigione. Se pensava che rinchiuderla fosse una punizione, si sbagliava.

«È una sera piacevole. Credo che avremo un po' di tregua da questo caldo.»

Sara non rispose. La pistola nella sua fondina sembrava diversa. Riconobbe il carrello blu del sistema Simunition.

«Mi dispiace di dover sollevare la questione, dottoressa, ma a quanto pare ha fatto infuriare mia moglie.»

Sara si morse il labbro. Prima non l'aveva mai ammonita.

«Non posso proprio permettermi discordie al campo. Soprattutto non stasera. Quello che stiamo facendo è troppo importante.»

Sara si voltò a guardarlo.

Capì che non aveva intenzione di cedere. Metà del suo sorriso era più alta dell'altra. Non era la maschera che gli scivolava di dosso, era una gioiosa anticipazione di crudeltà.

«Avevo sperato, visto che l'aiuto di Michelle è venuto rapidamente meno, che potesse prendere il suo posto in qualità di testimone.»

Sara distolse lo sguardo rimproverandosi per aver giocato alla roulette russa. Lei era un ostaggio. Lui un assassino. Lo aveva visto sparare a due uomini. Sapeva che aveva fatto esplodere quelle bombe alla Emory. Stava progettando qualcosa di ancor più atrocemente spettacolare. Sfidarlo, provocarlo era il modo più rapido per morire.

«Gwen dice che le ho dato troppa libertà» affermò Dash.

Sara lo vide togliere la pistola dalla fondina. Il carrello blu spiccava in alto sul telaio. Non aveva idea che Sara sapesse che i marcatori non erano letali. Stava assaporando l'idea di giocare con lei.

«Ha ragione.» Tentò di dissuaderlo. La pistola non era una minaccia, ma nella radura c'erano una trentina di uomini con armi vere. «Sono frustrata a causa dei bambini. Non avrei dovuto parlare a Gwen in quel modo. O a lei.»

«Non è per me che lo faccio.» Dash non le puntò contro l'arma. La soppesò invece in mano. «Detto tra me e lei, non incontro spesso un mio pari a livello intellettuale. Forse mi sono abbandonato troppo al piacere delle nostre schermaglie.»

«Io...»

Le puntò l'arma al ventre. «Finiamola vicino al fiume.»

«Aspetti.» Sara scrutò disperatamente al di sopra della sua spalla come se qualcuno potesse aiutarla. Le ragazze erano sedute al tavolo da picnic, circondate da uomini vestiti di nero. Facce giovani, facce vecchie. Tutti rasati tranne uno.

Gli occhi di Sara si riempirono di lacrime. Ansimò.

«Dottoressa Earnshaw?»

Si coprì la bocca con le mani.

Will?

Era in piedi al tavolo da picnic. Rideva con le ragazze.

Era proprio lui?

«Dottoressa...»

«Mi dispiace!» disse d'impulso. «La prego, mi dispiace tanto.» Giunse le mani tremanti supplicandolo. «La prego, mi perdoni. Mi dispiace. La prego.» Non riusciva a smettere di implorare. Will l'aveva vista? Non stava neppure guardando da quella parte. «Mi comporterò meglio. Promesso. La prego. Mi lasci solo... Ha detto che sarei stata la vostra testimone. Mi lasci... Dirò che... che siete una comunità. Una famiglia.»

Dash socchiuse gli occhi. La reazione di Sara era arrivata troppo tardi.

«Per favore.» Le mani le tremavano tanto che non riusciva a tenerle giunte. Will si era voltato dalla parte opposta. Vide la sua schiena, le sue spalle larghe. «Dash, la prego. Mi dispiace tanto. La prego non... Non mi faccia del male. Per piacere. Non voglio che mi faccia del male. La prego.»

«Cos'è questa scena?» chiese. «Pensa che voglia violentarla?»

«No...» Sara era così disperata che per poco non gridò. «No, ovviamente no. Io...»

«Le avevo garantito che nessuno l'avrebbe molestata.»

«Lo so, ma...» Un singhiozzo le uscì di bocca. Guardò Will supplicandolo di girarsi. «Per favore. Ho visto la pistola e ho pensato...»

«Osserviamo le regole della convenzione di Ginevra.» Dash agitò la pistola mentre parlava. «Gliel'ho detto. Non siamo animali. Siamo soldati.»

«Lo so. Lo so. È solo... Mi dispiace. Non avrei dovuto dire... Sono sconvolta per i bambini. Stanno così male. E Michelle...»

Girati-girati-girati...

«Dottoressa Earnshaw, sono un uomo sposato.»

«Lo so.» Sara rinunciò ad asciugarsi le lacrime. «Mi scusi. Avrei dovuto conoscerla un po' meglio. Mi rendo conto che non farebbe mai... Che è un uomo onesto. Mantiene sempre la parola.»

«È così.»

«Dash, mi dispiace molto. È che ho visto la pistola e mi sono lasciata prendere dal panico perché mio marito è stato ucciso con una pistola del genere.» Non sapeva da dove le fosse uscita la bugia, ma a Dash parve piacere.

«Ucciso da uno sporco bastardo, sicuramente» osservò.

«Ho paura delle armi. Mi terrorizzano. Sono dappertutto, in qualsiasi posto. E io ho tanta paura. Sempre. Mi dispiace di...»

Dash fece un sospiro teatrale. Rimise lentamente l'arma nella fondina. Strinse il velcro per ribadire il concetto. «È mio vivo desiderio, dottoressa Earnshaw, che quello che compiremo domani metta le oneste donne bianche come lei in condizione di non avere più paura.» Le posò una mano sulla spalla. «Quando il mondo sarà ripulito dai bastardi e dai loro complici, ci libereremo di quel tipo di reati che le hanno strappato suo marito. Gli agenti di polizia saranno di nuovo al sicuro sulle strade. La legge e l'ordine saranno ripristinati. Lei sarà l'ultima vedova del suo genere.»

Sara annuì. Non avrebbe potuto fare altro. Stava tremando incontrollabilmente. Abbassò lo sguardo. Le lacrime le colarono dal naso e si raccolsero nel terreno.

Dash le picchiettò la spalla. «Si tiri su, dottoressa. Non vogliamo che i bambini la vedano così.»

Sara batteva i denti quando lo seguì alla radura. Non riusciva quasi a sollevare i piedi. Le sembrava di avere ogni nervo scoperto. Dopo non aver provato niente per tanto tempo, non riusciva a smettere di provare tutto. Continuava a guardare per terra perché, se avesse guardato Will, temeva di crollare.

Al tavolo da picnic Gwen stava assillando le bambine perché si comportassero bene. Sara si concesse di dare un'occhiata al volto di Will. Aveva i capelli sporchi per il sudore e due cerchi scuri sotto gli occhi. La barba era a chiazze, orribile. All'improvviso le girò la testa. Ebbe un ricordo sensoriale dell'uomo che l'aveva stuprata. *La barba ispida che puzzava di sigarette e di cibo fritto. La pelle chiara appiccicaticcia quando si spingeva in lei.*

Le salì la bile in gola. La buttò giù con gli occhi che le bruciavano.

«Si sieda, dottoressa Earnshaw.» Dash scrollò il tovagliolo e se lo mise sulle ginocchia. «Maggiore Wolfe, questa è la nostra pediatra interna. Alcuni bambini si sono ammalati. Grazie a Dio la maggior parte delle mie figlie ha superato la tempesta.»

Lui grugnì. Stava fissando la bistecca.

Sara si sistemò al suo solito posto vicino a Grace. Will era seduto dall'altra parte del tavolo all'estremità opposta. Al suo fianco c'era un adolescente con le braccia conserte e la schiena dritta, che imitava la sua postura.

Sara si conficcò le unghie nei palmi e lottò per tornare alla realtà. Era solo una brutta barba. Non era incatenata in un bagno. Will non le avrebbe mai fatto del male. Amava quell'uomo. Lui la amava. Era lì per lei. Per salvarla.

Si guardò attorno. Le guardie nel bosco. I fucili, le Glock, i coltelli da caccia e i bambini.

Come avrebbe fatto a salvarla?

«Il maggiore Wolfe ha servito nelle forze aviotrasportate insieme al nostro amico Beau» le spiegò Dash.

A Sara tremavano ancora le mani. Si concentrò sul cibo. Aveva di nuovo formaggio e cracker. Vicino al piatto c'era una mela. Le altre donne avevano ciotole di stufato. Gli uomini bistecche con patate, bottiglie d'acqua e Gatorade giallo.

«Siamo rimasti a corto di soldati dopo la nostra ultima incursione. Sono sicuro che il maggiore ci sarà di aiuto nella consegna del Messaggio.»

Sara non poté continuare a ignorare Will. Si impose di guardarlo, di vederlo davvero.

Stava tagliando la bistecca. Dal centro uscì il sangue. Sara notò il suo totale disgusto. Will preferiva la carne stracotta. Lo aveva invitato in una delle migliori steakhouse di Atlanta per il suo compleanno e lo aveva guardato versare il ketchup su una Wagyu New York Strip da novanta dollari.

Il fiato le tornò di colpo e si sentì stordita dall'improvvisa ondata di ossigeno.

Quello era il ricordo a cui doveva aggrapparsi. La prima volta che aveva indossato l'abito nero preferito di Will era stato per quella cena. Gli aveva letto il menu con voce sensuale. Non gli aveva permesso di vedere i prezzi perché avrebbe matematicamente quantificato il volume di bistecche con l'osso che avrebbe potuto mangiarsi alla Waffle House per la stessa cifra.

«Dottoressa Earnshaw?» Dash era troppo sintonizzato sui suoi stati d'animo. Doveva dare un taglio a tutti quegli sbalzi emotivi.

«Mi scusi.» Sara staccò un angolo di formaggio. Se lo mise in bocca. Non poté fare nulla per frenare le lacrime che avevano formato un fiume sulle sue guance. Al ristorante gli aveva fatto assaggiare lo scotch. Per poco non aveva sputato anche un polmone a forza di tossire. Si erano tenuti per mano tutta la sera, si erano baciati in macchina come due adolescenti.

«Papà, posso chiedere al maggiore Wolfe se è sposato?» chiese Grace.

Dash sorrise. «Penso che tu lo abbia appena fatto, tesoro.»

La bambina saltellò eccitata. «Maggiore Wolfe, sei sposato?»

Will masticò la bistecca nello stesso modo in cui i levrieri di Sara buttavano giù i farmaci amari contro la filariosi. Deglutì rumorosamente. «No.»

Grace si afflosciò come un palloncino.

«Io... ehm...» Deglutì di nuovo. «Una volta sono andato a un matrimonio.»

Sara sapeva che per poco non aveva presenziato al suo. Quel pasticcio del suo rapporto era nato per una questione di sfide.

«Al ricevimento hanno servito i muffin appena fatti» aggiunse Will.

«Oh...» Grace era affascinata. «Che tipo di muffin?»

«Gocce di cioccolato. Oreo. Mirtilli rossi. Mirtilli neri. Superbacche.» Will si grattò l'orrenda barba. Le bambine non riuscivano a capire se dicesse sul serio o no. «Conoscete la storia dei due muffin che stavano cuocendo in forno?»

Grace era così eccitata che poté solo scuotere la testa.

«Un muffin si guarda attorno nel forno e dice: "Wow, qui dentro fa davvero molto caldo".» Will si pulì la bocca aumentando la suspense. «E l'altro si mette a urlare. "Aiuto! Un muffin che parla!"»

Le bambine non erano abituate alle barzellette. Ci fu un breve silenzio prima che scoppiassero a ridere. Persino Gwen sorrise. Grace era così euforica che Sara dovette afferrarla per evitare che cadesse dalla panca.

Dash tamburellò le dita sul tavolo. Le risate cessarono di colpo. Sara pensò ai bambini in età prepuberale che aveva allontanato.

Non voleva competizione.

«Non sapevo che fosse spiritoso, maggiore Wolfe» commentò.

Sara cercò di allentare la tensione. «Grace, ti ho detto che...»

«Dobie» affermò Dash. «Potresti accompagnare la dottoressa Earnshaw al suo alloggio? Temo che Lance non stia ancora molto bene. E maggiore Wolfe, lei gli terrà compagnia. Si eserciterà con la squadra più tardi. Al buio è comunque meglio. Manderò qualcuno a cercarla quando saremo pronti per lei.»

Sara sentì un'ondata di calore in corpo. Will che la portava al suo alloggio. Quello stupido ragazzotto al seguito. Avrebbe potuto tranquillamente toglierlo di mezzo. Sarebbero potuti scappare, ma dove? Will doveva avere un piano. Lo aveva sempre. Strinse le mani sotto il tavolo per tenerle ferme.

Dobie si alzò. Si risedette quando si accorse che Will non intendeva unirsi a lui.

Sara si agitò. Cosa stava facendo? Quella era la loro occasione. Sarebbero potuti fuggire nel bosco e... farsi sparare dagli uomini sugli appostamenti o dalle guardie nella foresta. Oppure Will avrebbe potuto rispondere al fuoco finendo per uccidere qualche bambino.

Il flusso di lacrime riprese incessante.

Will roteò il Gatorade nella bottiglia e lo butto giù tutto. Accanto a lui Dobie fece lo stesso. La sua gola si mosse come quella di una cicogna. Will infine si alzò. La sua ombra lo seguì girando attorno al tavolo.

Will afferrò Sara per un braccio.

Lei gridò anche se non le aveva fatto male.

«Piano, maggiore Wolfe. La dottoressa Earnshaw è una parte molto importante del Messaggio.» Fece un cenno a Dobie. «Tieni gli occhi aperti.»

Sara si alzò. Aveva la sensazione che le ginocchia le cedessero.

Si incamminò davanti a loro attraverso la radura lungo il sentiero. Per tutto il tempo pensò al momento in cui, due giorni prima, si era incamminata verso la BWM, alla paura che le aveva attanagliato il petto quando aveva capito che l'avrebbero presa.

E adesso? E adesso?

I passi di Will erano decisi alle sue spalle. Dobie avanzava più lento. Sara si sarebbe voluta girare. Avrebbe voluto mettere in pausa il mondo e lasciare che Will l'abbracciasse solo per pochi secondi.

Erano alla casetta. Salì sul tronco. Will le mise una mano sulla schiena. La sfiorò appena ma il suo corpo tremò all'idea di lui.

La porta si chiuse alle sue spalle.

«Amico, penso che ci abbiano punito.» La voce di Dobie era vicina mentre lui armeggiava con il lucchetto.

Sara avrebbe voluto urlare. Solo Dash aveva la chiave.

«Volevo il gelato» aggiunse Dobie.

«Puoi andare a prendertelo» suggerì Will.

«Cavolo no, fratello. Dash mi scorticherebbe vivo.» Fece uno sbadiglio pauroso. «Accidenti se sono stanco.»

«È l'adrenalina.» Will era seduto sul tronco dall'altra parte della porta. La sua voce era diversa, più fonda, più dura. «Mettiti pure comodo. Staremo qui per un po'.»

Sara si stese sul ventre. Guardò sotto la porta. Vedeva Will. Lo spazio era abbastanza largo perché potesse infilarci una mano. Poteva toccarlo. Il cuore le palpitava per la nostalgia, la paura e il panico. Il ragazzo avrebbe potuto vederla. Era il caso di rischiare? Gli avrebbe solo sfiorato la schiena con le dita per ritrovare un equilibrio.

O no?

Dobie sbadigliò. «Quello che penso è...» Un altro sbadiglio interruppe il filo dei suoi pensieri.

«Domani è un gran giorno» affermò Will.

«Sì, il Messaggio, qualsiasi cosa sia.» La testa di Dobie sbatté ripetutamente sulla porta. Il lucchetto vibrò. «Dash ti ha detto cosa faremo?»

Will doveva aver scosso la testa. «Tu lo sai?»

Anche Dobie doveva aver scosso la testa. La vibrazione era cessata.

«Devo ammetterlo, ho un po' paura, amico. Non è facile fare una cosa del genere. Morirà della gente. Ho contato circa diecimila proiettili nella zona di raccolta. Una trentina di AR-15. Quaranta uomini. Cinque furgoni neri. Due squadre che si addestrano per prendere possesso dell'atrio di un albergo, di una moschea, di un centro commerciale o… non so di cosa» disse Will.

Sara sentì scattare qualcosa in testa. Le stava riferendo quello che aveva visto.

«Bravo va da una parte. Charlie dall'altra. Noi siamo Charlie, giusto? Siamo sei, tutti nella Squadra due. Ma i trentadue uomini della Squadra uno? Cosa faranno prima del nostro arrivo? E continuo a chiedermi: perché prendersi la briga di cospargere i proiettili di salamoia di maiale? Un morto è un morto, giusto? E quelle scatole che abbiamo sostituito nel magazzino?» fece Will.

Scatole nere, black boxes?

«Perché sostituire un gruppo di scatole con altre scatole esattamente uguali? Ce n'erano almeno due dozzine di cartone con il documento di trasporto, più o meno ottanta per ottanta. Quelle che abbiamo rubato sono chiuse in quella costruzione di metallo di fronte al finto edificio. Che fine hanno fatto quelle che abbiamo lasciato nel magazzino?»

«Non lo so.» La voce di Dobie era debole. Sembrava che si stesse addormentando.

«Facciamo esercitazioni» proseguì Will. «Sulle scale, la T in alto. Da un lato c'è la scritta LG fatta con la vernice spray. Dall'altro una G. Cosa significano? LG è quasi in cima alle scale, ma la G è dall'altra parte del balcone. Forse non è una L. È una I maiuscola.»

Dobie schioccò le labbra.

«È assurdo. Vero, fratello?» osservò Will.

Dobie non rispose. Respirava profondamente. Sara guardò sotto la porta, ma riuscì a vederne solo le spalle strette.

Udì Will schioccare le dita. Il rumore fu simile a quello di un ramoscello che si spezzava.

«Dobie?» chiamò. «Ehi, ragazzo.»

Sara lo vide sollevarlo come se fosse un bambino. Le diede le spalle e si incamminò nel bosco. Lo vide scomparire a pezzi: le gambe, le spalle, la sommità della testa. Sara attese. E attese ancora. Si mise in ginocchio, premette il palmo sulla porta.

Che cosa stava facendo? Se ne stava andando? Sarebbe tornato?

«Sara?» Will infilò la mano nello spazio sotto la porta. Mosse le dita cercandola. «Sara? Ci sei?»

Lei fu sopraffatta. Poté solo chinarsi e premere le labbra sul palmo della sua splendida mano.

«Sara.» La voce di Will era tesa. «Stai bene?»

Lei singhiozzò sommessamente, la faccia posata sulla sua mano. Lui la tenne con le dita. Tutta la nostalgia degli ultimi due giorni esplose in lei.

Ti amo. Ho bisogno di te. Mi sei mancato tanto. Ti prego non lasciarmi.

«Sono qui.» Will si schiarì la voce. Tirò su con il naso. «Sono qui.»

Sara pianse forte perché sapeva che lui cercava di non farlo.

«Tesoro.» La sua voce si rianimò quando pronunciò quella parola. Se la schiarì ancora. «È un vestito nuovo?»

Lei rise tra le lacrime.

«Mette in risalto il rossore della tua pelle» aggiunse.

Lei rise di nuovo. Si aggrappò alla mano di Will con entrambe le sue. «L'ho fatto io.»

«Davvero?» La voce gli si riempì di sollievo. «Non avrei detto. È così… è bello.»

Sara appoggiò la fronte alla porta. Chiuse gli occhi cancellando quel pezzo di legno che li separava. Aveva la testa sulla sua spalla, le braccia attorno alla sua vita. «Cos'è successo a Dobie? Può sentirci?»

«Be', ehm, c'è una storia divertente dietro.» Will tacque. «Sto prendendo alcune pillole che mi ha dato Amanda. Penso sia Percocet.»

«Cosa?» Lo shock di Sara superò la sua preoccupazione. Will non prendeva mai niente per il dolore. Sussultava e gemeva finché le veniva voglia di strozzarlo.

«Amanda mi ha detto che era aspirina, poi però mi sono accorto che era la stessa cosa che aveva dato a Beau quando siamo andati al parco.» Saltò i dettagli. «A ogni modo, si è sciolto nella busta perché ha preso troppo caldo, ma credo di aver messo circa due compresse e mezzo nel Gatorade di Dobie.» Tacque. «L'ho ucciso?»

«Io non... No.» Sara scosse frustrata la testa. Perché diamine aveva tirato fuori una stupida storia su Dobie?

Le venne male. Stava parlando di Dobie perché non c'era nient'altro di cui parlare.

Non aveva un piano. O quanto meno, non un piano per portarla via da quell'inferno vivente. Aveva visto la Struttura. C'era qualcosa di nuovo riguardante alcune scatole di cartone. Diecimila munizioni ricoperte di salamoia di maiale. Quaranta uomini armati. Tutti pronti per un attacco che sarebbe stato compiuto da qualche parte, in un posto imprecisato, il giorno dopo.

«Ho un localizzatore nella fondina. Ho cercato di accenderlo ma credo che la batteria sia andata in seguito a un corto circuito. O forse siamo troppo in alto tra i monti. Non è satellitare. Funziona con le reti mobili.»

Sara si appoggiò alla porta. Intrecciò le dita con le sue.

Lui le afferrò la mano. «Potrei sparare a parecchi ma...»

«I bambini.» Sara sapeva che c'era dell'altro. L'unico modo che aveva di fermare Dash era continuare a fingere d'essere il maggiore Wolfe, in modo che lo portasse in missione. Ogni cellula del suo corpo voleva scappare da quel posto, ciò nonostante gli disse: «Dash vuole che sia la sua testimone, qualsiasi cosa significhi. Mi ha promesso che domani sarò libera».

Will tacque, ma lei percepì il suo scetticismo filtrare oltre la porta.

Fece un profondo respiro. «Quassù sto bene. Non mi fa del male. Nessuno me ne fa. E ci sono i bambini: sono molto malati, Will. Credevo che fosse il morbillo. Lo era, ma adesso c'è qualcos'altro. Non so che cos'abbiano. La gente continua ad ammalarsi e devo restare per prendermi cura di loro. Michelle stava lavorando a qualcosa nella serra. È...»

«Dall'altra parte del sentiero» terminò Will. «L'ho vista. La tenda termica. Ci sono due guardie fuori. Una sugli alberi. Non so chi altro ci sia laggiù. Adesso non posso entrarci. Forse più tardi, ma non lo so.»

Sara si sentì sprofondare nella disperazione. «Michelle si era scritta un messaggio sulla mano. L'ho trovato quando ho… trovato il suo corpo.» Si morse il labbro per impedire che il dolore la facesse di nuovo scoppiare in lacrime. «Aveva scritto *black box*.»

«Black box» ripeté. «Come quella di un aereo?»

«Non lo so. Potrebbe essere una bomba. Un agente biologico. Will, devi fermarli. Non puoi preoccuparti per me. Questa faccenda è più grossa di una sola persona. Hai visto cos'hanno fatto alla Emory. Conosco Dash. Ha in programma un'azione ancora più spettacolare. Questo è il Messaggio. Ucciderà centinaia, forse migliaia di persone.»

Will non rispose. Sara sapeva che aveva già analizzato la questione, verificato i punti deboli, valutato le diverse prospettive. Non c'era modo di uscirne se non andando avanti. Non era preoccupato per il pericolo che avrebbe affrontato il giorno seguente. Era angosciato al pensiero di lasciarla.

«Va tutto bene.» Non riusciva a essere forte per se stessa, ma doveva esserlo per lui. «Tesoro, me la caverò.»

Will fece un respiro esitante.

«Amore mio.» Sara sentì la gola chiudersi. «Me la caverò. Ce la caveremo tutti e due. Lo supereremo. So che è così.»

Will si schiarì per l'ennesima volta la voce. Sara lo sentì fare la stessa cosa che stava facendo lei: cercare di mantenere il controllo, di essere forte per lei.

«La tua famiglia ha pregato per te. Tua mamma ha chiesto anche a me di farlo. Abbiamo chinato tutti la testa. Penso di essermi comportato nel modo giusto.»

Sara chiuse gli occhi. La sua famiglia. Lo avevano accettato.

«Tua sorella… tocca gli altri, parecchio.»

Sara sorrise immaginandosi la faccia di Will quando aveva ricevuto il trattamento completo Tessa. «Ti ci dovrai abituare.»

«Sì.» Will tirò su con il naso. «Sai io, ehm, devo dirti un'altra cosa. Devo confessarti un'altra cosa.» Fece di proposito una pausa tirandola in lungo. «Ho guardato l'episodio di Buffy in cui Giles viene licenziato per aver combinato un pasticcio con il Cruciamentum.»

Sara si impose di assecondarlo. «Che figlio di puttana.»

La sua risata suonò altrettanto forzata. «Eri sparita da due giorni. Cosa avrei dovuto fare?»

Sentendo la sua voce fonda, Sara si abbandonò alla gioia. Ogni asprezza era svanita. Quello era il suo Will.

«Ehi, tesoro, conosci quella canzone, quella in cui il ragazzo dice *you were at a motel bar, but you got too big for your britches* e la ragazza dice *yeah, I was at the bar and it was great, loser, but I'm outta here*?»

Will imprecò piano.

«E poi lui...»

«*Don't You Want me*. Degli Human League. Ed era un cocktail bar.»

«Accidenti, ci ero andata vicina.» Sara non si dovette fingere sollevata. «E un'altra cosa...»

«Sara, se sbagli un'altra canzone, giuro su Dio che me ne vado.»

Sorrise. Tutto le sembrava così normale. «Non è un'altra canzone. È quel fungo che ti si sta diffondendo sulla faccia.»

«Tesoro, è il mio travestimento.»

«È brutto e deve sparire.» Sara sentì il sorriso vacillarle. Stava esaurendo gli argomenti di cui parlare mentre cercavano di evitare quelli importanti. «Will?»

«Cosa c'è adesso? Non ti piace come sono vestito?»

Lei guardò le loro mani.

La mano sinistra di Will e la sua destra.

«Grazie.»

«Per cosa?»

«Perché mi permetti di amarti.»

Lui tacque. Le sue dita le strinsero con forza la mano.

Lo aveva rimproverato tante volte per il suo silenzio, ma in quel prezioso istante le parole non servivano. Will le sfiorò il palmo con il pollice. Le accarezzò delicatamente le linee e gli avvallamenti, poi le premette il polso.

Sara chiuse gli occhi. Appoggiò la testa alla porta. Ascoltò il battito del suo cuore in quel silenzio tranquillo, sereno, finché per lui fu ora di andare.

PARTE TERZA

MERCOLEDÌ 7 AGOSTO 2019

Un'ora prima del Messaggio

18

Mercoledì 7 agosto, 8.58

Will era seduto in un altro furgoncino con l'AR-15 in mano. Dobie era al suo fianco, da un lato, Dash dall'altro. I tre uomini della squadra Bravo erano di fronte. Avevano addosso la divisa da addestramento, compresi i giubbotti imbottiti che avrebbero fermato un proiettile sferico di un'arma compressa ma non uno vero. Si erano sollevati i passamontagna neri per il caldo. I fucili erano puntati al tetto. Le pistole nelle fondine e i coltelli da caccia da venti centimetri nei foderi sbattevano sul fondo metallico mentre le gomme sibilavano sull'asfalto.

Il traffico era lento, probabilmente erano sull'interstatale. Era l'ora di punta, procedevano a singhiozzo. Forse si stavano dirigendo verso Atlanta. Forse no.

Will guardò l'orologio.

Le 8.58.

I furgoncini avevano lasciato il complesso due ore prima. Will non aveva avuto alcuna possibilità di tornare alla radura. Si erano esercitati a infiltrarsi nel finto edificio fino a mezzanotte. Avevano dormito insieme, urinato insieme, fatto colazione insieme. Il mondo si era chiuso. Il complesso era diventato stranamente silenzioso. Il sole non era ancora sorto quand'erano stati informati che dovevano prepararsi per la battaglia.

Gwen era stata l'unica donna presente alla partenza. Aveva dato loro una colazione fredda, li aveva benedetti con una preghiera là in piedi, con il suo abito bianco da sposa. Aveva letto un breve verso della Bibbia, un monito riguardante la distruzione, l'oppressione e l'inganno per le strade. Avevano chinato tutti la testa e giunto le mani. La preghiera di Gwen non aveva nulla dell'umile richiesta di Cathy perché Sara fosse restituita alla famiglia. La sua voce si era levata colma d'odio e di sdegno ipocrita quando aveva ordinato a Dio di spazzare via i bastardi e i loro complici.

«Sangue e suolo!» Aveva urlato con il pugno alzato.

Tutti tranne Will avevano ripetuto: «Sangue e suolo!».

Quaranta uomini in tutto, armati fino ai denti, vestiti di nero, sistemati in cinque furgoncini che stavano percorrendo l'interstatale verso un luogo in cui ben presto si sarebbe scatenata una violenza indicibile.

«'Fanculo.» Dobie si spostò sul fondo accanto a Will. Era cupo e confuso. Non capiva perché si fosse svegliato nel bosco. Era arrabbiato per essersi perso le esercitazioni. E ce l'aveva con Will che lo prendeva in giro per quello. Era rimasto chiaramente stordito dal Percocet.

Era ancora un ragazzo, eppure era pronto come gli altri a commettere un omicidio.

Will distolse lo sguardo dalla sua faccia afflitta.

Aveva già visto le conseguenze di una sparatoria di massa. Per ovvie ragioni i reporter si fissavano sempre sul numero di morti, ma erano i sopravvissuti quelli a cui ora Will stava pensando. Quelli con lesioni cerebrali traumatiche, arti persi, cicatrici profonde, ferite che non sarebbero guarite. Alcuni sarebbero vissuti nella paura per il resto della vita. Altri sarebbero rimasti paralizzati dal senso di colpa. Sarebbero vissuti, sì, ma la loro vita così come la conoscevano sarebbe finita.

A meno che Will non potesse impedirlo.

«'Fanculo» brontolò di nuovo Dobie. Voleva attenzione.

Will si sforzò di tenere la voce bassa quando gli disse: «Non devi farlo per forza».

«Merda.» Dobie incrociò infuriato le braccia sul petto. «Cosa dovrei fare, fratello, starmene seduto alla cassa di un Kwiki Mart come quegli sporchi porta-turbanti?»

Will non poté più guardarlo. Sapeva che l'elemento fondamentale che odiava di Dobie era quello stesso cuore marcio che aveva rovinato lui a diciotto anni. Dobie non era veramente autonomo, non possedeva una bussola morale. Non era altro che una pistola carica in attesa d'essere puntata in qualsiasi direzione.

La differenza per Will era stata Amanda. Era arrivata nella sua vita sei mesi dopo che era stato costretto a lasciare l'orfanotrofio. Dormiva per strada. Rubava da mangiare. Lavorava per criminali che lo pagavano per commettere crimini. Lei lo aveva spinto ad andare al college. Lo aveva costretto a entrare nel GBI. Gli aveva dato la possibilità di diventare l'uomo che ora stava con una donna come Sara.

Disse a Dobie quello che Amanda gli aveva detto tanti anni prima. «Devi fare quello che è giusto, non quello che è facile.»

«Amen, fratello» esclamò Dash.

Will digrignò i denti così forte che la mascella gli pulsò.

Aveva passato le ultime dodici ore a cercare un'occasione per uccidere Dash. Quell'uomo non era mai solo. Gerald lo seguiva come un'ombra. Almeno due *fratelli* erano sempre al suo fianco. Quando Will aveva lasciato la casetta di Sara, il kit Simunition blu sulla sua Glock 19 – o meglio, sulla Glock 19 di Will – era stato ormai cambiato. Anche in quella situazione Dash controllava abitualmente la camera per accertarsi che l'arma fosse carica. Will non era contrario a una missione suicida, ma doveva esserci almeno il dieci percento di possibilità di successo.

«Oggi facciamo l'opera del Signore, maggiore Wolfe» dichiarò Dash.

Lui grugnì. Non aveva più bisogno d'essere Jack Wolfe. Infilò le dita sotto il giubbotto imbottito. Ripiegata sul petto aveva la sciarpa di Sara. L'aveva trovata dove lei la aveva lasciata, in cima alle scale. All'interno c'era un capello rosso. Sfregò le dita sull'orlo. Sentiva le labbra di lei premersi sul suo palmo.

Amore mio.

Dash picchiettò il calcio del fucile sul fondo. Ogni volta che avvertiva la concentrazione vacillare, faceva un altro discorso. «Fratelli, oggi reclamiamo la nostra dignità. Questo è il nostro Messaggio. Non saremo ignorati. Siamo i leader di questo mondo!»

Tutti pestarono i piedi e sollevarono i pugni esultando.

Ecco cos'avrebbe fatto quando fossero arrivati a destinazione.

Appena si fossero aperte le porte, avrebbe usato la Glock e la Sig Sauer per uccidere il maggior numero di uomini possibile. Il fucile era troppo rischioso. Will non sapeva quanti civili ci sarebbero stati sulla scena. Il fatto che tutti i suoi bersagli indossassero uniformi nere li identificava facilmente come il nemico. Erano troppo sicuri di sé vista l'infinità di esercitazioni. Sarebbero caduti in preda al panico quando si fosse messo a sparare.

Aveva sedici colpi nella Glock, undici nella Sig Sauer. Gli altri due caricatori fissati alla cintura portavano il totale a trenta.

Quaranta uomini. Cinquantasette proiettili.

I primi due avrebbero fermato il cuore di Dash.

19

Mercoledì 7 agosto, 8.58

Faith guardò l'orologio.

Le 8.58.

Era seduta su una panchina all'interno del terminal internazionale dell'aeroporto di Atlanta. Aveva la testa appoggiata a una mano. Il cellulare le stava bruciando la punta dell'orecchio. Amanda era furibonda da quando avevano perso Will il pomeriggio del giorno prima, e il suo malumore aveva raggiunto livelli DEFCON quando le era stato ordinato di ragguagliare il governatore in Campidoglio quel mattino.

«Tutto quello che abbiamo scoperto finora ci conduce all'aeroporto. Michelle Spivey era là prima delle bombe. Dash e la sua squadra dovevano essere con lei. Cosa stavano architettando? Perché hanno rischiato di esporsi? Sono riusciti nel loro intento? C'è una seconda parte del piano?» disse Amanda.

Faith non aveva bisogno di ascoltare le domande un'altra volta. Non aveva fatto che rigirarsele nella mente come un'ostrica che fabbricava una perla mentre si destreggiava nel traffico per arrivare là quel mattino.

«L'ultima cosa che dovrei fare in questo momento è stare a guardare un branco di ingordi politici ingozzarsi di biscotti» fece Amanda.

In sottofondo Faith udì passi e voci echeggiare nell'atrio di marmo del Campidoglio. Il governatore aveva convocato una seduta speciale per deliberare sui finanziamenti per le operazioni di risanamento dopo l'ultimo uragano. L'edificio non aveva una mensa, ma dove c'erano i politici, c'erano sempre i lobbisti pronti a corromperli con cibo gratis.

«Lyle Davenport non ha scelto il suo legale prendendo l'elenco telefonico» affermò Amanda.

Faith sentì l'amaro in bocca. Davenport era il teppistello che il giorno prima aveva raggiunto Will alla stazione Citgo con la Kia rossa. Amanda aveva mandato un agente della stradale a bloccarlo per eccesso di velocità. Dalla perquisizione era emerso che in macchina aveva un'arma non dichiarata. Il ragazzo aveva già in mano il biglietto da visita dell'avvocato quando si era sentito dire di intrecciare le dita dietro la testa.

«Passare una notte in prigione non l'ha convinto a fare parola di Dash o dell'EPI. Comparirà in giudizio fra tre ore. Primo reato, ragazzo bianco di un quartiere periferico: potrebbe uscire su cauzione» le disse Faith.

«E se sveliamo all'accusa chi è, la copertura di Will salterà.» Amanda pronunciò un'imprecazione molto inusuale e molto forte.

Faith ne disse una sfilza tra sé. La sua rabbia non si focalizzava solo su quell'idiota di ragazzo che si era appellato ai suoi diritti. Aveva passato due ore a sporgersi da un elicottero con un binocolo in mano in cerca di Will. Era stato solo per pura perseveranza che aveva individuato la moto da enduro all'esterno del raggio di tre chilometri. Nessuno dei residenti l'aveva riconosciuta. Nessuno aveva riferito di aver visto un adolescente e un uomo per strada, per non parlare di un altro veicolo che li avesse presi a bordo. Il numero di telaio della moto era stato cancellato con una smerigliatrice.

«La Scientifica cercherà di effettuare un trattamento con l'acido per recuperarlo. Se non funzionasse, ho qualche altra idea» disse ad Amanda.

Ci fu un forte rumore all'altro capo. Un gruppo di uomini era scoppiato a ridere. Faith sentì Amanda allontanarsi da loro. In

Campidoglio non c'erano molti posti dove trovare un po' di privacy. La Gold Dome era in sostanza una cassa di risonanza.

«Parla con il comandante dell'aeroporto» ordinò Amanda come se Faith non fosse lì per quello. «Non m'interessa cosa dovrai fare o quali bugie dovrai raccontare: scopri cosa stava facendo Michelle Spivey su quella strada di servizio quella domenica mattina e riferiscimelo appena lo sai.» Il rumore di sottofondo d'un tratto cessò.

Faith guardò l'ora.

Le 9.01.

Il comandante del distretto di polizia dell'aeroporto era ufficialmente in ritardo sul lavoro. Faith aveva la sensazione che non le sarebbe stato comunque molto utile. Ciascuno aveva un pezzo dell'aeroporto. Quell'uomo non poteva andare in bagno senza coordinarsi con la FAA, la TSA, la Sicurezza interna e varie agenzie delle forze dell'ordine che rappresentavano le contee di Fulton e Clayton, nonché le città di Atlanta, College Park e Hapeville.

Poi c'era l'FBI.

Faith suppose che Van avesse confiscato qualsiasi filmato rilevante su Michelle Spivey ripreso dalle telecamere di sicurezza. Quel mattino le sembrava già il peggior Giorno della marmotta di sempre. Will era di nuovo scomparso. Sara era scomparsa. E anche Michelle Spivey. Non c'erano più piste da seguire. Non avevano idea di che cosa stesse progettando Dash. Faith aveva passato un'altra notte andando su e giù, imprecando, arrabbiandosi e cercando informazioni inutili online.

Neanche per un minuto si era fidata di quello stupido localizzatore GPS nella fondina di Will. Era troppo sottile. Non era stagno. Il segnale si affidava alla vecchia rete 3G. Nonostante gli ordini di Amanda, Will non lo avrebbe acceso a meno di non avere fisicamente con sé Sara. Dio solo sapeva che cosa stava combinando in quel momento. Forse era ferito o giaceva morto in un fosso. Dash era un killer psicopatico. Michelle era completamente fuori di testa. Sara non aveva modo di proteggersi. L'EPI era una realtà così spaventosa che la donna incaricata di sorvegliarla stava perdendo il sonno.

Lasciò ricadere la testa all'indietro contro la panchina. Fissò i neon azzurri sul soffitto alto. Ogni agenzia dello stato era in massima allerta ma nessuno sapeva cosa cercare, sulla falsariga del *ci aspettiamo un attacco di Bin Laden sul territorio statunitense.* Il briefing presidenziale era avvenuto un mese prima dell'11 settembre ma, a causa di quella che le agenzie di intelligence avevano definito *mancanza di immaginazione*, nessuno aveva pensato che potesse accadere qualcosa di così oltraggioso e spudorato.

Come aveva detto Aiden Van Zandt, non c'era molto a cui aggrapparsi.

Il gemito penetrante di un bambino la strappò al suo tormento. Provò una certa serenità nel sapere di non essere la madre a cui era rivolto.

Fissò l'imponente area dei controlli di sicurezza. Il comandante del distretto sarebbe uscito dalla fila dei dipendenti. I passeggeri si incanalavano lentamente nelle otto corsie aperte aprendo i bagagli, togliendosi le scarpe, stando con le mani in alto negli scanner. Faith non riusciva a credere che l'aeroporto fosse così affollato di mattina presto. Il terminal internazionale era enorme, grande quasi quanto un campo di calcio, con una galleria che correva attorno al secondo piano della sala. C'erano fastfood, un ristorante di pesce, una libreria, caffè e aerei che aspettavano di portarti via dalla tua vita.

Faith non era mai salita su un volo internazionale. Il suo stipendio da poliziotta, oltre alla propensione ad avere figli al di fuori del matrimonio, intaccavano considerevolmente il suo budget per i viaggi.

«Sembra proprio che siamo destinati a incontrarci così.»

Faith non si curò di girarsi. Il suono della voce di Aiden Van Zandt le si insinuò nel cervello come un insetto.

Si sedette vicino a lei. Si stava pulendo gli occhiali con la cravatta. «Buongiorno, agente Mitchell.»

Lei andò al sodo. «Perché è qui?»

«Molti di noi sono qui.»

Faith osservò meglio i passeggeri all'interno del terminal. Non tutti erano uguali. Due uomini d'affari erano in cima alle scale con i trolley. A destra una donna stava appoggiata alla ringhiera della galleria a leggere i messaggi. A sinistra un altro uomo d'affari andava su e giù in corridoio parlando al telefono. Al piano terra due donne stavano facendo colazione al caffè della libreria. Un altro uomo con l'uniforme della TSA era accanto all'uscita per la security.

Il fatto che Faith fosse là solo da quindici minuti non era una scusa per non notare che portavano tutti gli auricolari tanto amati dall'FBI, con il cavo a spirale. Il suo cervello saltò rapido a una conclusione: il traffico online dei gruppi d'odio doveva essere aumentato. Michelle Spivey era all'aeroporto la domenica precedente, dunque l'FBI era lì.

Proprio come lei.

Pensò di chiamare Amanda al Campidoglio, ma non voleva farsi mangiare viva dicendole una cosa che già sapeva. Qualsiasi scambio di informazioni Amanda avesse con l'FBI, non era qualcosa che avesse intenzione di condividere.

«Ha molti agenti qui» disse a Van.

«Amo considerarli la mia banda.»

Faith sapeva molto bene di non dover fare domande dirette. Si appoggiò allo schienale. «Da quando il diritto di odiare è soggetto a condizioni?»

«Mi serve un contesto.»

«Sto leggendo delle milizie e dei gruppi antigovernativi.»

«Ah.»

«Nel caso Bundy i miliziani hanno puntato le armi contro gli agenti federali e l'hanno fatta franca. A Standing Rock un gruppo di manifestanti nativi americani urlava e innalzava cartelli: sono stati attaccati dai cani e colpiti con i getti degli idranti.»

«Entrambi i fatti sono veri.»

«Mi ricorda mio figlio quand'era piccolo. Tutti i bambini in realtà lo fanno. Arrivano a un punto nella loro vita in cui si rendono conto che le cose sono ingiuste. Si incavolano da morire. Non riescono a comprendere. Frignano in continuazione: *non è giusto, non è giusto.*»

Van annuì. «È una protesta familiare.»

Faith non gli chiese perché gli fosse familiare. Era più preoccupata per sua figlia dalla pelle scura, della possibilità che qualche gruppo armato come l'EPI le facesse del male. «Ho dovuto sopportare un sacco di stronzate nella mia vita, ma non ho mai dovuto soffrire a causa del colore della mia pelle. Sono stufa del fatto che le cose siano giuste solo per certe persone. Non va bene. Non è americano.»

Van sembrò riflettere su quanto aveva detto. «È un'affermazione piuttosto provocatoria per un agente delle forze dell'ordine.»

Lei scrollò le spalle. «Una provocatrice deve provocare.»

Guardò un bambino supplicare la madre per avere un pacchetto di biscotti. Le due agenti donne nella libreria stavano accuratamente evitando il conflitto.

Faith tornò mentalmente alla domanda originaria, quella a cui Van non intendeva rispondere.

Perché le stava parlando?

L'FBI aveva messo Beau sotto custodia due giorni prima. Faith suppose che, se Beau si era venduto a un'agenzia, si sarebbe venduto anche all'altra. Il che significava che Van sapeva del piano di infiltrare Will nell'EPI. Quindi, delle due l'una: Kate Murphy lo aveva mandato per estorcerle informazioni, oppure era lui che cercava di scavare.

Faith verificò le sue teorie. «Questa è la parte in cui mi spiega come Michelle abbia conosciuto Beau e cosa gli avete cavato di bocca, visto che ce lo avete portato via da sotto il naso.»

«Pensavo che questa fosse la parte in cui le chiedevo se potessi offrirle un caffè.»

Faith dovette stroncare quella cosa sul nascere. «Senta, ho passato gli ultimi vent'anni della mia vita ad allevare figli. Non c'è un solo vestito nel mio guardaroba o nei cassetti che non sia macchiato di qualcosa. Imbroglio a Scale e serpenti. Ho sacrificato la vita di mio figlio per vincere a Fortnite. Farò a pezzi qualsiasi idiota sostenga che Jodie Whittaker non è il miglior Doctor Who e citerò ogni singola battuta di *Frozen* finché non le uscirà dagli occhi.»

«Si aspetta davvero che creda che appenda e pieghi i suoi vestiti?»

«Lasci perdere.»

Van rise. «D'accordo, Mitchell. Mi segua.»

Faith prese la sua borsa a tracolla e se la mise in spalla. Guardò la galleria mentre si avviavano verso i cancelli. L'agente che parlava al telefono seguiva i loro spostamenti. Gli uomini d'affari avevano iniziato a trascinare i trolley.

Van piegò a destra conducendola in un corridoio lungo, anonimo. Il suo badge funzionò sulla porta perché a quanto pareva funzionava su qualsiasi porta di qualsiasi edificio sicuro. Faith sentì un forte ronzio e un attimo dopo furono all'interno di una stanza oscurata con decine di grandi monitor a colori e varie file di scrivanie con persone che studiavano attentamente gli schermi.

Si morse il labbro. Avrebbe finito per farsi quell'uomo solo per avere accesso alle stanze di controllo segrete del governo.

«Questo è il centro nevralgico della sala F. Quelli delle sale T e A-E sono ancora più stupefacenti. Poi ci sono i terminal nord e sud, il Plane Train, le aree di parcheggio. Dio, non mi faccia parlare dei parcheggi. È come giocare a Frogger laggiù.»

Faith era più interessata a quello che aveva davanti. Ogni cancello, ogni ristorante, ogni ingresso dei bagni aveva almeno due telecamere puntate. Persino l'esterno era coperto, fino alle strade di servizio.

Van si fermò a una scrivania libera e digitò sulla tastiera. Il monitor mostrò la vista dal secondo piano all'esterno del terminal internazionale. Allargò l'immagine fino a comprendere gli edifici vicini. Indicò una strada.

«La strada di servizio Maynard H. Jackson» disse Faith. Osservò una Chevy Malibu argento risalirla lentamente. I finestrini erano oscurati, ma riuscì a distinguere due persone davanti e due dietro. Guardò l'indicazione dell'ora. «È di domenica mattina, cinque ore prima che esplodessero le bombe.»

La Malibu rallentò a poco a poco. La telecamera era ad alta risoluzione, ma non era una lente d'ingrandimento. Faith indovinò dai capelli biondo platino e dalla corporatura snella che la donna che scese era Michelle Spivey.

Fece quattro passi e cadde in avanti sull'erba.

Van bloccò l'immagine. «Era già stata male prima. Questa è la seconda volta che hanno accostato per lei.»

Faith annuì, ma non la vedeva così. Si era ritrovata al volante con qualcuno che stava per vomitare. Non ti fermavi dolcemente. Inchiodavi e lo spingevi fuori dalla portiera.

«Pensiamo che l'appendice le facesse male da un po'. È svenuta dal dolore e poi…»

Premette un altro tasto. Il guidatore corse da lei. Alto e grosso, molto probabilmente Robert Hurley. La sollevò priva di sensi e la posò sul sedile anteriore. Corse dall'altra parte e ripartì.

«È tutto» commentò Van.

«Hm» osservò Faith. Non era proprio vero. Il video era stato rimaneggiato.

Quello era ciò che le aveva mostrato. L'auto si fermava, Michelle scendeva. Faceva quattro passi e crollava. Nell'inquadratura in cui cadeva, Hurley stava già uscendo dalla macchina. Aveva in mano qualcosa.

Poi c'era un salto di 1,13 secondi.

Michelle era già a terra.

Hurley si stava voltando verso l'auto, stava posando sul sedile qualcosa di abbastanza pesante da richiedere entrambe le mani. Quella era la parte che Van non voleva che vedesse: il fatto che Hurley fosse sceso per raggiungere Michelle e che stesse portando qualcosa di grosso o di ingombrante come un paio di tronchesi per fare un buco nel recinto.

«Quel recinto è elettrificato?» gli domandò.

Lui scosse la testa.

Faith indicò la costruzione verso cui era diretta Michelle. «Cos'è quello?»

«Air Chef, dove preparano tutto il cibo per gli aerei. O presunto cibo.» Indicò qua e là sullo schermo illustrando i quadrati bianchi. «I servizi di pulizia e di manutenzione degli aerei. La manutenzione sale. La riparazione insegne. La riparazione macchine. La Delta Operations.»

Meglio di Mapquest. Faith indicò l'unico quadrato che aveva tralasciato. «Questo cos'è?»

«Un palazzo governativo.»

Lo guardò. «Un palazzo governativo del CDC?»

Van socchiuse gli occhi fissando il monitor. «Lo è?»

Faith premette i tasti per zoomare sulla porta. Non c'erano targhe né indicazioni di cosa ci fosse all'interno, però c'erano parecchi dispositivi di sicurezza. Glieli elencò. «Una telecamera. Un lettore di carte. Uno scanner di impronte della mano.»

«Sul serio?»

«Il giorno in cui Michelle è stata rapita, è uscita presto dal lavoro, è passata a prendere la figlia a scuola e dopo sono andate al negozio. Non hanno mai trovato la sua borsa sulla scena. Il suo badge del CDC doveva essere all'interno.»

«Davvero?»

Faith si chinò per guardare meglio. Non c'era nemmeno la maniglia. Sopra lo stipite spiccava una luce rossa. Quello che l'EPI voleva era conservato all'interno di quell'edificio? Avevano rischiato di esporsi portando Michelle lì. Poi avevano rischiato portandola in ospedale. Avevano intenzione di riportarla in aeroporto dopo l'intervento chirurgico? Lo scanner di impronte non avrebbe funzionato se la sua mano non fosse stata attaccata al corpo.

Faith si alzò. Si voltò verso Van. La stanza era così buia e il monitor così luminoso che il suo riflesso la fissò dagli occhiali dell'agente. «Mi ha organizzato quel briefing al CDC. Mi ha dato i file su Michelle che mi avrebbero condotto all'aeroporto. Ha fatto preparare per me questo video rimaneggiato prima che entrassimo in questa sala.»

«Rimaneggiato?»

«Michelle e Hurley sarebbero dovuti scendere insieme dall'auto. Hurley avrebbe usato una tronchese per fare un buco nel recinto. Michelle avrebbe usato il suo documento del CDC e la sua impronta manuale sullo scanner biometrico per aprire quella porta, dopodiché sarebbero entrati insieme nell'edificio.»

«Lei pensa?»

«Questo penso: il suo capo e il mio sono amiche, ma sono due quarterback che giocano in leghe diverse. Di conseguenza il suo capo le ha detto di raccontarmi *certe* cose ma non *tutto*. Lei tuttavia crede che possa davvero aiutarla, per questo ogni maledetta interazione che ho con lei si trasforma in un momento didattico.»

«Adoro che si intenda di football.»

Faith buttò fuori l'aria tra i denti. Amanda la stava aspettando in Campidoglio. Avrebbe dovuto scoprire cosa diavolo era successo all'aeroporto con Michelle. Tutto quello che aveva ora era quello che aveva sempre avuto: supposizioni e istinto. L'unica tattica che aveva funzionato con quell'idiota esasperante dell'FBI era l'onestà, quindi ora provò a usarne una versione. «Ecco quello che il mio capo non vuole che le dica. Il mio collega è scomparso. È sotto copertura nell'EPI. Non lo abbiamo più visto da ieri pomeriggio e temo che, qualsiasi cosa abbia in progetto Dash, accadrà oggi, cioè in questo momento. E ritengo che anche lei la veda così.»

Van fece un brusco cenno come se avesse aspettato di sentirsi dire proprio quello. «Lasci che le offra quel caffè.»

20

Mercoledì 7 agosto, 8.56

Sara era seduta nella casetta con la schiena contro la porta. Aveva il coltello da tasca di Will in mano. Glielo aveva passato sotto la porta la sera precedente prima di andarsene. Continuava a estrarre la lama. Quel rumore era un ritmico conforto. Dopo tanti giorni, tante ore sprecate in cui si era sentita impotente, il coltello le dava un senso di forza. Dash non sapeva che non fosse più indifesa. Gwen ne era del tutto ignara. La sentinella all'esterno non aveva idea che fosse armata. Avrebbe potuto ferire qualcuno con quello. Ucciderlo.

Al motel Michelle le aveva tracciato una mappa con Carter.

La giugulare. La trachea. Le arterie ascellari. Il cuore. I polmoni.

Sara chiuse il coltello. Premette di nuovo il pulsante. La lama scattò. Vide il suo riflesso distorto sull'acciaio inossidabile. Lo richiuse.

Sentiva Will su quel coltello. Lo sentiva dall'altra parte della porta. Le mani di lui sulla sua. La sua essenza si era infiltrata in ogni parte della casetta. Sara ricordò la prima volta che si era aggirata per casa dopo la morte di Jeffrey. Uno degli aspetti più devastanti di averlo perso era il fatto di non aver perso le loro cose. I mobili della camera da letto, li avevano scelti insieme. L'enorme televisore, lo aveva appeso lui sopra il caminetto. I suoi attrezzi in garage. Il suo profumo sulle lenzuola e sugli asciugamani, nel suo armadio e sulla sua pelle. Ogni oggetto, ogni odore le aveva ricordato crudelmente la sua perdita.

Ripensò a tre giorni prima. Le sembrava un'altra vita, quando aveva osservato sua madre pulire i fagiolini nella cucina di Bella. Cathy aveva ragione, o quasi. La sua voglia di piangere non era dovuta all'incapacità di lasciarsi alle spalle Jeffrey, ma al terrore di aggrapparsi a Will.

Richiuse per l'ennesima volta il coltello. Studiò le linee per terra controllando la sua rozza meridiana. La luce azzurra che filtrava dalle fessure nelle pareti era da tempo diventata gialla. Le otto e trenta? Le nove?

Premette la testa contro le tavole grezze. Era sfinita a forza di non far niente. Cercò di sintonizzarsi con i ritmi regolari del Campo. Le donne che cucinavano. Le bambine che giravano come trottole. Gwen che lanciava occhiate torve ogni volta che percepiva una mancanza di rispetto o un passo falso.

Sara non era tipo da credere nell'aura, ma c'era qualcosa di diverso nell'aria attorno a lei. Le mancavano i *pop* mentre gli uomini si addestravano nella Struttura? Le risatine e le grida di esultanza dei bambini? L'odore di fumo della legna che bruciava, del bucato che bolliva, del cibo che si cuoceva?

Se n'erano andati? Rientrava nel *Messaggio* di Dash mandare via i suoi seguaci in modo che Sara potesse essere la testimone della loro comunità montana utopistica?

Si alzò. Infilò il coltello nel reggiseno. Il ferretto le faceva già male di lato, dunque quel fastidio si sarebbe aggiunto a una lista molto lunga.

Il desiderio di camminare su e giù se n'era andato con Will. Si mise le mani sui fianchi. Di solito a quell'ora Dash le apriva la porta. Immaginò che avesse lasciato il Campo per consegnare il Messaggio, o per cercare di farlo.

Doveva credere che Will lo avrebbe fermato. Lui non aveva molta fiducia nel localizzatore GPS, ma Sara sapeva che non si sarebbe fermato finché Dash non fosse stato eliminato.

Premette la mano contro la porta per mettere alla prova il lucchetto. Sentì il metallo grattare contro il metallo. I cardini gemettero ma non cedettero. Gwen aveva probabilmente la chiave. Lasciarla cuocere là dentro sarebbe stato proprio tipico di quella brutta stronza.

Si mise in ascolto per capire se oltre la porta ci fosse la guardia. Non si era curata di presentarsi quando aveva sostituito Will. Suppose che Lance fosse ancora nella baracca. Non-Lance era rimasto seduto sul tronco per tutta la notte. Era pesante e soffriva chiaramente di apnee nel sonno. Continuava a svegliarsi ansimando, e tra una russata e l'altra emetteva gorgoglii terrorizzati.

Sara si mise in ginocchio. Guardò sotto la porta. Non-Lance aveva la schiena larga, le bloccava la visuale tanto che ne vedeva solo la camicia nera.

«Ehi.» Attese, ma non ci fu risposta. «Puoi aprire la porta per favore?»

Ancora niente.

Sara pensò al coltello nel reggiseno. La mano di Will era passata a stento sotto la porta, ma lei vi aveva infilato gran parte dell'avambraccio. Avrebbe potuto pugnalare Non-Lance sotto la spalla sinistra. La lama era abbastanza lunga da perforargli il cuore.

«Ehi.» Scartò l'omicidio. Allungò la mano ed estese le dita per punzecchiarlo. «Ehi...»

L'uomo cadde in avanti precipitando di testa sul terreno.

Sara indietreggiò sorpresa. Restò in ascolto. Attese. Accostò l'occhio alla fessura sotto la porta.

Non-Lance era accaduto di faccia. Si era girato sul fianco all'impatto. Il suo corpo era ancora bloccato nella posizione seduta. La caduta era stata violenta. La canna del fucile gli aveva scavato un solco nella pelle del collo, di lato.

Sara osservò la ferita studiandola come avrebbe fatto con un'opera d'arte. Aspettò che sgorgasse una goccia di sangue ma dal profondo squarcio non ne uscì, perché il cuore di Non-Lance aveva smesso di battere ore prima. Il rigor gli aveva già paralizzato i muscoli. Le caviglie erano viola per il livor mortis. Aveva i pantaloni fradici là dove aveva defecato e si era urinato addosso.

Era morto.

Sara si sedette sui talloni. Si pulì il terriccio dalle mani. Il cuore le martellava nel petto. Lo aveva ucciso l'apnea? Era stato qualcos'altro?

La sensazione forte, improvvisa, che ci fosse qualcosa che non andasse si impossessò di lei. Rabbrividì nonostante stesse sudando. Le si drizzarono i peli sulle braccia. I suoi sensi si acuirono per cogliere la consueta attività del Campo. Gli odori, i rumori, la percezione di non essere sola.

Lo era?

Si alzò. Andò verso il fondo della casetta. Tastò la parete. Trovò la sezione cedevole dove i chiodi si erano arrugginiti. Le assi si piegarono sotto i suoi palmi. Caricò il peso sui talloni e appoggiò le mani contro il legno. Spinse finché i muscoli delle spalle presero a bruciarle.

«Merda» brontolò. Alcune schegge le si erano conficcate nella pelle. L'asse si era mossa ma non abbastanza. Lo spazio tra le tavole lasciava passare più luce.

Si pulì le mani sporche sul vestito. Le schegge la punsero come minuscoli aghi. Ci riprovò spingendo con tutte le sue forze finché le assi si incurvarono. Ci fu un piccolo schiocco come quello di un ramoscello che si spezzava, poi l'asse iniziò a rompersi.

Ma ancora non bastava.

Si guardò le mani. I palmi le sanguinavano. Indietreggiò e cominciò a tirare calci.

Il legno si spaccò. Stavolta lo schiocco fu molto più forte, simile a quello di un albero colpito da un fulmine.

Attese cercando di captare i rumori al di là della porta. Gli uomini negli appostamenti. I soldati armati nel bosco. Gwen, Grace, Esther, Charity, Edna, Hannah e Joy.

Niente.

Sferrò un altro calcio alla parete e un altro ancora. Stava sudando quando infine riuscì a staccare una sezione sufficiente per poterci passare attraverso. Atterrò con delicatezza sul prato. Dietro la casetta l'aria era più frizzante. Non capiva bene le sue emozioni, ma si rese conto che quello che provava era un senso di libertà.

Nessuno era accorso. Nessuno stava cercando di fermarla, minacciarla o spararle addosso.

Osservò la zona dietro la costruzione. Il pavimento della foresta era fitto, pieno di rampicanti e di querce velenose.

La serra.

Girò attorno alla casetta. Trovò il sentiero e avanzò cauta guardando a destra e a sinistra per vedere se arrivasse qualcuno a fermarla. Non c'erano uomini armati a sbarrarle la strada. Gli appostamenti erano vuoti. Sollevò il vestito scavalcando un albero caduto. L'aria era densa di umidità. Il suo sguardo continuò a guizzare di qua e di là, stavolta in cerca della serra. L'aveva vista due volte, tutte e due per combinazione. Si impose di fermarsi. Si mise in ascolto per capire dove fosse il fiume. La cascata emetteva un gorgoglio sommesso alla sua destra, ma a sinistra udì il miagolio di un gattino.

Si girò. Fece qualche passo sul sentiero. Tese l'orecchio di nuovo.

Non aveva sentito un gattino.

Era un bambino che piangeva.

Si ritrovò a correre verso la radura prima ancora di aver preso una decisione razionale. Il sentiero davanti a lei si restringeva. Il pianto del bambino si intensificò. Le sembrava di correre su un tapis roulant. Più spingeva, più la radura sembrava lontana.

«Aiuto!» gridò una vocina.

A Sara sembrava di avere il cuore stretto in una morsa. Il lavoro della sua vita era rispondere alle chiamate dei bambini. Sapeva che tono avessero quand'erano impauriti, quando cercavano comprensione, quand'erano terrorizzati all'idea di morire.

Si precipitò nella radura. Ruotò su se stessa sull'erba ben curata come avevano fatto le bambine un'infinità di volte. Quello che vide era diverso. La strana sensazione che ci fosse qualcosa che non andava le fece accapponare la pelle. Le porte delle casette erano aperte. I fuochi bruciavano senza fiamma nella zona delle cucine. Non c'erano donne né bambini, solo coriandoli bianchi sparsi in mezzo all'erba. Il vento li sollevava. Il materiale bianco fluttuava come piume nell'aria prima di posarsi a terra. Vide un piede scalzo, il biancore di una gamba, una mano che stringeva il terreno, una faccia rivolta verso il sole.

Sara incespicò. Le ginocchia cominciarono a cederle. Avvertì un battito brusco, doloroso, del cuore nel petto.

Non erano coriandoli.

Erano vestiti bianchi. Colletti alti. Maniche lunghe. Facce giovani e vecchie gonfie nel sole mattutino.

«Oh no...» Sara cadde in ginocchio. Premette la fronte sul terreno ed emise un basso gemito. Il cuore le si era fermato a metà battito. La sua mente continuò a lavorare frenetica rifiutando la verità finché si obbligò ad accettarla.

Avanzò gattoni nell'erba. Le dita le tremavano mentre sentiva il polso arterioso, mentre scostava i capelli biondi morbidi come seta da occhi ormai ciechi.

Esther. Edna. Charity. Le donne addette alla cucina. Le giovani che avevano apparecchiato i tavoli da picnic. Gli uomini sugli alberi. Le guardie nascoste nel bosco.

Morti.

«Aiuto» sussurrò Grace. Era sotto un tavolo. Il suo corpicino fragile era raggomitolato in posizione fetale.

Sara le si avvicinò. La prese tra le braccia. Le si chiudevano gli occhi e aveva le pupille dilatate. Guardò Sara. Mosse le labbra senza emettere suono.

«Tesoro.» Sara le accarezzò i capelli premendole le labbra sulla fronte. «Cos'è successo? Ti prego, dimmi cos'è successo.»

Grace tentò di parlare. Le parole formarono un gorgoglio nella sua bocca. Le braccia le ricaddero inerti lungo i fianchi. Le sue gambe erano un peso morto.

«Oh, piccola mia, resisti.» Sara la sollevò portandola verso la baracca. «Resisti, tesoro.»

I vestiti bianchi divennero confusi nella sua visione periferica. Ventri gonfi. Muscoli contratti. Segni di una morte brutale, atroce.

La baracca era già aperta. Sara sentì l'odore dei corpi dal gradino inferiore. Posò Grace a terra. «Torno subito, amore. Resta qua.»

Una richiesta inutile. La bambina non poteva muoversi né parlare. Sara si precipitò dentro. Benjamin. Joy. Lance. Adriel. Li controllò a uno a uno. Solo Joy era ancora viva.

La afferrò per le spalle, la scosse per svegliarla. «Joy! Joy! Cos'hanno fatto?»

I suoi occhi non si muovevano. Aveva l'addome grosso come una palla e il volto inerte, ma era chiaramente cosciente. La bava le colava da un angolo della bocca. Il cuscino ne era zuppo. Aveva le braccia flaccide, le gambe paralizzate. Non riusciva a girare la testa.

«No...» bisbigliò Sara. «No.»

Corse fuori, giù per i gradini, scavalcò Grace. I suoi passi risuonarono nella radura. Trovò il sentiero e si diresse al fiume. Lo scroscio della cascata si fece più vicino.

Sara ruotò cercando la serra, gridando: «Dove siete?».

Il sole si rifletté sul vetro.

Avanzò incespicando nel sottobosco. Per terra c'erano due uomini vestiti di nero. Un altro era caduto da un appostamento. L'impatto gli aveva spezzato il collo. Aveva la testa girata all'indietro, le braccia allargate.

Sara continuò verso la serra, il vetro era come un faro che l'avvertiva di stare alla larga. L'odore acre della morte le penetrò di colpo in gola. Aprì la bocca per respirare. Sentiva quasi il sapore dei fluidi che fuoriuscivano dai corpi. Più si avvicinava, più le lacrimavano gli occhi. Stava raggiungendo l'epicentro della morte. Qualsiasi cosa avesse creato Michelle lì dentro, aveva fatto le sue prime vittime tra gli uomini e le donne che vi lavoravano.

Le vennero i conati. I corpi all'esterno della costruzione avevano iniziato a decomporsi. La pelle si scollava dalle ossa. Gli occhi sporgevano. Le bocche aperte mostravano accumuli di sangue e di vomito quasi secchi.

C'erano giovani e vecchi, uomini e donne, vestiti non di nero ma con i camici bianchi da laboratorio. Dai volti traspariva l'orrore della loro fine.

Pienamente coscienti, paralizzati, erano morti soffocati a poco a poco. Sara sapeva che cosa li aveva uccisi.

Spinse con forza la porta della serra. Un cadavere le impediva il passaggio. Lo scostò con il piede. Entrò sotto la tenda termica. Il calore era quasi accecante. L'elettricità era staccata. I condizionatori tacevano. La tenda termica e il vetro facevano da lente per la luce del sole facendo ribollire i contenuti all'interno.

Sara vide esattamente quello che si aspettava di vedere.

Un laboratorio commerciale.

Becher e beute, supporti ad anello, pipette, pinze, fornelli, tubi a vuoto, provette, contagocce, termometri.

Sparsi sul tavolo c'erano vari spruzzatori pieni di un liquido trasparente. Su uno scaffale metallico c'erano diversi materiali. Sara scostò alcuni sacchi di mele guaste e di patate marce.

Black box.

Nella lunga lista di possibilità, quella era l'ultima cosa che si era aspettata di trovare in base al messaggio di Michelle. La piccola scatola di antitossina botulinica eptavalente era in realtà bianca. *Black box* si riferiva letteralmente al riquadro nero in cui era stampato l'avvertimento della Food and Drug Administration:

Pericolo! Usare estrema cautela! Il siero equino richiede la somministrazione di dosi di prova progressivamente maggiori per evitare sensibilizzazione e possibile mortalità.

Sara aprì la scatola. La fiala all'interno era delle Scorte strategiche nazionali del Dipartimento della salute e dei servizi sociali. L'agenzia immagazzinava e controllava le riserve di antibiotici, vaccini e antitossine di emergenza da inviare sotto scorta armata in caso si fosse verificato un attacco biologico.

Attacco biologico sembrava una definizione blanda per descrivere quello che aveva progettato Dash. Per quello aveva previsto che gli storici non sarebbero mai stati in grado di calcolare con precisione il numero di persone che sarebbero state uccise quel giorno. Il Messaggio era una morte brutale, atroce. Sara teneva in mano l'unica cosa che avrebbe potuto bloccarlo.

L'antitossina botulinica eptavalente era concepita specificamente per trattare il botulismo, la malattia causata dalla tossina più velenosa nota all'uomo.

21

Mercoledì 7 agosto, 9.17

Faith mise una bustina di roba azzurra nel caffè nero. Van era ancora al banco, intento ad aggiungere più o meno un chilo di zucchero nel suo moccaccino. Il suo telefono aveva ronzato tre volte per i bruschi messaggi di Amanda che pretendeva aggiornamenti, il che significava che non era stata ancora convocata dal governatore, il che a sua volta significava che si stava aggirando per il Campidoglio sbraitando come una pazza perché le facevano perdere tempo.

Faith rispose semplicemente: *me ne sto occupando.*

Amanda replicò subito: *occupatene meglio.*

Faith capovolse il telefono sul tavolo. Osservò Van aggiungere una spruzzata di cacao al caffè. Gli aveva dato solo le informazioni che lui aveva con molta probabilità già estorto a Beau Ragnersen, cioè che Will stava lavorando sotto copertura. Sapevano che l'EPI aveva in progetto qualcosa di grosso per quel giorno. Faith aveva tenuto per sé il fatto che Will era stato portato via dalla Citgo su una moto da enduro non rintracciabile. Che Lyle Davenport, il guidatore della Kia che lo aveva incontrato alla stazione di servizio, si era avvalso della facoltà di non rispondere. E che a quanto pareva il localizzatore GPS nella sua fondina non localizzava un bel niente.

In base alla sua esperienza, per mentire in modo credibile dovevi aggiungere anche qualche verità, nel caso ti avessero contestato la bugia.

Finalmente Van si sedette al tavolo e sorseggiò il caffè. Faith si aspettò che cominciasse con i suoi giri di parole, invece una volta tanto andò al punto. «Lo scorso settembre Beau è stato ricoverato all'Emory Hospital per un caso di botulismo da ferita.»

Faith comprendeva le singole parole, ma insieme non avevano senso. «Botulismo da ferita?»

«Il *Clostridium botulinum* è un batterio naturalmente presente nel suolo e nell'acqua. In determinate circostanze si trasforma in una neurotossina e causa il botulismo.»

L'unica cosa che Faith sapeva al riguardo era che le donne ricche lo usavano per spianarsi il viso. «In quali circostanze?»

«Nel caso di Beau, si stava iniettando eroina black tar tagliata con terra. Il botulismo da ferita è molto raro. Negli Stati Uniti si segnalano forse venti casi all'anno. Beau si è presentato al pronto soccorso con gli occhi semichiusi, una paralisi facciale, debolezza muscolare e complicazioni respiratorie. Visti i segni degli aghi sulle braccia, hanno ipotizzato un'overdose da oppiacei. Gli hanno iniettato del Narcan ed è peggiorato.»

Faith si ritrovò nell'insolita posizione di non saper formulare una domanda.

«Il botulismo è molto difficile da diagnosticare. A meno che il medico non lo abbia già in mente, è l'ultima cosa che ipotizzano. E i sintomi sono simili a quelli di molte altre cose. Potrebbe essere che ne muoiano più persone rispetto ai dati rilevati.»

Lei non riusciva ancora a fare domande. Il suo telefono ronzò sul tavolo. Amanda era stata probabilmente convocata nell'ufficio del governatore. Voleva aggiornamenti, ma Faith aveva bisogno di sapere di più da Van prima di darglieli.

«Continui» disse.

«Il CDC è l'unica agenzia in grado di effettuare il test per il botulismo e di somministrare la BAT, l'antitossina che blocca la diffusione del veleno.» Fece roteare il caffè tra le mani. «Non basta un'iniezione per aiutare il paziente. Il farmaco è derivato dal siero equino. In origine dal siero di un cavallo chiamato First Flight, se le interessa. La FDA lo ha contraddistinto con il caratteristico riquadro nero di avvertimento. Bisogna tagliarlo con un altro farmaco e infonderlo lentamente per endovena per essere certi che il trattamento non uccida il paziente. E in qualsiasi condizione questo si trovi, se è attaccato a un respiratore, se ha gli arti paralizzati, probabilmente non recupererà del tutto. Una volta che la neurotossina si lega alle terminazioni nervose, è fatta. Beau è stato fortunato che Michelle lo abbia capito prima che subisse danni permanenti.»

Faith non ci vide nessuna fortuna. «E l'ha ripagata mettendola nel mirino di Dash?»

«Non è andata così» replicò Van. «Adam Humphrey Carter è stato l'unico a fargli visita in terapia intensiva. Sappiamo dalle cartelle di Michelle le ore esatte in cui è andato in ospedale. Quando è arrivato, ha fatto come al solito lo stronzo. L'ha messa molto a disagio. Lei ha dovuto chiamare la sicurezza. Lo hanno ammonito e hanno compilato un rapporto interno.»

Ora sì che aveva domande. «Non le è venuto in mente di dirmelo due giorni fa, quando le ho chiesto di confrontare i dossier di Michelle e di Beau Ragnersen?»

«Due giorni fa non lo sapevo. Spivey aveva migliaia di dossier di pazienti e lavorava a centinaia di progetti, molti top secret. Ma Ragnersen è un nome che spicca. Ho scavato un po' ieri mattina alla Emory, ho parlato con il personale di terapia intensiva, ho sentito gli addetti alla security. Il rapporto interno era tale: interno. Ho dovuto frugare manualmente negli archivi per trovare quel documento.»

Faith capì d'un tratto la reticenza di Kate Murphy a considerare il sequestro di Michelle Spivey un'operazione dell'EPI piuttosto che un caso di traffico sessuale. «Allora Carter ha rapito e stuprato Michelle per vendicarsi del fatto che avesse chiamato la security o l'ha sequestrata per l'EPI?»

«È la domanda che ci siamo posti» ammise Van. «Carter odiava le donne. Voleva punirle per... Be', per qualcosa. Non è che odiare le donne sia un'idea nuova, folle. Se si accetta che abbia preso Michelle perché voleva punirla per aver chiamato la sicurezza, allora il fatto che l'abbia tenuta in vita per torturarla ha vagamente senso. Un caso di rapimento e stupro aperto e chiuso.»

«Cosa le ha fatto cambiare idea?»

«Le bombe. L'incidente d'auto in cui il suo collega ha associato Carter a Dash e agli altri. La certezza me l'ha data un'allerta RISC di domenica sera. È il...»

«Repository for Individuals of Special Concern.»

«Esatto. I dati di Michelle erano già nel RISC. La rete è collegata con i server del paese. Gli aggiornamenti non sono in tempo reale, ma li riceviamo più in fretta di quello che pensa. L'allerta è arrivata sul mio telefono circa alle sei di domenica, nove ore dopo che il software di riconoscimento facciale dell'aeroporto aveva individuato Michelle su *quella* strada di servizio, *quel* giorno, in *quel* punto, davanti a *quell'*edificio.»

Il telefono di Faith ronzò, c'era un altro messaggio. Amanda stava probabilmente dando di matto tra i muri di marmo del Campidoglio.

«Che cos'è *quell'*edificio?» incalzò lei.

Lui si guardò attorno, poi disse: «È una stazione di quarantena del CDC, parte delle Riserve strategiche nazionali. Per i nostri scopi se lo immagini come un armamentario in caso di un attacco biologico. Il CDC prepara quelli che chiama farmaci di emergenza da inviare all'istante, tra cui antidoti, antitossine e antibiotici. Tutti gli anti-qualcosa che preferisce in vista di un'apocalisse».

«La BAT è conservata là?» chiese Faith.

«Sì.»

«Michelle era là per rubare o distruggere l'antitossina?» Faith mise insieme la risposta prima che potesse fornirgliela Van. «Dash aveva già i due tubi bomba pronti quando hanno portato via Michelle dalla Emory. Non vai in giro con degli esplosivi nel bagagliaio. Aveva intenzione di usarli per far saltare la stazione di quarantena, poi Michelle è stata male ed è andato tutto a puttane, perciò ha deciso di usarli nel garage multipiano.»

«Mi piace che stia ragionando come una terrorista.»

«Non poteva piazzarli all'esterno dell'edificio?» Ancora una volta si rispose da sola. «L'edificio è rinforzato, giusto? Tutti quei dispositivi di sicurezza, la porta d'acciaio. Michelle era l'unico modo che avevano per entrare. Avevano bisogno dei suoi dati biometrici per aprire la porta.»

Van scrollò le spalle. «Sì?»

«Non ci sono altre stazioni di quarantena?»

«Sì, ma...» Non aggiunse altro.

Atlanta si trovava a due ore di volo dall'ottanta percento della popolazione statunitense. Era logico che lo stoccaggio avvenisse soprattutto nell'aeroporto più trafficato del mondo.

«Quanto ci vuole perché una persona muoia di botulismo?» domandò Faith.

«Dipende dal grado della tossina. Con la forma più pura parliamo di secondi. Se è meno raffinata, come un contaminante alimentare presente naturalmente nel cibo, un paio di giorni, forse un paio di settimane. Senza terapia in pratica sei spacciato. La neurotossina paralizza lentamente tutto. Le palpebre, i muscoli facciali, persino i globi oculari. Di solito sei vigile ma non riesci a parlare, e il tuo cervello manda disperatamente segnali ai muscoli ma questi non rispondono. Alla fine tutti i meccanismi che ti servono per respirare vengono bloccati e soffochi.»

Faith sentì le labbra schiudersi in preda all'orrore.

«Gli animali possono esserne colpiti. Soprattutto i pesci o quelli che li mangiano. Ci sono cinque tipi di ceppi che infettano gli esseri umani. Il botulismo può essere trasmesso dagli alimenti, inalato attraverso le spore, iniettato, ma grazie a Dio non trasmesso da individuo a individuo. La tossicità ha a che fare con la temperatura e il livello di ossigeno. C'è una forma di botulismo infantile che i bambini piccoli sviluppano nell'intestino.»

Faith sentì una stretta al ventre.

«Stiamo parlando di un batterio molto, molto aggressivo, Mitchell. Ne basterebbe un chilo per uccidere l'intera popolazione umana.»

Faith si ricordò delle scatole di cartone che Will aveva scambiato al magazzino. Un paio di dozzine di contenitori da ottanta per ottanta, due giovani forti per sollevarne una.

«Okay.» Doveva ragionare a voce alta. «Carter ha fatto visita a Beau in ospedale. Ha saputo del botulismo da ferita. Ha capito quanto fosse letale. Sapeva cosa avesse passato Beau prima di avere una diagnosi?»

«Sì.»

«Quindi è probabile che abbia riferito a Dash del botulismo, giusto? Invece di restarne terrorizzato, Dash ha avuto l'idea di trasformarlo in un'arma.»

«Questa è l'ipotesi.»

Faith temeva la risposta, ma dovette chiederglielo. «Michelle avrebbe potuto sviluppare abbastanza batteri per un attacco su vasta scala?»

«La risposta breve è sì.»

«Mi dia quella lunga.»

«Speriamo, in questo caso, che sia riuscita a simulare.»

«*Sperate?*»

«Michelle è prigioniera dell'EPI da più di un mese. È stata violentata e abusata. Presumiamo dal suo aspetto che sia denutrita. Probabilmente è in sepsi a causa della rottura dell'appendice. Si è scagliata come una folle su Carter al motel. Sappiamo che Carter aveva minacciato sua figlia.» Posò i gomiti sul tavolo. «Senta, le dirò come stanno le cose. Michelle Spivey è una donna forte, brillante, ma i nostri profiler e psichiatri non sono sicuri che sia in grado di reggere sottoposta com'è a incessanti torture fisiche e psicologiche.»

Faith dubitò che qualcuno fosse in grado di farlo. «Crede che Michelle sia abbastanza disperata da sviluppare i batteri veri?»

«Credo che Dash la obbligherebbe a tentare fino a essere sicuro al cento percento che ogni goccia che produce sia quella giusta.»

Faith individuò un problema. «Ha detto che il CDC è l'unica agenzia in grado di effettuare il test sul botulismo. Michelle potrebbe falsificarlo.»

«C'è un altro modo per testarlo.» Van alzò le spalle quando Faith non cercò di indovinare. «Darlo a un gruppo di persone e vedere se muoiono.»

22

Mercoledì 7 agosto, 9.23

Sara aprì la scatola di BAT. Prese il foglietto con le indicazioni del dosaggio.

20 mL diluiti con cloruro di sodio 0,9 percento in un rapporto di 1:10 da infondere in pompa volumetrica per somministrazione lenta 0,5 mL/min nei primi trenta minuti…

Guardò il soffitto. Dopo la partenza di Will aveva creduto impossibile versare altre lacrime, ma ora ebbe un crollo.

Non c'era niente che potesse fare per Grace, Joy o chiunque altro.

Strinse l'inutile fiala di siero in mano uscendo dalla serra. I coriandoli bianchi nella radura le fecero sgorgare altre lacrime. Andò da Grace. La bambina aveva già smesso di respirare. Trovò Joy nella baracca. Era viva, ma i suoi ansiti rochi le fecero capire che le restavano ancora pochi minuti.

Si sedette con lei piangendo in silenzio finché morì.

Black box.

Un avvertimento della FDA. Una sentenza di morte. Una bara.

Guardò la fiala di antitossina che teneva ancora in mano. L'anello metallico attorno al sigillo era rotto. Nel tappo di gomma c'era un unico foro d'ago.

Anche lei era stata infettata? Il primo giorno al Campo non era riuscita a mangiare tanto era sconvolta, in seguito Dash le aveva dato pasti vegetariani. Aveva intenzione fin dall'inizio di affidarle il ruolo di testimone?

La morte era la sua testimonianza. La morte era il Messaggio.

Moriranno tanti che dubito gli storici saranno in grado di fare una conta finale.

Non tutti al Campo erano stati avvelenati la sera prima. Lo si capiva dal deterioramento dei corpi. Erano stati infettati a gruppi di cinque o di dieci. Quella era la terribile bellezza del botulismo: ogni persona reagiva in modo diverso alla tossina. Anche in un ambiente ospedaliero era difficile formulare una diagnosi. I sintomi erano vari, simulavano quelli di altre malattie. Qualcuno poteva morire nel giro di alcune ore, qualcun altro nell'arco di settimane, altri ancora cavarsela. Dash lo aveva sperimentato sulla sua gente. Sapeva di stare assassinando a poco a poco i suoi seguaci anche quando mangiava con loro, predicava, sbraitava contro i bastardi. Li aveva guardati soccombere al veleno che stava somministrando.

Se avesse dovuto fare un'ipotesi, avrebbe detto che Benjamin era stato il paziente zero. Dalle palpebre cadenti di Lance e dal suo biascicare si capiva che aveva ricevuto una versione ad azione più lenta. Il dolore addominale di Joy indicava che era stata avvelenata con la terza o la quarta ondata. Michelle possedeva di certo la conoscenza per controllarne la potenza. Le altre bambine stavano bene la sera precedente, quindi dovevano aver iniettato loro una forma della tossina ad azione più rapida prima che andassero a letto.

Sara si prese la testa tra le mani. Non riusciva a comprendere come Dash avesse potuto uccidere i suoi figli. Recitare la parte del bravo padre gli veniva troppo naturale.

Si sentì scuotere la testa. Dash non si sarebbe sporcato le mani. Doveva essere stata Gwen a fare le iniezioni. O forse aveva nascosto il veleno nel gelato. Era lei la responsabile del Campo. Era la partner di Dash in tutto.

Il suo angelo nero.

La sua Lady Macbeth.

Si costrinse a muoversi. Uccidere la gente del Campo era solo la prima parte del piano. La seconda prevedeva la diffusione della tossina tra le persone ignare che Dash definiva i *bastardi e i loro complici*. Voleva credere che Will riuscisse a fermarlo, ma era circondato da uomini armati pronti a dare la vita per l'EPI.

Doveva trovare il modo di avvertire Faith e Amanda. Dash comunicava in qualche modo con il mondo. La prima mattina al Campo gli aveva chiesto quante vittime ci fossero state alla Emory e lui le aveva risposto subito. Dovevano esserci un telefono, un tablet o un computer da qualche parte.

Lasciò la baracca. Risalì la collina. Avrebbe voluto correre ma era stordita, il suo corpo era sotto shock per tutta quella violenza assurda, devastante. Quelle adorabili bambine. Le piccole trottole con i loro abiti bianchi da sposa. Il modo in cui Grace aveva riso così fragorosamente alla barzelletta di Will che per poco non era caduta.

Sara si asciugò gli occhi con il dorso della mano. Aveva la pelle irritata dal sale delle lacrime. La Struttura si stagliò davanti a lei. Pensò agli uomini che si erano addestrati per tante ore. Due squadre che si infiltravano in due ondate. I proiettili di cui Will le aveva parlato non erano rivestiti di salamoia di maiale, ma di botulino. A Dash non bastava ammazzare. Voleva essere certo che gli eventuali sopravvissuti andassero incontro alla stessa morte atroce dei suoi fratelli e delle sue sorelle al Campo.

Scoppiò a piangere pensando ai bambini innocenti. Ricordava male il sorriso sulla faccia di Gwen quando aveva dato una coppetta di gelato a Esther e Grace? Rammentava chiaramente che gliene aveva offerta una. Sulle labbra aveva un sorrisetto furbo, ma era difficile dire se fosse perché le stava offrendo un veleno o perché sapeva che Sara lo avrebbe scoperto quando fosse uscita dalla casetta quel mattino. Udì un motore andare su di giri.

Ebbe un tuffo al cuore. Corse verso la sommità della collina. Sotto di lei una berlina verde era parcheggiata accanto al magazzino di metallo. Dal tubo di scarico usciva un pennacchio di fumo. La macchina vibrò quando il motore ruggì.

«Aspetta!» gridò Sara precipitandosi giù per il pendio. La portiera del guidatore era spalancata. Al volante c'era Gwen. Aveva il piede bloccato sull'acceleratore. Il cambio era in folle. Era accasciata sul sedile, sorretta solo dalla cintura di sicurezza. Aveva le palpebre semichiuse, un braccio allungato. Le punte delle sue dita sfioravano la maniglia come se cercasse invano di chiudere la portiera.

Sara gliela allontanò con un calcio. Sul sedile posteriore c'era una valigia. Gwen indossava un paio di jeans e una camicetta bianca. Aveva i capelli acconciati. Si era messa ombretto, fard e rossetto.

Si era fermata a truccarsi quando i suoi figli morivano.

«Tu sapevi.» Le si chiuse la gola quando lanciò quell'accusa.

Le donne addette alla cucina. La baracca. I bambini, i suoi stessi figli. Gwen sapeva che cosa stesse facendo Michelle nella serra. Sapeva che gli uomini si stavano esercitando nella Struttura, che si stavano addestrando per una *missione* e che erano in *guerra*.

«Tu sapevi!» Afferrò Gwen per un braccio e la trascinò fuori. Armeggiò cercando il coltello nel reggiseno. «Li hai uccisi!»

«Da...» Gwen la guardò al di sotto delle palpebre pesanti. Aveva la mascella flaccida. Il ventre gonfio come Joy, come Grace, come le stesse persone che aveva assassinato al Campo.

Sara si sedette sui talloni. Aveva il coltello sulle ginocchia. Si era aspettata di vedere paura sul suo volto, invece non c'era niente, solo lo stesso sguardo freddo che le aveva rivolto mentre soffocava Tommy.

«Das...» Dall'angolo della bocca le colò un rivolo di bava. «Lui ha... av... avvelenato... anche me?»

Sara sentì una risata incredula sfuggirle dalle labbra. «Ovviamente Dash ha avvelenato anche te, stupida puttana.»

«Ma...» La gola le funzionava. «Ma lui...»

Si chinò su di lei, i loro volti erano a pochi centimetri. «Dove sta andando Dash? Cos'ha in mente?»

Lo sguardo di Gwen si spostò lentamente a sinistra.

Sara aveva lasciato andare la fiala di antitossina.

«Vuoi questa?» Sara la sollevò in modo che leggesse l'etichetta. «Dimmi dove stanno andando e ti salverò.»

«I ba... bambini...»

«Non fingere di essere preoccupata per loro.» Le aprì a forza gli occhi per costringerla a vedere. «Sono tutti morti, Gwen. So che li hai ammazzati tu.»

«Aveva... pr... promesso...» La sua mascella si stava bloccando. Aveva lo sguardo fisso.

«Cosa aveva promesso?» incalzò Sara. «Dimmelo!»

«Noi...» Il suo petto cercava disperatamente di immettere aria. «Noi ne... avremmo fatti... altri...»

L'ultima parola le scomparve in gola. Le corde vocali erano paralizzate. L'unica cosa che poté fare fu gorgogliare come Grace prima di soffocare a morte nella sua stessa saliva.

Sara si augurò che restasse conscia fino all'ultimissimo istante. Controllò nelle sue tasche. Guardò nell'auto. Il telefono era nel portaoggetti tra i sedili.

Lo aprì. Vide l'ora.

Le 9.49.

Le dita le tremarono quando compose il numero. Il gorgoglio di Gwen continuava. Sara stava ancora stringendo il coltello pieghevole di Will. Avrebbe voluto conficcarle la lama nel collo, ma quella donna non si meritava pietà.

Si incamminò verso il magazzino di metallo. Ascoltò il telefono suonare.

«Mitchell» disse Faith.

La gola le si chiuse appena udì la voce dell'amica. Dovette buttare fuori a forza le parole. «Faith, sono io.»

«Sara?»

«Io...» Si guardò le mani. Era in preda a un tremore incontrollabile. «Sono in montagna. In un complesso. Sono tutti morti. Dash ha costretto Michelle a sintetizzare il botulino. Li ha uccisi tutti.»

«Okay, aspetta.» Faith coprì il telefono con la mano. Stava riferendo le informazioni a qualcun altro.

«Non so dove sia Will» le disse Sara. «Se n'è andato con Dash e gli altri uomini. Credo stamattina. Erano…» Cercò di ricordare quello che le aveva detto. «Quaranta uomini armati di AR-15. Più di diecimila munizioni. Dash le ha fatte cospargere di botulino.»

«Gesù» sibilò Faith. «Ti metto in vivavoce. Ho l'FBI con me. Stiamo rintracciando la tua chiamata.»

«Le scatole del magazzino sono qui.» Sara ne aprì una. «Lo spedizioniere si chiama Whisting Company, della North Carolina. Il destinatario è ACS Inc., 1642 Airport Parkway. C'è un numero di codice, quantità duemila.»

«Stiamo controllando l'indirizzo» esclamò Faith. «Puoi aprirne una?»

Sara stava già tagliando il nastro con il coltello di Will. Il contenuto era legato all'interno di un sacchetto. All'inizio non capì che cosa stesse guardando. «Sono barattoli di alluminio, simili a quelli dei cibi congelati.»

«Oddio.» Faith sembrava sbigottita. «Air Chef Services. Preparano i pasti per i voli. Dash ha contaminato i barattoli con il botulino. Avvelenerà centinaia di migliaia di persone.»

«Aspetta…» Sara prese a correre su per la collina. «C'è un'altra cosa. Dash ha costruito un edificio di due piani. È grande almeno come metà campo da football. Ha esercitato le sue squadre a infiltrarsi al suo interno in pieno assetto da combattimento. Due squadre, due ondate di attacco.»

«Com'è fatto?»

Sara corse nella Struttura. Girò su se stessa cercando indizi che l'aiutassero a identificare il bersaglio. «C'è una galleria al primo piano. Le scale salgono al centro, poi c'è un pianerottolo, poi ancora altre due rampe che si diramano a destra e a sinistra.»

«Vedi altro?»

Sara aveva raggiunto il pianerottolo. Guardò a destra.

«Le lettere LG o IG sono dipinte per terra in cima alla rampa a destra.» Corse dall'altra parte. «Se vai a sinistra, in fondo al corridoio c'è una lettera G maiuscola dipinta con la vernice spray davanti a quella che sembra una porta.»

«Una porta?» chiese Faith. «Niente finestre?»

«Solo porte. Cinque a destra, tre a sinistra. Ce ne sono altre quattro dalla parte opposta delle scale, tre nel corridoio dietro il pianerottolo dove la scala si divide.» Sara guardò oltre la balaustra. «Non so cosa riproduca. La hall di un albergo? Will pensava forse una sinagoga o...»

«Aspetta» affermò Faith. «So cosa stai descrivendo. È un atrio.»

23

Mercoledì 7 agosto, 9.58

«Due minuti, fratelli.» Dash tirò indietro il carrello della Glock per essere sicuro di avere un colpo nella camera. «Ricordate la nostra causa, amici miei. Ricordate il sacrificio che le nostre famiglie hanno fatto per portarci qui oggi.»

Ci furono mormorii di assenso tutt'intorno. Erano spaventati ma altrettanto pronti a fare danno.

«Quello che compiamo oggi è il primo passo per ripulire il paese dai bastardi e dai complici» affermò. «Dobbiamo distruggere questa società corrotta per ricrearci come intendevano i Padri della Costituzione. Questo paese rinascerà. *Noi* rinasceremo. Questo è il nostro Messaggio. Ci immergeremo nel sangue degli agnelli e spargeremo il nostro seme nelle terre selvagge.»

Ripresero a cantare slogan. «Sangue e suolo! Sangue e suolo!»

Will guardò l'orologio.

Le 9.58.

Cinque furgoni neri. Quaranta uomini armati. Passò mentalmente in rassegna quello che sarebbe dovuto succedere appena fossero giunti a destinazione. La Squadra uno, cioè gran parte di loro, sarebbe andata per prima. Carne da cannone, l'aveva definita Dash. Will suppose che la sicurezza sul luogo dell'incursione fosse elevata. Forse metà degli uomini sarebbero riusciti a entrare nell'edificio. I restanti sarebbero stati decimati al pianterreno.

A quel punto la Squadra due avrebbe dovuto fare irruzione.

Bravo verso *LG*. Charlie verso *G*.

Non poteva permettere che si arrivasse a tanto. Avrebbe dovuto eliminare il maggior numero di uomini possibile prima che superassero l'ingresso.

Eliminare.

Non poteva ridurli a un danno collaterale. Avrebbe dovuto sparare loro al petto, alla schiena, alla testa. Non erano sagome di carta con un bersaglio addosso. Aveva trascorso le ultime sedici ore con loro. Conosceva il nome di alcuni, quello che amavano e quello che odiavano, le battutacce e le loro storie.

Non avevano idea che stesse per ucciderli.

«Maledizione.» A Dobie sudavano tanto le mani che non riusciva neanche a tirare il carrello della pistola.

«Cos'ha che non va questo coso?»

Will fissò le porte posteriori chiuse. Aveva messo di proposito Dobie alle sue spalle. Sarebbe stato il penultimo a scendere e avrebbe sparato a Dash, poi avrebbe eliminato il resto delle squadre Bravo e Charlie mentre partivano di corsa.

Il furgoncino si fermò con un sussulto. Bruciò un po' di gomma degli pneumatici facendo retromarcia.

Will guardò l'orologio.

Le 9.59.

«Pronti, fratelli» disse Dash.

Si abbassarono tutti il passamontagna nero e si allacciarono gli elmetti. Will si sbottonò la camicia. Estrasse la sciarpa bianca di Sara. La sua unica speranza di non farsi sparare addosso da qualche agente era mettersi quella al collo.

Il furgoncino si bloccò stridendo.

«Non ancora, fratelli!» esclamò Dash.

Un altro furgoncino si fermò accanto a loro, poi un altro ancora. Quattro in tutto. Il tempo dei discorsi di incoraggiamento e delle preghiere era arrivato e passato. Le porte si spalancarono. I piedi cominciarono a pestare il calcestruzzo. Le armi presero a sparare: fucili, Glock, il *pop-pop-pop* si sovrapponeva alle urla degli uomini e delle donne che scappavano per salvarsi la vita. Le grida di terrore gli risuonarono nelle orecchie.

Gerald picchiò sul fianco del mezzo.

Will si legò la sciarpa al collo. Il battito del suo cuore si trasformò in un cronometro.

Tic-tic-tic.

Le porte si aprirono.

Il sole lo accecò. Socchiuse gli occhi e vide un marciapiede, alcuni gradini di calcestruzzo. Erba ben curata e alberi imponenti. Pilastri bianchi alti che sorreggevano calcare.

Bravo e Charlie si stavano già muovendo.

Will tirò una gomitata in faccia a Dobie. La testa del ragazzo sbatté rumorosamente contro la parete prima di crollare sul fondo.

«Via! Via! Via!» urlò Dash sparando con l'AR-15 premuto contro il fianco.

Will si sentì sospeso nell'aria mentre saltava giù. Diede la prima occhiata al bersaglio. La cupola dorata scintillante. Il portico di quattro piani. L'architettura neoclassica. Le ali est e ovest che ospitavano le camere legislative.

Erano al Campidoglio statale della Georgia.

«Andiamo!» Gerald sembrava esaltato da una sorta di rabbia felice. Sparò a un agente di polizia del Campidoglio. Una nebbiolina rossa uscì dalla testa dell'uomo. Sparò a un altro allo stomaco. Il proiettile si conficcò nel calcare. I civili stavano urlando, precipitandosi fuori dalla porta, cercando riparo sull'erba. Gerald fece fuoco su di loro. Decine, forse centinaia di persone stavano correndo alla cieca contro un muro di proiettili.

Will gli sparò in faccia.

La donna alle sue spalle urlò.

«Via di qui!» Will la spinse da parte. Cercò Dash, controllò i volti, sparò a qualsiasi uomo con un passamontagna nero addosso. Un proiettile gli passò sibilando vicino alla testa. Afferrò il berretto di un poliziotto morto e se lo mise. Gettò il fucile ed estrasse la Sig Sauer dalla fondina. Con la Glock sparò a un altro con il passamontagna. Un uomo con un completo gli finì addosso.

«Spostati!» Will gli diede uno spintone.

Una marea di persone si stava riversando fuori dall'edificio e Will fu trascinato verso il marciapiede. Si girò cercando un bersaglio. Sparò a un altro uomo con il passamontagna e a un altro ancora. Puntò l'arma contro un terzo che sgranò gli occhi.

Daryl.

Amava pescare. La moglie lo aveva lasciato due anni prima. I suoi figli non rispondevano al telefono quando li chiamava.

Gli sparò al petto. Ruotò su se stesso mirando all'uomo seguente, e a quello dopo ancora.

Oliver, che odiava il cioccolato. *Rick,* che adorava i bulldog francesi. *Jenner,* che per tutta la notte gli aveva chiesto in continuazione che ora fosse.

Petto. Petto. Testa.

«Per favore!» urlò una donna.

La sua Glock le toccava quasi la faccia. Il carrello era tirato indietro. La pistola era scarica.

«Scappi» le gridò Will gettando il caricatore e inserendone uno nuovo.

Dove cazzo era Dash?

Scrutò l'area attorno all'ingresso. Vestiti blu, completi neri, cravatte rosse simbolo di potere, sangue, ossa e materia grigia che colava sui marciapiedi macchiando l'erba. Vide corpi stesi nelle aiole, appoggiati agli alberi, riversi sui monumenti ai generali confederati e segregazionisti.

Dash non c'era.

Superò la porta di vetro rotta e corse nel Campidoglio.

Corpi, macerie, caos. L'atrio di quattro piani era inondato di luce dai lucernari del soffitto. Gli piovve addosso una gragnola di proiettili. Si premette contro il muro. Il marmo era freddo a contatto con la sua schiena, il pavimento disseminato di corpi, soprattutto di civili. Sei uomini con il passamontagna erano stati uccisi ai piedi delle scale. Questo significava che una dozzina o forse due erano arrivate al primo piano. O al secondo dove si riunivano i legislatori in una grande stanza rivestita di quercia. O al terzo che aveva una galleria panoramica.

Ripulire il paese dai bastardi e dai complici.

Udì lo scricchiolio di una scarpa alle sue spalle. Si girò.

Uomo nero. Abito blu. Mani alzate.

Will lo spinse verso l'uscita e si voltò. Altri tre si erano riparati contro una porta chiusa. Politici con la bandiera americana sul risvolto della giacca. Grattavano senza far rumore il legno supplicando che li lasciassero entrare. Uno si teneva rigido il braccio. Il sangue gli filtrava tra le dita.

Will gesticolò perché guadagnassero l'uscita. Restò in ascolto, le orecchie ritte per captare rumori al di sopra dei loro passi affrettati.

Ci fu una tregua nella sparatoria.

Scrutò l'ampio locale che aveva le stesse esatte dimensioni del finto edificio del Campo. Guardò le tre gallerie cercando tracce di Dash. Si chinò quando un improvviso *snap-snap-snap* echeggiò nell'atrio. La Squadra uno aveva raggiunto la Camera dei rappresentanti. Le Camere del Senato erano dall'altra parte della sala circolare. Un lontano *pop* indicò che avevano fatto breccia in entrambe le zone.

Attraversò di corsa, chino, lo spazio aperto pestando vetri rotti e corpi caduti. La sontuosa scalinata divideva a metà il locale. Marmo intagliato, passatoia rossa, boiserie. Carte, scarpe, occhiali rotti, macchie di sangue, frammenti di ossa e denti. Gole tagliate. Cadaveri ammucchiati l'uno sull'altro là dove un solo proiettile ne aveva uccisi due, tre, a volte quattro.

Due donne ferite stavano singhiozzando sulle scale. Vedendo Will ebbero paura e si rannicchiarono. Un vicesceriffo si era legato la cintura alla gamba per fermare il sangue. Aveva la pistola puntata contro Will ma la camera vuota. Non smetteva di premere il grilletto. Il rapido *clic-clic* del percussore era in sintonia con il battito del cuore di Will.

Salì la scala fino al pianerottolo con lo stesso passo delle esercitazioni al Campo. Le lettere LG scritte con la vernice spray stavano per ufficio del vicegovernatore. La G per governatore.

La squadra Bravo era stata eliminata prima che potesse raggiungere la porta. Avevano il petto squarciato da proiettili di fucile. Dai giubbotti imbottiti spuntavano ciuffi di materiale bianco. A un uomo mancava una parte della mascella, a un altro braccio. Will scavalcò una mano mozzata che stringeva ancora il coltello da caccia da venti centimetri che tutti i *fratelli* portavano alla cintura.

Della squadra Charlie non c'era traccia. Will proseguì chino fino in cima alle scale nascondendosi dietro la robusta balaustra di marmo. Stava per sbirciare oltre l'angolo quando il rumore di uno sparo lo indusse a indietreggiare.

Arrivava dal piano superiore. I proiettili schioccavano come braci ardenti. I resti della Squadra uno. Stavano finendo quanti si erano attardati nella Camera dei rappresentanti oppure qualcuno era riuscito a trovare un'arma per rispondere al fuoco. Ormai Dash doveva essere nell'ufficio del governatore con un'arma puntata alla sua testa, occupato a fare richieste.

Potere bianco. Uccidere i complici. Sangue e suolo.

Will azzardò una seconda occhiata al di là della balaustra.

Si ritrovò a fissare la bocca di un revolver a cinque colpi Smith and Wesson.

Amanda.

Stava per premere il grilletto, poi lo riconobbe. Spostò lentamente il dito sul ponticello. Will vide la sua bocca aprirsi e fare un respiro.

Rimise la Glock nella fondina tenendo la Sig Sauer in mano. La galleria era deserta. Non c'erano uomini con il passamontagna nero né civili accucciati per ripararsi. Non c'erano agenti tranne Will e Amanda.

Il fuoco era cessato. Il silenzio nell'atrio era tombale. Le ombre di figure in movimento creavano un effetto strobo nella luce che entrava dalle alte finestre. Sul tetto c'era la SWAT. Will udì alcune sirene in lontananza.

«Dov'è Dash?» chiese Amanda.

Will individuò la porta chiusa dell'ufficio del governatore. Due agenti della stradale stavano di guardia con fucili a pompa.

Uno di loro era stato ferito. Il sangue gli gocciolava da un foro nel bicipite.

«Will?»

Lui scosse la testa cercando di mettere insieme i pezzi. L'ultima volta che lo aveva visto era accanto al furgoncino. I civili stavano correndo fuori dal palazzo. Gerald ne stava uccidendo il maggior numero possibile. Il fucile di Dash sparava all'impazzata. Lo teneva contro il fianco, non contro la spalla. Urlava ai suoi di continuare a muoversi. L'ondata di persone che usciva dalla porta aveva inghiottito Will costringendolo a proteggerle anziché uccidere Dash.

Quando aveva ripreso a cercarlo, era scomparso.

La dura realtà lo investì. «È un vigliacco, non un combattente. Non ha mai avuto intenzione di entrare.»

Scese le scale facendo tre gradini alla volta. Attraversò di corsa il pavimento di marmo aggirando i corpi e si precipitò oltre la porta di vetro rotta, nella luce del giorno.

Fece a balzi i gradini di calcestruzzo. Ruotò su se stesso alla disperata ricerca di Dash. Quello che vide lo fece star male.

Il giardino attorno al Campidoglio si era trasformato in un girone infernale. La gente gemeva, piangeva, urlava. I proiettili avevano lacerato la carne, dilaniato occhi, lasciato petti sanguinanti.

Will individuò Dash nel prato est.

Si trovava nell'ombra di un grande corniolo. Era in ginocchio ma non era stato ferito. Stava frugando frenetico nelle tasche dei morti.

Quello psicopatico aveva pianificato tutto con tanta cura, fatto esercitare i suoi *fratelli* fino a inebetirli, li aveva mandati al massacro, ma non si era soffermato nemmeno per un istante a capire come fuggire senza un paio di chiavi.

Will sollevò la Sig Sauer allineando il mirino con il suo cuore. «Fermo!» urlò.

Lui alzò di scatto la testa.

«Polizia!» disse Will. «Mani in alto.»

Dash si gettò a terra. Will sparò due colpi prima di rendersi conto di che cosa avesse fatto: si era circondato di feriti. Afferrò una donna per un braccio trascinandola in ginocchio per proteggersi con il suo corpo. Era già ferita a una gamba. Dash le stava premendo il coltello da caccia con tanta forza nel collo che il sangue le colò sul colletto della camicetta bianca.

Il terrore si impossessò del suo volto. Aveva superato il momento della paura ed era paralizzata dalla minaccia della fine.

«Lasciala.» Will si incamminò verso Dash tenendo sia la Glock sia la Sig Sauer davanti a sé. «Subito.»

«Due armi» replicò Dash abbassandosi dietro la spalla della donna. «Credi di riuscire a tirare, Wolfie?»

A Will servivano altri quattro passi, poi lo avrebbe steso. «Credo di poterti uccidere prima che tu faccia il prossimo respiro.»

«Ehi, coglione!» gridò Dobie.

Alcuni pezzi di calcestruzzo schizzarono in aria ai piedi di Will.

Dobie gli stava sparando. Il secondo proiettile lo mancò di parecchio. Il terzo prese una finestra. L'unica ragione per cui Will non era morto dov'era era che il rinculo del fucile aveva sbattuto Dobie contro il furgoncino.

Si riparò dietro un bidone di metallo per le immondizie mentre Dobie si rimetteva in piedi.

«Vieni fuori, lurido vigliacco!» urlò il ragazzo.

Will tenne la Glock puntata contro Dash e puntò la Sig contro Dobie. Le sue braccia formarono un triangolo tra loro tre.

«Dobie, posa il fucile! Subito!» gridò.

«Fottiti, coglione.» Dobie era allo scoperto, teneva l'arma in alto sulla spalla.

La SWAT era sul tetto. Amanda impugnava la sua cinque colpi sulla soglia. Le sirene urlavano, sempre più vicine, sulla strada. C'erano corpi dappertutto. Qualcuno avrebbe ucciso quel ragazzo.

«Non sparare!» Will udì la sua voce grattare con una puntina sul disco. «Sono del GBI! Non sparare!»

Dash stava sorridendo, godendo in mezzo a tutto quell'orrore. Aveva visto gli uomini armati avanzare in strada, i tiratori scelti sul tetto. Era riparato da un albero, in ginocchio, teneva davanti a sé un ostaggio a mo' di scudo.

L'unica arma che avrebbe potuto spararglì era quella di Will.

«Dobie.» Will tenne la Glock puntata contro Dash, ma supplicò il ragazzo. «Dobie, ti prego, posa il fucile.»

«Ti ammazzerò, sporco maiale!» Dobie era furioso, offeso a morte dal tradimento. «Eri mio amico!»

«Dobie, lo sono ancora.» Will si alzò. Si aspettò un proiettile, da lui o dalla SWAT. Quando non arrivò, fece un passo verso il ragazzo, poi un altro. Il suo sguardo restò concentrato su Dash anche mentre si allontanava da lui. «Dobie, posa il fucile a terra. Per favore.»

«Vaffanculo!»

Il sorriso di Dash era così compiaciuto che a Will venne voglia di piantargli un proiettile tra i denti. Stava ancora premendo il coltello alla gola della donna, sul volto di lei c'erano lacrime miste a sangue. Stava cercando di non respirare, di restare più ferma possibile.

Questo era il calcolo di Will: c'era una Glock alla cintura di Dash. Appena avesse distolto lo sguardo, Dash avrebbe tagliato la gola della donna, avrebbe estratto l'arma e gli avrebbe sparato.

Dash aveva fatto lo stesso ragionamento. Il suo sorriso non vacillò. «Situazione difficile, fratello» esclamò.

Will annuì come se concordasse. Dash tuttavia non sapeva di Amanda, in piedi poco all'interno della porta rotta. Non sapeva che avesse una traiettoria migliore per colpirlo alla testa, che avesse maggiori possibilità di lui.

«Guardami, cazzo!» ordinò Dobie.

Will tenne gli occhi su Dash anche mentre si avvicinava al ragazzo. Vide quello che vedeva Amanda: l'ostaggio non era la sua unica preoccupazione. C'erano decine di persone alle spalle di Dash, civili innocenti, corpi martoriati sparsi sul prato come pezzi di legno che arrivano dal mare.

I bastardi e i complici.

Segretarie. Politici. Agenti di polizia. Custodi. Assistenti.

«Mi hai mentito!» Dobie si scagliò contro di lui. «Mi fidavo di te e tu mi hai mentito, cazzo!»

«Ti prego.» Will era a pochi passi soltanto. Si girò per guardarlo negli occhi, consapevole che in quel modo il suo petto rappresentava un ottimo bersaglio per Dash. «Dobie, è finita. Ti prego, posa...»

Il proiettile di un cecchino gli aprì la testa.

Le braccia del ragazzo si sollevarono. Il fucile cadde.

Will si girò dall'altra parte ma sentì l'odore di rame del sangue nell'aria, lo avvertì sfiorargli la pelle come un delicato merletto.

Il rumore di Dobie che cadeva sul terreno ebbe l'effetto di un colpo mortale sferrato a lui stesso.

Guardò il marciapiede. Attorno allo stivale aveva una striscia di sangue. Il sangue di Dobie. Lo aveva anche sul braccio e sulla barba.

Alzò lo sguardo. Dash non si era mosso. La donna gli serviva ancora da scudo. Teneva la testa dietro la spalla di lei. La Glock era ancora appesa alla cintura. Sul suo viso c'era sempre quell'aria compiaciuta.

Non aveva ucciso l'ostaggio e non aveva cercato di uccidere Will perché voleva qualcosa.

Will capì *cosa* prima che i suoi occhi vedessero la risposta. La gente teneva i telefoni sollevati, stava registrando tutto. Filmavano ugualmente, pur con le mani sporche di sangue e i morti tutt'intorno. Will si pulì il sangue di Dobie dagli occhi con il braccio e disse a Dash: «Lascia andare la donna».

«Non penso lo farò, fratello.» Strinse la presa sull'ostaggio. Lei ansimo ma restò immobile. «Mi sono ritrovato senza i miei angeli stamattina. Avremo bisogno di nuove sorelle per rifornire il gregge.»

Will sentì la mascella contrarsi. Le donne del Campo. Quel mattino solo Gwen aveva servito loro la colazione. Il cibo era freddo. Questo perché le donne che cucinavano, lavavano i panni e mettevano al mondo i figli erano morte?

«La causa richiede purezza, fratello. Una stirpe incontaminata. Noi serviamo da esempio. Ripuliamo il mondo a cominciare da noi stessi. Marciamo trionfanti per le ultime vedove della rivoluzione.»

«Le donne» fece Will. «I bambini. Sono...»

«Sono stati purificati.» Il sorrisetto furbo di Dash si era trasformato in un ghigno. «L'albero della libertà deve essere rinverdito di tanto in tanto con il sangue dei patrioti e dei tiranni. È il suo concime naturale.»

Will non riusciva a respirare. Il caldo gli aveva perforato la pelle. Aveva il cervello in fiamme.

Aveva sacrificato Sara?

«Lo ha detto Thomas Jefferson, il padre della Dichiarazione di indipendenza, uno degli autori della Costituzione» affermò Dash.

Will batté le palpebre per togliersi il sangue dagli occhi. «Li hai uccisi? Dimmi solo se...»

«Mi chiamo Douglas Shinn, sono il leader legittimo dell'Esercito patriottico invisibile.» Dash aveva girato la testa dall'altra parte. Stava parlando direttamente alle telecamere. «Quale profeta scelto di Martin Elias Novak, mi rivolgo a voi uomini bianchi di questo paese perché guardiate le nostre gesta ed esultiate davanti al massacro perpetrato dall'EPI. Unitevi a me, fratelli. Unitevi a me per reclamare il vostro giusto posto di uomini. Sarete ricompensati da ricchezze al di là della vostra immaginazione e dalla compagnia di oneste donne bianche.»

Sara?

«Dobbiamo scacciare gli infetti, i disperati, i bastardi bruni e neri che stupreranno e uccideranno i nostri figli.»

Will guardò la gola della donna. Sottile come quella di Sara, con la stessa lieve infossatura alla base.

«Unitevi a me nel ripristinare l'ordine naturale del mondo, fratelli. Sollevate le braccia. Alzate i pugni. Fate sapere al mondo che non ci lasceremo intimorire.»

Il dito di Will scivolò sul lato della Glock verso il grilletto. L'unica cosa che importava era il coltello alla gola della donna. Le linee lucide della lama riflettevano l'azzurro del cielo. Il sangue che sgorgava dalla ferita era rosso scuro. La vista di Will si concentrò sulla lama d'acciaio inossidabile. La mano di Dash era ferma. In lui non c'era paura. Era esattamente dove voleva essere: al centro dell'attenzione del mondo.

«Oggi, fratelli, scriviamo il nostro nome con il sangue qui al Campidoglio. Ci sacrifichiamo per il bene comune. Lasciate che tutti i bastardi e i loro complici vedano il nostro valore in battaglia. Sangue bianco! Potere bianco! America bianca! Per sempre!»

La punta della lama iniziò a muoversi.

Will premette il grilletto.

L'esplosione della polvere da sparo gli riempì le orecchie con un gemito acuto. Restò momentaneamente accecato dalla vampa dell'arma. Sentì il calore del bossolo espulso di lato dalla Glock.

Il gemito fu sostituito da un urlo lacerante. La donna in ostaggio stava allontanandosi carponi. In mano stringeva il coltello.

Dash era steso sul fianco, gli occhi aperti, la bocca spalancata. Era ancora vivo.

Will aveva sbagliato a mirare di otto centimetri. Il proiettile gli aveva squarciato il cuoio capelluto sopra l'orecchio. Il sangue fluiva come acqua nel terreno.

Sangue e suolo.

Will fissò l'uomo tra i mirini della Glock. Le tacche metalliche incorniciavano il bianco intenso del suo cranio, i vasi sanguigni lacerati, il grasso giallo e i follicoli neri dei capelli.

Dash si toccò la ferita. Si tastò lo squarcio profondo. Toccò l'osso liscio. Lo sguardo vitreo scomparve. Rotolò sulla schiena afferrandosi la testa.

«Cazzo!» gridò. «Cazzo!»

Amanda gli sfilò la Glock dalla cintura e lo ammanettò. Si era tolta la giacca. Si inginocchiò e gliela avvolse attorno alla testa.

Will avrebbe dovuto darle una mano. Attorno a lui c'era gente che soffriva. Il giardino si era trasformato in un cimitero. Eppure non riusciva a muoversi. Il suo corpo era di granito.

Le donne del Campo. I bambini. Dobie.

Sara?

Aveva ancora la pistola puntata alla testa di Dash. Il suo dito era rimasto sul grilletto. Aveva i gomiti leggermente piegati per attutire il rinculo. I piedi erano in posizione di sparo perché il suo corpo voleva sparare a quell'uomo, stavolta prendendo bene la mira.

«Wilbur» chiamò Amanda.

Will tirò su con il naso. Il sapore del sangue di Dobie gli entrò in bocca, gli si fermò tra i denti, gli invase i polmoni. Sentì ogni muscolo tra il cervello e il dito entrare in conflitto mentre cercava di pensare a una sola ragione per non uccidere Dash a sangue freddo.

«Sara sta bene» gli disse Amanda. Faith le ha parlato al telefono. «Sara è salva.»

Sara?

«Will» ripeté Amanda. «Respira.»

Un'immagine sfiorò, lieve, la furia di Will come l'acqua che lambiva una barca.

Non era più là. Il Campidoglio, l'erba, gli alberi non c'erano più.

Era nell'appartamento di Sara. Lei stava per baciarlo per la prima volta.

Non andava bene.

Avrebbe dovuto baciarla lui molto tempo prima, ma non sapeva se lei lo volesse e non sapeva dove mettere le mani, ed era così agitato, spaventato e maledettamente eccitato che la sola idea della morbidezza della sua bocca gli aveva provocato un fremito in ogni fibra del corpo.

Sara gli aveva accostato le labbra all'orecchio mormorandogli: *Respira*.

«Wilbur?» Amanda schioccò le dita.

Quel rumore fu come lo scatto di un interruttore.

Il Campidoglio. L'erba. Gli alberi. I monumenti.

Will aprì la bocca. L'aria gli riempì i polmoni. Il dito si allontanò dal grilletto.

Rimise la pistola nella fondina.

Annuì ad Amanda.

Lei annuì di rimando.

I suoi sensi continuarono a ricostruire il mondo intorno a lui. C'erano squadre di soccorso dappertutto. Le autopompe gemevano. Le sirene urlavano. I primi soccorritori. La polizia di Atlanta. I vicesceriffo. La polizia stradale. Ogni agente delle forze dell'ordine in zona aveva sentito la sparatoria ed era accorso.

I buoni.

«Abbiamo avuto tre minuti di preavviso grazie a Faith e Sara. Siamo riusciti a portar fuori o a mettere al sicuro un po' di persone. Le camere erano deserte, ma non so quanti...» Si interruppe, non aveva bisogno di finire la frase. Non c'era modo di contare i morti. Ce n'erano decine sul prato, altri nell'edificio. Anche i feriti sembravano oscillare un po' di qua e un po' di là tra la vita e la morte.

«Signora?» La voce di Dash tremò, lievemente più alta. «Signora, ho bisogno d'aiuto. Il proiettile che mi ha colpito...»

«È una ferita superficiale.» Amanda lo guardò. «Vivrà. Almeno abbastanza da essere condannato da un giudice.»

«La prego, signora, lei non capisce.» Stava battendo i denti. Negli angoli dei suoi occhi si erano formate lacrime. «La prego. Chiami il CDC. Non voglio morire come gli altri.»

Epilogo

Quattro giorni dopo
Domenica 11 agosto, 10.17

Sara fu svegliata dal rumore di un cane che beveva dalla ciotola in cucina. Guardò l'orologio socchiudendo gli occhi, ma trovò solo il suo polso. Si girò per vedere se Will era a letto ma non c'era.

Come al solito si era alzato alle prime luci dell'alba. Sara lo aveva sentito sciogliere una bustina di cioccolato in una tazza, parlare ai cani, fare un po' di stretching, controllare la mail, perché la porta della camera di Will si apriva accanto alla cucina e Sara non riusciva mai a dormire fino a tardi quando si fermava lì.

Si mise il suo cuscino sulla faccia. Sentiva ancora il suo odore sulle lenzuola. Dopo aver sprecato un'infinità di ore nella sua prigione a catalogare i modi in cui se lo sarebbe scopato, nelle prime tre notti non era riuscita a fare altro che piangere tra le sue braccia.

Will sembrava felice di stringerla e basta. Lei sapeva che la morte di Dobie gli pesava ancora. Il fatto che gliene parlasse era la prova del suo tumulto interiore. Era tormentato dai *se*. Se avesse sparato a Dash prima che aprissero le porte del furgoncino. Se gli avesse sparato all'esterno invece di cercare di togliere di mezzo la gente. Se i suoi due spari non lo avessero mancato quando lo aveva visto la prima volta sul prato del Campidoglio.

Se fosse riuscito a indurre Dobie a gettare il fucile prima che il proiettile del cecchino ponesse fine alla sua breve vita piena d'odio.

Sara concordava con le sue scelte, tuttavia non aveva cercato di giustificare razionalmente le sue azioni o di lenire il senso di colpa. Sapeva che avrebbe dovuto arrivarci da solo. Sapeva come la decisione più ponderata, più attenta potesse sfociare nell'esito peggiore. Si era sempre portata dietro il ricordo di tutti i pazienti che aveva perso. Ora Benjamin, Grace, Joy, Adriel, tutti quei piccoli coriandoli bianchi si erano uniti alle anime mai dimenticate che vivevano nel suo cuore.

Guardò l'orologio vicino al letto.

Le 10.21.

Avrebbero dovuto incontrare la sua famiglia a pranzo nel giro di due ore. Sara si era chiusa a casa di Will per troppo tempo. Aveva voluto evitare il bombardamento di notizie che suo padre subiva continuamente guardando la TV.

Eddie era ossessionato dall'idea di sapere di più sul conto di Dash, Gwen e Martin Novak. Dei *fratelli* sopravvissuti che diffondevano ancora il loro messaggio razzista e misogino di odio a qualsiasi reporter che avvicinasse un microfono alle loro bocche ripugnanti.

Quarantasei morti al Campidoglio. Novantatré feriti. Tutti i sopravvissuti erano stati infettati dal botulino che ricopriva i proiettili. A tutti era stata iniettata la BAT.

Anche a Dash.

Per fortuna i pasti della Air Chef non avevano contagiato nessuno. Quando gli agenti dell'FBI avevano fatto irruzione nella sede, stavano caricando i contenitori di alluminio sul nastro trasportatore. I test avevano dimostrato che il fondo di tutti era contaminato da botulino. Se il cibo fosse stato lavorato e caricato sugli aerei, ogni passeggero che avesse consumato uno delle migliaia di pasti sui voli in partenza da Hartsfield sarebbe stato infettato dalla tossina.

Ipotizzavano che quel giorno Michelle Spivey fosse stata condotta all'aeroporto perché Dash potesse far esplodere la scorta strategica principale di BAT del paese. Senza l'antitossina i morti sarebbero stati un'infinità. Il botulino era una tossina imprevedibile, che si diffondeva lentamente. Come aveva detto Dash, persino gli storici non sarebbero stati in grado di arrivare a una conta finale. Sara poteva solo immaginare la sua furia quando Michelle era crollata a pochi metri dall'obiettivo della missione.

O forse non si era infuriato.

Forse quando avevano portato Michelle all'Emory Hospital, si era convinto che la BAT non avesse importanza. Aveva due bombe pronte da far esplodere. Aveva il garage di un ospedale pieno di personale e di visitatori che andavano e venivano.

Fratelli, vada per il piano B.

Sara si era chiesta soprattutto come avesse fatto a procurarsi una fiala di BAT. Gwen aveva riconosciuto l'antitossina, il che significava che Dash ne era al corrente e che probabilmente ne avevano una scorta d'emergenza in caso si fossero infettati. Era una sostanza altamente controllata, accessibile ai civili solo tramite la Sicurezza interna o i CDC.

Beau Ragnersen aveva infine fornito la risposta. La BAT arrivava dal suo nascondiglio segreto.

Sotto Saddam Hussein i militari iracheni avevano prodotto diciannovemila litri di tossina botulinica. Diecimila erano finiti nelle bombe aeree, nei proiettili di artiglieria e nelle testate. Ne avevano testato l'efficacia sui prigionieri di guerra iraniani. Da allora la BAT era diventata una componente standard delle scorte d'emergenza militari statunitensi. Beau Ragnersen ne aveva portata illegalmente una confezione dall'Afghanistan come souvenir. Oltre all'antitossina aveva terapie per qualsiasi cosa, dall'avvelenamento da cloro a quello da antrace. Malgrado avesse negato qualsiasi coinvolgimento nell'EPI, il fatto che avesse passato loro l'antitossina bastava come prova circostanziale per legarlo agli omicidi multipli di primo grado e al complotto volto a commettere due atti di terrorismo interno.

Amanda credeva che fosse solo questione di tempo perché dicesse la verità.

Will riteneva che il suo nichilismo sarebbe prevalso e che avrebbe affrontato la pena di morte.

Sara si girò sulla schiena. Fissò il soffitto. I volti dei bambini ammalati nella baracca le apparvero davanti agli occhi. Benjamin, Adriel, Martha, Jenny, Sally. Gli occhi infetti, i nasi colanti, la tosse secca. Probabilmente sarebbero sopravvissuti tutti all'epidemia di morbillo, pur con cicatrici permanenti.

Si chiese quando Gwen avesse deciso che non valesse la pena di tentare di salvarli. Come con Tommy, quella donna non voleva sprecare le *scorte* per cause perse. La valigia nella sua macchina era piena di medicinali che aveva preso nella baracca. Nel bagagliaio c'erano altri abiti bianchi insieme a un elenco di alberghi tra il nord della Georgia e l'Arizona, dove a quanto pareva aveva intenzione di incontrarsi con Dash dopo la consegna del Messaggio. Un nuovo Campo. Nuovi fratelli e sorelle. Nuovi figli.

Se ci avesse riflettuto, avrebbe capito che Dash con lei aveva chiuso. Le gravidanze continue, la mancanza di cure mediche e di una nutrizione adeguata, l'allattamento al seno e il fatto di concepire un bambino dopo l'altro per tanti anni avevano privato il suo corpo della facoltà di dargli altri figli.

Sorella, vada per il piano B.

Sara non avrebbe goduto della sua morte, ma neanche ci avrebbe sofferto. Alla fine, dopo una vita di abusi subiti per mano di Martin Novak e di Dash, e dopo aver ritorto quegli stessi abusi sui suoi figli, sull'intero Campo, Gwen aveva esaurito i modi di soddisfare gli uomini della sua vita.

Esther. Charity. Edna. Grace. Hannah. Joy. Adriel.

Tutti i bambini del Campo erano stati sottoposti ad autopsia. Tutti presentavano segni di violenze fisiche e sessuali.

Sara si coprì gli occhi con le mani. Anche lei era tormentata dai suoi *se*. Se si fosse accorta che i bambini erano stati abusati. Se avesse collegato gli occhi semichiusi, la paralisi, il farfugliamento. Se avesse affrontato Gwen. Se avesse fermato Dash. Se fosse riuscita a introdursi nella serra e a distruggere il botulino prima che chiunque altro ne venisse infettato.

Se-se-se.

Sara aveva sentito parlare del botulismo fin dall'infanzia, ma solo in modo astruso. Ogni estate Cathy preparava le conserve.

Tessa e Sara tuttavia erano più prese a litigare per decidere chi avrebbe controllato il termometro che interessate a chiedere perché la temperatura fosse importante.

Alla facoltà di medicina aveva appreso che l'ipotonia, chiamata colloquialmente sindrome del bambino flaccido, poteva essere un segno di botulismo infantile, ma i sintomi – letargia, problemi di suzione, pianto alterato, paralisi flaccida discendente – erano difficilmente verificabili negli adulti.

L'unica altra volta in cui Sara ricordava di essersi interessata alla neurotossina era quando aveva letto un articolo sul *Journal of American Medical Examiners*. Un carcerato era morto senza che ci fosse una causa evidente. Le guardie avevano trovato un sacchetto contenente un distillato sotto la sua branda. Il cosiddetto vino dei carcerati era stato prodotto facendo fermentare una patata, una manciata di caramelle dure e un calzino con un pezzo di pane. Il sacchetto sigillato e la bassa temperatura avevano creato la tossina.

Il cane di Will abbaiò in cucina. Il suono echeggiò nel corridoio di mezzo metro che portava in camera. Sara sentiva Betty picchiare la testa contro la gattaiola. Era un normale comportamento mattutino. La chihuahua la usava per entrare ma si rifiutava di utilizzarla per uscire. Batteva la testa finché Will o Sara non si alzavano ad aprirle la porta.

Betty abbaiò di nuovo.

Sara chiuse gli occhi. Vide fluttuare minuscoli coriandoli bianchi contro le palpebre.

Si alzò e aprì la porta a Betty. Il televisore in cucina era acceso ma senza audio.

Stavano nuovamente tracciando un profilo di Gwen e Martin Novak. Sara fu contenta che non ci fosse l'audio per non dover sentire Novak che parlava al telefono dalla casa sicura governativa. Il rapinatore di banca si stava avvalendo in pieno dei diritti del primo emendamento, concessigli da quel sistema legale che lui sosteneva fosse irreparabilmente corrotto.

In televisione il viaggio in Messico veniva documentato con cartine e fotografie. La MSNBC aveva rintracciato l'ispettore capo

Norge Garcia, che era stato più che felice di parlare dei pedofili americani razzisti che aveva cacciato dal suo paese.

L'immagine cambiò prima che Sara potesse distogliere lo sguardo.

Si portò la mano alla gola.

Dash.

La didascalia indicava suo vero nome:

Douglas Alejandro Shinn.

Spense il televisore. Conosceva già quella storia.

Tutte le ipotesi di Faith si erano rivelate sbagliate. Il soprannome Dash era composto dalle sue iniziali. Il nome Douglas arrivava dal padre. Alejandro era stato un omaggio della madre. Shinn derivava dall'inglese medievale *skinner*, conciatore.

Il suo modo formale di esprimersi e la sua conoscenza dilettantistica della storia degli Stati Uniti trovavano infine spiegazione. Suo padre aveva da poco superato la sessantina, lavorava per una compagnia petrolifera americana nel bacino argentino del Neuquén, quando aveva conosciuto la madre trentenne di Dash. Si erano sposati nel 1972. Dash era nato un anno dopo. La famiglia era rimasta in America Latina per dodici anni prima di trasferirsi in Texas, dove Dash aveva vissuto una vita borghese ordinaria.

Il che rendeva il suo odio per gli immigrati e le minoranze ancora più assurdo. Personificava quasi tutto quello che a suo parere non andava in America.

Non sei tu, fratello. Sono tutti gli altri.

A diciassette anni Douglas Alejandro Shinn era stato arrestato in Uruguay per aver molestato una bambina di nove anni. A ventitré era stato accusato dalla polizia colombiana di averne stuprato una di dodici. C'erano state altre accuse in altri paesi, ma in genere erano cadute. I soldi e la padronanza sia dello spagnolo sia dell'inglese erano andati a suo vantaggio. Aveva usato, a seconda dell'utilità, il passaporto argentino o quello statunitense, evitando la possibilità d'essere fermato a causa delle impronte digitali o del DNA per un crimine commesso negli Stati Uniti.

La pedofilia era la causa della sua rabbia? Sara non provava altro che disgusto per chi violentava i bambini, ma voleva capire perché Dash, frutto dell'unione di un padre americano benestante e di un'immigrata che aveva avuto fortuna, avesse finito per provare tanto odio.

La teoria di Will puntava su Martin Novak. Dash era adolescente quando suo padre era morto. Novak ne aveva vestito i panni e lo aveva introdotto in quel mondo offrendogli la figlia undicenne.

Uno degli aspetti più deprimenti di tutta quella tragedia era che alla fine Dash aveva ottenuto esattamente ciò che desiderava: l'attenzione. Il video del suo discorso davanti al Campidoglio aveva più di dieci milioni di visualizzazioni su YouTube. Il suo manifesto era stato ritrovato al Campo ed era già disponibile online. Nelle sue tirate approfondiva i punti salienti che aveva ripetuto con enfasi a Sara durante la sua prigionia. Il capitalismo aveva rovinato l'America. L'accesso alla contraccezione e all'aborto dava troppo potere alle donne. Gli uomini bianchi erano stati emarginati. Le minoranze stavano assumendo il controllo del paese, cambiando i valori giudeo-cristiani. L'unico modo per salvare il mondo era distruggerlo.

Peggio ancora, anche se non era un fenomeno del tutto inaspettato, gli organi di stampa si stavano facendo in quattro per mostrare l'*altro lato* della medaglia, come se il razzismo fosse qualcosa da tollerare e capire anziché condannare e rifiutare. Si sentiva la voce stridula di Martin Novak al telefono che sbraitava contro la mescolanza delle razze. Nazisti dichiarati in giacca e cravatta apparivano accanto a studiosi dell'Olocausto e criminologi dell'odio, come se fossero altrettanto legittimati a farlo. I dibattiti accesi facevano meraviglie per l'audience e i retweet. C'erano meme, storie su Instagram e video su YouTube in cui tutti urlavano e nessuno si ricordava che erano tutti americani.

Secondo Sara le piattaforme stavano facendo quello che sapevano fare meglio: mercificavano l'odio.

Betty rientrò veloce dalla gattaiola. Le sue unghie grattarono sul pavimento di legno quando curvò per andare in camera, poi tornò fuori in cerca dei levrieri di Sara in soggiorno. I muri erano così sottili che udì i loro collari tintinnare quando si sistemò tra loro.

Si sedette a tavola. Fece un po' di respiri profondi per placare l'agitazione che provava ogni volta che si soffermava troppo a pensare a Dash.

Aprì il laptop.

C'erano troppe mail di lavoro perché potesse contarle. Le scorse fermandosi su una proveniente dall'account Gmail di Faith. Sorrise vedendo un video di Emma che spiegava in tre minuti la differenza tra la mozzarella e il formaggio svizzero.

Trovò gli occhiali per leggere il testo del messaggio. Faith aveva incollato alcune righe del verbale autoptico di Michelle Spivey: *Tessuto muscolare positivo per la tossina del botulino... livelli concentrati di* BAT *attorno ai segni di aghi tra le dita dei piedi destro e sinistro come indicato.*

Si tolse gli occhiali. Lasciò sedimentare le informazioni. Michelle aveva microdosato l'antitossina. Per questo il sigillo metallico della fiala di BAT era rotto. Probabilmente aveva capito fin dall'inizio che Dash l'avrebbe avvelenata. O forse si era iniettata il botulino solo per farla finita. Quella donna aveva una moglie e una figlia a casa, costantemente minacciate dall'EPI. All'inizio aveva forse pensato di poter reggere, poi Dash aveva mandato Carter perché si occupasse di lei. Le bruciature di sigarette e le ferite aperte dicevano tutto. Michelle aveva resistito per ventinove giorni prima di dare a Dash quello che voleva.

Quella era un'altra ragione per cui Sara non riusciva a guardare il telegiornale. I reporter erano fissati con la questione della colpevolezza di Michelle. Aveva creato lei la tossina. Aveva dato in mano a Dash un'arma biologica. A Sara era venuto male vedendo opinionisti, commentatori, come del resto l'americano medio per la strada, sostenere che nella situazione di Michelle sarebbero stati più forti.

Più forti.

Tanti si credevano invincibili.

Finché non venivano violentati.

«Amore?» Le chiavi di Will tintinnarono nella ciotola accanto all'ingresso. Stava sorridendo quando entrò in cucina. La baciò sulla testa. «Scusa, sono dovuto andare in banca a prendere un po' di contanti per il pranzo. Non volevo svegliarti.»

Sara gli passò il palmo sul viso liscio. «Mi ha svegliato Betty, di nuovo.»

Lui evitò di proposito l'argomento prendendo il burro di arachidi e la marmellata per prepararsi un sandwich, perché non resisteva ancora un'ora e mezzo senza mangiare.

Sara osservò i suoi muscoli muoversi sulle spalle. Aveva la maglietta attaccata alla pelle. L'indice di calore aveva già raggiunto i trentotto gradi, ma che Dio li fulminasse tutti se il termostato del condizionatore superava i ventisei.

Osservò le sue dita aprire il sacchetto del pane. Pensò a quando le aveva tenuto la mano sotto la porta della casetta.

La mano sinistra di Will. La sua destra.

Proprio come la prima volta in corridoio al Grady. Le loro dita intrecciate. Il suo pollice che le accarezzava la pelle. Sara chiuse gli occhi pregustando l'idea di baciarlo, di stringerlo, di stare con lui magari anche per il resto della vita.

Uno degli editti emessi da Cathy nella cucina di Bella tornò a tormentarla: *Che diavolo aspetti?*

«Will?»

Lui grugnì prendendo un coltello dal cassetto.

«Perché paghi tutto in contanti?»

«Abitudine, presumo.» Lo pulì su una salvietta di carta. La lavastoviglie era più vecchia di loro due messi insieme. «Avevo cercato di ottenere una carta di credito al college, ma uno dei miei genitori adottivi mi ha rubato il numero di previdenza sociale prosciugandomi il credito. Ora forse potrei averne una, ma l'ultima volta che ho controllato ho visto che non ho neanche un punteggio di credito.»

Sara restò inorridita e nel contempo confusa. «Perché non me ne hai parlato prima?»

Will scrollò le spalle, tacito riconoscimento del fatto che non le diceva tante cose.

«Come hai fatto ad avere il mutuo?»

«Non ho un mutuo.» Spalmò il burro di arachidi sulla fetta di pane. «Ho comprato la casa in contanti a un'asta giudiziaria. L'ho sistemata quando ho avuto i soldi, ma il terreno vale molto più dell'abitazione. Lo stesso vale per la macchina. Era bruciata in un luogo abbandonato. Ho pagato alcuni senzatetto perché mi aiutassero a trasportare il telaio per la strada. Non pesava tanto come potresti credere.»

«Ma è...» Sara non riuscì a trovare una risposta adatta.

Lo aveva sempre considerato una persona frugale più che attenta al soldo, ma prima non si era mai messa finanziariamente nei suoi panni. Davanti alle difficoltà della sua vita aveva avuto le spalle coperte grazie alla sua famiglia. Lui era sempre stato solo, anche quando c'era la sua malefica moglie. Non era mai tornato veramente a casa perché la Casa gli aveva detto di andarsene.

La sedia su cui era seduto, il tavolo, quella stanza, quell'abitazione: erano tutto ciò che aveva.

E Sara.

«Non è un gran problema.» Si chinò per assicurarsi che l'intera superficie del pane fosse uniformemente ricoperta prima di passare alla fetta successiva con la marmellata. «La mia macchina mi piace.»

«In frigo c'è un nuovo barattolo» osservò Sara.

«Questa basta.» Grattò con il coltello gli ultimissimi resti sul fondo del barattolo. Risuonò come una campanella dell'esercito della salvezza.

«Amore?» esclamò lei.

Lui grugnì. Scosse il barattolo sopra il pane. Ne uscì una goccia. Mangiò il sandwich in due bocconi. Il pane e il burro di arachidi tornarono nell'armadietto. La marmellata in frigo perché ce n'era ancora abbastanza da ricoprire un decimo di fetta.

«Ti piace lavorare al GBI?»

Annuì pulendo il banco con la salvietta di carta inumidita.

Sara attese che continuasse o che almeno le chiedesse perché gli aveva fatto quella domanda, poi si ricordò che era Will.

«Perché ti piace il tuo lavoro?»

Appese la salvietta di carta al rubinetto ad asciugare. Si girò. Sara capì che voleva dire qualcosa, ma quello non era affatto un segno che lo avrebbe fatto.

Alla fine scrollò le spalle. «Mi piace la caccia.»

«La caccia?»

«Inseguire i cattivi. Batterli in astuzia. So che faccio cose stupide e corro rischi.» La stava studiando con attenzione cercando di capire le sue reazioni. «Mi dispiace.»

«Perché?»

Un'altra scrollata di spalle.

«Credi che non mi sia accorta di quanto tu sia competitivo? Non me la dai vinta nemmeno sulla marmellata.» L'aria seria sulla sua faccia fu l'unica cosa che le impedì di ridere. «Will, non è una notizia sconvolgente. So che il tuo lavoro ti dà enorme soddisfazione. Il fatto che tu sia così bravo a svolgerlo è una delle tante cose che amo di te.»

Lui posò la mano sul banco. Era disorientato. Non capiva mai quando Sara non si infuriava per qualcosa che credeva l'avrebbe fatta infuriare.

«Quanti soldi hai?» gli domandò.

«Quanto ti serve?» Aveva il portafoglio in mano.

«No, voglio dire quanti soldi hai in tutto.»

Chiuse il portafoglio.

Sara riattivò il laptop. Aprì il file. Indicò il numero in fondo a un foglio elettronico. «Questo è il mio patrimonio netto.»

Will impallidì.

«Ti preoccupa?»

«Ehm...» Sembrava volesse scomparire. «Non è una notizia sconvolgente.»

«Ma ti fa sentire...» Sara detestava che per l'ennesima volta le fosse tornato in mente Dash. «Inferiore?»

«Inferiore?» Will scrisse alcuni numeri sulla tastiera. «Questo è più o meno quello che ho. Meno la casa. È... inferiore.»

Sara lo vedeva.

«Ti preoccupa?» Will si grattò la mascella come faceva sempre quand'era in ansia. «Perché essendo un agente, guadagnando come un agente, probabilmente non cambierà. Della serie: non voglio il lavoro di Amanda. Non voglio essere confinato a una scrivania.»

«Saresti infelice dietro una scrivania» gli disse Sara. «Amore, sono molto fortunata che il mio lavoro mi faccia guadagnare bene, ma non è lo stipendio che definisce il successo. Essere soddisfatto del proprio lavoro, trovare un senso in quello che fai, questo per me lo definisce.»

«Okay. Bene.» Will assentì come se la questione fosse chiusa. «Dovrei farmi una doccia...»

«Aspetta.» Sara sentì una strana palpitazione. Buttò fuori le parole prima che potesse frenarsi. «Vorrei che parlassimo con un perito immobiliare per scoprire quanto vale la tua casa.»

Lui la fissò senza parole.

Anche lei lo era. Non era così che aveva pensato di affrontare quel discorso, invece lo stavano affrontando. «Al di là della cifra che risulterà, ho intenzione di spendere altrettanto per ristrutturarla.»

Ancora non ci fu reazione.

«Non posso dormire fino a tardi quando giri in cucina.»

«Cosa?» Ora sì che era irritato. «Non farò rumore. Non è necessario...»

«Voglio un altro piano. Una vasca grande a immersione che possa contenere più di cinque centimetri d'acqua. E ho bisogno del mio armadio. E non intendo condividere il bagno con te, perciò tu potrai usare quello degli ospiti.»

«Il bagno degli ospiti?» Scoppiò a ridere. «Quant'è grande questa villa?»

«Incaricherò una ditta di fare i lavori.»

Era sgomento. «È uno scherzo?»

«Tu ti occuperai delle finiture e basta. Pagherò altri perché facciano il resto.»

Will scoppiò in una risata incredula. «Mi stai prendendo in giro, vero?»

«C'è un'ultima cosa, e ho bisogno che mi ascolti bene.» Sara attese che le desse retta. «Se vivremo insieme, regolerò io il termostato.»

Lui fece per protestare, ma un attimo dopo si rese conto di cosa aveva detto.

Se vivremo insieme.

Era rimasto a bocca aperta. La richiuse.

Betty entrò in cucina e si stese davanti al frigorifero. Will la osservò rotolarsi sulla schiena come se quello richiedesse tutta la sua attenzione.

Non era il suo solito silenzio. C'era qualcosa che non andava. Sara aveva sbagliato. Si sentì arrossire per l'imbarazzo. Aveva esagerato, lo aveva travolto. Will detestava essere messo sotto pressione. Erano appena tornati dall'inferno e lei gli aveva comunicato che aveva intenzione di demolirgli la casa con i suoi soldi. Fino a quel momento erano stati felici della loro sistemazione. Perché doveva sempre cercare di rimediare quando non ce n'era bisogno?

«Will.» Sara cercò di trovare le parole di scusa giuste. «Non dobbiamo...»

«Okay» acconsentì infine. «Però dovremo sposarci in chiesa. Voglio che tua madre sia contenta.»

Ringraziamenti

Grazie innanzitutto ai soliti sospetti: Kate Elton e Victoria Sanders. Vorrei aggiungere le fantastiche signore del VSA team, guidate dall'indomita Bernadette Baker-Baughman, nonché da Hilary Zaitz Michael e Sylvie Rabineau di WME. Alla HarperCollins: Liate Stehlik, Emily Krump, Kaitlin Hairi, Kathryn Gordon, Virginia Stanley, Heidi Richter-Ginger, Kathryn Cheshire, Elizabeth Dawson, Miranda Mettes, Annemieke Tetteroo, Chantal Hattink, Alice Krogh Scott e ultimo, ma non meno importante, Adam Humphrey, il mio caro amico da tredici anni che ha generosamente prestato il suo nome a una figura indegna e imbarazzante. E anche al mio romanzo.

Ancora una volta David Harper mi ha aiutato a rendere Sara credibile come medico. Grazie, David, per quasi vent'anni di formazione medica gratuita. Mi dispiace e non mi dispiace di continuare a uccidere i miei pazienti. Per quanto riguarda i suggerimenti sui loro ambiti di lavoro, la mia riconoscenza va a Stacey Abrams e a David Ralston. Ai miei amici al GBI: vi sono eternamente grata per l'aiuto e, essendo nativa della Georgia, per la vostra professionalità e diligenza. Agente speciale Dona Roberts (in pensione): le sono sempre riconoscente per la sua visione delle forze dell'ordine e del mondo in generale. Grazie alla collega Carolina De Robertis, altrimenti nota come *Dr. Palabras Sucias,* per avermi aiutato con lo spagnolo. Michelle Spivey e Theresa Lee volevano proprio esserci in questo libro (e sostenere Save the

Libraries), quindi mi auguro che siate felici del vostro ruolo, dal momento che so che la Decatur Library userà i vostri fondi per aiutare i bambini a imparare a leggere.

Una nota sulla trama: per ovvie ragioni mi sono presa molte libertà con disposizioni, strutture e metodi. Se avete voglia di consultare le mie ricerche in cui abbondano gli spoiler, potete visitare: karinslaughter.com/tlwreferences. Se vi va di cantare insieme a Sara: Joan Armatrading, Beastie Boys, Dolly Parton, Bronskie Beat, Patti Smith, Edie Brickell, Red Hot Chili Peppers.

L'ultimo grazie va come sempre a DA, il *mio amore*, e a mio papà, che quest'anno mi ha permesso di prendermi cura di lui per cinque minuti e per poco non siamo impazziti tutti e due. Non rifacciamolo più.

Volta pagina, e scopri un dossier confidenziale su Will Trent…

GEORGIA BUREAU OF INVESTIGATION

CONFIDENZIALE

Nome: Wilbur (Will) Trent

Grado: Agente speciale

Sede del dipartimento: Atlanta, Georgia

Altezza: 1,95 m

Peso: 84 kg

Aspetto: capelli biondo scuro, viso spigoloso, muscoloso e in ottima forma fisica, postura leggermente incurvata.

- Il soggetto ha un atteggiamento rilassato che lo rende più adatto alle missioni sotto copertura rispetto ad altri agenti la cui appartenenza alle forze dell'ordine risulta immediatamente evidente e che pertanto hanno maggiori difficoltà a mimetizzarsi.
- Dati l'infanzia difficile e i precedenti penali dell'adolescenza si sente perfettamente a proprio agio nel mondo criminale rispetto ai coetanei con un background più tradizionale.

Frequenza cardiaca a riposo: 62 bpm

Anzianità di servizio attivo: 15 anni

Partner: Faith Mitchell (ex Dipartimento di polizia di Atlanta).

- Trent e Mitchell lavorano bene in team fin dal primo caso che hanno affrontato insieme: l'omicidio di una ricca adolescente inizialmente identificata come Emma Campano.
- Poiché le più ampie competenze relazionali di Mitchell sono il naturale complemento dell'approccio analitico di Trent, si raccomanda di favorire il proseguire della collaborazione.
- Si segnala che la madre di Mitchell ha prestato servizio presso il Dipartimento di polizia di Atlanta per quasi quarant'anni, e che era collega e stretta collaboratrice della

GEORGIA BUREAU OF INVESTIGATION

CONFIDENZIALE

vicedirettrice Amanda Wagner. Non è chiaro fino a che punto Wagner e il capitano Mitchell siano ancora in contatto.

Supervisore: Amanda Wagner.

- in qualità di capo dello Special Criminal Apprehension Team, Wagner è il superiore diretto di Will Trent, e sembra avere la capacità di motivarlo e di sfruttare al massimo le sue competenze specifiche.
- Non è chiaro quando Wagner e Trent si siano conosciuti, ma lei ha seguito con interesse tutta la sua carriera all'interno del GBI dopo averlo reclutato quando era appena uscito dal college.

-- **VALUTAZIONE** --

Background: difficile.

- Appena nato, il soggetto è stato abbandonato in un bidone della spazzatura e ha trascorso i primi cinque anni di vita in affido temporaneo presso diverse famiglie.
- Dall'età di sei anni ha trascorso la maggior parte dell'infanzia in una casa famiglia di Atlanta, dove è stato ripetutamente ritenuto non idoneo all'adozione. È possibile che la mancata opportunità di costruire relazioni chiave nei primi anni di vita, insieme ai reiterati rifiuti sperimentati, abbia influito negativamente sulla sua capacità di fidarsi e di relazionarsi con gli altri da adulto. L'attitudine a nascondersi e la diffidenza nei confronti degli altri devono essere tenuti in considerazione nella selezione per le operazioni sul campo.
- Entrambi i genitori di Trent sono deceduti e lui è rimasto in carico allo stato fino ai 18 anni. In seguito si è trasferito dalla casa famiglia in un rifugio per senzatetto dove ha acquisito diverse abilità pratiche lavorando come manovale. All'età di 18 anni è stato arrestato per taccheggio, anche se in seguito la sua fedina penale è stata ripulita.

GEORGIA BUREAU OF INVESTIGATION

CONFIDENZIALE

- Le precoci esperienze del soggetto con la povertà estrema e la tossicodipendenza hanno generato in lui una forte avversione per alcol, sigarette e droghe, della quale occorrerà tenere conto nell'assegnargli eventuali missioni sotto copertura.
- Ha conseguito un dottorato presso la Two Egg University della Florida.
- Tecnicamente è stato sposato per tre anni con l'ex-poliziotta, Angie Polaski (congedata per motivi di salute), che sembra abbia conosciuto nella casa famiglia di Atlanta all'età di 11 anni circa. Sembra che fino a un certo punto lei abbia assunto il ruolo di protettrice, ma da alcune occasionali testimonianze risulta che la loro relazione fosse disfunzionale e caratterizzata da uno schema deleterio di rotture e riconciliazioni. Trent e Polaski sono divorziati.
- Secondo le informazioni in nostro possesso, ora Trent è legato sentimentalmente a Sara Linton, anatomopatologa del GBI, vedova del capo della polizia di Grant County Jeffrey Tolliver, che è stato assassinato due anni prima che lei e Trent si conoscessero. La dottoressa Linton potrebbe avere un effetto stabilizzatore sulla vita del soggetto. Trent e Linton si sono conosciuti quando Linton, che allora era medico presso il Grady Hospital, lavorava a un incidente stradale con omissione di soccorso che si rivelò invece un caso di rapimento e tortura.

Meriti di servizio: estremamente competente.

- La percentuale di casi risolti dall'agente speciale Trent raggiunge l'89%, superiore di 15 punti alla media del GBI.
- Tiratore scelto eccezionale, esperto di svariati tipi di arma da fuoco, Trent è stato addestrato a Hogan's Alley, Quantico.
- Il soggetto possiede competenze certificate per quanto riguarda negoziazione di ostaggi, operazioni con veicoli tattici e di emergenza, antiterrorismo e tecniche di sopravvivenza.
- Oltre alle competenze maturate nell'ambito del GBI, la precedente esperienza di Trent come manovale gli ha permesso di acquisire notevoli abilità pratiche e manuali. La sua apparentemente

GEORGIA BUREAU OF INVESTIGATION

CONFIDENZIALE

istintiva capacità di smontare e rimontare una qualunque macchina riecheggia il suo approccio al lavoro di polizia: il suo metodo consiste nello scomporre un crimine in parti per poi analizzarle singolarmente così da ricreare la scena del crimine e approdare a una soluzione logica e coerente.

Segni particolari (per l'identificazione): diversi.

- Il soggetto presenta cicatrici sul labbro superiore e sul collo, ed esiti cicatriziali residui dovuti a bruciature di sigaretta, ustioni elettriche e ferite da arma da taglio al torace, tutte risalenti all'infanzia.
- Sulla parte inferiore di una gamba è visibile un'ulteriore cicatrice dovuta a un intervento chirurgico in seguito a frattura scomposta.
- È visibile un'ulteriore cicatrice sull'avambraccio, compatibile con una lama di rasoio o simile.
- Piccola cicatrice su una mano dovuta a ferita da pistola sparachiodi.

Idoneità al lavoro sotto stretta copertura: alta.

- L'agente speciale Trent ha una vasta esperienza sul campo e un ordine di servizio impeccabile.
- È psicologicamente solido, con la capacità di vagliare e compartimentalizzare le informazioni.
- Il soggetto è dotato di empatia e può adottare tecniche di mirroring per costruire rapporti e stabilire connessioni con potenziali bersagli e informatori: ha una spiccata capacità di capire il comportamento emotivo degli altri, probabilmente dovuta alle difficoltà incontrate durante l'infanzia, quando la capacità di comprendere in tempi rapidi se uno sconosciuto era amico o nemico era la chiave per sopravvivere.
- Il soggetto ha dimostrato una certa attitudine a lavorare in modo indipendente, con una certa propensione alla solitudine.
- Complessivamente il carattere, le competenze e l'esperienza maturata lo rendono particolarmente adatto al lavoro sotto massima copertura e a incarichi ad alto rischio.

Leggi in anteprima il prologo e il primo capitolo
del nuovo romanzo di Karin Slaughter

***La moglie silenziosa*.**

A **settembre in libreria** e in tutti gli store online.

Estratto da *La moglie silenziosa*:

The silent Wife

Traduzione di Adria Tissoni

Speak to me.
Let me have a look inside these eyes while I'm learning.
Please don't hide them just because of tears.
Let me send you off to sleep with a "There, there, now
stop your turning and tossing."
Let me know where the hurt is and how to heal.
Spare me? Don't spare me anything troubling.
Trouble me, disturb me with all your cares and your worries.
Speak to me and let our words build a shelter from the storm.

Trouble Me
di Natalie Merchant e Dennis Drew
10.000 Maniacs

Prologo

Beckey Caterino guardò negli angoli più bui del frigorifero dello studentato. Scorse infuriata le etichette dei cibi cercando le sue iniziali scarabocchiate su qualsiasi cosa, sui fiocchi di latte, sui Lunchables, sui Bagel Bites, sugli hot dog vegani, persino sui bastoncini di carote.

KP, Kayleigh Pierce. DL, Deneshia Lachland. VS, Vanessa Sutter.

«Stronze.» Beckey sbatté lo sportello del frigo con tanta forza da far tintinnare le bottiglie di birra. Sferrò un calcio alla prima cosa che le capitò a tiro, il secchio dei rifiuti.

Alcuni vasetti di yogurt vuoti rotolarono sul pavimento. Alcuni sacchetti appallottolati di popcorn Skinny Girl. Le bottiglie tracannate di Diet Coke. Tutti con due lettere scritte davanti con un pennarello nero.

BC.

Beckey fissò le confezioni depredate che aveva comprato con i suoi pochi, preziosi soldi e che quelle idiote delle sue compagne avevano mangiato mentre passava la notte in biblioteca a preparare un lavoro che avrebbe costituito metà del suo voto in chimica organica. Avrebbe dovuto incontrare la docente alle sette per avere conferma del fatto di essere sulla strada giusta.

Il suo sguardo guizzò sull'orologio.

Le 4.57.

«Brutte stronze!» urlò al soffitto. Accese tutte le luci che riuscì a trovare. I suoi piedi nudi lasciarono un solco sulla moquette del corridoio. Era sfinita. Non riusciva quasi a stare su dritta. Il sacchetto di Doritos e le due girelle giganti alla cannella del distributore automatico della biblioteca si erano trasformati in cemento nel suo stomaco. L'unica cosa che l'aveva spinta ad andare da lì allo studentato era l'aspettativa del cibo.

«Alzati, ladra schifosa!» Pestò il pugno sulla porta di Kayleigh con tale violenza che si aprì.

In aria aleggiava il fumo della marijuana. Kayleigh batté le palpebre sotto le lenzuola. Il ragazzo accanto a lei rotolò sul fianco.

Markus Powell, il fidanzato di Vanessa.

«Merda!» Kayleigh balzò fuori dal letto, nuda tranne per il calzino sul piede sinistro.

Beckey picchiò i pugni sulle pareti mentre andava verso la sua camera. Era la stanza più piccola, che si era offerta di prendere perché era uno zerbino e non sapeva come tener testa a tre ragazze della sua stessa età, ma con un conto in banca che era il doppio del suo.

«Non puoi dirlo a Nessa!» Kayleigh le corse dietro, sempre nuda. «Non è stato niente, Beck. Ci siamo ubriacati e...»

Ci siamo ubriacati e.

Tutte le maledette storie che raccontavano quelle puttane cominciavano con quelle quattro parole. Quando Vanessa era stata sorpresa a fare un pompino al ragazzo di Deneshia. Quando il fratello di Kayleigh aveva orinato per sbaglio nell'armadio. Quando Deneshia aveva *preso in prestito* la sua biancheria. Ogni volta erano ubriache, fatte, occupate a fottere o a fottersi a vicenda perché quello non era il college, quello era il Grande Fratello dove nessuna poteva essere eliminata e tutte si pigliavano la gonorrea.

«Beck, dai.» Kayleigh si sfregò le braccia nude. «Aveva comunque intenzione di mollarlo.»

Beckey avrebbe potuto urlare e non smettere più o andarsene il più in fretta possibile.

«Beck...»

«Vado a farmi una corsa.» Aprì brusca un cassetto. Cercò i calzini ma ovviamente erano tutti spaiati. Il suo reggiseno sportivo preferito era buttato sotto il letto. Ripescò i pantaloncini da corsa sporchi dal cesto e decise di usare due calzini diversi, uno dei quali con un buco sul tallone; però farsi venire una vescica non era nulla al confronto di restare là, dove avrebbe dato di matto con qualsiasi essere vivente.

«Beckey, smetti di fare la stronza. Mi stai offendendo.»

Lei ignorò le sue lagne. Si mise le cuffiette al collo. Restò stupefatta di trovare il suo iPod shuffle proprio dove doveva essere. Kayleigh era la martire dello studentato, tutti i suoi crimini venivano commessi per il bene superiore. Aveva dormito con Markus solo perché Vanessa gli aveva spezzato il cuore. L'unica ragione per cui aveva copiato la verifica di Deneshia era che sua madre sarebbe rimasta sconvolta se non avesse superato l'ennesimo esame. Aveva mangiato i mac and cheese di Beckey perché suo padre si preoccupava della sua eccessiva magrezza.

«Beck.» Kayleigh optò per un diversivo. «Perché non mi parli? Cosa c'è veramente?»

Beckey stava per dirle che cosa ci fosse veramente quando notò che il suo fermaglio per capelli non era sul comodino dove lo lasciava sempre.

Tutto l'ossigeno le uscì dai polmoni.

Kayleigh sollevò le mani a dimostrazione della sua innocenza. «Non l'ho preso io.»

Beckey restò un attimo imbambolata a guardare le areole perfettamente rotonde dei suoi seni, che la fissavano come un secondo paio d'occhi.

«Okay, amica, ho mangiato la tua roba in frigo, ma non toccherei mai il tuo fermaglio per capelli. Lo sai» affermò Kayleigh.

Beckey sentì un buco nero aprirsi nel petto. Il fermaglio era di plastica di poco conto, uno di quelli che compri nei drugstore, ma per lei valeva più di qualsiasi altra cosa al mondo, perché era l'ultima cosa che le aveva dato sua madre prima di salire in macchina per andare al lavoro ed essere uccisa da un ubriaco che procedeva contromano sull'interstatale.

«Ehi, Blair e Dorota, piantatela di complottare.» La porta di Vanessa era aperta. I suoi occhi erano ridotti a due fessure nel viso gonfio per il sonno. Passò oltre la nudità di Kayleigh e si rivolse direttamente a Beckey. «Ragazza, non puoi andare a correre all'ora degli stupri.»

Lei partì. Superò le due stronze. Percorse il corridoio. Tornò in cucina. Passò in soggiorno e uscì. Un altro corridoio. Tre rampe di scale. La sala di ritrovo. La porta di vetro che richiedeva una chiave elettronica per rientrare, ma al diavolo anche quella perché doveva allontanarsi da quei mostri. Dalla loro cattiveria noncurante, dalle loro lingue velenose, dai seni a punta e dagli sguardi taglienti.

La rugiada le picchiettò sulle gambe quando attraversò il cortile erboso del campus. Costeggiò una barriera di calcestruzzo e raggiunse la strada principale. L'aria era ancora gelida. I lampioni si spensero tremolando a uno a uno nel chiarore dell'alba. Le ombre avvolgevano gli alberi. Udì qualcuno tossire in lontananza. Un brivido improvviso le attraversò la schiena.

L'ora degli stupri.

Come se a loro importasse che la stuprassero. O che avesse a stento i soldi per mangiare, che dovesse impegnarsi più di loro, studiare, provarci, correre più di loro, per poi finire sempre, e proprio sempre, per quanto si sforzasse, due passi più indietro rispetto al punto di partenza di tutte le altre.

Blair e Dorota.

La ragazza popolare e la cameriera grassoccia e servile di *Gossip Girl*. Indovinate un po' chi era l'una e chi l'altra nella mente di tutte.

Beckey si mise le cuffiette. Premette play sull'iPod shuffle, fissato all'orlo della maglietta. Flo Rida attaccò.

Can you blow my whistle baby, whistle baby…

I suoi piedi toccavano terra a ritmo. Varcò il cancello principale che divideva il campus da quella piccola e triste zona di negozi del centro. Non c'erano bar né luoghi di ritrovo per gli studenti perché l'università si trovava in una contea che proibiva gli alcolici. Suo papà diceva che era come Mayberry, ma in qualche modo più bianca e noiosa. Il ferramenta. L'ambulatorio pediatrico. La stazione di polizia. Il negozio di vestiti. L'anziano proprietario del diner stava lavando il marciapiede con un tubo di gomma mentre il sole sorgeva sopra le cime degli alberi. La luce conferiva a tutto una luminosità strana, rosso-arancione. Il vecchio la salutò toccandosi il cappellino da baseball. Lei incespicò in una crepa dell'asfalto. Si riprese. Fissò dritto davanti a sé, fingendo di non averlo visto mollare il tubo per aiutarla, perché voleva tenere ben presente la verità che al mondo erano tutti bastardi e che la sua vita faceva schifo.

«Beckey» aveva detto sua madre prendendo il fermaglio di plastica dalla borsa, «stavolta parlo sul serio. Lo rivoglio.»

Il fermaglio. Due pettinini uniti da una cerniera con un dente rotto. Tartarugato, come un gatto. Julia Stiles ne portava uno in *10 cose che odio di te,* che Beckey aveva guardato un milione di volte con sua madre perché era uno dei pochi film che piaceva a entrambe.

Kayleigh non glielo avrebbe mai rubato dal comodino. Era una stronza senz'anima, ma sapeva che cosa significasse quel fermaglio per lei perché, una sera che avevano fumato entrambe, Beckey le aveva raccontato l'intera storia. Che era a lezione di inglese quando il preside era venuto a prenderla. Che l'agente responsabile della sicurezza nella scuola la stava attendendo nell'atrio e che era caduta in preda al panico perché non si era mai messa nei guai, ma non era nei guai. Da qualche parte nel profondo del suo cuore Beckey doveva aver capito che era successo qualcosa di molto brutto perché, quando l'agente aveva iniziato a parlare, il suo udito era andato e venuto come in caso di cattiva ricezione del cellulare, cogliendo una serie di parole frammentarie tra le scariche statiche…

Madre… interstatale… ubriaco al volante…

Beckey aveva stranamente avvicinato la mano alla nuca in cerca del fermaglio. L'ultima cosa che sua madre aveva toccato prima di uscire di casa. Lo aveva aperto. Si era passata le dita tra i capelli per scrollarselo di dosso. Lo aveva stretto con tanta forza nel palmo che un dente si era rotto. Si ricordò di aver pensato che sua madre la avrebbe uccisa. *Lo rivoglio.* Poi però si era resa conto che non avrebbe potuto farlo mai più perché era morta.

Beckey si asciugò le lacrime sul viso mentre arrivava in fondo a Main Street. A destra o a sinistra? Verso il lago dove vivevano i professori e la gente ricca o verso i minuscoli lotti costellati di case mobili e abitazioni economiche?

Girò a destra, dalla parte opposta al lago. Sull'iPod Flo Rida lasciò il posto a Nicki Minaj. Il suo stomaco macinava i Doritos e i dolci alla cannella estraendone lo zucchero e spingendoglielo in gola. Spense la musica. Lasciò le cuffiette penzoloni attorno al collo. I suoi polmoni ebbero quel fremito con cui le segnalavano che erano pronti a smettere, ma lei insistette immettendo grandi boccate d'aria con gli occhi che ancora le bruciavano, mentre il pensiero tornava rapido a quando stava sul divano con sua madre a trangugiare popcorn Skinny Girl e a cantare insieme a Heath Ledger *Can't Take My Eyes of You.*

You're just too good to be true…

Corse più veloce. Più si addentrava nello squallido quartiere, più l'aria si faceva stantia. I cartelli delle vie si ispiravano curiosamente alla colazione: sw Omelet Road. Hashbrown Way. Beckey non andava mai in quella direzione, soprattutto a quell'ora. La luce rosso-arancione era diventata di un bruno sporco. La strada era disseminata di pick-up sbiaditi e di vecchie macchine. La vernice delle case era scrostata. Molte finestre erano sbarrate. Il tallone prese a pulsarle dal male. Ma guarda un po'. Il buco nel calzino le stava facendo venire una vescica. La sua memoria recuperò un'immagine: Kayleigh che balzava giù dal letto senza niente addosso tranne un calzino.

Il suo.

Rallentò fino a camminare, poi si fermò nel centro della strada. Mise le mani sulle ginocchia e si chinò per riprendere fiato. Adesso il piede le bruciava proprio, come se ci fosse un calabrone intrappolato nella scarpa. Non avrebbe mai potuto tornare al campus senza spellarsi il tallone. Avrebbe dovuto incontrare la dottoressa Adams alle sette di quel mattino per rivedere la ricerca. Non sapeva che ora fosse, però sapeva che la professoressa si sarebbe irritata se lei non si fosse fatta vedere. Non erano alle superiori. I docenti potevano fregarti per bene se facevi perder loro tempo.

Kayleigh sarebbe venuta a recuperarla. Era un essere umano spregevole, ma si poteva sempre contare su di lei per essere soccorsi, se non altro perché amava fare scena. Beckey spostò la mano verso la tasca, poi però la sua memoria recuperò un'altra serie di immagini: lei in biblioteca che infilava il telefono nello zaino, e più tardi lei nello studentato che gettava lo zaino sul pavimento della cucina.

Niente telefono. Niente Kayleigh. Niente aiuto.

Adesso il sole era più alto sopra gli alberi, eppure percepiva ancora un'oscurità incombente. Nessuno sapeva dove fosse. Nessuno aspettava il suo ritorno. Era in un quartiere strano. In un *brutto* quartiere strano. Bussare a una porta, chiedere a qualcuno di usare il telefono sembrava l'inizio di una puntata di *Dateline*. Sentiva la voce del commentatore nella sua testa:

Le compagne di Beckey hanno pensato che volesse sbollire l'arrabbiatura. La dottoressa Adams ha creduto che le avesse dato buca perché non era riuscita a finire il lavoro. Nessuno si era reso conto che la giovane e infuriata matricola del college aveva bussato alla porta di uno stupratore cannibale...

Un odore pungente di marcio la riportò alla realtà. Un camion della nettezza urbana apparve all'incrocio, all'imboccatura della via. I freni stridettero quando si fermò. Un tizio in tuta saltò giù da dietro. Avvicinò un cassonetto. Lo fissò al meccanismo di sollevamento. Beckey guardò gli ingranaggi muoversi all'interno del camion. Il tizio in tuta non si era curato di guardare nella sua direzione, però Beckey fu d'un tratto sopraffatta dalla sensazione di essere osservata.

L'ora degli stupri.

Si girò cercando di ricordare se per prendere quella strada avesse svoltato a destra o a sinistra. Non c'era neppure un cartello. La sensazione d'essere osservata divenne più forte. Scrutò le case, l'interno dei furgoni e delle auto. Niente ricambiò il suo sguardo. Nessuna tenda si mosse nelle finestre. Nessuno stupratore cannibale uscì per offrirle aiuto.

Il suo cervello fece immediatamente quello che le donne non dovrebbero fare: la rimproverò perché aveva paura, soffocò il suo istinto, le disse di affrontare la situazione che la spaventava invece di scappare come una bambina.

Beckey controbatté: togliti dal centro della strada. Sta' vicino alle case perché la gente è dentro. Urla come una matta se qualcuno ti si avvicina. Torna al campus perché là sarai al sicuro.

Tutti ottimi consigli, ma dov'era il campus?

Si infilò di lato tra due auto in sosta e si ritrovò non su un marciapiede, ma su una striscia stretta di erbacce che correva tra due case. In una città lo avrebbe chiamato vicolo, ma lì pareva più che altro un lotto abbandonato. Il terreno era costellato di mozziconi e di bottiglie di birra rotte. Beckey vide un campo falciato con cura dietro le abitazioni, poi il bosco proprio al di là del pendio.

Andare nel bosco le sembrava controintuitivo, però aveva grande familiarità con i sentieri di terra battuta che lo attraversavano. Avrebbe trovato probabilmente altri studenti di tipo A in sella a una bici o diretti al lago a fare tai chi o venuti a correre il mattino presto. Guardò in alto usando il sole come guida. Andando a ovest avrebbe raggiunto il campus. Vescica o no, alla fine sarebbe dovuta rientrare allo studentato, perché non poteva permettersi di non superare chimica organica.

Sentì in bocca il sapore acre di un rutto dal chiaro retrogusto alla cannella. Aveva la gola piena. I dolci del distributore automatico volevano tornare su. Doveva arrivare allo studentato prima di vomitare. Non avrebbe rimesso nell'erba come un gatto.

Passando tra le due case tremò tanto violentemente da battere i denti. Nel campo aumentò il passo. Non correva ma nemmeno passeggiava. La vescica le pizzicava il tallone ogni volta che appoggiava il piede. Sussultare sembrava aiutarla. Poco dopo stava resistendo con tutte le forze. Poco dopo ancora stava correndo attraverso il campo con la sensazione di avere mille occhi sulla schiena che probabilmente non la stavano guardando.

Probabilmente.

La temperatura calò quando superò la linea degli alberi. Le ombre entravano e uscivano dalla sua visione periferica. Trovò con facilità uno dei sentieri su cui in passato aveva corso un'infinità di volte. Allungò la mano verso l'iPod ma cambiò idea. Voleva sentire la quiete del bosco. Solo qualche sporadico raggio di sole riusciva a penetrare nella fitta volta. Pensò a prima, quel mattino. Quand'era davanti al frigo. L'aria fredda che le aveva avvolto le guance roventi. I sacchetti vuoti dei popcorn e le bottiglie di Coca-Cola sparse per terra. Le avrebbero restituito i soldi del cibo. Lo facevano sempre. Non erano ladre. Erano solo troppo pigre per andare al supermercato e troppo disorganizzate per preparare una lista quando lei si offriva di fare la spesa per loro.

«Beckey?»

Il suono della voce dell'uomo la indusse a girare la testa, ma il suo corpo continuò ad avanzare.

Vide la sua faccia nella frazione di secondo tra l'attimo in cui incespicò e quello in cui cadde. Sembrava gentile, preoccupato. Stava allungando la mano verso di lei mentre cadeva.

Sbatté la testa contro un oggetto duro. Il sangue le riempì la bocca. La vista le si offuscò. Cercò di rotolare ma riuscì a farlo solo in parte. I capelli le si erano impigliati in qualcosa. La tiravano. La strattonavano. Si toccò la nuca aspettandosi per qualche motivo di trovare il fermaglio di sua madre. Quello che invece tastò fu legno e poi acciaio, poi la faccia dell'uomo entrò nel suo campo visivo e si rese conto che l'oggetto conficcato nel suo cranio era un martello.

1

Atlanta

Will Trent spostò il suo metro e novantatré, cercando di trovare una posizione comoda per le gambe nella Mini della sua collega. La sommità della testa stava alla perfezione nel vano del tettuccio apribile, ma il seggiolino della bambina sistemato dietro riduceva parecchio il suo spazio davanti. Doveva tenersi le ginocchia per non urtare accidentalmente il cambio e metterlo in folle. Sembrava con molta probabilità un contorsionista, benché lui si ritenesse più un nuotatore che si immergeva ed emergeva dalla conversazione che Faith Mitchell aveva con se stessa. Al posto di bracciata-bracciata-respira, era estraniati-estraniati-*cos'hai detto?*

«Allora, alle tre del mattino sto postando una recensione feroce da una stella per questa spatola chiaramente difettosa.» Faith tolse entrambe le mani dal volante per imitare il gesto della scrittura al pc. «E mi rendo conto di aver messo un detersivo monodose per lavatrice nella lavastoviglie, il che è assurdo perché la lavanderia è di sopra, e dieci minuti dopo sto guardando dalla finestra e penso: *la maionese è davvero uno strumento musicale?*»

Will sentì l'intonazione salire alla fine, ma non capì se volesse o no una risposta. Cercò di riavvolgere fino all'inizio il nastro del discorso nella sua testa. L'operazione non fece maggiore chiarezza. Erano in macchina da quasi un'ora e Faith aveva già accennato, senza alcun ordine specifico, al prezzo esorbitante della colla in stick, al Chuck E. Cheese Industrial Birthday Complex e a quella che definiva la tortura pornografica dei genitori che postavano le foto dei figli che tornavano a scuola mentre la sua era ancora a casa.

Piegò la testa immergendosi di nuovo nel discorso.

«E arriviamo alla parte in cui Mufasa precipita verso la morte.» Adesso a quanto pareva stava parlando di un film. «Emma si mette a piangere a dirotto come faceva Jeremy alla sua età, e mi sono resa conto di aver messo al mondo due bambini esattamente tra un *Re Leone* e l'altro.»

Will si astrasse dalla conversazione. Udendo il nome di Emma provò una fitta al ventre. Il senso di colpa gli si propagò nel petto come una scarica di pallini da caccia.

Aveva quasi ucciso la figlia di due anni di Faith.

Era andata così: lui e la sua fidanzata le stavano facendo da baby-sitter. Sara stava sistemando alcune carte in cucina. Lui era seduto per terra in soggiorno con Emma. Le stava mostrando come sostituire la minuscola batteria a bottone in un HexBug. Il giocattolo era smontato sul tavolino. Will stava tenendo la batteria, grande quanto una mentina per l'alito, sulla punta del dito in modo che la bambina potesse vedere. Le stava spiegando che avrebbero dovuto fare molta attenzione a non lasciarla in giro perché Betty, il suo cane, avrebbe potuto mangiarla per sbaglio, quando d'un tratto, senza alcun preavviso, Emma si era allungata e se l'era infilata in bocca.

Will era un agente del Georgia Bureau of Investigation. Si era trovato in emergenze reali, in bilico tra la vita e la morte, e l'unica cosa che allora aveva fatto inclinare il piatto della bilancia era stata la sua capacità di agire in fretta.

Eppure, quando la batteria era scomparsa, era rimasto paralizzato.

Il suo dito era restato inutilmente puntato a mezz'aria. Il suo cuore si era ripiegato come una bici attorno a un palo. Era riuscito solo a guardare al rallentatore Emma che si raddrizzava con un sorrisetto sul volto angelico e si preparava a deglutirla.

Era stato allora che Sara li aveva salvati tutti. Con la stessa rapidità con cui la bambina aveva aspirato la batteria, le era piombata addosso come un rapace, le aveva cacciato un dito in bocca e l'aveva estratta.

«Comunque sia, guardo al di sopra della spalla di questa ragazza in coda alla cassa, e lei sta messaggiando con il fidanzato, dicendogliene di tutti i colori.» Faith era passata a un'altra storia. «Poi se ne va, e a me resterà sempre il dubbio se il suo fidanzato sia stato davvero o no con sua sorella.»

La spalla di Will si piantò nel finestrino quando la Mini fece una curva brusca. Erano quasi alla prigione statale. Sara sarebbe stata là, fatto che trasformò a poco a poco il senso di colpa di Will per Emma in trepidazione per Sara.

Si mosse di nuovo sul sedile. La camicia gli si staccò dalla schiena. Per una volta non stava sudando per il caldo. Stava sudando per il suo rapporto con Sara.

Andava alla grande ma per qualche motivo anche molto, molto male.

In apparenza non era cambiato niente. Passavano ancora più notti insieme che separati. Nel fine settimana avevano condiviso il pasto preferito di lei, la colazione domenicale nudi, e anche quello di lui, la seconda colazione nudi. Sara lo baciava nello stesso modo. La sensazione era che lo amasse nello stesso modo. Lasciava ancora i vestiti sporchi a pochi centimetri dal cesto della biancheria, ordinava ancora un'insalata mangiando metà delle sue patatine, eppure c'era qualcosa di terribilmente sbagliato.

La donna che negli ultimi due anni lo aveva praticamente costretto, a forza di botte in testa, a parlare di cose di cui non voleva parlare aveva d'un tratto dichiarato che uno specifico argomento di conversazione era proibito.

Era andata così: sei settimane prima era tornato a casa dopo aver svolto alcune commissioni. Sara era seduta al tavolo della cucina. All'improvviso si era messa a parlare di ristrutturare casa di Will. Non solo di ristrutturarla, ma di demolirla per avere più spazio per sé, il che era un modo indiretto per dirgli che avrebbero dovuto convivere, perciò Will aveva deciso di farle la proposta in modo indiretto, spiegando che si sarebbero dovuti sposare in chiesa per accontentare sua madre.

Dopodiché aveva sentito uno schiocco, mentre la terra gli si gelava sotto i piedi, il ghiaccio ricopriva ogni superficie e il respiro di Sara si condensava, quando, anziché rispondere: «Sì, amore mio, sarei felicissima di sposarti», aveva detto con una voce più fredda dei ghiaccioli sul soffitto: «Che cavolo c'entra mia madre?».

Avevano discusso, e Will si era trovato in una posizione difficile dato che non aveva capito con precisione di che cosa stessero discutendo. Si era preso un paio di stoccate perché la sua casa non era abbastanza bella per lei, quindi il discorso si era spostato sui soldi, il che lo aveva messo in una posizione migliore perché lui era un povero dipendente governativo e Sara... be', anche Sara era attualmente una povera dipendente governativa, ma prima era stata una ricca dottoressa.

Erano andati avanti finché era stata ora di incontrare i genitori di lei per il brunch. Dopo, Sara aveva imposto una moratoria di tre ore sul discorso del matrimonio o della convivenza, e quelle tre ore erano diventate il resto della giornata, quindi il resto della settimana e adesso era passato un mese e mezzo, e Will stava in pratica vivendo con una coinquilina molto sexy che continuava a voler fare sesso con lui ma che parlava solo di cosa ordinare per cena, della determinazione di sua sorella minore a incasinarle la vita e di quanto fosse facile imparare i venti algoritmi che risolvevano il cubo di Rubik.

Faith entrò nel posteggio della prigione dicendo: «Ovviamente, perché sono io, in quel momento esatto mi è venuto il ciclo».

Restò in silenzio entrando in uno stallo. L'ultima frase non pareva affatto conclusiva. Si aspettava una risposta? Certo che sì.

Will optò per: «È un bello schifo».

Faith sembrò sorpresa, come se si fosse appena accorta che Will era in macchina. «Cosa è un bello schifo?»

Ora lui capiva chiaramente che *non* si aspettava una risposta.

«Gesù, Will.» Inserì bruscamente il cambio nella modalità parcheggio. «Perché non mi avverti la prossima volta che hai davvero intenzione di ascoltare?»

Scese e si allontanò furiosa verso l'ingresso dei dipendenti. Gli dava le spalle, ma lui immaginò che brontolasse a ogni passo. Mostrò il documento alla telecamera davanti il cancello. Will si sfregò la faccia. Inalò l'aria calda all'interno dell'auto. Tutte le donne della sua vita erano pazze o era lui l'idiota?

Solo un idiota avrebbe fatto quella domanda.

Aprì la portiera e riuscì a disincastrarsi dalla Mini. Il sudore gli prudeva sul cuoio capelluto. Era l'ultima settimana di ottobre e il caldo all'esterno non era molto meglio che all'interno. Si sistemò la pistola alla cintura. Trovò la giacca del completo tra il seggiolino di Emma e un sacchetto di cracker Goldfish vecchi. Lo trangugiò tutto alla Homer Simpson, osservando un bus per il trasporto detenuti uscire in strada. Finì in una buca. Dietro i finestrini con le sbarre le facce dei carcerati mostravano tutte vari gradi di infelicità.

Gettò il sacchetto vuoto sul sedile posteriore, poi lo recuperò e lo portò con sé incamminandosi verso l'ingresso dei dipendenti. Guardò l'edificio basso, deprimente. La Phillips State Prison era una struttura di media sicurezza situata a Buford, più o meno a un'ora da Atlanta. Circa diecimila uomini erano ospitati in dieci unità abitative contenenti due dormitori ciascuna. Sette avevano celle da due. Le altre un misto di celle singole, doppie e di isolamento contenenti carcerati DM/TS. DM stava per disturbi mentali. TS per trattamento speciale, o custodia protettiva, ovvero poliziotti e pedofili, le due categorie più prese di mira in qualsiasi prigione.

C'era un motivo se erano abbinati. A una persona esterna una cella singola sarebbe sembrato un lusso. Per un carcerato in isolamento significava venti ore al giorno di confino solitario in una scatola di calcestruzzo di due metri per quattro senza finestra. E questo dopo una causa epocale grazie a cui le regole precedenti di isolamento in Georgia erano state giudicate disumane.

Quattro anni prima la Phillips, insieme ad altre nove carceri statali, era stata oggetto di un'operazione sotto copertura dell'FBI che aveva tolto di mezzo quarantasette guardie carcerarie corrotte. Tutte le altre erano state ricollocate all'interno del sistema.

Il nuovo direttore era un tipo intransigente, il che era un bene e un male, a seconda di come si considerassero i pericoli connaturati ad avere in custodia uomini isolati, arrabbiati. Il carcere era attualmente blindato dopo due giorni di rivolta. Sei guardie e tre detenuti erano rimasti gravemente feriti. Un altro era stato brutalmente assassinato nella mensa.

L'omicidio era il motivo che li aveva portati là.

In base alla legge statale il GBI era incaricato di indagare su tutti i decessi che avvenivano in ambito detentivo. I carcerati in partenza sul bus non erano probabilmente implicati nell'omicidio ma avevano avuto un ruolo di qualche tipo nella rivolta. Ricevevano la cosiddetta *Diesel Therapy*. Il direttore stava allontanando le lingue lunghe, i fomentatori, le pedine nelle rivalità tra bande. Eliminare i piantagrane era un bene per la salute del carcere, ma non altrettanto entusiasmante per gli uomini allontanati. Stavano perdendo l'unico posto che potevano chiamare casa, diretti a una nuova struttura molto più pericolosa di quella che stavano lasciando. Era come andare in una scuola nuova, ma al posto di bulli e di ragazze perfide c'erano stupratori e assassini.

Al cancello d'ingresso era fissato un cartello di metallo. GDOC, Georgia Department of Corrections. Will gettò il sacchetto vuoto di Goldfish nel bidone dell'immondizia lì accanto. Si passò le mani sui pantaloni per eliminare la polvere gialla. Poi si pulì le impronte al cheddar che aveva lasciato, finché furono meno indecenti.

La telecamera era a cinque centimetri dalla sua testa. Dovette fare un passo indietro per mostrare le credenziali. Dopo un forte ronzio e un *clic* si ritrovò all'interno. Ripose la pistola in un armadietto e si mise in tasca la chiave. Poi dovette estrarla insieme a tutto il resto per superare i controlli. Fu condotto attraverso la porta di sicurezza da una guardia taciturna che usava il mento per comunicare: *come va fratello, la tua collega è in fondo al corridoio, seguimi.*

L'uomo strascicava i piedi anziché camminare, un'abitudine legata al lavoro. Non c'era bisogno di correre quando il posto dove andavi era esattamente uguale a quello che avevi lasciato.

La prigione aveva i rumori di una prigione. I detenuti urlavano, picchiavano sulle sbarre, protestavano contro il regime di lockdown e/o le generali ingiustizie dell'umanità. Will si allentò la cravatta via via che si addentravano dell'edificio. Il sudore gli colava sul collo. Le carceri erano strutturalmente difficili da raffreddare e riscaldare. I corridoi erano lunghi e larghi, gli angoli netti. Le pareti di blocchi di calcestruzzo e i pavimenti di linoleum. C'era poi il fatto che ogni cella aveva una conduttura fognaria aperta come gabinetto, e che ogni uomo all'interno sudava così tanto per la tensione da trasformare il flusso tranquillo del fiume Chattahoochee in rapide di sesto grado.

Faith lo stava aspettando davanti a una porta chiusa. Aveva la testa china mentre scribacchiava sul taccuino. La sua loquacità la rendeva molto brava nel suo lavoro. Mentre Will si spalmava il cheddar sui pantaloni, lei si era data da fare per raccogliere informazioni.

Fece un cenno alla guardia taciturna, che prese posto sull'altro lato della porta, poi gli disse: «Il detenuto ucciso è nella mensa. Amanda è appena arrivata. Vuole vedere la scena del crimine prima di parlare con il direttore. Sei agenti dell'ufficio della Georgia settentrionale stanno passando in rassegna i sospettati da tre ore. Appena otterranno una possibile lista, finiremo il lavoro. Sara dice che sarà pronta quando lo saremo noi».

Lui guardò dalla finestrella della porta.

Sara Linton era in piedi nel centro della mensa con addosso una tuta bianca in Tyvek. I suoi lunghi capelli castano-ramati erano infilati sotto un cappellino da baseball blu. Era un medico legale del GBI. Quello sviluppo recente lo aveva reso molto felice fino a circa sei settimane prima. Stava parlando con Charlie Reed, il capo dei tecnici della Scientifica. Lui era inginocchiato a fotografare un'impronta di scarpa insanguinata. Gary Quintana, l'assistente di Sara, teneva un righello vicino all'impronta per prendere nota delle dimensioni.

Sara aveva un'aria stanca. Nelle ultime quattro ore aveva esaminato la scena. Will era fuori a farsi la sua corsa mattutina quando la telefonata l'aveva tirata giù dal letto. Gli aveva lasciato un messaggio con un cuore in un angolo.

Lui aveva fissato quel cuore più a lungo di quanto avrebbe ammesso davanti a qualsiasi essere vivente.

«Okay, allora, la rivolta è scoppiata due giorni fa. Alle undici e cinquantotto di sabato mattina» affermò Faith.

Will distolse l'attenzione da Sara. Attese che continuasse.

Lei disse: «Due detenuti hanno iniziato a fare a pugni. La prima guardia che ha cercato di separarli è finita stesa. Una gomitata alla testa, la testa sbattuta per terra e tanti saluti. Con la prima guardia a terra sono iniziati i giochi. La seconda è stata strozzata fino a perdere i sensi. Una terza accorsa in loro aiuto è stata messa fuori combattimento con un pugno. Poi qualcuno ha afferrato i taser, qualcun altro le chiavi ed è stata rivolta generale. L'assassino era chiaramente pronto».

Will assentì al *chiaramente*, perché le rivolte nelle prigioni scoppiavano in genere come le eruzioni cutanee. C'era sempre un prurito rivelatore e c'era sempre un tizio, o un gruppo di tizi, che sentiva quel prurito e studiava il modo per sfruttare la rivolta a suo vantaggio. Razziare lo spaccio? Scambiarsi di posto con le guardie? Far fuori qualche rivale?

L'interrogativo era se la vittima dell'omicidio fosse un danno collaterale o se fosse stata presa di mira in modo specifico. Difficile stabilirlo davanti alla porta della mensa. Guardò di nuovo dalla finestrella. Contò trenta tavoli da picnic, ciascuno con dodici posti, tutti imbullonati al pavimento. I vassoi erano sparpagliati per tutta la sala. I tovaglioli di carta. Il cibo andato a male. C'erano un sacco di liquidi ormai seccati, sangue perlopiù. Alcuni denti. Will vide una mano immobile spuntare da sotto un tavolo e suppose che appartenesse alla vittima. Il corpo dell'uomo era sotto un altro tavolo vicino alla cucina. Dava la schiena alla porta. La sua divisa bianca con le righe blu conferiva alla scena del crimine un'atmosfera da massacro in gelateria.

Faith disse: «Senti, se sei ancora agitato per Emma e la batteria, non esserlo. Non è colpa tua se hanno un aspetto così delizioso».

Will immaginò che la vista di Sara lo avesse indotto a lanciare un segnale che lei aveva captato.

«I bambini piccoli sono come i peggiori detenuti. Quando non ti mentono in faccia e non ti spaccano la roba, sonnecchiano, fanno la cacca o escogitano modi diversi per fregarti.»

La guardia sollevò il mento. *Giustissimo.*

«Può informarli che siamo qui?» gli chiese Faith.

Lui annuì. *Certo, signora, vivo per servire,* prima di allontanarsi strascicando i piedi.

Will osservò Sara dalla finestrella. Stava annotando qualcosa su un portablocco. Si era aperta la cerniera lampo della tuta legandosi le maniche attorno alla vita. Il cappellino da baseball era sparito. Aveva raccolto i capelli in una coda morbida.

«È Sara?» domandò Faith.

Lui la guardò. Si scordava spesso quanto fosse minuta. Capelli biondi. Occhi azzurri. Un'aria perennemente delusa. Con le mani sui fianchi e la testa china fino ad avere il mento all'altezza del petto, gli ricordò Pearl Pureheart, la fidanzata di Mighty Mouse, se Pearl fosse rimasta incinta a quindici anni e di nuovo a trentadue.

E questa era la prima ragione per cui Will non le parlava di Sara. Faith faceva forzatamente da madre a chiunque entrasse nella sua orbita, che si trattasse di un sospettato sotto custodia o della cassiera del supermercato. L'infanzia di Will era stata piuttosto accidentata. Sapeva parecchie cose del mondo che gran parte dei ragazzini non imparava mai, ma non come farsi proteggere da una madre.

La seconda ragione del suo silenzio era che Faith era una poliziotta maledettamente in gamba. Le sarebbero bastati due secondi per risolvere il Caso della Fidanzata d'un tratto silenziosa.

Indizio numero uno: Sara era una persona molto logica e coerente. A differenza della sua ex moglie psicotica, non era stata vomitata dalla bocca dell'inferno. Se Sara era arrabbiata, irritata, infastidita o felice, spiegava in modo attendibile come era arrivata a esserlo e cosa intendeva fare al riguardo.

Indizio numero due: Sara non faceva giochetti. Non c'erano silenzi, bronci o battute maligne da interpretare. Will non doveva mai indovinare che cosa stesse pensando perché glielo diceva.

Indizio numero tre: A Sara piaceva chiaramente essere sposata. Nella sua vita precedente lo era stata due volte, entrambe con lo stesso uomo. Sarebbe stata ancora sposata con Jeffrey Tolliver se lui non fosse stato ucciso cinque anni prima.

Soluzione: Sara non aveva obiezioni al matrimonio o a una proposta indiretta.

Aveva obiezioni a sposare Will.

«Voldemort» annunciò Faith nel momento esatto in cui il *clop clop* dei tacchi alti della vicedirettrice Amanda Wagner giunse alle orecchie di Will.

Amanda teneva il telefono in mano mentre percorreva il corridoio. Era sempre occupata a mandare messaggi o a telefonare per avere informazioni dalla rete delle sue vecchie colleghe, un gruppo fenomenale di donne, quasi tutte in pensione, che Will immaginava seduto in un nascondiglio segreto a realizzare borsette a maglia per bombe a mano finché non venivano attivate.

La madre di Faith era una di loro.

«Be'.» Amanda notò i pantaloni sporchi di cheddar di Will a dieci metri di distanza. «Agente Trent, eri l'unico vagabondo caduto dal treno o dobbiamo cercarne altri?»

Lui si schiarì la voce.

«Okay.» Faith sfogliò il taccuino andando dritta al dunque. «La vittima è Jesus Rodrigo Vasquez, trentotto anni, maschio ispanico, sei su dieci per AAL, non ha passato il *meth quiz* tre mesi fa quand'era fuori.»

Will tradusse tra sé: *Vasquez, condannato per aggressione con un'arma letale, aveva scontato sei anni prima di ottenere la libertà condizionale, poi tre mesi prima non aveva superato il test antidroga, perciò era stato rispedito dentro perché scontasse il resto della condanna a dieci anni.*

«Affiliazioni?» chiese Amanda.

Era in una banda?

«Svizzero» rispose Faith. *Neutrale.* «È pieno di richiami per contrabbando di telefoni.» *Lo hanno beccato un sacco di volte con un cellulare nascosto nel culo.* «Deduco che fosse un vero piantagrane.

La mia ipotesi è che lo abbiano tolto di mezzo perché faceva sempre andare la lingua.»

«Problema risolto.» Amanda batté sul vetro per richiamare l'attenzione. «Dottoressa Linton?»

Sara si fermò a prendere alcuni oggetti prima di aprire la porta. «Abbiamo finito di esaminare la scena dell'omicidio. Non vi servono le tute, però ci sono parecchi fluidi e sangue.»

Distribuì mascherine e soprascarpe. Strinse le dita di Will quando prese i suoi.

«Il corpo non è più in *rigor mortis* e sta entrando nella fase di decomposizione, perciò questo, insieme alla temperatura epatica della vittima e a quella ambientale più elevata, ci dà l'ora fisiologica della morte, che è in accordo con le testimonianze secondo cui Vasquez sarebbe stato aggredito circa quarantotto ore fa, il che colloca l'ora del decesso più o meno all'inizio della rivolta» spiegò.

«Nei primi minuti o nelle prime ore?» chiese Amanda.

«All'incirca tra mezzogiorno e le quattro di sabato. Se vuole conoscere l'ora esatta, dovrà affidarsi alle dichiarazioni dei testimoni.» Sara sistemò la mascherina di Will, ricordandole nel contempo: «Naturalmente, la scienza da sola non riesce a stabilire l'ora esatta del decesso».

«Naturalmente.» Amanda non amava molto le stime.

Sara alzò gli occhi al cielo guardando Will. Non amava molto il tono di Amanda. «Ci sono tre punti nella scena del crimine di Vasquez: due in questa zona principale, uno in cucina. Vasquez ha opposto resistenza.»

Will si allungò alle sue spalle per tenere aperta la porta. L'odore di feci e urina, il biglietto da visita dei detenuti ribelli, permeava ogni molecola all'interno di quel locale.

«Buon Dio.» Faith si premette il dorso della mano sulla mascherina. Non se la cavava bene con le scene del crimine in generale, ma l'odore era così forte che persino a Will lacrimavano gli occhi.

«Gary, puoi prendere le pinze a pappagallo più piccole nel furgone? Dovremo sbullonare il tavolo prima di rimuovere il corpo» disse Sara al suo assistente.

La coda di cavallo di Gary ondeggiò sotto la retina per capelli mentre se ne andava, felice di farlo. Era al GBI da meno di sei mesi. Non era la peggiore scena del crimine che avesse analizzato, ma qualsiasi cosa che accadesse all'interno di un carcere rendeva tutto ancor più deprimente.

Il flash della macchina fotografica di Charlie scattò. Will batté le palpebre per la luce.

«Sono riuscita a dare un'occhiata al video delle telecamere di sorveglianza. Ci sono nove secondi che riprendono l'inizio della lite e arrivano fino al culmine della rissa. È allora che un soggetto non identificato si avvicina fuori dall'inquadratura, dietro la telecamera, e la mette fuori uso» spiegò Sara ad Amanda.

«Non ci sono impronte digitali utilizzabili sul muro, sul cavo o sulla telecamera» aggiunse Charlie.

Sara proseguì. «La discussione è cominciata nella zona anteriore della sala, vicino al banco. L'atmosfera si è scaldata piuttosto in fretta. Sei detenuti di una banda rivale si sono buttati nella mischia. Vasquez è rimasto seduto al tavolo d'angolo laggiù. Gli altri undici uomini di questo tavolo sono corsi davanti per vedere meglio. È stato allora che la telecamera è stata messa fuori uso.»

Will valutò le distanze. La telecamera era in fondo, perciò nessuno di quegli undici sarebbe potuto tornare indietro senza essere visto.

«Da questa parte.» Sara li condusse a un tavolo all'angolo. Dodici vassoi stavano davanti a dodici sedie di plastica. Il cibo era irrancidito. C'era del latte andato a male sulle superfici. «Vasquez è stato attaccato alle spalle. Un trauma da corpo contundente ha causato una frattura cranica depressa. L'arma era probabilmente un piccolo oggetto appesantito che lo ha colpito in velocità. La forza dell'impatto gli ha spinto la testa in avanti. Ci sono frammenti di quelli che sembrano essere i denti anteriori di Vasquez incastrati nel vassoio.»

Will si voltò a guardare la telecamera. Pareva un'azione condotta da due uomini: uno aveva messo fuori uso la telecamera, l'altro aveva neutralizzato il bersaglio.

La mascherina di Faith veniva risucchiata e gonfiata mentre respirava dalla bocca. «Il primo colpo era concepito per uccidere o per stordirlo?»

«Non posso esprimermi sulle intenzioni. Il colpo è stato notevole. Non ho visto lacerazioni, ma sembra esserci una frattura depressa: l'osso fratturato si sposta all'interno comprimendo il cervello» rispose Sara.

«Quanto è rimasto cosciente?» chiese Amanda.

«In base alle prove possiamo dedurre che lo sia stato fino al momento del decesso. Non posso esprimermi sulle sue condizioni. Aveva la nausea? Sicuramente. La vista offuscata? Probabilmente. Era in sé? Impossibile dirlo. Ognuno reagisce in modo diverso a un trauma alla testa. Dal punto di vista medico ogni volta che si parla di una lesione cerebrale, si sa solo quello che non si sa.»

«Naturalmente.» Amanda aveva le braccia conserte.

Anche Will le incrociò. Ogni muscolo del suo corpo era contratto. Sentiva la pelle tesa. Per quante scene del crimine avesse esaminato, il suo corpo non aveva mai accettato l'idea che trovarsi accanto a un essere umano assassinato brutalmente fosse un fatto naturale. Poteva reggere al puzzo del cibo avariato e degli escrementi. Ma il sentore metallico del sangue quando il ferro si ossidava gli sarebbe rimasto in gola per tutta la settimana seguente.

«Vasquez è stato picchiato a terra. Tre molari a sinistra si sono spezzati alle radici, la mascella e l'orbita sinistre sono rotte. L'esame preliminare suggerisce la presenza di fratture costali a sinistra. Qui abbiamo tre serie di impronte di piedi, quindi dovete cercare due aggressori, entrambi probabilmente destrimani. La mia ipotesi è che abbiano usato un oggetto in un calzino per non procurarsi ferite evidenti alle mani» affermò Sara.

L'oggetto nel calzino era con molta probabilità un lucchetto a combinazione.

Sara continuò. «Dopo l'aggressione iniziale, in qualche modo Vasquez si è ritrovato a piedi nudi. Non abbiamo trovato le sue scarpe o le sue calze da nessuna parte nella mensa. Gli aggressori indossavano le sneaker del carcere con una quadrettatura identica. Siamo riusciti a dedurre parecchio dalle impronte delle scarpe e dei piedi. Il luogo seguente in cui l'hanno portato è la cucina.»

«Che mi dice di questo tatuaggio?» Amanda era dall'altra parte del locale, stava guardando la mano mozzata. «È una tigre? Un gatto?»

Rispose Charlie. «Il database dei tatuaggi dice che la tigre può simboleggiare l'odio per la polizia, oppure poteva essere un ladro acrobata.»

«Un detenuto che odia la polizia. Sbalorditivo.» Amanda ruotò la mano nella direzione di Sara. «Andiamo avanti, dottoressa Linton.»

Sara li invitò a seguirla nella zona anteriore della mensa. Sul nastro trasportatore c'erano diversi vassoi vuoti, perciò almeno alcuni detenuti avevano terminato di pranzare prima che scoppiasse la rissa.

«Vasquez era alto all'incirca un metro e settantatré e pesava sessantaquattro chili. Era denutrito, ma non è un fatto sorprendente, dato che faceva pesantemente uso di droga per endovena. Ci sono segni d'ago sul braccio sinistro, tra le dita del piede sinistro e all'altezza della carotide destra, quindi possiamo presumere che fosse destrimano. Nell'area di preparazione del cibo c'è una mannaia e anche un sacco di sangue, il che indica che la mano sinistra è stata mozzata là» spiegò Sara.

«Non se l'è mozzata da solo?» domandò Amanda.

Sara scosse la testa. «Improbabile. Le impronte delle scarpe dei piedi indicano che è stato immobilizzato.»

«La quadrettatura delle sneaker non presenta segni distintivi. Come ha detto Sara, sono scarpe d'ordinanza. Ogni detenuto ne ha un paio» aggiunse Charlie.

Sara aveva raggiunto il posto in cui Vasquez aveva trovato l'eterno riposo. Si accovacciò davanti a un altro tavolo. La seguirono tutti, tranne Amanda.

Will dilatò le narici. Il corpo si stava putrefacendo al caldo da quasi due giorni interi. La decomposizione era più che avanzata. La pelle si stava scollando dalle ossa. Qualcuno aveva chiaramente cacciato il corpo sotto il tavolo con i piedi, togliendolo di mezzo come un mucchio di vestiti sporchi sotto il letto. Là dove almeno due uomini lo avevano spinto, si vedevano strisce di sangue e impronte quadrettate di scarpe.

I piedi nudi di Vasquez erano incrostati di sangue. Era sul fianco, piegato all'altezza della vita, una mano allungata davanti a sé. Il moncone insanguinato, dove una volta c'era l'altra mano, era infilato nel ventre, nel senso letterale del termine. I suoi assassini lo avevano pugnalato tante volte che la pancia gli si era aperta come un fiore grottesco. Il polso era conficcato nella cavità addominale a mo' di gambo.

«In assenza di prove contrarie la causa della morte è probabilmente il dissanguamento o lo shock.»

Di certo quel tizio aveva un'aria scioccata. Gli occhi erano spalancati, le labbra aperte. Per il resto aveva un volto ordinario, se non consideravi il gonfiore e il segno scuro a mezzaluna là dove il sangue si era raccolto nel punto più basso del cranio. Testa rasata. Baffi da attore porno. Una croce appesa a una sottile catena d'oro al collo, consentita dal GDOC perché era un simbolo religioso. La catena era fine. Forse un regalo della madre, della figlia o di una fidanzata. Per Will era significativo che gli assassini gli avessero preso le scarpe e le calze, lasciando tuttavia la collana.

«Merda. Quella è merda.» Faith si premette entrambe le mani sulla mascherina mentre le venivano i conati. L'intestino di Vasquez fuoriusciva dall'addome come una salsiccia cruda. Le feci si erano raccolte sul pavimento e si erano seccate, formando una massa nera grande quanto un pallone da basket sgonfio.

«Vedi se hanno già recuperato il cellulare di Vasquez. In caso affermativo, voglio sapere chi lo ha fatto e cosa vi ha trovato. In caso negativo, farai tu gli onori» le disse Amanda.

Faith non si faceva mai dire due volte di allontanarsi dal corpo di un morto.

«Will.» Amanda stava già scrivendo sul telefono. «Finisci qui, poi inizia il secondo giro di interrogatori. Questi uomini hanno avuto abbastanza tempo per sistemare le loro versioni. Voglio risolverla in fretta. Non è un caso da ago nel pagliaio.»

Will pensò invece che fosse proprio quel tipo di caso. C'erano all'incirca mille sospettati, tutti criminali noti. «Sì, signora.»

Sara gli fece un cenno perché la seguisse in cucina. Si tolse la mascherina. «Faith ha resistito più a lungo di quanto credessi.»

Anche lui se la tolse. La cucina era altrettanto in disordine. Vassoi, cibo e sangue erano sparsi dappertutto. I cartellini gialli di plastica sul tagliere da macellaio indicavano il punto in cui era stata mozzata la mano di Vasquez. Per terra c'era una mannaia. Il sangue si era riversato sul pavimento come una cascata.

«Non ci sono impronte digitali sul coltello» gli disse Sara. «Hanno usato la pellicola trasparente sul manico e dopo l'hanno infilata giù nel lavandino.»

Will vide che il tubo sotto il lavandino era scollegato. Il padre di Sara era idraulico. Lei sapeva destreggiarsi con i sifoni.

«Tutto quello che sto trovando indica che hanno avuto la presenza di spirito di coprire le loro tracce» affermò.

«Perché portare la mano nella mensa?»

«L'ipotesi più probabile è che l'abbiano lanciata attraverso la sala.»

Will cercò di formulare un'ipotesi su come si era svolto il crimine. «Quando è scoppiata la rissa, Vasquez è rimasto seduto al tavolo. Non si è alzato perché non apparteneva a nessuna banda.» I carcerati avevano la loro NATO. Un'aggressione a un alleato significava che eri in guerra. «Solo due uomini lo hanno assalito, non una banda.»

«Questo restringe la rosa dei sospettati?» domandò Sara.

«I detenuti tendono ad autosegregarsi. Vasquez non si sarebbe mescolato apertamente con quelli di altre razze.» Il pagliaio era diventato leggermente più piccolo. «Mi dà l'impressione di un crimine dettato dalle circostanze.»

Se scoppierà una rivolta, sarà così che lo uccideremo.

«Il caos crea opportunità.»

Will si sfregò la mascella studiando le impronte insanguinate dei piedi e delle scarpe sul pavimento. Vasquez aveva lottato disperatamente. «Doveva avere informazioni che loro volevano, giusto? Non mozzi la mano a qualcuno senza motivo. Lo immobilizzi, lo minacci e, quando non ti dà quello che vuoi, prendi una mannaia e gliela tagli.»

«Così farei io.»

Will sorrise.

Lei ricambiò.

Il telefono gli ronzò in tasca. Non rispose. «Era risaputo che Vasquez nascondeva i telefoni su di sé. Potrebbe essere questo il motivo per cui lo hanno sventrato?»

«Non so se lo abbiano sventrato o più che altro pugnalato ripetutamente. Se avessero cercato un telefono, colpirlo alle costole con il lucchetto nel calzino avrebbe avuto una specie di effetto da manovra di Valsalva. C'è una ragione per cui le guardie carcerarie ti dicono di tossire quando ti chini. L'aumento della pressione addominale riduce la forza costrittiva dello sfintere. Il telefono sarebbe uscito al primo colpo» concluse Sara. «Inoltre, tagliargli il ventre non ha molto senso. Se cercassi un telefono nel tuo culo, guarderei nel tuo culo.»

Il tempismo di Faith fu ineccepibile. «È un momento intimo?»

Will prese il cellulare dalla tasca. La chiamata persa era sua. «Pensiamo che i killer di Vasquez cercassero qualcosa. Informazioni. Forse il nascondiglio di qualcosa.»

«Il telefono di Vasquez era pulito. Niente contrabbando. A giudicare dalla sua collezione d'arte, era un patito di donne seminude e di nostro signore Gesù Cristo.» Faith salutò Sara con la mano riportando Will nella mensa. Si mise le mani a coppa sul naso per proteggersi dall'odore. «Nick e Rasheed hanno ridotto la nostra lista di sospettati a diciotto. Nessuno con un omicidio volontario alle spalle, ma abbiamo due omicidi colposi e un morsicatore di dita.»

«Proprie o altrui?»

«Altrui» rispose Faith. «Guarda caso non ci sono dichiarazioni affidabili di testimoni, ma parecchie soffiate su assurde teorie del complotto. Sapevi che lo Stato profondo gestisce una rete di pedofili attraverso il sistema bibliotecario della prigione?»

«Sì. Questo omicidio ti sembra una faccenda personale?» chiese Will.

«Assolutamente sì. Cerchiamo due maschi ispanici più o meno della fascia d'età di Vasquez, nella cerchia interna del suo gruppo sociale?»

Will assentì. «Quand'è stata l'ultima volta che hanno trovato un cellulare di Vasquez?»

«Sedici giorni fa c'è stata una perquisizione in tutto il carcere. Il direttore ha portato qui otto squadre CERT per passare al setaccio le celle. L'ufficio dello sceriffo ha fornito dodici agenti. Colpisci e terrorizza. Nessuno lo aveva previsto. Sono stati confiscati più di quattrocento telefoni, forse duecento caricabatterie, i soliti stupefacenti e le solite armi, ma ovviamente il problema erano i telefoni.»

Will sapeva di cosa stava parlando. I cellulari all'interno di un carcere potevano essere molto pericolosi, anche se non tutti i prigionieri li usavano per scopi nefandi. Lo Stato si prendeva una percentuale su tutte le chiamate da telefono fisso, pretendendo come minimo cinquanta dollari per una scheda telefonica, poi altri cinque per una chiamata di quindici minuti e quasi altri cinque ogni volta che aggiungevi soldi. Potevi d'altronde noleggiare un cellulare a conchiglia da un altro detenuto più o meno per venticinque dollari all'ora.

E a quel punto subentravano gli scopi nefandi. Gli smartphone potevano essere utilizzati per ottenere informazioni personali sulle guardie carcerarie, dirigere le organizzazioni criminali con messaggi in codice, gestire racket di protezione per le famiglie dei detenuti e soprattutto raccogliere fondi. App come Venmo e PayPal avevano sostituito le sigarette e le patatine Shebangs come valuta nelle prigioni. Le bande più sofisticate usavano Bitcoin. La Fratellanza ariana, la mafia irlandese e la United Blood Nation facevano milioni attraverso il sistema carcerario statale.

Disturbare il segnale dei cellulari era illegale negli Stati Uniti.

Will tenne la porta per Faith mentre uscivano. Il sole picchiava sul cortile deserto. Vide alcune ombre dietro le finestre strette delle celle. Più di un uomo stava urlando. L'oppressione del regime di lockdown era quasi tangibile, come una vite che ti penetra lentamente nella testa.

«L'amministrazione.» Faith indicò in lontananza un edificio a un piano con il tetto piatto. Presero l'itinerario lungo, usando i marciapiedi anziché attraversare l'argilla rossa compatta che veniva spacciata per cortile.

Superarono tre guardie appoggiate al recinto, tutte con lo sguardo fisso. Non c'era niente da sorvegliare. Erano annoiate come i detenuti. O forse stavano aspettando il loro momento. Sei dei loro colleghi erano stati feriti nella rivolta. La categoria delle guardie carcerarie non era famosa per la capacità di perdonare e dimenticare.

Faith tenne la voce bassa, dicendo: «Il direttore ha dato di matto per i telefoni. Le celle d'isolamento erano tutte già occupate. Ha sospeso l'ora d'aria nel cortile, chiuso lo spaccio, cancellato le visite, spento i computer e i televisori, ha persino chiuso la biblioteca. Per due settimane tutti quegli uomini non hanno potuto fare altro che darsi sui nervi a vicenda».

«Sembra un modo intelligente per scatenare una rivolta.» Will aprì una porta. Attraversarono uffici con vetrate che davano sul corridoio. Tutte le sedie erano vuote. Al posto di scrivanie c'erano tavoli pieghevoli in modo che nessuno potesse nascondere niente. Gran parte delle mansioni amministrative erano svolte dai detenuti. Difficile trovare una tariffa migliore dei loro tre centesimi all'ora.

L'ufficio del direttore non aveva una vetrata sul corridoio, ma Will riconobbe il tono ingannevolmente pacato di Amanda dall'altra parte della porta chiusa. Immaginò che quell'uomo fosse furioso. I direttori delle carceri non amavano essere messi sotto esame. Era un'altra ragione per cui aveva dato in escandescenze per i cellulari confiscati. Non c'era niente di più umiliante che sentire uno dei tuoi detenuti parlare in diretta con una stazione televisiva dall'interno della tua struttura.

«Quante telefonate sono partite durante la rivolta?» chiese a Faith.

«Una alla CNN e una a 11-Alive, ma c'era uno scandalo elettorale, perciò nessuno ci ha fatto caso.»

Raggiunsero un corridoio lungo e largo con una fila ancora

più lunga di detenuti. I loro diciotto sospettati di omicidio, suppose Will. Gli uomini erano stati disposti come tristi triangoli isosceli. Avevano la metà superiore del corpo piegata in avanti, le gambe dritte, le caviglie flesse, il peso appoggiato sulla fronte contro il muro, perché le guardie responsabili erano evidentemente due imbecilli patentati.

Il protocollo di lockdown stabiliva che qualsiasi detenuto all'esterno della cella dovesse essere immobilizzato con quello che veniva chiamato abito a quattro pezzi. Manette ai polsi, attaccate davanti a una catena intorno al ventre. Ceppi alle caviglie fissati a un pezzo di catena di trenta centimetri, che gli impediva di eseguire il *paso doble.* Legato in quel modo e costretto a premere la fronte contro una parete in mattoni di calcestruzzo, avevi un sacco di pressione sul collo e sulle spalle. La catena al ventre aggiungeva ulteriore tensione al fondoschiena, dato che le mani cadevano in avanti per la gravità. A quanto pareva, i carcerati erano in quella posizione da parecchio. Il sudore colava sulle pareti. Will vide gli arti tremare. Le catene sferragliavano come centesimi in un'asciugatrice.

«Gesù Cristo» borbottò Faith.

Mentre Will la seguiva lungo la fila, notò una serie di tatuaggi fatti con il familiare tratto tremolante a inchiostro. Tutti i detenuti sembravano aver superato la trentina, il che era logico. Per esperienza Will sapeva che gli uomini sotto la trentina facevano un sacco di cose stupide. Se un tizio era ancora in carcere dopo la terza decade della sua vita, era perché aveva combinato un bel casino, era stato fregato alla grande o stava attivamente facendo quel genere di scelte sbagliate che lo tenevano nel sistema.

Faith non si curò di bussare alla porta chiusa della stanza interrogatori. Gli agenti speciali Nick Shelton e Rasheed Littrell erano seduti al tavolo con una pila di cartelline di fronte a loro.

«... ti dico che questa ragazza aveva un culo da centauro.» Rasheed smise di raccontare non appena Faith entrò. «Scusa, Mitchell.»

Lei lo guardò male chiudendo la porta. «Non sono un mezzo cavallo.»

«Cavolo, è questo che significa?» Rasheed rise bonario. «Come va, Trent?»

Will sollevò il mento in segno di saluto.

Faith passò in rassegna le cartelline sul tavolo. «Queste sono tutte le schede personali?»

La scheda personale di un detenuto era in sostanza il diario della sua vita: i verbali degli arresti, i criteri della condanna, le indicazioni riguardanti il trasporto, le cartelle cliniche, la valutazione della sua salute mentale, la stima della sua pericolosità, il livello di istruzione, i programmi terapeutici, i registri delle visite, la storia disciplinare, le inclinazioni religiose, l'orientamento sessuale.

«C'è qualche candidato promettente?» chiese.

Rasheed li ragguagliò sui diciotto sospettati in corridoio. Will tenne la testa girata verso l'agente speciale come se stesse prestando molta attenzione, ma in realtà si stava prendendo un attimo per capire cosa dire a Nick Shelton.

Anni prima, quand'era assegnato all'ufficio sudorientale del GBI, Nick aveva lavorato a stretto contatto con il marito defunto di Sara. Jeffrey Tolliver era stato capo della polizia della contea di Grant. Era un ex giocatore di football al college e a detta di tutti un duro. Alcuni verbali di Nick sui loro casi sembravano copioni di film. Jeffrey Tolliver era Lone Ranger e Nick Tonto, se Tonto avesse parlato come Garlo il Gallo e si fosse vestito come un Bee Gee in una giornata di relax, con catene d'oro al collo e jeans fin troppo aderenti. I due avevano sgominato reti di pedofili, catturato narcotrafficanti e assassini. Jeffrey avrebbe potuto sfruttare le sue vittorie per ottenere uno stipendio molto più alto in una città più grande, invece aveva ignorato la fama e la gloria per servire la contea di Grant.

Sara probabilmente lo avrebbe sposato una terza volta se non fosse morto al secondo giro.

«È qualcosa su cui lavorare» commentò Faith. A differenza di Will aveva seguito il riassunto di Rasheed. «C'è altro?» chiese.

«No.»

Nick si grattò la barba alla Barry Gibb. «Prendete voi la stanza. Io e Rash abbiamo due o tre testimoni che vogliamo risentire.»

Faith si sedette sulla sedia lasciata da Rasheed e iniziò a scegliere i sospettati più promettenti. Will vide che stava andando dritta ai moduli disciplinari. Credeva fermamente nel principio della storia che si ripeteva.

Nick chiese a Will: «Cos'ha Sara in questi giorni?».

Will passò titubante in rassegna tutta una serie di risposte umilianti prima di optare per: «È nella mensa. Dovresti raggiungerla».

«Grazie, amico.» Prima di andarsene Nick gli diede una pacca sulla spalla che era per metà una stretta.

Will fece fin troppo caso a quella stretta-pacca. Era un gesto a metà tra la presa vulcaniana e l'arruffare il pelo sul sedere di un cane.

Faith attese il *clic* di chiusura della porta. «È stato sgradevole?»

«Dipende da quale parte del cavallo arriva la domanda.» Will posò la mano sulla maniglia ma non aprì la porta. «Come ce la giochiamo? Non so se quei tizi si sentiranno a loro agio a essere interrogati da una donna.»

«Forse hai ragione.» Sfilò una cartella dal mucchio. «Maduro.»

Will aprì la porta. La guardia stava aspettando fuori. Lui tenne la voce bassa. «Togli gli uomini da quel muro prima che ti faccia pisciare i polmoni.»

Lo sguardo dell'uomo guizzò su Will, ma come gran parte dei bulli era un codardo. Si voltò verso i prigionieri urlando: «Detenuti! A terra!».

Ci furono gemiti collettivi di liberazione. Gli uomini dovettero scollarsi dalle pareti di blocchi di calcestruzzo. Avevano tutti una chiazza di un rosso vivo sulla fronte e uno sguardo vitreo negli occhi. Qualcuno faticò a sedersi. Altri semplicemente si buttarono a terra per il sollievo.

«Maduro, tocca a te» esclamò Will.

Un uomo basso e tarchiato si bloccò a metà. Ruotò su un piede e le sue caviglie si impigliarono nella catena corta. Trenta centimetri non erano molti, approssimativamente la lunghezza di due banconote da un dollaro messe l'una davanti all'altra. Aveva un'andatura rigida e innaturale. Sollevò la catena attorno al ventre per evitare che gli si conficcasse di continuo nelle anche.

C'erano minuscole gocce di sangue là dove il mattone di calcestruzzo gli aveva abraso la fronte. Superò a poco a poco la soglia e attese davanti al tavolo.

Le prigioni della Georgia venivano gestite con un sistema paramilitare. A meno che non fossero incatenati, i detenuti dovevano camminare con le mani legate dietro la schiena. Dovevano stare dritti in piedi. Tenere le celle perfettamente pulite e la branda rifatta con cura. Fatto più importante, dovevano rivolgersi alle guardie con rispetto: *sì signore, no signore, posso grattarmi le palle, signore?*

Maduro stava guardando Will in attesa di sentirsi dire cosa doveva fare.

Lui incrociò le braccia sul petto e lasciò il comando a Faith, perché quei tizi erano sospettati di omicidio. Non spettava a loro scegliere chi li avrebbe interrogati.

«Siediti» ordinò lei. Verificò il documento e la fotografia del carcerato.

«Hector Louis Maduro. Stai scontando quattro anni per una serie di furti con scasso. Ti si prospettano altri diciotto mesi per aver preso parte alla rivolta. Ti hanno letto i tuoi diritti?»

«*Español.*» L'uomo si appoggiò pesantemente allo schienale. «*Tengo derecho legal a un traductor. O te podrías sacar la camisa y te chupo esas tetas grandes.*»

Il padre di Emma era un messicano-americano di seconda generazione. Faith aveva imparato lo spagnolo per poterlo fare incazzare in due lingue. «*Yo puedo traducir por ti, y puedes hacerte la paja con esa verguita de nada cuando vuelves a tu celda, pendejo de mierda.*»

Maduro inarcò le sopracciglia. «Accidenti, viso pallido, non ti insegnano queste porcherie nelle scuole per ragazze bianche.»

Faith andò al punto. «Sappiamo che eri legato a Jesus Vasquez.»

«Senti.» Maduro si protese, le mani strette al bordo del tavolo. «Ci sono un sacco di carcerati qui che ti diranno che sono innocenti, ma io non lo sono, okay? Ho commesso quei furti per cui sono stato condannato, però ti dico una cosa: in questo istituto ho visto un sacco di ingiustizie; da parte del personale sui detenuti, da parte dei detenuti sui detenuti, e devo dirti che sono un cristiano, quello che è giusto è giusto, quello che è sbagliato è sbagliato, perciò quando ho visto quei carcerati unirsi per un fine comune, per inculcare e garantire i diritti umani di...»

«Lascia che interrompa il tuo TED talk» fece Faith. «Conoscevi Jesus Vasquez?»

Lo sguardo di Maduro guizzò nervoso verso Will.

Lui mantenne un'espressione neutra. Aveva imparato negli interrogatori che il silenzio era molto efficace per stimolare una conversazione.

«In passato sei stato scoperto con un cellulare. Dal tuo file risultano due violazioni perché ti sei messo a discutere con...»

Nick entrò a precipizio nella stanza. Aveva chiaramente corso. Il sudore gli colava dalle basette. In pugno stringeva un foglio spiegazzato. «Fuori, detenuto» disse a Maduro.

Faith rivolse a Will uno sguardo interrogativo. Lui scrollò le spalle. Nick era agente da vent'anni. Aveva visto di tutto, dalle efferatezze alle stupidaggini. Se era scosso per qualcosa, avrebbero dovuto esserlo tutti.

«Muoviti.» Nick spinse Maduro verso la guardia in corridoio. «Rimetteteli in cella.»

La porta si chiuse. Nick non parlò. Lisciò il biglietto sul tavolo. Il sudore gocciolò sulla carta. Aveva il respiro affannoso.

Faith lanciò a Will un altro sguardo interrogativo.

Lui le rivolse la stessa scrollata di spalle di cinque secondi prima.

Faith aprì la bocca per cavargli informazioni, ma Nick iniziò a parlare.

«Un detenuto di nome Daryl Nesbitt mi ha passato questo biglietto. Vuole fare un patto. Dice che sa chi ha ucciso Vasquez e come portano dentro i cellulari.»

Questa volta fu Will a guardare Faith con aria interrogativa. Era uno sviluppo molto positivo. Allora perché Nick aveva un'aria così terrorizzata?

Faith ebbe la presenza di spirito di chiedergli: «Cos'altro dice il biglietto?».

Nick non glielo disse, il che fu ancora più strano. Girò invece il foglio e glielo avvicinò.

Lei scorse le parole leggendo a voce alta le parti importanti. «Vuole fare un accordo. Sa dove vengono nascosti i telefoni...»

«Terzo paragrafo» affermò Nick.

Faith lesse: «Sono vittima di un complotto delle forze dell'ordine di provincia che mi hanno sbattuto in carcere per il resto della mia vita per un crimine che non ho commesso».

Will non guardò la lettera al di sopra della spalla di Faith. Guardò la faccia di Nick. Era l'emblema del conflitto interiore. L'unica cosa di cui sembrava sicuro era il fatto che non avrebbe guardato nella direzione di Will.

Faith proseguì. «Quella contea di merda era un inferno. Hanno aggredito una studentessa bianca del college. Il campus era in grande allerta. Nessuna donna si sentiva al sicuro. Il Capo doveva arrestare qualcuno. Uno qualunque. Altrimenti avrebbe perso il posto. Si è inventato un pretesto per darmi la caccia.»

Faith si voltò a guardare Will. Aveva chiaramente letto più avanti e non le piaceva dove stava andando a parare.

Will mantenne lo sguardo fisso su Nick, che d'un tratto fu preso dalla smania di togliere le macchie dalle punte ornate di metallo dei suoi stivali blu da cowboy. Will lo guardò prendere un fazzoletto, chinarsi e lucidare l'argento come un lustrascarpe.

Faith continuò a leggere. «Sono un uomo innocente. Non sarei qui se non fosse per quello stronzo corrotto di poliziotto e per il suo dipartimento ancora più stronzo e corrotto. Tutti nella contea di Grant hanno creduto alle fottute bugie del Capo.»

Faith lesse ancora, ma Will aveva sentito tutto ciò che aveva bisogno di sapere.

Il college. La contea di Grant. Il Capo.

Nesbitt stava parlando di Jeffrey Tolliver.